第十卷

中华经典藏书

北京出版社

诸子经典（三）
兵学经典
医学经典（一）

# 本 卷 目 录

## 诸 子 经 典 （三

## 兵 学 经 典

## 医 学 经 典 （

第十卷

中华经典藏书

北京出版社

诸子经典（三）
兵学经典
医学经典（一）

# 诸子经典

## （三）

# 水 经 注

〔北魏〕郦道元　撰

# 本 卷 目 录

## 诸 子 经 典 （三）

## 兵 学 经 典

## 医 学 经 典 （一）

# 水经注原序

　　《序》曰：《易》称天以一生水，故气微于北方而为物之先也。《玄中记》曰：天下之多者，水也。浮天载地，高下无所不至，万物无所不润。及其气流届石，精薄肤寸，不崇朝而泽合灵宇者，神莫与并矣。是以达者不能测其渊冲而尽其鸿深也。昔《大禹记》著山海，周而不备；《地理志》其所录，简而不周；《尚书》、《本纪》与《职方》俱略，都赋所述，裁不宣意；《水经》虽粗缀津绪，又阙①旁通。所谓各言其志，而罕能备其宣导者矣。今寻图访赜②者，极聆州域之说，而涉土游方者，寡能达其津照，纵仿佛前闻，不能不犹深屏营③也。余少无寻山之趣，长违问津之性，识绝深经，道沦要博，进，无访一知二之机；退，无观隅三反之慧。独学无闻，古人伤其孤陋；捐丧辞书，达士嗟其面墙。默室求深，闭舟问远，故亦难矣。然毫管窥天，历筩④时昭，饮河酌海，从性斯毕。窃以多暇，空倾岁月，辄述《水经》，布广前文。《大传》曰：大川相间，小川相属，东归于海。脉其枝流之吐纳，诊其沿路之所躔⑤，访渎搜渠，缉而缀之。《经》有谬误者，考以附正；文所不载，非《经》水常源者，不在记注之限。但绵古芒昧，华戎代袭⑥，郭邑空倾，川流戕改，殊名异目，世乃不同，川渠隐显，书图自负，或乱流而摄诡号，或直绝而生通称，枉渚交奇，洄湍决濆⑦，躔络枝烦，条贯系夥⑧。十二经通，尚或难言，轻流细漾，固难辩究，正可自献径见之心，备陈舆徒之说，其所不知，盖阙如也。所以撰证本《经》，附其枝要者，庶备忘误之私，求其寻省之易。

---

　　①阙（quē）：同"缺"。
　　②赜（zé）：精深，深奥。
　　③屏营（bīng yíng）：形容惶恐的样子。
　　④筩（tǒng）：粗大的竹管。
　　⑤躔（chán）：兽的足迹，或为天体的运行。
　　⑥华戎代袭：华胡各族王朝世代相袭。
　　⑦濆（fù，音复）：水回流。
　　⑧夥（huǒ）：多。

# 水经注卷一

## 河　水

**昆仑墟在西北，**
　　三成为昆仑丘。《昆仑说》曰：昆仑之山三级：下曰樊桐，一名板桐；二曰玄圃，一名阆风；

上曰层城，一名天庭，是为太帝之居。

**去嵩高五万里，地之中也。**

《禹本纪》与此同。高诱称：河出昆山，伏流地中万三千里，禹导而通之，出积石山。按《山海经》，自昆仑至积石千七百一十里。自积石出陇西郡至洛，准地志可五千余里。又按《穆天子传》，天子自昆仑入于宗周，乃里西土之数。自宗周瀍水以西，至于河宗之邦、阳纡之山，三千有四百里；自阳纡西至河首四千里，合七千四百里。《外国图》又云：从大晋国正西七万里，得昆仑之墟，诸仙居之。数说不同，道阻且长，经记绵褫①，水陆路殊，径复不同，浅见末闻，非所详究，不能不聊述闻见，以志差违也。

**其高万一千里。**

《山海经》称，方八百里，高万仞。郭景纯以为自上二千五百余里。《淮南子》称，高万一千里百一十四步三尺六寸。

**河水**

《春秋说题辞》曰：河，之为言荷也。荷精分布，怀阴引度也。《释名》曰：河，下也，随地下处而通流也。《考异邮》曰：河者，水之气，四渎之精也，所以流化。《元命苞》曰：五行始焉，万物之所由生，元气之腠②液也。《管子》曰：水者，地之血气，如筋脉之通流者。故曰，水具财也。五害之属，水最为大。水有大小，有远近。水出山而流入海者，命曰经水；引佗水入于大水及海者，命曰枝水；出于地沟，流于大水，及于海者，又命曰川水也。《庄子》曰：秋水时至，百川灌河，经流之大。《孝经援神契》曰：河者，水之伯，上应天汉③。《新论》曰：四渎之源，河最高而长，从高注下，水流激峻，故其流急。徐干《齐都赋》曰：川渎则洪河洋洋，发源昆仑，九流分逝，北朝沧渊，惊波沛厉，浮沫扬奔。《风俗通》曰：江、河、淮、济为四渎。渎，通也，所以通中国垢浊。《白虎通》曰：其德著大，故称渎。《释名》曰：渎，独也，各独出其所而入海。

**出其东北陬，**

《山海经》曰：昆仑墟在西北，河水出其东北隅。《尔雅》曰：河出昆仑虚，色白；所渠并千七百一川，色黄。《物理论》曰：河色黄者，众川之流，盖浊之也。百里一小曲，千里一曲一直矣。汉大司马张仲议曰：河水浊，清澄一石水，六斗泥。而民竞引河溉田，令河不通利。至三月桃花水至，则河决，以其嗌不泄也。禁民勿复引河。是黄河兼浊河之名矣。《述征记》曰：盟津、河津恒浊，方江为狭，比淮、济为阔。寒则冰厚数丈。冰始合，车马不敢过，要须狐行。云此物善听，冰下无水乃过。人见狐行方渡。余按《风俗通》云：里语④称狐欲渡河，无如尾何，且狐性多疑，故俗有狐疑之说，亦未必一如缘生之言也。

**屈从其东南流，入渤海。**

《山海经》曰：南即从极之渊也，一曰中极之渊，深三百仞，惟冯夷都焉。《括地图》曰：冯夷恒乘云车，驾二龙。河水又出于阳纡、陵门之山，而注于冯逸之山。《穆天子传》曰：天子西征，至阳纡之山，河伯冯夷之所都居，是惟河宗氏。天子乃沈珪璧礼焉⑤。河伯乃与天子披图视典，以观天子之宝器，玉果、璇珠、烛银、金膏等物，皆《河图》所载。河伯以礼穆王，视图，方乃导以西迈矣。粤在伏羲，受龙马图于河，八卦是也。故《命历序》曰：《河图》，帝王之阶，图载江河、山川、州界之分野。后尧坛于河，受《龙图》，作《握河记》。逮虞舜、夏、商，咸亦受焉。李尤《盟津铭》：洋洋河水，朝宗于海，径自中州，《龙图》所在。《淮南子》曰：昔禹治洪水，具祷阳纡，盖于此也。高诱以为阳纡秦薮，非也。释氏《西域记》曰：阿耨达太山，其上有大渊水，宫殿楼观甚大焉。山，即昆仑山也。《穆天子传》曰：天子升于昆仑，观黄帝之宫，而封丰隆之葬。丰隆，雷公也。黄帝宫，即阿耨达宫也。其山出六大水，山西有大水，名新头河。郭义恭《广志》曰：甘水也。在西域之东，名曰新陶水。山在天竺国西，水甘，故曰甘水。有石盐，白如水精，大段则破而用之。康泰曰：安息、月氏、天竺至伽那调御，皆仰此盐。释法显曰：度葱岭已，入北天竺境。于此顺岭，西南行十五日，其道艰阻，崖岸险绝。其山惟石，壁立千仞，临之目眩，欲进则投足无所。下有水，名新头河。昔人有凿石通路施倚梯者，凡度七百梯，度已，蹑悬絙过河⑥，河两岸相去咸八十步。九译所绝，汉之张骞、甘英皆不至也。余诊诸史传，即所谓罽⑦宾之境。有盘石之隥⑧，道狭尺余，行者骑步相持，絙桥相引，二十许里，方到悬度。阻险危害，不可胜言。郭义恭曰：乌秅⑨之西，有悬度之国，山溪不通，引绳而度，故国得其名也。其人山居，佃于石壁间，累石为室，民接手而饮，所谓猨⑩饮也。有白草、小步马；有驴无牛。是其悬度乎？释法显又言：度河便到乌长国。乌长国即是北天竺，佛所到国也。佛遗足迹于此，其迹长短在人心念，至今犹尔；及晒衣石尚在。新头河又西南流，屈而东南流，迳中天竺国。两岸平地，有国名毗荼，佛法兴盛。又迳蒲那般河。河边左右，有二十僧伽蓝。此水迳摩头罗国，而下合新头河。自河以西，天竺诸国，自是以南，皆为中国，人民殷富。中国者，服食与中国同，故名之为中国也。泥洹已来，圣众所行，威仪法则，相承不绝。自新头河至南天竺国，迄于南海，四万里也。释氏《西域记》曰：新头河，经罽宾、犍越、摩诃剌诸国，而入南海是也。阿耨达山西南，有水名遥奴；山西南小东，有水名萨罕；小东有水，名恒伽。此三水同出一山，俱入恒水。康泰《扶南传》曰：恒水之源，乃极西北，出昆仑山中，有五大源。诸水分流，皆由此五大源。枝扈黎大江出山，西北流，东南注入大海。枝扈黎即恒水也，故释氏《西域记》有恒曲之目。恒北有四国，最西头恒曲中者是也。有拘夷那褐国。《法显传》曰：恒水东南流，迳拘夷那褐国南，城北双树间，有希连禅河，河边，世尊于此北首般泥洹，分舍利处。支僧载《外国事》曰：佛泥洹后，天人以新白絼⑪裹佛，以香花供养，满七日，盛以金棺，送出王宫。度一小水，水名醯⑫兰那，去王宫可三里许，在宫北。以旃檀木为薪，天人各以火烧薪，薪了不燃。大迦叶从流沙还，不胜悲号，感动天地。从是之后，他薪不烧而自燃也。王敛舍利，用金作斗，量得八斛四斗。诸国王、天、龙、神王，各得少许，赍⑬还本国，以造佛寺。阿育王起浮屠于佛泥洹处，双树及塔，今无复有也。此树名娑罗树，其树花名娑罗佉⑭也。此花色白如霜雪，香无比也。竺枝《扶南记》曰：林杨国去金陈国步道二千里，车马行，无水道。举国事佛。有一道人命过，烧葬，烧之数千束樵，故坐火中，乃更著石室中。从来六十余年，尸如故不朽，竺枝目见之。夫金刚常住，是明永存。舍利刹见，毕天不朽，所谓智空罔穷，大觉难测者矣。其水乱流注于恒，恒水又东迳毗舍利城北。释氏《西域记》曰：毗舍利，维邪离国也。支僧载《外国事》曰：维邪离国，去王舍城五十由旬，城周圆三由旬。维诘家在大城里宫之南，去宫七里许，屋宇坏尽，惟见处所尔。释法显云：城北有大林重阁，佛住于此，本奄婆罗女家施佛起塔也。城之西北三里，塔名放弓仗。恒水上流有一国，国王小夫人生肉胎，大夫人妒之，言汝之生，不祥之征。即盛以木函，掷恒水中。下流有国王游观，见水上木函，开看，见千小儿端正殊好。王取养之，遂长大，甚勇健，所往征伐，无不摧服。次欲伐父王本国，王大愁忧。小夫人问：何故愁忧？王曰：彼国王有千子，勇健无比，欲来伐吾国，是以愁尔。小夫人言：勿愁，但于城西作高楼，贼来时，上我置楼上，则我能却之。王如是言。贼到，小夫人于楼上语贼云：汝是我子，何故反作逆事？贼曰：汝是何人，云是我母？小夫人曰：汝等若不信者，尽张口仰向。小夫人即以两手持乳，乳作五百道，俱坠千子口中。贼知是母，即放弓仗。父母作是思惟，皆得辟支佛。今其塔犹在。后世尊成道，告诸弟子：是吾昔时放弓仗处。后人得知，于此处立塔，故以名焉。千小儿者，即贤劫千佛也。释氏《西域记》曰：恒曲中次东，有僧迦扇柰⑮揭城，佛下三道宝阶国也。《法显传》曰：恒水东南流，迳僧迦施国南。佛自忉利天东下三道宝阶，为母说法处。宝阶既没，阿育王于宝阶处作塔，后作石柱，柱上作师⑯子像。外道少信，师子为吼，怖效心诚。恒水又东迳罽宾饶夷城，城南接恒水，城之西北六七里，恒水北岸，佛为诸弟子说法处。恒水又东南，迳沙祇国北。出沙祇城南门，道东，佛嚼杨枝刺土中，生长七尺，不增不减，今犹尚在。恒水又东南，迳迦维罗卫城北，故净王宫也。城东五十里有王园，园有池水，夫人入池洗浴，出北岸二十步，东向举手扳树，生太子。太子坠地，行七步，二龙吐水浴太子，遂成井池，众僧所汲养也。太子与难陀等扑象、角力，射箭入地，今有泉水，行旅所资饮也。释氏《西域记》曰：城北三里，恒水上，父王迎佛处，作浮图，作父抱佛像。《外国事》曰：迦维罗越国，今无复王也。城池荒秽，惟有空处。有优婆塞，姓释，可二十余家，是昔净王之苗裔，故为四姓，住在故城中。为优婆塞，故尚精进，犹有古风。彼日浮图坏尽，条王弥更修治。一浮图，私诃条王送物助成，今有十二道人住其中。太子始生时，妙后所扳树，树名须诃。阿育王以青石作后扳生太子像。昔树无复有，后诸沙门取昔树栽种之，展转相承，到今树枝如昔，尚荫石像。又太子见行七步足迹，今日文理见存。阿育王以青石挟足迹两边，复以一长青石覆上。国人今日恒以香花供养，尚见足七形，文理分明。今虽有石覆无异，或人复以数重吉贝，重覆贴著石上，逾更明也。太子生时，以龙王夹太子左右，吐水浴太子，见一龙吐水暖，一龙吐水冷，遂成二池，今尚一冷一暖矣。太子未出家前十日，出往王田阎浮树下坐，树神以七宝奉太子，太子不受，于是思惟，欲出家也。王田去宫一据。据者，晋言十里也。太子以三月十五日夜出家，四天王来迎，各捧马足。尔时诸神天人侧塞，空中散天香花。此时以至河南摩强水，即于此水边作沙门。河南摩强水在迦维罗越北，相去十由旬。此水在罗阅祇瓶沙国，相去三十由旬。菩萨于是暂过瓶沙，王出见菩萨。菩萨于瓶沙随楼那果园中住一日，日暮便去半达钵愁宿。半达，晋言白也；钵愁，晋言山也。白山北去瓶沙国十里，明旦便去。暮宿昙兰山，去白山六由旬。于是径诣贝多树。贝多树在阅祇北，去昙兰山二十里。太子年二十九出家，三十五得道，此言与经异，故记所不同。竺法维曰：迦维卫国，佛所生天竺国也。三千日月、万二千天地之中央也。康泰《扶南传》曰：昔范旃⑰时，有谭杨国人家翔梨，尝从其本国到天竺，展转流贾，至扶南，为旃说天竺土俗。道法流通，金宝委积⑱，山川饶沃，恣所欲。左右大国，世尊重之。旃问云：今去何时可到？几年可回？梨言：天竺去此，可三万余里，往还可三年逾。及行，四年方返，以为天地之中也。恒水又东迳蓝莫塔。塔边有池，池中龙守护之。阿育王欲破塔作八万四千塔，悟龙王所供，知非世有，遂止。此中空荒无人，群象以鼻取水洒地，若苍梧、会稽，象耕鸟耘矣。恒水又东至五河口，盖五水所会，非所详矣。阿难从摩竭国向毗舍利，欲般泥洹，诸天告阿阇⑲世王，王追至河上。梨车闻阿难来，亦复来迎，俱到河上。阿难思惟：前则阿阇世王致恨，却则梨车复怨，即于中河入火光三昧，烧具两般泥洹。身二分，分各在一岸。二王各持半舍利还，起二塔。渡河南下一由巡，到摩竭提国巴连弗邑。邑，即是阿育王所治之城。城中宫殿皆起墙阙，雕文刻镂，累大石作山。山下作石室，长三丈，广二丈，高丈余。有大乘婆罗门子，名罗汰私婆，亦名文殊师利，住此城里。爽悟多智，事无不达，以清净自居。国王宗敬师事之。赖此一人，宏宣佛法，外不能陵。凡诸国中，惟此城为大，民人富盛，竞行仁义。阿育王坏七塔作八万四千塔。最初作大塔，在城南二里余。此塔前有佛迹，起精舍，北户向塔。塔南有石柱，大四五围，高三丈余，上有铭，题云：阿育王以阎浮提布施四方僧，还以钱赎塔。塔北三百步，阿育王于此作泥犁城。城中有石柱，亦高三丈余，上有师子，柱有铭，记作泥犁城因缘及年数日月。恒水又东南，迳小孤石山。山头有石室，石室南向，佛昔坐其中，天帝释以四十二事问佛，佛一一以指画石，画迹故在。恒水又西迳王舍新城，是阿阇世王所造。出城南四里入谷，至五山里。五山周围，状若城郭，即是萍⑳沙王旧城也。东西五六里，南北七八里。阿阇世王始欲害佛处。其城空荒，又无人径。入谷傅山，东南上十五里，到耆阇崛山。未至顶三里有石窟，南向，佛坐禅处。西北四十步，复有一石窟，阿难坐禅处。天魔波旬化作雕鹫，恐阿难。佛以神力，隔石舒手摩阿难肩，怖即得止。鸟迹、手孔悉存，故曰雕鹫窟也。其山峰秀端严，是五山之最高也。释氏《西域记》云：耆阇崛山在阿耨达王舍城东北，西望其山，有两峰双立，相去二三里，中道，鹫鸟常居其岭，土人号曰耆阇崛山。胡语耆阇，鹫也。又竺法维云：罗阅祇国有灵鹫山，胡语云耆阇崛山。山是青石，石头似鹫鸟。阿育王使人凿石，假安两翼两脚，凿治其身，今见存。远望似鹫鸟形，故曰灵鹫山也。数说不同，远迩亦异。今以法显亲宿其山，诵《首楞严》，香华供养，闻见之宗也。又西迳迦那城南三十里，到佛苦行六年坐树处，有林木。西行三里，到佛入水洗浴，天王按树枝得扳出池处。又北行二里，得弥家女奉佛乳糜处。从此北行二里，佛于一大树下石上东向坐食糜处。树石悉在，广长六尺，高减二尺。国中寒暑均调，树木或数千岁，乃至万岁。从此东北行二十里，到一石窟，菩萨入中，西向结跏趺⑳坐，心念：若我成道，当有神验。石壁上即有佛影见，长三尺许，今犹明亮。时天地大动，诸天在空言：此非过去当来诸佛成道处，去此西南行减半由旬，贝多树下，是过去当来诸佛成道处。诸天导引，菩萨起行，离树三十步，天授吉祥草，菩萨受之。复行十五步，五百青雀飞来，绕菩萨三匝西去。菩萨前到贝多树下，敷吉祥草，东向而坐。时魔王遣三玉女从北来试菩萨，魔王自从南来。菩萨以足指按地，魔兵却散，三女变为老姥，不自服⑳。佛于尼拘律树下方石上，东向坐。梵天来诣佛处，四天王捧钵处皆立塔。《外国事》曰：毗婆梨，佛在此一树下六年。长者女以金钵盛乳糜上佛，佛得乳糜，住足尼连禅河浴。浴竟，于河边啖糜竟，掷钵水中，逆流百步，钵没河中。迦梨郊龙王接取，在宫供养，先三佛钵亦见。佛于河傍坐摩诃菩提树，摩诃菩提树去贝多树二里，于此树下，七日思惟，道成，魔兵试佛。释氏《西域记》曰：尼连水南注恒水，水西有佛树，佛于此苦行，日食糜六年。西去城五里许，树东河上，即佛入水浴处。东上岸尼拘律树下坐修，舍女上糜于此。于是西度水，于六年树南贝多树下坐，降魔得佛也。佛图调曰：佛树中枯，其来时更生枝叶。竺法维曰：六年树去佛树五里。书其异也。法显从此东南行，还巴连弗邑，顺恒水西下，得一精舍，名旷野，佛所住处。复顺恒水西下，到迦尸国波罗奈城。竺法维曰：波罗奈国，在迦维罗卫国南千二百里，中间有恒水，东南流。佛转法轮处，在国北二十里。树名春浮，维摩所处也。法显曰：城之东北十里许，即鹿野苑，本辟支佛住此，常有野鹿栖宿，故以名焉。法显从此还居巴连弗邑。又顺恒水东行，其南岸有瞻婆大国。释氏《西域记》曰：恒曲次东，有瞻婆国，城南有卜佉兰池，恒水在北，佛下说戒处也。恒水又迳波丽国，即是佛外祖国也。法显曰：恒水又东到多摩梨軒⑳国，即是海口也。释氏《西域记》曰：大秦一名梨軒。康泰《扶南传》曰：从迦那调洲西南入大湾，可七八百里，乃到枝扈黎大江口，度江迳西行，极大秦也。又云：发拘利口入大湾中，正西北入，可一年余，得天竺江口，名恒水。江口有国，号担袟，属天竺。遣黄门字兴为担袟王。释氏《西域记》曰：恒水东流入东海。盖二水所注，两海所纳，自为东西也。释氏论：佛图调列《山海经》曰：西海之南，流沙之滨，赤水之后，黑水之前，有大山，名昆仑。又曰：钟山西六百里有昆仑山，所出五水。祖以《佛图调传》也。又近推得康泰《扶南传》，传昆仑山正与调合。如《传》，自交州至天竺最近。泰《传》亦知阿耨达山是昆仑山。释云：赖得调《传》，豁然为解，乃宣为《西域图》，以语法汰。法汰以常见怪，谓汉来诸名人，不应河在敦煌南数千里，而不知昆仑所在也。释云：复书曰按《穆天子传》：穆王于昆仑侧瑶池上，觞西王母。云：去宗周瀍涧万有一千一百里，何得不如调言？子今见泰《传》，非为前人不知也。而今以后，乃知昆仑山为无热丘，何云乃胡国外乎？余考释氏之言，未为佳证。《穆天子》、《竹书》及《山海经》皆埋缊岁久，编韦稀绝，书策落次，难以缉缀。后人假合，多差远意。至欲访地脉川，不与经符，验程准途，故自无会。释氏不复根其众归之鸿致[24]，陈其细趣，以辨其非，非所安也。今按《山海经》曰：昆仑墟在西北，帝之下都。昆仑之墟，方八百里，高万仞，上有木禾，面有九井，以玉为槛。面有九门，门有开明兽守之，百神之所在。郭璞曰：此自别有小昆仑也。又按《淮南之书》，昆仑之上，有木禾、珠树、玉树、璇树，不死树在其西，沙棠、琅玕在其东，绛树在其南，碧树、瑶树在其北。旁有四百四十门，门间四里，里间九纯，纯丈五尺。旁有九井，玉横维其西北隅。北门开以纳不周之风。倾宫、旋室、县圃、凉风、樊桐，在昆仑阊阖[25]之中，是其疏圃。疏圃之池，浸之黄水。黄水三周复其源，是谓丹水，饮之不死。河水出其东北陬，赤水出其东南陬，洋水出其西北陬。凡此四水，帝之神泉，以和百药，以润万物。昆仑之丘，或上倍之，是谓凉风之山，登之而不死；或上倍之，是谓玄圃之山，登之乃灵，能使风雨；或上倍之，乃维上天，登之乃神，是谓太帝之居。禹乃以息土填鸿水，以为名山，掘昆仑虚以为下地。高诱曰：地或作池，则以仿佛近佛图调之说。阿耨达六水，葱岭、于阗二水之限，与经史诸书全相乖异。又按《十洲记》：昆仑山在西海之戌地，北海之亥地，去岸十三万里，有弱水周匝绕山。东南接积石圃，西北接北户之室，东北临大阔之井，西南近承渊之谷。此四角大山，实昆仑之支辅也。积石圃南头，昔西王母告周穆王云，去咸阳四十六万里，山高平地三万六千里，上有三角，面方广万里，形如偃盆，下狭上广。故曰昆仑山有三角：其一角正北，干辰星之辉，名曰阆风巅；其一角正西，名曰玄圃台；其一角正东，名曰昆仑宫。其处有积金，为天墉城，面方千里。城上安金台五所，玉楼十二。其北户山、承渊山，又有墉城，金台玉楼，相似如一。渊精之阙，光碧之堂，琼华之室，紫翠丹房，景烛日晖，朱霞九光。西王母之所治，真官仙灵之所宗。上通旋机，元气流布，玉衡常理。顺九天而调阴阳，品物群生，希奇特出，皆在于此。天人济济，不可具记。其北海外，又有钟山，上有金台玉阙，亦元气之所含，天帝居治处也。考东方朔之言及《经》五万里之文，难言佛图调、康泰之《传》是矣。六合之内，水泽之藏，大非为巨，小非为细；存非为有，隐非为无，其所苞者广矣。于中同名异域，称谓相乱，亦不为寡。至如东海方丈，亦有昆仑之称；西洲铜柱，又有九府之治。东方朔《十洲记》曰：方丈在东海中央，东西南北岸相去正等。方丈面各五千里，上专是群龙所聚，有金玉琉璃之宫，三天司命所治处。群仙不欲升天者皆往来也。张华叙东方朔《神异经》曰：昆仑有铜柱焉，其高入天，所谓天柱也。围三千里，圆周如削；下有回屋，仙人九府治；上有大鸟，名曰希有。南向，张左翼覆东王公，右翼覆西王母，背上小处无羽，万九千里。西王母岁登翼上，之东王公也。故其柱铭曰：昆仑铜柱，其高入天，圆周如削，肤体美焉。其鸟铭曰：有鸟希有，绿赤煌煌，不鸣不食，东覆东王公，西覆西王母。王母欲东，登之自通。阴阳相须，惟会益工。《遁甲开山图》曰：五龙见教，天皇被迹，望在无外柱州昆仑山上[26]。荣氏《注》云：五龙治在五方，为五行神。五龙降，天皇兄弟十二人，分五方为十二部，法五龙之迹，行无为之化，天下仙圣，治在柱州昆仑山上。无外之山在昆仑东南万二千里，五龙、天皇，皆出此中，为十二时神也。《山海经》曰：昆仑之丘，实惟帝之下都，其神陆吾，是司天之九部及帝之囿时。然六合之内，其苞远矣。幽致冲妙[27]，难本以情，万像邃渊，思绝根寻。自不登两龙于云辙，骋八骏于龟途，等轩辕之访百灵，方大禹之集会计，儒墨之说，孰使辨哉？

**又出海外，南至积石山下，有石门。**

《山海经》曰：河水入渤海，又出海外。西北入禹所导积石山。山在陇西郡河关县西南羌中。余考群书，咸言河出昆仑，重源潜发，沦于蒲昌，出于海水。故《洛书》曰：河自昆仑，出于重野，谓此矣。迳积石而为中国河。故成公子安《大河赋》曰：览百川之宏壮，莫尚美于黄河，潜昆仑之峻极，出积石之嵯峨。释氏《西域记》曰：河自蒲昌，潜行地下，南出积石。而《经》文在此似如不比。积石宜在蒲昌海下矣。

① 褫（chǐ）：脱去。绵褫，意为久远脱略。

② 腠（còu，音凑）：肌肉的纹理。

③ 天汉：天上的银河。

④ 里语：俚语，俗语。

⑤ 意为穆天子把珪璧投入水中，作为献礼。

⑥ 蹑（niè，踩）悬絚（gēng，粗绳索）过河：踩着索桥过河。

⑦ 罽（jì，音济）：罽宾，西域古国。

⑧ 磴（dèng，音凳）：石级。

⑨ 秅：chá，音茶。

⑩ 猨（yuán，音元）：同"猿"。

⑪ 緤（xiè，音泄）：牵牲畜的绳子，同"绁"。

⑫ 醯（xī，音西）：醋。

⑬ 赍（jī，音激）：怀着，抱着。

⑭ 佉：qū，音区。

⑮ 柰：nài，音奈。

⑯ 师：同"狮"。

⑰ 旃：zhān，音毡。

⑱ 金宝委积：金银财宝积聚成堆。

⑲ 阇（shé，音蛇）：阇梨，高僧，泛指僧。

⑳ 荓（píng）：同"萍"。

㉑ 跏趺（jiā fū）：盘腿而坐，脚背放在股上，是佛教徒的一种坐法。

㉒ 不自服：意为不能自复。

㉓ 靬：qián，音钱。

㉔ 袄："祅"的异体字。

㉕ 鸿致：大概之意。释氏不再根究各种说法的大要。

㉖ 阊阖（chāng hé）：神话传说中的天门、宫门。

㉗ 五龙见教……：意为无龙来指教，天皇在无外柱州昆仑山上看到它们的踪迹。

㉘ 幽致冲妙：意为幽远的情致十分玄妙。

# 水经注卷二

## 河　水

**又南入葱岭山，又从葱岭出而东北流。**

河水重源有三，非惟二也。一源西出捐毒之国，葱岭之上，西去休循二百余里，皆故塞种也。南属葱岭，高千里。《西河旧事》曰：葱岭在敦煌西八千里，其山高大，上生葱，故曰葱岭也。河源潜发其岭，分为二水。一水西迳休循国南，在葱岭西。郭义恭《广志》曰：休循国，居葱岭，其山多大葱。又迳难兜国北，北接休循，西南去罽宾国三百四十里。河水又西迳罽宾国北。月氏之破，塞王南君罽宾，治循鲜城。土地平和，无所不有，金银珍宝，异畜奇物，逾于中夏大国也。山险，有大头痛、小头痛之山，赤土、身热之阪，人畜同然。河水又西迳月氏国南，治监氏城，其俗与安息同。匈奴冒顿单于破月氏，杀其王，以头为饮器，国遂分。远过大宛，西居大夏为大月氏。其余小众不能去者，共保南山羌中，号小月氏。故有大月氏、小月氏之名也。又西迳安息国南，城临妫①水，地方数千里，最大国也。有商贾车船行旁国，画革旁行，为书记也。河水与蜺罗跂禘②水同注雷翥海。释氏《西域记》曰：蜺罗跂禘，出阿耨达山之北，西迳于阗国。《汉书·西域传》曰：于阗之西，水皆西流，注西海。又西迳四大塔北，释法显所谓纠③尸罗国。汉言截头也。佛为菩萨时以头施人，故因名国。国东有投身饲饿虎处，皆起塔。又西迳揵陀卫国北，是阿育王子法益所治邑。佛为菩萨时，亦于此国以眼施人，其处亦起大塔。又有弗楼沙国，天帝释变为牧牛小儿，聚土为佛塔，法王因而成大塔，所谓四大塔也。《法显传》曰：国有佛钵，月氏王大兴兵众，来伐此国，欲持钵去，置钵象上，象不能进；更作四轮车载钵，八象共牵，复不进。王知钵缘未至，于是起塔，留钵供养。钵容二斗，杂色而黑多；四际分明，厚可二分，甚光泽。贫人以少花投中便满；富人以多花供养，正复百千万斛，终亦不满。佛图调曰：佛钵，青玉也。受三斗许，彼国宝之。供养时，愿终日香花不满，则如言；愿一把满，则亦便如言。又按道人竺法维所说，佛钵在大月支国，起浮图，高三十丈，七层，钵处第二层。金络络锁县钵④，钵是青石。或云：悬钵虚空。须菩提置钵在金机上，佛一足迹与钵共在一处。国王、臣民，悉持梵香、七宝、璧玉供养塔迹。佛牙、袈裟、顶相舍利，悉在弗楼沙国。释氏《西域记》曰：揵陀越王城西北，有钵吐罗越城，佛袈裟王城也。东有寺。重复寻川水，西北十里有河步罗龙渊，佛到渊上浣衣处，浣石尚存。其水至安息，注雷翥海。又曰：揵陀越西，西海中有安息国。竺枝《扶南记》曰：安息国去私诃条国二万里，国土临海上，即《汉书》天竺安息国也。户近百万，最大国也。《汉书·西域传》又云：黎轩、条支临西海。长老传闻，条支有弱水、西王母，亦未尝见。自条支乘水西行，可百余日近日所入也。或河水所通西海矣。故《凉土异物志》曰：葱岭之水分流东西，西入大海，东为河源，《禹记》所云昆仑者焉。张骞使大宛而穷河源，谓极于此，而不达于昆仑也。河水自葱岭分源，东迳迦舍罗国。释氏《西域记》曰：有国名伽舍罗逝。此国狭小，而总万国之要道无不由。城南有水，东北流出罗逝西山，山即葱岭也。迳岐沙谷，出谷分为二水。一水东流，迳无雷国北，治卢城，其俗与西夜、子合同；又东流迳依耐国北，去无雷五百四十里，俗同子合；河水又东，迳蒲犁国北，治蒲犁谷，北去疏勒五百五十里，俗与子合同。河水又东，迳皮山国北，治皮山城，西北去莎车三百八十里。

**其一源出于阗国南山，北流与葱岭所出河合，又东注蒲昌海。**

河水又东与于阗河合。南源导于阗南山，俗谓之仇摩置。自置北流，迳于阗国西，治西城，土多玉石。西去皮山三百八十里，东去阳关五千余里。释法显自乌帝西南行，路中无人民；沙行艰难，所迳之苦，人理莫比。在道一月五日，得达于阗。其国殷庶，民笃信，多大乘学，威仪齐整，器钵无声。城南十五里有利刹寺，中有石靴，石上有足迹，彼俗言是辟支佛迹。法显所不传，疑非佛迹也。又西北流注于河，即《经》所谓北注葱岭河也。南河又东，迳于阗国北。释氏《西域记》曰：河水东流三千里，至于阗，屈东北流者也。《汉书·西域传》曰：于阗已东，水皆东流。南河又东北迳扜⑤弥国北，治扜弥城，西去于阗三百九十里。南河又东迳精绝国北，西去扜弥四百六十里。南河又东迳且末国北，又东，右会阿耨达大水。释氏《西域记》曰：阿耨达山西北有大水，北流注牢兰海者也。其水北流迳且末南山，又北迳且末城西，国治且末城，西通精绝二千里，东去鄯善七百二十里。种五谷，其俗略与汉同。又曰：且末河东北流，迳且末北，又流而左会南河。会流东逝，通为注滨河。注滨河又东，迳鄯善国北，治伊循城，故楼兰之地也。楼兰王不恭于汉，元凤四年，霍光遣平乐监傅介子刺杀之，更立后王。汉又立其前王质子尉屠耆为王，更名其国为鄯善。百官祖道⑥横门。王自请天子曰：身在汉久，恐为前王子所害。国有伊循城，土地肥美，愿遣将屯田积粟，令得依威重。遂置田以镇抚之。敦煌索劢⑦，字彦义，有才略。刺史毛奕表行贰师将军，将酒泉、敦煌兵千人，至楼兰屯田，起白屋，召鄯善、焉耆、龟兹三国兵各千，横断注滨河。河断之日，水奋势激，波陵冒堤。劢厉声曰：王尊建节，河堤不溢；王霸精诚，呼沱不流。水德神明，古今一也。劢躬祷祀，水犹未减。乃列阵被杖，鼓噪谴叫，且刺且射，大战三日，水乃回减。灌浸沃衍，胡人称神。大田三年，积粟百万，威服外国。其水东注泽，泽在楼兰国北扞泥城，其俗谓之东故城，去阳关千六百里，西北去乌垒千七百八十五里，至墨山国千八百六十五里，西北去车师千八百九十里。土地沙卤，少田，仰谷旁国。国出玉，多葭苇、柽柳、胡桐、白草。国在东垂，当白龙堆，乏水草，常主发导，负水担粮，迎送汉使，故彼俗谓是泽为牢兰海也。释氏《西域记》曰：南河自于阗东于北三千里，至鄯善入牢兰海者也。北河自岐沙东分南河，即释氏《西域记》所谓二支北流，迳屈茨、乌夷、禅善，入牢兰海者也。北河又东北流，分为二水，枝流出焉。北河自疏勒迳流南河之北。《汉书·西域传》曰：葱岭以东，南北有山，相距千余里，东西六千里，河出其中。暨于温宿之南，左合枝水。枝水上承北河于疏勒之东，西北流迳疏勒国南，又东北与疏勒北山水合。水出北溪，东南流迳疏勒城下。南去莎车五百六十里，有市列，西当大月氏、大宛、康居道。释氏《西域记》曰：国有佛浴床，赤真檀木作之，方四尺。王于宫中供养。汉永平十八年，耿恭以戊己校尉，为匈奴左鹿蠡王所逼，恭以此城侧涧傍水，自金蒲迁居此城。匈奴又来攻之，壅绝涧水。恭于城中穿井，深一十五丈，不得水。吏士渴乏，笮马粪汁饮之。恭乃仰天叹曰：昔贰师拔佩刀刺山，飞泉涌出。今汉德神明，岂有穷哉？整衣服，向井再拜，为吏士祷之。有顷，水泉奔出，众称万岁。乃扬水以示之，虏以为神，遂即引去。后车师叛，与匈奴攻恭，食尽穷困，乃煮铠弩，食其筋革。恭与士卒同生死，咸无二心。围恭，不能下。关宠上书求救，建初元年，章帝纳司徒鲍昱之言，遣兵救之。至柳中，以校尉关宠分兵入高昌壁，攻交河城，车师降。遣恭军吏范羌，将兵二千人迎恭，遇大雪丈余，仅能至。城中夜闻兵马，大恐。羌遥呼曰：我范羌也。城中皆称万岁，开门相持涕泣。尚有二十六人，衣屦穿决，形容枯槁，相依而还。枝河又东迳莎车国南，治莎车城，西南去蒲犁七百四十里。汉武帝开西域，屯田于此。有铁山，出青玉。枝河又东迳温宿国南，治温宿城，土地物类与鄯善同。北至乌孙赤谷六百一十里，东通姑墨二百七十里。于此枝河右入北河。北河又东迳姑墨国南，姑墨川水注之。水导姑墨西北，历赤沙山，东南流迳姑墨国西，治南城。南至于阗，马行十五日，土出铜铁及雌黄。其水又东南流，右注北河。北河又东迳龟兹国南，又东左合龟兹川。水有二源，西源出北大山南。释氏《西域记》曰：屈茨北二百里有山，夜则火光，昼日但烟。人取此山石炭，冶此山铁，恒充三十六国用。故郭义恭《广志》云：龟兹能铸冶。其水南流迳赤沙山。释氏《西域记》曰：国北四十里，山上有寺，名雀离大清净。又出山东南流，枝水左派焉。又东南，水流三分，右二水俱东南流，注北河。东川水出龟兹东北，历赤沙、积梨南流。枝水右出，西南入龟兹城。音屈茨也，故延城矣。西去姑墨六百七十里。川水又东南流，迳于轮台之东也。昔汉武帝初通西域，置校尉屯田于此。搜粟都尉桑弘羊奏言：故轮台以东，地广，饶水草，可溉田五千顷以上；其处温和田美，可益通沟渠，种五谷，收获与中国同。时匈奴弱，不敢近西域，于是徙莎车，相去千余里，即是台也。其水又东南流，右会西川枝水。水有二源，俱受西川，东流迳龟兹城南，合为一水。水间有故城，盖屯校所守也。其水东南注东川，东川水又东南迳乌垒国南。治乌垒城，西去龟兹三百五十里，东去玉门阳关二千七百三十八里，与渠犁田官相近。土地肥饶，于西域为中，故都护治焉。汉使持节郑吉，并护北道，故号都护。都护之起，自吉置也。其水又东南注大河。大河又东，右会敦薧之水。其水出焉耆之北，敦薧之山，在匈奴之西，乌孙之东。《山海经》曰：敦薧之山，敦薧之水出焉，而西流注于泑泽。出于昆仑之东北隅，实惟河源者也。二源俱道，西源东流分为二水：左水西南流，出于焉耆之西，迳流焉耆之野，屈而东南流，注于敦薧之渚；右水东南流，又分为二，左右焉耆之国，城居四水之中，在河水之洲。治员渠城，西去乌垒四百里。南会两水，同注敦薧之浦。东源东南流，分为二水，洞澜双引，洪湍浚发，俱东南流，迳出焉耆之东，导于危须国西。国治危须城，西去焉耆百里。又东南注，流于敦薧之薮。川流所积，潭水斯涨，溢而为海。《史记》曰：焉耆近海，多鱼鸟。东北隔大山，与车师接。敦薧之水，自西海迳尉犁国。国治尉犁城，西去都护治所三百里，北去焉耆百里。其水又西出沙山铁关谷，又西南流，迳连城别注，裂以为田。桑弘羊曰：臣愚以为连城以西，可遣屯田，以威西国，即此处也。其水又屈而南，迳渠犁国西。故《史记》曰：西有大河，即斯水也。又东南流，迳渠犁国。治渠犁城，西北去乌垒三百三十里。汉武帝通西域，屯渠犁，即此处也。南与精绝接，东北与尉犁接。又南流注于河。《山海经》曰：敦薧之水，西流注于泑泽。盖乱河⑧流自西南注也。河水又东迳墨山国南。治墨山城，西至尉犁二百四十里。河水又东，迳注宾城南，又东迳楼兰城南而东注，盖垆⑨田土所屯，故城禅国名耳。河水又东注于泑泽，即《经》所谓蒲昌海也。水积鄯善之东北，龙城之西南。龙城，故姜赖之虚，胡之大国也。蒲昌海溢，荡覆其国，城基尚存而至大，晨发西门，暮达东门。浍⑩其崖岸，余溜风吹，稍成龙形，西面向海，因名龙城。地广千里，皆为盐而刚坚也。行人所迳，畜产皆布毡卧之。掘发其下，有大盐，方如巨枕，以次相累。类雾起云浮，寡见星日；少禽，多鬼怪。西接鄯善，东连三沙，为海之北隤矣。故蒲昌亦有盐泽之称也。《山海经》曰：不周之山，北望诸毗之山，临彼岳崇之山，东望泑泽，河水之所潜也。其源浑浑泡泡者也。东去玉门阳关千三百里，广轮四百里。其水澄渟，冬夏不减。其中洄湍电转，为隐沦之脉。当其澴⑪流之上，飞禽奋翻于霄中者，无不坠于渊波矣。即河水之所潜而出于积石也。

**又东入塞，过敦煌、酒泉、张掖郡南，**

河自蒲昌，有隐沦之证，并间关入塞之始。自此《经》当求实致也。河水重源，又发于西塞之外，出于积石之山。《山海经》曰：积石之山，其下有石门，河水冒以西流。是山也，万物无不有。《禹贡》所谓导河自积石也。山在西羌之中，烧当所居也。延熹二年，西羌烧当犯塞，护羌校尉段颎⑫讨之，追出塞，至积石山，斩首而还。司马彪曰：西羌者，自析支以西滨于河首，左右居也。河水屈而东北流，迳析支之地，是为河曲矣。应劭曰：《禹贡》析支，属雍州，在河关之西。东去河关千余里，羌人所居，谓之河曲羌也。东北历敦煌、酒泉、张掖南。应劭《地理风俗记》曰：敦煌，酒泉，其水甘若酒味故也；张掖，言张国臂掖，以威羌狄。《说文》曰：郡制，天子地方千里，分为百县，县有四郡。故《春秋传》曰：上大夫县，下大夫郡。至秦，始置三十六郡以监县矣。从邑，君声。《释名》曰：郡，群也，人所群聚也。黄义仲《十三州记》曰：郡之言君也，改公侯之封而言君者，至尊也。郡守专权，君臣之礼弥崇。今郡字君在其左，邑在其右，君为元首，邑以载民，故取名于君，谓之郡。《汉官》曰：秦用李斯议，分天下为三十六郡。凡郡，或以列国，陈、鲁、齐、吴是也；或以旧邑，长沙、丹阳是也；或以山陵，太山、山阳是也；或以川原，西河、河东是也；或以所出，金城，城下得金，酒泉，泉味如酒，豫章，樟树生庭，雁门，雁之所育是也；或以号令，禹合诸侯，大计东冶之山，因名会稽是也。河迳其南而缠络远矣。河水自河曲又东，迳西海郡南。汉平帝时，王莽秉政，欲耀威德，以服远方，讽羌献西海之地，置西海郡，而筑五县焉。周海亭燧相望。莽篡政纷乱，郡亦弃废。河水又东迳允川而历大榆、小榆谷北。羌迷唐、钟存所居也。永元五年，贯友代聂尚为护羌校尉，攻迷唐，斩获八百余级，收其熟麦数万斛，于逢留河上筑城以盛麦；且作大船，于河峡作桥渡兵，迷唐遂远依河曲。永元九年，迷唐复与钟存东寇而还。十年，谒者王信、耿谭西击迷唐，降之，诏听还大、小榆谷。迷唐谓汉造河桥，兵来无时，故地不可居，复叛，居河曲，与羌为仇。种人与官兵击之允川，去迷唐数十里营止，遣轻兵挑战，因引还；迷唐追之至营，因战，迷唐败走，于是西海及大、小榆谷无复聚落。隃麋[13]相曹凤上言：建武以来，西戎数犯法，常从烧当种起。所以然者，以其居大、小榆谷，土地肥美，又近塞内，与诸种相傍，南得钟存，以广其众；北阻大河，因以为固。又有西海鱼盐之利，缘山滨河以广田蓄，故能强大，常雄诸种。今党援沮坏，亲属离叛，其余胜兵不过数百。宜及此时，建复西海郡、县，规固二榆，广设屯田，隔塞羌胡交关之路；殖谷富边，省输转之役。上拜凤为金城西部都尉，遂开屯田二十七部，列屯夹河，与建威相首尾。后羌反，遂罢。按段国《沙州记》：吐谷浑于河上作桥，谓之河厉，长百五十步。两岸累石作基陛，节节相次，大木从横更镇压，两边俱平，相去三丈，并大材以板横次之。施钩栏，甚严饰。桥在清水川东也。

**又东过陇西河关县北，洮水从东南来流注之。**

河水右迳沙州北。段国曰：浇河西南百七十里有黄沙。沙，南北百二十里，东西七十里，西极大杨川。望黄沙，犹若人委乾糒[14]于地，都不生草木，荡然黄沙，周回数百里，沙州于是取号焉。《地理志》曰：汉宣帝神爵二年，置河关县，盖取河之关塞也。《风俗通》曰：百里曰同，总名为县。縣（县），玄也，首也，从系倒晳（首），举首易偏矣。言当玄静，平徭役也。《释名》又曰：县，悬也，悬于郡矣。黄义仲《十三州记》曰：县，弦也。弦以贞直，言下体之居，邻民之位，不轻其誓；施绳用法，不曲如弦。弦声近县，故以取名。今系字在半也。汉高帝六年，令天下县邑城。张晏曰：令各自筑其城也。河水又东北流，入西平郡界，左合二川，南流入河。又东北，济川水注之。水西南出滥渎，东北流入大谷，谓之大谷水；北迳浇河城西南，北流注于河。河水又东，迳浇河故城北。有二城，东西角倚，东北去西平二百二十里。宋少帝景平中，拜吐谷浑阿豺为安西将军浇河公，即此城也。河水又东北，迳黄川城。河水又东，迳石城南，左合北谷水。昔段颎击羌于石城，投河坠坑而死者八百余人，即于此也。河水又东北迳黄河城南，西北去西平二百一十七里。河水又东北迳广违城北，右合乌头川水。水发远川，引纳支津，北迳城东，而北流注于河。河水又东迳邯川城南。城之左右，历谷有二水导自北山，南迳邯亭，注于河。河水又东，临津溪水注之。水自南山，北迳临津城西而北流注于河。河水又东，迳临津城北、白土城南。《十三州志》曰：左南津西六十里，有白土城。城在大河之北，而为缘河济渡之处。魏凉州刺史郭淮破羌遮塞于白土，即此处矣。河水又东，左会白土川水。水出白土城西北下，东南流迳白土城北，又东南注于河。河水又东北会两川，右合二水，参差夹岸，连壤负险相望。河北有层山，山甚灵秀。山峰之上，立石数百丈，亭亭桀竖。竞势争高，远望嶷嶷[15]，若攒图之托霄上。其下层岩峭举，壁岸无阶，悬岩之中，多石室焉。室中若有积卷矣，而世士罕有津达者，因谓之积书岩。岩堂之内，每时见神人往还矣，盖鸿衣羽裳之士，练精饵食之夫耳，俗人不悟其仙者，乃谓之神鬼。彼羌目鬼曰唐述，复因名之为唐述山，指其堂密之居，谓之唐述窟。其怀道宗玄之士、皮冠净发之徒，亦往栖托焉。故《秦州记》曰：河峡崖傍有二窟：一曰唐述窟，高四十丈；西二里有时亮窟，高百丈，广二十丈，深三十丈，藏古书五笥。亮，南安人也。下封有水，导自是山，溪水南注河，谓之唐述水。河水又东得野亭南，又东北流历研川，谓之研川水。又东北注于河，谓之野亭口。河水又东历凤林北。凤林，山名也，五峦俱峙。耆彦云：昔有凤鸟，飞游五峰，故山有斯目矣。《秦州记》曰：枹罕[16]原北名凤林川，川中则黄河东流也。
河水又东与漓水合，水导源塞外羌中。故《地理志》曰：其水出西塞外，东北流历野房中，迳消
铜城西。又东北迳列城东。考《地说》无目，盖出自戎方矣。左合列水，水出西北溪，东北流迳
列城北，右入漓水，城居二水之会也。漓水又北迳可石孤城西，西戎之名也；又东北，右合黑城
溪水。水出西北山下，东南流迳黑城南。又东南，枝水左出焉。又东南入漓水。漓水又东北迳榆
城东，榆城溪水注之。水出素和细越西北山下，东南流迳细越川，夷俗乡名也。又东南出狄周
峡，东南右合黑城溪之枝津。津水上承溪水，东北迳黑城东，东北注之榆溪。又东南，迳榆城
南，东北注漓水。漓水又东北迳石门口。山高险峻绝，对岸若门，故峡得厥名矣。疑即皋兰山门
也。汉武帝元狩三年，骠骑霍去病出陇西，至皋兰，谓是山之关塞也。应劭《汉书音义》曰：皋
兰在陇西白石县塞外，河名也。孟康曰：山关名也。今是山去河不远，故论者疑目河山之间矣。
漓水又东北，皋兰山水自山左右翼注漓水。漓水又东，白石川水注之。水出县西北山下，东南
流，枝津东注焉。白石川水，又南迳白石城西，而注漓水。漓水又东迳白石县故城南，王莽更曰
顺砾。阚骃曰：白石县在狄道西北二百八十五里，漓水其北。今漓水迳其南，而不出其北也。漓
水又东迳白石山北。应劭曰：白石山在东，罗溪水注之。水出西南山下，东入漓水。漓水又东，
左合罕幵[17]南溪水。水出罕幵西，东南流迳罕幵南注之。《十三州志》曰：广大阪在枹罕西北，
罕幵在焉。昔慕容吐谷浑自燕历阴山西驰，而创居于此。漓水又东，迳枹罕县故城南。应劭曰：
故枹罕侯邑也。《十三州志》曰：枹罕县在郡西二百一十里，漓水在城南门前东过也。漓水又东
北，故城川水注之。水有二源，南源出西南山下，东北流迳金纽大岭北，又东北迳一故城南，又
东北与北水会；北源自西南迳故城北，右入南水。乱流东北流漓水。漓水又东北，左合白石川之
枝津，水上承白石川，东迳白石城北，又东绝罕幵溪，又东迳枹罕城南，又东入漓水。漓水又东
北出峡，北流注于河。《地理志》曰：漓水出白石县西塞外，东至枹罕入河。河水又迳左南城南。
《十三州志》曰：石城西一百四十里有左南城者也，津亦取名焉。大河又东，迳赤岸北，即河夹
岸也。《秦州记》曰：枹罕有河夹岸，岸广四十丈。义熙中，乞佛于此河上作飞桥，桥高五十丈，
三年乃就。河水又东，洮水注之。《地理志》曰：水出塞外羌中。《沙州记》曰：洮水与垫江水，
俱出嵹台山[18]，山南即垫江源；山东则洮水源。《山海经》曰：白水出蜀。郭景纯《注》云：从
临洮之西倾山，东南流入汉，而至垫江，故段国以为垫江水也。洮水同出一山，故知嵹台，西
倾之异名也。洮水东北流，迳吐谷浑中。吐谷浑者，始是东燕慕容之枝庶，因氏其字以为首类之
种号也，故谓之野虏。自洮嵹南北三百里中，地草遍是龙须，而无樵柴。洮水又东北流迳洮阳
曾城北。《沙州记》曰：嵹城东北三百里有曾城，城临洮水者也。建初二年，羌攻南部都尉于临
洮，上遣行车骑将军马防与长水校尉耿恭救之，诸羌退聚洮阳，即此城也。洮水又东迳洪和山
南，城在四山中。洮水又东迳迷和城北，羌名也。又东迳甘枳亭，历望曲，在临洮西南，去龙桑
城二百里。洮水又东迳临洮县故城北。禹治洪水，西至洮水之上，见长人，受黑玉书于斯水上。
洮水又东北流，屈而迳索西城西。建初二年，马防、耿恭从五溪祥槛谷出索西，与羌战，破之，
筑索西城，徙陇西南部都尉居之。俗名赤水城，亦曰临洮东城也。《沙州记》曰：从东洮至西洮
百二十里者也。洮水又屈而北，迳龙桑城西而西北流。马防以建初二年，从安故五溪出龙桑，开
通旧路者也，俗名龙城。洮水又西北迳步和亭东，步和川水注之。水出西山下，东北流出山，迳
步和亭北，东北注洮水。洮水又北出门峡，历求阙川，虆[19]川水注之，水出桑岚西溪，东流历桑
岚川，又东迳虆川北，东入洮水。洮水又北历峡，迳偏桥，出夷始梁，右合虆垲[20]川水。水东南
出石底横下，北历虆垲川，西北注洮水。洮水又东北迳桑城东，又北会蓝川水。水源出求厥川西
北溪，东北流迳蓝川，历桑城北，东入洮水。洮水又北迳外羌城西，又北迳和博城东，城在山

内，左合和博川水。水出城西南山下，东北迳和博城南，东北注于洮水。洮水北迳安故县故城西。《地理志》陇西之属县也。《十三州志》曰：县在郡南四十七里。盖延转击狄道、安故五溪反羌，大破之，即此也。洮水又北迳狄道故城西。阚骃曰：今曰武始也。洮水在城西北流，又北，陇水注之，即《山海经》所谓滥水也。水出鸟鼠山西北高城岭，西迳陇坻，其山岸崩落者，声闻数百里，故扬雄称响若坻颓是也。又西北，历白石山下。《地理志》曰：狄道东有白石山。滥水又西北，迳武街城南，又西北迳狄道故城东。《百官表》曰：县有蛮夷谓之道，公主所食曰邑。应劭曰：反舌左衽[21]，不与华同，须有译言乃通也。汉陇西郡治，秦昭王二十八年置。应劭曰：有陇坻在其东，故曰陇西也。《神仙传》曰：封君达，陇西人，服炼水银，年百岁，视之如年三十许，骑青牛，故号青牛道士。王莽更郡县之名，郡曰厌戎，县曰操房也。昔马援为陇西太守六年，为狄道开渠，引水种粳稻，而郡中乐业，即此水也。滥水又西北流，注于洮水。洮水右合二水，左会大夏川水，水出西山，二源合舍而乱流，迳金纽城南。《十三州志》曰：大夏县西有故金纽城，去县四十里，本都尉治。又东北迳大夏县故城南。《地理志》三莽之顺夏。《晋书·地道记》曰：县有禹庙，禹所出也。又东北出山，注于洮水。洮水又北，翼带三水，乱流北入河。《地理志》曰：洮水北至枹罕，东入河是也。

## 又东过金城允吾县北，

金城郡治也，汉昭帝始元六年置。王莽之西海也。莽又更允吾为修远县。河水迳其南，不在其北。南有湟水，出塞外，东迳西王母石室、石釜、西海、盐池北，故阚骃曰：其西即湟水之源也。《地理志》曰：湟水所出。湟水又东南流迳龙夷城，故西零之地也。《十三州志》曰：城在临羌新县西三百一十里，王莽纳西零之献，以为西海郡，治此城。湟水又东南，迳卑禾羌海北，有盐池。阚骃曰：县西有卑禾羌海者也。世谓之青海，东去西平二百五十里。湟水东流迳湟中城北，故小月氏之地也。《十三州志》曰：西平、张掖之间，大月氏之别，小月氏之国。范晔《后汉书》曰：湟中月氏胡者，其王为匈奴所杀，余种分散，西逾葱岭，其弱者南入山，从羌居止，故受小月氏之名也。《后汉·西羌传》曰：羌无弋爰剑者，秦厉公时，以奴隶亡入三河，羌怪为神，推以为豪。河、湟之间，多禽兽，以射猎为事，遂见敬信，依者甚众。其曾孙忍，因留湟中，为湟中羌也。湟水又东，右控四水，导源四溪，东北流，注于湟。湟水又东迳赤城北，而东入，经戎峡口，右合羌水。水出西南山下，迳护羌城东，故护羌校尉治。又东北迳临羌城西，东北流注于湟。湟水又东迳临羌县故城北。汉武帝元封元年以封孙都为侯国，王莽之监羌也，谓之绥戎城，非也。湟水又东，卢溪水注之。水出西南卢川，东北流，注于湟水。湟水又东迳临羌新县故城南。阚骃曰：临羌新县在郡西百八十里，湟水迳城南也。城有东、西门，西北隅有子城。湟水又东，右合溜溪、伏溜、石杜、蠡四川，东北流注之；左会临羌溪水。水发新县西北，东南流，历县北，东南入湟水。湟水又东，龙驹川水注之。水右出西南山下，东北流迳龙驹城，北流注于湟水。湟水又东，长宁川水注之。水出松山，东南流迳晋昌城，晋昌川水注之。长宁水又东南，养女川水注之。水发养女北山，有二源，皆长湍远发[22]，南总一川，迳养女山，谓之养女川。阚骃曰：长宁亭北有养女岭，即浩亹[23]山，西平之北山也。乱流出峡，南迳长宁亭东。城有东西门，东北隅有金城，在西平西北四十里。《十三州志》曰六十里，远矣。长宁水又东南与一水合。水出西山，东南流。水南山上，有风伯祠，春秋祭之。其水东南迳长宁亭南，东入长宁水。长宁水又东南流，注于湟水。湟水又东，牛心川水注之。水出西南远山，东北流迳牛心堆东，又北迳西平亭西，东北入湟水。湟水又东，迳西平城北。东城，即故亭也。汉景帝六年，封陇西太守北地公孙浑邪为侯国。魏黄初中，立西平郡，凭倚故亭，增筑南、西、北三城，以为郡治。湟水又东迳土楼南。楼北倚山原，峰高三百尺，有若削成。楼下有神祠，雕墙故壁存焉。阚骃曰：西平亭北，有土楼神祠者也。今在亭东北五里，右则五泉注之。泉发西平亭北，雁次相缀，东北流，至土楼南，北入湟水。湟水又东，右合葱谷水。水有四源，各出一溪，乱流注于湟。湟水又东，迳东亭北，东出漆峡，山峡也。东流，右则漆谷常溪注之，左则甘夷川水入焉。湟水又东，安夷川水注之。水发远山，西北流，控引众川，北屈，迳安夷城西北，东入湟水。湟水又东，迳安夷县故城。城有东西门，在西平亭东七十里，阚骃曰：四十里。湟水又东，左合宜春水。水出东北宜春溪，西南流至安夷城南，入湟水。湟水又东，勒且溪水注之。水出县东南勒且溪，北流迳安夷城东，而北入湟水。湟水有勒且之名，疑即此号也。阚骃曰：金城河初与浩亹河合，又与勒且河合者也。湟水又东，左则承流谷水南入；右会达扶东西二溪水，参差北注，乱流东出，期顿、鸡谷二水北流注之。又东，吐那、孤长门两川，南流入湟水。六山名也[24]。湟水又东，迳乐都城南，东流，右合来谷、乞斤二水，左会阳非、流溪、细谷三水。东迳破羌县故城南。应劭曰：汉宣帝神爵二年置，城，省南门。《十三州志》曰：湟水河在南门前东过，六谷水自南，破羌川自北，左右翼注湟水。又东南迳小晋兴城北，故都尉治。阚骃曰：允吾县西四十里，有小晋兴城。湟水又东，与阁门河合，即浩亹河也。出西塞外，东入塞，迳敦煌、酒泉、张掖南。东南迳西平之鲜谷塞尉故城南。又东南与湛水合。水有二源，西水出白岭下，东源发于白岸谷，合为一川，东南流至雾山，注阁门河。阁门河又东迳养女北山，东南左合南流川水。水出北山，南流入于阁门河。阁门河又东，迳浩亹县故城南，王莽改曰兴武矣。阚骃曰：浩，读阁也，故亦曰阁门水，两兼其称矣。又东流，注于湟水。故《地理志》曰：浩亹水东至允吾入湟水。湟水又东迳允吾县北，为郑伯津，与涧水合。水出令居县西北塞外，南流迳其县故城西。汉武帝元鼎二年置，王莽之罕虏也。又南迳永登亭西，历黑石谷，南流注郑伯津。湟水又东，迳允街县故城南，汉宣帝神爵二年置，王莽之修远亭也。县有龙泉，出允街谷，泉眼之中，水文成交龙，或试挠破之，寻平成龙。畜生将饮者，皆畏避而走，谓之龙泉，下入湟水。湟水又东迳枝阳县，逆水注之。水出允吾县之参街谷，东南流迳街亭城南。又东南迳阳非亭北，又东南迳广武城西，故广武都尉治。郭淮破叛羌，治无戴于此处也。城之西南二十许里，水西有马蹄谷。汉武帝闻大宛有天马，遣李广利伐之，始得此马，有角为奇。故汉武帝《天马之歌》曰：天马来兮历无草，迳千里兮循东道。胡马感北风之思，遂顿羁绝绊，骧首而驰。晨发京城，夕至敦煌北塞外，长鸣而去，因名其处曰候马亭。今晋昌郡南及广武马蹄谷，盘石上马迹若践泥中，有自然之形，故其俗号曰天马径。夷人在边效刻，是有大小之迹，体状不同，视之便别。逆水又东，迳枝阳县故城南，东南入于湟水。《地理志》曰：逆水出允吾，东至枝阳，入湟。湟水又东流，注于金城河，即积石之黄河也。阚骃曰：河至金城县，谓之金城河，随地为名也。释氏《西域记》曰：牢兰海东伏流龙沙堆，在屯皇东南四百里阿步干鲜卑山，东流至金城为大河。河出昆仑，昆仑即阿耨达山也。河水又东，迳石城南，谓之石城津。阚骃曰：在金城西北矣。河水又东南迳金城县故城北。应劭曰：初筑城得金，故曰金城也。《汉书集注》，薛瓒云：金者，取其坚固也，故墨子有金城汤池之言矣。王莽之金屏也。《世本》曰：鲧作城。《风俗通》曰：城，盛也。从土，成声。《管子》曰：内为之城，城外为之郭，郭外为之土阆。地高则沟之，下则堤之，命之曰金城。《十三州志》曰：大河在金城北门，东流，有梁泉注之。出县之南山。按耆旧言：梁晖，字始娥，汉大将军梁冀后，冀诛，入羌。后其祖父为羌所推为渠帅而居此城。土荒民乱，晖将移居枹罕，出顿此山，为群羌围迫，无水。晖以所执榆鞭竖地，以青羊祈山，神泉涌出，榆木成林。其水自县北流注于河也。

**又东过榆中县北，**

　　昔蒙恬为秦北逐戎人，开榆中之地。按《地理志》，金城郡之属县也，故徐广《史记音义》

曰：榆中，在金城。即阮嗣宗《劝进文》所谓榆中以南者也。

**又东过天水北界，**

苑川水出勇士县之子城南山，东北流历此成川，世谓之子城川。又北迳牧师苑，故汉牧苑之地也。羌豪迷吾等万余人，到襄武、首阳、平襄、勇士，抄此苑马，焚烧亭驿，即此处也。又曰：苑川水地，为龙马之沃土，故马援请与田户中分以自给也。有东、西二苑城，相去七十里。西城即乞佛所都也。又北入于河也。

**又东北过武威媪围县南，**

河水迳其界，东北流。县西南有泉源，东迳其县南；又东北入河也。

**又东北过天水勇士县北，**

《地理志》曰：满福也，属国都尉治。王莽更名之曰纪德。有水出县西，世谓之二十八渡水，东北流，溪涧萦曲，途出其中，迳二十八渡，行者勤于溯涉，故因名焉。北迳其县而下注河。又有赤眸川水南出赤蒿谷，北流迳赤眸川，又北迳牛官川，又北迳义城西北，北流历三城川，而北流注于河也。

**又东北过安定北界麦田山，**

河水东北流迳安定祖厉县故城西北。汉武帝元鼎三年幸雍，遂逾陇，登空同，西临祖厉河而还，即于此也。王莽更名之曰乡礼也。李斐曰：音赖。又东北，祖厉川水注之。水出祖厉南山，北流迳祖厉县而西北流，注于河。河水又东北迳麦田城西。又北，与麦田泉水合。水出城西北，西南流注于河。河水又东北迳麦田山西谷，山在安定西北六百四十里。河水又东北迳于黑城北，又东北，高平川水注之，即苦水也。水出高平大陇山苦水谷。建武八年，世祖征隗嚣，吴汉从高平第一城苦水谷入，即是谷也。东北流迳高平县故城东。汉武帝元鼎三年置，安定郡治也。王莽更名其县曰铺睦。西十里有独阜，阜上有故台，台侧有风伯坛，故世俗呼此阜为风堆。其水又北，龙泉水注之。水出县东北七里龙泉，东北流，注高平川。川水又北出秦长城，城在县北一十五里。又西北流迳东西二土楼故城门北，合一水。水有五源，咸出陇山西。东水发源县西南二十六里湫渊，渊在四山中。湫水北流，西北出长城北，与次水会。水出县西南四十里长城西山中，北流迳魏行宫故殿东，又北，次水注之。出县西南四十里山中，北流迳行宫故殿西，又北合次水。水出县西南四十八里，东北流，又与次水合。水出县西南六十里酸阳山，东北流，左会右水，总为一川。东迳西楼北，东注苦水。段颍为护羌校尉，于安定高平苦水讨先零，斩首八千级于是水之上。苦水又北，与石门水合。水有五源。东水导源高平县西八十里，西北流，次水注之。水出县西百二十里如州泉，东北流，右入东水。乱流，左会三川，参差相得，东北同为一川，混涛历峡。峡即陇山上之北垂也，谓之石门口，水曰石门水，在县西北八十余里。石门之水又东北，注高平川。川水又北，自延水注之。水西出自延溪，东流历峡，谓之自延口，在县西北百里。又东北迳延城南，东入高平川。川水又北，迳廉城东。按《地理志》，北地有廉县。阚骃言：在富平北。自昔匈奴侵汉，新秦之土，率为狄场，故城旧壁，尽从胡目。地理沦移，不可复识，当是世人误证也。川水又北，苦水注之。水发县东北百里山，流注高平川。川水又北迳三水县西，肥水注之。水出高平县西北二百里牵条山西，东北流，与若勃溪合。水有二源，总归一渎，东北流入肥。肥水又东北流，违泉水注焉。泉流所发，导于若勃溪东，东北流入肥。肥水又东北出峡，注于高平川。水东有山，山东有三水县故城，本属国都尉治，王莽之广延亭也。西南去安定郡三百四十里。议郎张奂为安定属国都尉，治此。羌有献金马者，奂召主簿张祁入，于羌前以酒酹地曰：使马如羊，不以入厩；使金如粟，不以入怀。尽还不受，威化大行。县东有温泉，温泉东有盐池，故《地理志》曰：县有盐官。今于城之东北有故城，城北有三泉，疑即县之盐官也。高平川水又北入于河。河水又东北迳眴㉕卷县故城西。《地理志》曰：河水别出为河沟，东至富平，北入河。河水于此有上河之名也。

---

① 妫（guī）：妫水，水名，在河北。

② 蜺（ní）罗跂禘（dì）：水名。

③ 纠（jiū）：同"纠"。

④ 金络络锁县钵：意为将钵裹上金丝网络悬挂着。

⑤ 扜弥（wū mí）：我国古代西域城国名。

⑥ 祖道：古人于出行前祭祀路神称祖道，后称饯行为祖道。

⑦ 劢：mài，音迈。

⑧ 乱河：意为穿过河水。

⑨ 垡（bá，音拔）：耕地时第一雷翻起的土块。

⑩ 浍（kuài）：田间排水之渠。

⑪ 澴（huán）：水回旋的样子。

⑫ 颎（jiǒng）：音炯。

⑬ 隃糜（yú mí）：地名。

⑭ 糒（bèi，音备）：干饭。

⑮ 嵾（cēn）：不齐的样子。

⑯ 罕：同"罕"。

⑰ 幵：（jiān）：音尖。

⑱ 蛩（qiàng）台山：山名，即青海西倾山。

⑲ 藚：xùn，音讯。

⑳ 垲：kǎi，音凯，地势高而且干燥。

㉑ 左衽（rèn）：同"衽"，衣襟。左衽意为衣襟开在左边。

㉒ 皆长湍远发：意为都是从远处来的急流。

㉓ 浩亹（mén）：地名。

㉔ 六山名也：意为这六条水是以发源地的六座山来命名的。

㉕ 眴（xún 卷）：县名，故城在今宁夏中卫县东。

# 水经注卷三

## 河 水

**又北过北地富平县西，**

河侧有两山相对，水出其间，即上河峡也，世谓之为青山峡。河水历峡北注，枝分东出。河水又北迳富平县故城西，秦置北部都尉，治县城。王莽名郡为威戎，县曰持武。建武中，曹凤，字仲理，为北地太守。政化尤异，黄龙应于九里谷高冈亭①，角长三尺，大十围，梢至十余丈。天子嘉之，赐帛百匹，加秩②中二千石。河水又北，薄骨律镇城在河渚上，赫连果城也。桑果余林，仍列洲上。但语出戎方，不究城名。访诸耆旧，咸言故老宿彦云：赫连之世，有骏马死此，取马色以为邑号，故目城为白口骝。韵之谬，遂仍今称，所未详也。河水又迳典农城东，世谓之胡城；又北迳上河城东，世谓之汉城。薛瓒曰：上河在西河富平县，即此也。冯参为上河典农都尉所治也。河水又北迳典农城东，俗名之为吕城，皆参所屯，以事农畎③。河水又东北迳廉县故城东，王莽之西河亭。《地理志》曰：卑移山在西北。河水又北，与枝津合。水受大河，东北迳富平城，所在分裂，以溉田圃。北流入河，今无水。《尔雅》曰：灉④，反入。言河决复入者也。河之有灉，若汉之有潜也。河水又东北迳浑怀障西。《地理志》浑怀都尉治塞外者也。太和初，三齐平，徙历下民居此，遂有历城之名矣。南去北地三百里。河水又东北，历石崖山西，去北地五百里。山石之上，自然有文，尽若虎马之状，粲然成著，类似图焉，故亦谓之画石山也。

### 又北过朔方临戎县西，

河水东北迳三封县故城东，汉武帝元狩三年置。《十三州志》曰：在临戎县西百四十里。河水又北迳临戎县故城西，元朔五年立，旧朔方郡治，王莽之所谓推武也。河水又北，有枝渠东出，谓之铜口。东迳沃野县故城南，汉武帝元狩三年立，王莽之绥武也。枝渠东注以溉田，所谓智通在我矣⑤。河水又北，屈而为南河出焉。河水又北迤⑥西，溢于窳⑦浑县故城东。汉武帝元朔二年开朔方郡，县即西部都尉治。有道，自县西北出鸡鹿塞。王莽更郡曰沟搜，县曰极武。其水积而为屠申泽，泽东西百二十里。故《地理志》曰：屠申泽在县东，即是泽也。阚骃谓之窳浑泽矣。

### 屈从县北东流，

河水又屈而东流，为北河。汉武帝元朔二年，大将军卫青绝梓岭，梁北河是也⑧。东迳高阙南。《史记》赵武灵王既袭胡服，自代并阴山下，至高阙为塞。山下有长城。长城之际，连山刺天，其山中断，两岸双阙，善能云举，望若阙焉。即状表目，故有高阙之名也。自阙北出荒中，阙口有城，跨山结局⑨，谓之高阙戍。自古迄今，常置重捍，以防塞道。汉元朔四年，卫青将十万人，败右贤王于高阙，即此处也。河水又东迳临河县故城北。汉武帝元朔三年，封代恭王子刘贤为侯国，王莽之监河也。

### 至河目县西，

河水自临河县东迳阳山南。《汉书注》曰：阳山在河北，指此山也。东流迳石迹阜西，是阜，破石之文，悉有鹿马之迹，故纳斯称焉。南屈，迳河目县，在北假中，地名也。自高阙以东，夹山带河，阳山以往，皆北假也。《史记》曰：秦使蒙恬将十万人，北击胡，度河取高阙，据阳山北假中是也。北河又南，合南河。南河上承西河，东迳临戎县故城北，又东迳临河县南。又东迳广牧县故城北，东部都尉治，王莽之盐官也。迳流二百许里，东会于河。河水又南迳马阴山西。《汉书音义》曰：阳山在河北，阴山在河南。谓是山也。而即实不在河南。《史记音义》曰：五原安阳县北有马阴山，今山在县北，言阴山在河南，又传疑之非也。余按南河、北河及安阳县以南，悉沙阜耳，无佗异山。故《广志》曰：朔方郡北移沙七所，而无山以拟之，是义、志之僻⑩也。阴山在河东南则可矣。河水又东南迳朔方县故城东北。《诗》所谓城彼朔方也。汉元朔二年，大将军卫青取河南地为朔方郡，使校尉苏建筑朔方城，即此城也。王莽以为武符者也。按《地理志》云：金连盐泽、青盐泽并在县南矣。又按《魏土地记》曰：县有大盐池，其盐大而青白，名曰青盐，又名戎盐，入药分。汉置典盐官。池去平城宫千二百里，在新秦之中。服虔曰：新秦，地名，在北，方千里。如淳曰：长安以北，朔方以南也。薛瓒曰：秦逐匈奴，收河南地，徙民以实之，谓之新秦也。

### 屈南，过五原西安阳县南，

河水自朔方东转，迳渠搜县故城北。《地理志》朔方有渠搜县，中部都尉治，王莽之沟搜亭也。《礼·三朝记》曰：北发渠搜，南抚交趾。此举北对南。《禹贡》之所云析支、渠搜矣。河水又东迳西安阳县故城南，王莽更之曰漳安矣。河水又东迳田辟城南，《地理志》曰：故西部都尉治也。

**屈东，过九原县南，**

河水又东迳成宜县故城南，王莽更曰艾虏也。河水又东迳原亭城南。阚骃《十三州志》曰：中部都尉治。河水又东迳宜梁县之故城南。阚骃曰：五原西南六十里，今世谓之石崖城。河水又东迳稒阳城南，东部都尉治。又迳河阴县故城北，又东迳九原县故城南。秦始皇置九原郡，治此。汉武帝元朔二年，更名五原也。王莽之获降郡成平县矣。西北接对一城，盖五原县之故城也，王莽之填河亭也。《竹书纪年》，魏襄王十七年，邯郸命吏大夫奴迁于九原，又命将军大夫適子、戍吏皆貉服矣。其城南面长河，北背连山，秦始皇逐匈奴，并河以东，属之阴山，筑亭障为河上塞。徐广《史记音义》曰：阴山在五原北，即北山也。始皇三十三年，起自临洮，东暨辽海，西并阴山，筑长城及开南越地，昼警夜作，民劳怨苦，故杨泉《物理论》曰：秦始皇使蒙恬筑长城，死者相属。民歌曰：生男慎勿举，生女哺用餔，不见长城下，尸骸相支拄！其冤痛如此矣。蒙恬临死曰：夫起临洮，属辽东，城堑万余里，不能不绝地脉，此固当死也。

**又东过临沃县南，**

王莽之振武也。河水又东，枝津出焉。河水又东流，石门水南注之。水出石门山。《地理志》曰：北出石门障，即此山也。西北趣光禄城。甘露三年，呼韩邪单于还，诏遣长乐卫尉高昌侯董忠、车骑都尉韩昌等，将万六千骑，送单于居幕南保光禄。徐自为所筑城也，故城得其名矣。城东北即怀朔镇城也。其水自障东南流迳临沃城东，东南注于河。河水又东迳稒阳县故城南。王莽之固阴也。《地理志》曰：自县北出石门障。河水决其西南隅，又东南，枝津注焉。水上承大河于临沃县，东流七十里，北溉田，南北二十里，注于河。河水又东迳塞泉城南而东注。

**又东过云中桢陵县南，又东过沙南县北，从县东屈南，过沙陵县西，**

大河东迳咸阳县故城南，王莽之贲武也。河水屈而流，白渠水注之。水出塞外，西迳定襄武进县故城北，西部都尉治，王莽更曰伐蛮。世祖建武中，封赵虑为侯国也。白渠水西北迳成乐城北。《郡国志》曰：成乐，故属定襄也。《魏土地记》曰：云中城东八十里有成乐城。今云中郡治，一名石卢城也。白渠水又西迳魏云中宫南。《魏土地记》曰：云中宫在云中县故城东四十里。白渠水又西南迳云中故城南，故赵地。《虞氏记》云：赵武侯自五原河曲筑长城，东至阴山；又于河西造大城，一箱崩不就，乃改卜阴山河曲而祷焉。昼见群鹄游于云中，徘徊经日，见大光在其下。武侯曰：此为我乎？乃即于其处筑城，今云中城是也。秦始皇十三年，立云中郡。王莽更郡曰受降，县曰远服矣。白渠水又西北迳沙陵县故城南，王莽之希恩县也。其水西注沙陵湖。又有芒干水，出塞外，南迳钟山，山即阴山。故郎中侯应言于汉曰：阴山东西千余里，单于之苑囿也。自孝武出师，攘之于漠北。匈奴失阴山，过之未尝不哭。谓此山也。其水西南迳武皋县，王莽之永武也。又南迳原阳县故城西。又西南与武泉水合。其水东出武泉县之故城西南，县，即王莽之所谓顺泉者也。水南流，又西屈，迳北舆县故城南。按《地理志》：五原有南舆县，王莽之南利也，故此加北。旧中部都尉治。《十三州志》曰：广陵有舆，故此加北，疑太疏远也。其水又西南入芒干水。芒干水又西南，迳白道南谷口，有城在右，萦带长城，背山面泽，谓之白道城。自城北出有高阪，谓之白道岭。沿路惟土穴，出泉，挹之不穷。余每读《琴操》，见《琴慎相和雅歌录》云：饮马长城窟。及其跋陟斯途，远怀古事，始知信矣，非虚言也。顾瞻左右，山椒之上，有垣若颓基焉，沿溪亘岭，东西无极，疑赵武灵王之所筑也。芒干水又西南，迳云中城北，白道中溪水注之。水发源武川北塞中，其水南流迳武川镇城，城以景明中筑，以御北狄矣。

其水西南流，历谷，迳魏帝行宫东，世谓之阿计头殿，宫城在白道岭北阜上。其城圆角而不方，四门列观，城内惟台殿而已。其水又西南，历中溪，出山，西南流，于云中城北，南注芒干水。芒干水又西，塞水出怀朔镇东北芒中，南流迳广德殿西山下。余以太和十八年从高祖北巡，届于阴山之讲武台。台之东，有高祖《讲武碑》，碑文是中书郎高聪之辞也。自台西出，南上山，山无树木，惟童阜耳①，即广德殿所在也。其殿四注两夏，堂宇绮井，图画奇禽异兽之象。殿之西北，便得煜煌堂，雕楹镂桷，取状古之温室也。其时帝幸龙荒，游鸾朔北。南秦王仇池杨难当舍蕃委诚，重译拜阙，陛见之所也，故殿以广德为名。魏太平真君三年，刻石树碑，勒宣时事。碑颂云：肃清帝道，振慑四荒。有蛮有戎，自彼氐羌，无思不服，重译稽颡②，恂恂南秦，敛敛推亡。峨峨广德，奕奕煜煌。侍中、司徒、东郡公崔浩之辞也。碑阴题宣城公李孝伯、尚书卢遐等从臣姓名，若新镂焉。其水历谷南出山，西南入芒干水，芒干水又西南注沙陵湖。湖水西南入于河。河水南入桢陵县西北缘胡山，历沙南县东北，两山二县之间而出。余以太和中为尚书郎，从高祖北巡，亲所迳涉。县在山南，王莽之桢陆也，北去云中城一百二十里。县南六十许里，有东西大山，山西枕河，河水南流，脉水寻《经》，殊乖川去之次，似非关究也。

**又南过赤城东，又南过定襄桐过县西，**

定襄郡，汉高帝六年置，王莽之得降也。桐过县，王莽更名椅桐者也。河水于二县之间，济有君子之名。皇魏桓帝十一年，西幸榆中，东行代地。洛阳大贾赍金货随帝后行，夜迷失道，往投津长，曰子封，送之渡河。贾人卒死，津长埋之。其子寻求父丧，发冢举尸，资囊一无所损。其子悉以金与之，津长不受。事闻于帝，帝曰：君子也。即名其津为君子济。济在云中城西南二百余里。河水又东南，左合一水，水出契吴东山，西迳故里南，北俗谓之契吴亭。其水又西流注于河。河水又南，树颓水注之。水出东山，西南流，右合中陵川水。水出中陵县西南山下，北俗谓之大浴真山，水亦取名焉。东北流迳中陵县故城东，北俗谓之北右突城，王莽之遮害也。《十三州志》曰：善无县南七十五里有中陵县，世祖建武二十五年置。其水又西北，右合一水，水出东山，北俗谓之贷敢山，水又受名焉。其水西北流，注于中陵水。中陵水又西北流迳善无县故城西，王莽之阴馆也。《十三州志》曰：旧定襄郡治。《地理志》，雁门郡治。其水又西北流，右会一水。水出东山下，北俗谓之吐文水，山又取名焉。北流迳锄亭南，又西流迳土壁亭南；西出峡，左入中陵水。中陵水又北，分为二水。一水东北流，谓之沃水。又东迳沃阳县故城南，北俗谓之可不埿③城。王莽之敬阳也。又东北迳沃阳城东，又东合可不埿水。水出东南六十里山下，西北流注沃水。沃水又东迳参合县南，魏因参合陉以即名也。北俗谓之仓鹤陉。道出其中，亦谓之参合口。陉在县之西北，即《燕书》所谓太子宝自河西还师参合，三军奔溃，即是处也。魏立县以隶凉城郡。西去沃阳县故城二十里。县北十里有都尉城。《地理志》曰：沃阳县，西部都尉治者也，北俗谓之阿养城。其水又东合一水，水出县东南六十里山下，北俗谓之灾豆浑水，西北流注于沃水。沃水又东北流，注盐池。《地理志》曰：盐泽在东北者也。今盐池西南去沃阳县故城六十五里。池水澄渟，渊而不流，东西三十里，南北二十里。池北七里，即凉城郡治。池西有旧城，俗谓之凉城也，郡取名焉。《地理志》曰：泽有长、丞。此城即长、丞所治也。城西三里有小阜，阜下有泉，东南流注池，北俗谓之大谷北堆，水亦受目焉。中陵川水，自枝津西北流，右合一水于连岭北。水出沃阳县东北山下，北俗谓之乌伏真山，水曰诰升袁河。西南流迳沃阳县，左合中陵川，乱流西南，与一水合，北俗谓之树颓水。水出东山下，西南流，右合诰升袁水，乱流西南注，分谓二水。左水枝分南出，北俗谓之太罗河；右水西迳故城南，北俗谓之昆新城，其水自城西南流，注于河。河水又南，太罗水注之。水源上承树颓河，南流西转，迳武州县故城南。《十三州志》曰：武州县在善无城西南百五十里，北俗谓之太罗城，水亦藉称焉。其水西南流，一水注之。水导故城西北五十里，南流迳城西，北俗名之曰故槃回城。又南流注太罗河。太罗河又西南流，注于河。河水又左，得湳水口。水出西河郡美稷县，东南流。《东观记》曰：郭伋，字细侯，为并州牧。前在州，素有恩德，老小相携道路，行部到西河美稷，数百小儿，各骑竹马迎拜。伋问：儿曹何自远来？曰：闻使君到，喜，故迎。伋谢而发去。诸儿复送郭外。问：使君何日还？伋计日告之。及还，先期一日。念小儿，即止野亭，须期至乃往。其水又东南流，羌人因水以氏之。汉冲帝时，羌湳狐奴归化，盖其渠帅也。其水俗亦谓之为遄波水，东南流入长城东。咸水出长城西咸谷，东入湳水。湳水又东南，浑波水出西北穷谷，东南流注于湳水。湳水又东迳西河富昌县故城南，王莽之富成也。湳水又东流，入于河。河水左合一水，出善无县故城西南八十里。其水西流，历于吕梁之山，而为吕梁洪。其山岩层岫衍，涧曲崖深，巨石崇竦，壁立千仞，河流激荡，涛涌波襄，雷渀电泄，震天动地。昔吕梁未辟，河出孟门之上。盖大禹所辟以通河也。司马彪曰：吕梁在离石县西。今于县西历山寻河，并无过峘，至是乃为河之巨险，即吕梁矣。在离石北以东，可二百有余里也。

**又南过西河圁[14]阳县东，**

西河郡，汉武帝元朔四年置，王莽改曰归新。圁水出上郡白土县圁谷，东迳其县南。《地理志》曰：圁水出西，东入河。王莽更曰黄土也。东至长城，与神衔水合。水出县南神衔山，出峡，东至长城，入于圁。圁水又东迳鸿门县，县，故鸿门亭。《地理风俗记》曰：圁阴县西五十里有鸿门亭、天封苑、火井庙，火从地中出。圁水又东，梁水注之。水出西北梁谷，东南流，注圁水。圁水又东迳圁阴县北，汉惠帝五年立，王莽改曰方阴矣。又东，桑谷水注之。水出西北桑溪，东北流，入于圁。圁水又东迳圁阳县南，东流注于河。河水又东，端水入焉。水西出号山。《山海经》曰：其木多漆棕，其草多芎𬜯，是多泠石，端水出焉，而东流注于河。河水又南，诸次之水入焉。水出上郡诸次山。《山海经》曰：诸次之山，诸次之水出焉。是山多木无草，鸟兽莫居，是多象蛇。其水东迳榆林塞，世又谓之榆林山，即《汉书》所谓榆溪旧塞者也。自溪西去，悉榆柳之薮矣。缘历沙陵，届龟兹县西北，故谓广长榆也。王恢云：树榆为塞，谓此矣。苏林以为榆中在上郡，非也。按《始皇本纪》，西北逐匈奴，自榆中并河以东，属之阴山。然榆中在金城东五十许里，阴山在朔方东，以此推之，不得在上郡。《汉书音义》苏林为失是也。其水东入长城，小榆水合焉。历涧西北，穷谷其源也。又东合首积水，水西出首积溪，东注诸次水，又东入于河。《山海经》曰：诸次之水，东流注于河，即此水也。河水又南，汤水注之。《山海经》曰：水出上申之山，上无草木，而多硌[15]石。下多榛楛[16]。汤水出焉，东流注于河也。

**又南离石县西，**

奢延水注之。水西出奢延县西南赤沙阜，东北流。《山海经》所谓生水出孟山者也。郭景纯曰：孟或作明。汉破羌将军段颎破羌于奢延泽，虏走洛川。洛川在南，俗因县土，谓之奢延水，又谓之朔方水矣。东北流迳其县故城南，王莽之奢节也。赫连龙升七年，于是水之北，黑水之南，遣将作大匠梁公叱干阿利改筑大城，名曰统万城。蒸土加功，雉堞[17]虽久，崇墉[18]若新。并造五兵，器锐精利，乃咸百炼。为龙雀大镮，号曰大夏龙雀。铭其背曰：古之利器，吴、楚湛卢。大夏龙雀，名冠神都，可以怀远，可以柔逋[19]。如风靡草，威服九区。世甚珍之。又铸铜为大鼓，及飞廉、翁仲、铜驼、龙虎，皆以黄金饰之，列于宫殿之前。则今夏州治也。奢延水又东北，与温泉合。源西北出沙溪，而东南流，注奢延水。奢延水又东，黑水入焉。水出奢延县黑涧，东南历沙陵，注奢延水。奢延水又东合交兰水。水出龟兹交兰谷，东南流，注奢延水。奢延水又东北流，与镜波水合。水源出南邪山南谷，东北流，注于奢延水。奢延水又东迳肤施县，帝原水西北出龟兹县，东南流，县因处龟兹降胡著称。又东南，注奢延水。奢延水又东迳肤施县南。秦昭王三年置，上郡治。汉高祖并三秦，复以为郡。王莽以汉马员为增山连率，归世祖，以为上郡太守。司马彪曰：增山者，上郡之别名也。东入五龙山。《地理志》曰：县有五龙山、帝原水，自下亦为通称也。历长城东，出于白翟之中。又有平水，出西北平溪东南，入奢延水。奢延水又东，走马水注之。水出西南长城北阳周县故城南桥山，昔二世赐蒙恬死于此。王莽更名上陵畤，山上有黄帝冢故也。帝崩，惟弓剑存焉，故世称黄帝仙矣。其水东流，昔段颎追羌出桥门，至走马水，闻羌在奢延泽，即此处也。门，即桥山之长城门也。始皇令太子扶苏与蒙恬筑长城，起自临洮，至于碣石，即是城也。其水东北流，入长城，又东北注奢延水。奢延水又东与白羊水合。其水出于西南白羊溪，循溪东北，注于奢延水。奢延水又东入于河。《山海经》曰：生水东流注于河。河水又南，陵水注之。水出陵川北溪，南迳其川，西转入河。河水又南得离石水口。水出离石北山，南流迳离石县故城西。《史记》云：秦昭王伐赵取离石者也。汉武帝元朔三年，封代共王子刘绾为侯国，后汉西河郡治也。其水又南出西转，迳隰@城县故城南。汉武帝元朔三年，封代共王子刘忠为侯国，王莽之慈平亭也。胡俗语讹，尚有千城之称。其水西流，注于河也。

### 又南过中阳县西，

中阳县故城在东，东翼汾水，隔越重山，不滨于河也。

### 又南过土军县西，

吐京郡治。故城，即土军县之故城也。胡、汉译言，音为讹变矣，其城圆长而不方。汉高帝十一年，以封武侯宣义为侯国。县有龙泉，出城东南道左山下牧马川，上多产名驹，骏同滇池天马。其水西北流至其城东南，土军水出道左高山，西南注之。龙泉水又北，屈迳其城东，西北入于河。河水又南合契水，傍溪东入，穷谷其源也。又南至禄谷水口，水源东穷此溪也。河水又南，得大蛇水，发源溪首，西流入河。河水又南，右纳辱水。《山海经》曰：辱水出鸟山，其上多桑，其下多楮@；阴多铁，阳多玉。其水东流，注于河。俗谓之秀延水。东流得浣水口，傍溪西转，穷溪便即浣水之源也。辱水又东，会根水。西南溪下，根水所发，而东北注辱水。辱水又东南，露跳水出西露溪，东流，又东北入辱水，乱流注于河。河水又南，左合信支水，水发源东露溪，西流入于河。河水又南，左会石羊水。循溪东入，导源穷谷，西流注于河。

### 又南过上郡高奴县东，

域谷水东启荒原，西历长溪，西南入于河。河水又南合孔溪口。水出孔山南，历溪西流注于河。孔山之上，有穴如车轮，三所。东西相当，相去各二丈许，南北直通，故谓之孔山也。山在蒲城西南三十余里。河水又右会区水。《山海经·西次四经》之首曰阴山，西北百七十里曰申山。其上多谷、柞，其下多杻、橿，其阳多金玉。区水出焉，而东流注于河，世谓之清水。东流入上郡长城，迳老人山下，又东北流，至老人谷。傍水北出，极溪便得水源。清水又东，得龙尾水口，水出北地神泉障北山龙尾溪，东北流，注清水。清水又东，会三湖水，水出南山三湖谷，东北流入清水。清水又东迳高奴县，合丰林水，《地理志》谓之洧@水也。故言：高奴县有洧水，肥可蘮@。水上有肥，可接取用之。《博物志》称酒泉延寿县南山出泉水，大如筥@，注地为沟，水有肥如肉汁，取著器中，始黄后黑，如凝膏，然极明，与膏无异。膏车及水碓缸甚佳，彼方人谓之石漆。水肥亦所在有之，非止高奴县洧水也。项羽以封董翳为翟王，居之，三秦，此其一也。汉高祖破以县之，王莽之利平矣。民俗语讹，谓之高楼城也。丰林川长津泻注，北流会清水。清水又南，奚谷水注之。水西出奚川，东南流入清水。清水又东，注于河。河水又南，蒲川水出石楼山，南迳蒲城东，即重耳所奔之处也。又南历蒲子县故城西，今大魏之汾州治。徐广《晋纪》称：刘渊自离石南移蒲子者也。阚骃曰：蒲城在西北，汉武帝置。其水南出，得黄卢水口。水东出蒲子城南，东北入谷，极溪便水之源也。蒲水又南，合紫川水，水东北出紫川谷。西南合江水，江水出江谷，西北入紫川水。紫川水又西北入蒲水，蒲水又西南入于河水。河水又南合黑水。水出定阳县西山，二源奇发，同泻一壑，东南流迳其县北；又东南流，右合定水，俗谓之白水也。水西出其县南山定水谷，东迳定阳县故城南。应劭曰：县在定水之阳也。定水又东注于黑水，乱流东南，入于河。

---

①黄龙应于九里谷高冈亭：意为因此在九里谷高冈亭有黄龙出现。

②加秩：意为增加俸禄。

③甿（máng）：同"氓"，田民，农民。

④灉（yōng）：也作"灘"，河水决出复入的支流。

⑤所谓智通在我矣：意为所谓引水流通，全在我们的智慧啊。

⑥迆（yǐ）：往；向。

⑦窳（yǔ）：音语。

⑧梁北河是也：意为在北河造桥。

⑨跨山结局：意为构筑。

⑩是义、志之僻也：意为是《音义》、《广志》的偏见。

⑪惟童阜耳：意为只是一座秃山而已。

⑫稽颡（qǐ sǎng）：拜跪礼，触地无容，多用于请罪。

⑬埿（ní）：同"泥"。

⑭圁（yín，音银）：古水名。

⑮硌（luò，音落）：山上的大石。

⑯楛（hù，音户）：荆一类的植物。

⑰雉堞：古代在城墙上修筑的矮而短的墙。

⑱崇墉：高峻的墙。

⑲可以怀远，可以柔迩：意为可以使远方的诸国归顺，可将逃亡者安抚。

⑳隰（xí，音习）。

㉑楮（chǔ，音础）：楮树。

㉒洧（wěi，音委）：古水名。

㉓爤（rán）："然"的古字，燃烧。

㉔筥（jǔ）：圆形的竹筐。

# 水经注卷四

## 河　水

**又南过河东北屈县西，**

河水南迳北屈县故城西。西四十里有风山，上有穴如轮，风气萧瑟，习常不止。当其冲飘也，略无生草；盖常不定，众风之门故也。风山西四十里，河南孟门山。《山海经》曰：孟门之山，其上多金玉，其下多黄垩①、涅石。《淮南子》曰：龙门未辟，吕梁未凿，河出孟门之上，大溢逆流，无有丘陵高阜灭之，名曰洪水。大禹疏通，谓之孟门。故《穆天子传》曰：北登孟门，九河之隥。孟门即龙门之上口也。实为河之巨阨[②]，兼孟门津之名矣。此石经始禹凿，河中漱广，夹岸崇深，倾崖返捍[③]，巨石临危，若坠复倚。古之人有言：水非石凿，而能入石，信哉！其中水流交冲，素气云浮；往来遥观者，常若雾露沾人，窥深悸魄。其水尚崩浪万寻，悬流千丈，浑洪赑[④]怒，鼓若山腾，浚波颓叠，迄于下口。方知《慎子》下龙门，流浮竹，非驷马之追也。又有燕完水注之，异源合舍，西流注河。河水又南得鲤鱼，历涧东入，穷溪首便其源也。《尔雅》曰：鱣[⑤]，鲔也。出巩穴，三月则上渡龙门，得渡为龙矣；否则，点额而还。非夫往还之会，何能便有兹称乎？河水又南，羊求水入焉。水东出羊求川，西迳北屈县故城南，城即夷吾所奔邑也，王莽之朕北也。《汲郡古文》曰：翟章救郑，次于南屈。应劭曰：有南，故加北。《国语》曰：二五言于献公曰：蒲与二屈，君之疆也。其水西流，注于河。河又南为采桑津。《春秋》：僖公八年，晋里克败狄于采桑，是也。赤水出西北罢谷川东，谓之赤石川，东入于河。河水又南合蒲水。西则两源并发，俱导一山，出西河阴山县，王莽之山宁也。阴山东麓南水，东北与长松水合。水西出丹阳山东，东北流，左入蒲水。蒲水又东北与北溪会同为一川，东北注河。河水又南，丹水西南出丹阳山，东北迳冶官东，俗谓之丹阳城。城之左右犹为遗铜矣。其水东北会白水口，水出丹山东，而西北注之。丹水又东北入河。河水又南，黑水西出丹山东，而东北入于河。河水又南至崿谷，傍谷东北穷涧，水源所导也。西南流注于河。河水又南，洛水自猎山枝分东派，东南注于河。昔魏文侯筑馆洛阴，指谓是水也。

**又南过皮氏县西，**

皮氏县，王莽之延平也。故城在龙门东南，不得延迳皮氏，方届龙门也。

**又南出龙门口，汾水从东来注之。**

昔者，大禹导河积石，疏决梁山，谓斯处也。即《经》所谓龙门矣。《魏土地记》曰：梁山北有龙门山，大禹所凿，通孟津河口，广八十步。岩际镌迹，遗功尚存。岸上并有庙祠，祠前有石碑三所：二碑文字紊灭，不可复识；一碑是太和中立。《竹书纪年》：晋昭公元年，河赤于龙门三里[⑥]。梁惠成王四年，河水赤于龙门三日。京房《易妖占》曰：河水赤，下民恨。河水又南，右合畅谷水。水自溪东南流迳夏阳县西北，东南注于河。河水又南迳梁山原东。原自山东南出至河，晋之望也[⑦]。在冯翊夏阳县之西北，临于河上。山崩壅河，三日不流。晋侯以问伯宗，即是处也。《春秋穀梁传》曰：成公五年，梁山崩，遏河水三日不流。召伯尊，遇辇者不避，使车右鞭之。辇者曰：所以鞭我者，其取道远矣。伯尊因问之，辇者曰：君亲缟素，率群臣哭之，斯流矣。如其言而河流。河水又南，崌谷水注之。水出县西北梁山，东南流，横溪水注之。水出三累山，其山层密三成，故俗以三累名山。按《尔雅》，山三成为昆仑丘，斯山岂亦昆仑丘乎？山下水际有二石室，盖隐者之故居矣。细水东流，注于崌谷。侧溪山南有石室，西面有两石室，北面有二石室，皆因阿结牖，连肩接阒[⑧]，所谓石室相距也。东厢石上，犹传杵臼之迹；庭中亦有旧宇处，尚仿佛前基；北坎室上，有微涓石溜，丰周瓢饮，似是栖游隐学之所。昔子夏教授西河，疑即此也，而无以辨之。溪水又东南迳夏阳县故城北，故少梁也，秦惠文王十一年，更从今名矣。王莽之冀亭也。其水东南注于河。昔韩信之袭魏王豹也，以木罂自此渡。河水又南，右合陶渠水。水出西北梁山，东南流迳汉阳太守殷济精庐[⑨]南，俗谓之子夏庙。陶水又南迳高门南，盖层阜堕缺，故流高门之称矣。又东南迳华池南。池方三百六十步，在夏阳城西北四里许。故《司马迁碑》文云：高门华池，在兹夏阳。今高门东去华池三里。溪水又东南迳夏阳县故城南。服虔曰：夏阳，虢邑也，在太阳东三十里。又历高阳宫北；又东南迳司马子长墓北，墓前有庙，庙前有碑。永嘉四年，汉阳太守殷济瞻仰遗文，大其功德，遂建石室，立碑树桓。《太史公自叙》曰：

迁生于龙门，是其坟墟所在矣。溪水东南流入河。昔魏文侯与吴起浮河而下，美河山之固，即于此也。河水又南，徐水注之。水出西北梁山，东南流迳汉武帝登仙宫东。东南流，绝强梁原。右迳刘仲城北，是汉祖兄刘仲之封邑也。故徐广《史记音义》曰：郃阳⑩，国名也，高祖八年，侯刘仲是也。其水东南迳子夏陵北，东入河。河水又南迳子夏石室东。南北有二石室，临侧河崖，即子夏庙室也。

**又南过汾阴县西，**

河水东际汾阴脽⑪，县故城在脽侧。汉高帝六年，封周昌为侯国。《魏土地记》曰：河东郡北八十里有汾阴城，北去汾水三里。城西北隅曰脽丘，上有后土祠。《封禅书》曰：元鼎四年，始立后土祠于汾阴脽丘是也。又有万岁宫，汉宣帝神爵元年，幸万岁宫，东济大河，而神鱼舞水矣。昔赵简子沉栾徼于此，曰：吾好声色，而是子致之⑫；吾好士，六年不进一人，是长吾过而黜吾善！君子以为能遣矣。河水又迳郃阳城东。周威烈王之十七年，魏文侯伐秦，至郑，还筑汾阴、郃阳，即此城也。故有莘邑矣，为太姒之国。《诗》云：在郃之阳，在渭之涘。又曰：缵⑬女维莘，长子维行。谓此也。城北有瀵⑭水，南去二水各数里。其水东迳其城内，东入于河。又于城内侧中，有瀵水，东南出城，注于河。城南又有瀵水，东流注于河。水南犹有文母庙，庙前有碑，去城十五里。水，即郃水也。县取名焉。故应劭曰：在郃水之阳也。河水又南，瀵水入焉。水出汾阴县南四十里，西去河三里。平地开源，喷泉上涌，大几如轮，深则不测，俗呼之为瀵魁。古人壅其流以为陂水，种稻，东西二百步，南北百余步，与郃阳瀵水夹河。河中渚上，又有一瀵水，皆潜相通。故吕忱曰：《尔雅》，异出同流为瀵水。其水西南流，历蒲坂西，西流注于河。河水又南迳陶城西。舜陶河滨。皇甫士安以为定陶不在此也。然陶城在蒲坂城北，城，即舜所都也。南去历山不远，或耕或陶，所在则可，何必定陶，方得为陶也？舜之陶也，斯或一焉。孟津有陶河之称，盖从此始之。南对蒲津关。汲冢《竹书纪年》：魏襄王七年，秦王来见于蒲坂关，四月，越王使公师隅来献乘舟始罔及舟三百、箭五百万、犀角、象齿焉。

**又南过蒲坂县西，**

《地理志》曰：县，故蒲也，王莽更名蒲城。应劭曰：秦始皇东巡，见有长坂，故加坂也。孟康曰：晋文公以赂秦，秦人还蒲于魏，魏人喜曰：蒲反矣！故曰蒲反也。薛瓒注《汉书》曰：《秦世家》以垣为蒲反，然则本非蒲也。皇甫谧曰：舜所都也。或言蒲坂，或言平阳及潘者也。今城中有舜庙。魏秦州刺史治，太和迁都，罢州，置河东郡，郡多流杂，谓之徙民。民有姓刘名堕者，宿擅工酿，采挹河流，酝成芳酎⑮，悬食同枯枝之年，排于桑落之辰，故酒得其名矣。然香醑⑯之色，清白若滫⑰浆焉。别调氛氲，不与佗同：兰薰麝越，自成馨逸。方土之贡选，最佳酌矣。自王公庶友，牵拂相招者，每云：索郎有顾，思同旅语。索郎，反语为桑落也。更为籍征之隽句，中书之英谈。郡南有历山，谓之历观，舜所耕处也。有舜井，妫、汭二水出焉：南曰妫水；北曰汭水。西迳历山下，上有舜庙。周处《风土记》曰：旧说，舜葬上虞。又记云：耕于历山。而始宁、剡二县界上，舜所耕田于山下，多柞树，吴、越之间，名柞为枥，故曰历山。余按：周处此志为不近情，传疑则可，证实非矣。安可假木异名，附山殊称，强引大舜，即比宁壤？更为失志记之本体，差实录之常经矣。历山妫汭言是，则安于彼乖矣⑱。《尚书》所谓釐⑲降二女于妫汭也。孔安国曰：居妫水之内。王肃曰：妫汭，虞地名。皇甫谧曰：纳二女于妫水之汭。马季长曰：水所出曰汭。然则，汭似非水名。而今见有二水，异源同归，浑流西注入于河。河水南迳雷首山西，山临大河，北去蒲坂三十里，《尚书》所谓壶口、雷首者也。俗亦谓之尧山。山上有故城，世又曰尧城。阚骃曰：蒲坂，尧都。按《地理志》曰：县有尧山、首山祠，雷首山在南。事有似而非，非而似，千载眇邈，非所详耳。又南，涑水注之。水出河北县雷首山。县北与蒲坂分山，有夷齐庙。阚骃《十三州志》曰：山，一名独头山，夷、齐所隐也。山南有古冢，陵柏蔚然，攒茂丘阜，俗谓之夷、齐墓也。其水西南流，亦曰雷水。《穆天子传》曰：壬戌，天子至于雷首。犬戎胡觞天子于雷首之阿，乃献良马四六，天子使孔牙受之于雷水之干是也。昔赵盾田首山，食祁弥明翳桑之下，即于此也。涑水又西南流注于河。《春秋左传》谓之涑川者也，俗谓之阳安涧水。

**又南至华阴潼关，渭水从西来注之。**

汲郡《竹书纪年》曰：晋惠公十五年，秦穆公帅师送公子重耳，涉自河曲。《春秋左氏》：僖公二十四年，秦伯纳之。及河，子印以璧授公子曰：臣负羁绁，从君巡于天下，臣之罪多矣。臣犹知之，而况君乎？请由此亡。公子曰：所不与舅氏同心者，有如白水。投璧于此。子推笑曰：天开公子，子犯以为功，吾不忍与同位，遂逃焉。河水历船司空，与渭水会。《汉书·地理志》：旧京兆尹之属县也。左丘明《国语》云：华岳本一山当河，河水过而曲行。河神巨灵，手荡脚蹋，开而为两，今掌足之迹，仍存。《华岩开山图》：有巨灵胡者，遍得坤元之道，能造山川，出江河。所谓巨灵赑屃[20]，首冠灵山者也。常有好事之士，故升华岳而观厥迹焉。自下庙历列柏，南行十一里，东回三里，至中祠。又西南出五里，至南祠，谓之北君祠。诸欲升山者，至此皆祈请焉。从此南入谷七里，又届一祠，谓之石养父母，石龛木主存焉。又南出一里，至天井。井裁容人，穴空，迂回顿曲而上，可高六丈余。山上又有微涓细水，流入井中，亦不甚沾。人上者，皆所由陟，更无别路。欲出井，望空视明，如在室窥窗也。出井东南行二里，峻坂斗上斗下[21]。降此坂二里许，又复东上百丈崖，升降皆须扳绳挽葛而行矣。南上四里路，到石壁，缘旁稍进，迳百余步。自此西南出六里，又至一祠，名曰胡越寺，神像有童子之容。从祠南历夹岭，广裁三尺余，两箱悬崖数万仞，窥不见底。祀祠有感，则云与之平，然后敢度。犹须骑岭抽身，渐以就进，故世谓斯岭为搦[22]岭矣。度此二里，便届山顶。上方七里，灵泉二所：一名蒲池，西流注于涧；一名太上泉，东注涧下。上宫神庙，近东北隅，其中塞实杂物，事难详载。自上宫东北出四百五十步，有屈岭。东南望巨灵手迹，惟见洪崖赤壁而已，都无山下上观之分均矣。河在关内南流，潼激关山，因谓之潼关。薄水注之。水出松果之山，北流迳通谷，世亦谓之通谷水，东北注于河。《述征记》所谓潼谷水者也。或说因水以名地也。河水自潼关东北流，水侧有长坂，谓之黄巷坂，坂旁绝涧，陟此坂以升潼，所谓溯黄巷以济潼矣。历北出东崤，通谓之函谷关也。邃岸天高，空谷幽深，涧道之峡，车不方轨，号曰天险。故《西京赋》曰：岩险周固，衿带易守[23]，所谓秦得百二[24]，并吞诸侯也。是以王元说隗嚣曰：请以一丸泥东封函谷关，图王不成，其弊足霸矣。郭缘生《记》曰：汉末之乱，魏武征韩遂、马超，连兵此地。今际河之西，有曹公垒，道东原上，云李典营。义熙十三年，王师曾据此垒。《西征记》曰：沿路透迤，入函道六里，有旧城，城周百余步，北临大河，南对高山，姚氏置关以守峡。宋武帝入长安，檀道济、王镇恶或据山为营，或平地结垒，为大小七营，滨带河险。姚氏亦保据山原，陵阜之上，尚传故迹矣。关之直北，隔河有层阜，巍然独秀，孤峙河阳，世谓之风陵，戴延之所谓风堆者也。南则河滨姚氏之营，与晋对岸。河水又东北，玉涧水注之。水南出玉溪，北流迳皇天原西。周固记开山东首，上平博，方可里余，三面壁立，高千许仞，汉世祭天于其上，名之为皇天原。上有汉武帝思子台。又北迳阌乡城西。《郡国志》曰：弘农湖县有阌乡。世谓之阌乡水也。魏尚书仆射阌乡侯河东卫伯儒之故邑也。其水北流注于河。河水又东迳阌乡城北，东与全鸠涧水合。水出南山，北迳皇天原东。《述征记》曰：全节，地名也。其西名桃原，古之桃林，周武王克殷，休牛之地矣。《西征赋》曰：咸征名于桃原者也。《晋太康地记》曰：桃林在阌乡南谷中。其水又北流，注于河。

### 又东过河北县南，

县与湖县分河。蓼水出襄山蓼谷，西南注于河。河水又东，永乐涧水注之。水北出于薄山，南流迳河北县故城西，故魏国也。晋献公灭魏，以封毕万。卜偃曰：魏，大名也。万后其昌乎？后乃县之，在河之北，故曰河北县也。今城南、西二面，并去大河可二十余里，北去首山十许里，处河山之间，土地迫隘，故《魏风》著《十亩》之诗也。城内有龙泉，南流出城；又南，断而不流。永乐溪水又南，入于河。余按《中山经》，即渠猪之水也。太史公《封禅书》称：华山以西名山七，薄山其一焉。薄山，即襄山也。徐广曰：蒲坂县有襄山。《山海经》曰：蒲山之首，曰甘枣之山，共水出焉，而西流注于河。东则渠猪之山，渠猪之水出焉，而南流注于河。如淮《封禅书》，二水无西南注河之理。今诊蓼水川流所趣，与共水相扶。永乐溪水导源注于河，又与渠猪势合。蒲山统目总称，亦与襄山不殊。故扬雄《河东赋》曰：河灵矍踢[26]，掌华蹈襄。《注》云：襄山在潼关北十余里。以是推之，知襄山在蒲坂，溪水，即渠猪之水也。河水自河北城南东迳芮城。二城之中，有段干木冢。干木，晋之贤人也，魏文侯过其门，式其庐，所谓德尊万古，芳越来今矣。汲冢《竹书纪年》曰：晋武公元年，尚一军。芮人乘京，荀人、董伯皆叛。匪直[27]大荔故芮也，此亦有焉。《纪年》又云：晋武公七年，芮伯万之母芮姜逐万，万出奔魏。八年，周师、虢师围魏，取芮伯万而东。九年，戎人逆芮伯万于郊。斯城亦或芮伯之故画也。河水右会樊涧水，水出湖县夸父山，北迳汉武帝思子宫、归来望思台东，又北流入于河。河水又东迳湖县故城北。昔范叔入关，遇穰侯于此矣。湖水出桃林塞之夸父山，广圆三百仞。武王伐纣，天下既定，王巡岳渎[28]，放马华阳，散牛桃林，即此处也。其中多野马，造父于此得骅骝、绿耳、盗骊之乘以献。周穆王使之驭以见西王母。湖水又北迳湖县东，而北流入于河。《魏土地记》曰：弘农湖县有轩辕黄帝登仙处。黄帝采首山之铜，铸鼎于荆山之下，有龙垂胡于鼎。黄帝登龙，从登者七十人，遂升于天。故名其地为鼎胡。荆山在冯翊，首山在蒲坂，与湖县相连。《晋书·地道记》、《太康记》并言胡县也，汉武帝改作湖。俗云：黄帝自此乘龙上天也。《地理志》曰：京兆湖县有周天子祠二所，故曰胡。不言黄帝升龙也。《山海经》曰：西九十里曰夸父之山，其木多棕、枬，多竹箭。其阳多玉，其阴多铁。其北有林焉，名曰桃林，其中多马。湖水出焉，北流注于河。故《三秦记》曰：桃林塞在长安东四百里。若有军马经过，好行则牧华山，休息林下；恶行则决河漫延，人马不得过矣。河水又东，合柏谷水。水出弘农县南石堤山。山下有石堤祠，铭云：魏甘露四年，散骑常侍、征南将军、豫州刺史领弘农太守、南平公之所经建也。其水北流迳其亭下，晋公子重耳出亡，及柏谷，卜适齐、楚，狐偃曰：不如之翟。汉武帝尝微行此亭，见馈亭长妻。故潘岳《西征赋》曰：长征客于柏谷，妻睹貌而献餐，谓此亭也。谷水又北流入于河。河水又东，右合门水，门水即洛水之枝流者。洛水自上洛县东北，于拒阳城西北分为二水，枝渠东北出为门水也。门水又东北，历阳华之山，即《山海经》所谓阳华之山，门水出焉者也。又东北历峡，谓之鸿关水。水东有城，即关亭也；水西有堡，谓之鸿关堡，世亦谓之刘、项裂地处，非也。余按上洛有鸿胪[29]围池，是水津渠沿注，故谓斯川为鸿胪涧。鸿关之名，乃起是矣。门水又东北历邑川，二水注之。左水出于阳华之阴，东北流迳盛墙亭西，东北流与右水合；右水出阳华之阳，东北流迳盛墙亭东，东北与左水合。即《山海经》所谓缙[30]姑之水，出于阳华之阴，东北流注于门水者也。又东北，烛水注之。水有二源：左水南出于衙岭，世谓之石城山，其水东北流迳石城西，东北合右水；右水出石城山，东北迳石城东，东北入左水。《地理志》曰：烛水出衙岭下谷。《开山图》曰：衙山在函谷山西南。是水乱流，东注于缙姑之水。二水悉得通称矣。历涧东北出，谓之开方口。水侧有阜，谓之方伯堆。宋奋武将军鲁方平，建武将军薛安都等，与建威将军柳元景北入，军次方伯堆者也。堆上有城，即方平所筑也。又东北迳邑川城南，即汉封窦门之故邑，川受其名，亦曰窦门城，在函谷关南七里。又东北，田渠水注之。水出衙山之白石谷，东北流迳故丘亭东，是薛安都军所从城也。其水又迳鹿蹄山西，山石之上，有鹿蹄，自然成著，非人功所刊。历田渠川，谓之田渠水，西北流注于烛水。烛水又北入门水，水之左右，即函谷山也。门水又北迳弘农县故城东，城即故函谷关校尉旧治处也。终军弃繻㉛于此。燕丹、孟尝亦义动鸡鸣于其下，可谓深心有感，志诚难夺矣。昔老子西入关，尹喜望气于此也。故赵至《与嵇茂齐书》曰：李叟入秦，及关而叹。亦言《与嵇叔夜书》，及关尹望气之所。异说纷纶，并未知所定矣。汉武帝元鼎四年，徙关于新安县，以故关为弘农县，弘农郡治。王莽更名右队。刘桓公为郡，虎相随渡河，光武问而善之。其水侧城北流而注于河。河水于此，有洝津之名。说者咸云，汉武微行柏谷，遇辱窦门，又感其妻深识之馈，既返玉阶，厚赏赉焉，赐以河津，令其鬻渡，今窦津是也。故潘岳《西征赋》云：酬匹妇其已泰，胡阙夫之谬官？袁豹之徒并以为然。余按河之南畔，夹侧水濆有津，谓之洝津。河北县有 洝水，南入于河。河水故有洝津之名，不从门始，盖事类名同，故作者疑之。《竹书穆天子传》曰：天子自寘輪㉜，乃次于洝水之阳。丁亥，入于南郑。考其沿历所踵，路直斯津，以是推之，知非因门矣。俗或谓之偃乡涧水也。河水又东，左合一水，其水二源疏引，俱导薄山，南流会成一川。其二水之内，世谓之闲原，言虞、芮所争之田，所未详矣。又南注于河。河之右，曹水注之。水出南山，北迳曹阳亭西。陈涉遣周章入秦，少府章邯斩之于此。魏氏以为好阳。《晋书·地道记》曰：亭在弘农县东十三里。其水西北流入于河。河水又东，菑㉝水注之。水出常烝之山，西北迳曲沃城南，又屈迳其城西，西北入河。诸注述者，咸言曲沃在北，此非也。魏司徒崔浩以为曲沃，地名也。余按《春秋》：文公十三年，晋侯使詹嘉守桃林之塞，处此以备秦。时以典沃之官守之，故曲沃之名，遂为积古之传矣。河水又东，得七里涧，涧在陕城西七里，故因名焉。其水自南山通河，亦谓之曹阳瓨。是以潘岳《西征赋》曰：行于漫渎之口，憩于曹阳之墟。袁豹、崔浩亦不非其地矣。余按《汉书》，昔献帝东迁，逼以寇难，李傕、郭汜追战于弘农涧，天子遂露次曹阳。杨奉、董承外与傕和，内引白波李乐等破傕，乘舆于是得进。复来战，奉等大败，兵相连缀四十余里，方得达陕。以是推之，似非曹阳。然以《山海经》求之，菑、曹字相类，是或有曹阳之名也。河水又东合漅水，水导源常烝之山，俗谓之为干山，盖先后之异名也。山在陕城南八十里，其川二源双导，同注一壑，而西北流注于河。

### 又东过陕县北，

橐㉞水出橐山，西北流，又有崖水，出南山北谷，迳崖峡，北流与干山之水会。水出干山东谷，两川合注于崖水。又东北注橐水。橐水北流出谷，谓之漫涧矣，与安阳溪水合。水出石崤南，西迳安阳城南，汉昭帝封上官桀为侯国。潘岳所谓我徂安阳也。东合漫涧水。水北有逆旅亭，谓之漫口客舍也。又西迳陕县故城南，又合一水，谓之淇谷水。南出近溪，北流注橐。橐水又西北迳陕城西，西北入于河。河北对茅城，故茅亭，茅戎邑也。《公羊》曰：晋败之大阳者也。津亦取名焉。《春秋》：文公三年，秦伯伐晋，自茅津济，封崤尸而还是也。东则咸阳涧水注之。水出北虞山，南至陕津注河。河南即陕城也。昔周、召分伯，以此城为东西之别。东城即虢邑之上阳也。虢仲之所都为南虢。三虢，此其一焉。其大城中有小城，故焦国也。武王以封神农之后于此，王莽更名黄眉矣。戴延之云：城南倚山原，北临黄河，悬水百余仞，临之者咸悚惕焉。西北带河，水涌起方数十丈，有物居水中。父老云：铜翁仲所没处。又云：石虎载经，于此沉没。二物并存，水所以涌，所未详也。或云：翁仲头髻常出，水之涨减，恒与水齐；晋军当至，髻不复出，今惟见水异耳。嗟嗟有声，声闻数里。按秦始皇二十六年，长狄十二见于临洮，长五丈余，以为善祥，铸金人十二以象之，各重二十四万斤，坐之宫门之前，谓之金狄。皆铭其胸云：

皇帝二十六年，初兼天下，以为郡县，正法律，同度量。大人来见临洮，身长五丈，足六尺。李斯书也。故卫恒《叙篆》曰：秦之李斯，号为工篆，诸山碑及铜人铭，皆斯书也。汉自阿房，徙之未央宫前，俗谓之翁仲矣。地皇二年，王莽梦铜人泣，恶之，念铜人铭有皇帝初兼天下文，使尚方工镌灭所梦铜人膺文。后董卓毁其九为钱，其在者三。魏明帝欲徙之洛阳，重不可胜，至霸水西，停之。《汉晋春秋》曰：或言金狄泣，故留之。石虎取置邺宫，苻坚又徙之长安，毁二为钱，其一未至而苻坚乱，百姓推置陕北河中，于是金狄灭。余以为鸿河巨渎，故应不为细梗踬㉟湍；长津硕浪，无宜以微物屯流。斯水之所以涛波者，盖《史记》所云魏文侯二十六年，虢山崩，雍河所至耳。献帝东迁，日夕潜渡，坠坑争舟，舟指可掬㊱，亦是处矣。

### 又东过大阳县南，

交涧水出吴山，东南流入河。河水又东，路涧水亦出吴山，东迳大阳城西，西南流入于河。河水又东迳大阳县故城南。《竹书纪年》曰：晋献公十有九年，献公会虞师伐虢，灭下阳，虢公丑奔卫。献公命瑕父吕甥邑于虢都。《地理志》曰：北虢也，有天子庙。王莽更名勤田。应劭《地理风俗记》曰：城在大河之阳也。河水又东，沙涧水注之。水北出虞山，东南迳傅岩，历傅说隐室前，俗名之为圣人窟。孔安国《传》：傅说隐于虞、虢之间，即此处也。傅岩东北十余里，即巅轮坂也。《春秋左传》所谓入自巅轮者也。有东、西绝涧，左右幽空，穷深地壑，中则筑以成道，指南北之路，谓之为轮桥也。傅说傭隐，止息于此，高宗求梦得之是矣。桥之东北有虞原，原上道东有虞城，尧妻舜以嫔于虞者㊲也。周武王以封太伯后虞仲于此，是为虞公。《晋太康地记》所谓北虞也。城东有山，世谓之五家冢，冢上有虞公庙。《春秋穀梁传》曰：晋献公将伐虢，荀息曰：君何不以屈产之乘，垂棘之璧，假道于虞？公曰：此晋国之宝也。曰：是取中府置外府也。公从之。及取虢灭虞，及牵马操璧，璧则犹故，马齿长矣。即宫之奇所谓虞、虢其犹辅车相依，唇亡则齿寒，虢亡，虞亦亡矣。其城北对长坂二十许里，谓之虞坂。戴延之曰：自上及下，七山相重。《战国策》曰：昔骐骥驾盐车，上于虞坂，迁延负辕而不能进。此盖其困处也。桥之东北山溪中，有小水西南注沙涧，乱流迳大阳城东，河北郡治也。沙涧水南流注于河。河水又东，左合积石、土柱二溪。北发大阳之山，南流入于河，是山也，亦通谓之为薄山矣。故《穆天子传》曰：天子自盬㊳，己丑，南登于薄山窴轮之隥，乃宿于虞是也。

### 又东过砥柱间，

砥柱，山名也。昔禹治洪水，山陵当水者凿之，故破山以通河。河水分流，包山而过，山见水中若柱然，故曰砥柱也。三穿既决，水流疏分，指状表目，亦谓之三门矣。山在虢城东北、大阳城东也。《搜神记》称：齐景公渡于江沈之河，鼋衔左骖㊴，没之，众皆惕。古冶子于是拔剑从之，邪行五里，逆行三里，至于砥柱之下，乃鼋也。左手持鼋头，右手挟左骖，燕跃鹄踊而出，仰天大呼，水为逆流三百步，观者皆以为河伯也。亦或作江沅字者也。若因地而为名，则宜在蜀及长沙。按《春秋》，此二土并景公之所不至，古冶子亦无因而骋其勇矣。刘向叙《晏子春秋》，称古冶子曰：吾尝济于河，鼋衔左骖以入砥柱之流，当是时也，从而杀之，视之乃鼋也。不言江沅矣。又考《史迁记》云：景公十二年，公见晋平公；十八年，复见晋昭公。旌轩所指，路直斯津，从鼋砥柱，事或在兹。又云：观者以为河伯，贤于江沅之证。河伯本非江神，又河可知也。河之右侧，崤水注之。水出河南盘崤山，西北流，水上有梁，俗谓之鸭桥也。历涧东北流，与石崤水合。水出石崤山，山有二陵：南陵，夏后皋之墓也；北陵，文王所避风雨矣。言山径委深，峰阜交荫，故可以避风雨也。秦将袭郑，蹇叔致谏而公辞焉。蹇叔哭子曰：吾见其出，不见其入。晋人御师必于崤矣，余收尔骨焉。孟明果覆秦师于此。崤水又北，左合西水，乱流注于河。河水又东，千崤之水注焉。水南导于千崤之山，其水北流，缠络二道。汉建安中，曹公西讨巴、汉，恶南路之险，故更开北道，自后行旅，率多从之。今山侧附路有石铭云：晋太康三年，弘农太守梁柳修复旧道。太崤以东，西崤以西，明非一崤也。西有二石，又南五十步，临溪有《恬漠先生翼神碑》，盖隐斯山也。其水北流注于河。河水翼岸夹山，巍峰峻举，群山叠秀，重岭干霄。郑玄按《地说》：河水东流，贯砥柱，触阏流④。今世所谓砥柱者，盖乃阏流也。砥柱当在西河，未详也。余按：郑玄所说非是，西河当无山以拟之。自砥柱以下，五户④已上，其间百二十里，河中竦石杰出，势连襄陆，盖亦禹凿以通河，疑此阏流也。其山虽辟，尚梗湍流；激石云洄，澴波怒溢。合有十九滩，水流迅急，势同三峡，破害舟船，自古所患。汉鸿嘉四年，杨焉言：从河上下，患砥柱隘，可镌广之。上乃令焉镌之，裁没水中，不能复去，而令水益湍怒，害甚平日。魏景初二年二月，帝遣都督沙丘部、监运谏议大夫寇慈，帅工五千人，岁常修治，以平河阻。晋泰始三年正月，武帝遣监运大中大夫赵国、都匠中郎将河东乐世，帅众五千余人，修治河滩，事见《五户祠铭》。虽世代加功，水流澌济，涛波尚屯，及其商舟是次，鲜不蜘蹰难济，故有众峡诸滩之言。五户，滩名也。有神祠，通谓之五户将军，亦不知所以也。

**又东过平阴县北，清水从西北来注之。**

清水出清廉山之西岭，世亦谓之清营山。其水东南流出峡。峡左有城，盖古关防也，清水历其南，东流迳皋落城北。服虔曰：赤翟之都也。世谓之倚毫城，盖读声近，转因失实也。《春秋左传》所谓晋侯使太子申生伐东山皋落氏者也。与倚毫川水合，水出北山矿谷，东南流注于清。清水又东迳清廉城南，又东南流，右会南溪水。水出南山而东注清水，清水又东，合干枣涧水。水出石人岭下，南流，俗谓之扶苏水。又南历奸苗北马头山，亦曰白水原，西南迳垣县故城北。《史记》，魏武侯二年，城安邑，至垣，即是县也。其水西南流，注清水。水色白浊，初会清流，乃有玄素之异也。清水又东南迳阳壶城东，即垣县之壶丘亭，晋迁宋五大夫所居也。清水又东南流，注于河。河水又东，与教水合。水出垣县北教山，南迳辅山。山高三十许里，上有泉源，不测其深。山顶周圆五六里，少草木。《山海经》曰：孟门东南有平山，水出于其上，潜于其下。又是王屋之次，疑即平山也。其水南流，历鼓钟上峡，悬洪五丈，飞流注壑。夹岸深高，壁立直上；轻崖秀举，百有余丈。峰次青松，岩悬赪②石于中，历落有翠柏生焉，丹青绮分，望若图绣矣。水广十许步，南流历鼓钟川，分为二涧：一涧西北出，百六十许里，山岫回岨，才通马步。今闻喜县东北谷口，犹有乾河里故沟存焉，今无复有水。一水历冶官西，世人谓之鼓钟城。城之左右，犹有遗铜及铜钱焉。城西阜下有大泉，西流注涧，与教水合，伏入石下，南至下峡。《山海经》曰：鼓钟之山，帝台之所以觞百神，即是山也。其水重源又发，南至西马头山，东截坡下，又伏流南十余里复出。又谓之伏流水，南入于河。《山海经》曰：教山，教水出焉，而南流注于河。是水冬干夏流，实维干河也。今世人犹谓之为干涧矣。河水又与畛④水合。水出新安县青要山，今谓之疆山。其水北流，入于河。《山海经》曰：青要之山，畛水出焉，即是水也。河水又东，正回之水入焉。水出騩④山，疆山东阜也。东流，俗谓之疆川水，与石瓜畴川合。水出西北石涧中，东南流，注于疆川水。疆川水又东迳疆冶铁官东，东北流注于河。河水又东，合庸庸之水。水出河东垣县宜苏山，俗谓之长泉水。《山海经》曰：水多黄贝，伊、洛门也。其水北流，分为二水：一水北入河；一水又东北流，注于河。河水又东迳平阴县北。《地理风俗记》曰：河南平阴县，故晋阴地，阴戎之所居。又曰：在平城之南，故曰平阴也。三老董公说高祖处。陆机所谓皤皤董叟，谟我平阴者也。魏文帝改曰河阴矣。河水又会漭⑤水，水出垣县王屋山西漭溪，夹山东南流迳故城东，即漭关也。汉光武建武二年，遣司空王梁北守漭关、天井关，击赤眉别校，皆降之。献帝自陕，北渡安邑，东出漭关，即是关也。漭水西迳关城南，历轵⑥关南，迳苗亭西，亭，故周之苗邑也。又东流注于河。《经》书清水，非也，是乃漭水耳。

**又东至邓。**

洛阳西北四十二里，故邓乡矣。

---

①垩（è）：同"堊"。

②陀（è）：同"阨"，险要之地。

③倾崖返捍：意为倾斜的崖壁互相支撑着。

④飙（bì）：形容用力。

⑤鳣（zhān）：古书上指鲟一类的鱼。鲔（wěi），古书上也指鲟鱼。

⑥河赤于龙门三里：意为龙门河水发红长达三里。

⑦晋之望也：意为晋国祭山川的地方。

⑧连扃接阖：扃（jiōng），门扇；阖（tà），小门。此句意为门户相连。

⑨精庐：学舍，讲读之所，同"精舍"。

⑩郃（hé）阳：地名，在陕西，今作合阳。

⑪堆（shuí）：小土山。

⑫而是子致之：意为卖力地为我罗致。

⑬缵：zuǎn，音钻上。

⑭瀵（fèn，音奋）：水由地面下喷出漫溢。

⑮酎（zhòu）：重酿的醇酒。

⑯醑（xǔ）：美酒。

⑰瀞（xiǔ）：臭泔水，或淘米水。

⑱则安于彼乖矣：意为"那就是安然接受那种不符合事实的说法了"。

⑲釐（xī，音希）：通"禧"。

⑳飙屭（bì xì）：形容用力。

㉑峻坂斗上斗下：意为沿着陡峭的山坡忽上忽下。

㉒搦（nuò）：持，握。

㉓衿带：比喻形势回互环绕的险要之地。

㉔秦得百二：意为秦有以二当百的优势。

㉕阌：wén，音文。阌乡，汉代湖县乡名，今在河南省灵宝县内。

㉖矍踢（jué tī）：惊动的样子。

㉗匪直：非但之意。

㉘岳渎：泛指名山大川。

㉙庐：lú，音炉。

㉚绋（zuó）：同"筰"，竹索。

㉛繻（xū）：古时出入关卡的凭证，用帛制成。

㉜颠轵（diān líng）：也作"颠轮"，坂名，春秋时虞地，今在山西平陆县东北。

㉝笛：zī，音资。

㉞橐：tuó，音驼。

㉟踬（zhì）：被东西绊倒。

㊱舟指可掬：被砍下的手指多得可以用手捧。

㊲尧妻舜以嫔于虞者也：意为尧把女儿许配给舜下嫁到虞，就是这地方。

㊳盬（gǔ）：盐池。

㊴鼋衔左骖：鼋（yuán），骖（cān），意为巨鼋张口衔了左边那匹拉车的马。

㊵阏流：阻碍水流的礁石。

㊶五户：指五户滩，地名。

㊷赪（chēng，音称）：红色。

㊸畛（zhěn，音枕）：水名。

㊹巋（guī），山：山名。
㊺滍（qí，音齐）：水名，在河南省济源县境。
㊻轵：zhǐ，音指。

# 水经注卷五

## 河　水

**又东过平县北，湛水从北来注之。**

河水又东迳河阳县故城南。《春秋经》书天王狩于河阳，壬申，公朝于王所。晋侯执卫侯，归于京师。《春秋左传》：僖公二十八年冬，会于温，执卫侯。是会也，晋侯召襄王以诸侯见，且使王狩。仲尼曰：以臣召君，不可以训。故书曰：天王狩于河阳，言非其狩地。服虔、贾逵曰：河阳，温也。班固《汉书·地理志》、司马彪、袁山松《郡国志》、《晋太康地道记》、《十三州志》：河阳，别县，非温邑也。汉高帝六年，封陈涓为侯国，王莽之河亭也。《十三州志》曰：治河上。河，孟津河也。郭缘生《述征记》曰：践土，今冶坂城。是名异《春秋》焉，非也。今河北见者，河阳城故县也，在冶坂西北，盖晋之温地，故群儒有温之论矣。《魏土地记》曰：冶坂城旧名汉祖渡，城险固，南临孟津河。河水右迳临平亭北。《帝王世纪》曰：光武葬临平亭南，西望平阴者也。河水又东迳洛阳县北。河之南岸有一碑，北面题云：洛阳北界，津水二渚分属之也。上旧有河平侯祠，祠前有碑，今不知所在。郭颁《世语》曰：晋文王之世，大鱼见孟津，长数百步，高五丈，头在南岸，尾在中渚河平侯祠，即斯祠也。河水又东迳平县故城北。汉武帝元朔三年，封济北贞王子刘遂为侯国，王莽之所谓治平矣。俗谓之小平也。有高祖讲武场。河北侧岸有二城相对，置北中郎府，徙诸徒隶府户①，并羽林、虎贲领队防之。河水南对首阳山，《春秋》所谓首戴也。夷齐之歌所以曰：登彼西山矣。上有夷齐之庙，前有二碑，并是后汉河南尹广陵陈导、雒②阳令徐循与处士平原苏腾、南阳何进等立，事见其碑。又有周公庙。魏氏起玄武观于芒垂。张景阳《玄武观赋》所谓：高楼特起，竦跱岧峣；直亭亭以孤立，延千里之清飈也。朝廷又置冰室于斯阜，室内有冰井。《春秋左传》曰：日在北陆而藏冰。常以十二月采冰于河津之隘，峡石之阿，北阴之中。即《邠诗》：二之日凿冰冲冲矣。而内于井室，所谓纳于凌阴者也。河南有钩陈垒，世传武王伐纣，八百诸侯所会处，《尚书》所谓不期同时也。紫微有钩陈之宿，主斗讼兵阵，故遁甲攻取之法，以所攻神与钩陈并气，下制所临之辰，则决禽敌，是以垒资其名矣。河水于斯，有盟津之目。《论衡》曰：武王伐纣，升舟，阳侯波起，疾风逆流，武王操黄钺而麾之，风波毕除。中流，白鱼入于舟，燔以告天，与八百诸侯，咸同此盟，《尚书》所谓不谋同辞也。故曰孟津，亦曰盟津。《尚书》所谓东至于孟津者也。又曰富平津。《晋阳秋》曰：杜预造河桥于富平津，所谓造舟为梁也。又谓之为陶河。魏尚书仆射杜畿以帝将幸许③，试楼船，覆于陶河，谓此也。昔禹治洪水，观于河，见白面长人鱼身出曰：吾河精也。授禹《河图》而还于渊。及子朝篡位，与敬王战，乃取周之宝玉，沈河以祈福。后二日，津人得之于河上，将卖之，则变而为石。及敬王位定，得玉者献之，复为玉也。河水又东，湨④水入焉。《山海经》曰：和山，上无草木而多瑶碧，实惟河之九都。是山也，五曲，九水出焉，合而北流，注于河。其阳多苍玉，吉神泰逢司之，是于贠⑤山之阳，出入有光。《吕氏春秋》曰：夏后氏孔甲田于东阳贠山，遇大风雨，迷惑入于民室。皇甫谧《帝王世纪》以为即东首阳山也。盖是山之殊目矣。今于首阳东山，无水以应之，当是今古世悬，川域改状矣。昔帝尧修坛河洛，择良议沈，率舜等升于首山，而遵河渚，有五老游焉，相谓《河图》将来，告帝以期，知我者重瞳也。五老乃翻为流星而升于昴，即于此也。又东，济水注焉。

**又东过巩县北，**

河水于此有五社渡，为五社津。建武元年，朱鲔遣持节使者贾强、讨难将军苏茂，将三万人，从五社津渡，攻温。冯异遣校尉与寇恂合击之，大败，追至河上，生擒万余人，投河而死者数千人。县北有山，临河，谓之崟⑥原丘，其下有穴，谓之巩穴，言潜通淮浦，北达于河。直穴有渚，谓之鲔渚。成公子安《大河赋》曰：鳣、鲤、王鲔，春暮来游。《周礼》：春荐鲔。然非时及佗处则无。故河自鲔穴已上，又兼鲔称。《吕氏春秋》称：武王伐纣至鲔水，纣使胶鬲候周师，即是处矣。

**洛水从县西北流注之。**

洛水于巩县东迳洛汭，北对琅邪渚，入于河，谓之洛口矣。自县西来，而北流注河，清浊异流，皦⑦焉殊别。应场《灵河赋》曰：资灵川之遐源，出昆仑之神丘，涉津洛之阪泉，播九道于中州者也。

**又东过成皋县北，济水从北来注之。**

河水自洛口又东，左迳平皋县南。又东迳怀县南，济水故道之所入，与成皋分河。河水右迳黄马坂北，谓之黄马关。孙登之去杨骏，作书与洛中故人处也。河水又东迳旋门坂北，今成皋西大坂者也。升陟此坂而东趣成皋。曹大家《东征赋》曰：望河洛之交流，看成皋之旋门者也。河水又东迳成皋大伾⑧山下。《尔雅》曰：山一成谓之伾。许慎、吕忱等并以为丘一成也。孔安国以为再成曰伾，亦或以为地名，非也。《尚书·禹贡》曰：过洛汭至大伾者也。郑康成曰：地喉也⑨。沇出伾际矣。在河内脩武、武德之界，济沇之水与荥播泽出入自此，然则大伾即是山矣。伾北，即《经》所谓济水从北来注之者也。今济水自温县入河，不于此也。所入者奉沟水耳，即济沇之故渎矣。成皋县之故城在伾上，萦带伾阜，绝岸峻周，高四十许丈，城张翕险，崎而不平。《春秋传》曰：制，岩邑也，虢叔死焉，即东虢也。鲁襄公二年七月，晋成公与诸侯会于戚，遂城虎牢以逼郑，求平也。盖修故耳⑩。《穆天子传》曰：天子射鸟猎兽于郑圃，命虞人掠林。有虎在于葭中，天子将至，七萃之士高奔戎生捕虎而献之。天子命之为柙，畜之东虢，是曰虎牢矣。然则虎牢之名，自此始也。秦以为关，汉乃县之。城西北隅有小城，周三里，北面列观，临河，岩岩孤上。景明中，言之寿春，路值兹邑，升眺清远，势尽川陆，羁途游至，有伤深情。河水南对玉门，昔汉祖与滕公潜出，济于是处。门东对临河，侧岸有土穴。魏攻北司州刺史毛德祖于虎牢，战经二百日，不克。城惟一井，井深四十丈，山势峻峭，不容防捍，潜作地道取井。余顷因公至彼，故往寻之，其穴处犹存。河水又东，合汜水。水南出浮戏山，世谓之曰方山也。北流合东关水。水出嵩渚之山，泉发于层阜之上，一源两枝，分流泻注，世谓之石泉水也。东为索水；西为东关之水。西北流，杨兰水注之。水出非山，西北流，注东关水。东关水又西北，清水入焉。水自东浦西流，与东关水合，而乱流注于汜。汜水又北，右合石城水。水出石城山，其山复涧重岭，欹⑪叠若城。山顶泉流，瀑布悬泻，下有滥泉，东流泄注。边有数十石畦，畦有数野蔬，岩侧石窟数口，隐迹存焉，而不知谁所经始也。又东北流，注于汜水。汜水又北合鄤⑫水。水西出娄山，至冬则暖，故世谓之温泉。东北流迳田鄤谷，谓之田鄤溪水，东流注于汜水。

汜水又北迳虎牢城东。汉破司马欣、曹咎于是水之上。汜水又北流，注于河。《征艰赋》所谓：步汜口之芳草，吊周襄之鄙馆者也。余按昔儒之论，周襄所居在颍川襄城县，是乃城名，非为水目。原夫致谬之由，俱以汜、郑为名故也，是为爽矣。又按郭缘生《述征记》、刘澄之《永初记》，并言高祖即帝位于是水之阳，今不复知旧坛所在。卢谌、崔云，亦言是矣。余按高皇帝受天命于定陶汜水，不在此也，于是求坛，故无仿佛矣。河水又东迳板城北，有津，谓之板城渚口。河水又东迳五龙坞北，坞临长河，有五龙祠。应劭云：昆仑山庙在河南荥阳县。疑即此祠，所未祥。

**又东过荥阳县北，蒗𥱈⑬渠出焉。**

大禹塞荥泽，开之以通淮、泗。即《经》所谓蒗𥱈渠也。汉平帝之世，河、汴决坏，未及得修，汴渠东侵，日月弥广，门闾故处，皆在水中。汉明帝永平十二年，议治汳渠，上乃引乐浪人王景，问水形便。景陈利害，应对敏捷，帝甚善之。乃赐《山海经》、《河渠书》、《禹贡图》及以钱帛。后作堤，发卒数十万，诏景与将作谒者王吴治渠。筑堤防修堨，起自荥阳，东至千乘海口，千有余里。景乃商度地势，凿山开涧，防遏冲要，疏决壅积，十里一水门，更相回注，无复渗漏之患。明年渠成，帝亲巡行，诏滨河郡国置河堤员吏，如西京旧制。景由是显名，王吴及诸从事者，皆增秩一等。顺帝阳嘉中，又自汴口以东，缘河积石为堰，通渠，咸曰金堤。灵帝建宁中，又增修石门，以遏渠口，水盛则通注，津耗则辍流。河水又东北迳卷之扈亭北。《春秋左传》曰：文公七年，晋赵盾与诸侯盟于扈。《竹书纪年》：晋出公十二年，河绝于扈。即于是也。河水又东迳八激堤北。汉安帝永初七年，令谒者太山于岑于石门东，积石八所，皆如小山，以捍冲波，谓之八激堤。河水又东迳卷县北。晋楚之战，晋军争济，舟中之指可掬。楚庄祀河，告成而还，即是处也。河水又东北迳赤岸固北而东北注。

**又东北过武德县东，沁水从西北来注之。**

河水自武德县，汉献帝延康元年，封曹叡为侯国，即魏明帝也。东至酸枣县西，濮水东出焉。汉兴三十有九年，孝文时，河决酸枣，东溃金堤，大发卒塞之。故班固云：文堙⑭枣野，武作《瓠歌》，谓断此口也。今无水。河水又东北，通谓之延津。石勒之袭刘曜，途出于此，以河冰泮为神灵之助，号是处为灵昌津。昔澹台子羽赍千金之璧渡河，阳侯⑮波起，两蛟挟舟。子羽曰：吾可以义求，不可以威劫。操剑斩蛟，蛟死，波休，乃投璧于河，三投而辄跃出，乃毁璧而去，示无吝意。赵建武中，造浮桥于津上，采石为中济，石无大小，下辄流去，用工百万，经年不就。石虎亲阅作工，沉璧于河。明日，璧流渚上，波荡上岸，遂斩匠而还。河水又迳东燕县故城北，河水于是有棘津之名，亦谓之石济津，故南津也。《春秋》僖公二十八年，晋将伐曹，曹在卫东，假道于卫，卫人不许，还自南河济，即此也。晋代陆浑，亦于此渡。宋元嘉中，遣辅国将军萧斌率宁朔将军王玄谟北入，宣威将军垣护之以水军守石济，即此处也。河水又东，淇水入焉。又东迳遮害亭南。《汉书·沟洫志》曰：在淇水口东十八里，有金堤，堤高一丈。自淇口东，地稍下，堤稍高，至遮害亭，高四五丈。又有宿胥口，旧河水北入处也。河水又东，右迳滑台城北。城有三重，中小城谓之滑台城。旧传滑台人自修筑此城，因以名焉。城即故郑廪延邑也。下有延津。《春秋传》曰：孔悝为蒯聩所逐，载伯姬于平阳，行于延津是也。廪延南故城，即卫之平阳亭也。今时人谓此津为延寿津。宋元嘉中，右将军到彦之留建威将军朱修之守此城。魏军南伐，修之执节不下。其母悲忧，一旦乳汁惊出，母乃号踊，告家人曰：我年老，非有乳时，今忽如此，吾儿必没矣。修之绝援，果以其日陷没。城，故东郡治。《续汉书》曰：延熹九年，济阴、东郡、济北、平原河水清。襄楷上疏曰：《春秋》注记，未有河清，而今有之。《易乾凿度》曰：上天将降嘉应，河水先清。京房《易传》曰：河水清，天下平。今天垂异，地吐妖，民厉疫，三者并作而有河清。《清秋》麟不当见而见，孔子书以为异。河者，诸侯之象；清者，阳明之征。岂独诸侯有窥京师也？明年，宫车宴驾⑯，征解渎侯为汉嗣，是为灵帝。建宁四年二月，河水又清也。

### 又东北，过黎阳县南，

黎，侯国也。《诗·式微》：黎侯寓于卫是也。晋灼曰：黎山在其南，河水迳其东。其山上碑云：县取山之名，取水之阳，以为名也。王莽之黎蒸也。今黎山之东北故城，盖黎阳县之故城也。山在城西，城凭山为基，东阻于河。故刘桢《黎阳山赋》曰：南荫黄河，左覆金城，青坛承祀，高碑颂灵。昔慕容玄明自邺率众南徙滑台，既无舟楫，将保黎阳，昏而流澌冰合⑰，于夜中济汔，旦而冰泮，燕民谓是处为天桥津。东岸有故城，险带长河。戴延之谓之逯明垒，周二十里。言逯明，石勒十八骑中之一，城因名焉。郭缘生曰：城，袁绍时筑。皆非也。余按：《竹书纪年》，梁惠成王十一年，郑厘侯使许息来致地平丘、户牖、首垣诸邑，及郑驰道，我取枳道与郑鹿，即是城也。今城内有故台，尚谓之鹿鸣台，又谓之鹿鸣城。王玄谟自滑台走鹿鸣者也。济取名焉，故亦曰鹿鸣津，又曰白马济。津之东南有白马城，卫文公东徙渡河，都之，故济取名焉。袁绍遣颜良攻东郡太守刘延于白马，关羽为曹公斩良以报效，即此处也。白马有韦乡、韦城，故津亦有韦津之称。《史记》所谓下修武，渡韦津者也。河水旧于白马县南泆⑱，通濮、济、黄沟，故苏代说燕曰：决白马之口，魏无黄、济阳。《竹书纪年》：梁惠成王十二年，楚师出河水，以水长垣之外者也。金堤既建，故渠水断，尚谓之白马渎。故渎东迳鹿鸣城南，又东北迳白马县之凉城北。《耆旧传》云：东郡白马县之神马亭，实中层峙，南北二百步，东西五十许步，状丘斩城也。自外耕耘垦斫，削落平尽。正南有蹴陛陟上，方轨是由⑲。西南侧城有神马寺，树木修整，西去白马津可二十许里，东南距白马县故城可五十里，疑即《开山图》之所谓白马山也。山下常有白马群行，悲鸣则河决，驰走则山崩。《注》云：山在郑北，故郑也。所未详。刘澄之云：有白马塞，孟达登之长叹。可谓于川土疏妄⑳矣。亭上旧置凉城县，治此。白马渎又东南迳濮阳县，散入濮水，所在决会，更相通注，以成往复也。河水自津东北迳凉城县，河北有般祠。《孟氏记》云：祠在河中，积石为基，河水涨盛，恒与水齐。戴氏《西征记》曰：今见祠在东岸临河，累石为壁，其屋宇容身而已。殊似无灵，不如孟氏所记，将恐言之过也。河水又东北迳伍子胥庙南。祠在北岸顿丘郡界，临侧长河，庙前有碑，魏青龙三年立。河水又东北，为长寿津。《述征记》曰：凉城到长寿津六十里。河之故渎出焉。《汉书·沟洫志》曰：河之为中国害尤甚，故导河自积石，历龙门，二渠以引河：一则漯川，今所流也；一则北渎，王莽时空，故世俗名是渎为王莽河也。故渎东北迳戚城西。《春秋》：哀公二年，晋赵鞅率师，纳卫太子蒯聩于戚，宵迷。阳虎曰：右河而南，必至焉。今顿丘卫国县西戚亭是也，为卫之河上邑。汉高帝十二年，封将军李必为侯国矣。故渎又迳繁阳县故城东。《史记》：赵将廉颇伐魏，取繁阳者也。北迳阴安县故城西。汉武帝元朔五年，封卫不疑为侯国。故渎又东北迳乐昌县故城东。《地理志》，东郡之属县也。汉宣帝封王稚君为侯国。故渎又东北迳平邑郭西。《竹书纪年》：晋烈公二年，赵城平邑。五年，田公子居思伐邯郸，围平邑。九年，齐田肸⑳及邯郸韩举战于平邑，邯郸之帅败逋，获韩举，取平邑、新城。又东北迳元城县故城西北，而至沙丘堰。《史记》曰：魏武侯公子元，食邑于此，故县氏焉。郭东有五鹿墟，墟之左右多陷城。《公羊》曰：袭邑也。《说》曰：袭，陷矣。《郡国志》曰：五鹿故沙鹿，有沙亭。周穆王丧盛姬，东征，舍于五鹿，其女叔姓⑳，届此思哭，是曰女姓之丘，为沙鹿之异名也。《春秋左传》：僖公十四年，沙鹿崩。晋史卜之曰：阴为阳雄，土火相乘，故有沙鹿崩。后六百四十五年，宜有圣女兴，其齐田乎？后王翁孺自济南徙元城，正直其地，日月当之。王氏为舜后，土也。汉，火也。王禁生政君，其母梦见月入怀。年十八，诏入太子宫，生成帝，为元后。汉祚道汙②，四世称制，故曰火土相乘而为雄也。及崩，大夫扬雄作诔曰：太阴之精，沙鹿之灵，作合于汉，配元生成者也。献帝建安中，袁绍与曹操相御于官渡，绍逼大司农郑玄，载病随军，届此而卒。郡守已下受业者，衰绖㉔赴者千余人。玄注《五经》、《谶纬》、《侯》、《历》、《天文经》，通于世。故范晔《赞》曰：孔书遂明，汉章中辍矣。县北有沙丘堰，堰障水也。《尚书·禹贡》曰：北过降水。不遵其道曰降，亦曰溃。至于大陆，北播为九河。《风俗通》曰：河，播也。播为九河，自此始也。《禹贡》：沇州，九河既道，谓徒骇、太史、马颊、覆釜、胡苏、简、洁、句盘、鬲津也。同为逆河。郑玄曰：下尾合曰逆河。言相迎受矣⑤。盖疏润下之势，以通河海。及齐桓霸世，塞广田居，同为一河。故自堰以北，馆陶、廮陶、贝丘、鬲、般、广川、信都、东光、河间乐成以东，城地并存，川渎多亡。汉世，河决金堤，南北离其害。议者常欲求九河故迹而穿之，未知其所。是以班固云：自兹距汉，北亡八枝者也。河之故渎，自沙丘堰南分，屯氏河出焉。河水故渎东北迳发干县故城西，又屈迳其北，王莽之所谓戢楯矣。汉武帝以大将军卫青破右贤王功，封其子登为侯国。大河故渎又东迳贝丘县故城南。应劭曰：《左氏传》，齐襄公田于贝丘是也。余按京相璠、杜预并言在博昌，即司马彪《郡国志》所谓贝中聚者也。应《注》于此事近违矣。大河故渎又东迳甘陵县故城南。《地理志》之所谓厝⑥也，王莽改曰厝治者也。汉安帝父孝德皇，以太子被废为王，薨于此，乃葬其地，尊陵曰甘陵，县亦取名焉。桓帝建和二年，改清河曰甘陵，是周之甘泉市地也。陵在渎北，丘坟高巨，虽中经发坏⑦，犹若层陵矣，世谓之唐侯冢。城曰邑城，皆非也。昔南阳文叔良，以建安中为甘陵丞，夜宿水侧，赵人兰襄梦求改葬。叔良明循水求棺，果于水侧得棺，半许落水。叔良顾亲旧曰：若闻人传此，吾必以为不然。遂为移殡，醊⑧而去之。大河故渎又东迳艾亭城南；又东迳平晋城南，今城中有浮图五层，上有金露盘，题云：赵建武八年，比释道龙和上竺浮图澄，树德劝化，兴立神庙。浮图已坏，露盘尚存，炜炜有光明。大河故渎又东北迳灵县故城南，王莽之播亭也。河水于县，别出为鸣犊河。河水故渎又东迳鄃县故城东。吕后四年，以父婴功，封子佗袭为侯国，王莽更名之曰善陆。大河故渎又东迳平原县故城西，而北绝屯氏三渎。北迳绎幕县故城东北，西流迳平原鬲县故城西。《地理志》曰：鬲，津也，王莽名之曰河平亭，故有穷后羿国也。应劭曰：鬲，偃姓，咎繇㉔后。光武建武十三年，封建义将军朱祜为侯国。大河故渎又北迳脩县故城东，又北迳安陵县西，本脩之安陵乡也。《地理风俗记》曰：脩县东四十里有安陵乡，故县也。又东北，至东光县故城西，而北与漳水合。一水分大河故渎北出，为屯氏河，迳馆陶县东，东北出。《汉书·沟洫志》曰：自塞宣防，河复北决于馆陶县，分为屯氏河，广深与大河等。成帝之世，河决馆陶及东郡金堤，上使河堤谒者王延世塞之，三十六日，堤成。诏以建始五年为河平元年，以延世为光禄大夫。是水亦断。屯氏故渎水之又东北，屯氏别河出焉。屯氏别河故渎又东北迳信成县，张甲河出焉。《地理志》：张甲河首受屯氏别河于信成县者也。张甲河故渎，北绝清河于广宗县，分为二渎：左渎迳广宗县故城西，又北迳建始县故城东。田融云：赵武帝十二年，立建兴郡，治广宗，置建始、兴德五县隶焉，左渎又北迳经城东、缭城西，又迳南宫县西，北注绛渎；右渎东北迳广宗县故城南，又东北迳界城亭北，又东北迳长乐郡枣强县故城东。长乐，故信都也。晋太康五年，改从今名。又东北迳广川县，与绛渎水故道合。又东北迳广川县故城西，又东迳棘津亭南。徐广曰：棘津在广川。司马彪曰：县北有棘津城。吕尚卖食之困，疑在此也。刘澄之云：谯郡鄼县东北有棘津亭，故邑也，吕尚所困处也。余按《春秋左传》：伐巢，克棘，入州来。无津字。杜预《春秋释地》又言：棘亭在鄼县东北，亦不云有津字矣。而竟不知澄之于何而得是说。然天下以棘为名者多，未可咸谓之棘津也。又《春秋》：昭公十七年，晋侯使荀吴帅师，涉自棘津，用牲于洛，遂灭陆浑。杜预《释地》阙而不书。服虔曰：棘津，犹孟津也。徐广《晋纪》又言：石勒自葛陂寇河北，袭汲人向冰于枋头，济自棘。棘津在东郡、河内之间，田融以为即石济南津也。虽千古茫昧，理世玄运，遗文逸句，容或可寻，沿途隐显，方土可验。司马迁云：吕望，东海上人也，老而无遇，以钓干周文王。又云：吕望行年五十，卖食棘津。七十则屠牛朝歌。行年九十，身为帝师。皇甫士安云：欲隐东海之滨，闻文王善养老，故入钓于周。今汲水城亦言有吕望隐居处。起自东海，迄于酆雍，缘其迳趣，赵、魏为密，厝之谯、宋，事为疏矣。张甲故渎又东北，至脩县东会清河。《十三州志》曰：张甲东北至脩县，入清漳者也。屯氏别河又东，枝津出焉。东迳信成县故城南，又东迳清阳县故城南，清河郡北，魏自清阳徙置也。又东北迳陵乡南；又东北迳东武城县故城南；又东北迳东阳县故城南。《地理志》曰：王莽更之曰胥陵矣。俗人谓之高黎郭，非也。应劭曰：东武城东北三十里有阳乡，故县也。又东，散绝无复津迳。屯氏别河又东北迳清河郡南；又东北迳清河故城西。汉高帝六年，封王吸为侯国。《地理风俗记》曰：甘陵郡东南十七里，有清河故城者，世谓之鹊城也。又东北迳绎幕县南，分为二渎。屯氏别河北渎，东迳绎幕县故城南，东绝大河故渎，又东北迳平原县，枝津北出，至安陵县遂绝；屯氏别河北渎又东北，迳重平县故城南。应劭曰：重合县西南八十里有重平乡，故县也。又东北迳重合县故城南，又东北迳定县故城南。汉武帝元朔四年，封齐孝王子刘越为侯国。《地理风俗记》曰：饶安县东南三十里有定乡城，故县也。屯氏别河北渎又东，入阳信县，今无水。又东为咸河，东北流迳阳信县故城北。《地理志》，渤海之属县也。东注于海。屯氏别河南渎自平原东绝大河故渎，又迳平原县故城北，枝津右出，东北至安德县界，东会商河。屯氏别河南渎又东北，于平原界又有枝渠右出，至安德县遂绝。屯氏别河南渎，自平原城北首受大河故渎东出，亦通谓之笃马河，即《地理志》所谓平原县有笃马河，东北入海，行五百六十里者也。东北迳安德县故城西；又东北迳临齐城南。始东齐未宾，大魏筑城以临之，故城得其名也。又屈迳其城东故渎，广四十步，又东北迳重丘县故城西。《春秋》：襄公二十五年秋，同盟于重丘，伐齐故也。应劭曰：安德县北五十里有重丘乡，故县也。又东北迳西平昌县故城北，北海有平昌县，故加西。汉宣帝元康元年，封王长君为侯国。故渠川派，东入般县，为般河。盖亦九河之一道也。《后汉书》称公孙瓒破黄巾于般河，即此渎也。又东为白鹿渊水，南北三百步，东西千余步，深三丈余。其水冬清而夏浊，淳而不流。若夏水洪泛，水深五丈，方乃通注般渎。又迳般县故城北，王莽更之曰分明也。东迳乐陵县故城北。《地理志》曰：故都尉治。伏琛、晏谟言：平原邑，今分为郡。又东北迳阳信县故城南，东北入海。屯氏河故渎自别河东迳甘陵之信乡县故城南。《地理志》曰：安帝更名安平。应劭曰：甘陵西北十七里有信乡，故县也。屯氏故渎又东迳甘陵县故城北，又东迳灵县北，又东北迳鄃县，与鸣犊河故渎合。上承大河故渎于灵县南。《地理志》曰：河水自灵县别出为鸣犊河者也。东北迳灵县东，东入鄃县，而北合屯氏渎，屯氏渎兼鸣犊之称也。又东迳鄃县故城北，东北合大河故渎，谓之鸣犊口。《十三州志》曰：鸣犊河，东北至脩，入屯氏，考渎则不至也。

**又东北过卫县南，又东北过濮阳县北，瓠子河出焉。**

河水东迳铁丘南。《春秋左氏传》：哀公二年，郑罕达帅师，邮无恤御简子，卫太子为右，登铁上，望见郑师，卫太子自投车下，即此处也。京相璠曰：铁，丘名也。杜预曰：在戚南。河之北岸有古城，戚邑也。东城有子路冢，河之西岸有竿城。《郡国志》曰：卫县有竿城者也。河南有龙渊宫。武帝元光中，河决濮阳，泛郡十六，发卒十万人塞决河，起龙渊宫。盖武帝起宫于决河之旁，龙渊之侧，故曰龙渊宫也。河水东北流而迳濮阳县北，为濮阳津。故城在南，与卫县分水，城北十里有瓠河口，有金堤、宣房堰。粤在汉世，河决金堤，涿郡王尊自徐州刺史迁东郡太守，河水盛溢，泛浸瓠子，金堤决坏，尊躬率民吏，投沉白马，祈水神河伯，亲执圭璧，请身填堤，庐居其上。民吏皆走，尊立不动，而水波齐足而止，公私壮其勇节。河水又东北迳卫国县南，东为郭口津。河水又东迳鄄城县北，故城在河南十八里，王莽之鄄良也。沇州旧治，魏武创业始自于此。河上之邑最为峻固。《晋八王故事》曰：东海王越治鄄城。城无故自坏七十余丈，越恶之，移治濮阳。城南有魏使持节征西将军太尉方城侯邓艾庙，庙南有艾碑，秦建元十二年，广武将军沇州刺史关内侯安定彭超立。河之南岸有新城，宋宁朔将军王玄谟前锋入河所筑也。北岸有新台，鸿基层广高数丈，卫宣公所筑新台矣。《诗》齐姜所赋也。为卢关津，台东有小城，崎岖颓侧，台址枕河，俗谓之邸阁城。疑故关津都尉治也，所未详矣。河水又东北迳范县之秦亭西，《春秋经》书：筑台于秦者也。河水又东北迳委粟津，大河之北，即东武阳县也。左会浮水故渎。故渎上承大河于顿丘县而北出，东迳繁阳县故城南。应劭曰：县在繁水之阳。张晏曰：县在繁渊。《春秋》：襄公二十年，《经》书：公与晋侯、齐侯盟于澶渊。杜预曰：在顿丘县南，今名繁渊。澶渊，即繁渊也。亦谓之浮水焉。昔魏徙大梁，赵以中牟易魏。故《志》曰：赵南至浮水繁阳，即是渎也。故渎东绝大河故渎，东迳五鹿之野。晋文公受块于野人，即此处矣。京相璠曰：今卫县西北三十里，有五鹿城，今属顿丘县。浮水故渎又东南迳卫国邑城北，故卫公国也，汉光武以封周后也。又东迳卫国县故城南，古斟观。应劭曰：夏有观扈，即此城也。《竹书纪年》梁惠成王二年，齐田寿率师伐我，围观，观降。浮水故渎又东迳河牧城而东北出。《郡国志》曰：卫本观故国，姚姓，有河牧城。又东北，入东武阳县，东入河。又有漯水出焉，戴延之谓之武水也。河水又东迳武阳县东、范县西而东北流也。

**又东北过东阿县北，**

河水于范县东北流，为仓亭津。《述征记》曰：仓亭津在范县界，去东阿六十里。《魏土地记》曰：津在武阳县东北七十里；津，河济名也。河水右历柯泽。《春秋左传》：襄公十四年，卫孙文子败公徒于阿泽者也。又东北迳东阿县故城西，而东北出，流注河水，枝津东出，谓之邓里渠也。

**又东北过茌平县西，**

河自邓里渠东北迳昌乡亭北；又东北迳碻磝③城西。《述征记》曰：碻磝，津名也。自黄河泛舟而渡者，皆为津也。其城临水，西南崩于河。宋元嘉二十七年，以王玄谟为宁朔将军，前锋入河，平碻磝，守之。都督刘义恭以沙城不堪守，召玄谟令毁城而还，后更城之。魏立济州，治此也。河水冲其西南隅，又崩于河，即故茌平④县也。应劭曰：茌，山名也，县在山之平地，故曰茌平。王莽之功崇矣。《经》曰：大河在其西，邓里渠历其东，即斯邑也。昔石勒之隶师懽⑤，屯耕于茌平，闻鼓角鞞⑥铎之声于是县也。西与聊城分河。河水又东北，与邓里渠合。水上承大河于东阿县西，东迳东阿县故城北，故卫邑也。应仲瑗曰：有西，故称东。魏封曹植为王国。大城北门内，西侧皋上有大井，其巨若轮，深六七丈。岁尝煮胶以贡天府，《本草》所谓阿胶也。故世俗有阿井之名。县出佳缯缣，故《史记》云：秦昭王服太阿之剑，阿缟之衣也。又东北迳临邑县，与将渠合。又北迳茌平县东，临邑县故城西，北流入于河。河水又东北流迳四渎津，津西侧岸临河，有四渎祠，东对四渎口。河水东分济，亦曰济水受河也。然荥口石门，水断不通，始自是出，东北流迳九里与清水合，故济渎也。自河入济，自济入淮，自淮达江，水径周通，故有四渎之名也。昔赵杀鸣犊，仲尼临河而叹，自是而返曰：丘之不济，命也夫！《琴操》以为孔子临狄水而歌矣，曰：狄水衍兮风扬波，船楫颠倒更相加。余按：临济，故狄也。是济所迳，得其通称也。河水又迳杨墟县之故城东，俗犹谓是城曰阳城矣。河水又迳茌平城东，疑县徙也。城内有故台，世谓之时平城，非也，盖茌、时音相近耳。

**又东北过高唐县东，**

河水于县，漯水注之。《地理志》曰：漯水出东武阳。今漯水上承河水于武阳县东南，西北迳武阳新城东，曹操为东郡所治也。引水自东门石窦，北注于堂池，池南故基尚存。城内有一石甚大，城西门名冰井门，门内曲中，冰井犹存。门外有故台，号武阳台，匝台亦有隅雉遗迹。水自城东北迳东武阳县故城南。应劭曰：县在武水之阳。王莽之武昌也。然则漯水亦或武水矣。臧洪为东郡太守，治此。曹操围张超于雍丘，洪以情义，请袁绍救之，不许，洪与绍绝。绍围洪，城中无食，洪呼吏士曰：洪于大义，不得不死，诸君无事，空与此祸。众泣曰：何忍舍明府也！男女八千余人，相枕而死。洪不屈，绍杀洪。邑人陈容为丞，谓曰：宁与臧洪同日死，不与将军同日生！绍又杀之，士为伤叹。今城四周，绍围郭尚存。水匝隍堑③⑦，于城东北合为一渎，东北出郭，迳阳平县之冈成城西。《郡国志》曰：阳平县有冈成亭。又北迳阳平县故城东。汉昭帝元平元年，封丞相蔡义为侯国。漯水又北，绝莘道。城之西北，有莘亭。《春秋》：桓公十六年，卫宣公使伋使诸齐，令盗待于莘，伋、寿继殒于此亭。京相璠曰：今平原阳平县北十里，有故莘亭，陀限蹊要③⑧，自卫适齐之道也。望新台于河上，感二子于夙龄③⑨，诗人《乘舟》诚可悲矣。今县东有二子庙，犹谓之为孝祠矣。漯水又东北迳乐平县故城东，县，故清也。汉高帝八年，封窒中同于清，宣帝封许广汉少弟翁孙于乐平，并为侯国，王莽之清治矣。汉章帝建初中，更从今名也。漯水又北迳聊城县故城西。城内有金城，周匝有水，南门有驰道，绝水南出，自外泛舟而行矣。东门侧有层台，秀出云表，鲁仲连所谓还高唐之兵，却聊城之众者也。漯水又东北迳清河县故城北。《地理风俗记》曰：甘陵，故清河。清河在南十七里，今于甘陵县故城东南，无城以拟之。直东二十里有艾亭城，东南四十里有此城，拟即清河城也。后蛮居之，故世称蛮城也。漯水又东北迳文乡城东南，又东北迳博平县故城南，城内有层台秀上，王莽改之曰加睦也。右与黄沟同注川泽。黄沟承聊城郭水，水泛则津注，水耗则辍流。自城东北出，迳清河城南，又东北迳摄城北，《春秋》所谓聊摄以东也。俗称郭城，非也。城东西三里，南北二里，东西隅有金城④⓪，城卑下，墟郭尚存，左右多坟垄。京相璠曰：聊城县东北三十里有故摄城。今此城西去聊城二十五六里许，即摄城者也。又东迳文乡城北；又东南迳王城北。魏太常七年，安平王镇平原所筑，世谓之王城。太和二十三年，罢镇，立平原郡，治此城也。黄沟又东北流，左与漯水隐覆，势镇河陆，东出于高唐县。大河右池，东注漯水矣。桑钦《地理志》曰：漯水出高唐。余按《竹书穆天子传》称：丁卯，天子自五鹿东征，钓于漯水，以祭淑人，是曰祭丘；己巳，天子东征，食马于漯水之上。寻其沿历迳趣，不得近出高唐也。桑氏所言，盖津流所出，次于是间也。俗以是水上承于河，亦谓之源河矣。漯水又东北迳援县故城西，王莽之东顺亭也。杜预《释地》曰：济南祝阿县西北有援城。漯水又东北迳高唐县故城东。昔齐威王使肸子守高唐，赵人不敢渔于河。即鲁仲连子谓田巴曰：今楚军南阳，赵伐高唐者也。《春秋左传》：哀公十年，赵鞅帅师伐齐，取犁及辕，毁高唐之郭。杜预曰：辕即援也。祝阿县西北有高唐城。漯水又东北迳漯阴县故城北，县，故犁邑也。汉武帝元光三年封匈奴降王，王莽更名翼成。历北漯阴城南，伏琛谓之漯阳。城南有魏沇州刺史刘岱碑。《地理风俗记》曰：平原漯阴县，今巨漯亭是也。漯水又东北迳著县城南，又东北迳崔氏城北。《春秋左传》：襄公二十七年，崔成请老于崔者也。杜预《释地》曰：济南东朝阳县西北有崔氏城。漯水又东北迳东朝阳县故城南。汉高帝七年，封都尉宰寄为侯国。《地理风俗记》曰：南阳有朝阳县，故加东。《地理志》曰：王莽之脩治也。漯水又东迳汉征君伏生墓南，碑碣尚存。以明经为秦博士。秦坑儒士，伏生隐焉。汉兴，教于齐、鲁之间，撰五经、《尚书大传》。文帝安车征之，年老不行，乃使掌故欧阳生等受《尚书》于征君，号曰伏生者也。漯水又东迳邹平县故城北，古邹侯国，舜后，姚姓也。又东北迳东邹城北。《地理志》，千乘郡有东邹县。漯水又东北迳建信县故城北。汉高帝七年，封娄敬为侯国。应劭曰：临济县西北五十里，有建信城，都尉治故城者也。漯水又东北迳千乘县二城间，汉高帝六年以为千乘郡，王莽之建信也。章帝建初四年为王国。和帝永元七年改为乐安郡，故齐地。伏琛曰：千乘城在齐城西北百五十里，隔会水，即漯水之别名也。又东北为马常坑，坑东西八十里，南北三十里，乱河枝流而入于海。河、海之饶，兹焉为最。《地理风俗记》曰：漯水东北，至千乘入海，河盛则通津委海；水耗则微涓绝流。《书》：浮于济、漯。亦是水者也。

**又东北过杨虚县东，商河出焉。**

《地理志》：杨虚，平原之隶县也。汉文帝四年，以封齐悼惠王子将闾为侯国也。城在高唐城之西南，《经》次于此，是不比也[41]。商河首受河水，亦漯水及泽水所潭也。渊而不流，世谓之清水。自此虽沙涨填塞，厥迹尚存。历泽而北，俗谓之落里坑。迳张公城西，又北，重源潜发，亦曰小漳河。商、漳声相近，故字与读移耳。商河又北迳平原县东，又迳安德县故城南；又东北迳平昌县故城南；又东迳般县故城南；又东迳乐陵县故城南。汉宣帝地节四年，封侍中史子长为侯国。商河又东迳朸[42]县故城南。高后八年，封齐悼惠王子刘辟光为侯国。王莽更之曰张乡。应劭曰：般县东南六十里，有朸乡城，故县也。沙沟水注之。水南出大河之阳，泉源之不合河者二百步，其水北流，注商河。商河又东北流迳马岭城西北，屈而东注，南转，迳城东。城在河曲之中。东海王越斩汲桑于是城。商河又东北迳富平县故城北。《地理志》曰：侯国也。王莽曰乐安亭。应劭曰：明帝更名厌次。阚骃曰：厌次县本富平侯车骑将军张安世之封邑。非也。按《汉书》，昭帝元凤六年，封右将军张安世为富平侯，薨，子延寿嗣。国在陈留，别邑在魏郡。《陈留风俗传》曰：陈留尉氏县安陵乡，故富平县也，是乃安世所食矣，岁入租千余万。延寿自以身无功德，何堪久居先人大国，上书请减户。天子以为有让，徙封平原，并食一邑，户口如故，而税减半。《十三州志》曰：明帝永平五年，改曰厌次矣。按《史记·高祖功臣侯者年表》，高帝六年，封元顷为侯国。徐广《音义》曰：《汉书》作爰类。是知厌次旧名，非始明帝，盖复故耳。县西有东方朔冢，冢侧有祠，祠有神验。水侧有云城。汉武帝元封四年，封齐孝王子刘信为侯国也。商河又分为二水。南水谓之长丛沟，东流倾注于海。沟南海侧，有蒲台，台高八丈，方二百步。《三齐略记》曰：鬲城东南有蒲台。秦始皇东游海上，于台上蟠蒲系马，至今每岁蒲生，萦委若有系状。似水杨，可以为箭。今东去海三十里。北水，世又谓之百薄渎，东北流，注于海水矣。大河又东北迳高唐县故城西。《春秋左传》：襄公十九年，齐灵公废太子光而立公子牙，以凤沙卫为少傅。齐侯卒，崔杼逆[43]光，光立，杀公子牙于句渎之丘。卫奔高唐以叛。京相璠曰：本平原县也，齐之西鄙也。大河迳其西而不出其东，《经》言出东，误耳。大河又北迳张公城，临侧河湄，卫青州刺史张治此，故世谓之张公城。水有津焉，名之曰张公渡。河水又北迳平原县故城东。《地理风俗记》曰：原，博平也，故曰平原矣。县，故平原郡治矣，汉高帝六年置，王莽改曰河平也。晋灼曰：齐西有平原，河水东北过高唐，高唐即平原也。故《经》言，河水迳高唐县东，非也。按《地理志》曰：高唐，漯水所出，平原则笃马河导焉，明平原非高唐，大河不得出其东，审矣[44]。大河右溢，世谓之甘枣沟，水侧多枣，故俗取名焉。河盛则委泛，水耗则辍流。故沟又东北，历长堤，迳漯阴县北，东迳著城北，东为陂淀，渊潭相接，世谓之秽野薄。河水又东北迳阿阳县故城西。汉高帝六年，封郎中万䜣为侯国。应劭曰：漯阴县东南五十里有阿阳乡，故县也。

**又东北过漯阳县北，**

河水自平原左迳安德城东，而北为鹿角津。东北迳般县、乐陵、朸乡，至厌次县故城南，为厌次河。汉安帝永初二年，剧贼毕豪等数百，乘船寇平原，县令刘雄、门下小吏所辅，浮舟追至厌次津，与贼合战，并为贼擒。求代雄，豪纵雄于此津。所辅可谓孝尽爱敬，义极君臣矣。河水右迳漯阴县故城北，王莽之巨武县也。河水又东北为漯沃津，在漯沃县故城南，王莽之延亭者也。《地理风俗记》曰：千乘县西北五十里，有大河，河北有漯沃城，故县也。魏改为后部亭，今俗遂名之曰右辅城。河水又东迳千乘城北，伏琛之所谓千乘北城者也。

**又东北过利县北，又东北过甲下邑，济水从西来注之。又东北入于海。**

河水又东，分为二水，枝津东迳甲下城南，东南历马常坈，注济。《经》言济水注河，非也。河水自枝津东北流迳甲下邑北，世谓之仓子城。又东北流，入于海。《淮南子》曰：九折注于海，而流不绝者，昆仑之输也。《尚书·禹贡》曰：夹右碣石入于河。《山海经》曰：碣石之山，绳水出焉，东流注于河。河之入海，旧在碣石，今川流所导，非禹渎也。周定王五年，河徙故渎。故班固曰：商竭周移也。又以汉武帝元光二年，河又徙东郡，更注渤海。是以汉司空掾[45]王璜言曰：往者天尝连雨，东北风，海水溢，西南出，侵数百里。故张折云：碣石在海中，盖沦于海水也。昔燕、齐辽旷，分置营州。今城届海滨，海水北侵，城垂沦者半。王璜之言，信而有征；碣石入海，非无证矣。

---

① 徙诸徒隶府户：意为把服役者编入府中户口。

② 雒（luò）：同"洛"。

③ 许：指许昌。

④ 溴（jú）：溴水，水名，在河南。

⑤ 苰（fù）：苰山，山名，在河南。

⑥ 崟（yín，音银）：高耸。

⑦ 皦（jiǎo）：纯白；明亮。

⑧ 伾：pī，音批。

⑨ 《疏》"喉"作"肮"。

⑩ 盖修故耳：意为是利用旧城重修而成的。

⑪ 敧（qī）：倾斜。

⑫ 鄤（màn）：水名，在河南。

⑬ 蒗蓎：làng dàng，音浪荡。

⑭ 堙（yīn）：堵塞；填塞。

⑮ 阳侯：传说中的波神。

⑯ 宫车晏驾：皇帝死了。君主时代称帝王死为晏驾。

⑰ 昏而流澌冰合：昏（hūn，同昏），澌（sī），解冻时流动的冰。此句意为傍晚，流动的冰块封冻起来了。

⑱ 泆（yì）：放纵，同"溢"。

⑲ 正南有踱陛陟上，方轨是由：意为"正南有台阶可以上登，宽度容得下两辆车子"。

⑳ 疏妄：浅陋无知。

㉑ 胯（xī，音西）：多用于人名。

㉒ 娑（suō）：古人名用字。

㉓ 汉祚道汙：祚（zuò），君主的位置。汙，wū，同"污"。此句意为汉朝政权旁落。

㉔ 绖（dié，音迭）：古时丧服上的麻布带子。

㉕ 言相迎受矣：意为说诸河相遇而汇合。

㉖ 厝（cuò，音错）：放置。

㉗ 虽中经发坏：意为虽曾被盗掘过。

㉘ 醊（zhuì，音坠）：祭奠。

㉙ 繇：yáo，音姚。

㉚ 未宾：意为未宾服，没有归服。

㉛ 故渠川派：意为旧渠分流。

㉜粤：助词，用于句首或句中。

㉝碻磝：碻，què，音确；磝，qiáo，音桥。碻磝，城名。

㉞茌平（chí píng）：地名，在山东。

㉟懽（huān）：同"欢"。

㊱鞞（bǐng，音丙）：刀鞘。

㊲隍堑（huáng qiàn）：隍，没有水的城壕。堑同"堑"，壕沟，护城河。

㊳阨限蹊要：阨（è，同厄），意为小路上的险要据点。

㊴夙龄：早年。

㊵东西隅：应为"东南隅"。

㊶是不比也：意为是不适当的。

㊷朸（lì，音力）：地名，在山东。

㊸逆（nì）：书面语，为迎接之意。

㊹审矣：知道，清楚。

㊺掾：yuàn，音院。

# 水经注卷六

## 汾水　浍水　涑水　文水
## 原公水　洞过水　晋水　湛水

**汾水出太原汾阳县北管涔山，**

《山海经》曰：北次二经之首，在河之东，其首枕汾，曰管涔之山，其上无木，而下多玉，汾水出焉，西流注于河。《十三州志》曰：出武州之燕京山，亦管涔之异名也。其山重阜修岩，有草无木。泉源导于南麓之下，盖稚水濛流耳。又西南，夹岸连山，联峰接势。刘渊族子曜，尝隐避于管涔之山。夜中，忽有二童子入，跪曰：管涔王使小臣奉谒赵皇帝，献剑一口。置前，再拜而去。以烛视之，剑长二尺，光泽非常，背有铭曰：神剑御，除众毒。曜遂服之，剑随时变为五色也。后曜遂为胡王矣。汾水又南与东、西温溪合。水出左右近溪，声流翼注。水上杂树交荫，云垂烟接。自是水流潭涨，波襄转泛①。又南迳一城东，凭墉积石，侧枕汾水，俗谓之代城。又南出二城间，其城角倚，翼枕汾流②，世谓之侯莫干城，盖语出戎方，传呼失实也。汾水又南迳汾阳县故城东。川土宽平，岠山夷水③。《地理志》曰：汾水出汾阳县北山，西南流者也。汉高帝十一年，封靳强为侯国，后立屯农，积粟在斯，谓之羊肠仓。山有羊肠坂，在晋阳西北，石隥萦行，若羊肠焉，故仓坂取名矣。汉永平中，治呼沱石臼河。按司马彪《后汉·郡国志》：常山南行唐县有石臼谷，盖资承呼沱之水，转山东之漕，自都虑至羊肠仓，将凭汾水以漕太原，用实秦、晋。苦役连年，转运所经，凡三百八十九隘，死者无算。拜邓训为谒者，监护水功。训隐括知其难立，具言肃宗，肃宗从之，全活数千人。和熹邓后之立，叔父陔以为训积善所致也。羊肠即此仓也。又南迳秀容城东。《魏土地记》曰：秀容，胡人徙居之，立秀容护军治，东去汾水六十里。南与酸水合。水源西出少阳之山，东南流注于汾水。汾水又南出山，东南流，洛阴水注之。水出新兴郡，西流迳洛阴城北，又西迳盂县故城南。《春秋左传》：昭公二十八年，分祁氏七县为大夫之邑，以盂丙为盂大夫。洛阴水又西迳狼孟县故城南，王莽之狼调也。左右夹涧幽深，南面大壑，俗谓之狼马涧。旧断涧为城，有南北门，门阇④故壁尚在。洛阴水又西南迳阳曲城北。《魏土地记》曰：阳曲，胡寄居太原界，置阳曲护军治。其水西南流，注于汾水。汾水又南迳阳曲城西南注也。

**东南过晋阳县东，晋水从县南东流注之。**

太原郡治晋阳城，秦庄襄王三年立，《尚书》所谓既修太原者也。《春秋说题辞》曰：高平曰太原。原，端也，平而有度。《广雅》曰：大卤，太原也。《释名》曰：地不生物曰卤。卤，𪉏⑤也。《穀梁传》曰：中国曰太原，夷狄曰太卤。《尚书大传》曰：东原厎平。大而高平者谓之太原，郡取称焉。《魏土地记》曰：城东有汾水南流。水东有晋使持节、都督并州诸军事、镇北将军、太原成王之碑。水上旧有梁，青荓⑥殒于梁下；豫让死于津侧；亦襄子解衣之所在也。汾水西迳晋阳城南，旧有介子推祠。祠前有碑，庙宇倾颓，惟单碑独存矣。今文字剥落，无可寻也。

**又南，洞过水从东来注之。**

汾水又南迳梗阳县故城东，故榆次之梗阳乡也。魏献子以邑大夫魏戊也。京相璠曰：梗阳，晋邑也。今太原晋阳县南六十里榆次界，有梗阳城。汾水又南，即洞过水会者也。

**又南过大陵县东，**

昔赵武灵王游大陵，梦处女鼓琴而歌。想见其人，吴广进孟姚焉，即于此县也。王莽改曰大宁矣。汾水于县左迤为邬泽。《广雅》曰：水自汾出为汾陂。其陂东西四里，南北十余里，陂南接邬。《地理志》曰：九泽在北，并州薮也。《吕氏春秋》谓之大陆。又名之曰沤夷之泽，俗谓之邬城泊。许慎《说文》曰：漹水出西河中阳县北沙，南入河。即此水也。漹水又会婴侯之水。《山海经》称，谒戾之山，婴侯之水出于其阴，北流注于祀水。水出祀山，其水殊源共舍，注于婴侯之水，乱流迳中都县南，俗又谓之中都水，侯甲水注之。水发源祁县胡甲山，有长坂，谓之胡甲岭，即刘歆《遂初赋》所谓：越侯甲而长驱者也。蔡邕曰：侯甲，亦邑名也，在祁县。侯甲水又西北，历宜岁郊，迳太谷，谓之太谷水。出谷西北流迳祁县故城南。自县连延，西接邬泽，是为祁薮也。即《尔雅》所谓昭余祁矣。贾辛邑也。辛貌丑，妻不为言；与之如皋⑦，射雉，双中之，则笑也。王莽之示县也。又西迳京陵县故城北，王莽更名曰致城矣。于春秋为九原之地也。故《国语》曰：赵文子与叔向游于九原，曰：死者若可作也，吾谁与归？叔向曰：其阳子乎？文子曰：夫阳子行并植于晋国，不免其身，智不足称。叔向曰：其舅犯乎？文子曰：夫舅犯见利不顾其君，仁不足称。吾其随曾乎？纳谏不忘其师；言身不失其友；事君不援而进，不阿而退。其故京尚存。汉兴，增陵于其下，故曰京陵焉。侯甲水又西北迳中都县故城南，城临际水湄。《春秋》：昭公二年，晋侯执陈无宇于中都者也。汉文帝为代王，都此。武帝元封四人，上幸中都宫，殿上见光，赦中都死罪以下。侯甲水又西合于婴侯之水，迳邬县故城南，晋大夫司马弥牟之邑也，谓之邬水。俗亦曰虑水，虑、邬声相近，故因变焉。又西北入邬陂，而归于汾流矣。

**又南过平陶县东，文水从西来流注之。**

汾水又南，与石桐水合，即绵水也。水出界休县之绵山，北流迳石桐寺西，即介子推之祠也。昔子推逃晋文公之赏，而隐于绵上之山也。晋文公求之不得，乃封绵为介子推田，曰：以志吾过，且旌善人。因名斯山为介山。故袁山松《郡国志》曰：界休县有介山、绵上聚、子推庙。王肃《丧服要记》曰：昔鲁哀公祖载其父，孔子问曰：宁设桂树乎？哀公曰：不也。桂树者，起于介子推。子推，晋之人也。文公有内难，出国之狄，子推随其行，割肉以续军粮。后文公复国，忽忘子推。子推奉唱而歌，文公始悟，当受爵禄。子推奔介山，抱木而烧死。国人葬之，恐其神魂贾⑧于地，故作桂树焉。吾父生于宫殿，死于枕席，何用桂树为？余按夫子尚非璠玙⑨送葬，安能问桂树为礼乎？王肃此证，近于诬矣。石桐水又西流，注于汾水。汾水又西南迳界休县故城西，王莽更名之曰界美矣。城东有征士郭林宗、宋子浚二碑。宋冲以有道、司徒征⑩。林宗，县人也。辟司徒，举太尉，以疾辞。其碑文云：将蹈洪崖之遐迹，绍巢、由之逸轨，翔区外以舒翼，超天衢以高峙，禀命不融，享年四十有二，建宁二年正月丁亥卒。凡我四方同好之人，永怀哀痛，乃树碑表墓，昭铭景行云。陈留蔡伯喈、范阳卢子干、扶风马日磾等，远来奔丧，持朋友服。心丧期年者，如韩子助、宋子浚等二十四人，其余门人，著锡衰者千数。蔡伯喈谓卢子干、马日磾曰：吾为天下碑文多矣，皆有惭容；惟郭有道无愧于色矣。汾水之右，有左部城，侧临汾水，盖刘渊为晋都尉所筑也。

**又南过冠爵津，**

汾津名也，在界休县之西南，俗谓之雀鼠谷。数十里间，道险隘，水左右悉结偏梁阁道，累石就路，萦带岩侧，或去水一丈，或高五六尺，上戴山阜，下临绝涧。俗谓之为鲁般桥，盖通古之津隘矣，亦在今之地险也。

**又南入河东界，又南过永安县西，**

故彘⑪县也。周厉王流于彘，即此城也。王莽更名黄城。汉顺帝阳嘉三年，改曰永安县。霍伯之都也。

**历唐城东，**

薛瓒注《汉书》云，尧所都也，东去彘十里。汾水又南，与彘水合。水出东北太岳山，《禹贡》所谓岳阳也，即霍太山矣。上有飞廉墓。飞廉以善走事纣，恶来多力见知。周武王伐纣，兼杀恶来。飞廉先为纣使北方，还无所报，乃坛于霍太山而致命焉。得石棺，铭曰：帝令处父⑫，不与殷乱，赐汝石棺以葬。死，遂以葬焉。霍太山有岳庙，庙甚灵，鸟雀不栖其林；猛虎常守其庭。又有灵泉以供祭祀，鼓动则泉流，声绝则水竭。湘东阴山县有侯昙山，上有灵坛，坛前有石井深数尺，居常无水，及临祈祷，则甘泉涌出，周用则已，亦其比也。彘水又西流迳观阜北，故百邑也。原过之从襄子也，受竹书于王泽，以告襄子。襄子斋三日，亲自剖竹，有朱书曰：余霍太山山阳侯，天使也。三月丙戌，余将使汝反灭智氏，汝亦立我于百邑。襄子拜受三神之命，遂灭智氏，祠三神于百邑，使原过主之。世谓其处为观阜也。彘水又西流迳永安县故城南，西南流，注于汾水。汾水又南迳霍城东，故霍国也。昔晋献公灭霍，赵夙为御，霍公求奔齐。晋国大旱，卜之曰：霍太山为祟。使赵夙召霍君奉祀，晋复穰。盖霍公求之故居也。汾水又迳赵城西南。穆王以封造父，赵氏自此始也。汾水又南，霍水入焉。水出霍太山，发源成潭，涨七十步而不测其深。西南迳赵城南，西流注于汾水。

**又南过杨县东，**

涧水东出谷远县西山，西南迳霍山南，又西迳杨县故城北，晋大夫僚安之邑也。应劭曰：故杨侯国。王莽更名有年亭也。其水西流入于汾水。汾水迳杨城西，不于东矣。《魏土地记》曰：平阳郡，治杨县，郡西有汾水南流者是也。

**西南过高梁邑西，**

黑水出黑山，西迳杨城南，又西与巢山水会。《山海经》曰：牛首之山，劳水出焉，西流注于潏水，疑是水也。潏水，即巢山之水也。水源东南出巢山东谷，北迳浮山东，又西北流与劳水合，乱流西北迳高梁城北，西流入于汾水。汾水又南迳高梁故城西，故高梁之墟也。《春秋》：僖公二十四年，秦穆公纳公子重耳于晋，害怀公于此。《竹书纪年》：晋出公十三年，智伯瑶城高梁。汉高帝十二年以为侯国，封恭侯郦疥于斯邑也。

**又南过平阳县东，**

汾水又南迳白马城西，魏刑白马而筑之，故世谓之白马城。今平阳郡治。汾水又南迳平阳县故城东，晋大夫赵晁之故邑也。应劭曰：县在平河之阳，尧舜并都之也。《竹书纪年》：晋烈公元年，韩武子都平阳。汉昭帝封度辽将军范明友为侯国，王莽之香平也。魏立平阳郡，治此矣。水侧有尧庙，庙前有碑。《魏土地记》曰：平阳城东十里，汾水东原上，有小台，台上有尧神屋石碑。永嘉三年，刘渊徙平阳于汾水得白玉印，方四寸，高二寸二分，龙纽。其文曰：有新宝之印，王莽所造也。渊以为天授，改永凤二年为河瑞元年。汾水南与平水合。水出平阳县西壶口山，《尚书》所谓壶口治梁及岐也。其水东迳狐谷亭北。春秋时，狄侵晋，取狐厨者也。又东迳平阳城南，东入汾。俗以为晋水，非也。汾水又南历襄陵县故城西，晋大夫郤犨⑬之邑也，故其地有犨氏乡亭矣。西北有晋襄公陵，县，盖即陵以命氏也，王莽更名曰干昌矣。

**又南过临汾县东，**

天井水出东陉山西南，北有长岭，岭上东西有通道，即钘隥也⑭。《穆天子传》曰：乙酉，天子西绝钘隥，西南至盬，是也。其水三泉奇发，西北流，总成一川，西迳尧城南，又西流入汾。

**又屈从县南西流，**

汾水又迳绛县故城北。《竹书纪年》：梁武王二十五年，绛中地墲⑮，西绝于汾。汾水西迳虒⑯祁宫北，横水有故梁，截汾水中。凡有三十柱，柱迳五尺，裁与水平，盖晋平公之故梁也。物在水，故能持久而不败也。又西迳魏正平郡南，故东雍州治。太和中，皇都徙洛，罢州立郡矣。又西迳王泽，浍水入焉。

**又西过长脩县南，**

汾水又西与古水合。水出临汾县故城西黄阜下，其大若轮，西南流，故沟横出焉，东注于汾，今无水。又西南迳魏正平郡北，又西迳荀城东，古荀国也。《汲郡古文》：晋武公灭荀，以赐大夫原氏也。古水又西南入于汾。汾水又西南迳长脩县故城南，汉高帝十一年以为侯国，封杜恬也。有脩水出县南，而西南流入汾。汾水又西迳清原城北，故清阳亭也。城北有清原，晋侯蒐⑰清原，作三军处也。汾水又迳冀亭南，昔臼季使，过冀野，见郤缺耨，其妻馌之，相敬如宾。言之文公，文公命之为卿，复与之冀。京相璠曰：今河东皮氏县有冀亭，古之冀国所都也。杜预《释地》曰：平阳皮氏县东北，有冀亭，即此亭也。汾水又西，与华水合，水出北山华谷，西南流迳一故城西，俗谓之梗阳城，非也。梗阳在榆次，不在此。按《故汉上谷长史侯相碑》云：侯氏出自仓颉之后，逾殷历周，各以氏分，或著楚、魏，或显齐、秦，晋卿士芀⑱，斯其胄也。食采华阳，今蒲坂北亭，即是城也。其水西南流，注于汾。汾水又迳稷山北，在水南四十许里，山东西二十里，南北三十里，高十三里，西去介山十五里。山上有稷祠，山下稷亭。《春秋》：宣公十五年，秦桓公伐晋，晋侯治兵于稷，以略⑲狄土是也。

**又西过皮氏县南。**

汾水西迳郔⑳丘北，故汉氏之方泽也。贾逵云：汉法，三年祭地汾阴方泽。泽中有方丘，故谓之方泽。丘即郔丘也。许慎《说文》称，从邑，癸声。河东临汾地名矣，在介山北，山即汾山也。其山特立，周七十里，高三十里。文颖言在皮氏县东南则可，三十里，乃非也。今准此山㉑，可高十余里。山上有神庙，庙侧有灵泉，祈祭之日，周而不耗，世亦谓之子推祠。扬雄《河东赋》曰：灵舆安步，周流容与，以览于介山。嗟文公而愍㉒推兮，勤大禹于龙门。《晋太康记》及《地道记》与《永初记》，并言子推所逃，隐于是山，即实非也。余按介推所隐者，绵山也。文公环而封之，为介推田，号其山为介山。杜预曰：在西河界休县者是也。汾水又西迳耿乡城北，故殷都也。帝祖乙自相徙此，为河所毁，故《书·叙》曰：祖乙圮㉓于耿。杜预曰：平阳皮氏县东南耿乡是也。盘庚以耿在河北，迫近山川，乃自耿迁亳。晋献公灭耿，以封赵夙，后襄子与韩、魏分晋，韩康子居平阳，魏桓子都安邑，号为三晋，此其一也。汉武帝行幸河东，济汾河，作《秋风辞》于斯水之上。汾水又西迳皮氏县南。《竹书纪年》：魏襄王十二年，秦公孙爰率师伐我，围皮氏。翟章率师救皮氏围，疾西风。十三年，城皮氏者也。汉河东太守潘系穿渠引汾水以溉皮氏县。故渠尚存，今无水也。

**又西至汾阴县北，西注于河。**

水南有长阜，背汾带河，阜长四五里，广二里余，高十丈。汾水历其阴，西入河，《汉书》谓之汾阴脽㉑。应劭曰：脽，丘类也。汾阴男子公孙祥望气，宝物之精上见，祥言之于武帝，武帝于水获宝鼎焉。迁于甘泉宫，改其年曰元鼎，即此处。

**浍水出河东绛县东，浍交东高山。**

浍水东出绛高山，亦曰河南山，又曰浍山。西迳翼城南。按《诗谱》言，晋穆侯迁都于绛，暨孙孝侯，改绛为翼。翼为晋之旧都也。后献公北广其城，方二里，又命之为绛。故司马迁《史记·年表》称，献公九年，始城绛都。《左传》：庄公二十六年，晋士芳城绛以深其宫是也。其水又西南，合黑水。水导源东北黑水谷，西南流迳翼城北，右引北川水。水出平川，南流注之。乱流西南，入浍水。浍水又西南，与诸水合，谓之浍交。《竹书纪年》曰：庄伯十二年，翼侯焚曲沃之禾而还。作为文公也。又有贺水，东出近川，西南至浍交，入浍；又有高泉水，出东南近川，西北趣浍交，注浍。又南，紫谷水东出白马山白马川。《遁甲开山图》曰：绛山东距白马山，谓是山也。西迳荥庭城南，而西出紫谷，与乾河合，即教水之枝川也。《史记·白起传》称，涉河，取韩安邑，东至乾河是也。其水西与田川水合。水出东溪，西北至浍交入浍。又有于家水，出于家谷。《竹书纪年》曰：庄伯以曲沃叛，伐翼。公子万救翼，荀叔轸追之至于家谷。有范壁水出于壁下，并西北流至翼广城。昔晋军北入翼，广筑之，因即其姓以名之。二水合而西北流，至浍交，入浍。浍水又西南与绛水合，俗谓之白水，非也。水出绛山东，寒泉奋涌，扬波北注，悬流奔壑，一十许丈。青崖若点黛，素湍如委练，望之极为奇观矣。其水西北流，注于浍。应劭曰：绛水出绛县西南，盖以故绛为言也。《史记》称，智伯率韩、魏，引水灌晋阳，不没者三版㉕。智氏曰：吾始不知水可以亡人国，今乃知之。汾水可以浸安邑，绛水可以浸平阳。时韩居平阳，魏都安邑。魏桓子肘韩康子，韩康子履魏桓子，肘足接于车上，而智氏以亡。鲁定公问：一言可以丧邦，有诸？孔子以为几乎，余睹智氏之谈矣。汾水灌安邑，或亦有之，绛水灌平阳，未识所由也。

**西过其县南，**

《春秋》：成公六年，晋景公谋去故绛，欲居郇㉖瑕。韩献子曰：土薄水浅，不如新田有汾、浍以流其恶。遂居新田。又谓之绛，即绛阳也，盖在绛、浍之阳。汉高帝六年，封越骑将军华无害为侯国。县南对绛山，面背二水。《古文琐语》曰：晋平公与齐景公乘，至于浍上，见乘白骖八驷以来，有大貍身而狐尾，随平公之车。公问师旷，对首阳之神有大貍身狐尾，其名曰者，饮酒得福则徼之，盖于是水之上也。

**又西南过虒祁宫南，**

宫在新田绛县故城西四十里，晋平公之所搆㉗也。时有石言于魏榆，晋侯以问师旷，旷曰：石不能言，或凭焉。臣闻之，作事不时，怨讟㉘动于民，则有非言之物言也。今宫室崇侈民力凋尽，石言不亦宜乎？叔向以为子野之言，君子矣。其宫也，背汾面浍，西则两川之交会也。《竹书纪年》曰，晋出公五年，浍绝于梁，即是水也。

**又西至王泽，注于汾水。**

晋智伯瑶攻赵襄子，襄子奔保晋阳。原过后至，遇三人于此泽，自带以下不见，持竹二节与原过，曰：为我遗无恤。原过受之于是泽，所谓王泽也。

### 涑水出河东闻喜县东山黍葭谷，

涑水所出，俗谓之华谷。至周阳与洮水合。水源东出清野山，世人以为清襄山也。其水东迳大岭下，西流出，谓之含口。又西合涑水。郑使子产问晋平公疾，平公曰：卜云台骀为祟，史官莫知，敢问？子产曰：高辛氏有二子，长曰阏伯，季曰实沈，不能相容，帝迁阏伯于商丘，迁实沈于大夏。台骀，实沈之后，能业其官，帝用嘉之，国于汾川。由是观之，台骀，汾、洮之神也。夏逵曰：汾、洮二水名。司马彪曰：洮水出闻喜县，故王莽以县为洮亭也。然则涑水殆亦洮水之兼称乎？

### 西过周阳邑南，

其城南临涑水，北倚山原。《竹书纪年》：晋献公二十五年正月，翟人伐晋，周有白兔舞于市。即是邑也。汉景帝以封田胜为侯国。涑水西经董泽陂南，即古池。东西四里，南北三里。《春秋》文公六年，蒐㉒于董，即斯泽也。涑水又与景水合。水出景山北谷。《山海经》曰：景山南望盐贩之泽，北望少泽，其草多藷藇㉚、秦椒，其阴多赭，其阳多玉。郭景纯曰：盐贩之泽即解县盐池也。按《经》不言有水，今有水焉，西北流，注于涑水也。

### 又西南过左邑县南，

涑水又西迳仲邮郹㉛北，又西迳桐乡城北。《竹书纪年》曰：翼侯伐曲沃，大捷，武公请成于翼，至桐乃返者也。《汉书》曰：武帝元鼎六年将幸缑㉜氏，至左邑桐乡，闻南越破，以为闻喜县者也。涑水又西，与沙渠水合，水出东南近川，西北流注于涑水。涑水又西南迳左邑县故城南，故曲沃也。晋武公自晋阳徙此，秦改为左邑县，《诗》所谓从子于鹄者也。《春秋传》曰：下国有宗庙谓之国；在绛曰下国矣，即新城也。王莽之洮亭也。涑水自城西注，水流急浚，轻津无缓，故诗人以为激扬之水，言不能流移束薪耳。水侧，即狐突遇申生处也。《春秋传》曰：秋，狐突适下国，遇太子，太子使登仆，曰：夷吾无礼，吾请帝以畀㉝秦。对曰：神不歆非类，君其图之㉞。君曰：诺。请七日见我于新城西偏。及期而往，见于此处。故《传》曰：鬼神所凭，有时而信矣。涑水又西迳王官城北，城在南原上。《春秋左传》：成公十三年四月，晋侯使吕相绝秦曰：康犹不悛㉟，入我河曲，伐我涑川，俘我王官，故有河曲之战是矣。今世人犹谓其城曰王城也。

### 又西南过安邑县西，

安邑，禹都也。禹娶涂山氏女，思恋本国，筑台以望之。今城南门台基犹存。余按：《礼》，天子诸侯台门，隅阿相降而已，未必一如书传也。故晋邑矣，春秋时，魏绛自魏徙此。昔文侯悬师经之琴于其门，以为言戒也。武侯二年，又城安邑，盖增广之。秦始皇使左更、白起取安邑，置河东郡。王莽更名洮队，县曰河东也。有项宁都学道升仙，忽复还此，河东号曰斥仙。汉世又有闵仲叔，隐遁市邑，罕有知者，后以识瞻而去。涑水西南迳监盐县故城。城南有盐池，上承盐水，水出东南薄山，西北流迳巫咸山北。《地理志》曰：山在安邑县南。《海外西经》曰：巫咸国在女丑北，右手操青蛇，左手操赤蛇在登葆山，群巫所从上下也。《大荒西经》云：大荒之中，有灵山，巫咸、巫即、巫盼、巫彭、巫姑、巫真、巫礼、巫抵、巫谢、巫罗十巫，从此升降，百药爰在。郭景纯曰：言群巫上下灵山，采药往来也。盖神巫所游，故山得其名矣。谷口岭上有巫咸祠，其水又迳安邑故城南，又西流，注于盐池。《地理志》曰：盐池在安邑西南。许慎谓之盬。北五十一里，广七里，周百一十六里，从盐省，古声。吕忱曰：凤沙初作煮海盐，河东盐池谓之盬。今池水东西七十里，南北十七里，紫色澄渟，潭而不流。水出石盐，自然印成，朝取夕复，终无减损；惟山水暴至，雨潦潢潦奔泆，则盐池用耗。故公私共塌⑥水径，防其淫滥，谓之盐水，亦谓之为塌水。《山海经》谓之盐贩之泽也。泽南面层山，天岩云秀，地谷渊深，左右壁立，间不容轨，谓之石门；路出其中，名之曰径，南通上阳，北暨盐泽。池西又有一池，谓之女盐泽，东西二十五里，南北二十里，在猗氏故城南。《春秋》：成公六年，晋谋去故绛，大夫曰：郇瑕地沃饶近盬。服虔曰：土平有溉曰沃，盬，盐池也。土俗裂水沃麻，分灌川野，畦水耗竭，土自成盐，即所谓咸鹾也，而味苦，号曰盐田。盐盬之名，始资是矣。本司盐都尉治，领兵千余人守之。周穆王、汉章帝并幸安邑而观盐池。故杜预曰：猗氏有盐池。后罢尉司，分猗氏、安邑，置县以守之。

**又南过解县东，又西南，注于张阳池。**

涑水又西迳猗氏县故城北。《春秋》：文公七年，晋败秦于令狐，至于刳⑰首，先蔑奔秦，士会从之。阚骃曰：令狐即猗氏也。刳首在西三十里。县南对泽，即猗顿之故居也。《孔丛》曰：猗顿，鲁之穷士也，耕则常饥，桑则常寒。闻朱公富，往而问术焉。朱公告之曰：子欲速富，当畜五牸⑱。于是乃适西河，大畜牛羊于猗氏之南。十年之间，其息不可计，赀⑲拟王公，驰名天下，以兴富于猗氏，故曰猗顿也。涑水又西迳郇城。《诗》云：郇伯劳之。盖其故国也。杜元凯《春秋释地》云：今解县西北有郇城。服虔曰：郇国在解县东，郇瑕氏之墟也。余按《竹书纪年》云：晋惠公十有四年，秦穆公率师送公子重耳，围令狐，桑泉、臼衰皆降于秦师。狐毛与先轸御秦至于庐柳，乃谓秦穆公，使公子絷⑳来与师言，退舍，次于郇，盟于军。京相璠《春秋土地名》曰：桑泉、臼衰并在解东南，不言解，明不至解可知。《春秋》之文，与《竹书》不殊，今解故城东北二十四里有故城，在猗氏故城西北，乡俗名之为郇城。考服虔之说，又与俗符，贤于杜氏单文孤证矣。涑水又西南迳解县故城南。《春秋》：晋惠公因秦返国，许秦以河外五城，内及解梁，即斯城也。涑水又西南迳瑕城，晋大夫詹嘉之故邑也。《春秋》：僖公三十年，秦、晋围郑，郑伯使烛之武谓秦穆公曰：晋许君焦瑕，朝济而夕设版㉑者也。京相璠曰：今河东解县西南五里有故瑕城。涑水又西南迳张阳城东。《竹书纪年》：齐师逐郑太子齿，奔张城南郑者也。《汉书》之所谓东张矣。高祖二年，曹参假左丞相，别与韩信东攻，魏将孙遫㉒军东张。大破之。苏林曰：属河东，即斯城也。涑水又西南属于陂。陂分为二，城南面两陂，左右泽渚。东陂世谓之晋兴泽，东西二十五里，南北八里，南对盐道山。其西则石壁千寻，东则磻溪万仞，方岭云回，奇峰霞举，孤标秀出，罩络群山之表，翠柏荫峰，清泉灌顶。郭景纯云：世所谓鸯浆也。发于上而潜于下矣。厥顶方平，有良药。《神农本草》曰：地有固活、女疏、铜芸、紫菀之族也。是以缁服思元之士，鹿裘念一之夫㉓，代往游焉。路出北巘㉔，势多悬绝，来去者咸援萝腾釡，寻葛降深。于东则连木乃陟，百梯方降，岩侧麋㉕锁之迹，仍今存焉，故亦曰百梯山也。水自山北流五里而伏，云潜通泽渚，所未详也。西陂即张泽也。西北去蒲坂十五里，东西二十里，南北四五里，冬夏积水，亦时有盈耗也。

**文水出大陵县西山文谷，东到其县，屈南到平陶县东北，东入于汾。**

文水迳大陵县故城西而南流，有泌水注之。县西南山下，武氏穿井给养，井至幽深；后一朝，水溢平地，东南注文水。文水又南迳平陶县之故城东，西迳其城内，南流出郭。王莽更曰多穰也。文水又南迳县，右会隐泉口，水出谒泉山之上顶。俗云：旸雨愆时，是谒是祷，故山得其名，非所详也。其山石崖绝险，壁立天固，崖半有一石室，去地可五十余丈，爰有层松饰岩，列柏绮望。惟西侧一处，得历级升陟。顶上平地十许顷，沙门释僧光表建二刹。泉发于两寺之间，东流沥石，沿注山下，又东，津渠隐没而不恒流，故有隐泉之名矣。雨泽丰澍，则通入文水。文水又南迳兹氏县故城东，为文湖。东西十五里，南北三十里，世谓之西湖，在县直东十里。湖之西侧临湖，又有一城，谓之潞城。水泽所聚谓之都，亦曰潴，盖即水以名城也。文湖又东迳中阳县故城东。案：《晋书·地道记》、《太康地记》，西河有中阳城，旧县也。文水又东南流，与胜水合，。水西出狐岐之山，东迳六壁城南。魏朝旧置六壁于其下，防离石诸胡，因为大镇。太和中，罢镇，仍置西河郡焉。胜水又东，合阳泉水。水出西山阳溪，东迳六壁城北，又东南流，注于胜水。胜水又东，迳中阳故城南，又东合文水。文水又东南，入于汾水也。

**原公水出兹氏县西羊头山，东过其县北，**

县，故秦置也。汉高帝更封沂阳侯婴为侯国，王莽之兹同也。魏黄初二年，分太原复置西河郡，晋徙封陈王斌于西河，故县有西河缪王司马子政庙。碑文云：西河旧处山林，汉末扰攘，百姓失所。魏兴，更开疆宇，分割太原四县，以为邦邑，其郡带山侧塞矣。王以咸宁三年，改命爵土，明年十二月丧国。臣太农阎崇、离石令宗群等二百三十四人，刊石立碑，以述勋德。碑北庙基尚存也。

**又东入于汾。**

水注文湖，不至汾也。

**洞过水出沾县北山，**

其水西流，与南溪水合。水出南山，西北流注洞过水。洞过水又西北，黑水西出山，三源合舍，同归一川。东流南屈，迳受阳县故城东。按《晋太康地记》，乐平郡有受阳县，卢谌《征艰赋》所谓历受阳而总辔[46]者也。其水又西南入洞过水。洞过水又西，蒲水南出蒲谷，北流注之。洞过水又西与原过水合，近北便水源也。水西阜上有原过祠，盖怀道协灵，受书天使，忧结宿情，传芳后日，栋宇虽沦，攒木犹茂，故水取名焉。其水南流注于洞过水也。

**西过榆次县南，又西到晋阳县南，**

榆次县，故涂水乡，晋大夫智徐吾之邑也。《春秋》：昭公八年，晋侯筑虒祁之宫，有石言晋之魏榆。服虔曰：魏，晋邑；榆，州里名也。《汉书》曰榆次；《十三州志》以为涂阳县矣；王莽之太原亭也。县南侧水有凿台，韩、魏杀智伯瑶于其下，刳腹绝肠，折劲摺颐处也。其水又西南流，迳武灌城西北。卢谌《征艰赋》曰：迳武馆之故郛[47]，问厥涂之远近。洞过水又西南为淳湖，谓之洞过泽。泽南涂水注之。水出阳邑东北大嵰山涂谷，西南迳萝蘑亭南，与蒋谷水合。水出县东南蒋溪。《魏土地记》曰：晋阳城东南百一十里至山，有蒋谷大道，度轩车岭，通于武乡。水自蒋溪西北流，西迳箕城北。《春秋》：僖公三十三年，晋人败狄于箕。杜预《释地》曰：城在阳邑南，水北即阳邑县故城也。《竹书纪年》曰：梁惠成王九年，与邯郸榆次、阳邑者也。王莽之繁穰矣。蒋溪又西合涂水，乱流西北，入洞过泽也。

**西入于汾，出晋水下口者也。**

刘琨之为并州也，刘曜引兵邀击之。合战于洞过，即是水也。

**晋水出晋阳县西悬瓮山。**

县，故唐国也。《春秋左传》称：唐叔未生，其母邑姜梦帝谓己曰：余名而子曰虞，将与之唐，属之参。及生，名之曰虞。《吕氏春秋》曰：叔虞与成王居，王援桐叶为珪，以授之曰：吾以此封汝。虞以告周公。周公请曰：天子封虞乎？王曰：余戏耳。公曰：天子无戏言。时唐灭，乃封之于唐。县有晋水，后改名为晋。故子夏叙《诗》称：此晋也，而谓之唐。俭而用礼，有尧之遗风也。《晋书·地道记》及《十三州志》并言，晋水出龙山，一名结绌山，在县西北，非也。《山海经》曰：悬瓮之山，晋水出焉。今在县之西南。昔智伯之遏晋水以灌晋阳，其川上游，后人踵其遗迹，蓄以为沼，沼西际山枕水，有唐叔虞祠。水侧有凉堂。结飞梁于水上，左右杂树交荫，希见曦景。至有淫朋密友、羁游宦子，莫不寻梁契集，用相娱尉。于晋川之中，最为胜处。

**又东过其县南，又东入于汾水。**

沼水分为二派，北渎即智氏故渠也。昔在战国，襄子保晋阳，智氏防山以水之，城不没者三版，与韩、魏望叹于此，故智氏用亡。其渎乘高，东北注入晋阳城，以周灌溉。汉末赤眉之难，郡掾<sup>㊳</sup>刘茂负太守孙福匿于城门西下空穴中，其夜奔孟，即是处也。东南出城流，注于汾水也。其南渎于石塘之下伏流，迳旧溪东南出，迳晋阳城南。城在晋水之阳，故曰晋阳矣。《经》书：晋荀吴帅师败狄于大卤。杜预曰：大卤，晋阳县也。为晋之旧都。《春秋》：定公十三年，赵鞅以晋阳叛，后乃为赵矣。其水又东南流，入于汾。

**湛水出河内轵县西北山，**

湛水出轵县南原湛溪，俗谓之椹水也。是盖声形尽邻，故字读俱变，同于三豕<sup>㊴</sup>之误耳。其水自溪水南流。

**东过其县北，又东过波县之北，**

湛水南迳向城东，而南注。

**又东过毋辟邑南，**

原《经》所注，斯乃溴川之所由，非湛水之间关也。是乃《经》之误证耳。湛水自向城东南，迳湛城东，时人谓之椹城，亦或谓之隰城矣。溪曰隰涧。隰城在东，言此非矣。《后汉·郡国志》曰：河阳县有湛城是也。

**又东南当平县之东北，南入于河。**

湛水又东南迳邓，南流注于河，故河济有邓津之名矣。

---

①波襄转泛：意为波浪升腾，流转泛涌。

②翼枕汾流：意为坐落在汾水两边。

③峘山夷水：峘（huán），山小而高，意为山小而高，水缓而平。

④闉（yīn，音殷）：古代瓮城的门。

⑤垆（lú，音炉）：义炉。

⑥荓：píng，音平。

⑦如皋：此处为"到水边的高地"。

⑧霣（yǔn，音允）：同"陨"，墜落。

⑨璠玙（fán yú）：美玉。

⑩宋冲以有道、司徒征：意为宋冲两次受朝廷的征召，授予司徒和有道的官职，都没有去。

⑪蘷（zhì）：地名，在山西。

⑫处父（chǔ fù）：老人家。

⑬犫（chōu，音抽）。

⑭铏𨻶（xíng dèng，音形邓）。

⑮墌（chè，音彻）：同"坼"，裂开。

⑯厮（sī）：音思。

⑰蒐（sōu，音搜）：检阅，阅兵。

⑱沩：wěi，音伟。

⑲略：此处取"奇取"之意。

⑳郔（guǐ）：音癸。

㉑今准此山：意为现目测此山。

㉒愍（mǐn）：同"悯"。

㉓圮（pǐ，音匹）：毁坏，倒塌。

㉔陮（shuí，音谁）：小土台。

㉕三版：八尺为一版，三版约两丈余。
㉖郇（xún）：周朝国名，在山西。
㉗搆（gòu）：同“构”。
㉘讟（dú，音读）：怨言。
㉙蒐（sōu）：春猎为蒐
㉚藷萸（shǔ yǔ，音暑宇）：同“薯蓣”，俗称山药。
㉛鄵（quán，音泉）：仲邮鄵，泉名，在今山西闻喜县。
㉜缑：gōu，音勾。
㉝畀（bì，音必）：给以。
㉞神不歆非类，君其图之：意为鬼神不享异类的祭祀，请您想想办法吧。
㉟悛（quān，音圈）：悔改。
㊱堨（è）：遏水的土堰。
㊲刳：kū，音哭。
㊳牸（zì，音字）：雌性的牲畜，一般指牛。
㊴赀（zī，音资）：钱财，费用。
㊵絷：zhí，音职。
㊶设版：意为筑城防范。
㊷遬：sù，音速。
㊸缁服思元之士：鹿裘念一之夫，是指僧人道士，苦修隐逸的人。
㊹巘（yǎn）：山峰，山顶。
㊺縻（mí，音迷）：系往。
㊻总辔（pèi，音配）：系马小憩。
㊼郛（fú，音浮）：古代指城外面围着的大城。
㊽掾（yuàn，音院）：属员。
㊾豕（shǐ，音史）：猪。
㊿湨：jú，音局。
(51)隰：xí，音习。

# 水经注卷七

## 济　　水

**济水出河东垣县东王屋山，为**沇水；

《山海经》曰：王屋之山联水出焉，西北流注于泰泽。郭景纯云：联、沇声相近，即沇水也。潜行地下，至共山南，复出于东丘。今原城东北有东丘城。孔安国曰：泉源为沇，流去为济。《春秋说题辞》曰：济，齐也；齐，度也，贞也。《风俗通》曰：济出常山房子县赞皇山，庙在东郡临邑县。济者，齐也，齐其度量也。余按二济同名，所出不同，乡原亦别，斯乃应氏之非矣。今济水重源出轵县西北平地，水有二源。东源出原城东北，昔晋文公伐原，以信而原降，即此城也。俗以济水重源所发，因复谓之济源城。其水南迳其城东故县之原乡。杜预曰：沁水县西北有原城者是也。南流与西源合。西源出原城西，东流水注之。水出西南，东北流注于济。济水又东迳原城南，东合北水，乱流东南注，分为二水，一水东南流，俗谓之为衍水，即沈水也。衍、沈声相近，传呼失实也。济水又东南迳绤<sup>①</sup>城北而出于温矣。其一水枝津南流，注于溴。溴水出原城西北原山勋掌谷，俗谓之为白涧水，南迳原城西。《春秋》会于溴梁，谓是水之坟梁也。《尔雅》曰：梁莫大于溴梁。梁，水堤也。溴水又东南迳阳城东，与南源合。水出阳城南溪，阳亦樊也。一曰阳樊。《国语》曰：王以阳樊赐晋，阳人不服，文公围之。仓葛曰：阳有夏、商之嗣典，樊仲之官守焉，君而残之，无乃不可乎？公乃出阳人。《春秋》：樊氏叛，惠王使虢公伐樊，执仲皮归于京师，即此城也。其水东北流，与漫流水合。水出轵关南，东北流，又北注于溴，谓之漫流口。溴水又东合北水，乱流东南，左会济水枝渠。溴水又东迳钟繇坞北，世谓之钟公垒。又东南，涂沟水注之。水出轵县西南山下，北流，东转，入轵县故城中，又屈而北流，出轵郭。汉文帝元年，封薄昭为侯国也。又东北流，注于溴。溴水又东北迳波县故城北，汉高帝封公上不害为侯国。溴水又东南流，天浆涧水注之。水出轵南皋，向城北，城在皋上。俗谓之韩王城，非也。京相璠曰：或云，今河内轵西有城，名向，今无。杜元凯《春秋释地》亦言是矣。盖相袭之向，故不得以地名而无城也。阚骃《十三州志》曰：轵县南山西曲，有故向城，即周向国也。《传》曰，向姜不安于莒而归者矣。汲郡《竹书纪年》曰：郑侯使韩辰归晋阳及向。二月，城阳、向，更名阳为河雍，向为高平，即是城也。其水有二源俱导，各出一溪，东北流，合为一川，名曰天浆溪。又东北迳一故城，俗谓之冶城。水亦曰冶水。又东流注于溴。溴水又东南流，右会同水。水出南原下，东北流迳白骑坞南。坞在原上，为二溪之会，北带深隍，三面阻险，惟西版筑而已。东北流迳安国城西；又东北，注溴水。溴水东南迳安国城东，又南迳毋辟邑西，世谓之无比城，亦曰马髀<sup>②</sup>城，皆非也。朝廷以居废太子，谓之河阳庶人。溴水又南注于河。

**又东至温县西北，为济水。又东过其县北，**

济水于温城西北与故渎分。南迳温县故城西，周畿<sup>③</sup>内国也，司寇苏忿生之邑也。《春秋》：僖公十年，狄灭温，温子奔卫。周襄王以赐晋文公。济水南历虢公台西。《皇览》曰：温城南有虢公台，基趾尚存。济水南流注于河。郭缘生《述征记》曰：济水迳河内温县注于河，盖沿历之实证，非为谬说也。济水故渎，于温城西北，东南出，迳温城北，又东迳虢公冢北。《皇览》曰：虢公冢在温县郭东，济水南大冢是也。济水当王莽之世川渎枯竭，其后水流迳通，津渠势改，寻梁脉水，不与昔同。

**屈从县东南流，过隤<sup>④</sup>城西；又南当巩县北，南入于河。**

济水故渎，东南合奉沟水。水上承朱沟于野王城西，东南迳阳乡城北，又东南迳李城西。秦攻赵，邯郸且降，传舍吏子李同说平原君胜，分家财飨士，得敢死者三千人。李同与赴秦军，秦军退。同死，封其父为李侯。故徐广曰：河内平皋县有李城，即此城也。于城西南为陂水，淹地百许顷，兼葭萑<sup>⑤</sup>苇生焉，号曰李陂。又迳隤城西，屈而东北流迳其城北；又东迳平皋城南。应劭曰：刑侯自襄国徙此。当齐桓公时，卫人伐邢，邢迁于夷仪，其地属晋，号曰邢丘。以其在河之皋，势处平夷，故曰平皋。瓒注《汉书》云：《春秋》，狄人伐邢，邢迁夷仪，不至此也。今襄国西有夷仪城，去襄国百余里，平皋是邢丘，非国也。余按《春秋》：宣公六年，赤狄伐晋，围邢丘。昔晋侯送女于楚，送之邢丘，即是此处也，非无城之言。《竹书纪年》曰：梁惠成王三年，郑城邢丘。司马彪《后汉·郡国志》云：县有邢丘，故邢国，周公子所封矣。汉高帝七年，封砀<sup>⑥</sup>郡长项佗为侯国，赐姓刘氏。武帝以为县。其水又南注于河也。

**与河合流，又东过成皋县北，又东过荥阳县北，又东至砾溪南，东出过荥泽北。**

《释名》曰：济，济也，源出河北，济河而南也。《晋地道志》曰：济自大伾入河，与河水斗，南泆为荥泽。《尚书》曰：荥波既潴。孔安国曰：荥泽波水已成遏潴。阚骃曰：荥播，泽名也。故吕忱云：播水在荥阳。谓是水也。昔大禹塞其淫水，而于荥阳下引河东南以通淮、泗。济水分河东南流。汉明帝之世，司空伏恭荐乐浪人王景，字仲通，好学多艺，善能治水。显宗诏与谒者王吴始作浚仪渠。吴用景法，水乃不害，此即景、吴所修故渎也。渠流东注浚仪，故复谓浚仪渠。明帝永平十五年，东巡至无盐，帝嘉景功，拜河堤谒者。灵帝建宁四年，于敖城西北垒石为门，以遏渠口，谓之石门。故世亦谓之石门水。门广十余丈，西去河三里。石铭云：建宁四年十一月，黄场石也。而主吏姓名，磨灭不可复识。魏太和中，又更修之。撤故增新，石字沦落，无复在者。水北有石门亭；戴延之所云：新筑城，城周三百步，荥阳太守所镇者也。水南带三皇山，即皇室山，亦谓之为三室山也。济水又东迳西广武城北。《郡国志》：荥阳县有广武城，城在山上，汉所城也。高祖与项羽临绝涧对语，责羽十罪，羽射汉祖中胸处也。山下有水北流入济，世谓之柳泉也。济水又东迳东广武城北，楚项羽城之。汉破曹咎，羽还广武，为高坛，置太公其上，曰：汉不下，吾烹之。高祖不听，将害之。项伯曰：为天下者不顾家，但益怨耳。羽从之，今名其坛曰项羽堆。夹城之间，有绝涧断山，谓之广武涧。项羽叱娄烦于其上，娄烦精魄丧归矣。济水又东迳敖山北，《诗》所谓薄狩于敖者也。其山上有城，即殷帝仲丁之所迁也。皇甫谧《帝王世纪》曰：仲丁自亳徙嚣于河上者也，或曰敖矣。秦置仓于其中，故亦曰敖仓城也。济水又东，合荥渎，渎首受河水，有石门，谓之为荥口石门也。而地形殊卑，盖故荥播所导，自此始也。门南际河，有故碑云：惟阳嘉三年二月丁丑，使河堤谒者王诲，疏达河川，遹⑦荒庶土，往大河冲塞，侵啮金堤，以竹笼石葺土为竭，坏隤无已，功消亿万。请以滨河郡徒，疏山采石，垒以为障。功业既就，傜役用息。未详诏书，许诲立功，府卿规基经始，诏策加命，迁在沇州。乃简朱轩，授使司马登，令缵茂前绪，称遂休功⑧。登以伊、洛合注大河，南则缘山，东过大伾，回流北岸，其势郁懞涛怒，湍急激疾，一有决溢，弥原淹野。蚁孔之变，害起不测。盖自姬氏之所常蠹。昔崇鲧所不能治，我二宗之所劬⑨劳。于是乃跋涉躬亲，经之营之，比率百姓，议之于臣，伐石三谷，水匠致治，立激岸侧，以捍鸿波。随时庆赐，说以劝之。川无滞越，水土通演，役未逾年，而功程有毕，斯乃元勋之嘉课，上德之弘表也。昔禹修九道，《书》录其功；后稷躬稼，《诗》列于《雅》。夫不惮劳谦之勤，夙兴厥职，充国惠民，安得湮没而不章焉？故遂刊石记功，垂示于后，其辞云云。使河堤谒者山阳东缗司马登，字伯志；代东莱曲成王诲，字孟坚；河内太守宋城向豹，字伯尹；丞汝南邓方，字德山；怀令刘丞，字季意；河堤掾匠等造。陈留浚仪边韶，字孝先颂。石铭岁远，字多沦缺，其所灭，盖阙如也。荥渎又东南流，注于济，今无水；次东得宿须水口，水受大河，渠侧有扈亭。水自亭东南流，注于济，今无水。宿须在河之北，不在此也，盖名同耳。自西缘带山隰，秦、汉以来，亦有通否。济水与河浑涛东注。晋太和中，桓温北伐，将通之，不果而还。义熙十三年，刘公西征，又命宁朔将军刘遵考仍此渠而漕之，始有激湍东注，而终山崩雍塞，刘公于北十里，更凿故渠通之。今则南渎通津，川涧是导耳。济水于此，又兼邲⑩目。《春秋》：宣公十三年，晋、楚之战，楚军于邲，即是水也。音卞。京相璠曰：在敖北。济水又东迳荥阳县北，曹太祖与徐荣战，不利，曹洪授马于此处也。济水又东，砾石溪水注之。水出荥阳城西南李泽。泽中有水，即古冯池也。《地理志》曰：荥阳县冯池在西南是也。东北流历敖山南。《春秋》：晋、楚之战，设伏于敖前，谓是也。迳虢亭北。池水又东北迳荥阳县北断山，东北注于济，世谓之砾石涧，即《经》所谓砾溪矣。《经》云：济出其南，非也。济水又东，索水注之。水出京县西南嵩渚山，与东关水同源分流，即古旃然水也。其水东北流，器难之水注之。《山海经》曰：少陉之山，器难之水出焉，而北流注于侵水，即此水也。其水北流迳金亭，又北迳京县故城西，入于旃然之水。城，故郑邑也。庄公以居弟段，号京城大叔。祭仲曰：京城过百雉，国之害也。城北有坛山冈。《赵世家》：成侯二十年，魏献荥阳，因以为坛台冈也。其水乱流，北迳小索亭西。京相璠曰：京有小索亭。《世语》以为本索氏兄弟居此，故号小索者也，又为索水。索水又北迳大栅城东。晋荥阳民张卓、董迈等遭荒，鸠聚流杂堡固，名为大栅坞。至太平真君八年，豫州刺史崔白，自虎牢移州治此，又东开广旧城，创制改筑焉。太和十七年，迁都洛邑，省州置郡。索水又屈而西流，与梧桐涧水合。水出西南梧桐谷，东北流注于索。斯水亦时有通塞而不常流也。索水又北屈，东迳大索城南。《春秋传》曰：郑子皮劳叔向于索氏，即此城也。《晋地道志》所谓京有大索、小索亭；《汉书》：京、索之间也。索水又东迳虢亭南。应劭曰：荥阳，故虢公之国也，今虢亭是矣。司马彪《郡国志》曰：县有虢亭，俗谓之平桃城。城内有大冢，名管叔冢，或亦谓之为号咷城，非也。盖号、虢字相类，字转失实也。《风俗通》曰：俗说高祖与项羽战于京、索，遁于薄中，羽追求之。时鸠止鸣其上，追之者以为必无人，遂得脱。及即位，异此鸠，故作鸠杖以扶老。案《广志》，楚鸠一名嗥啁⑪，号咷之名，盖因鸠以起目焉，所未详也。索水又东北流，须水右入焉。水近出京城东北二里榆子沟，亦曰柰榆沟也。又或谓之为小索水，东北流，木蓼沟水注之，水上承京城南渊，世谓之车轮渊。渊水东北流，谓之木蓼沟。又东北入于须水。须水又东北流，于荥阳城西南，北注索。索水又东迳荥阳县故城南。汉王之困荥阳也。纪信曰：臣诈降楚，王宜间出。信乃乘王车出东门，称汉降楚。楚军称万岁，震动天地。王与数十骑出西门得免楚围。羽见信大怒，遂烹之。信冢在城西北三里。故蔡伯喈《述征赋》曰：过汉祖之所临，吊纪信于荥阳。其城跨倚冈原，居山之阳。王莽立为祈队，备周六队之制。魏正始三年，岁在甲子，被癸丑诏书，割河南郡县，自巩、阙以东，创建荥阳郡，并户二万五千。以南乡筑阳亭侯李胜，字公昭，为郡守，故原武典农校尉，政有遗惠，民为立祠于城北五里，号曰李君祠。庙前有石蹠，蹠上有石的⑫，《石的铭》具存。其略曰：百族欣戴，咸推厥诚。今犹祀祷焉。索水又东迳周苛冢北。汉祖之出荥阳也，令御史大夫周苛守之。项羽拔荥阳，获苛曰：吾以公为上将军，封三万户侯，能尽节乎？苛瞋目骂羽，羽怒，烹之。索水又东流，北屈西转，北迳荥阳城东，而北流注济水。杜预曰：旃然水出荥阳成皋县，东入汳。《春秋》：襄公十八年，楚伐郑，右师涉颍，次于旃然，即是水也。济渠水断，汳沟惟承此始，故云汳受旃然矣。亦谓之鸿沟水，盖因汉、楚分王，指水为断故也。《郡国志》曰：荥阳有鸿沟水是也。盖因城地而变名，为川流之异目。济水又东迳荥泽北，故荥水所都也。京相璠曰：荥泽在荥阳县东南，与济隧合。济隧上承河水于卷县北河，南迳卷县故城东，又南迳衡雍城西。《春秋左传》：襄公十一年，诸侯伐郑，西济于济隧。杜预阙其地，而曰水名也。京相璠曰：郑地也。言济水荥泽中北流，至衡雍西，与出河之济会，南去新郑百里，斯盖荥、播、河、济，往复径通矣。出河之济，即阴沟之上源也，济隧绝焉。故世亦或谓其故道为十字沟。自于岑造八激堤于河阴，水脉径断，故渎难寻。又南会于荥泽。然水既断，民谓其处为荥泽。《春秋》：卫侯及翟人战于荥泽而屠懿公，弘演报命纳肝处也。有垂陇城，济渎出其北。《春秋》：文公二年，晋士縠⑬盟于垂陇者也。京相璠曰：垂陇，郑地。今荥阳东二十里有故垂陇城，即此是也。世谓之都尉城，盖荥阳典农都尉治，故变垂陇之名矣。渎际又有沙城，城左佩济渎。《竹书纪年》，梁惠成王九年，王会郑厘侯于巫沙者也。渎际有故城，世谓之水城。《史记》秦昭王三十二年，魏冉攻魏，走芒卯，入北宅，即故宅阳城也。《竹书纪年》曰：惠成王十三年，王及郑厘侯盟于巫沙，以释宅阳之围，归厘于郑者也。《竹书纪年》，晋出公六年，齐、郑伐卫，荀瑶城宅阳。俗言水城，非矣。济水自泽东出，即是始矣。王隐曰：河决为荥。济水受焉，故有济堤矣，谓此济也。济水又东南流迳厘城东。《春秋经》书：公会郑伯于时来，《左传》所谓厘也。京相璠曰：今荥阳县东四十里，有故厘城也。济水右合黄水，水发源京县黄堆山，东南流，名祝龙泉，泉势沸涌，状若巨鼎扬汤。西南流，谓之龙项口，世谓之京水也。又屈而北注，鱼子沟水入焉。水出石暗涧，东北流；又北与潆潆水合。水出西溪，东流，水上有连理树，其树柞栎也，南北对生，凌空交合，溪水历二树之间，东流注于鱼水。鱼水又屈而西北注黄水。黄水又北迳高阳亭东，又北至故市县，重泉水注之。水出京城西南少陉山，东北流，又北流迳高阳亭西，东北流注于黄水。又东北迳故市县故城南。汉高帝六年，封阎泽赤为侯国，河南郡之属县也。黄水又东北至荥泽南，分为二水：一水北入荥泽，下为船塘，俗谓之郑⑭城陂，东西四十里，南北二十里。《竹书穆天子传》曰：甲寅，天子浮于荥水，乃奏广乐是也；一水东北流，即黄雀沟矣。《穆天子传》曰：壬寅，天子东至雀梁者也。又东北与靖水枝津合，二水之会为黄渊，北流注于济水。

**又东过阳武县南，**

济水又东南流，入阳武县，历长城东南流，蒗荡渠出焉。济水又东北流，南济也。迳阳武县故城南，王莽更名之曰阳桓矣。又东为白马渊。渊东西二里，南北百五十步，渊流名为白马沟。又东迳房城北。《穆天子传》曰：天子里甫田之路⑮，东至于房，疑即斯城也。郭《注》以为赵郡房子也。余谓穆王里郑甫，而郭以赵之房邑为疆，更为非矣。济水又东迳封丘县南，又东迳大梁城北，又东迳仓垣城，又东迳小黄县之故城北。县有黄亭，说济又谓之曰黄沟县，故阳武之东黄乡也，故水以名县。沛公起兵，野战，丧皇妣于黄乡。天下平定，乃使使者，以梓宫招魂幽野于是。丹蚖⑯自水濯洗，入于梓宫，其浴处有遗发焉。故谥曰昭灵夫人，因作寝以宁神也。济水又东迳东昏县故城北，阳武县之户牖乡矣。汉丞相陈平家焉。平少为社宰，以善均肉称，今民祠其社。平有功于高祖，封户牖侯，是后置东昏县也。王莽改曰东明矣。济水又东迳济阳县故城南，故武父城也。城在济水之阳，故以为名，王莽改之曰济前者也。光武生济阳宫，光明照室，即其处也。《东观汉记》曰：光武以建平元年生于济阳县，是岁，有嘉禾生，一茎九穗，大于凡禾，县界大熟，因名曰秀。

**又东过封丘县北，**

北济也，自荥泽东迳荥阳卷县之武脩亭南。《春秋左传》：成公十年，郑子然盟于脩泽者也，郑地矣。杜预曰：卷东有武脩亭。济水又东迳原武县故城南，《春秋》之原圃也。《穆天子传》曰：祭父自圃郑来谒天子，夏庚午，天子饮于洧上，乃遣祭父如圃郑是也。王莽之原桓矣。济渎又东迳阳武县故城北，又东绝长城。按《竹书纪年》梁惠成王十二年，龙贾率师筑长城于西边。自亥谷以南，郑所城矣。《竹书纪年》云：是梁惠成王十五年筑也。《郡国志》曰：长城自卷迳阳武到密者是矣。济渎又东迳酸枣县之乌巢泽，泽北有故市亭。《晋太康地记》曰：泽在酸枣之东南，昔曹太祖纳许攸之策，破袁绍运处也。济渎又东迳封丘县北，南燕县之延乡也，其在《春秋》为长丘焉。应劭曰：《左传》，宋败狄于长丘，获长狄缘斯是也。汉高帝封翟盱为侯国，濮水出焉。济渎又东迳大梁城之赤亭北而东注。

**又东过平丘县南，**

北济也，县，故卫地也。《春秋》：鲁昭公十三年，诸侯盟于平丘是也。县有临济亭，田儋死处也。又有曲济亭，皆临侧济水者。

**又东过济阳县北，**

北济也，自武父城北。阚骃曰：在县西北，郑邑也。东迳济阳县故城北。圈称《陈留风俗传》曰：县，故宋地也。《竹书纪年》：梁惠成王三十年，城济阳。汉景帝中六年，封梁孝王子明为济川王。应劭曰：济川，今陈留济阳县是也。

**又东过冤朐县南，又东过定陶县南，**

南济也。济渎自济阳县故城南，东迳戎城北。《春秋》：隐公二年，公会戎于潜。杜预曰：陈留济阳县东南有戎城是也。济水又东北，菏水东出焉。济水又东北迳冤朐县故城南。吕后元年，封楚元王子刘执为侯国。王莽之济平亭也。济水又东迳秦相魏冉冢南。冉，秦宣太后弟也，代客卿寿烛为相，封于穰，益封于陶，号曰穰侯，富于王室。范雎说秦，秦王悟其擅权，免相。就封出关，辎车千乘，卒于陶而因葬焉。世谓之安平陵，墓南崩碑尚存。济水又东北迳定陶恭王陵南，汉哀帝父也。帝即位，母丁太后建平二年崩。上曰：宜起陵于恭皇之园。送葬定陶贵震山东。王莽秉政，贬号丁姬，开其椁⑰户，火出，炎四五丈，吏卒以水沃灭，乃得入，烧燔椁中器物，公卿遣子弟及诸生、四夷十余万人，操持作具，助将作掘平共王母傅太后坟及丁姬冢，二旬皆平。莽又周棘其处，以为世戒云。时有群燕数千，衔土投于丁姬窀⑱中。今其坟冢，巍然尚秀，隅阿相承，列郭数周，面开重门。南门内，夹道有崩碑二所，世尚谓之丁昭仪墓，又谓之长隧陵。盖所毁者，傅太后陵耳。丁姬坟墓，事与书违，不甚过毁，未必一如史说也。坟南，魏郡治也。世谓之左城，亦名之曰葬城，盖恭王之陵寝也。济水又东北迳定陶县故城南，侧城东注。县，故三鬷⑲国也，汤追桀，伐三鬷即此。周武王封弟叔振铎之邑，故曹国也。汉宣帝甘露二年，更济阴为定陶国。王莽之济平也。战国之世，范蠡既雪会稽之耻，乃变姓名寓于陶，为朱公。以陶天下之中，诸侯四通，货物之所交易也。治产致千金，富好行德，子孙修业，遂致巨万，故言富者，皆曰陶朱公也。

**又屈从县东北流，**

南济也。又东北，右合菏水。水上承济水于济阳县东，世谓之五丈沟。又东迳陶丘北。《地理志》曰：《禹贡》陶丘在定陶西南。陶丘亭在南，墨子以为釜丘也。《竹书纪年》：魏襄王十九年，薛侯来会王于釜丘者也。《尚书》所谓导菏水自陶丘北，谓此也。菏水东北出于定陶县，北屈，左合氾水。氾水西分济渎，东北迳济阴郡南。《尔雅》曰：济别为濋⑳。吕忱曰：水决复入为氾，广异名也。氾水又东，合于菏渎。昔汉祖既定天下，即帝位于定陶氾水之阳。张晏曰：氾水在济阴界，取其氾爱弘大而润下也。氾水之名，于是乎在矣。菏水又东北迳定陶县南；又东北，右合黄水枝渠。渠上承黄沟，东北合菏，而北注济渎也。

---

①绤：chī，音吃。

②髀（bì，音必）：指大腿。

③畿（jī，音基）：国都附近的地区。

④萑：huán，音环。

⑤陒（tuí）：同"颓"。

⑥砀：dàng，音荡。

⑦遹（yù，音玉）：遵循。

⑧缵茂前绪，称遂休功：意为继承前人的事业，完成这项重大的工程。

⑨劬（qú，音渠）：劳苦；勤劳。

⑩邲（bì，音毕）：古地名，在今河南。

⑪啁（zhōu，音周）：象声词，形容鸟叫之声。

⑫石的（dì）：石箭靶。

⑬縠：hú，音胡。

⑭郏：jiá，音夹。。

⑮里甫田之路：意为苦于沼泽地难行。

⑯丹虵（shé）："虵"同"蛇"，赤练蛇。

⑰椁（guǒ）：同"椁"，古代套在棺材外面的大棺材。

⑱窀：应为"窆"，cuì，音翠，穿地为墓穴。

⑲鬷：zōng，音宗。

⑳潴：chǔ，音楚。

# 水经注卷八

## 济　　水

**又东至乘氏县西，分为二：**

《春秋左传》：僖公三十一年，分曹地东傅于济。济水自是东北流，出巨泽。

**其一水东南流，其一水从县东北流，入巨野泽。**

南为菏水，北为济渎，迳乘氏县与济渠、濮渠合。北济自济阳县北，东北迳煮枣城南。《郡国志》曰：冤朐县有煮枣城，即此也。汉高祖十二年，封革朱为侯国。北济又东北迳冤朐县故城北，又东北迳吕都县故城南。王莽更名之曰祁都也。又东北迳定陶县故城北。汉景帝中六年，以济水出其北东注，分梁于定陶，置济阴国，指北济而定名也。又东北与濮水合。水上承济水于封丘县，即《地理志》所谓：濮渠水首受济者也。阚骃曰：首受别济，即北济也。其故渎自济东北流，左迆为高梁陂，方三里。濮水又东迳匡城北。孔子去卫适陈，遇难于匡者也。又东北左会别濮水，受河于酸枣县。故杜预云：濮水出酸枣县，首受河。《竹书纪年》曰：魏襄王十年十月，大霖雨疾风，河水溢酸枣郛。汉世塞之，故班固云：文堙枣野。今无水。其故渎东北迳神、北二棣城间。《左传》：襄公五年，楚子囊伐陈，公会于城棣以救之者也。濮渠又东北迳酸枣县故城南，韩国矣。圈称曰：昔天子建国名都，或以令名；或以山林，故豫章以树氏郡，酸枣以棘名邦，故曰酸枣也。《汉官仪》曰：旧河堤谒者居之。城西有韩王望气台，孙子荆《故台赋叙》曰：酸枣寺门外，夹道左右有两故台，访之故老云，韩王听讼观台。高十五仞，虽楼榭泯灭，然广基似于山岳。召公大贤，犹舍甘棠；区区小国，而台观隆崇，骄盈于世，以鉴来今。故作赋曰：蔑丘陵之逦迤，亚五岳之嵯峨，言壮观也。城北，韩之市地也。聂政为濮阳严仲子刺韩相侠累，遂皮面而死，其姊哭之于此。城内有后汉酸枣令刘孟阳碑。濮水北积成陂，陂方五里，号曰同池陂。又东迳胙①亭东注，故胙国也。富辰所谓邢、茅、胙、祭，周公之胤也。濮渠又东北迳燕城南，故南燕姞②姓之国也。有北燕，故以南氏县。东为阳清湖，陂南北五里，东西三十里，亦曰燕城湖。迳桃城南，即《战国策》所谓酸枣、虚、桃者也。汉高帝十二年，封刘襄为侯国。而东注于濮，俗谓之朝平沟。濮渠又东北，又与酸水故渎会。酸渎首受河于酸枣县，东迳酸枣城北、延津南，谓之酸水。《竹书纪年》曰：秦苏胡率师伐郑，韩襄败秦苏胡于酸水者也。酸渎水又东北迳燕城北；又东迳滑台城南；又东南迳瓦亭南。《春秋》：定公八年，公会晋师于瓦，鲁尚执羔，自是会始也。又东南会于濮，世谓之百尺沟。濮渠之侧有漆城。《竹书纪年》：梁惠成王十六年，邯郸伐卫，取漆富丘城之者也。或亦谓之宛濮亭。《春秋》：宁武子与卫人盟于宛濮。杜预曰：长垣西南，近濮水也。京相璠曰：卫地也。似非关究，而不知其所。《竹书纪年》：梁惠成王五年，公子景贾率师伐郑，韩明战于阳，我师败逋。泽北坛陵亭，亦或谓之大陵城，非所究也。又有桂城。《竹书纪年》：梁惠成王十七年，齐田期伐我东鄙，战于桂阳，我师败逋。亦曰桂陵。案《史记》，齐威王使田忌击魏，败之桂陵，齐于是强，自称为王，以令天下。濮渠又东迳蒲城北，故卫之蒲邑。孔子将之卫，子路出于蒲者也。《韩子》曰：鲁以仲夏起长沟，子路为蒲宰，以私粟馈众。孔子使子贡毁其器焉。余案《家语》言仲由为郈[③]宰，修沟渎，与之箪[④]食瓢饮，夫子令赐止之，无鲁字。又入其境，三称其善。身为大夫，终死卫难。濮渠又东迳韦城南，即白马县之韦乡也。史迁记曰：夏伯豕韦之故国矣。城西出而不方。城中有六大井，皆隧道下，俗谓之江井也。有驰道，自城属于长垣。濮渠东绝驰道，东迳长垣县故城北，卫地也，故首垣矣。秦更从今名，王莽改为长固县。《陈留风俗传》曰：县有防垣，故县氏之。孝安帝以建光元年，封元舅宋俊为侯国。县有祭城，濮渠迳其北，郑大夫祭仲之邑也。杜预曰：陈留长垣县东北有祭城者也。圈称又言：长垣县有罗亭，故长罗县也。汉封后将军常惠为侯国。《地理志》曰：王莽更长罗为惠泽，后汉省并长垣。有长罗泽，即吴季英牧猪处也。又有长罗冈、蘧[⑤]伯玉冈。《陈留风俗传》曰：长垣县有蘧伯乡，一名新乡，有蘧亭、伯玉祠、伯玉冢。曹大家《东征赋》曰：到长垣之境界兮，察农野之居民；睹蒲城之丘墟兮，生荆棘之榛榛。蘧氏在城之东南兮，民亦向其丘坟。惟令德之不朽兮，身既没而名存。昔吴季札聘[⑥]上国，至卫，观典府，宾亭父畴，以卫多君子也。濮渠又东，分为二渎，北濮出焉。濮渠又东迳须城北。《卫诗》云：思须与曹也。毛云：须，卫邑矣。郑云：自卫而东，迳邑，故思。濮渠又北迳襄丘亭南。《竹书纪年》曰：襄王七年，韩明率师伐襄丘；九年，楚庶章率师来会我，次于襄丘者也。濮水又东迳濮阳县故城南。昔师延为纣作靡靡之乐，武王伐纣，师延东走，自投濮水而死矣。后卫灵公将之晋，而设舍于濮水之上，夜闻新声，召师涓受之于是水也。濮水又东迳济阴，离狐县故城南，王莽之所谓瑞狐也。《郡国志》曰：故属东郡。濮水又东迳葭密县故城北。《竹书纪年》：元公三年，鲁季孙会晋幽公于楚丘，取葭密，遂城之。濮水又东北迳鹿城南。《郡国志》曰：济阴乘氏县有鹿县乡。《春秋》：僖公二十一年，盟于鹿上。京、杜并谓此亭也。濮水又东与句渎合，渎首受濮水枝渠于句阳县，东南迳句阳县故城南，《春秋》之谷丘也。《左传》以为句渎之丘矣。县处其阳，故县氏焉。又东入乘氏县，左会濮水，与济同入巨野。故《地理志》曰：濮水自濮阳南入巨野，亦《经》所谓济水自乘氏县两分，东北入于巨野也。济水故渎又北，右合洪水。水上承巨野薛训渚，历泽西北，又北迳阚乡城西。《春秋》：桓公十有一年，《经》书：公会宋公于阚。《郡国志》曰：东平陆有阚亭。《皇览》曰：蚩尤冢在东郡寿张县阚乡城中，冢高七尺，常十月祠之，有赤气出如绛，民名为蚩尤旗。《十三州志》曰：寿张有蚩尤祠。又北，与济渎合。自渚迄于北口，百二十里，名曰洪水。桓温以太和四年，率众北入，掘渠通济，至义熙十三年，刘武帝西入长安，又广其功。自洪口已上，又谓之桓公渎，济自是北注也。《春秋》：庄公十八年，《经》书：夏，公追戎于济西。京相璠曰：济水自巨野至济北是也。

**又东北过寿张县西界，安民亭南，汶水从东北来注之。**

济水又北，汶水注之。戴延之所谓清口也。郭缘生《述征记》曰：清河首受洪水，北注济。或谓清即济也。《禹贡》：济东北会于汶。今枯渠注巨泽，巨泽北则清口，清水与汶会也。李钦曰：汶水出太山莱芜县，西南入济是也。济水又北迳梁山东。袁宏《北征赋》曰：背梁山，截汶波，即此处也。刘澄之引是山以证梁父，为不近情矣。山之西南，有吕仲悌墓。河东岸有石桥，桥本当河，河移，故厕岸也。古老言，此桥东海昌母起兵所造也。山北三里有吕母宅，宅东三里即济水。济水又北迳须朐城西。城临侧济水，故须朐国也。《春秋》：僖公二十一年，子鱼曰：任、宿、须朐、颛臾，风姓也。实司太皞与有济之祀。杜预曰：须朐在须昌县西北，非也。《地理志》曰：寿张西北有朐城者是也。济水西有安民亭，亭北对安民山，东临济水，水东即无盐县界也。山西有冀州刺史王纷碑，汉中平四年立。济水又北迳微乡东。《春秋》：庄公二十八年，《经》书：冬筑郿。京相璠曰：《公羊传》谓之微。东平寿张县西北三十里，有故微乡，鲁邑也。

杜预曰：有微子冢。济水又北，分为二水，其枝津西北出，谓之马颊水者也。

### 又北过须昌县西，

京相璠曰：须朐，一国二城两名。盖迁都须昌，朐是其本。秦以为县，汉高帝十一年，封赵衍为侯国。济水于县，赵沟水注之。济水又北迳鱼山东，左合马颊水。水首受济，西北流，历安民山北；又西流，赵沟出焉，东北注于济。马颊水又迳桃城东。《春秋》：桓公十年《经》书：公会卫侯于桃丘，卫地也。杜预曰：济北东阿县东南有桃城，即桃丘矣。马颊水又东北流迳鱼山南。山，即吾山也。汉武帝《瓠子歌》所谓吾山平者也。山上有柳舒城，魏东阿王曹子建每登之，有终焉之志。及其终也，葬山西，西去东阿城四十里。其水又东，注于济，谓之马颊口也。济水自鱼山北迳清亭东。《春秋》：隐公四年，公及宋公遇于清。京相璠曰：今济北东阿东北四十里有故清亭，即《春秋》所谓清者也。是下济水通得清水之目焉，亦水色清深，用兼厥称矣。是故燕王曰：吾闻齐有清济、浊河以为固，即此水也。

### 又北过穀城县西，

济水侧岸有尹卯垒。南去鱼山四十里，是穀城县界。故《春秋》之小穀城也。齐桓公以鲁庄公二十三年城之，邑管仲焉。城内有夷吾井。《魏土地记》曰：县有穀城山，山出文石。阳穀之地，《春秋》：齐侯、宋公会于阳谷者也。县有黄山台，黄石公与张子房期处也。又有狼水，出东南大槛山狼溪，西北迳穀城西。又北，有西流泉，出城东近山，西北迳穀城北，西注狼水，以其流西，故即名焉。又西北，入济水。城西北三里，有项王羽之冢，半许毁坏，石碣尚存，题云项王之墓。《皇览》云：冢去县十五里，谬也。今彭城穀阳城西南又有项羽冢，非也。余按史迁记，鲁为楚守，汉王示羽首，鲁乃降，遂以鲁公礼葬羽于穀城，宁得言彼也。济水又北迳周首亭西。《春秋》：文公十有一年，左丘明云：襄公二年，王子成父获长狄侨如弟荣如，埋其首于周首之北门，即是邑也。今世谓之卢子城，济北郡治也。京相璠曰：今济北所治卢子城，故齐周首邑也。

### 又北过临邑县东，

《地理志》曰：县有济水祠，王莽之穀城亭也。水有石门，以石为之，故济水之门也。《春秋》：隐公五年，齐、郑会于石门，郑车偾⑦济，即于此也。京相璠曰：石门，齐地。今济北卢县故城西南六十里，有故石门，去水三百步，盖水渎流移，故侧岸也。济水又北迳平阴城西。《春秋》：襄公十八年，晋侯沈玉济河，会于鲁济，寻溴梁之盟，同伐齐，齐侯御诸平阴者也。杜预曰：城在卢县故城东北，非也。京相璠曰：平阴，齐地也。在济北卢县故城西南十里。平阴城南有长城，东至海，西至济，河道所由，名防门，去平阴三里。齐侯堑防门，即此也。其水引济，故渎尚存。今防门北有光里，齐人言广，音与光同，即《春秋》所谓守之广里者也。又云：巫山在平阴东北，昔齐侯登望晋军，畏众而归。师旷、邢伯闻鸟乌之声，知齐师潜遁。人物咸沦，地理昭著，贤于杜氏东北之证矣。今巫山之上有石室，世谓之孝子堂。济水右迤，遏为湄湖，方四十余里。济水又东北迳垣苗城西，故洛当城也。伏韬《北征记》曰：济水又与清河合流，至洛当者也。宋武帝西征长安，令垣苗镇此，故俗又有垣苗城之称。河水自四渎口东北注而为济。《魏土地记》曰：盟津河别流十里与清水合，乱流而东迳洛当城北，黑白异流，泾、渭殊别，而东南流注也。

### 又东北过卢县北。

济水东北，与湄沟合，水上承湄湖，北流注济。《尔雅》曰：水草交曰湄，通谷者微。犍为舍人曰：水中有草木交合也。郭景纯曰：微，水边通谷也。《释名》曰：湄，眉也，临水如眉临目也。济水又迳卢县故城北，济北郡治也。汉和帝永元二年，分泰山置，盖以济水在北故也。济水又迳什城北，城际水湄，故邸阁⑧也。祝阿人孙什，将家居之，以避时难，因谓之什城焉。济水又东北与中川水合。水东南出山茌县之分水岭，溪一源两分，泉流半解，亦谓之分流交。半水南出太山，入汶；半水出山茌县，西北流迳东太原郡南，郡治山炉固，北与宾溪水合。水出南格马山宾溪谷，北迳卢县故城北、陈敦戍南，西北流与中川水合，谓之格马口。其水又北迳卢县故城东，而北流入济，俗谓之为沙沟水。济水又东北，右会玉水。水导源太山朗公谷，旧名琨瑞溪。有沙门竺僧朗，少事佛图澄，硕学渊通，尤明气纬，隐于此谷，因谓之朗公谷。故车频《秦书》云：苻坚时，沙门竺僧朗，尝从隐士张巨和游。巨和常穴居，而朗居琨瑞山，大起殿舍，连楼累阁，虽素饰不同，并以静外致称，即此谷也，水亦谓之琨瑞水也。其水西北流迳玉符山，又曰玉水。又西北迳猎山东，又西北枕祝阿县故城东，野井亭西。《春秋》：昭公二十五年，《经》书，齐侯唁公于野井是也。《春秋》：襄公十九年，诸侯盟于祝柯，《左传》所谓督阳者也。汉兴，改之曰阿矣。汉高帝十一年，封高邑为侯国，王莽之安成者也。故俗谓是水为祝阿涧水，北流注于济。建武五年，耿弇⑨东击张步，从朝阳桥济渡兵，即是处也。济水又东北，泺水入焉。水出历城县故城西南，泉源上奋，水涌若轮。《春秋》：桓公十八年，公会齐侯于泺是也。俗谓之为娥姜水，以泉源舜妃娥英庙故也。城南对山，山上有舜祠，山下有大穴，谓之舜井，抑亦茅山禹井之比矣。《书》，舜耕历山，亦云在此，所未详也。其水北为大明湖，西即大明寺，寺东北两面侧湖，此水便成净池也。池上有客亭，左右楸桐，负日俯仰，目对鱼鸟，水木明瑟，可谓濠梁之性，物我无违矣！湖水引渎东入西郭，东至历城西而侧城北注陂。水上承东城历祀下泉，泉源竞发，其水北流迳历城东，又北，引水为流杯池，州僚宾燕，公私多萃其上。分为二水：右水北出；左水西迳历城北。西北为陂，谓之历水，与泺水会。又北，历水枝津首受历水于历城东，东北迳东城西而北出郭，又北注泺水；又北，听水出焉。泺水又北流注于济，谓之泺口也。济水又东北，华不注山，单椒秀泽，不连丘陵以自高；虎牙桀立，孤峰特拔以刺天。青崖翠发，望同点黛。山下有华泉，故京相璠《春秋土地名》曰：华泉，华不注山下泉水也。《春秋左传》：成公二年，齐顷公与晋郤克战于鞍，齐师败绩，逐之，三周华不注。逢丑父与公易位，将及华泉，骖䌸于木而止。丑父使公下，如华泉取饮，齐侯以免。韩厥献丑父，郤子将戮之。呼曰：自今无有代其君任患者，有一于此，将为戮矣。郤子曰：人不难以死免其君，我戮之不祥，赦之以劝事君者。乃免之。即华水也。北绝听渎二十里，注于济。

**又东北过台县北，**

巨合水南出鸡山西北，北迳巨合故城西，耿弇之讨张所营也。与费邑战，斩邑于此。巨合水又北合关卢水。水导源马耳山，北迳博亭城西，西北流至平陵城，与武原水合。水出谭城南平泽中，世谓之武原渊。北迳谭城东，俗谓之布城也。又北迳东平陵县故城西，故陵城也，后乃加平。谭，国也。齐桓之出，过谭，谭不礼焉。鲁庄公九年即位，又不朝，十年，灭之。城东门外，有乐安任照先碑。济南郡治也，汉文帝十六年置为王国，景帝二年为郡，王莽更名乐安。其水又北迳巨合城东。汉武帝以封城阳顷王子刘发为侯国。其水合关卢水，西出注巨合水。巨合水西北迳台县故城南。汉高帝六年，封东郡尉戴野为侯国，王莽之台治也。其水西北流，白野泉水注之。水出台城西南白野泉，北迳留山，西北流，而右注巨合水。巨合水又北，听水注之。水上承泺水，东流北屈，又东北流，注于巨合水，乱流又北，入于济。济水又东北，合芹沟水。水出台县故城东南，西北流迳台城东，又西北，入于济水。

**又东北过菅县南，**

济水东迳县故城南。汉文帝四年，封齐悼惠王子罢军为侯国。右纳百脉水。水出土鼓县故城西，水源方百步，百泉俱出，故谓之百脉水。其水西北流迳阳丘县故城中。汉孝文帝四年，以封齐悼惠王子刘安为阳丘侯，世谓之章丘城，非也。城南有女郎山，山上有神祠，俗谓之女郎祠，左右民祀焉。其水西北出城，北迳黄巾固，盖贼所屯，故固得名焉。百脉水又东北流，注于济。济水又东，有杨渚沟水，出逢陵故城西南二十里，西北迳土鼓城东；又西北迳章丘城东；又北迳宁戚城西；而北流，注于济水也。

**又东过梁邹县北，**

陇水南出长城中，北流至般阳县故城西南，与般水会。水出县东南龙山，俗亦谓之为左阜水。西北迳其城南，王莽之济南亭也。应劭曰：县在般水之阳，故资名焉。其水又南屈，西入陇水。陇水北迳其县，西北流至萌水口。水出西南甲山，东北迳萌山西，东北入于陇水。陇水又西北，至梁邹东南与鱼子沟水合。水南出长白山东柳泉口。山，即陈仲子夫妻之所隐也。《孟子》曰：仲子，齐国之世家。兄戴，禄万钟，仲子非而不食，避兄离母，家于於陵，即此处也。其水又迳於陵县故城西，王莽之於陆也。世祖建武十五年，更封则乡侯侯霸之子昱为侯国。其水北流注于陇水。陇水，即古袁水也。故京相璠曰：济南梁邹县有袁水者也。陇水又西北迳梁邹县故城南，又北，屈迳其城西。汉高祖六年，封武虎为侯国。其水北注济。城之东北又有时水，西北注焉。

**又东北过临济县南，**

县，故狄邑也，王莽更名利居。《汉记》：安帝永初二年，改从今名，以临济故。《地理风俗记》云：乐安太守治。晏谟《齐记》曰：有南北二城，隔济水。南城，即被阳县之故城也，北枕济水。《地理志》曰：侯国也。如淳曰：一作疲，音罢军之罢也。《史记·建元以来王子侯者年表》曰：汉武帝元朔四年，封齐孝王子敬侯刘燕之国也。今渤海侨郡治。济水又东北，迆为渊渚，谓之平州。漯沃县侧有平安故城，俗谓之会城，非也。案《地理志》千乘郡有平安县，侯国也，王莽曰鸿睦也。应劭曰：博昌县西南三十里有平安亭，故县也。世尚存平州之名矣。济水又东北迳高昌县故城西。案《地理志》：千乘郡有高昌县，汉宣帝地节四年，封董忠为侯国。世谓之马昌城，非也。济水又东北迳乐安县故城南。伏琛《齐记》曰：博昌城西北五十里，有南北二城，相去三十里，隔时济二水。指此为博昌北城，非也。乐安与博昌、薄姑分水，俱同西北，薄姑去齐城六十里，乐安越水差远，验非尤明。班固曰：千乘郡有乐安县。应劭曰：取休令之名矣。汉武帝元朔五年，封李蔡为侯国。城西三里，有任光等冢，光是宛县人，不得为博昌明矣。济水又迳薄姑城北。《后汉·郡国志》曰：博昌县有薄姑城。《地理书》曰：吕尚封于齐郡薄姑。薄姑故城在临淄县西北五十里，近济水。史迁曰：献公徙薄姑。城内有高台。《春秋》：昭公二十年，齐景公饮于台上，曰：古而不死，何乐如之？晏平仲对曰：昔爽鸠氏始居之，季萴因之，有逢伯陵又因之，薄姑氏又因之，而后太公因之。臣以为古若不死，爽鸠氏之乐，非君之乐。即于是台也。济水又东北迳狼牙固西而东北流也。

**又东北过利县西，**

《地理志》：齐郡有利县。王莽之利治也。晏谟曰：县在齐城北五十里也。

**又东北过甲下邑，入于河。**

济水东北至甲下邑南，东历琅槐县故城北。《地理风俗记》曰：博昌东北八十里有琅槐乡，故县也。《山海经》曰：济水绝巨野注渤海，入齐琅槐东北者也。又东北，河水枝津注之。《水经》以为入河，非也。斯乃河水注济，非济入河。又东北入海。郭景纯曰：济自荥阳至乐安博昌入海。今河竭，济水仍流不绝，《经》言入河，二说并失。然河水于济、漯之北，别流注海。今所辍流者，惟漯水耳，郭或以为济注之，即实非也。寻经脉水，不如《山经》之为密矣。

**其一水东南流者，过乘氏县南，**

菏水分济于定陶东北，东南右合黄沟枝流，俗谓之界沟也。北迳已氏县故城西，又北迳景山东。《卫诗》所谓景山与京者也。毛公曰：景山，大山也。又北迳楚丘城西。《郡国志》曰：成武县有楚丘亭。杜预云：楚丘在成武县西南。卫懿公为狄所灭，卫文公东徙渡河，野处曹邑，齐桓公城楚丘以迁之。故《春秋》称邢迁如归，卫国忘亡。即《诗》所谓升彼虚矣，以望楚矣，望楚与堂，景山与京。故郑玄言：观其旁邑及山川也。又东北迳成武城西；又东北迳郜城东，疑郜徙也，所未详矣。又东北迳梁丘城西。《地理志》曰：昌邑县有梁丘乡。《春秋》：庄公三十二年，宋人、齐人会于梁丘者也。杜预曰：高平昌邑县西南有梁丘乡。又东北，于乘氏县西而北注菏水。菏水又东南迳乘氏县故城南，县即《春秋》之乘丘也。故《地理风俗记》曰：济阴乘氏县，故宋乘丘邑也。汉孝景中五年，封梁孝王子买为侯国也。《地理志》曰：乘氏县，泗水东南至睢陵入淮。《郡国志》曰：乘氏有泗水，此乃菏泽也。《尚书》有导菏泽之说，自陶丘北，东至于菏，无泗水之文。又曰：导菏泽，被孟猪。孟猪在睢阳县之东北。阚骃《十三州记》曰：不言入而言被者，明不常入也。水盛方乃覆被矣。泽水森漫，俱钟淮泗，故志有睢陵入淮之言，以通苞泗名矣。然诸水注泗者多，不止此，可以终归泗水，便得擅通称也。或更有泗水亦可，是水之兼其目，所未详也。

又东过昌邑县北，

菏水又东迳昌邑县故城北。《地理志》曰：县，故梁也。汉景帝中六年，分梁为山阳国；武帝天汉四年，更为昌邑国，以封昌邑王髆[10]。贺废，国除，以为山阳郡，王莽之巨野郡也。后更为高平郡，后汉沇州治。县令王密怀金谒东莱太守杨震，震不受，是其慎四知处也。大城东北有金城，城内有沇州刺史河东薛季像碑。以郎中拜剡令，甘露降园。熹平四年迁州，明年，甘露复降殿前树。从事冯巡、主簿华操等，相与褒树，表勒棠政。次西有沇州刺史茂陵杨叔恭碑，从事孙光等以建宁四年立。西北有东太山成人班孟坚碑，建和十年，尚书右丞，拜沇州刺史。从事秦闰等，刊石颂德政，碑咸列焉。

又东过金乡县南，

《郡国志》曰：山阳有金乡县。菏水迳其故城南，世谓之故县城。北有金乡山也。

又东过东缗县北，

菏水又东迳汉平狄将军扶沟侯淮阳朱鲔冢。墓北有石庙。菏水又东迳东缗县故城北，故宋地。《春秋》：僖公二十三年，齐侯伐宋，围缗。《十三州记》曰：山阳有东缗县。邹衍曰：余登缗城以望宋都者也。后汉世祖建武十一年，封冯异长子璋为侯国。

又东过方与县北，为菏水。

菏水东迳重乡城南，《左传》所谓臧文仲宿于重馆者也。菏水又东迳武棠亭北，《公羊》以为济上邑也。城有台，高二丈许，其下临水，昔鲁侯观鱼于棠，谓此也。在方与县故城北十里。《经》所谓菏水也。菏水又东迳泥母亭北。《春秋左传》：僖公七年秋，盟于宁母，谋伐郑也。菏水又东，与巨野黄水合，菏泽别名也。黄水上承巨泽诸陂。泽有濛淀、盲陂、黄湖。水东流谓之黄水。又有薛训渚水，自渚历薛村前，分为二流，一水东注黄水，一水西北入泽，即洪水也。黄水东南流，水南有汉荆州刺史李刚墓。刚字叔毅，山阳高平人，熹平元年卒。见其碑。有石阙、祠堂、石室三间，椽架高丈余，镂石作椽瓦，屋施平天，造方井，侧荷梁柱，四壁隐起雕刻，为君臣官属、龟龙麟凤之文、飞禽走兽之像，作制工丽，不甚伤毁。黄水又东迳巨野县北。何承天曰：巨野湖泽广大，南通洙、泗，北连清、济，旧县故城正在泽中，故欲置戍于此城。城之所在，则巨野泽也。衍东北出为大野矣，昔西狩获麟于是处也。《皇览》曰：山阳巨野县，有肩髀冢，重聚大小，与阚冢等。传言蚩尤与黄帝战，克之于涿鹿之野，身体异处，故别葬焉。黄水又东迳咸亭北。《春秋》：桓公七年，《经》书：焚咸丘者也。水南有金乡山，县之东界也。金乡数山皆空中穴口，谓之隧也。戴延之《西征记》曰：焦氏山北数里，汉司隶校尉鲁峻穿山得白蛇、白龟，不葬，更葬山南，凿而得金，故曰金乡山。山形峻峭，冢前有石祠、石庙，四壁皆青石隐起，自书契以来，忠臣、孝子、贞妇、孔子及弟子七十二人形像，像边皆刻石记之，文字分明。又有石床，长八尺，磨莹鲜明，叩之，声闻远近。时太尉从事中郎傅珍之、谘议参军周安穆拆败石床，各取去，为鲁氏之后所讼，二人并免官。焦氏山东即金乡山也。有冢，谓之秦王陵。山上二百步得冢口，堑深十丈，两壁峻峭，广二丈，入行七十步，得埏门。门外左右皆有空，可容五六十人，谓之白马空埏。门内二丈，得外堂，外堂之后，又得内堂。观者皆执烛而行。虽无他雕镂，然治石甚精。或云，是汉昌邑哀王冢，所未详也。东南有范巨卿冢，名件犹存。巨卿名式，山阳之金乡人，汉荆州刺史，与汝南张劭、长沙陈平子石交，号为死友矣。黄水又东南迳任城郡之亢父县故城西，夏后氏之任国也。汉章帝元和元年，别为任城在北，王莽之延就亭也。县有诗亭，《春秋》之诗国也。王莽更之曰顺父矣。《地理志》，东平属县也。世祖建武二年，封刘隆为侯国。其水谓之桓公沟，南至方与县，入于菏水。菏水又东迳秦梁，夹岸积石一里，高二丈，言秦始皇东巡所造，因以名焉。

**菏水又东过湖陆县南，东入于泗水。**

泽水所钟也。《尚书》曰：浮于淮、泗，达于菏，是也。《东观汉记》曰：苏茂杀淮阳太守，得其郡，营广乐。大司马吴汉围茂，茂将其精兵突至湖陵，与刘永相会济阴山阳，济兵于此处也。

**又东南过沛县东北，**

济与泗乱，故济纳互称矣。《东观汉记》安平侯《盖延传》曰：延为虎牙大将军，与永等战，永军反走，溺水者半。复与战，连破之，遂平沛、楚，临淮悉降。延令沛修高祖庙，置啬夫、祝宰、乐人，因斋戒祠高庙也。

**又东南过留县北，**

留县故城，翼佩①泗济，宋邑也。《春秋左传》所谓侵宋吕、留也。故繁休伯《避地赋》曰：朝余发乎泗洲，夕余宿于留乡者也。张良委身汉祖，始自此矣，终亦取封焉。城内有张良庙也。

**又东过彭城县北，获水从西来注之。**

济水又南迳彭城县故城东北隅，不东过也。获水自西注之，城北枕水湄。济水又南迳彭城县故城东，不迳其北也。盖《经》误证。

**又东南过徐县北，**

《地理志》曰：临淮郡，汉武帝元狩五年置，治徐县。王莽更之曰淮平，县曰徐调，故徐国也。《春秋》：昭公三十年，吴子执钟吾子，遂伐徐，防山以水之，遂灭徐。徐子奔楚，楚救徐，弗及，遂城夷以处之。张华《博物志》录著作令史茅温所为送。刘成国《徐州地理志》云：徐偃王之异，言徐君宫人娠而生卵，以为不祥，弃之于水滨。孤独母有犬，名曰鹄仓，猎于水侧，得弃卵，衔以来归。孤独母以为异，覆暖之，遂成儿。生时偃，故以为名。徐君宫中闻之，乃更录取。长而仁智，袭君徐国。后鹄仓临死，生角而九尾，实黄龙也。偃王葬之徐中，今见有狗垄焉。偃王治国，仁义著闻，欲舟行上国，乃通沟陈、蔡之间，得朱弓矢，以得天瑞，遂因名为号，自称徐偃王。江、淮诸侯服从者三十六国。周王闻之，遣使至楚，令伐之。偃王爱民，不斗，遂为楚败，北走彭城武原县东山下，百姓随者万数，因名其山为徐山。山上立石室庙，有神灵，民人请祷焉。依文即事，似有符验，但世代绵远，难以详矣。今徐城外有徐君墓，昔延陵季子解剑于此，所谓不违心许也。

**又东至下邳睢陵县南，入于淮。**

济水与泗水浑涛东南流，至角城，同入淮。《经》书睢陵，误耳。

①胙：zuò，音坐。

②姞：jí，音吉。

③郈（hòu，音后）：姓。

④箪（dān，音丹）：古代盛饭用的圆形竹器。

⑤蘧：qú，音渠。

⑥札聘：意为访问。

⑦偾（fèn，音奋）：毁坏，败坏。

⑧邸阁：仓库。

⑨衍：yǎn，音眼。

⑩髆：bó，音泊。

⑪翼佽：靠近。

# 水经注卷九

## 清水　沁水　淇水　荡水　洹水

### 清水出河内脩武县之北黑山，

黑山在县北白鹿山东，清水所出也。上承诸陂散泉，积以成川，南流，西南屈。瀑布乘岩，悬河注壑，二十余丈。雷赴之声，震动山谷。左右石壁层深，兽迹不交，隍中散水雾合，视不见底。南峰北岭，多结禅栖之士；东岩西谷，又是刹灵之图。竹柏之怀，与神心妙远；仁智之性，共山水效深，更为胜处也。其水历涧飞流，清泠洞观，谓之清水矣。溪曰瑶溪，又曰瑶涧。清水又南，与小瑶水合。水近出西北穷溪，东南流，注清水。清水又东南流，吴泽陂水注之。水上承吴陂于脩武县故城西北。脩武，故宁也，亦曰南阳矣。马季长曰：晋地自朝歌以北至中山为东阳，朝歌以南至轵为南阳。故应劭《地理风俗记》云：河内，殷国也，周名之为南阳。又曰：晋始启南阳，今南阳城是也，秦始皇改曰脩武。徐广、王隐并言始皇改。瓒注《汉书》云：案韩非书，秦昭王越赵长平，西伐脩武。时秦未兼天下，脩武之名久矣。余案《韩诗外传》言：武王伐纣，勒兵于宁，更名宁曰脩武矣。魏献子田大陆，还卒于宁是也。汉高帝八年，封都尉魏遫为侯国。亦曰大脩武，有小故称大。小脩武在东，汉祖与滕公济自玉门津而宿小脩武者也。大陆即吴泽矣。《魏土地记》曰：脩武城西北二十里，有吴泽水。陂南北二十许里，东西三十里，西则长明沟入焉。水有二源，北水上承河内野王县东北界沟，分枝津为长明沟。东迳雍城南，寒泉水注之。水出雍城西北，泉流南注，迳雍城西。《春秋》：僖公二十四年，王将以狄伐郑。富辰谏曰：雍，文之昭也。京相璠曰：今河内山阳西有故雍城。又东南注长明沟，沟水又东迳射犬城北。汉大司马张扬为将杨丑所害。眭①固杀丑屯此，欲北合袁绍。《典略》曰：眭固，字白菟。或戒固曰，将军字菟，而此邑名犬；菟见犬其势必惊，宜急去。固不从。汉建安四年，魏太祖斩之于此。以魏种为河内太守，守之。沇州叛，太祖曰：惟种不弃孤。及走，太祖怒曰：种不南走越，北走胡，不汝置也。射犬平，禽之。公曰：惟其才也，释而用之。长明沟水东入石涧，东流，蔡沟水入焉。水上承州县北白马沟，东分，谓之蔡沟，东会长明沟水，又东迳脩武县之吴亭北，东入吴陂。次北有苟泉水入焉。水出山阳县故脩武城西南，同源分派，裂为二水：南为苟泉，北则吴渎，二渎双导，俱东入陂。山阳县东北二十五里有陆真阜，南有皇母、马鸣二泉，东南合注于吴陂也。次陆真阜之东北，得覆釜堆。堆南有三泉，相去四五里，参差次合，南注于陂泉。陂在浊鹿城西。建安二十五年，魏封汉献帝为山阳公，浊鹿城即是公所居也。陂水之北，际泽侧有隤城。《春秋》：隐公十一年，王以司寇苏忿生之田，攒茅、隤十二邑与郑者也。京相璠曰：河内脩武县北有故隤城，实中。今世俗谓之皮垣，方四百步，实中，高八丈，际陂北，隔水一十五里，俗所谓兰丘也，方二百步；西十里又有一丘际山，世谓之敕丘，方五百步，形状相类，疑即古攒茅也。杜预曰：二邑在脩武县北，所未详也。又东，长泉水注之。源出白鹿山东南，伏流迳十三里，重源浚发于邓城西北，世亦谓之重泉水也。又迳七贤祠东，左右筼筜[2]列植，冬夏不变贞萋。魏步兵校尉陈留阮籍、中散大夫谯国嵇康、晋司徒河内山涛、司徒琅邪王戎、黄门郎河内向秀、建威参军沛国刘伶、始平太守阮咸等，同居山阳，结自得之游，时人号之为竹林七贤。向子期所谓山阳旧居也。后人立庙于其处，庙南又有一泉，东南流注于长泉水。郭缘生《述征记》所云，白鹿山东南二十五里，有嵇公故居，以居时有遗竹焉，盖谓此也。其水又南迳邓城东，名之为邓渎，又谓之为白屋水也。昔司马懿征公孙渊，还，达白屋，即于此也。其水又东南流迳隤城北，又东南，历泽注于陂。陂水东流，谓之八光沟；而东流注于清水，谓之长清河。而东周永丰坞，有丁公泉，发于焦泉之右。次东得焦泉，泉发于天门之左、天井固右。天门山石自空，状若门焉，广三丈，高两匹，深丈余，更无所出，世谓之天门也。东五百余步，中有石穴西向，裁得容人。东南入，径至天井，直上三匹有余。扳蹑而升，至上平，东西二百步，南北七百步，四面险绝，无由升陟矣。上有比丘，释僧训精舍，寺有十余僧，给养难周，多出下平，有志者居之。寺左右杂树疏颂，有一石泉，方丈余，清水湛然，常无增减，山居者资以给饮。北有石室二口，旧是隐者念一之所，今无人矣。泉发于北阜，南流成溪，世谓之焦泉也。次东得鱼鲍泉；次东得张波泉，次东得三渊泉，梗河参连，女宿相属。是四川在重门城西，并单川南注也。重门城，昔齐王芳为司马师废之，宫于此。即《魏志》所谓送齐王于河内重门者也。城在共县故城西北二十里，城南有安阳陂；次东又得卓水陂；次东有百门陂，陂方五百步，在共县故城西。汉高帝八年，封卢罢师为共侯，即共和之故国也。共伯既归帝政，逍遥于共山之上。山在国北，所谓共北山也，仙者孙登之所处。袁彦伯《竹林七贤传》，嵇叔夜尝采药山泽，遇之于山，冬以被发自覆；夏则编草为裳，弹一弦琴，而五声和。其水三川南合，谓之清川。又南迳凡城东。司马彪、袁山松《郡国志》曰：共县有凡亭，周凡伯国。《春秋》：隐公七年《经》书，王使凡伯来聘是也。杜预曰：汲郡共县东南有凡城。今在西南。其水又西南与前四水总为一渎，又谓之陶水，南流注于清水。清水又东，周新丰坞，又东注也。

**东北过获嘉县北，**

《汉书》称，越相吕嘉反，武帝元鼎六年，巡行于汲郡中乡，得吕嘉首，因以为获嘉县。后汉封侍中冯石为侯国。县故城西有汉桂阳太守赵越墓，冢北有碑。越字彦善，县人也。累迁桂阳郡、五官将、尚书仆射，遭忧服阕[3]，守河南尹，建宁中卒。碑东又有一碑，碑北有石柱、石牛、羊、虎，俱碎，沦毁莫记。清水又东，周新乐城，城在获嘉县故城东北，即汲之新中乡也。

**又东过汲县北，**

县，故汲郡治，晋太康中立。城西北有石夹水，飞湍浚急，人亦谓之磻溪，言太公尝钓于此也。城东门北侧有太公庙，庙前有碑。碑云：太公望者，河内汲人也。县民故会稽太守杜宣白令崔瑗曰：太公本生于汲，旧居犹存。君与高、国同宗太公，载在经传。今临此国，宜正其位，以明尊祖之义。于是国老王喜、廷掾郑笃、功曹邠勤等，咸曰宜之。遂立坛祀，为之位主。城北三十里，有太公泉，泉上又有太公庙。庙侧高林秀木，翘楚竞茂，相传云：太公之故居也。晋太康中，范阳卢无忌为汲令，立碑于其上。太公避纣之乱，屠隐市朝，遁④钓鱼水，何必渭滨，然后磻溪？苟惬神心，曲渚则可。磻溪之名，斯无嫌矣。清水又东迳故石梁下，梁跨水上，桥石崩褫⑤，余基尚存。清水又东与仓水合。水出西北方山，山西有仓谷，谷有仓玉、珉石，故名焉。其水东南流，潜行地下，又东南复出，俗谓之雹水。东南历坶野。自朝歌以南，南暨清水，土地平衍，据皋跨泽，悉坶野矣。《郡国志》曰：朝歌县南有牧野；《竹书纪年》曰：周武王率西夷诸侯伐殷，败之于坶野；《诗》所谓坶野洋洋，檀车煌煌者也。有殷大夫比干冢，前有石铭，题隶云：殷大夫比干之墓。所记惟此，今已中折，不知谁所志也。太和中，高祖孝文皇帝南巡，亲幸其坟而加吊焉，刊石树碑，列于墓隧矣。雹水又东南，入于清水。清水又东南迳合城南，故三会亭也，以淇、清合河，故受名焉。清水又屈而南迳凤皇台东北南注也。

**又东入于河。**

谓之清口，即淇河口也，盖互受其名耳。《地理志》曰：清河水出内黄县南，无清水可来，所有者惟钟是水耳。盖河徙南注，清水渎移，汇流迳绝，余目尚存。故东川有清河之称，相嗣不断。曹公开白沟，遏水北注，方复故渎矣。

**沁水出上党涅县谒戾山。**

沁水即涅水也，或言出谷远县羊头山世靡谷。三源奇注，径泻一隍。又南会三水，历落出左右近溪，参差翼注之也。

**南过谷远县东，又南过猗氏县东，**

谷远县，王莽之谷近也。沁水又南迳猗氏县故城东，刘聪以詹事鲁繇为冀州，治此也。沁水又南历猗氏关，又南与黾黾⑥水合。水出东北巨骏山，乘高泻浪，触石流响，世人因声以纳称。西南流注于沁。沁水又南与秦川水合。水出巨骏山东，带引众溪，积以成川。又西南迳端氏县故城东。昔韩、赵、魏分晋，迁晋君于端氏县，即此是也。其水南流，入于沁水。

**又南过阳阿县东，**

沁水南迳阳阿县故城西。《魏土地记》曰：建兴郡治阳阿县。郡西四十里有沁水，南流。沁水又南，与薄⑦泽水合。水出薄泽城西白涧岭下，东迳薄泽。《墨子》曰：舜渔薄泽。应劭曰：泽在县西北。又东迳薄泽县故城南，盖以泽氏县也。《竹书纪年》：梁惠成王十九年，晋取玄武、薄泽者也。其水际城东注，又东合清渊水。水出其县北，东南迳薄泽城东，又南入于泽水。泽水又东得阳泉口，水出鹿台山。山上有水，渊而不流。其水东迳阳陵城南，即阳阿县之故城也。汉高帝七年，封卞䜣为侯国。水历嶕峣东，下与黑岭水合。水出西北黑岭下，即开隥也。其水东南流迳北乡亭下，又东南，迳阳陵城东，南注阳泉水。阳泉水又南注薄泽水。泽水又东南，有上涧水注之。水导源西北辅山，东迳铜于崖南，历析城山北。山在薄泽南，《禹贡》所谓砥柱、析城，至于王屋也。山甚高峻，上平坦，下有二泉，东浊西清，左右不生草木，数十步外多细竹。其水自山阴东入薄泽水。薄泽水又东南注于沁水。沁水又东南，阳阿水左入焉。水北出阳阿川，南流迳建兴郡西。又东南流迳午壁亭东，而南入山。其水沿波漱石，漰涧八丈，环涛毂转。西南流入于沁水。沁水又南五十余里，沿流上下，步径裁通，小竹细笋，被于山渚，蒙茏茂密，奇为翳荟⑧也。

**又南出山，过沁水县北，**

沁水南迳石门，谓之沁口。《魏土地记》曰：河内郡野王县西七十里，有沁水，左迳沁水城西，附城东南流也。石门是晋安平献王司马孚之为魏野王典农中郎将之所造也。按其表云：臣孚言，臣被明诏，兴河内水利。臣既到，检行沁水，源出铜鞮⑨山，屈曲周回，水道九百里。自太行以西，王屋以东，层岩高峻。天时霖雨，众谷走水，小石漂迸，木门朽败，稻田泛滥，岁功不成。臣辄按行，去堰五里以外，方石可得数万余枚。臣以为累方石为门，若天晹旱，增堰进水；若天霖雨，陂泽充溢，则闭防断水。空渠衍潦，足以成河，云雨由人，经国之谋。暂劳永逸，圣王所许。愿陛下特出臣表，敕大司农府给人工，勿使稽延，以赞时要。臣孚言。诏书听许。于是夹岸累石，结以为门，用代木门枋，故石门旧有枋口之称矣。溉田顷亩之数，间二岁月之功，事见门侧石铭矣。水西有孔山。山上石穴洞开，穴内石上，有车辙、牛迹。《耆旧传》云：自然成著，非人功所就也。其水南分为二水，一水南出，为朱沟水。沁水又迳沁水县故城北，盖藉水以名县矣。《春秋》之少水也。京相璠曰：晋地矣。又云：少水，今沁水也。沁水又东迳沁水亭北，世谓之小沁城。沁水又东，右合小沁水。水出北山台亭渊，南流为台渟水，东南入沁水。沁水又东，倍涧水注之。水北出五行之山，南流注于沁水。

### 又东过野王县北，

沁水又东，邘水注之。水出太行之阜山，即五行之异名也。《淮南子》曰：武王欲筑宫于五行之山。周公曰：五行险固，德能覆也，内贡回矣；使吾暴乱，则伐我难矣。君子以为能持满。高诱云：今太行山也，在河内野王县西北上党关。诗所谓徒殆野王道，倾盖上党关，即此由矣。其水南流迳邘⑩城西，故邘国也。城南有邘台，《春秋》：僖公二十四年，王将伐郑，富辰谏曰：邘，武之穆⑪也。京相璠曰：今野王西北三十里有故邘城，邘台是也。今故城当太行南路，道出其中。汉武帝封李寿为侯国。邘水又东南迳孔子庙东。庙庭有碑，魏太和元年，孔灵度等以旧宇毁落，上求修复。野王令范众爱，河内太守元真，刺史咸阳公高允表闻，立碑于庙。治中刘明，别驾吕次文，主簿向班虎、荀灵龟，以宣尼大圣，非碑颂所称，宜立记焉，云：仲尼伤道不行，欲北从赵鞅，闻杀鸣铎，遂旋车而反。及其后也，晋人思之，于太行岭南为之立庙，盖往时回辕处也。余按诸子书及史籍之文，并言仲尼临河而叹曰：丘之不济，命也夫！是非太行回辕之言也。碑云：鲁国孔氏，官于洛阳，因居庙下，以奉蒸尝。斯言是矣。盖孔氏迁山下，追思圣祖，故立庙存飨耳。其犹刘累迁鲁，立尧祠于山矣，非谓回辕于此也。邘水东南迳邘亭西。京相璠曰：又有亭在台西南三十里。今是亭在邘城东南七八里，盖京氏之谬耳。或更有之，余所不详。其水又南流注于沁。沁水东迳野王县故城北，秦昭王四十四年，白起攻太行道绝，而韩之野王降。始皇拔魏东地，置东郡。卫元君自濮阳徙野王，即此县也。汉高帝元年为殷国，二年为河内郡，王莽之后队。县曰平野矣。魏怀州刺史治。皇都迁洛，省州复郡。水北有华岳庙。庙侧有攒柏数百根，对郭临川，负冈荫渚，青青弥望，奇可玩也。怀州刺史顿丘李洪之之所经构也。庙有碑焉，是河内郡功曹山阳荀灵龟以和平四年造，天安元年立。沁水又东，朱沟枝津入焉。又东与丹水合，水出上党高都县故城东北阜下，俗谓之源源水。《山海经》曰：沁水之东有林焉，名曰丹林，丹水出焉，即斯水矣。丹水自源东北流，又屈而东注，左会绝水。《地理志》曰：高都县有莞谷，丹水所出，东南入绝水是也。绝水出泫氏县西北杨谷，故《地理志》曰：杨谷，绝水所出。东南流，左会长平水。水出长平县西北小山，东南流迳其县故城，泫氏之长平亭也。《史记》曰：秦使左庶长王龁⑫攻韩，取上党。上党民走赵。赵军长平，使廉颇为将，后遣马服君之子赵括代之。秦密使武安君白起攻之。括四十万众降起，起坑之于此。《上党记》曰：长平城在郡之南，秦垒在城西，二军共食流水涧，相去五里。秦坑赵众，收头颅，筑台于垒中，因山为台，崔嵬⑬桀起，今仍号之曰白起台。城之左右沿山亘隔，南北五十许里，东西二十余里，悉秦、赵故垒，遗壁旧存焉。汉武帝元朔二年，以封将军卫青为侯国。其水东南流，注绝水。绝水又东南流迳泫氏县故城北。《竹书纪年》曰：晋烈公元年，赵献子城泫氏。绝水东南与泫水会，水导源县西北泫谷，东流迳一故城南，俗谓之都乡城。又东南迳泫氏县故城南。世祖建武六年，封万普为侯国。而东会绝水，乱流东南入高都县，右入丹水。《上党记》曰：长平城在郡南山中。丹水出长平北山，南流。秦坑赵众，流血丹川，由是俗名为丹水。斯为不经矣[14]。丹水又东南流，注于丹谷，即刘越石《扶风歌》所谓丹水者也。《晋书·地道记》曰：县有太行关，丹溪为关之东谷，途自此去，不复由关矣。丹水又迳二石人北，而各在一山，角倚相望，南为河内，北曰上党。二郡以之分境。丹水又东南历西岩下，岩下有大泉涌发，洪流巨输，渊深不测，蘋藻荚芹，竟川含绿。虽严辰肃月，无变暄萎。丹水又南，白水注之。水出高都县故城西，所谓长平白水也。东南流历天井关。《地理志》曰：高都县有天井关。蔡邕曰：太行山上有天井，关在井北，遂因名焉。故刘歆《遂初赋》曰：驰太行之险峻，入天井之高关。太元十五年，晋征虏将军朱序破慕容永于太行，遣军至白水，去长子百六十里。白水又东，天井溪水会焉。水出天井关，北流注白水，世谓之北流泉。白水又东南流，入丹水，谓之白水交。丹水又东南出山，迳郏城西。城在山际，俗谓之期城，非也。司马彪《郡国志》曰：山阳有郏城。京相璠曰：河内山阳西北六十里有郏城。《竹书纪年》曰：梁惠成王元年，赵成侯偃、韩懿侯若伐我葵，即此城也。丹水又南，屈而西转，光沟水出焉。丹水又西迳苑乡城北，南屈东转，迳其城南，东南流注于沁，谓之丹口。《竹书纪年》曰：晋出公五年，丹水三日绝，不流。幽公九年，丹水出，相反击。即此水也。沁水又东，光沟水注之，水首受丹水，东南流，界沟水出焉；又南入沁水。沁水又东南流迳成乡城北，又东迳中都亭南，左合界沟水。水上承光沟，东南流，长明沟水出焉。又南迳中都亭西，而南流注于沁水也。

**又东过州县北，**

县，故州也。《春秋左传》：隐公十有一年，周以赐郑公孙段；六国时，韩宣子徙居之。有白马沟水注之。水首受白马湖，湖一名朱管陂。陂上承长明沟。湖水东南流迳金亭西，分为二水：一水东出为蔡沟，一水南注于沁也。

**又东过怀县之北，**

《韩诗外传》曰：武王伐纣，到邢丘，更名邢丘曰怀。春秋时，赤翟伐晋，围怀是也。王莽以为河内，故河内郡治也。旧三河之地矣。韦昭曰：河南、河东、河内为三河也。县北有沁阳城，沁水迳其南而东注也。

**又东过武德县南，又东南至荥阳县北，东入于河。**

沁水于县南，水积为陂，通结数湖，有朱沟水注之。其水上承沁水于沁水县西北，自枋口东南流，奉沟水右出焉；又东南流，右泄为沙沟水也。其水又东南，于野王城西，枝渠左出焉，以周城溉。东迳野王城南，又屈迳其城东，而北注沁水。朱沟自枝渠东南迳州城南，又东迳怀城南，又东迳殷城北。郭缘生《述征记》曰：河之北岸，河内怀县有殷城。或谓楚、汉之际，殷王印治之，非也。余按《竹书纪年》云：秦师伐郑，次于怀，城殷，即是城也。然则殷之为名久矣，知非从印始。昔刘曜以郭默为殷州刺史，督缘河诸军事，治此。朱沟水又东南注于湖。湖水右纳沙沟水。水分朱沟南派，东南迳安昌城西。汉成帝河平四年，封丞相张禹为侯国。今城之东南有古冢，时人谓之张禹墓。余按《汉书》，禹，河内轵人，徙家莲勺。鸿嘉元年，禹以老乞骸骨，自治冢茔，起祠堂于平陵之肥牛亭，近延陵。奏请之，诏为徙亭。哀帝建平二年薨，遂葬于彼。此则非也。沙沟水又东迳隰城北，《春秋》：僖公二十五年，取大叔于温，杀之于隰城是也。京相璠曰：在怀县西南。又迳殷城西，东南流入于陂。陂水又值武德县，南至荥阳县北，东南流入于河。先儒亦咸谓是沟为济渠。故班固及阚骃并言济水至武德入河。盖济水枝渎条分，所在布称，亦兼丹水之目矣。

### 淇水出河内隆虑县西大号山，

《山海经》曰：淇水出沮洳山。水出山侧，颓波漰注，冲激横山。山上合下开，可减六七十步，巨石礛碦[15]，交积隍涧，倾澜渀荡，势同雷转，激水散氛，暖若雾合。又东北，沾水注之。水出壶关县东沾台下，石壁崇高，昂藏隐天，泉流发于西北隅，与金谷水合，金谷即沾台之西溪也。东北会沾水，又东流注淇水。淇水又迳南罗川，又历三罗城北，东北与女台水合。水发西北三女台下，东北流注于淇。淇水又东北历淇阳川，迳石城西北。城在原上，带涧枕淇。淇水又东北，西流水注之。水出东大岭下，西流迳石楼南，在北陵石上，练垂栈立，亭亭极峻。其水西流水也。又东迳冯都垒南，世谓之淇阳城，在西北三十里。淇水又东出山，分为二水。水会立石堰，遏水以沃白沟，左为菀[16]水，右则淇水。自元甫城东南，迳朝歌县北。《竹书纪年》：晋定公十八年，淇绝于旧卫，即此也。淇水又东，右合泉源水。水有二源，一水出朝歌城西北，东南流。老人晨将渡水而沉吟难济。纣问其故，左右曰：老者髓不实，故晨寒也。纣乃于此斮[17]胫而视髓也。其水南流东屈，迳朝歌城南。《晋书·地道记》曰：本沬邑也。《诗》云：爰采唐矣，沬之乡矣。殷王武丁始迁居之，为殷都也。纣都在《禹贡》冀州大陆之野，即此矣。有糟丘酒池之事焉；有新声靡乐，号邑朝歌。晋灼曰：《史记·乐书》，纣作《朝歌》之音，朝歌者，歌不时也。故墨子闻之，恶而回车，不迳其邑。《论语·比考谶》曰：邑名朝歌，颜渊不舍，七十弟子掩目，宰予独顾，由蹙堕车。宋均曰：子路患宰予顾视凶地，故以足蹙之，使堕车也。今城内有殷鹿台，纣昔自投于火处也。《竹书纪年》曰：武王亲禽帝受辛于南单之台，遂分天之明。南单之台，盖鹿台之异名也。武王以殷之遗民封纣子武庚于兹邑，分其地为三，曰邶、鄘、卫，使管叔、蔡叔、霍叔辅之，为三监。叛，周讨平以封康叔为卫。箕子佯狂自悲，故《琴操》有《箕子操》，迳其墟，父母之邦也！不胜悲，作《麦秀歌》。后乃属晋。地居河、淇之间，战国时皆属于赵。男女淫纵，有纣之余风。土险多寇。汉以虞诩为令，朋友以难治致吊。诩曰：不遇盘根错，何以别利器乎？又东与左水合，谓之马沟水。水出朝歌城北，东流，南屈迳其城东。又东流与美沟合。水出朝歌西北大岭下，东流迳骆驼谷，于中透迤九十曲，故俗有美沟之目矣。历十二崿，崿流相承，泉响不断，返水捍注，卷复深隍。隍间积石千通，水穴万变，观者若思不周赏，情乏图状矣[18]。其水东迳朝歌城北，又东南流，注马沟水；又东南注淇水，为肥泉也。故《卫诗》曰：我思肥泉，兹之永叹。《毛注》云：同出异归为肥泉。《尔雅》曰：归异出同曰肥。《释名》曰：本同出时，所浸润水少，所归枝散而多，似肥者也。犍为舍人曰：水异出，流行合同曰肥。今是水异出同归矣。《博物志》谓之澳水。《诗》云：瞻彼淇澳，菉竹猗猗。毛云：菉，王刍也；竹，编竹也。汉武帝塞决河斩淇园之竹木以为用。寇恂为河内，伐竹淇川，治矢百余万以输军资。今通望淇川，无复此物。惟王刍编草不异毛兴。又言，澳，隈[19]也。郑亦不以为津源，而张司空专以为水流入于淇，非所究也。然斯水即《诗》所谓泉源之水也。故《卫诗》云：泉源在左，淇水在右。卫女思归，指以为喻。淇水左右，盖举水所入为左右也。淇水又南，历枋堰，旧淇水口东流迳黎阳县界南入河。《地理志》曰：淇水出共，东至黎阳入河。《沟洫志》曰：遮害亭西十八里至淇水口是也。汉建安九年，魏武王于水口下大枋木以成堰，遏淇水东入白沟以通漕运，故时人号其处为枋头。是以卢谌《征艰赋》曰：后背洪枋巨堰，深渠高堤者也。自后遂废，魏熙平中复通之。故渠历枋城北，东出，今湮破故堨。其堰悉铁柱，木石参用。其故渎南迳枋城西。又南，分为二水：一水南注清水，水流上下，更相通注，河清水盛，北入故渠，自此始矣；一水东流，迳枋城南，东与菀口合。菀水上承淇水于元甫城西北，自石堰东、菀城西，屈迳其城南，又东南流历土军东北，得旧石逗[20]。故五水分流，世号五穴口，今惟通并为二水：一水西注淇水，谓之天井沟；一水迳土军东分为蓼沟，东入白祀陂。又南分，东入同山陂，溉田七十余顷。二陂所结即台阴野矣。菀水东南入淇水。淇水右合宿胥故渎，渎受河于顿丘县遮害亭东，黎山西北。会淇水处，立石堰遏水，令更东北注。魏武开白沟，因宿胥故渎而加其功也。故苏代曰：决宿胥之口，魏无虚、顿丘。即指是渎也。淇水又东北流，谓之白沟，迳雍榆城南。《春秋》：襄公二十三年，叔孙豹救晋，次于雍榆者也。淇水又北迳其城东，东北迳同山东；又东北迳帝喾②冢西，世谓之顿丘台，非也。《皇览》曰：帝喾冢在东郡濮阳顿丘城南台阴野中者也。又北迳白祀山东，历广阳里，迳颛顼②冢西，俗谓之殷王陵，非也。《帝王世纪》曰：颛顼葬东郡顿丘城南，广阳里大冢者是也。淇水又北屈而西转，迳顿丘北。故阚骃云：顿丘在淇水南。《尔雅》曰：山一成谓之顿丘。《释名》谓一顿而成丘，无高下小大之杀也。《诗》所谓送子涉淇，至于顿丘者也。魏徙九原、西河、土军诸胡，置土军于丘侧，故其名亦曰土军也。又屈迳顿丘县故城西，《古文尚书》以为观地矣。盖太康弟五君之号曰五观者也。《竹书纪年》：晋定公三十一年，城顿丘。《皇览》曰：顿丘者，城门名顿丘道。世谓之殷，皆非也。盖因丘而为名，故曰顿丘矣。淇水东北迳枉人山东、牵城西。《春秋左传》：定公十四年，公会齐侯、卫侯于牵者也。杜预曰：黎阳东北有牵城。即此城矣。淇水又东北迳石柱冈，东北注矣。

**东过内黄县南为白沟，**

淇水又东北迳并阳城西，世谓之辟阳城，非也。即《郡国志》所谓内黄县有并阳聚者也。白沟又北，左合荡水。又东北流迳内黄县故城南。县右对黄泽。《郡国志》曰：县有黄泽者也。《地理风俗记》：陈留有外黄，故加内。《史记》曰：赵廉颇伐魏，取黄。即此县。

**屈从县东北，与洹水合。**

白沟自县北迳戏阳城东，世谓之羛②阳聚。《春秋》：昭公十年，晋荀盈如齐逆女，还，卒戏阳是也。白沟又北迳高城亭东，洹水从西南来注之。又北迳问亭东，即魏界也。魏县故城，应劭曰：魏武侯之别都也。城内有武侯台，王莽之魏城亭也。左与新河合，洹水枝流也。白沟又东北迳铜马城西，盖光武征铜马所筑也，故城得其名矣。白沟又东北迳罗勒城东；又东北，漳水注之，谓之利漕口。自下清漳、白沟、淇河，咸得通称也。

**又东北过馆陶县北，又东北过清渊县西，**

白沟水又东北迳赵城西，又北，阿难河出焉。盖魏将阿难所导，以利衡渎，遂有阿难之称矣。白沟又东北迳空陵城西；又北迳乔亭城西，东去馆陶县故城十五里。县即《春秋》所谓冠氏也，魏阳平郡治也。其水又屈迳其县北。又东北迳平恩县故城东。《地理风俗记》曰：县，故馆陶之别乡也。汉宣帝地节三年置，以封后父许伯为侯国。《地理志》，王莽之延平县矣。其水又东过清渊县故城西，又历县之西北为清渊，故县有清渊之名矣。世谓之鱼池城，非也。其水又东北迳榆阳城北，汉武帝封太常江德为侯国。文颖曰：邑在魏郡清渊，世谓之清渊城，非也。

**又东北过广宗县东，为清河。**

清河东北迳广宗县故城南。和帝永元五年，封皇太子万年为王国。田融言，赵立建兴郡于城内，置临清县于水东，自赵石始也。清河之右，有李云墓。云字行祖，甘陵人。好学，善阴阳，举孝廉，迁白马令。中常侍单超等立掖庭②民女亳氏为后，后家封者四人，赏赐巨万。云上书，移副三府曰：孔子云，帝者，谛⑤也。今尺一拜用，不经御省，是帝欲不谛乎？帝怒，下狱杀之。后冀州刺史贾琮使行部，过祠云墓，刻石表之，今石柱尚存，俗犹谓之李氏石柱。清河又东北迳界城亭东。水上有大梁，谓之界城桥。《英雄记》曰：公孙瓒击青州黄巾贼，大破之，还屯广宗。袁本初自往征瓒，合战于界桥南二十里。绍将麴②义破瓒于界城桥，斩瓒。冀州刺史严纲，又破瓒殿兵于桥上，即此梁也。世谓之鬲②城桥，盖传乎失实矣。清河又东北迳信乡西。

《地理风俗记》曰：甘陵西北十七里有信乡，故县也。清河又北迳信成县故城西。应劭曰：甘陵西北五十里有信成亭，故县也。赵置水东县于此城，故亦曰水东城。清河又东北迳清阳县故城西，汉高祖置清河郡，治此。景帝中三年，封皇子乘为王国，王莽之平河也。汉光武建武二年，西河鲜于冀为清河太守，作公廨⑧，未就而亡。后守赵高计功用二百万，五官黄秉、功曹刘适言四百万钱。于是冀乃鬼见，白日道从入府，与高及秉等对共计校，定为适、秉所割匿。冀乃书表自理。其略言：高贵不尚节；亩垄之夫，而箕踞遗类，研密失机，婢妾其性，媚世求显，偷窃很鄙，有辱天官。《易》讥负乘，诚高之谓。臣不胜鬼言，谨因千里驿闻，付高上之。便西北去三十里，车马皆灭，不复见。秉等皆伏地物故。高以状闻，诏下，还冀西河田宅妻子焉。兼为差代，以弭幽中之讼。汉桓帝建和三年，改清河为甘陵王国，以王妖言徙，其年立甘陵郡，治此焉。

**又东北过东武城县西，**

清河又东北迳陵乡西。应劭曰：东武城西南七十里有陵乡，故县也。后汉封太仆梁松为侯国，故世谓之梁侯城，遂立侯城县治也。清河又东北迳东武城县故城西。《史记》，赵公子胜，号平原君，以解邯郸之功，受封于此。定襄有武城，故加东矣。清河又东北迳复阳县故城西。汉高祖七年，封右司马陈胥为侯国，王莽更名之曰乐岁。《地理风俗记》曰：东武城西北三十里，有复阳亭，故县也。世名曰槛城，非也。清河又东北流迳枣强县故城西。《史记·建元以来王子侯者年表》云：汉武帝元朔二年，封广川惠王子晏为侯国也。应劭《地理风俗记》曰：东武城县西北五十里，有枣强城，故县也。

**又北过广川县东，**

清河北迳广川县故城南。阚骃曰：县中有长河为流，故曰广川也。水侧有羌垒，姚氏之故居也。今广川县治。清河又东北迳历县故城南。《地理志》，信都之属县也，王莽更名曰历宁也。应劭曰：广川县西北三十里，有历城亭，故县也。今亭在县东如北，水济尚谓之为历口渡也。

**又东过脩县南，又东北过东光县西，**

清河又东北，左有张甲屯绛故渎合，阻深堤高鄣，无复有水矣。又迳脩县故城南，屈迳其城东。脩音条，王莽更名之曰脩治。《郡国志》曰：故属信都。清河又东北，左与横漳枝津故渎合。又东北迳脩国故城东，汉文帝封周亚夫为侯国，故世谓之北脩城也。清河又东北迳邸阁城东。城临侧清河，晋脩县治。城内有县长鲁国孔明碑。清河又东，至东光县西，南迳胡苏亭。《地理志》，东光有胡苏亭者也。世谓之羌城，非也。又东北，右会大河故渎，又迳东光县故城西，后汉封耿纯为侯国。初平二年，黄巾三十万人入渤海，公孙瓒破之于东光界，追奔是水，斩首三万，流血丹水，即是水也。

**又东北过南皮县西，**

清河又东北，无棣沟出焉。东迳南皮县故城南，又东迳乐亭北，《地理志》之临乐县故城也，王莽更名乐亭。《晋书·地道志》、《太康地记》：乐陵国有新乐县，即此城矣。又东迳新乡城北。即《地理志》高乐故城也，王莽更之曰为乡矣。无棣沟又东分为二渎。无棣沟又东迳乐陵郡北。又东屈而北出，又东转，迳苑乡县故城南；又东南迳高成县故城南，与枝渎合。枝渎上承无棣沟，南迳乐陵郡西，又东南迳千童县故城东。《史记·建元以来王子侯者年表》曰：故重也，一作千钟。汉武帝元朔四年，封河间献王子刘阴为侯国。应劭曰：汉灵帝改曰饶安也，沧州治。枝渎又南东屈，东北注无棣沟。无棣沟又东北迳一故城北，世谓之功城也。又东北迳盐山东北入海。《春秋》：僖公四年，齐、楚之盟于召陵也。管仲曰：昔召康公赐命先君太公履，北至于无棣，盖四履之所也。京相璠曰：旧说无棣在辽西孤竹县。二说参差，未知所定。然管仲以责楚，无棣在此，方之为近。既世传已久，且以闻见书之。清河又东北迳南皮县故城西。《十三州志》曰：章武有北皮亭，故此曰南皮也。王莽之迎河亭。《史记·惠景侯者年表》云：汉景帝后七年，封孝文后兄子彭祖为侯国。建安中，魏武擒袁谭于此城也。清河又北迳北皮城东，左会滹沱别河故渎，谓之合口，城谓之合城也。《地理风俗记》曰：南皮城北五十里有北皮城，即是城矣。

**又东北过浮阳县西，**

清河东北流，浮水故渎出焉。按《史记》赵之南界，有浮水焉。浮水在南，而此有浮阳之称者，盖浮水出入津流，同逆混并，清漳二渎，河之旧道，浮水故迹，又自斯别，是县有浮阳之名也。首受清河于县界，东北迳高成县之苑乡城北；又东迳章武县之故城北。汉景帝后七年，封孝文后弟窦广国为侯国，王莽更名桓章。晋太始中，立章武郡，治此。浮水故渎，又东迳篋⑳山北。《魏土地记》曰：高成东北五十里有篋山，长七里。浮渎又东北迳柳县故城南。汉武帝元朔四年，封齐孝王子刘阳为侯国。《地理风俗记》曰：高成县东北五十里有柳亭，故县也。世谓之辟亭，非也。浮渎又东北迳汉武帝望海台，又东注于海。应劭曰：浮阳县，浮水所出，入海，朝夕往来日再。今沟无复有水也。清河又北分为二渎，枝分东出，又谓之浮渎。清河又北迳浮阳县故城西，王莽之浮城也。建武十五年，更封骁骑将军平乡侯刘歆为侯国。浮阳郡治。又东北，滹沱别渎注焉，谓之合口也。

**又东北过渉邑北，**

渉水出焉。

**又东北过乡邑南，**

清河又东分为二水，枝津右出焉。东迳汉武帝故台北。《魏土地记》曰：章武县东百里有武帝台。南北有二台，相去六十里，基高六十丈。俗云，汉武帝东巡海上所筑。又东注于海。清河又东北迳紵㉚姑邑南，俗谓之新城，非也。

**又东北过穷河邑南，**

清河又东北迳穷河邑南，俗谓之三女城，非也。东北至泉州县，北入滹沱。《水经》曰：笥沟东南至泉州县与清河合，自下为派河尾也。又东，泉州渠出焉。

**又东北过漂榆邑，入于海。**

清河又东迳漂榆邑故城南，俗谓之角飞城。《赵记》云：石勒使王述煮盐于角飞，即城异名矣。《魏土地记》曰：高城县东北百里，北尽漂榆，东临巨海，民咸煮海水，藉盐为业，即此城也。清河自是入于海。

**荡水出河内荡阴县西山东，**

荡水出县西石尚山，泉流迳其县故城南，县因水以取名也。晋伐成都王颖，败帝于是水之南。卢綝《四王起事》曰：惠帝征成都王颖，战败，时举辇司马八人，辇犹在肩上，军人竞就杀举辇者，乘舆顿地，帝伤三矢，百僚奔散，唯侍中嵇绍扶帝，士将兵之。帝曰：吾吏也，勿害之。众曰：受太弟命，惟不犯陛下一人耳。遂斩之，血汙帝袂。将洗之，帝曰：嵇侍中血，勿洗也。此则嵇延祖殒命之所。

**又东北至内黄县，入于黄泽。**

羑㉛水出荡阴西北韩大牛泉。《地理志》曰：县之西山，羑水所出也。羑水又东迳韩附壁北；又东流迳羑城北，故羑里也。《史记音义》曰：牖㉜里在荡阴县。《广雅》，牖，狱犴㉝也。夏曰夏台，殷曰羑里，周曰囹圄，皆圜土㉞也。昔殷纣纳崇侯虎之言，囚西伯于此。散宜生、南宫括见文王，乃演《易》用明否泰始终之义焉。羑城北，水积成渊，方十余步，深一丈余，东至内黄，与防水会。水出西山马头涧，东迳防城北，卢谌《征艰赋》所谓越防者也。其水东南流，注于羑水，又东历黄泽入荡水。《地理志》曰：姜水至内黄入荡者也。荡水又东，与长沙沟水合。其水导源黑山北谷，东流迳晋鄙故垒北，谓之晋鄙城，名之为魏将城。昔魏公子无忌矫夺晋鄙军于是处。故班叔皮《游居赋》曰：过荡阴而吊晋鄙，责公子之不臣者也。其水又东，谓之宜师沟。又东迳荡阴县南；又东迳枉人山；东北至内黄县，右入荡水，亦谓之黄雀沟。是水，秋夏则泛，春冬则耗。荡水又迳内黄城南，陈留有外黄，故称内也。东注白沟。

**洹水出上党泫氏县，**

水出洹山，山在长子县也。

**东过隆虑县北，**

县北有隆虑山，昔帛仲理之所游神也。县因山以取名。汉高帝六年，封周灶为侯国。应劭曰：殇帝曰隆，故改从林也。县有黄华水，出于神囷③之山黄华谷北崖上。山高十七里，水出木门带，带即山之第三级也，去地七里。悬水东南注壑，直泻岩下，状若鸡翘，故谓之鸡翘洪，盖亦天台、赤城之流也。其水东流至谷口，潜入地下，东北十里复出，名柳渚。渚周四五里，是黄华水重源再发也。东流，苇泉水注之。水出林虑山北泽中。东南流，与双泉合。水出鲁般门东，下流入苇泉水。苇泉水又东南流，注黄华水，谓之陵阳水。又东，入于洹水也。

**又东北出山，过邺县南，**

洹水出山，东迳殷墟北。《竹书纪年》曰：盘庚即位，自奄迁于北蒙曰殷。昔者项羽与章邯盟于此地矣。洹水又东，枝津出焉。东北流迳邺城南，谓之新河。又东，分为二水，一水北迳东明观下。昔慕容隽梦石虎齧其臂，寤而恶之，购求其尸，而莫之知。后宫嬖㊲妾言，虎葬东明观下。于是掘焉，下度三泉，得其棺，剖棺出尸，尸僵不腐。隽骂之曰：死胡，安敢梦生天子也！使御史中尉阳约数其罪而鞭之。此盖虎始葬处也。又北迳建春门石梁，不高大，治石工密。旧桥首夹建两石柱，螭㊲矩跌㊳勒甚佳。乘舆南幸，以其作制华妙，致之平城。东侧西阙，北对射堂。绿水平潭，碧林侧浦，可游憩矣。其水西迳魏武玄武故苑。苑旧有玄武池，以肆舟楫。有鱼梁钓台，竹木灌丛，今池林绝灭，略无遗迹矣。其水西流注于漳。南水东北迳女亭城北；又东北迳高陵城南；东合坰沟，又东迳鸐鹆陂；北与台陵水合。陂东西三十里，南北注白沟河。沟上承洹水，北绝新河，北迳高陵城东，又北迳斥丘县故城西。县南角有斥丘，盖因丘以氏县。故乾侯矣。《春秋经》书：昭公二十八年，公如晋，次于乾侯也。汉高帝六年，封唐厉为侯国，王莽之利丘矣。又屈迳其城北，东北流注于白沟。洹水自邺，东迳安阳县故城北。徐广《晋纪》曰：石遵自李城北入，斩张豺于安阳，是也。《魏土地记》曰：邺城南四十里，有安阳城，城北有洹水东流者也。洹水又东至长乐县，左则枝沟出焉。洹水又东迳长乐县故城南。按《晋书·地理志》曰：魏郡有长乐县也。

**又东过内黄县北，东入于白沟。**

洹水迳内黄县北，东流注于白沟，世谓之洹口也。许慎《说文》、吕忱《字林》并云：洹水出晋、鲁之间。昔声伯梦涉洹水，或与己琼瑰㊳而食之，泣而又为琼瑰，盈其怀矣。从而歌曰：济洹之水，赠我以琼瑰。归乎，归乎，琼瑰盈吾怀乎！后言之，之暮而卒。即是水也。

---

① 眭：suī，音虽。

② 筼筜（yún huáng）：竹林。

③ 遭忧服阕：意为因父母丧亡守孝三年期满后。

④ 遯（dùn）：音意同遁。

⑤ 褫（chǐ，音尺）：脱去，解下。

⑥骉（biāo，音标）：许多马跑的样子。

⑦薅：huò，音货。

⑧翳荟（yì huì）：草木茂盛的样子。

⑨鞮（dī，音低）：薄革小履。

⑩邘（yú，音于）：周朝国名。在今河南。

⑪武之穆也：意为"武王的后代子孙"。

⑫盉：hé，音河。

⑬崔嵬（cuī wéi）：高大。

⑭斯为不经矣：意为这真是胡说。

⑮礧砢：同"磊砢"，委积，众多的样子。

⑯菀：wǎn，音宛。

⑰斲（zhuó，音浊）：斩，削。

⑱情乏图状矣：意为难以描摹那奇幻的景象。

⑲隈（wēi）：山、水等弯曲的地方。

⑳旧石逗：意为用石头砌的旧水沟。

㉑嚳：kù，音库。

㉒颛顼（zhuān xū，音专需）：传说中的上古帝五名。

㉓荑（yì）阳：古地名，今河南内黄县。

㉔掖庭：指宫中的旁门。

㉕谛：意为审慎，仔细。

㉖麴：qū，音躯。

㉗鬲：gé，音革。

㉘廨（xiè，音谢）：官吏办事的地方。

㉙箧：qiè，音窃。

㉚纻：zhù，音住。

㉛羑：yǒu，音友。

㉜牖：yǒu，音友。

㉝犴（àn，音岸）：狱犴，牢狱之意。

㉞圜土：监狱。

㉟囷：qūn。

㊱嬖（bì，音毕）：受宠爱的人。

㊲螭（chī，音吃）：传说中的无角的龙。

㊳趺（fū，音夫）：碑下的石座。

㊴琼瑰：玉石。

# 水经注卷十

## 浊漳水　清漳水

**浊漳水出上党长子县西发鸠山，**

漳水出鹿谷山，与发鸠连麓而在南。《淮南子》谓之发苞山，故异名互见也。左则阳泉水注之，右则𣾰①盖水入焉。三源同出一山，但以南北为别耳。

**东过其县南，**

又东，尧水自西山东北流迳尧庙北；又东，迳长子县故城南，周史辛甲所封邑也。《春秋》：襄公十八年，晋人执卫行人石买于长子，即是县也。秦置上党郡，治此。其水东北流入漳水。漳水东会于梁水。梁水出南梁山，北流迳长子县故城南。《竹书纪年》曰：梁惠成王十二年，郑取屯留、尚子、涅，尚子，即长子之异名也。梁水又北入漳水。

**屈从县东北流，**

陶水南出陶乡，北流迳长子城东，西转迳其城北，东注于漳水。

**又东过壶关县北，又东北过屯留县南，**

漳水东迳屯留县南，又屈迳其城东，东北流，有绛水注之。水西出谷远县东发鸠之谷，谓之为滥水也。东迳屯留县故城南，故留吁国也。潞氏之属。《春秋》：襄公十八年，晋人执孙蒯于纯留是也。其水东北流，入于漳。故桑钦云：绛水出屯留西南，东入漳。漳水又东，涑②水注之。水西出发鸠山，东迳余吾县故城南，汉光武建武六年，封景丹子尚为侯国。涑水又东迳屯留县故城北。《竹书纪年》：梁惠成王元年，韩共侯、赵成侯迁晋桓公于屯留。《史记》，赵肃侯夺晋君端氏而徙居之此矣。其水又东流，注漳。故许慎曰：水出发鸠山入漳，从水，东声也。漳水又东北迳壶关县故城西，又迳其城北，故黎国也。有黎亭。县有壶口关，故曰壶关矣。吕后元年，立孝惠后宫子武为侯国。汉有壶关三老公乘兴上书讼卫太子，即邑人也。县在屯留东，不得先壶关而后屯留也。漳水历鹿台山与铜鞮水合。水出铜鞮县西北石磴山，东流与专池水合。水出八特山，东北流，入铜鞮水。铜鞮水又东南，合女谏水。水西北出好松山，东南流，北则莘池水与公主水合而右注之；南则榆交水与皇后水合而左入焉。乱流东南，注于铜鞮水。铜鞮水又东迳李憙③墓，墓前有碑，碑石破碎，故李氏以太和元年立之。其水又东迳故城北。城在山阜之上；下临岫壑；东、西、北三面阻袤二里，世谓之断梁城，即故县之上虒亭也。铜鞮水又东迳铜鞮县故城北，城在水南山中。晋大夫羊舌赤铜鞮伯华之邑也。汉高祖破韩王信于此县。铜鞮水又东南流迳顷城西，即县之下虒聚也。《地理志》曰：县有上虒亭、下虒聚者也。铜鞮水又南迳胡邑西；又东屈迳其城南，又东迳襄垣县入于漳。漳水又东北流迳襄垣县故城南，王莽之上党亭。

**潞县北，**

县，故赤翟潞子国也。其相丰舒，有俊才，而不以茂德。晋伯宗数其五罪，使荀林父灭之。阚骃曰：有潞水，为冀州浸，即漳水也。余按《燕书》，王猛与慕容评相遇于潞川也。评障锢山泉，鬻水与军，入绢匹水二石。无佗大川，可以为浸，所有巨浪长湍，惟漳水耳。故世人亦谓浊漳为潞水矣。县北对故台壁，漳水迳其南。本潞子所立也，世名之为台壁。慕容垂伐慕容永于长子，军次潞川。永率精兵拒战，阻河自固，垂阵台壁，一战破之，即是处也。漳水于是左合黄须水口。水出台壁西张讳岩下。世传岩赤则土罹兵害，故恶其变化无常，恒以石粉汙之令白，是以俗目之为张讳岩。其水南流迳台壁西，又南入于漳。漳水又东北，历望夫山，山之南有石人伫于山上，状有怀于云表，因以名焉。有涅水西出覆甑④山，而东流与西汤溪水合。水出涅县西山汤谷，五泉俱会，谓之五会之泉。交东南流，谓之西汤水；又东南流，注涅水。涅水又东迳涅县故城南，县氏涅水也。东与白鸡水合。水出县之西山，东迳其县北，东南流入涅水。涅水又东南，武乡水会焉。水源出武山西南，迳武乡县故城西，而南得清谷口。水源出东北长山清谷，西南与鞞䩤⑤、白璧二水合，南入武乡水。又南得黄水口。黄水三源，同注一壑，东南流，与隐室水合。水源西北出隐室山，东南注黄水，又东入武乡水。武乡水又东南，注于涅水，涅水又东南流，注于漳水。漳水又东迳磻阳城北，仓谷水入焉。水出林虑县之仓谷溪，东北迳鲁班门西。双阙昂藏，石壁霞举，左右结石修防，崇基仍存。北迳偏桥东，即林虑之嶕岭抱犊固也。石蹬西陛陟踵修上，五里余，崿⑥路中断，四五丈中，以木为偏桥，劣得通行，亦言故有偏桥之名矣。自上犹须攀萝扪葛，方乃自津山顶，即庾衮眩坠处也。仓谷溪水又北，合白木溪。溪水出壶关县东白木川，东迳百亩城北，尽同仇池百顷之称矣。又东迳林虑县之石门谷，又注于仓溪水。仓溪水又北，迳磻阳城东，而北流注于漳水。漳水又东迳葛公亭北而东注矣。

**又东过武安县，**

漳水于县东，清漳水自涉县东南来注之，世谓决入之所为交漳口也。

**又东出山，过邺县西。**

漳水又东迳三户峡，为三户津。张晏曰：三户，地名也，在梁期西南。孟康曰：津，峡名也，在邺西四十里。又东，汙水注之。水出武安县山，东南流迳汙城北。昔项羽与蒲将军、英布济自三户，破章邯于是水。汙水东注于漳水。漳水又东迳武城南，世谓之梁期城。梁期在邺北，俗亦谓之两期城，皆为非也。司马彪《郡国志》曰：邺县有武城，武城即期城矣。漳水又东北迳西门豹祠前。祠东侧有碑，隐起为字。祠堂东头石柱，勒铭曰：赵建武中所修也。魏文帝《述征赋》曰：羡西门之嘉迹，忽遥睇⑦其灵宇。漳水右与枝水合。其水上承漳水于邯会西，而东别与邯水合。水发源邯山东北，迳邯会县故城西，北注枝水，故曰邯会也。张晏曰：漳水之别，自城西南与邯山之水会。今城旁犹有沟渠存焉。汉武帝元朔二年，封赵敬肃王子刘仁为侯国。其水又东北入于漳。昔魏文侯以西门豹为邺令也，引漳水溉邺，民赖其用。其后至魏襄王，以史起为邺令，又堰漳水以灌邺田。咸成沃壤，百姓歌之。魏武王又堨漳水，回流东注。号天井堰。二十里中，作十二墱⑧，墱相去三百步，令互相灌注。一源分为十二流，皆悬水门。陆氏《邺中记》云：水所溉之处，名曰堰陵泽。故左思之赋魏都，谓墱流十二，同源异口者也。魏武之攻邺也，引漳水以围之。《献帝春秋》曰：司空邺城围，周四十里⑨，初浅而狭，如或可越。审配不出争利，望而笑之。司空一夜增修，广深二丈，引漳水以注之，遂拔邺。本齐桓公所置也，故《管子》曰：筑五鹿、中牟、邺以卫诸夏也。后属晋。魏文侯七年，始封此地，故曰魏也。汉高帝十二年，置魏郡，治邺县，王莽更名魏城。后分魏郡，置东、西部都尉，故曰三魏。魏武又以郡国之旧，引漳流自城西东入，迳铜雀台下，伏流入城东注，谓之长明沟也。渠水又南迳止车门下。魏武封于邺，为北宫，宫有文昌殿。沟水南北夹道，枝流引灌，所在通溉，东出石窦堰下，注之隍水。故魏武《登台赋》曰：引长明，灌街里。谓此渠也。石氏于文昌故殿处，造东、西太武二殿，于济北谷城之山，采文石为基。一基下五百武直宿卫。屈柱跌⑩瓦悉铸铜为之，金漆图饰焉。又徙长安、洛阳铜人，置诸宫前，以华国也。城之西北有三台，皆因城为之基，巍然崇举，其高若山。建安十五年魏武所起，平坦略尽。《春秋古地》云：葵丘，地名，今邺西三台是也。谓台已平，或更有见，意所未详。中曰铜雀台，高十丈，有屋百一间。台成，命诸子登之，并使为赋。陈思王下笔成章，美捷当时。亦魏武望奉常王叔治之处也。昔严才与其属攻掖门，修闻变，车马未至，便将官属步至宫门。太祖在铜雀台望见之，曰：彼来者必王叔治也。相国钟繇曰：旧京城有变，九卿各居其府，卿何来也？修曰：食其禄，焉避其难？居府虽旧，非赴难之义。时人以为美谈矣。石虎更增二丈，立一屋，连栋接榱①，弥覆其上，盘回隔之，名曰命子窟。又于屋上起五层楼，高十五丈，去地二十七丈；又作铜雀于楼巅，舒翼若飞。南则金虎台，高八丈，有屋百九间；北曰冰井台，亦高八丈，有屋百四十五间。上有冰室，室有数井。井深十五丈，藏冰及石墨焉。石墨可书，又燃之难尽，亦谓之石炭。又有粟窖及盐窖，以备不虞。今窖上犹有石铭存焉。左思《魏都赋》曰：三台列峙而峥嵘者也。城有七门：南曰凤阳门；中曰中阳门；次曰广阳门；东曰建春门；北曰广德门；次曰厩门；西曰金明门；一曰白门。凤阳门三台洞开，高三十五丈。石氏作层观架其上，置铜凤，头高一丈六尺。东城上，石氏立东明观，观上加金博山，谓之锵天。北城上有齐斗楼，超出群榭，孤高特立。其城东西七里，南北五里，饰表以砖，百步一楼。凡诸宫殿、门台、隅雉，皆加观榭。层甍反宇，飞檐拂云，图以丹青，色以轻素。当其全盛之时，去邺六七十里，远望苕亭，巍若仙居。魏因汉祚，复都洛阳，以谯为先人本国，许昌为汉之所居，长安为西京之遗迹，邺为王业之本基，故号五都也。今相州刺史及魏郡治。漳水自西门豹祠北迳赵阅马台西。基高五丈，列观其上。石虎每讲武于其下，升观以望之。虎自台上放鸣镝之矢，以为军骑出入之节矣。漳水又北迳祭陌西。战国之世，俗巫为河伯取妇，祭于此陌。魏文侯时，西门豹为邺令，约诸三老曰：为河伯娶妇，幸来告知，吾欲送女。皆曰：诺。至时，三老、廷掾、赋敛百姓，取钱百万。巫觋⑫行里中，有好女者，祝当为河伯妇。以钱三万聘女，沐浴脂粉如嫁状。豹往会之，三老、巫、掾与民咸集赴观。巫妪年七十，从十女弟子。豹呼妇视之，以为非妙，令巫妪入报河伯，投巫于河中。有顷，曰：何久也？又令三弟子及三老入白，并投于河。豹磬⑬折曰：三老不来，奈何？复欲使廷掾、豪长趣之，皆叩头流血，乞不为河伯取妇。淫祀虽断，地留祭陌之称焉。又慕容俊投石虎尸处也。田融以为紫陌也。赵建武十一年，造紫陌浮桥于水上。为佛图澄先造生墓于紫陌，建武十五年卒，十二月葬焉，即此处也。漳水又对赵氏临漳宫，宫在桑梓苑，多桑木，故苑有其名。三月三日及始蚕之月，虎帅皇后及夫人采桑于此。今地有遗桑，墉无尺雉矣。漳水又北，滏水入焉。漳水又东迳梁期城南。《地理风俗记》曰：邺北五十里有梁期城，故县也。汉武帝元鼎五年，封任破胡为侯国。晋惠帝永兴元年，骠骑王浚遣乌丸渴末迳至梁期。候骑到邺，成都王颖遣将军石超讨末，为末所败于此也。又迳平阳城北。《竹书纪年》曰：梁惠成王元年，邺师败邯郸师于平阳者也。司马彪《郡国志》曰：邺有平阳城。即此地也。

**又东过列人县南，**

漳水又东，右迳斥丘县北，即裴县故城南，王莽更名之曰即是也。《地理风俗记》曰：列人县西南六十里有即裴城，故县也。漳水又东北迳列人县故城南，王莽更名之为列治也。《竹书纪年》曰：梁惠成王八年，惠成王伐邯郸，取列人者也。于县右合白渠故渎。白渠水出魏郡武安县钦口山，东南流迳邯郸县南，又东与拘涧水合。水导源武始东山白渠，北俗犹谓是为拘河也。拘涧水又东，又有牛首水入焉。水出邯郸县西堵山，东流分为二水，洪湍双逝，澄映两川。汉景帝时，七国悖逆，命曲周侯郦寄攻赵，围邯郸，相捍七月，引牛首拘水灌城，城坏，王自杀。其水东入邯郸城，迳温明殿南。汉世祖擒王郎，幸邯郸，昼卧处也。其水又东迳丛台南。六国时，赵王之台也。《郡国志》曰：邯郸有丛台。故刘劭《赵都赋》曰：结云阁于南宇，立丛台于少阳者也。今遗基旧塘尚在。其水又东历邯郸阜，张晏所谓邯山在东城下者也。曰：单，尽也，城郭从邑，故加邑。邯郸之名，盖指此以立称矣。故赵郡治也。《长沙耆旧传》称，桓楷为赵郡太守，尝有遗囊粟于路者，行人挂囊粟于树，莫敢取之，即于是处也。其水又东流出城，又合成一川也。又东，澄而为渚；渚水东南流，注拘涧水。又东，入白渠；又东，故渎出焉。一水东为泽渚，曲梁县之鸡泽也。《国语》所谓鸡丘矣。东北通澄湖。白渠故渎南出，所在枝分，右出即邯沟也。历邯沟县故城东，盖因沟以氏县也。《地理风俗记》曰：即裴城，西北二十里有邯沟城，故县也。又东迳肥乡县故城北。《竹书纪年》曰：梁惠成王八年，伐邯郸取肥者也。《晋书·地道记》曰：太康中立，以隶广平也。渠道交迳，互相缠縻，与白渠同归，径列人，右会漳津，今无水。《地理志》曰：白渠东至列人入漳是也。

### 又东北过斥漳县南，

应劭曰：其国斥卤[14]，故曰斥漳。汉献帝建安十八年，魏太祖凿渠，引漳水东入清、洹，以通河漕，名曰利漕渠。漳津，故渎水断，旧溪东北出，涓流瀇[15]注而已。《尚书》所谓覃怀底绩[16]，至于衡漳者也。孔安国曰：衡，横也，言漳水横流也。又东北迳平恩县故城西。应劭曰：县，故馆陶之别乡，汉宣帝地节三年置，以封后父许伯为侯国，王莽更曰延平也。

### 又东北过曲周县东，又东北过巨鹿县东，

衡漳故渎，东北迳南曲县故城西。《地理志》，广平有南曲县。应劭曰：平恩县北四十里有南曲亭，故县也。又迳曲周县故城东。《地理志》曰：汉武帝建元四年置，王莽更名直周。余按《史记》，大将军郦商以高祖六年封曲周县为侯国。又考《汉书》同。是知曲周旧县，非始孝武。啸父，冀州人，在县市补履数十年，人奇其不老，求其术而不能得也。衡漳又北迳巨桥邸阁西。旧有大梁横水，故有巨桥之称。昔武王伐纣，发巨桥之粟，以赈殷之饥民。服虔曰：巨桥，仓名。许慎曰：巨鹿水之大桥也。今临侧水湄，左右方一二里，中状若丘墟，盖遗囷故窖处也。衡水又北迳巨鹿县故城东。应劭曰：鹿者，林之大者也。《尚书》曰：尧将禅舜，纳之大麓之野，烈风雷雨不迷，致之以昭华之玉，而县取目焉。路温舒，县之东里人。父为里监门，使温舒牧羊泽中，取蒲牒用写书，即此泽也。巨鹿郡治。秦始皇二十五年，灭赵以为巨鹿郡。汉景帝中元年为广平郡。武帝征和二年，以封赵敬肃王子为平干国。世祖中兴，更为巨鹿也。郑玄注《尚书》，引《地说》云：大河东北流，过绛水千里，至大陆，为地腹。如《志》之言，大陆在巨鹿。《地理志》曰：水在安平信都。巨鹿与信都，相去不容此数也。水土之名变易，世失其处，见降水则以为绛水，故依而废读，或作绛字，非也。今河内共北山，淇水出焉，东至魏郡黎阳入河，近所谓降水也。降读当如郦[17]降于齐师之降，盖周时国于此地者，恶言降，故改云共耳。又今河所从，去大陆远矣，馆陶北屯氏河，其故道与？余按郑玄据《尚书》，有东过洛汭，至于大伾；北过降水，至于大陆。推次言之，故以淇水为降水，共城为降城，所未详也。稽之群书，共县本共和之故国，是有共名，不因恶降而更称。禹著《山经》：淇出沮洳。《淇澳》、《卫诗》，列目又远，当非改绛革为今号。但是水导源共北山，玄欲成降义，故以淇水为降水耳。即如玄引《地说》，黎阳、巨鹿，非千里之迳，直信都于大陆者也。惟屯氏北出馆陶，事近之矣。按《地理志》云：绛水发源屯留，下乱漳津，是乃与漳俱得通称，故水流间关，所在著目，信都复见绛名，而东入于海。寻其川脉，无他殊渎，而衡漳旧道，与屯氏相乱，乃《书》有过降之文，与《地说》千里之志，即之途致，与《书》相邻。河之过降，当应此矣。下至大陆，不异《经》说。自宁迄于巨鹿，出于东北，皆为大陆。语之缠络，厥势眇矣。九河既播，八枝代绝。遗迹故称往往时存。故鬲、般列于东北，徒骇渎联漳、绛，同逆之状粗分，陂障之会犹在，按《经》考渎，自安故目矣。漳水又历经县故城西，水有故津，谓之薄落津。昔袁本初还自易京，上已届此，率其宾从，

禊[18]饮于斯津矣。衡漳又迳沙丘台东，纣所成也。在巨鹿故城东北七十里。赵武灵王与秦始皇并死于此矣。又迳铜马祠东，汉光武庙也。更始三年秋，光武追铜马于馆陶，大破之，遂降之。贼不自安，世祖令其归营，乃轻骑行其垒。贼乃相谓曰：萧王推赤心置人腹中，安得不投死乎？遂将降人分配诸将，众数十万人，故关西号世祖曰铜马帝也，祠取名焉。庙侧有碑，述河内脩武县张导，字景明，以建和三年为巨鹿太守[19]。漳津泛滥，土不稼穑，导披按地图，与丞彭参、掾马道嵩等，原其逆顺，揆其表里，修防排通，以正水路，功绩有成，民用嘉赖。题云：《漳河神坛碑》。而俗老耆儒，犹揭斯庙为铜马刘神寺。是碑顷因震裂，余半不可复识矣。又迳南宫县故城西。汉惠帝元年，以封张越人子买为侯国，王莽之序中也，其水与隅醴通为衡津。又有长芦淫水之名，绛水之称矣。今漳水既断，绛水非复缠络矣。又北，绛渎出焉，今无水。故渎东南迳九门城南；又东南迳南宫城北；又东南迳缭城县故城北。《十三州志》曰：经县东五十里，有缭城，故县也。左迳安城南，故信都之安城乡也。更始二年，和戎卒正邳彤与上会信都南安城乡，上大悦，即此处也。故渎又东北迳辟阳亭。汉高帝六年，封审食其为侯国，王莽之乐信也。《地理风俗记》曰：广川西南六十里，有辟阳亭，故县也。绛渎又北迳信都城东，散入泽渚，西至于信都城；东连于广川县之张甲故渎，同归于海。故《地理志》曰：《禹贡》，绛水在信都东入于海也。

**又北过堂阳县西，**

衡水自县分为二水，其一水北出，迳县故城西，世祖自信都以四千人先攻堂阳降水者也。水上有梁，谓之旅津渡，商旅所济故也。其右水东北注，出石门。门石崩褫，余基殆在，谓之长芦水，盖变引葭之名也。长芦水东迳堂阳县故城南。应劭曰：县在堂水之阳。《谷梁传》曰：水北为阳也。今于县故城南，更无别水，惟是水东出，可以当之。斯水盖包堂水之兼称矣。长迳水又东迳九门城北，故县也。又东迳扶柳县故城南。世祖建武三十年，封寇恂子损为侯国。又东屈，北迳信都县故城西，信都郡治也，汉高帝六年置。景帝中二年，为广川惠王越国。王莽更为新博，县曰新博亭。光武自蓟至信都是也。明帝永平十五年，更名乐成。安帝延光中，改曰安平。城内有汉冀州从事安平赵征碑，又有魏冀州刺史陈留丁绍碑，青龙三年立。城南有《献文帝南巡碑》。其水侧城北注，又北迳安阳城东；又北迳武阳城东。《十三州志》曰：扶柳县东北武阳城，故县也。又北为博广池，池多名蟹佳虾，岁贡王朝，以充膳府。又北迳下博县故城东，而北流注于衡水也。

**又东北过扶柳县北，又东北过信都县西，**

扶柳县故城在信都城西，衡水迳其西。县有扶泽，泽中多柳，故曰扶柳也。衡水又北迳昌城县故城西。《地理志》：信都有昌城县。汉武帝以封城阳顷王子刘差为侯国。阚骃曰：昌城本名阜城矣。应劭曰：堂阳县北三十里有昌城，故县也。世祖之下堂阳，昌城人刘植率宗亲子弟据邑以奉世祖是也。又迳西梁县故城东。《地理风俗记》曰：扶柳县西北五十里有西梁城，故县也。世以为五梁城，盖字状致谬耳。衡漳又东北迳桃县故城北。汉高祖十二年，封刘襄为侯国，王莽改之曰桓分也。合斯洨故渎。斯洨水首受大白渠，大白渠首受绵蔓水，绵蔓水上承桃水。水出乐平郡之上艾县，东流，世谓之桃水。东迳靖阳亭南，故关城也。又北流迳井陉关下，注泽发水，乱流东北迳常山蒲吾县西，而桃水出焉；南迳蒲吾县故城西，又东南流迳桑中县故城北，世谓之石勒城，盖赵氏增城之，故擅其目，俗又谓之高功城。《地理志》曰：侯国也。桃水又东南流迳绵蔓县故城北，王莽之绵延也。世祖建武二年，封郭况为侯国。自下通谓之绵蔓水。绵蔓水又东流迳乐阳县故城西，右合井陉山水。水出井陉山，世谓之鹿泉水，东北流，屈迳陈余垒西，俗谓之故壁城。昔在楚、汉，韩信东入，余拒之于此，不纳左车之计，悉众西战。信遣奇兵自间道出，立帜于其垒。师奔失据，遂死泜[20]上。其水又屈迳其垒南，又南迳城西，东注绵蔓水。绵蔓水又屈从城南，俗名曰临清城，非也。《地理志》曰：侯国矣。王莽更之曰畅苗者也。《东观汉记》曰：光武使邓禹发房子兵二千人，以铫期为偏将军，别攻真定、宋子余贼，拔乐阳、槁、肥垒者也。绵蔓水又东迳乌子堰，枝津出焉。又东谓之大白渠。《地理志》所谓首受绵蔓水者也。白渠水又东南迳关县故城北，《地理志》常山之属县也。又东为成郎河，水上有大梁，谓之成郎桥。又东迳耿乡南，世祖封前将军耿纯为侯国，世谓之宜安城。又东迳宋子县故城北，又谓之宋子河。汉高帝八年，封许瘛②为侯国，王莽更名宜子。昔高渐离击筑佣工，自此入秦。又东迳敬武县故城北。按《地理志》，巨鹿之属县也。汉元帝封女敬武公主为汤沐邑。阚骃《十三州记》曰：杨氏县北四十里有敬武亭，故县也。今其城实中，小邑耳。故俗名之曰敬武垒，即古邑也。白水渠又东，谓之斯洨水。《地理志》曰：大白渠东南至下曲阳入斯洨者也。东分为二水，枝津右出焉，东南流，谓之百尺沟。又东南迳和城北，世谓之初丘城，非也。汉高帝十一年，封郎中公孙昔为侯国。又东南迳贳城西。汉高帝六年，封吕博为侯国。百尺沟东南散流迳历乡东，而南入泜湖，东注衡水也。斯洨水自枝津东迳贳城北，又东，积而为陂，谓之阳縻渊。渊水左纳白渠枝水，俗谓之泜水。水承白渠于藁城县之乌子堰。又东迳肥累县之故城南，又东迳陈台南。台甚宽广，今上阳台屯居之。又东迳新丰城北。按《地理志》云：巨鹿有新市县，侯国也。王莽更之曰乐市，而无新丰之目，所未详矣。其水又东迳昔阳城南，世谓之曰直阳城，非也，本鼓聚矣。《春秋左传》：昭公十五年，晋荀吴帅师伐鲜虞，围鼓三月，鼓人请降。穆子曰：犹有食色，不许。军吏曰：获城而弗取，勤民而顿兵，何以事君？穆子曰：获一邑而教民怠，将焉用邑也？贾怠无卒，弃旧不祥。鼓人能事其君，我亦能事吾君。率义不爽，好恶不愆，城可获也。有死义而无二心，不亦可乎？鼓人告食竭力尽而后取之。克鼓而返，不戮一人，以鼓子鸢鞮归，既献而返之。鼓子又叛。荀吴略东阳，使师伪籴，负甲息于门外，袭而灭之，以鼓子鸢鞮归，使涉佗守之者也。《十三州志》曰：今其城，昔阳亭是矣。京相璠曰：白狄之别也。下曲阳有鼓聚，故鼓子国也。白渠枝水又东迳下曲阳城北；又迳安乡县故城南。《地理志》曰：侯国也。又东迳贳②县，入斯洨水。斯洨水又东迳西梁城南；又东北迳乐信县故城南。《地理志》：巨鹿属县，侯国也。又东入衡水。衡水又北为袁谭渡，盖谭自邺往还所由，故济得厥名。

**又东北过下博县之西，**

衡水又北迳邬县故城东。《竹书纪年》：梁惠成王三十年，秦封卫鞅于邬，改名曰商。即此是也。故王莽改曰秦聚也。《地理风俗记》曰：县北有邬阜，盖县氏之。又右迳下博县故城西，王莽改曰闰博。应劭曰：太山有博，故此加下。汉光武自滹沱南出，至此失道，不知所以。遇白衣老父曰：信都为长安守，去此八十里。世祖赴之，任光开门纳焉。汉氏中兴始基之矣。寻求老父不得，议者以为神。衡漳又东北历下博城西，逶迤东北注，谓之九绛。西迳乐乡县故城南，王莽更之曰乐丘也。又东，引葭水注之。

**又东北过阜城县北，又东北至昌亭，与滹沱河会。**

《经》叙阜城于下博之下，昌亭之上。考地非比，于事为同。勃海阜城又在东昌之东，故知非也。漳水又东北迳武邑郡南，魏所置也。又东迳武强县北；又东北迳武隧县故城南。按《史记》，秦破赵将扈辄于武隧，斩首十万，即于此处也。王莽更名桓隧矣。白马河注之。水上承滹沱，东迳乐乡县北、饶阳县南；又东南迳武邑郡北，而东入衡水，谓之交津口。衡漳又东迳武邑县故城北，王莽之顺桓也。晋武帝封子于县，以为王国，后分武邑、武隧、观津为武邑郡，治此。衡漳又东北，右合张平口故沟，上承武强渊。渊之西南，侧水有武强县故治，故渊得其名焉。《东观汉记》曰：光武拜王梁为大司空，以为侯国。耆宿云：邑人有行于途者，见一小蛇，疑其有灵，持而养之，名曰担生。长而吞噬人，里中患之，遂捕系狱。担生负而奔，邑沦为湖，县长及吏咸为鱼矣。今县治东北半里许落水。渊水又东南，结而为湖，又谓之郎君渊。耆宿又言：县沦之日，其子东奔，又陷于此，故渊得郎君之目矣。渊水北通，谓之石虎口；又东北为张平泽。泽水所泛，北决堤口，谓之张刀沟。北注衡漳，谓之张平口，亦曰张平沟。水溢则南注，水耗则辍流。衡漳又迳东昌县故城北。《经》所谓昌亭也，王莽之田昌也，俗名之曰东相，盖相、昌声韵合，故致兹误矣。西有昌城，故目是城为东昌矣。衡漳又东北，左会滹沱故渎，谓之合口。衡漳又东北，分为二川，当其水洪处，名之曰李聪涣。

**又东北至乐成陵县北别出，**

衡漳于县无别出之渎，出县北者，乃滹沱别水，分滹沱故渎之所缠络也。衡漳又东分为二水，左出为向氏口，渎水自此决入也。衡漳又东迳弓高县故城北。汉文帝封韩王信之子韩隤当为侯国，王莽之乐成亭也。衡漳又东北，右合柏梁溠㉓。水上承李聪涣，东北为柏梁溠，东迳蒲领县故城南。汉武帝元朔三年，封广川惠王子刘嘉为侯国。《地理风俗记》云：脩县西北八十里有蒲领乡，故县也。又东北，会桑社枝津；又东北迳弓高城北；又东注衡漳，谓之柏梁口。衡漳又东北，右会桑社沟。沟上承从陂，世称卢达从薄，亦谓之摩诃河。东南通清河，西北达衡水。春秋雨泛，观津城北方二十里，尽为泽薮，盖水所钟也。其渎迳观津县故城北，乐毅自燕降赵，封之于此邑，号望诸君。王莽之朔定亭也。又南屈，东迳窦氏青山南，侧堤东出。青山即汉文帝窦后父少翁冢也。少翁是县人，遭秦之乱，渔钓隐身，坠渊而死。景帝立，后遣使者填以葬父，起大坟于观津城东南，故民号曰青山也。又东迳董仲舒庙南。仲舒，广川人也。世犹谓之董府君祠，春秋祷祭不辍。旧沟又东迳脩市县故城北。汉宣帝本始四年，封清河纲王子刘寅为侯国。王莽更之曰居宁。俗谓之温城，非也。《地理风俗记》曰：脩县西北二十里有脩市城，故县也。又东会从陂。陂水南北十里，东西六十步，子午潭涨㉔，渊而不流，亦谓之桑社渊。从陂南出，夹堤东派，迳脩县故城北，东合清漳。漳泛则北注；泽盛则南播，津流上下，互相通连。从陂北出，东北分为二川：一川北迳弓高城西，而北注柏梁溠；一川东迳弓高城南。又东北，杨津沟水出焉。衡水东迳阜城县故城北、乐城县故城南，河间郡治。《地理志》曰：故赵也。汉文帝二年，别为国。应劭曰：在两河之间也。景帝九年㉕，封子德为河间王，是为献王。王莽更名郡曰朔定，县曰陆信。褚先生曰：汉宣帝地节三年，封大将军霍光兄子山为侯国也。章帝封子开于此；桓帝追尊祖父孝王开为孝穆王，以其邑奉山陵，故加陵曰乐成陵也。今城中有故池，方八十步。旧引衡水北入城注池。池北对层台，基隍荒芜，示存古意也。

**又东北过成平县南，**

衡漳又东迳建成县故城南。按《地理志》，故属勃海郡。褚先生曰：汉昭帝元凤三年，封丞相黄霸为侯国也。成平县故城在北，汉武帝元朔三年，封河间献王子刘礼为侯国，王莽之泽亭也。城南北相直。衡漳又东，右会杨津沟水。水自陂东迳阜城南。《地理志》：勃海有阜城县。王莽更名吾城者，非《经》所谓阜城也。建武十五年，世祖更封大司马王梁为侯国。杨津沟水又东北迳建成县，左入衡水，谓之杨津口。衡漳又东，左会滹沱别河故渎；又东北入清河，谓之合口。又迳南皮县之北皮亭，而东北迳浮阳县西，东北注也。

**又东北过章武县西，又东北过平舒县南，东入海。**

清漳迳章武县故城西，故渉邑也。枝渎出焉，谓之渉水。东北迳参户亭，分为二渎。应劭曰：平舒县西南五十里有参户亭，故县也。世谓之平虏城。枝水又东注，谓之蔡伏沟。又东积而为淀。一水迳亭北，又迳东平舒县故城南。代郡有平舒城，故加东。《地理志》：勃海之属县也。《魏土地记》曰：章武郡治。故世以为章武故城，非也。又东北分为二水：一右出为淀；一水北注滹沱，谓之渉口。清漳乱流，而东注于海。

**清漳水出上党沾县西北少山大要谷，南过县西，又从县南屈，**

《淮南子》曰：清漳出谒戾山。高诱云：山在沾县。今清漳出沾县故城东北，俗谓之沾山。后汉分沾县为乐平郡，治沾县。水出乐平郡沾县界。故《晋太康地记》曰：乐平县旧名沾县。汉之故县矣。其山亦曰鹿谷山。水出大要谷，南流迳沾县故城东，不历其西也。又南迳昔阳城。《左传》：昭公十二年，晋荀吴伪会齐师者，假道于鲜虞，遂入昔阳。杜预曰：乐平沾县东有昔阳城者是也。其水又南，得梁榆水口。水出梁榆城西大嵰山。水有二源：北水东南流，迳其城东南，注于南水；南水亦出西山，东迳文当城北，又东北迳梁榆城南，即阏与故城也。秦伐赵阏与，惠文王使赵奢救之。奢纳许历之说，破秦于阏与，谓此也。司马彪、袁山松《郡国志》并言涅县有阏与聚。卢谌《征艰赋》曰：访梁榆之虚郭，吊阏与之旧都。阚骃亦云：阏与，今梁榆城是也。汉高帝八年，封冯解散为侯国。其水左合北水，北水又东南入于清漳。清漳又东南，与辕[26]水相得。辕水出辕阳县西北辕山，南流迳辕阳县故城西南，东流至粟城，注于清漳也。

**东过涉县西，屈从县南，**

按《地理志》，魏郡之属县也。漳水于此有涉河之称，盖名因地变也。

**东至武安县南黍窖邑，入于浊漳。**

---

①繖（sǎn）：同“伞”。
②涷：dōng，音东。
③悪：xī，音西。
④甑：zèng，音赠。
⑤鞞鞛：bì běng。
⑥崿（è，音恶）：山崖。
⑦睇（dì，音弟）：斜着眼看。
⑧墱（dèng，音邓）：石级，自低处向高处的坡道。
⑨周四十里：原意为在周围掘壕长四十里。
⑩趺（fū）：同“跗”。
⑪榱（cuī，音催）：椽子。
⑫觋（xí，音习）：男巫师。
⑬謦（qǐng，音请）：借指笑谈。
⑭其国斥卤：意为那个地方是盐碱地。
⑮滵（mì，音密）：水浅少。
⑯覃怀底绩：意为覃怀这一带。
⑰郕（chéng，音成）：周朝国名，今在山东。
⑱禊（xì，音细）：古代于春秋两季在水边举行的一种祭礼。
⑲建和三年：应为“建安三年”。
⑳泜（zhī，音知）：水名，在河北。
㉑瘛：chì，音炽。
㉒贳：shì，音世。
㉓溠：zhà，音炸。
㉔子午潭涨：意为五月、十一月陂水升涨。
㉕九年：应为二年。
㉖辕：liáo，音辽。

# 水经注卷十一

## 易水　　滱①水

**易水出涿郡故安县阎乡西山，**

易水出西山宽中谷，东迳五大夫城南。昔北平侯王谭，不从王莽之政，子兴，生五子，并避时乱，隐居此山。故其旧居，世以为五大夫城，即此。岳《赞》云：五王在中，庞葛连续者也。易水又东，左与子庄溪水合。水北出子庄关，南流迳五公城西，屈迳其城南。五公，即王兴之五子也。光武即帝位，封为五侯：元才，北平侯；益才，安憙侯；显才，蒲阴侯；仲才，新市侯；季才，为唐侯，所谓中山五王也。俗又以五公名居矣。二城并广一里许，俱在冈阜之上，上斜而下方。其水东南入于易水。易水又东，右会女思谷水。水出西南女思涧，东北流注于易，谓之三会口。易水又东届关门城西南，即燕之长城门也。与樊石山水合。水源西出广昌县之樊石山，东流迳覆釜山下，东流注于易水。易水又东历燕之长城，又东迳渐离城南，盖太子丹馆高渐离处也；易水又东迳武阳城南，盖易自宽中历武夫关东出，是兼武水之称，故燕之下都，擅武阳之名。左得濡水枝津故渎。武阳大城东南小城，即故安县之故城也。汉文帝封丞相申屠嘉为侯国。城东西二里，南北一里半。高诱云：易水迳故安城南城外东流。即斯水也。诱是涿人，事经明证。今水被城东南隅。世又谓易水为故安河。武阳盖燕昭王之所城也。东西二十里，南北十七里。故傅逮《述游赋》曰：出北蓟，历良乡，登金台，观武阳，两城辽廓，旧迹冥芒。盖谓是处也。易水东流而出于范阳。

**东过范阳县南，又东过容城县南，**

易水迳范阳县故城南。秦末，张耳、陈余为陈胜略地燕、赵，命蒯通说之，范阳先下，是也。汉景帝中二年，封匈奴降王代为侯国，王莽之顺阴也。昔慕容垂之为范阳也，戍之，即斯。意欲图还上京，阻于行旅，造次不获，遂中。易水又东与濡水合。水出故安县西北穷独山南谷，东流与源泉水合。水发北溪，东南流注濡水。濡水又东南迳樊於期馆西，是其授首于荆轲处也。濡水又东南流迳荆轲馆北。昔燕丹纳田生之言，尊轲上卿，馆之于此。二馆之城，洞曲泉清，山高林茂，风烟披薄，触可栖情；方外之士，尚凭依旧居，取畅林木。濡水又东迳武阳城西北。旧堨濡水枝流南入城，迳柏冢西。冢垣城侧，即水塘也。四周茔域深广，有若城焉。其水侧有数陵，坟高壮，望若青丘，询之古老，访之史籍，并无文证。以私情求之，当是燕都之前故坟也。或言燕之坟茔，斯不然矣。其水之故渎南出，屈而东转，又分为二渎。一水迳故安城西，侧城南注易水。夹塘崇峻，邃岸高深。左右百步，有二钓台，参差交峙，迢递相望，更为佳观矣。其一水东出注金台陂，陂东西六七里，南北五里，侧陂西北有钓台，高丈余，方可四十步。陂北十余步有金台，台上东西八十许步，南北如减。北有小金台，台北有兰马台，并悉高数丈，秀峙相对，翼台左右，水流径通，长庑②广宇周旋被浦。栋堵咸论，柱础尚存，是其基构，可得而寻。访诸耆旧，咸言昭王礼宾，广延方士，至如郭隗、乐毅之徒；邹衍、剧辛之俦③，宦游历说之民，自远而届者多矣。不欲令诸侯之客伺隙燕邦，故修连下都，馆之南垂。言燕昭创之于前，子丹踵之于后。故雕墙败馆，尚传镌刻之石，虽无经记可凭，察其古迹，似符宿传矣。濡水自堰又东迳紫池堡西，屈而北流。又有浑塘沟水注之。水出遒县西白马山南溪中，东南流入濡水。濡水又东，至塞口，古累石堰水处也。濡水旧枝分南入城东大陂。陂方四里，今无水。陂内有泉，渊而不流，际池北侧，俗谓圣女泉。濡水又东，得白杨水口。水出遒县西山白杨岭下，东南流入濡水，时人谓之虎眼泉也。濡水东合檀水。水出遒县西北檀山西南，南流与石泉水会。水出石泉固东南隅，水广二十许步，深三丈。固在众山之内，平川之中，四周绝涧阻水，八丈有余；石高五丈，石上赤土，又高一匹，壁立直上，广四十五步。水之不周者，路不容轨，仅通人马，谓之石泉固。固上宿有白杨寺，是白杨山神也。寺侧林木交荫，丛柯隐景，沙门释法澄建刹于其上，更为思玄之胜处也。其水南流注于檀水，故俗有并沟之称焉。其水又东南流历故安县北，而南注濡水。濡水又东南流，于容城县西北、大利亭东南合易水而注巨马水也。故《地理志》曰：故安县阎乡，易水所出，至范阳入濡水。阚骃亦言是矣；又曰：濡水合渠。许慎曰：濡水入涞。涞、渠二号，即巨马之异名。然二易俱出一乡，同入濡水，南濡。北易至涿郡范阳县会北濡，又并乱流入涞，是则易水与诸水，互摄通称。东迳容城县故城北，浑涛东注，至勃海平舒县与易水合。阚骃曰：涿郡西界代之易水。而是水出代郡广昌县东南、郎山东北燕王仙台东。台有三峰，甚为崇峻，腾云冠峰，高霞翼岭，岫壑冲深，含烟罩雾。耆旧言：燕昭王求仙处。其东谓之石虎冈。范晔《汉书》云：中山简王焉之穸④也。厚其葬，采涿郡山石，以树坟茔。陵隧碑兽，并出此山，有所遗二石虎，后人因以名冈。山之东麓即泉源所导也。《经》所谓阎乡西山。其水东流，有慜水南会，浑波同注，俗谓之为雹河。司马彪《郡国志》曰：雹水出故安县。世祖令耿况击故安西山贼吴耐蠡，符雹上十余营，皆破之，即是水者也。易水又东迳孔山北。山下有钟乳穴，穴出佳乳，采者篝火寻沙，入穴里许，渡一水，潜流通注，其深可涉。于中众穴奇分，令出入者疑迷，不知所趣；每于疑路，必有历记，返者乃寻孔以自达矣。上又有大孔，豁达洞开，故以孔山为名也。其水又东迳西故安城南，即阎乡城也。历送荆陉北。耆旧云：燕丹饯荆轲于此，因而名焉。世代已远，非所详也。遗名旧传，不容不诠，庶广后人传闻之听。易水又东流，屈迳长城西；又东流，南迳武隧县南、新城县北。《史记》曰：赵将李牧伐燕，取武隧、方城是也。俗又谓是水为武隧津。津北对长城门，谓之汾门。《史记·赵世家》云：孝成王十九年，赵与燕易土，以龙兑、汾门与燕；燕以葛城、武阳与赵，即此也。亦曰汾水门，又谓之梁门矣。易水东分为梁门陂。易水又东，梁门陂水注之。水上承易水于梁门，东入长城，东北入陂。陂水北接范阳陂，陂在范阳城西十里，方十五里，俗亦谓之为盐台陂。陂水南通梁门淀，方三里。淀水东南流，出长城注易，谓之范水。易水自下有范水通目。又东迳范阳县故城南，即应劭所谓范水之阳也。易水又东迳樊舆县故城北。汉武帝元朔五年，封中山靖王刘条为侯国，王莽更名握符矣。《地理风俗记》曰：北新城县东二十里，有樊舆亭，故县也。易水又东迳容城故城南。汉高帝六年，封赵将夜于深泽；景帝中三年，以封匈奴降王唯徐卢于容城，皆为侯国。王莽更名深泽也。易水又东，垩水注之。水上承二陂于容城县东南，谓之大垩淀、小垩淀，其水南流注易水，谓之垩洞口。水侧有浑垩城，易水迳其南，东合滱水。故桑钦曰：易水出北新城西北，东入滱。自下滱、易互受通称矣。易水又东迳易京南。汉末，公孙瓒害刘虞于蓟下。时童谣云：燕南垂，赵北际，惟有此中可避世。瓒以易地当之，故自蓟徙临易水，谓之易京城，在易城西四五里。赵建武四年，石虎自辽西南达易京，以京障至固，令二万人废坏之。今者，城壁夷平，其楼基尚存，犹高一匹余。基上有井，世名易京楼，即瓒所保也。故瓒与子书云：袁氏之攻，状若鬼神，冲梯舞于楼上，鼓角鸣于地中。即此楼也。易水又东迳易县故城南。昔燕文公徙易，即此城也。阚骃称：太子丹遣荆轲刺秦王，与宾客知谋者祖道于易水上。《燕丹子》称：荆轲入秦，太子与知谋者，皆素衣冠送之于易水之上。荆轲起为寿，歌曰：风萧萧兮易水寒，壮士一去兮不复还！高渐离击筑，宋如意和之。为壮声，士发皆冲冠；为哀声，士皆流涕，疑于此也。余按遗传旧迹，多在武阳，似不饯此也。汉景帝中三年，封匈奴降王仆黜⑤为侯国也。

**又东过安次县南，**

易水迳县南、郗⑥县故城北，东至文安县与滹沱合。《史记》：苏秦曰：燕长城以北，易水以南，正谓此水也。是以班固、阚骃之徒，咸以斯水谓之南易。

**又东过泉州县南，东入于海。**

《经》书水之所历，沿次注海也。

**滱水出代郡灵丘县高氏山，**

即沤夷之水也。出县西北高氏山。《山海经》曰：高氏之山，滱水出焉，东流注于河者也。其水东南流，山上有石铭。题言：冀州北界。故世谓之石铭陉也。其水又南迳侯塘，川名也。又东合温泉水。水出西北暄谷，其水温热若汤，能愈百疾，故世谓之温泉焉。东南流迳兴豆亭北，亭在南原上，敧⑦倾而不正，故世以敧城目之。水自原东南注于滱。滱水又东，莎泉水注之，水导源莎泉南流，水侧有莎泉亭，东南入于滱水。滱又东迳灵丘县故城南。应劭曰：赵武灵王葬其东南二十里，故县氏之。县，古属代，汉灵帝光和元年，中山相臧旻上请别属也。瓒注《地理志》曰：灵丘之号，在武灵王之前矣。又按司马迁《史记》，赵敬侯九年，败齐于灵丘。则名不因武灵王事，如瓒《注》。滱水自县南流入峡，谓之隘门，设隘于峡，以讥禁行旅。历南山，高峰隐天，深溪埒⑧谷。其水沿涧西转，迳御射台南。台在北阜上，台南有御射石碑。南则秀嶂分霄，层崖刺天。积石之峻，壁立直上。车驾沿溯，每出是所游艺焉。滱水西流，又南转东屈，迳北海王详之石碣南、御射碑石柱北，而南流也。

**东南过广昌县南，**

滱水东迳嘉牙川，有一水南来注之。水出恒山北麓，稚川三合，迳嘉牙亭东而北流，注于滱水。水之北，山行即广昌县界。滱水又东迳倒马关。关山险隘，最为深峭势均。诗人高冈之病良马；傅险之困行轩；故关受其名焉。关水出西南长溪下，东北历关注滱。滱水南山上起御坐于松园，建祇洹于东圃；东北二面，岫嶂高深，霞峰隐日，水望澄明，渊无潜甲。行李所迳，鲜不徘徊忘返矣。

**又东南过中山上曲阳县北，恒水从西来注之。**

滱水自倒马关南流，与大岭水合。水出山西南大岭下，东北流出峡，峡右山侧有祇洹精庐，飞陆陵山，丹盘虹梁，长津泛澜，萦带其下，东北流注于滱。滱水又屈而东合两岭溪水。水出恒山北阜，东北流历两岭间。北岭虽层陵云举，犹不若南峦峭秀。自水南步远峰，石磴透迤，沿途九曲。历睥诸山，咸为劣矣。抑亦羊肠、邛崃之类者也。齐宋通和，路出其间。其水东北流，注于滱水。又东，左合悬水。水出山原岫盘谷，轻湍浚下，分石飞悬，一匹有余，直灌山际，白波奋流，自成潭渚。其水东南流，扬湍注于滱。滱水又东流，历鸿山，世谓是处为鸿头，疑即《晋书·地道记》所谓鸿上关者也。关尉治北平而画塞于望都东北。去北平不远，兼县土所极也。滱水于是左汭鸿上水，水出西北近溪，东南流注于滱水也。

**又东过唐县南，**

滱水又东迳左人城南。应劭曰：左人城在唐县西北四十里。县有雹水，亦或谓之为唐水也。水出中山城之西如北。城内有小山，在城西侧而锐上若委粟焉。疑即《地道记》所云，望都县有委粟关也。俗以山在邑中，故亦谓之中山城，以城中有唐水，因复谓之为广唐城也。《中山记》以为中人城，又以为鼓聚，殊为乖谬矣。言城中有山，故曰中山也。中山郡治。京相璠曰：今中山望都东二十里，有故中人城。望都城东有一城，名尧姑城，本无中人之传，璠或以为中人，所未详也。《中山记》所言中人者，城东去望都故城十余里，二十里则减，但苦其不东。观夫异说咸为爽矣。今此城于卢奴城北如西六十里。城之西北，泉源所导，西迳郎山北。郎、唐音读近，实兼唐水之传。西流历左人亭，注滱水。滱水又东，左会一水。水出中山城北郎阜下，亦谓之唐水也。然于城非在西，俗又名之为酆水，又兼二名焉。西南流入滱，并所未详，盖传疑耳。滱水又东，恒水从西来注之。自下滱水兼纳恒川之通称焉。即《禹贡》所谓恒、卫既从也。**滱水又东**，右苞马溺水。水出上曲阳城东北马溺山，东北流迳伏亭。《晋书·地道记》曰：望都县有马溺关。《中山记》曰：八渡、马溺，是山曲要害之地，二关势接，疑斯城即是关尉宿治。异目之来，非所详矣。马溺水又东流注于滱。滱水又东迳中人亭南。《春秋左传》：昭公十三年，晋荀吴率师侵鲜虞，及中人，大获而归者也。滱水又东迳京丘北，世谓之京陵，南对汉中山顷王陵。滱水北对君子岸，岸上有哀王子宪王陵，坎下有泉源积水，亦曰泉上岸。滱水又东迳白土北，南即靖王子康王陵，三坟并列者是。滱水又东迳乐羊城北。《史记》称，魏文侯使乐羊灭中山，盖其故城中山所造也，故城得其名。滱水又东迳唐县故城南。此二城俱在滱水之阳，故曰滱水迳其南。城西又有一水，导源县之西北平地，泉涌而出，俗亦谓之为唐水也。东流至唐城西北隅，竭而为湖，俗谓之唐池。莲荷被水，嬉游多萃其上，信为胜处也。其水南入小沟，下注滱水，自上历下，通禅唐川之兼称焉。应劭《地理风俗记》曰：唐县西四十里得中人亭。今于此城取中人乡，则四十也。唐水在西北入滱，与应符合。又言尧山者在南，则无山以拟之，为非也。阚骃《十三州志》曰：中山治卢奴，唐县故城在国北七十五里。骃所说北则非也。《史记》曰：帝喾氏没，帝尧氏作，始封于唐。望都县在南，今此城南对卢奴故城，自外无城以应之。考古知今，事义全违。俗名望都故城则八十许里，距中山城则七十里，验途推邑，宜为唐城。城北去尧山五里，与七十五里之说相符。然则俗谓之都山，即是尧山，在唐东北望都界。皇甫谧曰：尧山一名豆山。今山于城北如东，崭绝孤峙，虎牙桀立。山南有尧庙，是即尧所登之山者也。《地理志》曰：尧山在南。今考此城之南，又无山以应之。是故先后论者，咸以《地理记》之说为失。又即俗说，以唐城为望都城者，自北无城以拟之。假复有之，途程纡远，山河之状全乖古证，传为疏罔。是城西北，豆山西足有一泉源，东北流迳豆山下，合苏水，乱流转注东入滱。是岂唐水乎？所未详也。又于是城之南如东十余里，有一城，俗谓之高昌县城，或望都之故城也。县在唐南。皇甫谧曰：相去五十里。稽诸城地，犹十五里，盖书误耳。此城之东，有山孤峙，世以山不连陵，名之曰孤山。孤、都声相近，疑即所谓都山也。《帝王世纪》曰：尧母庆都所居，故县目曰望都。张晏曰：尧山在北，尧母庆都山在南，登尧山见都山，故望都县以为名也。唐亦中山城也为武公之国，周同姓。周之衰也，国有赤狄之难，齐桓霸诸侯，疆理邑土，遣管仲攘戎狄，筑城以固之。其后，桓公不恤国政。周王问太史余曰：今之诸侯，孰先亡乎？对曰：天生民而令有别，所以异禽兽也。今中山淫昏康乐，逞欲无度，其先亡矣。后二年果灭。魏文侯以封太子击也。汉高祖立中山郡，景帝三年为王国，王莽之常山也。魏皇始二年，破中山，立安州；天兴三年，改曰定州，治水南卢奴县之故城。昔耿伯昭归世祖于此处也。滱水之右，卢水注之。水上承城内黑水池。《地理志》曰：卢水出北平，疑为疏阔；阚骃、应劭之徒，咸亦言是矣。余按卢奴城内西北隅有水，渊而不流，南北百步，东西百余步，水色正黑，俗名曰黑水池。或云，水黑曰卢，不流曰奴，故此城藉水以取名矣。池水东北际水有汉中山王故宫处，台殿观榭，皆上国之制，简王尊贵，壮丽有加。始筑两宫，开四门，穿北城，累石为窦，通池流于城中，造鱼池、钓台、戏马之观。岁久颓毁，遗基尚存，今悉加土，为利刹灵图。池之四周，居民骈比。填编⑨秽陋，而泉源不绝。暨赵石建武七年，遣北中郎将始筑小城，兴起北榭，立宫造殿。后燕因其故宫，建都中山。小城之南，更筑隔城，兴复宫观。今府榭犹传故制。自汉及燕，池水迳石窦，石窦既毁，池道亦绝，水潜流出城，潭积微涨，涓水东北注于滱。滱水又东迳汉哀王陵北，冢有二坟，故世谓之两女陵，非也。哀王是靖王之孙、康王之子也。滱水又东，右会长星沟。沟出上曲阳县西北长星渚。渚水东流，又合洛光水。水出洛光沟，东入长星水，乱流东迳恒山下庙北。汉末丧乱，山道不通。此旧有下阶神殿，中世以来岁书法族焉⑩。晋、魏改有东西二庙，庙前有碑阙，坛场列柏焉。其水又东迳上曲阳县故城北，本岳牧朝宿之邑也。古者，天子巡狩，常以岁十一月至于北岳，侯、伯皆有汤沐邑以自斋洁。周昭王南征不还，巡狩礼废，邑郭仍存。秦罢井田，因以立县。城在山曲之阳，是曰曲阳，有下，故此为上矣。王莽之常山亭也。又东南流，胡泉水注之。水首受胡泉，迳上曲阳县南，又东迳平乐亭北，左会长星川，东南迳卢奴城南。又东北，川渠之左，有张氏墓冢，有汉上谷太守议郎张平仲碑，光和中立。川渠又东北合滱水。水有穷通，不常津注。

**又东过安憙县南，**

县，故安险也。其地临险，有井、涂之难。汉武帝元朔五年，封中山靖王子刘应为侯国；王莽更名宁险；汉章帝改曰安憙。《中山记》曰：县在唐水之曲，山高岸险，故曰安险；邑丰民安，改曰安憙。秦氏建元中，唐水泛涨，高岸崩颓，城角之下，有大积木，交横如梁柱焉。后燕之初，此木尚在，未知所从。余考记稽疑，盖城地当初，山水济荡，漂沦巨筏，皁积于斯，沙息壤加，渐以成地。板筑既兴，物固能久耳。滱水又东迳乡城北，旧卢奴之乡也。《中山记》曰：卢奴有三乡，斯其一焉，后隶安憙。城郭南有汉明帝时孝子王立碑。

**又东过安国县北，**

滱水历县东，分为二水。一水枝分，东南流迳解渎亭南。汉顺帝阳嘉元年，封河间孝王子淑于解渎亭，为侯国。孙宏，即灵帝也。又东南迳任丘城南，又东南迳安郭亭南。汉武帝元朔五年，封中山靖王子刘传富为侯国。其水又东南流，入于滹沱。滱水又东北流迳解渎亭北，而东北注。

**又东过博陵县南，**

滱水东北迳蠡吾县故城南。《地理风俗记》曰：县，故饶阳之下乡者也。自河间分属博陵。汉安帝元初七年，封河间王开子翼为都乡侯；顺帝永建五年更为侯国也。又东北迳博陵县故城南，即古陆成。汉武帝元朔二年，封中山靖王子刘贞为侯国者也。《地理风俗记》曰：博陵县，《史记》蠡吾故县矣。汉质帝本初元年，继孝冲为帝，追尊父翼陵曰博陵，因以为县，又置郡焉。汉末，罢还安平。晋太始年复为郡，今谓是城为野城。滱水又东北迳侯世县故城南；又东北迳陵阳亭东；又北，左会博水。水出望都县，东南流迳其县故城南，王莽更名曰顺调矣。又东南，潜入地下；博水又东南循渎，重源涌发，东南迳三梁亭南，疑即古勺梁也。《竹书纪年》曰：燕人伐赵，围浊鹿，赵武灵王及代人救浊鹿，败燕师于勺梁者也。今广昌东岭之东有山，俗名之曰浊鹿逻。城地不远，土势相邻，以此推之，或近是矣，所未详也。博水又东南迳谷梁亭南；又东迳阳城县，散为泽渚。渚水潴涨，方广数里，匪直蒲笋是丰，实亦偏饶菱藕。至若娈婉丱童⑪，及弱年崽子，或单舟采菱，或叠舸折芰。长歌阳春，爱深绿水，掇拾者不言疲，谣咏者自流响；于是行旅过瞩，亦有慰于羁望矣。世谓之为阳城淀也。阳城县故城近在西北，故陂得其名焉。《郡国志》曰：蒲阴县有阳城者也。今城在县东南三十里。其水又伏流循渎，屈清梁亭西北，重源又发。博水又东迳白堤亭南；又东迳广望县故城北。汉武帝元朔二年，封中山靖王子刘忠为侯国。又东合堀沟。沟上承清梁陂。又北迳清凉城东，即将梁也。汉武帝元朔二年，封中山靖王子刘朝平为侯国。其水东北入博水。博水又东北，左则濡水注之。水出蒲阴县西昌安郭南。《中山记》

曰：郭东有舜氏甘泉，有舜及二妃祠。稽诸传记，无闻此处，世代云远，异说之来，于是乎在矣。其水自源东，迳其县故城南，枉渚回湄，率多曲复，亦谓之为曲逆水也。张晏曰：濡水于城北曲而西流，是受此名。故县亦因水名而氏曲逆矣。《春秋左传》：哀公四年，齐国夏伐晋，取曲逆是也。汉高帝击韩王信，自代过曲逆，上其城，望室宇甚多，曰：壮哉！吾行天下，惟洛阳与是耳。诏以封陈平为曲逆侯。王莽更名顺平。濡水又东与苏水合。水出县西南近山，东北流迳尧姑亭南，又东迳其县入濡。濡水又东得蒲水口。水出西北蒲阳山，西南流，积水成渊，东西百步，南北百余步，深而不测。蒲水又东南流，水侧有古神祠，世谓之为百祠，亦曰蒲上祠，所未详也。又南迳阳安亭东。《晋书·地道记》曰：蒲阴县有阳安关，盖阳安关都尉治。世俗名斯川为阳安圹⑫。蒲水又东南历圹，迳阳安关下，名关皋为唐头坂。出关北流，又东流迳夏屋故城，实中险绝。《竹书纪年》曰：魏殷臣、赵公孙裒⑬伐燕，还取夏屋，城曲逆者也。其城东侧，因阿仍墉⑭，筑一城，世谓之寡妇城。贾复从光武追铜马、五幡于北平所作也。世俗音转，故有是名矣。其水又东南流迳蒲阴县故城北。《地理志》曰：城在蒲水之阴。汉章帝章和二年，行巡北岳，以曲逆名不善，因山水之名，改曰蒲阴焉。水右合鱼水。水出北平县西南鱼山，山石若巨鱼，水发其下，故世俗以物色名川。又东流注于蒲水，又东入濡。故《地理志》曰：蒲水、苏水，并从县东入濡水。又东北迳乐城南，又东入博水，自下博水亦兼濡水通称矣。《春秋》：昭公七年，齐与燕盟于濡上。杜预曰：濡水出高阳县东北，至河间鄚县入易水，是濡水与滱沱、滱、易，互举通称矣。博水又东北，徐水注之。水西出广昌县东南大岭下，世谓之广昌岭。岭高四十余里，二十里中，委折五回，方得达其上岭，故岭有五回之名。下望层山，盛若蚁蛭，实兼孤山之称，亦峻竦也。徐水三源奇发，齐泻一涧，东流北转迳东山下。水西有御射碑；徐水又北流西屈，迳南崖下，水阴又有一碑；徐水又随山南转，迳东崖下，水际又有一碑。凡此三铭，皆翼对层峦，岩障深高，壁立霞峙。石文云：皇帝以太延元年十二月，车驾东巡，迳五回之险邃。览崇岸之竦峙，乃停驾路侧，援弓而射之，飞矢逾于岩山，刊石用赞元功。夹碑并有层台二所，即御射处也。碑阴皆列树碑官名。徐水东北屈迳郎山，又屈迳其山南，众岑竞举，若竖鸟翅，立石崭岩，亦如剑杪⑮，极地险之崇峭。汉武之世，戾太子以巫蛊出奔，其子远遁斯山，故世有郎山之名。山南有郎山君碑，事具其文。徐水又迳郎山君中子触锋将军庙南。庙前有碑，晋惠帝永康元年八月十四日壬寅，发诏锡君父子法祠其碑。刘曜光初七年，前顿丘太守郎宣、北平太守阳平邑振等，共修旧碑，刻石树颂焉。徐水又迳北平县县界，有汉熹平四年幽、冀二州以戊子诏书，遣冀州从事王球、幽州从事张昭，郡县分境，立石标界，具揭石文矣。徐水又东南流，历石门中，世俗谓之龙门也。其山上合下开，开处高六丈，飞水历其间南出，乘崖倾涧，泄注七丈有余，济荡之音，奇为壮猛。触石成井，水深不测，素波自激，涛襄四陆，瞰之者惊神，临之者骇魄矣。东南出山迳其城中，有故碑，是太白君碑，郎山君之元子也。其水又东流，汉光武追铜马、五幡于北平，破之于顺水北，乘胜追北，为其所败。短兵相接，光武自投崖下，遇突骑王丰，于是授马退保范阳。顺水盖徐州之别名也。徐水又东迳蒲城北；又东迳清苑城；又东南与卢水合。水出蒲城西，俗谓之泉头水也。《地理志》曰：北平县有卢水，即是水也。东迳其城，又东南，左入徐水。《地理志》曰：东至高阳入博，今不能也。徐水又东，左合曹水，水出西北朔宁县曹河泽，东南流，左合岐山之水。水出岐山，东迳邢安城北，又东南入曹河。曹水又东南迳北新城县故城南，王莽之朔平县也。曹水又东，入于徐水。徐水又东南迳故城北，俗谓之祭隅城，所未详也。徐水又东注博水。《地理志》曰：徐水出北平东至高阳，入于博，又东入滱。《地理志》曰：博水自望都东至高阳，入于滱是也。

又东北入于易。

滱水又东北迳依城北，世谓之依城河。《地说》无依城之名，即古葛城也。《郡国志》曰：高阳有葛城，燕以与赵者也。滱水又东北迳阿陵县故城东，王莽之阿陆也。建武二年，更封左将军任光为侯国。滱水东北至长城，注于易水者也。

①滱（kòu，音扣）水：古水名，即唐河。
②庑（wǔ，音五）：正房对面和两侧的小屋子。
③俦（chóu，音仇）：等、辈，同类。
④窆（biǎn，音扁）：埋葬。
⑤騧（dá，音达）：白而有黑。
⑥鄚〔mào，音冒（旧读 mò）〕：地名，在河北。
⑦敧（qī，音欺）：倾侧不平。
⑧埒（liè，音烈）：指矮墙、田埂、堤防等。
⑨褊（biǎn，音贬）：狭小，狭隘。
⑩岁书法族焉：意为每年都在这里祭祀。
⑪娈婉丱童：娈（luán），相貌美；丱（guàn），儿童束发成两角的样子。意为扎着双丫角的可爱儿童。
⑫圹：kuàng，音况。
⑬裒：póu，音抔。
⑭因阿仍塘：意为利用曲折的地势和城墙。
⑮杪（miǎo，音秒）：树梢。

# 水经注卷十二

## 圣水　巨马水

**圣水出上谷，**

故燕地，秦始皇二十三年置上谷郡。王隐《晋书·地道志》曰：郡在谷之头，故因以上谷名焉。王莽更名朔调也。水出郡之西南圣水谷，东南流迳大防岭之东首。山下有石穴，东北洞开，高广四五丈，入穴转更崇深，穴中有水。耆旧传言，昔有沙门释惠弥者，好精物隐，尝篝火寻之。傍水入穴，三里有余，穴分为二：一穴殊小，西北出，不知趣诣；一穴西南出，入穴经五六日方还，又不测穷深。其水夏冷冬温。春秋有白鱼出穴，数日而返，人有采捕食者，美珍常味，盖亦丙穴嘉鱼之类也。是水东北流入圣水。圣水又东迳玉石山，谓之玉石口。山多珉玉、燕石，故以玉石名之。其水伏流里余，潜源东出。又东，颓波泻涧，一丈有余，屈而南流也。

**东过良乡县南，**

圣水南流，历县西转，又南迳良乡县故城西，王莽之广阳也。有防水注之。水出县西北大防山南，而东南流迳羊头阜下，俗谓之羊头溪。其水又东南流至县，东入圣水。圣水又南，与乐水合。水出县西北大防山南，东南流，历县西，而东南流注圣水。圣水又东迳其县故城南，又东迳圣聚南，盖藉水而怀称也。又东与侠河合，水出良乡县西甘泉原东谷，东迳西乡县故城北，王莽之移风也，世谓之都乡城。按《地理志》，涿郡有西乡县，而无都乡城，盖世传之非也。又东迳良乡城南，又东北注圣水，世谓之侠活河，又名之曰非理之沟也。

**又东过阳乡县北，**

圣水自涿县东与桃水合。水首受涞水，于徐城东南、良乡西分垣水，世谓之南沙沟，即桃水也。东迳遒县北，又东迳涿县故城下与涿水合，世以为涿水，又亦谓之桃水。出涿县故城西南奇沟东八里大坎下，数泉同发，东迳桃仁墟北，或曰因水以名墟，则是桃水也；或曰终仁之故居，非桃仁也。余按《地理志》，桃水上承涞水，此水所发，不与《志》同，谓终为是。又东北与乐堆泉合，水出堆东，东南流注于涿水。涿水又东北迳涿县故城西，注于桃。应劭曰：涿郡，故燕，汉高帝六年置，其南有涿水，郡盖氏焉。阚骃亦言是矣。今于涿城南无水以应之，所有惟西南有是水矣。应劭又云：涿水出上谷涿鹿县。余按涿水自涿鹿东注漯水。漯水东南迳广阳郡，与涿郡分水。汉高祖六年，分燕置涿郡。涿之为名，当受涿水通称矣，故郡、县氏之。但物理潜通，所在分发，故在匈奴为涿耶水。山川阻阔，并无沿注之理，所在受名者，皆是经隐显相关，遥情受用。以此推之，事或近矣，而非所安也。桃水又东迳涿县故城北，王莽更名垣翰。晋太始元年，改曰范阳郡。今郡理涿县故城。城内东北角有晋康王碑，城东有范阳王司马虓[1]庙碑。桃水又东北，与垣水会。水上承涞水，于良乡县分桃水，世谓之北沙沟。故应劭曰：垣水出良乡，东迳垣县故城北。《史记音义》曰：河间有武垣县，涿有垣县。汉景帝中三年，封匈奴降王赐为侯国，王莽之垣翰亭矣。世谓之顷城，非也。又东迳顷，亦地名也，故有顷上言，世名之顷前河。又东，洛水注之。水上承鸣泽渚，渚方十五里。汉武帝元封四年行幸鸣泽者也。服虔曰：泽名，在遒县北界，即此泽矣。西则独树水注之。水出遒县北山，东入渚。北有甘泉水注之。水出良乡西山，东南迳西乡城西，而南注鸣泽渚。渚水东出为洛水，又东迳西乡城南；又东迳垣县而南入垣水。垣水又东，迳涿县北，东流注于桃。故应劭曰：垣水东入桃。阚骃曰：至阳乡注之。今按经脉而不能届也。桃水东迳阳乡，东注圣水。圣水又东，广阳水注之。水出小广阳西山，东迳广阳县故城北，又东，福禄水注焉。水出西山，东南迳广阳县故城南，东入广阳水，乱流东南，至阳乡县，右注圣水。圣水又东南，迳阳乡城西，不径其北矣。县，故涿之阳亭也。《地理风俗记》曰：涿县东五十里有阳乡亭，后分为县。王莽时，更名章武，即长乡县也。按《太康地记》，涿有长乡而无阳乡矣。圣水又东迳长兴城南；又东迳方城县故城北，李牧伐燕，取方城是也。魏封刘放为侯国。圣水又东，左会白祀沟。沟水出广阳县之娄城东，东南流，左合娄城水。水出平地，导源东南流，右注白祀水，乱流东南迳常道城西。故乡亭也。西去长乡城四十里，魏少帝璜甘露三年所封也。又东南入圣水。圣水又东南迳韩城东。《诗·韩奕》章曰：溥彼韩城，燕师所完。王锡韩侯，其追其貊[2]，奄受北国。郑玄曰：周封韩侯，居韩城，为侯伯，言为獩夷所逼，稍稍东迁也。王肃曰：今涿郡方城县有韩侯城，世谓之寒号城，非也。圣水又东南流，右会清淀水。水发西淀，东流注圣水，谓之刘公口也。

**又东过安次县南，东入于海。**

圣水又东迳勃海安次县故城南。汉灵帝中平三年，封荆州刺史王敏为侯国。又东南流，注于巨马河而不达于海也。

**巨马河出代郡广昌县涞山，**

即涞水也，有二源，俱发涞山。东迳广昌县故城南，王莽之广屏矣。魏封乐进为侯国。涞水又东北迳西射鱼城东南而东北流；又迳东射鱼城南；又屈迳其城东。《竹书纪年》曰：荀瑶伐中山取穷鱼之丘。穷（窮）、射字相类，疑即此城也，所未详矣。涞水又迳三女亭西；又迳楼亭北，左属白涧溪。水有二源，合注一川。川石皓然，望同积雪，故以物色受名。其水又东北流，谓之石槽水，伏流地下，溢则通津委注，谓之白涧口。涞水又东北，桑谷水注之。水南发桑溪，北注涞水。涞水又北迳小黄③东；又东迳大黄南，盖霍原隐居教授处也。徐广云：原隐居广阳山，教授数千人，为王浚所害。虽千古世悬，犹表二黄之称，既无碑颂，竟不知定谁居也。涞水又东北历紫石溪口，与紫水合。水北出圣人城北大亘下，东南流，左会磊砢溪水，盖山崩委涧，积石沦陲，故溪涧受其名矣。水出东北，西南流注紫石溪水，紫石溪水又迳圣人城东，又东南，右会檐车水，水出檐车硎④，东南流迳圣人城南，南流注紫石水，又南注于涞水。涞水又东南迳榆城南，又屈迳其城东，谓之榆城河。涞水又南迳藏刀山下，层岩壁立，直上干霄，远望崖侧，有若积刀，镮镮相比，咸悉西首。涞水东迳徐城北，故渎出焉，世谓之沙沟水。又东，督亢沟出焉。一水东南流，即督亢沟也；一水西南出，即涞水之故渎矣。水盛则长津宏注，水耗则通波潜伏，重源显于迺县，则旧川矣。

**东过迺县北，**

涞水上承故渎于县北垂，重源再发，结为长潭。潭广百许步，长数百步，左右翼带湍流，控引众水，自成渊渚。长川漫下十许里，东南流迳迺县故城东。汉景帝中三年，以封匈奴降王隆疆为侯国，王莽更名迺屏也。谓之巨马河，亦曰渠水也。又东南流，袁本初遣别将崔巨业攻固安不下，退还，公孙瓒追击之于巨马水，死者六七千人。即此水也。又东南迳范阳县故城北，易水注之。

**又东南过容城县北，**

巨马水又东，郦亭沟水注之。水上承督亢沟水于迺县东，东南流历紫渊东。余六世祖乐浪府君，自涿之先贤乡爰宅其阴，西带巨川，东翼兹水，枝流津通，缠络墟圃，匪直田渔之赡可怀⑤，信为游神之胜处也。其水东南流，又名之为郦亭沟。其水又西南转，历大利亭，南入巨马水。又东迳容城县故城北。又东，督亢沟水注之。水上承涞水于涞谷，引之则长津委注，遏之则微川辍流，水德含和，变通在我。东南流迳迺县北；又东迳涿县郦亭楼桑里南，即刘备之旧里也。又东迳督亢泽，泽苞方城县，县故属广阳，后隶于涿。《郡国志》曰：县有督亢亭。孙畅之《述画》有督亢地图，言燕太子丹使荆轲赍入秦，秦王杀轲，图亦绝灭。地理书《上古圣贤冢地记》曰：督亢地在涿郡。今故安县南有督亢陌，幽州南界也。《风俗通》曰沆，漭也。言乎淫淫漭漭⑥，无涯际也。沆，泽之无水，斥卤之谓也。其水自泽枝分，东迳涿县故城南，又东迳汉侍中卢植墓南，又东，散为泽渚，督亢泽也。北屈注于桃水。督亢水又南，谓之白沟水，南迳广阳亭西，而南合枝沟。沟水西受巨马河，东出为枝沟；又东注白沟，白沟又南入于巨马河。巨马河又东南迳临乡县，护淀水右注之。水上承护陂于临乡县故城西，东南迳临乡城南。汉封广阳顷王子云为侯国。《地理风俗记》曰：方城南十里有临乡城，故县也。淀水又东南迳益昌县故城西南入巨马水。巨马水东迳益昌县故城南，汉封广阳顷王子婴为侯国，王莽之有秩也。《地理风俗记》曰：方城县东八十里有益昌城，故县也。又东，八丈沟水注之。水出安次县东北平地，东南迳安次城东，东南迳泉州县故城西，又南，右合滹沱河枯沟。沟自安次西北，东迳常道城东、安次县故城西，晋司空刘琨所守，以拒石勒也。又东南至泉州县西南，东入八丈沟，又南入巨马河，乱流东注也。

**又东过勃海东平舒县北，东入于海。**

《地理志》曰：涞水东南至容城入于河。河，即濡水也。盖互以明会矣⑦。巨马水于平舒城北，南入于滹沱，而同归于海也。

①虓：xiāo，音肖。

②貊（mò，音漠）：我国古代称东北方的民族。

③黉（hóng，音红）：古代的学校。

④硎：xíng，音刑。

⑤匪直田渔之赡可怀：意为不但有鱼米之富令人怀想。

⑥淫淫洴洴：意为烟波浩淼无边无际的样子。

⑦互以明会矣：意为两水相互汇合。

# 水经注卷十三

## 㶟　水①

**㶟水出雁门阴馆县，东北过代郡桑干县南，**

㶟水出于累头山，一曰治水。泉发于山侧，沿波历涧，东北流，出山，迳阴馆县故城西。县，故楼烦乡也，汉景帝后三年置，王莽更名富臧矣。魏皇兴三年，齐平，徙其民于县，立平齐郡。㶟水又东北流，左会桑干水。县西北上平，洪源七轮，谓之桑干泉，即㶟②洵水者也。耆老云：其水潜通，承太原汾阳县北燕京山之大池。池在山原之上，世谓之天池，方里余。澄渟镜净，潭而不流，若安定朝那之湫渊也。清水流潭，皎焉冲照，池中尝无斥草，及其风簙③有沦，辄有小鸟翠色投渊衔出，若会稽之耘鸟也。其水阳燋④不耗，阴霖不滥，无能测其渊深也。古老相传言，尝有人乘车于池侧，忽过大风，飘之于水，有人获其轮于桑干泉，故知二水潜流通注矣。池东隔阜，又有一石池，方可五六十步，清深镜洁，不异大池。桑干水自源东南流，右会马邑川水，水出马邑西川，俗谓之磨川矣。盖狄语音讹，马、磨声相近故尔。其水东迳马邑县故城南。干宝《搜神记》曰：昔秦人筑城于武州塞内以备胡，城将成而崩者数矣。有马驰走一地，周旋反覆。父老异之，因依以筑城，城乃不崩，遂名之为马邑。或以为代之马城也。诸记纷竞，未识所是。汉以斯邑封韩王信，后为匈奴所围，信遂降之。王莽更名之曰章昭。其水东注桑干水。桑干水又东南流，水南有故城，东北临河；又东南，右合㶟水，乱流，枝水南分。桑干水又东，左合武州塞水。水出故城，东南流出山，迳日没城南。盖夕阳西颓，戎车所薄之城故也。东有日中城，城东又有早起城，亦曰食时城，在黄瓜阜北曲中。其水又东流，右注桑干水。桑干水又东南迳黄瓜阜曲西；又屈迳其堆南。徐广曰：猗卢废嫡子曰利孙于黄瓜堆者也。又东，右合枝津。枝津上承桑干河，东南流迳桑干郡北。大魏因水以立郡，受厥称焉。又东北，左合夏屋山水。水南出夏屋山之东溪，西北流迳故城北，所未详也。又西北入桑干枝水。桑干枝水又东流，长津委浪，通结两湖；东湖西浦，渊潭相接，水至清深。晨凫夕雁，泛滥其上；黛甲素鳞，潜跃其下。俯仰池潭，意深鱼鸟，所寡惟良木耳。俗谓之南池，池北对泜⑤陶县之故城，故曰南池也。南池水又东北注桑干水，为㶟水，自下并受通称矣。㶟水又东北迳石亭西。盖皇魏天赐三年之所经建也。㶟水又东北迳白狼堆南。魏烈祖道武皇帝于是遇白狼之瑞，故斯阜纳称焉。阜上有故宫庙，楼榭基雉尚崇，每至鹰隼之秋，羽猎之日，肆阅清野，为升眺之逸地矣。㶟水又东流四十九里；东迳巨魏亭北；又东，崞川水注之。水南出崞县故城南，王莽之崞张也。县南面玄岳，右背崞山，处二山之中，故以崞张为名矣。其水又西出山，谓之崞口。北流迳繁畤县故城东，王莽之当要也。又北迳巨魏亭东；又北迳剧阳县故城西，王莽之善阳也。按《十三州志》曰：在阴馆县东北一百三里。其水又东注于灅水。灅水又东迳班氏县南，如浑水注之。水出凉城旋鸿县西南五十余里，东流迳故城南，北俗谓之独谷孤城，水亦即名焉。东合旋鸿池水。水出旋鸿县东山下，水积成池。北引鱼水。水出鱼溪，南流注池。池水吐纳川流，以成巨沼，东西二里，南北四里。北对凉川城之南池，池方五十里，俗名乞伏袁池。虽隔越山阜，鸟道不远，云霞之间常有……西南流迳旋鸿县南，右合如浑水，是总二水之名矣。如浑水又东南流迳永固县。县以太和中因山堂之目以氏县也。右会羊水。水出平城县之西苑外武州塞，北出东转，迳燕昌城南。按《燕书》，建兴十年，慕容垂自河西还，军败于参合，死者六万人。十一年，垂众北至参合，见积骸如山，设祭吊之礼，死者父兄皆号泣，六军哀恸。垂渐愤呕血，因而寝疾焉。舆[6]过平城北四十里，疾笃，筑燕昌城而还，即此城也，北俗谓之老公城。羊水又东注于如浑水，乱流迳方山南。岭上有文明太皇太后陵，陵之东北有高祖陵。二陵之南有永固堂，堂之四周，隔雉列，榭、阶、栏槛，及扉户、梁壁、椽瓦，悉文石也。檐前四柱，采洛阳之八风谷黑石为之，雕镂隐起，以金银间云矩，有若锦焉。堂之内外四侧结两石趺，张青石屏风，以文石为缘，并隐起忠孝之容，题刻贞顺之名。庙前镌石为碑、兽，碑石至佳。左右列柏，四周迷禽暗日。院外西侧有思远灵图，图之西有斋堂，南门表二石阙，阙下斩山累结御路。下望灵泉宫池，皎若圆镜矣。如浑水又南至灵泉池，枝津东南注池，池东西百步，南北二百步。池渚旧名白杨泉，泉上有白杨树，因以名焉，其犹长杨、五柞之流称矣。南面旧京，北背方岭，左右山原，亭观绣峙，方湖反景，若三山之倒水下。如浑水又南迳北宫下，旧宫人作薄[7]所在。如浑水又南分为二水。一水西出，南屈入北苑中，历诸池沼。又南迳虎圈东，魏太平真君五年，成之以牢虎也。季秋之月，圣上亲御圈上，敕虎士效力于其下，事同奔戎，生制猛兽，即《诗》所谓袒裼[8]暴虎，献于公所也。故魏有《捍虎图》也。又迳平城西郭内，魏太常七年所城也[9]。城周西郭外有郊天坛，坛之东侧有郊天碑，建兴四年立。其水又南屈迳平城县故城南。《史记》曰：高帝先至平城。《史记音义》曰：在雁门，即此县矣。王莽之平顺也。魏天兴二年，迁都于此。太和十六年，破安昌诸殿，造太极殿、东西堂及朝堂，夹建象魏、乾元、中阳、端门、东西二掖门、云龙、神虎、中华诸门，皆饰以观阁。东堂东接太和殿，殿之东阶下有一碑，太和中立，石是洛阳八风谷之缁石也。太和殿之东北接紫宫寺，南对承贤门，门南即皇信堂。堂之四周，图古圣、忠臣、烈士之容，刊题其侧，是辩章郎彭城张僧达、乐安蒋少游笔。堂南对白台。台甚高广，台基四周列壁，阁道自内而升。国之图箓秘籍，悉积其下。台西即朱明阁，直侍之官出入所由也。其水夹御路南流迳蓬台西。魏神瑞三年又建白楼，楼甚高竦，加观榭于其上，表里饰以石粉，皜曜建素，赭白绮分，故世谓之白楼也。后置大鼓于其上，晨昏伐以千椎，为城、里诸门启闭之候，谓之戒晨鼓也。又南迳皇舅寺西，是太师昌黎王冯晋国所造。有五层浮图，其神图像，皆合青石为之，加以金、银、火齐，众彩之上，炜炜有精光。又南迳永宁七级浮图西，其制甚妙，工在寡双。又南远出郊郭，弱柳荫街，丝杨被浦，公私引裂，用周园溉，长塘曲池，所在布濩，故不可得而论也。一水南迳白登山西。服虔曰：白登，台名也，去平城七里。如淳曰：平城旁之高城，若丘陵矣。今平城东十七里有台，即白登台也。台南对冈阜，即白登山也。故《汉书》称上遂至平城，上白登者也，为匈奴所围处。孙畅之《述画》曰：汉高祖被围七日，陈平使能画作美女，送与冒顿阏氏，恐冒顿胜汉，其宠必衰，说冒顿解围于此矣。其水又迳宁先宫东。献文帝之为太上皇所居故宫矣。宫之东次，下有两石柱，是石虎邺城东门石桥柱也。按柱勒赵建武中造，以其石作工妙，徙之于此。余为尚书祠部，与宜都王穆罴同拜北郊，亲所经见。柱侧悉镂云矩，上作蟠螭，甚有形势，信为工巧，去

《子丹碑》则远矣。其水又南迳平城县故城东，司州代尹治。皇都洛阳以为恒州。水左有大道坛庙，始光二年，少室道士寇谦之所议建也。兼诸岳庙碑，亦多所署立。其庙阶三成，四周栏槛，上阶之上以木为圆基，令互相枝梧，以版砌其上，栏陛承阿。上圆，制如明堂；而专室四户，室内有神坐，坐右列玉磬。皇舆亲降，受箓⑩灵坛，号曰天师。宣扬道式，暂重当时。坛之东北，旧有静轮宫，魏神㿟⑪四年造，抑亦柏梁之流也。台榭高广，超出云间，欲令上延霄客，下绝嚣浮。太平真君十一年，又毁之。物不停固，白登亦继褫矣。水右有三层浮图，真容鹫架⑫，悉结石也。装制丽质，亦尽美善也。东郭外，太和中阉人宕昌公钳耳庆时立祇洹舍于东皋，椽瓦梁栋，台壁櫺⑬陛，尊容圣像，及床坐轩账，悉青石也。图制可观，所恨维列壁合石，疏而不密。庭中有祇洹碑，碑题大篆，非佳耳。然京邑帝里，佛法丰盛，神图妙塔，桀跱相望，法轮东转，兹为上矣。其水自北苑南出，历京城内。河干两湄，太和十年，累石结岸。夹塘之上，杂树交荫。郭南结两石桥，横水为梁。又南迳藉田及药圃西、明堂东。明堂上圆下方，四周十二堂九室，而不为重隅也。室外柱内，绮井之下，施机轮，饰缥碧，仰象天状，画北道之宿焉，盖天也。每月随斗所建之辰，转应天道，此之异古也。加灵台于其上，下则引水为辟雍⑭。水侧结石为塘，事准古制，是太和中之所经建也。如浑水又南与武州川水会。水出县西南山下，二源翼导，俱发一山。东北流，合成一川，北流迳武州县故城西，王莽之桓州也。又东北，右合黄水。水西出黄阜下，东北流，圣山之水注焉。水出西山，东流注于黄水。黄水又东注武州川；又东历故亭北，右合火山西溪水。水导源火山，西北流，山上有火井，南北六七十步，广减尺许，源深不见底，炎势上升，常若微雷发响。以草爨⑮之，则烟腾火发。东方朔《神异传》云：南方有火山焉，长四十里，广四五里，其中皆生不烬之木，昼夜火燃，得雨猛风不灭。火中有鼠，重百斤，毛长二尺余，细如丝，色白，时时出外，以水逐而沃之则死。取其毛，绩以为布，谓之火浣布。是山亦其类也，但卉物则不能然。其山以火从地中出，故亦名荧台矣。火井东五六尺，又东有汤井，广轮与火井相状，热势又同，以草内之则不燃，皆沾濡露结，故俗以汤井为目。井东有火井祠，以时祀祭焉。井北百余步，有东西谷，广十许步。南崖下有风穴，厥大容人，其深不测，而穴中肃肃常有微风，虽三伏盛暑，犹须袭裘；寒吹陵人，不可暂停。而其山出雏乌，形类雅乌，纯黑而姣好，音与之同，缋采绀发⑯，觜若丹砂。性驯良而易附，丱童幼子捕而执之。赤觜乌，亦曰阿雏乌。按《小尔雅》，纯黑反哺，谓之慈乌；小而腹下白，不反哺者谓之雅乌；白脰⑰而群飞者，谓之燕乌；大而白脰者，谓之苍乌。《尔雅》曰：鸒斯⑱，卑居也。孙炎曰：卑居，楚乌。犍为舍人以为壁居。《说文》谓之雅。雅，楚乌。《庄子》曰：雅，贾矣。马融亦曰：贾，乌也。又按《瑞应图》，有三足乌、赤乌、白乌之名，而无记于此乌，故书其异耳。自恒山已北，并有此矣。其水又东北流，注武州川水。武州川水又东南流，水侧有石祇洹舍并诸窟室，比丘尼所居也。其水又东转迳灵岩南，凿石开山，因岩结构，真容巨壮，世法所希。山堂水殿，烟寺相望；林渊锦镜，缀目新眺。川水又东南流出山。《魏土地记》曰：平城西三十里，武州塞口者也。自山口枝渠东出入苑，溉诸园池。苑有洛阳殿，殿北有宫馆。一水自枝渠南流，东南出，火山水注之。水发火山东溪，东北流出山，山有石炭，火之，热同樵炭也。又东注武州川，迳平城县南，东流注如浑水。又南流迳班氏县故城东，王莽之班副也。阚骃《十三州志》曰：班氏县在郡西南百里，北俗谓之去留城也。如浑水又东南流，注于㶟水。㶟水又东迳平邑县故城南。赵献侯十三年，城平邑。《地理志》：属代，王莽所谓平胡也。《十三州志》曰：城在高柳南百八十里，北俗谓之丑寅城。㶟水又东迳沙陵南，魏金田之地也，事同曹武邺中定矣。㶟水又东迳狋氏⑲县故城北，王莽更名之曰狋聚也。《十三州志》曰：县在高柳南百三十里，俗谓之苦力干城矣。㶟水又东迳道人县故城南。《地理志》：王莽之道仁也。《地理风俗记》曰：初筑此城，有仙人游其地，故因以为城名矣。今城北有渊，潭而不流，故俗谓之为平湖也。《十三州志》曰：道人城在高柳东北八十里，所未详也。灅水又东迳阳原县故城南。《地理志》：代郡之属县也。北俗谓之比邻[⑳]州城。灅水又东，安阳水注之。水出县东北潭中，北俗谓之太拔回水。自潭东南流，注于灅水。又东迳东安阳县故城北，赵惠文王三年，主父封长子章为代安阳君，此即章封邑，王莽之竟安也。《地理风俗记》曰：五原有西安阳，故此加东也。灅水又东迳昌平县，温水注之。水出南坟下，三源俱导，合而南流，东北注灅水。灅水又东迳昌平县故城北，王莽之长昌也。昔牵招为魏鲜卑校尉，屯此。灅水又东北迳桑干县故城西；又屈迳其城北，王莽更名之曰安德也。《魏土地记》曰：代城北九十里，有桑干城。城西渡桑干水，去城十里，有温汤，疗疾有验。《经》言出南，非也，盖误证矣。魏任城王彰以建安二十三年，伐乌丸，入涿郡，逐北，遂至桑干，正于此也。灅水又东流，祁夷水注之。水出平舒县，东迳平舒县之故城南泽中。《史记》：赵孝成王十九年，以汾门予燕易平舒。徐广曰：平舒在代。王莽更名之曰平葆。后汉世祖建武七年，封扬武将军马成为侯国。其水控引众泉，以成一川。《魏土地记》曰：代城西九十里，有平舒城。西南五里，代水所出，东北流。言代水，非也。祁夷水又东北迳兰亭南；又东北迳石门关北，旧道出中山故关也。又东北流，水侧有故池。按《魏土地记》曰：代城西南三十里，有代王鱼池，池西北有代王台，东去代城四十里。祁夷水又东北，得飞狐谷，即广野君所谓杜飞狐之口也。苏林据郦公之说，言在上党，即实非也。如淳言在代，是矣。晋建兴中，刘琨自代出飞狐口，奔于安次，即于此道也。《魏土地记》曰：代城南四十里，有飞狐关，关水面北流迳南舍亭西；又迳句琐亭西，西北注祁夷水。祁夷水又东北流迳代城西。卢植言：初筑此城，板干一夜自移于此，故代西南五十里大泽中，营城自护，结苇为九门。于是就以为治。城圆匝而不方，周四十七里，开九门，更名其故城曰东城。赵灭代，汉封孝文为代王。梅福上事曰：代谷者，恒山在其南，北塞在其北，谷中之地。上谷在东，代郡在西，是其地也。王莽更之曰厌狄亭。《魏土地记》曰：城内有二泉：一泉流出城西门，一泉流出城北门，二泉皆北注代水。祁夷水又东北，热水注之。水出绫罗泽，泽际有热水亭。其水东北流，注祁夷水。祁夷水又东北，谷水注之。水出昌平县故城南，又东北入祁夷水。祁夷水右会逆水，水导源将城东，西北流迳将城北，在代城东北十五里，疑即东代矣。而尚传将城之名。卢植曰：此城方就而板干自移。应劭曰：城徙西南，去故代五十里，故名代曰东城。或传书倒错，情用疑焉，而无以辨之。逆水又西，注于祁夷之水，逆之为名，以西流故也。祁夷水东北迳青牛渊，水自渊东注之。耆彦云：有潜龙出于兹浦，形类青牛焉，故渊潭受名矣。潭深不测，而水周多莲藕生焉。祁夷水又北迳一故城西，西去代城五十里，又疑是代之东城，而非所详也。又迳昌平郡东，魏太和中置，西南去故城六十里。又北，连水入焉。水出雊瞀[⑳]县东，西北流迳雊瞀县故城南；又西迳广昌城南。《魏土地记》曰：代南二百里有广昌城，南通大岭，即实非也。《十三州记》曰：平舒城东九十里有广平城，疑是城也。寻其名状，忖理为非。又西迳王莽城南；又西，到剌山水注之。水出到剌山西，山甚层峻，未有升其巅者。《魏土地记》曰：代城东五十里有到剌山，山上有佳大黄也。其水北流迳一故亭东，城北有石人，故世谓之石人城。西北注连水。连水又北迳当城县故城西。高祖十二年，周勃定代，斩陈豨[⑳]于当城，即此处也。应劭曰：当桓都山作城，故曰当城也。又迳故代东，而西北流注祁夷水。祁夷水西有随山，山上有神庙，谓之女郎祠，方俗所祠也。祁夷水又北迳桑干故城东，而北流注于灅水。《地理志》曰：祁夷水出平舒县北，至桑干入灅，是也。灅水又东北迳石山水口，水出南山，北流迳空侯城东。《魏土地记》曰：代城东北九十里有空侯城者也。其水又东北流注灅水。灅水又东迳潘县故城北，东合协阳关水，水出协溪。《魏土地记》曰：下洛城西南九十里，有协阳关，关道西通代郡。其水东北流，历笄头山。阚骃曰：笄头山在潘城南，即是山也。又北迳潘县故城，左会潘泉故渎。渎旧上承潘泉于潘城中，或云舜所都也。《魏土地记》曰：下洛城西南四十里有潘城，城西北三里，有历山，山上有虞舜庙。《十三州记》曰：广平城东北百一十里，有潘县。《地理志》曰：王莽更名树武。其泉从广十数步，东出城，注协阳关水。雨盛则通注，阳旱则不流，惟洴<sup>②</sup>泉而已。关水又东北流，注于漯水。漯水又东迳雍洛城南。《魏土地记》曰：下洛城西南二十里有雍洛城，桑干水在城南东流者也。漯水又东迳下洛县故城南，王莽之下忠也。魏燕州广宁县，广宁郡治。《魏土地记》曰：去平城五十里，城南二百步有尧庙。漯水又东迳高邑亭北；又东迳三台北。漯水又东迳无乡城北。《地理风俗记》曰：燕语呼毛为无，今改宜乡也。漯水又东，温泉水注之。水上承温泉于桥山下。《魏土地记》曰：下洛城东南四十里有桥山，山下有温泉，泉上有祭堂。雕檐华宇，被于浦上；石池吐泉，汤汤其下；炎凉代序，是水灼焉无改，能治百疾，是使赴者若流。池水北流入于漯水。漯水又东，左得于延水口。水出塞外柔玄镇西、长川城南小山。《山海经》曰：梁渠之山，无草木，多金玉，脩水出焉。东南流迳且如县故城南。应劭曰：当城西北四十里，有且如城，故县也。代称不拘，名号变改，校其城郭，相去远矣。《地理志》曰：中部都尉治。于延水出县北塞外，即脩水也。脩水又东南迳马城县故城北。《地理志》曰：东部都尉治。《十三州志》曰：马城在高柳东二百四十里。俗谓是水为河头。河头出戎方，土俗变名耳。又东迳零丁城南，右合延乡水。水出县西山，东迳延陵县故城北。《地理风俗记》曰：当城西北有延陵乡故县也。俗指为琦城。又东迳罗亭；又东迳马城南；又东注脩水。又东南，于大宁郡北，右注雁门水。《山海经》曰：雁门之水，出于雁门之山，雁出其门。在高柳北，高柳在代中。其山重峦叠嶂，霞举云高，连山隐隐，东出辽塞。其水东南流迳高柳县故城北，旧代郡治。秦始皇二十三年虏赵王，迁以国为郡，王莽之所谓厌狄也。建武十九年，世祖封代相堪为侯国，昔牵招斩韩忠于此处。城在平城东南六七十里，于代为西北也。雁门水又东南流，屈迳一故城，背山面泽，北俗谓之叱险城。雁门水又东南流，屈而东北，积而为潭。其陂斜长而不方，东北可二十余里，广十五里，兼葭薆生焉。敦水注之。其水导源西北少咸山之南麓，东流迳参合县故城南。《地理风俗记》曰：道人城北五十里，有参合乡，故县也。敦水又东，蒤<sup>④</sup>水注之。水出东皁下，西北流迳故城北，俗谓之和堆城。又北合敦水，乱流东北注雁门水。故《山海经》曰：少咸之山，敦水出焉，东流注于雁门之水。郭景纯曰：水出雁门山，谓斯水也。雁门水又东北，入阳门山，谓之阳门水，与神泉水合。水出苇壁北，水有灵焉。及其密云不雨，阳旱愆期，多祷请焉。水有二流，世谓之比连泉。一水东北迳一故城东，世谓之石虎城，而东北流注阳门水，又东迳三会亭北；又东迳西伺道城北；又东，托台谷水注之。水上承神泉于苇壁北，东迳阳门山南托台谷，谓之托台水。汲引泉溪，浑涛东注，行者间十余渡，东迳三会城南；又东迳托台亭北；又东北迳马头亭北，东北注雁门水。雁门水又东迳大宁郡北，魏太和中置。有脩水注之。即《山海经》所谓脩水东流注于雁门水也。《地理志》有于延水而无雁门、脩水之名，《山海经》有雁门之目，而无说于延河。自下亦通谓之于延水矣。水侧有桑林，故时人亦谓是水为襄<sup>⑤</sup>桑河也。斯乃北土寡桑，至此见之，因以名焉。于延水又东迳冈城南。按《史记》，蔡泽，燕人也，谢病归相，秦号冈成君，疑即泽所邑也。世名武冈城。于延水又东，左与宁川水合。水出西北，东南流迳小宁县故城西。东南流，注于延水。于延水又东迳小宁县故城南，《地理志》宁县也，西部都尉治，王莽之博康也。《魏土地记》曰：大宁城西二十里有小宁城，昔邑人班丘仲居水侧，卖药于宁，百余年，人以为寿。后地动宅坏，仲与里中数十家皆死。民人取仲尸弃于延水中，收其药卖之。仲被裘从而诘之，此人失怖，叩头求哀。仲曰：不恨汝，故使汝知我耳。去矣。后为夫余王驿使来宁，此方人谓之谪仙也。于延水又东，黑城川水注之。水有三源，出黑土城西北，奇源合注总为一川，东南迳黑土城西；又东南流迳大宁县西，而南入延河。延河又东迳大宁县故城南。《地理志》云：广宁也，王莽曰广康矣。《魏土地记》曰：下洛城西北百三十里有大宁城。于延水又东南迳茹县故城北，王莽之谷武也，世谓之如口城。《魏土地记》曰：城在鸣鸡山西十里，南通大道，西达宁川。于延水又东南迳鸣鸡山西。《魏土地记》曰：下洛城东北三十里有延河东流，北有鸣鸡山。《史记》曰：赵襄子杀代王于夏屋而并其土。襄子迎其姊于代。其姊，代之夫人也。至此，曰：代已亡矣，吾将何归乎？遂磨笄于山而自杀。代人怜之，为立祠焉，因名其山为磨笄山。每夜有野鸡，群鸣于祠屋上，故亦谓之为鸣鸡山。《魏土地记》云：代城东南二十五里有马头山，其侧有钟乳穴。赵襄子既害代王，迎姊。姊代夫人。夫人曰：以弟慢夫，非仁也；以夫怨弟，非义也。磨笄自刺而死，使者自杀。民怜之，为立神屋于山侧，因名之为磨笄之山。未详孰是。于延水又南迳且居县故城南，王莽之所谓久居也。其水东南流，注于漯水。《地理志》曰：于延水东至广宁入沾，非矣。

### 又东过涿鹿县北，

涿水出涿鹿山，世谓之张公泉。东北流迳涿鹿县故城南，王莽所谓抪陆也。黄帝与蚩尤战于涿鹿之野，留其民于涿鹿之阿，即于是也。其水又东北与阪泉合，水导源县之东泉。《魏土地记》曰：下洛城东南六十里有涿鹿城，城东一里有阪泉，泉上有黄帝祠。《晋太康地理记》曰：阪泉亦地名也。泉水东北流与蚩尤泉会。水出蚩尤城，城无东面。《魏土地记》称：涿鹿城东南六里有蚩尤城。泉水渊而不流，霖雨并则流注阪泉，乱流东北入涿水。涿水又东迳平原郡南，魏徙平原之民置此，故立侨郡，以统流杂。涿水又东北迳祚亭北，而东北入漯水。亦云涿水枝分入匈奴者，谓之涿邪水。地理潜显，难以究昭，非所知者也。漯水又东南，左会清夷水，亦谓之沧河也。水出长亭南，西迳北城村故城北；又西北，平乡川水注之。水出平乡亭西，西北流注清夷水。清夷水又西北迳阴莫亭，在居庸县南十里。清夷水又西会牧牛山水。《魏土地记》曰：沮阳城东八十里有牧牛山，下有九十九泉，即沧河之上源也。山在县东北三十里，山上有道武皇帝庙。耆旧云，山下亦有百泉竞发，有一神牛驳身，自山而降，下饮泉竭，故山得其名。今山下导九十九泉，积以成川，西南流，谷水与浮图沟水注之。水出夷舆县故城西南，王莽以为朔调亭也。其水俱西南流，注于沧水。沧水又西南，右合地裂沟。古老云：晋世地裂分此界间成沟壑。有小水，俗谓之分界水，南流入沧河。沧河又西迳居庸县故城南，魏上谷郡治。昔刘虞攻公孙瓒不克，北保此城，为瓒所擒。有粟水入焉，水出县下，城西枕水，又屈迳其县南，南注沧河。沧河又西，右与阳沟水合。水出县东北，西南流迳居庸县故城北。西迳大翮、小翮山南。高峦截云；层陵断雾；双阜共秀，竞举群峰之上。郡人王次仲，少有异志，年及弱冠，变苍颉旧文为今隶书。秦始皇时，官务烦多，以次仲所易文简，便于事要，奇而召之。三征而辄不至。次仲履真怀道，穷数术之美。始皇怒其不恭，令槛车送之。次仲首发于道，化为大鸟，出在车外，翻飞而去。落二翮于斯山，故其峰峦有大翮、小翮之名矣。《魏土地记》曰：沮阳城东北六十里有大翮、小翮山。山上神名大翮神，山屋东有温汤水口。其山在县西北二十里，峰举四十里，上庙则次仲庙也。右出温汤，疗治万病。泉所发之麓，俗谓之土亭山。此水炎热，倍甚诸汤，下足便烂人体。疗疾者要须别引，消息用之耳。不得言大翮山东。其水东南流，左会阳沟水，乱流南注沧河。沧河又左，得清夷水口。《魏土地记》曰：牧牛泉西流与清夷水合者也。自下二水互受通称矣。清夷水又西，灵亭水注之。水出马兰西泽中，众泉泻溜归于泽，泽水所钟，以成沟渎。渎水又左与马兰溪水会。水导源马兰城，城北负山势，因阿仍溪，民居所给，惟仗此水。南流出城，东南入泽水。泽水又南迳灵亭北，又屈迳灵亭东，次仲落鸟翮于此。故是亭有灵亭之称矣。其水又南流，注于清夷水。清夷水又西与泉沟水会，水导源川南平地，北注清夷水。清夷水又西南得桓公泉。盖齐桓公霸世，北伐山戎，过孤竹西征，束马悬车上卑耳之西极，故水受斯名也。水源出沮阳县东，而西北流入清夷水。清夷水又西迳沮阳县故城北，秦上谷郡治此。王莽改郡曰朔调，县曰沮阴。阚骃曰：涿鹿东北至上谷城六十里。《魏土地记》曰：城北有清夷水西流也。其水又屈迳其城，西南流，注于灅水。灅水南至马陉山，谓之落马洪。

### 又东南出山，

灅水又南出山，瀑布飞梁，悬河注壑，渊湍十许丈，谓之落马洪，抑亦孟门之流也。灅水自南出山，谓之清泉河，俗亦谓之曰千水，非也。灅水又东南迳良乡县之北界；历梁山南，高梁水出焉。

### 过广阳蓟县北，

灅水又东迳广阳县故城北，谢承《后汉书》曰：世祖与铫期出蓟至广阳，欲南行，即此城也。谓之小广阳。灅水又东北迳蓟县故城南。《魏土地记》曰：蓟城南七里有清泉河，而不迳其北，盖《经》误证矣。昔周武王封尧后于蓟，今城内西北隅有蓟丘，因丘以名邑也。犹鲁之曲阜、齐之营丘矣。武王封召公之故国也。秦始皇二十三年灭燕，以为广阳郡。汉高帝以封卢绾为燕王，更名燕国。王莽改曰广有，县曰代戎。城有万载宫、光明殿，东掖门下，旧慕容俊立铜马像处。昔慕容廆[⑫]有骏马，赭白，有奇相逸力[⑬]。至俊光寿元年，齿四十九矣。而骏逸不亏，俊奇之，比鲍氏骢，命铸铜以图其像，亲为铭赞，镌颂其傍，像成而马死矣。大城东门内道左，有魏征北将军建成乡景侯刘靖碑。晋司隶校尉王密表靖功加于民，宜在祀典，以元康四年九月二十日刊石建碑，扬于后叶矣。灅水又东，与洗马沟水合。水上承蓟水，西注大湖。湖有二源，水俱出县西北平地，导源流结西湖。湖东西二里，南北三里，盖燕之旧池也。绿水澄澹，川亭望远，亦为游瞩之胜所也。湖水东流为洗马沟，侧城南门东注，昔铫期奋戟处也。其水又东入灅水。灅水又东迳燕王陵南。陵有伏道，西北出蓟城中。景明中，造浮图建刹，穷泉掘得此道。王府所禁，莫有寻者。通城西北大陵，而是二坟。基趾磐固，犹自高壮，竟不知何王陵也。灅水又东南，高梁之水注焉。水出蓟城西北平地，泉流东注迳燕王陵北；又东迳蓟城北，又东南流。《魏土地记》曰：蓟东十里，有高梁之水者也。其水又东南入灅水。

### 又东至渔阳雍奴县西，入笥沟。

汉光武建武二年，封颖川太守寇恂为雍奴侯。魏遣张郃、乐进围雍奴，即此城矣。笥沟，潞水之别名也。《魏土地记》曰：清泉河上承桑干河，东流与潞河合。灅水东入渔阳，所在枝分，故俗谚云：高梁无上源，清泉无下尾。盖以高梁微涓浅薄，裁足津通，凭藉涓流，方成川甽[⑭]。清泉至潞，所在枝分更为微津，散漫难寻故也。

---

①灅（lěi，音磊）：灅河，古水名，即现在河北的永定河。

②㶟（suò）：水名，即索河，在河北。

③箨（tuò，音拓）：竹笋上一片一片的皮。

④熯（hàn，音捍）：焙、蒸。

⑤洭：同"汪"。洭陶，古县名，故治在今山西省应县西。

⑥轝（yú，音娱）：车，同舆。

⑦作薄：意为从事染织。

⑧裼（xī，音西）：敞开或脱去上衣，露出身体的一部分为袒裼。

⑨太常七年：应为"泰常七年"。

⑩箓：fú，音符。

⑪罳：jiā，音加。

⑫真容鹭架：意指佛像及佛座。

⑬櫺（líng，同"棂"音灵）：旧式窗户的窗格子。

⑭辟雍：周王朝为贵族子弟所设的大学。

⑮爨（cuàn，音篡）：烧火煮饭。

⑯缋采绀发：缋（huì，同绘）绀（gàn，稍微带红的黑色）意为绀青的毛色。

⑰脰（dòu，音逗）：脖子，颈。

⑱鹬斯：鹬（yù，音玉）斯，鸟名。

⑲狋（quán，音全）：狋氏，县名，在山西。

⑳郍：nuó，音挪。

㉑雊瞀：gòu mào，音够冒。

㉒豨：xī，音西。

㉓洴：píng，音平。

㉔潗：音未详，水名。

㉕藂（cóng，音从）：聚集。

㉖驳（bó，音驳）：斑驳之意。

㉗傀：wěi，音委。

㉘奇相逸力：意为相貌奇特有神力。

㉙甽（zhèn，音阵）：田野间的水沟。

# 水经注卷十四

## 湿余水　沽河　鲍丘水　濡水
## 大辽水　　小辽水　浿水

**湿余水出上谷居庸关东，**

关在沮阳城东南六十里居庸界，故关名矣。更始使者入上谷，耿况迎之于居庸关，即是关也。其水导源关山，南流历故关下。溪之东岸有石室三层，其户牖扇扉悉石也，盖故关之候台矣。南则绝谷，累石为关垣，崇墉峻壁，非轻功可举。山岫层深，侧道褊狭，林鄣邃险，路才容轨。晓禽暮兽，寒鸣相和，羁官游子聆之者莫不伤思矣。其水历山南迳军都县界，又谓之军都关。《续汉书》曰：尚书卢植隐上谷军都山是也。其水南流出关，谓之下口，水流潜伏十许里也。

**东流过军都县南，又东流过蓟县北，**

湿余水故渎东迳军都县故城南，又东，重源潜发，积而为潭，谓之湿余潭。又东流，易荆水注之。其水导源西北千蓼①泉，亦曰丁蓼水。东南流迳郁山西，谓之易荆水。公孙瓒之败于鲍丘也，走保易荆，疑阻此水也。易荆水又东，左合虎眼泉，水出平川，东南流入易荆水。又东南与孤山之水合。水发川左导源孤山，东南流入易荆水，谓之塔界水。又东迳蓟城；又东迳昌平县故城南，又谓之昌平水。《魏土地记》曰：蓟城东北百四十里有昌平城，城西有昌平河，又东流注湿余水。湿余水又东南流，左合芹城水。水出北山，南迳芹城，东南流注湿余水。湿余水又东南流迳安乐故城西。更始使谒者韩鸿北徇，承制拜吴汉为安乐令，即此城也。

**又北屈，东南至狐奴县西，入于沽河。**

昔彭宠使狐奴令王梁，南助光武起兵，自是县矣。湿余水于县西南，东入沽河。故《地理志》曰：湿余水自军都县东，至潞，南入沽是也。

　　**沽河从塞外来，**

　　沽河出御夷镇西北九十里丹花岭下。东南流，大谷水注之。水发镇北大谷溪，西南流迳独石北界。石孤生，不因阿而自峙。又南，九源水注之。水导北川，左右翼注，八川共成一水，故有九源之称。其水南流至独石，注大谷水。大谷水又南迳独石西；又南迳御夷镇城西。魏太和中置，以捍北狄也。又东南，尖谷水注之。水源出镇城东北尖溪，西南流迳镇城东，西南流注大谷水，乱流南注沽水。又南出峡，夹岸有二城，世谓之独固门，以其藉险凭固，易为依据。岩壁升耸，疏通若门，故得是名也。沽水又南，左合干溪水，引北川西南迳一故亭东，又西南注沽水。沽水又西南迳赤城东。赵建武年，并州刺史王霸为燕所败，退保此城。城在山阜之上，下枕深隍，溪水之名，藉以变称，故河有赤城之号矣。沽水又东南与鹊谷水合。水有二源，南即阳乐水也。出且居县。《地理志》曰：水出县东。南流迳大翮山、小翮山北，历女祁县故城南。《地理志》曰：东部都尉治，王莽之祁县也。世谓之横水，又谓之阳田河。又东南迳一故亭，又东，左与候卤水合。水出西北山，东南流迳候卤城北，城在居庸县西北二百里，故名云候卤。太和中，更名御夷镇。又东南流注阳乐水。阳乐水又东南傍狼山南，山石白色特上，亭亭孤立，超出群山之表。又东南迳温泉东，泉在山曲之中。又迳赤城西，屈迳其城南，东南入赤城河。河水又东南，右合高峰水。水出高峰戍东南，城在山上。其水西南流，又屈而东南，入沽水。沽水又西南流出山，迳渔阳县故城西，而南合七度水。水出北山黄颁谷，故亦谓之黄颁水，东南流注于沽水。沽水又南，渔水注之。水出县东南平地，泉流西迳渔阳县故城南。应劭曰：在渔水之阳也。考诸地说则无闻，脉水寻川则有自。今城在斯水之阳，有符应说，渔阳之名当属此。秦发闾左戍渔阳，即是城也。渔水又西南入沽水。沽水又南与螺山之水合。水出渔阳城南小山。《魏土地记》曰：城南五里有螺山，其水面南入沽水。沽水又南迳安乐县故城东。《晋书·地道记》曰：晋封刘禅为公国。俗谓之西潞水也。

　　**南过渔阳狐奴县北，西南与湿余水合，为潞河；**

　　沽水西南流迳狐奴山西；又南迳狐奴县故城西。渔阳太守张堪，于县开稻田，教民种殖，百姓得以殷富。童谣歌曰：桑无附枝，麦秀两岐。张君为政，乐不可支。视事八年，匈奴不敢犯塞。沽水又南，阳重沟水注之。水出狐奴山，南转迳狐奴城西，王莽之所谓举符也。侧城南注，右会沽水。沽水又南，湿余水注之；沽水又南，左会鲍丘水，世所谓东潞也；沽水又南迳潞县，为潞河。《魏土地记》曰：城西三十里有潞河是也。

　　**又东南至雍奴县西，为笥沟。**

　　灅水入焉，俗谓之合口也。又东，鲍丘水于县西北而东出。

　　**又东南至泉州县，与清河合，东入于海。清河者，派河尾也。**

　　沽河又东南迳泉州县故城东，王莽之泉调也。沽水又东南合清河，今无水。清、淇、漳、洹、滱、易、涞、濡、沽、滹沱，同归于海。故《经》曰派河尾也。

　　**鲍丘水从塞外来，南过渔阳县东，**

　　鲍丘水出御夷北塞中，南流迳九庄岭东，俗谓之大榆河。又南迳镇东南九十里西密云戍西。又南，左合道人溪水。水出北川，南流迳孔山西，又历密云戍东，左合孟广𡸣②水。水出𡸣下，𡸣甚层峻，峨峨冠众山之表。其水西迳孔山南，上有洞穴开明，故土俗以孔山流称。𡸣水又西南至密云戍东，西注道人水，乱流西南迳密云戍城南，右会大榆河。有东密云，故是城言西矣。大榆河又东南流，白杨泉水注之。北发白杨溪、望离，右注大榆河。又东南，龙刍溪水自坎注之。大榆河又东南出峡，迳安州旧渔阳郡之滑盐县南，左合县之北溪水。水出县北广长堑南。太和中掘此以防北狄。其水南流迳滑盐县故城东，王莽更名匡德也。汉明帝改曰盐田。右承治，世谓之斛③盐城，西北去御夷镇二百里。南注鲍丘水。又南迳傂奚县故城东，王莽更之曰敦德也。鲍丘水又西南迳犷平县故城东，王莽之所谓平犷也。又南合三城水。水出臼里山，西迳三城，谓之三城水。又迳香陉山，山上悉生槁木香，世故名焉。又西迳石窟南。窟内宽广，行者依焉。窟内有水，渊而不流，栖薄者取给焉。又西北迳伏凌山南，与石门水合。水出伏凌山，山高峻，岩鄣寒深，阴崖积雪，凝冰夏结，事同《离骚》峨峨之咏，故世人因以名山也。一水西南流注之，是水有桑谷之名，盖沿出桑溪故也。又西南迳犷平城东南，而右注鲍丘水。鲍丘水又东南迳渔阳县故城南，渔阳郡治也。秦始皇二十二年置，王莽更名通潞，县曰得渔。鲍丘水又西南流，公孙瓒既害刘虞，乌丸思刘氏之德，迎其子和，合众十万，破瓒于是水之上，斩首一万。鲍丘水又西南历狐奴城东，又西南流注于沽河，乱流而南。

**又南过潞县西，**

鲍丘水入潞，通得潞河之称矣，高梁水注之。水首受㶟水于戾陵堰，水北有梁山，山有燕刺王旦之陵，故以戾陵名堰。水自堰枝分，东迳梁山南；又东北迳刘靖碑北。其词云：魏使持节、都督河北道诸军事、征北将军、建成乡侯、沛国刘靖，字文恭，登梁山以观源流，相㶟水以度形势，嘉武安之通渠，羡秦民之殷富。乃使帐下丁鸿督军士千人，以嘉平二年，立遏于水，导高梁河，造戾陵遏，开车箱渠，其遏表云：高梁河水者，出自并州，潞河之别源也。长岸峻固，直截中流，积石笼以为主遏，高一丈，东西长三十丈，南北广七十余步。依北岸立水门，门广四丈，立水十丈。山水暴发，则乘遏东下；平流守常，则自门北入，灌田岁二千顷。凡所封地百余万亩。至景元三年辛酉，诏书以民食转广，陆废不赡④。遣遏者樊晨，更制水门，限田千顷，刻地四千三百一十六顷，出给郡县，改定田五千九百三十顷。水流乘车箱渠，自蓟西北迳昌平，东尽渔阳潞县，凡所润含四五百里，所灌田万有余顷。高下孔齐，原隰⑤底平，疏之斯溉，决之斯散；导渠口以为涛门，洒灅⑥池以为甘泽。施加于当时，敷被于后世⑦。晋元康四年，君少子骁骑将军平乡侯弘，受命使持节监幽州诸军事，领护乌丸校尉、宁朔将军。遏立积三十六载，至五年夏六月，洪水暴出，毁损四分之三，剩北岸七十余丈。上渠车箱，所在漫溢。追惟前立遏之勋，亲临山川，指授规略，命司马关内侯逢恽，内外将士二千人，起长岸，立石渠，修主遏，治水门。门广四丈，立水五尺，兴复载利通塞之宜，准遵旧制，凡用功四万有余焉。诸部王侯，不召而自至，𦈡⑧负而事者，盖数千人。《诗》载经始勿亟⑨。《易》称民忘其劳。斯之谓乎？于是二府文武之士，感秦国思郑渠之绩，魏人置豹祀之义，乃遐慕仁政，追述成功。元康五年十月十一日，刊石立表，以纪勋烈，并记遏制度，永为后式焉。事见其碑辞。又东南流迳蓟县北；又东至潞县，注于鲍丘水。又南迳潞县故城西，王莽之通潞亭也。汉光武遣吴汉、耿弇等破铜马、五幡于潞东，谓是县也。屈而东南流迳潞城南，世祖拜彭宠为渔阳太守，治此。宠叛，光武遣游击将军邓隆伐之，军于是水之南。光武策其必败，果为宠所破。遗壁故垒存焉。鲍丘水又东南入夏泽。泽南纡曲渚十余里，北佩谦泽，眇望无垠也。

**又南至雍奴县北，屈东入于海。**

鲍丘水自雍奴县故城西北旧分笥沟水东出。今笥沟水断，众川东注，混同一渎，东迳其县北。又东与泃河⑩合。水出右北平无终县西山白杨谷。西北流迳平谷县，屈西南流，独乐水入焉。水出北抱犊固，南迳平谷县故城东。后汉建武元年，光武遣十二将追大枪、五幡及平谷，大破之于是县也。其水南流入于泃。泃水又左合盘山水。水出山上，其山峻险，人迹罕交。去出三十许里，望山上水，可高二十余里，素湍皓然，颓波历溪，沿流而下，自西北转注于泃水。泃水又东南迳平谷县故城，东南与洳河会。水出北山，山在傂奚县故城东南。东南流迳博陆故城北，又屈迳其城东，世谓之平陆城，非也。汉武帝玺书封大司马霍光为侯国。文颖曰：博大陆平，取其嘉名而无其县。食邑北海河东。薛瓒曰：按渔阳有博陆城，谓此也。今城在且居山之阳，处平陆之上，匝带川流，面据四水，文氏所谓无县目、嘉美名也。洳水又东南流迳平谷县故城西，而东南流注于洵河。洵河又南迳爽城东，而南合五百沟水。水出七山北，东迳平谷县之爽城南，东入于洵河。洵河又东南迳临洵城北，屈而历其城东，侧城南出。《竹书纪年》，梁惠成王十六年，齐师及燕战于洵水，齐师遁。即是水也。洵水又南入鲍丘水。鲍丘水又东，合泉州渠口，故渎上承滹沱水于泉州县，故以泉州为名。北迳泉州县东，又北迳雍奴县东，西去雍奴故城百二十里。自滹沱北入，其下历水泽百八十里，入鲍丘河，谓之泉州口。陈寿《魏志》曰：曹太祖以蹋①顿扰边，将征之，从洵口凿渠，迳雍奴、泉州以通河海者也。今无水。鲍丘水又东，庚水注之。水出右北平徐无县北塞中，而南流历徐无山，得黑牛谷水，又得沙谷水。并西出山，东流注庚水。昔田子泰避难居之，众至五千家。《开山图》曰：山出不灰之木；生火之石。按注云：其木色黑，似炭而无叶，有石，赤色如丹，以二石相磨，则火发，以燃无灰之木，可以终身，今则无之。其水又迳徐无县故城东，王莽之北顺亭也。《魏土地记》曰：右北平城东北百一十里有徐无城。其水又西南与周卢溪水合。水出徐无山，东南流，注庚水。庚水又西南流，灅水注之。水出右北平俊靡县，王莽之俊麻也。东南流，世谓之车牟②水。又东南流与温泉水合，水出北山温溪，即温源也。养疾者不能澡其炎漂，以其过灼故也。《魏土地记》曰：徐无城东有温汤，即此也。其水南流百步，便伏流入于地下，水盛则通注灅水。又东南流迳石门峡。山高崭绝，壁立洞开，俗谓之石门口。汉中平四年，渔阳张纯反，杀右北平太守刘政、辽东太守阳纮③。中平五年，诏中郎将孟益率公孙瓒讨纯，战于石门，大破之。灅水又东南流，谓之北黄水；又屈而为南黄水；又西南迳无终山，即帛仲理所合神丹处也。又于是山，作金五千斤以救百姓。山有阳翁伯玉田，在县西北。有阳公坛社，即阳公之故居也。《搜神记》曰：雍伯，洛阳人，至性笃孝。父母终殁，葬之于无终山。山高八十里，而上无水，雍伯置饮焉。有人就饮，与石一斗，令种之，玉生其田。北平徐氏有女，雍伯求之，要以白璧一双。媒者致命，伯至玉田，求得五双。徐氏妻之，遂即家焉。《阳氏谱叙》言，翁伯是周景王之孙，食采阳樊。春秋之末，爰宅无终，因阳樊而易氏焉。爰人博施，天祚玉田。其碑文云：居于县北六十里翁同之山，后潞徙于西山之下，阳公又迁居焉，而受玉田之赐。情不好宝，玉田自去。今犹谓之为玉田阳。干宝曰：于种石处，四角作大石柱，各一丈，中央一顷之地，名曰玉田，至今相传云，玉田之揭，起于此矣。而今不知所在，同于《谱叙》自去文矣。蓝水注之。水出北山，东流屈而南迳无终县故城东。故城，无终子国也。《春秋》：襄公四年，无终子嘉父使孟乐如晋，因魏绛纳虎豹之皮，请和诸戎是也。故燕地矣。秦始皇二十二年，灭燕，置右北平郡，治此，王莽之所谓北顺也。汉世李广为郡，出遇伏石，谓虎也，射之饮羽，即此处矣。《魏土地记》曰：右北平城西北百三十里，有无终城。其水又南入灅水，灅水又西南，入于庚水。《地理志》曰：灅水出俊靡县南，至无终，东入庚水。庚水，世亦谓之为柘水也。南迳燕山下，悬岩之侧有石鼓，去地百余丈，望若数百石囷④，有石梁贯之。鼓之东南，有石援枹，状同击势。耆旧言，燕山石鼓鸣则土有兵。庚水又南迳北平城西，而南入鲍丘水，谓之柘口。鲍丘水又东迳右北平郡故城南。《魏土地记》曰：蓟城东北三百里有右北平城。鲍丘水又东，巨梁水注之。水有土垠县北陈宫山，西南流迳观鸡山，谓之观鸡水。水东有观鸡寺，寺内起大堂，甚高广，可容千僧。下悉结石为之，上加涂墍⑤。基内疏通，枝经脉散。基侧室外，四出爨火，炎势内流，一堂尽温。盖以此土寒严，霜气肃猛，出家沙门率皆贫薄，施主虑阙道业，故崇斯构，是以志道者多栖托焉。其水又西南流，右合区落水。水出县北山，东南流入巨梁水。巨梁水又南迳土垠县故城西，左会寒渡水。水出县东北，西南流至县，右注梁河。梁河又南，涧于水注之。水出东北山，西南流迳土垠县故城东，西南流入巨梁水。巨梁水又东南，右合五里水。水发北平城东北五里山，故世以五里名沟，一名田继泉。西流，南屈迳北平城东；东南流注巨梁河，乱流入于鲍丘水。自是水之南，南极溽沱，西至泉州、雍奴，东极于海，谓之雍奴薮。其泽野有九十九淀，枝流条分，往往迳通，非惟梁河、鲍丘归海者也。

**濡水从塞外来，东南过辽西令支县北，**

濡水出御夷镇东南，其水二源双引，夹山西北流，出山合成一川。又西北迳御夷故城东、镇北百四十里，北流，左则连渊水注之。水出故城东，西北流迳故城南；又西北迳绿水池南。池水渊而不流。其水又西，屈而北流，又东迳故城北，连结两沼，谓之连渊浦。又东北注难河。难河右则汙水入焉。水出东坞南，西北流迳沙野南，北人名之曰沙野。镇东北二百三十里，西北入难河。濡、难声相近，狄俗语讹耳。濡水又北迳沙野西，又北迳箕安山东，屈而东北流迳沙野北，东北流迳林山北。水北有池，潭而不流。濡水又东北流迳孤山南，东北流，吕泉水注之。水出吕泉坞西，东南流，屈而东迳坞南，东北流，三泉水注之。其源三泉，雁次合为一水，镇东北四百里，东南注吕泉水。吕泉水又东迳孤山北，又东北，逆流水注之。水出东南，导泉西流，右屈而东北注，木林山水会之。水出山南，东注逆水，乱流东北注濡河。濡河又东，盘泉入焉。水自西北，东南流注濡河。濡河又东南，水流回曲，谓之曲河。镇东北三百里，又东出峡，入安州界，东南流迳渔阳白檀县故城。《地理志》曰：濡水出县北蛮中。汉景帝诏李广曰：将军其帅师东辕，弭节⑯白檀者也。又东南流，右与要水合。水出塞外，三川并导，谓之大要水也。东南流迳要阳县故城东，本都尉治，王莽更之曰要术矣。要水又东南流迳白檀县，而东南流入于濡。濡水又东南，索头水注之。水北出索头川，南流迳广阳侨郡西，魏分右北平置，今安州治。又南流，注于濡。濡水又东南流，武列水入焉。其水三川派合。西源右为溪水，亦曰西藏水，东南流出溪，与蟠泉水合。泉发州东十五里，东流九十里，东注西藏水。西藏水又西南流，东藏水注之。水出东溪，一曰东藏水，西南流出谷，与中藏水合。水导中溪，南流出谷，南注东藏水。故目其川曰三藏川，水曰三藏水。东藏水又东，右入西藏水，乱流右会龙泉水。水出东山下，渊深不测。其水西南流，注于三藏水。三藏水又东南流，与龙刍水合。西出于龙刍之溪，东流入三藏水；又东南流迳武列溪，谓之武列水，东南历石挺下。挺在层峦之上，孤石云举，临崖危峻，可高百余仞。牧守所经，命选练之士，弯张弧矢，无能届其崇标者。其水东合流入濡。濡水又东南，五渡水注之。水北出安乐县丁原山，南流迳其县故城西，本三会城也。其水南入五渡塘，于其川也，流纡曲溯，涉者频济，故川塘取名矣。又南流注于濡。濡水又与高石水合。水东出安乐县东山，西流历三会城南，西入五渡川，下注濡水。濡水又东南迳卢龙塞，塞道自无终县东出，渡濡水，向林兰陉，东至清陉。卢龙之险，峻坂萦折，故有九绉之名矣。燕景昭元玺二年，遣将军步浑治卢龙塞道，焚山刊石，令通方轨，刻石岭上，以记事功，其铭尚存。而庚杲⑰之注《扬都赋》，言卢龙山在平冈城北，殊为孟浪⑱，远失事实。余按：卢龙东越清陉，至凡城二百许里。自凡城东北出，趣平冈故城可百八十里。向黄龙则五百里。故陈寿《魏志》：田畴引军出卢龙塞，堑山埋谷五百余里，迳白檀，历平冈，登白狼，望柳城。平冈在卢龙东北远矣。而仲初言在南，非也。濡水又东南流卢龙故城东，汉建安十二年，魏武征蹋顿所筑也。濡水又南，黄洛水注之。水北出卢龙山，南流入于濡。濡水又东南，洛水合焉。水出卢龙塞，西南流注濡水。濡水又屈而流，左得去润水，又合敖水；二水并自卢龙西注濡水。濡水又东南流迳令支县故城东，王莽之令氏亭也。秦始皇二十二年，分燕置辽西郡，令支隶焉。《魏土地记》曰：肥如城西十里，有濡水，南流迳孤竹城西，右合玄水，世谓之小濡水，非也。水出肥如县东北玄溪，西南流迳其县东，东屈，南转，西回，迳肥如县故城南，俗又谓之肥如水。故城，肥子国。应劭曰：晋灭肥，肥子奔燕，燕封于此，故曰肥如也。汉高帝六年，封蔡寅为侯国。西南流，右会卢水。水出县东北沮溪，南流，谓之大沮水。又南，左合阳乐水。水出东北阳乐县溪。《地理风俗记》曰：阳乐，故燕地，辽西郡治，秦始皇二十二年置。《魏土地记》曰：海阳城西南有阳乐城。其水又西南入于沮水，谓之阳口。沮水又西南，小沮水注之。水发冷溪，世谓之冷池。又南得温泉水口，水出东北温溪，自溪西南流入于小沮水。小沮水又南流，与大沮水合而为卢水也。桑钦说卢子之书言：晋既灭肥，迁其族于卢水。卢水有二渠；号小沮、大沮，合而入于玄水。又南与温水合，水出肥如城北，西流注于玄水。《地理志》曰：卢水南入玄。玄水又西南迳孤竹城北，西入濡水。故《地理志》曰：玄水东入濡，盖自东而注也。《地理志》曰：令支有孤竹城，故孤竹国也。《史记》曰：孤竹君之二子伯夷、叔齐，让国于此，而饿死于首阳。汉灵帝时，辽西太守廉翻梦人谓己曰：余，孤竹君之子，伯夷之弟。辽海漂吾棺椁，闻君仁善，愿见藏覆。明日视之，水上有浮棺，吏嗤笑者皆无疾而死。于是改葬之。《晋书·地道志》曰：辽西人见辽水有浮棺，欲破之。语曰：我孤竹君也，汝破我何为？因为立祠焉。祠在山上，城在山侧，肥如县南十二里，水之会也。

**又东南过海阳县，西南入于海。**

濡水自孤竹城东南迳西乡北，瓠沟水注之。水出城东南，东流注濡水。濡水又迳故城南，分为二水。北水枝出，世谓之小濡水也。东迳乐安亭北，东南入海。濡水东南流迳乐安亭南，东与新河故渎合。渎自雍奴县承鲍丘水东出，谓之盐关口。魏太祖征蹋顿，与洵口俱导也。世谓之新河矣。陈寿《魏志》云：以通海也。新河又东北绝庚水，又东北出，迳右北平，绝泃渠之水；又东北迳昌城县故城北，王莽之淑武也。新河又东，分为二水，枝渎东南入海。新河自枝渠东出，合封大水，谓之交流口。水出新安平县，西南流迳新安平县故城西。《地理志》，辽西之属县也。又东南流，龙鲜水注之。水出县西北，世谓之马头水，二源俱导，南合一川，东流注封大水。《地理志》曰：龙鲜水东入封大水者也。乱流南会新河，南注于海。《地理志》曰：封大水于海阳县南入海。新河又东出海阳县与缓虚水会。水出新安平县东北，世谓之大笼川，东南流迳令支城西，西南流与新河合，南流注于海。《地理志》曰：缓虚水与封大水，皆南入海。新河又东与素河会，谓之白水口，水出令支县之蓝山，南合新河，又东南入海。新河又东至九迬口，枝分南注海。新河又东迳海阳县故城南，汉高祖六年，封摇母余为侯国。《魏土地记》曰：令支城南六十里有海阳城者也。新河又东，与清水会。水出海阳县，东南流迳海阳城东；又南合新河，又南流十许里，西入九迬，注海。新河东绝清水，又东，木究水出焉，南入海。新河又东，左迤为北阳孤淀，淀水右绝新河，南注海；新河又东会于濡。濡水又东南，至絫县碣石山。文颖曰：碣石在辽西絫县。王莽之选武也。絫县并属临渝，王莽更临渝为冯德。《地理志》曰：大碣石山在右北平骊成县西南，王莽改曰揭石也。汉武帝亦尝登之，以望巨海，而勒其石于此。今枕海有石如甬道，数十里；当山顶，有大石如柱形，往往而见，立于巨海之中。潮水大至则隐，及潮波退，不动不没，不知深浅，世名之天桥柱也。状若人造，要亦非人力所就。韦昭亦指此以为碣石也。《三齐略记》曰：始皇于海中作石桥，海神为之竖柱。始皇求与相见。神曰：我形丑，莫图我形，当与帝相见。乃入海四十里，见海神。左右莫动手，工人潜以脚画其状。神怒曰：帝负约，速去。始皇转马还，前脚犹立，后脚随崩，仅得登岸，画者溺死于海。众山之石皆倾注。今犹岌岌东趣，疑即是也。濡水于此南入海，而不迳海阳县西也。盖《经》误证耳。又按《管子》：齐桓公二十年，征孤竹，未至卑耳之溪十里，阒然止，瞠然视，援弓将射，引而未发，谓左右曰：见前乎？左右对曰：不见。公曰：寡人见长尺而人物具焉，冠，右袪衣[19]，走马前，岂有人若此乎？管仲对曰：臣闻岂山之神，有偷儿，长尺，人物具。霸王之君兴，则岂山之神见。且走马前，走，导也；袪衣，示前有水；右袪衣，示从右方涉也。至卑耳之溪，有赞水者[20]，从左方涉，其深及冠；右方涉，其深至膝。已涉，大济。桓公拜曰：仲父之圣至此，寡人之抵罪也久矣。今自孤竹南出则巨海矣，而沧海之中，山望多矣，然卑耳之川若赞溪者，亦不知所在也。昔在汉世，海水波襄，吞食地广，当同碣石，苞沦洪波也。

**大辽水出塞外卫白平山，东南入塞，过辽东襄平县西，**

辽水亦言出砥石山，自塞外东流，直辽东之望平县西，王莽之长说也。屈而西南流迳襄平县故城西。秦始皇二十二年灭燕，置辽东郡，治此。汉高帝八年，封纪通为侯国，王莽之昌平也，故平州治。又南迳辽队县故城西，王莽更名之曰顺睦也。公孙渊遣将军毕衍拒司马懿于辽队，即是处也。

**又东南过房县西，**

《地理志》：房，故辽东之属县也。辽水右会白狼水。水出右北平白狼县东南，北流西北屈，迳广成县故城南，王莽之平虏也，俗谓之广都城。又西北，石城川水注之。水出西南石城山，东流迳石城县故城南。《地理志》：右北平有石城县。北屈迳白鹿山西，即白狼山也。《魏书·国志》曰：辽西单于蹋顿尤强，为袁氏所厚，故袁尚归之，数入为害。公出卢龙，堑土堙谷五百余里，未至柳城二百里，尚与蹋顿将数万骑逆战。公登白狼山，望柳城，卒与虏遇，乘其不整，纵兵击之，虏众大崩，斩蹋顿，胡、汉降者二十万口。《英雄记》曰：曹操于是击马鞍，于马上作十片[21]，即于此也。《博物志》曰：魏武于马上逢狮子，使格之，杀伤甚众。王乃自率常从健儿数百人击之。狮子吼呼奋越，左右咸惊。王忽见一物，从林中出，如狸，超上王车轭上。狮子将至，此兽便跳上狮子头上，狮子即伏不敢起。于是遂杀之，得狮子而还。未至洛阳四十里，洛中鸡狗皆无鸣吠者也。其水又东北入广成县，东注白狼水。白狼水北迳白狼县故城东，王莽更名伏狄。白狼水又东，方城川水注之。水发源西南山下，东流，北屈迳一故城西，世谓之雀目城；东屈迳方城北，东入白狼水。白狼水又东北迳昌黎县故城西。《地理志》曰交黎也，东部都尉治，王莽之禽虏也。应劭曰：今昌黎也。高平川水注之。水出西北平川，东流迳倭城北，盖倭地人徙之。又东南迳乳楼城北，盖径迳戎乡，邑兼夷称也。又东南注白狼水。白狼水又东北，自鲁水注之。水导西北远山，东南注白狼水。白狼水又东北迳龙山西，燕慕容皝[22]以柳城之北、龙山之南，福地也，使阳裕筑龙城，改柳城为龙城县。十二年，黑龙、白龙见于龙山，皝亲观龙，去二百步，祭以太牢[23]，二龙交首嬉翔，解角而去。皝悦，大赦，号新宫曰和龙宫，立龙翔祠于山上。白狼水又北迳黄龙城东。《十三州志》曰：辽东属国都尉治，昌辽道有黄龙亭者也。魏营州刺史治。《魏土地记》曰：黄龙城西南有白狼河，东北流附城东北下，即是也。又东北，滥真水出西北塞外，东南历重山，东南入白狼水。白狼水又东北出，东流，分为二水。右水，疑即渝水也。《地理志》曰：渝水首受白狼水，西南循山，迳一故城西，世以为河连城，疑是临渝县之故城，王莽曰冯德者矣。渝水南流东屈，与一水会，世名之曰檻伦水，盖戎方之变名耳。疑即《地理志》所谓侯水北入渝者也。《十三州志》曰：侯水南入渝。《地理志》盖言自北而南也。又西南流注于渝。渝水又东南迳一故城东，俗曰女罗城。又南迳营丘城西。营丘在齐，而名之于辽、燕之间者，盖燕、齐辽迥，侨分所在。其水东南入海。《地理志》曰：渝水自塞外南入海。一水东北出塞为白狼水，又东南流至房县，注于辽。《魏土地记》曰：白狼水下入辽也。

**又东过安市县西南，入于海。**

《十三州志》曰：大辽水自塞外西南至安市，入于海。

**又玄菟[24]高句丽县有辽山，小辽水所出。**

县，故高句丽胡之国也。汉武帝元封二年平右渠，置玄菟郡于此，王莽之下句丽。水出辽山，西南流迳辽阳县与大梁水会。水出北塞外，西南流至辽阳入小辽水。故《地理志》曰：大梁水西南至辽阳入辽。《郡国志》曰：县故属辽东，后入玄菟。其水西南流，故谓之为梁水也。小辽水又西南迳襄平县，为淡渊。晋永嘉三年涸。小辽水又迳辽队县入大辽水。司马宣王之平辽东也，斩公孙渊于斯水之上者也。

**西南至辽队县，入于大辽水也。**

**浿水出乐浪镂方县，东南过临浿县，东入于海。**

许慎云：浿水出镂方，东入海。一曰出浿水县。《十三州志》曰：浿水县在乐浪东北，镂方县在郡东。盖出其县南迳镂方也。昔燕人卫满自浿水西至朝鲜。朝鲜，故箕子国也。箕子教民以义，田织信厚；约以八法，而下知禁，遂成礼俗。战国时，满乃王之，都王险城，地方数千里，至其孙右渠。汉武帝元封二年，遣楼船将军杨仆、左将军荀彘㉕讨右渠，破渠于浿水，遂灭之。若浿水东流，无渡浿之理。其地今高句丽之国治。余访蕃使，言城在浿水之阳，其水西流迳故乐浪朝鲜县，即乐浪郡治，汉武帝置。而西北流。故《地理志》曰：浿水西至增地县入海。又汉兴，以朝鲜为远，循辽东故塞，至浿水为界。考之今古，于事差谬，盖《经》误证也。

---

①蓼：liǎo，音了。

②㶟（xíng，音行）：水名，在河北省。

③斛：hú，音胡。

④陆废不赡：意为陆路运粮供应不上。

⑤隰（xí，音习）：低湿的地方。

⑥滮（biāo，音标）：水流的样子。

⑦施加于当时，敷被于后世：意为不仅受益于当时，而且造福于后世。

⑧缰：qiǎng，音、意同襁。

⑨载经始勿亟：意为动工了，勿急躁。

⑩洰（jū，音居）：洰河，水名，在河北。

⑪蹋：tà，音踏。

⑫奔：fàn，音饭。又读bèn，音奔。

⑬纮：hóng，音红。

⑭囷（qūn）：古代一种圆形的谷仓。

⑮墍（jì，音际）：涂屋顶。

⑯弭（mǐ，音米）节：驻车，弭，止，节，行车进退之节。

⑰杲：gǎo，音搞。

⑱孟浪：鲁莽；冒失。

⑲右袪（qū，音区）衣：右边袒开衣襟。

⑳有赞水者：意为有过水的向导。

㉑十片：据考"十片"系"忄舞"之误。

㉒㿜：huàng，音晃。

㉓太牢：盛牲的食器叫牢，大的叫太牢，太牢盛三牲，因此把宴会或祭祀时并且牛、羊、豕三牲叫太牢。

㉔菟：tù，音吐。

㉕彘（zhì，音质）：猪。

# 水经注卷十五

## 洛水　伊水　瀍水　涧水

**洛水出京兆上洛县谨举山，**

《地理志》曰：洛出冢岭山。《山海经》曰：出上洛西山。又曰：谨举之山，洛水出焉。东与丹水合。水出西北竹山东，南流注于洛。洛水又迳仆谷亭北，左合北水。水出北山，东南流注于洛。洛水又东，尸水注之。水北发尸山，南流入洛。洛水又东得乳水，水北出良余山，南流注于洛。洛水又东，会于龙余之水。水出蛊尾之山，东流入洛。洛水又东至阳虚山，合玄扈之水。《山海经》曰：洛水东北流，注于玄扈之水，是也。又曰：自鹿蹄之山，以至玄扈之山，凡九山。玄扈亦山名也，而通与谨举为九山之次焉。故《山海经》曰：此二山者，洛间也。是知玄扈之水，出于玄扈之山，盖山水兼受其目矣。其水迳于阳虚之下。《山海经》又曰：阳虚之山，临于玄扈之水。是为洛汭也。《河图·玉版》曰：仓颉为帝南巡，登阳虚之山，临于玄扈、洛汭之水。灵龟负书，丹甲青文以授之，即于此水也。洛水又东历清池山，东合武里水。水南出武里山，东北流注于洛。洛水又东，门水出焉。《尔雅》所谓洛别为波也。洛水又东，要水入焉。水南出三要山，东北迳拒阳城西，而东北流入于洛。洛水又东与获水合。水南出获舆山，俗谓之备水也。东北迳获舆川，世名之为却川。东北流注于洛。洛水又东迳熊耳山北。《禹贡》所谓导洛自熊耳。《博物志》曰：洛出熊耳，盖开其源者是也。

**东北过卢氏县南，**

洛水迳鹓①渠关北。鹓渠水南出鹓渠山，即荀渠山也。其水一源两分，川流半解。一水西北流，屈而东北入于洛。《山海经》曰：熊耳之山，浮豪之水出焉，西北流注于洛。疑即是水也。荀渠，盖熊耳之殊称，若太行之归山也。故《地说》曰：熊耳之山，地门也。洛水出其间。是亦总名矣。其一水东北迳鹓渠城西，故关城也。其水东北流，注于洛。洛水又东迳卢氏县故城南。《竹书纪年》：晋出公十九年，晋韩龙取卢氏城。王莽之昌富也。有卢氏川水注之。水北出卢氏山，东南流迳卢氏城东，东南流注于洛。洛水又东，翼合三川，并出县之南山，东北注洛。《开山图》曰：卢氏山宜五谷，可避水灾，亦通谓之石城山。山在宜阳山西南，千名之山，咸处其内。陵皋原隰，易以度身者也。又有葛蔓谷水，自南山流注洛水。洛水又东迳高门城南，即《宋书》所谓后军外兵庞季明入卢氏，进达高门木城者也。洛水东与高门水合。水出北山，东南流，合洛水枝津。水上承洛水，东北流迳石勒城北；又东迳高门城北；东入高门水，乱流南注洛。洛水又东，松阳溪水注之。水出松阳山，北流注于洛。洛水又东迳黄亭南；又东，合黄亭溪水。水出鹈鹕②山，山有二峰，峻极于天，高崖云举，亢石无阶，猿徒丧其捷巧，鼯③族谢其轻工；及其长霄冒岭，层霞冠峰，方乃就辨优劣耳。故有大、小鹈鹕之名矣。溪水东南流历亭下，谓之黄亭溪水；又东南，入于洛水。洛水又东，得荀公溪口。水出南山荀公涧，即庞季明所入荀公谷者也。其水历谷东北流，注于洛。洛水又东迳檀山南，其山四绝孤峙，山上有坞聚，俗谓之檀山坞。义熙中，刘公西入长安，舟师所届，次于洛阳。命参军戴延之与府舍人虞道元，即舟溯流，穷览洛川，欲知水军可至之处。延之届此而返，竟不达其源也。洛水又东，库谷水注之。水自宜阳山南，三川并发合为一溪，东北流注于洛。洛水又东得鹈鹕水口，水北发鹈鹕涧，东南流，入于洛。洛水又东，侯谷水出南山，北流入于洛。洛水又东迳龙骧城北。龙骧将军王镇恶，从刘公西入长安，陆行所由，故城得其名。洛水又东，左合宜阳北山水。水自北溪南流注洛。洛水又东，广由涧水注之。水出南山由溪，北流迳龙骧城东，而北流入于洛。洛水又东，右得直谷水。水出南山，北迳屯城西，北流注于洛水也。

### 又东北过蠡城邑之南，

城西有坞水，出北四里山上，原高二十五丈，故龟池县治。南对金门坞，水南五里，旧宜阳县治也。洛水右会金门溪水，水南出金门山，北迳金门坞西，北流入于洛。洛水又东合款水。其水二源并发，两川迳引，谓之大款水也。合而东南入于洛。洛水又东，㮚良谷水入焉。水南出金门山。《开山图》曰：山多重，固在韩④。建武二年，强弩大将军陈俊，转击金门、白马，皆破之，即此也。而东北流注于洛。洛水又东，左合北溪，南流入于洛也。

### 又东过阳市邑南，又东北，过于父邑之南，

太阴谷水，南出太阴溪，北流注于洛。洛水又东合白马溪水。水出宜阳山，涧有大石，厥状似马，故溪涧以物色受名也。溪水东北流注于洛。洛水又东，有昌涧水注之。水出西北宜阳山，而东南流迳宜阳故郡南，旧阳市邑也。故洛阳都典农治此，后改为郡。其水又南注于洛。洛水又东迳一合坞南，城在川北原上，高二十丈，南、北、东三箱，天险峭绝，惟筑西面即为固，一合之名，起于是矣。刘曜之将攻河南也，晋将军魏该奔于此，故于父邑也。洛水又东合杜阳涧水。水出西北杜阳溪，东南迳一合坞，东与槃谷水合，乱流东南入洛。洛水又东，渠谷水出宜阳县南女几山，东北流迳云中坞左，上迢递⑤层峻，流烟半垂，缨带山阜，故坞受其名。渠谷水又东北入洛水。臧荣绪《晋书》称：孙登尝经宜阳山，作炭人见之，与语，登不应。作炭者觉其情神非常，咸共传说。太祖闻之，使阮籍往观，与语，亦不应。籍因大啸。登笑曰：复作向声。又为啸，求与俱出，登不肯。籍因别去，登上峰，行且啸，如箫韶笙簧之音，声振山谷。籍怪而问作炭人，作炭人曰：故是向人声。籍更求之，不知所止。推问久之乃知姓名。余按孙绰之叙《高士传》，言在苏门山，又别作《登传》。孙盛《魏春秋》亦言在苏门山，又不列姓名。阮嗣宗感之，著《大人先生论》，言吾不知其人，既神游自得，不与物交。阮氏尚不能动其英操，复不识何人而能得其姓名。

### 又东北过宜阳县南，

洛水之北有熊耳山，双峦竞举，状同熊耳。此自别山，不与《禹贡》导洛自熊耳同也。昔汉光武破赤眉樊崇，积甲仗与熊耳平，即是山也。山际有池，池水东南流，水侧有一池，世谓之渑池矣。又东南迳宜阳县故城西，谓之西度水。又东南流入于洛。洛水又东迳宜阳县故城南。秦武王以甘茂为左丞相，曰：寡人欲通三川窥周室，死不朽矣！茂请约魏以攻韩，斩首六万，遂拔宜阳城。故韩地也，后乃县之。汉哀帝封息夫躬为侯国。城之西门，赤眉樊崇与盆子及大将等，奉玺绶剑璧处。世祖不即见。明日，陈兵于洛水，见盆子等。谓盆子丞相徐宣曰：不悔乎？宣曰：不悔。上叹曰：卿庸中皦皦，铁中铮铮也。洛水又东与厌染之水合。水出县北傅山大陂。山无草木，其水自陂北流，屈而东南注，世谓之五延水。又东南流迳宜阳县故城东，东南流注于洛。洛水又东南，黄中涧水出北阜，二源奇发，总成一川，东流注于洛。洛水又东，禄泉水注之，其水北出近溪。洛水又东，共水入焉。水北出长石之山，山无草木，其西有谷焉，厥名共谷，共水出焉。南流得尹溪口。水出西北尹谷，东南注之。共水又西南与左涧水会。水东出近川，西流注于共水。共水又南与李谷水合，水出西北李溪，东南注蓁⑥水。蓁水发源蓁谷，西南流与李谷水

合，而西南流入共水。共水，世谓之石头泉，而南流注于洛。洛水又东，黑涧水南出陆浑西山，历于黑涧，西北入洛。洛水又东，临亭川水注之。水出西北近溪，东南与长涧水会。水出北山南入临亭水，又东南历九曲西，而南入洛水也。

**又东北出散关南，**

洛水东迳九曲南，其地十里，有坂九曲。《穆天子传》所谓天子西征，升于九阿，此是也。洛水又东与豪水会。水出新安县密山，南流历九曲东，而南流入于洛。洛水之侧有石墨山，山石尽黑，可以书疏，故以石墨名山矣。洛水又东，枝渎左出焉。东出关，绝惠水。又迳清女冢南，冢在北山上。耆旧传云：斯女清贞秀古，迹表来今矣。枝渎又东迳周山，上有周灵王冢。《皇览》曰：周灵王葬于河南城西南周山上。盖以王生而神，故谥曰灵。其冢，人祠之不绝。又东北，迳柏亭南。《皇览》曰：周山在柏亭西北，谓斯亭也。又东北迳三王陵，东北出。三王，或言周景王、悼王、定王也。魏司徒公崔浩注《西征赋》云：定当为敬。子朝作难，西周政弱人荒，悼、敬二王与景王俱葬于此，故世以三王名陵。《帝王世纪》曰：景王葬于翟泉，今洛阳太仓中大冢是也。而复传言在此，所未详矣。又悼、敬二王，稽诸史传，复无葬处。今陵东有石碑，录赧王以上世王名号，考之碑记，周墓明矣。枝渎东北历制乡，迳河南县王城西，历郏鄏⑦陌。杜预《释地》曰：县西有郏鄏陌，谓此也。枝渎又北入榖，盖经始周启，渎久废不修矣。洛水自枝渎，又东出关，惠水右注之，世谓之八关水。戴延之《西征记》谓之八关泽，即《经》所谓散关。鄣自南山，横洛水，北属于河，皆关塞也，即杨仆家僮所筑矣。惠水出白石山之阳，东南流与瞻水合。水东出娄涿之山，而南流入惠水。惠水又东南，谢水北出瞻诸之山；东南流，又有交觸之水北出虒山，南流，俱合惠水。惠水又南流迳关城北，二十里者也……其城西阻塞垣，东枕惠水。灵帝中平元年，以河南尹何进为大将军，率五营士屯都亭，置函谷、广城、伊阙、大谷、轘辕、旋门、小平津、孟津等八关，都尉官治此。函谷为之首，在八关之限，故世人总其统目，有八关之名矣。其水又南流入于洛水。《山海经》曰：白石之山，惠水出其阳，而南流注于洛。谓是水也。洛水又与虢水会。水出扶猪之山，北流注于洛水。之南则鹿蹄之山也，世谓之非山。其山，阴则峻绝百仞；阳则原阜隆平。甘水发于东麓，北流注于洛水也。

**又东北过河南县南，**

《周书》称周公将致政，乃作大邑成周于中土，南系于洛水，北因于郏山，以为天下之大凑⑧。《孝经援神契》曰：八方之广，周洛为中，谓之洛邑。《竹书纪年》，晋定公二十年，洛绝于周。魏襄王九年，洛入成周，山水大出。南有甘城，《郡国者》所谓甘城也。《地记》曰：洛水东北过五零陪尾北，与涧、瀍合，是二水，东入千金渠，故渎存焉。

**又东过洛阳县南，伊水从西来注之。**

洛阳，周公所营洛邑也。故《洛诰》曰：我卜瀍水东，亦惟洛食。其城方七百二十丈，南系于洛水，北因于郏山，以为天下之凑。方六百里，因西八百里，为千里。《春秋》：昭公三十二年，晋合诸侯大夫成成周之城，故亦曰成周也。司马迁《自序》云：太史公留滞周南。挚仲治曰：古之周南，今之洛阳。汉高祖始欲都之，感娄敬之言，不日而驾行矣。属光武中兴，宸居洛邑；逮于魏、晋，咸两宅焉。故《魏略》曰：汉火行忌水，故去其水而加佳⑨。魏为土德，土、水之牡也。水得土而流，土得水而柔，除佳加水。《长沙耆旧传》云：祝良，字召卿，为洛阳令。岁时亢旱，天子祈雨不得。良乃身曝阶庭，告诚引罪，自晨至中，紫云水起，甘雨登降。人为歌曰：天久不雨，烝人失所。天王自出，祝令特苦。精符感应，滂沱下雨。则县司及河南尹治⑩，司隶，周官也。汉武帝使领徒隶，董督京畿⑪，后因名司州焉。《地记》曰：洛水东入于中提山间，东流会于伊是也。昔黄帝之时，天大雾三日，帝游洛水之上，见大鱼，杀五牲以醮之。天乃甚雨，七日七夜，鱼流，始得图书。今《河图·视萌篇》是也。昔王子晋好吹凤笙，招延道士，与浮丘同游伊洛之浦，含始又受玉鸡之瑞于此水，亦洛神宓妃之所在也。洛水又东合水南出半石之山，北迳合水坞，而东北流注于公路涧，但世俗音讹，号之曰光禄涧，非也。上有袁术固，四周绝涧，迢递百仞，广四五里，有一水，渊而不流，故溪涧即其名也。合水北与刘水合。水出半石东山，西北流迳刘聚，三面临涧，在缑氏西南。周畿内刘子国，故谓之刘涧。其水西北流注于合水，合水又北流注于洛水也。

**又东过偃师县南，**

洛水东迳计素渚。中朝时，百国贡计所顿[12]，故渚得其名。又直偃师故县南，与缑氏分水。又东，休水自南注之。其水导源少室山，西流迳穴山南，而北与少室山水合。水出少室北溪，西南流注休水。休水又左会南溪水，水发大穴南山，北流入休水。休水又西南，北屈潜流地下，其故渎北屈出峡，谓之大穴口。北历覆釜堆东，盖以物象受名矣。又东届零星坞，水流潜通，重源又发。侧缑氏原，《开山图》谓之缑氏山也。亦云，仙者升焉。言王子晋控鹄斯阜，灵王望而不得近，举手谢而去。其家得遗屣，俗亦谓之为抚父堆，堆上有子晋祠。或言在九山，非此，世代已远，莫能辨之。刘向《列仙传》云：世有箫管之声焉。休水又迳延寿城南，缑氏县治，故滑费，《春秋》滑国所都也。王莽更名中亭，即缑氏城也。城有仙人祠，谓之仙人观。休水又西转北屈迳其城西。水之西南有司空密陵元侯郑袤庙碑，文缺不可复识。又有晋城门校尉昌原恭侯郑仲林碑，晋泰始六年立。休水又北流注于洛水。洛水又东迳百谷坞北。戴延之《西征记》曰：坞在川南，因高为坞，高十余丈。刘武王西入长安，舟师所保也。洛水又北，阳渠水注之。《竹书纪年》：晋襄公六年，洛绝于泂。即此处也。洛水又北迳偃师城东，东北历鄩[13]中，水南谓之南鄩，亦曰上鄩。迳訾[14]城西，司马彪所谓訾聚也。而鄩水注之。水出北山鄩溪，其水南流，世谓之温泉水。水侧有僵人穴，穴中有僵尸。戴延之从刘武王《西征记》曰：有此尸，尸今犹在。夫物无不化之理，魄无不迁之道，而此尸无神识，事同木偶之状，喻其推移，未若正形之速迁矣。鄩水又东南于訾城西北，东入洛水。故京相璠曰：今巩洛渡北，有鄩谷水，东入洛，谓之下鄩。故有上鄩、下鄩之名。亦谓之北鄩，于是有南鄩、北鄩之称矣。又有鄩城，盖周大夫鄩肸之旧邑。洛水又东迳訾城北；又东，罗水注之。水出方山罗川，西北流，蒲池水注之。水南出蒲陂，西北流，合罗水，谓之长罗川，亦曰罗中也。盖肸子鄩罗之宿居，故川得其名耳。罗水又西北，白马溪水注之。水出嵩山北麓，迳白马坞东而北入罗水。西北流，白桐涧水注之。水出嵩麓桐溪，北流迳九山东；又北，九山溪水入焉。水出百称山东谷。其山孤峰秀出，嶕峣分立。仲长统曰：昔密有卜成者，身游九山之上，放心不拘之境，谓是山也。山际有九山庙，庙前有碑云：九显灵府君者。太华之元子，阳九列名，号曰九山府君也。南据嵩岳，北带洛滢。晋元康二年九月，太岁在戌，帝遣殿中中郎将关内侯樊广、缑氏令王与、主簿傅演，奉宣诏命，兴立庙殿焉。又有百虫将军显灵碑，碑云：将军姓伊氏，讳益，字隤敳，帝高阳之第二子伯益者也。晋元康五年七月七日，顺人吴义等建立堂庙。永平元年二月二十日，刻石立颂，赞示后贤矣。其水东北流入白桐涧；又北迳袁公坞东，盖公路始固有此也，故有袁公之名矣。北流注于罗水。罗水又西北迳袁公坞北；又西北迳潘岳父子墓前。有碑，岳父茈[15]，琅琊太守。碑石破落，文字缺败。岳碑题云：给事黄门侍郎潘君之碑。碑云：君遇孙秀之难，阖门受祸。故门生感覆醢[16]以增恸，乃树碑以记事。太常潘尼之辞也。罗水又于訾城东北，入于洛水也。

**又东北过巩县东，又北入于河。**

洛水又东，明乐泉水注之。水出南原下，三泉并导[17]，故世谓之五道泉，即古明溪泉也。《春秋》：昭公二十二年，师次于明溪者也。洛水又东迳巩县故城南，东周所居也。本周之畿内巩伯国也。《春秋左传》所谓尹文父涉于巩，即于此也。洛水又东，浊水注之，即古黄水也。水出南原。京相璠曰：訾城北三里有黄亭，即此亭也。《春秋》所谓次于黄者也。洛水又东北，泂水发南溪石泉，世亦名之为石泉水也。京相璠曰：巩东地名坎欿[18]，在泂水东，疑即此水也。又迳盘谷坞东，世又名之曰盘谷水。司马彪《郡国志》：巩有坎欿聚。《春秋》：僖公二十四年，王出，及坎欿。服虔亦以为巩东邑名也。今考厥文，若状焉而不能精辨耳[19]。《晋太康地记》、《晋书·地道记》，并言在巩西，非也。其水北入洛。洛水又东北流入于河。《山海经》曰：洛水成皋西入河是也。谓之洛汭，即什谷也。故张仪说秦曰：下兵三川，塞什谷之口。谓此川也。《史记音义》曰：巩县有鄩谷水者也。黄帝东巡河，过洛，修坛沈璧，受《龙图》于河，《龟书》于洛，赤文绿字。尧帝又修坛河、洛，择良即沈，荣光出河，休气四塞，白云起，回风逝，赤文绿色，广袤九尺，负理平上，有列星之分，七政之度[20]，帝王录记兴亡之数，以授之尧。又东沈书于日稷，赤光起，玄龟负书，背甲赤文成字，遂禅于舜。舜又习尧礼，沈书于日稷，赤光起，玄龟负书至于稷下，荣光休至，黄龙卷甲，舒图坛畔，赤文绿错，以授舜。舜以禅禹。殷汤东观于洛，习礼尧坛，降璧三沈，荣光不起，黄鱼双跃，出济于坛；黑鸟以浴，随鱼亦上，化为黑玉赤勒之书。黑龟赤文之题也。汤以伐桀。故《春秋说题辞》曰：河以道坤出天苞，洛以流川吐地符。王者沈礼焉。《竹书纪年》曰：洛伯用与河伯冯夷斗，盖洛水之神也。昔夏太康失政，为羿所逐，其昆弟五人须于洛汭，作《五子之歌》于是地矣。

**伊水出南阳鲁阳县西蔓渠山，**

《山海经》曰：蔓渠之山，伊水出焉。《淮南子》曰：伊水出上魏山。《地理志》曰：出熊耳山。即麓大同，陵峦互别耳。伊水自熊耳东北迳鸾川亭北䓞[21]水，出䓞山北流，际其城东而北入伊水。世人谓伊水为鸾水，䓞水为交水，故名斯川为鸾川也。又东为渊潭，潭浑若沸，亦不测其深浅也。伊水又东北迳东亭城南；又屈迳其亭东，东北流者也。

**东北过郭落山，**

阳水出阳山阳溪，世人谓之太阳谷，水亦取名焉。东流入伊水。伊水又东北，鲜水入焉。水出鲜山，北流注于伊。伊水又与蛮水合。水出卢氏县之蛮谷，东流入于伊。

**又东北，过陆浑县南，**

《山海经》曰：瀤瀤之水，出于厘山，南流注于伊水。今水出陆浑县之西南王母涧，涧北山上有王母祠，故世因以名溪。东流注于伊水，即瀤瀤之水也。伊水历崖口，山峡也。翼崖深高，壁立若阙。崖上有坞，伊水迳其下，历峡北流，即古三涂山也。杜预《释地》曰：山在县南。阚骃《十三州志》云：山在东南。今是山在陆浑故城东南八十许里。《周书》，武王问太公曰：吾将因有夏之居，南望过于三涂，北瞻望于有河。《春秋》：昭公四年，司马侯曰：四岳、三涂、阳城、太室、荆山、中南，九州之险也。服虔曰：三涂、太行、轘辕、崤、渑，非南望也。京相璠著《春秋土地名》亦云：山名也。以服氏之说，涂，道也。准《周书》南望之文，或言宜为轘辕、大谷、伊阙，皆为非也。《春秋》，晋伐陆浑，请有事于三涂。知是山明矣。有七谷水注之。水西出女几山之南七溪，山上有西王母祠，东南流注于伊水。又北，蚤谷水注之。水出女几山之东谷，东迳故亭南，东流入于伊水。伊水又东北迳伏流岭东，岭上有昆仑祠，民犹祈焉。刘澄之《永初记》称：陆浑县西有伏流坂者也。今山在县南崖口北三十里许，西则非也。北与温水合。水出新城县之狼皋山西南阜下，西南流，会于伊水。伊水又东北迳伏睹岭，左纳焦涧水。水西出鹿髆山，东流迳孤山南。其山介立丰上，单秀孤峙，故世谓之方山。即刘中书澄之所谓县有孤山者也。东历伏睹岭南，东流注于伊。伊水又东北，涓水注之。水出陆浑西山，即陆浑都也。寻郭文之故居，访胡昭之遗像，世去不停，莫识所在。其水有二源俱导，而东注虢略，在陆浑县西九十里也。司马彪《郡国志》曰：县西虢略地，《春秋》所谓东尽虢略者也。北水东流合侯涧水。水出西北侯溪，东南流注于涓水。涓水又东迳陆浑县故城北。平王东迁，辛有适伊川，见有被发而祭于野者，曰：不及百年，此其戎乎！鲁僖公二十二年，秦、晋迁陆浑之戎于伊川，故县氏之也。涓水东南流，左合南水。水出西山七谷，亦谓之七谷水。阻涧东逝，历其县南。又东南，左会北水，乱流左合禅渚水。水上承陆浑县东禅渚，渚在原上，陂方十里，佳饶鱼苇，即《山海经》所谓南望禅渚，禹父之所化。郭景纯注云：禅，一音暖，鲧化羽渊而复在此，然已变怪，亦无往而不化矣。世谓此泽为慎望陂。陂水南流注于涓水。涓水又东南，注于伊水。昔有莘氏女采桑于伊川，得婴儿于空桑中，言其母孕于伊水之滨，梦神告之曰：臼水出而东走。母明视而见臼水出焉。告其邻居而走，顾望其邑，咸为水矣。其母化为空桑，子在其中矣。莘女取而献之，命养于庖。长而有贤德，殷以为尹，曰伊尹也。

**又东北过新城县南，**

马怀桥长水出新城西山，东迳晋使持节征南将军宗均碑南。均字文平，县人也。其碑太始三年十二月立。其水又东流入于伊。又有明水，出梁县西狼皋山，俗谓之石涧水也。西北流迳杨亮垒南，西北合康水，水亦出狼皋山。东北流迳范坞北与明水合。又西南流入于伊。《山海经》曰：放皋之山，明水出焉，南流注于伊水是也。伊水又与大戟水会。水出梁县西，有二源。北水出广成泽，西南迳杨志坞北与南水合。水源南出广成泽，西流迳陆浑县南。《河南十二县境簿》曰：广成泽在新城县界黄阜。西北流，屈而东迳杨志坞南；又北屈迳其坞东；又迳坞北，同注老倒涧，俗谓之老倒涧水，西流入于伊。伊水又北迳新城东，与吴涧水会。水出县之西山，东流，南屈迳其县故城西；又东转迳其县南，故蛮子国也。县有鄤聚，今名蛮中是也。汉惠帝四年置县。其水又东北流，注于伊水。伊水又北迳当阶城西，大狂水入焉。水东出阳城县之大菩②山。《山海经》曰：大菩之山多璊琈之玉，其阳，狂水出焉，西南流，其中多三足龟，人食之者无大疾，可以已肿。狂水又西迳纶氏县故城南。《竹书纪年》曰：楚吾得帅师及秦伐郑，围纶氏者也。左与倚薄山水合。水北出倚薄之山，南迳黄城西；又南迳纶氏县故城东，而南流注于狂水。狂水又西，八风溪水注之。水北出八风山，南流迳纶氏县故城西，西南流入于狂水。狂水又西，得三交水口。水有三源，各导一溪，并出山南合舍，故世有三交之名也。石上菖蒲，一寸九节，为药最妙，服久化仙。其水西南流注于狂水。狂水又西迳缶高山北，西南与漕水合。水出东北漕谷，西南流迳武林亭东北，又屈迳其亭南；其水又西南迳漕阳亭东，盖藉水以名亭也。又东南流入于狂。狂水又西迳漕阳城南；又西迳当阶城南，而西流注于伊。伊水又北，土沟水出玄望山西，东迳玄望山南；又东迳新城县故城北，东流注于伊水。伊水又北，板桥水入焉。水出西山，东流入于伊水。伊水又北会厌涧水，水出西山，东流迳郊②垂亭南。《春秋左传》：文公十七年秋，周甘歜败戎于郊垂者也。服虔曰：郊垂在高都南。杜预《释地》曰：河南新城县北有郊垂亭。司马彪《郡国志》曰：新城有高都城。今亭在城南七里，遗基存焉。京相璠曰：旧说言郊垂在高都南，今上党有高都县。余谓京论疏远，未足以证，无如虔说之指密矣。其水又东注于伊水。伊水又北迳高都城东，徐广《史记音义》曰：今河南新城县有高都城。《竹书纪年》：梁惠成王十七年，东周与郑高都利者也。又来儒之水出于半石之山，西南流迳斌轮城北，西历艾涧，以其水西流，又谓之小狂水也。其水又西南迳大石岭南，《开山图》所谓大石山也。山下有大石岭碑。河南隐士通明，以汉灵帝中平六年八月戊辰，于山堂立碑，文字浅鄙，殆不可寻。魏文帝猎于此山，虎超乘舆，孙礼拔剑投虎于是山。山在洛阳南。而刘澄之言在洛东北，非也。山阿有魏明帝高平陵。王隐《晋书》曰：惠帝使校尉陈总仲元诣洛阳山请雨，总尽除小祀，惟存大石而祈之，七日大雨。即是山也。来儒之水又西南迳赤眉城南，又西至高都城东，西入伊水，谓之曲水也。

**又东北过伊阙中，**

伊水迳前亭西。《左传》：昭公二十二年，晋箕遗、乐征、右行诡济师，取前城者也。京相璠曰：今洛阳西南五十里伊阙外前亭矣。服虔曰：前读为泉，周地也。伊水又北，入伊阙。昔大禹疏以通水，两山相对，望之若阙，伊水历其间北流，故谓之伊阙矣。《春秋》之阙塞也。昭公二十六年，赵鞅使女宽守阙塞是也。陆机云：洛有四阙，斯其一焉。东岩西岭，并镌石开轩，高甍架峰。西侧灵岩下，泉流东注，入于伊水。傅毅《反都赋》曰：因龙门以畅化，开伊阙以达聪也。阙左壁有石铭云：黄初四年六月二十四日辛巳，大出水，举高四丈五尺，齐此已下。盖记水之涨减也。右壁又有石铭云：元康五年，河南府君循大禹之轨，部督邮辛曜，新城令王琨，部监作掾董猗、李褒，斩岸开石，平通伊阙。石文尚存也。

**又东北至洛阳县南，北入于洛。**

伊水自阙东北流，枝津右出焉。东北引溉，东会合水，同注公路涧，入于洛。今无水。《战国策》曰：东周欲为田，西周不下水。苏子见西周君曰：今不下水，所以富东周也，民皆种他种[24]。欲贫之，不如下水以病之，东周必复种稻，种稻而复夺之，是东周受命于君矣。西周遂下水。即是水之故渠也。伊水又东北，枝渠左出焉。水积成湖，北流注于洛，今无水。伊水又东北至洛阳县南，迳圜丘东，大魏郊天之所，准汉故事建之。《后汉书·郊祀志》曰：建武二年，初制郊兆于洛阳城南七里，为圜坛八陛；中又为重坛，天地位其上，皆南向。其外坛，上为五帝位，其外为壝，重营皆紫，以像紫宫。按《礼》，天子大裘而冕，祭昊天上帝于此。今衮冕也，坛壝无复紫矣。伊水又东北流注于洛水。《广志》曰：鲵鱼声如小儿啼，有四足，形如鲮鳢，可以治牛，出伊水也。司马迁谓之人鱼，故其著《史记》曰：始皇帝之葬也，以人鱼膏为烛。徐广曰：人鱼似鲇而四足，即鲵鱼也。

**瀍水出河南穀城县北山，**

县北有晋亭，瀍水出其北梓泽中。梓泽，地名也。泽北对原阜，即裴氏墓茔所在，碑阙存焉。其水历泽东南流，水西有一原，其上平敞，古晋亭之处也。即潘安仁《西征赋》所谓越街邮者也。

**东与千金渠合。**

《周书》曰：我卜瀍水西，谓斯水也。东南流。水西南有帛仲理墓，墓前有碑，题云：真人帛君之表。仲理名护，益州巴郡人，晋永宁二年十一月立。瀍水又东南流注于穀。穀水自千金竭东注，谓之千金渠也。

**又东过洛阳县南，又东过偃师县，又东入于洛。**

**涧水出新安县南白石山，**

《山海经》曰：白石之山，惠水出于其阳，东南注于洛，涧水出于其阴，北流注于穀。世谓是山曰广阳山，水曰赤岸水，亦曰石子涧。《地理志》曰：涧水在新安县，东南入洛，是为密矣。东北流历函谷东坂东，谓之八特坂。

**东南入于洛。**

孔安国曰：涧水出渑池山。今新安县西北有一水，北出渑池界，东南流迳新安县，而东南流入于穀水。安国所言，当斯水也。然穀水出渑池，下合涧水，得其通称，或亦指之为涧水也。并未之详耳。今孝水东十里有水，世谓之慈涧，又谓之涧水。按《山海经》则少水也，而非涧水，盖习俗之误耳。又按河南有离山水，谓之为涧水。水西北出离山，东南流历郏山，于穀城东，而南流注于穀。旧与穀水乱流，南入于洛。今穀水东入千金渠，涧水与之俱东入洛矣。或以是水并为周公之所相卜也。吕忱曰：今河南死水，疑其是此水也。然意所未详，故并书存之耳。

①屿（dǎo，音岛）：同"岛"，水中的山。

②鹈鹕（tí hú，音提胡）：水鸟。

③鼯（wú，音吾）：鼯鼠，哺乳动物名。

④此句据考应为"山出竹，可为律管"。

⑤遰（dì，音弟）：远貌。

⑥蓁：zhēn，音真。

⑦郏鄏（jiá rǔ，音夹汝）：古山名，在今河南洛阳西北。

⑧大凑：意为中枢。凑，会合，聚合。

⑨隹：zhuī，音追。

⑩则县司及河南尹治：意为洛阳县是司州和河南尹的治所。

⑪董督京畿：意为督察巡视京城。

⑫向国贡计所顿：意为各国计官进京朝贡。

⑬郇（xún，音寻）：周朝国名，在今山西。

⑭訾：zī，音资。

⑮泚：cí，音词。

⑯醢（hǎi，音海）：肉鱼等制成的酱。

⑰三泉并导：疑为五泉共导，估计为误刊。

⑱欿：kǎn，音砍。

⑲若状焉而不能精辨耳：意为情况似乎相符，但不能精确地分辨清楚。

⑳此句中，据易守敬考"回风逝"应为"回风摇"，下脱"龙马衔甲"，"负理"应作"圆理"；"七政"应作"斗政"。

㉑葐：jiān，音艰。

㉒罟（kǔ，音苦）：大罟，也作"大苦"。山名，在河南省登封县境。

㉓邥（shěn，音沈）：邥垂，古地名，在河南。

㉔民皆种他种：据考证，此处应为"民皆种麦，无他种"。

# 水经注卷十六

穀水　　甘水　　漆水　　浐水　　沮水

**穀水出弘农黾池县南墦塚林穀阳谷，**

《山海经》曰：傅山之西，有林焉，曰墦塚，穀水出焉，东流注于洛，其中多珚①玉。今穀水出千崤东马头山穀阳谷，东北流历黾池川，本中乡地也。汉景帝中二年，初城，徙万户为县，因崤黾之池以目县焉。亦或谓之彭池。故徐广《史记音义》曰：黾，或作彭，穀水出处也。穀水又东迳秦、赵二城南。司马彪《续汉书》曰：赤眉从黾池自利阳南，欲赴宜阳者也。世谓之俱利城。耆彦曰：昔秦、赵之会，各据一城。秦王使赵王鼓瑟，蔺相如令秦王击缶处也。冯异又破赤眉于是川矣。故光武《玺书》曰：始虽垂翅回溪，终能奋翼黾池。可谓失之东隅，收之桑榆矣。穀水又东迳土崤北，所谓三崤也。穀水又东，左会北溪。溪水北出黾池山，东南流注于穀。疑即孔安国所谓涧水也。穀水又东迳新安县故城，南北夹流，而西接崤黾。昔项羽西入秦，坑降卒二十万于此。国灭身亡，宜矣！穀水又东迳千秋亭南，其亭累石为垣，世谓之千秋城也。潘岳《西征赋》曰：亭有千秋之号，子无七旬之期，谓是亭也。又东迳雍谷溪，回岫萦纡，石路阻峡，故亦有峡石之称矣。縠水历侧，左与北川水合。水有二源，并导北山，东南流，合成一水，自乾注巽[②]，入于縠。縠水又东迳缺门山，山阜之不接者里余，故得是名矣。二壁争高，斗耸相乱。西瞻双阜，右望如砥。縠水自门而东，广阳川水注之。水也广阳北山，东南流注于縠。南望微山，云峰相乱。縠水又迳白超垒南。戴延之《西征记》云：次至白超垒，去函谷十五里，筑垒当大道，左右有山夹立，相去百余步，从中出北乃故关城，非所谓白超垒也。是垒在缺门东十五里，垒侧旧有坞，故冶官所在。魏晋之日，引縠水为水冶，以经国用，遗迹尚存。縠水又东，石默溪水出微山东麓，石默溪东北流入于縠。縠水又东，宋水北流，注于縠。縠水又东迳魏将作大匠毋丘兴墓南，二碑存焉。俭父也。《管辂别传》曰：辂尝随军西征，过其墓而叹，谓士友曰：玄武藏头，青龙无足，白虎衔尸，朱雀悲哭，四危已备，法应灭族。果如其言。縠水又东迳函谷关南，东北流，皂涧水注之。水出新安县，东南流迳毋丘兴墓东，又南迳函谷关西。关高险陜，路出廛郭。汉元鼎三年，楼船将军杨仆，数有大功，耻居关外，请以家僮七百人，筑塞徙关于新安，即此处也。昔郭丹西入关，感慨于其下，曰：不乘驷马高车，终不出此关也。去家十二年，果如志焉。皂涧水又东流入于縠。縠水又东北迳函谷关城东，右合爽水。《山海经》曰：白石山西五十里曰縠山，其上多縠，其下多桑，爽水出焉。世谓之纻麻涧，北流注于縠，其中多碧绿。縠水又东，涧水注之。《山海经》曰：娄涿山西四十里曰白石之山，涧水出焉，北流注于縠。挚仲治《三辅决录注》云：马氏兄弟五人，共居涧、縠二水之交，作五门客，因舍以为名。今在河南西四十里。以《山海经》推校，里数不殊仲治所记，水会尚有故居处。斯则涧水也，即《周书》所谓我卜涧水东。言是水也。自下通谓涧水，为縠水之兼称焉。故《尚书》曰：伊、洛、瀍、涧，既入于河，而无縠水之目，是名亦通称矣。刘澄之云：新安有涧水源出县北，又有渊水，未知其源。余考诸地记，并无渊水；但渊、涧字相似，时有字错为渊也。故阚骃《地理志》曰：《禹贡》之渊水，是以知传写书误，字缪舛真，澄之不思所致耳。既无斯水，何源之可求乎？縠水又东，波水注之。《山海经》曰：瞻诸山西三十里娄涿之山，无草木，多金玉，波水出于其阴。世谓之百答水。北流注于縠，其中多茈石、文石。縠水又东，少水注之。《山海经》曰：厜山西三十里曰瞻诸之山，其阳多金，其阴多文石。少水出于其阴，控引众溪，积以成川。东流注于縠，世谓之慈涧也。縠水又东，俞随之水注之。《山海经》曰：平蓬山西十里厜山，其阳多㻬琈[③]之玉，俞随之水出于其阴，北流注于縠。世谓之孝水也。潘岳《西征赋》曰：澡孝水以濯缨，嘉美名之在兹。是水在河南城西十余里，故吕忱曰：孝水在河南。而戴延之言在函谷关西。刘澄之又云：出檀山。檀山在宜阳县西，在縠水南，无南入之理。考寻兹说，当承缘生《述征》谬志耳。缘生从戍行旅，征途讯访，既非旧土，故无所究。今川澜北注，澄映泥泞，何得言枯涸也？皆为疏僻矣。

**东北过縠城县北，**

城西临縠水，故县取名焉。縠水又东迳縠城南，不历其北。又东，洛水枝流入焉，今无水也。

**又东过河南县北，东南入于洛。**

河南王城西北，縠水之右有石碛。碛南出为死縠，北出为湖沟。魏太和四年，暴水流高三丈，此地下停流以成湖渚，造沟以通水，东西十里，决湖以注瀍水。縠水又迳河南王城西北，所谓成周矣。《公羊》曰：成周者何？东周也。何休曰：名为成周者，周道始成，王所都也。《地理志》曰：河南河南县，故郏、鄏地也。京相璠曰：郏，山也；鄏，地邑也。卜年定鼎，为王之东都，谓之新邑，是为王城。其城东南，名曰鼎门，盖九鼎所从入也，故谓是地为鼎中。楚子伐陆浑之戎，问鼎于此。《述征记》曰：縠、洛二水，本于王城东北合流，所谓縠、洛斗也。今城之东南缺千步，世又谓之穀、洛斗处，俱为非也。余按史传，周灵王之时，穀、洛二水斗，毁王宫。王将堨之，太子晋谏，王不听。遗堰三堤尚存。《左传》：襄公二十五年，齐人城郏，穆叔如周贺。韦昭曰：洛水在王城南，穀水在王城北，东入于瀍。至灵王时，穀水盛，出于王城西，而南流合于洛，两水相格，有似于斗，而毁王城西南也。颍容著《春秋条例》言：西城梁门枯水处，世谓之死穀是也。始知缘生行中造次，入关经究，故事与实违矣。考王封周桓公于是为西周；及其孙惠公，封少子于巩，为东周；故有东西之名矣。秦灭周，以为三川郡。项羽封申阳为河南王。汉以为河南郡，王莽又名之曰保忠信卿。光武都洛阳，以为尹。尹，正也，所以董正京畿，率先百郡也。穀水又东流迳乾祭门北，子朝之乱，晋所开也。东至千金堨。《河南十二县境簿》曰：河南县城东十五里有千金堨。《洛阳记》曰：千金堨旧堰穀水，魏时更修此堰，谓之千金堨。积石为堨，而开沟渠五所，谓之五龙渠。渠上立堨，堨之东首，立一石人，石人腹上刻勒云：太和五年二月八日庚戌，造筑此堨，更开沟渠，此水衡渠，上其水，助其坚也，必经年历世，是故部立石人以记之云尔。盖魏明帝修王、张故绩也。堨是都水使者陈协所造。《语林》曰：陈协数进阮步兵酒，后晋文王欲修九龙堰，阮举协，文王用之。掘地得古承水铜龙六枚，堰遂成。水历堨东注，谓之千金渠。逮于晋世，大水暴注，沟渎泄坏，又广功焉。石人东胁下文云：太始七年六月二十三日，大水并瀑，出常流上三丈，荡坏二堨。五龙泄水，南注泻下，加岁久漱齧[④]，每涝即坏，历载消弃大功；今故无令遏，更于西开泄，名曰代龙渠。地形正平，诚得为泄至理。千金不与水势激争，无缘当坏，由其卑下，水得逾上漱齧故也。今增高千金于旧一丈四尺，五龙自然必历世无患。若五龙岁久复坏，可转于西，更开二堨。二渠合用二十三万五千六百九十八功，以其年十月二十三日起作，功重人少，到八年四月二十日毕。代龙渠即九龙渠也。后张方入洛，破千金堨。永嘉初，汝阴太守李矩、汝南太守袁孚修之，以利漕运，公私赖之。水积年，渠堨颓毁，石砌殆尽，遗基见存。朝廷太和中修复故堨。按千金堨石人西胁下文云：若沟渠久，疏深引水者，当于河南城北、石碛西更开渠北出，使首狐丘[⑤]。故沟东下，因故易就，碛坚便时，事业已讫，然后见之。加边方多事，人力苦少，又渠堨新成，未患于水，是以不敢预修通之。若于后当复兴功者，宜就西碛。故书之于石，以遗后贤矣。虽石碛沦败，故迹可凭。准之于文，北引渠，东合旧渎。旧渎又东，晋惠帝造石梁于水上，按桥西门之南颊文称：晋元康二年十一月二十日，改治石巷、水门，除竖枋，更为函枋，立作覆枋屋，前后辟级续石障，使南北入岸。筑治漱处，破石以为杀矣。到三年三月十五日毕讫。并纪列门广长深浅于左右。巷东西长七尺，南北龙尾广十二丈，巷渎口高三丈，谓之皋门桥。潘岳《西征赋》曰：驻马皋门。即此处也。穀水又东，又结石梁，跨水制城。西梁也。穀水又东，左会金谷水。水出太白原，东南流历金谷，谓之金谷水。东南流迳晋卫尉卿石崇之故居。石季伦《金谷诗集叙》曰：余以元康七年，从太仆出为征虏将军，有别庐在河南界金谷涧中，有清泉茂树，众果、竹、柏、药草备具。金谷水又东南流，入于穀。穀水又东迳金墉城北。魏明帝于洛阳城西北角筑之。谓之金墉城。起层楼于东北隅。《晋宫阁名》曰：金墉有崇天堂，即此。地上架木为榭，故白楼矣。皇居创徙，宫极未就，止跸[⑥]于此。搆[⑦]宵榭于故台，所谓台以停停也。南曰乾光门，夹建两观，观下列朱桁于堑，以为御路；东曰含春门；北有遄门，城上西面列观，五十步一睥睨，屋台置一钟，以和漏鼓。西北连庑函荫，墉比广榭。炎夏之日，高视[⑧]常以避暑，为绿水池一所，在金墉者也。穀水迳洛阳小城北，因阿旧城，凭结金墉，故向城也。永嘉之乱，结以为垒，号洛阳垒。故《洛阳记》曰：陵云台西有金市，金市北对洛阳垒者也。又东历大夏门下，故夏门也。陆机《与弟书》云：门有三层，高百尺，魏明帝造。门内东侧，际城有魏明帝所起景阳山，余基尚存。孙盛《魏春秋》曰：景初元年，明帝愈崇宫殿雕饰观阁，取白石英及紫石英及五色大石于太行穀城之山；

起景阳山于芳林园，树松竹草木，捕禽兽以充其中。于是百役繁兴，帝躬自掘土，率群臣三公已下，莫不展力。山之东，旧有九江。陆机《洛阳记》曰：九江直作圆水。水中作圆坛三破之，夹水得相迳通。《东京赋》曰：濯龙、芳林、九谷、八溪，芙蓉覆水，秋兰被涯。今也，山则块阜独立，江无复仿佛矣。穀水又东，枝分南入华林园，历疏圃南。圃中有古玉井，井悉以珉玉为之，以缁石为口，工作精密，犹不变古，璨焉如新。又迳瑶华宫南，历景阳山北。山有都亭。堂上结方湖，湖中起御坐，石也。御坐前建蓬莱山，曲池接筵，飞沼拂席，南面射侯夹席，武峙背山。堂上则石路崎岖，岩嶂峻险，云台风观，缨峦带阜。游观者升降阿阁，出入虹陛⑨，望之状崣没鸢举矣。其中引水飞皋，倾澜瀑布；或枉渚声溜，潺潺不断；竹柏荫于层石，绣薄丛于泉侧；微飚暂拂，则芳溢于六空，实为神居矣。其水东注天渊池。池中有魏文帝九华台，殿基悉是洛中故碑累之，今造钓台于其上。池南直魏文帝茅茨堂，前有茅茨碑，是黄初中所立也。其水自天渊池东，出华林园，迳听讼观南，故平望观也。魏明帝常言，狱，天下之命也。每断大狱，恒幸观听之。以太和三年，更从今名。观西北接华林隶簿，昔刘桢磨石处也。《文士传》曰：文帝之在东宫也，宴诸文学，酒酣，命甄后出拜，坐者咸伏，惟刘桢平视之。太祖以为不敬，送徒隶簿。后太祖乘步牵车乘城，降阅簿作，诸徒咸敬，而桢拒坐，磨石不动。太祖曰：此非刘桢也？石如何性？桢曰：石出荆山玄岩之下，外炳五色之章，内秉坚贞之志。雕之不增文，磨之不加莹，禀气贞正，禀性自然。太祖曰：名岂虚哉？复为文学。池水又东流入洛阳县之南池。池，即故翟泉也，南北百一十步，东西七十步。皇甫谧曰：悼王葬景王于翟泉，今洛阳太仓中大冢是也。《春秋》：定公元年，晋魏献子合诸侯之大夫于翟泉，始盟城周⑩。班固、服虔、皇甫谧咸言翟泉在洛阳东北，周之墓地。今按周威烈王葬洛阳城内东北隅，景王冢在洛阳太仓中。翟泉在两冢之间，侧广莫门道东，建春门路北。路，即东宫街也，于洛阳为东北。后秦封吕不韦为洛阳十万户侯，大其城，并得景王冢矣，是其墓地也。及晋永嘉元年，洛阳东北步广里地陷，有二鹅出，苍色者飞翔冲天；白色者止焉。陈留孝廉董养曰：步广，周之翟泉，盟会之地。今色苍，胡象矣，其可尽言乎？后五年，刘曜、王弥入洛，帝居平阳。陆机《洛阳记》曰：步广里在洛阳城内宫东，是翟泉所在，不得于太仓西南也。京相璠与裴司空彦季修《晋舆地图》，作《春秋地名》，亦言今太仓西南池水名翟泉。又曰：旧说言翟泉本自在洛阳北，苌弘城成周，乃绕之。杜预因其一证，谓必是翟泉，而即实非也。后遂为东宫池。晋《中州记》曰：惠帝为太子，出闻虾蟆声，问人，为是官虾蟆、私虾蟆？侍臣贾胤⑪对曰：在官地为官虾蟆，在私地为私虾蟆。令曰：若官虾蟆，可给廪。先是有谶云：虾蟆当贵。昔晋朝收愍怀太子于后池，即是池也。其一水自大夏门，东迳宣武观，凭城结构，不更增墉。左右夹列步廊，参差翼跂，南望天渊池，北瞩宣武场。《竹林七贤论》曰：王戎幼而清秀。魏明帝于宣武场上为栏，苞虎牙，使力士祖裼迭与之搏，纵百姓观之。戎年七岁，亦往观焉。虎乘间薄栏而吼，其声震地，观者无不辟易颠仆。戎亭然不动。帝于门上见之，使问姓名而异之。场西故贾充宅地。穀水又东迳广莫门北，汉之穀门也。北对芒阜，连岭修亘，苞总众山，始自洛口，西逾平阴，悉芒垅也。《魏志》曰：明帝欲平北芒，令登台见孟津。侍中辛毗谏曰：若九河溢涌，洪水为害，丘陵皆夷，何以御之？帝乃止。穀水又东，屈南迳建春门石桥下，即上东门也。阮嗣宗《咏怀诗》曰：步出上东门者也。一曰上升门，晋曰建阳门。《百官志》曰：洛阳十二门，每门候一人，六百石。《东观汉记》曰：郅恽为上东门候。光武尝出，夜还，诏开门，欲入，恽不内。上令从门间识面。恽曰：火明辽远。遂拒不开，由是上益重之。亦袁本初挂节处也。桥首建两石柱，桥之右柱铭云：阳嘉四年乙酉、壬申诏书，以城下漕渠东通河、济，南引江、淮，方贡委输，所由而至，使中谒者魏郡清渊马宪监作石桥梁柱，敕敕工匠，尽要妙之巧，攒立重石，累高周距，桥工路博，流通万里云云。河南尹邳崇隗、丞渤海重合双福、水曹掾中牟任防、史王荫、史赵兴、将作吏睢阳申翔、道桥掾成皋卑国、洛阳令江双、丞平阳降监掾王腾之、主石作右北平山仲。三月起作，八月毕成。其水依柱，又自乐里道屈而东，出阳渠。昔陆机为成都王颖入洛，败北而返。水南即马市。旧洛阳有三市，斯其一也。亦稽叔夜为司马昭所害处也。北则白社故里，昔孙子荆会董威辇于白社，谓此矣。以同载为荣，故有《威辇图》。又东迳马市石桥。桥南有二石柱，并无文刻也。汉司空渔阳王梁之为河南也，将引榖水以溉京都，渠成而水不流，故以坐免。后张纯堰洛以通漕，洛中公私穰赡。是渠今引榖水，盖纯之创也。按陆机《洛阳记》、刘澄之《永初记》言：城之西面，有阳渠，周公制之也。昔周迁殷民于洛邑，城隍偪狭，卑陋之所耳。晋故城成周以居敬王，秦又广之，以封不韦。以是推之，非专周公可知矣。亦谓之九曲渎。《河南十二县境簿》云：九曲渎在河南巩县西，西至洛阳。又按傅畅《晋书》云：都水使者陈狼凿运渠，从洛口入，注九曲至东阳门。是以阮嗣宗《咏怀诗》所谓朝出上东门，遥望首阳岑；又言：遥遥九曲间，裴徊欲何之者也。阳渠水南暨阊阖门，汉之上西门者也。《汉宫记》曰：上西门所以不纯白者，汉家厄于戍，故以丹镂之。太和迁都，徙门南侧。其水北乘高渠，枝分上下，历故石桥东，入城，迳望先寺。中有碑，碑侧法《子丹碑》作龙矩势，于今作则佳，方古犹劣。渠水又东历故金市南，直千秋门，右宫门也。又枝流入石逗，伏流注灵芝九龙池。魏太和中，皇都迁洛阳，经构宫极，修理街渠，务穷隐，发石视之，曾无毁坏。又石工细密，非今知所拟，亦奇为精至也，遂因用之。其一水自千秋门南流迳神虎门下，东对云龙门。二门衡栿之上，皆刻云龙风虎之状，以火齐薄之[12]。及其晨光初起，夕景斜辉，霜文翠照，陆离眩目。又南迳通门、掖门西。又南流东转迳阊阖门南。案《礼》：王有五门：谓皋门、库门、雉门、应门、路门。路门一曰毕门，亦曰虎门也。魏明帝上法太极于洛阳南宫，起太极殿于汉崇德殿之故处，改雉门为阊阖门。昔在汉世，洛阳宫殿门题，多是大篆，言是蔡邕诸子。自董卓焚宫殿，魏太祖平荆州，汉吏部尚书安定梁孟皇善师宜官八分体，求以赎死。太祖善其法，常仰系帐中，爱玩之，以为胜宜官。北宫榜题，咸是鹄笔。南宫既建，明帝令侍中京兆韦诞以古篆书之。皇都迁洛，始令中书舍人沈含馨以隶书书之。景明、正始之年，又敕符节令江式以大篆易之，今诸桁榜题，皆是式书。《周官》：太宰以正月悬治法于象魏。《广雅》曰：阙，谓之象魏。《风俗通》曰：鲁昭公设两观于门，是谓之阙，从门，欮[13]声。《尔雅》曰：观谓之阙。《说文》曰：阙，门观也。《汉官典职》曰：偃师去洛四十五里，望朱雀阙，其上郁然与天连，是明峻极矣。《洛阳故宫名》有朱雀阙、白虎阙、苍龙阙、北阙、南宫阙也。《东观汉记》曰：更始发洛阳，李松奉引，车马奔，触北阙铁柱门，三刀皆死，既斯阙也。《白虎通》曰：门必有阙者何？阙者，所以饰门，别尊卑也。今阊阖门外夹建巨阙，以应天宿，虽不如礼，犹象而魏之，上加罘[14]思，以易观矣。《广雅》曰：罘思谓之屏。《释名》曰：屏，自障屏也；罘思在门外，罘，复也。臣将入请事于此，复重思之也。汉末兵起，坏园陵罘思，曰：无使民复思汉也。故《盐铁论》曰：垣阙罘思。言树屏隅角所架也。颖容又曰：阙者，上有所失，下得书之于阙，所以求论誉于人，故谓之阙矣。今阙前水南道右，置登闻鼓以纳谏。昔黄帝立明堂之议，尧有衢室之问，舜有告善之旌，禹有立鼓之讯，汤有总街之诽，武王有灵台之复，皆所以广设过误之备也。渠水又枝分，夹路南出迳太尉、司徒两坊间，谓之铜驼街。旧魏明帝置铜驼诸兽于阊阖南街。陆机云：驼高九尺，脊出太尉坊者也。水西有永宁寺，熙平中始创也。作九层浮图，浮图下基，方十四丈，自金露槃下至地四十九丈，取法代都七级，而又高广之，虽二京之盛，五都之富，利刹灵图，未有若斯之搆。按《释法显行传》，西国有爵离浮图，其高与此相状。东都、西域，俱为庄妙矣。其地是曹爽故宅。经始之日，于寺院西南隅，得爽窟室，下入土可丈许，地壁悉累方石砌之，石作细密，都无所毁，其石悉入法用。自非曹爽，庸匠亦难复制。此桓氏有言，曹子丹生此豚犊，信矣。渠左是魏、晋故庙地，今悉民居，无复遗墉也。渠水又西历庙社之间，南注南渠。庙社各以物色辨方。《周礼》：庙及路寝，皆如明堂，而有燕寝焉。惟祧庙则无。后代通为一庙，列正室于下，无复燕寝之制。《礼》：天子建国，左庙右社，以石为主，祭则希冕。今多王公摄事，王者不亲拜焉。咸宁元年洛阳大风，帝社树折，青气属天，元王东渡，魏社代昌矣。渠水自铜驼街东迳司马门南。魏明帝始筑阙，崩，压杀数百人，遂不复筑。故无阙。门南屏中旧有置铜翁仲处，金狄既沦，故处亦褫，惟坏石存焉。自此南直宣阳门经纬通达，皆列驰道，往来之禁一同两汉。曹子建尝行御街，犯门禁，以此见薄。渠水又东迳杜元凯所谓翟泉北，今无水。坎方九丈六尺，深二丈余，似是人功，而不类于泉陂，是验非之一证也。又皇甫谧《帝王世纪》云：王室定，遂徙居成周，小不受王都，故坏翟泉而广之。泉源既塞，明无故处，是验非之二证也。杜预言：翟泉在太仓西南，既言西南，于洛阳不得为东北，是验非之三证也。稽之地说，事几明矣，不得为翟泉也。渠水历司空府前，迳太仓南出东阳门石桥下，注阳渠。穀水自阊阖门而南迳土山东。水西三里有坂，坂上有土山，汉大将军梁冀所成，筑土为山，植木成苑。张璠《汉记》曰：山多峭坂，以象二崤。积金玉，采捕禽兽，以充其中。有人杀苑兔者，迭相寻逐，死者十三人。南出迳西阳门，旧汉氏之西明门也，亦曰雍门矣。旧门在南，太和中以故门邪出，故徙是门，东对东阳门。穀水又南迳白马寺东。昔汉明帝梦见大人，金色，项佩白光。以问群臣。或对曰：西方有神，名曰佛，形如陛下所梦，得无是乎？于是发使天竺，写致经像。始以榆㮹⑮盛经，白马负图，表之中夏。故以白马为寺名。此榆㮹后移在城内愍怀太子浮图中，近世复迁此寺。然金光流照，法轮东转，创自此矣。穀水又南迳平乐观东。李尤《平乐观赋》曰：乃设平乐之显观，章秘伟之奇珍。华峤《后汉书》曰：灵帝于平乐观下起大坛，上建十二重五采华盖，高十丈；坛东北为小坛，复建九重华盖，高九丈。列奇兵骑士数万人，天子住大盖下。礼毕，天子躬擐甲，称无上将军，行阵三匝而还，设秘戏以示远人。故《东京赋》曰：其西则有平乐都场，示远之观，龙雀蟠蜿，天马半汉。应劭曰：飞廉神禽，能致风气，古人以良金铸其象。明帝永平五年，长安迎取飞廉并铜马，置上西门外平乐观。今于上西门外，无他基观，惟西明门外，独有此台，巍然广秀，疑即平乐观也。又言皇女稚殇，埋于台侧，故复名之曰皇女台。晋灼曰：飞廉，鹿身，头如雀，有角，而蛇尾、豹文。董卓销为金用。铜马徙于建始殿东阶下。胡军丧乱，此象遂沦。穀水又南迳西明门，故广阳门也。门左枝渠东派入城，迳太社前；又东迳太庙南；又东于青阳门右下注阳渠。穀水又南，东屈迳津阳门南，故津门也。昔洛水泛泆，漂害者众，津阳城门校尉将筑以遏水。谏议大夫陈宣止之曰：王尊，臣也。水绝其足，朝廷中兴，必不入矣。水乃造门而退。穀水又东迳宣阳门南，故苑门也。皇都迁洛，移置于此。对阊阖门，南直洛水浮桁。故《东京赋》曰：溯洛背河，左伊右瀍者也。夫洛阳考之中土，卜惟洛食，实为神也。门左即洛阳池处也。池东，旧平城门所在矣。今塞。北对洛阳南宫。故蔡邕曰：平城门、正阳之门，与宫连属，郊祀法驾所由从出，门之最尊者。《洛阳诸宫名》曰：南宫有谢⑯台，临照台。《东京赋》曰：其南则有谢门曲榭，邪阻城洫。《注》云：谢门，冰室门也；阻，依也；洫，城下池也。皆屈曲邪行，依城池为道。故《说文》曰：隍，城池也。有水曰池，无水曰隍矣。谢门，即宣阳门也，门内有宣阳冰室。《周礼》有冰人。日在北陆而藏之，西陆，朝觌⑰而出之。冰室旧在宣阳门内，故得是名。门既拥塞，冰室又罢。穀水又迳灵台北，望云物也。汉光武所筑，高六丈，方二十步。世祖尝宴于此台，得蜓鼠于台上。亦谏议大夫第五子陵之所居，伦少子也，以清正。洛阳无主人，乡里无田宅，寄止灵台，或十日不炊。司隶校尉南阳左雄、尚书庐江朱孟兴等，皆伦故孝廉、功曹，各致礼饷并辞不受。永建中卒。穀水又东迳平昌门南，故平门也。又迳明堂北，汉光武中元元年立。寻其基构，上圆下方，九室，重隅，十二堂。蔡邕《月令章句》同之。故引水于其下为辟雍也。榖水又东迳开阳门南。《晋宫阁名》曰：故建阳门也。《汉官》曰：开阳门始成，未有名，宿昔有一柱来，在楼上。琅琊开阳县上言：县南城门一柱飞去。光武皇帝使来识视，良是，遂坚缚之，因刻记年、月、日以名焉。何汤，字仲弓，尝为门候。上微行，夜还，汤闭门不内，朝廷嘉之。又东迳国子太学石经北。《周礼》有国学，教成均之法。《学记》曰：古者，家有塾，党有庠，遂有序，国有学。亦有虞氏之上庠、下庠，夏后氏之东序、西序；殷人之左学、右学，周人之东胶、虞庠。《王制》云：养国老于上庠，养庶老于下庠。故有太学、小学，教国之子弟焉，谓之国子。汉魏以来，置太学于国子堂东。汉灵帝光和六年，刻石镂碑，载五经，立于太学讲堂前，悉在东侧。蔡邕以熹平四年，与五官中郎将堂谿典、光禄大夫杨赐、谏议大夫马日磾、议郎张驯、韩说，太史令单飏等，奏求正定六经文字，灵帝许之，邕乃自书丹于碑，使工镌刻，立于太学门外。于是后儒晚学，咸取正焉。及碑始立，其观视及笔写者，车乘日千余辆，填塞街陌矣。今碑上悉铭刻蔡邕等名。魏正始中，又立古、篆、隶《三字石经》。古文出于黄帝之世，仓颉本鸟迹为字，取其孳乳相生，故文字有六义焉。自秦用篆书，焚烧先典，古文绝矣。鲁恭王得孔子宅书，不知有古文，谓之科斗书，盖因科斗之名，遂效其形耳。言大篆出于周宣之时，史籀创著。平王东迁，文字乖错，秦之李斯及胡母敬，又改籀书，谓之小篆，故有大篆、小篆焉。然许氏《字说》专释于篆，而不本古文。言古隶之书，起于秦代，而篆字文繁，无会剧务[18]。故用隶人之省，谓之隶书。或云即程邈于云阳增损者，是言隶者，篆捷也。孙畅之尝见青州刺史傅弘仁说临淄人发古冢，得桐棺，前和外隐为隶字，言齐太公六世孙，胡公之棺也。惟三字是古，余同今书。证知隶自出古，非始于秦。魏初，传古文出邯郸淳。《石经》古文，转失淳法。树之于堂西，石长八尺，广四尺，列石于其下，碑石四十八枚，广三十丈。魏明帝又刊《典论》六碑，附于其次。陆机言：《太学赞》别一碑，在讲堂西。下列石龟，碑载蔡邕、韩说、堂谿典等名。《太学弟子赞》复一碑，在外门中。今二碑并无。《石经》东有一碑，是汉顺帝阳嘉元年立。碑文云：建武二十七年造太学，年积毁坏。永建六年九月，诏书修太学。刻石记年，用作工徒十一万二千人，阳嘉元年八月作毕。碑南面刻颂，表里镂字，犹存不破。汉《石经》北，有晋《辟雍行礼碑》，是太始二年立，其碑中折。但世代不同，物不停故，《石经》沦缺，存半毁几，驾言永久，惊用怃焉！考古有三雍之文，今灵台、太学，并无辟雍处。晋永嘉中，王弥、刘曜入洛，焚毁二学，尚仿佛前基矣。榖水于城东南隅，枝分北注，迳青阳门东，故清明门也，亦曰税门，亦曰芒门。又北迳东阳门东，故中东门也。又北迳故太仓西。《洛阳地记》曰：大城东有太仓，仓下运船常有千计。即是处也。又北入洛阳沟。榖水又东，左迤为池；又东，右出为方湖，东西百九十步，南七十步，故水衡署之所在也。榖水又东，南转，屈而东注，谓之阮曲，云阮嗣宗之故居也。榖水又东注鸿池陂。《百官志》曰：鸿池，池名也。在洛阳东二十里，丞一人，二百石。池东西千步，南北千一百步，四周有塘，池中又有东西横塘，水溜径通。故李尤《鸿池陂铭》曰：鸿泽之陂，圣王所规，开源东注，出自城池也。其水又东，左合七里涧。晋《后略》曰：成都王颖，使吴人陆机为前锋都督，伐京师，轻进，为洛军所乘，大败于鹿苑，人相登蹑，死于堑中及七里涧，涧为之满，即是涧也。涧有石梁，即旅人桥也。昔孙登不欲久居洛阳，知杨氏荣不保终，思欲遁迹林乡，隐沦妄死，杨骏埋之于此桥之东。骏后寻亡矣。《搜神记》曰，太康末，京洛始为《折杨》之歌，有兵革辛苦之辞。骏后被诛，太后幽死，《折杨》之应也。凡是数桥，皆累石为之，亦高壮矣。制作甚佳，虽以时往损功，而不废行旅。朱超石《与兄书》云：桥去洛阳宫六七里，悉用大石，下圆以通水，可受大舫过也。题其上云：太康三年十一月初就功，日用七万五千人，至四月末止。此桥经破落，复更修补，今无复文字。阳渠水又东流迳汉广野君郦食其庙南。庙在北山上，成公绥所谓偃师西山也。山上旧基尚存，庙宇东向，门有两石人对倚。北石人胸前铭云：门亭长。石人西有二石阙，虽经颓毁，犹高丈余。阙西，即庙故基也。基前有碑，文字剥缺，不复可识。子安仰澄芬于万古，赞清徽于庙像，文字厥集矣。阳渠水又东迳亳殷南，昔盘庚所迁，改商曰殷此始也。班固曰：尸乡，故殷汤所都者也。故亦曰汤亭。薛瓒《汉书注》、皇甫谧《帝王世纪》并以为非，以为帝喾都矣。《晋太康记》、《地道记》并言田横死于是亭，故改曰尸乡，非也。余按司马彪《郡国志》，以为春秋之尸氏也。其泽野负原，夹郭多坟陇焉。即陆士衡会王辅嗣处也。袁氏《王陆诗叙》：机初入洛，次河南之偃师，时忽结阴，望道左若民居者，因往逗宿。见一少年，姿神端远，与机言玄，机服其能而无以酬折，前致一辩，机题纬古今综检名实，此少年不甚欣解。将晓去，税驾逆旅。妪曰：君何宿而来？自东数十里无村落，止有山阳王家墓。机乃怪怅，还睇昨路，空野霾云，攒木蔽日，知所遇者，审王弼也。此山即祝鸡翁之故居也。《搜神记》曰：祝鸡翁者，洛阳人也，居尸乡北山下，养鸡百年余，鸡至千余头，皆有名字。欲取，呼之名，则种别而至。后之吴山，莫知所去矣。榖水又东迳偃师城南。皇甫谧曰：帝喾作都于亳，偃师是也。王莽之所谓师氏者也。榖水又东流注于洛水矣。

**甘水出弘农宜阳县鹿蹄山，**

山在河南陆浑县故城西北，俗谓之纵山。水之所导发于山曲之中，故世人目其所为甘掌焉。

**东北至河南县南，北入洛。**

甘水发源东北流，北屈迳一故城东，在非山上，世谓之石城也。京相璠曰：或云甘水西山上，夷汙而平。有故甘城，在河南城西二十五里，指谓是城也。余按甘水东十许里洛城南，有故甘城焉。北对河南故城，世谓之鉴洛城，鉴、甘声相近，即故甘城也。为王子带之故邑矣。是以昭叔有甘公之称焉。甘水又与非山水会。水出非山东谷，东流入于甘水。甘水又于河南城西，北入洛。《经》言县南，非也。京相璠曰：今河南县西南有甘水，北入洛。斯得之矣。

**漆水出扶风杜阳县俞山，东北入于渭。**

《山海经》曰：渝[19]次之山，漆水出焉，北流注于渭。盖自北而南矣。《尚书·禹贡》、太史公《禹本纪》云：导渭水东北至泾，又东过漆沮入于河。孔安国曰：漆沮，一水名矣，亦曰洛水也，出冯翊北。周太王去邠，度漆逾梁山，止岐下。故《诗》云：民之初生，自土沮漆。又曰：率西水浒，至于岐下。是符《禹贡》、《本纪》之说。许慎《说文》称：漆水出右扶风杜阳县岐山，东入渭。从水，柒声。又云：一曰漆城池也。潘岳《关中记》曰：关中有泾、渭、灞、浐、酆、鄠、漆、沮之水，酆、鄠、漆、沮四水，在长安西南鄠县，漆、沮皆南注，酆、鄠水北注。《开山图》曰：丽山西北有温池。温池西南八十里，岐山在杜阳北。长安西有渠，谓之漆渠。班固《地理志》曰：漆水在漆县西。阚骃《十三州志》又云：漆水出漆县西北至岐山，东入渭。今有水出杜阳县岐山北漆溪，谓之漆渠，西南流注岐水。但川土奇异，今说互出，考之经史，各有所据，识浅见浮，无以辨之矣。

**浐水出京兆蓝田谷，北入于灞。**

《地理志》曰：浐水出南陵县之蓝田谷，西北流与一水合。水出西南莽谷，东北流注浐水。浐水又北历蓝田川，北流注于灞水。《地理志》曰：浐水北至霸陵入霸水。

**沮水出北地直路县，东过冯诩祋祤县北，东入于洛。**

《地理志》曰：沮出直路县西，东入洛。今水自直路县东南迳谯石山，东南流历檀台川，俗谓之檀台水。屈而夹山西流；又西南迳宜君川，世又谓之宜君水。又得黄嶔水口。水西北出云阳县石门山黄嶔谷，东南流注宜君水。又东南流迳祋祤[20]县故城西，县以汉景帝二年置。其水南合铜官水。水出县东北，西南迳铜官川，谓之铜官水。又西南流迳祋祤县东，西南流迳其城南原下，而西南注宜君水。宜君水又南出土门山西，又谓之沮水。又东南历土门南原下，东迳怀德城南，城在北原上。又东迳汉太上皇陵北，陵在南原上。沮水东注郑渠。昔韩欲令秦无东伐，使水工郑国间秦，凿泾引水，谓之郑渠。渠首上承泾水于中山西邸瓠口，所谓瓠中也。《尔雅》以为周焦获矣。为渠并北山，东注洛，三百余里，欲以溉田，中作而觉。秦欲杀郑国。郑国曰：始臣为间，然渠亦秦之利。卒使就渠，渠成而用，注填阏之水，溉泽卤之地四万余顷，皆亩一钟。关中沃野，无复凶年，秦以富强，卒并诸侯，命曰郑渠。渠渎东迳宜秋城北，又东迳中山南。《河渠书》曰：凿泾水自中山西。《封禅书》：汉武帝获宝鼎于汾阴，将荐之甘泉。鼎至中山，氤氲㉑有黄云盖焉。徐广《史记音义》曰：关中有中山，非冀州者也。指证此山，俗谓之仲山，非也。郑渠又东迳舍车宫南绝冶谷水。郑渠故渎又东迳巀嶭㉒山南、池阳县故城北，又东绝清水。又东迳北原下，浊水注焉。自浊水以上，今无水。浊水上承云阳县东大黑泉，东南流谓之浊谷水。又东南出原注郑渠。又东历原迳曲梁城北；又东迳太上陵南原下，北屈迳原东与沮水合，分为二水。一水东南出，即浊水也。至白渠与泽泉合，俗谓之漆水，又谓之为漆沮水。绝白渠，东迳万年县故城北，为栎阳渠。城，即栎阳宫也。汉高帝葬皇考于是县，起坟陵，署邑号，改曰万年也。《地理志》曰：冯翊万年县，高帝置，王莽曰异赤也。故徐广《史记音义》曰：栎阳，今万年矣。阚骃曰：县西有泾、渭，北有小河，谓此水也。其水又南屈，更名石川水。又西南迳郭猿㉓城西，与白渠枝渠合，又南入于渭水也。其一水东出，即沮水也，东与泽泉合。水出沮东泽中，与沮水隔原，相去十五里，俗谓是水为漆水也。东流迳薄昭墓南，冢在北原上。又迳怀德城北，东南注郑渠，合沮水。又自沮直绝注浊水，至白渠合焉，故浊水得漆沮之名也。沮循郑渠，东迳当道城南。城在频阳县故城南，频阳宫也，秦厉公置。城北有频山，山有汉武帝殿，以石架之。县在山南，故曰频阳也。应劭曰：县在频水之阳，今县之左右，无水以应之，所可当者，惟郑渠与沮水。又东迳莲芍县故城北。《十三州志》曰：县以荸受名也。沮水又东迳汉光武故城北；又东迳粟邑县故城北，王莽更名粟城也。后汉封骑都尉耿夔为侯国。其水又东北流注于洛水也。

①珺（jùn，音俊）：赤玉。
②自乾注巽：意为自西北流注东南。
③珸玞（tú fú，音突服）：玉名。
④䑓：niè，音义同啮。
⑤使首狐丘：意为与旧渠道汇合。
⑥跸（bì，音毕）：帝王出行时，开路清道，禁止通行。
⑦搆（gòu）：同“构”。
⑧高视：应为“高祖”。
⑨虹陛：陛，一般指宫殿的台阶，虹陛意为曲阶。
⑩盟城周：据考应为“城成周”。
⑪胤：同“胤”。
⑫以火齐薄之：意为以玫瑰石装饰。
⑬欮：quē，音缺。
⑭罘（fú，音浮）：罘思，古代设在门外的一种屏风。
⑮梀（dǎng，音党）：器物名，即木桶。
⑯谢（yí，音移）：谢台，台名，在洛阳南宫。
⑰覿（dí，音敌）：见，相见。
⑱无会剧务：意为“不适应于繁忙的政务”。

⑲輸：yú，音于。

⑳祋祤（duì xǔ）：古县名，在陕西。

㉑氤氲（yīn yūn）：形容烟或云气浓郁。

㉒巀嶭（zá è，音杂恶）：山名，在陕西。

㉓蒗：láng，音狼。

# 水经注卷十七

## 渭　水

**渭水出陇西首阳县渭谷亭南鸟鼠山，**

渭水出首阳县首阳山渭首亭南谷。山在鸟鼠山西北。此县有高城岭，岭上有城，号渭源城，渭水出焉。三源合注，东北流迳首阳县西，与别源合。水南出鸟鼠山渭水谷，《尚书·禹贡》所谓渭出鸟鼠者也。《地说》曰：鸟鼠山，同穴之枝干也。渭水出其中，东北过同穴枝间。既言其过，明非一山也。又东北流而会于殊源也。渭水东南流迳首阳县南，右得封溪水；次南得广相溪水；次东得共谷水；左则天马溪水；次南则伯阳谷水。并参差翼注，乱流东南出矣。

**东北过襄武县北，**

广阳水出西山，二源合注，共成一川，东北流注于渭。渭水又东南迳襄武县东北，荆头川水入焉。水出襄武西南鸟鼠山荆谷，东北迳襄武县故城北，王莽更名相桓。汉护羌校尉温序行部，为隗嚣部将苟宇所拘，衔须自刭处也。其水东北流注于渭。渭水常若东南，不东北也。又东，枭①水注之。水出西南雀富谷，东北迳襄武县南，东北流入于渭。《魏志》称：咸熙二年，襄武上言，大人见，身长三丈余，迹长三尺二寸，白发，著黄单衣巾，拄杖呼民王，始语云：今当太平，十二月，天禄永终，历数在晋。遂迁魏而事晋。

**又东过獂②道县南，**

右则岑溪水，次则同水，俱左注之；次则过水右注之。渭水又东南迳獂道县故城西。昔秦孝公西斩戎之獂王。应劭曰：獂，戎邑也。汉灵帝中平五年，别为南安郡。赤亭水出郡之东山赤谷，西流迳城北，南入渭水。渭水又迳城南，得粟水，水出西南安都谷，东北流注于渭。渭水又东，新兴川水出西南鸟鼠山，二源合舍，东北流与彭川合。水出西南溪下，东北至彰县南。本属故道候尉治，后汉县之。永元元年，和帝封耿秉为侯国也。万年川水出南山，东北流注之；又东北注新兴川；又东北迳新兴县北。《晋书·地道记》，南安之属县也。其水又东北与南川水合。水出西南山下，东北合北水；又东北注于渭水。渭水又东迳武城县西，武城川水入焉。津源所导，出鹿部西山，两源合注，东北流迳鹿部南，亦谓之鹿部水。又东北，昌丘水出西南丘下，东北注武城水，乱流东北注渭水。渭水又东入武阳川，又有关城川水出南，安城谷水出北，两川参差注渭水。渭水又东，有落门西山东流，三谷水注之③，三川统一东北流注于渭水。有落门聚。昔冯异攻落门，未拔而薨。建武十年，来歙又攻之，擒隗嚣子纯，陇右平。渭水自落门东至黑水峡，左右六水夹注：左则武阳溪水，次东得土门谷水，俱出北山，南流入渭；右则温谷水；次东有故城溪水，次东有闾里溪水，亦名习溪水，次东有黑水，并出南山，北流入渭。渭水又东出黑水峡，历冀川。

**又东过冀县北，**

渭水自黑水峡至岑峡，南北十一水注之。北则温谷水，导平襄县南山温溪，东北流迳平襄县故城南，故襄戎邑也。王莽之所谓平相矣。其水东南流历三堆南；又东流南屈历黄槐川。梗津渠，冬则辍流，春夏水盛，则通川注渭。次则牛谷水，南入渭水。南有长堑谷水，次东有安蒲溪水，次东有衣谷水，并南出朱圉山。山在梧中聚，有石鼓，不击自鸣，鸣则兵起。汉成帝鸿嘉三年，天水冀南山有大石自鸣，声隐隐如雷，有顷止，闻于平襄二百四十里，野鸡皆鸣。石长丈三尺，广厚略等。著崖胁，去地百余丈，民俗名曰石鼓，石鼓鸣则有兵。是岁，广汉钳子攻死囚，盗库兵，略吏民。衣绣衣，自号为仙君，党与漫广。明年冬，伏诛，自归者三千余人。信而有征矣。其水北迳冀县城北。秦武公十年伐冀戎，县之。故天水郡治，王莽更名镇戎，县曰冀治。汉明帝永平十七年，改曰汉阳郡。城，即隗嚣称西伯所居也。后汉马超之围冀也，凉州别驾阎伯俭潜出水中，将告急夏侯渊，为超所擒，令告城无救。伯俭曰：大军方至，咸称万岁。超怒，数之。伯俭曰：卿欲令长者出不义之言乎？遂杀之。渭水又东合冀水，水出冀谷。次东有浊谷水；次东有当里溪水；次东有托里水；次东有渠谷水；次东有黄土川水，俱出南山，北迳冀城东，而北流注于渭。渭水又东出岑峡，入新阳川，迳新阳下城南。溪谷、赤蒿二水，并出南山，东北入渭水。渭水又东与新阳崖水合，即陇水也，东北出陇山。其水西流，右迳瓦亭南。隗嚣闻略阳陷，使牛邯守瓦亭，即此亭也。一水亦出陇山，东南流历瓦亭北，又西南合为一水，谓之瓦亭川。西南流迳清宾溪北，又西南，与黑水合。水出黑城北。西南迳黑城西，西南流，莫吾南川水注之。水东北出陇垂，西南流历黑城，南注黑水。黑水西南出悬镜峡，又西南入瓦亭水。又有渟水，自西来会，世谓之鹿角口。又南迳阿阳县故城东。中平元年，北地羌胡与边章侵陇右，汉阳长史盖勋屯阿阳以拒贼，即此城也。其水又南与燕无水合。水源延发东山，西注瓦亭水。瓦亭水又南，左会方城川，西注瓦亭水。瓦亭水又南迳成纪县东，历长离川，谓之长离水，右与成纪水合。水导源西北当亭川，东流出破石峡，津流遂断。故渎东迳成纪县，故帝太皞、庖牺所生之处也。汉以为天水郡。县，王莽之阿阳郡治也。又东，潜源隐发，通入成经水，东南入瓦亭水。瓦亭水又东南与受渠水相会。水东出大陇山，西迳受渠亭北，又西南入瓦亭水。瓦亭水又西南流历僵人峡。路侧岩上，有死人僵尸峦穴，故岫壑取名焉。释鞍就穴，直上可百余仞，石路逶迤，劣通单步。僵尸倚窟，枯骨尚全，惟无肤发而已。访其川居之士云，其乡中父老作童儿时，已闻其长旧传此。当是数百年骸矣。其水又西南与略阳川水合。水出陇山香谷西，西流，右则单溪西注，左则阁川水入焉。其水又西历蒲池郊，石鲁水出东南石鲁溪，西北注之。其水又西历略阳川，西得破社谷水，次西得平相谷水，又西得金里谷水，又西得南室水，又西得蹄谷水，并出南山，北流，于略阳城东扬波北注川水。又西迳略阳道故城北。浧渠水出南山，北迳浧峡北，入城。建武八年，中郎将来歙与祭遵所部护军王忠、右辅将军朱宠将二千人，皆持卤刀斧，自安民县之杨城。元始二年，平帝罢安定滹沱苑，以为安民县，起官寺市里。从番须、回中，伐树木，开山道至略阳，夜袭击嚣拒守将金梁等，皆杀之，因保其城。隗嚣闻略阳陷，悉众以攻歙，激水灌城。光武亲将救之，嚣走西城，世祖与来歙会于此。其水自城北注川，一水二川，盖嚣所揭以灌略阳也。川水西得白杨泉；又西得蒲谷水；又西得蒲谷西川；又西得龙尾溪水，与蒲谷水合，俱出南山，飞清北入川水。川水又西南得水洛口，水源东导陇山，西迳水洛亭。西南流，又得犊奴水口。水出陇山，西迳犊奴川；又西迳水洛亭南，西北注之，乱流西南迳石门峡，谓之石门水，西南注略阳川。略阳川水又西北流，入瓦亭水。瓦亭水又西南，出显亲峡，石宕水注之。水出北山，山上有女娲祠。庖羲之后有帝女娲焉，与神农为三皇矣。其水南流注瓦亭水。瓦亭水又西南迳显亲县故城东南，汉封大鸿胪窦固为侯国。自石宕，次得虾蟆溪水；次得金黑水；又得宜都溪水，咸出左右，参差相入瓦亭水。又东南合安夷川口。水源东出胡谷，西北流历夷水川，与东阳川水会，谓之取阳交。又西得何宕川水；又西得罗汉水。并自东北、西南注夷水。夷水又西迳显亲县南，西注瓦亭水。瓦亭水又东南得大华谷水。又东南得折里溪水；又东得六谷水，皆出近溪湍峡，注瓦亭水。又东南出新阳峡，崖岫壁立，水出其间，谓之新阳崖水。又东南注于渭也。

### 又东过上邽县，

渭水东历县北邽④山之阴，流迳固岭东北，东南流，兰渠川水出自北山，带佩众溪，南流注于渭。渭水东南与神涧水合。《开山图》所谓灵泉池也，俗名之为万石湾。渊深不测，实为灵异，先后漫游者，多罹其毙。渭水又东南，得历泉水。水北出历泉溪，东南流注于渭。渭水又东南，出桥亭西，又南得藉水口。水出西山，百涧声流，总成一川，东历当亭川，即当亭县治也。左则当亭水，右则曾席水注之。又东与大弁川水合。水出西山，二源合注，东历大弁川，东南流注于藉水。藉水又东南流与竹岭水合。水出南山竹岭，二源同泻，东北入藉水。藉水又东北迳上邽县，左佩四水：东会占溪水；次东有大鲁谷水；次东得小鲁谷水；次东有杨反谷水，咸自北山，流注藉水。藉水右带四水：竹岭东得乱石溪水；次东得木门谷水，次东得罗城溪水；次东得山谷水，皆导源南山，北流入藉水。藉水又东，黄瓜水注之。其水发源黄瓜西谷，东流迳黄瓜县北，又东，清溪、白水左右夹注。又东北，大旱谷水南出旱溪，历涧北流，泉溪委漾，同注黄瓜水。黄瓜水又东北历赤谷，咸归于藉。藉水又东得毛泉谷水，又东迳上邽城南，得窍泉水，并出南山，北流注于藉。藉水即洋水也。北有濛水注焉。水出县西北邽山，翼带众流，积以成溪，东流南屈迳上邽县故城西，侧城南出。上邽，故邽，戎国也。秦武公十年，伐邽，县之。旧天水郡治。五城相接，北城中有湖水，有白龙出是湖，风雨随之。故汉武帝元鼎三年，改为天水郡。其乡居悉以板盖屋，《诗》所谓西戎板屋也。濛水又南注藉水。《山海经》曰：邽山，濛水出焉，而南流注于洋，谓是水也。藉水又东得阳谷水；又得宕谷水，并自南山，北入于藉。藉水又东合段溪水。水出西南马门溪，东北流合藉水。藉水又东入于渭。渭水又历桥亭南，而迳绵诸县东，与东亭水合，亦谓之为桥水也。清水又或为通称矣。水源东发小陇山，众川泻注，统成一水，西入东亭川，为东亭水，与小祗、大祗二水合。又西北得南神谷水，三川并出东南，差池泻注。又有埋蒲水，翼带二川，与延水并西南注东亭水。东亭水又西，右则叹沟水，次西得麯谷水。水出东南，二溪西北流，注东亭川。东亭川水，右则温谷水出小陇山；又西，莎谷水出南山莎溪，西南注东亭川水。东亭川水又西得清水口。水导源东北陇山，二源俱发，西南出陇口，合成一水，西南流历细野峡，迳清池谷，又迳清水县故城东，王莽之识睦县矣。其水西南合东亭川，自下亦通之清水矣。又迳清水城南，又西与秦水合。水出东北大陇山秦谷，二源双导，历三泉，合成一水，而历秦川。川有故秦亭，秦仲所封也，秦之为号，始自是矣。秦水西迳降陇县故城南，又西南，自亥、松多二水出陇山，合而西南流迳降陇城北，又西南注秦水。秦水又西南历陇川，迳六槃口，过清水城，西南注清水。清水上下咸谓之秦川。又西，羌水注焉。水北出羌谷，引纳众流，合以成溪。濚水星会，谓之小羌水。西南流，左则长谷水西南注之，右则东部水东南入焉。羌水又南入清水。清水又西南得绵诸水口。其水导源西北绵诸溪，东南有长思水，北出长思溪，南入绵诸水。又东南历绵诸道故城北，东南入清水。清水东南注渭。渭水又东南合泾谷水。水出西南泾谷之山，东北流与横水合。水出东南横谷，西北迳横水圹，又西北入泾谷水，乱流西北，出泾谷峡。又西北，轩辕谷水注之。水出南山轩辕溪。南安姚瞻以为黄帝生于天水，在上邽城东七十里轩辕谷。皇甫谧云：生寿丘，丘在鲁东门北，未知孰是也。其水北流注泾谷水。泾谷水又西北，白城溪东北流，白娥泉水出其西，东注白城水。白城水又东北入泾谷水。泾谷水又东北历董亭下。杨难当使兄子保宗镇董亭，即是亭也。其水东北流注于渭。《山海经》曰：泾谷之山，泾水出焉，东南流注于渭是也。渭水又东，伯阳谷水入焉。水出刑马之山伯阳谷，北流，白水出东南白水溪，西北注伯阳水。伯阳水又西北历谷，引控群流，北注渭水。渭水又东历大利，又东南流，苗谷水注之。水南出刑马山，北历平作西北迳苗谷，屈而东迳伯阳城南，谓之伯阳川。盖李耳西入，往迳所由，故山原畎谷，往往播其名焉。渭水东南流，众川泻浪，雁次鸣注：左则伯阳东溪水注之，次东得望松水，次东得毛六溪水，次东得皮周谷水，次东得黄杜东溪水，出北山，南入渭水；其右则明谷水，次东得丘谷水，次东得丘谷东溪水，次东有钳岩谷水，并出南山，东北注渭。渭水又东南出石门，度小陇山，迳南由县南，东与楚水合，世所谓长蛇水。水出汧县之数历山也，南流迳长蛇戍东。魏和平三年筑，徙诸流民以遏陇寇。楚水又南流注于渭。阚骃以是水为汧水焉。渭水又东，汧、汧二水入焉。余按诸地志，汧水出汧县西北。阚骃《十三州志》与此同，复以汧水为龙鱼水，尽以其津流迳通，而更摄其通称矣。渭水东入散关。《抱朴子·神仙传》曰：老子西出关，关令尹喜候气，知真人将有西游者，遇老子，强令之著书，耳不得已，为著《道德二经》，谓之《老子书》也。有老子庙。干宝《搜神记》云：老子将西入关，关令尹喜，好道之士，睹真人当西，乃要之途也。皇甫士安《高士传》云：老子为周柱下史，及周衰，乃以官隐，为周守藏室史，积八十余年，好无名接，而世莫知其真人也。至周景王十年，孔子年十七，遂适周见老聃。然幽王失道，平王东迁，关以捍移，人以职徙，尹喜候气，非此明矣。往迳所由，兹焉或可。渭水又东迳西武功北，俗以为散关城，非也。褚先生乃曰：武功，扶风西界小邑也。蜀口栈道，近山，无他豪易高者是也。渭水又与扞水合。水出周道谷，北迳武都故道县之故城西，王莽更名曰善治也。故道县有怒特祠，《列异传》曰：武都故道县有怒特祠，云神本南山大梓也。昔秦文公二十七年，伐之，树疮随合。秦文公乃遣四十人，持斧斫之，犹不断。疲士一人，伤足不能去，卧树下，闻鬼相与言曰：劳攻战乎？其一曰：足为劳矣。又曰：秦公必持不休。答曰：其如我何？又曰：赤灰跋于子，何如？乃默无言。卧者以告。令士皆赤衣，随所斫以灰跋，树断，化为牛，入水。故秦为立祠。其水又东北历大散关而入渭水也。渭水又东南，右合南山五溪水，夹涧流注之。

**又东过陈仓县西。**

县有陈仓山，山上有陈宝鸡鸣祠。昔秦文公感伯阳之言，游猎于陈仓，遇之于此坂，得若石焉，其色如肝，归而宝祠之，故曰陈宝。其来也自东南，晖晖声若雷，野鸡皆鸣，故曰鸡鸣神也。《地理志》曰：有上公、明星、黄帝孙、舜妻盲冢祠；有羽阳宫，秦武王起。应劭曰：县氏陈山。姚睦曰：黄帝都陈，言在此。荣氏《开山图注》曰：伏牺生成纪，徙治陈仓，非陈国所建也。魏明帝遣将军太原郝昭筑陈仓城，成，诸葛亮围之。亮使昭乡人靳祥说之，不下。亮以数万攻昭千余人，以云梯、冲车、地道逼射昭。昭以火射连石拒之。亮不利而还。今汧水对亮城，是与昭相御处也。陈仓水出于陈仓山下，东南流注于渭水。渭水又东与绥阳溪水合，其水上承斜水。水自斜谷分注绥阳溪，北届陈仓，入渭。故诸葛亮《与兄瑾书》曰：有绥阳小谷，虽山崖绝险，溪水纵横，难用行军。昔逻候往来，要道通入。今使前车斫治此道，以向陈仓，足以扳连败势，使不得分兵东行者也。渭水又东迳郁夷县故城南。《地理志》曰：有汧水祠。王莽更之曰郁平也。《东观汉记》曰：隗嚣围来歙于略阳。世祖诏曰：桃花水出，船桨皆至郁夷、陈仓，分部而进者也。汧水入焉。水出汧县之蒲谷乡弦中谷，决为弦蒲薮。《尔雅》曰：水决之泽为汧。汧之为名，实兼斯举，水有二源。一水出县西山，世谓之小陇山。岩嶂高险，不通轨辙。故张衡

《四愁诗》曰：我所思兮在汉阳，欲往从之陇坂长。其水东北流历涧，注以成渊，潭涨不测。出五色鱼，俗以为灵，而莫敢采捕，因谓是水为龙鱼水，自下亦通谓之龙鱼川。川水东迳汧县故城北。《史记》，秦文公东猎汧田，因遂都其地是也。又东历泽，乱流为一。右得白龙泉，泉径五尺，源穴奋通，沦漪四泄，东北流注于汧。汧水又东会一水，水发南山西侧，俗以此山为吴山。三峰霞举，迭秀云天，崩峦倾返，山顶相捍，望之恒有落势。《地理志》曰：吴山在县西，《古文》以为汧山也。《国语》所谓虞矣。山下石穴广四尺，高七尺，水溢石空，悬波侧注，渊济震荡，发源成川，北流注于汧。自水会上下，咸谓之为龙鱼川。汧水又东南迳隃糜县故城南。王莽之扶亭也。昔郭歙耻王莽之征，而遁迹于斯。建武四年，光武封耿况为侯国矣。汧水东南历慈山，东南迳郁夷县平阳故城南。《史记》，秦宁公二年，徙平阳。徐广曰：故郿之平阳亭也。城北有汉邠州刺史赵融碑，灵帝建安元年立。汧水又东流注于渭。渭水之右，磻溪水注之。水出南山兹谷，乘高激流注于溪中。溪中有泉，谓之兹泉。泉水潭积，自成渊渚，即《吕氏春秋》所谓太公钓兹泉也，今人谓之丸谷。石壁深高，幽隍邃密，林障秀阻，人迹罕交。东南隅有一石室，盖太公所居也。水次平石钓处，即太公垂钓之所也。其投竿跽⑤饵，两膝遗迹犹存，是有磻溪之称也。其水清泠神异，北流十二里，注于渭，北去维堆城七十里。渭水又东迳积石原，即北原也。青龙二年，诸葛亮出斜谷，司马懿屯渭南。雍州刺史郭淮策亮必争北原而屯，遂先据之。亮至，果不得上。渭水又东迳五丈原北。《魏氏春秋》曰：诸葛亮据渭水南原，司马懿谓诸将曰：亮若出武功，依山东转者，是其勇也；若西上五丈原，诸君无事矣。亮果屯此原，与懿相御。渭水又东迳郿县故城南。《地理志》曰：右辅都尉治。《魏春秋》诸葛亮寇郿，司马懿据郿拒亮，即此县也。渭水又东迳郿坞南。《汉献帝传》曰：董卓发卒筑郿坞，高与长安城等，积谷为三十年储。自云：事成，雄据天下；不成，守此足以毕老。其愚如此。

---

① 枲：xǐ，音洗。
② 猿：yuán，音原。
③ 据考证，此句应为"渭水又东，三府谷水注之，水出落门西山，东流"。
④ 邦：guī，音规。
⑤ 跽（jì，音忌）：双膝着地，上身挺直。

# 水经注卷十八

## 渭 水

**又东过武功县北，**

渭水于县，斜水自南来注之。水出县西南衙岭山，北历斜谷，迳五丈原东。诸葛亮《与步骘[①]书》曰：仆前军在五丈原，原在武功西十里余。水出武功县，故亦谓之武功水也。是以诸葛亮《表》云：臣遣虎步监孟琰，据武功水东。司马懿因水长，攻琰营，臣作竹桥，越水射之。桥成驰去。其水北流注于渭。《地理志》曰：斜水出衙岭北，至郿注渭。渭水又东迳马冢北。诸葛亮《与步骘书》曰：马冢在武功东十余里，有高势，攻之不便，是以留耳。渭水又迳武功县故城北，王莽之新光也。《地理志》曰：县有太一山，《古文》以为终南。杜预以为中南也。亦曰太白山，在武功县南，去长安二百里，不知其高几何。俗云：武功太白，去天三百。山下军行，不得鼓角，鼓角则疾风雨至。杜彦达曰：太白山南连武功山，于诸山最为秀杰，冬夏积雪，望之皓然。山上有谷春祠。春，栎阳人，成帝时病死，而尸不寒，后忽出栎南门及光门上，而入太白山。民为立祠于山岭，春秋来祠，中上宿焉。山下有太白祠，民所祀也。刘曜之世，是山崩，长安人刘终于崩所得白玉，方一尺，有文字曰：皇亡皇亡败赵昌，井水竭，构五梁，咢西小衰困嚣丧。呜呼！呜呼！赤牛奋鞈[②]其尽乎！时群官毕贺。中书监刘均进曰：此国灭之象，其可贺乎？终如言矣。渭水又东，温泉水注之。水出太一山，其水沸涌如汤。杜彦达曰：可治百病，世清则疾愈，世浊则无验。其水下合溪流，北注十三里，入渭。渭水又东迳漦[③]县故城南，旧邰城也，后稷之封邑矣。《诗》所谓即有邰家室也。城东北有姜嫄祠，城西南百步有稷祠，郿之漦亭也。王少林之为郿县也，路迳此亭。亭长曰：亭凶杀人。少林曰：仁胜凶邪，何鬼敢忤？遂宿。夜中，闻女子称冤之声。少林曰：可前来理。女子曰：无衣，不敢进。少林投衣与之。女子前诉曰：妾夫为涪令，之官，过宿此亭，为亭长所杀。少林曰：当为理寝冤，勿复害良善也。因解衣于地，忽然不见。明告亭长，遂服其事，亭遂清安。渭水又东迳雍县南，雍水注之。水出雍山，东南流历中牢溪，世谓之中牢水，亦曰冰井水。南流迳胡城东，俗名也。盖秦惠公之故居，所谓祈年宫也。孝公又谓之为橐[④]泉宫。按《地理志》曰：在雍。崔骃曰：穆公冢在橐泉宫祈年观下。《皇览》亦言是矣。刘向曰：穆公葬无丘垄处也。《史记》曰：穆公之卒，从死者百七十七人，良臣子车氏奄息、仲行、鍼虎，亦在从死之中，秦人哀之，为赋《黄鸟》焉。余谓崔骃及《皇览》谬志也。惠公、孝公，并是穆公之后，继世之君矣，子孙无由起宫于祖宗之坟陵矣。以是推之，知二证之非实也。雍水又东，左会左阳水，世名之西水。水北出左阳溪，南源迳岐州城西，魏置岐州刺史治。左阳水又南流注于雍水。雍水又与东水合，俗名也。北出河桃谷，南流，右会南流，世谓之返眼泉。乱流南迳岐州城东，而南合雍水。州居二水之中，南则两川之交会也。世亦名之为淬空水。东流，邓公泉注之。水出邓艾祠北，故名曰邓公泉。数源俱发于雍县故城南。县，故秦德公所居也。《晋书·地道记》以为西虢地也。《汉书·地理志》以为西虢县。《太康地记》曰：虢叔之国矣，有虢宫，平王东迁，叔自此之上阳，为南虢矣。雍有五畤[⑤]祠，以上祠祀五帝。昔秦文公田于汧、渭之间，梦黄蛇自天下属地，其口止于鄜衍，以为上帝之神，于是作鄜⑥畤祀白帝焉。秦宣公作密畤于渭南，祀青帝焉。灵公又于吴阳作上畤，祀黄帝；作下畤，祀炎帝焉。献公作畦畤于栎阳而祀白帝。汉高帝问曰：天有五帝，今四何也？博士莫知其故。帝曰：我知之矣，待我而五。遂立北畤，祀黑帝焉。应劭曰：四面积高曰雍。阚骃曰：宜为神明之隩，故立群祠焉。又有凤台、凤女祠。秦穆公时，有箫史者，善吹箫，能致白鹄、孔雀，穆公女弄玉好之。公为作凤台以居之。积数十年，一旦随凤去。云雍宫世有箫管之声焉。今台倾祠毁，不复然矣。邓泉东流注于雍，自下虽会他津，犹得通称，故《禹贡》有雍、沮会同之文矣。雍水又东迳召亭南，世谓之树亭川，盖召、树声相近，误耳。亭，故召公之采邑也。京相璠曰：亭在周城南五十里。《后汉·郡国志》曰：郿县有召亭，谓此也。雍水又东南流与横水合。水出杜阳山，其水南流，谓之杜阳川。东南流，左会漆水。水出杜阳县之漆溪，谓之漆渠。故徐广曰：漆水出杜阳之岐山者是也。漆渠水南流，大峦水注之。水出西北大道川，东南流入漆，即故岐水也。《淮南子》曰：岐水出石桥山，东南流。相如《封禅书》曰：收龟于岐。《汉书音义》曰：岐，水名也。谓斯水矣。二川并逝，俱为一水，南与横水合，自下通得岐水之目，俗谓之小横水，亦或名之米流川。迳岐山西，又屈迳周城南。城在岐山之阳而近西，所谓居岐之阳也。非直因山致名，亦指水取称矣。又历周原下，北则中水乡成周聚，故曰有周也。水北，即岐山矣。昔秦盗食穆公马处也。岐水又东迳姜氏城南为姜水。按《世本》：炎帝，姜姓。《帝王世纪》曰：炎帝，神农氏，姜姓。母女登游华阳，感神而生炎帝，长于姜水，是其地也。东注雍水。雍水又南迳美阳县之中亭川，合武水。水发杜阳县大岭侧，东西三百步，南北二百步，世谓之赤泥岘。沿波历涧，俗名大横水也，疑即杜水矣。其水东南流，东迳杜阳县故城，世谓之故县川。又故虢县有杜阳山，山北有杜阳谷，有地穴北入，亦不知所极，在天柱山南。故县取名焉，亦指是水而摄目矣。即王莽之通杜也。故《地理志》曰：县有杜水。杜水又东，二坑水注之。水有二源，一水出西北与渎雉⑦水合，而东历五将山，又合乡谷水。水出乡溪，东南流入杜水，谓之乡谷川。又南，莫水注之。水出好畤县梁山大岭东，南迳梁山宫西，故《地理志》曰：好畤有梁山宫，秦始皇起。水东有好畤县故城，王莽之好邑也。世祖建武二年，封建威大将军耿弇为侯国。又南迳美阳县之中亭川，注雍水，谓之中亭水。雍水又南迳美阳县西。章和二年，更封彰侯耿秉为侯国。其水又南流注于渭。渭水又东，洛谷之水出其南山洛谷，北流迳长城西。魏甘露三年，蜀遣姜维出洛谷，围长城，即斯地也。

**又东，芒水从南来流注之。**

芒水出南山芒谷，北流迳玉女房。水侧山际有石室，世谓之玉女房。芒水又北迳盩厔⑧县之竹圃中，分为二水。汉冲帝诏曰：翟义作乱于东，霍鸿负倚盩厔芒竹，即此也。其水分为二流：一水东北为枝流；一水北流注于渭也。

---

①畤（zhì，音志）：安排，定。

②靷（yǐn，音引）：引车前行的皮带。

③斄（tái，音台）：同“邰”。古县名，在陕西。

④橐：tuó，音砣。

⑤畤（zhì，音志）：祭天地及古代帝王的处所。

⑥鄜：fū，音夫。

⑦雉：tuí，音颓。

⑧盩厔（zhōu zhì，音周至）：地名，在陕西。

# 水经注卷十九

## 渭　水

**又东过槐里县南，又东，涝水从南来注之。**

渭水迳县之故城南。《汉书集注》，李奇谓之小槐里，县之西城也。又东与芒水枝流合。水受芒水于竹圃，东北流，又屈而北入于渭。渭水又东北迳黄山宫南，即《地理志》所云县有黄山宫，惠帝二年起者也。《东方朔传》曰：武帝微行，西至黄山宫。故世谓之游城也。就水注之。水出南山就谷，北迳大陵西，世谓之老子陵。昔李耳为周柱史，以世衰入戎，于此有冢。事非经证，然庄周著书云：老聃死，秦失吊之，三号而出。是非不死之言，人禀五行之精气，阴阳有终变，亦无不化之理。以是推之，或复如传。古人许以传疑，故两存耳。就水历竹圃北，与黑水合。水上承三泉，就水之右，三泉奇发，言归一渎，北流，左注就水。就水又北流注于渭。渭水又东合田溪水。水出南山田谷，北流迳长杨宫西；又北迳盩厔县故城西。又东北与一水合。水上承盩厔县南源，北迳其县东，又北迳思乡城西，又北注田溪。田溪水又北流注于渭水也。县北有蒙茏渠，上承渭水于郿县，东迳武功县为成林渠。东迳县北，亦曰灵轵渠。《河渠书》以为引堵水。徐广曰：一作诸川是也。渭水又东迳槐里县故城南。县，古大丘邑也，周懿王都之。秦以为废丘，亦曰舒丘。中平元年，灵帝封左中郎将皇甫嵩为侯国。县南对渭水，北背通渠。《史记·秦本纪》云：秦武王三年，渭水赤三日；秦昭王三十四年，渭水又大赤三日。《洪范五行传》云：赤者，火色也，水尽赤，以火沴[①]水也。渭水，秦大川也，阴阳乱，秦用严刑，败乱之象。后项羽入秦，封司马欣为塞王，都栎阳；董翳为翟王，都高奴；章邯为雍王，都废丘。为三秦。汉祖北定三秦，引水灌城，遂灭章邯。三年，改曰槐里，王莽更名槐治也，世谓之为大槐里。晋太康中，始平郡治也。其城递带防陆，旧渠尚存，即《汉书》所谓槐里环堤者也。东有漏水，出南山赤谷。东北流迳长杨宫东，宫有长杨树，因以为名。漏水又北历苇圃西，亦谓之仙泽。又北迳望仙宫；又东北，耿谷水注之。水发南山耿谷，北流与柳泉合，东北迳五柞宫西。长杨、五柞二宫，相去八里，并以树名宫，亦犹陶氏以五柳立称。故张晏曰：宫有五柞树，在盩厔县西。其水北迳仙泽东；又北迳望仙宫东；又北与赤水会；又北迳思乡城东；又北注渭水。渭水又东合甘水。水出南山甘谷，北迳秦文王萯阳宫西；又北迳五柞宫东；又北迳甘亭西，在水东鄠县。昔夏启伐有扈，作誓于是亭。故马融曰：甘，有扈南郊地名也。甘水又东得涝水口。水出南山涝谷，北迳汉宜春观东；又北迳鄠县故城西。涝水际城北出，合美陂水。水出宜春观北，东北流注涝水。涝水北注甘水，而乱流入于渭。即上林故地也。东方朔称：武帝建元中微行，北至池阳，西至黄山，南猎长杨，东游宜春。夜漏十刻乃出，与侍中、常侍、武骑、待诏及陇西、北地良家子能骑射者，期诸殿下，故有期门之号。旦明，入山下，驰射鹿、豕、狐、兔，手格熊罴。上大驩乐之。上乃使大中大夫虞丘寿王与待诏能用算者，举籍阿城以南、盩厔以东、宜春以西，提封顷亩及其贾直，属之南山以为上林苑。东方朔谏，秦起阿房而天下乱，因陈泰阶六符之事。上乃拜大中大夫、给事中，赐黄金百斤。卒起上林苑。故相如请为天子游猎之赋，称乌有先生、亡是公而奏上林也。

**又东，丰水从南来注之。**

丰水出丰溪，西北流分为二水：一水东北流为枝津，一水西北流；又北，交水自东入焉；又北，昆明池水注之；又北迳灵台西；又北至石墩注于渭。《地说》云：渭水又东与丰水会于短阴山内，水会无他高山异峦，所有惟原阜石激而已。水上旧有便门桥与便门对直，武帝建元三年造。张昌曰：桥在长安西北茂陵东。如淳曰：去长安四十里。渭水又迳太公庙北，庙前有太公碑，文字褫缺，今无可寻。渭水又东北与鄗水合。水上承鄗池于昆明池北，周武王之所都也。故《诗》云：考卜维王，宅是鄗京，维龟正之，武王成之。自汉武帝穿昆明池于是地，基构沦褫，今无可究。《春秋后传》曰：使者郑容入柏谷关，至平舒置，见华山有素车白马，问郑容安之？答曰：之咸阳。车上人曰：吾华山君使，愿托书致鄗池君。子之咸阳过鄗池，见大梓下有文石，取以款列梓，当有应者，以书与之。勿妄发，致之得所欲。郑容行至鄗池，见一梓下果有文石。取以款梓，应曰：诺。郑容如睡，觉而见宫阙，若王者之居焉。谒者出，受书，入。有顷，闻语声言：祖龙死。神道芒昧，理难辨测，故无以精其幽致矣。鄗水又北流，西北注，与滮②池合。水出鄗池西，西北流入于鄗。《毛诗》云：滮，流浪也。而世传以为水名矣。郑玄曰：丰、鄗之间，水北流也。鄗水北迳清泠台西，又迳磁石门西。门在阿房前，悉以磁石为之，故专其目。令四夷朝者，有隐甲怀刃入门而胁之以示神，故亦曰却胡门也。鄗水又北注于渭。渭水北有杜邮亭，去咸阳十七里，今名孝里亭，中有白起祠。嗟呼，有制胜之功，惭尹商之仁，是地即其伏剑处也。渭水又东北迳渭城南，文颖以为故咸阳矣。秦孝公之所居离宫也。献公都栎阳，天雨金。周太史儋见献公曰：周故与秦国合而别，别五百岁复合，合七十岁而霸王出。至孝公作咸阳、筑冀阙而徙都之。故《西京赋》曰：秦里其朔，实为咸阳。太史公曰：长安，故咸阳也。汉高帝更名新城。武帝元鼎三年，别为渭城。在长安西北，渭水之阳。王莽之京城也。始隶扶风，后并长安。南有沈水注之。水上承皇子陂于樊川，其地即杜之樊乡也。汉祖至栎阳，以将军樊哙灌废丘，最，赐邑于此乡也。其水西北流迳杜县之杜京西；西北流迳杜伯冢南。杜伯与其友左儒仕宣王，儒无罪见害，杜伯死之，终能报恨于宣王。故成公子安《五言寺》曰：谁谓鬼无知？杜伯射宣王。沈水又西北迳下杜城，即杜伯国也。沈水又西北，枝合故渠。渠有二流，上承交水，合于高阳原，而北迳河池陂东，而北注沈水。沈水又北与昆明故池会；又北迳秦通六基东；又北迳竭水陂东，又北得陂水。水上承其陂，东北流入于沈水。沈水又北迳长安城，西与昆明池水合。水上承池于昆明台，故王仲都所居也。桓谭《新论》称：元帝被病，广求方士。汉中送道士王仲都。诏问所能。对曰：能忍寒暑。乃以隆冬盛寒日，令祖，载驷马于上林昆明池上，环冰而驰。御者厚衣狐裘寒战，而仲都独无变色，卧于池台上，暶然自若。夏大暑日，使曝坐，环以十炉火，不言热，又身不汗。池水北迳鄗京东，秦阿房宫西。《史记》曰：秦始皇三十五年，以咸阳人多，先王之宫小，乃作朝宫于渭南，亦曰阿城也。始皇先作前殿阿房，可坐万人，下可建五丈旗。周驰为阁道，自殿直抵南山，表山巅为阙。为复道自阿房度渭，属之咸阳，象天极，阁道绝汉抵营室也。《关中记》曰：阿房殿在长安西南二十里。殿东西千步，南北三百步，庭中受十万人。其水又屈而迳其北，东北流注竭水陂。陂水北出，迳汉武帝建章宫东，于凤阙南，东注沈水。沈水又北迳凤阙东。《三辅黄图》曰：建章宫，汉武帝造，周二十余里，千门万户。其东凤阙，高七丈五尺，俗言贞女楼，非也。《汉武帝故事》云：阙高二十丈。《关中记》曰：建章宫圆阙，临北道，有金凤在阙上，高丈余，故号凤阙也。故繁钦《建章凤阙赋》曰：秦、汉规模，廓然毁泯，惟建章凤阙，岿然独存，虽非象魏之制，亦一代之巨观也。沈水又北，分为二水：一水东北流；一水北迳神明台东。《傅子·宫室》曰：上于建章中作神明台、井干楼，咸高五十余丈，皆作悬阁，辇道相属焉。《三辅黄图》曰：神明台在建章宫中，上有九室，今人谓之九子台，即实非也。沈水又迳渐台东。《汉武帝故事》曰：建章宫北有太液池，池中有渐台，三十丈。渐，浸也，为池水所渐。一说，星名也。南有壁门三层，高三十余丈；中殿十二间，阶陛咸以玉为之。铸铜凤五丈，饰以黄金；楼屋上椽首，薄以玉璧。因曰璧玉门也。沈水又北流注渭，亦谓是水为漷水也。故吕忱曰：漷水出杜陵县。《汉书音义》曰：漷，水声，而非水也。亦曰高都水。前汉之末，王氏五侯大治池宅，引沈水入长安城。故百姓歌之曰：五侯初起，曲阳最怒。坏决高都，竟连五杜，土山、渐台，像西白虎。即是水也。

**又东过长安县北，**

渭水东分为二水。《广雅》曰：水自渭出为荣，其犹河之有雍也。此渎东北流迳魏雍州刺史郭淮碑南。又东南合一水，迳两石人北。秦始皇造桥，铁镦重不胜，故刻石作力士孟贲等像以祭之，镦乃可移动也。又东迳阳侯祠北，涨辄祠之。此神能为大波，故配食河伯也。后人以为邓艾祠。悲哉！逴胜道消③，专忠受害矣。此水又东注渭水。水上有梁，谓之渭桥，秦制也，亦曰便门桥。秦始皇作离宫于渭水南北，以象天宫。《三辅黄图》曰：渭水贯都，以象天汉；横桥南度，以法牵牛。南有长乐宫，北有咸阳宫，欲通二宫之间，故造此桥。广六丈，南北三百八十步，六十八间，七百五十柱，百二十二梁。桥之南北有堤激，立石柱。柱南，京兆主之，柱北，冯翊主之。有令丞，各领徒千五百人。桥之北首，垒石水中，故谓之石柱桥也。旧有忖留神像。此神尝与鲁班语，班令其人出。忖留曰：我貌很丑，卿善图物容，我不能出。班于是拱手与言曰：出头见我。忖留乃出首，班于是以脚画地，忖留觉之，便还没水。故置其像于水，惟背以上立水上。后董卓入关，遂焚此桥。魏武帝更修之，桥广三丈六尺。忖留之像，曹公乘马见之，惊，又命下之。《燕丹子》曰：燕太子丹质于秦，秦王遇之无礼，乃求归。秦王为机发之桥，欲以陷丹；丹过之桥，不为发。又一说，交龙扶舆而机不发。但言，今不知其故处也。渭水又东与沈水枝津合。水上承沈水，东北流迳邓艾祠南，又东分为二水。一水东入逍遥园，注藕池。池中有台观，莲荷被浦，秀实可玩。其一水北流注于渭。渭水又东迳长安城北。汉惠帝元年筑，六年成，即咸阳也。秦离宫无城，故城之。王莽更名常安。十二门，东出北头第一门，本名宣平门，王莽更名春王门、正月亭，一曰东都门；其郭门亦曰东都门，即逢萌挂冠处也。第二门本名清明门，一曰凯门，王莽更名宣德门、布恩亭。内有藉田仓，亦曰藉田门。第三门本名霸城门。王莽更名仁寿门、无疆亭。民见门色青，又名青城门，或曰青绮门，亦曰青门。门外旧出好瓜。昔广陵人邵平为秦东陵侯，秦破，为布衣，种瓜此门，瓜美，故世谓之东陵瓜。是以阮籍《咏怀诗》云：昔闻东陵瓜，近在青门外，连畛拒阡陌，子母相钩带。指谓此门也。南出东头第一门，本名覆盎门。王莽更名永清门、长茂亭。其南有下杜城。应劭曰：故杜陵之下聚落也，故曰下杜门，又曰端门，北对长乐宫。第二门，本名安门，亦曰鼎路门。王莽更名光礼门、显乐亭，北对武库。第三门本名平门，又曰便门。王莽更名信平门、诚正亭。一曰西安门，北对未央宫。西出南头第一门，本名章门。王莽更名万秋门、亿年亭，亦曰光华门也。第二门本名直门，王莽更名直道门、端路亭，故龙楼门也。张晏曰：门楼有铜龙。《三辅黄图》曰：长安西出第二门，即此门也。第三门本名西城门，亦曰雍门。王莽更名章义门、著义亭。其水北入，有函里，民名曰函里门，亦曰突门。北出西头第一门，本名横门。王莽更名霸都门、左幽亭。如淳曰：音光，故曰光门。其外郭有都门、有棘门。徐广曰：棘门在渭北。孟康曰：在长安北，秦时宫门也。如淳曰：《三辅黄图》曰：棘门在横门外。按《汉书》，徐厉军于此，备匈奴。又有通门、亥门也。第二门本名厨门，又曰朝门。王莽更名建子门、广世亭，一曰高门。苏林曰：高门，长安城北门也。其内有长安厨官在东，故名曰厨门也。如淳曰：今名广门也。第三门本名杜门，亦曰利城门。王莽更名进和门、临水亭。其外有客舍，故民曰客舍门，又曰洛门也。凡此诸门皆通逵九达，三途洞开。隐以金椎，周以林木；左出右入，为往来之径；行者升降，有上下之别。汉成帝之为太子，元帝尝急召之。太子出龙楼门，不敢绝驰道，西至直城门，方乃得度。上怪迟，问其故，以状对。上悦，乃著令，令太子得绝驰道也。渭水东合昆明故渠。渠上承昆明池东口，东迳河池陂北，亦曰女观陂。又东合沈水，亦曰漕渠；又东迳长安县南，东迳明堂南。旧引水为辟雍处，在鼎路门东南七里。其制上圆下方，九宫十二堂，四向五室。堂北三百步有灵台，是汉平帝元始四年立。渠南有汉故圜丘，成帝建始二年，罢雍五畤。始祀皇天上帝于长安南郊。应劭曰：天郊在长安南，即此也。故渠之北有白亭、博望苑，汉武帝为太子立，使通宾客，从所好也。太子巫蛊事发，斫杜门东出。史良娣死，葬于苑北。宣帝以为戾园，以倡优千人乐思后园庙，故亦曰千乡。故渠又东而北屈，迳青门外，与沈水枝渠会。渠上承沈水于章门西。飞渠引水入城。东为仓池，池在未央宫西，池中有渐台。汉兵起，王莽死于此台。又东迳未央宫北。高祖在关东，令萧何成未央宫。何斩龙首山而营之。山长六十余里，头临渭水，尾达樊川；头高二十丈，尾渐下，高五六丈；土色赤而坚。云昔有黑龙从南山出，饮渭水，其行道因山成迹，山即基，阙不假筑，高出长安城。北有玄武阙，即北阙也。东有苍龙阙，阙内有闾阖、止车诸门。未央殿东有宣室、玉堂、麒麟、含章、白虎、凤皇、朱雀、鹓鸾、昭阳诸殿，天禄、石渠、麒麟三阁。未央宫北，即桂宫也。周十余里，内明光殿、走狗台、柏梁台，旧乘复道，用相迳通。故张衡《西京赋》曰：钩[④]陈之外，阁道穹隆，属长乐与明光，迳北通于桂宫。故渠出二宫之间，谓之明渠。又东历武库北。旧樗里子葬于此。樗里子名疾，秦惠王异母弟也。滑稽多智，秦人号曰智囊。葬于昭王庙西，渭南阴乡樗里，故俗谓之樗里子。云：我百岁后，是有天子之宫夹我墓。疾，以昭王七年卒，葬于渭南章台东。至汉，长乐宫在其东，未央宫在其西，武库直其墓。秦人喭曰：力则任鄙，智则樗里是也。明渠又东迳汉高祖长乐宫北，本秦之长乐宫也，周二十里。殿前列铜人。殿西有长信、长秋、永寿、永昌诸殿。殿之东北有池，池北有层台。俗谓是池为酒池，非也。故渠北有楼，竖汉京兆尹司马文预碑。故渠又东出城，分为二渠，即汉书所谓王渠者也。苏林曰：王渠，官渠也。犹今御沟矣。晋灼曰：渠名也，在城东覆盎门外。一水迳杨桥下，即青门桥也，侧城北迳邓艾祠西，而北注渭，今无水；其一水右入昆明故渠，东迳奉明县广城乡之廉明苑南。史皇孙及王夫人葬于郭北，宣帝迁苑南，卜以为悼园，益园民千六百家，立奉明县以奉二园，园在东都门。昌邑王贺自霸御法驾，郎中令龚遂骖乘，至广明东都门是也。故渠东北迳汉太尉夏侯婴冢西。葬日，柩马悲鸣，轻车罔进，下得石椁，铭曰：于嗟滕公居此室！故遂葬焉。冢在城东八里，饮马桥南四里，故时人谓之马冢。故渠又北分为二渠：东迳虎圈南，而东入霸；一水北合渭，今无水。

**又东过霸陵县北，霸水从县西北流注之。**

霸者，水上地名也，古曰滋水矣。秦穆公霸世，更名滋水为霸水，以显霸功。水出蓝田县蓝田谷，所谓多玉者也。西北有铜谷水，次东有辋谷水，二水合而西注，又西流入峣水。峣水又西迳峣关，北历峣柳城，东西有二城，魏置青峣军于城内，世亦谓之青峣城也。秦二世三年，汉祖入，自武关攻秦，赵高遣将距于峣关者也。《土地记》曰：蓝田县南有峣关，地名峣柳，道通荆州。《晋地道记》曰：关当上洛县西北。峣水又西北流入霸。霸水又北历蓝田川，迳蓝田县东。《竹书纪年》：梁惠成王三年，秦子向命为蓝君。盖子向之故邑也。川有汉临江王荣冢。景帝以罪征之，将行，祖于江陵北门，车轴折。父老泣曰：吾王不反矣！荣至，中尉郅都急切责王，王年少，恐而自杀，葬于是川。有燕数万，衔土置冢上，百姓矜之。霸水又左合浐水，历白鹿原东，即霸川之西，故芷阳矣。《史记》秦襄王葬于芷阳者是也，谓之霸上；汉文帝葬其上，谓之霸陵，上有四出道以泻水，在长安东南三十里。故王仲宣赋诗云：南登霸陵岸，回首望长安。汉文帝尝欲从霸陵上西驰下峻坂。袁盎揽辔于此处。上曰：将军怯也？盎曰：臣闻千金之子，坐不垂堂，百金之子，立不倚衡，圣人不乘危。今驰不测，如马惊车败，奈高庙何？上乃止。霸水又北，长水注之。水出杜县白鹿原，其水西北流，谓之荆溪。又西北，左合狗枷川水。水有二源，西川上承魂山之斫槃谷，次东有苦谷，二水合，而东北流迳风凉原西。《关中图》曰：丽山之西，川中有阜，名曰风凉原，在魂山之阴，雍州之福地。即是原也。其水傍溪北注，原上有汉武帝祠。其水右合东川。水出南山之石门谷；次东有孟谷；次东有大谷；次东有雀谷；次东有土门谷，五水北出谷，西北历风凉原东，又北与西川会。原为二水之会，乱流北迳宣帝许后陵东北，去杜陵十里。斯川于是有狗枷之名。川东亦曰白鹿原也，上有狗枷堡。《三秦记》曰：丽山西有白鹿原，原上有狗枷堡。秦襄公时，有大狗来，下有贼则狗吠之，一堡无患，故川得厥目焉。川水又北迳杜陵东。元帝初元元年，葬宣帝杜陵，北去长安五十里。陵之西北有杜县故城，秦武公十一年县之。汉宣帝元康元年，以杜东原上为初陵，更名杜县为杜陵。王莽之饶安也。其水又北注荆溪。荆溪水又北迳霸县，又有温泉入焉。水发自原下，入荆溪水，乱流注于霸，俗谓之浐水，非也。《史记音义》，文帝出安门。注云：在霸陵县。有故亭，即《郡国志》所谓长门亭也。《史记》云：霸、浐，长水也，虽不在祠典，以近咸阳秦、汉都，泾、渭、长水，尽得比大川之礼。昔文帝居霸陵，北临厕，指新丰路示慎夫人曰：此走邯郸道也。因使慎夫人鼓瑟，上自倚瑟而歌，凄怆悲怀，顾谓群臣曰：以北山石为椁用纻絮斮⑤陈漆其间，岂可动哉？释之曰：使其中有可欲，虽锢南山犹有隙；使无可欲，虽无石椁，又何戚焉？文帝曰：善！拜廷尉。韦昭曰：高岸夹水为厕，今斯原夹二水也。霸水又北会两川，又北，故渠右出焉。霸水又北迳王莽九庙南。王莽地皇元年，博征天下工匠，坏撤西苑、建章诸宫馆十余所，取材瓦以起九庙，算及吏民，以义入钱谷，助成九庙。庙殿皆重屋。太初祖庙，东西南北各四十丈，高十七丈，余庙半之。为铜薄栌⑥，饰以金银雕文，究极百工之巧，褫高增下，功费数百巨万，卒死者万数。霸水又北迳积道，在长安县东十三里。王莽九庙在其南。汉世有白蛾群飞，自东都门过积道。吕后被除于霸上⑦，还见仓狗，戟胁于斯道也。水上有桥，谓之霸桥。地皇三年，霸桥木灾自东起，卒数千以水泛沃救不灭，晨焚夕尽。王莽恶之，下书曰：甲午火桥，乙未立春之日也。予以神明圣祖，黄虞道统受命，至于地皇四年，为十五年，正以三年终冬，绝灭霸驳之桥，欲以兴成新室，统一长存之道，其名霸桥为长存桥。霸水又北，左纳漕渠，绝霸，右出焉。东迳霸城北，又东迳子楚陵北。皇甫谧曰：秦庄王葬于芷阳之丽山。京兆东南霸陵山，刘向曰：庄王大其名，立坟者也。《战国策》曰：庄王字异人，更名子楚，故世人犹以子楚名陵。又东迳新丰县，右会故渠。渠上承霸水，东北迳霸城县故城南。汉文帝之霸陵县也，王莽更之曰水章。魏明帝景初元年，徙长安金狄，重不可致，因留霸城南。人有见蓟子训与父老共摩铜人曰：正见铸此时，计尔日已近五百年矣。故渠又东北迳刘更始冢西。更始二年，为赤眉所杀，故侍中刘恭夜往取而埋之。光武使司徒邓禹收葬于霸陵县。更始尚书仆射、行大将军事鲍永，持节安集河东⑧，闻更始死，归世祖，累迁司隶校尉。行县迳更始墓，遂下拜哭，尽哀而去。帝问公卿，大中大夫张湛曰：仁不遗旧，忠不忘君，行之高者。帝乃释。又东北迳新丰县，右合漕渠，汉大司农郑当时所开也。以渭难漕，命齐水工徐伯发卒穿渠引渭。其渠自昆明池，南傍山原，东至于河，且田且漕，大以为便。今无水。霸水又北迳秦虎圈东。《列士传》曰：秦昭王会魏王，魏王不行，使朱亥奉璧一双。秦王大怒，置朱亥虎圈中。亥瞋目视虎，眦⑨裂，血出溅虎，虎不敢动，即是处也。霸水又北入于渭水。渭水又东会成国故渠。渠，魏尚书左仆射卫臻征蜀所开也，号成国渠，引以浇田。其渎上承汧水于陈仓东。东迳郿及武功、槐里县北。渠左有安定梁严冢。碑碣尚存。又东迳汉五帝茂陵南，故槐里之茂乡也。应劭曰：帝自为陵，在长安西北八十余里。《汉武帝故事》曰：帝崩后，见形谓陵令薛平曰：吾虽失势，犹为汝君，奈何令吏卒上吾陵磨刀剑乎？自今以后，可禁之。平顿首谢，因不见。推问陵傍，果有方石可以为砺，吏卒常盗磨刀剑。霍光欲斩之。张安世曰：神道芒昧，不宜为法。乃止。故阮公《咏怀诗》曰：失势在须臾，带剑上吾丘。陵之西而北一里，即李夫人冢。冢形三成，世谓之英陵。夫人兄延年知音，尤善歌舞，帝爱之。每为新声变曲，闻者莫不感动。常侍上起舞，歌曰：北方有佳人，绝世而独立。一顾倾人城，再顾倾人国。宁不知倾城复倾国，佳人难再得！上曰：世岂有此人乎？平阳主曰：延年女弟。上召见之，妖丽，善歌舞，得幸，早卒。上悯念之，以后礼葬，非思不已，赋诗悼伤。故渠又东迳茂陵县故城南，武帝建元二年置。《地理志》曰：宣帝县焉。王莽之宣成也。故渠又东迳龙泉北，今人谓之温泉，非也。渠北故坂北，即龙渊庙。如淳曰：《三辅黄图》有龙渊宫，今长安城西有其庙处，盖宫之遗也。故渠又东迳姜原北，渠北有汉昭帝陵，东南去长安七十里。又东迳平陵县故城南。《地理志》曰：昭帝置，王莽之广利也。故渠之南有窦氏泉，北有徘徊庙。又东迳汉大将军魏其侯窦婴冢南；又东迳成帝延陵南。陵之东北五里，即平帝康陵坂也。故渠又东迳渭陵南。元帝永光四年，以渭城寿陵亭原上为初陵，诏不立县邑。又东迳哀帝义陵南，又东迳惠帝安陵南，陵北有安陵县故城。《地理志》曰：惠帝置，王莽之嘉平也。渠侧有杜邮亭。又东迳渭城北。《地理志》曰：县有兰池宫。秦始皇微行，逢盗于兰池，今不知所在。又东迳长陵南，亦曰长山也。秦名天子冢曰山，汉曰陵，故通曰山陵矣。《风俗通》曰：陵者，天生自然者也，今王公坟垅称陵。《春秋左传》曰：南陵，夏后皋之墓也。《春秋说题辞》曰：丘者，墓也；冢者，种也，种墓也⑩。罗倚于山，分卑尊之名者也。故渠又东迳汉丞相周勃冢南，冢北有亚夫冢。故渠东南谓之周氏曲。又东南迳汉景帝阳陵南；又东南注于渭，今无水。渭水又东迳霸城县北，与高陵分水。水南有定陶恭王庙，傅太后陵。元帝崩，傅昭仪随王归国，称定陶太后。后十年，恭王薨，子代为王。征为太子，太子即帝位，立恭王寝庙于京师，比宣帝父悼皇故事。元寿元年，傅后崩，合葬渭陵。潘岳《关中记》，汉帝后同茔，则为合葬，不共陵也，诸侯皆如之。恭王庙在霸城西北，庙西北，即傅太后陵。不与元帝同茔。渭陵，非谓元帝陵也。盖在渭水之南，故曰渭陵也。陵与元帝齐者，谓同十二丈也。王莽奏毁傅太后冢，冢崩，压杀数百人。开棺，臭闻数里。公卿在位，皆阿莽旨，入钱帛，遣子弟及诸生、四夷，凡十余万人，操持作具，助将作掘傅后冢，二旬皆平，周棘其处，以为世戒。今其处积土犹高，世谓之增墀，又亦谓之增阜，俗亦谓之成帝初陵处，所未详也。渭之又迳平阿侯王谭墓北，冢次有碑。左则泾水注之。渭水又东迳郼县西，盖陇西郡之郼徙也。渭水又东得白渠枝口；又东与五丈渠合。水出云阳县石门山，渭水清水。东南流迳黄嵊山西；又南入祋祤县，历原南出，谓之清水口。东南流，绝郑渠；又东南入高陵县，迳黄白城西，本曲梁宫也。南绝白渠，屈而东流，谓之曲梁水。又东南迳高陵县故城北，东南绝白渠渎；又东南入万年县，谓之五丈渠。又迳藕原东，东南流注于渭。渭水右迳新丰县故城北，东与鱼池水会。水出丽山东北，本导源北流，后秦始皇葬于山北，水过而曲行，东注北转。始皇造陵取土，其地汙深，水积成池，谓之鱼池也。在秦始皇陵东北五里，周围四里，池水西北流迳始皇冢北。秦始皇大兴厚葬，营建冢圹于丽戎之山，一名蓝田，其阴多金，其阳多玉。始皇贪其美名，因而葬焉。斩山凿石，下锢三泉，以铜为椁，旁行周回三十余里。上画天文星宿之象，下以水银为四渎、百川，五岳、九州，具地理之势。宫观百官，奇器珍宝，充满其中。令匠作机弩，有所穿近，辄射之。以人鱼膏为灯烛，取其不灭者久之。后宫无子者，皆使殉葬甚众。坟高五丈，周回五里余，作者七十万人，积年方成。而周章百万之师，已至其下，乃使章邯领作者以御难，弗能禁。项羽入关，发之，以三十万人，三十日，运物不能穷。关东盗贼，销椁取铜，牧人寻羊烧之，火延九十日，不能灭。北对鸿门十里。池水又西北流，水之西南有温泉，世以疗疾。《三秦记》曰：丽山西北有温水，祭则得入，不祭则烂人肉。俗云：始皇与神女游而忤其旨，神女唾之生疮；始皇谢之，神女为出温水，后人因以浇洗疮。张衡《温泉赋·序》曰：余出丽山，观温泉，浴神井，嘉洪泽之普施，乃为之赋云。此汤也，不使灼人形体矣。池水又迳鸿门西；又迳新丰县故城东，故丽戎地也。高祖王关中，太上皇思东归，故象旧里制兹新邑，立城社，树枌榆，令街庭若一，分置丰民，以实兹邑，故名之为新丰也。汉灵帝建宁三年，改为都乡，封段颎为侯国。后立阴槃城。其水际城北出，世谓是水为阴槃水；又北绝漕渠，北注于渭。渭水又东迳鸿门北，旧大道北下坂口名也。右有鸿亭。《汉书》，高祖将见项羽。《楚汉春秋》曰：项王在鸿门。亚父曰：吾使人望沛公，其气冲天，五色采相缪，或似龙，或似云，非人臣之气，可诛之。高祖会项羽，范增目羽，羽不应。樊哙杖盾撞人人，食豕肩于此，羽壮之。《郡国志》曰：新丰县东有鸿门亭者也。郭缘生《述征记》或云：霸城南门曰鸿门也。项羽将因会危高祖，羽仁而弗断。范增谋而不纳，项伯终护高祖以获免。既抵霸上，遂封汉王。按《汉书注》，鸿门在新丰东十七里，则霸上应百里。按《史记》，项伯夜驰告张良，良与俱见高祖，仍使夜返。考其道里，不容得尔。今父老传在霸城南门数十里，于理为得。按缘生此记，虽历览《史》、《汉》，述行涂经见，可谓学而不思矣。今新丰县故城东三里有坂，长二里余，堑原通道，南北洞开，有同门状，谓之鸿门。孟康言：在新丰东十七里，无之。盖指县治而言，非谓城也。自新丰故城西至霸城五十里，霸城西十里，则霸水，西二十里则长安城。应劭曰：霸，水上地名，在长安东二十里，即霸城是也。高祖旧停军处，东去新丰既远，何由项伯夜与张良共见高祖乎？推此言之，知缘生此记乖矣。渭水又东，石川水南注焉；渭水又东，戏水注之。水出丽山冯公谷，东北流，又北迳丽戎城东。《春秋》：晋献公五年伐之，获丽姬于是邑。丽戎，男国也，姬姓，秦之丽邑矣。又北，右总三川，迳鸿门东，又北迳戏亭东。应劭曰：戏，弘农湖县西界也。地隔诸县，不得为湖县西。苏林曰：戏，邑名，在新丰东南四十里。孟康曰：乃水名也，今戏亭是也。昔周幽王悦褒姒，姒不笑，王乃击鼓举烽，以征诸侯，诸侯至，无寇，褒姒乃笑，王甚悦之。及犬戎至，王又举烽以征诸侯，诸侯不至，遂败幽王于戏水之上，身死于丽山之北。故《国语》曰幽灭者也。汉成帝建始二年，造延陵为初陵，以为非吉，于霸曲亭南更营之。鸿嘉元年，于新丰戏乡为昌陵县，以奉初陵。永始元年，诏以昌陵卑下，客土疏恶，不可为万岁居，其罢陵作，令吏民反故，徙将作大匠解万年燉煌。《关中记》曰：昌陵在霸城东二十里，取土东山，与粟同价，所费巨万，积年无成，即此处也。戏水又北分为二水，并注渭水。渭水又东，泠水入焉。水南出肺浮山，盖丽山连麓而异名也。北会三川，统归一壑，历阴槃、新丰两原之间，北流注于渭。渭水又东，酋水南出倒虎山，西总五水，单流迳秦步高宫东，世名市丘城。历新丰原东而北迳步寿宫西，又北入渭。渭水又东得西阳水；又东得东阳水，并南出广乡原北垂，俱北入渭。渭水又东迳下邽县故城南。秦伐邽，置邽戎于此。有上邽，故加下也。渭水又东与竹水合。水南出竹山，北迳媚加谷，历广乡原东，俗谓之大赤水，北流注于渭。渭水又东得白渠口。大始二年，赵国中大夫白公，奏穿渠。引泾水，首起谷口，出于郑渠南，名曰白渠。民歌之曰：田于何所？池阳谷口。郑国在前，白渠起后。即水所始也。东迳宜春城南；又东南迳池阳城北，枝渎出焉。东南历藕原下，又东迳郿县故城北，东南入渭。今无水。白渠又东，枝渠出焉。东南迳高陵县故城北。《地理志》曰：左辅都尉治，王莽之千春也。《太康地记》谓之曰高陆也。车频《秦书》曰：苻坚建元十四年，高陆县民穿井，得龟，大二尺六寸，背文负八卦古字。坚以石为池，养之，十六年而死，取其骨以问吉凶，名为客龟。大卜佐高鲁梦客龟言：我将归江南，不遇，死于秦。鲁于梦中自解曰：龟三万六千岁而终，终必亡国之征也。为谢玄破于淮肥，自缢新城浮图中。秦祚因即沦矣。又东迳栎阳城北。《史记》，秦献公二年，城栎阳，自雍徙居之。十八年，雨金于是处也。项羽以封司马欣为塞王。按《汉书》，高帝克关中，始都之，王莽之师亭也。后汉建武二年，封骠骑大将军景丹为侯国，丹让，世祖曰：富贵不还故乡，如衣锦夜行，故以封卿。白渠又东迳秦孝公陵北；又东南迳居陵城北、莲芍城南；又东注金氏陂；又东南注于渭。故《汉书·沟洫志》曰：白渠首起谷口，尾入栎阳是也，今无水。

### 又东过郑县北，

渭水又东迳峦都城北，故蕃邑，殷契之所居。《世本》曰：契居蕃。阚骃曰：蕃在郑西。然则今峦城是矣。俗名之赤城，水曰赤水，非也。苻健入秦，据此地以抗杜洪。小赤水即《山海经》之灌水也。水出石脆之山，北迳萧加谷于孤柏原西，东北流与禹水合。水出英山，北流与招水相得，乱流西北注于灌。灌水又北注于渭。渭水又东，西石桥水南出马岭山，积石据其东，丽山距其西，源泉上通，悬流数十，与华岳同体。其水北迳郑城西，水上有桥，桥虽崩褫，旧迹犹存。东去郑城十里，故世以桥名水也。而北流注于渭，阚骃谓之新郑水。渭水又东迳郑县故城北。《史记》，秦武公十年，县之。郑桓公友之故邑也。《汉书》薛瓒《注》言：周自穆王已下，都于西郑，不得以封桓公也。幽王既败，虢、郐又灭，迁居其地，国于郑父之丘，是为郑桓公。无封京兆之文。余按迁《史记》，考《春秋》、《国语》、《世本》言，周宣王二十二年，封庶弟友于郑。又《春秋》、《国语》并言桓公为周司徒，以王室将乱，谋于史伯，而寄帑与贿于虢、郐之间。幽王贾[11]于戏，郑桓公死之。平王东迁，郑武公辅王室，灭虢、郐而兼其土。故周桓公言于王曰：我周之东迁，晋、郑是依。乃迁封于彼。《左传》隐公十一年，郑伯谓公孙获曰：吾先君新邑于此，其能与许争乎？是指新郑为言矣。然班固、应劭、郑玄、皇甫谧、裴颂、王隐、阚骃及诸述作者，咸以西郑为友之始封，贤于薛瓒之单说也。无宜违正经而从逸录矣。赤眉樊崇于郭北设坛，祀城阳景王而尊右校卒史刘侠卿牧牛儿盆子为帝，年十五，被发徒跣，为具绛单衣，半头赤帻[12]，直綦履。顾见众人拜，恐畏欲啼。号年建世。后月余乘白盖小车，与崇及尚书一人相随向郑，北渡渭水，即此处也。城南山北有五部神庙，东南向华岳。庙前有碑，后汉光和四年，郑县令河东裴毕字君先立。渭水又东与东石桥水会，故沈水也。水南出马岭山，北流迳武平城东。按《地理志》，左冯翊有武城县，王莽之桓城也。石桥水又迳郑城东，水有故石梁。《述征记》曰：郑城东西十四里，各有石梁者也。又北迳沈阳城北，注于渭。《汉书·地理志》，左冯翊有沈阳县，王莽更之曰制昌也。盖藉水以取称矣。渭水又东，敷水注之。水南出石山之敷谷，北迳告平城东。耆旧所传，言武王伐纣，告太平于此，故城得厥名，非所详也。敷水又北迳集灵宫西。《地理志》曰：华阴县有集灵宫，武帝起。故张昶《华岳碑》称：汉武慕其灵，筑宫在其后。而北流注于渭。渭水又东，粮余水注之。水南出粮余山之阴，北流入于渭，俗谓之宣水也。渭水又东合黄酸之水，世名之为千渠水。水南出升山，北流注于渭。渭水又东迳平舒城北。城侧枕渭滨，半破沦水，南面通衢。昔秦始皇之将亡也，江神素车白马，道华山下，返璧于华阴平舒道，曰：为遗镐池君。使者致之，乃二十八年渡江所沈璧也。即江神返璧处也。渭水之阳，即怀德县界也。城在渭水之北、沙苑之南，即怀德县故城也。世谓之高阳城，非矣。《地理志》曰：《禹贡》北条荆山在南，山下有荆渠。即夏后铸九鼎处也。王莽更县曰德骥。渭水又东迳长城北，长涧水注之。水南出太华之山，侧长城东而北流注于渭水。《史记》秦孝公元年，楚、魏与秦接界。魏筑长城，自郑滨洛者也。

### 又东过华阴县北，

洛水入焉，阚骃以为漆沮之水也。《曹瞒传》曰：操与马超隔渭水，每渡渭，辄为超骑所冲突。地多沙，不可筑城。娄子伯说：今寒，可起沙为城，以水灌之，一宿而成。操乃多作缣囊以堙水，夜汲作城，比明城立于是水之次也。渭水迳县故城北，《春秋》之阴晋也。秦惠文王五年，改曰宁秦。汉高帝八年，更名华阴，王莽之华坛也。县有华山。《山海经》曰：其高五千仞，削成而四方，远而望之，又若华状，西南有小华山也。韩子曰：秦昭王令工施钩梯上华山，以节柏之心为博箭，长八尺，棋长八寸，而勒之曰：昭王尝与天神博于是。《神仙传》曰：中山卫叔卿尝乘云车，驾白鹿，见汉武帝。帝将臣之，叔卿不言而去。武帝悔，求得其子度世，令追其父。度世登华山，见父与数人博于石上，敕度世令还。山层云秀，故能怀灵抱异耳。山上有二泉，东西分流，至若山雨滂湃，洪津泛洒，挂溜腾虚，直泻山下。有汉文帝庙，庙有石阙数碑。一碑是建安中立。汉镇远将军段煨更修祠堂。碑文，汉给事黄门侍郎张昶造，昶自书之。文帝又刊其二十余字。二书存，垂名海内。又刊侍中司隶校尉钟繇、弘农太守毋丘俭姓名，广六行，郁然修平。是太康八年，弘农太守河东卫叔始为华阴令，河东裴仲恂，役其逸力修立坛庙，夹道树柏，迄于山阴。事见永兴元年，华百石所造碑。渭水又东，沙渠水注之。水出南山北流，西北入长城。城自华山北达于河。《华岳铭》曰：秦、晋争其祠，立城建其左者也。郭著《述征记》指证魏之立长城，长城在后，不得在斯，斯为非矣。渠水又北注于渭。《三秦记》曰：长城北有平原，广数百里，民井汲巢居，井深五十尺。渭水又东迳定城北。《西征记》曰：城因原立。《述征记》曰：定城去潼关三十里，夹道各一城。渭水又东，泥泉水注之。水出南山灵谷，而北流注于渭水也。渭水又东合沙渠水，水即符禺之水也，南出符石。又迳符禺之山，北流入于渭。

**东入于河。**

《春秋》之渭汭也。《左传》闵公二年，虢公败犬戎于渭队。服虔曰：队，谓汭也。杜预曰：水之隈曲曰汭。王肃云：汭，入也。吕忱云：汭者，水相入也。水会，即船司空所在矣。《地理志》曰：渭水东至船司空入河。服虔曰：县名，都官[13]。《三辅黄图》有船库官，后改为县。王莽之船利者也。

---

①沴（lì，音力）：指灾气，伤害。

②滮（biāo，音彪）：水流的样子。

③谗胜道消：意为谗人得志，世道沦亡。

④鉤（gōu，音意同钩）：鉤陈之外，意为后宫之外。

⑤斮（zhuó，音浊）：斩；削。

⑥薄栌：古代指斗拱。

⑦祓除于霸上：意为“在霸上禳灾祈福”。

⑧持节安集河东：意为受命把军队集结在河东。

⑨眥（zì，音字）：眼角。

⑩种墓也：据考“种”系“肿”之误。

⑪霣：yǔn，音意皆同陨。

⑫帻（zé，音责）：古代的一种头巾。

⑬都官：此处据考有误，应为“有都司空官驻在这里”。

# 水经注卷二十

## 漾水　　丹水

**漾水出陇西氐道县嶓冢山，东至武都沮县为汉水。**

常璩《华阳国志》曰：汉水有二源，东源出武都氐道县漾山，为漾水。《禹贡》导漾东流为汉是也；西源出陇西西县嶓冢山，会白水迳葭萌入汉。始源曰沔。按沔水出东狼谷，迳沮县入汉。《汉中记》曰：嶓冢以东，水皆东流；嶓冢以西，水皆西流。即其地势源流所归，故俗以嶓冢为分水岭。即此推沔水无西入之理。刘澄之云：有水从阿阳县南至梓潼汉寿入大穴，暗通冈山。郭景纯亦言是矣。冈山穴小，本不容水，水成大泽而流与汉合。庚仲雍又言：汉水自武遂川南入蔓葛谷，越野牛，迳至关城合西汉水。故诸言汉者，多言西汉水至葭萌入汉。又曰始源曰沔。是以《经》云：漾水出氐道县，东至沮县为汉水，东南至广魏白水。诊其沿注，似与三说相符，而未极西汉之源矣。然东西两川，俱受沔、汉之名者，义或在兹矣。班固《地理志》，司马彪、袁山松《郡国志》并言汉有二源，东出氐道，西出西县之嶓冢山。阚骃云：汉或为漾。漾水出昆仑西北隅，至氐道重源显发而为漾水。又言：陇西西县嶓冢山在西，西汉水所出，南入广魏白水。又云：漾水出獂道，东至武都入汉。许慎、吕忱并言：漾水出陇西獂①道，东至武都为汉水，不言氐道。然獂道在冀之西北，又隔诸川，无水南入，疑出獂道之为谬矣。又云：汉，漾也，东沧浪水。《山海经》曰：嶓冢之山，汉水出焉，而东南流注于江。然东、西两川，俱出嶓冢而同为汉水者也。孔安国曰：泉始出为漾，其犹濛耳。而常璩专为漾山、漾水，当是作者附而为山水之殊目矣。余按《山海经》，漾水出昆仑西北隅，而南流注于丑涂之水。《穆天子传》曰：天子自舂山西征，至于赤乌氏；已卯，北征；庚辰，济于洋水；辛巳，入于曹奴。曹奴人戏，觞天子于洋水之上，乃献良马九百，牛羊七千。天子使逢固受之。天子乃赐之黄金之鹿，戏乃膜拜而受。余以太和中从高祖北巡，狄人犹有此献。虽古今世殊，而所贡不异。然川流隐伏，卒难详照，地理潜闶②，变通无方，复不可全言阚氏之非也。虽津流派别，枝渠势悬，原始要终，潜流或一，故俱受汉、漾之名，纳方土之称，是其有汉川、汉阳、广汉、汉寿之号，或因其始，或据其终。纵异名互见，犹为汉、漾矣。川共目殊，或亦在斯。今西县嶓冢山，西汉水所导也。然微涓细注，若通冥历，津注而已。西流与马池水合。水出上邽西南六十余里，谓之龙渊水，言神马出水，事同余吾、来渊之异，故因名焉。《开山图》曰：陇西神马山有渊池，龙马所生。即是水也。其水西流谓之马池川。又西流入西汉水。西汉水又西南流，左得兰渠溪水；次西有山黎谷水；次西有铁谷水；次西有石耽谷水；次西有南谷水，并出南山，扬湍北注。右得高望谷水，次西得西溪水；次西得黄花谷水，咸出北山，飞波南入西汉水。又西南，资水注之。水北出资川，导源四䂈，南至资峡，总为一水，出峡西南流，注西汉水。西汉水又西南得峡石水口。水出苑亭、西草、黑谷三溪，西南至峡石口，合为一渎，东南流，屈而南注西汉水。西汉水又西南，合杨廉川水。水出西谷，众川泻流，合成一川。东南流迳西县故城北。秦庄公伐西戎，破之。周宣王与其先大骆犬丘之地，为西垂大夫，亦西垂宫也。王莽之西治矣。建武八年，世祖至阿阳，窦融等悉会，天水震动。隗嚣将妻子奔西城从杨广。广死，嚣愁穷城守。时颍川贼起，车驾东归，留吴汉、岑彭围嚣。岑等壅西谷水，以缣幔盛土为堤，灌城。城未没丈余。水穿壅不行，地中数丈涌出，故城不坏。王元请蜀救至，汉等退还上邽。但廣（广）、廉字相状，后人因以人名名之，故习讹为杨廉也，置杨廉县焉。又东南流，右会茅川水。水出西南戎溪，东北流迳戎丘城南。吴汉之围西城，王捷登城，向汉军曰：为隗王城守者，皆必死，无二心，愿诸将亟罢，请自杀以明之。遂刎颈而死。又东北流注西谷水，乱流东南入于西汉水。西汉水又西南迳始昌峡。《晋书·地道记》曰：天水始昌县，故城西也。亦曰清崖峡。西汉水又西南迳宕备戍南，左则宕备水自东南，西北注之。右则盐官水南入焉。水北有盐官，在嶓冢西五十许里，相承营煮不辍，味与海盐同。故《地理志》云：西县有盐官是也。其水东南迳宕备戍西，东南入汉水。汉水又西南合左谷水。水出南山穷溪，北注汉水。又西南，兰皋水出西北五交谷，东南历祁山军，东南入汉水。汉水又西南迳祁山军南。鸡水南出鸡谷，北迳水南县西，北流注于汉。汉水又西，建安川水入焉。其水导源建威西北山，白石戍东南，二源合注，东迳建威城南。又东与兰坑水会。水出西南近溪，东北迳兰坑城西，东北流注建安水。建安水东迳兰坑城北、建安城南，其地，故西县之历城也。杨定自陇右徙治历城，即此处也。去仇池百二十里，后改为建安城。其水又东合错水。水出错水戍东南，而东北入建安水。建安水又东北，有雉尾谷水；又东北，有太谷水；又北，有小祁山水，并出东溪，扬波西注。又北，左会胡谷水。水西出胡谷，东迳金盘、历城二军北，军在水南层山上。其水又东注建安水。建安水又东北迳塞峡。元嘉十九年，宋太祖遣龙骧将军裴方明伐杨难当，难当将妻子北奔，安西参军鲁尚期追出塞峡，即是峡矣。左山侧有石穴洞，人言潜通下辨，所未详也。其水出峡，西北流注汉水。汉水北，连山秀举，罗峰竞峙。祁山在嶓冢之西七十许里，山上有城，极为岩固。昔诸葛亮攻祁山，即斯城也。汉水迳其南，城南三里有亮故垒，垒之左右犹丰茂宿草，盖亮所植也，在上邽西南二百四十里。《开山图》曰：汉阳西南有祁山，蹊径逶迤，山高岩险，九州之名阻，天下之奇峻。今此山于众阜之中，亦非为杰矣。汉水又西南与甲谷水合。水出西南甲谷，东北流注汉水。汉水又西迳南岈、北岈中，上下二城相对，左右坟垄低昂，亘山被阜。古谚云：南岈、北岈，万有余家。诸葛亮《表》言：祁山去沮县五百里，有民万户。瞩其丘墟，信为殷矣。汉水西南迳武植戍南。武植戍水发北山，二源奇发，合于安民戍南，又南迳武植戍西，而西南流，注于汉水。汉水又西南迳平夷戍南，又西南，夷水注之。水出北山，南迳其戍西，南入汉水。汉水又西迳兰仓城南，又南，右会两溪，俱出西山，东流注于汉水。张华《博物志》云：温水出鸟鼠山，下注汉水。疑是此水，而非所详也。汉水又南入嘉陵道而为嘉陵水。世俗名之为阶陵水，非也。汉水又东南得北谷水；又东南得武街水；又东南得仓谷水。右三水，并出西溪，东流注汉水。汉水又东南迳瞿堆西，又屈迳瞿堆南。绝壁峭峙，孤险云高，望之形若覆唾壶。高二十余里，羊肠蟠道三十六回，《开山图》谓之仇夷，所谓积石嵯峨，嵌岑隐阿者也。上有平田百顷，煮土成盐，因以百顷为号。山上丰水泉，所谓清泉涌沸，润气上流者也。汉武帝元鼎六年开，以为武都郡，天池大泽在西，故以都为目矣。王莽更名乐平郡，县曰循房。常璩、范晔云：郡居河池，一名仇池，池方百顷，即指此也。左右悉白马氏矣。汉献帝建安中，有天水氏杨腾者，世居陇右，为氏大帅。子驹，勇健多计，徙居仇池。魏拜为百顷氏王。汉水又东合洛谷水，水有二源，同注一壑，迳神蛇戍西。左右山溪多五色蛇，性驯良，不为物毒。洛谷水又南迳虎堒戍东；又南迳仇池郡西、瞿堆东，西南入汉水。汉水又东合洛溪水。水北发洛谷，南迳威武戍南，又西南与龙门水合。水出西北龙门谷，东流与横水会，东北穷溪，即水源也。又南迳龙门戍东，又东南入洛溪水。又东南迳上禄县故城西，修源浚导，迳引北溪，南总两川，单流纳汉。汉水又东南迳浊水城南，又东南会平乐水。水出武街东北四十五里，更驰南溪，导源东北流，山侧有甘泉，涌波飞清，下注平乐水。又迳甘泉戍南；又东迳平乐戍南；又东入汉，谓之会口。汉水东南迳脩城道南，与脩水合。水总二源，东北合汉。汉水又东南于槃头郡南，与浊水合。水出浊城北，东流与丁令溪水会。其水北出丁令谷，南迳武街城西，东南入浊水。浊水又东迳武街城南，故下辨县治也。李玲、李稚以氐王杨难敌妻死葬阴平，袭武街，为氐所杀于此矣。今广业郡治。浊水又东，宏休水注之。水出北溪，南迳武街城东，而南流注于浊水。浊水又东迳白石县南。《续汉书》曰：虞诩为武都太守，下辨东三十余里有峡，峡中白水生大石，障塞水流，春夏辄溃溢，败坏城郭。诩使烧石，以醯灌之，石皆碎裂，因镌去焉，遂无泛溢之害。浊水即白水之异名也。浊水又东南，垫阳水北出垫谷，南迳白石县东，而南入浊水。浊水又东南与仇鸠水合。水发鸠溪，南迳河池县故城西，王莽之乐平亭也。其水西南流注浊水。浊水又东南与河池水合。水出河池北谷，南迳河池戍东，西南入浊水。浊水又东南，两当水注之。水出陈仓县之大散岭，西南流入故道川，谓之故道水，西南迳故道城东。魏征仇池，筑以置戍。与马鞍山水合。水东出马鞍山，历谷西流至故道城东，西入故道水。西南流，北川水注之。水出北洛櫎山南，南流迳唐仓城下，南至困冢川，入故道水。故道水又西南历广香交，合广香川水。水出南田县利乔山，南流至广香川，谓之广香川水；又南注故道水，谓之广香交。故道水又西南入秦冈山，尚婆水注之。山高入云，远望增状，若岭纡曦轩，峰枉月驾矣[3]。悬崖之侧，列壁之上，有神象若图，指状妇人之容。其形上赤下白，世名之曰圣女神，至于福应愆违，方俗是祈。水源北出利乔山，南迳尚婆川，谓之尚婆水。历两当县之尚婆城南，魏故道郡治也。西南至秦冈山，入故道水。故道水又右会黄卢山水。水出西北天水郡黄卢山腹。历谷南流，交注故道水。故道水南入东益州之广业郡界，与沮水枝津合，谓之两当溪。水上承武都沮县之沮水渎，西南流注于两当溪。虞诩为郡，漕谷布在沮，从沮县至下辨，山道险绝，水中多石，舟车不通，驴马负运，僦五致一。诩乃于沮受僦直，约自致之。即将吏民按行，皆烧石櫎木，开漕船道。水运通利，岁省万计，以其僦廪与吏士，年四十余万也。又西南注于浊水。浊水南迳槃头郡东，而南合凤溪水。水上承浊水于广业郡，南迳凤溪，中有二石双高，其形若阙，汉世有凤凰止焉，故谓之凤凰台，北去郡三里。水出台下，东南流，左注浊水。浊水又南注汉水。汉水又东南历汉曲，迳挟崖与挟崖水合。水西出担潭交，东源入汉水。汉水又东迳武兴城南，又东南与北谷水合。水出武兴东北，而西南迳武兴城北，谓之北谷水。南转迳其城东，西南与一水合。水出东溪，西流注北谷水。又南流注汉水。汉水又西南迳关城北，除水出西北除溪，东南流入于汉。汉水又西南迳通谷，通谷水出东北通溪，上承漾水，西南流为西汉水。汉水又西南，寒水注之。水东出寒川，西流入汉。汉水又西迳石亭戍，广平水西出百顷川，东南流注汉。又有平阿水出东山，西流注汉水。汉水又迳晋寿城西，而南合汉寿水。水源出东山，西迳东晋寿故城南，而西南入于汉水也。

**又东南至广魏白水县西，又东南至葭萌县东北，与羌水合。**

白水西北出于临洮县西南西倾山，水色白浊，东南流与黑水合。水出羌中，西南迳黑水城西，又西南入白水。白水又东迳洛和城南，洛和水西南出和溪，东北流迳南黑水城西，而北注白水。白水又东南迳邓至城南。又东南与大夷祝水合。水出夷祝城西南穷溪，北注夷水。又东北合羊洪水。水出东南羊溪，西北迳夷祝城东；又西北流，屈而东北，注于夷水。夷水又东北入白水。白水又东与安昌水会。水源发卫大西溪，东南迳邓至、安昌郡南；又东南合无累水。无累水出东北近溪，西南入安昌水。安昌水又东南入白水。白水又东南入阴平，得东维水。水出西北维谷，东南迳维城西，东南入白水。白水又东南迳阴平道故城南，王莽更名摧虏矣，即广汉之北部也。广汉属国都尉治，汉安帝永初三年，分广汉蛮夷置。又有白马水，出长松县西南白马溪，东北迳长松县北，而东北注白水。白水又东迳阴平大城北，盖其渠帅自故城徙居也。白水又东，偃溪水出西南偃溪，东北流迳偃城西，而东北流入白水。白水又东迳偃城北；又东北迳桥头。昔姜维之将还蜀也，雍州刺史诸葛绪邀之于此，后期不及，故维得保剑阁，而钟会不能入也。白水又与羌水合，自下羌水又得其通称矣。白水又东迳郭公城南，昔郭淮之攻廖化于阴平也，筑之，故因名焉。白水又东，雍川水出西南雍溪。东北注白水。白水又东合空泠水，傍溪西南穷谷，即川源也。白水又东南与南五部水会。水有二源：西源出五部溪，东南流；东源出郎谷，西南合注白水。白水又东南迳建昌郡东，而北与一水合。二源同注，共成一溪，西南流入于白水。白水又东南迳白水县故城东，即白水郡治也。《经》云：汉水出其西，非也。白水又东南与西谷水相得。水出西溪，东流迳白水城南，东南入白水。白水又南，左会东流水，东入极溪，便即水源也。白水又南迳武兴城东，又东南，左得刺稽水口。溪东北出，便水源矣。白水又东南，清水左注之。庾仲雍曰：清水自祁山来，合白水。斯为孟浪也。水出于平武郡东北，瞩累亘下，南迳平武城东，屈迳其城南，又西历平洛郡东南；屈而南迳南阳侨郡东北；又东南迳新巴县东北；又东南迳始平侨郡南；又东南迳小剑戍北。西去大剑三十里，连山绝险，飞阁通衢，故谓之剑阁也。张载《铭》曰：一人守险，万夫趑趄④。信然。故李特至剑阁而叹曰：刘氏有如此地，而面缚于人，岂不奴才也！小剑水西南出剑谷，东北流迳其戍下，入清水。清水又东南，注白水。白水又东南，于吐费城南，即西晋寿之东北也。东南流注汉水。西晋寿，即蜀王弟葭萌所封，为苴侯邑，故遂名城为葭萌矣。刘备改曰汉寿，太康中，又曰晋寿。水有津关。段元章善风角，弟子归，元章封笥药授之，曰：路有急难，开之。生到葭萌，从者与津吏净，打伤，开笥得书，言：其破头者，可以此药裹之。生乃叹服，还卒业焉。亦廉叔度抱父枢自沉处也。

**又东南过巴郡阆中县，**

巴西郡治也。刘璋之分三巴，此其一焉。阚駰曰：强水出阴平西北强山，一曰强川。姜维之还也，邓艾遣天水太守王颀败之于强川，即是水也。其水东北迳武都、阴平、梓潼、南安入汉水。汉水又东南迳津渠戍东；又南迳阆中县东，阆水出阆阳县，而东迳其县南，又东注汉水。昔刘璋之攻霍峻于葭萌也，自此水上。张达、范强害张飞于此县。汉水又东南得东水口。水出巴岭，南历獠中，谓之东游水。李寿之时，獠自牂柯北入，所在诸郡，布满山谷。其水西南迳宋熙郡东；又东南迳始平城东；又东南迳巴西郡东；又东入汉水。汉水又东与薄溪水合，水出獠中，世亦谓之为清水也。东南流注汉水。汉水又东南迳宕渠县东；又东南合宕渠水。水西北出南郑县巴岭，与樊余水同源派注，南流谓之北水。东南流，与难江水合。水出东北小巴山，西南注之。又东南流迳宕渠县，谓之宕渠水；又东南，入于汉。

**又东南过江州县东，东南入于江。**

涪水注之。庾仲雍所谓涪内水者也。

**丹水出京兆上洛县西北冢岭山，**

一名高猪岭也。丹水东南流与清池水合。水源东北出清池山，西南流入于丹水。

**东南过其县南，**

县，故属京兆，晋分为郡。《地道记》曰：郡在洛上，故以为名。《竹书纪年》：晋烈公三年，楚人伐我南鄙，至于上洛。楚水注之。水源出上洛县西南楚山。昔四皓隐于楚山，即此山也。其水两源合舍于四皓庙东，又东迳高车岭南，翼带众流，北转入丹水。岭上有四皓庙。丹水自仓野，又东历兔和山，即《春秋》所谓左师军于兔和，右师军于仓野者也。

**又东南过商县南；又东南至于丹水县，入于均。**

契始封商。鲁连子曰：在太华之阳。皇甫谧、阚駰并以为上洛商县也。殷商之名，起于此矣。丹水自商县东南流注，历少习，出武关。应劭曰：秦之南关也，通南阳郡。《春秋左传》：哀公四年，楚左司马使谓阴地之命大夫士蔑曰：晋、楚有盟，好恶同之。不然将通于少习以听命者也。京相璠曰：楚通上洛，阪道也。汉祖下析郦，攻武关。文颖曰：武关在析县西百七十里，弘农界也。丹水又东南流入臼口，历其戌下。又东南，析水出析县西北弘农卢氏县大蒿山，南流迳脩阳县故城北。县，即析之北乡也。又东入析县，流结成潭，谓之龙渊，清深神异。《耆旧传》云：汉祖入关，迳观是潭，其下若有府舍焉。事即非恒，难以详矣。其水又东迳其县故城北，盖《春秋》之白羽也。《左传》：昭公十八年，楚使王子胜迁许于析是也。郭仲产云：相承言此城汉高所筑，非也。余按《史记》，楚襄王元年，秦出武关，斩众五万，取析十五城。汉祖入关，亦言下析郦，非无城之言，修之则可矣。析水又历其县东，王莽更名，县为君亭也。而南流入丹水县，注于丹水，故丹水会均，有析口之称。丹水又东南迳一故城南，名曰三户城。昔汉祖入关，王陵起兵丹水，以归汉祖。此城，疑陵所筑也。丹水又迳丹水县故城西南。县有密阳乡，古商密之地，昔楚申息之师所戍也，《春秋》之三户矣。杜预曰：县北有三户亭。《竹书纪年》曰：壬寅，孙何侵楚，入三户郛者是也。水出丹鱼，先夏至十日，夜伺之，鱼浮水侧，赤光上照如火。网而取之，割其血以涂足，可以步行水上，长居渊中。丹水东南流至其县南。黄水北出芬山黄谷，南迳丹水县，南注丹水。黄水北有墨山，山石悉黑，缋彩奋发，黝焉若墨，故谓之墨山。今河南新安县有石墨山，斯其类也。丹水南有丹崖山，山悉赪⑤壁霞举，若红云秀天，二岫更为殊观矣。丹水又南迳南乡县故城东北。汉建安中，割南阳右壤为南乡郡。逮晋封宣帝孙畅为顺阳王，因立为顺阳郡，而南乡为县，旧治酂城。永嘉中，丹水浸没。至永和中，徙治南乡故城。城南门外，旧有郡社柏树，大三十围。萧欣为郡，伐之。言有大蛇从树腹中坠下，大数围，长三丈，群小蛇数十，随入南山，声如风雨。伐树之前，见梦于欣，欣不以厝意；及伐之，更少日，果死。丹水又东迳南乡县北。兴宁末，太守王靡之改筑今城。城北半据在水中，左右夹涧深长，及春夏水涨，望若孤洲矣。城前有晋顺阳太守丁穆碑，郡民范宁立之。丹水迳流两县之间，历于中之北，所谓商于者也。故张仪说楚绝齐，许以商于之地六百里，谓以此矣。《吕氏春秋》曰：尧有丹水之战，以服南蛮。即此水也。又南合均水，谓之析口。

①獂：huán，音环。
②閟（bì，音必）：闭门；闭。
③若岭纡曦轩，峰枉月驾矣：其意为"仿佛日神和月神的车驾都要绕过些高峰峻岭才能通过似的"。
④趑趄（zī jū，音资居）：行走困难。
⑤赪（chēng，音称）：红色。

# 水经注卷二十一

## 汝　水

**汝水出河南梁县勉乡西天息山，**

《地理志》曰：出高陵山，即猛山也。亦言出南阳鲁阳县之大盂山，又言出弘农卢氏县还归山。《博物志》曰：汝出燕泉山，并异名也。余以永平中，蒙除鲁阳太守，会上台下①，列山川图，以方志参差，遂令寻其源流。此等既非学徒，难以取悉，即在途见，不容不述。今汝水西出鲁阳县之大盂山蒙柏谷，岩郭深高，山岫邃密，石径崎岖，人迹裁交，西即卢氏界也。其水东北流迳太和城西，又东流迳其城北。左右深松列植，筠柏交荫，尹公度之所栖神处也。又东届尧山西岭下，水流两分：一水东迳尧山南，为滍水也，即《经》所言滍水出尧山矣；一水东北出为汝水，历蒙柏谷。左右岫壑争深，山皋竞高，夹水层松茂柏，倾山荫渚，故世人以名也。津流不已，北历长白沙口，狐白溪水注之。夹岸沙涨若雪，因以取名。其水南出狐白川，北流注汝水，汝水又东北趣狼皋山者也。

**东南过其县北，**

汝水自狼皋山东出峡，谓之汝阨也。东历麻解城北，故鄤乡城也，谓之蛮中。《左传》所谓单浮余围蛮氏，蛮氏溃者也。杜预曰：城在河南新城县之东南，伊洛之戎、陆浑蛮氏城也。俗以为麻解城，盖蛮、麻读声近故也。汝水又迳周平城南。京相璠曰：霍阳山在周平城东南者也。汝水又东与三屯谷水合。水出南山，北流迳石碣东。柱侧刊云：河南界。又有一碣，题言：洛阳南界。碑柱相对，既无年月，竟不知何代所表也。其水又北流注于汝水。汝水又东与广成泽水合。水出狼皋山北泽中。安帝永初元年，以广成游猎地假与贫民。元初二年，邓太后临朝，邓骘兄弟辅政。世士以为文德可兴，武功宜废，寝搜狩之礼，息战阵之法。于时，马融以文武之道，圣贤不坠，五材之用，无或可废，作《广成颂》云：大汉之初基也，揆厥灵囿②，营于南郊。右眷③三涂，左枕嵩岳，面据衡阴，背箕王屋；浸以波、溠，演以荥、洛。金山石林，殷起乎其中。神泉侧出，丹水、涅池。怪石浮磬，燿焜于其陂。桓帝延熹元年，校猎广成，遂幸函谷关。其水自泽东南流迳温泉南，与温泉水合。温水数源，扬波于川左泉上，华宇连荫，茨甍交拒，方塘石沼，错落其间，颐道者多归之。其水东南流注广成泽水。泽水又东南入于汝水。汝水又东，得鲁公水口。水上承阳人城东鲁公陂。城，古梁之阳人聚也，秦灭东周，徙其君于此。陂水东南流合于洞水。水出北山，南流注之；又乱流注于汝水。汝水之右，有霍阳聚。汝水迳其北，东合霍阳山水。水出南山。杜预曰：河南梁县有霍山者也。其水东北流迳霍阳聚东，世谓之华浮城，非也。《春秋左传》：哀公四年，楚侵梁及霍。服虔曰：梁、霍，周南鄙也。建武二年，世祖遣征虏将军祭遵攻蛮中山贼张满，时厌新、柏华余贼合，攻得霍阳聚，即此。霍阳山水又迳梁城西。按《春秋》：周小邑也，于战国为南梁矣。故《经》云，汝水迳其县北。俗谓之治城，非也，以北有注城故也。今置治城县，治霍阳山。水又东北流注于汝水。汝水又左合三里水。水北出梁县西北，而东南流迳其县故城西，故曶④狐聚也。《地理志》云：秦灭西周，徙其君于此，因乃县之。

杜预曰：河南县西南有梁城，即是县也。水又东南迳注城南。司马彪曰：河南梁县有注城。《史记》：魏文侯三十二年，败秦于注者也。又与一水合。水发注城东坂下，东南流注三里水，三里水又乱流入于汝。汝水又东迳成安县故城北。按《地理志》，颍川郡有成安县，侯国也。《史记·建元以来功臣侯者年表》曰：汉武帝元朔五年，校尉韩千秋击南越，死，封其子韩延年为成安侯。即此邑矣。世谓之白泉城，非也，俗谬耳。汝水又东，为周公渡。藉承休之徽号，而有周公之嘉称也。汝水又东，黄水注之。水出梁山，东南迳周承休县故城东，为承休水。县，故子南国也。汉武帝元鼎四年，幸洛阳，巡省豫州，观于周室，邈而无祀。询问耆老，乃得嬖子嘉，封为周子南君，以奉周祀。按《汲冢古文》，谓卫将军文子为子南弥牟，其后有子南劲。《纪年》，劲朝于魏，后惠成王如卫，命子南为侯。秦并六国，卫最后灭。疑嘉是卫后，故氏子南而称君也。初元五年，为周承休邑。《地理志》曰：侯国也，元帝置。元始二年，更曰郑公。王莽之嘉美也。故汝渡有周公之名，盖藉邑以纳称，世谓之黄城，水曰黄水，皆非也。其水又东南迳白茅台东，又南迳梁瞿乡西，世谓之期城，非。按《后汉书》，世祖自颍川往梁瞿乡，冯鲂先诣行所，即是邑也。水积为陂，世谓之黄陂。东转迳其城南，东流，右合汝水。

**又东南过颍川郏县南，**

汝水又东与张磨泉合。水发北阜，春夏水盛，则南注汝水。汝水又东，分为西长湖，湖水南北五十余步，东西三百步。汝水又东，㵎涧水北出大刘山，南迳木蓼堆东、郏城西，南流入于汝。汝水又右迤为湖。湖水南北八九十步，东西四五百步，俗谓之东长湖。湖水下入汝，古养水也。水出鲁阳县北将孤山北长冈下。数泉俱发，东历永仁三堆南。又东迳沙川，世谓之沙水。历山符垒北，又东迳沙亭南，故养阴里也。司马彪《郡国志》曰：襄城有养阴里。京相璠曰：在襄城郏县西南。养，水名也。俗以是水为沙水，故亦名之为沙城，非也。又城处水之阳，而以阴为称，更用惑焉。但流襮⑤闲居，裂溉互移，致令川渠异容，津途改状，故物望疑焉。又右会董沟水。水出沛公垒西六十许步。盖汉祖入关，往征是由，故地擅斯目矣。其水东北注养水。养水又东北入东长湖，乱流注汝水也。汝水又迳郏县故城南。《春秋》：昭公十九年，楚令尹子瑕之所城也。激水注之。水出鲁阳县之将孤山，东南流。许慎云：水出南阳鲁阳，入父城，从水，敫声。吕忱《字林》亦言在鲁阳。激水东入父城县，与桓水会。水出鲁阳北山，水有二源奇导，于贾复城合为一溪，迳贾复城北。复南击郾所筑也。俗语讹谬，谓之寡妇城，水曰寡妇水。此溪水有穷通，故有枯渠之称焉。其水东北流至父城县北，右注激水，乱流又东北至郏，入汝。汝水又东南，左合蓝水。水出阳翟县重岭山，东南流迳纪氏城西，有层台，谓之纪氏台。《续汉书》曰：世祖车驾西征，盗贼群起。郏令冯鲂为贼延褒所攻，力屈。上诣纪氏，群贼自降，即是处，在郏城东北十余里。其水又东南流迳黄阜东，而南入汝水。汝水又东南流，与白沟水合。水出夏亭城西，又南迳龙城西。城西北即摩陂也，纵广可十五里。魏青龙元年，有龙见于郏之摩陂，明帝幸陂观龙，于是改摩陂曰龙陂，其城曰龙城。其水又南入于汝水。汝水又东南与龙山水会。水出龙山龙溪，北流际父城县故城东。昔楚平王大城城父，以居太子建，故杜预曰：即襄城之父县城也。冯异据之，以降世祖，用报巾车之恩也。其水又东北流，与二水合。俱出龙山，北流注之，又东北入于汝水。汝水又东南迳襄城县故城南。王隐《晋书·地道记》曰：楚灵王筑。刘向《说苑》曰：襄城君始封之日，服翠衣，带玉佩，徙倚于流水之上，即是水也。楚大夫庄辛所说处，后乃县之。吕后元年，立孝惠后宫子义为侯国，王莽更名相成也。黄帝尝遇牧童于其野，故嵇叔夜赞曰：奇矣难测，襄城小童，倦游六合，来憩兹邦也。其城南对汜城，周襄王出郑居汜，即是此城也。《春秋》：襄公二十六年，楚伐郑，涉汜而归。杜预曰：涉汝水于汜城下也。晋襄城郡治。京相璠曰：周襄王居之，故曰襄城也。今置关于其下。汝水又东南流迳西不羹城南。《春秋左传》：昭公十二年，楚灵王曰：昔诸侯远我而畏晋，今我大城陈、蔡、不羹，赋皆千乘，诸侯其畏我乎？《东观汉记》曰：车骑马防以前参药，勤劳省闼⑥，增封侯国襄城羹亭千二百五十户。即此亭也。汝水又东南迳繁丘城南，而东南出也。

### 又东南，过定陵县北，

湛水出犨⑦县北鱼齿山西北，东南流历鱼齿山下为湛浦，方五十余步。《春秋》：襄公十六年，晋伐楚，报杨梁之役。楚公子格及晋师战于湛阪，楚师败绩，遂侵方城之外。今水北悉枕翼山阜，于父城东南、湛水之北，山有长陂，盖即湛水以名阪，故有湛阪之名也。湛水又东南迳蒲城北。京相璠曰：昆阳县北有蒲城，蒲城北有湛水者是也。湛水又东，于汝水九曲北，东入汝。杜预亦以是水为湛水矣。《周礼》：荆州，其浸颍、湛。郑玄云未闻，盖偶有不照也。今考地则不乖其土，言水则有符经文矣。汝水又东南迳定陵县故城北。汉成帝元延三年，封侍中卫尉淳于长为侯国，王莽更之曰定城矣。《东观汉记》曰：光武击王莽二公，还，到汝水上，于涯，以手饮水，澡颊尘垢，谓傅俊曰：今日疲倦，诸君宁惫也？即是水也。水右则溇水左入焉，左则百尺沟出矣。沟水夹岸层崇，亦谓之为百尺堤也。自定陵城北，通颍水于襄城县，颍盛则南播，汝溢则北注。沟之东有澄潭，号曰龙渊，在汝北四里许。南北百步，东西二百步，水至清深，常不耗竭，佳饶鱼笋。湖溢，则东注潕水矣。汝水又东南，昆水注之。水出鲁阳县唐山，东南流迳昆阳县故城西。更始元年，王莽征天下能为兵法者，选练武卫，招募猛士。旌旗辎重，千里不绝。又驱诸犷兽，虎、豹、犀、象之属，以助威武。自秦汉，出师之盛，未尝有也。世祖以数千兵徼之阳关，诸将见寻、邑兵盛，反走入昆阳。世祖乃使成国上公王凤、廷尉大将军王常留守，夜与十三骑出城南门，收兵于郾。寻、邑围城数十重，云车十余丈，瞰临城中，积弩乱发，矢下如雨。城中人负户而汲。王凤请降，不许。世祖帅营部俱进，频破之。乘胜，以敢死三千人，迳冲寻、邑兵，败其中坚于是水之上，遂杀王寻。城中亦鼓噪而出，中外合势，震呼动天地。会大雷风，屋瓦皆飞，莽兵大溃。昆水又屈迳其城南，世祖建武中，封侍中傅俊为侯国。故《后汉·郡国志》有昆阳县，盖藉水以氏县也。昆水又东迳定陵城南；又东注汝水。汝水又东南迳奇頟城西北，今南颍川郡治也。溃水出焉。世亦谓之大㶏水。《尔雅》曰：河有雍，汝有溃。然则溃者，汝别也。故其下夹水之邑，犹流汝阳之名，是或溃、㶏之声相近矣，亦或下合㶏、颍，兼统厥称耳。

### 又东南过郾县北，

汝水迳奇頟城西，东南流，其城衿带两水，侧背双流。汝水又东南流迳郾县故城北，故魏下邑也。《史记》，楚昭阳伐魏，取郾是也。汝水又东，得醴水口。水出南阳雉县，亦云：导源雉衡山，即《山海经》云衡山也。郭景纯以为南岳，非也。马融《广成颂》曰：面据衡阴，指谓是山，在雉县界，故世谓之雉衡山。依《山海经》，不言有水。然醴水东流历唐山下，即高凤所隐之山也。醴水又东南，与皋水合，水发皋山。郭景纯言或作章山，东流注于醴水。醴水又东南迳唐城北，南入城，而西流出城。城盖因山以即称矣。醴水又屈而东南流迳叶县故城北。《春秋》：昭公十五年，许迁于叶者也。楚盛周衰，控霸南土，欲争强中国，多筑列城于北方，以逼华夏，故号此城为万城，或作方字。唐勒《奏土论》曰：我是楚也。世霸南土，自越以至叶，垂弘境万里，故号曰万城也。余按《春秋》，屈完之在召陵，对齐侯曰：楚国方城以为城。杜预曰：方城，山名也，在叶南。未详孰是。楚惠王以封诸梁子高，号曰叶公，城即子高之故邑也。叶公好龙，神龙下之。河东王乔之为叶令也，每月望，常自诣台朝，帝怪其来数而不见车骑，显宗密令太史伺望之。言其临至，辄有双凫从东南飞来。于是候凫至，举罗张之，但得一只舄⑧。乃诏尚方诊视，则四年中所赐尚书官属履也。每当朝时，叶门下鼓不击自鸣，闻于京师。后天下玉棺于堂前，吏民推排，终不摇动。乔曰：天帝独欲召我耶？乃沐浴服饰寝其中，盖便立覆。宿昔，葬于城东，土自成坟。其夕，县中牛皆流汗喘乏，而人无知者。百姓为立庙，号叶君祠。牧守每班录，皆先谒拜之。吏民祈祷，无不如应；若有违犯，亦立能为祟。帝乃迎取其鼓，置都亭下，略无复声焉。或云：即古仙人王乔也。是以干氏书之于神化。醴水又迳其城东与烧车水合。水西出苦菜山，东流侧叶城南，而下注醴水。醴水又东迳叶公庙北。庙前有沈子高诸梁碑。旧秦汉之世，庙道有双阙、几筵。黄巾之乱，残毁颓阙。魏太和、景初中，令长修饰旧宇。后长汝南陈晞，以正始元年立碑，碑宇破落，遗文殆存，事见其碑。醴水又东与叶西陂水会。县南有方城山，屈完所谓楚国方城以为城者也。山有涌泉北流，畜之以为陂，陂塘方二里。陂水散流，又东迳叶城南，而东北注醴水。醴水又东注叶陂。陂东西十里，南北七里。二陂，并诸梁之所竭也。陂水又东迳沅阳县故城北；又东迳定陵城南，东与芹沟水合。其水导源叶县，东迳沅阳城北，又东迳定陵县南，又东南流注醴。其水迳流昆、醴之间，缠络四县之中，疑即吕忱所谓岘水也。今于定陵更无别水，惟是水可当之。醴水东迳郾县故城南，左入汝。《山海经》曰：醴水东流注于湲水也。汝水又东南流迳邓城西。《春秋左传》：桓公二年，蔡侯、郑伯会于邓者也。汝水又东南流，沅水注之。

**又东南，过汝南上蔡县西，**

汝南郡，楚之别也⑨。汉高祖四年置，王莽改郡曰汝汾。县，故蔡国，周武王克殷，封其弟叔度于蔡。《世本》曰：上蔡也，九江有下蔡，故称上。《竹书纪年》曰：魏章率师及郑师伐楚，取上蔡者也。永初元年，安帝封邓骘为侯国。汝水又东迳悬瓠城北。王智深云：汝南太守周矜起义于悬瓠者是矣。今豫州刺史汝南郡治。城之西北，汝水枝别左出，西北流，又屈西东转，又西南会汝，形若垂瓠。耆彦云：城北名马湾，中有地数顷，上有栗园，栗小，殊不并固安之实也。然岁贡三百石，以充天府。水渚即栗州也。树木高茂，望若屯云积气矣。林中有栗堂、射埻，甚闲敞，牧宰及英彦⑩，多所游薄。其城上西北隅，高祖以太和中幸悬瓠，平南王肃起高台于小城，建层楼于隅阿，下际水湄，降眺栗渚，左右列榭，四周参差竞跱，奇为佳观也。

**又东南，过平舆县南，**

溱水出浮石岭北青衣山，亦谓之青衣水也，东南迳朗陵县故城西。应劭曰：西南有朗陵山，县以氏焉。世祖建武中，封城门校尉臧宫为侯国也。溱水又南屈迳其县南，又东北迳北宜春县故城北，王莽更名之为宜孱也。豫章有宜春，故加北矣。元初三年，安帝封后父侍中阎畅为侯国。溱水又东北迳马香城北，又东北，入汝。汝水又东南迳平舆县南、安成县故城北，王莽更名至成也。汉武帝元光六年，封长沙定王子刘苍为侯国矣。汝水又东南，陂水注之。水首受慎水于慎阳县故城南陂。陂水两分，一水自陂北，绕慎阳县四周城堑。颍川荀淑遇县人黄叔度于逆旅，与语移日，曰：子，吾师表也。范奕论曰：黄宪言论风旨，无所传闻。然士君子见之者，靡不服深远，去疵吝，将以道周性全，无得而称乎？堑水又渎东北流，注北陂。一水自陂东北流，积为鲷陂；陂水又东北，又结而为陂，世谓之窖陂。陂水上承慎阳县北陂，东北流，积而为土陂。陂水又东为窖陂。陂水又东南流，注壁陂。陂水又东北为太陂。陂水又东入汝。汝水又东南迳平陵亭北；又东南迳阳遂乡北。汝水又东迳栎亭北。《春秋》之棘栎也。杜预曰：汝阴新蔡县东北有栎亭。今城在新蔡故城西北，城北半沦水。汝水又东南迳新蔡县故城南。昔管、蔡间王室，放蔡叔而迁之。其子胡，能率德易行，周公举之为卿士，以见于王。王命之以蔡，申吕地也，以奉叔度祀，是为蔡仲矣。宋忠曰：故名其地为新蔡。王莽所谓新迁者也。世祖建武二十八年，封吴国为侯国。《汝南先贤传》曰：新蔡郑敬，字次都，为郡功曹。都尉高懿厅事前有槐树，白露类甘露者。懿问掾属，皆言是甘露。敬独曰：明府政未能致甘露，但树汁耳。懿不悦，托疾而去。汝水又东南，左会澺水。水上承汝水别流于奇颌⑪城东，东南流为练沟；迳召陵县西，东南流注，至上蔡西冈北为黄陵陂。陂水东流，于上蔡冈东为蔡塘。又东迳平舆县故城南，为澺水。县，旧沈国也，有沈亭。《春秋》：定公四年，蔡灭沈，以沈子嘉归。后楚以为县。《史记》曰：秦将李信攻平舆，败之者也。建武三十年，世祖封铫统为侯国。本汝南郡治。昔费长房为市吏，见王壶公，悬壶郡市，长房从之，因而自远同入此壶，隐沦仙路，骨谢怀灵，无会而返。虽能役使鬼神，而终同物化。城南里余有神庙，世谓之张明府祠，水旱之不节，则祷之。庙前有圭碑，文字紊碎，不可复寻。碑侧有小石函。按《桂阳先贤画赞》，临武张熹，字季智，为平舆令。时天大旱，熹躬祷雩，未获嘉应，乃积薪自焚。主簿侯崇、小吏张化，从熹焚焉。火既燎，天灵感应，即澍雨。此熹自焚处也。澺水又东南，左迤为葛陂。陂方数十里，水物含灵，多所苞育，昔费长房投杖于陂，而龙变所在也。又劾东海君于是陂矣。陂水东出为鲖水，俗谓之三丈陂，亦曰三严水。水迳鲖阳县故城南。应劭曰：县在鲖水之阳，汉明帝永平中，封卫尉阴兴子庆为侯国也。县有葛陵城，建武十五年，更封安成侯铫丹为侯国。城之东北有楚武王冢，民谓之楚王琴。城北祝社里下，土中得铜鼎，铭曰：楚武王。是知武王隧也。鲖陂东注为富水，水积之处，谓之陂塘，津渠交络，枝布川隰矣。澺水自葛陂东南迳新蔡县故城东，而东南流注于汝。汝水又东南迳下桑里，左迤为横塘陂，又东北为青陂者也。汝水又东南迳壶丘城北，故陈地。《春秋左传》：文公九年，楚侵陈，克壶丘，以其服于晋是也。汝水又东与青陂合。水上承慎水于慎阳县之上慎陂，右沟北注马城陂。陂西有黄丘亭。陂水又东迳新息亭北，又东为绸陂；陂水又东迳新息县，结为墙陂；陂水又东迳遂乡东南而为壁陂；又东为青陂，陂东对大吕亭。《春秋外传》曰：当成周时，南有荆蛮、申、吕，姜姓矣，蔡平侯始封也。西南有小吕亭，故此称大也。侧陂南有青陂庙，庙前有陂。汉灵帝建宁三年，新蔡长河南缑氏李言，上请修复青陂，司徒臣训、尚书臣袭，奏可洛阳宫，于青陂东塘南树碑。碑称青陂在县坤地，源起桐柏淮川，别流入于潺湲，迳新息墙陂，衍入褒信界，灌溉五百余顷。陂水又东分为二水：一水南入淮；一水东南迳白亭北，又东迳吴城南。《史记》，楚惠王二年，子西召太子建之子胜于吴，胜入居之，故曰吴城也。又东北屈，迳壶丘东而北流，注于汝水，世谓之薄溪水。汝水又东迳褒信县故城北而东注矣。

**又东至原鹿县，**

汝水又东南迳县故城西。杜预《释地》曰：汝阴有原鹿县也。

**南入于淮。**

所谓汝口，侧水有汝口戍，淮、汝之交会也。

---

①会上台下：意为正逢上面长官下来。

②揆厥灵囿：意为划定了这块秀丽的园林。

③眄（mǎn，音满）：视，望。

④惮（dàn，音但）：惮狐聚，古地名，在河南。

⑤襍（zá，音杂）：混杂。

⑥省闼：闼（tà，音踏），疾病。省闼为探病。

⑦犨：chōu，音抽。

⑧舄（xì，音细）：鞋。

⑨楚之别也：可理解为楚国的领域。

⑩牧宰及英彦：指当地州县长官和知名人士。

⑪颎："额"的异体字。

# 水经注卷二十二

## 颍水　洧水　潩水　潧水　渠沙水

**颍水出颍川阳城县西北少室山，**

秦始皇十七年灭韩，以其地为颍川郡，盖因水以著称者也。汉高帝二年，以为韩国。王莽之左队也。《山海经》曰：颍水出少室山。《地理志》曰：出阳城县阳乾山。今颍水有三源奇发，右水出阳乾山之颍谷。春秋颍考叔为其封人。其水东北流。中水导源少室通阜，东南流迳负黍亭东。《春秋》：定公六年，郑伐冯、滑、负黍者也。冯敬通《显志赋》曰：求善卷之所在，遇许由于负黍。京相璠曰：负黍在颍川阳城县西南二十七里。世谓之黄城也。亦或谓是水为瀙水，东与右水合。左水出少室南溪，东合颍水，故作者互举二山，言水所发也。《吕氏春秋》曰：卞随耻受汤让，自投此水而死。张显《逸民传》、嵇叔夜《高士传》并言，投洞水而死。未知其孰是也。

**东南过其县南，**

颍水又东，五渡水注之。其水导源峀①高县东北太室东溪。县，汉武帝置，以奉太室山，俗谓之崧阳城。及春夏雨泛，水自山顶迭相灌溉，崿流相承，为二十八浦也。旸旱辍津，而石潭不耗。道路游憩者，惟得餐饮而已，无敢澡盥其中。苟不如法，必数日不豫，是以行者惮之。山下大潭，周数里，而清深肃洁。水中有立石，高十余丈，广二十许步，上甚平整。缁素之士，多泛舟升陟，取畅幽情。其水东南迳阳城西，石溜萦委，溯者五涉，故亦谓之五渡水。东南流入颍水。颍水迳其县故城南。昔舜禅禹，禹避商均，伯益避启，并于此也。亦周公以土圭测日景处。汉成帝永始元年，封赵临为侯国也。县南对箕山，山上有许由冢，尧所封也。故太史公曰：余登箕山，其上有许由墓焉。山下有牵牛墟。侧颍水有犊泉，是巢父还牛处也，石上犊迹存焉。又有许由庙，碑阙尚存，是汉颍川太守朱宠所立。颍水迳其北，东与龙渊水合。其水导源龙渊，东南流迳阳城北，又东南入于颍。颍水又东，平洛溪水注之。水发玉女台下平洛涧，世谓之平洛水。吕忱所谓勺水出阳城山，盖斯水也。又东南流注于颍。颍水又东出阳关，历康城南，魏明帝封尚书右仆射卫臻为康乡侯，此即臻封邑也。

**又东南过阳翟县北，**

颍水东南流迳阳关聚，聚夹水相对，俗谓之东、西二土城也。颍水又迳上棘城西，又屈迳其城南。《春秋左传》：襄公十八年，楚师伐郑，城上棘以涉颍者也。县西有故堰，堰石崩褫，颓基尚存，旧遏颍水枝流所出也。其故渎东南迳三封山北，今无水。渠中又有泉流出焉，时人谓之峃水。东迳三封山东，东南历大陵西连山，亦曰启筮亭。启享神于大陵之上，即钧台也。《春秋左传》曰：夏启有钧台之飨是也。杜预曰：河南阳翟县有钧台。其水又东南流，水积为陂，陂方十里，俗谓之钧台陂，盖陂指台取名也。又西南流迳夏亭城西，又屈而东南，为郑之靡陂。颍水自竭东迳阳翟县故城北，夏禹始封于此，为夏国。故武王至周曰：吾其有夏之居乎？遂营洛邑。徐广曰：河南阳城，阳翟则夏地也。《春秋经》书：秋，郑伯突入于栎。《左传》桓公十五年，突杀檀伯而居之。服虔曰：檀伯，郑守栎大夫。栎，郑之大都。宋忠曰：今阳翟也。周末，韩景侯自新郑徙都之。王隐曰：阳翟本栎也。故颍川郡治也。城西有郭奉孝碑，侧水有九山祠碑，丛柏犹茂，北枕川流也。

**又东南过颍阳县西，又东南过颍阴县西南，**

应劭曰：县在颍水之阳，故邑氏之。按《东观汉记》，汉封车骑将军马防为侯国。防城门校尉，位在九卿上，绝席。颍水又南迳颍乡城西。颍阴县故城在东北，旧许昌典农都尉治也。后改为县，魏明帝封侍中辛毗为侯国。颍水又东南迳柏祠曲东，历冈丘城南，故汾丘城也。《春秋左传》：襄公十八年，楚子庚治兵于汾。司马彪曰：襄城县有汾丘。杜预曰：在襄城县之东北也。迳繁昌故县北，曲蠡之繁阳亭也。《魏书·国志》曰：文帝以汉献帝延康元年行至曲蠡，登坛受禅于是地，改元黄初。其年，以颍阴之繁阳亭为繁昌县。城内有三台，时人谓之繁昌台。坛前有二碑，昔魏文帝受禅于此，自坛而降，曰：舜、禹之事，吾知之矣。故其石铭曰：遂于繁昌筑灵坛也。于后其碑六字生金，论者以为司马金行，故曹氏六世迁魏而事晋也。颍水又东南流迳青陵亭城北，北对青陵陂，陂纵广二十里，颍水迳其北，枝入为陂。陂西则潩水注之。水出襄城县之邑城下，东流注于陂。陂水又东，入临颍县之狼陂。颍水又东南流而历临颍县也。

**又东南过临颍县南，又东南过汝南㶏强县北，洧水从河南密县东流注之。**

临颍，旧县也。颍水自县西注，小㶏水出焉。《尔雅》曰：颍别为沙。郭景纯曰：皆大水溢出，别为小水之名也。亦犹江别为沱也。颍水又东南迳皋城北[②]，即古皋城亭矣。《春秋经》书：公及诸侯盟于皋鼬者也。皋、泽字相似，名与字乖耳。颍水又东迳㶏城南。《竹书纪年》曰：孙何取㶏阳。㶏强城在东北，颍水不得迳其北也。颍水又东南，㶏水入焉，非洧水也。

**又东过西华县北，**

王莽更名之曰华望也。有东，故言西矣。世祖光武皇帝建武中，封邓晨为侯国。汉济北戴封，字平仲，为西华令，遇天旱，慨治功无感，乃积柴坐其上以自焚，火起而大雨暴至，远近叹服。永元十三年，征太常焉。县北有习阳城，颍水迳其南，《经》所谓洧水流注之也。

**又南过女阳县北，**

县故城南有汝水枝流，故县得厥称矣。阚骃曰：本汝水别流，其后枯竭，号曰死汝水，故其字无水。余按，汝、女乃方俗之音，故字随读改，未必一如阚氏之说，以穷通损字也。颍水又东，大㶏水注之；又东南迳博阳故城东。城在南顿县北四十里，汉宣帝封邴吉为侯国，王莽更名乐嘉。

**又东南过南顿县北，㶏水从西来注之。**

㶏水于乐嘉县入颍，不至于顿。顿，故顿子国也，周之同姓。《春秋》：僖公二十五年，楚伐陈，纳顿子于顿是也。俗谓之颍阴城，非也。颍水又东南迳陈县南；又东南，左会交口者也。

**又东南至新阳县北，蒗蕩渠水从西北来注之。**

《经》云：蒗蕩渠者，百尺沟之别名也。颍水南合交口，新沟自是东出。颍上有堰，谓之新阳堰，俗谓之山阳堨，非也。新沟自颍北东出。县在水北，故应劭曰：县在新水之阳。今县故城在东，明颍水不出其北，盖《经》误耳。颍水自堰东南流迳项县故城北。《春秋》：僖公十七年，鲁灭项是矣。颍水又东，右合谷水。水上承平乡诸陂，东北迳南顿县故城南，侧城东注。《春秋左传》所谓顿迫于陈而奔楚，自顿徙南，故曰南顿也。今其城在顿南三十余里。又东迳项城中，楚襄王所郭，以为别都。都内西南小城，项县故城也，旧颍州治。谷水迳小城北，又东迳魏豫州刺史贾逵祠北。王隐言，祠在城北，非也。庙在小城东。昔王凌为宣王司马懿所执，届庙而叹曰：贾梁道，王凌魏之忠臣，惟汝有灵知之。遂仰鸩而死。庙前有碑，碑石金生。干宝曰：黄金可采，为晋中兴之瑞。谷水又东流，出城东注颍。颍水又东，侧颍有公路城，袁术所筑也，故世因以术字名城矣。颍水又东迳临颍城北。城临水，阙南面。又东迳云阳二城间，南北翼水，并非所具；又东迳丘头。丘头南枕水，《魏书·郡国志》曰：宣王军次丘头，王凌面缚水次，故号武丘矣。颍水又东南流，于故城北，细水注之。水上承阳都陂。陂水枝分，东南出为细水，东迳新阳县故城北；又东南迳宋县故城北。县即所谓鄐③丘者也。秦伐魏取鄐丘，谓是邑矣。汉成帝绥和元年，诏封殷后于沛，以存三统。平帝元始四年，改曰宋公。章帝建初四年，徙邑于此，故号新鄐，为宋公国也，王莽之新延矣。细水又南迳细阳县，新沟水注之。沟首受交口，东北迳新阳县故城南。汉高帝六年，封吕青为侯国，王莽更名曰新明也。故应劭曰：县在新水之阳，今无水，故渠旧道而已。东入泽渚而散流入细。细水又东南迳细阳县故城南，王莽更之曰乐庆也。世祖建武中，封岑彭子遵为侯国。细水又东南，积而为陂，谓之次塘，公私引裂，以供田溉。又东南流，屈而西南入颍。《地理志》曰：细水出细阳县，东南入颍。颍水又东南流迳胡城东，故胡子国也。《春秋》：定公十五年，楚灭胡，以胡子豹归是也。杜预《释地》曰：汝阴县西北有胡城也。颍水又东南，汝水枝津注之。水上承汝水别渎于奇洛城东三十里，世谓之大濄水也。东南迳召陵县故城南，《春秋左传》：僖公四年，齐桓公师于召陵，责楚贡不入，即此处也。城内有大井，径数丈，水至清深。阚骃曰：召者，高也。其地丘墟，井深数丈，故以名焉。又东南迳征羌县，故召陵县之安陵乡，安陵亭也。世祖建武十一年，以封中郎将来歙。歙以征定西羌功，故更名征羌也。阚骃引《战国策》以为：秦昭王欲易地，谓此，非也。汝水别渎又东迳公路台北，台临水，方百步，袁术所筑也。汝水别沟又东迳西门城，即南利也。汉宣帝封广陵厉王子刘昌为侯国。县北三十里有鞏城，号曰北利。故渎出于二利之间，间关女阳之县，世名之死汝。县取水名，故曰女阳也。又东迳南顿县故城北；又东南迳铜阳城北；又东迳邸乡城北；又东迳固始县故城北。《地理志》，县，故寖也。寖丘在南，故藉丘名县矣。王莽更名之曰闰治。孙叔敖以土浸薄，取而为封，故能绵嗣。城北犹有叔敖碑。建武二年，司空李通又慕叔敖受邑，故光武以嘉之，更名固始。别汝又东迳蔡冈北，冈上有平阳侯相蔡昭冢。昭字叔明，周后稷之胄。冢有石阙，阙前有二碑，碑字沦碎，不可复识，羊虎倾低，殆存而已。枝汝又东北流迳胡城南，而东历女阴县故城西北，东入颍水。颍水又东迳女阴县故城北。《史记·高祖功臣侯者年表》曰：高祖六年，封夏侯婴为侯国，王莽更名之曰汝渍也。县在汝水之阴，故以汝水纳称。城西有一城，故陶丘乡也，汝阴郡治。城外东北隅有旧台，翼城若丘，俗谓之女郎台，虽经颓毁，犹自广崇，上有一井。疑故陶丘乡，所未详。

**又东南至慎县东，南入于淮。**

颍水东南流，左合上吴、百尺二水，俱承次塘细陂，南流注于颍。颍水又东南，江陂水注之。水受大漴④陂，陂水南流，积为江陂，南迳慎城西，侧城南流入于颍。颍水又迳慎县故城南。县，故楚邑，白公所居以拒吴。《春秋左传》：哀公十六年，吴人伐慎，白公败之。王莽之慎治也。世祖建武中，封刘赐为侯国。颍水又东南迳蜩蟟郭东，俗谓之郑城矣。又东南入于淮。《春秋》：昭公十二年，楚子狩于州来，次于颍尾。盖颍水之会淮也。

**洧水出河南密县西南马领山，**

水出山下，亦言出颍川阳城山，山在阳城县之东北，盖马领之统目焉。洧水东南流迳一故台南，俗谓之阳子台。又东迳马领坞北，坞在山上，坞下泉流北注，亦谓洧别源也，而入于洧水。洧水东流，绥水会焉。水出方山绥溪，即《山海经》所谓浮戏之山也。东南流迳汉弘农太守张伯雅墓，茔域四周，垒石为垣，隅阿相降，别于绥水阴。庚门表二石阙，夹对石兽于阙下。冢前有石庙，列植三碑。碑云：德字伯雅，河南密人也。碑侧树两石人，有数石柱及诸石兽矣。旧引绥水南入茔域，而为池沼。沼在丑地，皆蟾蜍吐水，石隍承溜。池之南，又建石楼。石庙前又翼列诸兽。但物谢时沦，凋毁殆尽。夫富而非义，比之浮云，况复此乎？王孙、士安，斯为达矣。绥水又东南流迳上郭亭南，东南注洧。洧水又东，襄荷水注之。水出北山子节溪，亦谓之子节水，东南流，注于洧。洧水又东会沥滴泉，水出深溪之侧，泉流丈余，悬水散注。故世士以沥滴称，南流入洧水也。

**东南过其县南，**

洧水又东南流，与承云二水合，俱出承云山，二源双导，东南流注于洧。世谓之东、西承云水。洧水又东，微水注之。水出微山，东北流入于洧。洧水又东迳密县故城南，《春秋》谓之新城。《左传》：僖公六年，会诸侯伐郑，围新密，郑所以不时城也。今县城东门南侧，有汉密令卓茂祠。茂字子康，南阳宛人，温仁宽雅，恭而有礼。人有认其马者，茂与之曰：若非公马，幸至丞相府归我，遂挽车而去。后马主得马，谢而还之。任汉黄门郎，迁密令，举善而教，口无恶言。教化大行，道不拾遗，蝗不入境。百姓为之立祠，享祀不辍矣。洧水又左会璅泉水。水出玉亭西，北流注于洧水。洧水又东南与马关水合，水出玉亭下，东北流历马关，谓之马关水。又东北注于洧。洧水又东合武定水。水北出武定冈，西南流，又屈而东南流迳零鸟坞西，侧坞东南流。坞侧有水，悬流赴壑，一匹有余，直注涧下，沦积成渊。嬉游者瞩望，奇为佳观。俗人睹此水挂于坞侧，遂目之为零鸟水，东南流入于洧。洧水又东，与虎牍山水合。水发南山虎牍溪，东北流入洧。洧水又东南，赤涧水注之。水出武定冈，东南流迳皇台冈下，又历冈东，东南流注于洧。洧水又东南流，潧水注之。洧水又东南迳邬城南，《世本》曰：陆终娶于鬼方氏之妹，谓之女隤，是生六子，孕三年，启其左胁，三人出焉；破其右胁，三人出焉。其四曰莱，言是为邬人。邬人者，郑是也。郑桓公问于史伯，曰：王室多难，予安逃死乎？史伯曰：虢、邬，公之民，迁之可也。郑氏东迁，虢、邬献十邑焉。刘桢云：邬在豫州外方之北，北邻于虢，都荥之南，左济右洛，居两水之间，食溱、洧焉。徐广曰：邬在密县，妘姓矣，不得在外方之北也。洧水又东迳阴坂北，水有梁焉，俗谓是济为参辰口。《左传》：襄公九年，晋伐郑，济于阴坂，次于阴口而还是也。杜预曰：阴坂，洧津也。服虔曰：水南曰阴。口者，水口也。参、阴声相近，盖传乎之谬耳。又晋居参之分，实沈之土。郑处大辰之野，阏伯之地。军师所次，故济得其名也。

**又东过郑县南，潧水从西北来注之。**

洧水又东迳新郑县故城中。《左传》：襄公元年，晋韩厥、荀偃帅诸侯伐郑，入其郛，败其徒兵于洧上是也。《竹书纪年》：晋文侯二年，周惠王子多父伐邬，克之，乃居郑父之丘，名之曰郑，是曰桓公。皇甫士安《帝王世纪》云：或言县故有熊氏之墟，黄帝之所都也。郑氏徙居之，故曰新郑矣。城内有遗祠，名曰章乘是也。洧水又东为洧渊水。《春秋传》曰：龙斗于时门之外洧渊，即此潭也。今洧水自郑城西北入，而东南流迳郑城南。城之南门内，旧外蛇与内蛇斗，内蛇死。六年，大夫傅瑕杀郑子，纳厉公，是其征也。水南有郑庄公望母台。庄姜恶公寤生，与段京居。段不弟，姜氏无训。庄公居夫人于城颍。誓曰：不及黄泉，无相见也！故成台以望母，用伸在心之思。感考叔之言，忻大隧之赋，泄泄之慈有嘉，融融之孝得常矣。洧水又东与黄水合，《经》所谓潧水，非也。黄水出太山南黄泉，东南流迳华城西。史伯谓郑桓公曰：华，君之土也。韦昭曰：华，国名矣。《史记》，秦昭王三十三年，白起攻魏，拔华阳，走芒卯，斩首十五万。司马彪曰：华阳，亭名，在密县。嵇叔夜常采药于山泽，学琴于古人，即此亭也。黄水东南流，又与一水合。水出华城南冈，一源两分，泉流派别，东为七虎涧水，西流即是水也。其水西南流注于黄水。黄，即《春秋》之所谓黄崖也。故杜预云：苑陵县西有黄水者也。又东南流，水侧有二台，谓之积粟台。台东，即二水之会也。捕獐山水注之。水东出捕獐山，西流注于黄水。黄水又南至郑城北，东转于城之东北，与黄沟合。水出捕獐山，东南流至郑城东，北入黄水。黄水又东南迳龙渊东南，七里沟水注之。水出隙候亭东南平地，东注，又屈而南流迳升城东，又南历烛城西，即郑大夫烛之武邑也。又南流注于洧水也。

**又东南过长社县北，**

洧水东南流，南濮、北濮二水入焉。濮音仆。洧水又东南与龙渊水合。水出长社县西北，有故沟，上承洧水，水盛则通注龙渊，水减则津渠辍流。其渎中澄泉，南注东转为渊，绿水平潭，清洁澄深，俯视游鱼，类若乘空矣，所谓渊无潜鳞也。又东迳长社县故城北，郑之长葛邑也。《春秋》：隐公五年，宋人伐郑，围长葛是也。后社树暴长，故曰长社。魏颍川郡治也。余以景明中出宰兹郡，于南城西侧修立客馆，版筑既兴，于土下得一树根，甚壮大，疑是故社怪长暴茂者也。稽之故说，县无龙渊水名，盖出近世矣。京相璠《春秋土地名》曰：长社北界有禀水。但是水导于隍堑之中，非北界之所谓。又按京、杜《地名》并云：长社县北有长葛乡，斯乃县徙于南矣。然则是水即禀水也。其水又东南迳棘城北，《左传》所谓楚子伐郑，救齐，次于棘泽者也。禀水又东，左注洧水。洧水又东南，分为二水。其枝水东北流注沙，一水东迳许昌县，故许男国也，姜姓，四岳之后矣。《穆天子传》所谓天子见许男于洧上者也。汉章帝建初四年，封马光为侯国。《春秋佐助期》曰：汉以许失天下。及魏承汉历，遂改名许昌也。城内有景福殿基，魏明帝太和中造，准价八百余万。洧水又东入汶仓城内，俗以是水为汶水，故有汶仓之名，非也，盖洧水之邸阁耳。洧水又东迳鄢陵县城南。李奇曰：六国为安陵也。昔秦求易地，唐且受使于此。汉高帝十二年，封都尉朱濞为侯国。王莽更名左亭。洧水又东，鄢陵陂水注之。水出鄢陵南陂东，西南流注于洧水也。

**又东南过新汲县东北，**

洧水自鄢陵东迳桐丘南，俗谓之天井陵，又曰冈，非也。洧水又屈而南流，水上有梁，谓之桐门桥。藉桐丘以取称，亦言取桐门亭而著目焉，然不知亭之所在，未之详也。洧水又东南迳桐丘城，《春秋左传》：庄公二十八年，楚伐郑，郑人将奔桐丘，即此城也。杜预《春秋释地》曰：颍川许昌城东北。京相璠曰：郑地也。今图无而城见存，西南去许昌故城可三十五里。俗名之曰堤。其城南即长堤，固洧水之北防也。西面桐丘，其城邪长而不方，盖凭丘之称，即城之名矣。洧水又东迳新汲县故城北。汉宣帝神雀二年，置于许之汲乡曲洧城，以河内有汲县，故加新也。城在洧水南堤上。又东，洧水右迤为薄陂。洧水又迳匡城南，扶沟之匡亭也。又东，洧水左迤为鸭子陂，谓之大穴口也。

**又东南过茅城邑之东北，**

洧水自大穴口东南迳洧阳城西，南迳茅城东北，又南，左合甲庚沟。沟水上承洧水于大穴口，东北枝分，东迳洧阳故城南，俗谓之复阳城，非也。盖洧、复字类音读变。汉建安中，封司空祭酒郭奉孝为侯国。其水又东南为鸭子陂，陂广十五里，余波南入甲庚沟，西注洧，东北泻沙。洧水又南迳一故城西，世谓之思乡城。西去洧水十五里。洧水又右合薄陂水。水上承洧水于新汲县，南迳新汲县故城东，又南积而为陂。陂之西北即长社城。陂水东翼洧堤，西面茅邑，自城北门列筑堤道，迄于此冈。世尚谓之茅冈，即《经》所谓茅城邑也。陂水北出，东入洧津，西纳北异流……

**又东过习阳城西，折入于颍。**

洧水又东南迳辰亭东，俗谓之田城，非也。盖田、辰声相近，城、亭音韵联故也。《经》书：鲁宣公十一年，楚子、陈侯、郑伯盟于辰陵也。京相璠曰：颍川长平有故辰亭。杜预曰：长平县东南有辰亭。今此城在长平城西北，长平城在东南，或杜氏之谬，《传》书之误耳。长平东南淋陂北畔，有一阜。东西减里，南北五十许步，俗谓之新亭台。又疑是杜氏所谓辰亭而未之详也。洧水又南迳长平县故城西，王莽之长正也。洧水又南分为二水，枝分东出，谓之五梁沟。迳习阳城北，又东迳赭丘南，丘上有故城。《郡国志》曰：长平故属汝南，县有赭丘南，即此城也。又东迳长平城南，东注涝陂。洧水南出，谓之鸡笼水，故水会有笼口之名矣。洧水又东迳习阳城西，西南折入颍。《地理志》曰：洧水东南至长平县入颍者也。

**潩水出河南密县大騩山，**

大騩，即具茨山也。黄帝登具茨之山，升于洪堤上，受《神芝图》于华盖童子，即是山也。潩水出其阿，流而为陂，俗谓之玉女池。东迳陉山北，《史记》：魏襄王六年，败楚于陉山者也。山上有郑祭仲冢。冢西有子产墓，累石为方坟。坟东有庙，并东北向郑城。杜元凯言不忘本。际庙旧有一枯柏树，其尘根故株之上多生稚柏成林，列秀青青，望之奇可嘉矣。潩水又东南迳长社城西北，南潩、北潩二水出焉。刘澄之著《永初记》云：《水经》潩水，源出大騩山，东北流注泗，卫灵闻音于水上。殊为乖矣。余按《水经》为潩水不为濮也。是水首受潩水，川渠双引，俱东注洧。洧与之过沙；枝流派乱，互得通称。是以《春秋》：昭公九年，迁城父人于陈，以夷潩西田益之。京相璠曰：以夷之潩西田益也。杜预亦言，以夷田在潩水西者与城父人。服虔曰：潩，水名也。且字类音同，津澜邈别，不得为北潩上源。师氏传音于其上矣。潩水又南迳钟亭西；又东南迳皇台西；又东南迳关亭西；又东南迳宛亭西，郑大夫宛射犬之故邑也。潩水又南分为二水。一水南出迳胡城东，故颍阴县之狐人亭也。其水南结为陂，谓之胡城陂。潩水自枝渠东迳曲强城东，皇陂水注之。水出西北皇台七女冈北，皇陂即古长社县之浊泽也。《史记》：魏惠王元年，韩懿侯与赵成侯合军伐魏，战于浊泽是也。其陂北对鸡鸣城，即长社县之浊城也。陂水东南流迳胡泉城北，故颍阴县之狐宗乡也。又东合故城陂水。水上承皇陂，而东南流注于黄水，谓之合作口。而东迳曲强城北，东流入潩水。时人谓敕水，非也。敕、潩音相类，故字从声变耳。潩水又迳东、西武亭间，两城相对，疑是古之岸门。史迁所谓走犀首于岸门者也。徐广曰：颍阴有岸亭，未知是否。潩水又南迳射犬城东，即郑公孙射犬城也，盖俗谬耳。潩水又南迳颍阴县故城西。魏明帝封司空陈群为侯国。其水又东南迳许昌城南；又东南与宣梁陂水合。陂上承狼陂于颍阴城西南，，陂南北二十里，东西十里。《春秋左传》曰：楚子伐郑师于狼渊是也。其水东南入许昌县，迳巨陵城北，郑地也。《春秋左氏传》：庄公十四年，郑厉公获傅瑕于大陵。京相璠曰：颍川临颍县东北二十五里有故巨陵亭，古大陵也。其水又东积而为陂，谓之宣梁陂也。陂水又东南入潩水。潩水又西南流迳陶城西，又东南迳陶陂东。

**东南入于颍。**

**潧水出郑县西北平地，**

潧水出郐城西北鸡络坞下，东南流迳贾复城西，东南流，左合滞水。水出贾复城东，南流注于潧。潧水又南，左会承云山水。水出西北承云山，东南历浑子冈东注，世谓冈峡为五鸣口，东南流注于潧。潧水又东南流历下田川，迳郐城西，谓之为柳泉水也。故史伯答桓公曰：君以成周之众，奉辞伐罪，若克虢、郐，君之土也。如前华后河，右洛左济，主芣⑤騩而食溱洧；修典刑以守之，可以少固。即谓此矣。潧水又南，悬流奔壑，崩注丈余，其下积水成潭，广四十许步，渊深难测。又南注于洧。《诗》所谓溱与洧者也。世亦谓之为郐水也。

**东过其县北，又东南过其县东，又南入于洧水。**

自郐、潧东南，更无别渎，不得迳新郑而会洧也。郑城东入洧者，黄崖水也，盖《经》误证耳。

**渠出荥阳北河，东南过中牟县之北，**

《风俗通》曰：渠者，水所居也。渠水自河与济乱流，东迳荥泽北，东南分济，历中牟县之圃田泽，北与阳武分水。泽多麻黄草，故《述征记》曰：践县境便睹斯卉，穷则知逾界。今虽不能，然谅亦非谬。《诗》所谓东有圃草也。皇武子曰：郑之有原圃，犹秦之有具囿。泽在中牟县西，西限长城，东极官渡，北佩渠水。东西四十许里，南北二十许里。中有沙冈，上下二十四浦，津流径通，渊潭相接，各有名焉。有大渐、小渐、大灰、小灰、义鲁、练秋、大白杨、小白杨、散吓、禺中、羊圈、大鹄、小鹄、龙泽、蜜罗、大哀、小哀、大长、小长、大缩、小缩、伯丘、大盖、牛眼等浦，水盛则北注，渠溢则南播。故《竹书纪年》：梁惠成王十年，入河水于甫田，又为大沟而引甫水者也。又有一渎，自酸枣受河，导自濮渎，历酸枣，迳阳武县南出。世谓之十字沟而属于渠。或谓是渎为梁惠之年所开，而不能详也。斯浦乃水泽之所钟，为郑隰之渊薮矣。渠水右合五池沟。沟上承泽水，下流注渠，谓之五池口。魏嘉平三年，司马懿帅中军讨太尉王凌于寿春，自彼而还，帝使侍中韦诞劳军于五池者也。今其地为五池乡矣。渠水又东，不家沟水注之。水出京县东南梅山北溪。《春秋》：襄公十八年，楚芬[6]子冯、公子格率锐师侵费，右回梅山。杜预曰：在密东北，即是山也。其水自溪东北流迳管城西，故管国也。周武王以封管叔矣。成王幼弱，周公摄政，管叔流言曰：公将不利于孺子。公赋《鸱鸮》以伐之，即东山之师是也。《左传》：宣公十二年，晋师救郑，楚次管以待之。杜预曰：京县东北有管城者是也。俗谓之为管水。又东北分为二水：一水东北流注黄雀沟，谓之黄渊，渊周百步；其一水东越长城，东北流，水积为渊，南北二里，东西百步，谓之百尺水。北入圃田泽，分为二水。一水东北迳东武强城北。《汉书·曹参传》：击羽婴于昆阳，追至叶，还攻武强，因至荥阳。薛瓒云：按武强城在阳武县，即斯城也。汉高帝六年，封骑将庄不识为侯国。又东北流，左注于渠，为不家水口也。一水东流，又屈而南转，东南注白沟也。渠水又东，清池水注之。水出清阳亭西南平地，东北流迳清阳亭南，东流，即故清人城也。《诗》所谓清人有彭。彭为高克邑也。故杜预《春秋释地》云：中牟县西有清阳亭是也。清水又屈而北流，至清口泽，七虎涧水注之。水出华城南冈，一源两派，津川趣别，西入黄雀沟，东为七虎溪，亦谓之为华水也。又东北流，紫光沟水注之。水出华阳城东北而东流，俗名曰紫光涧。又东北注华水。华水又东迳棐[7]城北，即北林亭也。《春秋》：文公与郑伯宴于棐林，子家赋鸿雁者也。《春秋》：宣公元年，诸侯会于棐林以伐郑，楚救郑，遇于北林。服虔曰：北林，郑南地也。京相璠曰：今荥阳苑陵县有故林乡，在新郑北，故曰北林也。余按林乡故城，在新郑东如北七十许里，苑陵故城，在东南五十许里[8]，不得在新郑北也。考京、服之说，并为疏矣。杜预云：荥阳中牟县西南有林亭，在郑北，今是亭南去新郑县故城四十许里。盖以南有林乡亭，故杜预据是为北林，最为密矣。又以林乡为棐，亦或疑焉。诸侯会棐，楚遇于此，宁得知不在是而更指他处也？积古之传，事或不谬矣。又东北迳鹿台南冈，北出为七虎涧，东流，期水注之。水出期城西北平地，世号龙渊水。东北流，又北迳期城西，又北与七虎涧合，谓之虎溪水，乱流东注，迳期城北，东会清口水。司马彪《郡国志》曰：中牟有清口水，即是水也。清水又东北，白沟水注之。水有二源：北水出密之梅山东南，而东迳靖城南，与南水合；南水出太山，西北流至靖城南，左注北水，即承水也。《山海经》曰：承水出太山之阴，东北流注于役水者也。世亦谓之靖涧水。又东北流，太水注之。水出太山东平地。《山海经》曰：太水出于太山之阳，而东南流注于役水。世谓之礼水也。东北迳武陵城西，东北流注于承水。承水又东北入黄瓮涧，北迳中阳城西。城内有旧台甚秀。台侧有陂池，池水清深。涧水又东，屈迳其城北。《竹书纪年》：梁惠成王十七年，郑厘侯来朝中阳者也。其水东北流为白沟，又东北迳伯禽城北，盖伯禽之鲁，往迳所由也。屈而南流，东注于清水，即潘岳《都乡碑》所谓自中牟故县以西，西至于清沟。指是水也。乱流东迳中牟宰鲁恭祠南。汉和帝时，右扶风鲁恭，字仲康，以太尉掾迁中牟令，政专德化，不任刑罚，吏民敬信，蝗不入境。河南尹袁安疑不实，使部掾肥亲按行之。恭随亲行阡陌，坐桑树下，雉止其旁，有小儿。亲曰：儿何不击雉？曰：将雏。亲起曰：虫不入境，一异；化及鸟兽，二异；竖子怀仁，三异；久留非优贤，请还。是年，嘉禾生县庭。安美其治，以状上之。征博士、侍中。车驾每出恭常陪乘。上顾问民政，无所隐讳。故能遗爱自古，祠享来今矣。清沟水又东北迳沈清亭，疑即博浪亭也。服虔曰：博浪，阳武南地名也。今有亭，所未详也。历博浪泽，昔张良为韩报仇于秦，以金椎击秦始皇，不中，中其副车于此。又北分为二水，枝津东注清水。清水自枝流北注渠，谓之清沟口。渠水又左迳阳武县故城南，东为官渡水。又迳曹太祖垒北，有高台，谓之官渡台，渡在中牟，故世又谓之中牟台。建安五年，太祖营官渡。袁绍保阳武。绍连营稍前，依沙堆为屯，东西数十里。公亦分营相御，合战不利。绍进临官渡，起土山地道以逼垒。公亦起高台以捍之，即中牟台也。今台北土山犹在，山之东悉绍旧营，遗基并存。渠水又东迳田丰祠北。袁本初愍⑨不纳其言，害之。时人嘉其诚谋，无辜见戮，故立祠于是，用表袁氏覆灭之宜矣。又东，役水注之。水出苑陵县西、隙候亭东，世谓此亭为却城，非也。盖隙、却声相近耳。中平陂，世名之垩泉也，即古役水矣。《山海经》曰：役山，役水所出，北流注于河。疑是水也。东北流迳苑陵县故城北，东北流迳焦城东、阳丘亭西，世谓之焦沟水。《竹书纪年》：梁惠成王十六年，秦公孙壮率师伐郑，围焦城，不克。即此城也。俗谓之驿城，非也。役水自阳丘亭东流迳山民城北，为高榆渊。《竹书纪年》：梁惠成王十六年，秦公孙壮率师城上枳、安陵、山民者也。又东北为酢沟，又东北，鲁沟水出焉；役水又东北，垩沟水出焉；又东北为八丈沟。又东，清水枝津注之，水自沈城东派，注于役水。役水又东迳曹公垒南，东与沫水合。《山海经》云：沫山，沫水所出，北流注于役。今是水出中牟城西南，疑即沫水也。东北流迳中牟县故城西，昔赵献侯自耿都此。班固云：赵自邯郸徙焉。赵襄子时，佛肸以中牟叛，置鼎于庭，不与己者烹之，田英将褰⑩裳赴鼎处也。薛瓒注《汉书》云：中牟在春秋之时，为郑之堰也⑪，及三卿分晋，则在魏之邦土，赵自漳北，不及此也。《春秋传》曰：卫侯如晋过中牟。非卫适晋之次也。《汲郡古文》曰：齐师伐赵东鄙，围中牟。此中牟不在赵之东也。按中牟当在漯水之上矣。按《春秋》，齐伐晋夷仪，晋车千乘在中牟。卫侯过中牟，中牟人欲伐之。卫褚师固亡在中牟，曰：卫虽小，其君在，未可胜也。齐师克城而骄，遇之必败。乃败齐师。服虔不列中牟所在。杜预曰：今荥阳有中牟，回远，疑为非。然地理参差，土无常域，随其强弱，自相吞并，疆里流移，宁可一也？兵车所指，迳纡难知。自魏徙大梁，赵以中牟易魏，故赵之南界，极于浮水，匪直专漳也。赵自西取后止中牟。齐师伐其东鄙，于宜无嫌。而瓒径指漯水，空言中牟所在，非论证也。汉高帝十一年，封单父圣为侯国。沫水又东北，注于役水。昔魏太祖之背董卓也，间行出中牟，为亭长所录。郭长公《世语》云：为县所拘，功曹请释焉。役水又东北迳中牟泽，即郑太叔攻萑蒲之盗于是泽也。其水东流，北屈注渠。《续述征记》所谓自酱魁城到酢沟十里者也。渠水又东流而左会渊水。其水上承圣女陂，陂周二百余步，水无耗竭，湛然清满，而南流注于渠。渠水又东南而注大梁也。

**又东至浚仪县，**

渠水东南迳赤城北，戴延之所谓西北有大梁亭，非也。《竹书纪年》：梁惠成王二十八年，穰疵率师及郑孔夜战于梁赫，郑师败逋，即此城也。左则故渎出焉。秦始皇二十年，王贲断故渠，引水东南出以灌大梁，谓之梁沟。又东迳大梁城南。本《春秋》之阳武高阳乡也，于战国为大梁，周梁伯之故居矣。梁伯好土功，大其城，号曰新里。民疲而溃，秦遂取焉。后魏惠王自安邑徙都之，故曰梁耳。《竹书纪年》：梁惠成王六年四月甲寅，徙都于大梁是也。秦灭魏以为县。汉文帝封孝王于梁，孝王以土地下湿，东都睢阳，又改曰梁。自是置县，以大梁城广，居其东城夷门之东。夷门，即侯嬴抱关处也。《续述征记》以此城为师旷城，言郭缘生曾游此邑，践夷门，升吹台，终古之迹，缅焉尽在。余谓此乃梁氏之台门，魏惠之都居，非吹台也，当是误证耳。《西征记》论仪封人即此县，又非也。《竹书纪年》，梁惠成王三十一年三月，为大沟于北郛，以行圃田之水。《陈留风俗传》曰：县北有浚水，像而仪之，故曰浚仪。余谓故汳沙为阴沟矣，浚之，故曰浚，其犹《春秋》之浚洙乎？汉氏之浚仪水，无他也，皆变名矣。其国多池沼，时池中出神剑，到今其民像而作之，号大梁氏之剑也。渠水又北屈分为二水。《续述征记》曰：汳沙到浚仪而分也。汳东注沙南流，其水更南流迳梁王吹台东。《陈留风俗传》曰：县有苍颉、师旷城，上有列仙之吹台，北有牧泽，泽中出兰蒲，上多俊髦[12]，衿带牧泽，方十五里，俗谓之蒲关泽，即谓此矣。梁王增筑，以为吹台。城隍夷灭，略存故迹，今层台孤立于牧泽之右矣。其台方百许步，即阮嗣宗《咏怀诗》所谓驾车发魏都，南向望吹台，箫管有遗音，梁王安在哉？晋世丧乱，乞活凭居，削堕故基，遂成二层。上基犹方四五十步，高一丈余，世谓之乞活台，又谓之繁台城。渠水于此有阴沟、鸿沟之称焉。项羽与汉高分王，指是水以为东西之别。苏秦说魏襄王曰：大王之地，南有鸿沟是也。故尉氏县有波乡、波亭、鸿沟乡、鸿沟亭，皆藉水以立称也。今萧县西亦有鸿沟亭，梁国睢阳县东有鸿口亭，先后谈者，亦指此以为楚、汉之分王，非也。盖《春秋》之所谓红泽者矣。渠水右与汜水合，水上承役水于苑陵县，县故郑都也，王莽之左亭县也。役水枝津东派为汜水者也，而世俗谓之堲沟水也。《春秋左传》：僖公三十年，晋侯、秦伯围郑。晋军函陵，秦军汜南，所谓东汜者也。其水又东北迳中牟县南；又东北迳中牟泽与渊水合。水出中牟县故城北。城有层台。按郭长公《世语》及干宝《晋纪》并言：中牟县故魏任城玉台下池中，有汉时铁锥，长六尺，入地三尺，头西南指，不可动，正月朔自正。以为晋氏中兴之瑞，而今不知所在。或言在中阳城池台，未知焉是。渊水自池西出，屈迳其城西，而东南流注于汜。汜水又东迳大梁亭南；又东迳梁台南东注渠。渠水又东南流迳开封县，睢、涣二水出焉。右则新沟注之。其水出逢池，池上承役水于苑陵县，别为鲁沟水，东南流迳开封县故城北。汉高帝十一年，封陶舍为侯国也。《陈留志》称：阮简，字茂弘，为开封令。县侧有劫贼，外白甚急数，简方围棋长啸。吏云：劫急。简曰：局上有劫亦甚急。其耽乐如是。故《语林》曰：王中郎以围棋为"坐隐"，或亦谓之为手谈，又谓之为棋圣。鲁沟南际富城，东南入百尺陂，即古之逢泽也。徐广《史记音义》曰：秦使公子少官率师会诸侯逢泽，汲郡冢《竹书纪年》作秦孝公会诸侯于逢泽，斯其处也。故应德琏《西征赋》曰：弯衡东指，弭节逢泽[13]。其水东北流为新沟。新沟又东北流迳牛首乡北，谓之牛建城。又东北注渠，即沙水也。音蔡，许慎正作沙音，言水散石也。从水少，水少沙见矣。楚东有沙水，谓此水也。

**又屈南至扶沟县北，**

沙水又东南迳牛首乡东南，鲁沟水出焉，亦谓之宋沟也。又迳陈留县故城南。孟康曰：留，郑邑也，后为陈所并，故曰陈留矣。鲁沟水又东南迳圉县故城北。县苦楚难，修其干戈，以圉其患，故曰圉也。或曰边陲之号矣。历万人散。王莽之篡也，东郡太守翟义兴兵讨莽，莽遣奋威将军孙建击之于圉北，义师大败，尸积万数，血流溢道，号其处为万人散，百姓哀而祠之。又历鲁沟亭，又东南至阳夏县故城西。汉高祖六年，封陈豨为侯国。鲁沟又南入涡，今无水也。沙水又东南迳斗城西。《左传》：襄公三十年，子产殡伯有尸，其臣葬之于是也。沙水又东南迳牛首亭东。《左传》：桓公十四年，宋人与诸侯伐郑东郊，取牛首者也，俗谓之车牛城矣。沙水又东南，八里沟水出焉。又东南迳陈留县裘氏乡裘氏亭西，又迳澹台子羽冢东，与八里沟合。按《陈留风俗传》曰：陈留县裘氏乡有澹台子羽冢，又有子羽祠，民祈祷焉。京相璠曰：今泰山南武城县，有澹台子羽冢，县人也。未知孰是。因其方志所叙，就记缠络焉。沟水上承沙河而西南流迳牛首亭南，与百尺陂水合。其水自陂南迳开封城东三里冈，左屈而西流南转，注八里沟。又南得野兔水口。水上承西南兔氏亭北野兔陂，郑地也。《春秋传》云：郑伯劳屈生于兔氏者也。陂水东北入八里沟。八里沟水又南迳石仓城西；又南迳兔氏亭东；又南迳召陵亭西；东入沙水。沙水南迳扶沟县故城东，县即颍川之谷平乡也。有扶亭，又有洧水沟，故县有扶沟之名焉。建武元年，汉光武封平狄将军朱鲔为侯国。沙水又东与康沟水合。水首受洧水于长社县东，东北迳向冈西，即郑之向乡也。后人遏其上口，今水盛则北注，水耗则辍流。又有长明沟水注之。水出苑陵县故城西北，县有二城，此则西城也。二城以东，悉多陂泽，即古制泽也。京相璠曰：郑地。杜预曰：泽在荥阳苑陵县东，即《春秋》之制田也。故城西北平地出泉，谓之龙渊泉。泉水流迳陵丘亭西；又西，重泉水注之。水出城西北平地。泉涌南流迳陵丘亭西，西南注龙渊水。龙渊水又东南迳凡阳亭西，而南入白雁陂。陂在长社县东北，东西七里，南北十里，在林乡之西南。司马彪《郡国志》曰：苑陵有林乡亭。白雁陂又引渎南流，谓之长明沟。东转北屈，又东迳向城北，城侧有向冈。《左传》：襄公十一年，诸侯伐郑，师于向者也。又东，右迤为染泽陂，而东注于蔡泽陂。长明沟水又东迳尉氏县故城南。圈称云：尉氏，郑国之东鄙。弊狱官名也，郑大夫尉氏之邑。故栾盈曰：盈将归死于尉氏也。沟渎自是三分，北分为康沟，东迳平陆县故城北。高后元年，封楚元王子礼为侯国。建武元年以户不满三千，罢为尉氏县之陵树乡。又有陵树亭，汉建安中，封尚书荀攸为陵树乡侯。故《陈留风俗传》曰：陵树乡，故平陆县也。北有大泽，名曰长乐厩。康沟又东迳扶沟县之白亭北。《陈留风俗传》曰：扶沟县有帛乡、帛亭，名在七乡十二亭中。康沟又东迳少曲亭。《陈留风俗传》曰：尉氏县有少曲亭，俗谓之小城也。又东南迳扶沟县故城东而东南注沙水。沙水又南会南水，其水南流，又分为二水。一水南迳关亭东，又东南流，与左水合。其水自枝渎南迳召陵亭西，疑即扶沟之亭也。而东南合右水。世以是水与鄢陵陂水双导，亦谓之双沟。又东南入沙水。沙水南与蔡泽陂水合。水出鄢陵城西北。《春秋》：成公十六年，晋、楚相遇于鄢陵，吕锜射中共王目，王召养由基使射杀之。亦子反醉酒自毙处也。陂东西五里，南北十里。陂水东迳匡城北，城在新汲县之东北，即扶沟之匡亭也。亭在匡城乡。《春秋》：文公元年，诸侯朝晋，卫成公不朝，使孔达侵郑，伐绵訾及匡，即此邑也。今陈留长垣县南有匡城，即平丘之匡亭也。襄邑又有承匡城，然匡居陈、卫之间，亦往往有异邑矣。陂水又东南至扶沟城北，又东南入沙水。沙水又南迳小扶城西，而东南流也。城即扶沟县之平周亭，东汉和帝永元中，封陈敬王子参为侯国。沙水又东南迳大扶城西，城即扶乐故城也。城北二里有袁良碑云：良，陈国扶乐人。后汉世祖建武十七年，更封刘隆为扶乐侯，即此城也。涡水于是分焉，不得在扶沟北便分为二水也。

**其一者，东南过陈县北，**

沙水又东南迳东华城西；又东南，沙水枝渎西南达洧，谓之甲庚沟，今无水。沙水又南与广漕渠合。上承庞官陂，云邓艾所开也。虽水流废兴，沟渎尚夥。昔贾逵为魏豫州刺史，通运渠二百里余，亦所谓贾侯渠也。而川渠迳复，交错畛陌，无以辨之。沙水又东迳长平县故城北；又东南迳陈城北，故陈国也。伏羲、神农并都之。城东北三十许里，犹有羲城实中。舜后妫满为周陶正。武王赖其器用，妻以元女太姬而封诸陈，以备三恪。太姬好祭祀，故《诗》所谓坎其击鼓，宛丘之下。宛丘在陈城南道东。王隐云：渐欲平，今不知所在矣。楚讨陈，杀夏征舒于栗门，以为夏州后……城之东门内有池，池水东西七十步，南北八十许步，水至清洁，而不耗竭，不生鱼草。水中有故台处，《诗》所谓东门之池也。城内有汉相王君造四县邸碑，文字剥缺，不可悉识。其略曰：惟兹陈国，故曰淮阳郡云云。清惠著闻，为百姓畏爱，求贤养士千有余人，赐与田宅吏舍。自损俸钱，助之成邸。五官掾西华、陈骐等二百五人，以延熹二年云云。故其颂曰：修德立功，四县回附。今碑之左右，遗塘尚存，基础犹在。时人不复寻其碑证，云孔子庙学，非也。后楚襄王为秦所灭，徙都于此。文颖曰：西楚矣。三楚，斯其一焉。城南郭里，又有一城，名曰淮阳城，子产所置也。汉高祖十一年以为淮阳国。王莽更名，郡为新平，县曰陈陵，故豫治。王隐《晋书·地道记》云：城北有故沙，名之为死沙。而今水流津通，漕运所由矣。沙水又东东而南屈迳陈城东，谓之百尺沟。又南分为二水，新沟水出焉。沟水东南流，谷水注之。水源上承涝陂。陂在陈城西北，南暨苇⑭城，皆为陂矣。陂水东流，谓之谷水，东迳涝城北。王隐曰：苇北有谷水是也。苇即柽矣。《经》书公会齐、宋于柽⑮者也。杜预曰：柽即苇也，在陈县西北为非。柽，小城也，在陈郡西南。谷水又东迳陈城南；又东流入于新沟水；又东南注于颍，谓之交口。水次有大堰，即古百尺堰也。《魏书·国志》曰：司马宣王讨太尉王凌，大军掩至百尺堨，即此堨也。今俗呼之为山阳堰，非也。盖新水首受颍于百尺沟，故堰兼有新阳之名也。以是推之，悟故俗谓之非矣。

**又东南至汝南新阳县北，**

沙水自百尺沟，东迳宁平县之故城南。《晋阳秋》称：晋太傅东海王越之东奔也，石勒追之，焚尸于此，数十万众，敛手受害。勒纵骑围射，尸积如山。王夷甫死焉。余谓俊者所以智胜群情，辨者所以文身祛惑，夷甫虽体荷俊令，口擅雌黄，汗辱君亲，获罪羯勒，史官方之华、王，谅为褒矣。沙水又东积而为陂，谓之阳都陂，明水注之。水上承沙水枝津，东出迳汝南郡之宜禄县故城北，王莽之赏都亭也。明水又东北流注于陂。陂水东南流，谓之细水。又东迳新阳县北；又东，高陂水东出焉。沙水又东，分为二水，即《春秋》所谓夷濮之水也。枝津北迳谯县故城西，侧城入涡。沙水东南迳城父县西南，枝津出焉，俗谓之章水。一水东注，即濮水也，俗谓之艾水。东迳城父县之故城南，东流注也。

**又东南过山桑县北，**

山桑故城在涡水北，沙水不得迳其北明矣。《经》言过北，误也。

**又东南过龙亢县南，**

沙水迳故城北，又东南迳白鹿城北而东注也。

**又东南过义成县西，南入于淮。**

义成县故属沛，后隶九江。沙水东流注于淮，谓之沙汭。京相璠曰：楚东地也。《春秋左传》：昭公二十七年，楚令尹子常以舟师及沙汭而还。杜预曰：沙，水名也。

---

①崇：chóng，音崇。

②据考"皋城"应为"泽城"。

③郪：qī，音七。

④漴：chóng，音虫。

⑤茯：fú，音伏。

⑥芛：wěi，音伟。

⑦棐（fěi，音匪）：通"榧"，木名。

⑧据考，此句应为"在苑陵故城东南五十许里"。

⑨惭（cán，音残）：羞愧，也作"惭"。

⑩褰（qiān，音牵）：揭起。

⑪堰：应为"疆"。

⑫上多俊髦：意为这一带人才辈出。"上"应作"土"。

⑬此句意为"皇帝驾车东行，停车逗留于逢泽"。

⑭荦：luò，音络。

⑮柽（chēng，音撑）：木名。

# 水经注卷二十三

## 阴沟水　汳水　获水

**阴沟水出河南阳武县蒗荡渠，**

阴沟首受大河于卷县，故渎东南迳卷县故城南，又东迳蒙城北。《史记》：秦庄襄王元年，蒙骜击取成皋、荥阳，初置三川郡，疑即骜所筑也，于事未详。故渎东分为二，世谓之阴沟水。京相璠以为出河之济，又非所究。俱东绝济隧。右渎东南迳阳武城北，东南绝长城，迳安亭北，又东北会左渎；左渎又东绝长城，迳垣雍城南。昔晋文公战胜于楚，周襄王劳之于此。故《春秋》书：甲午至于衡雍，作王宫于践土。《吕氏春秋》曰：尊天子于衡雍者也。《郡国志》曰：卷县有垣雍城，即《史记》所记韩献秦垣雍是也。又东迳开光亭南；又东迳清阳亭南；又东合右渎。又东南迳封丘县，绝济渎。东南至大梁，合蒗荡渠。梁沟既开，蒗荡渠故渎实兼阴沟、浚仪之称，故云出阳武矣。东南迳大梁城北，左屈与梁沟合。俱东南流，同受鸿沟、沙水之目。其川流之会左渎东导者，即汳水也。盖津源之变名矣。故《经》云：阴沟出蒗荡渠也。

**东南至沛，为涡水。**

阴沟始乱蒗荡，终别于沙，而涡水出焉。涡水受沙水于扶沟县。许慎又曰：涡水首受淮阳扶沟县蒗荡渠，不得至沛方为涡水也。《尔雅》曰：涡为洵。郭景纯曰：大水泆为小水也。吕忱曰：洵，涡水也。涡水迳大扶城西，城之东北悉诸袁旧墓，碑宇倾低，羊虎碎折，惟司徒滂、蜀郡太守腾、博平令光碑字所存惟此，自余殆不可寻。涡水又东南迳阳夏县西，又东迳邈城北，城实中而西有隙郭。涡水又东迳大棘城南，故鄢之大棘乡也。《春秋》：宣公二年，宋华元与郑公子归生战于大棘，获华元。《左传》曰：华元杀羊食士，不及其御。将战，羊斟曰：畴昔之羊子为政，今日之事，我为政。遂御入郑，故见获焉。后其地为楚庄所并。故圈称曰：大棘，楚地，有楚太子建之坟及伍员钓台、池沼具存。涡水又东迳安平县故城北。《陈留风俗传》曰：大棘乡，故安平县也。士人敦悫①，易以统御。涡水又东迳鹿邑城北，世谓之虎乡城，非也。《春秋》之鸣鹿矣。杜预曰：陈国武平西南有鹿邑亭是也。城南十里有晋中散大夫胡均碑，元康八年立。涡水之北有汉温令许续碑。续字嗣公，陈国人也，举贤良，拜议郎，迁温令。延熹中立。涡水又东迳武平县故城北。城之西南七里许，有汉尚书令虞诩碑，碑题云：虞君之碑。讳诩，字定安，虞仲之后。为朝歌令、武都太守。文字多缺，不复可寻。按范晔《汉书》：诩字升卿，陈国武平人。祖为县狱吏，治存宽恕。尝曰：于公为里门，子为丞相；吾虽不及于公，子孙不必不为九卿。故字诩曰升卿。定安，盖其幼字也。魏武王初封于此，终以武平、华夏矣。涡水又东迳广乡城北。圈称曰：襄邑有蛇丘亭，故广乡矣。改曰广世。后汉顺帝阳嘉四年，封侍中挚瑱为侯国，即广乡也。涡水又东迳苦县西南。分为二水，枝流东北注，于赖城入谷，谓死涡也。涡水又东南屈，迳苦县故城南。《郡国志》曰：春秋之相也。王莽更名之曰赖陵矣。城之四门，列筑驰道，东起赖乡；南自南门，越水直指故台，西面南门，列道径趣广乡道西门驰道。西届武平北门驰道，暨于北台。㶏水又东北屈至赖乡西，谷水注之。谷水首受涣水于襄邑县东，东迳承匡城东。《春秋经》书：夏，叔仲、彭生会晋郤缺于承匡。《左传》曰：谋诸侯之从楚者。京相璠曰：今陈留襄邑西三十里有故承匡城。谷水又东南迳巳吾县故城西。《陈留风俗传》曰：县，故宋也，杂以陈、楚之地，故梁国宁陵县之徙种龙乡也。以成、哀之世，户至八九千，冠带之徒求置县矣。永元十一年，陈王削地，以大棘乡、直阳乡；十二年，自鄢隶之，命以嘉名曰巳吾，犹有陈、楚之俗焉。谷水又东迳柘县故城东。《地理志》，淮阳之属县也。城内有柘令许君《清德颂》，石碎字紊，惟此文见碑。城西南里许，有汉阳台令许叔种碑，光和中立；又有汉故乐成陵令太尉掾许婴碑。婴字虞卿，司隶校尉之子，建宁元年立。余碑文字碎灭，不复可观，当似司隶诸碑也。谷水又东迳苦县故城中，水泛则四周隍堑，耗则孤津独逝。谷水又东迳赖乡城南，其城实中，东北隅有台偏高，俗以是台在谷水北，其城又谓之谷阳台，非也。谷水自此东入㶏水。㶏水又北迳老子庙东。庙前有二碑，在南门外。汉桓帝遣中官管霸祠老子，命陈相边韶撰文。碑北有双石阙，甚整顿。石阙南侧，魏文帝黄初三年经谯所勒。阙北东侧，有孔子庙，庙前有一碑，西面，是陈相鲁国孔畴建和三年立。北则老君庙，庙东院中有九井焉。又北，㶏水之侧，又有李母庙。庙在老子庙北，庙前有李母冢。冢东有碑，是永兴元年谯令长沙王阜所立。碑云：老子生于曲、㶏间。㶏水又屈东迳相县故城南，其城卑小实中。边韶《老子碑》文云：老子，楚相县人也。相县虚荒，今属苦，故城犹存，在赖乡之东。㶏水处其阳。疑即此城也。自是无郭以应之。㶏水又东迳谯县故城北。《春秋左传》：僖公二十二年，楚成得臣帅师伐陈，遂取谯，城顿而还是也。王莽之延成亭也。魏立谯郡，沇州治。沙水自南枝分，北迳谯城西而北注㶏。㶏水四周城侧，城南有曹嵩冢，冢北有碑，碑北有庙堂，余基尚存，柱础仍在。庙北有二石阙双峙，高一丈六尺，榱[2]栌及柱，皆雕镂云矩，上罘罳已碎。阙北有圭碑，题云：汉故中常侍长乐太仆特进费亭侯曹君之碑，延熹三年立。碑阴又刊诏策，二碑文同。夹碑东西，列对两石马，高八尺五寸，石作粗拙，不匹光武遂道所表象马也。有腾兄冢。冢东有碑，题云：汉故颍川太守曹君墓，延熹九年卒。而不刊树碑岁月。坟北有其元子炽冢，冢东有碑，题云：汉故长水校尉曹君之碑。历大中大夫、司马、长史、侍中，迁长水，年三十九卒，熹平六年造。炽弟胤冢。冢东有碑，题云：汉谒者曹君之碑，熹平六年立。城东有曹太祖旧宅所在，负郭对廛，侧隍临水。《魏书》曰：太祖作议郎，告疾归乡里，筑室城外。春夏习读书传，秋冬射猎以自娱乐。文帝以汉中平四年生于此，上有青云如车盖，终日乃解，即是处也。后文帝以延康元年幸谯，大飨父老，立坛于故宅。坛前树碑，碑题云：大飨之碑。碑之东北、㶏水南，有谯定王司马士会冢。冢前有碑，晋永嘉三年立。碑南二百许步，有两石柱，高丈余，半下为束竹交文，作制极工。石榜云：晋故使持节散骑常侍都督扬州、江州诸军事，安东大将军，谯定王，河内温司马公墓之神道。㶏水又东迳朱龟墓北，东南流。冢南枕道，有碑，碑题云：汉故幽州刺史朱君之碑。龟字伯灵，光和六年卒官，故吏别驾从事史、右北平无终年化、中平二年造。碑阴刊故吏姓名，悉蓟、涿及上谷、北平等人。㶏水东南迳层丘北。丘阜独秀，巍然介立，故壁垒所在也。㶏水又东南迳城父县故城北，沙水枝分注之。水上承沙水于思善县，世谓之章水，故有章头之名也。东北流迳城父县故城西，侧城东北流入于㶏。㶏水又东迳下城父北。《郡国志》曰：山桑县有下城父聚者也。㶏水又屈迳其聚东郎山西，又东南屈迳郎山南。山东有垂惠聚，世谓之礼城。袁山松《郡国志》曰：山桑县有垂惠聚。即此城也。㶏水又东南迳㶏阳城北，临侧㶏水，魏太和中为㶏州治，以盖表为刺史。后罢州立郡，衿带遏戍[3]。㶏水又东南迳龙亢县故城南，汉建武十三年世祖封傅昌为侯国。故语曰：沛国龙亢至山桑者也。㶏水又屈而南流，出石梁，梁石崩褫，夹岸积石，高二丈，水历其间。又东南流迳荆山北而东流注也。

**又东南至下邳淮陵县，入于淮。**

涡水又东，左合北肥水。北肥水出山桑县西北泽薮，东南流，左右翼佩数源，异出同归，盖微脉涓注耳。东南流迳山桑邑南，俗谓之北平城。昔文钦之封山桑侯，疑食邑于此城。东南有一碑，碑文悉破无验，惟碑背故吏姓名尚存：熹平元年义士门生沛国萧刘定兴立。北肥水又东迳山桑县故城南，俗谓之都亭，非也。今城内东侧，犹有山亭桀立，陵阜高峻，非洪台所拟。《十三州志》所谓山生于邑，其亭有桑，因以氏县者也。郭城东有文穆冢碑，三世二千石，穆郡户曹史、征试博士、太常丞，以明气候，擢拜侍中、右中郎将，迁九江、彭城、陈留三郡，光和中卒。故吏涿郡太守彭城吕虔等立。北肥水又东，积而为陂，谓之瑕陂。陂水又东南迳瑕城南。《春秋左传》：成公十六年，楚师还及瑕，即此城也。故京相璠曰：瑕，楚地。北肥水又东南迳向县故城南。《地理志》曰：故向国也。《世本》曰：许、州、向、申，姜姓也，炎帝后。京相璠曰：向，沛国县，今并属谯国龙亢也。杜预曰：龙亢县东有向城，汉世祖建武十三年，更封富波侯王霸为侯国，即此城也。俗谓之圆城，非。又东南迳义成南，世谓之褚城，非。又东，入于涡，涡水又东注淮。《经》言下邳淮陵入淮，误矣。

**汳水出阴沟于浚仪县北，**

阴沟，即蒗砀渠也。亦言汳受旃然水，又云丹、沁乱流，于武德绝河，南入荥阳合汳，故汳兼丹水之称。河、济水断，汳承旃然而东。自王贲灌大梁，水出县南而不迳其北，夏水洪泛，则是渎津通，故渠即阴沟也。于大梁北又曰浚水矣。故圈称著《陈留风俗传》曰：浚水迳其北者也。又东，汳水出焉。故《经》云：汳出阴沟于浚仪县北也。汳水东迳仓垣城南，即浚仪县之仓垣亭也。城临汳水，陈留相毕邈治此。征东将军苟晞之西也，邈走归京，晞使司马东莱王赞代据仓垣，断留运漕。汳水又东迳陈留县之𫗧[④]乡亭北。《陈留风俗传》所谓县有𫗧乡亭，即斯亭也。汳水又迳小黄县故城南。《神仙传》称灵寿光，扶风人，死于江陵胡罔家，罔殡埋之。后百余日，人有见光于此县，寄书与罔。罔发视之，惟有履存。汳水又东迳鸣雁亭南。《春秋左传》：成公十六年卫侯伐郑，至于鸣雁者也。杜预《释地》云：在雍丘县西北。今俗人尚谓之为白雁亭。汳水又东迳雍丘县故城北；迳阳乐城南。《西征记》曰：城在汳北一里，周五里，雍丘县界。汳水又东，有故渠出焉，南通睢水，谓之董生决。或言，董氏作乱，引水南通睢水，故斯水受名焉。今无水。汳水又东，枝津出焉，俗名之为落架口。《西征记》曰：落架，水名也。《续述征记》曰：在董生决下二里。汳水又东迳外黄县南；又东迳蒡仓城北。《续述征记》曰：蒡仓城去大游墓二十里。又东迳大齐城南。《陈留风俗传》曰：外黄县有大齐亭。又东迳科城北。《陈留风俗传》曰：县有科禀亭。是则科禀亭也。汳水又东迳小齐城南。汳水又南迳利望亭南。《风俗传》曰：故成安也。《地理志》：陈留，县名。汉武帝以封韩延年为侯国。汳水又东，龙门故渎出焉。渎旧通睢水，故《西征记》曰：龙门，水名也。门北有土台，高三丈余，上方数十步。汳水又东迳济阳考城县故城南，为蓄获渠。考城县，周之采邑也，于春秋为戴国矣。《左传》：隐公十年秋，宋、卫、蔡伐戴是也；汉高帝十一年秋，封彭祖为侯国。《陈留风俗传》曰：秦之榖县也。后遭汉兵起，邑多灾年，故改曰蓄县。王莽更名嘉榖。章帝东巡过县，诏曰：陈留蓄县，其名不善。高祖鄑柏人之邑，世宗休闻喜而显获嘉，应亨吉元符。嘉皇灵之顾，赐越有光，列考武皇[⑤]，其改蓄县曰考城。是渎盖因县以获名矣。汳水又东迳宁陵县之沙阳亭北，故沙随国矣。《春秋左传》：成公十六年秋，会于沙随，谋伐郑也。杜预《释地》曰：在梁国宁陵县北沙阳亭是也。世以为堂城，非也。汳水又东迳黄蒿坞北。《续述征记》曰：堂城至黄蒿二十里。汳水又东迳斜城下。《续述征记》曰：黄蒿到斜城五里。《陈留风俗传》曰：考城县有斜亭。汳水又东迳周坞侧。《续述征记》曰：斜城东三里。晋义熙中，刘公遣周超之自彭城缘汳故沟，斩树穿道七百余里以开水路，停泊于此。故兹坞流称矣。汳水又东迳葛城北，故葛伯之国也。孟子曰：葛伯不祀。汤问曰：何为不祀？称：无以供祠祭。遗葛伯。葛伯又不祀。汤又问之，曰：无以供牺牲。汤又遗之，又不祀。汤又问之，曰：无以供粢⑥盛。汤使亳众往，为之耕，老弱馈食。葛伯又率民夺之，不授者则杀之。汤乃伐葛。葛于六国属魏，魏安釐王以封公子无忌，号信陵君，其地葛乡，即是城也。在宁陵县西十里。汳水又东迳神坑坞；又东迳夏侯长坞。《续述征记》曰：夏侯坞至周坞，各相距五里。汳水又东迳梁国睢阳县故城北，而东历襄乡坞南。《续述征记》曰：西去夏侯坞二十里，东一里，即襄乡浮图也。汳水迳其南，汉熹平中某君所立。死因葬之，其弟刻石树碑，以旌厥德。隧前有狮子、天鹿，累砖作百达柱八所，荒芜颓毁，凋落略尽矣。

**又东至梁郡蒙县，为获水，余波南入睢阳城中。**

汳水又东迳贯⑥城南，俗谓之薄城，非也。阚骃《十三州志》以为贯城也，在蒙县西北。《春秋》：僖公二年，齐侯、宋公、江、黄盟于贯。杜预以为贯也。云：贯，贯字相似。贯在齐，谓贯泽也，是矣。非此也。今于此地，更无他城，在蒙西北，惟是邑耳。考文准地，贯邑明矣，非亳可知。汳水又东迳蒙县故城北，俗谓之小蒙城也。《西征记》：城在汳水南十五六里，即庄周之本邑也，为蒙之漆园吏，郭景纯所谓漆园有傲吏者也。悼惠施之没，杜门于此邑矣。汳水自县南出，今无复有水。惟睢阳城南侧有小水南流，入于睢。城南二里有汉太傅掾桥载墓碑。载字元宾，梁国睢阳人也，睢阳公子熹平五年立。城东百步有石室，刊云：汉鸿胪桥仁祠。城北五里，有石虎、石柱，而无碑志，不知何时建也。汳水又东迳大蒙城北。自古不闻有二蒙，疑即蒙亳也。所谓景薄为北亳矣。椒举云：商汤有景亳之命者也。阚骃曰：汤都也。亳本帝喾之墟，在《禹贡》豫州河、洛之间，今河南偃师城西二十里尸乡亭是也。皇甫谧以为考之事实，学者失之。如孟子之言汤居亳，与葛为邻，是即亳与葛比也。汤地七十里，葛又伯耳，封域有限，而宁陵去偃师八百里，不得童子馈饷而为之耕。今梁国自有二亳：南亳在穀熟，北亳在蒙，非偃师也。古文《仲虺之诰》⑧曰：葛伯仇饷，征自葛始。即孟子之言是也。崔骃曰：汤冢在济阴薄县北。《皇览》曰：薄城北郭东三里平地有汤冢。冢四方，方各十步，高七尺，上平也。汉哀帝建平元年，大司空史郤长卿按行水灾，因行汤冢。在汉属扶风，今征之回渠亭，有汤池，征陌是也。然不经见，难得而详。按《秦宁公本纪》云：二年伐汤，三年与亳战，亳王奔戎，遂灭汤。然则周桓王时自有亳王号汤，为秦所灭，乃西戎之国，葬于征者也，非殷汤矣。刘向言，殷汤无葬处为疑。杜预曰：梁国蒙县北有薄伐城，城中有成汤冢，其西有箕子冢。今城内有古冢方坟，疑即杜元凯之所谓汤冢者也。而世谓之王子乔冢。冢侧有碑题云：仙人王子乔。碑曰：王子乔者，盖上世之真人，闻其仙，不知兴何代也。博问道家，或言颍川，或言产蒙。初建此城，则有斯丘。传承先民曰：王氏墓暨于永和之元年冬十二月，当腊之时，夜，上有哭声，其音甚哀。附居者王伯怪之，明则祭而察焉。时天鸿雪下，无人径，有大鸟迹在祭祀处，左右咸以为神。其后有人著大冠，绛单衣，杖竹，立冢前，呼采薪孺子伊永昌，曰：我王子乔也，勿得取吾坟上树也。忽然不见。时令泰山万熹，稽故老之言，感精瑞之应，乃造灵庙，以休厥神。于是好道之俦，自远方集，或弦琴以歌太一，或覃思以历丹丘，知至德之宅兆，实真人之祖先。延熹八年秋八月，皇帝遣使者奉牺牲致礼，祠濯之敬，肃如也。国相东莱王璋，字伯仪，以为神圣所兴，必有铭表，乃与长史边乾遂树之立石，纪颂遗烈。观其碑文，意似非远，既在迳见，不能不书存耳。

**获水出汳水于梁郡蒙县北，**

《汉书·地理志》曰：获水首受甾获渠，亦兼丹水之称也。《竹书纪年》曰：宋杀其大夫皇瑗于丹水之上。又曰：宋大水，丹水雍不流，盖汳水之变名也。获水自蒙东出，水南有汉故绛幕令匡碑，匡字公辅，鲁府君之少子也。碑字碎落，不可寻识，竟不知所立岁月也。获水又东迳长乐固北、巳氏县南，东南流迳于蒙泽。《十三州志》曰：蒙泽在县东。《春秋》：庄公十二年，宋万与公争博，杀闵公于斯泽矣。获水又东迳虞县故城北，古虞国也。昔夏少康逃奔有虞，为之庖正。虞思于是妻之以二姚者也。王莽之陈定亭也。城东有汉司徒盛允墓碑。允字伯世，梁国虞人也。其先奭⑨氏，至汉中叶，避孝元皇帝讳，改姓曰盛。世济其美，以迄于公。察孝廉，除郎，累迁司空、司徒。延熹中立。墓有石庙，庙宇倾颓，基构可寻。获水又东南迳空桐泽北。泽在虞城东南。《春秋》：哀公二十六年冬，宋景公游于空泽，辛巳卒于连中，大尹、左师兴空泽之士千甲，奉公自空桐入如沃宫者矣。获水又东迳龙谯固，又东合黄水口。水上承黄陂，下注获水。获水又东入栎林，世谓之九里柞。获水又东南迳下邑县故城北，楚考烈王灭鲁，顷公亡，迁下邑。又楚、汉彭城之战，吕后兄泽军于下邑。高祖败，还从泽军。子房肇捐地之策，收垓下之师，陆机所谓即下邑者也。王莽更名下治矣。获水又东迳砀县故城北。应劭曰：县有砀山，山在东，出文石。秦立砀郡，盖取山之名也。王莽之节砀县也。山有梁孝王墓，其冢，斩山作郭，穿石为藏。行一里到藏中，有数尺水，水有大鲤鱼。黎民谓藏有神，不敢犯神。凡到藏，皆洁斋而进，不斋者至藏，辄有兽噬其足。兽难得见，见者云似狗，所未详也。山上有梁孝王祠。获水又东，縠水注入。上承砀陂。陂中有香城，陂在四水之中，承诸陂散流，为零水、潆水、清水也，积而成潭，谓之砀水。赵人有琴高者，以善鼓琴，为康王舍人，行彭涓之术，浮游砀郡间，二百余年，后入砀水中取龙子，与弟子期曰：皆洁斋待于水旁，设屋祠。果乘赤鲤鱼出，入坐祠中。砀中有可万人观之，留月余，复入水也。陂水东注，谓之縠水，东迳安山北，即砀北山也。山有陈胜墓。秦乱，首兵伐秦，弗终厥谋，死葬于砀，谥曰隐王也。縠水又东北注入获水。获水又东历蓝田乡郭；又东迳梁国杼秋县故城南，王莽之予秋也。获水又东历洪沟东注，南北各一沟，沟首对获，世谓之鸿沟，非也。《春秋》：昭公八年秋，蒐于红。杜预曰：沛国萧县西有红亭，即《地理志》之虷⑩县也。景帝三年，封楚元王子富为侯国，王莽之所谓贡矣。盖沟名音同，非楚汉所分也。

### 又东过萧县南，睢水北流注之。

萧县南对山，世谓之萧城南山也。戴延之谓之同孝山，云：取汉阳城侯刘德所居里名目山也。刘澄之云：县南有冒山。未详孰是也。山有箕谷，谷水北流注获，世谓之西流水，言水上承梧桐陂，陂水西流，因以为名也。余尝迳萧邑，城右惟是水北注获水，更无别水，疑即《经》所谓睢水也。城东、西及南三面临侧获水，故沛郡治，县亦同居矣。城南旧有石桥耗处，积石为梁，高二丈，今荒毁殆尽，亦不具谁所造也。县本萧叔国，宋附庸，楚灭之。《春秋》：宣公十二年，楚伐萧，萧溃。申公巫臣曰：师人多寒，王巡三军抚之，士同挟纩，盖恩使之然矣。萧女聘齐，为顷公之母。郤克所谓萧同叔子也。获水又东历龙城，不知谁所创筑也。获水又东迳同孝山北。山阴有楚元王冢，上圆下方，累石为之，高十余丈，广百许步，经十余坟，悉结石也。获水又东，净净沟水注之。水上承梧桐陂，西北流，即刘中书澄之所谓白沟水也。又北入于获，俗名之曰净净沟也。

### 又东至彭城县北，东入于泗。

获水自净净沟东迳阿育王寺北，或言楚王英所造，非所详也。盖导育王之遗法，因以名焉。与安陂水合。水上承安陂余波，北迳阿育王寺侧。水上有梁，谓之玄注桥。水旁有石墓，宿经开发，石作工奇，殊为壮构，而不知谁冢，疑即澄之所谓凌冢也。水北流注于获。获水又东迳弥黎城北。刘澄之《永初记》所谓城之西南有弥黎城也。获水于彭城西南，回而北流迳彭城。城西北旧有楚大夫龚胜宅，即楚老哭胜处也。获水又东转迳城北而东注泗水。北三里有石冢被开，传言楚元王之孙刘向冢，未详是否。城即殷大夫老彭之国也。于春秋为宋地，楚伐宋，并之，以封鱼石。崔子季珪《述初赋》曰：想黄公于邳坦，勤鱼石于彭城①，即是县也。孟康曰：旧名江陵为南楚，陈为东楚，彭城为西楚也。文颖曰：彭城，故东楚也。项羽都焉，谓之西楚。汉祖定天下，以为楚郡，封弟交为楚王，都之。宣帝地节元年，更为彭城郡。王莽更之曰和乐郡也，徐州治。城内有汉司徒袁安、魏中郎将徐庶等数碑，并列植于街右。咸曾为楚相也。大城之内有金城。东北小城，刘公更开广之，皆垒石高四丈，列堑环之。小城西又有一城，是大司马琅邪王所修。因项羽故台，经始即构，宫观门阁，惟新厥制。义熙十二年。霖雨骤澍，汳水暴长，城遂崩坏。冠军将军，彭城刘公之子也，登更筑之。悉以砖垒，宏壮坚峻，楼橹赫奕，南北所无。宋平北将军、徐州刺史河东薛安都，举城归魏，魏遣博陵公尉苟仁、城阳公孔伯恭援之，邑阁如初，观不异昔。自后毁撤，一时俱尽。间遗工雕镂尚存，龙云逞势，奇为精妙矣。城之东北角起层楼于其上，号曰彭祖楼。《地理志》曰：彭城县，古彭祖国也。《世本》曰：陆终之子，其三曰篯②，是为彭祖。彭祖，城是也。下曰彭祖冢。彭祖长年八百，绵寿永世，于此有冢，盖亦元极之化矣。其楼之侧，襟汳带泗，东北为二水之会也。耸望川原，极目清野，斯为佳处矣。

---

①惷："蠢"的异体字。

②榱（cuī，音催）：椽子。

③衿带遏戍：意为有涡水作为天险屏护。

④拼（píng，音平）：古地名，在今山东。

⑤此句意为：为感激先皇英灵的眷顾，把荣耀归于历代武功显赫的先皇。

⑥粢（zī，音资）：谷类的总称。

⑦贳（shì，音世）：古地名，在今山东。

⑧虺（huǐ，音毁）：毒蛇。

⑨奭：shì，音式。

⑩蚀：同"虹"（gòng，音共），古县名，在今安徽省泗县一带。

⑪亦作"封鱼石于彭城"。

⑫篯：jiān，音尖。

# 水经注卷二十四

## 睢水　　瓠子河　　汶水

### 睢水出梁郡鄢县，

睢水出陈留县西蒗荡渠，东北流。《地理志》曰：睢水首受陈留浚仪狼汤水也。《经》言出鄢，非矣。又东迳高阳故亭北。俗谓之陈留北城，非也。苏林曰：高阳者，陈留北县也。按在留，故乡聚名也。有汉广野君庙碑。延熹六年十二月，雍丘令董生，仰余徽于千载，遵茂美于绝代，命县人长照为文，用章不朽之德。其略云：辍洗分餐①，谘谋帝猷，陈郑有涿鹿之功，海岱无牧野之战，大康华夏，绥静黎物，生民以来，功盛莫崇。今故宇无闻，而单碑介立矣。《陈留风俗传》曰：郦氏居于高阳，沛公攻陈留县，郦食其有功，封高阳侯。有郦峻，字文山，官至公府掾。大将军商有功，食邑于涿，故自陈留徙涿。县有铚亭、铚乡。建武二年，世祖封王常为侯国也。睢水又东迳雍丘县故城北。县，旧杞国也。殷汤、周武以封夏后，继禹之嗣。楚灭杞，秦以为县。圈称曰：县有五陵之名②，故以氏县矣。城内有夏后祠。昔在二代，享祀不辍。秦始皇因筑其表为大城，而以县焉。睢水又东，水积成湖，俗谓之白羊陂。陂方四十里，右则奸梁陂水注之。其水上承陂水，东北迳雍丘城北，又东分为两渎，谓之双沟，俱入白羊陂。陂水东合洛架口，水上承汳水，谓之洛架水，东南流入于睢水。睢水又东迳襄邑县故城北；又东迳雍丘城北。睢水又东迳宁陵县故城南，故葛伯国也。王莽改曰康善矣。历鄢县北，二城南北相去五十里，故《经》有出鄢之文。城东七里水次，有单父令杨彦、尚书郎杨禅，字文节，兄弟二碑，汉光和中立也。

**东过睢阳县南，**

睢水又东迳横城北。《春秋左传》：昭公二十一年，乐大心御华向于横。杜预曰：梁国睢阳县南有横亭。今在睢阳县西南，世谓之光城。盖光、横声相近，习传之非也。睢水又迳新城北，即宋之新城亭也。《春秋左传》：文公十四年，公会宋公、陈侯、卫侯、郑伯、许男、曹伯、晋赵盾，盟于新城者也。睢水又东迳高乡亭北；又东迳亳城北，南亳也，即汤所都矣。睢水又东迳睢阳县故城南，周成王封微子启于宋以嗣殷后，为宋都也。昔宋元君梦江使乘辎车，被绣衣，而谒于元君。元君感卫平之言，而求之于泉阳，男子余且献神龟于此矣。秦始皇二十二年以为砀郡。汉高祖尝以沛公为砀郡长，天下既定，五年为梁国。文帝十二年，封少子武为梁王，太后之爱子、景帝宠弟也。是以警卫貂侍，饰同天子，藏珍积宝，多拟京师，招延豪杰，士咸归之，长卿之徒，免官来游。广睢阳城七十里，大治宫观，台苑屏榭，势并皇居，其所经构也。役夫流唱，必曰《睢阳曲》，创传由此始也。城西门即寇先鼓琴处也。先好钓，居睢水旁。宋景公问道，不告，杀之。后十年止此门，鼓琴而去。宋人家家奉事之。南门曰卢门也。《春秋》：华氏居卢门里叛。杜预曰：卢门，宋城南门也。司马彪《郡国志》曰：睢阳县有卢门亭。城内有高台，甚秀广，巍然介立，超焉独上，谓之蠡台，亦曰升台焉，当昔全盛之时，故与云霞竞远矣。《续述征记》曰：回道似蠡，故谓之蠡台，非也。余按《阙子》，称宋景公使工人为弓，九年乃成。公曰：何其迟也？对曰：臣不复见君矣，臣之精尽于弓矣。献弓而归，三日而死。景公登虎圈之台，援弓东面而射之，矢逾于孟霜之山，集于彭城之东，余势逸劲，犹饮羽于石梁。然则蠡台即是虎圈台也，盖宋世牢虎所在矣。晋太和中，大司马桓温入河，命豫州刺史袁真开石门。鲜卑坚戍此台，真顿甲坚城之下，不果而还。蠡台如西，又有一台，俗谓之女郎台。台之西北城中，有凉马台，台东有曲池，池北列两钓台，水周六七百步。蠡台直东，又有一台，世谓之雀台也。城内东西道，北有晋梁王妃王氏陵表，并列二碑。碑云：妃讳粲，字女仪，东莱曲城人也。齐北海府君之孙，司空东武景侯之季女。咸熙元年，嫔于司马氏。泰始二年妃于国。太康五年薨。营陵于新蒙之……太康九年立。碑东即梁王之吹台也。基陛阶础尚在，今建追明寺，故宫东，即安梁之旧地也。齐周五六百步，水列钓台。池东又一台，世谓之清泠台。北城凭隅，又结一池台。晋灼曰：或说平台在城中东北角，亦或言兔园在平台侧。如淳曰：平台，离宫所在。今城东二十里有台，宽广而不甚极高，俗谓之平台。余按《汉书·梁孝王传》称：王以功亲为大国，筑东苑方三百里，广睢阳城七十里，大治宫室，为复道，自宫连属于平台三十余里。复道自宫东出杨之门左。阳门，即睢阳东门也。连属于平台则近矣，属之城隅则不能，是知平台不在城中也。梁王与邹枚、司马相如之徒，极游于其上。故齐随郡王《山居序》所谓西园多士，平台盛宾，邹、马之客咸在，《伐木》之歌屡陈，是用追芳昔娱，神游千古，故亦一时之盛事。谢氏《赋雪》亦曰：

梁王不悦，游于兔园。今也歌堂沦宇，律管埋音，孤基块立，无复曩③日之望矣。城北五六里，便得汉太尉桥玄墓，冢东有庙，即曹氏孟德亲酹处。操本微素，尝候于玄。玄曰：天下将乱，能安之者，其在君乎？操感知己，后经玄墓，祭云：操以顽质，见纳君子，士死知己，怀此无忘。又承约言，徂没之后，路有经由，不以斗酒只鸡，过相沃酹，车过三步，腹痛勿怨！虽临时戏言，非至亲笃好，胡肯为此辞哉？凄怆致祭，以申宿怀。冢列数碑，一是汉朝群儒、英才、哲士，感桥氏德行之美，乃共刊石立碑，以示后世。一碑是故吏司徒博陵崔列、延尉河南吴整等，以为至德在己，扬之由人，苟不皦述，夫何考焉？乃共勒嘉石，昭明芳烈。一碑是陇西枹罕北次陌砀守长骘为左尉汉阳豲道赵冯孝高，以桥公尝牧凉州，感三纲之义，慕将顺之节，以为公之勋美，宜宣旧邦，乃树碑颂，以昭令德。光和七年，主记掾李友，字仲僚，作碑文。碑阴有《右鼎文》：建宁三年拜司空；又有《中鼎文》：建宁四年拜司徒；又有《左鼎文》：光和元年拜太尉。鼎铭文曰：故臣门人，相与述公之行，咨度体则，文德铭于三鼎，武功勒于征钺，书于碑阴，以昭光懿。又有《钺文》称，是用镂石假象，作兹征钺、军鼓，陈之于东阶，亦以昭公之文武之勋焉。庙南列二柱，柱东有二石羊，羊北有二石虎，庙前东北有石驼，驼西北有二石马，皆高大，亦不甚凋毁。惟庙颓构，粗传遗墉，石鼓仍存，钺今不知所在。睢水于城之阳，积而为逢洪陂。陂之西南有陂，又东合明水。水上承城南大池，池周千步，南流会睢，谓之明水，绝睢注涣。睢水又东南流历于竹圃。水次绿竹荫渚，菁菁实望，世人言梁王竹园也。睢水又东迳穀熟县故城北。睢水又东，蕲水出焉。睢水又东迳粟县故城北。《地理志》曰：侯国也。王莽曰成富。睢水又东迳太丘县故城北。《地理志》曰：故敬丘也。汉武帝元朔三年，封鲁恭王子节侯刘政为侯国，汉明帝更从今名。《列仙传》曰：仙人文宾，邑人，卖靴履为业。以正月朔日会故妪于乡亭西社，教令服食不老，即此处矣。睢水又东迳芒县故城北。汉高帝六年，封耏跖为侯国，王莽之传治。世祖改曰临睢。城西二里水南，有豫州从事皇毓碑，殒身州牧阴君之罪，时年二十五。临睢长平舆李君，二千石丞纶氏夏文则高其行而悼其殒，州国咨嗟，旌闾表墓，昭叙令德，式示后人。城内有临睢长左冯翊王君碑，善有治功，累迁广汉属国都尉，吏民思德。县人公府掾陈盛孙，郎中儿定兴、刘伯廊等，共立石表政，以刊远绩。县北与砀县分水，有砀山。芒、砀二县之间，山泽深固，多怀神智，有仙者涓子、主柱，并隐砀山得道。汉高祖隐之，吕后望气知之，即于是处也。京房《易候》曰：何以知贤人隐？师曰：视四方常有大云，五色具而不雨，其下贤人隐矣。

**又东过相县南，屈从城北东流，当萧县南，入于陂。**

相县，故宋地也。秦始皇二十三年，以为泗水郡，汉高帝四年，改曰沛郡，治此。汉武帝元狩六年，封南越桂林监居翁为侯国，曰湘成也。王莽更名郡曰吾符，县曰吾符亭。睢水东迳石马亭，亭西有汉故伏波将军马援墓。睢水又东迳相县故城南，宋共公之所都也。国府园中，犹有伯姬黄堂基。堂夜被火，左右曰：夫人少避。伯姬曰：妇人之义，保傅不具，夜不下堂。遂遇火而死。斯堂即伯姬焚死处也。城西有伯姬冢。昔郑浑为沛郡太守，于萧、相二县兴陂堰，民赖其利，刻石颂之，号曰郑陂。睢水又左合白沟水。水上承梧桐陂，陂则有梧桐山，陂水西南流迳相城东而南流注于睢。睢盛则北流入于陂，陂溢则西北注于睢。出入回环，更相通注，故《经》有入陂之文。睢水又东迳彭城郡之灵壁东，东南流。《汉书》项羽败汉王于灵壁东，即此处也。又云：东通穀泗。服虔曰：水名也。在沛国相界。未详。睢水迳穀熟，两分睢水而为蕲水，故二水所在枝分，通谓兼称。穀水之名，盖因地变，然则穀水即睢水也。又云：汉军之败也，睢水为之不流。睢水又东南迳竹县故城南。《地理志》曰：王莽之笃亭也。李奇曰：今竹邑县也。睢水又东与泮湖水合。水上承甾丘县之涝陂，南北百余里，东西四十里，东至朝解亭，西届彭城甾丘县之故城东。王莽更名之曰善丘矣。其水自陂南系于睢水。又东，睢水南，八丈故沟水注之。水上承蕲水而北会睢水，又东屈迳符离县故城北。汉武帝元狩四年，封路博德为侯国，王莽之符合也。睢水又东迳临淮郡之取虑县故城北。昔汝南步游张少失其母，及为县令，遇母于此，乃使良马踟蹰，轻轩罔进，顾访病姬，乃其母也。诚愿宿凭，而冥感昭征矣。睢水又东合乌慈水。水出县西南乌慈渚，潭涨东北流，与长直故渎合。渎旧上承蕲水，北流八十五里，注乌慈水。乌慈水又东迳取虑县南，又东屈迳其城东，而北流注于睢。睢水又东迳睢陵县故城北。汉武帝元朔元年，封江都易王子刘楚为侯国，王莽之睢陆也。睢水又东与潼水故渎会。旧上承潼县西南潼陂，东北流迳潼县故城北，又东北迳睢陵县，下会睢水。睢水又东南流迳下相县故城南。高祖十二年，封庄侯泠耳为侯国。应劭曰：相水出沛国相县，故此加下也。然则相又是睢水之别名也。东南流入于泗，谓之睢口。《经》止萧县，非也。所谓得其一而亡其二矣。

**瓠子河出东郡濮阳县北河，**

县北十里，即瓠河口也。《尚书·禹贡》：雷夏既泽，雍、沮会同。《尔雅》曰：水自河出为雍。许慎曰：雍者，河雍水也。暨汉武帝元光三年，河水南决，漂害民居。元封二年，上使汲仁、郭昌发卒数万人，塞瓠子决河于是。上自万里沙还，临决河，沈白马、玉璧，令群臣将军以下，皆负薪填决河。上悼功之不成，乃作歌曰：瓠子决兮将奈何？浩浩洋洋，虑殚为河，殚为河兮地不宁，功无已时兮吾山平。吾山平兮巨野溢，鱼沸郁兮柏冬日。正道弛兮离常流，蛟龙骋兮放远游。归旧川兮神哉沛，不封禅兮安知外！皇谓河公兮何不仁，泛滥不止兮愁吾人！齧桑浮兮淮、泗满，久不返兮水维缓。一曰：河汤汤兮激潺湲，北渡回兮迅流难。搴长茭兮湛美玉，河公许兮薪不属。薪不属兮卫人罪，烧萧条兮噫乎何以御水！颓竹林兮楗石菑，宣防塞兮万福来。于是卒塞瓠子口，筑宫于其上，名曰宣房宫，故亦谓瓠子堰为宣防堰，而水亦以瓠子受名焉。平帝已后，未及修理，河水东浸，日月弥广。永平十二年，显宗诏乐浪人王景治渠。筑堤起自荥阳，东至千乘，一千余里。景乃防遏冲要，疏决壅积，瓠子之水，绝而不通，惟沟渎存焉。河水旧东决，迳濮阳城东北，故卫也，帝颛顼之虚。昔颛顼自穷桑徙此，号曰商丘，或谓之帝丘，本陶唐氏火正阏伯之所居，亦夏伯昆吾之都，殷相土又都之。故《春秋传》曰：阏伯居商丘，相土因之是也。卫成公自楚丘迁此，秦始皇徙卫君角于野王，置东郡，治濮阳县。濮水迳其南，故曰濮阳也。章邯守濮阳，环之以水。张晏曰：依河水自固。又东迳咸城南。《春秋》：僖公十三年夏，会于咸。杜预曰：东郡濮阳县东南，有咸城者是也。瓠子故渎又东迳桃城南。《春秋传》曰：分曹地。自洮以南，东傅于济，尽曹地也。今鄄城西南五十里有姚城，或谓之洮城。瓠渎又东南迳清丘北，《春秋》：宣公十二年，《经》书楚灭萧。晋人、宋、卫、曹同盟于清丘。京相璠曰：在今东郡濮阳县东南三十里，魏东都尉治。

**东至济阴句阳县为新沟，**

瓠河故渎又东迳句阳县之小成阳，城北侧渎。《帝王世纪》曰：尧葬济阴成阳西北四十里，是为谷林。墨子以为尧堂高三尺，土阶三等。北教八狄，道死，葬蛮山之阴。《山海经》曰：尧葬狄山之阳，一名崇山。二说各殊，以为成阳近是尧冢也。余按小成阳在成阳西北半里许，实中，俗谚以为囚尧城，土安盖以是为尧冢也。瓠子北有都关县故城，县有羊里亭，瓠河迳其南，为羊里水，盖资城地而变名，犹《经》有新沟之异称矣。黄初中，贾逵为豫州刺史，与诸将征吴于洞浦，有功，魏封逵为羊里亭侯，邑四百户，即斯亭也。俗名之羊子城，非也。盖韵近字转耳。又东，右会濮水枝津。水上承濮渠，东迳沮丘城南。京相璠曰：今濮阳城西南十五里有沮丘城。六国时沮、楚同音，以为楚丘，非也。又东迳浚城南，西北去濮阳三十五里，城侧有寒泉冈。即《诗》所谓爰有寒泉，在浚之下。世谓之高平渠，非也。京相璠曰：濮水故道在濮阳南者也。又东迳句阳县西，句渎出焉。濮水枝渠又东北迳句阳县之小成阳东垂亭西，而北入瓠河。《地理志》曰：濮水首受沛于封丘县，东北至都关入羊里水者也。又按《地理志》，山阳郡有都关县，今其城在廪丘城西。考《地志》，句阳、廪丘，俱属济阴，则都关无隶山阳理。又按《地理志》，郕⑤都亦是山阳之属县矣。而京、杜考地验城，又并言在廪丘城南，推此而论，似《地理志》之误矣。或亦疆理参差，所未详。瓠渎又东迳垂亭北。《春秋》：隐公八年，宋公、卫侯遇于犬丘。《经》书垂也。京相璠曰：今济阴句阳县小成阳东五里，有故垂亭者也。

**又东北过廪丘县为濮水。**

瓠河又左迳雷泽北，其泽薮在大成阳县故城西北十余里，昔华胥履大迹处也。其陂东西二十余里，南北十五里，即舜所渔也。泽之东南即成阳县，故《史记》曰：武王封弟叔武于成。应劭曰：其后乃迁于成之阳，故曰成阳也。《地理志》曰：成阳有尧冢、灵台，今成阳城西二里有尧陵，陵南一里有尧母庆都陵，于城为西南，称曰灵台。乡曰崇仁，邑号脩义，皆立庙。四周列水，潭而不流，水泽通泉，泉不耗竭。至丰鱼笋，不敢采捕。前并列数碑。栝柏数株，檀马成林。二陵南北列，驰道迳通，皆以砖砌之，尚修整。尧陵东城西五十余步中山夫人祠，尧妃也。石壁阶墀仍旧。南、西、北三面，长栎联荫，扶疏里余。中山夫人祠南有仲山甫冢，冢西有石庙，羊虎倾低，破碎略尽。于城为西南，在灵台之东北。按郭缘生《述征记》：自汉迄晋，二千石及丞尉，多刊石述叙。尧即位至永嘉三年，二千七百二十有一载，记于尧妃祠，见汉建宁五年五月，成阳令管遵所立碑文云。尧陵北仲山甫墓南，二冢间有伍员祠，晋大安中立。一碑是永兴中建，今碑祠并无处所。又言尧陵在城南九里，中山夫人祠在城南二里，东南六里，尧母庆都冢，尧陵北二里有仲山甫墓。考地验状，咸为疏僻，盖闻疑书疑耳。雷泽西南十许里，有小山，孤立峻上，亭亭杰峙，谓之历山。山北有小阜，南属迆泽之东北。有陶墟。缘生言：舜耕陶所在，墟阜联属，滨带瓠河也。郑玄曰：历山在河东，今有舜井。皇甫谧或言，今济阴历山是也，与雷泽相比。余谓郑玄之言为然。故扬雄《河水赋》曰：登历观而遥望兮，聊浮游于河之岩。今雷首山西枕大河，校之图纬，于事为允。士安又云：定陶西南陶丘，舜所陶处也。不言在此，缘生为失。瓠河之北，即廪丘县也。王隐《晋书·地道记》曰：廪丘者，《春秋》之所谓齐邑矣，实表东海者也。《竹书纪年》：晋烈公十一年，田悼子卒，田布杀其大夫公孙孙，公孙会以廪丘叛于赵，田布围廪丘。翟角、赵孙屑、韩师救廪丘，及田布战于龙泽，田师败逋是也。瓠河与濮水俱东流，《经》所谓过廪丘为濮水者也。县南瓠北，有羊角城。《春秋传》曰：乌余取卫羊角遂袭我高鱼，有大雨，自窦入，介于其库，登其城，克而取之者也。京相璠曰：卫邑也。今东郡廪丘县南有羊角城。高鱼，鲁邑也，今廪丘东北有故高鱼城。俗谓之交鱼城，谓羊角为角逐城，皆非也。瓠河又迳阳晋城南。《史记》，苏秦说齐曰：过卫阳晋之道，迳于亢父之险者也。今阳晋城在廪丘城东南十余里，与都关为左右也。张仪曰：秦下甲攻卫阳晋，大关天下之匈。徐广《史记音义》云：关一作开。东之亢父，则其道矣。瓠河之北，又有郕都城。《春秋》：隐公五年，郕侵卫。京相璠曰：东郡廪丘县南三十里有郕都故城。褚先生曰：汉封金安上为侯国，王莽更名之曰城穀者也。瓠河又东迳黎县故城南，王莽改曰黎治矣。孟康曰：今黎阳也。薛瓒言：按黎阳在魏郡，非黎县也。世谓黎侯城，昔黎侯寓于卫。《诗》所谓胡为乎泥中？毛云：泥中，邑名。疑此城也。土地污下，城居小阜，魏濮阳郡治也。瓠河又东迳鄌⑥县故城南，《地理志》济阴之属县也。褚先生曰：汉武帝封金日磾为侯国，王莽之万岁矣，世犹谓之为万岁亭也。瓠河又东迳郓城南。《春秋左传》：成公十六年，公自沙随还，待于郓。京相璠曰：《公羊》作运字。今东郡廪丘县东八十里有故运城，即此城也。

**又北过东郡范县东北，为济渠，与将渠合，**

瓠河自运城东北迳范县与济、濮枝渠合。故渠上承济渎于乘氏县，北迳范县，左纳瓠渎，故《经》有济渠之称。又北与将渠合。渠受河于范县西北，东南迳秦亭南。杜预《释地》曰：东平范县西北有秦亭者也。又东南迳范县故城南，王莽更名建睦也。汉兴平中，靳允为范令。曹太祖东征陶谦于徐州，张邈迎吕布，郡县响应。程昱说允曰：君必固范，我守东阿，田单之功可立，即斯邑也。将渠又东会济渠，自下通谓之将渠，北迳范城东，俗又谓之赵沟，非也。

**又东北过东阿县东，**

瓠河故渎又东北，左合将渠枝渎。枝渎上承将渠于范县，东北迳范县北，又东北迳东阿城南，而东入瓠河故渎。又北迳东阿县故城东。《春秋经》书：冬及齐侯盟于柯。《左传》曰：冬盟于柯，始及齐平。杜预曰：东阿即柯邑也。按《国语》，曹沫挟匕首，劫齐桓公返，遂邑于此矣。

**又东北过临邑县西，又东北过茌平县东，为邓里渠。**

自宣防已下，将渠已上，无复有水。将渠下水首受河，自北为邓里渠。

**又东北过祝阿县，为济渠。**

河水自四渎口出，为济水。济水二渎合而东注于祝阿也。

**又东北至梁邹县西，分为二：**

脉水寻梁邹，济无二流，盖《经》之误。

**其东北者为济河，其东者为时水。又东北至济西，济河东北入于海。时水东至临淄县西屈，南过太山华县东。又南至费县，东入于沂。**

时，即耏水也，音而。《春秋》：襄公三年，齐、晋盟于耏者也。京相璠曰：今临淄惟有淄水，西北入济。即《地理志》之如水矣。耏、如声相似，然则淄<sup>⑦</sup>水即耏水也。盖以淄与时合，得通称矣。时水自西安城西南分为二水，枝津别出，西流，德会水注之。水出昌国县黄山，西北流迳昌国县故城南。昔乐毅攻齐，有功，燕昭王以是县封之，为昌国君。德会水又西北，五里泉水注之。水出县南黄阜，北流迳城西，北入德会；又西北，世谓之沧浪沟。又北流注时水。《地理志》曰：德会水出昌国西北，至西安入如是也。时水又西迳东高苑城中而西注也。俗人过令侧城南注，又屈迳其城南。《史记》汉文帝十五年，分齐为胶西王国，都高苑。徐广《音义》曰：乐安有高苑城，故俗谓之东高苑也。其水又北注故渎，又西，盖野沟水注之。源导延乡城东北，平地出泉。西北迳延乡城北。《地理志》，千乘有延乡县，世人谓故城为从城。延、从（從）字相似，读随字改，所未详也。西北流，世谓之盖野沟，又西北流迳高苑县北，注时水。时水又西迳西高苑县故城南。汉高帝六年，封丙倩为侯国，王莽之常乡也，其水侧城西注。京相璠曰：今乐安博昌县南界有时水，西通济，其源上出盘阳，北至高苑，下有死时，中无水。杜预亦云：时水于乐安枝流，旱则竭涸，为《春秋》之乾时也。《左传》：庄公九年，齐鲁战地，鲁师败处也。时水西北至梁邹城，入于济。非济入时，盖时来注济。若济分东流，明不得以时为名。寻时、济更无别流南延华、费之所，斯为谬矣。

**汶水出泰山莱芜县原山，西南过其县南，**

莱芜县在齐城西南，原山又在县西南六十许里。《地理志》，汶水与淄水俱出原山，西南入济。故不得过其县南也。《从征记》曰：汶水出县西南流；又言自人莱芜谷，夹路连山百数里。水隍多行石涧中，出药草，饶松柏，林藿绵濛，崖壁相望。或倾岑阻径，或回岩绝谷。清风鸣条，山壑俱响，凌高降深，兼悽慓之惧；危蹑断径，过悬度之艰。未出谷十余里，有别谷在孤山。谷有清泉，泉上数丈有石穴二口，容人行。入穴丈余，高九尺许，广四五丈。言是昔人居山之处，薪爨烟墨犹存。谷中林木致密，行人鲜有能至矣。又有少许山田，引灌之踪尚存。出谷有平丘，面山傍水，土人悉以种麦。云此丘不宜殖稷黎而宜麦，齐人相承以殖之。意谓麦丘所栖愚公谷也，何其深沈幽黡，可以托业怡生如此也！余时迳此为之踌躇，为之屡眷矣。余按麦丘愚公在齐川谷，犹传其名；不在鲁，盖志者之谬耳。汶水又西南迳嬴县故城南。《春秋左传》：桓公三年，公会齐侯于嬴，成婚于齐也。

**又西南过奉高县北，**

奉高县，汉武帝元封元年立，以奉泰山之祀。泰山郡治也。县北有吴季札子墓，在汶水南曲中。季札之聘上国也，丧子于嬴、博之间，即此处也。《从征记》曰：嬴县西六十里，有季札儿冢。冢圆，其高可隐也。前有石铭一所，汉末奉高令所立。无所述叙，标志而已。自昔恒蠲⑧民户洒扫之，今不能。然碑石糜碎，靡有遗矣，惟故跌存焉。

**屈从县西南流，**

汶出矣县故城西南阜下，俗谓之胡卢堆。《淮南子》曰：汶出弗其。高诱曰：山名也。或斯阜矣。牟县故城在东北，古矣国也。春秋时，牟人朝鲁。故应劭曰：鲁附庸也。俗谓是水为牟汶也。又西南迳奉高县故城西，西南流注于汶。汶水又南，右合北汶水。水出分水溪，源与中川分水，东南流迳泰山东，右合天门下溪水。水出泰山天门下谷，东流。古者，帝王升封，咸憩此水。水上往往有石窍存焉，盖古设舍所跨处也。马第伯书云：光武封泰山，第伯从登山，去平地二十里，南向极望，无不睹。其为高也，如视浮云；其峻也，石壁窅窱⑨，如无道径。遥望其人，或为白石，或雪，久之，白者移过，乃知是人。仰视岩石松树，郁郁苍苍，如在云中；俯视溪谷，碌碌不可见丈尺。直上七里天门，仰视天门，如从穴中视天矣。应劭《汉宫仪》云：泰山东南山顶，名曰日观。日观者，鸡一鸣时，见日始欲出，长三丈许，故以名焉。其水自溪而东，浚波注壑，东南流迳龟阴之田。龟山在博县北十五里，昔夫子伤政道之陵迟，望山而怀操，故《琴操》有《龟山操》焉。山北即龟阴之田也。《春秋》：定公十年，齐人来归龟阴之田是也。又合环水。水出泰山南溪，南流历中、下两庙间。《从征记》曰：泰山有下、中、上三庙，墙阙严整，庙中柏树夹两阶，大二十余围，盖汉武所植也。赤眉尝斫一树，见血而止，今斧创犹存。门阁三重，楼榭四所，三层坛一所，高丈余，广八尺。树前有大井，极香冷，异于凡水，不知何代所掘。不常浚渫，而水旱不减。库中有汉时故乐器及神车、木偶，皆靡密巧丽。又有石虎，建武十三年永贵侯张余上金马一匹，高二尺余，形制甚精。中庙去下庙五里，屋宇又崇丽于下庙。庙东西夹涧。上庙在山顶，即封禅处也。其水又屈而东流，又东南迳明堂下。汉武帝元封元年封泰山，降坐明堂于山之东北阯。武帝以古处险狭而不显也，欲治明堂于奉高傍，而未晓其制。济南人公玉带上黄帝时《明堂图》，图中有一殿，四面无壁，以茅盖之，通水，圜宫垣为复道，上有楼，从西南入，名曰昆仑。天子从之入，以拜祀上帝焉。于是上令奉高作明堂于汶上，如带图也。古引水为辟雍处，基渎存焉，世谓此水为石汶。《山海经》曰：环水出泰山，东流注于汶。即此水也。环水又左入于汶水。汶水数川合注，又西南流迳徂徕山西。山多松柏，《诗》所谓徂徕之松也。《广雅》曰：道梓松也。《抱朴子》称《玉策记》曰：千岁之松，中有物，或如青牛，或如青犬，或如人，皆寿万岁。又称天陵有偃盖之松也，所谓楼松也。《鲁连子》曰：松枞高十仞而无枝，非忧正室之无柱也。《尔雅》曰：松叶柏身曰枞。《邹山记》曰：徂徕山在梁甫、奉高、博三县界，犹有美松，亦曰尤徕之山也。赤眉渠师樊崇所保也，故崇自号尤徕三老矣。山东有巢父庙，山高十里，山下有陂水，方百许步，三道流注。一水东北沿溪而下，屈迳县南，西北流入于汶；一水北流历涧，西流入于汶；一水南流迳阳关亭南。《春秋》：襄公十七年，逆臧纥自阳关者也。又西流入于汶水也。

**过博县西北，**

汶水南迳博县故城东。《春秋》：哀公十一年，会吴伐齐取博者也，灌婴破田横于城下。屈从其城南西流，不在西北也。汶水又西南迳龙乡故城南。《春秋》：成公二年，齐侯围龙，龙囚顷公嬖⑩人卢蒲就魁，杀而膊诸城上。齐侯亲鼓取龙者也。汉高帝八年，封谒者陈署为侯国。汶水又西南迳亭亭山东，黄帝所禅也。山有神庙，水上有石门，旧分水下溉处也。汶水又西南迳阳关故城西，本巨平县之阳关亭矣。阳虎据之以叛，伐之，虎焚莱门而奔齐者也。汶水又南，左会淄水。水出泰山梁父县东，西南流迳菟裘城北。《春秋》：隐公十一年，营之。公谓羽父曰：吾将归老焉。故《郡国志》曰：梁父有菟裘聚。淄水又迳梁父县故城南，县北有梁父山。《开山图》曰：泰山在左，亢父在右；亢父知生，梁父主死。王者封泰山，禅梁父，故县取名焉。淄水又西南迳柴县故城北。《地理志》，泰山之属县也，世谓之柴汶矣。淄水又迳郕县北。汉高帝六年，封董渫为侯国。《春秋》：齐师围郕，郕人伐齐，饮马于斯水也。昔孔子行于郕之野，遇荣启期于是，衣鹿裘，被发，琴歌三乐之欢，夫子善其能宽矣。淄水又西迳阳关城南，西流于汶水。汶水又南迳巨平县故城东，而西南流。城东有鲁道，《诗》所谓鲁道有荡，齐子由归者也。今汶上夹水有文姜台。汶水又西南流。《诗》云汶水滔滔矣。《淮南子》曰：骆渡汶则死。天地之性，倚伏难寻，固不可以情理穷也。汶水又西南迳鲁国汶阳县北，王莽之汶亭也。县北有曲水亭。《春秋》：桓公十二年《经》书：公会杞侯、莒子，盟于曲池。《左传》曰：平杞、莒也。故杜预曰：鲁国汶阳县北有曲水亭。汉章帝元和二年，东巡泰山，立行宫于汶阳，执金吾耿恭屯于汶上，城门基塑存焉，世谓之阙陵城也。汶水又西迳汶阳县故城北而西注。

**又西南过蛇丘县南，**

汶水又西，洸水注焉。又西迳蛇丘县南。县有铸乡城。《春秋左传》：宣叔娶于铸。杜预曰：济北蛇丘县所治铸乡城者也。

**又西南过刚县北，**

《地理志》，刚，故阐也。王莽更之曰柔。应劭曰：《春秋经》书：齐人取讙及阐，今阐亭是也。杜预《春秋释地》曰：阐在刚县北，刚城东有一小亭，今刚县治，俗人又谓之阐亭。京相璠曰：刚县西四十里有阐亭。未知孰是。汶水又西，蛇水注之。水出县东北泰山，西南流迳汶阳之田，齐所侵也。自汶之北平畅极目，僖公以赐季友。蛇水又西南迳铸城西，《左传》所谓蛇渊囿也。故京相璠曰：今济北有蛇丘城，城下有水，鲁囿也。俗谓之浊须水，非矣。蛇水又西南迳夏晖城南。《经》书：公会齐侯于下讙是也。今俗谓之夏晖城。盖《春秋左传》：桓公三年，公子翚如齐，齐侯送姜氏于下讙，非礼也。世有夏晖之名矣。蛇水又西南入汶。汶水又西，沟水注之。水出东北马山，西南流迳棘亭南。《春秋》：成公三年《经》书，秋，叔孙侨如帅师围棘。《左传》曰：取汶阳之田，棘不服，围之。南去汶水八十里。又西南迳遂城东。《地理志》曰：蛇丘遂乡，故遂国也。《春秋》：庄公十三年，齐灭遂而戍之者也。京相璠曰：遂在蛇丘东北十里。杜预亦以为然。然县东北无城以拟之。今城在蛇丘西北，盖杜预传疑之非也。又西迳下讙城西而入汶水。汶水又西迳春亭北，考古无春名，惟平陆县有崇阳亭，然是亭东去刚城四十里，推璠所注则符，并所未详也。

**又西南过东平章县南，**

《地理志》曰：东平国，故梁也。景帝中六年，别为济东国；武帝元鼎元年为大河郡；宣帝甘露二年为东平国；王莽之有盐也。章县，按《世本》任姓之国也。齐人降章者也。故城在无盐县东北五十里。汶水又西南，有泌水注之。水出肥成县东白原，西南流迳肥成县故城南。乐正子春谓其弟子曰：子适齐过肥，肥有君子焉。左迳句窳亭北。章帝元和二年，凤凰集肥成句窳亭，复其租而巡泰山⑪，即是亭也。泌水又西南迳富成县故城西，王莽之成富也。其水又西南流注于汶。汶水又西南迳桃乡县故城西，王莽之鄣亭也。世以此为鄣城，非，盖因巨新之故目耳⑫。

**又西南过无盐县南，又西南过寿张县北，又西南至安民亭，入于济。**

汶水自桃乡四分，当其派别之处，谓之四汶口。其左二水双流，西南至无盐郈县之郈乡城南，郈昭伯之故邑也，祸起斗鸡矣。《春秋左传》：定公十二年，叔孙氏堕郈。今其城无南面。汶水又西南迳东平陆县故城北。应劭曰：古厥国也。今有厥亭。汶水又西迳危山南，世谓之龙山也。《汉书·宣元六王传》曰：哀帝时，无盐危山土自起，覆草，如驰道状；又瓠山石转立。晋灼曰：《汉注》作报山，山胁石一枚，转侧起立，高九尺六寸，旁行一丈，广四尺。东平王云及后谒曰：汉世石立，宣帝起之表也。自之石所祭，治石象报山立石，束倍草，并祠之。建平三年，息夫躬告之，王自杀，后谒弃市，国除。汶水又西合为一水，西南入茂都淀。淀，陂水之异名也。淀水西南出，谓之巨野沟。又西南迳致密城南。《郡国志》曰：须昌县有致密城，古中都也，即夫子所宰之邑矣。制养生送死之节，长幼男女之礼，路不拾遗，器不雕伪矣。巨野沟又西南入桓公河。北水西出淀，谓之巨良水；西南迳致密城北；西南流注洪渎。次一汶，西径郈亭北，又西至寿张故城东，潴为泽渚。初平三年，曹公击黄巾于寿张东，鲍信战死于此。其右一汶，西流迳无盐县之故城南，旧宿国也。齐宣后之故邑，所谓无盐丑女也。汉武帝元朔四年，封城阳共王子刘庆为东平侯，即此邑也。王莽更名之曰有盐亭。汶水又西径郈乡城南。《地理志》所谓无盐有郈乡者也。汶水西南流迳寿张县故城北，《春秋》之良县也。县有寿聚，汉曰寿良。应劭曰：世祖叔父名良，故光武改曰寿张也。建武十二年，世祖封樊宏为侯国。汶水又西南，长直沟水注之。水出须昌城东北縠阳山南，迳须昌城东；又南，漆沟水注焉。水出无盐城东北五里阜山下，西迳无盐县故城北。水侧有东平宪王仓冢，碑阙存焉。元和二年，章帝幸东平，祀以太牢，亲拜祠坐，赐御剑于陵前。其水又西流注长直沟。沟水奇分为二：一水西迳须昌城南入济，一水南流注于汶。汶水又西流入济。故《淮南子》曰：汶出弗其，西流合济。高诱云：弗其，山名，在朱虚县东。余按诱说是，乃东汶，非《经》所谓入济者也。盖其误证耳。

---

①此句可理解为"高祖礼贤下士"。

②应为"五陵之丘"。

③曩（nǎng，音攘）：从前，往昔。

④聏（ér，音俄）：姓。

⑤郕（chéng，音成）：周朝国名，在今山东。

⑥庘（chá，音查）：古县名，在今山东省郓城县附近。

⑦洀（huà，音画）：水名，在山东省。

⑧蠲（juān，音捐）：明示，除去，减免。

⑨窅窱（yǎo tiǎo，音窈窕）：深远的样子。

⑩嬖（bì，音毕）：受宠爱。

⑪复其租而巡泰山：此句意为"豁免了当地的地租，并去巡游泰山"。

⑫盖因巨新之故目耳：意为只不过是扩大了新城的旧名罢了。

# 水经注卷二十五

## 泗水　沂水　洙水

**泗水出鲁卞县北山，**

《地理志》曰：出济阴乘氏县，又云：出卞县北，《经》言北山，皆为非矣。《山海经》曰：泗水出鲁东北。余昔因公事沿历徐、沇，路迳洙、泗，因令寻其源流。水出卞县故城东南，桃墟西北。《春秋》：昭公七年，谢息纳季孙之言，以孟氏成邑与晋而迁于桃。杜预曰：鲁国卞县东南有桃墟。世谓之曰陶墟，舜所陶处也；井曰舜井，皆为非也。墟有漏泽，方十五里，渌水澄淳，三丈如减。泽西际阜，俗谓之妫亭山，盖有陶虚、舜井之言，因复有妫亭之名矣。阜侧有三石穴，广圆三四尺，穴有通否，水有盈漏，漏则数夕之中，倾陂竭泽矣。左右民居，识其将漏，预以木为曲洑，约障穴口，鱼鳖暴鳞，不可胜载矣。自此连冈通阜，西北四十许里，冈之西际，便得泗水之源也。《博物志》曰：泗出陪尾，盖斯阜者矣。石穴吐水，五泉俱导，泉穴各径尺余。水源南侧有一庙，栝柏成林，时人谓之原泉祠，非所究也。泗水西迳其县故城南。《春秋》：襄公二十九年，季武子取卞，曰：闻守卞者将叛，臣率徒以讨之是也。南有姑蔑城，《春秋》：隐公元年，公及邾①仪父盟于蔑者也。水出二邑之间，西迳郚城北②。《春秋》：文公七年《经》书，公伐邾。三月甲戌取须句，遂城郚。杜预曰：鲁邑也。卞县南有郚城，备邾难也。泗水自卞而会于洙水也。

**西南过鲁县北，**

泗水又西南流迳鲁县分为二流，水侧有一城，为二水之分会也。北为洙渎。《春秋》：庄公九年《经》书，冬浚洙。京相璠、服虔、杜预并言：洙水在鲁城北，浚深之为齐备也，南则泗水。夫子教于洙、泗之间，今于城北二水之中，即夫子领徒之所也。《从征记》曰：洙、泗二水，交于鲁城东北十七里。阙里背洙面泗，南北百二十步，东西六十步，四门各有石阃③。北门去洙水百步余。后汉初，阙里荆棘自辟，从讲堂至九里。鲍永为相，因修飨祠，以诛鲁贼彭丰等。郭缘生言：泗水在城南，非也。余按《国语》：宣公夏滥于泗渊，里革断罟弃之。韦昭云：泗在鲁城北。《史记》、《冢记》、王隐《地道记》咸言，葬孔子于鲁城北泗水上。今泗水南有夫子冢。《春秋孔演图》曰：鸟化为书，孔子奉以告天，赤爵衔书上，化为黄玉，刻曰：孔提命，作应法，为赤制④。《说题辞》曰：孔子卒，以所受黄玉葬鲁城北，即子贡庐墓处也。谯周云：孔子死后，鲁人就冢次而居者，百有余家，命曰孔里。《孔丛》曰：夫子墓茔方一里，在鲁城北六里泗水上。诸孔氏封五十余所，人名昭穆，不可复识。有铭碑三所，兽碣具存。《皇览》曰：弟子各以四方奇木来植，故多诸异树，不生棘木、刺草，今则无复遗条矣。泗水自城北，南迳鲁城西南合沂水。沂水出鲁城东南，尼丘山西北，山即颜母所祈而生孔子也。山东十里有颜母庙。山南数里，孔子父葬处。《礼》所谓防墓崩也。平地发泉，流迳鲁县故城南。水北东门外，即爱居所止处也。《国语》曰：海鸟曰爱居，止于鲁城东门之外三日，臧文仲祭之，展禽讥焉。故庄子曰：海鸟止郊，鲁侯觞之，奏以广乐，具以太牢，三日而死，此养非所养矣。门郭之外，亦戎夷死处。

《吕氏春秋》曰：昔戎夷违齐如鲁，天大寒而后门，与弟子宿于郭门外。寒俞甚，谓弟子曰：子与我衣，我活；我与子衣，子活。我国士也，为天下惜。子不肖人，不足爱。弟子曰：不肖人，恶能与国士并衣哉？戎叹曰：不济夫！解衣与弟子，半夜而死。沂水北对稷门。昔圉人荦有力，能投盖于此门。服虔曰：能投千钧之重，过门之上也。杜预谓走接屋之桷反覆门上也。《春秋》：僖公二十年《经》书，春，新作南门。《左传》曰：书不时也。杜预曰：本名稷门，僖公更高大之，今犹不与诸门同，改名高门也。其遗基犹在，地八丈余矣。亦曰雩门。《春秋左传》：庄公十年，公子偃请击宋师，窃从雩门蒙皋比而出者也⑤。门南隔水，有雩坛。坛高三丈，曾点所欲风舞处也。高门一里余道西，有道儿君碑，是鲁相陈君立。昔曾参居此，枭不入郭。县，即曲阜之地，少昊之虚。有大庭氏之库，《春秋》，竖牛之所攻也。故刘公干《鲁都赋》曰：戢武器于有炎之库，放戎马于巨野之坰。周成王封姬旦于曲阜，曰鲁；秦始皇二十三年，以为薛郡；汉高后元年为鲁国。阜上有季氏宅，宅有武子台，今虽崩夷，犹高数丈。台西百步有大井，广三丈，深十余丈，以石垒之，石似磬制。《春秋》：定公十二年，公山不狃帅费人攻鲁，公入季氏之宫，登武子之台也。台之西北二里，有周公台，高五丈，周五十步。台南四里许，则孔庙，即夫子之故宅也。宅大一顷，所居之堂，后世以为庙。汉高祖十三年过鲁，以太牢祀孔子。自秦烧《诗》《书》，经典沦缺。汉武帝时，鲁恭王坏孔子旧宅，得《尚书》、《春秋》、《论语》、《孝经》。时人已不复知有古文，谓之科斗书，汉世秘之，希有见者。于时闻堂上有金石丝竹之音，乃不坏。庙屋三间：夫子在西间，东向；颜母在中间，南面；夫人隔东一间，东向。夫子床前有石砚一枚，作甚朴，云平生时物也。鲁人藏孔子所乘车于庙中，是颜路所请者也。献帝时，庙遇火烧之。永平中，钟离意为鲁相，到官，出私钱万三千文，付户曹孔䜣治夫子车，身入庙，拭几席剑履。男子张伯除堂下草，土中得玉璧七枚，伯怀其一，以六枚白意⑥。意令主簿安置几前。孔子寝堂床首有悬瓮。意召孔䜣问：何等瓮也？对曰：夫子瓮也，背有丹书，人勿敢发也。意曰：夫子圣人，所以遗瓮，欲以悬示后贤耳。发之，中得素书。文曰：后世修吾书，董仲舒；护吾车，拭吾履，发吾笥，会稽钟离意；璧有七，张伯藏其一。意即召问伯，果服焉。魏黄初元年，文帝令郡国修起孔子旧庙，置百石吏卒。庙有夫子像，列二弟子，执卷立侍，穆穆有询仰之容。汉、魏以来，庙列七碑，二碑无字，栝柏犹茂。庙之西北二里，有颜母庙，庙像犹严，有修栝五株。孔庙东南五百步，有双石阙，即灵光之南阙；北百余步即灵光殿基，东西二十四丈，南北十二丈，高丈余；东西廊庑⑦别舍，中间方七百余步；阙之东北有浴池，方四十许步；池中有钓台，方十步，台之基岸，悉石也。遗基尚整，故王延寿赋曰：周行数里，仰不见日者也。是汉景帝程姬子鲁恭王之所造也。殿之东南，即泮宫也，在高门直北道西。宫中有台，高八十尺，台南水东西百步，南北六十步；台西水南北四百步，东西六十步。台池咸结石为之，《诗》所谓思乐泮水也。沂水又西迳圜丘北，丘高四丈余，沂水又西流，昔韩雉射龙于斯水之上。《尸子》曰：韩雉见申羊于鲁，有龙饮于沂。韩雉曰：吾闻之，出见虎，搏之；见龙，射之。今弗射。是不得行吾闻也。遂射之。沂水又西，右注泗水也。

**又西过瑕丘县东，屈从县东南流，漷水从东来注之。**

瑕丘，鲁邑，《春秋》之负瑕矣。哀公七年，季康子伐邾，囚诸负瑕是也⑧。应劭曰：瑕丘在县西南。昔卫大夫公叔文子升于瑕丘，蘧⑨伯玉从。文子曰：乐哉斯丘！死则我欲葬焉。伯玉曰：吾子乐之，则瑷请前。刺其欲害民良田也。瑕丘之名，盖因斯以表称矣。曾子吊诸负夏，郑玄、皇甫谧并言卫地，鲁、卫虽殊，土则一也。漷水出东海合乡县。汉安帝永初七年，封马光子朗为侯国。其水西南流入邾。《春秋》：哀公二年，季孙斯伐邾，取漷东田及沂西田是也。漷水又迳鲁国邹山东南而西南流，《春秋左传》所谓峄山也。邾文公所迁。今城在邹山之阳，依岩阻以埔固，故邾娄之国，曹姓也，叔梁纥之邑也。孔子生于此，后乃县之，因邹山之名以氏县也。王莽之邹亭矣。京相璠曰：《地理志》，峄山在邹县北，绎邑之所依以为名也。山东西二十里，高秀独出，积石相临，殆无土壤；石间多孔穴，洞达相通，往往有如数间屋处；其俗谓之峄孔。遭乱，辄将家入峄，外寇虽众，无所施害。晋永嘉中，太尉郗鉴将乡曲保此山，胡贼攻守不能得。今山南有大峄，名曰郗公峄，山北有绝岩。秦始皇观礼于鲁，登于峄山之上，命丞相李斯以大篆勒铭山岭，名曰昼门。《诗》所谓保有凫峄者也。漷水又西南迳蕃县故城南，又西迳薛县故城北。《地理志》曰：夏车正奚仲之国也。《竹书纪年》：梁惠成王三十一年，邳迁于薛，改名徐州。城南山上有奚仲冢。晋《太康地记》曰：奚仲冢在城南二十五里山上，百姓谓之神灵也。齐封田文于此，号孟尝君，有惠喻。[⑩]今郭侧犹有文冢，结石为郭，作制严固，莹丽可寻，行人往还莫不迳观，以为异见矣。漷水又西迳仲虺城北。晋《太康地记》曰：奚仲迁于邳，仲虺居之以为汤左相，其后当周爵称侯，后见侵削，霸者所绌为伯，任姓也。应劭曰：邳在薛。徐广《史记音义》曰：楚元王子郢客，以吕后二年封上邳侯也。有下，故此为上矣。《晋书·地道记》曰：仲虺城在薛城西三十里，漷水又西至湖陆县，入于泗。故京相璠曰：薛县漷水，首受蕃县，西注山阳湖陆是也。《经》言瑕丘东，误耳。

**又南过平阳县西，**

县，即山阳郡之南平阳县也。《竹书纪年》曰：梁惠成王二十九年，齐田肸及宋人伐我东鄙，围平阳者也。王莽改之曰鼋平矣。泗水又南迳故城西，世谓之漆乡。应劭《十三州记》曰：漆乡，邾邑也。杜预曰：平阳东北有漆乡。今见有故城西南，方二里，所未详也。

**又南过高平县西，洸水从西北来流注之。**

泗水南迳高平山，山东西十里，南北五里，高四里，与众山相连，其山最高，顶上方平，故谓之高平山。县亦取名焉。泗水又南迳高平县故城西。汉宣帝地节三年，封丞相魏相为侯国；高帝七年，封将军陈锴为橐侯。《地理志》，山阳之属县也。王莽改曰高平。应劭曰：章帝改。按本志曰：王莽改名，章帝因之矣。所谓洸水者，洙水也，盖洸、洙相入，互受通称矣。

**又南过方与县东，**

汉哀帝建平四年，县女子田无啬生子，先未生二月，儿啼腹中，及生不举，葬之陌上。三日，人过闻啼声，母掘养之。

**菏水从西来注之。**

菏水，即济水之所苞注以成湖泽也。而东与泗水合于湖陵县西六十里穀庭城下，俗谓之黄水口。黄水西北通巨野泽，盖以黄水沿注于菏，故因以名焉。

**又屈东南过湖陆县南，涓涓水从东北来流注之。**

《地理志》，故湖陵县也。菏水在南，王莽改曰湖陆。应劭曰：一名湖陵，章帝封东平王苍子为湖陆侯，更名湖陆也。泗水又东迳郗鉴所筑城北，又东迳湖陵城东南。昔桓温之北入也，范谔擒慕容忠于此。城东有度尚碑。泗水又左会南梁水。《地理志》曰：水出蕃县。今县之东北，平泽出泉若轮焉。发源成川，西南流分为二水。北水枝出西迳蕃县北；西迳滕城北。《春秋左传》：隐公十一年，滕侯、薛侯来朝，争长。薛侯曰：我先封。滕侯曰：我周之卜正也，薛庶姓也，我不可以后之。公使羽父请薛侯曰：君辱在寡人[⑪]，周谚有之，曰：山有木，工则度之；宾有礼，主则择之。周之宗盟，异姓为后。寡人若朝于薛，不敢与诸任齿。君若辱贶[⑫]寡人，则愿以滕君为请。薛侯许之，乃长滕侯者也。汉高祖封夏侯婴为侯国，号曰滕公。邓晨曰：今沛郡公丘也。其水又溉于丘焉。县故城在滕西北，城周二十里，内有子城。按《地理志》，即滕也。周懿王子错叔绣文公所封也。齐灭之，秦以为县。汉武帝元朔三年，封鲁恭王子刘顺为侯国。世以此水溉我良田，遂及百秭，故有两沟之名焉。南梁水自枝渠西南，迳鲁国蕃县故城东，俗以南邻于漷，亦谓之西漷水。南梁水又屈迳城南。应劭曰：县，古小邾邑也。《地理志》曰：其水西流注于济渠。济在湖陆西而左注泗，泗、济合流，故地记或言济入泗，泗亦言入济，互受通称，故有入济之文。阚骃《十三州志》曰：西至湖陆入泗是也。《经》无南梁之名，而有涓涓之称，疑即是水也。戴延之《西征记》亦言，湖陆县之东南，有涓涓水，亦无记于南梁，谓是吴王所道之渎也。余按湖陆西南止有是水。延之盖以《国语》云，吴王夫差起师，将北会黄池，掘沟于商、鲁之间，北属之沂，西属于济。以是言之，故谓是水为吴王所掘，非也。余以水路求之，止有泗川耳。盖北达沂，西北迳于商、鲁，而接于济矣。吴所浚广耳，非谓起自东北，受沂西南注济也。假之有通，非吴所趣。年载诚眇，人情则近，以今忖古，益知延之之不通情理矣。泗水又南，漷水注之。又迳薛之上邳城西，而南注者也。

**又东过沛县东，**

昔许由隐于沛泽，即是县也，县盖取泽为名。宋灭属楚，在泗水之滨，于秦为泗水郡治，黄水注之。黄水出小黄县黄乡黄沟。《国语》曰：吴子会诸侯于黄池者也。黄水东流迳外黄县故城南。张晏曰：魏郡有内黄县，故加外也。薛瓒曰：县有黄沟，故县氏焉。圈称《陈留风俗传》曰：县南有渠水，于春秋为宋之曲棘里，故宋之别都矣。《春秋》：昭公二十五年，宋元公卒于曲棘是也。宋华元居于稷里。宣公十五年，楚、郑围宋，晋解扬违楚，致命于此[13]。宋人惧，使华元乘闉[14]夜入楚师，登子反之床曰：寡君使元以病告，弊邑易子而食，析骸以爨。城下之盟，所不能也。子反退一舍，宋、楚乃平。今城东闉上，犹有华元祠，祠之不辍。城北有华元冢。黄沟自城南，东迳葵丘下。《春秋》：僖公九年，齐桓公会诸侯于葵丘。宰孔曰：齐侯不务德而勤远略，北伐山戎，南伐楚，西为此会，东略之不知，西则否矣，其在乱乎？君务靖乱，无勤于行。晋侯乃还。即此地也。黄沟又东注大泽，兼葭萑苇生焉，即世所谓大荠陂也。陂水东北流迳定陶县南，又东迳山阳郡成武县之楚丘亭北。黄沟又东迳成武县故城南，王莽更之曰成安也。黄沟又东北迳郜城北。《春秋》：桓公二年《经》书，取郜大鼎于宋，戊申，纳于太庙。《左传》曰：宋督攻孔父而取其妻，杀殇公而立公子冯，以郜大鼎赂公。臧哀伯谏为非礼。《十三州志》曰：今成武县东南有郜城，俗谓之北郜者也。黄沟又东迳平乐县故城南，又东，右合泡水，即丰水之上源也。水上承大荠陂；东迳贯城北；又东迳巳氏县故城北，王莽之巳善也。县有伊尹冢。崔骃曰：殷帝沃丁之时，伊尹卒，葬于薄。《皇览》曰：伊尹冢在济阴巳氏平利乡。皇甫谧曰：伊尹年百余岁而卒，大雾三日。沃丁葬以天子之礼，亲自临丧，以报大德焉。又东迳孟诸泽。杜预曰：泽在梁国睢阳县东北。又东迳郜成县故城南。《地理志》山阳县也，王莽更名之曰告成矣。故世有南郜、北郜之论也。又东迳单父县故城南，昔宓子贱之治也。孔子使巫马期观政，入其境，见夜渔者，问曰：子得鱼辄放何也？曰：小者，吾大夫欲长育之故也。子闻之曰：诚彼形此，子贱得之，善矣。惜哉！不齐所治者小也。王莽更名斯县为利父矣。世祖建武十三年，封刘茂为侯国。又东迳平乐县，右合泡水。水上承睢水于下邑县界，东北注。一水上承睢水于杼秋县界北流，世又谓之瓠卢沟，水积为渚。渚水东北流，二渠双引，左合洴水，俗谓之二泡也。自下洴、泡并得通称矣。故《地理志》曰：平乐，侯国也。泡水所出。又迳丰西泽，谓之丰水。《汉书》称：高祖送徒丽山，徒多亡。到丰西泽，有大蛇当径，拔剑斩之。此即汉高祖斩蛇处也。又东迳大堰，水分为二，又东迳丰县故城南，王莽之吾丰也。水侧城东北流，右合枝水，上承丰西大堰，派流东北迳丰城北，东注洴水。洴水又东合黄水，时人谓之狂水，盖狂、黄声相近，俗传失实也。自下黄水又兼通称矣。水上旧有梁，谓之泡桥。王智深《宋史》云：宋太尉刘义恭于彭城，遣军主嵇玄敬北至城，觇[15]候魏军。魏军于清西望见玄敬士众，魏南康侯杜道俊引趣泡桥，沛县民逆烧泡桥，又于林中打鼓。俊谓宋军大至，争渡泡水，水深酷寒，冻溺死者殆半。清水即泡水之别名也。沈约《宋书》称，魏军欲渡清西，非也。泡水又东迳沛县故城南。秦末兵起，萧何、曹参迎汉祖于此城。高帝十一年，封合阳侯刘仲子为侯国。城内有汉高祖庙。庙前有三碑，后汉立，庙基以青石为之，阶陛尚存。刘备之为徐州也，治此。袁术遣纪灵攻备，备求救吕布，布救之。屯小沛，招灵，请备共饮。布谓灵曰：玄德，布弟也，布性不喜合斗，但喜解斗。乃植戟于门，布弯弓曰：观布射戟小枝，中者，当各解兵；不中，可留决斗。一发中之，遂解。此即布射戟枝处也。《述征记》曰：城极大，四周堑通丰水。丰水于城南东注泗，即泡水也。《地理志》曰：泡水自平乐县东北至沛入泗者也。泗水南迳小沛县东，县治故城南垞上。东岸有泗水亭，汉祖为泗水亭长，即此亭也。故亭今有高祖庙，庙前有碑，延熹十年立。庙阙崩褫，略无全者。水中有故石梁处，遗石尚存。高祖之破黥布也，过之，置酒沛宫，酒酣歌舞，慷慨伤怀曰：游子思故乡也。泗水又东南流迳广戚县故城南。汉武帝元朔元年，封刘择为侯国，王莽更之曰力聚也。泗水又迳留县，而南迳垞城东。城西南有崇侯虎庙，道沦遗爱，不知何因而远有此图。泗水又南迳宋大夫桓魋冢西，山枕泗水，西上尽石，凿而为冢，今人谓之石郭者也。郭有二重，石作工巧。夫子以为不如死之速朽也。

## 又东南过彭城县东北，

泗水西有龙华寺。是沙门释法显，远出西域，浮海东还，持《龙华图》首创此制。法流中夏，自法显始也。其所持天竺二石，仍在南陆东基堪中，其石尚光洁可爱。泗水又南，获水入焉，而南迳彭城县故城东。周显王四十二年，九鼎沦没泗渊。秦始皇时而鼎见于斯水。始皇自以德合三代，大喜，使数千人没水求之，不得，所谓鼎伏也。亦云系而行之，未出，龙齿齧断其系。故语曰：称乐大早绝鼎系。当是孟浪之传耳。泗水又迳龚胜墓南，墓碣尚存。又经亚父冢东。《皇览》曰：亚父冢在庐江县郭东，居巢亭中，有亚父井。吏民亲事皆祭亚父于居巢厅上。后更造祠于郭东，至今祠之。按《汉书·项羽传》，历阳人范增，未至彭城而发疽死，不言之居巢。今彭城南有项羽凉马台。台之西南山麓上，即其冢也。增不慕范蠡之举，而自绝于斯，可谓褊矣。推考书事，墓近于此也。

## 又东南过吕县南，

吕，宋邑也。《春秋》：襄公元年，晋师伐郑及陈，楚子辛救郑，侵宋吕、留是也。县对泗水。汉景帝三年，有白颈乌与黑乌，群斗于县，白颈乌不胜，堕泗水中，死者数千。京房《易传》曰：逆亲亲，厥妖白黑乌斗。时有吴、楚之反。泗水之上有石梁焉。故曰吕梁也，昔宋景公以弓工之弓，弯弧东射，矢集彭城之东，饮羽于石梁，即斯梁也。悬涛漰渀，实为泗险，孔子所谓鱼鳖不能游。又云，悬水三十仞，流沫九十里。今则不能也。盖惟岳之喻，未便极天，明矣[16]。《晋太康地记》曰：水出磐石，《书》所谓泗滨浮磬者也。泗水又东南流，丁溪水注之。溪水上承泗水于吕县，东南流，北带广隰，山高而注于泗川。泗水冬春浅涩，常排沙通道，是以行者多从此溪。即陆机《行思赋》所云，乘丁水之捷岸，排泗水之积沙者也。晋太元九年，左将军谢玄于吕梁，遣督护闻人奭，用工九万，拥水立七埭[17]，以利运漕者。

## 又东南过下邳县西，

泗水历县，迳葛峄山东，即奚仲所迁邳峄者也。泗水又东南迳下邳县故城西，东南流，沂水流注焉。故东海属县也。应劭曰：奚仲自薛徙居之，故曰下邳也。汉徙齐王韩信为楚王，都之。后乃县焉，王莽之闰俭矣。东阳郡治。文颖曰：秦嘉，东阳郡人，今下邳是也。晋灼曰：东阳县本属临淮郡，明帝分属下邳，后分属广陵。故张晏曰：东阳郡，今广陵郡也。汉明帝置下邳郡矣。城有三重，其大城中有大司马石苞、镇东将军胡质、司徒王浑、监军石崇四碑，南门谓之白门，魏武擒陈宫于此处矣；中城，吕布所守也；小城，晋中兴，北中郎将荀羡、郗昙所治也。昔泰山吴伯武少孤，与弟文章相失二十余年，遇于县市。文章欲殴伯武，心神悲恸，因相寻问，乃兄弟也。县为沂、泗之会也。又有武原水注之。水出彭城武原县西北，会注陂南，迳其城西，王莽之和乐亭也。县东有徐庙山，山因徐徙，即以名之也。山上有石室，徐庙也。武原水又南合武水，谓之泇水。南迳刚亭城，又南至下邳入泗，谓之武原水口也。又有桐水出西北东海容丘县东南，至下邳入泗。泗水东南迳下相县故城东，王莽之从德也。城之西北有汉太尉陈球墓，墓前有三碑，是弟子管宁、华歆等所造。初平四年，曹操攻徐州，破之，拔取虑、睢陵、夏丘等县，以其父避难，被害于此，屠其男女十万，泗水为之不流。自是数县人无行迹，亦为暴矣！泗水又东南得睢水口；泗水又迳宿预城之西；又迳其城南，故下邳之宿留县也，王莽更名之曰康义矣。晋元皇之为安东也，督运军储而为邸阁也。魏太和中，南徐州治，后省为戍，梁将张惠绍北入，水军所次，凭固斯城，更增修郭，堑其四面，引水环之，今城在泗水之中也。

**又东南入于淮。**

泗水又东迳陵栅南。《西征记》曰：旧陵县之治也。泗水又东南迳淮阳城北，城临泗水。昔蔺丘近饮马斩蛟，眇目于此处也。泗水又东南迳魏阳城北，城枕泗川，陆机《行思赋》曰：行魏阳之枉渚。故无魏阳，疑即泗阳县故城也。王莽之所谓淮平亭矣。盖魏文帝幸广陵所由，或因变之，未详也。泗水又东迳角城北，而东南流注于淮。考诸地说，或言泗水于睢陵入淮，亦云于下相入淮，皆非实录也。

**沂水出泰山盖县艾山，**

郑玄云：出沂山，亦或云临乐山。水有二源：南源所导，世谓之柞泉；北水所发，俗谓之鱼穷泉。俱东南流，合成一川，右会洛预水。水出洛预山，东北流注之。沂水东南流，左合桑预水。水北出桑预山，东注于沂水。沂水又东南，螳蜋水入焉。水出鲁山，东南流，右注沂水。沂水又东迳盖县故城南，东会连绵之水。水发连绵山，南流迳盖城东而南入沂。沂水又东迳浮来之山。《春秋经》书：公及莒人盟于浮来者也。即公来山也，在邳乡西，故号曰邳来之间也。浮来之水注之。其水左控三川，右会甘水，而注于沂。沂水又南迳爆山西，山有二峰，相去一里，双峦齐秀，圆峙若一。沂水又东南迳东莞县故城西，与小沂水合。孟康曰：县，故郓邑，今郓亭是也。汉武帝元朔二年，封城阳共王子吉为东莞侯。魏文帝黄初中，立为东莞郡，《东燕录》谓之团城。刘武帝北伐广固，登之以望王难[18]，魏南青州治。《左氏传》曰：莒、鲁争郓，为日久矣。今城北郓亭是也。京相璠曰：琅邪姑幕县南四十里员亭，故鲁郓邑，世变其字。非也。《郡国志》，东莞有郓亭。今在团城东北四十里，犹谓之故东莞城矣。小沂水出黄孤山，西南流迳其城北，西南注于沂。沂水又南与间山水合。水出间山，东南流，右佩二水，总归于沂。沂水南迳东安县故城东，而南合时密水。水出时密山，春秋时莒地。《左传》：莒人归共仲于鲁，及密而死是也。时密水东流迳东安城南，汉封鲁孝王子强为东安侯。时密水又东南流入沂。沂水又南，桑泉水北出五女山，东南流，巨围水注之。水出巨围之山，东南注于桑泉水。桑泉水又东南，堂阜水入焉。其水导源堂阜。《春秋》：庄公九年，管仲请囚，鲍叔受之，及堂阜而税之。杜预曰：东莞蒙阴县西北有夷吾亭者是也。堂阜水又东南注桑泉水。桑泉水又东南迳蒙阴县故城北，王莽之蒙恩也。又东南与叟[19]崮水合。水有二源双会，东导一川，俗谓之汶水也。东迳蒙阴县注桑泉水。又东南卢川水注之。水出鹿岭山，东南流，左则二川臻凑，右则诸葛泉源斯奔，乱流迳城阳之卢县，故盖县之卢上里也。汉武帝元朔二年，封城阳共王子刘稀为侯国，王莽更名之曰著善矣。又东南注于桑泉水。桑泉水又东南，右合蒙阴水。水出蒙山之阴，东北流。昔琅邪承宫避乱此山，立性好仁，不与物竞。人有认其黍者，舍之而去。其水东北流入于沂。沂水又南迳阳都县故城东，县，故阳国也。齐同盟，齐利其地而迁之者也。汉高帝六年，封将军丁复为侯国。沂水又南与蒙山水合。水出蒙山之阴，东流迳阳都县南，东注沂水。沂水又左合温水，水上承温泉陂，而西南入于沂水者也。

**南过琅邪临沂县东，又南过开阳县东，**

沂水南迳中丘城西。《春秋》：隐公七年夏，城中丘。《左传》曰：书不时也。沂水又南迳临沂县故城东。《郡国志》曰：琅邪有临沂县，故属东海郡。有治水注之。水出泰山南武阳县之冠石山。《地理志》曰：冠石山，治水所出。应劭《地理风俗记》曰：武水出焉。盖水异名也。东流迳蒙山下，有祠。治水又东南迳颛臾城北。《郡国志》曰：县有颛臾城。季氏将伐之，孔子曰：昔者先王以为东蒙主，社稷之臣，何以伐之为？冉有曰：今夫颛臾固而便近于费者也。治水又东南流迳费县故城南。《地理志》，东海之属县也，为鲁季孙之邑。子路将堕之。公山弗扰师袭鲁，弗克。后季氏为阳虎所执，弗扰以费畔，即是邑也。汉高帝六年，封陈贺为侯国。王莽更名之曰顺从也。许慎《说文》云：沂水出东海费县东，西入泗，从水，斤声。吕忱《字林》亦言是矣。斯水东南所注者沂水，在西，不得言东南趣也，皆为谬矣。故世俗谓此水为小沂水。治水又东南迳祊②城南。《春秋》：隐公八年，郑伯请释泰山之祀而祀周公，使宛归泰山之祊而易许田。杜预《释地》曰：祊，郑祀泰山之邑也，在琅邪费县东南。治水又东南流注于沂。沂水又南迳开阳县故城东。县，故鄅国也。《春秋左传》：昭公十八年，邾人袭鄅，尽俘以归。鄅子曰：余无归矣！从孥于邾是也，后更名开阳矣。《春秋》：哀公三年《经》书，季孙斯、叔孙州仇，帅师城启阳者是矣。县，故琅邪郡治也。

**又东过襄贲县东，屈从县南西流，又屈南过郯县西，**

《鲁连子》称：陆子谓齐湣王曰：鲁费之众臣，甲舍于襄贲者也。王莽更名章信也。郯故国也，少昊之后。《春秋》：昭公十七年，郯子朝鲁，公与之宴。昭子叔孙婼问曰：少昊鸟名官，何也？郯子曰：吾祖也，我知之矣。黄帝、炎帝以云、火纪官，太皥以龙纪。少皥瑞凤鸟，统历鸟官之司，议政斯在。孔子从而学焉。既而告人曰：天子失官，学在四夷者也。《竹书纪年》：晋烈公四年，越子末句灭郯，以郯子鸪归。县，故旧鲁也，东海郡治。秦始皇以为郯郡，汉高帝二年，更从今名，即王莽之沂平者也。

**又南过良城县西，又南过下邳县西，南入于泗。**

《春秋左传》曰：昭公十三年秋，晋侯会吴子于良。吴子辞水道不可以行，晋乃还是也。《地理志》曰：良城，王莽更名承翰矣。沂水于下邳县北西流，分为二水：一水于城北西南入泗；一水迳城东，屈从县南，亦注泗，谓之小沂水。水上有桥，徐、泗间以为圯。昔张子房遇黄石公于圯上，即此处也。建安二年，曹操围吕布于此，引沂、泗灌城而擒之。

**洙水出泰山盖县临乐山，**

《地理志》曰：临乐山，洙水所出，西北至盖，入泗水，或作池字，盖字误也。洙水自山西北迳盖县，汉景帝中五年，封后兄王信为侯国。又西迳泰山东平阳县。《春秋》：宣公八年冬，城平阳。杜预曰：今泰山平阳县是也。河东有平阳，故此加东矣。晋武帝元康九年，改为新泰县也。

**西南至卞县，入于泗。**

洙水西南流，盗泉水注之。泉出卞城东北、卞山之阴。《尸子》曰：孔子至于暮矣，而不宿于盗泉，渴矣而不饮，恶其名也。故《论语比考谶》曰：水名盗泉，仲尼不漱。即斯泉矣。西北流注于洙水。洙水又西南流于卞城西，西南入泗水乱流。西南至鲁县东北，又分为二水。水侧有故城，两水之分会也。洙水西北流迳孔里北，是谓洙、泗之间矣。《春秋》之浚洙，非谓始导矣，盖深广之耳。洙水又西南，枝津出焉。又南迳瑕丘城东，而南入石门，古结石为水门，跨于水上也。西南流，世谓之杜武沟。洙水又西南迳南平阳县之显闾亭西，邾邑也。《春秋》：襄公二十一年《经》书，邾庶其以漆、闾丘来奔者也。杜预曰：平阳北有显闾亭。《十三州记》曰：山阳南平阳县又有闾丘乡。《从征记》曰：杜谓显闾，闾丘也。今按漆乡在县东北，漆乡东北十里，见有闾丘乡，显闾非也。然则显闾自是别亭，未知孰是。又南，洸水注之。吕沈曰：洸水出东平阳，上承汶水于刚县西、阐亭东。《尔雅》曰：汶别为阐，其犹洛之有波矣。洸水西南流迳盛乡城西。京相璠曰：刚县西南有盛乡城者也。又南迳泰山宁阳县故城西。汉武帝元朔三年，封鲁共王子刘恬为侯国，王莽改之曰宁顺也。又南，洸水枝津注之。水首受洸，西南流迳瑕丘城北；又西迳宁阳城南，又西南入于洸水。洸水又西南迳泰山郡乘丘县故城东。赵肃侯二十年，韩将举与齐、魏战于乘丘，即此县也。汉武帝元朔五年，封中山靖王子刘将夜为侯国也。洸水又东南流，注于洙。洙水又南至高平县；南入于泗水。西有茅乡城，东去高平三十里。京相璠曰：今高平县西三十里有故茅乡城者也。

---

① 邾：zhū，音朱。

② 鄐（wú，音吴）：地名，在山东。

③ 阃（kǔn，音捆）：门坎。

④ 孔提命，作应法，为赤制：意为孔子受命于天，编制法规，确定制度。

⑤ 窃从雩门蒙皋比而出者也：意为蒙着虎皮从雩门偷偷出城。

⑥ 以六枚白意：此句意为拿了六枚禀告钟离意。

⑦ 庑（wǔ，音五）：正房对面和两侧的小屋子。

⑧ 囚诸负瑕是也：意为"在负瑕囚禁了邾的国君"。

⑨ 蘧：qú，音渠。

⑩ 惠喻：意为"以仁爱闻名"。亦作惠誉。

⑪ 君辱在寡人：意为"承蒙你来问候我"。

⑫ 贶（kuàng，音况）：赠，赐。

⑬ 闉（yīn，音殷）：土山。

⑭ 致命于此：意为"在此向宋人传达了国君的信息"。

⑮ 觇（chān，音搀）：窥视，观测。

⑯ 盖惟岳之喻，未便极天，明矣：此句意为"正象以插入云天来描写高山，山并不是真正高到天上了一样"。

⑰ 扡（zhā，音渣）："七扡"一说为"七埭"。埭（dài，音待），坝。

⑱ 王难：疑是"玉龙"之误。

⑲ 薮（sǒu，音叟）：薮崮，山名，在山东。

⑳ 祊（bēng，音崩）：古代宗庙门内设祭的地方。

# 水经注卷二十六

## 沭水　巨洋水　淄水　汶水　潍水　胶水

**沭水出琅邪东莞县西北山，**

大弁山与小泰山连麓而异名也。引控众流，积以成川。东南流迳邳乡南，南去县八十许里。城有三面而不周于南，故俗谓之半城。沭水又东南流，左合岘水。水北出大岘山，东南流迳邳乡东，东南流注于沭水也。

**东南过其县东，**

沭水左与箕山之水合。水东出诸县西箕山，刘澄之以为许由之所隐也，更为巨谬矣。其水西南流注于沭水也。

**又东南过莒县东，**

《地理志》曰：莒子之国，盈姓也，少昊后。《列女传》曰：齐人杞梁殖袭莒，战死。其妻将赴之，道逢齐庄公，公将吊之。杞梁妻曰：如殖死有罪，君何辱命焉？如殖无罪，有先人之敝庐在下，妾不敢与郊吊。公旋车吊诸室。妻乃哭于城下，七日而城崩。故《琴操》云：殖死，妻援琴作歌曰：乐莫乐兮新相知；悲莫悲兮生别离！哀感皇天，城为之堕，即是城也。其城三重，并悉崇峻，惟南开一门。内城方十二里，郭周四十许里。《尸子》曰：莒君好鬼巫而国亡。无知之难，小白奔焉。乐毅攻齐，守险全国。秦始皇县之，汉兴以为城阳国，封朱虚侯章，治莒，王莽之莒陵也。光武合城阳国为琅邪国，以封皇子京，雅好宫室，穷极伎巧，壁带饰以金银。明帝时，京不安莒，移治开阳矣。沭水又南，袁公水东出清山，遵坤维而注沭。沭水又南，浔水注之。水出于巨公之山，西南流，旧堨以溉田，东西二十里，南北十五里。浔水又西南流入沭。沭水又南与葛陂水会。水发三柱山，西南流迳辟土城南，世谓之辟阳城。《史记·建元以来王子侯者年表》曰：汉武帝元朔二年，封城阳共王子节侯刘壮为侯国也。其水于邑积以为陂，谓之辟阳湖。西南流，注于沭水也。

**又南过阳都县东，入于沂。**

沭水自阳都县又南，会武阳沟水。水东出仓山，山上有故城，世谓之监官城，非也，即古有利城矣。汉武帝元朔四年，封城阳共王子刘钉为侯国也。其城因山为基，水导山下，西北流，谓之武阳沟。又西至即丘县，注于沭。沭水又南迳东海郡即丘县，故《春秋》之祝丘也。桓公五年《经》书，齐侯、郑伯如纪城祝丘。《左传》曰：齐、郑朝纪，欲袭之。汉立为县，王莽更之曰就信也。《郡国志》曰：自东海分属琅邪。阚骃曰：即、祝，鲁之音，盖字承读变矣。沭水又南迳东海厚丘县，王莽更之曰祝其亭也。分为二渎：一渎西南出，今无水，世谓之枯沭；一渎南迳建陵县故城东。汉景帝六年，封卫绾为侯国，王莽更之曰付亭也。沭水又南迳建陵山西。魏正光中，齐王之镇徐州也，立大堨遏水水西流，两渎之会，置城防之曰曲沭戍。自堨流三十里，西注沭水旧渎，谓之新渠。旧渎自厚丘西南出，左会新渠，南入淮阳宿预县注泗水。《地理志》所谓至下邳注泗者也。《经》言于阳都入沂，非矣。沭水左渎自大堰水断，故渎东南出，桑堰水注之。

水出襄贲县，泉流东注沭渎，又南，左会横沟水。水发渎右，东入沭之故渎。又南暨于遏。其水西南流迳司吾山东；又迳司吾县故城西。《春秋左传》：楚执钟吾子以为司吾县，王莽更之曰息吾也。又西南至宿预注泗水也。沭水故渎自下堰东南迳司吾城东，又东南历相①口城中。相水出于楚之相地。《春秋》：襄公十年《经》书，公与晋及诸侯会吴于柤。京相璠曰：宋地。今彭城偪阳县西北有相水沟，去偪阳八十里。东南流迳偪阳县故城东北。《地理志》曰：故偪阳国也。《春秋左传》：襄公十年夏，四月戊午，会于柤。晋荀偃、士匄②请伐偪阳而封宋向戌焉。荀罃曰：城小而固，胜之不武，弗胜为笑。固请，丙寅围之，弗克。孟氏之臣秦堇父辇重如役。偪阳入启门，诸侯之士门焉，县门发，郰③人纥抉之以出门者。狄虒弥建大车之轮，而蒙之以甲以为橹。左执之，右拔戟，以成一队。孟献子曰：《诗》所谓有力如虎者也。主人县布，堇父登之，及堞而绝之，坠；则又县之，苏而复上者三。主人辞焉，乃退，带其断以徇于军三日。诸侯之师，久于偪阳，请归。智伯怒曰：七日不克，尔乎取之以谢罪也。荀偃、士匄攻之，亲受矢石，遂灭之。以偪阳子归，献于武宫，谓之夷俘。偪阳，妘姓也。汉以为县。汉武帝元朔三年，封齐孝王子刘就为侯国，王莽更之曰辅阳也。《郡国志》曰：偪阳有相水。相水又东南，乱于沂而注于沭，谓之相口，城得其名矣。东南至朐县入游注海也。

**巨洋水出朱虚县泰山，北过其县西，**

泰山，即东小泰山也。巨洋水，即《国语》所谓具水矣。袁宏谓之巨昧，王韶之以为巨蔑，亦或曰胊弥，皆一水也，而广其目焉。其水北流迳朱虚县故城西。汉惠帝二年，封齐悼惠王子刘章为侯国。《地理风俗记》曰：丹山在西南，丹水所出，东入海。丹水由朱虚丘阜矣。故言朱虚城西有长坂远峻，名为破车岘。城东北二十里有丹山，世谓之凡山。县在西南，非山也。丹、凡字相类，音从字变也。丹水有二源，各导一山，世谓之东丹、西丹水也。西丹水自凡山北流迳剧县故城东，东丹水注之。水出方山，山有二水，一水即东丹水也。北迳县合西丹水而乱流，又东北出，迳渏薄涧北。渏水亦出方山，流入平寿县，积而为渚。水盛则北注，东南流，屈而东北流迳平寿县故城西，而北入丹水，谓之鱼合口。丹水又东北迳望海台东，东北注海，盖亦县所氏者也。

**又北过临朐县东，**

巨洋水自朱虚北入临朐县，熏冶泉水注之。水出西溪，飞泉侧濑于穷坎之下，泉溪之上，源麓之侧，有一祠，目之为冶泉祠。按《广雅》，金神谓之清明，斯地盖古冶官所在，故水取称焉。水色澄明而清泠特异。渊无潜石，浅镂沙文。中有古坛，参差相对，后人微加功饰，以为嬉游之处。南北遶岸凌空，疏木交合。先公以太和中作镇海岱，余总角之年，侍节东州④。至若炎夏火流，闲居倦想，提琴命友，嬉娱永日。桂笋寻波⑤，轻林委浪，琴歌既洽，欢情亦畅，是焉栖寄，实可凭衿。小东有一湖，佳饶鲜笋，匪直芳齐芍药，实亦洁并飞鳞。其水东北流入巨洋，谓之熏冶泉。又迳临朐县故城东。城，古伯氏骈邑也。汉武帝元朔元年，封菑川懿王子刘奴为侯国。应劭曰：临朐，山名也。故县氏之。朐，亦水名。其城侧临朐川，是以王莽用表厥称焉。城上下沿水，悉是刘武皇北伐广固营垒所在矣。巨洋又东北迳委粟山东，孤阜秀立，形若委粟。又东北，洋水注之。水西出石膏山西北石涧口，东南迳逢山祠西。洋水又东南，历逢山下，即石膏山也。山麓三成，壁立直上。山上有石鼓，鸣则年凶。郭缘生《续述征记》曰：逢山在广固南三十里，有祠，并石鼓。齐地将乱，石人辄打石鼓，声闻数十里。洋水历其阴而东北流，世谓之石沟水；东北流出于委粟山北，而东注于巨洋，谓之石沟口。然是水下流，亦有时通塞，及其春夏水泛，川澜无辍，亦或谓之为龙泉水。《地理志》：石膏山，洋水所出是也。今于此县，惟是渎当之，似符群证矣。巨洋水又东北得邳泉口，泉源西出平地，东流注于巨洋水。巨洋水又北会建德水。水西发逢山阜,而东流入巨洋水也。

**又北过剧县西,**

巨洋水又东北合康浪水。水发县西南崌山,无事树木,而圆峭孤峙,巉岏⑥分立。左思《齐都赋》曰:崌岭镇其左是也。康浪水北流,注于巨洋。巨洋又东北迳剧县故城西,古纪国也。《春秋》:庄公四年,纪侯不能下齐,以与弟季,大去其国,违齐难也。后改曰剧。故《鲁连子》曰:胸剧之人,辩者也。汉文帝十八年,别为菑川国,后并北海。汉武帝元朔二年,封菑川懿王子刘错为侯国,王莽更之曰俞县也。城之北侧有故台,台西有方池。晏谟曰:西去齐城九十七里。耿弇破张步于临淄,追至巨洋水上,僵尸相属,即是水也。巨洋又东北迳晋龙骧将军、幽州刺史辟闾浑墓东,而东北流。墓侧有一坟,甚高大,时人咸谓之为马陵,而不知谁之丘垄也。巨洋水又东北迳益县故城东,王莽更之曰涤荡也。晏谟曰:南去齐城五十里。司马宣王伐公孙渊,北徙丰人,住于此城,遂改名为南丰城也。又东北积而为潭,枝津出焉,谓之百尺沟。西北流迳北益都城。汉武帝元朔二年,封菑川懿王子刘胡为侯国。又西北流,而注于巨淀矣。

**又东北过寿光县西,**

巨洋水自巨淀湖东北流迳县故城西,王莽之翼平亭也。汉光武建武二年,封更始子鲤为侯国。城之西南,水东有孔子石室,故庙堂也。中有孔子像,弟子问经,既无碑志,未详所立。巨洋又东北流,尧水注之。水出剧县南角崩山,即故义山也。俗人以其山角若崩,因名为角崩山,亦名为角林山,皆世俗音讹也。水即蕤⑦水矣。《地理志》曰:剧县有义山,蕤水所出也。北迳崌山东,俗亦名之为青山矣。尧水又东北迳东、西寿光二城间。应劭曰:寿光县有灌亭。杜预曰:在县东南,斟灌国也。又言:斟亭在平寿县东南。平寿故城在白狼水西,今北海郡治。水上承营陵县之下流。东北迳城东,西入别画湖,亦曰朕怀湖。湖东西二十里,南北三十里,东北入海。斟亭在溉水东,水出桑犊亭东覆甑山,亭,故高密郡治,世谓之故郡城,山谓之塔山,水曰鹿孟水,亦曰庾孟水,皆非也。《地理志》,桑犊,北海之属县矣。有覆甑山,溉水所出,北迳斟亭西北合白狼水。按《地理志》,北海有斟县。京相璠曰:故斟寻国,禹后。西北去灌亭九十里。溉水又北迳寒亭西而入别画湖。《郡国志》曰:平寿有斟城、有寒亭。薛瓒《汉书集注》云:按《汲郡古文》,相居斟灌,东郡灌是也。明帝以封周后,改曰卫。斟寻在河南,非平寿。又云:太康居斟寻;羿亦居之,桀又居之。《尚书·序》曰:太康失国,兄弟五人徯于河汭。此即太康之居,为近洛也。余考瓒所据,今河南有寻地,卫国有观土。《国语》曰:启有五观,谓之奸子。五观,盖其名也,所处之邑,其名曰观。皇甫谧曰:卫地。又云:夏相徙帝丘,依同姓之诸侯于斟寻氏。即《汲冢书》云:相居斟灌也。既依斟寻,明斟寻非一居矣。穷后既仗善射篡相,寒浞⑧亦因逢蒙弑羿。即其居以生浇,因其室而有豷⑨。故《春秋》:襄公四年,魏绛曰:浇用师灭斟灌及斟寻氏,处浇于过,处豷于戈。是以伍员言于吴子曰:过浇杀斟灌以伐斟寻是也。有夏之遗臣曰靡,事羿,羿之死也,逃于鬲氏。今鬲县也。收斟灌、斟寻二国之余烬,杀害浞而立少康,灭之,有穷遂亡也。是盖寓其居而生其称;宅其业而表其邑。纵遗文沿褫,亭郭有传,未可以彼有灌目,谓专此为非;舍此寻名,而专彼为是。以土推传,应氏之据亦可按矣。尧水又东北注巨洋。伏琛、晏谟并言,尧尝顿驾于此,故受名焉,非也。《地理志》曰:蕤水自剧东北,至寿光入海。沿其迳趣,即是水也。

**又东北入于海。**

巨洋水东北迳望海台西,东北流。伏琛、晏谟并以为平望亭在平寿县故城西北八十里,古县。又或言秦始皇升以望海,因曰望海台,未详也。按《史记》:汉武帝元朔二年,封菑川懿王子刘赏为侯国。又东北注于海也。

**淄水出泰山莱芜县原山，**

淄水出县西南山下，世谓之原泉。《地理志》曰：原山，淄水所出。故《经》有原山之论矣。《淮南子》曰：水出自饴山，盖山别名也。东北流迳莱芜谷，屈而西北流迳其县故城南。《从征记》曰：城在莱芜谷，当路阻绝，两山间道，由南、北门。汉末有范史云为莱芜令，言莱芜在齐，非鲁所得引。旧说云：齐灵公灭莱，莱民播流此谷，邑落荒芜，故曰莱芜。《禹贡》所谓莱夷也。夹谷之会，齐侯使莱人以兵劫鲁侯，宣尼称：夷不乱华是也。余按泰、无、莱、柞，并山名也，郡县取目焉，汉高祖置。《左传》曰：与之无山及莱、柞是也。应劭《十三州记》曰：太山莱芜县，鲁之莱柞邑。淄水又西北转迳城西，又东北流与一水合。水出县东南，俗谓之家桑谷水。《从征记》名曰圣水。《列仙传》曰：鹿皮公者，淄川人也。少为府小史，才巧，举手成器。山岑上有神泉，人不能到。小史白府君，请木工斤斧三十人，作转轮，造悬阁，意思横生。数十日，梯道成。上其巅，作祠屋，留止其旁。其二间以自固，食芝草，饮神泉，七十余年。淄水来山下，呼宗族得六十余人，命上山，半，水出，尽漂一郡，没者万计。小史辞遣家室，令下山，著鹿皮衣，升阁而去。后百余年，下卖药齐市也。其水西北流注淄水。淄水又北出山，谓之莱芜口，东北流者也。

**东北过临淄县东，**

淄水自山东北流迳牛山西；又东迳临淄县故城南，东得天齐水口。水出南郊山下，谓之天齐渊。五泉并出，南北三百步，广十步。山，即牛山也。左思《齐都赋》曰：牛岭镇其南者也。水在齐八祠中，齐之为名，起于此矣。《地理风俗记》曰：齐所以为齐者，即天齐渊名也。其水北流注于淄水。淄水又东迳四豪冢北。水南山下有四冢，方基圆坟，咸高七尺，东西直列，是田氏四王冢也。淄水又东北迳荡阴里西。水东有冢，一基三坟，东西八十步，是列士公孙接、田开疆、古冶子之坟也。晏子恶其勇而无礼，投桃以毙之，死葬阳里，即此也。淄水又北迳其城东，城临淄水，故曰临淄，王莽之齐陵县也。《尔雅》曰：水出其前左为营丘。武王以其地封太公望，赐之以四履，都营丘为齐，或以为都营陵。《史记》，周成王封师尚父于营丘，东就国，道宿，行迟，莱侯与之争营丘。逆旅之人曰：吾闻时难得而易失，客寝安，殆非就封者也。太公闻之，夜衣而行至营丘。陵，亦丘也。献公自营丘徙临淄。余按营陵城南无水，惟城北有一水，世谓之白狼水。西出丹山，俗谓凡山也，东北流。由《尔雅》出前左之文，不得以为营丘矣。营丘者，山名也。《诗》所谓子之营兮，遭我乎猫⑩之间兮。作者多以丘陵号同，缘陵又去莱差近，咸言太公所封。考之《春秋经》书，诸侯城缘陵。《左传》曰：迁杞也。《毛诗》郑注并无营字，瓒以为非，近之。今临淄城中有丘，在小城内，周回三百步，高九丈，北降丈五，淄水出其前，故有营丘之名，与《尔雅》相符。城对天齐渊，故城有齐城之称。是以晏子言：始爽鸠氏居之；逢伯陵居之；太公居之。又曰：先君太公筑营之丘。季札观风，闻齐音曰：泱泱乎大风也哉！表东海者，其太公乎？田巴入齐过淄自镜。郭景纯言：齐之营丘，淄水迳其南及东也。非营陵明矣。献公之徙，其犹晋氏深翼名绛，非谓自营陵而之也。其外郭，即献公所徙临淄城也，世谓之虏城，言齐湣王伐燕，燕王哙死，虏其民，实诸郭，因以名之。秦始皇三十四年，灭齐为郡，治临淄。汉高帝六年，封子肥于齐，为王国，王莽更名济南也。《战国策》曰：田单为齐相，过淄水，有老人涉淄而出，不能行，坐沙中，单乃解裘于斯水之上也。

**又东过利县东，**

淄水自县东北流，迳东安平城北，又东迳巨淀县故城南。征和四年，汉武帝幸东莱，临大海。三月，耕巨淀，即此也。县东南则巨淀湖，盖以水受名也。淄水又东北迳广饶县故城南。汉武帝元鼎中，封菑川靖王子刘国为侯国。淄水又东北，马车渎水注之，受巨淀，淀即浊水所注也。吕忱曰：浊水一名溷①水，出广县为山，世谓之冶岭山，东北流迳广固城西，城在广县西北四里，四周绝涧，阻水深隍。晋永嘉中，东莱人曹嶷所造也。水侧山际有五龙口，义熙五年，刘武帝伐慕容超于广固也，以藉险难攻，兵力劳弊。河间人玄文说裕云：昔赵攻曹嶷，望气者以为溷水带城，非可攻拔。若塞五龙口，城当必陷。石虎从之，嶷请降。降后五日，大雨雷电，震开。后慕容恪之攻段龛，十旬不拔，塞口而龛降。降后无几，又震开之。今旧基犹存。宜试修筑。裕塞之，超及城内男女皆悉脚弱，病者大半，超遂出奔，为晋所擒也。然城之所跨，实凭地险，其不可固城者在此。浊水东北流迳尧山东。《从征记》曰：广固城北三里有尧山祠，尧因巡狩登此山，后人遂以名山。庙在山之左麓，庙像东面，华宇修整，帝图严饰，轩冕之容穆然。山之上顶，旧有上祠，今也毁废，无复遗式。盘石上尚有人马之迹，徒黄石而已，惟刀剑之踪逼真矣。至于燕锋代锷，魏铗齐铓，与今剑莫殊，以密模写，知人功所制矣。西望胡公陵，孙畅之所云：青州刺史傅弘仁言得铜棺隶书处。浊水又东北流迳东阳城北；东北流合长沙水。水出逢山北阜，世谓之阳水也。东北流迳广县故城西，旧青州刺史治，亦曰青州城。阳水又东北流，石井水注之。水出南山，山顶洞开，望若门焉，俗谓是山为辟②头山。其水北流注井，井际广城东侧，三面积石，高深一匹有余。长津激浪，瀑布而下，澎赑之音，惊川聒谷；溰濟之势，状同洪河，北流入阳水。余生长东齐，极游其下，于中阔绝，乃积绵载，后因王事，复出海岱。郭金、紫惠同石井，赋诗言意，弥日嬉娱，尤慰羁③心，但恨此水时有通塞耳。阳水东迳故七级寺禅房南。水北则长庑偏驾，回阁承阿。林之际，则绳坐疏班，锡钵闲设，所谓修修释子，眇眇禅栖者也。阳水又东迳东阳城东南。义熙中，晋青州刺史羊穆之筑此。以在阳水之阳，即谓之东阳城，世以浊水为西阳水故也。水流亦有时穷通，信为灵矣。昔在宋世，是水绝而复流，刘晃赋《通津》焉。魏太和中，此水复竭，辍流积年。先公除州，即任未期是水复通，澄映盈川，所谓幽谷枯而更溢，穷泉辍而复流矣。海岱之士又颂通津焉。平昌龙④民孙道相颂曰：惟彼溷泉，竭逾三龄，祈尽珪璧，谒穷斯牲，道从隆替，降由圣明。蠢民河间赵嶷颂云：敷化未期，元泽潜施，枯源扬澜，涸川涤陂。北海郭钦曰：先政辍津，我后通洋。但颂广文烦，难以具载。阳水又北屈迳汉城阳景王刘章庙东，东注于巨洋。后人竭断，令北注浊水，时人通谓浊水为阳水，故有南阳、北阳水之论。二水浑流，世谓之为长沙水也，亦或通名之为溷水。故晏谟、伏琛为《齐记》并云：东阳城既在溷水之阳，宜为溷阳城。非也。世又谓阳水为洋水。余按群书，盛言洋水出临朐县，而阳水导源广县，两县虽邻，川土不同，于事疑焉。浊水又北迳臧氏台西，又北迳益城西，又北流注巨淀。《地理志》曰：广县为山，浊水所出，东北至广饶入巨淀。巨淀之右，又有女水注之。水出东安平县之蛇头山。《从征记》曰：水西有桓公冢，甚高大。墓方七十余丈，高四丈，圆坟围二十余丈，高七丈。余一墓方七丈。二冢，晏谟曰：依《陵记》非葬礼，如承世故，与其母同墓而异坟。伏琛所未详也。冢东山下女水原有桓公祠，侍其衡奏魏武王所立。曰：近日路次齐郊，瞻望桓公坟垄，在南山之阿，请为立祀，为块然之主⑮。郭缘生《述征记》曰：齐桓公冢在齐城南二十里，因山为坟。大冢东有女水。或云：齐桓公女冢在其上，故以名水也。女水导川东北流，甚有神焉。化隆则水生，政薄则津竭。燕建平六年，水忽暴竭，玄明恶之，寝病而亡。燕太上四年，女水又竭，慕容超恶之，燕祚遂沦。女水东北流迳东安平县故城南。《续述征记》曰：女水至安平城南伏流十五里，然后更流，北注阳水。城，故酅⑯亭也。《春秋》：鲁庄公三年，纪季以酅入齐。《公羊传》曰：季者何？纪侯弟也。贤其服罪，请酅以奉五祀。田成子单之故邑也。后以为县。博陵有安平，故此加东也。世祖建武七年，封菑川王子刘茂为侯国。又迳东安平城东；东北迳垄丘东；东北入巨淀。《地理志》曰：菟头山，女水所出，东北至临淄入巨淀。又北为马车渎，北合淄水。又北，时、溷之水注之。时水出齐城西北二十五里，平地出泉，即如水也，亦谓之源水。因水色黑，俗又目之为黑水。西北迳黄山东，又北历愚山，东有愚公冢。时水又屈而迳杜山北，有愚公谷。齐桓公时，公隐于谷。邻有认其驹者，公以与之。山，即杜山之通阜，以其人状愚，故谓之愚公。水有石梁，亦谓之为石梁水。又有澅水注之。水出时水东，去临淄城十八里，所谓澅中也。俗以澅水为宿留水，西北入于时水。孟子去齐，三宿而后出澅，故世以此而变水名也。水南山西有王歜⑰墓。昔乐毅伐齐，贤而封之，歜不受，自缢而死。水侧有田，引水溉迹尚存。时水又西北迳西安县故城南，本渠丘也。齐大夫雍廪之邑矣，王莽更之曰东宁。时水又西至石洋堰，分为二水，谓之石洋口。枝津西北至梁邹入济。时水又北迳西安城西；又北，京水、系水注之。水出齐城西南，世谓之寒泉也。东北流直申门西，京相璠、杜预并言：申门即齐城南面西第一门矣。为申池。昔齐懿公游申池，邴歜、阎职二人害公于竹中。今池无复仿佛，然水侧尚有小小竹木，以时遗生也。左思《齐都赋》注：申池在海滨，齐薮也。余按《春秋》：襄公十八年，晋伐齐；戊戌，伐雍门之萩；己亥，焚雍门；壬寅，焚东北二郭；甲辰，东侵及潍，南及沂，而不言北掠于海。且晋献子尚不辞死以逞志，何容对仇敌而不惩，暴草木于海隅乎？又炎夏火流，非远游之辰，懿公见弑，盖是白龙鱼服，见困近郊矣。左氏舍近举远，考古非矣。杜预之言有推据耳。系水傍城北流迳阳门西。水次有故封处，所谓齐之稷下也。当战国之时，以齐宣王喜文学，游说之士邹衍、淳于髡⑱、田骈、接子、慎到之徒七十六人，皆赐列第，为上大夫，不治而论议。是以齐稷下学士复盛，且数百千人。刘向《别录》以稷为齐城门名也，谈说之士，期会于稷门下，故曰稷下也。《郑志》：张逸问《书赞》云：我先师棘下生何时人？郑玄答云：齐田氏时，善学者所会处也。齐人号之棘下生。无常人也。余按《左传》：昭公二十二年，莒子如齐，盟于稷门之外。汉以叔孙通为博士，号稷嗣君。《史记音义》曰：欲以继踪齐稷下之风矣。然棘下又是鲁城内地名。《左传》：定公八年，阳虎劫公伐孟氏，入自上东门，战于南门之内，又战于棘下者也。盖亦儒者之所萃焉。故张逸疑而发问，郑玄释而辩之。虽异名互见，大归一也。城内有故台，有营丘，有故景王祠，即朱虚侯章庙矣。《晋起居注》云：齐有大蛇，长三百步，负小蛇长百余步，迳于市中，市人悉观，自北门所入处也。北门外东北二百步，有齐相晏婴冢、宅。《左传》：晏子之宅近市，景公欲易之，而婴弗更，为诫曰：吾生则近市，死岂易志。乃葬故宅，后人名之曰清节里。系水又北迳临淄城西门北；而西流迳梧宫南。昔楚使聘齐，齐王飨之梧宫，即是宫矣。其地犹名梧台里。台甚层秀，东西百余步，南北如减，即古梧宫之台。台东即阚子所谓宋愚人得燕石处。台西有石社碑，犹存。汉灵帝熹平五年立，其题云：梧台里。系水又西迳葵丘北。《春秋》：庄公八年，襄公使连称、管至父戍葵丘。京相璠曰：齐西五十里有葵丘地，若是，无庸戍之。僖公九年，齐桓公诸侯于葵丘。宰孔曰：齐侯不务修德而勤远略。明葵丘不在齐也。引河东汾阴葵丘，山阳西北葵城宜在此，非也。余原《左传》连称、管至父之戍葵丘，以瓜时为往还之期。请代弗许，将为齐乱，故令无宠之妹候公于宫。因无知之绌，遂害襄公。若出远无代，宁得谋及妇人，而为公室之乱乎？是以杜预稽《春秋》之旨，即《传》安之，《注》于临淄西。不得舍近托远，苟成己异。于异可殊，即义为负。然则葵丘之戍，即此地也。系水西，左池为潭；又西迳高阳侨郡南，魏所立也。又西北流，注于时。时水又东北流，渑水注之。水出营城东，世谓之汉溱水也。西北流迳营城北。汉景帝四年，封齐悼惠王子刘信都为侯国。渑水又西迳乐安博昌县故城南。应劭曰：昌水出东莱昌阳县，道远不至，取其嘉名。阚骃曰：县处势平，故曰博昌。渑水西历贝丘。京相璠曰：博昌县南近渑水，有地名贝丘，在齐城西北四十里。《春秋》：庄公八年，齐侯田于贝丘，见公子彭生，豕立而泣，齐侯坠车伤足于是处也。渑水又西北入时水。《从征记》又曰：水出临淄县，北迳乐安、博昌南界，西入时水者也。自下通谓之为渑也。昔晋侯与齐侯宴，齐侯曰：有酒如渑。指喻此水也。时水又屈而东北迳博昌城北；时水又东北迳齐利县故城北；又东北迳巨淀县故城北，又东北迳广饶县故城北；东北入淄水。《地理风俗记》曰：淄入濡。《淮南子》曰：白公问微言曰：若以水投水，如何？孔子曰：淄、渑之水合，易牙尝而知之。谓斯水矣。

**又东北入于海。**

淄水入马车渎，乱流东北迳琅槐故城南；又东北迳马井城北，与时、渑之水互受通称，故邑流其号。又东北至皮丘坑，入于海。故晏谟、伏琛并言：淄、渑之水合于皮丘坑西。《地理志》曰：马车渎至琅槐入于海，盖举县言也。

**汶水出朱虚县泰山，**

山上有长城，西接岱山，东连琅邪，巨海千有余里，盖田氏之所造也。《竹书纪年》：梁惠成王二十年，齐筑防以为长城。《竹书》又云：晋烈公十二年，王命韩景子、赵烈子、翟员伐齐，入长城。《史记》所谓齐威王越赵侵我，伐长城者也。伏琛、晏谟并言：水出县东南峿山，山在小泰山东者也。

**北过其县东，**

汶水自县东北迳郚城北。《地理风俗记》曰：朱虚县东四十里有郚城亭，故县也。又东北迳管宁冢东。故晏谟言：柴阜西南有魏独行君子管宁墓，墓前有碑。又东北迳柴阜山北，山之东有征士邴原冢，碑志存焉。汶水又东北迳汉青州刺史孙嵩墓西，有碑碣。汶水又东迳安丘县故城北。汉高帝八年，封将军张说为侯国。《地理志》曰：王莽之诛郅也。孟康曰：今渠丘亭是也。伏琛、晏谟《齐记》并言：莒渠丘亭在安丘城东北十里。非矣。城对牟山，山之西南有孙宾硕兄弟墓，碑志并在也。

**又北过淳于县西，又东北入于潍。**

故夏后氏之斟灌国也。周武王以封淳于公，号曰淳于国。《春秋》：桓公六年冬，州公如曹。《传》曰：淳于公如曹，度其国危，遂不复也。其城东北，则两川交会也。

**潍水出琅邪箕县潍山，**

琅邪，山名也，越王句践之故国也。句践并吴，欲霸中国，徙都琅邪。秦始皇二十六年，灭齐以为郡。城即秦皇之所筑也。遂登琅邪大乐之山作层台于其上，谓之琅邪台。台在城东南十里，孤立，特显出于众山。上下周二十里余，傍滨巨海。秦王乐之，因留三月，乃徙黔首三万户于琅邪山下，复十二年。所作台，基三层，层高三丈，上级平敞，方二百余步，广五里。刊石立碑，纪秦功德。台上有神渊，渊至灵焉。人汙之则竭；斋洁则通。神庙在齐八祠中，汉武帝亦尝登之。汉高帝吕后七年，以为王国；文帝三年，更名为郡，王莽改曰填夷矣。潍水导源潍山。许慎、吕忱云：潍水出箕屋山。《淮南子》曰：潍水出覆舟山。盖广异名也。东北迳箕县故城西；又西，析泉水注之。水出析泉县北松山，东南流迳析泉县东，又东南迳仲固山，东北流入于潍。《地理志》曰：至箕县北入潍者也。潍水又东北迳诸县故城西。《春秋》：文公十二年，季孙行父城诸及郓。《传》曰：城其下邑也。王莽更名诸并矣。潍水又东北，涓水注之。水出马耳山。山高百丈，上有二石并举，望齐马耳，故世取名焉。东去常山三十里，涓水发于其阴，北迳娄乡城东。《春秋》：昭公五年《经》书，夏，莒牟夷以牟、娄、防、兹来奔者也。又分诸县之东为海曲县，故俗人谓此城为东诸城。涓水又北注于潍水。

**东北过东武县西，**

县因冈为城，城周三十里。汉高帝六年，封郭蒙为侯国，王莽更名之曰祥善矣。又北，左合扶淇之水。水出西南常山，东北流注潍。晏、伏并以潍水为扶淇之水。以扶淇之水为潍水，非也。按《经》脉志，潍自箕县北迳东武县西北流，合扶淇之水。晏谟、伏琛云：东武城西北二里，潍水者，即扶淇之水也。潍水又北，右合卢水，即久台水也。《地理志》曰：水出琅邪横县故山，王莽之令丘也。山在东武县故城东南，世谓之卢山也。西北流迳昌县故城西，东北流。《齐地记》曰：东武城东南有卢水，水侧有胜火木。方俗音曰柽子，其木经野火烧死，炭不灭。故东方朔云不灰之木者也。其水又东北流迳东武县故城东，而西北入潍。《地理志》曰：久台水东南至东武入潍者也。《尚书》所谓潍、淄其道矣。

### 又北过平昌县东，

潍水又北迳石泉县故城西，王莽之养信也。《地理风俗记》曰：平昌县东南四十里，有石泉亭，故县也。潍水又北迳平昌县故城东，荆水注之。水出县南荆山阜，东北流迳平昌县故城东。汉文帝封齐悼惠王肥子印为侯国。城之东南角有台，台下有井，与荆水通。物坠于井，则取之荆水。昔常有龙出入于其中，故世亦谓之龙台城也。荆水又东北流注于潍。潍水又北，浯水注之。水出浯山，世谓之巨平山也。《地理志》曰：灵门县有高原山、壶山，浯水所出，东北入潍。今是山西接浯山。许慎《说文》言：水出灵门山，世谓之浯汶矣。其水东北迳姑幕县故城东。县有五色土，王者封建诸侯，随方受之。故薄姑氏之国也。阚骃曰：周成王时，薄姑与四国作乱，周公灭之，以封太公。是以《地理志》曰：或言薄姑也，王莽曰季睦矣。应劭曰：《左传》曰，薄姑氏国，太公封焉。薛瓒《汉书注》云：博昌有薄姑城。未知孰是。浯水又东北迳平昌县故城北，古堨此水，以溢溉田，南注荆水。浯水又东北流，而注于潍水也。

### 又北过高密县西，

应劭曰：县有密水，故有高密之名也。然今世所谓百尺水者，盖密水也。水有二源，西源出奕山，亦曰鄣日山。山势高峻，隔绝阳曦。晏谟曰：山状鄣日，是有此名。伏琛曰：山上鄣日，故名鄣日山也。其水东北流。东源出五弩山，西北流，同泻一壑，俗谓之百尺水。古人堨以溉田数十顷，北流迳高密县西，下注潍水，自下亦兼通称焉。乱流历县西碑产山西。又东北，水有故堰，旧凿石竖柱断潍水，广六十许步，掘东岸，激通长渠，东北迳高密县故城南。明帝永平中，封邓震为侯国。县南十里，蓄以为塘，方二十余里，古所谓高密之南都也，溉田一顷许。陂水散流，下注夷安泽。潍水自堰北迳高密县故城西，汉文帝十六年，别为胶西国；宣帝本始元年，更为高密国。王莽之章牟也。潍水又北，昔韩信与楚将龙且夹潍水而阵于此。信夜令为万余囊，盛沙以遏潍水，引军击且，伪退。且追北，信决水，水大至，且军半不得渡，遂斩龙且于是水。水西有厉阜，阜上有汉司农卿郑康成冢，石碑犹存。又北迳昌安县故城东，汉明帝永平中，封邓袭为侯国也。《郡国志》曰：汉安帝延光元年复也。

### 又北过淳于县东，

潍水又北，左会汶水；北迳平城亭西；又东北迳密乡亭西。《郡国志》曰：淳于县有密乡。《地理志》，皆北海之属县也。应劭曰：淳于县东北六十里，有平城亭；又四十里，有密乡亭，故县也。潍水又东北迳下密县故城西，城东有密阜。《地理志》曰：有三户山祠。余按应劭曰：密者，水名，是有下密之称。俗以之名阜，非也。

### 又东北过都昌县东，

潍水东北迳逢萌墓。萌，县人也。少有大节，耻给事县亭，遂浮海至辽东，复还，在不其山隐学。明帝安车征，萌以佯狂免。又北迳都昌县故城东。汉高帝六年，封朱轸为侯国。北海相孔融为黄巾贼管亥所围于都昌也。太史慈为融求救刘备，持的突围其处也。

### 又东北入于海。

### 胶水出黔陬县胶山北，过其县西，

《齐记》曰：胶水出五弩山，盖胶山之殊名也。北迳祝兹县故城东，汉武帝元鼎中，封胶东康王子延为侯国。又迳征扶县故城西，《地理志》，琅邪之属县也，汉文帝元年，封吕平为侯国。胶水又北迳黔陬故城西。袁山松《郡国志》曰：县有介亭。《地理志》曰：故介国也。《春秋》：僖公九年，介葛卢来朝，闻牛鸣曰：是生三牺，皆用之。问之，果然。晏谟、伏琛并云：县有东西二城，相去四十里，有胶水。非也，斯乃拒艾水也。水出县西南拒艾山，即《齐记》所谓黔艾山也。东北流迳柜县故城西。王莽之袚同也。世谓之王城，又谓是水为洋水矣。又东北流，晏、伏所谓黔陬城西四十里有胶水者也。又东入海。《地理志》：琅邪有柜县，根艾水出焉。东入海，即斯水也。今胶水北流迳西黔陬城东，晏、伏所谓高密郡侧有黔陬县。《地理志》曰：胶水出邞⑲县，王莽更之纯德矣，疑即是县，所未详也。

**又北过夷安县东，**

县，故王莽更名之原亭也。应劭曰：故莱夷维邑也。太史公曰：晏平仲，莱之夷维之人也。汉明帝永平中，封邓珍为侯国。西去潍水四十里。胶水又北迳胶阳县东。晏、伏并谓之东亭。自亭结路，南通夷安。《地理风俗记》曰：淳于县东南五十里有胶阳亭，故县也。又东北流，左会一水，世谓之张奴水。水发夷安县东南阜下，西北流历胶阳县注于胶。胶水之左为泽渚，东北百许里，谓之夷安潭，潭周四十里，亦潍水枝津之所注也。胶水又东北迳下密县故城东；又东北迳胶东县故城西。汉高帝元年，别为国。景帝封子寄为王国，王莽更之郁袟也。今长广郡治。伏琛、晏谟言：胶水东北回达于胶东城北百里，流注于海。

**又北过当利县西北，入于海。**

县，故王莽更名之为东莱亭也。又北迳平度县，汉武帝元朔二年，封菑川懿王子刘衍为侯国，王莽更名之曰利卢也。县有土山，胶水北历土山，注于海。海南，土山以北，悉盐坑，相承修煮不辍。北眺巨海，杳冥无极，天际两分，白黑方别，所谓溟海者也。故《地理志》曰：胶水北至平度入海也。

---

①柤：zhā，音扎。

②匃：gài，音、意同"丐"。

③鄹（zōu，音邹）：春秋时鲁国地名。

④余总角之年，侍节东州：意为"当时我还年幼，随父亲到东方来"。

⑤桂笋寻波：意为驾小船逐浪漂流。

⑥巉岏（cuán wán，音攒完）：峻峭的山峰。

⑦蕤：ruí。

⑧浞：zhuó，音浊。

⑨羛：yì，音义。

⑩猱（náo，音挠）：古山名，在今山东。

⑪溷（hùn，音混）：混乱。

⑫磇（pī，音辟）：磇砺，石声。

⑬羁（jī，音机）：作客在外。

⑭尨（méng，音蒙）："尨"亦作"厖"，指老人。

⑮为块然之主：意为让孤魂有所依托。

⑯郋（xī，音西）：地名。

⑰歜（chù，音触）。

⑱髡（kūn，音昆）。

⑲邞（fū，音夫）：汉县名，在今山东。

# 水经注卷二十七

## 沔　水

**沔水出武都沮县东狼谷中，**

沔水一名沮水。阚骃曰：以其初出沮洳然，故曰沮水也，县亦受名焉。导源南流，泉街水注之。水出河池县，东南流入沮县，会于沔。沔水又东南迳沮水戍而东南，流注汉，曰沮口，所谓沔汉者也。《尚书》曰：嶓冢导漾，东流为汉。《山海经》所谓：汉出鲋嵎山也。东北流得献水口。庾仲雍云：是水南至关城，合西汉水。汉水又东北，合沮口，同为汉水之源也。故如淳曰：此方人谓汉水为沔水。孔安国曰：漾水东流为沔，盖与沔合也。至汉中为汉水，是互相通称矣。沔水又东迳白马戍南，浕水入焉。水北发武都氐中，南迳张鲁城东。鲁，沛国张陵孙。陵学道于蜀鹤鸣山，传业衡，衡传于鲁。鲁至，行宽惠，百姓亲附，供道之费，米限五斗①，故世号五斗米道。初平中，刘焉以鲁为督义司马。住汉中，断绝谷道，用远城治，因即崤岭②。周回五里，东临浚谷，杳然百寻；西北二面，连峰接崖，莫究其极；从南为盘道，登陟二里有余。浕水又南迳张鲁治东，水西山上，有张天师堂，于今民事之。庾仲雍谓山为白马塞，堂为张鲁治，东对白马城，一名阳平关。浕水南流入沔，谓之浕口。其城西带浕水，南面沔川，城侧二水之交，故亦曰浕口城矣。沔水又东迳武侯垒南，诸葛武侯所居也。南枕沔水，水南有亮垒，背山向水，中有小城，回隔难解。沔水又东迳沔阳县故城南。城，旧言汉祖在汉中萧何所筑也。汉建安二十四年，刘备并刘璋，北定汉中，始立坛，即汉中王位于此。其城南临汉水，北带通逵，南面崩水三分之一，观其遗略，厥状时传。南对定军山，曹公南征汉中，张鲁降，乃命夏侯渊等守之。刘备自阳平关南渡沔水，遂斩渊首，保有汉中。诸葛亮之死也，遗令葬于其山，因即地势，不起坟垄，惟深松茂柏，攒蔚川阜，莫知墓茔所在。山东名高平，是亮宿营处，有亮庙。亮薨，百姓野祭。步兵校尉习隆、中书郎向充共表云：臣闻周人思召伯之德，甘棠为之不伐；越王怀范蠡之功，铸金以存其像。亮德轨遐迩，勋盖来世，王室之不坏，实赖斯人。而使百姓巷祭，戎夷野祀，非所以存德念功，追述在昔者也。今若尽顺民心，则黩③而无典；建之京师，又逼宗庙，此圣怀所以惟疑也。臣谓宜近其墓，立之沔阳，断其私祀，以崇正礼。始听立祀。斯庙盖所启置也。钟士季征蜀，枉驾设祠。茔东，即八阵图也，遗基略在，崩褫难识。沔水又东迳西乐城北。城在山上，周三十里，甚除固。城侧有谷，谓之容裘谷，道通益州。山多群獠，诸葛亮筑以防遏。梁州刺史杨亮，以即险之固，保而居之，为苻坚所败。后刺史姜守、潘猛，亦相仍守此城。城东，容裘溪水注之，俗谓之洛水也。水南导巴岭山东北流，水左有故城，凭山即险，四面阻绝，昔先主遣黄忠据之，以拒曹公。溪水又北迳西乐城东，而北流注于汉。汉水又左得度口，水出阳平北山。水有二源：一曰清检，出佳鳝④；一曰浊检，出好鲋。常以二月、八月取之，美珍常味。度水南迳阳平县故城东，又南迳沔阳县故城东；西南流注于汉水。汉水又东，右会温泉水口。水发山北平地，方数十步，泉源沸涌，冬夏汤汤，望之则白气浩然。言能瘥⑤百病云。洗浴者皆有硫磺气，赴集者常有百数。池水通注汉水。汉水又东，黄沙水左注之。水北出远山，山谷邃险，人迹罕交，溪曰五丈溪。水侧有黄沙屯，诸葛亮所开也。其水南注汉。水南有女郎山，山上有女郎冢，远望山坟，嵬嵬状高，及即其所，裁有坟形。山上直路下出，不生草木，世人谓之女郎道。下有女郎庙及捣⑥衣石，言张鲁女也。有小水北流入汉，谓之女郎水。汉水又东合褒水。水西北出衙岭山，东南迳大石门，历故栈道下谷，俗谓千梁无柱也。诸葛亮《与兄瑾书》云：前赵子龙退军，烧坏赤崖以北阁道缘谷百余里，其阁梁一头入山腹，其一头立柱于水中。今水大而急，不得安柱，此其穷极，不可强也。又云：顷大水暴出，赤崖以南桥阁悉坏。时赵子龙与邓伯苗，一戍赤崖屯田，一戍赤崖口，但得缘崖与伯苗相闻而已。后诸葛亮死于五丈原，魏延先退而焚之，谓是道也。自后按旧修路者，悉无复水中柱，迳涉者浮梁振动，无不摇心眩目也。褒水又东南迳三交城，城在三水之会故也。一水北出长安；一水西北出仇池，一水东北出太白山，是城之所以取名矣。褒水又东南得丙水口。水上承丙穴，穴出嘉鱼，常以三月出，十月入地。穴口广五六尺，去平地七八尺，有泉悬注。鱼自穴下透入水。穴口向丙，故曰丙穴，下注褒水。故左思称：嘉鱼出于丙穴，良木攒于褒谷矣。褒水又东南历小石门，门穿山通道，六丈有余。刻石言：汉明帝永平中，司隶校尉犍为杨厥之所开。逮桓帝建和二年，汉中太守同郡王升，嘉厥开凿之功，琢石颂德，以为石牛道。来敏《本蜀论》云：秦惠王欲伐蜀，而不知道，作五石牛，以金置尾下，言能屎金。蜀王负力，令五丁引之成道。秦使张仪、司马错寻路灭蜀，因曰石牛道。厥盖因而广之矣。《蜀都赋》曰：阻以石门。其斯之谓也。门在汉中之西，褒中之北。褒水又东南历褒口，即褒谷之南口也。北口曰斜。所谓北出褒斜。褒水又南迳褒县故城东，褒中县也，本褒国矣。汉昭帝元凤六年置。褒水又南流入于汉。汉水又东迳万石城下。城在高原上，原高十余丈，四面临平，形若覆瓮。水南遏水为阻，西北并带汉水。其城宿是流杂聚居，故世亦谓之流杂城。汉水又东迳汉庙堆下。昔汉女所游，侧水为钓台，后人立庙于台上。世人睹其颓基崇广，因谓之汉庙堆。传呼乖实，又名之为汉武堆，非也。

**东过南郑县南，**

县，故褒之附庸也。周显王之世，蜀有褒汉之地。至六国，楚人兼之。怀王衰弱，秦略取焉。周赧王二年，秦惠王置汉中郡，因水名也。耆旧传云：南郑之号，始于郑桓公。桓公死于犬戎，其民南奔，故以南郑为称。即汉中郡治也。汉高祖入秦，项羽封为汉王。萧何曰：天汉，美名也。遂都南郑。大城周四十二里，城内有小城，南凭津流，北结环雉，金墉漆井，皆汉所修筑。地沃川险，魏武方之鸡肋。曰：释骐骥而不乘，焉皇皇而更求？遂留杜子绪镇南郑而还。晋咸康中，梁州刺史司马勋断小城东面三分之一，以为梁州汉中郡南郑县治也。自齐、宋、魏，咸相仍焉。水南即汉阴城也。相承言吕后所居也。有廉水出巴岭山，北流迳廉川，故水得其名矣。廉水又北注汉水。汉水右合池水，水出旱山。山下有祠，列石十二，不辨其由，盖社主之流，百姓四时祈祷焉。俗谓之猴子水，夹溉诸田，散流左注汉水。汉水又东，得长柳渡。长柳，村名也。汉太尉李固墓，碑铭尚存，文字剥落，不可复识。汉水又东迳胡城南。义熙十五年⑦，城上有密云细雨，五色昭彰。人相与谓之庆云，休符当出。晓而云霁，乃觉城崩，半许沦水，出铜钟十二枚。刺史索邈奉送洛阳，归之宋公府。南对扁鹊城，当是越人旧所迳涉，故邑流其名耳。汉水出于二城之间，右会磐余水。水出南山巴岭上，泉流两分，飞清派注，南入蜀水，北注汉津，谓之磐余口。庾仲雍曰：磐余去胡城二十里。汉水又左会文水。水即门水也，出胡城北山石穴中。长老云：杜阳有仙人宫，石穴，宫之前门。故号其川为门川，水为门水。东南流迳胡城北，三城奇对，隔谷罗布，深沟固垒，高台相距。门水右注汉水，谓之高桥溪口。汉水又东，黑水注之。水出北山，南流入汉。庾仲雍曰：黑水去高桥三十里。诸葛亮《笺》云：朝发南郑，暮宿黑水，四五十里，指谓是水也；道则百里也。

**又东过成固县南，又东过魏兴安阳县南，涔水出自旱山，北注之。**

常璩《华阳国志》曰：蜀以成固为乐城县也。安阳县故隶汉中，魏分汉中立魏兴郡，安阳隶焉。涔水出西南而东北入汉。左谷水出西北，即壻水也。北发听山，山下有穴水，穴水东南流历平川中，谓之壻乡，水曰壻水。川有唐公祠。唐君字公房，成固人也。学道得仙，入云台山，合丹服之，白日升天，鸡鸣天上，狗吠云中，惟以鼠恶，留之。鼠乃感激，以月晦日，吐肠胃更生，故时人谓之唐鼠也。公房升仙之日，壻行未还，不获同阶云路，约以此川为居，言无繁霜蛟虎之患，其俗以为信然。因号为壻乡，故水亦即名焉。百姓为之立庙于其处也，刊石立碑，表述灵异。壻水南历壻乡溪，出山东南流迳通关势南。山高百余丈，上有匈奴城，方五里，浚堑三重。高祖北定三秦，萧何守汉中。欲修北道，通关中，故名为通关势。壻水又东迳七女冢，冢夹水，罗布如七星，高十余丈，周回数亩。元嘉六年，大水破坟，坟崩，出铜不可称计。得一砖，刻云：项氏伯无子，七女造墉，世人疑是项伯冢。水北有七女池，池东有明月池，状如偃月，皆相通注，谓之张良渠，盖良所开也。壻水迳樊哙台南，台高五六丈，上容百许人。又东南迳大成固北。城乘高势，北临壻水。水北有韩信台，高十余丈，上容百许人。相传高祖斋七日，置坛，设九宾礼，以礼拜信也。壻水东回南转，又迳其城东，而南入汉水，谓之三水口也。汉水又东会益口水，出北山益谷，东南流注于汉水。汉水又东至浕城南，与洛谷水合。水北出洛谷，谷北通长安。其水南流，右则浕水注之。水发西溪，东南流合为一水，乱流南出，际其城西，南注汉水。汉水又东迳小成固南，州治大成固，移县北[8]，故曰小成固城。北百二十里有兴势坂。诸葛亮出洛谷，戌兴势，置烽火楼处，通照汉水。东历上涛，而迳于龙下，盖伏石惊湍，流屯激怒，故有上、下二涛之名。龙下，地名也。有丘柳坟墟，旧谓此馆为龙下亭。自白马迄此，则平川夹势，水丰壤沃，利方三蜀矣。度此，溯洄从汉，为山行之始。汉水又东迳石门滩，山峡也，东会酉水。水出秦岭酉谷，南历重山，与寒泉合。水东出寒泉岭。泉涌山顶，望之交横，似若瀑布，颓波激石，散若雨洒，势同厌原风雨之池。其水西流入于酉水。酉水又南注汉，谓之酉口。汉水又东迳妫墟滩。《世本》曰：舜居妫汭，在汉中西城县。或言妫墟在西北，舜所居也，或作姚墟。故后或姓姚，或姓妫，妫、姚之异，是妄未知所从。余按应劭之言，是地于西城为西北也。汉水又东迳猴径滩，山多猴猿，好乘危缀饮，故滩受斯名焉。汉水又东迳小、大黄金南。山有黄金峭，水北对黄金谷。有黄金戌，傍山依峭，险折七里。氐掠汉中，阻此为戌，与铁城相对。一城在山上，容百余人；一城在山下，可置百许人。言其险峻，故以金、铁制名矣。昔杨难当令魏兴太守薛健据黄金，姜宝据铁城，宋遣秦州刺史萧思话西讨。话令阴平太宗萧垣攻拔之。贼退酉水矣。汉水又东合蘧蒢溪口。水北出就谷，在长安西南。其水南流迳巴溪戌西，又南迳阳都坂东。坂自上及下，盘折十九曲，西连寒泉岭。《汉中记》曰：自西城涉黄金峭、寒泉岭、阳都坂，峻崿百重，绝壁万寻，既造其峰，谓已逾崧、岱；复瞻前岭，又信过之。言陟羊肠，超烟云之际，顾看向涂，杳然有不测之险。山丰野牛、野羊，腾岩越岭，驰走若飞，触突树木，十围皆倒。山殚艮阻，地穷坎势矣。其水南历蘧蒢水，谓之蘧蒢水，而南流注于汉，谓之蒢口。汉水又东，右会洋水，川流漫阔，广几里许。洋水导源巴山，东北流迳平阳城。《汉中记》曰：本西乡县治也。自成固南入三百八十里，距南郑四百八十里。洋川者，汉戚夫人之所生处也，高祖得而宠之，夫人思慕本乡，追求洋川米，帝为驿致长安。蠲复其乡，更名曰县。故又目其地为祥川，用表夫人载诞之休祥也。城即定远矣。汉顺帝永光七年[9]，封班超以汉中郡南郑县之西乡，为定远侯，即此也。洋水又东北流入汉，谓之城阳水口也。汉水又东历敖头，旧立仓储之所。傍山通道，水陆险凑。魏兴安康县治，有戌，统领流杂。汉水又东合直水，水北出子午谷岩岭下。又南枝分，东注旬水；又南迳莸[10]阁下，山上有戌，置于崇阜之上，下临深渊。张子房烧绝栈阁，示无还也。

又东南历直谷，迳直城西，而南流注汉。汉水又东迳直城南；又东迳千渡而至虾蟆颜，历汉阳、沇口而届于彭溪、龙灶矣。并溪涧滩碛之名也。汉水又东迳晋昌郡之宁都县南，县治松溪口。又东迳魏兴郡广城县，县治王谷。谷道南出巴獠，有盐井，食之令人瘥①疾。汉水又东迳鱼脯谷口，旧西城、广城二县，指此谷而分界也。

## 又东过西城县南。

汉水又东迳鳖池南鲸滩。鲸，大也。《蜀都赋》曰：流汉汤汤，惊浪雷奔，望之天迥，即之云昏者也。汉水又东迳岚谷北口，嶂远溪深，涧峡险邃，气萧萧以瑟瑟；风飕飕而飑飑，故川谷擅其目矣。汉水又东，右得大势，势阻急溪，故亦曰急势也。依山为城，城周二里，在峻山上，梁州督护吉挹所治。符坚遣偏军韦钟伐挹，挹固守二年，不能下，无援遂陷。汉水右对月谷口，山有坂月川，于中黄壤沃衍，而桑麻列植，佳饶水田。故孟达《与诸葛亮书》，善其川土沃美也。汉水又东迳西城县故城南，《地理志》：汉中郡之属县也。汉末为西城郡。建安二十四年，刘备以申仪为西城太守。仪据郡降魏，魏文帝改为魏兴郡，治故西城县之故城也。氐略汉川，梁州移治于此。城内有舜祠、汉高帝庙，置民九户，岁时奉祠焉。汉水又东为鳣湍，洪波渀荡，漰浪云颓。古耆旧言，有鳣鱼奋鳍溯流，望涛直上，至此则暴鳃失济，故因名湍矣。汉水又东合旬水。水北出旬山，东南流迳平阳戍下，与直水枝分东注，迳平阳戍入旬水。旬水又东南迳旬阳县，与柞水合。水西出柞溪，南流迳重岩堡西，屈而东流，迳其堡南，东南注于旬水。旬水又东南迳旬阳县南，县北山有悬书崖，高五十丈，刻石作字，人不能上，不知所道。山下有石坛，上有马迹五所，名曰马迹山。旬水东南注汉，谓之旬口。汉水又东迳木兰寨南。右岸有城，名伎陵城，周回数里；左岸垒石数十行，重垒数十里，中谓是处为木兰寨。云：吴朝遣军救孟达于此矣。汉水又东，左得育溪，兴晋、旬阳二县分界于是谷。汉水又东合甲水口。水出秦岭山，东南流迳金井城南，又东迳上庸郡北，与关衬水合。水出上洛阳亭县北青泥西山，南迳阳亭聚西，俗谓之平阳水，南合丰乡川水。水出弘农丰乡东山，西南流迳丰乡故城南。京相璠曰：南乡淅县有故酆乡，《春秋》所谓丰淅也。于《地理志》属弘农，今属南乡。又西南合关衬水。关衬水又南入上津，注甲水。甲水又东南迳魏兴郡之兴晋县南，晋武帝太康中立。甲水又东，右入汉水。汉水又东为龙渊，渊上有胡鼻山，石类胡人鼻故也。下临龙井渚，渊深数丈。汉水又东迳魏兴郡之锡县故城北，为白石滩。县，故《春秋》之锡穴地也，故属汉中，王莽之锡治也。县有锡义山，方圆百里，形如城，四面有门，上有石坛，长数十丈，世传列仙所居。今有道士，被发饵术，恒数十人。山高谷深，多生薇蘅草。其草有风不偃，无风独摇。汉水又东迳长利谷南，入谷，有长利故城，旧县也。汉水又东历姚方，盖舜后枝居是处，故地留姚称也。

---

① 斞（dǒu，音抖）：同"斗"。

② 据考，此句应为"鲁建成治，因即峭岭"。

③ 黩（dú，音独）：轻率，轻举妄动。

④ 鳠（hù，音户）：生活在淡水中的一种鱼。

⑤ 瘥（chài，音菜）：病愈。

⑥ 捣（dǎo，音导）：亦作捣，舂，捶。

⑦ 据考义熙仅十四年，此处当为十三年。

⑧ 移县此：据考应为"移县治此"。

⑨ 汉顺帝永光七年：应为"汉和帝永元七年"。

⑩ 蓰：xǐ，音喜。

⑪ 颐（duī，音堆）：高阜。

⑫瘿（yǐng，音影）：甲状腺肿大等病症。

# 水经注卷二十八

## 沔　水

**又东过堵阳县，堵水出自上粉县，北流注之。**

堵水出建平郡界故亭谷，东历新城郡。郡，故汉中之房陵县也。世祖建武元年，封邓晨为侯国；汉末以为房陵郡；魏文帝合房陵、上庸、西城，立以为新城郡，以孟达为太守，治房陵故县。有粉水，县居其上，故曰上粉县也。堵水之旁有别溪，岸侧土色鲜黄，乃云可噉①。有言饮此水者，令人无病而寿，岂其信乎？又有白马山，山石似马，望之逼真。侧水谓之白马塞。孟达为守，登之而叹曰：刘封、申耽据金城千里，而更失之乎？为《上堵吟》，音韵哀切，有恻人心，今水次尚歌之。堵水又东北迳上庸郡，故庸国也。《春秋》：文公十六年，楚人、秦人、巴人灭庸。庸，小国，附楚。楚有灾不救，举群蛮以叛，故灭之以为县，属汉中郡。汉末又分为上庸郡，城三面际水。堵水又东迳方城亭南，东北历峻山下，而北迳堵阳县南，北流注于汉，谓之堵口。汉水又东，谓之涝滩，冬则水浅，而下多大石。又东为净滩，夏水急盛，川多湍洑，行旅苦之。故谚曰：冬涝夏净，断官使命。言二滩阻碍。

**又东过郧乡南，**

汉水又东迳郧乡县南之西山，上有石虾蟆，仓卒看之与真不别。汉水又东迳郧乡县故城南，谓之郧乡滩。县故黎也，即长利之郧乡矣。《地理志》曰：有郧关。李奇以为郧子国。晋太康五年立以为县。汉水又东迳琵琶谷口，梁、益二州分境于此，故谓之琵琶界也。

**又东北流，又屈东南，过武当县东北，**

县西北四十里，汉水中有洲，名沧浪洲。庾仲雍《汉水记》谓之千龄洲，非也。是世俗语讹，音与字变矣。《地说》曰：水出荆山，东南流为沧浪之水，是近楚都。故《渔父歌》曰：沧浪之水清兮，可以濯我缨；沧浪之水浊兮，可以濯我足。余按《尚书·禹贡》言：导漾水东流为汉，又东为沧浪之水。不言过而言为者，明非他水决入也。盖汉沔水自下有沧浪通称耳。缠络鄢、郢，地连纪、鄀②，咸楚都矣。渔父歌之，不违水地，考按经传，宜以《尚书》为正耳。汉水又东为俍③子潭，潭中有石磧洲，长六十丈，广十八丈，世亦以此洲为俍子葬父于斯，故潭得厥目焉，所未详也。汉水又东南迳武当县故城北，世祖封邓晨子棠为侯国。内有一碑，文字磨灭，不可复识，俗相传言，是《华君铭》，亦不详华君何代之士。汉水又东，平阳川水注之。水出县北伏亲山，南历平阳川，迳平阳故城下，又南流注于沔。沔水又东南迳武当县故城东；又东，曾水注之。水导源县南武当山，一曰太和山，亦曰嵾上山，山形特秀，又曰仙室。《荆州图副记》曰：山形特秀，异于众岳，峰首状博山香炉，亭亭远出，药食延年者萃焉。晋咸和中，历阳谢允，舍罗邑宰，隐遁斯山，故亦曰谢罗山焉。曾水发源山麓，迳越山阴，东北流注于沔，谓之曾口。沔水又东迳龙巢山下，山在沔水中，高十五丈，广员一里二百三十步。山形峻峭，其上秀林茂木，隆冬不凋。

**又东南过涉都城东北，**

故乡名也。按《郡国志》，筑阳县有涉乡者也。汉武帝元封元年封南海守降侯子嘉为侯国。均水于县入沔，谓之均口也。

**又东南过酂县之西南，**

县治故城，南临沔水，谓之酂头。汉高帝五年封萧何为侯国也。薛瓒曰：今南乡酂头是也。《茂陵书》曰：在南阳，王莽更名南庚者也。

**又南过穀城东，又南过阴县之西，**

沔水东迳穀城南，而不迳其东矣。城在穀城山上，春秋穀伯绥之邑也。墉阇颓毁，基堑亦存。沔水又东南迳阴县故城西，故下阴也。《春秋》：昭公十九年，楚工尹赤迁阴于下阴是也。县东有冢。县令济南刘熹，字德怡，魏时宰县，雅好博古，教学立碑，载生徒百有余人，不终业而夭者，因葬其地，号曰生坟。沔水又东南得洛溪口。水出县西北集池陂，东南流迳洛阳城，北枕洛溪，溪水东南注沔水也。

**又南过筑阳县东。筑水出自房陵县，东过其县，南流注之。**

沔水又南，汎水注之。水出梁州阆阳县。魏遣夏侯渊与张郃下巴西，进军宕渠。刘备军汎口，即是水所出也。张飞自别道袭张郃于此水，郃败，弃马升山，走还汉中。汎水又东迳巴西，历巴渠北新城、上庸，东迳汎阳县故城南，晋分筑阳立。自县以上，山深水急，枉渚崩湍，水陆径绝。又东迳学城南，梁州大路所由也。旧说：昔者有人立学都于此，值世荒乱，生徒罔依，遂共立城以御难，故城得厥名矣。汎水又东流注于沔，谓之汎口也。沔水又南迳阙林山东，本郡陆道之所由。山东有二碑，其一即记阙林山，文曰：君国者不跻高埋下。先时或断山冈，以通平道，民多病，守长冠军张仲瑜乃与邦人筑断故山道，作此铭；其一郭先生碑。先生名辅，字甫成，有孝友悦学之美。其女为立碑于此，并无年号，皆不知何代人也。沔水又南迳筑阳县东，又南，筑水注之。杜预以为彭水也。水出梁州新城郡魏昌县界，县以黄初中分房陵立。筑水东南流迳筑阳县，水中有孤石挺出，其下澄潭，时有见此石根，如竹根而黄色，见者多凶，相与号为承受石，所未详也。筑水又东迳筑阳县故城南。县，故楚附庸也。秦平鄢郢，立以为县，王莽更名之曰宜禾也。建武二十八年，世祖封吴盱为侯国。筑水又东流注于沔，谓之筑口。沔水又南迳高亭山东，山有灵焉，士民奉之，所请有验。沔水又东为漆滩，新野郡山都县与顺阳筑阳，分界于其滩矣。

**又东过山都县东北，**

沔南有固城，城侧沔川，即新野山都县治也。旧南阳之赤乡矣，秦以为县。汉高后四年，封卫将军王恬启为侯国。沔北有和城，即《郡国志》所谓武当县之和城聚。山都县旧尝治此，故亦谓是处为故县滩。沔水北岸数里，有大石激，名曰五女激。或言女父为人所害，居固城。五女思复父怨，故立激以攻城。城北今沦于水。亦云有人葬沔北，墓宅将为水毁。其人五女无男，皆悉巨富，共修此激以全坟宅，然激作甚工。又云：女嫁为阴县佷子妇，家赀万金，而自少小不从父语。父临亡，意欲葬山上，恐儿不从，故倒言葬我著渚下石碛上。佷子曰：我由来不奉教，今从语。遂尽散家财，作石冢，积土绕之，成一洲，长数百步。元康中，始为水所坏。今石皆如半榻许，数百枚聚在水中。佷子是前汉人。襄阳太守胡烈有惠化，补塞堤决，民赖其利。景元四年九月，百姓刊石铭之，树碑于此。沔水又东，偏浅，冬月可涉渡，谓之交湖，兵戎之交，多自此济。晋太康中得鸣石于此水，撞之，声闻数里。沔水又东迳乐山北，昔诸葛亮好为《梁甫吟》，每所登游，故俗以乐山为名。沔水又东迳隆中，历孔明旧宅北。亮语刘禅云：先帝三顾臣于草庐之中，咨臣以当世之事。即此宅也。车骑沛国刘季和之镇襄阳也，与犍为人李安，共观此宅，命安作宅铭云：天子命我，于沔之阳，听鼓鼙而永思，庶先哲之遗光。后六十余年，永平之五年，习凿齿又为其宅铭焉。

### 又东过襄阳县北，

沔水又东迳万山北。山上有邹恢碑，鲁宗之所立也。山下潭中有杜元凯碑。元凯好尚后名，作两碑，并述己功，一碑沈之岘山水中，一碑下之于此潭。曰：百年之后，何知不深谷为陵也？山下水曲之隈，云汉女昔游处也。故张衡《南都赋》曰：游女弄珠于汉皋之曲。汉皋，即万山之异名也。沔水又东合檀溪水。水出县西柳子山下，东为鸭湖，湖在马鞍山东北，武陵王爱其峰秀，改曰望楚山。溪水自湖两分，北渠即溪水所导也。北迳汉阴台西，临流望远，按眺农圃，情邈灌蔬，意寄汉阴，故因名台矣；又北迳檀溪，谓之檀溪水，水侧有沙门释道安寺，即溪之名，以表寺目也。溪之阳有徐元直、崔州平故宅，悉人居。故习凿齿《与谢安书》云：每省家舅，纵目檀溪，念崔、徐之交，未尝不抚膺踌躇，惆怅终日矣。溪水傍城北注，昔刘备为景升所谋，乘的颅马西走，坠于斯溪。西去城里余，北流注于沔。一水东南出。应劭曰：城在襄水之阳，故曰襄阳。是水当即襄水也。城北枕沔水，即襄阳县之故城也。王莽之相阳矣。楚之北津戍也，今大城西垒是也。其土，古鄀、郧、卢、罗之地，秦灭楚，置南郡，号此为北部。建安十三年，魏武平荆州，分南郡，立为襄阳郡，荆州刺史治。邑居隐赈，冠盖相望，一都之会也。城南门道东有三碑：一碑是晋太傅羊祜碑；一碑是镇南将军杜预碑；一碑是安南将军刘俨碑，并是学生所立。城东门外二百步刘表墓。太康中为人所发，见表夫妻，其尸俨然，颜色不异，犹如平生。墓中香气远闻三四里中，经月不歇。今坟冢及祠堂，犹高显整顿。城北枕沔水。水中常苦蛟害，襄阳太守邓遐，负其气果，拔剑入水，蛟绕其足，遐挥剑斩蛟，流血丹水，自后患除，无复蛟难矣。昔张公遇害，亦亡剑于是水。后雷氏为建安从事，迳践濑溪，所留之剑忽于其怀跃出落水，初犹是剑，后变为龙。故吴均《剑骑诗》云：剑是两蛟龙。张华之言，不孤为验矣。沔水又迳平鲁城南。城，鲁宗之所筑也，故城得厥名矣。东对樊城。樊，仲山甫所封也。《汉晋春秋》称：桓帝幸樊城，百姓莫不观，有一老父，独耕不辍。议郎张温使问焉。父笑而不答。温因与之言，问其姓名，不告而去。城周四里，南半沦水。建安中，关羽围于禁于此城，会沔水泛溢三丈有余，城陷，禁降。庞德奋剑乘舟，投命于东冈。魏武曰：吾知于禁三十余载，至临危授命，更不如庞德矣。城西南有曹仁《记水碑》，杜元凯重刊其后，书伐吴之事也。

### 又从县东屈西南，淯水从北来注之。

襄阳城东有东白沙，白沙北有三洲，东北有宛口，即淯水所入也。沔水中有鱼梁洲，庞德公所居。士元居汉之阴，在南白沙，世故谓是地为白沙曲矣。司马德操宅洲之阳，望衡对宇，欢情自接，泛舟襄裳，率尔休畅，岂待还桂栧于千里，贡深心于永思哉④！水南有层台，号曰景升台，盖刘表治襄阳之所筑也。言表盛游于此，常所止憩。表性好鹰，尝登此台，歌《野鹰来曲》。其声韵似孟达《上堵吟》矣。沔水又迳桃林亭东；又迳岘山东，山上有桓宣所筑城，孙坚死于此。又有桓宣碑。羊祜之镇襄阳也，与邹润甫尝登之。及祜薨，后人立碑于故外，望者悲感，杜元凯谓之堕泪碑，山上又有征南将军胡罴碑、又有征西将军周访碑。山下水中，杜元凯沉碑处。沔水又东南迳蔡洲，汉长水校尉蔡瑁居之，故名蔡洲。洲东岸西有洄湖，停水数十亩，长数里，广减百步，水色常绿。杨仪居上洄，杨颙居下洄，与蔡洲相对，在岘山南有广昌里，又与襄阳湖水合。水上承鸭湖，东南流迳岘山西；又东南流，注白马陂水。又东入侍中襄阳侯习郁鱼池。郁依范蠡养鱼法作大陂，陂长六十步，广四十步，池中起钓台。池北亭，郁台所在也。列植松篁于池侧沔水上，郁所居也。又作石洑逗，引大池水于宅北，作小鱼池，池长七十步，广二十步。西枕大道，东北二边限以高堤，楸竹夹植，莲荽覆水，是游宴之名处也。山季伦之镇襄阳，每临此池，未尝不大醉而还，恒言此是我高阳池。故时人为之歌曰：山公出何去？往至高阳池。日暮倒载归，酩酊无所知。其水下入沔。沔水西又有孝子墓。河南秦氏，性至孝，事亲无倦，亲没之后，负土成坟，常泣血墓侧。人有咏《蓼莪》者，氏为泣涕，悲不自胜。于墓所得病，不能食，虎常乳之，百余日卒。今林木幽茂，号曰孝子墓也。其南有蔡瑁冢，冢前刻石为大鹿，状甚大，头高九尺，制作甚工。沔水又东南迳邔城北，习郁襄阳侯之封邑也，故曰邑城矣。沔水又东合洞口。水出安昌县故城东北大父山，西南流，谓之白水。又南迳安昌故城东，屈迳其县南。县，故蔡阳之白水乡也。汉元帝以长沙卑湿，分白水、上唐二乡为舂陵县。光武即帝位，改为章陵县，置园庙焉。魏黄初二年，更从今名，故义阳郡治也。白水又西南流，而左会昆水。水导源城东南小山，西流迳金山北；又西南流迳县南；西流注于白水。水北有白水陂，其阳有汉光武故宅，基址存焉。所谓白水乡也。苏伯阿望气处也。光武之征秦丰，幸旧邑，置酒极欢，张平子以为真人南巡，观旧里焉。《东观汉记》曰：明帝幸南阳，祀旧宅，召校官子弟作雅乐，奏《鹿鸣》，上自御埙篪和之，以娱宾客，又于此宅矣。白水又西合浕水。水出于襄乡县东北阳中山，西迳襄乡县之故城北。按《郡国志》是南阳之属县也。浕水又西迳蔡阳县故城东，西南流注于白水。又西迳其城南。建武十三年，世祖封城阳王祉世子本为侯国。应劭曰：蔡水出蔡阳，东入淮。今于此城南更无别水，惟是水可以当之。川流西注，苦其不东，且淮源阻碍，山河无相入之理，盖应氏之误耳。洞水又西南流注于沔水。

**又东过中庐县东，维水自房陵县维山东流注之。**

县，即《春秋》庐戎之国也。县故城南，有水出西山。山有石穴出马，谓之马穴山。汉时有数百匹马出其中，马形小，似巴、滇马。三国时，陆逊攻襄阳，于此穴又得马数十匹，送建业。蜀使至，有家在滇池者，识其马毛色，云：其父所乘马，对之流涕。其水东流百四十里迳城南，名曰浴马港，言初得此马，洗之于此，因以名之。亦云：乘出沔次浴之，又曰洗马厩。渡沔宿处，名之曰骑亭。然候水诸蛮北遏是水，南雍维川，以周田溉，下流入沔。沔水东南流迳犁丘故城西，其城下对缮洲，秦丰居之，故更名秦洲。王莽之败也，秦丰阻兵于犁丘。犁丘城在观城西二里。建武三年，光武遣征南岑彭击丰。四年，朱祐自观城擒丰于犁丘是也。沔水又南与疏水合。水出中庐县西南，东流至邔⑤县北界，东入沔水，谓之疏口也。水中有物，如三四岁小儿，鳞甲如鲮鲤，射之不可入。七八月中，好在碛上自曝。膝头似虎，掌爪常没水中，出膝头。小儿不知，欲取弄戏，便杀人。或曰：人有生得者，摘其皋厌⑥，可小小使。名为水虎者也。

**又南过邔县东北，**

沔水之左有骑城，周回二里余，高一丈六尺，即骑亭也。县，故楚邑也，秦以为县。汉高帝十一年，封黄极忠为侯国。县南有黄家墓，墓前有双石阙，雕制甚工，俗谓之黄公阙。黄公名尚，为汉司徒。沔水又东迳猪兰桥，桥本名木兰桥。桥之左右，丰蒿荻，于桥东刘季和大养猪。襄阳太守曰：此中作猪屎臭，可易名猪兰桥，百姓遂以为名矣。桥北有习郁宅，宅侧有鱼池，池不假功，自然通洫，长六七十步，广十丈，常出名鱼。沔水又南得木里水会，楚时，于宜城东穿渠，上口去城三里。汉南郡太守王宠又凿之，引蛮水灌田，谓之木里沟。迳宜城东而东北入于沔，谓之木里水口也。

**又南过宜城县东，夷水出自房陵，东流注之。**

夷水，蛮水也。桓温父名夷，改曰蛮水。夷水导源中庐县界康狼山，山与荆山相邻。其水东南流历宜城西山，谓之夷溪。又东南迳罗川城，故罗国也。又谓之鄢水，《春秋》所谓楚人伐罗，渡鄢者也。夷水又东南流与零水合，零水即淯水也。上通梁州没阳县之默城山，司马懿出沮之所由。其水东迳新城郡之淯乡县，县分房陵立，谓之淯水。又东历轪⑦乡，谓之轪水。晋武帝平吴，割临沮之北乡、中庐之南乡，立上黄县，治轪乡。沶水又东历宜城西山，谓之沶溪。东流合于夷水，谓之沶口也。与夷水乱流东出，谓之淇水。迳蛮城南，城在宜城南三十里。《春秋》莫敖自罗败退，及鄢，乱次以济淇水是也。夷水又东注于沔。昔白起攻楚，引西山长谷水，即是水也。旧堨去城百许里，水从城西，灌城东入，注为渊，今熨斗陂是也。水溃城东北角，百姓随水流，死于城东者数十万，城东皆臭，因名其陂为臭池。后人因其渠流，以结陂田。城西陂谓之新陂，覆地数十顷。西北又为土门陂，从平路渠以北、木兰桥以南，西极土门山，东跨大道，水流周通。其水自新陂东入城。城，古鄢郢之旧都，秦以为县。汉惠帝三年，改曰宜城。其水历大城中，迳汉南阳太守秦颉墓北。墓前有二碑。颉，都人也，以江夏都尉出为南阳太守，迳宜城中，见一家东向，颉住车视之，曰：此居处可作冢。后卒于南阳，丧还至昔住车处，车不肯进，故吏为市此宅葬之，孤坟尚整。南有宋玉宅。玉，邑人，隽才辩给，善属文而识音也。其水又迳金城前，县南门有古碑犹存。其水又东出城，东注臭池。臭池溉田，陂水散流，又入朱湖陂。朱湖陂亦下灌诸田。余水又下入木里沟。木里沟是汉南郡太守王庞所凿，故渠引鄢水也，灌田七百顷。白起渠溉三千顷，膏良肥美，更为沃壤也。县有太山，山下有庙。汉末名士居其中[8]，刺史、二千石卿长数十人，朱轩华盖，同会于庙下。荆州刺史行部见之，雅叹其盛，号为冠盖里，而刻石铭之。此碑于永嘉始为人所毁，其余文尚有可传者。其辞曰：峨峨南岳，烈烈离明，实敷俊乂，君子以生。惟此君子，作汉之英，德为龙光，声化鹤鸣。此山以建安三年崩，声闻五六十里，雉皆屋雊[9]，县人恶之，以问侍中庞季。季云：山崩川竭，国土将亡之占也。十三年，魏武平荆州，沔南雕散。沔水又迳郡县故城南，古郧子之国也。秦、楚之间，自商、密迁此，为楚附庸，楚灭之以为邑。县南临沔津，津南有石山，上有古烽火台，县北有大城，楚昭王为吴所迫，自纪郢徙都之。即所谓鄢、郧、卢、罗之地也，秦以为县。沔水又东，敖水注之。水出新市县东北，又西南迳太阳山西，南流迳新市县北。又西南而右合枝水。水出大洪山，而西南流迳襄阳郡县界，西南迳狄城东南，左注敖水。敖水又西南流注于沔，实曰敖口。沔水又南迳石城西，城因山为固，晋太傅羊祜镇荆州立。晋惠帝元康九年，分江夏西部，置竟陵郡，治此。沔水又东南与白水合，水出竟陵县东北聊屈山，一名卢屈山，西流注于沔。鲁定公四年，吴师入郢，昭王奔随，济于成曰，谓是水者也。

## 又东过荆城东，

沔水自荆城东南流迳当阳县之章山东。山上有故城，太尉陶侃伐杜曾所筑也。《禹贡》所谓内方至于大别者也。既滨带沔流，实会《尚书》之文矣。沔水又东，右会权口。水出章山，东南流迳权城北，古之权国也。《春秋》：鲁庄公十八年，楚武王克权，权叛，围而杀之，迁权于那处是也。东南有那口城。权水又东入于沔。沔水又东南与扬口合，水上承江陵县赤湖。江陵西北有纪南城，楚文王自丹阳徙此，平王城之。班固言：楚之郢都也。城西南有赤坂冈，冈下有渎水，东北流入城，名曰子胥渎，盖吴师入郢所开也，谓之西京湖。又东北出城，西南注于龙陂。陂，古天井水也。广圆二百余步，在灵溪东江堤内。水至渊深，有龙见于其中，故曰龙陂。陂北有楚庄王钓台，高三丈四尺，南北六丈，东西九丈。陂水又迳郢城南，东北流谓之扬水。又东北，路白湖水注之。湖在大港北，港南曰中湖，南堤下曰昄官湖，三湖合为一水，东通荒谷。荒谷东岸有冶父城。《春秋传》曰：莫敖缢于荒谷，群帅囚于冶父，谓此处也。春夏水盛，则南通大江，否则南迳江堤，北迳方城西。方城，即南蛮府也。又北与三湖会，故盛弘之曰：南蛮府东有三湖，源同一水，盖徙治西府也。宋元嘉中，通路白湖，下注扬水，以广运漕。扬水又东历天井北，井在方城北里余，广圆二里，其深不测。井有潜室，见辄兵。西岸有天井台，因基旧堤，临际水湄，游憩之佳处也。扬水又东北流，东得赤湖水口，湖周五十里，城下陂池，皆来会同。湖东北有大暑台，高六丈余，纵广八尺，一名清暑台，秀宇层明，通望周博，游者登之，以畅远情。扬水又东入华容县，有灵溪水，西通赤湖水口。已下多湖，周五十里，城下陂池，皆来会同。又有子胥渎，盖入郢所开也。水东入离湖，湖在县东七十五里。《国语》所谓楚灵王阙为石郭，陂汉，以象帝舜者也。湖侧有章华台，台高十丈，基广十五丈。左丘明曰：楚筑台于章华之上。韦昭以为：章华亦地名也。王与伍举登之，举曰：台高不过望国之氛祥；大不过容宴之俎豆。盖讥其奢而谏其失也。言此渎，灵王立台之日漕运所由也。其水北流注于扬水。扬水又东北与柞溪水合。水出江陵县北，盖诸池散流，咸所会合，积以成川。东流迳鲁宗之垒南，当驿路，水上有大桥。隆安三年，桓玄袭殷仲堪于江陵，仲堪北奔，缢于此桥。柞溪又东注船官湖。湖水又东北入女观湖。湖水又东入于扬水。扬水又北迳竟陵县西，又北，纳巾吐柘，柘水即下扬水也。巾水出县东百九十里，西迳巾城。城下置巾水戍。晋元熙二年，竟陵郡巾水戍得铜钟七口，言之上府。巾水又西迳竟陵县北，西注扬水，谓之巾口。水西有古竟陵大城，古郧国也。郧公辛所治，所谓郧乡矣。昔白起拔郢，东至竟陵，即此也。秦以为县，王莽之守平矣。世祖建武十三年，更封刘隆为侯国。城旁有甘鱼陂。《左传》：昭公十三年，公子黑肱为令尹，次于鱼陂者也。扬水又北注于沔，谓之扬口，中夏口也。曹太祖之追刘备于当阳也，张飞按矛于长坂，备得与数骑斜趋汉津，遂济夏口是也。沔水又东得浐口，其水承大浐、马骨诸湖水，周三四百里，及其夏水来同，渺若沧海，洪潭巨浪，萦连江、沔。故郭景纯《江赋》云：其旁则有朱、浐、丹、漅⑩是也。

**又东南过江夏云杜县东，夏水从西来注之。**

即堵口也，为中夏水。县，故邔亭。《左传》：若敖娶于邔是也。《禹贡》所谓：云土梦作乂，故县取名焉。县有云梦城，城在东北。沔水又东迳左桑。昔周昭王南征，船人胶舟以进之。昭王渡沔，中流而没，死于是水。齐、楚之会，齐侯曰：昭王南征而不复，寡人是问。屈完曰：君其问诸水滨。庾仲雍言：村老云，百姓佐昭王丧事于此，成礼而行，故曰佐丧。佐桑，字失体耳。沔水又东合巨亮水口。水北承巨亮湖，南达于沔。沔水又东得合驿口。庾仲雍言：须导村耆旧云，朝迁驿使，合王丧于是，因以名焉。今须导村正有大敛口，言昭王于此殡敛矣。沔水又东，谓之横桑，言得昭王丧处也。沔水又东谓之郑公潭，言郑武公与王同溺水于是。余谓世数既悬，为不近情矣。斯乃楚之郑乡，守邑大夫僭言公，故世以为郑公潭耳。沔水又东得死沔，言昭王济沔自是死，故有死沔之称。王尸岂逆流乎？但千古芒昧，难以昭知，推其事类，似是而非矣。沔水又东与力口合，有滠水出竟陵郡新阳县西南池河山，东流迳新阳县南。县治云杜故城，分云杜立。滠水又东南流注宵城县南大湖，又南入于沔水，是曰力口。沔水又东南，涢水入焉。沔水又东迳沌水口，水南通县之太白湖，湖水东南通江，又谓之沌口。沔水又东迳沌阳县北，处沌水之阳也。沔水又东迳临嶂故城北，晋建兴二年，太尉陶侃为荆州，镇此也。

**又南至江夏沙羡县北，南入于江。**

庾仲雍曰：夏口一曰沔口矣。《尚书·禹贡》云：汉水南至大别入江。《春秋左传》：定公四年，吴师伐郢，楚子常济汉而陈，自小别至于大别。京相璠《春秋土地名》曰：大别，汉东山名也，在安丰县南。杜预《释地》曰：二别近汉之名，无缘乃在安丰也。案《地说》言，汉水东行，触大别之阪，南与江合，则与《尚书》、杜预相符，但今不知所在矣。

---

①噉（dàn）：音义同"啖"。

②邔（ruò，音弱）：春秋时楚国的都城。

③伥：héng，音衡。

④此句意为：哪里会想到远道奔走于千里之外，殚精竭力地为君主尽忠效命呢？

⑤邔（qǐ，音起）：汉县名，在今湖北。

⑥摘其皋厌：意为"割下它的鼻子"。

⑦羚：líng，音玲。

⑧汉末名士居其中：此句应为"汉末多士，其中刺史……"。

⑨雊（gòu 音够）：野鸡叫。

⑩漅：cháo，音朝。

# 水经注卷二十九

## 沔水　潜水　湍水　均水　粉水　白水　比水

**沔水与江合流，又东过彭蠡泽。**

《尚书·禹贡》，汇泽也。郑玄曰：汇，回也。汉与江斗，转东成其泽矣。

**又东北出居巢县南，**

古巢国也。汤伐桀，桀奔南巢，即巢泽也。《尚书》：周有巢伯来朝。《春秋》：文公十二年夏，楚人围巢。巢，群舒国也。舒叛，故围之。永平元年，汉明帝更封菑丘侯刘般为侯国也。江水自濡须口又东，左会栅口。水导巢湖，东迳乌上城北，又东迳南谯侨郡城南；又东绝塘迳附农山北；又东，左会清溪水。水出东北马子砚之清溪也。东迳清溪城南，屈而西南，历山西南流，注栅水，谓之清溪口。栅水又东，左会白石山水。水发白石山，西迳李鹊城南，西南注栅水。栅水又东南，积而为窦湖，中有洲，湖东有韩综山，山上有城。山北湖水东出，为后塘北湖，湖南即塘也。塘上有颍川侨郡故城也。窦湖水东出，谓之窦湖口。东迳刺史山北，历韩综山南，迳流二山之间，出王武子城北，城在刺史山上。湖水又东迳右塘穴北，为中塘，塘在四水中。水出格虎山北，山上有虎山城，有郭僧坎城，水北有赵祖悦城，并故东关城也。昔诸葛恪帅师作东兴堤以遏巢湖，傍山筑城，使将军全端、留略等，各以千人守之。魏遣司马昭督镇东诸葛诞，率众攻东关三城，将毁堤遏，诸军作浮梁陈于堤上，分兵攻城。恪遣冠军丁奉等登塘鼓噪奋击，朱异等以水军攻浮梁。魏征东胡遵军士争渡，梁坏，投水而死者数千。塘即东兴堤，城亦关城也。栅水又东南迳高江产城南、胡景略城北，又东南迳张祖禧城南，东南流，屈而北，迳郑卫尉城西。魏事已久，难以取悉，推旧访新，略究如此。又北委折，蒲浦出焉。栅水又东南流注于大江，谓之栅口。

**又东过牛渚县南，又东至石城县。**

《经》所谓石城县者，即宣城郡之石城县也。牛渚在姑熟、乌江两县界中，于石城东北减五百许里，安得迳牛渚而方届石城也？盖《经》之谬误也。

**分为二：其一东北流，其一又过毗陵县北，为北江，**

《地理志》，毗陵县，会稽之属县也。丹徒县北二百步有故城，本毗陵郡治也。旧去江三里，岸稍毁，遂至城下。城北有扬州刺史刘繇墓，沦于江，江即北江也。《经》书为北江则可，又言东至余姚则非。考其迳流，知《经》之误矣。《地理志》曰：江水自石城东出，迳吴国南，为南江。江水自石城东入为贵口，东迳石城县北，晋太康元年立，隶宣城郡。东合大溪。溪水首受江，北迳其县故城东，又北入南江。南江又东，与贵长池水合。水出县南郎山，北流为贵长池，池水又北注于南江。南江又东迳宣城之临城县南，又东合泾水。南江又东，与桐水合。又东迳安吴县，号曰安吴溪。又东，旋溪水注之。水出陵阳山下，迳陵阳县西，为旋溪水。昔县人阳子明钓得白龙处。后三年，龙迎子明上陵阳山，山去地千余丈。后百余年，呼山下人，令上山半，与语溪中。子安问子明钓车所在。后二十年，子安死，山下有黄鹤栖其冢树，鸣常呼子安，故县取名焉。晋咸康四年，改曰广阳县。溪水又北，合东溪水。水出南里山，北迳其县东。桑钦曰：淮水出县之东南，北入大江。其水又北历蜀由山，又北，左合旋溪，北迳安吴县东。晋太康元年，分宛陵立。县南有落星山，山有悬水，五十余丈，下为深潭，潭水东北流，左入旋溪，而同注南江。南江之北，即宛陵县界也。南江又东迳宁国县南，晋太康元年分宛陵置。南江又东迳故鄣县南、安吉县北。光和之末，天下大乱，此乡保险守节，汉朝嘉之。中平二年分故鄣之南乡以为安吉县，县南有钓头泉，悬涌一仞，乃流于川，川水下合南江。南江又东北为长渎，历湖口；南江东注于具区，谓之五湖口。五湖，谓长荡湖、太湖、射湖、贵湖、滆湖也。郭景纯《江赋》曰：注五湖以漫淲。盖言江水经纬五湖，而苞注太湖也。是以左丘明述《国语》曰：越伐吴，战于五湖是也。又云：范蠡灭吴，返至五湖而辞越。斯乃太湖之兼摄通称也。虞翻曰：是湖有五道，故曰五湖。韦昭曰：五湖，今太湖也。《尚书》谓之震泽，《尔雅》以为具区，方圆五百里。湖有苞山，《春秋》谓之夫椒山，有洞室，入地潜行，北通琅邪东武县，俗谓之洞庭。旁有青山，一名夏架山，山有洞穴，潜通洞庭。山上有石鼓，长丈余，鸣则有兵。故《吴记》曰：太湖有苞山，在国西百余里，居者数百家，出弓弩材。旁有小山，山有石穴，南通洞庭，深远莫知所极。三苗之国，左洞庭，右彭蠡，今宫庭湖也。以太湖之洞庭对鼓蠡，则左右可知也。余按二湖俱以洞庭为目者，亦分为左右也，但以趣瞩为方耳。既据三苗，宜以湘江为正。是以郭景纯之《江赋》云：爰有包山洞庭，巴陵地道，潜达旁通，幽岫窈窕。《山海经》曰：浮玉之山，北望具区，苕水出于其阴，北流注于具区。谢康乐云：《山海经》浮玉之山在句余东五百里，便是句余县之东山，乃应入海。句余今在余姚鸟道山西北，何由北望具区也？以为郭于地理甚昧矣。言洞庭南口有罗浮山，高三千六百丈。浮山东石楼下有两石鼓，叩之清越，所谓神钲者也。事备《罗浮山记》。会稽山宜直湖南，又有山阴溪水入焉。山阴西四十里，有二溪：东溪广一丈九尺，冬暖夏冷；西溪广三丈五尺，冬冷夏暖。二溪北出，行三里，至徐村合成一溪，广五丈余，而温凉又杂①，盖《山海经》所谓苕水也。北迳罗浮山而下注于太湖，故言出其阴，入于具区也。湖中有大雷、小雷三山，亦谓之三山湖，又谓之洞庭湖。杨泉《五湖赋》：头首无锡，足蹄松江，负乌程于背上，怀太吴以当胸，岹岭崔嵬，穿隆纡曲，大雷、小雷，湍波相逐。用言湖之苞极也。太湖之东，吴国西十八里，有岹岭山。俗说此山本在太湖中，禹治水移进近吴。又东及西南有两小山，皆有石如卷笮，俗云禹所用牵山也。太湖中有浅地，长老云是笮岭山蹠，自此以东差深，言是牵山之沟，此山去太湖三十余里，东则松江出焉。上承太湖，更迳笠泽②，在吴南松江左右也。《国语》：越伐吴，吴御之笠泽，越军江南，吴军江北者也。虞氏曰：松江北去吴国五十里，江侧有丞、胥二山，山各有庙。鲁哀公十三年，越使二大夫畴无余、讴阳等伐吴，吴人败之，获二大夫。大夫死，故立庙于山上，号曰丞、胥二王也。胥山上今有坛石，长老云：胥神所治也。下有九折路，南出太湖，阖闾造，以游姑胥之台，以望太湖也。松江自湖东北流迳七十里，江水歧分，谓之三江口。《吴越春秋》称范蠡去越，乘舟出三江之口，入五湖之中者也。此亦别有三江、五湖，虽名称相乱，不与《职方》同。庾仲初《扬都赋·注》曰：今太湖东注为松江，下七十里有水口分流：东北入海为娄江；东南入海为东江；与松江而三也。《吴记》曰：一江东南行七十里，入小湖，为次溪，自湖东南出，谓之谷水。谷水出吴小湖，迳由卷县故城下。《神异传》曰：由卷县，秦时长水县也。始皇时，县有童谣曰：城门当有血，城陷没为湖。有老姬闻之忧惧，且往窥城门，门侍欲缚之，姬言其故。姬去后，门侍杀犬，以血涂门。姬又往，见血，走去不敢顾。忽有大水长，欲没县。主簿令干入白令，令见干，曰：何忽作鱼？干又曰：明府亦作鱼。遂乃沦陷为谷矣。因目长水城水曰谷水也。《吴记》曰：谷中有城，故由卷县治也，即吴之柴辟亭，故就李乡檇李之地。秦始皇恶其势王，令囚徒十余万人汙其土，表以汙恶名，改曰囚卷，亦曰由卷也。吴黄龙三年，有嘉禾生卷县，改曰禾兴。后太子讳和，改为嘉兴。《春秋》之檇李城也。谷水又东南迳嘉兴县城西。谷水又东南迳盐官县故城南，旧吴海昌都尉治。晋太康中分嘉兴立。《太康地道记》：吴有盐官县。乐资《九州志》曰：县有秦延山。秦始皇迳此，美人死，葬于山上，山下有美人庙。谷水之右有马皋城，故司盐都尉城，吴王濞煮海为盐，于此县也。是以《汉书·地理志》曰：县有盐官，东出五十里有武原乡，故越地也。秦于其地置海盐县。《地理志》曰：县故武原乡也，后县沦为柘湖，又徙治武原乡，改曰武原县，王莽名之展武。汉安帝时，武原之地又沦为湖，今之当湖也，后乃移此。县南有秦望山，秦始皇所登以望东海，故山得其名焉。谷水于县出为澉浦，以通巨海。光熙元年，有毛民三人集于县，盖泛于风也。

**又东至会稽余姚县，东入于海。**

谢灵运云：具区在余暨。然则余暨是余姚之别名也。今余暨之南，余姚西北，浙江与浦阳江同会归海，但水名已殊，非班固所谓南江也。郭景纯曰：三江者，岷江、松江、浙江也。然浙江出南蛮中，不与岷江同。作者述志，多言江水至山阴为浙江。今江南枝分，历乌程县，南通余杭县，则与浙江合。故阚骃《十三州志》曰：江水至会稽与浙江合。浙江自临平湖，南通浦阳江，又于余暨东，合浦阳江，自秦望分派，东至余姚县，又为江也。东与车箱水合。水出车箱山，乘高瀑布，四十余丈。虽有水旱，而澍无增减。江水又东迳黄桥下。临江有汉蜀郡太守黄昌宅，桥本昌创建也。昌为州书佐，妻遇贼相失，后会于蜀，复修旧好。江水又东迳赭山南，虞翻尝登此山四望，诫子孙可居江北，世有禄位，居江南则不昌也。然住江北者，相继代兴；时在江南者，辄多沦替。仲翔之言为有征矣。江水又经官仓，仓即日南太守虞国旧宅，号曰西虞，以其兄光居县东故也。是地即其双雁送故处。江水又东迳余姚县故城南，县城是吴将朱然所筑，南临江津，北背巨海，夫子所谓沧海浩浩，万里之渊也。县西去会稽百四十里，因句余山以名县，山在余姚之南，句章之北也。江水又东迳穴湖塘。湖水沃其一县，并为良畴矣。江水又东注于海。是所谓三江者也。故子胥曰：吴、越之国，三江环之，民无所移矣。但东南地卑，万流所凑，涛湖泛决，触地成川，枝津交渠，世家分伙，故川旧渎，难以取悉。虽粗依县地，缉综所缠，亦未必一得其实也。

**潜水出巴郡宕渠县，**

潜水，盖汉水枝分潜出，故受其称耳。今爱有大穴，潜水入焉。通冈山下，西南潜出谓之伏水，或以为古之潜水。郑玄曰：汉别为潜，其穴本小，水积成泽，流与汉合。大禹自导汉疏通，即为西汉水也。故《书》曰：沱、潜既道。刘澄之称白水入潜，然白水与羌水合入汉，是犹汉水也。县以延熙中分巴立宕渠郡，盖古賨③国也，今有賨城。县有渝水，夹水上下，皆賨民所居。汉祖入关，从定三秦，其人勇健好歌舞，高祖爱习之，今《巴渝舞》是也。县西北有余曹水，南迳其县，下注潜水。县有车骑将军冯绲、桂阳太守李温冢。二子之灵，常以三月还乡，汉水暴长，郡县吏民，莫不于水上祭之。今所谓冯李也……

**又南入于江。**

庾仲雍云：垫江有别江，出晋寿县，即潜水也。其南源取道巴西，是西汉水也。

**湍水出郦县北芬山，南流过其县东，又南过冠军县东，**

湍水出弘农界翼望山，水甚清澈，东南流迳南阳郦县故城东，《史记》所谓下郦析也。汉武帝元朔元年，封左将黄同为侯国。湍水又南，菊水注之。水出西北石涧山芳菊溪，亦言出析谷，盖溪涧之异名也。源旁悉生菊草，潭涧滋液，极成甘美。云此谷之水土，餐挹长年。司空王畅、太傅袁隗、太尉胡广，并汲饮此水，以自绥养。是以君子留心，甘其臭尚矣。菊水东南流入于湍。湍水又迳其县东南，历冠军县西。北有楚堨，高下相承八重，周十里，方塘蓄水，泽润不穷。湍水又迳冠军县故城东，县，本穰县之卢阳乡，宛之临駣聚，汉武帝以霍去病功冠诸军，故立冠军县以封之。水西有汉太尉长史邑人张敏碑，碑之西有魏征南军司张詹墓。墓有碑，碑背刊云：白楸之棺，易朽之裳，铜铁不入，丹器不藏。嗟矣后人，幸勿我伤！自后古坟旧冢，莫不夷毁，而是墓至元嘉初，尚不见发。六年大水，蛮饥，始被发掘。说者言：初开，金银铜锡之器，朱漆雕刻之饰烂然。有二朱漆棺，棺前垂竹帘，隐以金钉。墓不甚高，而内极宽大，虚设白楸之言，空负黄金之实。虽意锢南山，宁同寿乎？湍水又迳穰县为六门陂。汉孝元之世，南阳太守邵信臣以建昭五年断湍水，立穰西石堨。至元始五年，更开三门为六石门，故号六门堨也。溉穰、新野、昆阳三县五千余顷，汉末毁废，遂不修理。晋太康三年，镇南将军杜预复更开广，利加于民，今废不修矣。六门侧又有六门碑，是部曲主安阳亭侯邓达等以太康五年立。湍水又迳穰县故城北，又东南迳魏武故城之西南，是建安三年曹公攻张绣之所筑也。

**又东过白牛邑南，**

湍水自白牛邑南。建武中，世祖封刘嵩为侯国。东南迳安众县故城南。县，本宛之西乡，汉长沙定王子康侯丹之邑也。湍水东南流，淯水注之。水出涅阳县西北岐棘山，东南迳涅阳县故城西。汉武帝元朔四年，封路最为侯国，王莽之所谓前亭也。应劭曰：在涅水之阳矣。县南有二碑，碑字紊灭，不可复识，云是左伯豪碑。涅水又东南迳安众县，堨而为陂，谓之安众港。魏太祖破张绣于是处，与荀彧书曰：绣遏吾归师，迫我死地。盖于二水之间，以为沿涉之艰阻也。涅水又东南流，注于湍水。

**又东南至新野县，**

湍水至县西北，东分为邓氏陂。汉太傅邓禹故宅，与奉朝请华西侯邓晨故宅隔陂，邓飏④谓晨宅略存焉。

**东入于淯。**

**均水出析县北山，南流过其县之东，**

均水发源弘农郡之卢氏县熊耳山，山南即脩阳、葛阳二县界也。双峰齐秀，望若熊耳，因以为名。齐桓公召陵之会，西望熊耳，即此山也。太史公司马迁皆尝登之。县即析县之北乡，故言出析县北山也。均水又东南流迳其县下，南越南乡县，又南流与丹水合。

**又南当涉都邑北，南入于沔。**

均水南迳顺阳县西。汉哀帝更为博山县，明帝复曰顺阳。应劭曰：县在顺水之阳。今于是县，则无闻于顺水矣。章帝建初四年，封卫尉马廖为侯国。晋太康中，立为顺阳郡。县西有石山，南临均水。均水又南流注于沔水，谓之均口者也。故《地理志》谓之淯水，言熊耳之山，淯水出焉。又东南至顺阳入于沔。

**粉水出房陵县，东流过郹邑南，**

粉水导源东流迳上粉县，取此水以渍粉，则皓耀鲜洁，有异众流，故县、水皆取名焉。

**又东过榖邑南，东入于沔。**

粉水至筑阳县西，而下注于沔水，谓之粉口。粉水旁有文将军冢，墓隧前有石虎、石柱，甚修丽。闻丘羡之为南阳，葬妇墓侧。将平其域，夕忽梦文谏止，羡之不从。后羡之为杨佺期所害，论者以为文将军之祟也。

**白水出朝阳县西，东流过其县南，**

王莽更名朝阳为厉信县。应劭曰：县在朝水之阳。今朝水迳其北，而不出其南也。盖邑郭沦移，川渠状改，故名旧传，遗称在今也。

**又东至新野县南，东入于淯。**

**比水出比阳东北太胡山，东南流过其县南，泄水从南来注之。**

太胡山在比阳北如东三十余里，广圆五六十里。张衡赋南都，所谓天封太狐者也。应劭曰：比水出比阳县，东入蔡。《经》云：泄水从南来注之，然比阳无泄水，盖误引寿春之沘⑤泄耳。余以延昌四年蒙除东荆州刺史，州治比阳县故城，城南有蔡水，出南磐石山，故亦曰磐石川，西北流注于比，非泄水也。《吕氏春秋》曰：齐令章子与韩、魏攻荆，荆使唐蔑应之，夹比而军，欲视水之深浅，荆人射之而莫知也。有刍者曰：兵盛则水浅矣。章子夜袭之，斩蔑于是水之上也。比水又西，澳水注之。水北出苀丘山，东流屈出南转，又南入于比水。按《山海经》云：澳水又北入视，不注比水。余按吕忱《字林》及《难字》、《尔雅》并言：蒻⑥水在比阳。脉其川流所会，诊其水土津注，宜是蒻水，音药也。比水又西南历长冈旧月城北。比水右会马仁陂水。水出泚阴北山，泉流竞凑，水积成湖，盖地百顷，谓之马仁陂。陂水历其县下，西南竭之以溉田畴。公私引裂，水流遂断，故渎尚存。比水又南迳会口，与堵水枝津合，比水又南与澧水会，澧水源出于桐柏山，与淮同源而别流西注，故亦谓水为派水。澧水西北流迳平氏县故城东北，王莽更名其县曰平善。城内有南阳都乡正卫弹劝碑。澧水又西北合溲水。水出湖阳北山，西流北屈，迳平氏城西，而北入澧水。澧水又西注比水。比水自下亦通谓之为派水。昔汉光武破甄阜、梁丘赐于比水西，斩之于斯水也。比水又南，赵、醴二渠出焉。比水又西南流，谢水注之。水出谢城北，其源微小，至城渐大。城周回侧水，申伯之都邑，《诗》所谓申伯番番，既入于谢者也。世祖建武十三年，封樊重少子丹为谢阳侯，即其国也。然则是水即谢水也。高岸下深，浚流徐平，时人目之为淳潴水，城戍又以淳潴为目，非也。其城之西，旧棘阳县治，故亦谓之棘阳城也。谢水又东南迳新都县，左注比水。比水又西南流迳新都县故城西，王莽更之曰新林。《郡国志》以为新野之东乡，故新都者也。

**又西至新野县，南入于淯。**

比水于冈南，西南流，戍在冈上。比水又西南，与南长、坂门二水合。其水东北出湖阳东隆山。山之西侧有汉日南太守胡著碑。子珍，骑都尉，尚湖阳长公主，即光武之伯姊也。庙堂皆以青石为阶陛，庙北有石堂。珍之玄孙桂阳太守瑒，以延熹四年遭母忧，于墓次立石祠，勒铭于梁。石宇倾颓，而梁字无毁。盛弘之以为樊重之母畏雷室，盖传疑之谬也。隆山南有一小山，山坂有两石虎，相对夹隧道，虽处蛮荒，全无破毁，作制甚工，信为妙矣。世人因谓之为石虎山。其水西南流迳湖阳县故城南，《地理志》曰：故廖国也。《竹书纪年》曰：楚共王会宋平公于湖阳者矣。东城中有二碑，似是樊重碑，悉载故吏人名。司马彪曰：仲山甫封于樊，因氏国焉。爰自宅阳徙居湖阳，能治田，殖至三百顷，广起庐舍，高楼连阁，波陂灌注，竹木成林，六畜放牧，鱼赢梨果，檀棘桑麻，闭门成市。兵弩器械赀至百万。其兴工造作，为无穷之功。巧不可言，富拟封君。世祖之少，数归外氏，及之长安受业，赍送甚至。世祖即位，追爵敬侯，诏湖阳为重立庙，置吏奉祠。巡祠章陵，常幸重墓。其水四周城溉，城之东南有若令樊萌、中常侍樊安碑。城南有数碑，无字。又有石庙数间，依于墓侧，栋宇崩毁，惟石壁而已，亦不知谁之胄族矣。其水南入大湖，湖阳之名县，藉兹而纳称也。湖水西南流，又与湖阳诸陂散水合，谓之板桥水。又西南与醴渠合，又有赵渠注之。二水上承派水，南迳新都县故城东，两渎双引，南合板桥水。板桥水又西南与南长水会，水上承唐子、襄乡诸陂散流也。唐子陂在唐子山西南，有唐子亭。汉光武自新野屠唐子乡，杀湖阳尉于是地。陂水清深，光武后以为神渊。西南流于新野县，与板桥水合，西南注于比水。比水又西南流注于淯水也。

---

①又杂：据考应为"不杂"。
②更迳笠泽：据考证应为"东迳笠泽"。
③賨（cóng，音丛）：秦汉间四川、湖南一带的部分民族。
④颺：yáng，音扬。
⑤沘（bǐ，音比）：沘江，水名，在云南。
⑥潹（yào，音药）：古水名。

# 水经注卷三十

## 淮　水

**淮水出南阳平氏县胎簪山，东北过桐柏山，**

《山海经》曰：淮出余山，在朝阳东、义乡西。《尚书》导淮自桐柏。《地理志》曰：南阳平氏县，王莽之平善也。《风俗通》曰：南阳平氏县桐柏，大复山在东南，淮水所出也。淮，均也。《春秋说题辞》曰：淮者，均其势也。《释名》曰：淮，韦也。韦绕扬州北界，东至于海也。《尔雅》曰：淮为浒。然淮水与醴水同源俱导，西流为醴，东流为淮。潜流地下三十许里，东出桐柏之大复山南，谓之阳口。水南即复阳县也。阚骃言：复阳县胡阳之乐乡也，元帝元延二年置①，在桐柏大复山之阳，故曰复阳也。《东观汉记》曰：朱祐小孤，归外家复阳刘氏。山南有淮源庙，庙前有碑，是南阳郭苞立；又二碑，并是汉延熹中守令所造，文辞鄙拙，殆不可观。故《经》云：东北过桐柏也。淮水又东迳义阳县。县南对固成山，山有水，注流数丈，洪涛灌山，遂成巨井，谓之石泉水，北流注于淮。淮水又迳义阳县故城南，义阳郡治也。世谓之白茅城，其城圆而不方。阚骃言：晋太始中，割南阳东鄙之安昌、平林、平氏、义阳四县，置义阳郡于安昌城。又《太康记》、《晋书·地道记》并有义阳郡，以南阳属县为名。汉武帝元狩四年，封北地都尉卫山为侯国也。有九渡水注之。水出鸡翅山，溪涧漅委，沿溯九渡矣。其犹零阳之九渡水，故亦谓之为九渡焉。于溪之东山有一水，发自山椒下数丈，素湍直注，颓波委壑，可数百丈，望之若霏幅练矣。下注九渡水，九渡水又北流注于淮。

**又东过江夏平春县北，**

淮水又东，油水注之。水出县西南油溪，东北流迳平春县故城南。汉章帝建初四年，封子全为王国。油水又东曲，岸北有一土穴，径尺，泉流下注，沿波三丈，入于油水；乱流南屈，又东北注于淮。淮水又东北迳城阳县故城南。汉高帝十二年，封定侯奚意为侯国，王莽之新利也。魏城阳郡治。淮水又东北与大木水合。水西出大木山，山即晋车骑将军祖逖自陈留将家避难所居也。其水东迳城阳县北，而东入于淮。淮水又东北流，左会湖水。傍川西南出，穷溪得其源也。淮水又东迳安阳县故城南。江国也，嬴姓矣，今其地有江亭。《春秋》：文公四年，楚人灭江，秦伯降服出次，曰：同盟灭，虽不能救，敢不矜乎？汉乃县之。文帝八年，封淮南厉王子刘勃为侯国，王莽之均夏也。淮水又东，得浉口。水源南出大溃山，东北流，翼带三川，乱流北注浉水。又北迳贤首山西，又北出，东南屈，迳仁顺城南，故义阳郡治，分南阳置也。晋太始初，以封安平献王孚长子望。本治在石城山上，因梁希侵逼，徙治此城。梁司州刺史马仙琕不守，魏置郢州也。昔常珍奇自悬瓠遣三千骑授义阳行事庞定光，屯于浉水者也。浉水东南流，历金山北，山无树木，峻峭层崿。浉水又东迳义阳故城北，城在山上，因倚陵岭，周回三里，是郡昔所旧治城。城南十五步，对门有天井，周百余步，深一丈。东迳钟武县故城南，本江夏之属县也，王莽之当利县矣。又东迳石城山北，山甚高峻。《史记》曰：魏攻冥阨；《音义》曰：冥阨，或言在鄳县柏山也；按《吕氏春秋》，九塞其一也。浉水迳鄳县故城南。建武中，世祖封邓邯为鄳侯。按苏林曰：音盲。浉水又东迳七井冈南，又东北注于淮。淮水又东至谷口。谷水南出鲜金山，北流，瑟水注之。水出西南具山，东北迳光淹城东，而北迳青山东、罗山西，俗谓之仙居水，东北流注于谷水。谷水东北入于淮。

**又东过新息县南，**

淮水东迳故息城南。《春秋左传》：隐公十一年，郑、息有违言，息侯伐郑，郑伯败之者也。淮水又东迳浮光山北，亦曰扶光山，即弋阳山也，出名玉及黑石，堪为碁②。其山俯映长淮，每有光辉。淮水又东迳新息县故城南。应劭曰：息后徙东，故加新也。王莽之新德也。光武十九年，封马援为侯国。外城北门内有新息长贾彪庙，庙前有碑。面南又有魏汝南太守程晓碑。魏太和中，蛮田益宗效诚，立东豫州，以益宗为刺史。淮水又东合慎水。水出慎阳县西，而东迳慎阳县故城南，县取名焉。汉高帝十一年，封栾说为侯国。颍阴刘陶为县长，政化大行，道不拾遗，以病去官。童谣歌曰：悒然不乐，思我刘君，何时复来，安此下民？见思如此。应劭曰：慎水所出，东北入淮。淮水又东流，积为燋③陂。陂水又东南流为上慎陂；又东为中慎陂；又东南为下慎陂，皆与鸿却陂水散流。其陂首受淮川，左结鸿陂。汉成帝时，翟方进奏毁之。建武中，汝南太守邓晨欲修复之，知许伟君晓知水脉，召与议之。伟君言：成帝用方进言毁之，寻而梦上天，天帝怒曰：何敢败我濯龙渊！是后民失其利。时有童谣曰：败我陂，翟子威。反乎覆，陂当复。明府兴复废业，童谣之言，将有征矣。遂署都水掾起塘四百余里，百姓得其利。陂水散流，下合慎水，而东南迳息城北，又东南入淮，谓之慎口。淮水又东与申陂水合。水上承申陂于新息县北，东南流，分为二水：一水迳深丘西，又屈迳其南，南派为莲湖水，南流注于淮。淮水又左迤，流结两湖，谓之东、西莲湖矣。淮水又东，右合壑水。水出台沙山，东北迳柴亭西，俗谓之柴水。又东北流，与潭溪水合。水发潭谷，东北流，右会柴水。柴水又东迳黄城西，故弋阳县也。城内有二城，西即黄城也。柴水又东北入于淮，谓之柴口也。淮水又东北，申陂枝水注之。水首受陂水于深丘北，东迳钓台南。台在水曲之中，台北有琴台。又东迳阳亭南，东南合淮。淮水又东迳淮阴亭北；又东迳白城南，楚白公胜之邑也，东北去白亭十里。淮水又东迳长陵戍南，又东，青陂水注之。分青陂东渎，东南迳白亭西；又南，于长陵戍东，东南入于淮。淮水又东北合黄水。水出黄武山，东北流，木陵关水注之。水导源木陵山，西北流注于黄水。黄水又东迳晋西阳城南；又东迳光城南，光城左郡治。又东北迳高城南，故弦国也；又东北迳弋阳郡东，有虞丘，郭南有子胥庙。黄水又东北入于淮，谓之黄口。淮水又东北迳褒信县故城南，而东流注也。

**又东过期思县北，**

县，故蒋国，周公之后也。《春秋》：文公十年，楚王田于孟诸，期思公复遂为右司马。楚灭之以为县。汉高帝十二年，以封贲赫为侯国。城之西北隅，有楚相孙叔敖庙，庙前有碑。淮水又东北，浍水注之。水出弋阳县南垂山。西北流历阴山关，迳二城间，旧有贼难，军所顿防。西北出山，又东北流迳新城戍东；又东北，得诏虞水口，西北去弋阳虞丘郭二十五里。水出南山，东北流迳诏虞亭东，而北入浍水。又东北注淮，俗曰白鹭水。

**又东过原鹿县南，汝水从西北来注之。**

县，即《春秋》之鹿上也。《左传》：僖公二十一年，宋人为鹿上之盟，以求诸侯于楚。建武十五年，世祖更封侍中、执金吾阴乡侯阴识为侯国者也。

**又东过庐江安丰县东北，决水从北来注之。**

庐江，故淮南也。汉文帝十六年，别以为国。应劭曰：故庐子国也。决水自舒蓼北注，不于北来也。安丰东北注淮者，穷水矣，又非决水，皆误耳。淮水又东，谷水入焉。水上承富水，东南流，世谓之谷水也。东迳原鹿县故城北，城侧水南。谷水又东迳富陂县故城北，俗谓之成闾亭，非也。《地理志》：汝南郡有富陂县。建武二年，世祖改封平乡侯王霸为富陂侯。《十三州志》曰：汉和帝永元九年，分汝阴置，多陂塘以灌稻，故曰富陂县也。谷水又东于汝阴城东南注淮。淮水又东北，左会润水。水首受富陂，东南流为高塘陂；又东，积而为陂，水东注焦陵陂。陂水北出为铜陂。陂水潭涨，引渎北注汝阴。四周隍堑，下注颍水。焦湖东注，谓之润水，迳汝阴县东；迳荆亭北而东入淮。淮水又东北，穷水入焉。水出六安国安风县穷谷。《春秋左传》：楚救灊④，司马沈尹戍与吴师遇于穷者也。川流泄注于决水之右，北灌安风之左，世谓之安风水，亦曰穷水。音戎，并声相近，字随读转。流结为陂，谓之穷陂。塘堰虽沦，犹用不辍，陂水四分，农事用康。北流注于淮。京相璠曰：今安风有穷水，北入淮。淮水又东为安风津。水南有城，故安风都尉治，后立霍丘戍。淮中有洲，俗号关洲，盖津关所在，故斯洲纳称焉。《魏书·国志》有曰：司马景王毋丘俭，使镇东将军、豫州刺史诸葛诞从安风津先至寿春。俭败，与小弟秀藏水草中，安风津都尉部民张属斩之，传首京都，即斯津也。

**又东北至九江寿春县西，沘水、泄水合北注之。又东，颍水从西北来流注之。**

淮水又东，左合沘口；又东迳中阳亭北，为中阳渡。水流浅碛，可以厉也。淮水又东流与颍口会。东南迳苍陵城北；又东北流迳寿春县故城西。县，即楚考烈王自陈徙此。秦始皇立九江郡，治此，兼得庐江、豫章之地，故以九江名郡。汉高帝四年，为淮南国。孝武元狩六年，复为九江焉。文颖曰：《史记·货殖列传》曰：淮以北，沛、陈、汝南、南郡为西楚；彭城以东，东海、吴、广陵为东楚；衡山、九江、江南、豫章、长沙为南楚。是为三楚者也。淮水又北，左合椒水。水上承淮水，东北流迳蚖城南，又历其城东，亦谓之清水，东北流注于淮水，谓之清水口者，是此水焉。

**又东过寿春县北，肥水从县东北流注之。**

淮水于寿阳县西北，肥水从城西而北入于淮，谓之肥口。淮水又北，夏肥水注之。水上承沙水于城父县，右出东南流迳城父县故城南，王莽之思善也。县，故焦夷之地。《春秋左传》：昭公九年，楚公子弃疾迁许于夷，寔城父矣。取州来、淮北之田以益之，伍举授许男田。杜预曰：此时改城父为夷，故《传》实之者也。然丹迁城父人于陈，以夷濮西田益之。言夷田在濮水西者也。然则濮水即沙水兼称，得夏肥之通目矣。汉桓帝永寿元年，封大将军梁冀孙桃为侯国也。夏肥水自县又东迳思善县之故城南，汉章帝章和三年分城父立。夏肥水又东为高陂，又东为大漴陂。水出分为二流：南为夏肥水，北为鸡陂。夏肥水东流，左合鸡水。水出鸡陂，东流为黄陂，又东南流积为茅陂，又东为鸡水。《吕氏春秋》曰：宋人有取道者，其马不进，投之鸡水是也。

鸡水右会夏肥水，而乱流东注，俱入于淮。淮水又北迳山硖中，谓之硖石。对岸山上结二城以防津要，西岸山上有马迹，世传淮南王乘马升仙所在也。今山之东南石上，有大小马迹十余所，仍今存焉。淮水又北迳下蔡县故城东，本州来之城也。吴季札始封延陵，后邑州来，故曰延州来矣。《春秋》：哀公二年，蔡昭侯自新蔡迁于州来，谓之下蔡也。淮之东岸，又有一城，即下蔡新城也。二城对据，翼带淮渍。淮水东迳八公山北，山上有老子庙。淮水历潘城南，置潘溪戍。戍东侧潘溪，吐川纳淮，更相引注。又东迳梁城，临侧淮川，川左有湄城；淮水左迤为湄湖。淮水又右纳洛川于西曲阳县北。水分阃溪，北绝横塘，又北迳萧亭东；又北，鹊甫溪水入焉。水出东鹊甫谷，西北流迳鹊甫亭南，西北流注于洛水。北迳西曲阳县故城东，王莽之延平亭也。应劭曰：县在淮曲之阳，下邳有曲阳，故是加西也。洛涧北历秦墟，下注淮，谓之洛口。《经》所谓淮水迳寿春县北，肥水从县东北注者也。盖《经》之谬矣。考川定土，即实为非，是曰洛涧，非肥水也。淮水又北迳莫邪山西，山南有阴陵县故城。汉高祖五年，项羽自垓下从数百骑，夜驰渡淮，至阴陵迷失道，左陷大泽，汉令骑将灌婴以五千骑追及之于斯县者也。按《地理志》，王莽之阴陆也。后汉九江郡治。时多虎灾，百姓苦之。南阳宗均为守，退贪残，进忠良，虎悉东渡江。

**又东过当涂县北，洭水从西北来注之。**

淮水自莫邪山东北迳马头城北，魏马头郡治也，故当涂县之故城也。《吕氏春秋》曰：禹娶涂山氏女，不以私害公，自辛至甲四日，复往治水。故江淮之俗，以辛、壬、癸、甲为嫁娶日也。禹墟在山西南，县即其地也。《地理志》曰：当涂，侯国也。魏不害以圉守尉，捕淮阳反者公孙勇等，汉以封之，王莽更名山聚也。淮水又东北，濠水注之。水出莫邪山东北溪。溪水西北引渎，迳禹墟北，又西流注于淮。淮水又北，沙水注之。《经》所谓濊蒗渠也。淮之西有平阿县故城，王莽之平宁也。建武十三年，世祖更封耿阜为侯国。《郡国志》曰：平阿县有涂山，淮出于荆山之左，当涂之右，奔流二山之间，而扬涛北注也。《春秋左传》：哀公十年，大夫对孟孙曰：禹会诸侯于涂山，执玉帛者万国。杜预曰：涂山在寿春东北。非也。余按《国语》曰：吴伐楚，堕会稽，获骨焉，节专车。吴子使来聘且问之，客执骨而问曰：敢问骨何为大？仲尼曰：丘闻之，昔禹致群神于会稽之山，防风氏后至，禹杀之，其骨专车，此为大也。盖丘明亲承圣旨，录为实证矣。又按刘向《说苑·辨物》，王肃之叙孔子廿二世孙孔猛所出先人书《家语》，并出此事。故涂山有会稽之名。考校群书及方土之目，疑非此矣。盖周穆之所会矣。淮水于荆山北，洭水东南注之。又东北迳沛郡义城县东，司马彪曰：后隶九江也。

**又东过钟离县北，**

《世本》曰：钟离，嬴姓也。应劭曰：县，故钟离子国也，楚灭之以为县。《春秋左传》所谓吴公子光伐楚，拔钟离者也。王莽之蚕富也。豪水出阴陵县之阳亭北，小屈，有石穴，不测所穷，言穴也钟乳，所未详也。豪水东北流迳其县西，又屈而南转东迳其城南，又北历其城东，迳小城而北流注于淮。淮水又东迳夏丘县南。又东，涣水入焉。水首受濊蒗渠于开封县。《史记》：韩厘王二十一年，使暴戴⑤救魏，为秦所败，载走开封者也。东南流迳陈留北，又东南，西入九里注之。涣水又东南流迳雍丘县故城南；又东迳承匡城；又东迳襄邑县故城南。故宋之承匡、襄牛之地。宋襄公之所葬，故号襄陵矣。《竹书纪年》：梁惠成王十七年，宋景斅⑥、卫公孙仓会齐师，围我襄陵。十八年，惠成王以韩师败诸侯师于襄陵。齐侯使楚景舍来求成，即于此也。西有承匡城，《春秋》会于承匡者也。秦始皇以承匡卑湿，徙县于襄陵，更为襄邑。王莽以为襄平也。汉桓帝建和元年，封梁冀子胡狗为侯国。《陈留风俗传》曰：县南有涣水。故《传》曰：睢、涣之间出文章，天子郊庙御服出焉。《尚书》所谓厥篚⑦织文者也。涣水又东南迳巳吾县故城南；

又东迳鄩城北。《春秋》：襄公元年《经》书，晋韩厥帅师伐郑，鲁仲孙蔑会齐、曹、邾、杞，次于鄩。杜预曰：陈留襄邑县东南有鄩城。涣水又东南迳鄢城北、新城南，又东南，左合明沟，沟水自蓬洪陂东南流，谓之明沟，下入涣水。又迳亳城北。《帝王世纪》曰：谷熟为南亳，即汤都也。《十三州志》曰：汉武帝分谷熟置。《春秋》：庄公十二年，宋公子御说奔亳者也，涣水东迳谷熟城南。汉光武建武二年，封更始子歆为侯国。又东迳杨亭北。《春秋左氏传》：襄公十二年，楚子囊、秦庶长无地伐宋，师于杨梁，以报晋之取郑也。京相璠曰：宋地矣。今睢阳东南三十里，有故杨梁城，今曰阳亭也。俗名之曰缘城，非矣。西北去梁国八十里。涣水又东迳沛郡之建平县故城南。汉武帝元凤元年[8]，封杜延年为侯国，王莽之田平也。又东迳酂县故城南。《春秋》：襄公十年，公会诸侯及齐世子光于鄗[9]，今其地鄗聚是也，王莽之酂治矣。涣水又东南迳费亭南，汉建和元年，封中常侍沛国曹腾为侯国。腾字季兴，谯人也。永初中，定桓帝策，封亭侯，此城即其所食之邑也。涣水又东迳铚县故城南，昔吴广之起兵也，使葛婴下之。涣水又东，苞水注之。水出谯城北白汀陂，陂水东流迳鄗县南；又东迳郸县故城南。汉景帝中元年，封周应为侯国，王莽更之曰单城也，音多。又东迳嵇山北，嵇氏故居。嵇康本姓奚，会稽人也。先人自会稽迁于谯之铚县，改为嵇氏，取稽字之上以为姓，盖志本也。《嵇氏谱》曰：谯有嵇山，家于其侧，遂以为氏。县，魏黄初中，文帝以酂、城父、山桑、铚置谯郡，故隶谯焉。苞水东流入涣。涣水又东南迳蕲县故城南。《地理志》曰：故甄[10]乡也。汉高帝破黥布于此。县，旧都尉治，王莽之蕲城也。水上有古石梁处，遗基尚存。涣水又东迳谷阳县，左会八丈故渎。渎上承洨水，南流注于涣。涣水又东迳谷阳戍南；又东南迳谷阳故城东北，右与解水会。水上承县西南解塘。东北流迳谷阳城南，即谷水也。应劭曰：城在谷水之阳。又东北流注于涣。涣水又东南迳白石戍南。又迳虹城南，洨水注之。水首受蕲水于蕲县，东南流迳谷阳县，八丈故渎出焉。又东合长直故沟，沟上承蕲水，南会于洨。洨水又东南流迳洨县故城北。县有垓下聚，汉高祖破项羽所在也。王莽更名其县曰肴城。应劭曰：洨水所出，音绞，经之绞也。洨水又东南，与涣水乱流而入于淮。故应劭曰：洨水南入淮。淮水又东至巉石山，潼水注之。水首受潼县西南潼陂，县，故临淮郡之属县，王莽改曰成信矣。南迳沛国夏丘县，绝蕲水。又南迳夏丘县故城西，王莽改曰归思也。又东南流迳临潼戍西，又东南至巉石西，南入淮。淮水又东迳浮山，山北对巉石山。梁氏天监中，立堰于二山之间，逆天地之心，乖民神之望，自然水溃坏矣。淮水又东迳徐县南，历涧水注之。导徐城西北徐陂，陂水南流，绝蕲水，迳历涧戍西，东南流注于淮。淮水又东，池水注之。水出东城县，东北流迳东城县故城南。汉以数千骑追羽，羽帅二十八骑引东城，因四隤山，斩将而去，即此处也。《史记》：孝文帝八年，封淮南厉王子刘良为侯国。《地理志》：王莽更名之曰武城也。池水又东北流历二山间，东北入于淮，谓之池河口也。淮水又东，蕲水注之。水首受睢水于谷熟城东北，东迳建城县故城北。汉武帝元朔四年，封长沙定王子刘拾为侯国，王莽之多聚也。蕲水又东南迳蕲县，县有大泽乡，陈涉起兵于此，篝火为狐鸣处也。南则洨水出焉。蕲水又东南，北八丈故渎出焉；又东流，长直故沟出焉。又东入夏丘县，东绝潼水，迳夏丘县故城北，又东南迳潼县南；又东流入徐县，东绝历涧，又东迳大徐县故城南，又东注于淮。淮水又东历客山，迳盱眙县故城南。《地理志》曰：都尉治。汉武帝元朔元年，封江都易王子刘蒙之为侯国，王莽更名之曰匡武。淮水又东迳广陵淮阳城南，城北临泗水，阻于二水之间。《述征记》：淮阳太守治，自后置戍，县亦有时废兴也。

**又东北至下邳淮阴县西，泗水从西北来流注之。**

淮、泗之会，即角城也。左右两川，翼夹二水，决人之所，所谓泗水也。

**又东过淮阴县北，中渎水出白马湖，东北注之。**

淮水右岸即淮阴也。城西二里有公路浦。昔袁术向九江，将东奔袁谭，路出斯浦，因以为名焉。又东迳淮阴县故城北，北临淮水。汉高帝六年，封韩信为侯国，王莽之嘉信也。昔韩信去下乡而钓于此处也。城东有两冢：西者，即漂母冢也。周回数百步，高十余丈。昔漂母食信于淮阴，信王下邳，盖投金增陵以报母矣。东一陵即信母冢也。县有中渎水，首受江于广陵郡之江都县，县城临江。应劭《地理风俗记》曰：县为一都之会，故曰江都。县有江水祠，俗谓之伍相庙也。子胥但配食耳，岁三祭，与五岳同。旧江水道也。昔吴将伐齐，北霸中国，自广陵城东南筑邗城，城下掘深沟，谓之韩江，亦曰邗溟沟，自江东北通射阳湖，《地理志》所谓渠水也。西北至末口入淮。自永和中，江都水断，其水上承欧阳埭，引江入埭，六十里至广陵城。楚、汉之间为东阳郡，高祖六年为荆国，十一年为吴城，即吴王濞所筑也。景帝四年更名江都；武帝元狩三年，更曰广陵；王莽更名，郡曰江平，县曰定安。城东水上有梁，谓之洛桥。中渎水自广陵北出武广湖东、陆阳湖西。二湖东西相直五里，水出其间，下注樊梁湖。旧道东北出，至博芝、射阳二湖。西北出夹邪，乃至山阳矣。至永和中，患湖道多风，陈敏因穿樊梁湖北口，下注津湖迳渡，渡十二里方达北口，直至夹邪。兴宁中，复以津湖多风，又自湖之南口，沿东岸二十里，穿渠入北口，自后行者不复由湖。故蒋济《三州论》曰：淮湖纡远，水陆异路，山阳不通，陈敏穿沟，更凿马濑，百里渡湖者也。自广陵出山阳白马湖，迳山阳城西，即射阳县之故城也。应劭曰：在射水之阳。汉高祖六年，封楚左令尹项缠为侯国也，王莽更之曰监淮亭。世祖建武十五年，封子荆为山阳公，治此，十七年为王国。城，本北中郎将庾希所镇。中渎水又东，谓之山阳浦；又东入淮，谓之山阳口者也。

**又东，两小水流注之。**

淮水左迳泗水国南，故东海郡也。徐广《史记音义》曰：泗水，国名，汉武帝元鼎四年初置，都凌。封常山宪王子思王商为国。《地理志》曰：王莽更泗水郡为水顺，凌县为生凌。凌水注之。水出凌县，东流迳其县故城东，而东南流注于淮，实曰凌口也。应劭曰：凌水出县西南入淮，即《经》之所谓小水者也。

**又东至广陵淮浦县，入于海。**

应劭曰：淮崖也。盖临侧淮渎，故受此名。淮水迳县故城东，王莽更名之曰淮敬。淮水于县枝分，北为游水，历朐县与沐合。又迳朐山西，山侧有朐县故城。秦始皇三十五年，于朐县立石海上，以为秦之东门。崔琰《述初赋》曰：倚高舻以周眄兮，观秦门之将将者也。东北海中有大洲，谓之郁洲。《山海经》所谓郁山在海中者也。言是山自苍梧徙此，云山上犹有南方草木，今郁州治。故崔季珪之叙《述初赋》，言郁洲者，故苍梧之山也，心悦而怪之，闻其上有仙士石室也，乃往观焉。见一道人独处，休休然不谈不对，顾非已及也。即其《赋》所云：吾夕济于郁洲者也。游水又北迳东海利成县故城东，故利乡也。汉武帝元朔四年，封城阳共王子婴为侯国，王莽更之曰流泉。游水又北历羽山西。《地理志》曰：羽山在祝其县东南。《尚书》曰：尧畴咨四岳得舜，进十六族，殛①鲧于羽山，是为梼杌，与驩兜、三苗、共工同其罪，故世谓之四凶。鲧既死，其神化为黄熊，入于羽渊，是为夏郊，三代祀之。故《连山易》曰：有崇伯鲧，伏于羽山之野者是也。游水又北迳祝其县故城西。《春秋经》书：夏，公会齐侯于夹谷。《左传》：定公十年，公及齐平，会于祝其，实夹谷也。服虔曰：地二名。王莽更之曰犹亭。县之东有夹口浦。游水左迳琅邪计斤县故城之西。《地理志》曰：莒子始起于此，后徙莒，有盐官，故世谓之南莒也。游水又东北迳赣榆县北，东侧巨海，有秦始皇碑在山上，去海百五十步。潮水至，加其上三丈，去则三尺。所见东北倾石，长一丈八尺，广五尺，厚三尺八寸，一行十二字。游水又东北迳纪鄣故城南。《春秋》：昭公十九年，齐伐莒，莒子奔纪鄣。莒之妇人，怒莒子之害其夫，老而托纺焉。

取其栌而夜缒⑫，缒绝，鼓噪，城上人亦噪。莒共公惧，启西门而出，齐遂入纪。故纪子帛之国。《谷梁传》曰：吾伯姬归于纪者也。杜预曰：纪鄣，地二名。东海赣榆县东北有故纪城，即此城也。游水东北入海，旧吴之燕岱，常泛巨海，惮其涛险，更沿溯是渎，由是出。《地理志》曰：游水自淮浦北入海。《尔雅》曰：淮别为浒。游水亦枝称者也。

---

①据考，元帝无元延年号，应为"宣帝元康元年"。
②碁：qí，"棋"的别体。
③燋：jiāo，音焦。
④潜：qián，也作"潜"。
⑤䳒（yuān，音元）：同"鸢"。
⑥鄯（shàn，音善）：同"缮"。
⑦篚（fěi，音匪）：圆形的竹筐。
⑧元凤应为昭帝年号非武帝年号。
⑨郯（cuó，音挫）：古地名。
⑩甀（zhuì，音坠）：甀乡，古乡名，在安徽省。
⑪殛（jí，音极）：杀死。
⑫缒（zhuì，音坠）：用绳子拴住人或东西从上往下送。

# 水经注卷三十一

### 滍水　　淯水　　㵐水　　濡水
### 溇水　　沅水　　涢水

**滍水出南阳鲁阳县西之尧山，**

　　尧之末孙刘累，以龙食帝孔甲，孔甲又求之，不得，累惧而迁于鲁县，立尧祠于西山，谓之尧山。故张衡《南都赋》曰：奉先帝而追孝，立唐祠于尧山。尧山在太和川太和城东北，滍水出焉。张衡《南都赋》曰：其川渎则滍、澧、蓠、浕，发源岩穴，布濩漫汗，漭沆洋溢，总括急趣，箭驰风疾者也。滍水又历太和川，东迳小和川。又东，温泉水注之。水出北山阜，七源奇发，炎热特甚。阚骃曰：县有汤水，可以疗疾。汤侧又有寒泉焉，地势不殊，而炎凉异致，虽隆火盛日，肃若冰谷矣。浑流同溪，南注滍水。滍水又东迳胡木山，东流又会温泉口。水出北山阜，炎势奇毒，痾疾之徒，无能澡其冲漂。救痒者咸去汤十许步别池，然后可入。汤侧有石铭云：皇女汤，可以疗万疾者也。故杜彦达云：然如沸汤，可以熟米，饮之愈百病。道士清身沐浴，一日三饮，多少自在，四十日后，身中万病愈，三虫死。学道遭难逢危，终无悔心，可以牢神存志。即《南都赋》所谓汤谷涌其后者也。然宛县有紫山，山东有一水，东西十五里，南北二百步，湛然冲满，无所通会，冬夏常温，世亦谓之汤谷也。非鲁阳及南阳之县故也①。张平子广言土地所苞，明非此矣。滍水又东，房阳川水注之。水出南阳雉县西房阳川，北流注于滍。滍水之北，有积石焉，世谓女灵山。其山平地介立，不连冈以成高；峻石孤峙，不托势以自远。四面壁绝，极能灵举，远望亭亭，状若单楹插霄矣。北面有如颓落，劣得通步，好事者时有扳陟耳。瀙水又與波水合。水出霍陽西川大嶺東谷，俗謂之歇馬嶺、川曰廣陽川，非也。即應劭所謂孤山，波水所出也。馬融《廣成頌》曰：浸以波溠。其水又南逕蠻城下，蓋蠻別邑也。俗謂之麻城，非也。波水又南，分三川于白亭東，而俱南入瀙水。瀙水自下，兼波水之通稱也。是故闞駰有東北至定陵入汝之文。瀙水又東逕魯陽縣故城南，城即劉累之故邑也。有魯山，縣居其陽，故因名焉，王莽之魯山也。昔在于楚，文子守之，與韓遣②戰，有返景之誠③。内有南陽都鄉正衛為碑。瀙水右合魯陽關水。水出魯陽關外分頭山横嶺下夾谷，東北出，入瀙。瀙水又東北合牛蘭水。水發縣北牛蘭山，東南逕魯陽城東，水側有漢陽侯焦立碑。牛蘭水又東南與柏樹溪水合。水出魯山北峽谷中，東南流逕魯山西，而南合牛蘭水。又東南逕魯山南。闞駰曰：魯陽縣，今其地魯山是也。水南注于瀙。瀙水東逕應城南，故應鄉也，應侯之國。《詩》所謂應侯順德者也。彭水注之，俗謂之小瀙水。水出魯陽縣南彭山蟻塢東麓，北流逕彭山西。下有彭山廟，廟前有彭山碑，漢桓帝元嘉三年，杜仲長立。彭水逕其西北、漢安邑長尹儉墓東。冢西有石廟，廟前有兩石闕，闕東有碑，闕南有二獅子相對，南有石碣二枚，石柱西南有兩石羊，中平四年立。彭水又東北流，直應城南而入瀙。瀙水又左合橋水。水出魯陽縣北恃山，東南逕應山北，又南逕應城西。《地理志》曰：故父城縣之應鄉也。周武王封其弟為侯國。應劭曰：《韓詩外傳》稱，周成王與弟戲，以桐葉為圭，曰：吾以封汝。周公曰：天子無戲言。王乃應時而封，故曰應侯鄉，亦曰應鄉。按《吕氏春秋》云：成王以桐葉為圭，封叔虞，非應侯也。《汲郡古文》，殷時已有應國，非成王矣。戰國范睢所封邑也，謂之應水。瀙水又東逕犨縣故城北。《左傳》：昭公元年，冬，楚公子圍使伯州犂城犨④是也。出于魚齒山下。《春秋》：襄公十八年，楚伐鄭，次于魚陵，涉于魚齒之下，甚雨，楚師多凍，役徒幾盡。晉人聞有楚師，師曠曰：不害。吾驟歌《北風》，又歌《南風》，《南風》不競，多死聲，楚必無功矣。所涉即瀙水也。水南，有漢中常侍、長樂太仆吉成侯州苞冢。冢前有碑，基西枕岡城，開四門，門有兩石獸。坟傾墓毁，碑獸淪移。人有掘出一獸，猶全不破，甚高壯，頭去地減一丈許。作制甚工，左膊上刻作辟邪字。門表塑上起石橋，歷時不毁。其碑云：六帝四后，是諮是取。蓋仕自安帝，没于桓后。于時閹閽擅权⑤，五侯暴世，割剥公私以事生死。夫封者表有德，碑者頌有功，自非此徒，何用許為？石至千春，不若速朽；苞墓萬古，只彰消辱。嗚呼，愚亦甚矣！瀙水又東，犨水注之，俗謂之秋水，非也。水有二源：東源出其縣西南踐犢山東崖下，水方五十許步，不測其深，東北流逕犨縣南，又東北屈逕其縣東，而北合西源水；西源出縣西南頗山北阜下，東北逕犨城西，又屈逕其縣北，東合右水，亂流北注于瀙。漢高祖入關，破南陽太守吕齮于犨東，即于是地，瀙水之陰也。瀙水又東南逕昆陽縣故城北。昔漢光武與王尋、王邑戰昆陽，敗之。走者相騰踐，奔殪百餘里間。會大雨如注，瀙川盛溢，虎豹皆股戰。士卒争赴，溺死者以萬數，水為不流。王邑、嚴尤、陳茂輕騎，皆乘尸而度矣。

**東北過潁川定陵縣西北，又東過郾縣南，東入于汝。**

瀙水東逕西不羹亭南。亭北背汝水，于定陵城北，東入汝。郾縣在南，不得過。

**㳡水出弘農盧氏縣支離山，東南過南陽西鄂縣西北，又東過宛縣南，**

㳡水導源，東流逕酈縣故城北。郭仲產曰：酈縣故城在支離山東南。酈，舊縣也。《三倉》曰：樊、鄧、酈。酈有二城，北酈也，漢祖入關，下淅酈，即此縣也。㳡水又東南流歷雉縣之衡山，東逕百章郭北。又東，魯陽關水注之。水出魯陽縣南分水嶺，南水自嶺南流，北水從嶺北注，故世俗謂此嶺為分頭也。其水南流逕魯陽關，左右連山插漢，秀木干云，是以張景陽詩云：朝登魯陽關，峽路峭且深。亦司馬芝與母遇賊處也。關水歷雉衡山西南，逕皇后城西。建武元年，世祖遣侍中傅俊，持节迎光烈皇后于淯阳。俊发兵三百余人，宿卫皇后道路，归京师。盖税舍所在，故城得其名矣。山有石室，甚饰洁，相传名皇后浴室，又所幸也。关水又西南迳雉县故城南。昔秦文公之世，有伯阳者，逢二童，曰訚、曰被。二童，二雉也。得雌者霸，雄者王。二童翻飞，化为双雉。光武获雉于此山，以为中兴之祥，故置县以名焉。关水又屈而东南流，注于淯。淯水又东南流迳博望县故城东。郭仲产曰：在郡东北百二十里，汉武帝置。校尉张骞，随大将军卫青西征，为军前导，相望水草得以不乏。元光六年，封骞为侯国。《地理志》南阳有博望县，王莽改之曰宜乐也。淯水又东南迳西鄂故城东。应劭曰：江夏有鄂，故加西也。昔刘表之攻杜子绪于西鄂也。功曹柏孝长闻战鼓之音，惧而闭户，蒙被自覆，渐登城而观，言勇可习也。淯水又南，洱水注之。水出弘农郡卢氏县之熊耳出。东南迳郦县北，东南迳房阳城北。汉哀帝四年，封南阳太守孙宠为侯国，俗谓之房阳川。又迳西鄂县南，水北有张平子墓。墓之东，侧坟有平子碑，文字悉是古文，篆额是崔瑗之辞。盛弘之、郭仲产并云：夏侯孝若为郡，薄其文，复刊碑阴为铭。然碑阴二铭，乃是崔子玉及陈翕耳，而非孝若，悉是隶字。二首并存，尝无毁坏。又言墓次有二碑，今惟见一碑，或是余夏景驿途，疲而莫究矣。水南道侧有二石楼，相去六七丈，双跱齐竦，高可丈七八，柱圆围二丈有余，石质青绿，光可以鉴。其上栾栌承栱，雕檐四注，穷巧绮刻，妙绝人工。题言：蜀郡太守姓王，字子雅，南阳西鄂人，有三女无男，而家累千金。父没当葬，女自相谓曰：先君生我姊妹，无男兄弟，今当安神玄宅，瘗灵后土，冥冥绝后，何以彰吾君之德？各出钱五百万，一女筑墓，二女建楼，以表孝思。铭云：墓楼东，平林下，近坟墓。而不能测其处所矣。洱水又东南流，注于淯水，世谓之肆水。肆、洱声相近，非也。《地理志》曰：熊耳之山出三水，洱水其一焉，东南至鲁阳入沔是也。淯水又南迳预山东，山上有神庙，俗名之为独山也。山南有魏车骑将军黄权夫妻二冢，地道潜通。其冢前有四碑，其二魏明帝立，二是其子及臣吏所树者也。淯水又西南迳史定伯碑南；又西为瓜里津，水上有三梁，谓之瓜里渡。自宛道途，东出堵阳，西道方城。建武三年，世祖自堵阳西入，破房将军邓奉，怨汉掠新野，拒瓜里。上亲搏战，降之夕阳下，遂斩奉。《郡国志》所谓宛有瓜里津、夕阳聚者也。阻桥，即桓温故垒处。温以升平五年与范汪众军北讨所营。淯水又西南迳晋蜀郡太守邓义山墓南，又南迳宛城东。其城，故申伯之都，楚文王灭申以为县也。秦昭襄王使白起为将，伐楚取郢，即以此地为南阳郡，改县曰宛。王莽更名，郡曰前队，县曰南阳。刘善曰：在中国之南而居阳地，故以为名。大城西南隅，即古宛城也，荆州刺史治，故亦谓之荆州城。今南阳郡，治大城。其东城内有旧殿基，周二百步，高八尺，陛阶皆砌以青石。大城西北隅有殿基，周百步，高五尺，盖更始所起也。城西三里，有古台，高三丈余。文帝黄初中，南巡行所筑也。淯水又屈而迳其县南。故《南都赋》所言，淯水荡其胸者也。王莽地皇二年，朱鲔等共于城南会诸将，设坛燔燎，立圣公为天子于斯水上。《世语》曰：张绣反，公与战，败，子昂不能骑，进马于公，而昂遇害。《魏书》曰：公南征至宛，临淯水，祠阵亡将士，歔欷流涕，众皆哀恸。淯水又南，梅溪水注之。水出县北紫山，南迳百里奚故宅。奚，宛人也。于秦为贤大夫，所谓迷虞智秦者也。梅溪又迳宛西吕城东。《史记》曰：吕尚先祖为四岳，佐禹治水有功。虞、夏之际，受封于吕，故因氏为吕尚也。徐广《史记音义》曰：吕在宛县，高后四年，封昆弟子吕忿为吕城侯，疑即此也。又按新蔡县有大吕、小吕亭，而未知所是也。梅溪又南迳杜衍县东，故城在西。汉高帝七年，封郎中王翳为侯国，王莽更之曰闰衍矣。土地垫下，湍溪是注，古人于安众堨之，令游水是潴，谓之安众港。世祖建武三年，上自宛遣颍阳侯祭遵西击邓奉弟终，破之于杜衍，进兵涅阳者也。梅溪又南，谓之石桥水，又谓之女溪，而左注淯水。淯水之南，又有南就聚，《郡国志》所谓南阳宛县有南就聚者也。郭仲产言：宛城南三十里有一城，甚卑小，相承名三公城，汉时邓禹等归乡钱离处也。盛弘之著《荆州记》，以为三公置。余按淯水左右旧有二澨、所谓南澨、北澨者，水侧之溃。聚在淯阳之东北，考古推地则近矣。城侧有范蠡祠。蠡，宛人，祠即故宅也。后汉末有范曾，字子闵，为大将军司马，讨黄巾贼至此祠，为蠡立碑，文勒可寻。夏侯湛之为南阳，又为立庙焉。城东有大将军何进故宅，城西有孔嵩旧居。嵩字仲山，宛人，与山阳范式有断金契⑥。贫无养亲，赁为阿街卒，遣迎式，式下车把臂曰：子怀道卒伍，不亦痛乎！嵩曰：侯嬴贱役晨门，卑下之位，古人所不耻，何痛之有？故其赞曰：仲山通达，卷舒无方，屈身厮役，挺秀含芳。

**又屈南过淯阳县东，**

淯水又南入县，迳小长安。司马彪《郡国志》曰：县有小长安聚。谢沈《汉书》称：光武攻淯阳不下，引兵欲攻宛，至小长安与甄阜战，败于此。淯水又西南迳其县故城南。桓帝延熹七年，封邓秉为侯国。县，故南阳典农治。后以为淯阳郡，省郡复县，避晋简文讳，更名云阳焉。淯水又迳安乐郡北。汉桓帝建和元年，封司徒胡广为淯阳县安乐乡侯，今于其国立乐宅戍。郭仲产《襄阳记》曰：南阳城南九十里，有晋尚书令乐广故宅。广字彦辅，善清言，见重当时。成都王，广女婿，长沙王猜之。广曰：宁以一女而易五男？犹疑之，终以忧殒。其故居今置戍，因以为名。

**又南过新野县西，**

淯水又南入新野县，枝津分派，东南出，隰衍苞注，左积为陂，东西九里，南北十五里。陂水所溉，咸为良沃。淯水又南与湍水会；又南迳新野县故城西。世祖之败小长安也，姊元遇害。上即位，感悼姊没，追谥元为新野节义长公主，即此邑也。晋咸宁二年，封大司马扶风武王少子歆为新野郡公，割南阳五属——棘阳、蔡阳、穰、邓、山都封焉。王文舒更立中隔；西即郡治，东则民居；城西傍淯水。又东与朝水合。水出西北赤石山，而东南迳冠军县界，地名沙渠；又东南迳穰县故城南，楚别邑也。秦拔鄢郢，即以为县。秦昭王封相魏冉为侯邑，王莽更名曰农穰也。魏荆州刺史治。朝水又东南，分为二水。一水枝分东北，为樊氏陂，陂东西十里，南北五里，俗谓之凡亭陂。陂东有樊氏故宅，樊氏既灭，庾氏取其陂。故谚曰：陂汪汪，下田良，樊子失业庾公昌。昔在晋世，杜预继信臣之业，复六门陂。遏六门之水，下结二十九陂。诸陂散流，咸入朝水，事见六门碑。六门既陂，诸陂遂断。朝水又东迳朝阳县故城北，而东南注于淯水。又东南与棘水合。水上承堵水。堵水出堵阳县北山，数源并发，南流迳小堵乡，谓之小堵水。世祖建武二年，成安侯臧宫从上击堵乡。东源方七八步，腾涌若沸，故世名之腾沸水。南流迳于堵乡，谓之堵水。建武三年，祭遵引兵南击董䜣于堵乡。以水氏县，故有堵阳之名也。《地理志》曰：县有堵水，王莽曰阳城也。汉哀帝改为顺阳。建武二年，更封安阳侯朱祐为堵阳侯。堵水于县堨以为陂，东西夹冈，水相去五六里；古今断冈两舌，都水潭涨，南北十余里。水决南溃，下注为湾。湾分为二，西为堵水，东为荥源。堵水参差，流结两湖。故有东陂、西陂之名。二陂所导，其水枝分，东南至会口入比。是以《地理志》，比水、堵水，皆言入蔡，互受通称故也。二湖流注，合为黄水，惟所受焉。迳棘阳县之黄淳聚，又谓之为黄淳水者也。谢沈《后汉书》：甄阜等攻光武于小长安东，乘胜南渡黄淳水，前营背阻两川，谓临比水，绝后桥，示无还心。汉兵击之，三军溃，溺死黄淳水者二万人。又南迳棘阳县故城西。应劭曰：县在棘水之阳，是知斯水为棘水也。汉高帝七年，封杜得臣为侯国。后汉兵起击唐子乡，杀湖阳尉，进拔棘阳。邓晨将宾客会光武于此县也。棘水又南迳新野县，历黄邮聚。世祖建武三年，傅俊、岑彭进击秦丰，先拔黄邮者也，谓之黄邮水。大司马吴汉破秦丰于斯水之上。其聚落悉为蛮居，犹名之为黄邮蛮。棘水自新野县东而南流入于淯水，谓之为力口也。棘、力声相近，当为棘口也。又是方俗之音，故字从读变，若世以棘子木为力子木是也。淯水又东南迳士林东，戍名也，戍有邸阁。水左有豫章大陂，下灌良畴三千许顷也。

**南过邓县东，**

县，故邓侯吾离之国也，楚文王灭之，秦以为县。淯水右合浊水，俗谓之弱沟。水上承白水于朝阳县，东南流迳邓县故城南。习凿齿《襄阳记》曰：楚王至邓之浊水，去襄阳二十里，即此水也。浊水又东迳邓塞北，即邓城东南小山也，方俗名之为邓塞，昔孙文台破黄祖于其下。浊水东流注于淯。淯水又南迳邓塞东；又迳鄾[7]城东，古鄾子国也。盖邓之南鄙也。昔巴子请楚与邓为好，鄾人夺其币，即是邑也；司马彪以为邓之鄾聚矣。

**南入于沔。**

**潕水出 潕强县南泽中，东入颍。**

潕水出颍川阳城县少室山，东流注于颍水，而乱流东南迳临颍县西北；小潕水出焉，东迳临颍县故城北。潕水又东迳潕阳城北；又东迳潕强县故城南。建武二年，世祖封扬化将军坚镡为侯国。潕水东为陶枢陂。余按潕阳城在潕水南，然则此城正应为潕阴城，而有潕阳之名者，明在南犹有潕水，故此城以阳为名矣。颍水之南有二潕：其南潕东南流历临颍亭西，东南入汝，今无水也，疑即潕水之故渎矣。汝水于奇雒[8]城西，别东派，时人谓之大潕水。东北流，枝渎右出，世谓之死汝也。别汝又东北迳召陵城北，练沟出焉；别汝又东，汾沟出焉；别汝又东迳征羌城北。水南有汾陂，俗音粪。汾水自别汝东注，而为此陂。水积征羌城北四五里，方三十里许。渎左合小潕水。水上承狼陂南流，名曰巩水。青陵陂水自陂东注之。东回又谓之小潕水，而南流注于大潕水。大潕水取称，盖藉潕沿注，而总受其目矣。又东迳西华县故城南；又东迳汝阳县故城北，东注于颍。

**灈水出汝南吴房县西北奥山，东过其县北，入于汝。**

县西北有棠谿城，故房子国。《春秋》：定公五年，吴王阖闾弟夫㮣[9]奔楚，封之于棠谿，故曰吴房世。汉高帝八年，封庄侯杨武为侯国。建武中，世祖封泗水王歙子燀[10]为棠谿侯。山溪有白羊渊，渊水旧出山羊。汉武帝元封二年，白羊出此渊，畜牧者祷祀之。俗禁拍手。尝有羊出水，野母惊拍，自此绝焉。渊水下合灈水。灈水东迳灈阳县故城西，东流入㶟[11]水，乱流迳其县南。世祖建武二十八年，封吴汉孙旦为侯国。其水又东入于汝水。

**㶟水出沘阴县东上界山，**

《山海经》谓之视水也。郭景纯《注》，或曰，视宜为㶟，出葴[12]山。许慎云：出中阳山，皆山之殊目也。而东与泌水合，水出沘阴县旱山，东北流注㶟。㶟水又东北，杀水出西南大熟之山，东北流入于㶟。㶟水又东，沦水注之。水出宣山，东南流注㶟水。㶟水又东得奥水口。水西出奥山，东入于㶟水也。

**东过吴房县南，又东过灈阳县南，**

应劭曰：灈水出吴房县，东入㶟。县之西北，即两川之交会也。

**又东过上蔡县南，东入汝。**

**沘水出沘阴县西北扶予山，东过其县南，**

《山海经》曰：朝歌之山，沘水出焉，东南流注于荥。《经》书扶予者，其山之异名乎？荥水上承堵水，东流，左与西辽水合；又东，东辽水注之。俱导北山，而南流注于荥。荥水又东北，于沘阴县北，左会沘水；其道稍西，不出其县南，其故城在山之阳。汉光武建武中，封岑彭为侯国。汉以为阳山县。魏武与张绣战于宛，马名绝景，为流矢所中，公伤右臂，引还沘阴，即是地也。城之东有马仁陂。郭仲产曰：陂在比阳县西五十里，盖地百顷，其所周溉田万顷，随年变种，境无俭岁。陂水三周其隍，故渎自隍西南而会于比，沘水不得复迳其南也。且邑号沘阴，故无出南之理，出南则为阳也。非直不究，又不思矣。沅水又东北，澧水注之。水出雉衡山，东南迳建城东。建，当为卷，字读误耳。《郡国志》云：叶县在卷城。其水又东流入于沅。沅水东北迳于东山西，西流入沅。沅水之左即黄城山也。有溪水出黄城山，东北迳方城。《郡国志》曰：叶县有方城。郭仲产曰：苦菜、于东之间有小城，名方城，东临溪水。寻此城致号之由，当因山以表名也。苦菜即黄城也，及于东，通为方城矣。世谓之方城山水，东流注沅水。故《圣贤冢墓记》曰：南阳叶邑方城西有黄城山，是长沮、桀溺耦耕之所，有东流水，则子路问津处。尸子曰：楚狂接舆耕于方城，盖于此也。盛弘之云：叶东界有故城，始犨县东，至溠水，达比阳界，南北联联数百里，号为方城，一谓之长城。云郦县有故城一面，未详里数，号为长城，即此城之西隅。其间相去六百里；北面虽无基筑，皆连山相接，而汉水流其南。故屈完答齐桓公云：楚国，方城以为城，汉水以为池。《郡国志》曰：叶县有长山曰方城，指此城也。沅水又东北历舞阳县故城南。汉高祖六年，封樊哙为侯国也。

**又东过西平县北，**

县，故柏国也。《春秋左传》所谓江、黄、道、柏，方睦于齐也。汉曰西平，其西吕墟，即西陵亭也。西陵平夷，故曰西平。汉宣帝甘露三年，封丞相于定国为侯国。王莽更之曰新亭。《晋太康地记》曰：县有龙泉水，可以砥砺刀剑，特坚利，故有坚白之论矣。是以龙泉之剑，为楚宝也。县出名金，古有铁官。

**又东过郾县南，**

郾县故城，去此远矣，不得过。

**又东过定颍县北，东入于汝。**

汉安帝永初二年，分汝南郡之上蔡县，置定颍县。顺帝永建元年，以阳翟郭镇为尚书令，封定颍侯，即此邑也。

**溳水出蔡阳县，**

溳水出县东南大洪山。山在随郡之西南，竟陵之东北。槃基所跨，广圆百余里。峰曰悬钩，处平原众阜之中，为诸岭之秀。山下有石门，夹鄣层峻，岩高皆数百许仞。入石门，又得钟乳穴，穴上素崖壁立，非人迹所及。穴中多钟乳，凝膏下垂，望齐冰雪。微津细液，滴沥不断。幽穴潜远，行者不极穷深，以穴内常有风热，无能经久故也。溳水出于其阴，初流浅狭，远乃广厚，可以浮舟栿，巨川矣。时人以溳水所导，故亦谓之为溳山矣。溳水东北流合石水。石水出大洪山，东北流经于溳，谓之小溳水。而乱流东北，迳上唐县故城南，本蔡阳之上唐乡，旧唐侯国。《春秋》：定公三年，唐成公如楚，有两肃霜马，子常欲之，弗与，止之三年。唐人窃马而献之，子常归唐侯是也。溳水又东，均水注之。水出大洪山，东北流迳土山北；又东北流入于溳水。溳水又屈而东南流。

**东南过随县西，**

县，故随国矣。《春秋左传》所谓：汉东之国，随为大者也。楚灭之以为县；晋武帝太康中，立为郡。有㵲水出县西北黄山，南迳㵐西县西，又东南，㵐水入焉。㵐水出桐柏山之阳。吕忱曰：水在义阳。㵐水东南迳㵐西县西，又东南注于㵲。㵲水又东南迳随县故城西。《春秋》：庄公四年，楚武王伐随，令尹斗祁、莫敖屈重除道梁㵲，军临于随，谓此水也。水侧有断蛇丘，随侯出而见大蛇中断，因举而药之，故谓之断蛇丘。后蛇衔明珠报德，世谓之随侯珠，亦曰灵蛇珠。丘南有随季梁大夫池，其水又南与义井水合。水出随城东南，井泉尝涌溢而津注，冬夏不异，相承谓之义井，下流合㵲。㵲水又南流注于溳。溳水又会于支水。水源亦出大洪山，而东流注于溳。溳水又迳随县南、随城山北而东南注。

**又南过江夏安陆县西，**

随水出随郡永阳县东石龙山，西北流，南回迳永阳县西，历横尾山，即《禹贡》之陪尾山也。随水又西南至安陆县故城，西入于涢，故郧城也。因冈为墉，峻不假筑。涢水又南迳石岩山北。昔张昌作乱，于其下笼彩凤以惑众。晋太安二年，镇南将军刘弘遣牙门皮初，与张昌战于清水。昌败，追斩于江浦。即《春秋左传》：定公四年，吴败楚于柏举，从之，及于清发。盖涢水兼清水之目矣。又东南流而右会富水。水出竟陵郡新市县东北大阳山。水有二源，大富水出山之阳，南流而左合小富水。水出山之东，而南迳三王城东。前汉末，王匡、王凤、王常所屯，故谓之三王城。城中有故碑，文字阙落，不可复识。其水屈而西南流，右合大富水，俗谓之大泌水也；又西南流迳杜城西，新市县治也。《郡国志》以为南新市也。中山有新市，故此加南。分安陆县立。又王匡中兴初，举兵于县，号曰新市兵者也。富水又东南流，于安陆界左合土山水，世谓之章水。水出土山，南迳随郡平林县故城西，俗谓之将陂城，与新市接界，故中兴之始，兵有新市、平林之号。又南流，右入富水；富水又东入于涢。涢水又迳新城南。永和五年，晋大司马桓温筑。涢水又会温水。温水出竟陵之新阳县东泽中，口径二丈五尺，垠岸重沙，端净可爱；靖以察之，则渊泉如镜；闻人声，则扬汤奋发，无所复见矣。其热可以燖[13]鸡，洪澜百余步，冷若寒泉。东南流注于涢水。又右得潼水。水出江夏郡之曲陵县西北潼山，东南流迳其县南。县治石潼故城，城圆而不方。东入安陆，注于涢水。

**又东南入于夏。**

涢水又南分为二水：东通濛水，西入于沔，谓之涢口也。

---

①此句意为，"但汤谷不在鲁阳而在南阳的属县宛县"。

②遘（gòu，音够）：相遇。

③有返景之城：意为"竟使西斜的太阳返回中天"。

④犨：chōu，音抽。

⑤阉阖擅权：意为宦官专权。

⑥断金契：意为交情非常深厚。

⑦鄾（yōu，音优）：周朝国名，在今湖北。

⑧雒：luò，音意同"洛"。

⑨槩：gài，"概"字别体。

⑩燀：chǎn，音产。

⑪葴（zhēn，音真）：山名，在今河南。

⑫溓（qìn，音沁）：水名，在今河南。

⑬燖（xún，音寻）：同"燀"，烤烂。

# 水经注卷三十二

澴水　蕲水　决水　沘水　泄水　肥水　施水
沮水　漳水　夏水　羌水　涪水　梓潼水　涔水

**澴水出江夏平春县西，**

澴水北出大义山，南至历乡西，赐水入焉。水源东出大紫山，分为二水。一水西迳历乡南，水南有重山，即烈山也。山下有一穴，父老相传，云是神农所生处也，故《礼》谓之烈山氏。水北有九井，子书所谓神农既诞，九井自穿，谓斯水也。又言汲一井则众水动。井今堙塞，遗迹仿佛存焉。亦云赖乡，故赖国也，有神农社。赐水西南流入于澴，即厉水也。赐、厉声相近，宜为厉水矣。一水出义乡西，南入随，又注澴。澴水又南迳随县，注安陆也。

**南过安陆，入于涢。**

**蕲水出江夏蕲春县北山，**

山，即蕲柳也。水首受希水枝津，西南流历蕲山，出蛮中，故以此蛮为五水蛮。五水：谓巴水、希水、赤亭水、西归水，蕲水其一焉。蛮左凭居，阻藉山川，世为抄暴。宋世沈庆之于西阳上下诛伐蛮夷，即五水蛮也。

**南过其县西，**

晋改为蕲阳县，县徙江洲，置大阳戍，后齐齐昌郡移治于此也。

**又南至蕲口，南入于江。**

蕲水南对蕲阳洲，入于大江，谓之蕲口。洲上有蕲阳县徙。

**决水出庐江雩娄县南大别山，**

俗谓之为檀公岘，盖大别之异名也。其水历山委注而络其县矣。

**北过其县东，**

县，故吴也。《春秋左传》：襄公二十六年，楚子、秦人侵吴及雩娄，闻吴有备而还是也。《晋书·地道记》云：在安丰县之西南，即其界也。故《地理志》曰：决水出雩娄。

**又北过安丰县东，**

决水自雩娄县北迳鸡备亭。《春秋》：昭公二十三年，吴败诸侯之师于鸡父者也。安丰县故城，今边城郡治也。王莽之美丰也。世祖建武八年，封大将军、凉州牧窦融为侯国；晋立安丰郡。决水自县西北流迳蓼县故城东，又迳其北。汉高帝六年，封孔藂为侯国。世谓之史水。决水又西北，灌水注之。其水导源庐江金兰县西北东陵乡大苏山，即淮水也。许慎曰：出雩娄县，俗谓之浍水。褚先生所谓神龟出于江、灌之间，嘉林之中，盖谓此水也。灌水东北迳蓼县故城西，而北注决水。故《地理志》曰：决水北至蓼入淮。灌水亦至蓼入决。《春秋》：宣公八年冬，楚公子灭舒蓼。臧文仲闻之曰：皋陶庭坚，不祀忽诸，德之不逮，民之无援，哀哉！决水又北，右会阳泉水。水受决水，东北流迳阳泉县故城东，故阳泉乡也。汉献帝中，封太尉黄琬为侯国。又西北流，左入决水，谓之阳泉口也。

**又北入于淮。**

俗谓之浍口；非也，斯决、灌之口矣。余往因公至于淮津，舟车所届，次于决水。访其民宰，与古名全违。脉水寻《经》，方知决口。盖灌、浍声相伦，习俗害真耳。

**泄水出庐江灊县西南、霍山东北，**

灊者，山、水名也。《开山图》，灊山围绕大山为霍山。郭景纯曰：灊水出焉，县即其称矣。《春秋》：昭公二十七年，吴因楚丧，围灊是也。《地理志》曰：沘水出沘山，不言霍山，沘字或作浕。浕水又东北迳博安县，泄水出焉。

**东北过六县东，**

浕水东北，右会蹲[①]鼓川水。水出东南蹲鼓川，西北流，左注浕水。浕水又西北迳马亨城西；又西北迳六安县故城西。县，故皋陶国也。夏禹封其少子，奉其祀。今县都陂中有大冢，民传曰公琴者，即皋陶冢也。楚人谓冢为琴矣。汉高帝元年，别为衡山国，五年属淮南；文帝十六年，复为衡山国；武帝元狩二年，别为六安国。王莽之安风也。《汉书》所谓以舒屠六[②]。晋太康三年，庐江郡治。浕水又西北分为二水，芍陂出焉。又北迳五门亭西，西北流迳安丰县故城西。《晋书·地道记》，安丰郡之属县也，俗名之曰安城矣。又北会濡水，乱流西北注也。

**北入于淮。**

水之决会，谓之沘口也。

**泄水出博安县，**

博安县，《地理志》之博乡县也，王莽以为扬陆矣。泄水自县上承沘水于麻步川，西北出，历濡溪，谓之濡水也。

**北过芍陂，西与沘水合，**

泄水自濡溪迳安丰县，北流注于浕，亦谓之濡须口。

**西北入于淮。**

乱流同归也。

**肥水出九江成德县广阳乡西，**

吕忱《字林》曰：肥水出良余山，俗谓之连枷山，亦或以为独山也。北流分为二水，施水出焉。肥水又北迳荻城东；又北迳荻丘东，右会施水枝津。水首受施水于合肥县城东，西流迳成德县，注于肥水也。

**北过其县西，北入芍陂，**

肥水自荻丘北迳成德县故城西，王莽更之曰平阿也。又北迳芍陂东；又北迳死虎塘东，芍陂渎上承井门，与芍陂更相通注，故《经》言入芍陂矣。肥水又北，右合阎涧水。上承施水于合肥县，北流迳浚遒县西，水积为阳湖。阳湖水自塘西北迳死虎亭南，夹横塘西注。宋泰始初，豫州司马刘顺帅众八千据其城地，以拒刘勔，赵叔宝以精兵五千，送粮死虎，刘勔破之。此塘水分为二，洛涧出焉，黎浆水注之。水受芍陂，陂水上承洞水于五门亭南，别为断神水；又东北迳五门亭东，亭为二水之会也。断神水又东北迳神迹亭东，又北谓之豪水，虽广异名，事实一水。又东北迳白芍亭东，积而为湖，谓之芍陂。陂周百二十许里，在寿春县南八十里，言楚相孙叔敖所造。魏太尉王凌与吴将张休战于芍陂，即此处也。陂有五门，吐纳川流，西北为香门陂，陂水北迳孙叔敖祠下，谓之芍陂渎。又北分为二水，一水东注黎浆水。黎浆水东迳黎称亭南。文钦之叛，吴军北入，诸葛绪拒之于黎浆，即此水也。东注肥水，谓之黎浆水口。

**又北过寿春县东，**

肥水自黎浆北迳寿春县故城东，为长濑津。津侧有谢堂北亭，迎送所薄，水陆舟车，是焉萃止。又西北，右合东溪。溪水引渎北出，西南流迳导公寺西。寺侧因溪建刹五层，室宇闲敞，崇虚携觉也③。又西南流注于肥。肥水又西迳东台下，台即寿春外郭东北隅阿之榭也。东侧有一湖，三春九夏，红荷覆水，引渎城隍，水积成潭，谓之东台湖，亦肥南播也。肥水西迳寿春县故城北，右合北溪。水导北山，泉源下注，漱石颓隍，水上长林插天，高柯负日。出于山林精舍右、山渊寺左。道俗嬉游，多萃其下。内外引汲，泉同七净。溪水沿注西南迳陆道士解南，精庐临侧川溪。大不为广，小足闲居，亦胜境也。溪水西南注于肥水。

**北入于淮。**

肥水又西分为二水；右即肥之故渎，遏为船官湖，以置舟舰也；肥水左渎又西迳石桥门北，亦曰草市门。外有石梁，渡北洲，洲上有西昌寺。寺三面阻水；佛堂设三像，真容妙相，相服精炜，是萧武帝所立也。寺西，即船官坊，苍兕④都水，是营是作。湖北对八公山，山无树木，惟童阜耳。山上有淮南王刘安庙。刘安是汉高帝之孙，厉王长子也。折节下士，笃好儒学，养方术之徒数十人，皆为俊异焉。多神仙秘法鸿宝之道。忽有八公，皆须眉皓素，诣门希见。门者曰：吾王好长生，今先生无住衰之术，未敢相闻。八公咸变成童，王甚敬之。八士并能炼金化丹，出入无间，乃与安登山，薶⑤金于地，白日升天。余药在器，鸡犬舐之者，俱得上升。其所升之处，践石皆陷，人马迹存焉。故山即以八公为目。余登其上，人马之迹无闻矣，惟庙像存焉。庙中图安及八士像，皆坐床帐如平生。被服纤丽，咸羽扇裙帔，巾壶枕物，一如常居。庙前有碑，齐永明十年所建也。山有隐室石井，即崔琰所谓：余下寿春，登北岭淮南之道室，八公石井在焉。亦云：左吴与王春、傅生等寻安，同诣玄洲。还有著记，号曰《八公记》，都不列其鸡犬升空之事矣。按《汉书》，安反，伏诛，葛洪明其得道，事备《抱朴子》及《神仙传》。肥水又左纳芍陂渎。渎水自黎浆分水，引渎寿春城北，迳芍陂门右，北入城。昔巨鹿时苗为县长，是其留犊处也。渎东有东都街，街之左道北，有宋司空刘勔庙。宋元徽二年，建于东乡孝义里。庙前有碑，时年碑功方创，齐永明元年方立。沈约《宋书》言：泰始元年，豫州刺史殷琰反，明帝假勔辅国将军讨之，琰降。不犯秋毫，百姓来苏，生为立碑，文过其实。建元四年，故吏颜幼明为其庙铭，故佐宠斑为庙赞，夏侯敬友为庙颂，并附刊于碑侧。渎水又北迳相国城东，刘武帝伐长安所筑也。堂宇厅馆仍故，以相国为名。又北出城注肥水。又西迳金城北；又西，左合羊头溪水。水受芍陂，西北历羊头溪，谓之羊头涧水。北迳熨湖，左会烽水渎。渎受淮于烽村南，下注羊头溪，侧迳寿春城西，又北历象门，自沙门北出金城西门逍遥楼下，北注肥渎。肥水北注旧渎之横塘，为玄康南路驰道，左通船官坊也。肥水迳玄康城，西北流，北出，水际有曲水堂，亦嬉游所集也。又西北流。昔在晋世，谢玄北御苻坚，祈八公山，及置阵于肥水之滨。坚望山上草木，咸为人状，此即坚战败处。非八公之灵有助，盖苻氏将亡之惑也。肥水又西北注于淮，是曰肥口也。

**施水亦从广阳乡肥水别，东南入于湖。**

施水受肥于广阳乡，东南流迳合肥县。应劭曰：夏水出城父东南，至此与肥合，故曰合肥。阚骃亦言：出沛国城父东，至此合为肥。余按川殊派别，无沿注之理。方知应、阚二说，非实证也。盖夏水暴长，施合于肥，故曰合肥也，非为夏水。施水自成德东迳合肥县城南，城居四水中，又东有逍遥津，水上旧有梁。孙权之攻合肥也，张辽败之于津北，桥不撤者两版。权与甘宁蹴马趋津，谷利自后著鞭助势，遂得渡梁。凌统被铠落水，后到追亡，流涕津渚。施水又东分为二水，枝水北出焉，下注阳渊。施水又东迳湖口戍，东注巢湖，谓之施口也。

**沮水出汉中房陵县淮水⑥，东南过临沮县界，**

沮水出东汶阳郡沮阳县西北景山，即荆山首也。高峰霞举，峻岭层云。《山海经》云：金玉是出。亦沮水之所导。故《淮南子》曰：沮出荆山。高诱云：荆山在左冯翊怀德县，盖以洛水有漆沮之名故也。斯谬证耳。杜预云：水出新城郡之西南发阿山，盖山异名也。沮水东南流迳沮阳县东南。县有潼水，东迳其县南，下入沮水。沮水又东南迳汶阳郡北，即高安县界。郡治锡城，县居郡下。城，故新城之下邑。义熙初分新城立。西表悉重山也。沮水南迳临沮县西，青溪水注之。水出县西青山，山之东有滥泉，即青溪之源也。口径数丈，其深不测，其泉甚灵洁，至于炎阳有亢，阴雨无时，以秽物投之，辄能暴雨。其水导源东流，以源出青山，故以青溪为名。寻源浮溪，奇为深峭。盛弘之云：稠木傍生，凌空交合，危楼倾崖，恒有落势。风泉传响于青林之下，岩猿流声于白云之上。游者常若目不周玩，情不给赏。是以林徒栖托，云客宅心，泉侧多结道士精庐焉。青溪又东流入于沮水。沮水又屈迳其县南。晋咸和中为沮阳郡治也。沮水又东南迳当阳县故城北。城因冈为阻，北枕沮川。其故城在东百四十里，谓之东城，在绿林长坂南。长坂，即张翼德横矛处也。沮水又东南迳驴城西、磨城东，又南迳麦城西。昔关云长诈降处，自此遂叛。《传》云：子胥造驴、磨二城以攻麦邑。即谚所云：东驴西磨，麦城自破者也。沮水又南迳楚昭王墓。东对麦城，故王仲宣之赋《登楼》云：西接昭丘是也。沮水又南与漳水合焉。

**又东南过枝江县东，南入于江。**

沮水又东南迳长城东；又东南流注于江，谓之沮口也。

**漳水出临沮县东荆山，东南过蓼亭，又东过章乡南，**

荆山在景山东百余里，新城沶乡县界。虽群峰竞举，而荆山独秀。漳水东南流，又屈西南迳编县南，县旧城之东北百四十里也。西南高阳城，移治许茂故城。城南临漳水。又南历临沮县之章乡南。昔关羽保麦城，诈降而遁，潘璋斩之于此。漳水又南迳当阳县；又南迳麦城东。王仲宣登其东南隅，临漳水而赋之曰：夹清漳之通浦，倚曲沮之长洲是也。漳水又南，沧水注之。《山海经》曰：沧水出东北宜诸之山，南流注于漳水。

**又南至枝江县北乌扶邑，入于沮。**

《地理志》曰：《禹贡》，南条荆山，在临沮县之东北，漳水所出，东至江陵入阳水，注于沔。非也，今漳水于当阳县之东南百余里而右会沮水也。

**夏水出江津于江陵县东南，**

江津豫章口东有中夏口，是夏水之首，江之汜也。屈原所谓过夏首而西浮，顾龙门而不见也。龙门，即郢城之东门也。

**又东过华容县南，**

县，故容城矣。《春秋》：鲁定公四年，许迁于容城是也。北临中夏水，自县东北迳成都郡故城南。晋永嘉中，西蜀阻乱，割华容诸城为成都王颖国。夏水又迳交趾太守胡宠墓北。汉太傅广身陪陵，而此墓侧有广碑，故世谓广冢，非也。其文言是蔡伯喈之辞。历范西戎墓南。王隐《晋书·地道记》曰：陶朱冢在华容县，树碑云是越之范蠡。晋《太康地记》、盛弘之《荆州记》、刘澄之《记》，并言在县之西南。郭仲产言在县东十里。捡其碑，题云：故西戎令范君之墓。碑文缺落，不详其人，称蠡是其先也。碑是永嘉二年立。观其所述，最为究悉，以亲迳其地，故违众说，从而正之。夏水又东迳监利县南。晋武帝太康五年立，县土卑下，泽多陂池。西南自州陵东界，迳于云杜、沌阳，为云梦之薮矣。韦昭曰：云梦在华容县。按《春秋》：昭公三年，郑伯如楚，子产备田具，以田江南之梦。郭景纯言：华容县东南巴丘湖是也。杜预云：枝江县、安陆县有云梦。盖跨川亘隰，兼苞势广矣。夏水又东，夏杨水注之。水上承杨水于竟陵县之柘口，东南流与中夏水合，谓之夏杨水。又东北迳江夏惠怀县北而东北注。

**又东至江夏云杜县，入于沔。**

应劭《十三州记》曰：江别入沔为夏水源，夫夏之为名，始于分江，冬竭夏流，故纳厥称。既有中夏之目，亦苞大夏之名矣。当其决入之所，谓之堵口焉。郑玄注《尚书》，沧浪之水，言今谓之夏水，来同，故世变名焉。刘澄之著《永初山川记》云：夏水，《古文》以为沧浪，《渔父》所歌也。因此言之，水应由沔。今按夏水是江流沔，非沔入夏。假使沔注夏，其势西南，非《尚书》又东之文。余亦以为非也。自堵口下，沔水通兼夏目，而会于江，谓之夏沔也。故《春秋左传》称：吴伐楚，沈尹射奔命夏沔也。杜预曰：汉水曲入江，即夏口矣。

**羌水出羌中参狼谷，**

彼俗谓之天池白水矣。《地理志》曰：出陇西羌道。东南流迳宕昌城东，西北去天池五百余里。羌水又东南迳宕婆川城东而东南注。昔姜维之寇陇右也，闻钟会入汉中，引还。知雍州刺史诸葛绪屯桥头，从孔函谷将出北道，绪邀之此路，维更从北道。渡桥头，入剑阁，绪追之不及。羌水又东南，阳部水注之。水发东北阳部溪，西南迳安民戍；又西南注羌水。又东南迳武街城西南；又东南迳葭芦城西，羊汤水入焉。水出西北阴平北界汤溪，东南迳北部城北；又东南迳五部城南，东南右合妾水。傍西南出，即水源所发也。羌水又迳葭芦城南，迳余城南，又东南，左会五部水。水有二源，出南、北五部溪，西南流合为一水，屈而东南注羌水。羌水又东南流至桥头，合白水，东南去白水县故城九十里。

**又东南至广魏白水县，与汉水合。又东南过巴郡阆中县，又南至垫江县东，南入于江。**

**涪水出广魏涪县西北，**

涪水出广汉属国刚氐道徼外，东南流迳涪县西。王莽之统睦矣。臧宫进破涪城，斩公孙恢于涪。自此水上，县有潺水，出潺山。水源有金银矿，洗取火合之，以成金银。潺水历潺亭而下注涪水。涪水又东南迳绵竹县北，臧宫溯涪至平阳，公孙述将王元降，遂拔绵竹。涪水又东南，与建始水合。水发平洛郡西溪，西南流屈而东南流入于涪。涪水又东南迳江油戍北。邓艾自阴平景谷步道，悬兵束马入蜀，迳江油、广汉者也。涪水又东南迳南安郡南，又南与金堂水会。水出广汉新都县，东南流入涪。涪水又南，枝津出焉，西迳广汉五城县为五城水，又西至成都入于江。

**南至小广魏，与梓潼水合。**

小广魏，即广汉县地，王莽更名曰广信也。

**梓潼水出其县北界，西南入于涪，**

故广汉郡，公孙述改为梓潼郡。刘备嘉霍峻守葭萌之功，又分广汉以北，别为梓潼郡，以峻为守。县有五女，蜀王遣五丁迎之。至此，见大蛇入山穴，五丁引之，山崩，压五丁及五女，因氏山为五妇山，又曰五妇候。驰水所出，一曰五妇水，亦曰潼水也。其水导源山中，南迳梓潼县，王莽改曰子同矣。自县南迳涪城东；又南入于涪水，谓之五妇水口也。

**又西南至小广魏南，入于垫江。**

亦言涪水至此入汉水，亦谓之为内水也。北迳垫江。昔岑彭与臧宫自江州，从涪水上。公孙述令延岑盛兵于沈水。宫左步右骑，夹船而进，势动山谷，大破岑军，斩首、溺水者万余人，水为浊流。沈水出广汉县，下入涪水也。

**淠水出汉中南郑县东南旱山，北至安阳县，南入于沔。**

淠水，即黄水也。东北流迳成固南城北。城在山上，或言韩信始立，或言张良创筑，未知定所制矣。义熙九年，索遏为果州刺史，自成固治此，故谓之南城。城周七里，衿涧带谷，绝壁百寻。北谷口造城东门，傍山寻涧五里有余，盘道登陟，方得城治。城北水旧有桁，北渡淠水。水北有赵军城，城北又有桁渡沔，取北城；城，即大成固县治也。黄水右岸有悦归馆，淠水历其北，北至安阳，左入沔，为淠水口也。

①蹄：同"蹋"。
②以舒屠六：意为以舒人屠杀六安人。
③携觉：亦作"巇屼屼。"
④兕：sì，音四。
⑤薶：mái，音义同埋。
⑥淮水：亦作"景山"。

# 水经注卷三十三

## 江　水

**岷山在蜀郡氏道县，大江所出，东南过其县北。**

　　岷山，即渎山也，水曰渎水矣，又谓之汶阜山，在徼外，江水所导也。《益州记》曰：大江泉源，即今所闻，始发羊膊岭下。缘崖散漫，小水百数，殆未滥觞矣。东南下百余里，至白马岭，而历天彭阙，亦谓之为天彭谷也。秦昭王以李冰为蜀守，冰见氏道县有天彭山，两山相对，其形如阙，谓之天彭门，亦曰天彭阙。江水自此已上，至微弱，所谓发源滥觞者也。汉元延中，岷山崩，雍江水，三日不流。扬雄《反离骚》云：自岷山投诸江流，以吊屈原，名曰《反骚》也。江水自天彭阙，东迳汶关，而历氏道县北。汉武帝元鼎六年，分蜀郡北部置汶山郡以统之。县，本秦始皇置，后为升迁县也。《益州记》曰：自白马岭回行二十余里至龙涸，又八十里至蚕陵县；又南下六十里至石镜；又六十余里而至北部，始百许步。又西百二十余里至汶山故郡，乃广二百余步。又西南百八十里至湿坂，江稍大矣。故其精则井络缠曜，江、汉丽灵。《河图括地象》曰：岷山之精，上为井络，帝以会昌，神以建福。故《书》曰：岷山导江。泉流深远，盛为四渎之首。《广雅》曰：江，贡也。《风俗通》曰：出珍物，可贡献。《释名》曰：江，共也。小水流入其中，所公共也。东北百四十里曰崃山，中江所出；东注于大江。崃山，邛崃山也，在汉嘉严道县，一曰新道南山。有九折坂，夏则凝冰，冬则毒寒，王阳按辔处也。平恒言：是中江所出矣。郭景纯《江赋》曰：流二江崌、崃。又东百五十里曰崌山，北江所出，东注于大江。《山海经》曰：崌出，江水出焉，东注大江，其中多怪蛇。江水又迳汶江道，汶出徼外崏山西玉轮坂下而南行，又东迳其县而东注于大江。故苏代告楚曰，蜀地之甲，浮船于汶，乘夏水而下江，五日而至郢。谓是水也。又有湔水入焉。水出绵虒道，亦曰绵虒县之玉垒山。吕忱云：一曰半浣水也，下注江。江水又东别为沱，开明之所凿也；郭景纯所谓玉垒作东别之标者也。县，即汶山郡治；刘备之所置也。渡江有笮①桥。江水又历都安县，县有桃关、汉武帝祠。李冰作大堰于此，雍江作堋。堋有左右口，谓之湔堋，江入郫江、捡江以行舟。《益州记》曰：江至都安，堰其右，捡其左，其正流遂东，郫江之右也。因山颓水，坐致竹木，以溉诸郡。又穿羊摩江、灌江，西于玉女房下白沙邮，作三石人，立水中，刻要江神②。水竭不至足，盛不没肩。是以蜀人旱则藉以为溉，雨则不遏其流。故《记》曰：水旱从人，不知饥馑，沃野千里，世号陆海，谓之天府也。邮在堰上，俗谓之都安大堰。亦曰湔堰，又谓之金堤。左思《蜀都赋》云：西逾金堤者也。诸葛亮北征，以此堰农本，国之所资，以征丁千二百人主护之，有堰官。益州刺史皇甫晏至都安，屯观坂。从事何旅曰：今所安营，地名观坂，上观下反，其征不祥。不从，果为牙门张和所杀。江水又迳临邛县，王莽之监邛也。县有火井、盐水，昏夜之时，光兴上照。江水又迳江原县，王莽更名邛原也。郫<sup>③</sup>江水出焉。江水又东北迳郫县下。县民有姚精者，为叛夷所杀，掠其二女。二女见梦其兄，当以明日自沈江中，丧后日当至，可伺候之。果如所梦，得二女之尸于水，郡县表异焉。江水又东迳成都县，县以汉武帝元鼎二年立。县有二江，双流郡下，故扬子云《蜀都赋》曰：两江珥<sup>④</sup>其前者也。《风俗通》曰：秦昭王使李冰为蜀守，开成都两江，溉田万顷。江神岁取童女二人为妇，冰以其女与神为婚，径至神祠劝神酒。酒杯恒澹澹，冰厉声以责之，因忽不见。良久，有两牛斗于江岸旁。有间，冰还，流汗，谓官属曰：吾斗大亟，当相助也。南向腰中正白者，我绶也。主簿刺杀北面者，江神遂死。蜀人慕其气决，凡壮健者，因名冰儿也。秦惠王二十七年，遣张仪与司马错等灭蜀，遂置蜀郡焉。王莽改之曰导江也。仪筑成都，以象咸阳。晋太康中，蜀郡为王国，更为成都内史，益州刺史治。《地理风俗记》曰：华阳黑水惟梁州。汉武帝元朔二年，改梁曰益州，以新启犍为、牂柯、越嶲<sup>⑤</sup>，州之疆壤益广，故益云。初治广汉之雒县，后乃徙此。故李固《与弟圉书》曰：固今年五十七，鬓发已白，所谓容身而游，满腹而去。周观天下，独未见益州耳。昔严夫子常言：经有五，涉其四；州有九，游其八。欲类此子矣。初，张仪筑城，取土处去城十里，因以养鱼，今万顷池是也。城北有龙堤池、城东有千秋池、西有柳池、西北有天井池，津流径通，冬夏不竭。西南两江有七桥。直西门郫江上曰冲治桥，西南石牛门曰市桥。吴汉入蜀，自广都令轻骑先往焚之。桥下谓之石犀渊。李冰昔作石犀五头以厌水精。穿石犀渠于南江，命之曰犀牛里。后转犀牛二头：一头在府市市桥门，一头沈之于渊也。大城南门曰江桥，桥南曰万里桥，西上曰夷星桥，下曰笮桥。南岸道东有文学。始，文翁为蜀守，立讲堂，作石室于南城。永初后，学堂遇火，后守更增二石室。后州夺郡学，移夷星桥南岸道东。道西城，故锦官也。言锦工织锦，则濯之江流，而锦至鲜明；濯以他江，则锦色弱矣，遂命之为锦里也。蜀有回复水，江神尝溺杀人。文翁为守，祠之，劝酒不尽，拔剑击之，遂不为害。江水东迳广都县。汉武帝元朔二年置，王莽之就都亭也。李冰识察水脉，穿县盐井。江西有望川原，凿山崖度水，结诸陂池，故盛养生之饶，即南江也。又从冲治桥北折曰长升桥。城北十里曰升仙桥，有送客观。司马相如将入长安，题其门曰：不乘高车驷马，不过汝下也。后入邛蜀，果如志焉。李冰沿水造桥，上应七宿。故世祖谓吴汉曰：安军宜在七桥连星间。汉自广都乘胜进逼成都，与其副刘尚南北相望，夹江为营，浮桥相对。公孙述使谢丰扬军市桥，出汉后袭破汉，坠马落水，缘马尾得出。入壁，命将夜潜渡江就尚，击丰，斩之于是水之阴。江北则左对繁田，文翁又穿湔浿以灌溉繁田千七百顷。湔水又东绝绵洛，迳五城界，至广都北岸，南入于江，谓之五城水口，斯为北江。江水又东至南安为璧玉津，故左思云：东越玉津也。

**又东南过犍为武阳县，青衣水、沫水从西南来，合而注之。**

县，故大夜郎国，汉武帝建元六年，开置郡县。太初四年，益州刺史任安城武阳，王莽更名郡曰西顺，县曰戢成。光武谓之士大夫郡。有郫江入焉。出江原县，首受大江，东南流至武阳县注于江。县下江上，旧有大桥，广一里半，谓之安汉桥。水盛岁坏，民苦治功。后太守李严凿天社山，寻江通道，此桥遂废。县有赤水，下注江。建安二十九年<sup>⑥</sup>，有黄龙见此水，九日方去。此县藉江为大堰，开六水门，用灌郡下。北山，昔者王乔所升之山也。江水又与文井江会，李冰所导也。自莋<sup>⑦</sup>道与濛溪分水，至蜀郡临邛县与布仆水合。水出徼外成都西沈黎郡。汉武元封四年，以蜀都西部邛莋邛<sup>⑧</sup>，理旄牛道。天汉四年置都尉，主外羌，在邛崃山表。自蜀西度邛莋，其道至险，有弄栋八渡之难，扬母阁路之阻。水从县西布仆来，分为二流。一水迳其道，又东迳临邛县，入文井水。文井水又东迳江原县。县滨文井江，江上有常氏堤，跨四十里。有朱亭，亭南有青城山，山上有嘉谷，山下有蹲鸱⑨，即芋也。所谓下有蹲鸱，至老不饥，卓氏之所以乐远徙也。文井江又东至武阳县天社山下入江。其一水南迳越巂邛都县西，东南至云南郡之青蛉县，入于仆。郡本云川地也，蜀建兴三年置。仆水又南迳永昌郡邪龙县，而与贪水合。水出青蛉⑩县，上承青蛉水，迳叶榆县，又东南至邪龙入于仆。仆水又迳宁州建宁郡。州，故庲⑪降都督屯，故南人谓之屯下。刘禅建兴三年，分益州郡置。历双柏县，即水入焉。水出秦臧县牛兰山，南流至双柏县，东注仆水。又东至来唯县入劳水。水出徼外，东迳其县，与仆水合。仆水东至交州交趾郡巷泠县，南流入于海。江水自武阳东至彭亡聚。昔岑彭与吴汉溯江水入蜀，军次是地，知而恶之。会日暮不移，遂为刺客所害。谓之平模水，亦曰外水。此地有彭冢，言彭祖冢焉。江水又东南迳南安县。西有熊耳峡，连山竞险，接岭争高。汉河平中，山崩地震，江水朔流。悬溉有滩，名垒坻，亦曰盐溉，李冰所平也。县治青衣江会，衿带二水矣，即蜀王开明故治也。来敏《本蜀论》曰：荆人鳖令死⑫，其尸随水上，荆人求之不得。令至汶山下复生起，见望帝。望帝者，杜宇也，从天下。女子朱利，自江源出，为宇妻。遂王于蜀，号曰望帝。望帝立以为相。时巫山峡而蜀水不流，帝使令凿巫峡通水，蜀得陆处。望帝自以德不若，遂以国禅，号曰开明。县南有峨眉山，有濛水，即大渡水也。水发濛溪，东南流与渽⑬水合。水出徼外，迳汶江道。吕忱曰：渽水出蜀。许慎以为涐水也。出蜀汶江徼外，从水，我声。南至南安，入大渡水。大渡水又东入江。故《山海经》曰：濛水出汉阳西，入江，聂阳西。

**又东南过僰⑭道县北，若水、淹水合从西来注之。又东，渚水北流注之。**

县，本僰人居之。《地理风俗记》曰：夷中最仁，有仁道，故字从人。《秦纪》所谓：僰僮之富者也。其邑，高后六年城之。汉武帝感相如之言，使县令南通僰道，费功无成。唐蒙南入，斩之，乃凿石开阁，以通南中，迄于建宁，二千余里。山道广丈余，深三四丈，其錾凿之迹犹存。王莽更曰僰治也。山多犹猢，似猴而短足，好游岩树，一腾百步，或三百丈，顺往倒返，乘空若飞。县有蜀王兵兰，其神作大滩，江中崖峻阻险，不可穿凿。李冰乃积薪烧之，故其处悬岩，犹有五色焉。赤白照水，玄黄鱼从僰来，至此而止，言畏崖屿，不更上也。《益部耆旧传》曰：张真妻，黄氏女也，名帛。真乘船覆没，求尸不得。帛至没处滩头，仰天而叹，遂自沉渊。积十四日，帛持真手于滩下出。时人为说曰：符有先络，僰道有张帛者也。江水又与符黑水合。水出宁州南广郡南广县，县故犍为之属县也。汉武帝太初元年置，刘禅延熙中，分以为郡。导源汾关山，北流，有大涉水注之。水出南广县，北流注符黑水；又北迳僰道入江，谓之南广口。渚水则未闻也。

**又东过江阳县南，洛水从三危山东过广魏洛县南，东南注之。**

洛水出洛县漳山，亦言出梓潼县柏山。《山海经》曰：三危在燉煌南，与嶓山相接，山南带黑水。又《山海经》不言洛水所导。《经》曰出三危山，所未详。常璩云：李冰导洛通山，水流发瀑口，迳什邡县。汉高帝六年，封雍齿为侯国。王莽更名曰美信也。洛水又南迳洛县故城南，广汉郡治也。汉高祖之为汉王也，发巴渝之士，北定三秦。六年，乃分巴蜀，置广汉郡于乘乡。王莽之就都，县曰吾雏也。汉安帝永初二年，移治涪城，后治洛县。先是洛县城南，每阴雨常有哭声，闻于府中，积数十年。沛国陈宠为守，以乱世多死亡，暴骸不葬故也，乃悉收葬之，哭声遂绝。刘备自将攻洛，庞士元中流矢死于此。益州旧以蜀郡、广汉、犍为为三蜀，土地沃美，人士隽乂，一州称望。县有沈乡，去江七里，姜士游之所居。诗至孝，母好饮江水，嗜鱼脍；常以鸡鸣溯流汲江。子坐，取水溺死，妇恐姑知，称托游学，冬夏衣服，实投江流。于是至孝上通，涌泉出其舍侧，而有江之甘焉。诗有田，滨江泽卤，泉流所溉，尽为沃野。又涌泉之中，旦旦常出鲤鱼一双，以膳焉。可谓孝悌发于方寸，徽美著于无穷者也。洛水又南迳新都县。蜀有三都：

谓成都、广都，此其一焉。与绵水合。水西出绵竹县，又与湔水合，亦谓之郫江也，又言是涪水。吕忱曰：一曰湔。然此二水俱与洛会矣。又迳犍为牛鞞县，为牛鞞水。昔罗尚乘牛鞞水，东征李雄，谓此水也。县以汉武帝元封二年置。又东迳资中县；又迳汉安县，谓之绵水也。自上诸县，咸以溉灌。故语曰：绵、洛为浸沃也。绵水至江阳县方山下入江，谓之绵水口，亦曰中水。江阳县枕带双流，据江、洛会也。汉景帝六年，封赵相苏嘉为侯国，江阳郡治也。故犍为枝江都尉，建安十八年，刘璋立。江中有大阙、小阙焉，季春之月，则黄龙堆没，阙乃平也。昔世祖微时，过江阳县。有一子，望气者言，江阳有贵儿象，王莽求之，而獠杀之。后世祖怨，为子立祠于县，谪其民，罚布数世。扬雄《琴清英》曰：尹吉甫子伯奇至孝，后母谮之，自投江中。衣苔带藻，忽梦见水仙，赐其美药，思惟养亲，扬声悲歌，船人闻之而学之。吉甫闻船人之声，疑似伯奇，援琴作《子安之操》。江水迳汉安县北。县虽迫山川，土地特美，蚕桑鱼盐家有焉。江水东迳樊石滩；又迳大附滩；频历二险也。

**又东过符县北邪东南，鳛⑮部水从符关东北注之。**

县，故巴夷之地也。汉武帝建元六年，以唐蒙为中郎将，从万人出巴符关者也。元鼎二年立，王莽之符信矣。县治安乐水会，水源南通宁州平夷郡鳖县；北迳安乐县界之东；又迳符县下北入江。县长赵祉遣吏先尼和，以永建元年十二月，诣巴郡，没死成湍滩，子贤求丧不得。女络年二十五岁，有二子，五岁以还。至二年二月十五日，尚不得丧，络乃乘小船，至父没处，哀哭自沈，见梦告贤曰：至二十一日与父俱出。至日，父子果浮出江上。郡县上言，为之立碑，以旌孝诚也。其鳛部之水，所未闻矣。或是水之殊目，非所究也。

**又东北至巴郡江州县东，强水、涪水、汉水、白水、宕渠水五水合，南流注之。**

强水，即羌水也。宕渠水，即潜水、渝水矣。巴水出晋昌郡宣汉县巴岭山，郡隶梁州，晋太康中立，治汉中。县南去郡八百余里，故属巴渠。西南流历巴中，迳巴郡故城南、李严所筑大城北，西南入江。庾仲雍所谓：江州县对二水口，右则涪内水，左则蜀外水，即是水也。江州县，故巴子之都也。《春秋》：桓公九年，巴子使韩服告楚，请与邓好是也。及七国称王，巴亦王焉。秦惠王遣张仪等救苴侯于巴，仪贪巴、苴之富，因执其王以归，而置巴郡焉，治江州。汉献帝初平元年，分巴为三郡，于江州，则永宁郡治也。至建安六年，刘璋纳蹇允之讼，复为巴郡，以严颜为守。颜见先主入蜀，叹曰：独坐穷山，放虎自卫。此即拊心处也。汉世郡治江州，巴水北，北府城是也，后乃徙南城。刘备初以江夏费观为太守，领江州都督。后都护李严更城，周十六里，造苍龙、白虎门，求以五郡为巴州治。丞相诸葛亮不许，竟不果。地势侧险，皆重屋累居，数有火害，又不相容，结舫水居者五百余家。承二江之会，夏水增盛，坏散颠没，死者无数。县有官桔、官荔枝园，夏至则熟。二千石常设厨膳，命士大夫共会树下食之。县北有稻田，出御米也。县下又有清水穴，巴人以此水为粉，则皛曜鲜芳，贡粉京师，因名粉水，故世谓之为江州堕林粉。粉水亦谓之为粒水矣。江之北岸有涂山，南有夏禹庙、涂君祠，庙铭存焉。常璩、庾仲雍并言禹娶于此。余按群书，咸言禹娶在寿春当涂，不于此也。

**又东至枳县西，延江水从牂柯郡北流西屈注之。**

江水东迳阳关巴子梁，江之两岸，犹有梁处。巴之三关，斯为一也。延熙中，蜀车骑将军邓芝为江州都督，治此。江水又东，右迳黄葛峡，山高险，全无人居。江水又左迳明月峡，东至梨乡，历鸡鸣峡。江之南岸有枳县治。《华阳记》曰：枳县在江州巴郡东四百里，治涪陵水会。庾仲雍所谓有别江出武陵者也。水乃延江之枝津，分水北注，迳涪陵入江，故亦云涪陵水也。其水南导武陵郡。昔司马错溯舟此水，取楚黔中地。延熙中，邓芝伐徐巨，射玄猿于是县；猿自拔矢，卷木叶塞射创。芝叹曰：伤物之生，吾其死矣。江水又东迳涪陵故郡北，后乃并巴郡，遂罢省。江水又东迳文阳滩，滩险难上。江水又东迳汉平县二百余里，左自涪陵东出百余里，而届于黄石，东为桐柱滩。又迳东望峡，东历平都。峡对丰民洲，旧巴子别都也。《华阳记》曰：巴子虽都江州，又治平都，即此处也。有平都县，为巴郡之隶邑矣。县有天师治，兼建佛寺，甚清灵。县有市肆，四日一会。江水右迳虎须滩，滩水广大，夏断行旅。江水又东迳临江县南，王莽之监江县也。《华阳记》曰：县在枳东四百里，东接朐忍县，有盐官。自县北入盐井溪，有盐井营户。溪水沿注江。江水又东得黄华水口，江浦也。左迳石城南。庾仲雍曰：临江至石城黄华口一百里。又东至平洲，洲上多居民。又东迳壤涂而历和滩；又东迳界坛。是地，巴东之西界，益州之东境，故得是名也。

**又东过鱼复县南，夷水出焉。**

江水又东，右得将龟溪口。《华阳记》曰：朐忍县出灵龟。咸熙元年，献龟于相府，言出自此溪也。江水又东，会南、北集渠。南水出涪陵县界，谓之阳溪，北流迳巴东郡之南浦侨县西。溪硖⑯侧盐井三口，相去各数十步，以木为桶，迳五尺，修煮不绝。溪水北流注于江，谓之南集渠口，亦曰于阳溪口。北水出新浦县北高梁山分溪，南流迳其县西，又南百里，至朐忍县，南入于江，谓之北集渠口。别名班口，又曰分水口，朐忍尉治此。江水又东，右迳氾溪口，盖江氾决入也。江水又东迳石龙而至于博阳二村之间。有盘石，广四百丈，长六里，阻塞江川，夏没冬出，基亘通渚。又东迳羊肠虎臂滩。杨亮为益州，至此舟覆。惩其波澜，蜀人至今犹名之为使君滩。江水又东，彭水注之。水出巴渠郡獠中，东南流迳汉丰县东，清水注之。水源出西北巴渠县东北巴岭南獠中，即巴渠水也。西南流至其县，又西入峡，檀井溪水出焉；又西出峡至汉丰县东而西注彭溪，谓之清水口。彭溪水又南迳朐忍县西六十里，南流注于江，谓之彭溪口。江水又东，右迳朐忍县故城南。常璩曰：县在巴东郡西二百九十里，县治故城，跨其山阪，南临大江。江之南岸有方山，山形方峭，枕侧江濆。江水又东迳瞿巫滩，即下瞿滩也，又谓之博望滩。左则汤溪水注之。水源出县北六百余里上庸界，南流历县，翼带盐井一百所，巴、川资以自给。粒大者方寸，中央隆起，形如张徼，故因名之曰徼子盐。有不成者，形亦必方，异于常盐矣。王隐《晋书·地道记》：入汤口四十三里，有石煮以为盐。石大者如升，小者如拳，煮之水竭盐成。盖蜀火井之伦，水火相得乃佳矣。汤水下与檀溪水合。水上承巴渠水，南历檀井溪，谓之檀井水，下入汤水。汤水又南入于江，名曰汤口。江水又迳东阳滩。江上有破石，故亦通谓之破石滩，苟延光没处也。常璩曰：水道有东阳、下瞿数滩，山有大、小石城势，灵寿木及桔圃也。故《地理志》曰：县有桔官，有民市。江水又迳鱼复县之故陵，旧郡治故陵溪西二里故陵村。溪即永谷也。地多木瓜树，有子大如甒⑰，白黄实甚芬香，《尔雅》之所谓楙⑱也。江水又东为落牛滩，迳故陵北。江侧有六大坟，庾仲雍曰：楚都丹阳所葬，亦犹枳之巴陵矣，故以故陵为名也。有鱼复尉戍此。江之左岸，有巴乡村，村人善酿，故俗称巴乡清。郡出名酒。村侧有溪，溪中多灵寿木，中有鱼，其头似羊，丰肉少骨，美于余鱼。溪水伏流迳平头山，内通南浦故县陂湖。其地平旷，有湖泽，中有菱、芡、卿、雁，不异外江，凡此等物，皆入峡所无。地密恶蛮，不可轻至。江水又东，右迳夜清而东历朝阳道口。有县治，治下有市，十日一会。江水又东，左迳新市里南。常璩曰：巴旧立市于江上，今新市里也。江水又东，右合阳元水。水出阳口县西南高阳山东，东北流迳其县南，东北流，丙水注之。水发县东南柏枝山。山下有丙穴，穴方数丈，中有嘉鱼，常以春末游渚，冬初入穴。抑亦褒汉、丙穴之类也。其水北流入高阳溪。溪水又东北流，注于江，谓之阳元口。江水又东迳南乡峡，东迳永安宫南，刘备终于此，诸葛亮受遗处也。其间平地可二十许里，江山迥阔，入峡所无。城周十余里，背山面江，颓墉四毁，荆棘成林，左右民居，多垦其中。江水又东迳诸葛亮图垒南。石碛平旷，望兼川陆。有亮所造八阵图，东跨故垒，皆累细石为之。自垒西去，聚石八行，行间相去二丈，因曰：八阵既成，自今行师，庶不覆败。皆图兵势行藏之权，自后深识者所不能了。今夏水漂荡，岁月消损，高处可二三尺，下处磨灭殆尽。江水又东迳赤岬城西，是公孙述所造，因山据势，周回七里一百四十步，东高二百丈，西北高千丈。南连基白帝山，甚高大，不生树木，其石悉赤。土人云：如人袒胛，故谓之赤岬山。《淮南子》曰：彷徨于山岬之旁。《注》曰：岬，山胁也。郭仲产曰：斯名将因此而兴矣。江水又东迳鱼复县故城南，故鱼国也。《春秋左传》：文公十六年，庸与群蛮叛楚，庄王伐之，七遇皆北，惟裨、鯈⑲、鱼人逐之是也。《地理志》江关都尉治。公孙述名之为白帝，取其王色。蜀章武二年，刘备为吴所破，改白帝为永安，巴东郡治也。汉献帝兴平元年，分巴为二郡，以鱼复为故陵郡。塞肹诉刘璋，改为巴东郡，治白帝山。城周回二百八十步，北缘马岭，接赤岬山；其间平处，南北相去八十五丈，东西七十丈；又东傍东瀼溪，即以为隍；西南临大江，窥之眩目。惟马岭小差委迤，犹斩山为路，羊肠数四，然后得上。益州刺史鲍陋镇此，为谯道福所围。城里无泉，乃南开水门，凿石为函，道上施木天公，直下至江中，有似猿臂相牵引汲，然后得水。水门之西江中有孤石，为淫预石，冬出水二十余丈，夏则没，亦有裁出处矣。县有夷溪，即佷山清江也，《经》所谓夷水出焉。江水又东迳广溪峡，斯乃三峡之首也。其间三十里，颓岩倚木，厥势殆交。北岸山上有神渊。渊北有白盐崖，高可千余丈，俯临神渊。土人见其高白，故因名之。天旱，燃木岸上，推其灰烬，下秽渊中，寻即降雨。常璩曰：县有山泽水神，旱时鸣鼓请雨，则必应嘉泽。《蜀都赋》所谓：应鸣鼓而兴雨也。峡中有瞿塘、黄龛二滩。夏水回复，沿溯所忌。瞿塘滩上有神庙，尤至灵验。刺史二千石迳过，皆不得鸣角伐鼓；商旅上水，恐触石有声，乃以布裹篙足。今则不能尔，犹飨荐不辍。此峡多猿，猿不生北岸，非惟一处。或有取之，放著北山中，初不闻声，将同貉⑳兽渡汶而不生矣。其峡盖自昔禹凿以通江，郭景纯所谓巴东之峡，夏后疏凿者。

①笮（zuó，音昨）：笮桥即竹索桥。
②刻要江神：意为"以镇伏江神"。
③郫（shòu，音寿）：古水名，在今四川省境内。
④珥（ěr，音耳）：古代的珠玉耳饰。
⑤嶲（xī，音西）：越嶲，县名，在四川。
⑥建安只有二十五年：据考，此处应为二十四年。
⑦莋：zuó，音昨。
⑧以蜀都西部邛莋邛：此句戴震以为当作"以蜀郡西部邛莋置"。
⑨蹲鸱（dūn chī，音吨吃）：一种大鸟，亦称大芋。
⑩蛉：líng，音玲。
⑪庲（lái，音来）：庲降，地名，在云南。
⑫鳖（bì，音必）：县名，在贵州。
⑬浹（é，音额）：古水名，即今天的大渡河。
⑭僰（bó，音薄）：我国古代称居住在西南地区的某一少数民族。
⑮鳛（xí，音习）：鳛水，县名，在贵州。
⑯硖：xiá，音峡。
⑰甒（wǔ，音五）：瓦制酒器。
⑱楙（máo，音毛）：木名，冬桃。
⑲鯈（tiáo，音条）：鱼类的一种。
⑳貉（hé，音禾）：同"貊"。

# 水经注卷三十四

## 江　水

**又东出江关，入南郡界，**

江水自关东迳弱关、捍关。捍关，廪君浮夷水所置也；弱关在建平秭归界。昔巴、楚数相攻伐，藉险置关，以相防捍。秦兼天下，置立南郡，自巫东上，皆其域也。

**又东过巫县南，盐水从县东南流注之。**

江水又东，乌飞水注之。水出天门郡溇中县界，北流迳建平郡沙渠县南；又北流迳巫县南，西北历山道三百七十里，注于江，谓之乌飞口。江水又东迳巫县故城南。县，故楚之巫郡也。秦省郡立县以隶南郡。吴孙休分为建平郡，治巫城。城缘山为墉，周十二里一百一十步，东西北三面皆带傍深谷，南临大江，故夔国也。江水又东，巫溪水注之。溪水导源梁州晋兴郡之宣汉县东，又南迳建平郡泰昌县南；又迳北井县西；东转历其县北。水南有盐井，并在县北，故县名北井，建平一郡之所资也。盐水下通巫溪，溪水是兼盐水之称矣。溪水又南，屈迳巫县东。县之东北三百步有圣泉，谓之孔子泉。其水飞清石穴，洁并高泉，下注溪水。溪水又南入于大江。江水又东迳巫峡，杜宇所凿以通江水也。郭仲产云：按《地理志》巫山在县西南，而今县东有巫山，将郡县居治无恒故①也。江水历峡，东迳新崩滩。此山，汉和帝永元十二年崩，晋太元二年又崩。当崩之日，水逆流百余里，涌起数十丈。今滩上有石，或圆如箪②，或方似屋，若此者甚众，皆崩崖所陨，致怒湍流，故谓之新崩滩。其颓岩所余，比之诸岭，尚为竦桀。其下十余里，有大巫山，非惟三峡所无，乃当抗峰岷、峨，偕岭衡、疑。其翼附群山，并槎青云，更就霄汉辨其优劣耳。神孟涂所处。《山海经》曰：夏后启之臣孟涂，是司神于巴。巴人讼于孟涂之所，其衣有血者执之。是请生居山上，在丹山西。郭景纯云：丹山在丹阳，属巴。丹山西即巫山者也。又帝女居焉。宋玉所谓天帝之季女，名曰瑶姬，未行而亡，封于巫山之阳，精魂为草，实为灵芝。所谓巫山之女、高唐之阻，旦为行云，暮为行雨，朝朝暮暮，阳台之下。旦早视之，果如其言，故为立庙，号朝云焉。其间首尾百六十里，谓之巫峡，盖因山为名也。自三峡七百里中，两岸连山，略无阙处，重岩叠嶂，隐天蔽日。自非停午夜分，不见曦月。至于夏水襄陵，沿溯阻绝。或王命急宣，有时朝发白帝，暮到江陵，其间千二百里，虽乘奔御风，不以疾也。春冬之时，则素湍绿潭，回清倒影。绝巘多生怪柏，悬泉瀑布，飞漱其间。清荣峻茂，良多趣味。每至晴初霜旦，林寒涧肃，常有高猿长啸，属引凄异，空谷传响，哀转久绝。故渔者歌曰：巴东三峡巫峡长，猿鸣三声泪沾裳。江水又东迳石门滩。滩北岸有山，山上合下开，洞达东西，缘江步路所由。刘备为陆逊所破，走迳此门，追者甚急，备乃烧铠断道。孙桓为逊前驱，奋不顾命，斩上夔道，截其要径。备逾山越险，仅乃得免。忿恚③而叹曰：吾昔至京，桓尚小儿，而今迫孤，乃至于此。遂发愤而薨矣。

**又东过秭归县之南，**

县，故归乡。《地理志》曰：归子国也。《乐纬》曰：昔归典叶声律。宋忠曰：归即夔。归乡，盖夔乡矣。古楚之嫡嗣有熊挚者，以废疾不立，而居于夔，为楚附庸。后王命为夔子。《春秋》：僖公二十六年，楚以其不祀，灭之者也。袁山松曰：屈原有贤姊，闻原放逐，亦来归，喻令自宽全。乡人冀其见从，因名曰秭归。即《离骚》所谓女嬃④婵媛以詈余也。县城东北，依山即坂，周回二里，高一丈五尺，南临大江。古老相传，谓之刘备城，盖备征吴所筑也。县东北数十里有屈原旧田宅，虽畦堰縻漫，犹保屈田之称也。县北一百六十里有屈原故宅，累石为室基，名其地曰乐平里。宅之东北六十里有女嬃庙，捣衣石犹存。故《宜都记》曰：秭归盖楚子熊绎之始国，而屈原之乡里也。原田宅于今具存，指谓此也。江水又东迳一城北，其城凭岭作固，二百一十步，夹溪临谷，据山枕江，北对丹阳城。城据山跨阜，周八里二百八十步，东北两面悉临绝涧，西带亭下溪，南枕大江，险峭壁立，信天固也。楚子熊绎始封丹阳之所都也。《地理志》以为吴之丹阳，论者云：寻吴、楚悠隔，鉴缕荆山，无容远在吴境，是为非也。又楚之先王陵墓在其间，盖为征矣。江水又东南迳夔城南。跨据川阜，周回一里百一十八步，西北背枕深谷，东带乡口溪，南侧大江。城内西北角有金城；东北角有圆土狱；西南角有石井，口径五尺。熊挚始治巫城，后疾移此，盖夔徙也。《春秋左传》：僖公二十六年，楚令尹子玉城夔者也。服虔曰：在巫之阳，秭归归乡矣。江水又东迳归乡县故城北。袁山松曰：父老传言，原既流放，忽然暂归，乡人喜悦，因名曰归乡。抑其山秀水清，故出俊异；地险流疾，故其性亦隘。《诗》云：惟岳降神，生甫及申。信与！余谓山松此言，可谓因事而立证，恐非名县之本旨矣。县城南面而重岭，北背大江，东带乡口溪。溪源出县东南数百里，西北入县。迳狗峡西，峡崖龛中石，隐起有狗形，形状具足，故以狗名峡。乡口溪又西北迳县下入江，谓之乡口也。江水又东迳信陵县南。西临大江，东傍深溪，溪源北发梁州上庸县界，南流迳县下，而注于大江也。

**又东过夷陵县南，**

江水自建平至东界峡，盛弘之谓之空泠峡。峡甚高峻，即宜都、建平二郡界也。其间远望，势交岭表。有五六峰参差互出，上有奇石，如二人像，攘袂相对。俗传两郡督邮争界于此，宜都督邮厥势小东倾，议者以为不如也。江水历峡，东迳宜昌县之插灶下。江之左岸，绝岸壁立数百丈，飞鸟所不能栖。有一火烬插在崖间，望见可长数尺。父老传言，昔洪水之时，人薄舟崖侧，以余烬插之岩侧，至今犹存，故先后相承，谓之插灶也。江水又东迳流头滩，其水并峻激奔暴，鱼鳖所不能游，行者常苦之。其歌曰：滩头白勃坚相持，倏忽沦没别无期。袁山松曰：自蜀至此五千余里，下水五日，上水百日也。江水又东迳宜昌县北，分夷道、佷山所立也。县治江之南岸，北枕大江，与夷陵对界。《宜都记》曰：渡流头滩十里，便得宜昌县。江水又东迳狼尾滩，而历人滩。袁山松曰：二滩相去二里。人滩水至峻峭。南岸有青石，夏没冬出，其石嶔崟⑤，数十步中悉作人面形，或大或小，其分明者，须发皆具，因名曰人滩也。江水又东迳黄牛山下，有滩名曰黄牛滩。南岸重岭叠起，最外高崖间有石，色如人负刀牵牛，人黑牛黄，成就分明。既人迹所绝，莫得究焉。此岩既高，加以江湍纡回，虽途迳信宿⑥，犹望见此物。故行者谣曰：朝发黄牛，暮宿黄牛，三朝三暮，黄牛如故。言水路纡深，回望如一矣。江水又东迳西陵峡。《宜都记》曰：自黄牛滩东入西陵界，至峡口百许里，山水纡曲，而两岸高山重障，非日中夜半，不见日月。绝壁或千许丈，其石彩色，形容多所像类。林木高茂，略尽冬春。猿鸣至清，山谷传响，泠泠不绝。所谓三峡，此其一也。山松言：常闻峡中水疾，书记及口传，悉以临惧相戒，曾无称有山水之美也。及余来践跻⑦此境，既至欣然，始信耳闻之不如亲见矣。其叠崿秀峰，奇构异形，固难以辞叙。林木萧森，离离蔚蔚，乃在霞气之表。仰瞩俯映，弥习弥佳，流连信宿，不觉忘返，目所履历，未尝有也。既自欣得此奇观，山水有灵，亦当惊知己于千古矣！江水历禹断江南，峡北有七谷村，两山间有水清深，潭而不流。又耆旧传言，昔是大江，及禹治水，此江小不足泻水，禹更开今峡口，水势并冲，此江遂绝，于今谓之断江也。江水出峡，东南流迳故城洲。洲附北岸，洲头曰郭洲，长二里，广一里。上有步阐故城，方圆称洲，周回略满。故城洲上城周五里，吴西陵督步骘所筑也。孙皓凤凰元年，骘息阐复为西陵督，据此城降晋，晋遣太傅羊祜接援，未至，为陆抗所陷也。江水又东迳故城北，所谓陆抗城也。城即山为墉，四面天险。江南岸有山孤秀，从江中仰望，壁立峻绝。袁山松为郡，尝登之瞩望焉。故其《记》云：今自山南上至其岭，岭容十许人。四面望诸山，略尽其势。俯临大江，如萦带焉，视舟如凫雁矣。北对夷陵县之故城，城南临大江。秦令白起伐楚，三战而烧夷陵者也。应劭曰：夷山在西北，盖因山以名县也。王莽改曰居利。吴黄武元年，更名西陵也，后复曰夷陵。县北三十里有石穴，名曰马穿。尝有白马出穴，人逐之入穴，潜行出汉中。汉中人失马，亦尝出此穴，相去数千里。袁山松言：江北多连山，登之望江南诸山，数十百重，莫识其名，高者千仞，多奇形异势，自非烟塞雨霁，不辨见此远山矣。余尝往返十许过，正可再见远峰耳。江水又东迳白鹿岩。沿江有峻壁百余丈，猿所不能游，有一白鹿，陵峭登崖，乘岩而上，故世名此岩为白鹿岩。江水又东历荆门、虎牙之间。荆门在南，上合下开，阇彻山南；有门像虎牙，在北，石壁色红，间有白文，类牙形，并以物像受名。此二山，楚之西塞也。水势急峻，故郭景纯《江赋》曰：虎牙桀竖以屹崒，荆门阙竦而盘薄，圆渊九回以悬腾，溢流雷响[8]而电激者也。汉建武十一年，公孙述遣其大司徒任满、翼江王田戎，将兵数万，据险，为浮桥横江以绝水路，营垒跨山，以塞陆道。光武遣吴汉、岑彭将六万人击荆门，汉等率舟师攻之，直冲浮桥。因风纵火，遂斩满等矣。

**又东南过夷道县北，夷水从佷山县南，东北注之。**

夷道县，汉武帝伐西南夷，路由此出，故曰夷道矣。王莽更名江南；桓温父名彝，改曰西道；魏武分南郡置临江郡，刘备改曰宜都。郡治在县东四百步。故城，吴丞相陆逊所筑也，为二江之会也。北有湖里渊，渊上桔柚蔽野，桑麻暗日。西望佷山诸岭，重峰叠秀，青翠相临，时有丹霞白云，游曳其上。城东北有望堂，地特峻，下临清江，游瞩之名处也。县北有女观山，厥处高显，回眺极目。古老传言，昔有思妇，夫官于蜀，屡愆秋期。登此山绝望，忧感而死。山木枯悴，鞠为童枯。乡人哀之，因名此山为女观焉。葬之山顶，今孤坟尚存矣。

**又东过枝江县南，沮水从北来注之。**

江水又东迳上明城北。晋大元中，苻坚之寇荆州也。刺史桓冲徙渡江南，使刘波筑之，移州治此城。其地夷敞，北据大江。江汜枝分，东入大江，县治洲上，故以枝江为称。《地理志》曰：江沱出西，东入江是也。其地，故罗国，盖罗徙也。罗故居宜城西山，楚文王又徙之于长沙，今罗县是矣。县西三里有津乡。津乡，里名也。《春秋》：庄公十九年，巴人伐楚，楚子御之，大败于津。应劭曰：南郡江陵有津乡，今则无闻矣。郭仲产云：寻楚御巴人，枝江是其涂便。此津乡殆即其地也。盛弘之曰：县旧治沮中，后移出百里洲，西去郡百六十里。县左右有数十洲，槃布江中，其百里洲最为大也。中有桑田甘果，映江依洲。自县西至上明，东及江津，其中有九十九洲。楚谚云：洲不百，故不出王者。桓玄有问鼎之志，乃增一洲，以充百数，僭号数旬，宗灭身屠。及其倾败，洲亦消毁。今上在西，忽有一洲自生，沙流回薄，成不淹时。其后未几，龙飞江汉矣。县东二里，有县人刘凝之故宅。凝之字志安。兄盛公高尚不仕。凝之慕老莱、严子陵之为人，立屋江湖，非力不食。妻梁州刺史郭铨女，亦能安贫。宋元嘉中，夫妻隐于衡山，终焉不返矣。县东北十里，土台北岸有迤洲，长十余里，义熙初，烈武王斩桓谦处。县东南二十里富城洲上有道士范侪精庐。自言巴东人，少游荆土，而多盘桓县界。恶衣粗食，萧散自得。言来事多验，而辞不可详。人心欲见，欻[9]然而对；貌言寻求，终弗遇也。虽迳跨诸洲，而舟人未尝见其济涉也。后东游广陵，卒于彼土。侪本无定止处，宿憩一小菴而已。弟子慕之，于其昔游共立精舍以存其人。县有陈留王子香庙，颂称子香于汉和帝之时，出为荆州刺史，有惠政，天子征之，道卒枝江亭中。常有三白虎出入人间，送丧逾境。百姓追美甘棠，以永元十八年立庙设祠，刻石铭德，号曰枝江白虎王君。其子孙至今，犹谓之为白虎王。江水又东会沮口，楚昭王所谓江、汉、沮、漳，楚之望也。

**又南过江陵县南。**

县北有洲，号曰枚回洲，江水自此两分，而为南、北江也。北江有故乡洲，元兴之末，桓玄西奔，毛祐之与参军费恬射玄于此洲。玄子升，年六岁，辄拔去之。王韶之云：玄之初奔也，经日不得食，左右进粗粥，咽不下，升抱玄胸抚之，玄悲不自胜。至此，益州都护冯迁斩玄于此洲，斩升于江陵矣。下有龙洲，洲东有宠洲，二洲之间，世擅多鱼矣。渔者投罟历网，往往絓⑩绝，有潜客泳而视之，见水下有两石牛，尝为罾⑪害矣。故渔者莫不击浪浮舟，鼓枻而去矣。其下谓之邴里洲，洲有高沙湖，湖东北有小水通江，名曰曾口。江水又东迳燕尾洲北，合灵溪水。水无泉源，上承散水，合承大溪，南流注江。江溪之会有灵溪戍，背阿面江，西带灵溪，故戍得其名矣。江水东得马牧口，江水断洲通会。江水又东迳江陵县故城南。《禹贡》，荆及衡阳惟荆州。盖即荆山之称，而制州名矣。故楚也。子革曰：我先君僻处荆山，以供王事，遂迁纪郢。今城，楚船官地也，《春秋》之渚宫矣。秦昭襄王二十九年，使白起拔鄢郢，以汉南地而置南郡焉。《周书》曰：南，国名也。南氏有二臣，力钧势敌，竞进争权，君弗能制。南氏用分为二南国也。按韩婴叙《诗》云：其地在南郡、南阳之间。《吕氏春秋》所谓禹自涂山巡省南土者也。是郡取名焉。后汉景帝以为临江王荣国。王坐侵庙壖⑫地为宫，被征，升车，出北门而轴折。父老窃流涕曰：吾王不还矣！自后北门不开，盖由荣非理终也。汉景帝二年，改为江陵县。王莽更名，郡曰南顺，县曰江陆。旧城关羽所筑。羽北围曹仁，吕蒙袭而据之。羽曰：此城吾所筑，不可攻也。乃引而退。杜元凯之攻江陵也，城上人以瓠系狗颈示之，元凯病瘿故也。及城陷，杀城中老小，血流沾足，论者以此薄之。江陵城地东南倾，故缘以金堤，自灵溪始。桓温令陈遵造。遵善于方功，使人打鼓，远听之，知地势高下，依旁创筑略无差矣。城西有栖霞楼，俯临通隍，吐纳江流。城南有马牧城，西侧马径。此洲始自枚回，下迄于此，长七十余里。洲上有奉城，故江津长所治。旧主度州郡贡于洛阳，因谓之奉城，亦曰江津戍也。戍南对马头岸，昔陆抗屯此与羊祜相对，大宏信义，谈者以为华元、子反复见于今矣。北对大岸，谓之江津口，故洲亦取名焉。江大自此始也。《家语》曰：江水至江津，非方舟避风，不可涉也。故郭景纯云：济江津以起涨。言其深广也。江水又东迳郢城南，子囊遗言所筑城也。《地理志》曰：楚别邑，故郢矣，王莽以为郢亭。城中有赵台卿冢，岐平生自所营也。冢图宾主之容，用存情好，叙其宿尚矣。江水又东得豫章口，夏水所通也。西北有豫章冈，盖因冈而得名矣。或言因楚王豫章台名，所未详也。

①将郡县居治无恒故也：居治，指郡县政府所在。无恒：不长久，有变动。

②箪（dān，音单）：古代盛饭的圆形竹器。

③恚（huì，音会）：怨恨。

④媭（xū，音须）：古代楚国人称姐姐。

⑤嶔崟（qīn yín，钦银）：山高的样子，比喻石高。

⑥途迳信宿：意为船过黄牛滩要航行两天两夜。

⑦跻（jī，音基）：登临。

⑧呴：hǒu，音意同"吼"。

⑨欻（xū，音需）：忽然。

⑩绔（guà）：同"挂"。

⑪罾（zēng，音增）：一种用木棍或竹竿做支架的鱼网。

⑫壖（ruán）：空地，余地。

# 水经注卷三十五

## 江　　水

**又东至华容县西，夏水出焉。**

江水左迤为中夏水，右则中郎浦出焉。江浦右迤，南派屈西，极水曲之势，世谓之江曲者也。

**又东南当华容县南，涌水入焉。**

江水又东，涌水注之。水自夏水南通于江，谓之涌口。二水之间，《春秋》所谓阎敖游涌而逸者也。江水又迳南平郡孱陵县之乐乡城北。吴陆抗所筑，后王浚攻之，获吴水军督陆景于此渚也。

**又东南，油水从东南来注之。**

又东，右合油口；又东迳公安县北，刘备之奔江陵，使筑而镇之。曹公闻孙权以荆州借备，临书落笔。杜预克定江南，罢华容置之，谓之江安县，南郡治。吴以华容之南乡为南郡，晋太康元年，改曰南平也。县有油水，水东有景口，口即武陵郡界。景口东有沦口，沦水南与景水合，又东通澧水及诸陂湖。自此渊潭相接，悉是南蛮府屯也。故侧江有大城，相承云仓储城，既邸阁也。江水又左会高口，江浦也。右对黄州。江水又东得故市口，水与高水通也。江水又右迳阳歧山北。山枕大江，山东有城，故华容县尉旧治也。大江又东，左合子夏口。江水左迤北出通于夏水，故曰子夏也。大江又东，左得侯台水口，江浦也。大江右得龙穴水口，江浦右迤也，北对虎洲。又洲北有龙巢，地名也。昔禹南济江，黄龙夹舟，舟人五色无主。禹笑曰：吾受命于天，竭力养民。生，性也；死，命也。何忧龙哉？于是二龙弭鳞掉尾而去焉，故水地取名矣。江水自龙巢而东得俞口，夏水泛盛则有，冬无之。江之北岸，上有小城，故监利县尉治也。又东得清阳、土坞二口，江浦也。大江右迳石首山北；又东迳赭要。赭要，洲名，在大江中，次北湖州下。江水左得饭筐上口，秋夏水通下口，上下口间相距三十余里。赭要下即扬子洲，在大江中，二洲之间，常苦蛟害。昔荆伙①飞济此，遇两蛟，斩之，自后罕有所患矣。江之右岸，则清水口，口上即钱官也。水自牛皮山东北通江，北对清水洲，洲下接生江洲；南即生江口，水南通澧浦。江水左会饭筐下口，江浦所入也。江水又右得上檀浦，江淁也。江水又东迳竹町南，江中有观详淁；淁东有大洲；洲东分为爵洲；洲南对湘江口也。

**又东至长沙下隽县北，澧水、沅水、资水合，东流注之。**

凡此诸水，皆注于洞庭之陂，是乃湘水，非江川。

**湘水从南来注之。**

江水右会湘水，所谓江水会者也。江水又东，左得二夏浦，俗谓之西江口。又东迳忌置山南，山东即隐口浦矣。江之右岸有城陵山，山有故城，东接微落山，亦曰晖落矶；江之南畔名黄金濑，濑东有黄金浦、良父口，夏浦也。又东迳彭城口，水东有彭城矶，故水受其名，即玉涧。水出巴丘县东玉山玉溪，北流注于江。江水自彭城矶东迳如山北。北对隐矶，二矶之间，有独石孤立大江中。山东江浦，世谓之白马口。江水又左迳白螺山南，右历鸭兰矶北，江中山也。东得鸭兰、治浦二口，夏浦也。江水左迳上乌林南，村居地名也；又东迳乌黎口、江浦也，即中乌林矣；又东迳下乌林南，吴黄盖败魏武于乌林，即是处也。江水又东，左得子练口。北通练浦；又东合练口，江浦也。南直练洲，练名所以生也。江之右岸得蒲矶口，即陆口也。水出下隽县西三山溪，其水东迳陆城北；又东迳下隽县南；故长沙旧县，王莽之闰隽也。宋元嘉十六年，割隶巴陵郡。陆水又屈而西北流迳其县北，北对金城，吴将陆涣所屯也。陆水又入蒲圻县北迳吕蒙城西，昔孙权征长沙零、桂所镇也。陆水又迳蒲矶山，北入大江，谓之刀环口。又东迳蒲矶山北，北对蒲圻洲，亦曰擎洲，又曰南洲。洲头，即蒲圻县治也，晋太康元年置。洲上有白面洲，洲南又有漻口。水出豫章艾县，东入蒲圻县，至沙阳西北鱼岳山入江。山在大江中扬子洲南，孤峙中洲。江水左得中阳水口，又东得白沙口，一名沙屯，即麻屯也口也，本名蔑默口，江浦矣。南直蒲圻洲，水北入百余里，吴所屯也。又迳鱼岳山北，下得金梁洲。洲东北对渊洲，一名渊步洲。江溃从洲头以上，悉壁立无岸；历蒲圻至白沙方有浦，上甚难。江中有沙阳洲，沙阳县治也。县本江夏之沙羡矣，晋太康中改曰沙阳县。宋元嘉十六年，割隶巴陵郡。江之右岸有雍口，亦谓之港口。东北流为长洋港；又东北迳石子冈，冈上有故城，即州陵县之故城也，庄辛所言，左州侯国矣。又东迳州陵新治南，王莽之江夏也。港水东南流注于江，谓之洋口。南对龙穴洲，沙阳洲之下尾也。洲里有驾部口。宋景平二年，迎文帝于江陵，法驾顿此，因以为名。文帝车驾发江陵，至此黑龙跃出，负帝所乘舟，左右失色。上谓长史王昙首曰：乃夏禹所以受天命矣，我何德以堪之？故有龙穴之名焉。江水又东，右得聂口，江浦也；左对聂洲。江水左迳百人山南；右迳赤壁山北，昔周瑜与黄盖诈魏武大军处所也。江水东迳大军山南。山东有山屯，夏浦，江水左迤也。江中有石浮出，谓之节度石。右则涂水注之。水出江州武昌郡武昌县金山，西北流迳汝南侨郡故城南。咸和中，寇难南逼，户口南渡，因置斯郡，治于涂口。涂水历县西，又西北流注于江。江水又东迳小军山南，临侧江津，东有小军浦。江水又东迳鸡翅山北，山东即土城浦也。

**又东北至江夏沙羡县西北，沔水从北来注之。**

沌水上承沌阳县之太白湖，东南流为沌水。迳沌阳县南，注于江，谓之沌口，有沌阳都尉治。晋永嘉六年，王敦以陶侃为荆州，镇此，明年徙林鄣。江水又东迳叹父山，南对叹州，亦曰叹步矣。江之右岸当鹦鹉洲南，有江水右迤，谓之驿渚。三月之末，水下通樊口水。江水又东迳鲁山南，古翼际山也。《地说》曰：汉与江合于衡北翼际山旁者也。山上有吴江夏太守陆涣所治城，盖取二水之名。《地理志》曰：夏水过郡入江，故曰江夏也。旧治安陆。汉高帝六年置，吴乃徙此。城中有晋征南将军荆州刺史胡奋碑；又有平南将军王世将刻石，记征杜曾事；有刘琦墓及庙也。山左即沔水口矣。沔左有却月城，亦曰偃月垒，戴监军筑，故曲陵县也，后乃沙羡县治。昔魏将黄祖所守，吴遣董袭、凌统攻而擒之。祢衡亦遇害于此。衡恃才倜傥，肆狂狷于无妄之世，保身不足，遇非其死，可谓咎悔之深矣。江之右岸有船官浦，历黄鹄矶西而南矣。直鹦鹉洲之下尾。江水漾曰洑浦，是曰黄军浦。昔吴将黄盖军师所屯，故浦得其名，亦商舟之所会矣。船官浦东即黄鹄山，林涧甚美，谯郡戴仲若野服居之。山下谓之黄鹄岸，岸下有湾，目之为黄鹄湾。黄鹄山东北对夏口城，魏黄初二年孙权所筑也，依山傍江，开势明远，凭墉藉阻，高观枕流，上则游目流川，下则激浪崎岖，实舟人之所艰也。对岸则入沔津，故城以夏口为名，亦沙羡县治也。江水左得湖口，水通太白湖，又东合澴口。水上承涢水于安陆县，而东迳澴阳县北，东流注于江。江水又东，湖水自北南注，谓之嘉吴江。右岸频得二夏浦，北对东城洲西，浦侧有雍伏戍。江之右岸东会龙骧水口，水出北山蛮中；江之左有武口，水上通安陆之延头。宋元嘉二年，卫将军荆州刺史谢晦，阻兵上流，为征北檀道济所败，走奔于此，为戍主光顺之所执处也。南至武城，俱入大江。南直武洲，洲南对杨桂水口，江水南出也。通金女、大文、桃班三治。吴旧屯所在，荆州界尽此。江水东迳若城南。庾仲雍《江水记》曰：若城至武城口三十里者也。南对郭口，夏浦，而不常泛矣。东得苦菜夏浦，浦东有苦菜山。江迳其北，故浦有苦菜之名焉，山上有苦菜可食。江水左得广武口，江浦也。江之右岸有李姥浦，浦中偏无蚊蚋之患矣。北对峥嵘洲，冠军将军刘毅破桓玄于此洲，玄乃挟天子西走江陵矣。

## 又东过邾县南，

江水东迳白虎矶北，山临侧江渍；又东会赤溪，夏浦浦口，江水右迤也。又东迳贝矶北，庾仲雍谓之沛岸矣。江右岸有秋口，江浦也。又东得乌石水。出乌石山，南流注于江。江水右得黎矶，矶北亦曰黎岸也。山东有夏浦，又东迳上碛北，山名也。仲雍谓之大、小竹碛也。北岸烽火洲，即举洲也。北对举口，仲雍作莒字，得其音而忘其字，非也。举水出龟头山，西北流迳蒙龙戍南，梁定州治，蛮田秀超为刺史。举水又西流，左合垂山之水。水北出垂山之阳，与弋阳淠水同发一山，故是水合之。水之东有南口戍，又南迳方山戍西，西流注于举水。又西南迳梁司、豫二州东，蛮田鲁生为刺史，治湖陂城，亦谓之水城也。举水又西南迳颜城南；又西南迳齐安郡西，倒水注之。水出黄武山，南流迳白沙戍西；又东南迳梁达城戍西，东南合举水。举水又东南历赤亭下，谓之赤亭水。又分为二水，南流注于江，谓之举口，南对举洲。《春秋左传》：定公四年，吴楚陈于柏举。京相璠曰：汉东地矣。江夏有泹水，或作举，疑即此也。左水东南流入于江。江浒曰文方口。江之右岸有凤鸣口，江浦也。浦侧有凤鸣戍。江水又东迳邾县故城南。楚宣王灭邾，徙居于此，故曰邾也。汉高帝元年，项羽封吴芮为衡山王，都此。晋咸和中，庾翼为西阳太守，分江夏立。四年，豫州刺史毛宝、西阳太守樊俊共镇之，为石虎将张格度所陷，自尔丘墟焉。城南对芦洲，旧吴时筑客舍于洲上，方便惟所止焉，亦谓之罗洲矣。

## 鄂县北，

江水右得樊口，庾仲雍《江水记》云：谷里袁口，江津南入，历樊山上下三百里，通新兴、马头二治。樊口之北有湾。昔孙权装大船，名之曰长安，亦曰大舶，载坐直之士三千人。与群臣泛舟江津，属值风起②，权欲西取芦洲。谷利不从，乃拔刀急上，令取樊口薄，舶船至岸而败，故名其处为败舶湾。因凿樊山为路以上，人即名其处，为吴造岘，在樊口上一里，今厥处尚存。江水又左迳赤鼻山南，山临侧江川。又东迳西阳郡南，郡治即西阳县也。《晋书·地道记》以为弦子国也。江之右岸有鄂县故城，旧樊楚地。《世本》称熊渠封其中子红为鄂王，晋《太康地记》以为东鄂矣。《九州记》曰：鄂，今武昌。孙权以魏黄初元年自公安徙此，改曰武昌县。鄂县徙治于袁山东，又以其年立为江夏郡，分建业之民千家以益之。至黄龙元年，权迁都建业，以陆逊辅太子镇武昌。孙皓亦都之，皓还东，令滕牧守之。晋惠帝永平中始置江州，傅综为刺史，治此城，后太尉庾亮之所镇也。今武昌郡治。城南有袁山，即樊山也。《武昌记》曰：樊口南有大姥庙，孙权常猎于山下。依夕，见一姥问权：猎何所得？曰：正得一豹。母曰：何不竖豹尾？忽然不见。应劭《汉官·序》曰：豹尾过后，执金吾罢屯，解围。天子卤簿中③，后属车施豹尾于道路，豹尾之内为省中。盖权事应在此，故为立庙也。又孙皓亦尝登之，使将害常侍王蕃，而以其首虎争之。北背大江，江上有钓台，权常极饮其上，曰：堕台，醉乃已。张昭尽言处。城西有郊坛，权告天即位于此，顾谓公卿曰：鲁子敬尝言此，可谓明于事势矣。城东故城，言汉将灌婴所筑也。江中有节度石三段，广百步，高五六丈，是西阳、武昌界，分江于斯石也。又东得次浦，江浦也。东迳五矶北，有五山，沿次江阴，故得是名矣。仲雍谓之五圻。江水左则巴水注之。水出零娄县之下灵山，即大别山也。与决水同出一山，故世谓之分水山，亦或曰巴山。南历蛮中，吴时旧立屯于水侧，引巴水以溉野。又南迳巴水戍，南流注于江，谓之巴口。又东迳轪[①]县故城南，故弦国也。《春秋》：僖公五年秋，楚灭弦，弦子奔黄者也。汉惠帝元年，封长沙相利仓为侯国。城在山之阳，南对五洲也。江中有五洲相接，故以五洲为名。宋孝武帝举兵江州，建牙洲上，有紫云荫之，即是洲也。东会希水口。水出灊县霍山西麓，山北有灊县故城。《地理志》曰：县南有天柱山，即霍山也，有祠南岳庙。音潜。齐立霍州治此。西南流分为二水，枝津出焉。希水又南积而为湖，谓之希湖。湖水又南流迳轪县东而南流注于江，是曰希水口者也。然水流急浚，霖雨暴涨，漂溢无常，行者难之。大江右岸有厌里口，安乐浦，从此至武昌，尚方作部诸屯相接，枕带长江[⑤]。又东得桑步，步下有章浦，本西阳郡治，今悉荒芜。江水左得赤水浦，夏浦也。江水又东迳南阳山南，又曰芍矶，亦曰南阳矶，仲雍谓之南阳圻，一名洛至圻，一名石姥，水势迅急。江水又东迳西陵县故城南。《史记》秦昭王遣白起伐楚，取西陵者也。汉章帝建初二年，封阴堂为侯国。江水东历孟家溠。江之右岸有黄石山，水迳其北，即黄石矶也。一名石茨圻，有西陵县。县北则三洲也。山连延江侧，东山偏高，谓之西塞，东对黄公九矶，所谓九圻者也。于行小难，两山之间为阙塞。从此济于土复。土复者，北岸地名也。

**又东过蕲春县南，蕲水从北东注之。**

江水又得苇口，江浦也。浦东有苇山，江水东迳山北。北崖有东湖口，江波左迤，流结成湖，故谓之湖口矣。江水又东得空石口，江浦在右，临江有空石山，南对石穴洲，洲上有蕲阳县治。又东，蕲水注之。江水又东迳蕲春县故城南。世祖建武三十年，封陈俊子浮为侯国。江水又东得铜零口，江浦也。大江右迳虾蟆山北，而东会海口。水南通大湖，北达于江。左右翼山，江水迳其北，东合藏口，江浦也。江水又左迳长风山南，得长风口，江浦也。江水又东迳积布山南，俗谓之积布矶，又曰积布圻，庾仲雍所谓高山也。此即西阳、寻阳二郡界也。右岸有土复口，江浦也。夹浦有江山，山东有护口，江浦也，庾仲雍谓之朝二浦也。

**又东过下雉县北，利水从东陵西南注之。**

江水东迳琵琶山南，山下有琵琶湾。又东迳望夫山南，又东得苦菜水口，夏浦也。江之右岸，富水注之。水出阳新县之青溢[⑥]山，西北流迳阳新县，故豫章之属县矣。地多女鸟。《玄中记》曰：阳新男子于水次得之，遂与共居生二女，悉衣羽而去。豫章间养儿，不露其衣，言是鸟落尘于儿衣中，则令儿病，故亦谓之夜飞游女鸟。又西北迳下雉县，王莽更名之润光矣，后并阳新。水之左右，公私裂溉，咸成沃壤。旧吴屯所在也。江水又东，右得兰溪水口，并江浦也。又东，左得青林口。水出庐江郡之东陵乡。江夏有西陵县，故是言东矣。《尚书》云：江水过九江至于东陵者也。西南流，水积为湖，湖西有青林山。宋太始元年，明帝遣沈攸之西伐子勋，伐栅青山，睹一童子甚丽，问伐者曰：取此何为？答：欲讨贼。童子曰：下旬当平，何劳伐此？在众人之中，忽不复见，故谓之青林湖。

湖有鲫鱼，食之肥美，辟寒暑。湖水西流谓之青林水。又西南历寻阳，分为二水：一水东流通大雷；一水西南流注于江，《经》所谓利水也。右对马头岸，自富口迄此五十余里，岸阻江山。

---

① 佽（cì，音次）：排列有序，通"次"。

② 属值风起：意为"不巧大风骤起"。

③ 卤簿：意为仪仗队。

④轪：dài，音代。

⑤尚方作部诸屯相接，枕带长江：意为"尚方官署所设的作坊点连接不断地散布在江岸一带"。

⑥溢：pén，音盆。

# 水经注卷三十六

## 青衣水　桓水　若水　沫水　延江水　存水　温水

**青衣水出青衣县西蒙山，东与沫水合也。**

县，故青衣羌国也。《竹书纪年》，梁惠成王十年，瑕阳人自秦道岷山、青衣水来归。汉武帝天汉四年，罢沈黎郡，分两部都尉，一治青衣，主汉民。公孙述之有蜀也，青衣不服，世祖嘉之，建武十九年以为郡。安帝延光元年置蜀郡属国都尉。青衣王子心慕汉制，上求内附。顺帝阳嘉二年，改曰汉嘉，嘉得此良臣也。县有蒙山，青衣水所发。东迳其县，与沫水会于越嶲郡之灵关道。青衣水又东，邛水注之。水出汉嘉严道邛来山，东至蜀郡临邛县，东入青衣水。

**至犍为南安县，入于江。**

青衣水迳平乡，谓之平乡江。《益州记》曰：平乡江东迳峨眉山，在南安县界，去成都南千里。然秋日清澄，望见两山相峙，如峨眉焉。青衣水又东流，注于大江。

**桓水出蜀郡岷山，西南行羌中，入于南海。**

《尚书·禹贡》：岷、嶓既艺；沱、潜即道；蔡、蒙旅平；和夷底绩①。郑玄曰：和上，夷所居之地也。和，读曰桓。《地理志》曰：桓水出蜀郡蜀山，西南行羌中者也。《尚书》又曰：西倾因桓是来。马融、王肃云：西治倾山，惟因桓水是来，言无他道也。余按《经》据《书》，岷山、西倾俱有桓水。桓水出西倾山，更无别流，所导者惟斯水耳。浮于潜、汉而达江、沔。故《晋地道记》曰：梁州南至桓水，西抵黑水，东限扞关。今汉中、巴郡、汶山、蜀郡、汉嘉、江阳、朱提、涪陵、阴平、广汉、新都、梓潼、犍为、武都、上庸、魏兴、新城，皆古梁州之地。自桓水以南为夷，《书》所谓和夷底绩也。然所可当者，惟斯水与江耳。桓水，盖二水之别名，为两川之通称矣。郑玄注《尚书》言：织皮，谓西戎之国也；西倾，雍州之山也。雍、戎二野之间，人有事于京师者，道当由此州而来。桓是，陇坂名，其道盘桓旋曲而上，故名曰桓是，今其下民谓是坂曲为盘也②。斯乃玄之别致，恐乖《尚书》因桓之义，非浮潜入渭之文。余考校诸书，以具闻见。今略缉综川流沿注之绪，虽今古异容，本其流俗，粗陈所由。然自西倾至葭萌入于西汉，即郑玄之所谓潜水者也。自西汉溯流而届于晋寿界。沮、漾枝津，南历冈穴，迤逦而接汉，沿此入漾，《书》所谓浮潜而逾沔矣。历汉川至南郑县，属于褒水。溯褒暨于衙岭之南溪水，枝灌于斜川，届于武功而北达于渭水。此乃水陆之相关，川流之所经，复不乖《禹贡》入渭之宗，实符《尚书》乱河之义也。

**若水出蜀郡旄牛徼外，东南至故关，为若水也。**

《山海经》曰：南海之内，黑水之间，有木名曰若木，若水出焉。又云：灰野之山有树焉，青叶赤华，厥名若木。生昆仑山，西附西极也。《淮南子》曰：若木在建木西，木有十华，其光照下地。故屈原《离骚·天问》曰：羲和未阳，若华何光？是也。然若木之生非一所也。黑水之间，厥木所植，水出其下，故水受其称焉。若水沿流，间关蜀土。黄帝长子昌意，德劣不足绍承大位，降居斯水，为诸侯焉。娶蜀山氏女，生颛顼于若水之野。有圣德，二十登帝位，承少暤金官之政，以水德宝历矣③。若水东南流，鲜水注之，一名州江。大度水出徼外，至旄牛道，南流入于若水。又迳越巂大莋县入绳。绳水出徼外。《山海经》曰：巴遂之山，绳水出焉，东南流分为二水：其一水枝流东出迳广柔县，东流注于江；其一水南迳旄牛道，至大莋与若水合。自下亦通谓之为绳水矣。莋，夷也。汶山曰夷，南中曰昆弥，蜀曰邛，汉嘉、越巂曰莋，皆夷种也。

**南过越巂邛都县西，直南至会无县，淹水东南流注之。**

邛都县，汉武帝开邛莋置之。县陷为池，今因名为邛池，南人谓之邛河。河中有蟾巂山。应劭曰：有巂水，言越此水以章休盛④也。后复反叛，元鼎六年，汉兵自越巂水伐之，以为越巂郡，治邛都县。王莽遣任贵为领戎大尹守之，更名为集巂也。县，故邛都国也。越巂水即绳、若矣，似随水地而更名矣。又有温水，冬夏常热，其源可烊鸡豚。下汤沐洗，能治宿疾。昔李骧败李流于温水是也。若水又迳会无县，县有骏马河。水出县东高山，山有天马迳，厥迹存焉。马日行千里，民家马牧之山下，或产骏驹，言是天马子。河中有贝子，胎铜，以羊祠之，则可取也。又有孙水焉。水出台高县，即台登县也。孙水一名白沙江，南流迳邛都县，司马相如定西南夷，桥孙水，即是水也。又南至会无入若水。若水又南迳云南郡之遂久县，青蛉水入焉。水出青蛉县西，东迳其县下，县以氏焉。有石猪坼，长谷中有石猪，子母数千头。长老传言，夷昔牧此，一朝化为石，迄今夷人不敢往牧。贪水出焉。青蛉水又东，注于绳水。绳水又迳三绛县西；又迳姑复县，北对三绛县，淹水注之。三绛一曰小会无，故《经》曰：淹至会无注若水。若水又与母血水合。水出益州郡弄栋县东农山母血谷，北流迳三绛县南，北入绳。绳水又东，涂水注之。水出建宁郡之牧靡南山。县、山并即草以立名。山在县东北乌句山南五百里，山生牧靡，可以解毒。百卉方盛，鸟多误食，鸟喙口中毒，必急飞往牧靡山，啄牧靡以解毒也。涂水导源腊谷，西北流至越巂入绳。绳水又迳越巂郡之马湖县，谓之马湖江。又左合卑水。水出卑水县而东流注马湖江也。

**又东北至犍为朱提县西，为泸江水。**

朱提，山名也。应劭曰：在县西南，县以氏焉。犍为属国也，在郡南千八百许里。建安二十年，立朱提郡，郡治县故城。郡西南二百里，得所绾堂琅县，西北行，上高山，羊肠绳屈八十余里，或攀木而升，或绳索相牵而上，缘陟者若将阶天。故袁休明《巴蜀志》云：高山嵯峨，岩石磊落，倾侧萦回，下临峭壑，行者扳缘，牵援绳索。三蜀之人，及南中诸郡，以为至险。有泸津，东去县八十里，水广六七百步，深十数丈，多瘴气，鲜有行者。晋明帝太宁二年，李骧等侵越巂，攻台登县，宁州刺史王逊遣将军姚岳击之，战于堂琅，骧军大败；岳追之，至泸水，赴水死者千余人。逊以岳等不穷追，怒甚，发上冲冠，帢⑤裂而卒。按永昌郡有兰仓水，出西南博南县，汉明帝永平二年置。博南，山名也，县以氏之。其水东北流迳博南山。汉武帝时通博南山道，渡兰仓津，土地绝远，行者苦之。歌曰：汉德广，开不宾，渡博南，越仓津，渡兰仓，为作人！山高四十里。兰仓水出金沙，越人收以为黄金；又有光珠穴，穴出光珠；又有琥珀、瑚珊、黄、白、青珠也。兰仓水又东北迳不韦县，与类水合。水出巂唐县，汉武帝置。类水西南流，曲折又北流，东至不韦县，注兰仓水。又东与禁水合。水自永昌县而北迳其郡西，水左右甚饶犀、象，山有钩蛇，长七八丈，尾末有岐，蛇在山涧水中，以尾钩岸上人、牛食之。此水傍瘴气特恶。气中有物，不见其形，其作有声，中木则折，中人则害，名曰鬼弹。惟十一月、十二月差可渡，正月至十月迳之，无不害人。故郡有罪人，徙之禁旁，不过十日皆死也。禁水又北注泸津水，又东迳不韦县北而东北流。两岸皆高山，数百丈，泸峰最为杰秀，孤高三千余丈。是山于晋太康中崩，震动郡邑。水之左右马步之径裁通，而时有瘴气，三月、四月迳之必死，非此时犹令人闷吐。五月以后，行者差得无害。故诸葛亮《表》言：五月渡泸，并日而食，臣非不自惜也，顾王业不可偏安于蜀故也。《益州记》曰：泸水源出曲罗巂，下三百里，曰泸水。两峰有杀气，暑月旧不行，故武侯以夏渡为艰。泸水又下合诸水，而总其目焉，故有泸江之名矣。自朱提至僰道有水步道，水道有黑水、羊官水，至除难，三津之阻，行者苦之，故俗为之语曰：楢[6]溪赤水，盘蛇七曲，盘羊乌栊，气与天通。看都薄眛，住柱呼伊，庲降贾子，左担七里。又有牛叩头、马搏颊坂，其艰险如此也。

**又东北至僰道县，入于江。**

若水至僰道，又谓之马湖江。绳水、泸水、孙水、淹水、大渡水，随决入而纳通称，是以诸书录记群水，或言入若，又言注绳，亦或言至僰道入江。正是异水沿注，通为一津，更无别川，可以当之。水有孝子石，昔县人有隗叔通者，性至孝，为母给江膂[7]水，天为出平石至江膂中，今犹谓之孝子石。可谓至诚发中，而休应自天矣。

**沫水出广柔徼外，**

县有石纽乡，禹所生也。今夷人共营之，地方百里，不敢居牧。有罪逃野，捕之者不逼，能藏三年，不为人得，则共原之，言大禹之神所祐之也。

**东南过旄牛县北，又东至越巂灵道县，出蒙山南，**

灵道县，一名灵关道。汉制：夷狄曰道。县有铜山，又有利慈渚。晋太始九年，黄龙二见于利慈池。县令董玄之率吏民观之，以白刺史王浚，浚表上之晋朝，改护龙县也。沫水出岷山西，东流过汉嘉郡；南流冲一高山，山上合下开，水迳其间。山，即蒙山也。

**东北与青衣水合，**

《华阳国志》曰：二水于汉嘉青衣县东，合为一川。自下亦谓之为青衣水。沫水又东迳开刊县，故平乡也，晋初置。沫水又东迳临邛南，而东出于江原县也。

**东入于江。**

昔沫水自蒙山至南安西溷崖，水脉漂疾，破害舟船，历代为患。蜀郡太守李冰发卒，凿平溷崖，河神歔怒，冰乃操刀入水与神斗，遂平溷崖，通正水路，开处即冰所穿也。

**延江水出犍为南广县，东至牂柯鄨[8]县，又东屈北流，**

鄨县，故犍为郡治也。县有犍山，晋建兴元年，置平夷郡。县有鄨水，出鄨邑西不狼山，东与温水合。温水一曰煖水，出犍为符县而南入黚水。黚水亦出符县，南与温水会。阚骃谓之阚水，俱南入鄨水。鄨水于其县而东注延江水。延江水又与汉水合，水出犍为汉阳道山阚谷。王莽之新通也。东至鄨邑入延江水也。

**至巴郡涪陵县，注更始水。**

更始水，即延江支分之始也。延江水北入涪陵水。涪陵水出县东，故巴郡之南鄙，王莽更名巴亭。魏武分邑，立为涪陵郡。张堪为县，会公孙述击堪，同心义士选习水者，筏渡堪于小别江，即此水也。其水北至枳县入江。更始水东入巴东之南浦县，其水注引溇口石门。空岫阴深，邃涧暗密，倾崖上合恒有落势，行旅避瘴，时有经之，无不危心于其下。又谓之西乡水，亦谓之西乡溪。溪水间关二百许里，方得出山。又通波注远，复二百余里，东南入迁陵县也。

**又东南至武陵酉阳县，入于酉水。**

《武陵先贤传》曰：潘京世长为郡主簿，太守赵伟甚器之。问京：贵郡何以名武陵？京答曰：鄙郡本名义陵，在辰阳县界，与夷相接，数为所破。光武时，移治东山之上，遂尔易号。《传》

曰：止戈为武。《诗》云：高平曰陵。于是名焉。酉水北岸有黚阳县。许慎曰：温水南入黚。盖鳖水以下，津流沿注之通稱也，故縣受名焉。西鄉溪口在遷陵縣故城上五十里，左合酉水。酉水又東際其故城北；又東逕酉陽故縣南而東出也。兩縣相去，水道可四百許里，于酉陽合也。

**酉水东南至沅陵县，入于沅。**

**存水出犍为郁邬县⑨，**

王莽之屋邬也。益州大姓雍闓反，结垒于山，系马柳⑩柱，柱生成林，今夷人名曰雍无梁林。梁，夷言马也。存水自县东南流逕牧靡县北；又东逕且兰县北，而东南出也。

**东南至郁林定周县，为周水，**

存水又东逕牂柯郡之毋敛县北，而东南与毋敛水合。水首受牂柯水，东逕毋敛县为毋敛水，又东注于存水。存水又东逕郁林定周县为周水，盖水变名也。

**又东北至潭中县，注于潭。**

**温水出牂柯夜郎县，**

县，故夜郎侯国也，唐蒙开以为县，王莽名曰同亭矣。温水自县西北流逕谈藁与迷水合。水西出益州郡之铜濑县谈虏山，东逕谈藁县，右注温水。温水又西逕昆泽县南；又逕味县。县，故滇国都也。诸葛亮讨平南中，刘禅建兴三年，分益州郡，置建宁郡于此。水侧皆是高山，山水之间，悉是木耳夷居，语言不同，嗜欲亦异。虽曰山居，土差平和，而无瘴毒。温水又西南逕滇池城，池在县西北，周三百许里，上源深广，下流浅狭，似如倒流，故曰滇池也。长老传言，池中有神马，家马交之则生骏驹，日行五百里。晋太元十四年，宁州刺史费统言：晋宁郡滇池县两神马，一白一黑，盘戏河水之上。有滇州，元封三年立益州郡，治滇池城，刘禅建宁郡也。温水又西会大泽，与叶榆仆水合。温水又东南逕牂柯之母单县。建兴中，刘禅割属建宁郡。桥水注之。水上承俞元之南池，县治龙池洲，周四十七里。一名河水，与邪龙分浦。后立河阳郡，治河阳县，县在河源洲上。又有云平县并在洲中。桥水东流至毋单县，注于温。温水又东南逕兴古郡之毋椽⑪县东，王莽更名有椽也。与南桥水合。水出县之桥山东流，梁水注之。梁水上承河水于俞元县，而东南逕兴古之胜休县，王莽更名胜僰⑫县。梁水又东逕毋椽县，左注桥水。桥水又东注于温。温水又东南逕律高县南。刘禅建兴三年，分牂柯置兴古郡，治温县。《晋书·地道记》，治此。温水又东南逕梁水郡南。温水上合梁水，故自下通得梁水之称，是以刘禅分兴古之监⑬南，置郡于梁水县也。温水东南逕镡封县北；又逕来惟县东，而仆水右出焉。

**又东至郁林广郁县，为郁水，**

秦桂林郡也。汉武帝元鼎六年，更名郁林郡。王莽以为郁平郡矣。应劭《地理风俗记》曰：《周礼》，郁人掌裸器，凡祭酾⑭宾客之裸事，和郁鬯⑮以实樽彝。郁，芳草也，百草之华，煮以合酿黑黍，以降神者也。或说今郁金香是也。一曰，郁人所贡，因氏郡矣。温水又东逕增食县，有文象水注之。其水导源牂柯句町县。应劭曰：故句町国也。王莽以为从化。文象水、蒙水与卢帷水、来细水、伐水，并自县东历广郁至增食县，注于郁水也。

**又东至领方县东，与斤南水合。**

县有朱涯水，出临尘县，东北流，骊水注之。水源上承牂柯水，东逕增食县而下注朱涯水。朱涯水又东北逕临尘县，王莽之监尘也。县有斤南水、侵离水并逕临尘，东入领方县，流注郁水。

**东北入于郁。**

郁水，即夜郎豚水也。汉武帝时，有竹王兴于豚水，有一女子浣于水滨，有三节大竹流入女子足间，推之不去，闻有声。持归破之，得一男儿。遂雄夷濮，氏竹为姓。所捐破竹，于野成林，今竹王祠竹林是也。王尝从人止大石上，命作羹，从者曰：无水。王以剑击石出水，今竹王水是也。后唐蒙开群柯，斩竹王首，夷獠咸怨，以竹王非血气所生，求为立祠。帝封三子为侯，及死，配父庙，今竹王三郎祠，其神也。豚水东北流迳谈藁县，东迳群柯郡且兰县，谓之群柯水。水广数里，县临江上，故且兰侯国也。一名头兰，群柯郡治也。楚将庄跷[16]，溯沅伐夜郎，椓[17]群柯系船，因名且兰为群柯矣。汉武帝元鼎六年开，王莽更名同亭。有柱蒲关。群柯亦江中两山名也。左思《吴都赋》云：吐浪群柯者也。元鼎五年，武帝伐南越，发夜郎精兵下群柯江，同会番禺是也。群柯水又东南迳毋敛县西、毋敛水出焉。又东，骊水出焉。又迳郁林广郁县为郁水。又东北迳领方县北；又东迳布山县北，郁林郡治也。吴陆绩曰：从今以去六十年，车同轨，书同文。至太康元年，晋果平吴。又迳中留县南与温水合。又东入阿林县，潭水注之。水出武陵郡镡成县玉山，东流迳郁林郡潭中县，周水自西南来注之。潭水又东南流与刚水合。水西出群柯毋敛县，王莽之有敛也，东至潭中入潭。潭水又迳中留县东、阿林县西，右入郁水。《地理志》曰：桥水东至中留入潭。又云：领方县又有桥水。余诊其川流，更无殊津，正是桥、温乱流，故兼通称。作者咸言至中留入潭，潭水又得郁之兼称，而字当为温，非桥水也，盖书字误矣。郁水右则留水注之。水南出布山县，下迳中留入郁。郁水东迳阿林县，又东迳猛陵县，浪水注之。又东迳苍梧广信县，漓水注之。郁水又东，封水注之。水出临贺郡冯乘县西、谢沐县东界牛屯山，亦谓之临水。东南流迳萌渚峤西；又东南，左合峤水。庾仲初云：水出菹渚峤，南流入于临。临水又迳临贺县东；又南至郡，左会贺水。水出东北兴安县西北罗山，东南流迳兴安县西。盛弘之《荆州记》云：兴安县水边有平石，上有石履，言越王渡溪，脱履于此。贺水又西南流至临贺郡东，右注临水。郡对二水之交会，故郡县取名焉。临水又西南流迳郡南；又西南迳封阳县东，为封溪水。故《地理志》曰：县有封水。又西南流入广信县，南流注于郁水，谓之封溪水口者也。郁水又东迳高要县，牢水注之。水南出交州合浦郡，治合浦县。汉武帝元鼎六年，平越所置也。王莽更名曰桓合，县曰桓亭。孙权黄武七年，改曰珠官郡。郡不产谷，多采珠宝，前政烦苛，珠徙交趾，会稽孟伯周为守，有惠化，去珠复还。郡统临允县，王莽之大允也。牢水自县北流迳高要县入于郁水。郁水南迳广州南海郡西，浪水出焉。又南，右纳西随三水；又南迳四会浦。水上承日南郡卢容县西古郎究浦，内漕口，马援所漕。水东南曲屈通郎湖。湖水承金山郎究，究水北流，左会卢容、寿泠二水。卢容水出西南区粟城南高山。山南长岭连接天障岭西，卢容水凑隐山绕西卫北，而东迳区粟城北，又东，右与寿泠水合。水出寿泠县界。魏正始九年，林邑进侵，至寿泠县以为疆界，即此县也。寿泠县以水凑，故水得其名。东迳区粟故城南，考古志，并无区粟之名。应劭《地理风俗记》曰：日南，故秦象郡。汉武帝元鼎六年开日南郡，治西卷县。《林邑记》曰：城去林邑，步道四百余里。《交州外域记》曰：从日南郡南去，到林邑国，四百余里。准迳相符，然则城故西卷县也。《地理志》曰：水入海，有竹可为杖。王莽更之曰日南亭。《林邑记》曰：其城治二水之间，三方际山，南北瞰水。东西涧浦，流凑城下。城西折十角[18]，周围六里，一百七十步，东西度六百五十步，轨[19]城二丈，上起轨墙一丈，开方隙孔。轨上倚板，板上五重层阁，阁上架层，层上架楼，楼高者七八丈，下者五六丈。城开十三门，凡宫殿南向，屋宇二千一百余间。市居周绕，阻峭地险。故林邑兵器战具悉在区粟，多城垒。自林邑王范胡达始，秦余徙民，染同夷化，日南旧风变易俱尽。巢栖树宿。负郭接山，榛棘蒲薄，腾林拂云，幽烟冥缅，非生人所安。区粟建八尺表，日影度南八寸，自此影以南，在日之南，故以名郡。望北辰星，落在天际。日在北，故开北户以向日，此其大较也。范泰《古今善言》曰：日南张重，举计入洛，正旦大会，明帝问：日南郡北向视日邪？重曰：今郡有云中、金城者，不必皆有其实。日亦俱出于东耳。至于风气暄暖，日影仰当，官民居止随情，面向东西南北，回背无定。人性凶悍，果于战斗，便山习水，不闲平地。古人云：五岭者，天地以隔内外，况绵途海表；顾九岭而弥邈，非复行路之迳阻，信幽荒之冥域者矣。寿泠水自城南，东与卢容水合，东注郎究。究水所积下潭为湖，谓之郎湖。浦口有秦时象郡，墟域犹存。自湖南望，外通寿泠，从郎湖入四会浦。元嘉二十年，以林邑顽凶，历代难化，恃远负众，慢威背德，北宝既臻，南金厥贡，乃命偏将与龙骧将军交州刺史檀和之陈兵日南，修文服远。二十三年，扬旆从四会浦口入郎湖。军次区粟，进逼围城，以飞梯云桥，悬楼登垒，钲鼓大作，虎士电怒，风烈火扬，城摧众陷。斩区粟王范扶龙首，十五以上坑截无赦，楼阁雨血，填尸成观。自四会南入，得卢容浦口。晋太康三年，省日南郡属国都尉，以其所统卢容县，置日南郡及象林县之故治。《晋书·地道记》曰：郡去卢容浦口二百里，故秦象郡，象林县治也。永和五年，征西桓温遣督护滕畯率交、广兵伐范文于旧日南之卢容县，为文所败，即是处也。退次九真，更治兵。文被创死，子佛代立。七年，畯与交州刺史杨平复进军寿泠浦，入屯郎湖，讨佛于日南故治。佛蚁聚连垒十余里，畯、平破之。佛逃窜川薮，遣大帅面缚，请罪军门。遣武士陈延劳佛，与盟而还。康泰《扶南记》曰：从林邑至日南卢容浦口可二百余里。从日南发往扶南诸国，常从此口出也，故《林邑记》曰：尽纮沧之徼远，极流服之无外，地滨沧海，众国津迳。郁水南通寿泠，即一浦也。浦上承交趾郡南都官塞浦。《林邑记》曰：浦通铜鼓，外越安定黄冈心口，盖藉度铜鼓，即骆越也。有铜鼓，因得其名。马援取其鼓以铸铜马。至凿口，马援所凿，内通九真、浦阳。《晋书·地道记》，九德郡有浦阳县。《交州记》曰：凿南塘者，九真路之所经也，去州五百里。建武十九年，马援所开。《林邑记》曰：外越纪粟望都。纪粟出浦阳，渡便州至典由；渡故县至咸骦。咸骦属九真。咸骦以南，麏麂满冈，鸣咆命畴，警啸聆野；孙雀飞翔，蔽日笼山。渡治口，至九德。按《晋书·地道记》有九德县。《交州外域记》曰：九德县属九真郡，在郡之南，与日南接。蛮卢擘居其地，死，子宝纲代；孙党，服从吴化，定为九德郡，又为隶之。《林邑记》曰：九德，九夷所极，故以名郡。郡名所置，周越裳氏之夷国。《周礼》九夷远极越裳。白雉、象牙、重九译而来。自九德通类口，水源从西北远荒，迳宁州界来也。九德浦内迳越裳究、九德究、南陵究。按《晋书·地道记》，九德郡有南陵县，晋置也。竺枝《扶南记》，山溪濑中谓之究。《地理志》曰：郡有小水五十二，并行大川，皆究之谓也。《林邑记》曰：义熙九年，交趾太守杜慧度造九真水口，与林邑王范胡达战，擒斩胡达二子，虏获百余人，胡达遁。五月，慧度自九真水历都粟浦，复袭九真。长围跨山，重栅断浦，驱象前锋，接刃城下，连日交战，杀伤乃退。《地理志》曰：九真郡，汉武帝元鼎六年开，治胥浦县。王莽更之曰骦成也。《晋书·地道记》曰：九真郡有松原县。《林邑记》曰：松原以西，鸟兽驯良，不知畏弓。寡妇孤居，散发至老。南移之岭，崒不逾仞。仓庚怀春于其北，翡翠熙景乎其南。虽嘤谨接响，城隔殊非，独步难游，俗姓涂分故也。自南陵究出于南界，蛮进得横山。太和三年，范文侵交州于横山分界，度比景庙，由门浦至古战湾。吴赤乌十一年，魏正始九年，交州与林邑于湾大战，初失区粟也。渡卢容县，日南郡之属县也。自卢容县至无变，越烽火至比景县。日中头上景当身下，与景为比。如淳曰：故以比景名县。阚骃曰：比，读荫庇之庇。景在已下，言为身所庇也。《林邑记》曰：渡比景至朱吾。朱吾县浦，今之封界。朱吾以南有文狼人，野居无室宅，依树止宿；食生鱼肉；采香为业，与人交市，若上皇之民矣。县南有文狼究，下流迳通。《晋书·地道记》曰：朱吾县属日南郡，去郡二百里。此县民汉时不堪二千石长吏调求，引屈都乾为国。《林邑记》曰：屈都，夷也。朱吾浦内通无劳湖，无劳究水通寿泠浦。元嘉元年，交州刺吏阮弥之征林邑，阳迈出婚不在，奋威将军阮谦之领七千人，先袭区粟。已过四会，未入寿泠，三日三夜无顿止处。凝海直岸，遇风大败。阳迈携婚都部伍三百许船，来相救援。谦之遭风，余数船舰夜于寿泠浦里相遇，暗中大战，谦之手射阳迈柂工，船败纵横。昆仑单舸，接得阳迈。谦之以风溺之余，制胜理难，自此还渡寿泠，至温公浦。升平三年，温放之征范佛于湾分界阴阳圻，入新罗湾，至焉下，一名阿贲浦，入彭龙湾，隐避风波，即林邑之海诸。元嘉二十三年，交州刺史檀和之破区粟已，飞斾②盖海，将指典冲，于彭龙湾上鬼塔，与林邑大战，还渡典冲。林邑入浦，令军大进③，持重故也。浦西，即林邑都也，治典冲，去海岸四十里。处荒流之徼表，国越裳之疆南，秦、汉象郡之象林县也。东滨沧海，西陵徐狼，南接扶南，北连九德。后去象林，林邑之号㉔。建国起自汉末。初平之乱，人怀异心，象林功曹姓区，有子名逵，攻其县，杀令，自号为王。值世乱离，林邑遂立，后乃袭代，传位子孙。三国鼎争，未有所附。吴有交土，与之邻接，进侵寿泠，以为疆界。自区逵以后，国无文史，失其篡代，世数难详。宗胤灭绝，无复种裔。外孙范熊代立，人情乐推。后熊死，子逸立。有范文，日南西卷县夷帅范椎奴也。文为奴时，山涧牧羊于涧水中得两鲤鱼，隐藏挟归，规欲私食。郎知检求，文大惄⑤惧，起托云：将砺石还，非为鱼也。郎至鱼所，见是两石，信之而去。文始异之。石有铁，文入山中，就石冶铁，锻作两刀。举刃向郭，因祝曰：鲤鱼变化，冶石成刀，砍石郭破者，是有神灵，文当得此，为国君王；砍不入者，是刀无神。进砍石郭，如龙渊、干将之斩芦藿。由是人情渐附。今砍石尚在，鱼刀犹存，传国子孙，如斩蛇之剑也。椎尝使文远行商贾，北到上国，多所闻见。以晋愍帝建兴中，南至林邑，教王范逸制造城池，缮治戎甲，经始廓略。王爱信之，使为将帅，能得众心。文谗王诸子，或徙或奔，王乃独立。成帝咸和六年死。无胤嗣。文迎王子于外国，海行取水，置毒椰⑥子中，饮而杀之，遂胁国人，自立为王。取前王妻妾置高楼上，有从己者，取而纳之；不从己者，绝其饮食而死。《江东旧事》云：范文，本扬州人，少被掠为奴，卖堕交州。年十五六，遇罪当得杖，畏怖，因逃，随林邑贾人渡海远去，没入于王，大被幸爱。经十余年，王死，文害王二子，诈杀侯将，自立为王，威加诸国。或夷椎蛮语，口食鼻饮，或雕面镂身，狼朊⑦裸种，汉、魏流赭，咸为其用。建元二年，攻日南、九德、九真，百姓奔进，千里无烟，乃还林邑。林邑西去广州二千五百里，城西南角，高山长岭，连接天鄣岭，北接涧。大源淮水出郍⑧郍远界，三重长洲，隐山绕西，卫北回东。其岭南开涧，小源淮水出松根界，上山輕流，隐山绕南曲街回，东合淮流，以注典冲。其城西南际山，东北瞰水，重堑流浦，周绕城下。东南堑外因傍薄城，东西横长，南北纵狭，北边西端，回折曲入。城周围八里一百步，堑城二丈，上起堑墙一丈，开方隙孔，堑上倚板，板上层阁，阁上架屋，屋上构楼。高者六七丈，下者四五丈。飞观鸱尾，迎风拂云，缘山瞰水，骞翥嵬嶍㉒，但制造壮拙稽古。夷俗城开四门，东为前门，当两淮诸滨。于曲路有古碑，夷书铭赞前王胡达之德。西门当两重堑，北回上山，山西即淮流也。南门度两重堑，对温公垒。升平二年，交州刺史温放之杀交趾太守杜宝别驾阮朗，遂征林邑，水陆累战，佛保城自守，重求请服，听之。今林邑东城南五里有温公二垒是也。北门滨淮，路断不通。城内小城，周围三百二十步，合堂瓦殿，南壁不开，两头长屋，脊出南北，南拟背日。西区城内，石山顺淮面阳，开东向殿，飞檐鸱尾，青琐丹墀，榱题角椽，多诸古法。阁殿上柱，高城丈余五，牛屎为泥。墙壁青光回度，曲被绮牖，紫窗椒房，嫔媵③无别，宫观、路寝、永巷，共在殿上。临踞东轩，径与下语，子弟臣侍，皆不得上。屋有五十余区，连甍接栋，檐宇相承。神祠鬼塔，小大八庙，屋台重榭，状似佛刹。郭无市里，邑寡人居，海岸萧条，非生民所处，而首渠以永安，养国十世，岂久存哉？元嘉中，檀和之征林邑，其王阳迈举国夜奔窜山数。据其城邑，收宝巨亿。军还之后，阳迈归国，家国荒殄，时人靡存，踌蹰崩擗，愤绝复苏，即以元嘉二十三年死。初，阳迈母怀身，梦人铺阳迈金席，与其儿落席上，金色光起，昭晰艳曜。华俗谓上金为紫磨金，夷俗谓上金为阳迈金。父胡达死，袭王位，能得人情，自以灵梦为国祥庆。其太子初名咄，后阳迈死，咄年十九代立，慕先君之德，复改名阳迈。

昭穆二世，父子共名，知林邑之将亡矣。其城隍堑之外，林棘荒蔓，榛梗冥郁，藤盘笙<sup>⑨</sup>委，参错际天。其中香桂成林，气清烟澄。桂父，县人也，栖居此林，服桂得道。时禽异羽，翔集间关，兼比翼鸟，不比不飞，鸟名归飞，鸣声自呼。此恋乡之思孔悲，桑梓之敬成俗也。豫章俞益期，性气刚直，不下曲俗，容身无所，远适在南。《与韩康伯书》曰：惟槟榔树，最南游之可观，但性不耐霜，不得北植，不遇长者之目，令人恨深。尝对飞鸟恋土，增思寄意。谓此鸟其背青，其腹赤，丹心外露，鸣情未达，终日归飞，飞不十千，路余万里，何由归哉！九真太守任延始教耕犁，俗化交土，风行象林。知耕以来六百余年，火耨耕艺，法与华同。名白田，种白谷，七月火作，十月登熟；名赤田，种赤谷，十二月作，四月登熟。所谓两熟之稻也。至于草甲萌芽，谷月代种，穜稑早晚，无月不秀，耕耘功重，收获利轻，熟速故也。米不外散，恒为丰国。桑蚕年八熟茧，《三都赋》所谓八蚕之绵者矣。其崖小水幂㝵<sup>⑫</sup>，常吐飞溜，或雪霏沙涨，清寒无底，分溪别壑，津济相通。其水自城东北角流，水上悬起高桥，渡淮北岸，即彭龙、区粟之通逵也。檀和之东桥大战，阳迈被创落象，即是处也。其水又东南流迳船官口。船官川源徐狼，外夷皆裸身，男以竹筒掩体，女以树叶蔽形，外名狼脏，所谓裸国者也。虽习俗裸袒，犹耻无蔽，惟依暝夜，与人交市暗中，臭金便知好恶，明朝晓看，皆如其言。自此外行，得至扶南。按竺枝《扶南记》曰：扶南去林邑四千里，水步道通，檀和之令军入邑浦，据船官口城六里者也。自船官下注大浦之东湖，大水连行，潮上西流，潮水日夜长七八尺，从此以西，朔望并潮，一上七日，水长丈六七；七日之后，日夜分为再潮，水长一二尺。春夏秋冬，厉然一限，高下定度，水无盈缩，是为海运，亦曰象水也，又兼象浦之名。《晋功臣表》所谓：金潾清逐，象渚澄源者也。其川浦渚，有水虫弥微，攒木食船，数十日坏。源潭湛濑有鲜鱼，色黑，身五丈，头如马首，伺人入水，便来为害。《山海经》曰：离耳国、离题国，皆在郁水南。《林邑记》曰：汉置九郡，儋耳与焉。民好徒跣，耳广垂以为饰，虽男女亵露，不以为羞。暑亵薄日，自使人黑，积习成常，以黑为美。《离骚》所谓玄国矣。然则儋耳即离耳也。主氏《交广春秋》曰：朱崖、儋耳二郡，与交州俱开，皆汉武帝所置。大海中，南极之外，对合浦、徐闻县。清朗无风之日，迳望朱崖州，如囷廪大。从徐闻对渡，北风举帆，一日一夜而至。周回二千余里，径度八百里。人民可十万余家，皆殊种异类。被发雕身，而女多姣好白皙，长发美鬓。犬羊相聚，不服德教。儋耳先废，朱崖数叛，元帝以贾捐之议罢郡。杨氏《南裔异物志》曰：儋耳、朱崖，俱在海中，分为东蕃。故《山海经》曰：在郁水南也。郁水又南自寿泠县注于海。昔马文渊积石为塘，达于象浦，建金标为南极之界。俞益期笺曰：马文渊立两铜柱于林邑岸北，有遗兵十余家不反，居寿泠岸南而对铜柱。悉姓马，自婚姻，今有二百户。交州以其流寓，号曰马流。言语饮食，尚与华同。山川移易，铜柱今复在海中，正赖此民，以识故处也。《林邑记》曰：建武十九年，马援树两铜柱于象林南界，与西屠国分汉之南疆也。土人以之流寓，号曰马流，世称汉子孙也。《山海经》曰：郁水出象郡而西南注南海，入须陵东南者也。应劭曰：郁水出广信，东入海。言始或可，终则非矣。

---

① 此句意为：岷、嶓都可以耕种了，沱、潜水经疏导后都畅通了；蔡、蒙山治水工程完竣；和夷也来通报大功告成了。

② 此句应为："今其下民谓坂为是，曲为盘也"。

③ 以水德宝历矣：意为"以水德而为王"。

④ 以章休盛：意为"以彰明美善兴盛"。

⑤ 帢（qià，音恰）：便帽。

⑥ 楢（yóu，音油）：楢溪，水名，在浙江。

⑦箐：lǚ，音旅。

⑧鳖（bì，音毕）：古县名，在今贵州。

⑨郫鄢（cún mǎ，音存马）：古县名，在四川乐山地区。

⑩枊（àng，音盎）：拴马桩。

⑪棁：zhuō，音捉。

⑫僰（bó，音泊）：我国古代称居住在西南地区的某一少数民族。

⑬盬：xù，音序。

⑭醊（zhuì，音坠）：祭奠。

⑮鬯（chàng，音唱）：古代祭祀用的一种酒。

⑯跻：qiāo，音敲。

⑰椓（zhuó，音浊）：敲击。

⑱据考证，此句应为"城西拆一角"。

⑲瓬：zhuān，音、意同"砖"。

⑳麞（zhāng，音张）：同"獐"。

㉑舉：同"與"。

㉒斿（jīng，音精）：同"旌"。

㉓令军大进：据考证应为"令军不进"。

㉔林邑之号：前应加"复"字。

㉕憖："慭"的异体字。

㉖枒：同"椰"。

㉗肮（huāng，音慌）：肉间。

㉘郍：nuó，音娜。

㉙骞翥嵬嶵：意为巍峨雄伟。

㉚媵（yìng，音映）：古时指随嫁。

㉛筀（guì，音桂）：竹名。

㉜幎䍦（mì lì，音觅立）：披覆的样子。

# 水经注卷三十七

## 淹水　叶榆河　夷水　油水　澧水　沅水　浪水

**淹水出越巂遂久县徼外，**

吕忱曰：淹水，一曰复水也。

**东南至青蛉县。**

县有禺同山，其山神有金马、碧鸡，光景儵①忽，民多见之。汉宣帝遣谏大夫王褒祭之，欲致其鸡、马，褒道病而卒，是不果焉。王褒《碧鸡颂》曰：敬移金精神马，缥缥碧鸡。故左太冲《蜀都赋》曰：金马骋光而绝影，碧鸡儵忽而耀仪。

**又东过姑复县南，东入于若水。**

淹水迳县之临池泽，而东北迳云南县西，东北注若水也。

**益州叶榆河，出其县北界，屈从县东北流，**

县，故滇池叶榆之国也。汉武帝元封二年，使唐蒙开之，以为益州郡。郡有叶榆县，县西北八十里，有吊鸟山，众鸟千百为群，其会鸣呼啁哳，每岁七八月至，十六七日则止。一岁六至，雊雀来吊，夜燃火伺取之。其无嗉不食，似特悲者，以为义，则不取也。俗言，凤凰死于此山，故众鸟来吊，因名吊鸟。县之东有叶榆泽，叶榆水所钟而为此川薮也。

**过不韦县，**

县，故九隆哀牢之国也。有牢山，其先有妇人，名沙壹，居于牢山。捕鱼水中触沉木若有感，因怀孕，产十子。后沉木化为龙出水，九子惊走。小子不能去，背龙而坐，龙因舐之。其母鸟语，谓背为九，谓坐为隆，因名为九隆。及长，诸兄遂相共推九隆为王。后牢山下有一夫一妇，生十女，九隆皆以为妻。遂因孳育，皆画身像龙文，龙皆著尾。九隆死，世世不与中国通。汉建武二十三年，王遣兵来，乘革船南下，攻汉鹿茤民。鹿茤民弱小，将为所擒。于是天大震雷，疾雨南风漂起水为逆流，波涌二百余里，革船沉没，溺死数千人。后数年，复遣六王将万许人攻鹿茤，鹿茤王与战，杀六王，哀牢耆老共埋之。其夜虎掘而食之。明旦但见骸骨，惊怖引去。乃惧谓其耆老小王曰：哀牢犯徼，自古有之。今此攻鹿茤，辄被天诛。中国有受命之王乎？何天祐之明也？即遣使诣越巂奉献，求乞内附，长保塞徼。汉明帝永平十二年，置为永昌郡。郡治不韦县，盖秦始皇徙吕不韦子孙于此，故以不韦名县。北去叶榆六百余里，叶榆水不迳其县，自不韦北注者，卢仓、禁水耳。叶榆水自县南迳遂久县东；又迳姑复县西，与淹水合。又东南迳永昌邪龙县，县以建兴三年，刘禅分隶云南，于不韦县为东北。

**东南出益州界，**

叶榆水自邪龙县东南迳秦臧县，南与濮水同注滇池泽于连然、双柏县也。叶榆水自泽又东北迳滇池县南；又东迳同并县南；又东迳漏江县，伏流山下，复出蝮口，谓之漏江。左思《蜀都赋》曰：漏江伏流溃其阿，汩若汤谷之扬涛，沛若濛汜之涌波。诸葛亮之平南中也，战于是水之南。叶榆水又迳贲古县北，东与盘江合。盘水出律高县东南监町山，东迳梁水郡北、贲古县南，水广百余步，深处十丈，甚有瘴气。朱褒之反，李恢追至盘江者也。建武十九年，伏波将军马援上言：从麊泠出贲古，击益州，臣所将骆越万余人，便习战斗者二千兵以上，弦毒矢利，以数发，矢注如雨，所中辄死。愚以行兵此道最便。盖承藉水利，用为神捷也。盘水又东迳汉兴县。山溪之中，多生邛竹、桄榔树，树出面，而夷人资以自给。故《蜀都赋》曰：邛竹缘岭，又曰：面有桄榔。盘水北入叶榆水，诸葛亮入南，战于盘东是也。

**入牂柯郡西随县北，为西随水，又东出进桑关，**

进桑县，牂柯之南部都尉治也。水上有关，故曰进桑关也。故马援言：从麊泠水道出进桑王国至益州贲古县，转输通利，盖兵车资运所由矣。自西随至交趾，崇山接险，水路三千里。叶榆水又东南绝温水，而东南注于交趾。

**过交趾麊泠县北，分为五水，络交趾郡中，至南界复合为三水，东入海。**

《尚书·大传》曰：尧南抚交趾，于《禹贡》荆州之南垂，幽荒之外，故越也。《周礼》，南八蛮，雕题、交趾，有不粒食者焉。《春秋》不见于传，不通于华夏，在海岛，人民鸟语。秦始皇开越岭南，立苍梧、南海、交趾、象郡。汉武帝元鼎二年，始并百越启七郡。于是乃置交趾刺史，以督领之。初治广信，所以独不称州。时又建朔方，明已始开北垂。遂辟交趾于南，为子孙基址也。麊泠县，汉武帝元鼎六年开，都尉治。《交州外域记》曰：越王令二使者典主交趾、九真二郡民，后汉遣伏波将军路博德讨越王，路将军到合浦，越王令二使者赍牛百头，酒千钟，及二郡民户口簿诣路将军，乃拜二使者为交趾、九真太守。诸雒将主民如故。交趾郡及州本治于此也，州名为交州。后朱载雒将子名诗，索麊泠雒将女名征侧为妻。侧为人有胆勇，将诗起贼，攻破州郡，服诸雒将，皆属征侧，为王，治麊泠县，复交趾、九真二郡民二岁调赋。后汉遣伏波将军马援将兵讨侧诗，走入金溪究，三岁乃得。尔时西蜀并遣兵共讨侧等，悉定郡县，为令长也。山多大蛇，名曰髯蛇，长十丈，围七八尺，常在树上伺鹿兽。鹿兽过，便低头绕之，有顷鹿死，先濡令湿讫，便吞，头角骨皆钻皮出。山夷始见蛇不动时，便以大竹签签蛇头至尾，杀而食之，以为珍异。故杨氏《南裔异物志》曰：髯惟大蛇，既洪且长。采色驳荦，其文锦章。食豕吞鹿，腴成养创。宾享嘉宴，是豆是觞。言其养创之时，肪腴甚肥。搏之，以妇人衣投之，则蟠而不起走，便可得也。北二水，左水东北迳望海县南。建武十九年，马援征征侧置。又东迳龙渊县北；又东合南水。水自麊泠县东迳封溪县北。《交州外域记》曰：交趾昔未有郡县之时，土地有雒田。其田从潮水上下，民垦食其田，因名为雒民。设雒王、雒侯，主诸郡县。县多为雒将，雒将铜印青绶。后蜀王子将兵三万来讨雒王、雒侯，服诸雒将，蜀王子因称为安阳王。后南越王尉佗举众攻安阳王，安阳王有神人名皋通，下辅佐，为安阳王治神弩一张，一发杀三百人。南越王知不可战，却军住武宁县。按晋《太康记》，县属交趾。越遣太子名始降服安阳王，称臣事之。安阳王不知通神人，遇之无道，通便去，语王曰：能持此弩王天下；不能持此弩者亡天下。通去。安阳王有女名曰媚珠，见始端正，珠与始交通。始问珠，令取父弩视之。始见弩，便盗以锯截弩讫，便逃归报南越王。南越进兵攻之，安阳王发弩，弩折，遂败。安阳王下船迳出于海。今平道县后王宫城见有故处。晋《太康地记》，县属交趾。越遂服诸雒将。马援以西南治远，路迳千里，分置斯县。治城郭，穿渠，通导溉灌，以利其民。县有猩猩兽，形若黄狗，又状貆豘，人面，头颜端正，善与人言，音声丽妙，如妇人好女。对语交言，闻之无不酸楚。其肉甘美，可以断谷，穷年不厌。又东迳浪泊，马援以其地高，自西里进屯此；又东迳龙渊县故城南；又东，左合北水。建安二十三年立州之始，蛟龙蟠编于南、北二津，故改龙渊，以龙编为名也。卢循之寇交州也，交州刺史杜慧度率水步晨出南津，以火箭攻之，烧其船舰，一时溃散。循亦中矢赴水而死。于是斩之，传首京师。慧度以斩循勋，封龙编侯。刘欣期《交州记》曰：龙编县功曹左飞，曾化为虎，数月，还作吏。既言其化，亦化无不在；牛哀易虎，不识厥兄，当其革状，安知其讷变哉？其水又东迳曲易县，东流注于泿郁。《经》言：于郡东界复合为三水，此其二也。其次一水东迳封溪县南；又西南迳西于县南；又东迳羸陵县北；又东迳北带县南；又东迳稽徐县，泾水注之。水出龙编县高山，东南流入稽徐县，注于中水。中水又东迳羸陵县南。《交州外域记》曰：县，本文趾郡治也。《林邑记》曰：自交趾南行，都官塞浦出焉。其水自县东迳安定县，北带长江。江中有越王所铸铜船，潮水退时，人有见之者。其水又东流，隔水有泥黎城，言阿育王所筑也。又东南合南水。南水又东南迳九德郡北。《交州外域记》曰：交趾郡界有扶严究，在郡之北，隔渡一江，即是水也。江水对交趾朱载县，又东迳浦阳县北；又东迳无切县北。建武十九年九月，马援上言：臣谨与交趾精兵万二千人，与大兵合二万人，船车大小二千艘，自入交趾，于今为盛。十月援南入九真，至无切县，贼渠降。进入余发，渠帅朱伯弃郡，亡入深林巨薮。犀象所聚，羊牛数千头，时见象数十百为群。援又分兵入无编县，王莽之九真亭。至居风县，帅不降，并斩级数十百，九真乃靖。其水又东迳句漏县，县带江水，江水对安定县。《林邑记》所谓外越安定、纪粟者也。县江中有潜牛，形似水牛，上岸斗，角软还入江水，角坚复出。又东与北水合；又东注郁，乱流而逝矣。此其三也。平撮通称，同归郁海。故《经》有入海之文矣。

**夷水出巴郡鱼复县江，**

夷水，即佷山清江也。水色清照，十丈分沙石。蜀人见其澄清，因名清江也。昔廪君浮土舟于夷水，据捍关而王巴，是以法孝直有言：鱼复捍关，临江据水，实益州祸福之门。夷水又东迳建平沙渠县，县有巫城，水南岸山道五百里，其水历县东出焉。

### 东南过很山县南，

夷水自沙渠县入，水流浅狭裁得通船。东迳难留城南，城即山也。独立峻绝，西面上里余得石穴。把火行百许步得二大石磩，并立穴中，相去一丈，俗名阴阳石。阴石常湿，阳石常燥。每水旱不调，居民作威仪服饰，往入穴中。旱则鞭阴石，应时雨；多雨则鞭阳石，俄而天晴。相承所说，往往有效，但捉鞭者不寿，人颇恶之，故不为也。东北面又有石室，可容数百人。每乱，民入室避贼，无可攻理，因名难留城也。昔巴蛮有五姓，未有君长，俱事鬼神，乃共掷剑于石穴，约能中者，奉以为君。巴氏子务相乃中之。又令各乘土舟，约浮者当以为君，惟务相独浮，因共立之，是为廪君。乃乘土舟，从夷水下，至盐阳。盐水有神女，谓廪君曰：此地广大，鱼盐所出，愿留共居。廪君不许，盐神暮辄来宿，旦化为虫，群飞蔽日，天地晦暝。积十余日，廪君因伺便射杀之，天乃开明。廪君乘土舟，下及夷城。夷城石岸险曲，其水亦曲。廪君望之而叹，山崖为崩。廪君登之，上有平石，方二丈五尺，因立城其傍而居之，四姓臣之。死，精魂化而为白虎，故巴氏以虎饮人血，遂以人祀。盐水，即夷水也。又有盐石，即阳石也。盛弘之以是推之，疑即廪君所射盐神处也。将知阴石，是对阳石立名矣。事既鸿古，难为明征。夷水又东迳石室，在层岩之上。石室南向，水出其下，悬崖千仞，自水上径望见。每有陟山岭者，扳木侧足而行，莫知其谁。村人骆都，小时到此室边采蜜，见一仙人坐石床上，见都，凝瞩不转。都还，招村人重往，则不复见，乡人今名为仙人室。袁山松云：都孙息尚存。夷水又东与温泉三水合。大溪南北夹岸，有温泉对注，夏暖冬热，上常有雾气，痎痹百病，浴者多愈。父老传此泉先出盐，于今水有盐气。夷水有盐水之名，此亦其一也。夷水又东迳很山县故城南，县即山名也。孟康曰：音恒，出药草恒山。今世以银为音也，旧武陵之属县。南一里即清江东注矣。南对长杨溪。溪水西南潜穴，穴在射堂村东六七里。谷中有石穴，清泉溃流三十许步，复入穴，即长杨之源也。水中有神鱼，大者二尺，小者一尺。居民钓鱼，先陈所须多少，拜而请之，拜讫，投钩饵。得鱼过数者，水辄波涌，暴风卒起，树木摧折。水侧生异花，路人欲摘者，皆当先请，不得辄取。水源东北之风井，山回曲有异势，穴口大如盆。袁山松云：夏则风出，冬则风入，春秋分则静。余往观之，其时四月中，去穴数丈，须臾寒飘卒至，六月中尤不可当。往人有冬过者，置笠穴中，风吸之，经月还，步杨溪得其笠，则知潜通矣。其水重源显发，北流注于夷水。此水清泠，甚于大溪，纵暑伏之辰，尚无能澡其津流也。县北十余里有神穴，平居无水，时有渴者，诚启请乞，辄得水；或戏求者，水终不出。县东十许里至平乐村，又有石穴出清泉，中有潜龙，每至大旱，平乐左近村居，辇草秽著穴中。龙怒，须臾水出，荡其草秽，傍侧之田，皆得浇灌。从平乐顺流五六里，东亭村北，山甚高峻，上合下空，空窍东西，广二丈许，起高如屋，中有石床，甚整顿，傍生野韭。人往乞者，神许，则风吹别分，随偃而输，不得过越；不偃而输，辄凶。往观者去时特平，暨处自然恭肃矣。

### 又东过夷道县北，

夷水又东迳虎滩，岸石有虎像，故因以名滩也。夷水又东迳釜濑，其石大者如釜，小者如刁斗，形色乱真，惟实中耳。夷水又东北，有水注之。其源百里，与丹水出西南望州山。山形竦竣，峰秀甚高。东北白岩壁立，西南小演通行。登其顶，平可有三亩许。上有故城，城中有水，登城望见一州之境，故名望州山。俗语讹，今名武钟山。山根东有涌泉成溪，即丹水所发也。下注丹水，天阴欲雨，辄有赤气，故名曰丹水矣。丹水又迳亭下，有石穴甚深，未尝测其远近。穴中蝙蝠大如乌，多倒悬。《玄中记》曰：蝙蝠百岁者倒悬，得而服之，使人神仙。穴口有泉，冬温夏冷……秋则入藏，春则出游。民至秋，阑断水口得鱼，大者长四五尺，骨软肉美，异于余鱼。丹水又迳其下，积而为渊。渊有神龙，每旱，村人以芮草投渊上流，鱼则多死。龙怒，当时大雨。丹水又东北流，两岸石上有虎迹甚多，或深或浅，皆悉成就自然，咸非人工。丹水又北注于夷水，水色清澈，与大溪同。夷水又东北迳夷道县北而东注。

**东入于江。**

夷水又径宜都北，东入大江，有泾、渭之比，亦谓之佷山北溪。水所经皆石山，略无土岸。其水虚映，俯视游鱼如乘空也。浅处多五色石，冬夏激素飞清，傍多茂木空岫，静夜听之，恒有清响。百鸟翔禽，哀鸣相和，巡颓浪者，不觉疲而忘归矣。

**油水出武陵孱陵县西界，**

县有白石山，油水所出，东迳其县西，与涔水合。水出高城县涔山，东迳其县下，东至孱陵县入油水也。

**东过其县北，**

县治故城，王莽更名孱陆也。刘备孙夫人，权妹也，又更修之。其城背油向泽。

**又东北入于江。**

油水自孱陵县之东北迳公安县西；又北流注于大江。

**澧水出武陵充县西历山，东过其县南，**

澧水自县东迳临澧、零阳二县故界。水之南岸，白石双立，厥状类人，高各三十丈，周四十丈。古老传言，昔充县尉与零阳尉共论封境，因相伤害化而为石。东标零阳，西揭充县。充县废省，临澧即其地，县，即充县之故治。临侧澧水，故为县名，晋太康四年置。澧水又东、茹水注之。水出龙茹山，水色清澈，漏石分沙。庄辛说楚襄王，所谓饮茹溪之流者也。茹水东注澧水。

**又东过零阳县之北，**

澧水东与温泉水会。水发北山石穴中，长三十丈。冬夏沸涌，常若汤焉。温水南流，注于澧水。澧水又东合零溪。水源南出零阳之山，历溪北注澧水。澧水又东，九渡水注之。水南出九渡山，山下有溪，又以九渡为名。山兽咸饮此水，而迳越他津，皆不饮之。九渡水北迳仙人楼下，傍有石，形极方峭，世名之为仙楼。水自下历溪，曲折逶迤倾注。行者间关，每所褰溯，山水之号，盖亦因事生焉。九渡水又北流注于澧水。澧水又东，娄水入焉。水源出巴东界，东迳天门郡娄中县北；又东迳零阳县，注于澧水。澧水又东迳零阳县南，县即零溪以著称矣。澧水又迳溇阳县，右会溇水。水出建平郡，东迳溇阳县南，晋太康中置。溇水又左合黄水。黄水出零阳县西，北连巫山，溪出雄黄，颇有神异。采常以冬月，祭祀凿石，深数丈，方得佳黄，故溪水取名焉；黄水北流注于溇水。溇水又东注澧水，谓之溇口。澧水又东迳澧阳县南，南临澧水，晋太康四年立，天门郡治也。吴永安六年，武陵郡嵩梁山高峰孤竦，素壁千寻，望之苕亭，有似香炉。其山洞开，玄朗如门，高三百丈，广二百丈，门角上各生一竹，倒垂下拂，谓之天帚。孙休以为嘉祥，分武陵，置天门郡。澧水又东历层步山，高秀特出。山下有峭涧，泉流所发，南流注于澧水。

**又东过作唐县北，**

作唐县，后汉分孱陵县置。澧水入县，左合涔水。水出西北天门郡界，南流迳涔坪屯，屯竭涔水，溉田数千顷。又东南流注于澧水。澧水又东，澹水出焉；澧水又南迳故郡城东，东转迳作唐县南；澧水又东迳南安县南，晋太康元年，分孱陵立，澹水注之。水上承澧水于作唐县，东迳其县北，又东注于澧，谓之澹口。王仲宣《赠士孙文始诗》曰：悠悠澹澧者也。澧水又东，与赤沙湖水会。湖水北通江而南注澧，谓之沙口。澧水又东南注于沅水，曰澧口。盖其枝渎耳。《离骚》曰：沅有芷兮澧有兰。

**又东至长沙下隽县西北，东入于江。**

澧水流注于洞庭湖，俗谓之曰澧江口也。

**沅水出牂柯且兰县，为旁沟水，又东至镡成县，为沅水，东过无阳县，**

无水出故且兰，南流至无阳故县，县对无水，因以氏县。无水又东南入沅，谓之无口。沅水东迳无阳县，南临运水。水源出东南岸许山，西北迳其县南流，注于熊溪。熊溪南带移山，山本在水北，夕中风雨，旦而山移水南。故山以移为名，盖亦苍梧郁州、东武怪山之类也。熊溪下注沅水。沅水又东迳辰阳县，县有龙溪。水南出于龙峤之山，北流入于沅。沅水又东，滏水注之。水南出扶阳之山，北流会于沅。沅水又东与序溪合。水出武陵郡义陵县鄘梁山，西北流迳义陵县。王莽之建平县也，治序溪。其城，刘备之秭归。马良出五溪，绥扶蛮夷，良率诸蛮所筑也。所治序溪，最为沃壤，良田数百顷，特宜稻，修作无废。又西北入于沅。沅水又东，合淑水，水导源淑溪，北流注沅。沅水又东迳辰阳县南，东合辰水。水出县三山谷，东南流，独母水注之。水源南出龙门山，历独母溪，北入辰水。辰水又迳其县北，旧治在辰水之阳，故即名焉。《楚辞》所谓夕宿辰阳者也。王莽更名会亭矣。辰水又右会沅水，名之为辰溪口。武陵有五溪，谓雄溪、樠溪、无溪、酉溪，辰溪其一焉。夹溪悉是蛮左所居，故谓此蛮五溪蛮也。水又迳沅陵县西，有武溪，源出武山，与酉阳分山。水源石上有盘瓠迹犹存矣。盘瓠者，高辛氏之畜狗也，其毛五色。高辛氏患犬戎之暴，乃募天下有能得犬戎之将军吴将军头者，妻以少女。下令之后，盘瓠遂衔吴将军之首于阙下，帝大喜，未知所报。女闻之，以为信不可违，请行，乃以配之。盘瓠负女入南山，上石室中，所处险绝，人迹不至。帝悲思之，遣使不得进。经二年，生六男六女。盘瓠死，因自相夫妻，织绩木皮，染以草实，好五色衣，裁制皆有尾。其母白帝，赐以名山。其后滋蔓，号曰蛮夷。今武陵郡夷，即盘瓠之种落也。其狗皮毛，嫡孙世宝录之。武水南流注于沅，沅水又东，施水注之。水南出施山，溪源有阳欺崖，崖色纯素，望同积雪。下有二石室，先有人居处其间。细泉轻流，望川竞注，故不可得以言也……。施水北流会于沅。沅水又东迳沅陵县北，汉故顷侯吴阳之邑也，王莽改曰沅陆。县北枕沅水。沅水又东迳县故治北，移县治，县之旧城置都尉府。因冈傍阿，势尽川陆，临沅对酉，二川之交会也。酉水导源益州巴郡临江县，故武陵之充县酉源山，东南流迳无阳故县南；又东迳迁陵故县界，与西乡溪合。即延江之枝津，更始之下流，谓之西乡溪口。酉水又东迳迁陵县故城北，王莽更名曰迁陆也。酉水东迳酉阳故县南，县，故酉陵也。酉水又东迳沅陵县北；又东南迳潘承明垒西，承明讨五溪蛮，营军所筑也。其城跨山枕谷。酉水又南注沅水，阚骃谓之受水，其水所决入，名曰酉口。沅水又迳窦应明城侧，应明以元嘉初伐蛮所筑也。沅水又东，溪水南出茗山，山深回险，人兽阻绝，溪水北泻沅川。沅水又东与诸鱼溪水合。水北出诸鱼山，山与天门郡之澧阳县分岭，溪水南流会于沅。沅水又东，夷水入焉。水南出夷山，北流注沅。夷山东接壶头山，山高一百里，广圆三百里。山下水际，有新息侯马援征武溪蛮停军处。壶头径曲多险，其中纡折千滩。援就壶头，希效早成，道遇瘴毒，终没于此。忠公获谤，信可悲矣！刘澄之曰：沅水自壶头枝分，跨三十三渡，迳交趾龙编县东北入于海。脉水寻梁，乃非关究，但古人许以传疑，聊书所闻耳。

**又东北过临沅县南，**

临沅县与沅南县分水。沅南县西有夷望山，孤竦中流，浮险四绝。昔有蛮民避寇居之，故谓之夷望也。南有夷望溪水，南出重山，远注沅。沅水又东得关下山，东带关溪，泻注沅渎。沅水又东历临沅县西，为明月池、白璧湾。湾状半月，清潭镜澈，上则风籁空传，下则泉响不断。行者莫不拥楫嬉游，徘徊爱玩。沅水又东历三石涧，鼎足均跱，秀若削成，其侧茂竹便娟，致可玩也。又东带绿萝山。绿萝蒙幂，颓岩临水，实钓渚渔泳之胜地，其迭响若钟音，信为神仙之所居。沅水又东迳平山西，南临沅水，寒松上荫，清泉下注，栖托者不能自绝于其侧。沅水又东迳临沅县南，县南临沅水，因以为名，王莽更之曰监沅也。县南有晋征士汉寿人袭玄之墓。铭，太元中车武子立。县治武陵郡下，本楚之黔中郡矣。秦昭襄王二十七年，使司马错以陇、蜀军攻楚，楚割汉北与秦；至三十年，秦又取楚巫黔及江南地，以为黔中郡。汉高祖二年，割黔中故治为武陵郡，王莽更之曰建平也。南对沅南县，后汉建武中所置也。县在沅水之阴，因以沅南为名。县治故城，昔马援讨临乡所筑也。沅水又东历小湾，谓之枉渚。渚东里许，便得枉人山。山西带修溪一百余里，茂竹便娟，披溪荫渚，长川迳引，远注于沅。沅水又东入龙阳县，有澹水出汉寿县西杨山。南流东折迳其县南。县治索城，即索县之故城也。汉顺帝阳嘉中，改从今名。阚骃以为兴水所出，东入沅。而是水又东历诸湖，方南注沅，亦曰渐水也。水所入之处，谓之鼎口。沅水又东历龙阳县之氾洲，洲长二十里，吴丹杨太守李衡，植柑于其上。临死，敕其子曰：吾州里有木奴千头，不责衣食，岁绢千匹。太史公曰：江陵千树桔，可当封君。此之谓矣。吴末，衡柑成，岁绢千匹。今洲上犹有陈根余枿[2]，盖其遗也。沅水又东迳龙阳县北，城侧沅水。沅水又东合寿溪，内通大溪口，有木连理，根各一岸，而凌空交合。其上承诸湖，下注沅水。

**又东至长沙下隽县西北，入于江。**

沅水下注洞庭湖，方会于江。

**浪水出武陵镡成县北界沅水谷，**

《山海经》曰：祷过之山，浪水出焉，而南流注于海是也。

**南至郁林潭中县，与邻水合，**

水出无阳县，县，故镡成也。晋义熙中，改从今名。俗谓之移溪，溪水南历潭中，注于浪水。

**又东至苍梧猛陵县，为郁溪；又东至高要县，为大水。**

郁水出郁林之阿林县，东迳猛陵县。猛陵县在广信之西南，王莽之猛陆也。浪水于县左合郁溪，乱流迳广信县。《地理志》，苍梧郡治，武帝元鼎六年开。王莽之新广郡，县曰广信亭。王氏《交广春秋》曰：元封五年，交州自嬴陵县移治于此。建安十六年，吴遣临淮步骘为交州刺史，将武吏四百人之交州，道路不通。苍梧太守长沙吴巨拥众五千，骘有疑于巨，先使谕巨，巨迎之于零陵，遂得进州。巨既纳骘而后有悔，骘以兵少，恐不存立。巨有都督区景，勇略与巨同，士为用。骘恶之，阴使人请巨，巨往告景，勿诣骘。骘请不已，景又往，乃于厅事前中庭俱斩，以首徇众，即此也。郁水又迳高要县。《晋书·地理志》曰：县东去郡五百里，刺史夏避毒，徙县水居也。县有鹄奔亭。广信苏施妻始珠，鬼讼于交州刺史何敞处，事与鬶亭女鬼同。王氏《交广春秋》曰：步骘杀吴巨、区景，使严舟船，合兵二万，下取南海。苍梧人衡毅、钱博，宿巨部伍，兴军逆骘于苍梧高要峡口，两军相逢于是，遂交战，毅与众投水死者，千有余人。

**又东至南海番禺县西，分为二：其一南入于海；**

郁水分浪南注。

**其一又东过县东南，入于海。**

浪水东别迳番禺，《山海经》谓之贲禺者也。交州治中合浦姚文式问云：何以名为番禺？答曰：南海郡昔治，在今州城中，与番禺县连接。今入城东南偏，有水坑陵，城倚其上，闻此县人名之为番山，县名番禺，倪谓番山之禺也。《汉书》所谓浮牂柯，下离津，同会番禺。盖乘斯水而入越也。秦并天下，略定扬、越，置东南一尉，西北一侯，开南海以谪徙民。至二世时，南海尉任嚣，召龙川令赵佗曰：闻陈胜作乱，豪桀叛秦，吾欲起兵，阻绝新道。番禺负险，可以为国。会病绵笃，无人与言，故召公来，告以大谋。嚣卒，佗行南海尉事，则拒关门设守，以法诛秦所置吏，以其党为守，自立为王。高帝定天下，使陆贾就立佗为南越王，剖符通使。至武帝元鼎五年，遣伏波将军路博德等攻南越，王五世，九十二岁而亡。以其地为南海、苍梧、郁林、合浦、交趾、九真、日南也。建安中，吴遣步骘为交州，骘到南海，见土地形势，观尉佗旧治处，负山带海，博敞渺目，高则桑土，下则沃衍，林麓鸟兽，于何不有？海怪鱼鳖、鼋鼍鲜鳄③，珍怪异物，千种万类，不可胜记。佗因冈作台，北面朝汉，圈基千步，直峭百丈，顶上三亩，复道回环，逶迤曲折，朔望升拜，名曰朝台。前后刺史、郡守，迁除新至，未尝不乘车升履，于焉逍遥。骘登高远望，睹巨海之浩茫，观原薮之殷阜，乃曰：斯诚海岛膏腴之地，宜为都邑。建安二十二年，迁州番禺，筑立城郭，绥和百越，遂用宁集。交州治中姚文式《问答》云：朝台在州城东北三十里。裴渊《广州记》曰：城北有尉佗墓，墓后有大冈，谓之马鞍冈。秦时占气者言：南方有天子气。始皇发民凿破此冈，地中出血，今凿处犹存。以状取目，故冈受厥称焉。王氏《交广春秋》曰：越王赵佗，生有奉制称蕃之节，死有秘奥神密之墓。佗之葬也，因山为坟，其垅茔可谓奢大，葬积珍玩。吴时遣使发掘其墓，求索棺柩，凿山破石，费日损力，卒无所获。佗虽奢僭，慎终其身，乃令后人不知其处，有似松、乔迁景，牧竖④固无所残矣。邓德明《南康记》曰：昔有卢耽，仕州为治中，少栖仙术，善解云飞。每夕辄凌虚归家，晓则还州。尝于元会至朝，不及朝列，化为白鹄至阙前，回翔欲下，威仪以石掷之，得一只履，耽惊还就列，内外左右，莫不骇异。时步骘为广州，意甚恶之，便以状列闻，遂至诛灭。《广州记》称吴平，晋滕脩为刺史。脩乡人语脩，虾须长一赤。脩责以为虚。其人乃至东海，取虾须，长四赤，速送示脩，脩始服谢，厚为遣。其一水南入者，郁川分派，迳四会入海也；其一即川东别迳番禺城下，《汉书》所谓浮牂柯，下离津，同会番禺。盖乘斯水而入于越也。浪水又东迳怀化县入于海。水有鲼鱼，裴渊《广州记》曰：鲼鱼长二丈，大数围，皮皆镞物，生子，子小随母觅食，惊则还入母腹。《吴录·地理志》曰：鲼鱼子，朝索食，暮入母腹。《南越志》曰：暮从脐入，旦从口出。腹里两洞，肠贮水以养子。肠容二子，两则四焉。

**其余水又东至龙川，为涅水，屈北入员水。**

浪水支津衍注，自番禺东历增城县。《南越志》曰；县多鹝䳎⑤。鹝䳎，山鸡也。光采鲜明，五色炫耀，利距善斗，世以家鸡斗之，则可擒也。又迳博罗县，西界龙川，左思所谓目龙川而带坰者也。赵佗乘此县而跨据南越矣。

**员水又东南一千五百里，入南海。**

东历揭阳县，玉莽之南海亭，而注于海也。

---

① 儵（shū，倏的异体字）：儵忽，忽然，转眼之间。
② 栍（niè）：同"蘖"。树木砍伐处所生的新芽。
③ 鼍（tuó，音驼）：动物名，亦称"扬子鳄"。
④ 竖："竖"的异体字。
⑤ 鹝䳎：应为"鵔鸃（jùn yí，音俊仪）"，鸟名，实指为锦鸡。

# 水经注卷三十八

## 资水　涟水　湘水　漓水　溱水

**资水出零陵都梁县路山，**

资水出武陵郡无阳县界唐糺①山，盖路山之别名也。谓之大溪水，东北迳邵陵郡武冈县南，县分都梁之所置也。县左右二冈对峙，重阻齐秀，间可二里，旧传后汉伐五溪蛮，蛮保此冈，故曰武冈，县既其称焉。大溪迳建兴县南，又迳都梁县南。汉武帝元朔五年，以封长沙定王子敬侯遂之邑也。县西有小山，山上有淳水，既清且浅，其中悉生兰草，绿叶紫茎，芳风藻川，兰馨远馥。俗谓兰为都梁，山因以号，县受名焉。

**东北过夫夷县，**

夫水出县西南零陵县界少延山。东北流迳扶县南，本零陵之夫夷县也。汉武帝元朔五年，以封长沙定王子敬侯义之邑也。夫水又东注邵陵水，谓之邵陵浦，水口也。

**东北过邵陵县之北，**

县治郡下，南临大溪，水迳其北，谓之邵陵水。魏咸熙二年，吴宝鼎元年②，孙皓分零陵北部，立邵陵郡于邵陵县。县，故昭陵也。溪水东得高平水口。水出武陵郡沅陵县首望山，西南迳高平县南，又东入邵陵县界，南入于邵水。邵水又东会云泉水。水出零陵永昌县云泉山，西北流迳邵阳南。县，故昭阳也。云泉水又北注邵陵水，谓之邵阳水口。自下东北出益阳县，其间迳流山峡，名之为茱萸江，盖水变名也。

**又东北过益阳县北，**

县有关羽濑，所谓关侯滩也。南对甘宁故垒。昔关羽屯军水北，孙权令鲁肃、甘宁拒之于是水。宁谓肃曰：羽闻吾咳唾之声，不敢渡也，渡则成擒矣。羽夜闻宁处分③，曰：兴霸声也，遂不渡。茱萸江又东迳益阳县北，又谓之资水。应邵曰：县在益水之阳。今无益水，亦或资水之殊目矣。然此县之左右，处处有深潭，渔者咸轻舟委浪，谣咏相和。罗君章所谓其声绵邈者也。水南十里有井数百口，浅者四五尺或三五丈，深者亦不测其深。古老相传，昔人以杖撞地，辄便成井。或云古人采金沙处，莫详其实也。

**又东与沅水合于湖中，东北入于江也。**

湖，即洞庭湖也。所入之处，谓之益阳江口·

**涟水出连道县西，资水之别，**

水出邵陵县界，南迳连道县，县故城在湘乡县西百六十里。控引众流，合成一溪，东入衡阳湘乡县，历石鱼山。下多玄石，山高八十余丈，广十里，石色黑而理若云母，开发一重，辄有鱼形，鳞鳍首尾，宛若刻画。长数寸，鱼形备足，烧之作鱼膏腥，因以名之。涟水又迳湘乡县，南临涟水，本属零陵，长沙定王子昌邑。涟水又屈迳其县东，而入湘南县也。

**东北过湘南县南，又东北至临湘县西南，东入于湘。**

涟水自湘南县东流至衡阳湘西县界，入于湘水也。于临湘县为西南者矣。

### 湘水出零陵始安县阳海山，

即阳朔山也。应劭曰：湘出零山，盖山之殊名也。山在始安县北。县，故零陵之南部也。魏咸熙二年，孙皓之甘露元年，立始安郡。湘、漓同源，分为二水：南为漓水，北则湘川，东北流。罗君章《湘中记》曰：湘水之出于阳朔，则觞为之舟，至洞庭，日月若出入于其中也。

### 东北过零陵县东，

越城峤水南出越城之峤，峤即五岭之西岭也。秦置五岭之戍，是其一焉。北至零陵县，下注湘水。湘水又迳零陵县南，又东北迳观阳县，与观水合。水出临贺郡之谢沐县界，西北迳观阳县西。县，盖即水为名也。又西北流注于湘川，谓之观口也。

### 又东北过洮阳县东，

洮水出县西南大山，东北迳其县南，即洮水以立称矣。汉武帝元朔五年，封长沙定王子节侯拘为侯国，王莽更名之曰洮治也。其水东流注于湘水。

### 又东北过泉陵县西，

营水出营阳泠道县南山。西流迳九疑山下，蟠基苍梧之野，峰秀数郡之间。罗岩九举，各导一溪，岫壑负阻，异岭同势，游者疑焉，故曰九疑山。大舜窆其阳，商均葬其阴。山南有舜庙，前有石碑，文字缺落，不可复识。自庙仰山极高，直上可百余里。古老相传言，未有登其峰者。山之东北，泠道县界，又有舜庙。县南有舜碑，碑是零陵太守徐俭立。营水又西迳营道县，冯水注之。水出临贺郡冯乘县东北冯冈。其水导源冯溪西北流，县以托名焉。冯水带约众流，浑成一川，谓之北渚。历县北，西至关下。关下，地名也，是商舟改装之始。冯水又左合萌渚之水。水南出于萌渚之峤，五岭之第四岭也。其山多锡，亦谓之锡方矣。渚水北迳冯乘县西，而北注冯水。冯水又迳营道县而右会营水。营水又西北屈而迳营道县西，王莽之九疑亭也。营水又东北迳营浦县南；营阳郡治也。魏咸熙二年，吴孙皓分零陵置，在营水之阳，故以名郡矣。营水又北，都溪水注之。水出舂陵县北二十里仰山，南迳其县西。县，本泠道县之舂陵乡，盖因舂溪为名矣。汉长沙定王分以为县。武帝元朔五年，封王中子买为舂陵侯。县故城东又有一城，东西相对，各方百步。古老相传言，汉家旧城，汉称犹存，知是节侯故邑也。城东角有一碑，文字缺落，不可复识。东南三十里尚有节侯庙。都溪水又南迳新宁县东。县东傍都溪，溪水又西迳县南，左与五溪俱会。县有五山，山有一溪，五水会于县门，故曰都溪也。都溪水自县又西北流迳泠道县北，与泠水合。水南出九疑山，北流迳其县西南，县指泠溪以即名，王莽之泠陵县也。泠水又北流注于都溪水，又西北入于营水。营水又北流入营阳峡。又北至观阳县而出于峡。大、小二峡之间，为沿溯之极艰矣。营水又西北迳泉陵县西。汉武帝元朔五年，以封长沙定王子节侯贤之邑也。王莽名之曰溥润，零陵郡治，故楚矣。汉武帝元鼎六年，分桂阳置。太史公曰：舜葬九疑，实惟零陵，郡取名焉，王莽之九疑郡也。下邳陈球为零陵太守，桂阳贼胡兰攻零陵，激流灌城，球辄于内，因地势反决水淹贼，相拒不能下。县有白土乡。《零陵先贤传》曰：郑产，字景载，泉陵人也，为白土啬夫。汉末多事，国用不足，产子一岁，辄出口钱。民多不举子。产乃敕民，勿得杀子，口钱当自代出。产言其郡、县，为表上言，钱得除，更名白土为更生乡也。《晋书·地道记》曰：县有香茅，气甚芬香，言贡之以缩酒也。营水又北流注于湘水。湘水又东北与应水合。水出邵陵县历山。崖嶝险阻，峻崿万寻，澄源湛于下，应水涌于上。东南流迳应阳县南，晋分观阳县立，盖即应水为名也。应水又东南流迳有鼻墟南。王隐曰：应阳县，本泉陵之北部，东五里有鼻墟，言象所封也。山下有象庙，言甚有灵，能兴云雨。余所闻也，圣人之神曰灵，贤人之精气为鬼，象生不慧，死灵何寄乎？应水又东南流而注于湘水。湘水又东北得洮口。水出永昌县北罗山。东南流迳石燕山东，其山有石，绀而状燕，因以名山。其石或大或小，若母子焉。及其雷风相薄，则石燕群飞，颉颃如真燕矣。罗君章云：今燕不必复飞也。其水又东南迳永昌县南；又东流注于湘水。又东北迳祁阳县南，又有余溪水注之。水出西北邵陵郡邵陵县，东南流注于湘。其水扬清泛浊，水色两分。湘水又北与宜溪水合。水出湘东郡之新宁县西南、新平故县东，新宁，故新平也。众川泻浪，共成一律。西北流，东岸山下有龙穴，宜水迳其下，天旱则拥水注之，便有雨降。宜水又西北注于湘。湘水又西北得春水口。水上承营阳春陵县西北潭山，又北迳新宁县东；又西北流，注于湘水也。

**又东北过重安县东，又东北过酃县西，承水从东南来注之。**

承水出衡阳重安县西邵陵县界邪薑山，东北流至重安县，迳舜庙下，庙在承水之阴，又东合略塘。相传云：此塘中有铜神，今犹时闻铜声于水，水辄变绿，作铜腥，鱼为之死。承水又东北迳重安县南，汉长沙顷王子度邑也。故零陵之钟武县，王莽更名曰钟桓也。武水入焉。水出钟武县西南表山，东流至钟武县故城南，而东北流至重安县注于承水。至湘东临承县北，东注于湘，谓之承口。临承即故酃县。县，即湘东郡治也。郡旧治在湘水东，故以名郡。魏正元二年，吴主孙亮分长沙东部立。县有石鼓，高六尺，湘水所迳，鼓鸣则土有兵革之事。罗君章云：扣之，声闻数十里，此鼓今无复声。观阳县东有裴岩，其下有石鼓，形如覆船，扣之清响远彻，其类也。湘水又北历印石。石在衡山县南、湘水右侧。盘石或大或小，临水，石悉有迹，其方如印，累然行列，无文字，如此可二里许，因名为印石也。湘水又北迳衡山县东。山在西南，有三峰：一名紫盖，一名石囷，一名芙容。芙容峰最为竦杰，自远望之，苍苍隐天。故罗含云：望若阵云，非清霁素朝，不见其峰。丹水涌其左，澧泉流其右。《山经》谓之岣嵝，为南岳也。山下有舜庙，南有祝融冢。楚灵王之世，山崩，毁其坟，得《营丘九头图》。禹治洪水，血马祭山，得《金简玉字之书》。芙容峰之东有仙人石室，学者经过，往往闻讽诵之音矣。衡山东南二面临映湘川，自长沙至此，江湘七百里中，有九向九背。故渔者歌曰：帆随湘转，望衡九面。山上有飞泉下注，下映青林，直注山下，望之若幅练在山矣。湘水又东北迳湘南县东；又历湘西县南，分湘南置也。衡阳郡治。魏甘露二年，吴孙亮分长沙西部立，治晋湘南。太守何承天徙治湘西矣。《十三州志》曰：日华水出桂阳郴县日华山西，至湘南县入湘。《地理志》曰：郴县有耒水，出耒山西，至湘南西入湘。湘水又北迳麓山东，其山东临湘川，西旁原隰，息心之士，多所萃焉。

**又东北过阴山县西，洣水从东南来注之；又北过醴陵县西，潅水从东南来注之。**

《续汉书·五行志》曰：建安八年，长沙醴陵县有大山，常鸣如牛呴声，积数年。后豫章贼攻没县亭，杀掠吏民，因以为候。湘水又北迳建宁县，有空泠峡，惊浪雷奔，浚同三峡。湘水又北迳建宁县故城下，晋太始中立。

**又北过临湘县西，浏水从县西北流注。**

县南有石潭山，湘水迳其西。山有石室、石床，临对清流。湘水又北迳昭山西，山下有旋泉，深不可测，故言昭潭无底也，亦谓之曰湘州潭。湘水又北迳南津城西，西对橘洲，或作吉字，为南津洲尾。水西有橘洲子戍，故郭尚存。湘水又北，左会瓦官水口，湘浦也。又迳船官西，湘洲商舟之所次也。北对长沙郡，郡在水东州城南，旧治在城中，后乃移此。湘水左迳麓山东，上有故城。山北有白露水口，湘浦也。又右迳临湘县故城西，县治湘水，滨临川侧，故即名焉。王莽改号抚陆，故楚南境之地也。秦灭楚，立长沙郡，即青阳之地也。秦始皇二十六年，令曰：荆王献青阳以西。《汉书·邹阳传》曰：越水长沙，还舟青阳。《注》，张晏曰：青阳，地名也。苏林曰：青阳，长沙县也。汉高祖五年，以封吴芮为长沙王，是城即芮筑也。汉景帝二年，封唐姬子发为王，都此。王莽之镇蛮郡也。于《禹贡》则荆州之域。晋怀帝以永嘉元年，分荆州湘中诸郡立湘州，治此。城之内，郡廨西有陶侃庙，云旧是贾谊宅地，中有一井，是谊所凿，极小而深，上敛下大，其状似壶。傍有一脚石床，才容一人坐形……流俗相承，云谊宿所坐床。又有大柑树，亦云谊所植也。城之西北有故市，北对临湘县之新治。县治西北有北津城，县北有吴芮冢，广逾六十八丈，登临写目，为廛郭之佳憩也。郭颁《世语》云：魏黄初末，吴人发芮冢，取木，于县立孙坚庙，见芮尸，容貌衣服并如故。吴平后，与发冢人于寿春见南蛮校尉吴纲，曰：君形貌何类长沙王吴芮乎？但君微短耳。纲瞿然曰：是先祖也。自芮卒至冢发四百年，至见纲又四十余年矣。湘水左合誓口，又北得石榔口，并湘浦也。右合麻溪水口，湘浦也。湘水又北迳三石山东，山枕侧湘川，北即三石水口也，湘浦矣。水北有三石戍，戍城为二水之会也。湘水又迳浏口戍西，北对浏水。

**又北，沩水从西南来注之。**

沩水出益阳县马头山，东迳新阳县南。晋太康元年，改曰新康矣。沩水又东入临湘县，历沩口戍东，南注湘水。湘水又北合断口，又北，则下营口，湘浦也。湘水之左岸有高口水。出益阳县西，北迳高口戍南；又西北，上鼻水自鼻洲上口，受湘西入焉，谓之上鼻浦。高水西北与下鼻浦合。水自鼻洲下口，首受湘川，西通高水，谓之下鼻口。高水又西北，右屈为陵子潭，东北流注湘为陵子口。湘水自高口戍东，又北，右会鼻洲，左合上鼻口；又北，右对下鼻口，又北得陵子口。湘水右岸，铜官浦出焉。湘水又北迳铜官山，西临湘水，山土紫色，内含云母，故亦谓之云母山也。

**又北过罗县西，㵋水从东来流注。**

湘水又北迳锡口戍东；又北，左派，谓之锡水。西北流迳锡口戍北；又西北流，屈而东北，注玉水焉。水出西北玉池，东南流注于锡浦，谓之玉池口。锡水又东北，东湖水注之。水上承玉池之东湖也。南注于锡，谓之三阳泾。水南有三戍，又东北注于湘。湘水自锡口北出，又得望屯浦，湘浦也。湘水又北，枝津北出，谓之门泾也。湘水纡流西北，东北合门水，谓之门泾口。又北得三溪水口，水东承大湖，西通湘浦，三水之会，故得三溪之目耳。又北，东会大对水口，西接三津泾。湘水又北迳黄陵亭西，右合黄陵水口，其水上承大湖，湖水西流迳二妃庙南，世谓之黄陵庙也。言大舜之陟方也，二妃从征，溺于湘江。神游洞庭之渊，出入潇湘之浦。潇者，水清深也。《湘中记》曰：湘川清照五六丈，下见底石，如摴蒲①矢，五色鲜明，白沙如霜雪，赤岸若朝霞，是纳潇湘之名矣。故民为立祠于水侧焉。荆州牧刘表刊石立碑，树之于庙，以旌不朽之传矣。黄水又西流入于湘，谓之黄陵口。昔王子**少**有异才，年二十而得恶梦，作《梦赋》，二十一溺死于湘浦，即斯川矣。湘水又北迳白沙戍西；又北，右会东町口，㵋水也。湘水又左合决湖口，水出西陂，东通湘渚。湘水又北，汨水注之。水东出豫章艾县桓山，西南迳吴昌县北，与纯水合。水源出其县东南纯山。西北流，又东迳其县南；又北迳其县故城下。县是吴主孙权立。纯水又右会汨水。汨水又西迳罗县北，本罗子国也。故在襄阳宜城县西，楚文王移之于此。秦立长沙郡，因以为县，水亦谓之罗水。汨水又西迳玉笥山。罗含《湘中记》云：屈潭之左，有玉笥山，道士遗言，此福地也。一曰地脚山。汨水又西为屈潭，即汨罗渊也。屈原怀沙，自沉于此，故渊潭以屈为名。昔贾谊、史迁，皆尝迳此，弭楫江波，投吊于渊。渊北有屈原庙，庙前有碑。又有汉南太守程坚碑，寄在原庙。汨水又西迳汨罗戍南，西流注于湘。《春秋》之罗汭矣，世谓之汨罗。湘水又北，枝分北出，迳汨罗戍西，又北迳磊石山东；又北迳磊石戍西，谓之苟导泾矣，而北合湘水。湘水自汨罗口，西北迳磊石山西，而北对青草湖，亦或谓之为青草山也。西对悬城口，湘水又北得九口，并湘浦也。湘水又东北，为青草湖口，右会苟导泾北口，与劳口合，又北得同拌口，皆湘浦右迤者也。

**又北过下隽县西，微水从东来流注。**

湘水左会清水口，资水也，世谓之益阳江。湘水之左，迳鹿角山东，右迳谨亭戍西，又北合查浦，又北得万石浦，咸湘浦也。侧湘浦北有万石戍。湘水左则沅水注之，谓之横房口。东对微湖，世或谓之麋湖也。右属微水，即《经》所谓微水经下隽者也。西流注于江，谓之麋湖口。湘水又北迳金浦戍，北带金浦水，湖迮也。湘水左则澧水注之，世谓之武陵江。凡此四水，同注洞庭，北会大江，名之五渚。《战国策》曰：秦与荆战，大破之，取洞庭五渚者也。湖水广圆五百余里，日月若出没于其中。《山海经》云：洞庭之山，帝之二女居焉。沅、澧之风，交潇、湘之浦，出入多飘风暴雨。湖中有君山、编山。君山有石穴，潜通吴之包山，郭景纯所谓巴陵地道者也。是山，湘君之所游处，故曰君山矣。昔秦始皇遭风于此，而问其故，博士曰：湘君出入则多风。秦王乃赭其山。汉武帝亦登之，射蛟于是山。东北对编山，山多篠竹。两山相次，去数十里，回崎相望，孤影若浮。湖之右岸有山，世谓之笛乌头石，石北右会翁湖口，水上承翁湖，左合洞浦，所谓三苗之国，左洞庭者也。

又北至巴丘山，入于江。

山在湘水右岸，山有巴陵故城，本吴之巴丘邸阁城也。晋太康元年，立巴陵县于此，后置建昌郡。宋元嘉十六年，立巴陵郡，城跨冈岭，滨阻三江。巴陵西对长洲，其洲南分湘浦，北届大江，故曰三江也。三水所会亦或谓之三江口矣。夹山列关，谓之射猎。又北对养口，咸湘浦也。水色青异，东北入于大江，有清浊之别，谓之江会也。

**漓水亦出阳海山，**

漓水与湘水出一山而分源也。湘、漓之间，陆地广百余步，谓之始安峤。峤，即越城峤也。峤水自峤之阳南流注漓，名曰始安水。故庾仲初之赋《扬都》云：判五岭而分流者也。漓水又南与沩水合，水出西北邵陵县界，而东南流至零陵县西，南迳越城西。建安十六年，交州刺史赖恭，自广信合兵小零陵越城迎步骘，即是地也。沩水又东南流注于漓水，《汉书》所谓出零陵下漓水者也。漓水又南合弹丸溪。水出于弹丸山，山有涌泉，奔流冲激。山巇⑤及溪中有石若丸，自然珠圆，状弹丸矣，故山水即名焉。验其山有石窦，下深数丈，洞穴深远，莫究其极。溪水东流注于漓水。漓水又南迳始兴县东。魏元帝咸熙二年，吴孙皓分零陵南部，立始兴县。漓水又南，右会洛溪。溪水出永丰县西北洛溪山，东流迳其县北。县，本苍梧之北乡，孙皓割以为县。洛溪水又东南迳始安县，而东注漓水。漓水又东南流入熙平县。迳羊濑山，山临漓水，石间有色类羊。又东南迳鸡濑山。山带漓水，石色状鸡。故二山以物象受名矣。漓水又南得熙平水口，水源出县东龙山，西南流迳其县南，又西与北乡溪水合。水出县东北北乡山，西流迳其县北；又西流南转，迳其县西。县，本始安之扶乡也，孙皓割以为县。溪水又南注熙平水。熙平水又西注于漓水。县南有朝夕塘，水出东山西南，有水从山下注塘，一日再增再减，盈缩以时，未尝愆期，同于潮水，因名此塘为朝夕塘矣。漓水又西迳平乐县界，左合平乐溪口。水出临贺郡之谢沐县南历山，西北流迳谢沐县西南；西南流至平乐县东南，左会谢沐众溪，派流凑合，西迳平乐南。孙皓割苍梧之境立以为县，北隶始安。溪水又西南流，注于漓水，谓之平乐水。

**南过苍梧荔浦县，**

濑水出县西北鲁山之东，迳其县西，与濡水合。水出永丰县西北濡山，东南迳其县西；又东南流入荔浦县，注于濑溪，又注于漓水。漓水之上有关。漓水又南，左合灵溪水口。水出临贺富川县北符灵冈，南流迳其县东；又南注于漓水也。

**又南至广信县，入于郁水。**

**溱水出桂阳临武县南，绕城西北屈东流，**

溱水导源县西南，北流迳县西，而北与武溪合。《山海经》曰：肆水出临武西南，而东南注

于海。入番禺西，肄水，盖溱水之别名也。武溪水出临武县西北桐柏山，东南流，右合溱水，乱
流东南迳临武县西，谓之武溪。县侧临溪东，因曰临武县，王莽更名大武也。溪又东南流，左会
黄岑溪水。水出郴县黄岑山，西南流，右合武溪水。武溪水又南入重山，山名蓝豪，广圆五百
里，悉曲江县界。崖峻险阻，岩岭干天，交柯云蔚，霾天晦景，谓之泷中。悬涧回注，崩浪震
山，名之泷水。

**东至曲江县安聂邑东，屈西南流，**

泷水又南出峡，谓之泷口。西岸有任将军城，南海都尉任嚣所筑也。嚣死，尉佗自龙川始居
之。东岸有任将军庙。泷水又南合泠水。泠水东出泠君山。山，群峰之孤秀也。晋太元十八年，
崩十余丈，于是悬涧瀑挂，倾流注壑，颓波所入，灌于泷水。泷水又右合林水。林水出县东北洹
山。王歆之《始兴记》曰：林水源里有石室，室前磐石上，行罗十瓮，中悉是饼银。采伐遇之不
得取，取必迷闷。晋太元初，民封驱之家仆，密窃三饼归，发看，有大蛇螫之而死。《湘州记》
曰：其夜，驱之梦神语曰：君奴不谨，盗银三饼。即日显戮，以银相偿。觉视，则奴死银在矣。
林水自源西注于泷水。又与云水合。水出县北汤泉，泉源沸涌，浩气云浮，以腥物投之，俄顷即
热。其中时有细赤鱼游之，不为灼也。西北合泷水。又有藉水，上承沧海水，有岛屿焉。其水吐
纳众流，西北注于泷水。泷水又南历灵鹫山。山，本名虎郡山，亦曰虎市山，以虎多暴故也。晋
义熙中，沙门释僧律，葺宇岩阿，猛虎远迹，盖律仁感所致，因改曰灵鹫山。泷水又南迳曲江县
东，云县昔号曲红。曲红，山名也，东连冈是矣。泷中有碑，文曰：……按《地理志》，曲江，
旧县也，王莽以为除虏，始兴郡治。魏文帝咸熙二年，孙皓分桂阳南部立。县东傍泷溪，号曰北
泷水。水左即东溪口也。水出始兴东江州南康县界界石阁山，西流而与连水合。水出南康县凉热山
连溪，山，即大庾岭也。五岭之最东矣，故曰东峤山。斯则改装之次，其下船路名涟溪。涟水南
流注于东溪，谓之涟口。庾仲初谓之大庾峤水也。东溪亦名东江，又曰始兴水。又西，邪阶水注
之。水出县东南邪阶山。水有别源，曰巢头，重岭袀泷，湍奔相属，祖源双注，合为一川。水侧
有鼻天子城，鼻天子，所未闻也。邪阶水又西北注于东江。江水又西迳始兴县南，又西入曲江
县，邸水注之。水出浮岳山，山蹑一处，则百余步动，若在水也，因名浮岳山，南流注于东江。
东江又西与利水合。水出县之韶石北山，南流迳韶石下。其高百仞，广圆五里；两石对峙，相去
一里，小大略均，似双阙，名曰韶石。古老言，昔有二仙，分而憩之，自尔年丰，弥历一纪。利
水又南迳灵石下。灵石，一名逃石，高三十丈，广圆五百丈。耆旧传言：石本桂林武城县，因夜
迅雷之变，忽然迁此。彼人来见，叹曰：石乃逃来！因名逃石，以其有灵运徙，又曰灵石。其杰
处临东壁立，霞驳有若绩焉⑥。水石惊濑，传响不绝，商舟淹留，聆玩不已。利水南注东江，东
江又西注于北江，谓之东江口。溱水自此有始兴大庾之名，而南入浈阳县也。

**过浈阳县，出洭浦关，与桂水合，**

溱水南迳浈阳县西，旧汉县也。王莽之綦武矣。县东有浈石山，广圆三十里。挺崿大江之
北，盘址长川之际。其阳有石室，渔叟所憩。昔欲于山北开达郡之路，辄有大蛇断道，不果。是
以今行者，必于石室前泛舟而济也。溱水又西南历皋口、太尉二山之间，是曰浈阳峡。两岸杰
秀，壁立亏天。昔尝凿石架阁，令两岸相接，以拒徐道覆。溱水出峡，左则浈水注之。水出南海
龙川县，西迳浈阳县南，右注溱水。故应劭曰：浈水西入溱是也。溱水又西南，洭水入焉。《山
海经》所谓湟水出桂阳西北山，东南注肄，入敦浦西者也。溱水又西南迳中宿县，会一里水，其
处隘，名之为观岐。连山交枕，绝岸壁竦。下有神庙，背阿面流，坛宇虚肃，庙渚攒石，巉岩乱
峙中川。时水洊至，鼓怒沸腾，流木沦没，必无出者。世人以为河伯下材。晋中朝时，县人有使
者至洛，事讫将还，忽有一人寄其书云：吾家在观岐前，石间悬藤，即其处也，但叩藤，自当有

人取之。使者谨依其言，果有二人出外取书，并延入水府，衣不沾濡。言此似不近情，然造化之中，无所不有，穆满西游，与河宗论宝。以此推之，亦为类矣。溱水又西南迳中宿县南，吴孙皓分四会之北乡立焉。

**南入于海。**

溱水又南注于郁，而入于海。

---

# 水经注卷三十九

| 洭水 | 深水 | 钟水 | 耒水 | 洣水 |
| 漉水 | 浏水 | 㵋水 | 赣水 | 庐江水 |

**洭水出桂阳县卢聚，**

水出桂阳县西北上骢山卢溪，为卢溪水，东南流迳桂阳县故城，谓之洭水。《地理志》曰：洭水出桂阳，南至四会是也。洭水又东南流，峤水注之。水出都峤之溪，溪水下流，历峡南出，是峡谓之贞女峡。峡西岸高岩，名贞女山。山下际有石，如人形，高七尺，状如女子，故名贞女峡。古来相传，有数女取螺于此，遇风雨昼晦，忽化为石，斯诚巨异，难以闻信。但启生石中，挚呱空桑，抑斯类矣。物之变化，宁以理求乎？溪水又合洭水，洭水又东南入阳山县，右合涟口水。源出县西北百一十里石塘村，东南流，水侧有豫章木，本径可二丈，其株根犹存，伐之积载，而斧迹若新。羽族飞翔不息，其旁众枝，飞散远集，乡亦不测所如，惟见一枝，独在含洭水矣。涟水东南流注于洭。洭水又东南流而右与斟水合。水导源近出东岩下，穴口若井，一日之中十溢十竭，信若潮流，而注洭水。洭水又南迳阳山县故城西。耆旧传曰：往昔县长临县，辄迁擢超级，大史迳观，言势使然。掘断连冈，流血成川，城因倾陁，遂即倾败。阁下大鼓飞上临武，乃之桂阳，追号圣鼓。自阳山达乎桂阳之武步驿，所至循圣鼓道也。其道如堑，迄于鼓城矣。洭水又迳阳山县南。县，故含洭县之桃乡，孙皓分立为县也。洭水又东南流也。

**东南过含洭县，**

应劭曰：洭水东北入沅。瓚注《汉书》，沅在武陵，去洭远，又隔湘水，不得入沅。洭水东南，左合翁水。水出东北利山湖，湖水广圆五里，洁逾凡水，西南流注于洭，谓之翁水口。口已下，东岸有圣鼓杖，即阳山之鼓杖也。横在川侧，虽冲波所激，未尝移动。百鸟翔鸣，莫有萃者。船人上下以篙撞者，辄有疟疾。洭水又东南，左合陶水。水东出尧山。山盘纡数百里，有赭嵒迭起，冠以青林，与云霞乱采。山上有白石英，山下有平陵，有大堂基。耆旧云：尧行宫所。陶水西迳县北，右注洭水。洭水又迳含洭县西。王歆《始兴记》曰：县有白鹿城，城南有白鹿冈。咸康中，郡民张鲂为县，有善政，白鹿来游，故城及冈并即名焉。

**南出洭浦关，为桂水。**

关在中宿县，洭水出关，右合溱水，谓之洭口，《山海经》谓之湟水。徐广曰：湟水一名洭水，出桂阳，通四会，亦曰灌水也。汉武帝元鼎元年，路博德为伏波将军，征南越，出桂阳，下湟水，即此水矣。桂水，其别名也。

**深水出桂阳卢聚，**

吕忱曰：深水一名邃水，导源卢溪，西入营水，乱流营波，同注湘津。许慎云：深水出桂阳南平县也。《经》书桂阳者，县本隶桂阳郡，后割属始兴。县有卢溪、卢聚山，在南平县之南、九疑山东也。

**西北过零陵营道县南；又西北过营浦县南；又西北过泉陵县，西北七里至燕室，邪入于湘。**

水上有燕室丘，亦因为聚名也。其下水深不测，号曰龙渊。

**钟水出桂阳南平县都山，北过其县东；又东北过宋渚亭，又北过钟亭；与灌水合。**

都山，即都庞之峤，五岭之第三岭也。钟水即峤水也。庾仲初曰：峤水南入始兴溱水，注于海。北入桂阳湘水，注于江是也。灌水，即桂水也。灌、桂声相近，故字随读变，《经》仍其非矣。桂水出桂阳县北界山。山壁高耸，三面特峻，石泉悬注，瀑布而下。北迳南平县而东北流届钟亭，右会钟水，通为桂水也。故应劭曰：桂水出桂阳，东北入湘。

**又北过魏宁县之东，**

魏宁，故阳安也。晋太康元年改曰晋宁。县在桂阳郡东百二十里。县南、西二面，阻带清溪，桂水无出县东理。盖县邑流移，今古不同故也。

**又北入于湘。**

**耒水出桂阳郴县南山，**

耒水发源出汝城县东乌龙白骑山，西北流迳其县北，西流三十里，中有十四濑，各数百步，浚流奔急，竹节相次，亦为行旅溯涉之艰难也。又西北迳晋宁县北，又西，左合清溪水口。水出县东黄皮山，西南流历县南；又西北注于耒水。汝城县在郡东三百余里，山又在县东，耒水无出南山理也。

**又北过其县之西，**

县有渌水，出县东侠公山。西北流，而南屈注于耒，谓之程乡溪。郡置酒官，酝于山下，名曰程酒，献同酃也。耒水又西，黄水注之。水出县西黄岑山。山则骑田之峤，五岭之第二岭也。黄水东北流，按盛弘之云：众山水出注于大溪，号曰横流溪。溪水甚小，冬夏不干，俗亦谓之为贪泉，饮者辄冒于财贿，同于广州石门贪流矣。廉介为二千石，则不饮之。昔吴隐之挹而不乱，贪岂谓能渝其贞乎？盖亦恶其名也。刘澄之谓为一涯溪，通四会，殊为孟浪而不悉也。庾仲初云：峤水南入始兴溱水，注海，即黄岑水入武溪者也。北水入桂阳湘水，注于大江，即是水也。右则千秋水注之。水出西南万岁山，山有石室，室中有钟乳。山上悉生灵寿木，溪下即千秋水也。水侧民居，号万岁村。其水下合黄水。黄水又东北迳其县东，右合除泉水。水出县南湘陂村，村有圆水，广圆可二百步，一边暖，一边冷。冷处极清绿，浅则见石，深则见底；暖处水白且浊。玄素既殊，凉暖亦异，厥名除泉，其犹江乘之半汤泉也。水盛则泻黄溪，水耗则津径辍流。郴，旧县也，桂阳郡治也。汉高帝二年，分长沙置。《地理志》曰：桂水所出，因以名也。王莽更名南平，县曰宣风，项羽迁义帝所筑也。县南有义帝冢，内有石虎，因呼为白虎郡。《东观汉记》曰：茨充，字子河，为桂阳太守，民惰懒，少粗履，足多剖裂，茨教作履。今江南知织履，皆充之教也。黄溪东有马岭山，高六百余丈，广圆四十许里。汉末有郡民苏耽，栖游此山。《桂阳列仙传》云：耽，郴县人，少孤，养母至孝，言语虚无，时人谓之痴。常与众儿共牧牛，更直为帅，录牛无散。每至耽为帅，牛辄徘徊左右，不逐自还。众儿曰：汝直，牛何道不走耶？耽曰：非汝曹所知。即面辞母云：受性应仙，当违供养。涕泗又说：年将大疫，死者略半。穿一井饮水，可得无恙……如是有哭声甚哀。后见耽乘白马还此山中，百姓为立坛祠，民安岁登，民因名为马岭山。黄水又北流注于耒水，谓之郴口。耒水又西迳华山之阴，亦曰华石山。孤峰特耸，枕带双流，东则黄溪、耒水之交会也。耒水东流沿注，不得北过其县西也。两岸连山，石泉悬溜，行者辄徘徊留念，情不极已也。

**又北过便县之西，**

县，故惠帝封长沙王子吴浅为侯国，王莽之便屏也。县界有温泉水，在郴县之西北，左右有田数千亩，资之以溉。常以十二月下种，明年三月谷熟；度此水冷，不能生苗。温水所溉，年可三登。其余波散流，入于耒水也。

**又西北过耒阳县之东，**

耒阳，旧县也，盖因水以制名。王莽更名南平亭。东傍耒水。水东肥南，有郡故城。县有溪水，东出侯计山，其水清澈，冬温夏冷，西流，谓之肥川。川之北有卢塘。塘池八顷，其深不测，有大鱼，常至五月，辄一奋跃，水涌数丈，波襄四陆，细鱼奔进，随水登岸，不可胜计。又云：大鱼将欲鼓作，诸鱼皆浮聚。水侧注，西北迳蔡洲，洲西，即蔡伦故宅，傍有蔡子池。伦，汉黄门[①]，顺帝之世，捣故鱼网为纸，用代简素，自其始也。

**又北过酃县东，**

县有酃湖，湖中有洲，洲上民居，彼人资以给酿，酒甚醇美，谓之酃酒，岁常贡之。湖边尚有酃县故治，西北去临承县十五里……从省隶。《十三州志》曰：大别水南出耒阳县太山，北至酃县入湖也。

**北入于湘。**

耒水西北至临承县，而右注湘水，谓之耒口也。

**洣水出茶陵县上乡，西北过其县西，**

水出江州安成郡广兴县太平山，西北流迳茶陵县之南。汉武帝元朔四年，封长沙定王子节侯䜣之邑也，王莽更名声乡矣。洣水又屈而过其县，西北流注也。《地理志》谓之泥水者也。

**又西北过攸县南，**

攸水出东南安成郡安复县封侯山，西北流迳其县北。县北带攸溪，盖即溪以名县也。汉武帝元朔四年，封长沙定王子则为攸舆侯，即《地理志》所谓攸县者也。攸水又西南流入茶陵县，入于洣水也。

**又西北过阴山县南，**

县，本阳山县也，县东北犹有阳山故城，即长沙孝王子宗之邑也。言其势王，故堙山埋谷，改曰阴山县。县上有容水，自侯昙山下注洣水，谓之容口。水有大穴，容一百石，水出于此，因以名焉。洣水又西北迳其县东；又西迳历口。县有历水，下注洣，谓之历口。洣水又西北与洋湖水会。水出县西北乐薮冈下洋湖，湖去冈七里，湖水下注洣，谓之洋湖口。洣水东北有峨山，县东北又有武阳、龙尾山，并仙者羽化之处。上有仙人及龙马迹，于其处得遗咏。虽神栖白云，属想芳流，藉念泉乡，遗咏在兹。览其余诵，依然息远。匪直邈想霞踪，爱其文咏可念，故端牍抽札，以诠其咏。其略曰：登武阳，观乐薮，莪岭千蓣[②]洋湖口。命蛬螉，驾白驹，临天水，心跼蹰。千载后，不知如。盖胜赏神乡，秀情超拔矣。

**又西北入于湘。**

**漉水出醴陵县东漉山，西过其县南，**

醴陵县，高后四年封长沙相侯越为国。县南临渌水，水东出安城乡翁陵山。余谓漉、渌声相近，后人藉便以渌为称。虽翁陵名异，而即麓是同。

**屈从县西，西北流，至漉浦，注入于湘。**

**浏水出临湘县东南浏阳县，西北过其县，东北与涝水合。**

浏水出县东江州豫章县首袜山，导源西北流迳其县南，县凭溪以即名也。又西北注于临湘县也。

**西入于湘。**

**溃水出豫章艾县，**

《春秋左氏传》曰：吴公子庆忌谏夫差，不纳，居于艾是也。王莽更名治翰。

**西过长沙罗县西，**

罗子自枝江徙此，世犹谓之为罗侯城也。溃水又西流，积而为陂，谓之町湖也。

**又西至累石山，入于湘水。**

累石山在北，亦谓之五木山，山方尖如五木状，故俗人藉以名之。山在罗口北。溃水又在罗水南流注于湘，谓之东町口者也。

**赣水出豫章南野县西，北过赣县东，**

《山海经》曰：赣水出聂都山，东北流注于江，入彭泽西也。班固称南野县，彭水所发，东入湖汉水。庾仲初谓大庾峤水，北入豫章，注于江者也。《地理志》曰：豫章水出赣县西南，而北入江，盖控引众流，总成一川。虽称谓有殊，言归一水矣。故《后汉·郡国志》曰：赣有豫章水。雷次宗云：似因此水为其地名。虽十川均流，而此源最远，故独受名焉。刘澄之曰：县东南有章水，西有贡水，县治二水之间。二水合赣字，因以名县焉。是为谬也。刘氏专以字说水，而不知远失其实矣。豫章水导源东北流迳南野县北。赣川石阻，水急行难，倾波委注，六十余里；又北迳赣县东，县即南康郡治。晋太康五年，分庐江立。豫章水右会湖汉水，水出雩都县。导源西北流迳金鸡石。其石孤竦临川，耆老云：时见金鸡出于石上，故石取名焉。湖汉水又西北迳赣县东，西入豫章水也。

**又西北过庐陵县西，**

庐陵县，即王莽之桓亭也。《十三州志》称：庐水西出长沙安成县。武帝元光六年，封长沙定王子刘苍为侯国，即王莽之用成也。吴宝鼎中立，以为安成郡。东至庐陵，入湖汉水也。

**又东北过石阳县西，**

汉和帝永平九年，分庐陵立。汉献帝初平二年，吴长沙桓王立庐陵郡，治此。豫章水又迳其郡南，城中有井，其水色半青半黄，黄者如灰汁，取作炊粥，悉皆金色，而甚芬香。

**又东北过汉平县南，又东北过新淦县西，**

牵水西出宜春县。汉武帝元光六年，封长沙定王子刘成为侯国，即王莽之脩晓也。牵水又东迳吴平县，旧汉平也。晋太康元年，改为吴平矣。牵水又东迳新淦县，即王莽之偶亭，而注于豫章水。湖汉及赣并通称也。又淦水出其县下，注于赣水。

**又北过南昌县西，**

盱水出南城县，西北流迳南昌县南，西注赣水。又有浊水注之。水出康乐县，故阳乐也。浊水又东迳望蔡县，县因汝南上蔡民萍居此土，晋太康元年，改为望蔡县。浊水又东迳建成县，汉武帝元光四年，封长沙定王子刘拾为侯国，王莽更名之曰多聚也。县出燃石，《异物志》曰：石色黄白而理疏，以水灌之便热，以鼎著其上，炊足以熟。置之则冷，灌之则热，如此无穷。元康中，雷孔章入洛，赍石以示张公。张公曰：此谓燃石。于是乃知其名。浊水又东至南昌县，东流入于赣水。赣水又历白社西，有徐孺子墓。吴嘉禾中，太守长沙徐熙于墓隧种松。太守南阳谢景于墓侧立碑。永安中，太守梁郡夏侯嵩于碑傍立思贤亭。松大合抱，亭世修治，至今谓之聘君亭也。赣水又北历南塘，塘之东有孺子宅，际湖南小洲上。孺子名稚，南昌人，高尚不仕；太尉黄琼辟，不就。桓帝问尚书令陈蕃：徐稚、袁闳，谁为先后？蕃答称：袁生公族，不镂自雕；至于徐稚，杰出薄域，故宜为先。桓帝备礼征之，不至。太原郭林宗有母忧，稚往吊之，置生刍于庐前而去。众不知其故，林宗曰：必孺子也。《诗》云：生刍一束，其人如玉，吾无德以堪之。年七十二，卒。赣水又迳谷鹿洲，即蓼子洲也。旧作大艑③处。赣水又北迳南昌县故城西，于《春秋》属楚，即令尹子荡师于豫章者也。秦以为庐江南部。汉高祖六年，始命陈婴以为豫章郡，治此，即陈婴所筑也。王莽更名，县曰宜善，郡曰九江焉。刘歆云：湖汉等九水入彭蠡，故言九江矣。陈蕃为太守，署徐稚为功曹。蕃在郡不接宾客，惟稚来，特设一榻，去则悬之，此即悬榻处也。建安中，更名西安，晋又名为豫章。城之南门曰松阳门，门内有樟树，高七丈五尺，大二十五围，枝叶扶疏，垂荫数亩。应劭《汉官仪》曰：豫章，樟树生庭中，故以名郡矣。此树尝中枯，逮晋永嘉中一旦更茂，丰蔚如初，咸以为中宗之祥也。《礼·斗威仪》曰：君政讼平，豫樟常为生。太兴中，元皇果兴大业于南。故郭景纯《南郊赋》云：弊樟擢秀于祖邑是也。以宣王祖为豫章故也。赣水北出，际西北历度支步，是晋度支校尉立府处。步，即水渚也。赣水又迳郡北，为津步，步有故守贾萌庙，萌与安侯张普争地，为普所害，即日灵见津渚，故民为立庙焉。水之西岸有盘石，谓之石头，津步之处也。西行二十里曰散原山，叠嶂四周，杳邃有趣。晋隆安末，沙门竺昙显建精舍于山南，僧徒自远而至者相继焉。西北五六里，有洪井，飞流悬注，其深无底。旧说洪崖先生之井也。北五六里有风雨池，言山高濑激，激著树木，霏散远洒若雨。西有鸾冈，洪崖先生乘鸾所憩泊也。冈西有鹄岭，云王子乔控鹄所迳过也。有二崖，号曰大萧、小萧，言萧史所游萃处也。雷次宗云：此乃系风捕影之论。据实本所未辩，聊记奇闻，以广井鱼之听矣。又按谢庄诗，庄常游豫章，观井赋诗。言鸾冈四周有水，谓之鸾陂。似非虚论矣。东大湖十里二百二十六步，北与城齐，南缘回折至南塘，本通章江，增减与江水同。汉永元中，太守张躬筑塘以通南路，兼遏此水。冬夏不增减，水至清深，鱼甚肥美。每于夏月，江水溢塘而过，民居多被水害。至宋景平元年，太守蔡君西起堤，开塘为水门，水盛旱则闭之，内多则泄之，自是居民少患矣。赣水又东北迳王步，步侧有城，云是孙奋为齐王镇此，城之。今谓之王步，盖齐王之诸步也。郡东南二十余里又有一城，号曰齐王城，筑道相通，盖其离宫。赣水又北迳南昌左尉廨西。汉成帝时，九江梅福为南昌尉居此。后福一旦舍妻子，去九江，传云得仙。赣水又北迳龙沙西，沙甚洁白，高峻而阤，有龙形，连亘五里中，旧俗九月九日升高处也。昔有人于此沙得故冢，刻砖题云：西去江七里半，筮言其吉，卜言其凶。而今此冢垂没于水，所谓筮短龟长也。赣水又迳椒丘城下，建安四年，孙策所筑也。赣水又历钓圻邸阁下，度支校尉治，太尉陶侃移置此也。旧夏月，邸阁前洲没，去浦远。景平元年，校尉豫章因运出之力，于渚次聚石为洲，长六十余丈。洲里可容数十舫。赣水又北迳郡④阳县，王莽之豫章县也。余水注之。水东出余汗县，王莽名之曰治干也。余水北至郡阳县注赣水。赣水又与鄱水合。水出鄱阳县东，西迳其县南，武阳乡也。地有黄金采，王莽改曰乡亭。孙权以建安十五年，分为鄱阳郡。鄱水又西流注于赣。又有缭水入焉。其水导源建昌县，汉元帝永光二年，分海昏立。缭水东迳新吴县，汉中平中立。缭水又迳海昏县，王莽更名宜生，谓之上缭水，又谓之海昏江，分为二水。县东津上有亭，为济渡之要。其水东北迳昌邑城，而东出豫章大江，谓之慨口。昔汉昌邑王之封海昏也，每乘流东望，辄愤慨而还，世因名焉。其一水枝分别注，入于循水也。

**又北过彭泽县西，**

循水出艾县西，东北迳豫宁县，故西安也，晋太康元年更从今名。循水又东北迳永循县，汉灵帝中平二年立。循水又东北注赣水，其水总纳十川，同臻一渎，俱注于彭蠡也。

**北入于江。**

大江南，赣水总纳洪流，东西四十里。清潭远涨，绿波凝净，而会注于江川。

**庐江水出三天子都，北过彭泽县西，北入于江。**

《山海经》，三天子都，一曰天子鄣。王彪之《庐山赋·叙》曰：庐山，彭泽之山也，虽非五岳之数，穹隆嵯峨，实峻极之名山也。孙放《庐山赋》曰：寻阳郡南有庐山，九江之镇也。临彭蠡之泽，接平敞之原。《开山图》曰：山四方，周四百余里，叠鄣之岩万仞，怀灵抱异，苞诸仙迹。《豫章旧志》曰：庐俗，字君孝，本姓匡，父东野王，共鄱阳令吴芮佐汉定天下而亡。汉封俗于鄡阳，曰越庐君。俗兄弟七人，皆好道术，遂寓精于宫亭之山。故世谓之庐山。汉武帝南巡，睹山以为神灵，封俗大明公。远法师《庐山记》曰：殷、周之际，匡俗先生受道仙人，共游此山，时人谓其所止为神仙之庐，因以名山矣。又按周景式曰：庐山匡俗，字子孝，本东里子，出周武王时，生而神灵，屡逃征聘，庐于此山，时人敬事之。俗后仙化，空庐犹存。弟子睹室悲哀，哭之旦暮，事同乌号。世称庐君，故山取号焉。斯耳传之谈，非实证也。故《豫章记》以庐为姓，因庐以氏，周氏、远师，或托庐慕为辞，假凭庐以托称。二证既违，二情互爽。按《山海经》创之大禹，记录远矣。故《海内东经》曰：庐江出三天子都，入江彭泽西。是曰庐江之名，山水相依，互举殊称，明不因匡俗始。正是好事君子，强引此类，用成章句耳。又按张华《博物志·曹著传》，其神自云姓徐，受封庐山。后吴猛经过，山神迎猛。猛语曰：君王此山，近六百年，符命已尽，不宜久居非据。猛又赠诗云：仰瞩列仙馆，俯察王神宅，旷载畅幽怀，倾盖付三益[⑤]。此乃神道之事，亦有换转，理难详矣。吴猛，隐山得道者也。《寻阳记》曰：庐山上有三石梁，长数十丈，广不盈尺，杳然无底。吴猛将弟子登山，过此梁，见一翁坐桂树下，以玉杯承甘露浆与猛。又至一处，见数人为猛设玉膏。猛弟子窃一宝，欲以来示世人，梁即化如指。猛使送宝还，手牵弟子，令闭眼相引而过。其山川明净，风泽清旷，气爽节和，土沃民逸。嘉遁之士，继响窟岩。龙潜凤采之贤，往者忘归矣。秦始皇、汉武帝及太史公司马迁咸升其岩，望九江而眺钟、彭焉。庐山之北有石门水。水出岭端，有双石高竦，其状若门，因有石门之目焉。水导双石之中，悬流飞瀑，近三百许步，下散漫十许步；上望之连天，若曳飞练于霄中矣。下有磐石，可坐数十人。冠军将军刘敬宣每登陟焉。其水历涧，迳龙泉精舍南。太元中沙门释慧远所建也。其水下入江。南岭，即彭蠡泽西天子鄣也。峰嶝险峻，人迹罕及。岭南有大道，顺山而下，有若画焉。传云：匡先生所通至江道。岩上有宫殿故基者三，以次而上，最上者极于山峰；山下又有神庙，号曰宫亭庙，故彭湖亦有宫亭之称焉。余按《尔雅》云：大山曰宫。宫之为名，盖起于此，不必一由三宫也。山庙其神，能分风擘流，住舟遣使。行旅之人，过必敬祀，而后得去。故曹毗咏云：分风为贰，擘流为两。昔吴郡太守张公直，自守征还，道由庐山。子女观祠，婢指女戏妃像人。其妻夜梦致聘，怖而遽发，明引中流，而船不行，合船惊惧，曰：爱一女而合门受祸也。公直不忍，遂令妻下女于江。其妻布席水上，以其亡兄女代之，而船得进。公直方知兄女，怒妻曰：吾何面目于当世也？复下己女于水中。将渡，遥见二女于岸侧。傍有一吏立曰：吾庐君主簿，敬君之义，悉还二女。故干宝书之于《感应》焉。山东有石镜，照水之所出。有一圆石，悬崖明净，照见人形；晨光初散，则延曜入石，豪细必察，故名石镜焉。又有二泉常悬注，若白云带山。《庐山记》曰：白水在黄龙南，即瀑布也。水出山腹，挂流三四百丈，飞湍林表，望若悬素。注处悉成巨井，其深不测。其水下入江渊。庐山之南，有上霄石，高壁缅然，与霄汉连接。秦始皇三十六年，叹斯岳远，遂记为上霄焉。上霄之南，大禹刻石志其丈尺里数，今犹得刻石之号焉。湖中有落星石，周回百余步，高五丈，上生竹木。传曰：有星坠此，因以名焉。又有孤石，介立大湖中，周回一里，竦立百丈，矗然高峻，特为瑰异。上生林木，而飞禽罕集，言其上有玉膏可采，所未详也。耆旧云：昔禹治洪水至此，刻石纪功；或言秦始皇所勒。然岁月已久，莫能合辨之也。

---

①黄门：汉代的宦官。
②蕤：ruí，音绥。
③艑（biàn，音遍）：小船。
④鄡（qiāo，音敲）：鄡阳，县名，在今江西。
⑤旷载畅幽怀，倾盖付三益：意为"长年只图心怀畅快，逢挚友当把真情倾诉"。

# 水经注卷四十

## 浙江水　斤江水　江以南至日南郡二十水
## 禹贡山水泽地所在

**浙江水出三天子都，**

《山海经》谓之浙江也。《地理志》云：水出丹阳黟县南蛮中，北迳其县。南有博山，山上有石，特起十丈，上峰若剑杪，时有灵鼓潜发，正长临县，以山鼓为候，一鸣官长一年；若长雷发声，则官长不吉。浙江又北历黟山，县居山之阳，故县氏之。汉成帝鸿嘉二年，以为广德国，封中山宪王孙云客王于此。晋太康中以为广德县，分隶宣城郡。会稽陈业，洁身清行，遁迹此山。浙江又北迳歙县，东与一小溪合。水出县东北翁山，西迳故城南，又西南入浙江。又东迳遂安县南，溪广二百步，上立杭以相通，水甚清深，潭不掩鳞，故名新定，分歙县立。晋太康中又改从今名。浙江又左合绝溪。溪水出始新县西，东迳县故城南，为东西长溪，溪有四十七濑，浚流惊急，奔波聒天。孙权使贺齐讨黟、歙山贼，贼固黟之林历山，山甚峻绝，又工禁五兵。齐以铁杙柘①山，升出不意，又以白棓②击之，气禁不行，遂用奇功平贼。于是立始新之府于歙之华乡，令齐守之，后移出新亭。晋太康元年，改曰新安郡。溪水东注浙江。浙江又东北迳建德县南，县北有乌山，山下有庙，庙在县东七里，庙渚有大石，高十丈，围五尺，水濑浚激，而能致云雨。浙江又东迳寿昌县南，自建德至此八十里中，有十二濑，濑皆峻险，行旅所难。县南有孝子夏先墓，先少丧二亲，负土成墓，数年不胜哀，卒。浙江又北迳新城县，桐溪水注之。水出吴兴郡于潜县北天目山。山极高峻，崖岭竦叠，西临竣涧，山上有霜木，皆是数百年树，谓之翔凤林。东面有瀑布，下注数亩深沼，名曰浣龙池。池水南流迳县西，为县之西溪。溪水又东南与紫溪合。水出县西百丈山，即潜山也。山水东南流，名为紫溪，中道夹水，有紫色磐石，石长百余丈，望之如朝霞，又名此水为赤濑，盖以倒影在水故也。紫溪又东南流迳白石山之阴，山甚峻极，北临紫溪，又东南，连山夹水，两峰交峙，反项对石，往往相捍，十余里中，积石磊砢相挟而上，涧下白沙细石状若霜雪，水木相映，泉石争晖，名曰楼林。紫溪东南流迳桐庐县东为桐溪，孙权藉溪之名以为县目，割富春之地立桐庐县。自县至于潜，凡十有六濑，第二是严陵濑。濑带山，山下有一石室，汉光武帝时，严子陵之所居也。故山及濑皆即人之姓名之。山下有磐石，周回十数丈，交枕潭际，盖陵所游也。桐溪又东北迳新城县入浙江。县，故富春地，孙权置，后省并桐庐，咸和九年，复立为县。浙江又东北入富阳县，故富春也。晋后名春，改曰富阳也。东分为湖浦。浙江又东北迳富春县南。县，故王莽之诛岁也。江南有山，孙武皇之先所葬也。汉末，墓上有光，如云气属天。黄武五年，孙权以富春为东安郡，分置诸郡，以讨士宗。浙江又东北迳亭山西，山上有孙权父冢。

**北过余杭，东入于海。**

浙江迳县，左合余干大溪。江北即临安县界，水北对郭文宅，宅傍山面溪，宅东有郭文墓。晋建武元年，骠骑王导迎文，置之西园，文逃此而终，临安令改葬之。建武十六年，县民郎稚作乱，贺齐讨之。孙权分余杭立临水县，晋改曰临安县。因冈为城，南门尤高。谢安莅郡游县，迳此门，以为难为亭长。浙江又东迳余杭故县南、新县北，秦始皇南游会稽，途出是地，因立为县，王莽之淮睦也。汉末陈浑移筑南城，县后溪南大塘，即浑立以防水也。县南有三碑，是顾飏、范宁等碑。县南有大壁山，郭文自陆浑迁居也。浙江又东迳乌伤县北，王莽改曰乌孝，《郡国志》谓之乌伤。《异苑》曰：东阳颜乌，以淳孝著闻，后有群乌助衔土块为坟，乌口皆伤，一境以为颜乌至孝，故致慈乌，欲令孝声远闻，又名其县曰乌伤矣。浙江又东北流至钱塘县，谷水入焉。水源西出太末县，县是越之西鄙，姑蔑之地也。秦以为县，王莽之末理也。吴宝鼎中，分会稽立，隶东阳郡。谷水东迳独松故冢下，冢为水毁，其砖文：筮言吉，龟言凶，百年堕水中。今则同龟繇矣。谷水又东迳长山县南，与永康溪水合。县，即东阳郡治也。县，汉献帝分乌伤立；郡，吴宝鼎中分会稽置。城居山之阳，或谓之长仙县也。言赤松采药此山，因而居之，故以为名。后传呼乖谬，字亦因改。溪水南出永康县。县，赤乌中分乌伤上浦立。刘敬叔《异苑》曰：孙权时永康县有人入山，遇一大龟，即束之以归。龟便言曰：游不量时，为君所得。担者怪之，载出欲上吴王。夜宿越里，缆船于大桑树，宵中，树忽呼龟曰：元绪奚事尔也？龟曰：行不择日，今方见烹，虽尽南山之樵，不能溃我。树曰：诸葛元逊识性渊长，必致相困，令求如我之徒，计将安治？龟曰：子明无多辞。既至建业，权将煮之，烧柴万车，龟犹如故。诸葛恪曰：燃以老桑乃熟。献人仍说龟言，权使伐桑取煮之即烂。故野人呼龟为元绪。其水飞湍北注，至县南门入谷水，谷水又东，定阳溪水注之。水上承信安县之苏姥布。县，本新安县，晋武帝太康三年，改曰信安。水悬百余丈，濑势飞注，状如瀑布。濑边有石如床，床上有石牒，长三尺许，有似杂采贴也。《东阳记》云：信安县有悬室坂，晋中朝时有民王质，伐木至石室中，见童子四人弹琴而歌，质因留，倚柯听之。童子以一物如枣核与质，质含之便不复饥。俄顷，童子曰：其归。承声而去，斧柯漼然烂尽。既归，质去家已数十年，亲情凋落，无复向时比矣。其水分纳众流，混波东逝，迳定阳县，夹岸缘溪，悉生支竹，及芳枳、木连，杂以霜菊、金橙。白沙细石，状如凝雪。石溜湍波，浮响无辍。山水之趣，尤深人情。县，汉献帝分信安立，溪亦取名焉。溪又东迳长山县北，北对高山，山下水际，是赤松羽化之处也。炎帝少女追之，亦俱仙矣。后人立庙于山下。溪水又东入于谷水。谷水又东迳乌伤县之云黄山，山下临溪水，水际石壁杰立，高百许丈。又与吴宁溪水合。水出吴宁县下，迳乌伤县入谷，谓之乌伤溪水。闽中有徐登者，女子化为丈夫，与东阳赵昞并善越方[③]。时遭兵乱，相遇于溪，各示所能。登先禁溪水为不流；昞次禁枯柳，柳为生荑，二人相视而笑。登年长眄，师事之。后登身故，眄东入章安，百姓未知，眄乃升茅屋，梧鼎而爨。主人惊怪，眄笑而不应，屋亦不损。又尝临水求渡，船人不许，眄乃张盖坐中，长啸呼风，乱流而济。于是百姓神服，从者如归。章安令恶而杀之。民立祠于永宁，而蚊蚋不能入。眄秉道怀术，而不能全身避害。事同苌弘、宋元之龟，厄运之来，故难救矣。谷水又东入钱唐县，而左入浙江。故《地理志》曰：谷水自太末东北至钱唐入浙江是也。浙江又东迳灵隐山，山在四山之中，有高崖洞穴，左右有石室三所，又有孤石壁立，大三十围，其上开散，状如莲花。昔有道士，长往不归，或因以稽留为山号。山下有钱唐故县，浙江迳其南，王莽更名之曰泉亭。《地理志》曰：会稽西部都尉治。《钱唐记》曰：防海大塘在县东一里许，郡议曹华信家议立此塘，以防海水。始开募有能致一斛土者，即与钱一千。旬月之间，来者云集，塘未成而不复取，于是载土石者，皆弃而去，塘以之成，故改名钱塘焉。县南江侧有明圣湖，父老传言，湖有金牛，古见之，神化不测，湖取名焉。县有武林山，武林水所出也。阚骃云：山出钱水，东入海。《吴地记》言：县惟浙江，今无此水。县东有定、包诸山，皆西临浙江。水流于两山之间，江川急浚，兼涛水昼夜再来，来应时刻，常以月晦及望尤大，至二月、八月最高，峨峨二丈有余。《吴越春秋》以为子胥、文种之神也。昔子胥死于吴，而浮尸于江，吴人怜之，立祠于江上，名曰胥山。《吴录》云：胥山在太湖边，去江不百里，故曰江上。文种诚于越，而伏剑于山阴，越人哀之，葬于重山。文种既葬一年，子胥从海上负种俱去，游夫江海，故潮水之前扬波者，伍子胥；后重水者，大夫种。是以枚乘曰：涛无记焉，然海水上潮，江水逆流，似神而非，于是处焉。秦始皇三十七年，将游会稽，至钱唐，临浙江，所不能渡，故道余杭之西津也。浙江北合诏息湖，湖本名阼湖，因秦始皇帝巡狩所憩，故有诏息之名也。浙江又东合临平湖。《异苑》曰：晋武时，吴郡临平岸崩，出一石鼓，打之无声。以问张华，华云：可取蜀中桐材，刻作鱼形，扣之则鸣矣。于是如言，声闻数十里。刘道民诗曰：事有远而合，蜀桐鸣吴石。传言此湖草秽壅塞，天下乱；是湖开，天下平。孙皓天玺元年，吴郡上言：临平湖自汉末秽塞，今更开通。又于湖边得石函，函中有小石，青白色，长四寸，广二寸余，刻作皇帝字，于是改天册为天玺元年。孙盛以为元皇中兴之符，征五湖之石瑞也。《钱唐记》曰：桓玄之难，湖水色赤，荧荧如丹。湖水上通浦阳江，下注浙江，名曰东江，行旅所从，以出浙江也。浙江又东迳固陵城北，昔范蠡筑城于浙江之滨，言可以固守，谓之固陵，今之西陵也。浙江又东迳柤塘，谓之柤渎。昔太守王郎拒孙策，数战不利，孙静果说策曰：朗负阻城守，难可卒拔，柤渎去此数十里，是要道也，若从此出，攻其无备，破之必矣。策从之破朗于固陵。有西陵湖，亦谓之西城湖，湖西有湖城山，东有夏架山，湖水上承妖皋溪，而下注浙江。又迳会稽山阴县，有苦竹里，里有旧城，言句践封范蠡子之邑也。浙江又东与兰溪合，湖南有天柱山，湖口有亭，号曰兰亭，亦曰兰上里。太守王羲之、谢安兄弟，数往造焉。吴郡太守谢勖封兰亭侯，盖取此亭以为封号也。太守王廙①之移亭在水中。晋司空何无忌之临郡也，起亭于山椒，极高尽眺矣。亭宇虽坏，基陛尚存。浙江又迳越王允常冢北，冢在木客村。耆彦云：句践使工人伐荣楯，欲以献吴，久不得归，工人忧思，作《木客吟》。后人因以名地。句践都琅邪，欲移允常冢，冢中生分风，飞沙射人，人不得近，句践谓不欲，逐止。浙江又东北得长湖口，湖广五里，东西百三十里，沿湖开水门六十九所，下溉田万顷，北泻长江。湖南有复斗山，周五百里，北连鼓吹山，山西枕长溪，溪水下注长湖。山之西岭有贺台，越入吴，还而成之，故号曰贺台矣。又有秦望山，在州城正南，为众峰之杰，陟境便见。《史记》云：秦始皇登之，以望南海。自平地以取山顶七里，悬陡孤危，径路险绝。《记》云：扳萝扪葛，然后能升，山上无甚高木，当由地迥多风所致。山南有嶕岘，岘里有大城，越王无余之旧都也。故《吴越春秋》云：句践语范蠡曰：先君无余，国在南山之阳，社稷宗庙在湖之南。又有会稽之山，古防山也，亦谓之为茅山，又曰栋山。《越绝》云：栋犹镇也。盖《周礼》所谓扬州之镇矣。山形四方，上多金玉，下多㻬⑤石。《山海经》曰：夕水出焉，南流注于湖。《吴越春秋》称：复釜山之中有《金简玉字之书》，黄帝之遗谶也。山下有禹庙，庙有圣姑像。《礼·乐纬》云：禹治水毕，天赐神女圣姑，即其像也。山上有禹冢，昔大禹即位十年，东巡狩，崩于会稽，因而葬之。有鸟来，为之耘，春拔草根，秋啄其秽。是以县官禁民不得妄害此鸟，犯则刑无赦。山东有湮井，去庙七里，砑不见底，谓之禹井。云东游者多探其穴也。秦始皇登会稽山，刻石纪功，尚存山侧。孙畅之《述书》云：丞相李斯所篆也。又有石匮山，石形似匮。上有《金简玉字之书》，言夏禹发之，得百川之理也。又有射的山，远望山的，状若射候，故谓射的。射的之西有石室，名之为射堂。年登否，常占射的，以为贵贱之准。的明则米贱，的暗则米贵。故谚云：射的白，斛米百；射的玄，斛米千。北则石帆山，山东北有孤石，高二十余丈，广八丈，望之如帆，因以为名。北临大湖，水深不测，传与海通。何次道作郡，常于此水中得乌贼鱼。南对精庐，上荫修木，下瞰寒泉，西连会稽山，皆一山也。东带若邪溪，《吴越春秋》所谓欧冶涸而出铜，以成五剑。溪水上承嶕岘麻溪，溪之下，孤潭周数亩，甚清深。有孤石临潭，乘崖俯视，猨狖惊心。寒木被潭，森沈骇观，上有一栎树，谢灵运与从弟惠连常游之，作连句，题刻树侧。麻潭下注若邪溪，水至清照，众山倒影，窥之如画。汉世刘宠作郡，有政绩，将解任去治，此溪父老人持百钱出送，宠各受一文。然山栖遁逸之士，谷隐不羁之民，有道则见，物以感远为贵，荷钱致意，故受者以一钱为荣，岂藉费也，义重故耳。溪水下注大湖。邪溪之东，又有寒溪，溪之北有郑公泉，泉方数丈，冬温夏凉，汉太尉郑弘宿居潭侧，因以名泉。弘少以苦节自居，恒躬采伐，用贸粮膳。每出入溪津，常感神风送之，虽凭舟自运，无杖楫之劳。村人贪藉风势，常依随往还。有淹留者，徒辈相谓；汝不欲及郑风邪？其感致如此。湖水自东，亦注江通海。水侧有白鹿山，山北湖塘上旧有亭，吴黄门郎杨哀明居于弘训里，太守张景数往造焉，使开渎作埭，埭之西作亭，亭、埭皆以杨为名。孙恩作贼，从海来，杨亭被烧，后复修立，厥名犹在。东有铜牛山，山有铜穴三十许丈，穴中有大树神庙，山上有冶官，山北湖下有练塘里，《吴越春秋》云：句践练冶铜锡之处。采炭于南山，故其间有炭渎。句践臣吴，吴王封句践于越百里之地，东至炭渎是也。县南九里有侯山，山孤立长湖中，晋车骑将军孔敬康，少时遁世，栖迹此山。湖北有三小山，谓之鹿野山，在县南六里。按《吴越春秋》，越之麋苑也。山有石室，言越王所游息处矣。县南湖北有陈音山，楚之善射者曰陈音，越王问以射道，又善其说，乃使简士习射北郊之外。按《吴越春秋》，音死，葬于国西山上。今陈音山乃在国南五里。湖北有射堂及诸邸舍，连衍相属。又于湖中筑塘，直指南山。北即大越之国，秦改为山阴县，会稽郡治也。太史公曰：禹会诸侯，计于此，命曰会稽。会稽者，会计也，始以山名，因为地号。夏后少康封少子杼以奉禹祠为越，世历殷周，至于允常，列于《春秋》。允常卒，句践称王，都于会稽。《吴越春秋》所谓越王都埤中，在诸暨北界。山阴康乐里有地名邑中者，是越事吴处。故北其门，以东为右，西为左，故双阙在北门外。阙北百步有雷门，门楼两层，句践所造，时有越之旧木矣。州郡馆宇屋之大瓦，亦多是越时故物。句践霸世，徙都琅邪，后为楚伐，始还浙东。城东郭外有灵汜，下水甚深。旧传下有地道，通于震泽。又有句践所立宗庙，在城东明里中甘滂南。又有玉笥、竹林、云门、天柱精舍，并疏山创基，架林裁宇，割涧延流，尽泉石之好，水流迳通。浙江又北迳山阴县西，西门外百余步有怪山，本琅邪郡之东武县山也，飞来徙此，压杀数百家。《吴越春秋》称怪山者，东武海中山也。一名自来山，百姓怪之，号曰怪山。亦云：越王无疆为楚所伐，去琅邪，止东武，人随居山下。远望此山，其形似龟，故亦有龟山之称也。越起灵台于山上，又作三层楼以望云物，川土明秀，亦为胜地。故王逸少云：从山阴道上，犹如镜中行也。浙江之上，又有大吴王、小吴王村，并是阖闾、夫差伐越所舍处也。今悉民居，然犹存故目。昔越王为吴所败，以五千余众，栖于稽山，卑身待士，施必及下。《吕氏春秋》曰：越王之栖于会稽也，有酒投江，民饮其流，而战气自倍。所投，即浙江也。许慎、晋灼并言：江水至山阴为浙江，江之西岸有朱室坞，句践百里之封，西至朱室，谓此也。浙江又东北迳重山西，大夫文种之所葬也。山上有白楼亭，亭本在山下，县令殷朗移置今处。沛国桓俨避地会稽，闻陈业履行高洁，往候不见。俨后浮海南入交州，临去，遗书与业，不因行李系白楼亭柱而去。升陟远望，山湖满目也。永建中，阳羡周嘉上书，以县远，赴会至难，求得分置，遂以浙江西为吴，以东为会稽。汉高帝十二年……一吴也，后分为三，世号三吴。吴兴、吴郡，会稽其一焉。浙江又东迳御儿乡，《万善历》曰：吴黄武六年正月，获彭绮。是岁，由拳西乡有产儿堕地便能语，云：天方明，河欲清，鼎脚折，金乃生。因是诏为语儿乡。非也，御儿之名远矣，盖无智之徒，因藉地名，生情穿凿耳。《国语》曰：句践之地，北至御儿是也。安得引黄武证地哉？韦昭曰：越北鄙在嘉兴。浙江又东迳柴辟南，旧吴、楚之战地矣，备候于此，故谓之辟塞。是以《越绝》称：吴故从由拳辟塞渡会稽，凑山阴是也。又迳永兴县北，县在会稽东北百二十里，故余暨县也。应劭曰：阖闾弟夫概之所邑，王莽之余衍也。汉末童谣云：天子当兴东南三余之间。故孙权改曰永兴。县滨浙江，又东合浦阳江。江水导源乌伤县，东迳诸暨县，与泄溪合。溪广数丈，中道有两高山夹溪，造云壁立，凡有五泄。下泄悬三十余丈，广十丈；中三泄不可得至，登山远望，乃得见之，悬百余丈，水势高急，声震水外；上泄悬二百余丈，望若云垂，此是瀑布，土人号为泄也。江水又东迳诸暨县南，县临对江流，江南有射堂，县北带乌山，故越地也。先名上诸暨，亦曰句无矣。故《国语》曰：句践之地，南至句无。王莽之疏虏也。夹水多浦，浦中有大湖，春夏多水，秋冬涸浅。江水又东南迳剡县与白石山水会。山上有瀑布，悬水三十丈，下注浦阳江。浦阳江水又东流南屈，又东回北转，迳剡县东，王莽之尽忠也。县开东门向江，江广二百余步。自昔者旧传，县不得开南门，开南门则有贼盗。江水翼县转注，故有东渡、西渡焉。东、南二渡通临海，并泛单船为浮航，西渡通东阳，并二十五船为桥航。江边有查浦，浦东行二百余里与句章接界。浦里有六里，有五百家，并夹浦居，列门向水，甚有良田，有青溪、余洪溪、大发溪、小发溪，江上有溪六，溪列溉散入江。夹溪上下，崩崖若倾。东有簟山，南有黄山与白石三山，为县之秀峰。山下众流泉导，湍石激波，浮险四注。浦阳江又东迳石桥，广八丈，高四丈，下有石井，口径七尺。桥上有方石，长七尺，广一丈二尺，桥头有磐石，可容二十人坐。溪水两旁悉高山，山有石壁二十许丈。溪中相攻，訇响外发，未至桥数里，便闻其声。江水北迳嵊山，山下有亭，亭带山临江，松岭森蔚，沙渚平静。浦阳江又东北迳始宁县嶀山之成功峤，峤壁立临江，欹⑥路峻狭，不得并行，行者牵木稍进，不敢俯视。峤西有山，孤峰特上，飞禽罕至。尝有采药者，沿山见通溪，寻上于山顶。树下有十二方石，地甚光洁，还复更寻，遂迷前路。言诸仙之所憩宴，故以坛宴名山。峤北有嶀浦，浦口有庙，庙甚其灵验。行人及樵伐者，皆先敬焉。若相侵窃，必为蛇虎所伤。北则嶀山与嵊山接，二山虽曰异县，而峰岭相连。其间倾涧怀烟，泉溪引雾，吹畦风馨，触岫延赏。是以王元琳谓之神明境，事备谢康乐《山居记》。浦阳江自嶀山东北迳太康湖，车骑将军谢玄田居所在。右滨长江，左傍连山，平陵修通，澄湖远镜。于江曲起楼，楼侧悉是桐梓，森耸可爱，居民号为桐亭楼。楼两面临江，尽升眺之趣。芦人渔子，泛滥满焉。湖中筑路东出趋山，路甚平直。山中有三精舍，高薨凌虚，垂檐带空，俯眺平林，烟杳在下，水陆宁晏，足为避地之乡矣。江有琵琶圻，圻有古冢堕水，甓⑦有隐起字云：筮吉龟凶，八百年落江中。谢灵运取甓诣京，咸传观焉。乃如龟繇，故知冢已八百年矣。浦阳江又东北迳始宁县西，本上虞之南乡也。汉顺帝永建四年，阳羡周嘉上书，始分之旧治。水西常有波潮之患。晋中兴之初，治今处。县下有小江，源出岹山，谓之岹浦，迳县下西流注，于浦阳苿⑧山下注此浦。浦西通山阴浦而达于江。江广百丈，狭处二百步，高山带江，重荫被水。江阅渔商，川交樵隐，故桂棹兰枻，望景争途。江南有故城，太尉刘牢之讨孙恩所筑也。江水东迳上虞县南，王莽之会稽也。本司盐都尉治，地名虞宾。晋《太康地记》曰：舜避丹朱于此，故以名县，百官从之，故县北有百官桥。亦云禹与诸侯会事讫，因相虞乐，故曰上虞。二说不同，未详孰是？县南有兰风山，山少木多石，驿路带山，傍江路边，皆作栏干。山有三岭，枕带长江，茗苕孤危，望之若倾。缘山之路，下临大川，皆作飞阁栏干，乘之而渡。谓此三岭为三石头，丹阳葛洪，遁世居之，基井存焉。琅邪王方平，性好山水，又爱宅兰风，垂钓于此，以永终朝。行者过之不识，问曰：卖鱼师得鱼卖否？方平答曰：钓亦不得，得复不卖。亦谓是水为上虞江，县之东郭外有渔浦，湖中有大独、小独二山，又有复舟山。复舟山下有渔浦王庙，庙今移入里山，此三山孤立水中。湖外有青山、黄山、泽兰山，重岫垒岭，参差入云。泽兰山头有深潭，山影临水，水色青绿。山中有诸坞，有石榥一所。右临白马潭，潭之深无底。传云：创湖之始，边塘屡崩，百姓以白马祭之，因以名水。湖之南即江津也。江南有上塘、阳中二里，隔在湖南，常有水患。太守孔灵符遏蜂山前湖以为埭，埭下开渎，直指南津。又作水楗二所以舍，此江得无淹溃之害。县东有龙头山。山崖之间，有石井，冬夏常冽清泉，南带长江，东连上陂。江之道南有《曹娥碑》。娥父盱，迎涛溺死，娥时年十四，哀父尸不得，乃号踊江介，因解衣投水，祝曰：若值父尸，衣当沈；若不值，衣当浮。裁落便沈，娥遂于沈处赴水而死。县令度尚，使外甥邯郸子礼为碑文，以彰孝烈。江滨有马目山，洪涛一上，波隐是山，势沦崝亭，间历数县，行者难之。县东北上亦有孝子杨威母墓。威少失父，事母至孝，常与母入山采薪，为虎所逼，自计不能御，于是抱母，且号且行，虎见其情，遂弭耳而去。自非诚贯精微，孰能理感于英兽矣。又有吴渎，破山导源，注于胥江。上虞江东迳周市而注永兴。《地理志》云：县有仇亭，柯水东入海。仇亭在县之东北十里，江北柯水，疑即江也。又东北迳永兴县东，与浙江合，谓之浦阳江。《地理志》又云：县有萧山，潘水所出，东入海。又疑是浦阳江之别名也，自外无水以应之。浙江又东注于海，故《山海经》曰：浙江在闽西北入海。韦昭以松江、浙江、浦阳江为三江。

**斤江水出交趾龙编县，东北至郁林领方县，东注于郁。**

《地理志》云：迳临尘县，至领方县注于郁。

容容，

夜，

绹，

湛，

乘，

牛渚，

须无，

无濡，

营进，

皇无，

地零，

侵离，

侵离水出广州晋兴郡，郡以太康中分郁林置，东至临尘入郁。

无会，

重濑，

夫省，

无变，

由蒲，

王都，

融，

勇外，

此皆出日南郡西，东入于海。容容水在南垂，名之以次转北也。

右二十水，从江已南至日南郡也。

嵩高为中岳，在颍川阳城县西北；

《春秋说题辞》曰：阴含阳，故石凝为山。《国语》曰：禹封九山，山，土之聚也。《尔雅》曰：山大而高曰嵩，合而言之为嵩高，分而名之为二室。西南有少室，东北有太室。《嵩高山记》曰：山下岩中有一石室，云有自然经书，自然饮食。又云：山有玉女台，言汉武帝见，因以名台。

泰山为东岳，在泰山博县西北；

岱宗也。王者封禅于其山，示增高也。有金策玉检之事焉。

霍山为南岳，在庐江灊县西南；

天柱山也。《尔雅》云：大山宫，小山为霍。《开山图》曰：其山上侵神气，下固穷泉。

华山为西岳，在弘农华阴县西南；

《古文》之惇物山也。

雷首山在河东蒲坂县东南；

砥柱山在河东大阳县东河中；

王屋山在河东垣县东北也；

昔黄帝受丹诀于是山也。

太行山在河内野王县西北；

王烈得石髓处也。

恒山为北岳，在中山上曲阳县西北；

碣石山在辽西临渝县南水中也；

大禹凿其石，夹石而纳河。秦始皇、汉武帝皆尝登之。海水西侵，岁月逾甚，而苞其山，故言水中矣。

析城山在河东濩泽县西南；

太岳山在河东永安县；

壶口山在河东北屈县东南；

龙门山在河东皮氏县西；

梁山在冯翊夏阳县西北河上；

荆山在冯翊怀德县南；

岐山在扶风美阳县西北；

汧山在扶风汧县之西也；

陇山、终南山、惇物山，在扶风武功县西南也；

西倾山在陇西临洮县西南；

《禹贡》中条山也。

**嶓冢山在陇西氐道县之南；**

南条山也。

**鸟鼠同穴山在陇西首阳县西南；**

郑玄曰：鸟鼠之山，有鸟焉，与鼠飞行而处之。又有止而同穴之山焉，是二山也。鸟名为鵌[9]，似鵽[10]而黄黑色，鼠如家鼠而短尾，穿地而共处，鼠内而鸟外。孔安国曰：共为雌雄。杜彦达曰：同穴止宿，养子互相哺食，长大乃止。张晏言：不相为牝牡，故因以名山。

**积石在陇西河关县西南；**

《山海经》云：山在邓林东，河所入也。

**都野泽在武威县东北；**

县在姑臧城北三百里，东北即休屠泽也。《古文》以为猪野也。其水上承姑臧武始泽，泽水二源，东北流为一水，迳姑臧县故城西，东北流，水侧有灵渊池。王隐《晋书》曰：汉末，博士敦煌侯瑾善内学，语弟子曰：凉州城西泉水当竭，有双阙起其上。至魏嘉平中，武威太守条茂起学舍，筑阙于此泉。太守填水，造起门楼，与学阙相望。泉源徙发，重导于斯，故有灵渊之名也。泽水又东北流迳马城东，城即休屠县之故城也。本匈奴休屠王都，谓之马城河。又东北与横水合。水出姑臧城下，武威郡、凉州治。《地理风俗记》曰：汉武帝元朔三年，改雍曰凉州，以其金行，土地寒凉故也。迁于冀，晋徙治此。王隐《晋书》曰：凉州有龙形，故曰卧龙城，南北七里，东西三里，本匈奴所筑也。及张氏之世居也，又增筑四城箱各千步，东城殖园果，命曰讲武场；北城殖园果，命曰玄武圃，皆有宫殿；中城内作四时宫，随节游幸。并旧城为五，街衢相通。二十二门，大缮宫殿观阁，采绮妆饰，拟中夏也。其水侧城北流，注马城河。河水又东北，清涧水入焉，俗亦谓之为五涧水也。水出姑臧城东，而西北流注马城河。河水又与长泉水合，水出姑臧东揖[11]次县，王莽之播德也，西北历黄沙阜，而东北流注马城河。又东北迳宣威县故城南；又东北迳平泽、晏然二亭东；又东北迳武威县故城东。汉武帝太初四年，匈奴浑邪王杀休屠王，以其众置武威县，武威郡治，王莽更名张掖。《地理志》曰：谷水出姑臧南山，北至武威入海。届此水流两分，一水北入休屠泽，俗谓之为西海；一水又东迳百五十里，入猪野，世谓之东海。通谓之都野矣。

**合离山在酒泉会水县东北；**

合黎山也。

**流沙地在张掖居延县东北；**

居延泽在其县故城东北，《尚书》所谓流沙者也。形如月生五日也。弱水入流沙。流沙，沙与水流行也。亦言出钟山，西行极崦嵫之山，在西海郡北，山有石赤白色，以两石相打，则水润；打之不已，润尽则火出，山石皆然，炎起数丈，迳日不灭，有大黑风。自流沙出奄之乃灭，其石如初。言动火之事，发疾经年，故不敢轻近耳。流沙又迳浮渚，历壑市之国；又迳于鸟山之东、朝云国西，历昆山西南，出于过瀛之山。《大荒西经》云：西南海之外，流沙出焉，迳夏后开之东，开上三嫔于天，得《九辩》与《九歌》焉。又历员丘不死山之西，入于南海。

**三危山在敦煌县南；**

《山海经》曰：三危之山，三青鸟居之。是山也，广圆百里，在鸟鼠山西，即《尚书》所谓窜三苗于三危也。《春秋传》曰：允姓之奸，居于瓜州。瓜州，地名也。杜林曰：敦煌，古瓜州也。州之贡物，地出好瓜，民因氏之。瓜州之戎，并于月氏者也。汉武帝元鼎六年，分酒泉置，南七里有鸣沙山，故亦曰沙州也。

朱圉山在天水北、冀城南；

即冀县山，有石鼓，《开山图》谓之天鼓山。九州害起则鸣，有常应。又云：石鼓山有石鼓，于星为河鼓，星动则石鼓鸣，石鼓鸣则秦土有殃。鸣浅殃万物，鸣深则殃君王矣。

岷山在蜀郡湔[12]氐道西；

《汉书》以为渎山者也。

熊耳山在弘农卢氏县东；

是山也，穀水出其北林也。

荆山在南郡临沮县东北；

东条山也。卞和得玉璞于是山，楚王不理，怀璧哭于其下。王后使玉人理之，所谓和氏之玉焉。

内方山在江夏竟陵县东北；

《禹贡》注，章山也。

大别山在庐江安丰县西南；

外方山，嵩高是也；

桐柏山在南阳平氏县东南；

陪尾山在江夏安陆县东北；

衡山在长沙湘南县南；

禹治洪水，血马祭衡山，于是得《金简玉字之书》。按省玉字，得通水理也。

九江地在长沙下隽县西北；

云梦泽在南郡华容县之东；

东陵地在庐江金兰县西北；

敷浅原地在豫章历陵县西；

彭蠡泽在豫章彭泽县西北；

《尚书》所谓彭蠡既猪，阳鸟攸居也。

中江在丹阳芜湖县西南，东至会稽阳羡县入于海；

震泽在吴县南五十里；

北江在毗陵北界，东入于海；

峄阳山在下邳县之西；

羽山在东海祝其县南也；

县，即王莽之犹亭也。《尚书》，殛[13]鲧于羽山，谓是山也。山西有羽渊，禹父之所化，其神为黄熊，以入渊矣。故《山海经》曰：洪水滔天，鲧窃帝之息壤以堙水，不待帝命。帝令祝融杀鲧羽郊者也。

陶丘在济阴定陶县之西南；

陶丘，丘再成也。

菏泽在定陶县东；

雷泽在济阴成阳县西北；

菏水在山阳湖陆县南；

蒙山在太山蒙阴县西南；

大野泽在山阳巨野县东北；

大伾地在河南成皋县北；

《尔雅》曰：山一成谓之邳，然则大邳山名，非地之名也。

明都泽在梁郡睢阳县东北；

益州沱水在蜀郡汶江县西南，其一在郫县西南，皆还入江；

荆州，沱水在南郡枝江县；

三澨地在南郡邔[14]县北沱；

《尚书》曰：导汉水，过三澨。《地说》曰：沔水东行过三澨合流，触大别山阪。故马融、郑玄、王肃、孔安国等，咸以为三澨水名也。许慎言：澨者，埤增水边土，人所止也。按《春秋左传》文公十有六年，楚军次于句澨以伐诸庸。宣公四年，楚令尹子越师于漳澨。定公四年，左司马戌败吴师于雍澨。昭公二十三年，司马薳[15]越缢于薳澨。服虔或谓之邑，又谓之地。京相璠、杜预亦云水际及边地名也。今南阳、淯阳二县之间，淯水之滨，有南澨、北澨矣。而诸儒之论，水陆相半，又无山源出处之所，津途关路，惟郑玄及刘澄之言在竟陵县界。《经》云：邔县北沱。然沱流多矣，论者疑焉，而不能辨其所在。

右《禹贡》山水泽地所在，凡六十。

①杙椓：杙（yì，音义），一头尖的短木。椓（zhuó，音浊），敲击，捶筑。

②棓（bàng，音棒）：杖，同"棒"。

③并善越方：意为"都善于巫术"。

④廙：yì，音义。

⑤玦（jué，音诀）：古时佩带的玉器。

⑥欹（qī，音期）：斜，倾侧。

⑦甓（pì，音僻）：砖。

⑧庥：xiū，音休。

⑨鵌（tú，音图）：鸟名

⑩鹧（duò，音垛）：鸟名。

⑪揟（xū，音虚）：揟次，古县名，在今甘肃。

⑫湔：jiān，音兼。

⑬殛（jí，音急）：杀死。

⑭邔（qǐ，音起）：汉县名，在今湖北。

⑮薳：wěi，音伟。

# 兵学经典

# 兵学经典目录

## 孙　子

## 司　马　法

## 尉　缭　子

# 六　韬

# 吴　子

# 三　略

# 唐李问对

# 孙 子

〔春秋〕孙武 撰

# 始 计 第 一①

孙子曰：兵者②，国之大事，死生之地，存亡之道，不可不察也。

故经之以五事③，校之以计，而索其情。一曰道④，二曰天，三曰地，四曰将，五曰法。道者，令民与上同意，可与之死，可与之生，而不畏危也。天者，阴阳、寒暑、时制也。地者，远近、险易、广狭、死生也⑤。将者，智、信、仁、勇、严也。法者，曲制⑥、官道、主用也⑦。凡此五者，将莫不闻，知之者胜，不知者不胜。故校之以计，而索其情。曰：主孰有道？将孰有能？天地孰得？法令孰行？兵众孰强？士卒孰练？赏罚孰明？吾以此知胜负矣。

将听吾计⑧，用之必胜，留之。将不听吾计，用之必败，去之。

计利以听⑨，乃为之势，以佐其外。势者，因利而制权也。兵者，诡道也⑩。故能而示之不能，用而示之不用，近而示之远，远而示之近。利而诱之，乱而取之，实而备之，强而避之，怒而挠之⑪，卑而骄之，佚而劳之⑫，亲而离之。攻其无备，出其不意。此兵家之胜，不可先传也。

夫未战而庙算胜者⑬，得算多也；未战而庙算不胜者，得算少也。多算胜，少算不胜，而况于无算乎。吾以此观之，胜负见矣。

---

①计，计算，此指战前的决策、打算。

②兵，可作兵器、军队、战争等解释。这里指战争。

③经，衡量、计度。

④道，这里指法则、规律。

⑤死生，地形上的死地和生地。死地，行动困难和没有生活资料的地区。生地与死地的含义相反。

⑥曲制，指军队的编制。

⑦主用，指管理军需中的用度。

⑧将，助词。听，依从。

⑨计利，指掌握有计算上的优势。

⑩诡道，指出奇制胜的诡诈行为。

⑪挠，挫败。

⑫佚，同逸。

⑬庙算，庙，指宗庙。古代君王兴师命将时，先在宗庙里举行仪式，并召开军事会议讨论作战计划，然后出兵，称为庙算。

# 作 战 第 二

孙子曰：凡用兵之法，驰车千驷①，革车千乘②，带甲十万③，千里馈粮④，内外之费。宾客之用，胶漆之材⑤，车甲之奉，日费千金，然后十万之师举矣。

其用战也胜⑥。久则钝兵挫锐，攻城则力屈，久暴师则国用不足。夫钝兵挫锐，屈力殚货⑦，则诸侯乘其弊而起，虽有智者，不能善其后矣。故兵闻拙速，未睹巧之久也。夫兵久而国利者，未之有也。

故不尽知用兵之害者，则不能尽知用兵之利也。善用兵者，役不再籍⑧，粮不三载⑨。取用于国，因粮于敌，故军食可足也。国之贫于师者远输，远输则百姓贫；近师者贵卖，贵卖则百姓财竭，财竭则急于丘役⑩，力屈财殚中原，内虚于家。百姓之费，十去其七。公家之费，破车、罢马⑪，甲胄、矢弓，戟楯⑫、矛橹⑬，丘牛⑭、大车，十去其六。故智将务食于敌，食敌一钟⑮，当吾二十钟；蒀秆一石⑯，当吾二十石。故杀敌者，怒也；取敌之利者，货也。车战，得车十乘以上，赏其先得者，而更其旌旗，车杂而乘之，卒善而养之，是谓胜敌而益强。

故兵贵胜，不贵久。

故知兵之将，民之司命⑰，国家安危之主也。

---

①驰车，轻车、战车。

②革车，重车、辎车。

③带甲，穿戴甲胄的战士。

④馈，运送。

⑤胶漆，制造甲胄、弓矢等军事设备的材料。

⑥胜，速胜。全句意思是，作战贵在速胜。

⑦殚，穷竭。

⑧役，兵役。役不再籍，指兵员不作第二次征集。

⑨粮不三载，指出征时，随军运粮至阵前，以后就因粮于敌，待军队凯旋时，再第二次运粮迎接，不作第三次运粮。

⑩丘，古代地方一级组织。丘役，指丘征集的兵役。

⑪罢（pí，音皮），同疲。

⑫楯，同盾。

⑬橹，大盾。

⑭丘牛，按丘征来的牛。

⑮钟，齐国的容量单位。

⑯蒀（jī，音技），豆秸。秆，禾类的杆。

⑰司命，古代传说掌握生死的星宿。民之司命，指掌握人民生命的主宰。

# 谋攻第三

孙子曰：夫用兵之法，全国为上，破国次之；全军为上①，破军次之；全旅为上，破旅次之；全卒为上，破卒次之；全伍为上，破伍次之。是故百战百胜，非善之善者也；不战而屈人之兵，善之善者也。

故上兵伐谋，其次伐交，其次伐兵，其下攻城。攻城之法，为不得已。修橹轒辒②，具器械，三月而后成，距堙又三月而后已③。将不胜其忿而蚁附之，杀士卒三分之一，而城不拔者，此攻之灾也。故善用兵者，屈人之兵而非战也，拔人之城而非攻也，毁人之国而非久也，必以全争于天下，故兵不顿而利可全，此谋攻之法也。

故用兵之法，十则围之，五则攻之，倍则分之，敌则能战之，少则能逃之，不若则能避之。故小敌之坚，大敌之擒也。

夫将者，国之辅也。辅周则国必强。辅隙则国必弱。故君之所以患于军者三：不知军之不可以进而谓之进，不知军之不可以退而谓之退，是谓縻军④。不知三军之事，而同三军之政⑤，则军士惑矣。不知三军之权，而同三军之任，则军士疑矣。三军既惑且疑，则诸侯之难至矣，是谓乱军引胜。

故知胜有五：知可以与战不可以与战者胜，识众寡之用者胜，上下同欲者胜，以虞待不虞者胜⑥，将能而君不御者胜。此五者，知胜之道也。故曰：知彼知己，百战不殆⑦；不知彼而知己，一胜一负；不知彼不知己，每战必败。

---

①军、旅、卒、伍，均为古代军队编制单位。周代军制，军辖5师，每军12500人。师辖5旅，每旅500人。旅辖5卒，每卒100人。卒辖4两，每两25人。两辖5伍，每伍5人。

②轒辒（fén wēn，音坟温），皮革装护的四轮车，可运送人员和土石，是古代攻城的工具。

③堙（yīn，音因），积土为山称堙。距堙指在城墙附近积土为山。

④縻，束缚，牵制。

⑤同，干涉。

⑥虞，有预料，有准备。

⑦殆（dài，音带），危险。不殆，不会失败。

# 军形第四

孙子曰：昔之善战者，先为不可胜，以待敌之可胜。不可胜在己，可胜在敌。故善战者能为不可胜，不能使敌之必可胜。故曰：胜可知，而不可为。不可胜者，守也。可胜者，攻也。守则不足，攻则有余。善守者，藏于九地之下①，善攻者，动于九天之上②，故能自保而全胜也。

见胜不过众人之所知，非善之善者也。战胜而天下曰善，非善之善者也。故举秋毫不为多力，见日月不为明目，闻雷霆不为聪耳。古之所谓善战者，胜于易胜者也。故善战者之胜也，无智名，无勇功，故其战胜不忒③。不忒者，其所措胜，胜已败者也，故善战者，立于不败之地，而不失敌之败也。是故胜兵先胜而后求战，败兵先战而后求胜。善用兵者，修道而保法①，故能为胜败之政。

兵法：一曰度，二曰量，三曰数，四曰称，五曰胜⑤。地生度，度生量，量生数，数生称，称生胜。故胜兵若以镒称铢⑥，败兵若以铢称镒。

胜者之战，若决积水于千仞之溪者，形也。

①九地，形容极深。
②九天，形容极高。
③忒（tè，音特），差错。
④道、法，与《始计》篇中的"道"、"法"义同。修道而保法，指加强军队内部团结保障各项制度的贯彻执行。
⑤度指计算，量指容量，数指具体数目，称指权衡，胜指权衡对比后看出胜利的可能性。
⑥镒、铢，古代重量单位。镒与铢的比例为576∶1。

# 兵 势 第 五

孙子曰：凡治众如治寡，分数是也①。斗众如斗寡，形名是也②。三军之众，可使必受敌而无败者③，奇正是也④。兵之所加，如以碫投卵者⑤，虚实是也⑥。

凡战者，以正合，以奇胜。故善出奇者，无穷如天地，不竭如江海。终而复始，日月是也。死而更生，四时是也。声不过五⑦，五声之变不可胜听也。色不过五⑧，五色之变不可胜观也。味不过五⑨，五味之变不可胜尝也。战势不过奇正，奇正之变不可胜穷也。奇正相生，如循环之无端，孰能穷之哉！

激水之疾⑩，至于漂石者，势也。鸷鸟之疾⑪，至于毁折者，节也⑫。故善战者，其势险，其节短。势如彍弩，节如发机⑬。

纷纷纭纭⑭，斗乱而不可乱。浑浑沌沌⑮，形圆而不可败⑯。乱生于治，怯生于勇，弱生于强。治乱，数也。勇怯，势也。强弱，形也。

故善动敌者，形之，敌必从之；予之，敌必取之。以利动之，以本待之⑰。故善战者，求之于势，不责于人，故能择人而任势⑱。任势者，其战人也，如转木石。木石之性，安则静，危则动，方则止，圆则行。

故善战人之势，如转圆石于千仞之山者，势也。

①分数，军队编制。
②形名，指旌旗金鼓。
③受敌，临敌。

④奇（jī，音机），不正规的。

⑤碫（duàn，音段），磨刀石，极坚硬。

⑥虚实，含义广泛，参见《虚实》篇。

⑦五声，宫、商、角、微、羽五个音阶。

⑧五色，青、黄、赤、白、黑五种颜色。

⑨五味，酸、甘、苦、辛、咸五种味道。

⑩激，阻遏水势。

⑪鸷（zhì，音至），猛禽。

⑫节，节奏。

⑬发机，扣动弩机。

⑭纷纷纭纭，形容头绪纷乱。

⑮浑浑沌沌，形容情况不清。

⑯形圆，阵形变为圆形。

⑰本，军队的主力。有的版本皆为"卒"，也泛指军队。

⑱择人而任势，量才用人，利用形势。

# 虚 实 第 六

孙子曰：凡先处战地而待敌者佚，后处战地而趋战者劳。故善战者致人而不致于人。能使敌人自至者，利之也。能使敌人不得至者，害之也。故敌佚能劳之，饱能饥之，安能动之。出其所不趋，趋其所不意。

行千里而不劳者，行于无人之地也。攻而必取者，攻其所不守也。守而必固者，守其所不攻也。故善攻者，敌不知其所守。善守者，敌不知其所攻。微乎微乎，至于无形。神乎神乎，至于无声。故能为敌之司命。进而不可御者，冲其虚也；退而不可追者，速而不可及也。故我欲战，敌虽高垒深沟，不得不与我战者，攻其所必救也。我不欲战，虽画地而守之①，敌不得与我战者，乖其所之也②。

故形人而我无形，则我专而敌分。我专为一，敌分为十，是以十攻其一也，则我众敌寡。能以众击寡，则吾之所与战者，约矣③。吾所与战之地不可知，不可知则敌所备者多，敌所备者多，则吾所与战者，寡矣。故备前则后寡，备后则前寡，备左则右寡，备右则左寡，无所不备则无所不寡。寡者，备人者也。众者，使人备己者也。

故知战之地，知战之日，则可千里而会战。不知战地，不知战日，则左不能救右，右不能救左，前不能救后，后不能救前，而况远者数十里，近者数里乎！

以吾度之，越人之兵虽多，亦奚益于胜哉？故曰：胜可为也④，敌虽众，可使无斗。

故策之而知得失之计⑤，作之而知动静之理⑥，形之而知死生之地⑦，角之而知有余不足之处⑧。

故形兵之极，至于无形。无形，则深间不能窥，智者不能谋。因形而措胜无众，众不能知。人皆知我所以胜之形，而莫知吾所以制胜之形。故其战胜不复，而应形于无穷。

夫兵形象水，水之形避高而趋下，兵之形避实而击虚。水因地而制流，兵因敌而制胜。故兵无常势，水无常形，能因敌变化而取胜者，谓之神。故五行无常胜，四时无常位，日有短长，月有死生。

---

①画地而守之，是指即使画地为界，亦可守之。

②乖，背离。

③约，约束。这里指容易被击败。

④胜可为也，指胜利是可以争取的。

⑤策，筹算。

⑥作之，疑为"候之"之误。侦察的意思。

⑦形之，明察战势。

⑧角之，与敌人较量。指战斗侦察。

# 军 争 第 七

孙子曰：凡用兵之法，将受命于君，合军聚众，交和而舍①，莫难于军争。军争之难者，以迂为直，以患为利。

故迂其途而诱之以利，后人发，先人至，此知迂直之计者也。军争为利，军争为危。举军而争利，则不及，委军而争利②，则辎重捐③。是故卷甲而趋，日夜不处，倍道兼行④，百里而争利，则擒三将军⑤，劲者先，疲者后，其法十一而至；五十里而争利，则蹶上将军⑥，其法半至；三十里而争利，则三分之二至。是故军无辎重则亡，无粮食则亡，无委积则亡⑦。

故不知诸侯之谋者，不能豫交⑧；不知山林、险阻、沮泽之形者，不能行军⑨；不用乡导者，不能得地利。故兵以诈立⑩，以利动，以分合为变者也。故其疾如风，其徐如林，侵掠如火，不动如山，难知如阴⑪，动如雷震。掠乡分众，廓地分利，悬权而动⑫，先知迂直之计者胜，此军争之法也。

《军政》曰⑬："言不相闻，故为之金鼓。视不相见，故为之旌旗。"夫金鼓旌旗者，所以一人之耳目也⑭。人既专一，则勇者不得独进，怯者不得独退，此用众之法也。故夜战多金鼓，昼战多旌旗，所以变人之耳目也。

三军可夺气，将军可夺心。是故朝气锐，昼气惰，暮气归。善用兵者，避其锐气，击其惰归，此治气者也。以治待乱，以静待哗，此治心者也。以近待远，以佚待劳，以饱待饥，此治力者也。无邀正正之旗⑮，勿击堂堂之阵，此治变者也。

故用兵之法，高陵勿向，背丘勿逆⑯，佯北勿从，锐卒勿攻，饵兵勿食，归师勿遏，围师必阙，穷寇勿迫。此用兵之法也。

---

①和，军营的左右门。舍，建立营阵。交和而舍，指两军对垒。

②委，弃置。

③捐，舍弃。

④倍道，提高行军速度。

⑤三将军，春秋时，大国有上、中、下（或左、中、右）三军。三军统帅皆称将军，故为三将军。

⑥蹶，挫折，失败。

⑦委积，军需储备。

⑧豫，通与，参与。参与外交。

⑨行军，指用兵作战。

⑩兵以诈立，以诡诈的办法取胜。

⑪阴，指黑夜。

⑫悬权而动，权指秤砣，这里指权衡利害，相机而动。

⑬《军政》，古代的一部兵书，已佚。

⑭一，统一。

⑮正正，整齐。

⑯逆，迎击。

# 九变第八<sup>①</sup>

　　孙子曰：凡用兵之法，将受命于君，合军聚众。圮地无舍<sup>②</sup>，衢地合交<sup>③</sup>，绝地无留<sup>④</sup>，围地则谋<sup>⑤</sup>，死地则战<sup>⑥</sup>，途有所不由，军有所不击，城有所不攻，地有所不争，君命有所不受。

　　故将通于九变之利者，知用兵矣。将不通九变之利，虽知地形，不能得地之利矣。治兵不知九变之术，虽知五利<sup>⑦</sup>，不能得人之用矣。

　　是故智者之虑必杂于利害。杂于利而务可信也，杂于害而患可解也。是故屈诸侯者以害，役诸侯者以业，趋诸侯者以利。故用兵之法，无恃其不来，恃吾有以待之。无恃其不攻，恃吾有所不可攻也。

　　故将有五危：必死可杀，必生可虏，忿速可侮<sup>⑧</sup>，廉洁可辱<sup>⑨</sup>，爱民可烦<sup>⑩</sup>。凡此五者，将之过也，用兵之灾也。覆军杀将，必以五危，不可不察也。

①九变，多变。

②圮（pǐ，音痞）地，山林、险阻、沼泽、水网等难于通行之地。

③衢地，四通八达之地。

④绝地，极险恶而无出路的境地。

⑤围地，易被包围之地。

⑥死地，决死一战之地。

⑦五利，五地（圮地、衢地、绝地、围地、死地）之利。

⑧忿速，忿怒急切。

⑨廉洁可辱，廉洁而重名声的，可能被侮辱所激怒。

⑩爱民可烦，溺爱民众可能被烦扰。

# 行 军 第 九

孙子曰：凡处军、相敌①：

绝山依谷②，视生处高③，战隆无登④，此处山之军也。绝水必远水；客绝水而来，勿迎之于水内，令半渡而击之，利；欲战者，无附于水而迎客；视生处高，无迎水流，此处水上之军也。绝斥泽⑤，唯亟去无留；若交军于斥泽之中，必依水草而背众树，此处斥泽之军也。平陆处易，右背高⑥，前死后生⑦，此处平陆之军也。凡四军之利，黄帝之所以胜四帝也⑧。凡军好高而恶下，贵阳而贱阴，养生处实，军无百疾，是谓必胜。丘陵堤防，必处其阳而右背之，此兵之利，地之助也。上雨水沫至，欲涉者，待其定也。凡地有绝涧⑨、天井⑩、天牢⑪、天罗⑫、天陷⑬、天隙⑭，必亟去之，勿近也。吾远之，敌近之。吾迎之，敌背之。军旁有险阻、潢井⑮、蒹葭⑯、林木、蘙荟者⑰，必谨复索之⑱，此伏奸之所也。

敌近而静者，恃其险也。远而挑战者，欲人之进也。其所居易者，利也。众树动者，来也。众草多障者，疑也。鸟起者，伏也。兽骇者，覆也⑲。尘高而锐者，车来也；卑而广者，徒来也。散而条达者⑳，樵采也。少而往来者，营军也。辞卑而益备者，进也。辞强而进驱者，退也。轻车先出居其侧者㉑，陈也。无约而请和者，谋也。奔走而陈兵者，期也。半进半退者，诱也。杖而立者，饥也。汲而先饮者，渴也。见利而不进者，劳也。鸟集者㉒，虚也。夜呼者，恐也。军扰者，将不重也。旌旗动者，乱也。吏怒者，倦也㉓。杀马肉食者，军无粮也，悬缶不返其舍者㉔，穷寇也。谆谆谕谕㉕，徐与人言者，失众也。数赏者，窘也。数罚者，困也。先暴而后畏其众者，不精之至也。来委谢者㉖，欲休息也。兵怒而相迎，久而不合，又不相去，必谨察之。

兵非贵益多，唯无武进，足以并力料敌、取人而已。夫唯无虑而易敌者㉗，必擒于人。卒未亲附而罚之㉘，则不服，不服则难用。卒已亲附而罚不行㉙，则不可用。故令之以文，齐之以武，是谓必取。令素行以教其民，则民服。令不素行以教其民，则民不服；令素行者，与众相得也。

---

①处军，配置、安置军队。相敌，观察判断敌情。

②绝，穿越、横渡。

③视生处高，居高向阳。

④战隆无登，隆为降字之误，战降指与自高而下之敌交战；无登，不可自下而上迎敌。

⑤斥泽，盐碱、沼泽地。

⑥右背高，最好背靠高地。

⑦前死后生，前与敌交战，不战则亡；后有高险可依。

⑧四帝，即黄帝时四方的部落首领，东方青帝太皞、南方赤帝炎帝、西方白帝少皞、北方黑帝颛顼。

⑨绝涧，两山夹立，中为流水。

⑩天井，四面高峻，形容深井。

⑪天牢，深山峻岭，烟雾迷蒙，易进难出。

⑫天罗，草木丛生，宛如网罗。

⑬天陷，地势低陷，道路泥泞。

⑭天隙，地形断裂如隙。

⑮潢井，低洼沼泽之地。

⑯蒹（jiān，音尖）葭（jiā，音加），芦苇丛生。

⑰翳（yì，音义）荟（huì，音会），草木丛生，可以隐伏之地。

⑱谨复索之，细心反复搜索。

⑲覆，伏兵。

⑳散而条达，散乱而条理通达。

㉑轻车，即《作战》篇所说"驰车"。

㉒鸟集，飞鸟群集。

㉓倦，厌倦。

㉔缶（fǒu，音否），古代盛水器具。

㉕谆谆谕谕，谆谆，絮絮不休；谕谕（xī，音西，同翕），聚合。

㉖委谢，委质（携带礼物）来谢。

㉗易敌，轻敌。

㉘亲附，诚心拥护。

㉙罚不行，法纪不能严格执行。

# 地 形 第 十

孙子曰：地形有通者，有挂者，有支者，有隘者，有险者，有远者。我可以往，彼可以来，曰通。通形者，先居高阳，利粮道，以战则利。可以往，难以返，曰挂。挂形者，敌无备，出而胜之；敌若有备，出而不胜，难以返，不利。我出而不利，彼出而不利，曰支。支形者，敌虽利我，我无出也；引而去之，令敌半出而击之，利。隘形者，我先居之，必盈之以待敌①；若敌先居之，盈而勿从，不盈而从之。险形者，我先居之，必居高阳以待敌；若敌先居之，引而去之，勿从也。远形者，势均，难以挑战，战而不利。凡此六者，地之道也，将之至任，不可不察也。

故兵有走者，有弛者，有陷者，有崩者，有乱者，有北者。凡此六者，非天地之灾，将之过也。夫势均，以一击十，曰走②。卒强吏弱，曰弛。吏强卒弱，曰陷。大吏怒而不服，遇敌怼而自战③，将不知其能，曰崩。将弱不严，教道不明，吏卒无常，陈兵纵横，曰乱。将不能料敌，以少合众，以弱击强，兵无选锋④，曰北。凡此六者，败之道也，将之至任，不可不察也。

夫地形者，兵之助也。料敌制胜，计险厄、远近，上将之道也。知此而用战者，必胜；不知此而用战者，必败。故战道必胜，主曰无战，必战可也；战道不胜，主曰必战，无战可也。故进不求名，退不避罪，唯民是保，而利于主，国之宝也。

视卒如婴儿，故可与之赴深溪；视卒如爱子，故可与之俱死。爱而不能令，厚而不能使，乱而不能治，譬如骄子，不可用也。

知吾卒之可以击，而不知敌之不可击，胜之半也。知敌之可击，而不知吾卒之不可以击，胜之半也。知敌之可击，知吾卒之可以击，而不知地形之不可以战，胜之半也。故知兵者，动而不迷，举而不穷。故曰：知彼知己，胜乃不殆；知天知地，胜乃可全。

①盈，充实，指在隘口布满兵力。

②走，逃跑。

③怼（duì，音对），怨恨。

④选锋，选择精锐的部队为前锋。

# 九地第十一

孙子曰：用兵之法，有散地，有轻地，有争地，有交地，有衢地，有重地，有圮地，有围地，有死地。诸侯自战其地者，为散地。入人之地而不深者，为轻地。我得亦利，彼得亦利者，为争地。我可以往，彼可以来者，为交地。诸侯之地三属，先至而得天下之众者，为衢地。入人之地深，背城邑多者，为重地。山林、险阻、沮泽，凡难行之道者，为圮地。所由入者隘，所从归者迂，彼寡可以击吾之众者，为围地。疾战则存，不疾战则亡者，为死地。是故散地则无战，轻地则无止，争地则无攻，交地则无绝，衢地则合交，重地则掠，圮地则行，围地则谋，死地则战。

古之善用兵者，能使敌人前后不相及，众寡不相恃，贵贱不相救，上下不相收①，卒离而不集，兵合而不齐。合于利而动，不合于利而止。敢问："敌众整而将来，待之若何？"曰："先夺其所爱，则听矣。"兵之情主速，乘人之不及，由不虞之道，攻其所不戒也。

凡为客之道②：深入则专，主人不克③；掠于饶野，三军足食；谨养而勿劳，并气积力；运兵计谋，为不可测。

投之无所往，死且不北，死焉不得，士人尽力。兵士甚陷则不惧，无所往则固，入深则拘，不得已则斗。是故其兵不修而戒，不求而得，不约而亲，不令而信，禁祥去疑④，至死无所之。吾士无余财，非恶货也；无余命，非恶寿也。令发之日，士卒坐者涕沾襟，偃卧者涕交颐。投之无所往，诸、刿之勇也⑤。

故善用兵者，譬如率然⑥。率然者，常山之蛇也⑦，击其首则尾至，击其尾则首至，击其中则首尾俱至。敢问，兵可使如率然乎？曰可。夫吴人与越人相恶也，当其同舟济而遇风，其相救也，如左右手。是故方马埋轮⑧，未足恃也。齐勇若一，政之道也；刚柔皆得⑨，地之理也。故善用兵者，携手若使一人，不得已也。

将军之事，静以幽，正以治。能愚士卒之耳目，使之无知。易其事、革其谋，使人无识。易其居、迁其途，使人不得虑。帅与之期，如登高而去其梯。帅与之深入诸侯之地，而发其机，若驱群羊，驱而往，驱而来，莫知所之。聚三军之众，投之于险，此将军之事也。

九地之变，屈伸之利，人情之理，不可不察也。

凡为客之道：深则专，浅则散。去国越境而师者，绝地也；四通者，衢地也；入深者，重地也；入浅者，轻地也；背固前隘者，围地也；无所往者，死地也。是故散地，吾将一其志；轻地，吾将使之属；争地，吾将趋其后；交地，吾将谨其守；衢地，吾将固其结；重地，吾将继其食；圮地，吾将进其途；围地，吾将塞其阙；死地，吾将示之以不活。

故兵之情，围则御，不得已则斗，过则从。

是故不知诸侯之谋者，不能豫交；不知山林、险阻、沮泽之形者，不能行军；不用乡导者，不能得地利。四五者⑩，一不知，非霸王之兵也⑪。夫霸王之兵，伐大国，则其众不得聚；威加于敌，则其交不得合。是故不争天下之交，不养天下之权⑫，信己之私，威加于敌。故其城可拔，其国可隳⑬。

施无法之赏，悬无政之令，犯三军之众⑭，若使一人。犯之以事，勿告以言；犯之以利，勿告以害⑮。投之亡地然后存，陷之死地然后生。夫众陷于害，然后能为胜败。

故为兵之事，在顺详敌之意⑯，并敌一向，千里杀将，是谓巧能成事。是故政举之日⑰，夷关折符⑱，无通其使，厉于廊庙之上⑲，以诛其事⑳。敌人开阖，必亟入之。先其所爱，微与之期㉑。践墨随敌㉒，以决战事。是故始如处女，敌人开户；后如脱兔，敌不及拒。

---

①收，聚集。

②客，客军，在国外作战的军队。

③主人，与客相对，在本国作战的军队。

④祥，占验吉祥。禁祥，禁止吉祥占验。

⑤诸，专诸，春秋时为吴子光刺杀吴王僚的勇士。刿，曹刿，鲁人，春秋时勇士。

⑥率然，传说中的一种蛇名。

⑦常山，"常"是为避汉文帝讳而将恒山改为常山。

⑧方，并列。埋轮，掩埋车轮。

⑨刚柔皆得，指善于合理利用地形，使各种兵力都能发挥威力。

⑩四五者，一说泛指以上诸事；一说可能是错字。

⑪霸王，指强大的军队。

⑫不养，不事奉。

⑬隳（huī，音灰），毁坏。

⑭犯，用。

⑮犯之以利，勿告以害，只告诉有利的方面，不告诉不利的方面。

⑯顺详敌之意，顺着敌人意图而愚弄他们。

⑰政举，与敌决战。

⑱夷关，闭关。折符，毁符。

⑲厉，同砺，磨。引伸为研究。

⑳诛，治理。引伸为筹划。

㉑微，伺探。

㉒墨，规矩。践墨随敌，既要按照原则，又要随敌情变化，寻找战机。

# 火攻第十二

孙子曰：凡火攻有五：一曰火人，二曰火积，三曰火辎，四曰火库，五曰火队①。

行火必有因，烟火必素具②。发火有时，起火有日。时者，天之燥也。日者，月在箕、壁、翼、轸也③。凡此四宿者，风起之日也。

凡火攻，必因五火之变而应之。火发于内，则早应之于外。火发而其兵静者，待而勿攻。极其火力，可从而从之，不可从则止。火可发于外，无待于内，以时发之。火发上风，无攻下风。

昼风久，夜风止。凡军必知五火之变，以数守之。

故以火佐攻者明，以水佐攻者强。水可以绝，不可以夺。

夫战胜攻取，而不修其功者凶①，命曰费留⑤。故曰：明主虑之，良将修之。非利不动，非得不用，非危不战。主不可以怒而兴师，将不可以愠而致战。合于利而动，不合于利而止。怒可以复喜，愠可以复说⑥，亡国不可以复存，死者不可以复生。故明主慎之，良将警之，此安国全军之道也。

---

①队，同隧。火队，焚烧运输设施和通路。

②素，预先。

③箕、壁、翼、轸，我国古代天文学中二十八宿中四座星宿的名称。

④修，建立。

⑤费留，因惜费，而不及时论功行赏。

⑥说，同悦。

# 用间第十三

孙子曰：凡兴师十万，出征千里，百姓之费，公家之奉，日费千金，内外骚动，怠于道路，不得操事者，七十万家①。相守数年，以争一日之胜，而爱爵禄百金，不知敌之情者，不仁之至也，非人之将也，非主之佐也，非胜之主也。故明君贤将，所以动而胜人，成功出于众者，先知也。先知者，不可取于鬼神，不可象于事②，不可验于度③，必取于人，知敌之情者也。

故用间有五：有因间，有内间，有反间，有死间，有生间。五间俱起，莫知其道，是谓神纪，人君之宝也。因间者，因其乡人而用之。内间者，因其官人而用之。反间者，因其敌间而用之。死间者，为诳事于外，令吾间知之，而传于敌间也。生间者，反报也。

故三军之事，莫亲于间，赏莫厚于间，事莫密于间。非圣智不能用间，非仁义不能使间，非微妙不能得间之实。微哉微哉，无所不用间也！间事未发而先闻者，间与所告者皆死。

凡军之所欲击，城之所欲攻，人之所欲杀，必先知其守将、左右、谒者、门者、舍人之姓名，令吾间必索知之。必索敌间之来间我者，因而利之，导而舍之④，故反间可得而用也。因是而知之，故乡间、内间可得而使也。因是而知之，故死间为诳事，可使告敌。因是而知之，故生间可使如期。五间之事，主必知之，知之必在于反间，故反间不可不厚也。

昔殷之兴也，伊挚在夏⑤；周之兴也，吕牙在殷⑥。故明君贤将，能以上智为间者，必成大功。此兵之要，三军所恃而动也。

---

①七十万家，古代出军制度，按井田制度，一人应征，就要有七户家庭供给他的一切费用。因此，一国动员十万军队，就有七十万家不能很好操持生计。

②象于事，从表象推知其实质。

③验于度，以天象星辰运行的度数验证。

④导，教导，引导。舍，舍弃。

　　⑤伊挚（zhì，音至），即伊尹，商朝的开国功臣。因为伊尹在夏朝住的时间很长，了解夏王朝的情况，所以对商灭夏起了很大的作用。

　　⑥吕牙，即姜尚，周朝的开国元勋。因为姜子牙在商朝了解商王朝的情况，对周灭商的贡献极大。

# 司马法

# 仁 本 第 一

古者，以仁为本，以义治之之为正①。正不获意则权。权出于战，不出于中人②。是故杀人安人，杀之可也；攻其国，爱其民，攻之可也；以战止战，虽战可也。故仁见亲，义见说③，智见恃，勇见方④，信见信。内得爱焉，所以守也；外得威焉，所以战也。

战道：不违时，不历民病⑤，所以爱吾民也；不加丧，不因凶，所以爱夫其民也；冬夏不兴师，所以兼爱民也。故国虽大，好战必亡；天下虽安，忘战必危。

天下既平，天子大恺⑥，春蒐秋狝⑦；诸侯春振旅，秋治兵，所以不忘战也。

古者，逐奔不过百步⑧，纵绥不过三舍⑨，是以明其礼也。不穷不能而哀怜伤病，是以明其仁也。成列而鼓⑩，是以明其信也。争义不争利，是以明其义也。又能舍服，是以明其勇也。知终知始，是以明其智也。六德以时合教，以为民纪之道也，自古之政也。

先王之治，顺天之道，设地之宜，官民之德，而正名治物⑪。立国辨职⑫，以爵分禄，诸侯说怀，海外来服，狱弭而兵寝，圣德之治也。

其次，贤王制礼乐法度，乃作五刑，兴甲兵，以讨不义。巡狩省方⑬，会诸侯，考不同。其有失命、乱常背德、逆天之时，而危有之君，遍告于诸侯，彰明有罪。乃告于皇天上帝、日月星辰，祷于后土、四海神祇、山川、冢社，乃造于先王⑭。然后冢宰徵师于诸侯曰⑮："某国为不道，征之。以某年月日，师至于某国，会天子正刑。"冢宰与百官布令于军曰："入罪人之地，无暴神祇，无行田猎，无毁土功，无燔墙屋⑯，无伐林木，无取六畜、禾黍、器械。见其老幼，奉归勿伤；虽遇壮者，不校勿敌⑰；敌若伤之，医药归之。"

曾诛有罪，王及诸侯修正其国，举贤立明，正复厥职⑱。

王霸之所以治诸侯者六：以土地形诸侯⑲，以政令平诸侯，以礼信亲诸侯，以材力说诸侯，以谋人维诸侯，以兵革服诸侯。同患同利，以合诸侯⑳；比小事大㉑，以和诸侯。

会之以发禁者九：凭弱犯寡则眚之㉒，贼贤害民则伐之，暴内陵外则坛之㉓，野荒民散则削之，负固不服则侵之，贼杀其亲则正之，放弑其君则残之，犯令陵政则杜之㉔，外内乱，禽兽行，则灭之。

---

①正，通政。

②人，通仁。

③说，同悦。

④方，效法。

⑤历，逢。指不在人民疾疫时举兵。

⑥恺，同凯。

⑦蒐，春季田猎。狝（xiǎn，音显），秋季田猎。

⑧逐奔，追击逃跑的敌人。西周前，追击逃敌不超一百步。

⑨纵绥，追踪退却的敌人。

⑩成列而鼓，摆好阵势再击鼓进攻。

⑪正名治物，设官分职，各司其事。

⑫立国辨职，分封诸侯，设官分职。

⑬省方，视察四方。

⑭造于先王，到祖庙祷告先王。

⑮冢宰，职官名，六官之首，相当于宰相。

⑯燔（fán，音凡），烧毁。

⑰校，同较。不校，不抵抗。

⑱正复厥职，重立其君。

⑲以土地形诸侯，用调整封地的状况来控制诸侯的强弱。

⑳合诸侯，诸侯的集会、订盟。

㉑比，亲近。事，事奉。

㉒眚（shěng，音省），同省，削减。

㉓坛，同墠，清除空地。

㉔杜之，堵塞。

# 天子之义第二

天子之义①，必纯取法天地，而观于先圣。士庶之义②，必奉于父母，而正于君长。故虽有明君，士不先教，不可用也。

古之教民，必立贵贱之伦经，使不相陵。德义不相逾，材技不相掩，勇力不相犯，故力同而意和也。

古者，国容不入军③，军容不入国，故德义不相逾。上贵不伐之士，不伐之士，上之器也。苟不伐则无求，无求则不争。国中之听，必得其情，军旅之听，必得其宜，故材技不相掩。从命为士上赏，犯命为士上戮，故勇力不相犯。既致教其民，然后谨选而使之。事极修④，则百官给矣⑤，教极省，则民兴良矣，习惯成，则民体俗矣。教化之至也。

古者逐奔不远，纵绥不及。不远则难诱，不及则难陷。以礼为固⑥，以仁为胜⑦。既胜之后，其教可复⑧。是以君子贵之也。

有虞氏戒于国中，欲民体其命也。夏后氏誓于军中，欲民先成其虑也。殷誓于军门之外，欲民先意以待事也。周将交刃而誓之，以致民志也。夏后氏正其德也，未用兵之刃，故其兵不杂。殷义也，始用兵之刃矣。周力也，尽用兵之刃矣。夏赏于朝，贵善也。殷戮于市，威不善也。周赏于朝，戮于市，劝君子、惧小人也。三王彰其德一也。

兵不杂则不利。长兵以卫⑨，短兵以守⑩。太长则难犯⑪，太短则不及。太轻则锐⑫，锐则易乱⑬。太重则钝，钝则不济。

戎车⑭：夏后氏曰钩车，先正也⑮；殷曰寅车，先疾也；周曰元戎，先良也。

旗：夏后氏玄首⑯，人之执也；殷白，天之义也；周黄，地之道也。

章⑰：夏后氏以日月，尚明也；殷以虎，尚威也；周以龙，尚文也。

师多务威则民诎⑱，少威则民不胜。上使民不得其义，百姓不得其叙⑲，技用不得其利，牛马不得其任，有司陵之，此谓多威。多威则民诎。上不尊德而任诈慝⑳，不尊道而任勇力，不贵用命而贵犯命，不贵善行而贵暴行，陵之有司，此谓少威。少威则民不胜。军旅以舒为主㉑，舒则民力足。虽交兵致刃，徒不趋，车不驰，逐奔不逾列，是以不乱军旅之固，不失行列之政，不绝人马之力，迟速不过诚命。

古者，国容不入军，军容不入国。军容入国，则民德废；国容入军，则民德弱。故在国言文而语温，在朝恭以逊，修己以待人，不召不至，不问不言，难进易退；在军抗而立，在行遂而果②，介者不拜③，兵车不式④，城上不趋⑤，危事不齿⑥。故礼与法表里也，文与武左右也。

古者贤王明民之德，尽民之善，故无废德，无简民⑦，赏无所生，罚无所试。有虞氏不赏不罚，而民可用，至德也。夏赏而不罚，至教也。殷罚而不赏，至威也。周以赏罚，德衰也。赏不逾时，欲民速得为善之利也。罚不迁列，欲民速睹为不善之害也。大捷不赏，上下皆不伐善⑧。上苟不伐善，则不骄矣；下苟不伐善，必亡等矣。上下不伐善若此，让之至也。大败不诛，上下皆以不善在己。上苟以不善在己，必悔其过；下苟以不善在己，必远其罪。上下分恶若此，让之至也。

古者戍军，三年不兴，睹民之劳也。上不相报若此，和之至也。

得意则恺歌，示喜也。偃伯灵台⑨，答民之劳，示休也。

①天子之义，天子的思想行为。

②士庶之义，士最下层贵族，庶指平民。

③国，朝廷。容，礼仪，法制。

④事极修，各项事业都安排得有条有理。

⑤给，供应无缺。

⑥固，持守。

⑦胜，取胜。

⑧其教可复，以仁为胜是可以反复使用的致胜原则。

⑨兵，兵器。卫，卫护。

⑩守，守护，抵挡。

⑪难犯，难以约束。

⑫锐，轻便。

⑬乱，混乱。

⑭戎车，战车。

⑮先，注重。

⑯玄，黑色。夏代尚黑色。

⑰章，徽章。

⑱诎，同屈，压抑。

⑲叙，授职，安排职位。

⑳慝（tè，音特），邪恶。

㉑舒，徐缓。

㉒遂，进。果，果断。

㉓介者，穿着甲胄的人。

㉔式，敬礼。

㉕趋，急走。城上不趋，在城上要简免礼节。

㉖齿，排列先后。危事不齿，危急情况下，不必以尊卑长幼排列先后。

㉗简，怠慢。

㉘伐善，夸功。

㉙偃，息。伯，同霸。

# 定爵第三

凡战，定爵位，著功罪，收游士，申教诏①，询厥众②，求厥技，方虑极物③，变嫌推疑，养力索巧，因心之动。

凡战，固众，相利，治乱，进止，服正，成耻，约法，省罚，小罪乃杀④，小罪胜，大罪因。

顺天，阜财，怿众⑤，利地，右兵⑥，是谓五虑。顺天，奉时；阜财，因敌；怿众，勉若⑦；利地，守隘险阻；右兵，弓矢御、殳矛守、戈戟助。凡五兵五当⑧，长以卫短，短以救长。迭战则久⑨，皆战则强⑩。见物与侔⑪，是谓两之⑫。

主固勉若，视敌而举。将心，心也。众心，心也。马、牛、车、兵、佚饱⑬，力也。教惟豫，战惟节。将军，身也。卒，支也⑭。伍，指拇也。

凡战，权也；斗，勇也；陈，巧也；用其所欲，行其所能，废其不欲不能。于敌反是。

凡战，有天，有财，有善。时日不迁，龟胜微行⑮，是谓有天。众有有⑯，因生美，是谓有财。人习陈利，极物以豫，是谓有善。人勉及任，是谓乐人⑰。大军以固，多力以烦，堪物简治⑱，见物应卒，是谓行豫。轻车轻徒，弓矢固御，是谓大军。密静多内力，是谓固陈。因是进退，是谓多力⑲。上暇人教，是谓烦陈⑳。然有以职，是谓堪物。因是辨物，是谓简治。称众，因地因敌令陈，攻战守，进退止，前后序，车徒因㉑，是谓战参㉒。不服、不信、不和、怠、疑、厌、慑、枝、拄㉓、诎、顿、肆、崩、缓、是谓战患。骄骄，慑慑，吟旷㉔，虞惧，事悔㉕，是谓毁折。大小，坚柔，参伍㉖，众寡，凡两，是谓战权。

凡战，间远，观迩，因时，因财，贵信，恶疑。作兵义，作事时，使人惠。见敌静，见乱暇，见危难无忘其众。居国惠以信，在军广以武，刃上果以敏㉗。居国和，在军法，刃上察。居国见好，在军见方，刃上见信。

凡陈，行惟疏㉘，战惟密㉙，兵惟杂。人教厚，静乃治。威利章㉚，相守义，则人勉；虑多成，则人服；时中服㉛，厥次治。物既章㉜，目乃明。虑既定，心乃强。进退无疑，见敌无谋，听诛。无诳其名，无变其旗㉝。

凡事善则长，因古则行。誓作章，人乃强，灭厉祥㉞。灭厉之道：一曰义，被之以信，临之以强，成基一天下之形，人莫不说，是谓兼用其人；一曰权，盛其溢，夺其好，我自其外，使自其内。

一曰人，二曰正，三曰辞，四曰巧，五曰火，六曰水，七曰兵，是谓七政。荣、利、耻、死，是谓四守。容色积威，不过改意，凡此道也。唯仁有亲，有仁无信，反败厥身。人人，正正，辞辞，火火。

凡战之道：既作其气，因发其政。假之以色，道之以辞。因惧而戒，因欲而事，蹈敌制地，以职命之，是谓战法。

凡人之形㉟，由众之求，试以名行㊱，必善行之。若行不行，身以将之。若行而行，因使勿忘。三乃成章，人生之宜，谓之法。

凡治乱之道，一曰仁，二曰信，三曰直，四曰一，五曰义，六曰变，七曰专。立法，一曰受，二曰法，三曰立，四曰疾，五曰御其服，六曰等其色㊲，七曰百官宜无淫服。凡军，使法在己曰专，与下畏法曰法。军无小听㊳，战无小利，日成行微㊴，曰道。

凡战，正不行则事专㊵，不服则法，不相信则一。若怠则动之，若疑则变之，若人不信上，则行其不复㊶。自古之政也。

---

①申教诏，申明教令。

②厥，其。

③方，并列。极，穷究。物，事物的实质。

④杀，煞住。

⑤怿（yì，音义），悦服。

⑥右，帮助，使各种兵器相互配合。

⑦勉若，勉励。

⑧五兵，即戈、矛、殳、戟、弓矢五种兵器。当，对付。

⑨迭，更迭，轮番。

⑩皆战，一起用于作战。

⑪侔（móu，音谋），匹配。

⑫两之，两相对应。

⑬佚，同逸。

⑭支，同肢。

⑮龟胜，占卜获得吉兆。微行，微密行事。

⑯有有，有人之所有。

⑰乐人，取乐于人。

⑱堪物简治，胜任其事，简化管理。

⑲多力，指发挥战斗力。

⑳烦陈，训练有素。

㉑因，协同，配合。

㉒参，检验。

㉓拄（zhǔ，音主），责难。

㉔吰（huáng，音黄），呼叫。

㉕事悔，徒事悔恨。

㉖参伍，古时的战斗编组，二人叫比，三人叫参，五人叫伍。此处泛指不同的编组方式。

㉗刃上，两军交锋。

㉘行惟疏，行列平时必须稀疏。

㉙战惟密，战时必须密集。

㉚章，同彰。

㉛时中服，令人心悦诚服。

㉜物，旗帜。

㉝无变其旗，不可轻易变换旗帜。

㉞厉，灾祸。祥，妖怪。

㉟形，通型。

㊱试以名行，试，检验；名行，名声、操行。

㊲等其色，按颜色区别等级。

㊳小听，细言。

㊴日成行微，成，既定；微，微密。

㊵正，通政。

㊶行其不复，令出必行，绝无反复。

# 严位第四

凡战之道，位欲严，政欲栗①，力欲窕②，气欲闲③，心欲一。

凡战之道，等道义④，立卒伍⑤，定行列，正纵横，察名实。立进俯⑥，坐进跪⑦。畏则密，危则坐。远者视之则不畏，迩者勿视则不散。位下左右⑧，下甲坐⑨，誓徐行之⑩。位逮徒甲，筹以轻重。振马噪，徒甲畏亦密之。跪坐坐伏，则膝行而宽誓之。起噪，鼓而进，则以铎止之。衔枚誓糗，坐膝行而推之。执戮禁顾，噪以先之。若畏太甚，则勿戮杀，示以颜色，告之以所生。循省其职。

凡三军，人戒分日⑪。人禁不息⑫，不可以分食。方其疑惑，可师可服。

凡战，以力久，以气胜；以固久，以危胜；本心固⑬，新气胜；以甲固，以兵胜。

凡车以密固，徒以坐固，甲以重固，兵以轻胜。人有胜心，惟敌之视⑭。人有畏心，惟畏之视⑮。两心交定，两利若一。两为之职⑯，惟权视之。

凡战，以轻行轻则危，以重行重则无功⑰，以轻行重则败，以重行轻则战。故战相为轻重。舍谨兵甲，行慎行列，战谨进止。

凡战，敬则慊⑱，率则服。上烦轻，上暇重。奏鼓轻，舒鼓重。服肤轻，服美重。

凡马车坚，甲兵利，轻乃重。上同无获⑲，上专多死，上生多疑，上死不胜。

凡人，死爱，死怒，死威，死义，死利。

凡战之道，教约人轻死⑳，道约人死正㉑。

凡战，若胜若否㉒，若天若人。

凡战，三军之戒，无过三日；一卒之警㉓，无过分日；一人之禁，无过瞬息。

凡大善用本，其次用末㉔。执略守微㉕，本末唯权，战也。

凡胜，三军一人胜㉖。

凡鼓，鼓旌旗，鼓车，鼓马，鼓徒，鼓兵，鼓首，鼓足。七鼓兼齐。

凡战，既固勿重㉗。重进勿尽㉘，凡进危。

凡战，非陈之难，使人可陈难㉙。非使可陈难，使人可用难㉚。非知之难，行之难。人方有性㉛，性州异，教成俗；俗州异，道成俗。

凡众寡，若胜若否。兵不告利㉜，甲不告坚，车不告固，马不告良，众不自多，未获道。

凡战，胜则与众分善。若将复战，则重赏罚。若使不胜，取过在己。复战，则誓已居前，无复先术。胜否勿反，是谓正则。

凡民，以仁救，以义战，以智决，以勇斗，以信专㉝，以利劝，以功胜。故心中仁，行中义。堪物，智也。堪大，勇也。堪久，信也。让以和㉞，人以洽。自予以不循㉟，争贤以为人，说其心，效其力。

凡战，击其微静，避其强静㊱；击其倦劳，避其闲窕；击其大惧，避其小惧㊲。自古之政也。

①栗，同慄。

②窕（tiāo，音挑），同佻，轻巧。

③闲，安闲，引申为沉着。

④等，衡量。

⑤立卒伍，建立卒伍等军队编制。

⑥立进，立姿前进。俯，屈身低头。

⑦坐进跪，坐阵时移动用跪姿。

⑧下左右，此处疑有错漏。

⑨下甲，屯兵。坐，坐阵。

⑩誓，约誓。

⑪戒，下达禁令。分日，半日。

⑫不息，不解除。

⑬本心固，军心坚定，就能巩固。

⑭惟敌之视，一心只想战胜敌人。

⑮惟畏之视，一心只想敌人的可畏。

⑯两为之职，应掌握和兼顾两方面。

⑰轻、重，指兵力的弱强。

⑱慊（qiè，音切），满足，达到目的。

⑲上，同尚。同，雷同。

⑳教约，教训约束。

㉑道约，用道义去感动。

㉒否（pǐ，音痞），失败。

㉓警，告诫。

㉔本，谋略。末，攻伐征杀。

㉕略，要略。微，细微。

㉖三军一人，使三军团结得像一个人。

㉗勿重，不要过于持重。

㉘重，重兵，兵力雄厚。

㉙可陈，熟练阵法。

㉚用，运用。

㉛人方有性，人随之不同地方而习俗各异。

㉜告，说。

㉝专，专擅。

㉞以，与。

㉟不循，不顺。

㊱微，微弱。强，强大。

㊲小惧，心理尚可支持的恐惧。

# 用众第五

　　凡战之道，用寡固，用众治。寡利烦①，众利正。用众进止，用寡进退。众以合寡②，则远裹而阙之③。若分而迭击，寡以待众。若众疑之，则自用之④。擅利，则释旗，迎而反之。敌若众，则相众而受裹。敌若寡若畏，则避之开之。

　　凡战，背风，背高。右高，左险，历沛，历圮，兼舍环龟⑤。

　　凡战，设而观其作⑥，视敌而举。待则循而勿鼓，待众之作。攻则屯而伺之。

　　凡战，众寡以观其变。进退以观其固，危而观其惧，静而观其怠，动而观其疑，袭而观其治。击其疑，加其卒，致其屈⑦，袭其规⑧，因其不避，阻其图，夺其虑，乘其惧。

　　凡从奔勿息。敌人或止于路，则虑之。

　　凡近敌都，必有进路，退必有返虑。

　　凡战，先则弊，后则慑。息则怠，不息亦弊，息久亦反其慑。书亲绝，是谓绝顾之虑。选良次兵⑨，是谓益人之强。弃任节食⑩，是谓开人之意。自古之政也。

----

①烦，频繁。

②合，交战。

③裹，包围。阙，同缺。

④自用，决断而自用其计。

⑤环龟，四面屯守。

⑥设，列阵待战。

⑦致其屈，使敌人的兵力无法施展。

⑧规，规整。

⑨次兵，配置兵器。

⑩任，辎重。

# 尉缭子

# 天官第一

梁惠王问尉缭子曰①："黄帝刑德②，可以百胜，有之乎？"

尉缭子对曰："刑以伐之，德以守之，非所谓天官③、时日、阴阳、向背也。黄帝者，人事而已矣。

何者？今有城，东西攻不能取，南北攻不能取，四方岂无顺时乘之者邪？然不能取者，城高池深，兵器备具，财谷多积，豪士一谋者也。若城下、池浅、守弱，则取之矣。由是观之，天官、时日不若人事也。

按《天官》曰④：'背水陈为绝地，向阪陈为废军。'武王伐纣，背济水向山阪而陈，以二万二千五百人，击纣之亿万，而灭商。岂纣不得《天官》之陈哉？

楚将公子心与齐人战⑤，时有彗星出，柄在齐。柄所在胜，不可击。公子心曰：'彗星何知！以彗斗者⑥，固倒而胜焉。'明日与齐战，大破之。

黄帝曰：'先神先鬼，先稽我智⑦。'谓之天官，人事而已。"

---

①梁惠王，战国时魏国国君，姓毕名莹，公元前369－319年在位。公元前361年，魏国迁都大梁（今河南开封），魏国又称梁国。毕莹死后谥惠，故称梁惠王。

②刑，刑罚。德，道德。

③天官，天文星象的总称。

④《天官》，书名。

⑤公子心，楚国的将军。

⑥彗，指扫帚。

⑦稽，考查。

# 兵谈第二

量土地肥境而立邑建城①。以城称地，以城称人，以人称粟。三相称，则内可以固守，外可以战胜。战胜于外，备主于内，胜备相应，犹合符节②，无异故也。

治兵者，若秘于地，若邃于天，生于无。故开之，大不窕③，小不恢④。明乎禁舍开塞⑤，民流者亲之，地不任者任之。夫土广而任则国富，民众而治则国治。富治者，车不发轫，甲不出囊⑥，而威制天下。故曰：兵胜于朝廷。不暴甲而胜者，主胜也；陈而胜者，将胜也。

兵起，非可以忿也。见胜则兴，不见胜则止。患在百里之内，不起一日之师；患在千里之内，不起一月之师；患在四海之内，不起一岁之师⑦。

将者，上不制于天，下不制于地，中不制于人。宽不可激而怒，清不可事以财。夫心狂，目盲，耳聋，以三悖率人者，难矣。

兵之所及，羊肠亦胜，锯齿亦胜⑧，缘山亦胜，入谷亦胜；方亦胜，圆亦胜。重者如山如林，如江如河；轻者如炮如燔⑨，如漏如溃。如垣压之，如云覆之。令之聚不得以散，散不得以聚，左不得以右，右不得以左。兵如楤木⑩，弩如羊角⑪。人人无不腾陵张胆，绝乎疑虑，堂堂决而去。

---

①墝（qiāo，音敲），坚硬而瘠薄的土地。

②符节，古代朝廷用以派遣使节，征调军队，行关过卡的凭证。

③宛，轻佻，放荡。

④恢，扩大，周全。

⑤禁，禁止。舍，舍弃。开，开放。塞，堵塞。

⑥囊（gāo，音高），盛放盔甲的套子。

⑦不起一日、一月、一岁之师，指起兵准备需作周全充分，不可草率仓促从事。

⑧锯齿，指道路险峻错落。

⑨燔（fán，音凡），烧。

⑩楤（sǒng，音耸），楤木，落叶灌木或小乔木。

⑪羊角，旋风名。

# 制谈第三

凡兵，制必先定。制先定，则士不乱；士不乱，则刑乃明。金鼓所指，则百人尽斗；陷行乱陈，则千人尽斗；覆军杀将，则万人齐刃，天下莫能当其战矣。

古者，士有什伍，车有偏列①。鼓鸣旗麾，先登者，未尝非多力国士也②，先死者，亦未尝非多力国士也。损敌一人而损我百人，此资敌而损我甚焉，世将不能禁③。征役分军而逃归，或临自北，则逃伤甚焉，世将不能禁。杀人于百步之外者，弓矢也；杀人于五十步之内者，矛戟也。将已鼓，而士卒相嚣④，拗矢⑤、折矛、抱戟，利后发⑥。战有此数者，内自败也，世将不能禁。士失什伍，车失偏列，奇兵捐将而走，大众亦走，世将不能禁。夫将能禁此四者，则高山陵之，深水绝之，坚陈犯之。不能禁此四者，犹亡舟楫绝江河，不可得也。

民非乐死而恶生也，号令明，法制审，故能使之前。明赏于前，决罚于后，是以发能中利，动则有功。

今百人一卒，千人一司马，万人一将，以少诛众⑦，以弱诛强。试听臣言其术，足使三军之众。诛一人无失刑，父不敢舍子，子不敢舍父，况国人乎！

一贼仗剑击于市，万人无不避之者。臣谓非一人之独勇，万人皆不肖也。何则？必死与必生，固不侔也，听臣之术，足使三军之众为一死贼，莫当其前，莫随其后，而能独出独入焉。独出独入者，王霸之兵也。

有提十万之众而天下莫当者，谁？曰桓公也⑧。有提七万之众而天下莫当者，谁？曰吴起也。有提三万之众而天下莫当者，谁？曰武子也⑨。今天下诸国士，所率无不及二十万之众者。然不能济功名者，不明乎禁、舍、开、塞也。明其制，一人胜之，则十人亦以胜之也；十人胜之，则百、千、万人亦以胜之也。故曰：便吾器用，养吾武勇，发之如鸟击，如赴千仞之溪。

今国被患者，以重宝出聘，以爱子出质，以地界出割，得天下助卒，名为十万，其实不过数万尔。其兵来者，无不谓其将曰："无为天下先战。"其实不可得而战也。

量吾境内之民，无伍莫能正矣。经制十万之众，而王必能使之衣吾衣，食吾食。战不胜、守不固者，非吾民之罪，内自致也。天下诸国助我战，犹良骥騄耳之驶⑩，彼驽马髻兴角逐⑪，何能绍吾气哉⑫！

吾用天下之用为用，吾制天下之制为制。修吾号令，明吾刑赏，使天下非农无所得食，非战无所得爵。使民扬臂争出农战，而天下无敌矣。故曰：发号出令，信行国内。

民言有可以胜敌者，毋许其空言，必试其能战也。视人之地而有之，分人之民而畜之，必能内有其贤者也。不能内有其贤而欲有天下，必覆军杀将。如此，虽战胜而国益弱，得地而国益贫，由国中之制弊矣。

---

①偏列，古代战车的编制。

②国士，国中豪杰之士。

③世将，世上一般的将领。

④嚣，喧哗。

⑤拗（ǎo，音袄），用手折断。

⑥利后发，以后发为有利。

⑦诛，管辖。

⑧桓公，即齐桓公。

⑨武子，即孙武。

⑩騄（lù，音路）耳，马名，周穆王八骏之一。

⑪驽（nú，音奴），劣马。髻（qí，音旗），马鬃。

⑫绍，助长。

# 战 威 第 四

凡兵，有以道胜，有以威胜，有以力胜。讲武料敌，使敌之气失而师散，虽形全而不为之用，此道胜也。审法制，明赏罚，便器用，使民有必战之心，此威胜也。破军杀将，乘闉发机①，溃众夺地，成功乃返，此力胜也。王侯知此，所以三胜者毕矣。

夫将之所以战者，民也。民之所以战者，气也。气实则斗，气夺则走。刑未加②，兵未接，而所以夺敌者五：一曰庙胜之论，二曰受命之论③，三曰逾垠之论④，四曰深沟高垒之论，五曰举陈加刑之论⑤。此五者，先料敌而后动，是以击虚夺之也。善用兵者，能夺人而不夺于人。夺者，心之机也。

令者，一众心也。众不审，则数变。数变，则令虽出，众不信矣。故令之法，小过无更，小疑无申。故上无疑令，则众不二听；动无疑事，则众不二志。未有不信其心，而能得其力者；未有不得其力，而能致其死战者也。故国必有礼信亲爱之义，则可以饥易饱；国必有孝慈廉耻之俗，则可以死易生。古者率民，必先礼信而后爵禄，先廉耻而后刑罚，先亲爱而后律其身。

故战者必本乎率身以励众士，如心之使四支也。志不励，则士不死节；士不死节，则众不战。励士之道，民之生不可不厚也。爵列之等，死丧之亲，民之所营，不可不显也。必因民所生而制之，因民所荣而显之，田禄之实，饮食之粮，乡里相劝，死生相救，兵役相从，此民之所励也。使什伍如亲戚，卒伯如朋友⑥，止如堵墙，动如风雨，车不结辙，士不旋踵，此本战之道也。

地所以养民也，城所以守地也，战所以守城也，故务耕者民不饥，务守者地不危，务战者城不围。三者，先王之本务，本务者，兵最急。故先王专于兵，有五焉：委积不多，则士不行；赏禄不厚，则民不劝；武士不选，则众不强；备用不便，则力不壮；刑赏不中，则众不畏。务此五者，静能守其所固，动能成其所欲。夫以居攻出⑦，则居欲重，阵欲坚，发欲毕，斗欲齐。

王国富民，霸国富士，仅存之国富大夫，亡国富仓府。所谓上满下漏，患无所救。

故曰：举贤任能，不时日而事利；明法审令，不卜筮而事吉；贵功养劳，不祷祠而得福。又曰：天时不如地利，地利不如人和。圣人所贵，人事而已。

夫勤劳之事，将不先己，暑不张盖⑧，寒不重衣，险必下步，军井成而后饮，军食熟而后饭，军垒成而后舍⑨，劳佚必以身同之。如此，师虽久而不老不弊。

---

①闉（yīn，音因），为攻城而环城堆积的土山。
②刑，指军队。
③受命，出征前将帅接受君命的仪式。
④逾垠，越过国界。
⑤陈，同阵。加刑，实施战斗。
⑥卒伯，上下级关系。
⑦以居攻出，由防御转入进攻。
⑧盖，伞一类遮阳光和遮雨的用具。
⑨垒，营垒。

# 攻权第五

兵以静胜，国以专胜。力分者弱，心疑者背。夫力弱，故进退不豪，纵敌不禽。将吏士卒，动静一身，心既疑背，则计决而不动，动决而不禁。异口虚言，将无修容，卒无常试，发攻必衄①。是谓疾陵之兵②，无足与斗。

将帅者，心也；群下者，支节也。其心动以诚，则支节必力；其心动以疑，则支节必背。夫将不心制，卒不节动，虽胜，幸胜也，非攻权也。

夫民无两畏也，畏我侮敌，畏敌侮我。见侮者败，立威者胜。凡将能其道者，吏畏其将也；吏畏其将者，民畏其吏也；民畏其吏者，敌畏其民也。是故知胜败之道者，必先知畏侮之权。

夫不爱说其心者，不我用也；不严畏其心者，不我举也。爱在下顺，威在上立。爱故不二，威故不犯。故善将者，爱与威而已。

战不必胜，不可以言战；攻不必拔，不可以言攻。不然，虽刑赏不足信也。信在期前，事在未兆。故众已聚不虚散，兵已出不徒归，求敌若求亡子，击敌若救溺人。

分险者无战心，挑战者无全气，斗战者无胜兵。

凡挟义而战者，贵从我起；争私结怨，应不得已；怨结虽起，待之贵后。故争必当待之，息必当备之。

兵有胜于朝廷，有胜于原野，有胜于市井。斗则失，幸以不败，此不意彼惊惧而曲胜之也。曲胜，言非全也。非全胜者，无权名。

故明主战攻日，合鼓合角，节以兵刃，不求胜而胜也。兵有去备彻威而胜者，以其有法故也，有器用之早定也。其应敌也周，其总率也极。故五人而伍，十人而什，百人而卒，千人而率，万人而将，已周已极。其朝死则朝代，暮死则暮代。

权敌审将，而后举兵。故凡集兵，千里者旬日，百里者一日，必集敌境。卒聚将至，深入其他，错绝其道。栖其大城大邑③，使之登城逼危，男女数重①，各逼地形，而攻要塞。据一城邑，而数道绝，从而攻之。敌将帅不能信，吏卒不能和，刑有所不从者，则我败之矣。敌救未至，而一城已降。津梁未发⑤，要塞未修，城险未设，渠答未张⑥，则虽有城无守矣。远堡未入，戍客未归，则虽有人无人矣。六畜未聚，五谷未收，财用未敛，则虽有资无资矣。夫城邑空虚而资尽者，我因其虚而攻之。《法》曰⑦："独出独入，敌人不接刃而致之"，此之谓也。

---

① 衄（nǜ，音恧），挫败。
② 疾，缺点，弊病。陵，衰颓。
③ 栖，栖附。
④ 重（chóng），层。
⑤ 津，渡口。梁，桥梁。
⑥ 渠答，防御矢石的工具。
⑦《法》，当指古代兵法一类的书籍。

# 守权第六

凡守者，进不郭围，退不亭障①，以御战，非善者也。豪杰雄俊，坚甲利兵，劲弩强矢，尽在郭中，乃收窖廪②，毁拆而入保，令客气十百倍，而主之气不半焉。敌攻者，伤之甚也。然而世将弗能知。

夫守者，不失险者也。守法：城一丈，十人守之，工食不与焉。出者不守，守者不出。一而当十，十而当百，百而当千，千而当万。故为城郭者，非妄费于民聚土壤也，诚为守也。千丈之城，则万人之守，池深而广，城坚而厚，士民备，薪食给，弩坚矢强，矛戟称之。此守法也。

攻者不下十余万之众，其有必救之军者，则有必守之城；无必救之军者，则无必守之城。若彼坚而救诚，则愚夫蠢妇无不蔽城尽资血城者。期年之城，守余子攻者，救余于守者。若彼城坚而救不诚，则愚夫蠢妇无不守陴而泣下③，此人之常情也。遂发其窖廪救抚，则亦不能止矣。

必鼓其豪杰雄俊，坚甲利兵，劲弩强矢并于前，么幺毁瘠者并于后④。十万之军顿于城下，救必开之，守必出之。据要塞，但救其后，无绝其粮道，中外相应。此救而示之不诚。示之不诚，则倒敌而待之者也⑤。后其壮，前其老，彼敌无前，守不得而止矣。此守权之谓也。

---

①亭障，古代边境险要处设置的城堡一类的防御警戒工事。
②廪（lǐn，音凛），粮仓。
③陴（pí，音皮），城垛。
④幺，幼小。么，细小。毁瘠，残弱。
⑤倒，颠倒。

# 十二陵第七

威在于不变。惠在于因时。机在于应事。战在于治气。攻在于意表。守在于外饰。无过在于度数①。无困在于豫备。慎在于畏小。智在于治大。除害在于敢断。得众在于下人。

悔在于任疑。孽在于屠戮。偏在于多私。不祥在于恶闻己过。不度在于竭民财。不明在于受间。不实在于轻发。固陋在于离贤。祸在于好利。害在于亲小人。亡在于无所守。危在于无号令。

---

①度（duó，音夺），揣测。数（cù，音促），细密。

# 武 议 第 八

凡兵，不攻无过之城，不杀无罪之人。夫杀人之父兄，利人之货财，臣妾人之子女，此皆盗也。故兵者，所以诛暴乱，禁不义也。兵之所加者，农不离其田业，贾不离其肆宅，士大夫不离其官府，由其武议在于一人，故兵不血刃而天下亲焉。

万乘农战①，千乘救守，百乘事养。农战不外索权，救守不外索助，事养不外索资。

夫出不足战、入不足守者，治之以市。市者，所以给战守也。万乘无千乘之助，必有百乘之市。

凡诛者，所以明武也。杀一人而三军震者，杀之。杀一人而万人喜者，杀之。杀之贵大，赏之贵小。当杀而虽贵重，必杀之，是刑上究也。赏及牛童马圉者，是赏下流也②。夫能刑上究，赏下流，此将之武也，故人主重将。

夫将，提鼓挥桴③，临难决战，接兵角刃。鼓之而当，则赏功立名；鼓之而不当，则身死国亡。是存亡安危，在于桴端，奈何无重将也！夫提鼓挥桴，接兵角刃君以武事成功者，臣以为非难也。

古人曰："无蒙冲而攻④，无渠答而守。是为无善之军。"视无见，听无闻，由国无市也。夫市也者，百货之官也。市贱卖贵，以限士人。人食粟一斗，马食粟三斗，人有饥色，马有瘠形，何也？市所出，而官无主也。夫提天下之节制，而无百货之官，无谓其能战也。

起兵，直使甲胄生虮者⑤，必为吾所效用也。鸷鸟逐雀，有袭人之怀、入人之室者，非出生，后有惮也。

太公望年七十，屠牛朝歌，卖食盟津，过七十余而主不听，人人谓之狂夫也。及遇文王，则提三万之众，一战而天下定。非武议，安得此合也⑥。故曰："良马有策，远道可致；贤士有合，大道可明。"

武王伐纣，师渡盟津，右旄左钺，死士三百，战士三万。纣之陈亿万，飞廉⑦、恶来⑧，身先戟斧，陈开百里。武王不罢士民⑨，兵不血刃，而克商诛纣，无祥异也，人事修不修而然也。今世将考孤虚⑩，占咸池⑪，合龟兆，视吉凶，观星辰风云之变，欲以成胜立功，臣以为难。

夫将者，上不制于天，下不制于地，中不制于人。故兵者，凶器也；争者，逆德也；将者，死官也，故不得已而用之。无天于上，无地于下，无主于后，无敌于前。一人之兵，如狼如虎，如风如雨，如雷如霆，震震冥冥，天下皆惊。

胜兵似水。夫水，至柔弱者也，然所触丘陵必为之崩。无异也，性专而触诚也。今以莫邪之利⑫，犀兕之坚⑬，三军之众，有所奇正，则天下莫当其战矣。故曰：举贤用能，不时日而事利；明法审令，不卜筮而获吉；贵功养劳，不祷祠而得福。又曰：天时不如地利，地利不如人和。古之圣人，谨人事而已。

吴起与秦战，舍不平陇亩，朴樕盖之⑭，以蔽霜露。如此何也？不自高人故也。乞人之死不索尊，竭人之力不责礼。故古者，甲胄之士不拜，示人无己烦也。夫烦人而欲乞其死、竭其力，自古至今，未尝闻矣。

将受命之日忘其家，张军宿野忘其亲，援枹而鼓忘其身。吴起临战，左右进剑。起曰："将专主旗鼓尔。临难决疑，挥兵指刃，此将事也。一剑之任，非将事也。"三军成行，一舍而后，成三舍。三舍之余，如决川源⑮。望敌在前，因其所长而用之，敌白者垩之⑯，赤者赭之。

吴起与秦战，未合，一夫不胜其勇，前获双首而还。吴起立斩之。军吏谏曰："此材士也，不可斩。"起曰："材士则是矣，非吾令也。"斩之。

---

①农战，耕战，农战结合。

②下流，地位卑下之流。

③枹（fú，音福），鼓槌。

④蒙冲，古代一种战船。

⑤虮（jǐ，音己），虱子卵。

⑥合，机遇。

⑦飞廉，商纣大臣，善奔跑。

⑧恶来，飞廉之子，商纣之臣。

⑨罢（pí，音皮），通疲。

⑩孤虚，古代推算时日吉凶的方法。孤是不吉的方位，虚是吉利的方位。

⑪咸池，一种问卜时日吉凶的方法。

⑫莫邪，古代宝剑名。

⑬兕（sì，音四），古代指犀牛一类的动物。

⑭樕（sù，音素），朴樕，丛生的小树。

⑮川源，河川之源。

⑯垩（è，音扼），白色土。

# 将理第九

凡将，理官也，万物之主也，不私于一人。夫能无移于一人，故万物至而制之，万物至而命之①。

君子不救囚于五步之外②，虽钩矢射之，弗追也。故善审囚之情，不待箠楚③，而囚之情可毕矣。笞人之背④，灼人之胁，束人之指，而讯囚之情，虽国士，有不胜其酷而自诬矣。

今世谚云："千金不死，百金不刑。"试听臣之言，行臣之术，虽有尧舜之智，不能关一言；虽有万金，不能用一铢。

今夫决狱，小圄不下十数⑤，中圄不下百数，大圄不下千数。十人联百人之事，百人联千人之事，千人联万人之事。所联之者，亲戚兄弟也⑥，其次婚姻也，其次知识故人也⑦。是农无不离田业，贾无不离肆宅，士大夫无不离官府。如此关联良民，皆囚之情也。《兵法》曰："十万之师出，日费千金。"今良民十万而联于囹圄，上不能省，臣以为危也。

---

①命，通名。

②不救囚于五步之外，此句意为若要解救囚犯，应亲自询问，详察案情，不得草率从事。

③箠，同棰。楚，荆杖。箠楚，打人刑具。

④笞（chī，音痴），鞭打，杖击。

⑤圄（yǔ，音语），囚禁。

⑥亲戚，古代指父母。

⑦知识，相知，相识。

# 原官第十

官者，事之所主，为治之本也。制者，职分四民，治之分也。贵爵富禄，必称，尊卑之体也。好善罚恶，正比法①，会计民之具也。均井地，节赋敛，取与之度也。程工人②，备器用，匠工之功也。分地塞要，殄怪禁淫之事也③。

守法稽断，臣下之节也。明法稽验，主上之操也。明主守，等轻重，臣主之权也。明赏赉，严诛责，止奸之术也。审开塞，守一道，为政之要也。下达上通，至聪之听也。知国有无之数，用其仂也④。知彼弱者，强之体也。知彼动者，静之决也。官分文武，惟王之二术也。

俎豆同制⑤，天子之会也。游说间谍无自入，正议之术也。诸侯有谨天子之礼，君民继世，承王之命也。更号易常，违王明德，故礼得以伐也。官无事治，上无庆赏，民无狱讼，国无商贾，何王之至！明举上达，在王垂听也。

①比法，古时登记、查考人口及财产以供征收赋役和施行政教的法令。

②程，计量，考核。

③殄（tiǎn，音忝），灭绝，消灭。

④仂（lè，音勒），余数，零数。

⑤俎（zǔ，音组），俎、豆，均为古代祭祀用的器具。

# 治本第十一

凡治人者何？曰：非五谷无以充腹，非丝麻无以盖形，故充腹有粒，盖形有缕①。

夫在芸耨，妻在机杼，民无二事，则有储蓄。夫无雕文刻镂之事，女无绣饰纂组之作。木器液，金器腥。圣人饮于土，食于土，故埏埴以为器②，天下无费。

今也，金木之性不寒而衣绣饰，马牛之性食草饮水而给菽粟。是治失其本，而宜设之制也。春夏夫出于南亩③，秋冬女练布帛，则民不困。今短褐不蔽形，糟糠不充腹，失其治也。古者，土无肥硗，人无勤惰，古人何得，而今人何失邪？耕有不终亩，织有日断机，而奈何寒饥！盖古治之行，今治之止也。

夫谓治者，使民无私也。民无私，则天下为一家，而无私耕私织。共寒其寒，共饥其饥。故如有子十人，不加一饭；有子一人，不损一饭。焉有喧呼酖酒，以败善类乎！民相轻佻，则欲心兴，争夺之患起矣。横生于一夫④，则民私饭有储食，私用有储财。民一犯禁，而拘以刑治，乌有以为人上也⑤。善政执其制，使民无私。为下不敢私，则无为非者矣。反本缘理，出乎一道，则欲心去，争夺止，囹圄空，野充粟多，安民怀远，外无天下之难，内无暴乱之事，治之至也。

苍苍之天，莫知其极。帝王之君，谁为法则？往世不可及，来世不可待，求己者也。

所谓天子者四焉，一曰神明，二曰垂光，三曰洪叙⑥，四曰无敌。此天子之事也。

野物不为牺牲，杂学不为通儒⑦。

今说者曰："百里之海，不能饮一夫；三尺之泉，足以止三军渴。"臣谓欲生于无度，邪生于无禁。太上神化⑧，其次因物⑨，其下在于无夺民时，无损民财。夫禁必以武而成，赏必以文而成。

①缕，线状织物，指丝麻。

②埏（shān，音山），制陶器的模具。埴（zhí，音直），埏埴，把粘土放入模具中制陶。

③南亩，泛指农田。

④横，悖逆。

⑤乌，疑问词，怎么。

⑥叙，论功行赏。

⑦通儒，鸿儒。

⑧太上，最上，最高，最好。神化，精神感化。

⑨因物，因势利导。

# 战权第十二

《兵法》曰："千人而成权，万人而成武。"权先加人者，敌不力交；武先加人者，敌无威接。故兵贵先。胜于此则胜彼矣，弗胜于此，则弗胜彼矣。凡我往则彼来，彼来则我往，相为胜败，此战之理然也。

夫精诚在乎神明，战楹在乎道之所极①。有者无之，无者有之，安所信之。

先王之所传闻者，任正去诈，存其慈顺，决无留刑。

故知道者，必先图不知止之败，恶在乎必往有功。轻进而求战，敌复图止，我往而敌制胜矣。故《兵法》曰："求而从之，见而加之，主人不敢当而陵之，必丧其权。"凡夺者无气，恐者不守，可败者无人，兵无道也。意往而不疑则从之，夺敌而无败则加之，明视而高居则威之，兵道极矣。

其言无谨，偷矣②；其陵犯无节，破矣；水溃雷击，三军乱矣。必安其危，去其患，以智决之。高之以廊庙之论，重之以受命之论，锐之以逾垠之论，则敌国可不战而服。

---

①战楹，有人认为楹字为误，应为权。
②偷，苟且偷安。

# 重刑令第十三

将自千人以上，有战而北，守而降，离地逃众，命曰"国贼"。身戮家残，去其籍，发其坟墓，暴其骨于市，男女公于官。自百人已上①，有战而北，守而降，离地逃众，命曰"军贼"。身死家残，男女公于官。使民内畏重刑，则外轻敌。故先王明制度于前，重威刑于后。刑重则内畏，内畏则外坚矣。

---

①已，通以。

# 伍制令第十四

军中之制，五人为伍，伍相保也；十人为什，什相保也；五十人为属，属相保也；百人为闾，闾相保也。伍有干令犯禁者，揭之，免于罪；知而弗揭，全伍有诛。什有干令犯禁者，揭之，免于罪；知而弗揭，全什有诛。属有干令犯禁者，揭之，免于罪；知而弗揭，全属有诛。闾有干令犯禁者，揭之，免于罪；知而弗揭，全闾有诛。

吏自什长已上，至左右将，上下皆相保也。有干令犯禁者，揭之，免于罪；知而弗揭者，皆与同罪。

夫什伍相结，上下相联，无有不得之奸，无有不揭之罪。父不得以私其子，兄不得以私其弟，而况国人聚舍同食，乌能以干令相私者哉！

# 分塞令第十五

中军，左、右、前、后军，皆有分地，方之以行垣①，而无通其交往。将有分地，帅有分地，伯有分地，皆营其沟洫，而明其塞令。

使非百人②，无得通。非其百人而入者，伯诛之；伯不诛，与之同罪。

军中纵横之道，百有二十步而立一府柱③，量人与地。柱道相望，禁行清道。非将吏之符节，不得通行。采薪刍牧者，皆成行伍；不成行伍者，不得通行。吏属无节，士无伍者，横门诛之④。逾分干地者，诛之。故内无干令犯禁，则外无不获之奸。

---

① 行垣，军营四周的蕃篱或矮墙。
② 非百人，不编在同一闾（百人）的人。
③ 府柱，作标记的旗竿。
④ 横门，营门。

# 束伍令第十六

束伍之令曰：五人为伍，共一符，收于将吏之所。亡伍而得伍，当之；得伍而不亡，有赏；亡伍不得伍，身死家残。亡长得长，当之；得长不亡，有赏；亡长不得长，身死家残，复战得首长，除之。亡将得将，当之；得将不亡，有赏；亡将不得将，坐离地遁逃之法。

战诛之法曰：什长得诛十人，伯长得诛什长，千人之将得诛百人之长，万人之将得诛千人之将，左、右将军得诛万人之将，大将军无不得诛。

# 经卒令第十七<sup>①</sup>

经卒者，以经令分之，为三分焉。左军苍旗，卒戴苍羽；右军白旗，卒戴白羽；中军黄旗，卒戴黄羽。

卒有五章<sup>②</sup>：前一行苍章，次二行赤章，次三行黄章，次四行白章，次五行黑章。次以经卒，亡章者有诛。前一五行置章于首，次二五行置章于项，次三五行置章于胸，次四五行置章于腹，次五五行置章于腰。

如此，卒无非其吏，吏无非其卒。见非而不诘，见乱而不禁，其罪如之。

鼓行交斗，则前行进为犯难，后行退为辱众，逾五行而前者有赏，逾五行而后者有诛。所以知进退先后，吏卒之功也。故曰："鼓之，前如雷霆，动如风雨，莫敢当其前，莫敢蹑其后。"言有经也。

---

①经，治理。
②章，徽章，标记。

# 勒卒令第十八

金、鼓、铃、旗，四者各有法。鼓之则进，重鼓则击<sup>①</sup>。金之则止，重金则退。铃，传令也。旗，麾之左则左，麾之右则右。奇兵则反是。

一鼓一击而左，一鼓一击而右。一步一鼓，步鼓也。十步一鼓，趋鼓也。音不绝，骛鼓也<sup>②</sup>。商，将鼓也。角，帅鼓也。小鼓，伯鼓也。三鼓同，则将、帅、伯其心一也。奇兵则反是。

鼓失次者有诛，讙哗者有诛<sup>③</sup>，不听金、鼓、铃、旗而动者有诛。

百人而教战，教成，合之千人；千人教成，合之万人；万人教成，会之于三军。三军之众，有分有合，为大战之法，教成，试之以阅。

方亦胜，圆亦胜，错邪亦胜<sup>④</sup>，临险亦胜。敌在山，缘而从之；敌在渊，没而从之。求敌若求亡子，从之无疑，故能败敌而制其命。

夫蚤决先定<sup>⑤</sup>，若计不先定，虑不蚤决，则进退不定，疑生必败。故正兵贵先，奇兵贵后。或先或后，制敌者也。

世将不知法者，专命而行，先击而勇，无不败者也。其举有疑而不疑，其往有信而不信，其致有迟疾而不迟疾<sup>⑥</sup>。是三者，战之累也。

①重（chóng），再。
②骛（wù，音务），急奔，快跑。
③讙（xuān，音宣），通喧。
④错邪，交错不正，形容地形错综复杂。
⑤蚤，通早。
⑥致，达到。迟，缓。疾，急，快。

# 将令第十九

　　将军受命，君必先谋于庙，行令于廷，君身以斧钺授将，曰："左、右、中军皆有分职①，若逾分而上请者死。军无二令，二令者诛，留令者诛，失令者诛。"
　　将军告曰："出国门之外②，期日中③，设营表④，置辕门。期之，如过时，则坐法。"
　　将军入营，即闭门清道。有敢行者诛，有敢高言者诛，有敢不从令者诛。

①分职，职分，职责。
②国门，国都的城门。
③期，约定，约会。日中，中午。
④营表，军营中测时的标竿。

# 踵军令第二十①

　　所谓踵军者，去大军百里，期于会地，为三日熟食，前军而行。为战，合之表②，合表乃起。踵军飨士，使为之战势。是谓趋战者也③。
　　兴军者④，前踵军而行，合表乃起。去大军一倍其道，去踵军百里，期于会地。为六日熟食，使为战备。
　　分卒据要害⑤，战利则追北，按兵而趋之。
　　踵军遇有还者，诛之。所谓诸将之兵在四奇之内者⑥，胜也。
　　兵有什伍，有分有合，豫为之职，守要塞关梁而分居之。战，合表起，即皆会也。大军为计日之食，起，战具无不及也。令行而起，不如令者有诛。
　　凡称分塞者，四境之内，当兴军、踵军既行，则四境之民无得行者。奉王之命，授持符节，名为顺职之吏。非顺职之吏而行者，诛之。战，合表起，顺职之吏乃行，用以相参。故欲战先安内也。

①踵军，先头部队。

②表，表记。

③趋战，奔赴战场。

④兴军，在踵军前面的部队。

⑤分卒，分散的零星部队。

⑥四奇，指大军、踵军、兴军、分卒四个部分。

# 兵教上第二十一

兵之教令，分营居陈，有非令而进退者，如犯教之罪。前行者①，前行教之；后行者，后行教之；左行者，左行教之；右行者，右行教之。教举五人，其甲首有赏。弗教，如犯教之罪。罗地者②，自揭其伍。伍内互揭之，免其罪。

凡伍临陈，若一人有不进死于敌，则教者如犯法者之罪。凡什保什，若亡一人，而九人不尽死于敌，则教者如犯法者之罪。自什已上，至于裨将，有不若法者，则教者如犯法者之罪。凡明刑罚，正劝赏，必在乎兵教之法。

将异其旗，卒异其章。左军章左肩，右军章右肩，中军章胸前，书其章曰某甲某士。前后章各五行，尊章置首上③，其次差降之。伍长教其四人，以板为鼓，以瓦为金，以竿为旗。击鼓而进，低旗则趋，击金而退，麾而左之，麾而右之，金鼓俱击而坐。伍长教成，合之什长。什长教成，合之卒长。卒长教成，合之伯长。伯长教成，合之兵尉。兵尉教成，合之裨将。裨将教成，合之大将。大将教之，陈于中野，置大表三，百步而一。既陈，去表百步而决，百步而趋，百步而骛。习战以成其节，乃为之赏法。

自尉吏而下尽有旗，战胜得旗者，各视其所得之爵，以明赏劝之心。战胜在乎立威，立威在乎戮力，戮力在乎正罚。正罚者，所以明赏也。

令民背国门之限④，决死生之分，教之死而不疑者，有以也⑤。令守者必固，战者必斗；奸谋不作，奸民不语；令行无变，兵行无猜；轻者若霆，奋敌若惊。举功别德，明如白黑，令民从上令，如四支应心也⑥。

前军绝行乱陈，破坚如溃者，有以也。此之谓兵教，所以开封疆，守社稷，除患害，成武德也⑦。

①行，行列。

②罗，通罹。

③尊，上，首，此指第一行。

④限，门槛，界限。

⑤有以，有因由，有缘故。

⑥支，同肢。

⑦武德，武道，武功。

# 兵教下第二十二

　　臣闻人君有必胜之道，故能并兼广大，以一其制度，则威加天下，有十二焉。一曰连刑，谓同罪保伍也。二曰地禁，谓禁止行道，以网外奸也。三曰全车，谓甲首相附①，三五相同②，以结其联也。四曰开塞，谓分地以限，各死其职而坚守也。五曰分限，谓左右相禁，前后相待，垣车为固，以逆以止也③。六曰号别，谓前列务进，以别其后者，不得争先登不次也。七曰五章，谓彰明行列，始卒不乱也。八曰全曲④，谓曲折相从，皆有分部也。九曰金鼓，谓兴有功，致有德也。十曰陈车，谓接连前矛⑤，马冒其目也⑥。十一曰死士，谓众军之中有材力者，乘于战车，前后纵横，出奇制敌也。十二曰力卒，谓经旗全曲⑦，不麾不动也。

　　此十二者教成，犯令不舍。兵弱能强之，主卑能尊之，令弊能起之，民流能亲之，人众能治之，地大能守之。国车不出于阃⑧，组甲不出于橐⑨，而威服天下矣。

　　兵有五致⑩：为将忘家，逾垠忘亲，指敌忘身，必死则生，急胜为下。百人被刃⑪，陷行乱陈。千人被刃，擒敌杀将。万人被刃，横行天下。

　　武王问太公望曰："吾欲少间而极用人之要"。望对曰："赏如山，罚如溪。太上无过，其次补过。使人无得私语，诸罚而请不罚者死，诸赏而请不赏者死。"

　　伐国必因其变。示之财以观其穷，示之弊以观其病，上乖者下离，若此之类，是伐之因也。

　　凡兴师，必审内外之权，以计其去。兵有备阙，粮食有余不足，校所出入之路，然后兴师伐乱，必能入之。

　　地大而城小者，必先收其地。城大而地窄者，必先攻其城。地广而人寡者，则绝其阨。地狭而人众者，则筑大堙以临之。无丧其利，无夺其时，宽其政，夷其业⑫，救其弊，则足以施天下。

　　今战国相攻，大伐有德。自伍而两，自两而师，不一其令。率俾民心不定⑬，徒尚骄侈。谋患辩讼，吏究其事，累且败也。日暮路远，还有挫气。师老将贪，争掠易败。

　　凡将轻、垒卑、众动，可攻也；将重、垒高、众惧，可围也。凡围，必开其小利⑭，使渐夷弱⑮，则节吝有不食者矣。众读击者，惊也。众避事者，离也。待人之救，期战而蹙，皆心失而伤气也。伤气败军，曲谋败国。⑯

---

①附，归附，顺从。

②三五，亦作参伍，此指随车步兵。

③止，驻止。

④曲，部曲，古代军队编制单位。

⑤前矛，先头部队。

⑥冒，罩，遮盖。

⑦经，掌管。

⑧阃（kǔn，音捆），门槛。

⑨组甲，漆成组纹的铠甲。

⑩致，达到，要求。

⑪被，通披。

⑫夷，平安。

⑬率，通帅。俾（bǐ，音比），使。

⑭开其小利，用小利加以引诱。

⑮夷弱，削弱，消耗。

⑯曲，不正，谬误。

# 兵令上第二十三

兵者，凶器也；争者，逆德也。事必有本，故王者伐暴乱、本仁义焉。战国则以立威，抗敌相图，而不能废兵也。

兵者，以武为植①，以文为种②；武为表，文为里；能审此二者，知胜败矣。文所以视利害，辨安危。武所以犯强敌，力攻守也。

专一则胜，离散则败。陈以密则固，锋以疏则达。卒畏将甚于敌者胜，卒畏敌甚于将者败。所以知胜败者，称将于敌也。敌与将，犹权衡焉。

安静则治，暴疾则乱。出卒陈兵有常令，行伍疏数有常法③，先后之次有适宜。常令者，非追北袭邑攸用也④。前后不次，则失也。乱先后，斩之。

常陈皆向敌，有内向，有外向，有立陈，有坐陈。夫内向，所以顾中也⑤。外向，所以备外也。立陈，所以行也。坐陈，所以止也。立坐之陈，相参进止⑥，将在其中。坐之兵剑斧，立之兵戟弩，将亦居中。

善御敌者，正兵先合，而后扼之。此必胜之术也。

陈之斧钺，饰之旗章，有功必赏，犯令必死。存亡死生，在枹之端。虽天下有善兵者，莫能御此矣。

矢射未交，长刃未接，前噪者谓之虚，后噪者谓之实，不噪者谓之秘。虚、实、秘者，兵之体也。

---

①植，栽植，指手段。

②种，种籽，指根本。

③数（cù，音醋），密。

④攸，所。

⑤顾，环顾，保卫。

⑥相参，相互交错。

# 兵令下第二十四

诸去大军为前御之备者，边县列候①，各相去三五里。闻大军为前御之备，战则皆禁行，所以安内也。

内卒出戍，令将吏授旗鼓戈甲。发日，后将吏及出县封界者，以坐后戍法。兵戍边一岁，遂亡不候代者，法比亡军。父母妻子知之，与同罪；弗知，赦之。

卒后将吏而至大将所一日，父母妻子尽同罪。卒逃归至家一日，父母妻子弗捕执及不言，亦同罪。

诸战而亡其将吏者，及将吏弃卒独北者，尽斩之。前吏弃其卒而北，后吏能斩之而夺其卒者，赏。军无功者，戍三岁。

三军大战，若大将死，而从吏五百人以上不能死敌者，斩。大将左右近卒，在陈中者，皆斩；余士卒有军功者，夺一级；无军功者，戍三岁。

战亡伍人，及伍人战死不得其尸，同伍尽夺其功；得其尸，罪皆赦。

军之利害，在国之名实。今名在官，而实在家，官不得其实，家不得其名。聚卒为军，有空名而无实，外不足以御敌，内不足以守国，此军之所以不给，将之所以夺威也。

臣以谓卒逃归者，同舍伍人及吏罚入粮为饶②，名为军实③，是有一军之名，而有二实之出。国内空虚，自竭民岁，曷以免奔北之祸乎！

今以法止逃归、禁亡军，是兵之一胜也。什伍相联，及战斗，则卒吏相救，是兵之二胜也。将能立威，卒能节制，号令明信，攻守皆得，是兵之三胜也。

臣闻古之善用兵者，能杀卒之半，其次杀其十三，其下杀其十一。能杀其半者，威加海内④；杀十三者，力加诸侯；杀十一者，令行士卒。

故曰：百万之众不用命，不如万人之斗也；万人之斗不用命，不如百人之奋也。赏如日月，信如四时，令严如斧钺，制利如干将，士卒不用命者，未之有也。

---

①边县列候，边境上的守备部队。
②同舍伍人，原籍同伍的邻居。
③军实，军需物资。
④加，超越。

# 六　韬

# 文　韬

## 文　师

文王将田①，史编布卜曰②："田于渭阳，将大得焉。非龙非螭③，非虎非罴，兆得公侯，天遗汝师，以之佐昌，施及三王。"文王曰："兆致是乎？"史编曰："编之太祖史畴，为禹占，得皋陶，兆比于此。"

文王乃齐三日④，乘田车，驾田马，田于渭阳，卒见太公坐茅以渔⑤。

文王劳而问之曰："子乐渔耶？"

太公曰："君子乐得其志，小人乐得其事。今吾渔，甚有似也。"

文王曰："何谓其有似也？"

太公曰："钓有三权⑥，禄等以权；死等以权；官等以权。夫钓以求得也，其情深，可以观大矣。"

文王曰："原闻其情。"

太公曰："源深而水流，水流而鱼生之，情也。根深而木长，木长而实生之，情也。君子情同而亲合，亲合而事生之，情也。言语应对者，情之饰也。至情者，事之极也。今臣言至情不讳，君其恶之乎？"

文王曰："惟仁人能受直谏，不恶至情。何为其然？"

太公曰："缗微饵明⑦，小鱼食之；缗调饵香，中鱼食之；缗隆饵丰，大鱼食之。夫鱼食其饵乃牵其缗，人食其禄乃服于君。故以饵取鱼，鱼可杀；以禄取人，人可竭；以家取国，国可拔；以国取天下，天下可毕。呜呼！曼曼绵绵⑧，其聚必散；嘿嘿昧昧⑨，其光必远。微哉！圣人之德，诱乎独见⑩。乐哉！圣人之虑，各归其次⑪，而立敛焉⑫。"

文王曰："立敛若何，而天下归之？"

太公曰："天下非一人之天下也，乃天下之天下也。同天下之利者，则得天下；擅天下之利者，则失天下。天有时，地有财，能与人共之者，仁也。仁之所在，天下归之。免人之死，救人之患，济人之急者，德也。德之所在，天下归之。与人同忧同乐，同好同恶，义也。义之所在，天下赴之。凡人恶死而乐生，好德而归利，能生利者，道也。道之所在，天下归之。"

文王再拜曰："允哉，敢不受天之诏命乎！"乃载与俱归，立为师。

---

①文王，周文王，姓姬，名昌。

②史，官名。编，人名。

③螭（chī，音痴），同螭，古代传说中一种似龙的无角兽。

④齐（zhāi，音斋），通斋。

⑤太公，指吕尚，即姜子牙。

⑥权，权术。

⑦缗（mín，音民），钓丝。

⑧曼曼，同漫漫，广远。

⑨嘿嘿（mò，音末），同默默。昧昧，昏暗不明。

⑩独见，见解超群。

⑪各归其次，各得其所。

⑫敛，聚敛，收揽。

# 盈　虚

文王问太公曰："天下熙熙，一盈一虚，一治一乱，所以然者，何也？其君贤不肖不等乎？其天时变化自然乎？"

太公曰："君不肖，则国危而民乱；君贤圣，则国安而民治。祸福在君，不在天时。"

文王曰："古之贤君，可得闻乎？"

太公曰："昔者帝尧之王天下，上世所谓贤君也。"

文王曰："其治如何？"

太公曰："帝尧王天下之时，金银珠玉不饰，锦绣文绮不衣，奇怪珍异不视，玩好之器不宝，淫侠之乐不听，宫垣屋室不垩①，甍桷椽楹不斫②，茅茨遍庭不翦③。鹿裘御寒④，布衣掩形，粝粱之饭⑤，藜藿之羹⑥。不以役作之故，害民耕织之时，削心约志，从事乎无为。吏忠正奉法者尊其位，廉洁爱人者厚其禄。民有孝慈者爱敬之，尽力农桑者慰勉之。旌别淑德，表其门闾。平心正节，以法度禁邪伪。所憎者，有功必赏；所爱者，有罪必罚。存养天下鳏寡孤独，赈赡祸亡之家。其自奉也甚薄，其赋役也甚寡。故万民富乐，而无饥寒之色，百姓戴其君如日月，亲其君如父母。"

文王曰："大哉！贤德之君也。"

---

①垩（è，音扼），用白泥涂饰。

②甍（méng，音濛），屋脊。桷（juē，音决），方椽子。斫（zhuó，音浊），砍削。

③茨（cí，音瓷），蒺藜。翦，清除。

④鹿裘，用鹿皮做的衣。因其粗陋，故为平民所服。

⑤粝（lì，音厉），粗米。

⑥藜藿，野生粗劣的菜。

# 国　务

文王问太公曰："愿闻为国之大务。欲使主尊人安，为之奈何？"

太公曰："爱民而已。"

文王曰："爱民奈何？"

太公曰："利而勿害，成而勿败，生而勿杀，与而勿夺，乐而勿苦，喜而勿怒。"

文王曰："敢请释其故。"

太公曰："民不失务，则利之。农不失时，则成之。省刑罚，则生之。薄赋敛，则与之。俭宫室台榭，则乐之。吏清不苛，则喜之。民失其务，则害之。农失其时，则败之。无罪而罚，则杀之。重赋敛，则夺之。多营宫室台榭以疲民力，则苦之。吏浊苛扰，则怒之。故善为国者，驭民如父母之爱子，如兄之爱弟。见其饥寒则为之忧，见其劳苦则为之悲。赏罚如加于身，赋敛如取己物。此爱民之道也。"

# 大 礼

文王问太公曰："君臣之礼如何？"

太公曰："为上唯临①，为下唯沉②。临而无远，沉而无隐。为上唯周③，为下唯定。周则天也，定则地也。或天或地，大礼乃成。"

文王曰："主位如何？"

太公曰："安徐而静，柔节先定。善与而不争，虚心平志，待物以正。"

文王曰："主听如何？"

太公曰："勿妄而许，勿逆而拒。许之则失守④，拒之则闭塞。高山仰止，不可极也；深渊度之，不可测也。神明之德⑤，正静其极⑥。"

文王曰："主明如何？"

太公曰："目贵明，耳贵聪，心贵智。以天下之目视，则无不见也；以天下之耳听，则无不闻也；以天下之心虑，则无不知也。辐辏并进⑦，则明不蔽矣。"

①临，居高临下，君临，高高在上。
②沉，沉伏，臣服。
③周，普遍。
④守，操守。
⑤神明，如神之明。
⑥正静，公正宁静。极，准则。
⑦辐，车轮上的辐条。辏（còu，音凑），辐条内端集中在轴心。

# 明 传

文王寝疾，召太公望，太子发在侧①。曰："呜呼！天将弃予，周之社稷，将以属汝②。今予欲师至道之言，以明传之子孙。"

太公曰："王何所问？"

文王曰："先圣之道，其所止，其所起，可得闻乎？"

太公曰："见善而怠，时至而疑，知非而处；此三者，道之所止也。柔而静，恭而敬，强而弱，忍而刚；此四者，道之所起也。故义胜欲则昌，欲胜义则亡；敬胜怠则吉，怠胜敬则灭。"

①发，文王次子，名发。后继文王位，称武王。
②属（zhǔ，音主），托付。

# 六 守

文王问太公曰："君国主民者，其所以失者何也？"

太公曰："不慎所与也。人君有六守①、三宝。"

文王曰："六守者何也?"

太公曰："一曰仁，二曰义，三曰忠，四曰信，五曰勇，六曰谋；是谓六守。"

文王曰："慎择六守者何?"

太公曰："富之，而观其无犯；贵之，而观其无骄；付之，而观其无转②；使之，而观其无隐；危之，而观其无恐；事之，而观其无穷。富之而不犯者，仁也；贵之而不骄者，义也；付之而不转者，忠也；使之而不隐者，信也；危之而不恐者，勇也；事之而不穷者，谋也。

人君无以三宝借人，借人则君失其威。"

文王曰："敢问三宝。"

太公曰："大农、大工、大商，谓之三宝。农一其乡③，则谷足。工一其乡，则器足。商一其乡，则货足。三宝各安其处，民乃不虑。无乱其乡，无乱其族。臣无富于君，都无大于国④。六守长则君昌，三宝完则国安。"

①守，遵守。
②转，通专。
③一，统一，专一。
④都，城邑。国，国都。

## 守　土

文王问太公曰："守土奈何?"

太公曰："无疏其亲，无怠其众，抚其左右，御其四旁。借人国柄，无借人国柄，则失其权。无掘壑而附丘①，无舍本而治末。日中必彗②，操刀必割，执斧必伐。日中不彗，是谓失时。操刀不割，失利之期。执斧不伐，贼人将来。涓涓不塞，将为江河。荧荧不救，炎炎奈何。两叶不去③，将用斧柯。是故人君必从事于富，不富无以为仁，不施无以合亲。疏其亲则害，失其众则败。无借人利器④，借人利器，则为人所害而不终于世。"

文王曰："何谓仁义?"

太公曰："敬其众，合其亲。敬其众则和，合其亲则喜，是谓仁义之纪。无使人夺汝威。因其明，顺其常。顺者，任之以德；逆者，绝之以力。敬之勿疑，天下和服。"

①附，增益。无掘壑而附丘，不要损下益上。
②彗，通㬥，曝晒。
③两叶，指树萌芽时的两片嫩叶。
④利器，国家权力。

## 守　国

文王问太公曰："守国奈何?"

太公曰："斋，将语君天地之经，四时所生，仁圣之道，民机之情①。"

王即斋七日，北面再拜而问之。

太公曰："天生四时，地生万物。天下有民，仁圣牧之。故春道生，万物荣；夏道长，万物成；秋道敛，万物盈；冬道藏，万物寻。盈则藏，藏则复起，莫知所终，莫知所始。圣人配之，以为天地经纪。故天下治，仁圣藏；天下乱，仁圣昌。至道其然也。"

"圣人之在天地间也，其宝固大矣。因其常而视之②，则民安。夫民动而为机，机动而得失争矣。故发之以其阴③，会之以其阳④。为之先唱，天下和之。极反其常。莫进而争，莫退而让。守国如此，与天地同光。"

----

①机，事物发生的根由。

②视，看待，对待。

③发，发动，发展。阴，秘密。

④会，际会。阳，公开。

# 上　贤

文王问太公曰："王人者，何上何下？何取何去？何禁何止？"

太公曰："王人者，上贤，下不肖。取诚信，去诈伪。禁暴乱，止奢侈。故王人者有六贼、七害。"

文王曰："愿闻其道。"

太公曰："夫六贼者，一曰臣有大作宫室池榭，游观倡乐者，伤王之德。二曰民有不事农桑，任气游侠，犯历法禁，不从吏教者，伤王之化。三曰臣有结朋党，蔽贤智，郭主明者①，伤王之权。四曰士有抗志高节，以为气势，外交诸侯，不重其主者，伤王之威。五曰臣有轻爵位，贱有司②，羞为上犯难者，伤功臣之劳。六曰强宗侵夺，陵侮贫弱者，伤庶人之业。"

"七害者，一曰无智略权谋，而以重赏尊爵之故，强勇轻战，侥幸于外，王者慎勿使为将。二曰有名无实，出入异言，掩善扬恶，进退为巧，王者慎勿与谋。三曰朴其身躬，恶其衣服，语无为以求名，言无欲以求利，此伪人也，王者慎勿近。四曰奇其冠带，伟其衣服，博闻辩辞，虚论高议，以为容美，穷居静处，而诽时俗，此奸人也，王者慎勿宠。五曰谗佞苟得，以求官爵，果敢轻死，以贪禄秩③，不图大事，得利而动，以高谈虚论说于人主④，王者慎勿使。六曰为雕文刻镂，技巧华饰，而伤农事，王者必禁之。七曰伪方异伎，巫蛊左道，不祥之言，幻惑良民，王者必止之。"

"故民不尽力，非吾民也；士不诚信，非吾士也；臣不忠谏，非吾臣也；吏不平洁爱人，非吾吏也；相不能富国强兵，调和阴阳，以安万乘之主，正群臣，定名实，明赏罚，乐万民，非吾相也。"

"夫王者之道，如龙首，高居而远望，深视而审听。示其形，隐其情。若天之高，不可极也。若渊之深，不可测也。故可怒而不怒，奸臣乃作。可杀而不杀，大贼乃发。兵势不行，敌国乃强。"

文王曰："善哉！"

----

①郭，通障。

②有司，官吏。古代官吏各主某职，事有专司，故称有司。

③禄，俸禄。秩，官吏的职位或品级。

④说，同悦。

# 举　贤

文王问太公曰："君务举贤，而不能获其功，世乱愈甚，以致危亡者，何也？"

太公曰："举贤而不用，是有举贤之名，而无用贤之实也。"

文王曰："其失安在？"

太公曰："其失在君好用世俗之所誉，而不得真贤也。"

文王曰："何如？"

太公曰："君以世俗之所誉者为贤，以世俗之所毁者为不肖，则多党者进①，少党者退。若是，则群邪比周而蔽贤②，忠臣死于无罪，奸臣以虚誉取爵位。是以世乱愈甚，则国不免于危亡。"

文王曰："举贤奈何？"

太公曰："将相分职，而各以官名举人，按名督实③，选才考能，令实当其名，名当其实，则得举贤之道也。"

---

①党，党羽。

②比周，结党营私，与坏人勾结。

③督，观察。

# 赏　罚

文王问太公曰："赏所以存劝，罚所以示惩。吾欲赏一以劝百，罚一以惩众，为之奈何？"

太公曰："凡用赏者贵信，用罚者贵必。赏信罚必于耳目之所闻见，则所不闻见者，莫不阴化矣。夫诚，畅于天地，通于神明，而况于人乎？"

# 兵　道

武王问太公曰："兵道何如？"

太公曰："凡兵之道，莫过于一。一者，能独往独来。黄帝曰：'一者，阶于道①，几于神。用之在于机，显之在于势，成之在于君。'故圣王号兵为凶器，不得已而用之。今商王知存而不知亡，知乐而不知殃。夫存者非存，在于虑亡；乐者非乐，在于虑殃。今王已虑其源，岂忧其流乎？"

武王问："两军相遇，彼不可来，此不可往，各设固备，未敢先发。我欲袭之，不得其利。为之奈何？"

太公曰："外乱而内整，示饥而实饱，内精而外钝。一合一离，一聚一散。阴其谋，密其机，高其垒，伏其锐士。寂若无声，敌不知我备。欲其西，袭其东。"

武王曰："敌知我情，通我谋，为之奈何？"

太公曰："兵胜之术，密察敌人之机而速乘其利，复疾击其不意。"

---

①阶，凶由，由来之道。道，规律。

# 武　韬

## 发　启

文王在酆①，召太公曰："呜呼！商王虐极，罪杀不辜。公尚助予忧民②，如何？"

太公曰："王其修德，以下贤惠民，以观天道。天道无殃，不可先倡；人道无灾，不可先谋。必见天殃，人见人灾，乃可以谋。必见其阳，又见其阴，乃知其心。必见其外，又见其内，乃知其意。必见其疏，又见其亲，乃知其情。"

"行其道，道可致也；从其门，门可入也；立其礼，礼可成也；争其强，强可胜也。全胜不斗，大兵无创③，与鬼神通。微哉！微哉！与人同病相救，同情相成，同恶相助，同好相趋，故无甲兵而胜，无冲机而攻④，无沟堑而守。"

"大智不智，大谋不谋，大勇不勇，大利不利。利天下者，天下启之；害天下者，天下闭之。天下者，非一人之天下，乃天下之天下也。取天下者，若逐野兽，而天下皆有分肉之心。若同舟而济，济则皆同其利，败则皆同其害。然则皆有启之，无有闭之也。无取于民者，取民者也。无取于国者，取国者也。无取于天下者，取天下者也。无取民者，民利之；无取国者，国利之；无取天下者，天下利之。故道在不可见，事在不可闻，胜在不可知。微哉！微哉！鸷鸟将击，卑飞敛翼；猛兽将搏，弭耳俯伏⑤；圣人将动，必有愚色。"

"今彼殷商，众口相惑，纷纷渺渺，好色无极。此亡国之征也。吾观其野，草菅胜谷⑥。吾观其众，邪曲胜直。吾观其吏，暴虐残贼。败法乱刑，上下不觉。此亡国之时也。大明发而万物皆照⑦，大义发而万物皆利，大兵发而万物皆服。大哉！圣人之德，独闻独见。乐哉！"

---

①酆，古都邑名，在今陕西西安市西南沣河西南。
②公，尊称。尚，吕尚。
③创，创伤。
④冲机，冲车。
⑤弭，平息。弭耳，把翘着的耳朵平贴下来。
⑥草菅胜谷，野草长得比禾苗还茂盛。
⑦大明，太阳光。

## 文　启

文王问太公曰："圣人何守？"

太公曰："何忧何啬①，万物皆得；何啬何忧，万物皆遒②。政之所施，莫知其化；时之所在，莫知其移。圣人守此而万物化，何穷之有？终而复始。优之游之，展转求之。求而得之，不可不藏；既以藏之，不可不行；既以行之，勿复明之。夫天地不自明，故能长生；圣人不自明，故能名彰。"

"古之圣人聚人而为家，聚家而为国，聚国而为天下。分封贤人，以为万国，命之曰大纪。陈其政教③，顺其民俗，群曲化直，变于形容。万国不通①，各乐其所，人爱其上，命之曰大定。呜呼！圣人务静之⑤，贤人务正之，愚人不能正，故与人争。上劳则刑繁，刑繁则民忧，民忧则流亡。上下不安其生，累世不休，命之曰大失。"

"天下之人如流水，障之则止，启之则行，静之则清。呜呼，神哉！圣人见其所始，则知其所终。"

文王曰："静之奈何？"

太公曰："天有常形⑥，民有常生⑦，与天下共其生，而天下静矣。太上因之，其次化之。夫民化而从政，是以夫无为而成事，民无与而自富。此圣人之德也。"

文王曰："公言乃协予怀⑧，夙夜念之不忘，以用为常。"

---

① 啬，吝啬。

② 遒，有人认为"遒"应作"费"，散财用的意思。

③ 陈，宣扬。

④ 通，通同。

⑤ 静，清静无为。

⑥ 常形，指春生、夏长、秋收、冬藏等四时变化的运行规律。

⑦ 常生，指人有规律地从事春耕、夏耘、秋收、冬息等生产活动。

⑧ 协，符合。

# 文　伐

文王问太公曰："文伐之法奈何？"

太公曰："凡文伐有十二节。

一曰：因其所喜，以顺其志。彼将生骄，必有奸事①。苟能因之，必能去之。

二曰：亲其所爱，以分其威。一人两心，其中必衰。廷无忠臣，社稷必危。

三曰：阴赂左右，得情甚深。身内情外，国将生害。

四曰：辅其淫乐，以广其志，厚赂珠玉、娱以美人。卑辞委听，顺命而合。彼将不争，奸节乃定②。

五曰：严其忠臣③，而薄其赂，稽留其使，勿听其事。亟为置代④，遗以诚事，亲而信之，其君将复合之。苟能严之，其国可谋。

六曰：收其内，间其外，才臣外相，敌国内侵，国鲜不亡。

七曰：欲锢其心，必厚赂之，收其左右忠爱，阴示以利，令之轻业，而蓄积空虚。

八曰：赂以重宝，因与之谋，谋而利之。利之必信，是谓重亲⑤。重亲之积，必为我用。有国而外，其地大败。

九曰：尊之以名，无难其身，示以大势，从之必信。致其大尊，先为之荣，微饰圣人，国乃大偷⑥。

十曰：下之必信，以得其情；承意应事，如与同生。既以得之，乃微收之；时及将至，若天丧之。

十一曰：塞之以道。人臣无不重富与贵，恶死与咎，阴示大尊，而微输重宝，收其豪杰。内积甚厚，而外为乏。阴纳智士，使图其计；纳勇士，使高其气。富贵甚足，而常有繁滋。徒党已具，是谓塞之。有国而塞，安能有国？

十二曰：养其乱臣以迷之，进美女淫声以惑之，遗良犬马以劳之，时与大势以诱之，上察而与天下图之。”

“十二节备，乃成武事。所谓上察天，下察地，征己见⑦，乃伐之。”

①奸，邪恶。
②奸节，邪恶的行为。
③严，尊敬。
④置代，派人替代。
⑤重亲，情谊极其亲密。
⑥偷，怠惰，得过且过。
⑦见（xiàn，音现），显现。

## 顺　启

文王问太公曰：“何如而可为天下？”

太公曰：“大盖天下①，然后能容天下；信盖天下，然后能约天下；仁盖天下，然后能怀天下；恩盖天下，然后能保天下；权盖天下，然后能不失天下；事而不疑，则天运不能移②，时变不能迁。此六者备，然后可以为天下政。”

“故利天下者，天下启之；害天下者，天下闭之；生天下者，天下德之；杀天下者，天下贼之③；彻天下者④，天下通之；穷天下者，天下仇之；安天下者，天下恃之；危天下者，天下灾之。天下者非一人之天下，唯有道者处之。”

①大，指气度、度量而言。
②天运，天命，上天的意志。
③贼，残害，毁灭。
④彻，贯通。

## 三　疑

武王问太公曰：“予欲立功，有三疑：恐力不能攻强、离亲、散众。为之奈何？”

太公曰：“因之，慎谋，用财。夫攻强必养之使强，益之使张，太强必折，太张必缺。攻强以强，离亲以亲，散众以众。”

“凡谋之道，周密为宝①。设之以事②，玩之以利，争心必起。欲离其亲，因其所爱，与其宠人。与之所欲，示之所利。因以疏之，无使得志。彼贪利甚喜，遗疑乃止。”

"凡攻之道，必先塞其明，然后攻其强，毁其大③，除民之害。淫之以色，啖之以利①，养之以味，娱之以乐。既离其亲，必使远民。勿使知谋，扶而纳之，莫觉其意，然后可成。"

"惠施于民，必无爱财。民如牛马，数喂食之⑤，从而爱之。"

"心以启智，智以启财，财以启众，众以启贤。贤之有启，以王天下。"

---

① 宦，重要，紧要。

② 设，安排、布置。

③ 大，守备坚固的大城邑。

④ 啖（dàn，音旦），吃。

⑤ 食（sì，音四），通饲。

# 龙　韬

## 王　翼

武王问太公曰："王者帅师，必有股肱羽翼，以成威神，为之奈何？"

太公曰："凡举兵帅师，以将为命①。命在通达，不守一术。因能受职，各取所长，随时变化，以为纲纪。故将有股肱羽翼七十二人，以应天道②。备数如法，审知命理③，殊能异技，万事毕矣。"

武王曰："请问其目。"

太公曰："腹心一人，主潜谋应卒，揆天消变④，总揽计谋，保全民命。谋士五人，主图安危，虑未萌，论行能，明赏罚，授官位，决嫌疑，定可否。天文三人，主司星历，候风气，推时日，考符验，校灾异，知人心去就之机⑤。地利三人，主三军行止形势，利害消息⑥，远近险易，水涸山阻，不失地利。兵法九人，主讲论异同，行事成败，简练兵器，刺举非法⑦。通粮四人，主度饮食，备蓄积，通粮道，致五谷，命三军不困乏。奋威四人，主择材力，论兵革，风驰电掣，不知所由。伏旗鼓三人，主伏旗鼓，明耳目，诡符印，谬号令，闇忽往来⑧，出入若神。股肱四人，主任重持难，修沟堑，治壁垒，以备守御。通材三人，主拾遗补过，应偶宾客，议论谈语，消患解结。权士三人，主行奇谲，设殊异，非人所识，行无穷之权。耳目七人，主往来听言视变，览四方之士，军中之情。爪牙五人，主扬威武，激励三军，使冒难攻锐，无所疑虑。羽翼四人，主扬名誉，震远方，摇动四境，以弱敌心。游士八人，主伺奸候变，开阖人情，观敌之意，以为间谍。术士二人，主为谲诈，依托鬼神，以惑众心。方士二人，主百药，以治金疮⑨，以痊万病。法算二人，主计会三军营垒、粮食、财用出入。"

---

① 命，全军首脑。

② 天道，大自然运行的规律。

③命理，天道和事理。

④揆（kuí，音奎），观测，揣度。

⑤去就，离散或归向。

⑥消息，消，消失；息，增长。

⑦刺举，刺探检举。

⑧阉（yǎn，音掩）忽，突然。

⑨金疮，金属兵刃造成的创伤。

## 论 将

武王问太公曰：□论将之道奈何？”

太公曰：“将有□材、十过。”

武王曰：“敢问□目。”

太公曰：“所谓□材者，勇、智、仁、信、忠也。□则不可犯，智则不可乱，仁则爱人，信则不欺，忠则无二心。□

“所谓十过者：有□而轻死者，有急而心速者□有贪而好利者，有仁而不忍人者①，有智而心怯者，有信而喜信人者□有廉洁而不爱人者□有智而心缓者，有刚毅而自用者，有懦而喜任人者。勇而轻死者，可暴也。□而心速者，可□□。贪而好利者，可遗也。仁而不忍人者，可劳也。智而心怯者，可窘也。信□喜信人者□可诳也。廉洁而不爱人者，可侮也。智而心缓者，可袭也。刚毅而自用者，可事也□□儒而喜□人者，可欺也。”

“故兵者，国之大事，存亡之□□□在于将。将者，国之辅，先王之所重也，故置将不可不察也。故曰：兵不两胜，亦不两败□□出逾境，期不十日，不有亡国，必有破军杀将。”

武王曰：“善哉！”

---

①不忍人，不忍心伤害别人。

②□事，烦以琐事，使之心□交瘁。

## 选 将

武王问太公曰：“王者举兵，欲简练英雄，知士之高下，为之奈何？”

太公曰：“夫士外貌不与中情相应者十五：有贤而不肖者，有温良而为盗者，有貌恭敬而心慢者，有外廉谨而内无至诚者，有精精而无情者①，有湛湛而无诚者②，有好谋而无决者，有如果敢而不能者，有悾悾而不信者③，有悦悦惚惚而反忠实者④，有诡激而有功效者⑤，有外勇而内怯者，有肃肃而反易人者⑥，有嗃嗃而反静悫者⑦，有势虚形劣而外出无所不至、无所不遂者。天下所贱，圣人所贵；凡人莫知，非有大明，不见其际，此士之外貌不与中情相应者也。”

武王曰：“何以知之？”

太公曰：“知之有八征：一曰问之以言，以观其辞；二曰穷之以辞，以观其变；三曰与之间谍，以观其诚；四曰明白显问，以观其德；五曰使之以财，以观其廉；六曰试之以色，以观其贞；七曰告以以难，以观其勇；八曰醉之以酒，以观其态。八征皆备，则贤、不肖别矣。”

①精精，精而又精。情，实有的才情。

②湛湛，忠厚稳重的样子。

③悾悾（kōng，音空），诚恳的样子。

④怳（huǎng，音恍），通恍。

⑤诡激，奇异激烈，有背常理。

⑥肃肃，严肃端正。易，平易。

⑦嚣嚣（xiào，音孝），严酷的样子。愨（què，音确），诚实。

# 立　将

武王问太公曰："立将之道奈何？"

太公曰："凡国有难，君避正殿，召将而诏之曰：'社稷安危，一在将军。今某国不臣，愿将军帅师应之。'"

"将即受命，乃命太史钻灵龟①，卜吉日。斋三日，至太庙，以授斧钺。"

"君入庙门，西面而立。将入庙门，北面而立。君亲操钺，持首，授将其柄，曰：'从此上至天者，将军制之。'复操斧柄，授将其刃，曰：'从此下至渊者，将军制之。'见其虚则进，见其实则止。勿以三军为众而轻敌，勿以受命为重而必死，勿以身贵而贱人，勿以独见而违众，勿以辩说为必然。士未坐勿坐，士未食勿食，寒暑必同。如此，则士众必尽死力。"

"将已受命，拜而报君曰：'臣闻国不可从外治，军不可从中御。二心不可以事君，疑志不可以应敌。臣既受命，专斧钺之威，臣不敢生还。愿君亦垂一言之命于臣②。君不许臣，臣不敢将。'君许之，及辞而行。"

"军中之事，不闻君命，皆由将出。临敌决战，无有二心。若此，则无天于上③，无地于下，无敌于前，无君于后④。是故智者为之谋，勇者为之斗，气厉青云，疾若驰骛⑤，兵不接刃，而敌降服。战胜于外，功立于内，吏迁士赏，百姓欢悦，将无咎殃。是故风雨时节，五谷丰熟，社稷安宁。"

武王曰："善哉！"

---

①钻，在龟背钻凿孔眼。灵龟，对占卜用龟甲的美称。

②一言之命，一句话的命令。指授以全权的明确指令。

③无天于上，不论天时有何变化，都不受限制。

④无君于后，不论国君在后方有何意见都不受限制。

⑤驰骛，快马奔驰。

# 将　威

武王问太公曰："将何以为威？何以为明？何以为禁止而令行？"

太公曰："将以诛大为威，以赏小为明，以罚审为禁止而令行①。故杀一人而三军震者，杀之。赏一人而万人说者，赏之。杀贵大，赏贵小。杀及当路贵重之臣②，是刑上极也。赏及牛竖、马洗、厩养之徒③，是赏下通也。刑上极，赏下通，是将威之所行也。"

①审，详审，周密而慎重。
②当路，身居要职。
③牛竖，牧牛的仆隶。马洗，马夫。

# 励　军

武王问太公曰："吾欲令三军之众，攻城争先登，野战争先赴，闻金声而怒，闻鼓声而喜，为之奈何？"

太公曰："将有三武。"

武王曰："敢问其目。"

太公曰："将冬不服裘，夏不操扇，雨不张盖①，名曰礼将。将不身服礼②，无以知士卒之寒暑。出隘塞，犯泥涂，将必先下步，名曰力将。将不身服力，无以知士卒之劳苦。军皆定次，将乃就舍；炊者皆熟，将乃就食；军不举火③，将亦不举，名曰止欲将。将不身服止欲，无以知士卒之饥饱。将与士卒共寒暑、劳苦、饥饱，故三军之众，闻鼓声则喜，闻金声则怒。高城深池，矢石繁下，士争先登。白刃始合，士争先赴。士非好死而乐伤也，为其将知寒暑饥饱之审，而见劳苦之明也。"

---

①盖，伞。
②服，从事。
③举火，点火做饭。

# 阴　符

武王问太公曰："引兵深入诸侯之地，三军卒有缓急，或利或害。吾将以近通远，从中应外，以给三军之用，为之奈何？"

太公曰："主与将，有阴符①，凡八等：有大胜克敌之符，长一尺；破军杀将之符，长九寸；降城得邑之符，长八寸；却敌报远之符，长七寸；誓众坚守之符，长六寸；请粮益兵之符，长五寸；败军亡将之符，长四寸；失利亡士之符，长三寸。诸奉使行符，稽留者，若符事泄，闻者告者皆诛之。八符者，主将秘闻，所以阴通语言，不泄中外相知之术。敌虽圣智，莫之能识。"

武王曰："善哉！"

---

①阴符，古代军队主将与国君之间的秘密通信联络工具。

# 阴　书

武王问太公曰："引兵深入诸侯之地，主将欲合兵①，行无穷之变，图不测之利。其事繁多，符不能明，相去辽远，言语不通，为之奈何？"

太公曰："诸有阴事大虑②，当用书，不用符。主以书遗将，将以书问主。书皆一合而再离，三发而一知③。再离者，分书为三部；三发而一知者，言三人，人操一分，相参而不知情也。此谓阴书。敌虽圣智，莫之能识。"

　　武王曰："善哉！"

---

①合兵，交战。
②大虑，重大的谋虑。
③三发，分三次发出。一知，合三部分为一，才能读懂。

# 军　势

　　武王问太公曰："攻伐之道奈何？"

　　太公曰："资因敌家之动，变生于两陈之间，奇正发于无穷之源。故至事不语，用兵不言。且事之至者，其言不足听也。兵之用者，其状不足见也。倏而往，忽而来，能独专而不制者，兵也。夫兵闻则议，见则图，知则困，辨则危①。"

　　"故善战者，不待张军②。善除患者，理于未生。善胜敌者，胜于无形。上战无与战③。故争胜于白刃之前者，非良将也；设备于已失之后者，非上圣也；智与众同，非国师也；技与众同，非国工也。事莫大于必克，用莫大于玄默④，动莫大于不意，谋莫大于不识。"

　　"夫先胜者，先见弱于敌而后战也，故事半而功倍焉。圣人征于天地之动⑤，孰知其纪⑥？循阴阳之道而从其候⑦，当天地盈缩，因以为常。物有生死，因天地之形。故曰：未见形而战，虽众必败。"

　　"善战者，居之不挠⑧。见胜则起，不胜则止。故曰：无恐惧，无犹豫。用兵之害，犹豫最大。三军之害，莫过狐疑。善战者，见利不失，遇时不疑。失利后时，反受其殃。故智者从之而不释⑨，巧者一决而不犹豫。是以迅雷不及掩耳，迅电不及瞑目，赴之若惊，用之若狂，当之者破，近之者亡，孰能御之！"

　　"夫将，有所不言而守者⑩，神也；有所不见而视者，明也。故知神明之道者，野无衡敌⑪，对无立国。"

　　武王曰："善哉！"

---

①辨，明察。
②张军，展开军队，摆成阵势。
③上战，最高的战略。
④玄默，沉静无为。
⑤征，征验，验证。
⑥纪，头绪，规律。
⑦阴阳之道，日月运行的规律。
⑧居之不挠，牢守所处状态不受干扰。
⑨释，放下。
⑩守，坚守。
⑪野，旷野。衡，抗衡。

# 奇　兵

　　武王问太公曰："凡用兵之道，大要何如？"

太公曰："古之善战者，非能战于天上，非能战于地下，其成与败，皆由神势。得之者昌，失之者亡。"

"夫两陈之间，出甲陈兵，纵卒乱行者，所以为变也；深草蓊翳者[1]，所以遁逃也；溪谷险阻者，所以止车御骑也；隘塞山林者，所以少击众也；坳泽窈冥者[2]，所以匿其形也；清明无隐者，所以战勇力也；疾如流矢，击如发机者，所以破精微也；诡伏设奇，远张诳诱者，所以破军擒将也；四分五裂者，所以击圆破方也；因其惊骇者，所以一击十也；因其劳倦暮舍者，所以十击百也；奇伎者，所以越深水、渡江河也；强弩长兵者，所以逾水战也；长关远候[3]，暴疾谬遁者[4]，所以降城服邑也；鼓行喧嚣者，所以行奇谋也；大风甚雨者，所以搏前擒后也；伪称敌使者，所以绝粮道也；谬号令，与敌同服者，所以备走北也[5]；战必以义者，所以励众胜敌也；尊爵重赏者，所以劝用命也；严刑罚者，所以进罢怠也；一喜一怒，一予一夺，一文一武，一徐一疾者，所以调合三军，制一臣下也[6]；处高敞者，所以警守也；保险阻者，所以为固也；出林茂秽者，所以默往来也；深沟高垒，积粮多者，所以持久也。"

"故曰：不知战攻之策，不可以语敌；不能分移[7]，不可以语奇；不通治乱，不可以语变。故曰：将不仁，则三军不亲；将不勇，则三军不锐；将不智，则三军大疑；将不明，则三军大倾[8]；将不精微，则三军失其机；将不常戒，则三军失其备；将不强力，则三军失其职。故将者，人之司命，三军与之俱治，与之俱乱。得贤将者，兵强国昌；不得贤将者，兵弱国亡。"

武王曰："善哉！"

---

①蓊翳（wěng yì，音瀹义），草木茂盛。

②坳（ào，音傲）泽，低洼潮湿地。窈冥，幽暗隐蔽。

③长关远候，在远处设关派出侦探。

④暴疾，急速。谬遁，假装退兵。

⑤走北，败退逃走。

⑥制一，控制而使之一致。

⑦分移，分散转移。

⑧倾，倾危，倾倒。

# 五　音

武王问太公曰："律音之声，可以知三军之消息[1]，胜负之决乎？"

太公曰："深哉！王之问也。夫律管十二[2]，其要有五音：宫、商、角、徵、羽[3]。此真正声也，万代不易。五行之神[4]，道之常也。金、木、水、火、土，各以其胜攻也。古者三皇之世，虚无之情[5]，以胜刚强，无有文字，皆由五行。五行之道，天地自然。六甲之分[6]，微妙之神。"

"其法以天清净，无阴云风雨，夜半，遣轻骑往至敌人之垒，去九百步外，遍持律管当耳，大呼惊之。有声应管，其来甚微。角声应管，当以白虎[7]。徵声应管，当以玄武[8]。商声应管，当以朱雀[9]。羽声应管，当以勾陈[10]。五管声尽不应者，宫也，当以青龙[11]。此五行之符，佐胜之征，成败之机也。"

武王曰："善哉！"

太公曰："微妙之音，皆有外候。"

武王曰："何以知之？"

太公曰："敌人惊动则听之。闻枹鼓之音者，角也。见火光者，徵也。闻金铁矛戟之音者，商也。闻人啸呼之音者，羽也。寂寞无闻者，宫也。此五者，声色之符也。"

①消息，消长。

②律管十二，古代正音的乐器，用竹、玉或铜制，共十二管。

③宫、商、角、徵、羽，古代的五个音阶。

④五行，古人认为天地间万物都由金、木、水、火、土五种基本物质构成，且它们之间相互依存，相互制约，故称这五种物质为五行。

⑤虚无，清虚无为。

⑥六甲，用天干地支计算时日，其中有甲子、甲戌、甲申、甲午、甲辰和甲寅，称为六甲。

⑦⑧⑨⑩⑪白虎、玄武、朱雀、勾陈、青龙，古代阴阳五行家以白虎为西方庚申金星之神，以玄武为北方壬癸水星之神，以朱雀为南方丙丁火星之神，以勾陈为中央戊已土星之神，以青龙为东方甲乙木星之神。

# 兵　征

武王问太公曰："吾欲未战先知敌人之强弱，预见胜负之征，为之奈何？"

太公曰："胜败之征，精神先见。明将察之，其效在人。谨候敌人出入进退，察其动静，言语妖祥①，士卒所告。"

"凡三军说怿②，士卒畏法，敬其将命，相喜以破敌，相陈以勇猛，相贤以威武③，此强征也。三军数惊，士卒不齐，相恐以敌，相语以不利，耳目相属④，妖言不止，众口相惑，不畏法令，不重其将，此弱征也。"

"三军齐整，陈势已固，深沟高垒，又有大风甚雨之利；三军无故，旌旗前指，金铎之声扬以清，鼙鼓之声宛以鸣，此得神明之助，大胜之征也。行陈不固，旌旗乱而相绕，逆大风甚雨之利；士卒恐惧，气绝而不属，戎马惊奔，兵车折轴，金铎之声下以浊，鼙鼓之声湿如沐⑤，此大败之征也。"

"凡攻城围邑，城之气色如死灰⑥，城可屠。城之气出而北，城可克。城之气出而西，城必降。如城之气出而南，城不可拔⑦。城之气出而东，城不可攻。城之气出而复入，城主逃北⑧。城之气出而覆我军之上，军必病。城之气高而无所止，用兵长久。凡攻城围邑，过旬不雷不雨，必亟去之。城必有大辅⑨。此所以知可攻而攻，不可攻而止。"

武王曰："善哉！"

①妖祥，凶兆和吉兆。

②说，通悦。怿（yì，音义），快乐。说怿，喜欢。

③相贤，相互称颂。

④耳目相属（zhǔ，音主），互为耳目，探听消息。

⑤湿如沐，鼓被淋湿之后，声音低沉。

⑥气，指城市的云气，可依此解释吉凶。

⑦拔，攻破。

⑧城主，一城之主。

⑨大辅，贤能的辅佑之人。

## 农　器

武王问太公曰:"天下安定,国家无事。战攻之具①,可无修乎? 守御之危,可无设乎?"

太公曰:"战攻守御之具,尽在于人事。耒耜者,其行马蒺藜也②。马牛车舆者,其营垒蔽橹也③。锄耰之具④,其矛戟也。蓑薛簦笠者⑤,其甲胄干楯也⑥。锼锸斧锯杵臼⑦,其攻城器也。牛马,所以转输粮用也。鸡犬,其伺候也⑧。妇人织纴,其旌旗也。丈夫平壤⑨,其攻城也。春铍草棘⑩,其战车骑也。夏耨田畴⑪,其战步兵也。秋刈禾薪,其粮食储备也。冬实仓廪,其坚守也。田里相伍⑫,其约束符信也⑬。里有吏,官有长,其将帅也。里有周垣⑭,不得相过,其队分也。输粟收刍⑮,其廪库也。春秋治城郭、修沟渠,其堑垒也。"

"故用兵之具,尽在于人事也。善为国者,取于人事。故必使遂其六畜⑯,辟其田野,究其处所⑰。丈夫治田有亩数,妇人织纴有尺度。是富国强兵之道也。"

武王曰:"善哉!"

---

①具,器械装备。

②行马蒺藜,指用以堵塞交通的障碍物。

③蔽橹,大盾牌。

④耰(yōu,音优),碎土平田的农具。

⑤蓑薛,草编雨衣。簦(dēng,音登),雨伞。

⑥干,盾。楯,大盾牌。

⑦锼(jué,音决),大锄。锸(chā,音叉),锹。

⑧伺候,报时警戒。

⑨平壤,平整土地。

⑩铍(bó,音勃),指割草。

⑪耨(nòu)除草。

⑫田里,指农家。

⑬符信,指号令,凭证。

⑭里,居民的管理单位。

⑮刍,饲草。

⑯六畜,马、牛、羊、鸡、犬、豕。

⑰究,规划。

# 虎　韬

## 军　用

武王问太公曰:"王者举兵,三军器用,攻守之具,科品众寡①,岂有法乎?"

太公曰:"大哉,王之问也。夫攻守之具,各有科品,此兵之大威也。"

　　武王曰："愿闻之。"

　　太公曰："凡用兵之大数，将甲士万人，法用：武冲大扶胥三十六乘②，材士强弩矛戟为翼③，一车二十四人，推之以八尺车轮，车上立旗鼓，兵法谓之震骇；陷坚陈，败强敌。武翼大橹矛戟扶胥七十二乘④，材士强弩矛戟为翼，以五尺车轮，绞车、连弩自副⑤；陷坚陈，败强敌。提翼小橹扶胥一百四十具⑥，绞车、连弩自副，以鹿车轮；陷坚陈，败强敌，大黄参连弩大扶胥三十六乘⑦，材士强弩矛戟为翼，飞凫、电影自副⑧；飞凫赤茎白羽⑨，以铜为首；电影，青茎赤羽，以铁为首；昼则以绛缟，长六尺，广六寸，为光耀；夜则以白缟，长六尺，广六寸，为流星；陷坚陈，败步骑。大扶胥冲车三十六乘，螳螂武士共载⑩；可以纵击横，可以败敌。辎车骑寇，一名电车，兵法谓之电击；陷坚陈，败步骑。寇夜来前，矛戟扶胥轻车一百六十乘⑪，螳螂武士三人共载，兵法谓之霆击；陷坚陈，败步骑。"

　　"方首铁棓维朌⑫，重十二斤，柄长五尺以上，千二百枚，一名天棓；大柯斧⑬，刃长八寸，重八斤，柄长五尺以上，千二百枚，一名天越；方首铁锤，重八斤，柄长五尺以上，千二百枚，一名天锤；败步骑群寇。飞钩，长八寸，钩芒长四寸，柄长六尺以上，千二百枚，以投其众。"

　　"三军拒守：木螳螂剑刃扶胥⑭，广二丈，百二十具，一名行马，平易地以步兵败车骑。木蒺藜⑮，去地二尺五寸，百二十具，败步骑，要穷寇⑯，遮走北⑰。轴旋短冲矛戟扶胥⑱，百二十具，黄帝所以败蚩尤氏，败步骑，要穷寇，遮走北。狭路微径，张铁蒺藜，芒高四寸，广八寸，长六尺以上，千二百具，败步骑。突暝来前促战⑲，白刃接，张地罗⑳，铺两镞蒺藜，参连织女㉑，芒间相去二寸，万二千具。旷野草中，方胸铤矛㉒，千二百具；张铤矛法，高一尺五寸；败步骑，要穷寇，遮走北。狭路微径，地陷铁械锁，参连百二十具，败步骑，要穷寇，遮走北。"

　　"垒门拒守：矛戟小橹十二具，绞车、连弩自副。三军拒守：天罗虎落锁连一部，广一丈五尺，高八尺，百二十具。虎落剑刃扶胥，广一丈五尺，高八尺，五百二十具。"

　　"渡沟堑：飞桥一间，广一丈五尺，长二丈以上，着转关辘轳㉓，八具，以环利通索张之㉔。渡大水；飞江㉕，广一丈五尺，长二丈以上，八具，以环利通索张之；天浮铁螳螂㉖，矩内圆外，径四尺以上，环络自副，三十二具。以天浮张飞江济大海，谓之天潢，一名天舡㉗。"

　　"山林野居，结虎落柴营㉘：环利铁锁，长二丈以上，千二百枚。环利大通索，大四寸，长四丈以上，六百枚。环利中通索，大二寸，长四丈以上，二百枚，环利小微缧㉙，长二丈以上，万二千枚。天雨盖，重车上板，结枲钼铻㉚，广四尺，长四丈以上，车一具，以铁杙张之㉛。"

　　"伐木大斧，重八斤，柄长三尺以上，三百枚。棨镢㉜，刃广六寸，柄长五尺以上，三百枚。铜筑固为垂，长五尺以上，二百枚。鹰爪方胸铁把㉝，柄长七尺以上，三百枚。方胸铁叉，柄长七尺以上，三百枚。方胸两枝铁叉㉞，柄长七尺以上，三百枚。芟草木大镰，柄长七尺以上，三百枚。大橹刀㉟，重八斤，柄长六尺，三百枚。委环铁杙，长三尺以上，三百枚。椓杙大锤㊱，重五斤，柄长二尺以上，百二十具。"

　　"甲士万人，强弩六千，戟橹二千，矛楯二千。修治工具，砥砺兵器，巧手三百人。此举兵军用之大数也。"

　　武王曰："允哉！"

---

①科品，种类。

②武冲大扶胥，大型兵车名。

③材士，勇猛精锐之士。

④武翼大橹矛戟扶胥，装有掩蔽装置并有矛戟的兵车。

⑤绞车连弩，用绞车张弓，可连发的弩。

⑥提翼小橹扶胥，装有掩蔽装置的小兵车。

⑦大黄参连弩大扶胥，装有大黄强弩和连弩的大兵车。

⑧飞凫、电影，两种箭的名称。

⑨竿，箭杆。羽，旗杆上的旄。

⑩螳螂武士，螳螂因有举臂奋击之势，故用作武士之称。

⑪矛戟扶胥轻车，装有矛戟的轻车。

⑫棓，同棒。鈖（fēn，音分），大头。方首铁棓维鈖，大方头铁棒。

⑬大柯斧，长柄斧。

⑭木螳螂剑刃扶胥，装有螳螂式样剑刃的兵车。

⑮木蒺藜，带刺的木制障碍物。

⑯要（yāo，音腰），拦截。

⑰遮，拦截。

⑱轴旋短冲矛戟扶胥，装有矛戟便于旋转的战车。

⑲瞑，天黑。

⑳地罗，地网。

㉑参连织女，许多蒺藜连在一起的障碍物。

㉒铤（chán，音蝉），方胸铤矛，齐胸高的小矛。

㉓转关辘轳，可把飞桥吊起和转移方向的起重装置。

㉔环利通索，连环铁索。

㉕飞江，浮桥。

㉖天浮铁螳螂，连接、固定浮桥的装置。

㉗天潢，天舡，均指船。

㉘柴，通寨。

㉙缧（léi，音雷），绳索。

㉚枲（xǐ，音洗），麻。

㉛杙（yì，音义），小木桩。铁杙，小铁桩。

㉜鈠钁（qǐ jué，音启决），大锄。

㉝鹰爪方胸铁把，齐胸高的鹰爪铁耙。

㉞方胸两枝铁叉，齐胸高的铁叉。

㉟大橹刀，大砍刀。

㊱椓，击。椓杙大锤，钉橛子的大锤。

# 三　阵

武王问太公曰：“凡用兵为天陈、地陈、人陈，奈何？①”

太公曰：“日月星辰斗杓②，一左一右，一向一背，此谓天陈。丘陵水泉③，亦有前后左右之利，此谓地陈。用车用马，用文用武，此谓人陈。”

武王曰：“善哉！”

---

①陈，同阵。

②斗杓，指北斗星。

③丘陵水泉，此指行军扎营的有利地形。

# 疾　战

武王问太公曰：“敌人围我，断我前后，绝我粮道，为之奈何？”

太公曰：“此天下之困兵也。暴用之则胜[1]，徐用之则败。如此者，为四武冲陈[2]，以武车骁骑惊乱其军而疾击之[3]，可以横行。”

武王曰：“若已出围地，欲因以为胜，为之奈何？”

太公曰：“左军疾左，右军疾右，无与敌人争道，中军迭前迭后。敌人虽众，其将可走。”

---

①暴，急促。

②四武冲陈，用武冲大扶胥捍卫四面的阵势。

③骁骑，勇猛的骑兵。

# 必　出

武王问太公曰：“引兵深入诸侯之地，敌人四合而围我，断我归道，绝我粮食。敌人既众，粮食甚多，险阻又固。我欲必出[1]，为之奈何？”

太公曰：“必出之道，器械为宝，勇斗为首。审知敌人空虚之地，无人之处，可以必出。将士持玄旗[2]，操器械，设衔枚夜出[3]。勇力飞足冒将之士居前[4]，平垒为军开道[5]，材士强弩为伏兵居后，弱卒车骑居中。陈毕徐引，慎无惊骇。以武冲扶胥前后拒守，武翼大橹以备左右。敌人若惊，勇力冒将之士疾击而前，弱卒车骑以属其后[6]，材士强弩隐伏而处。审候敌人追我[7]，伏兵疾击其后，多其火鼓[8]，若从地出、若从天下。三军勇斗，莫我能御[9]。”

武王曰：“前有大水、广堑、深坑，我欲逾渡，无舟楫之备。敌人屯垒[10]，限我军前，塞我归道，斥候常戒[11]，险塞尽中。车骑要我军，勇士击我后。为之奈何？”

太公曰：“大水、广堑、深坑，敌人所不守；或能守之，其卒必寡。若此者，以飞江转关与天潢以济我军。勇力材士，从我所指，冲敌绝陈，皆致其死。先燔我辎重，烧吾粮食，明告吏士：勇斗则生，不勇则死。已出，令我踵军设云火远候[12]，必依草木、丘墓、险阻[13]。敌人车骑，必不敢远追长驱。用以火为记，先出者，令至火而止，为四武冲阵。如此，则三军皆精锐勇斗，莫我能止。”

武王曰：“善哉！”

---

①必出，一定要突围而出。

②玄旗，黑旗。

③衔枚，枚似筷子，秘密行车时令士兵将其衔在口中，以禁喧哗。

④冒将，敢于冒险冲击敌军的勇士。

⑤平垒：平，平定，攻占；垒，营垒。

⑥属，跟随。

⑦审候，仔细窥伺。

⑧火鼓，火把和战鼓。

⑨莫我能御，莫能御我。

⑩屯垒，驻守的营垒。
⑪斥候，侦察兵，哨兵。
⑫云火，烟火。
⑬丘墓，坟墓。

# 军 略

武王问太公曰："引兵深入诸侯之地，遇深溪大谷险阻之水。吾三军未得毕济，而天暴雨，流水大至，后不得属于前①，无有舟梁之备②，又无水草之资③。吾欲毕济，使三军不稽留，为之奈何？"

太公曰："凡帅师将众，虑不先设，器械不备，教不素信①，士卒不习，若此不可以为王者之兵也。凡三军有大事，莫不习用器械。攻城围邑，则有轒辒、临冲。视城中，则有云梯、飞楼。三军行止，则有武冲、大橹前后拒守。绝道遮街，则有材士强弩卫其两旁。设营垒，则有天罗、武落、行马、蒺藜⑤；昼则登云梯远望，立五色旗旌，夜则设云火万炬，击雷鼓⑥，振鼙铎，吹鸣笳⑦。越沟堑，则有飞桥，转关辘轳、锄铻。济大水，则有天潢、飞江。逆波上流，则有浮海、绝江⑧。三军用备，主将何忧。"

①属，连接。
②梁，桥梁。
③水草，指堵水用的草。
④教不素信：教，平时的训练；信，切实可用。
⑤武落，即虎落。
⑥雷鼓，八面蒙革的大鼓。
⑦笳，管乐器。
⑧浮海、绝江，渡水器具。

# 临 境

武王问太公曰："吾与敌人临境相拒①，彼可以来，我可以往。陈皆坚固，莫敢先举。我欲往而袭之，彼亦可来，为之奈何？"

太公曰："兵分三处，令我前军深沟增垒而无出，列旌旗，击鼙鼓，完为守备。令我后军多积粮食，无使敌人知我意。发我锐士，潜袭其中，出其不意，攻其无备。敌人不知我情，则止不来矣。"

武王曰："敌人知我之情，通我之谋，而得我事。其锐士伏于深草，要我隘路，击我便处②。为之奈何？"

太公曰："令我前军，日出挑战，以劳其意。令我老弱曳柴扬尘，鼓呼而往来③，或出其左，或出其右，去敌无过百步④。其将必劳，其卒必骇，如此则敌人不敢来，吾往者不止，或袭其内，或击其外。三军疾战，敌人必败。"

①拒，拒守。此指对峙。

②便处，方便适宜之处。

③鼓呼，摇鼓呐喊。

④无过百步，不要超过100步。

# 动　静

武王问太公曰："引兵深入诸侯之地，与敌人之军相当。两陈相望，众寡强弱相等，未敢先举。吾欲令敌人将帅恐惧，士卒心伤，行陈不固，后陈欲走，前阵数顾；鼓噪而乘之①，敌人遂走。为之奈何？"

太公曰："如此者，发我兵去寇十里而伏其两旁，车骑百里而越其前后。多其旌旗，益其金鼓。战合②，鼓噪而俱起。敌将必恐，其军必骇，众寡不相救，贵贱不相待③，敌人必败。"

武王曰："敌之地势，不可以伏其两旁，车骑又无以越其前后。敌知我虑，先施其备。我士卒心伤，将帅恐惧，战则不胜。为之奈何？"

太公曰："微哉！王之问也。如此者，先战五日，发我远候④，往视其动静。审候其来，设伏以待之，必于死地与敌相避。远我旌旗，疏我行陈。必奔其前⑤，与敌相当⑥，战合而走，击金无止，三里而还，伏兵乃起，或陷其两旁⑦，或击其前后。三军疾战，敌人必走。"

武王曰："善哉！"

---

①鼓噪，击鼓呼叫。

②合，交锋。

③贵贱不相待，官兵不相照顾。

④候，侦察兵。

⑤奔，急速行进。

⑥相当，对阵。

⑦陷，攻击。

# 金　鼓

武王问太公曰："引兵深入诸侯之地，与敌相当，而天大寒甚暑，日夜霖雨①，旬日不止，沟垒悉坏，隘塞不守，斥候懈怠，士卒不戒。敌人夜来，三军无备，上下惑乱。为之奈何？"

太公曰："凡三军以戒为固，以怠为败。令我垒上'谁何'不绝②，人执旌旗，外内相望，以号相命③，勿令乏音④，而皆外向。三千人为一屯，诫而约之，各慎其处。敌人若来，视我军之警戒，至而必还，力尽气怠。发我锐士，随而击之。"

武王曰："敌人知我随之，而伏其锐士，佯北不止，遇伏而还，或击我前，或击我后，或薄我垒⑤。吾三军大恐，扰乱失次⑥，离其处所。为之奈何？"

太公曰："分为三队，随而追之，勿过其伏。三队俱至，或击其前后，或陷其两旁，明号审令，疾击而前。敌人必败。"

---

①霖雨，连绵大雨。

②谁何不绝，指口令问答之声不绝。

③号，口令和旌旗等。相命，互相联络。

④勿令乏音，金鼓之声不可断绝。

⑤薄，逼近。

⑥次，行列。

## 绝　道

武王问太公曰："引兵深入诸侯之地，与敌相守。敌人绝我粮道，又越我前后①。吾欲战则不可胜，欲守则不可久。为之奈何？"

太公曰："凡深入敌人之地，必察地之形势，务求便利，依山林险阻，水泉林木而为之固；谨守关梁②，又知城邑丘墓地形之利。如是，则我军坚固，敌人不能绝我粮道，又不能越我前后。"

武王曰："吾三军过大林广泽平易之地，吾盟误失③，卒与敌人相薄。以战则不胜，以守则不固。敌人翼我两旁④，越我前后，三军大恐。为之奈何？"

太公曰："凡帅师之法，当先发远候，去敌二百里，审知敌人所在。地势不利，则以武冲为垒而前，又置两踵军于后⑤，远者百里，近者五十里。即有警急，前后相救。吾三军常完坚，必无毁伤。"

武王曰："善哉！"

---

①越我前后，指敌绕到我军后方，从前后夹击我军。

②关梁，关隘、桥梁。

③盟，盟军。

④翼，包抄两翼。

⑤踵军，后卫部队。

## 略　地

武王问太公曰："战胜深入，略其地①，有大城不可下。其别军守险②，与我相距。我欲攻城围邑，恐其别军卒至而击我，中外相合③，击我表里，三军大乱，上下恐骇。为之奈何？"

太公曰："凡攻城围邑，车骑必远，屯卫警戒，阻其内外。中人绝粮④，外不得输。城人恐怖⑤，其将必降。"

武王曰："中人绝粮，外不得输，阴为约誓，相与密谋，夜出穷寇死战。其车骑锐士，或冲我内，或击我外。士卒迷惑，三军败乱。为之奈何？"

太公曰："如此者，当分军为三军，谨视地形而处。审知敌人别军所在，及其大城别堡⑥，为之置遗缺之道⑦，以利其心，谨备勿失。敌人恐惧，不入山林，即归大邑，走其别军。车骑远要其前，勿令遗脱。中人以为先出者得其径道，其练卒材士必出⑧，其老弱独在。车骑深入长驱，敌人之军，必莫敢至。慎勿与战，绝其粮道，围而守之，必久其日。无燔人积聚，无坏人宫室，冢树社丛勿伐，降者勿杀，得而勿戮⑨，示之以仁义，施之以厚德。令其士民曰：罪在一人⑩。如此则天下和服。"

武王曰："善哉！"

①略，攻占，夺取。

②别军，敌方的另一支军队。

③中外，指城中的守军与城外的援军。

④中人，困于城中的敌军。

⑤城人，困于城中的军民。

⑥堡，土筑的小城。

⑦遗缺之道，故意为敌军留出的缺口。

⑧练卒，训练有素的士卒。

⑨得，俘虏。

⑩罪在一人，罪恶全在敌国的君主一人。

# 火　战

武王问太公曰："引兵深入诸侯之地，遇深草蓊秽①，周吾军前后左右②。三军行数百里，人马疲倦休止。敌人因天燥疾风之利③，燔吾上风，车骑锐士坚伏吾后。吾三军恐怖，散乱而走。为之奈何？"

太公对曰："若此者，则以云梯、飞楼远望左右，谨察前后。见火起，即燔吾前而广延之④，又燔吾后。敌人若至，则引军而却，按黑地而坚处⑤。敌人之来，犹在吾后，见火起必还走。吾按黑地而处，强弩材士卫吾左右，又燔我前后。若此，则敌不能害我。"

武王曰："敌人燔吾左右，又燔吾前后，烟覆我军，其大兵按黑地而起。为之奈何？"

太公曰："若此者，为四武冲阵，强弩翼吾左右，其法无胜亦无负。"

①蓊秽，草丛茂盛。

②周，包围。

③因，凭借。

④前，营前。

⑤按，据。黑地，草地焚烧之后地面呈黑色。

# 垒　虚

武王问太公曰："何以知敌垒之虚实，自来自去？"

太公曰："将必上知天道、下知地理，中知人事。登高下望，以观敌之变动。望其垒，则知其虚实。望其士卒，则知其去来。"

武王曰："何以知之？"

太公曰："听其鼓无音、铎无声，望其垒上多飞鸟而不惊，上无氛气①，必知敌诈而为偶人也②。敌人卒去，不远未定而复返者，彼用其士卒太疾也。太疾则前后不相次，不相次则行陈必乱。如此者，急出兵击之，以少击众，则必胜矣。"

①氛气，因人马行动形成的烟尘。
②偶人，假人。

# 豹　韬

## 林　战

武王问太公曰：“引兵深入诸侯之地，遇大林，与敌分林相拒。吾欲以守则固，以战则胜，为之奈何？”

太公曰：“使吾三军分为冲阵，便兵所处，弓弩为表，戟楯为里。斩除草木，极广吾道，以便战所。高置旌旗，谨敕三军①，无使敌人知吾之情。是谓林战。”

“林战之法，率吾矛戟，相与为伍。林间木疏，以骑为辅，战车居前，见便则战，不见便则止。林多险阻，必置冲阵，以备前后。三军疾战，敌人虽众，其将可走。更战更息，各按其部。是谓林战之纪②。”

①敕（chì，音赤），告诫，命令。
②纪，原则。

## 突　战

武王问太公曰：“敌人深入长驱，侵掠我地，驱我牛马，其三军大至，薄我城下。吾士卒大恐，人民系累①，为敌所虏。吾欲以守则固，以战则胜，为之奈何？”

太公曰：“如此者，谓之突兵②。其牛马必不得食，士卒绝粮，暴击而前③。令我远邑别军，选其锐士，疾击其后，审其期日④，必会于晦⑤。三军疾战，敌人虽众，其将可虏。”

武王曰：“敌人分为三四，或战而侵掠我地，或止而收我牛马。其大军未尽至，而使寇薄我城下，致吾三军恐惧，为之奈何？”

太公曰：“谨候敌人，未尽至则设备而待之。去城四里而为垒，金鼓旌旗皆列而张。别队为伏兵。令我垒上多积强弩，百步一突门⑥，门有行马，车骑居外，勇力锐士隐伏而处⑦。敌人若至，使我轻卒合战而佯走⑧，令我城上立旌旗，击鼙鼓，完为守备。敌人以我为守城，必薄我城下。发吾伏兵，以冲其内，或击其外。三军疾战，或击其前，或击其后。勇者不得斗，轻者不及走，名曰突战⑨。敌人虽众，其将必走。”

武王曰：“善哉！”

①系累，拘禁。
②突兵，突击部队。

③暴击，急速攻击。

④审，精确计算。

⑤晦，旧历的最后一天。

⑥突门，在城墙或垒壁上设置的小门，便于守军出击。

⑦隐伏，隐蔽埋伏。

⑧轻卒，轻装步兵。

⑨突战，突然出击。

## 敌　强

武王问太公曰："引兵深入诸侯之地，与敌人冲军相当①，敌众我寡，敌强我弱。敌人夜来，或攻我左，或攻我右，三军震动。吾欲以战则胜，以守则固，为之奈何？"

太公曰："如此者，谓之震寇②。利以出战，不可以争。选吾材士强弩，车骑为之左右，疾击其前，急攻其后，或击其表，或击其里，其卒必乱，其将必骇。"

武王曰："敌人远遮我前③，急攻我后，断我锐兵，绝我材士。吾内外不得相闻，三军扰乱，皆散而走，士卒无斗志，将吏无守心。为之奈何？"

太公曰："明哉！王之问也。当明号审令，出我勇锐冒将之士，人操炬火，二人同鼓，必知敌人所在，或击其表，或击其里。微号相知④，令之灭火，鼓音皆止。中外相应，期约皆当，三军疾战，敌必败亡。"

武王曰："善哉！"

①冲军，突击部队。

②震寇，强行冲击，引起我军震动的敌人。

③遮，阻挡。

④微号，暗号。

## 敌　武

武王问太公曰："引兵深入诸侯之地，卒遇敌人，甚众且武，武车骁骑绕我左右，三军皆震，走不可止。为之奈何？"

太公曰："如此者，谓之败兵。善者以胜①，不善者以亡。"

武王曰："用之奈何？"

太公曰："伏我材士强弩，武车骁骑为之左右，常去前后三里。敌人逐我，发我车骑，冲其左右。如此则敌人扰乱，吾走者自止。"

武王曰："敌人与我车骑相当，敌众我少，敌强我弱，其来整治精锐②，吾陈不敢当③。为之奈何？"

太公曰："选我材士强弩，伏于左右，车骑坚陈而处。敌人过我伏兵，积弩射其左右④，车骑锐兵疾击其军，或击其前，或击其后。敌人虽众，其将必走。"

武王曰："善哉！"

①善，善于应变。
②整治，整伤。
③不敢当，难以抵挡。
④积弩，连弩。

## 鸟 云 山 兵

　　武王问太公曰："引兵深入诸侯之地，遇高山盘石①，其上亭亭②，无有草木，四面受敌。吾三军恐惧，士卒迷惑。吾欲以守则固，以战则胜，为之奈何？"

　　太公曰："凡三军处山之高，则为敌所栖③；处山之下，则为敌所囚④。既以被山而处，必为鸟云之阵⑤。鸟云之陈，阴阳皆备⑥；或屯其阴，或屯其阳。处山之阳，备山之阴；处山之阴，备山之阳；处山之左，备山之右；处山之右，备山之左。其山敌所能陵者⑦，兵备其表⑧，衢道通谷⑨，绝以武车。高置旌旗，谨敕三军，无使敌人知我之情。是谓山城⑩。行列已定，士卒已阵，法令已行，奇正已设，各置冲阵于山之表，便兵所处，乃分车骑为鸟云之阵。三军疾战，敌人虽众，其将可擒。"

---

①盘石，巨石。
②亭亭，高高耸立。
③栖，鸟类歇息。此指被敌围困山上，如同鸟类栖于树上。
④囚，此指被敌围困于山下谷地，如同囚犯被囚禁。
⑤鸟云之陈，像飞鸟行云一样的阵势，聚散无常，飘忽不定。
⑥阴阳，山南为阳，山北为阴。
⑦陵，攀登。
⑧表，指明显的地方。
⑨通谷，山谷通道。
⑩山城，以山为城。

## 鸟 云 泽 兵

　　武王问太公曰："引兵深入诸侯之地，与敌人临水相拒。敌富而众，我贫而寡，逾水击之则不能前，欲久其日则粮食少。吾居斥卤之地①，四旁无邑，又无草木，三军无所掠取，牛马无所刍牧②，为之奈何？"

　　太公曰："三军无备，牛马无食，士卒无粮。如此者，索便诈敌而亟去之③，设伏兵于后。"

　　武王曰："敌不可得而诈，吾士卒迷惑。敌人越我前后，吾三军败乱而走。为之奈何？"

　　太公曰："求途之道，金玉为主。必因敌使，精微为宝④。"

　　武王曰："敌人知我伏兵，大军不肯济，别将分队以逾于水，吾三军大恐。为之奈何？"

　　太公曰："如此者，分为冲陈，便兵所处。须其毕出⑤，发我伏兵，疾击其后，强弩两旁，射其左右，车骑分为鸟云之陈，备其前后。敌人见我战合，其大军必济水而来。发我伏兵，疾击其后，车骑冲其左右。敌人虽众，其将可走。"

　　"凡用兵之大要，当敌临战，必宜冲阵，便兵所处，然后以车骑分为鸟云之阵。此用兵之奇也。所谓鸟云者，鸟散而云合，变化无穷者也。"

武王曰："善哉！"

①斥卤，盐碱地。
②刍牧，割草放牧。
③索便，寻找方便的机会。
④精微，精细隐秘。
⑤须，等待。

# 少　众

武王问太公曰："吾欲以少击众，以弱击强，为之奈何？"

太公曰："以少击众者，必以日之暮，伏于深草，要之隘路。以弱击强者，必得大国之与，邻国之助。"

武王曰："我无深草，又无隘路，敌人已至，不适日暮，我无大国之与，又无邻国之助。为之奈何？"

太公曰："妄张诈诱，以荧惑其将①，迂其道，令过深草；远其路，令会日暮。前行未渡水②，后行未及舍，发我伏兵，疾击其左右，车骑扰乱其前后。敌人虽众，其将可走。事大国之君③，下邻国之士，厚其币，卑其辞。如此，则得大国之与，邻国之助矣。"

武王曰："善哉！"

①荧惑，炫惑，迷惑。
②前行，先行部队。
③事，侍奉。

# 分　险

武王问太公曰："引兵深入诸侯之地，与敌人相遇于险厄之中。吾左山而右水，敌右山而左水，与我分险相拒。吾欲以守则固，以战则胜。为之奈何？"

太公曰："处山之左，急备山之右；处山之右，急备山之左。险有大水，无舟楫者，以天潢济吾三军。已济者亟广吾道，以便战所。以武冲为前后，列其强弩，令行陈皆固；衢道谷口，以武冲绝之，高置旌旗，是谓车城①。"

"凡险战之法，以武冲为前，大橹为卫②，材士强弩，翼吾左右。三千人为屯，必置冲陈，便兵所处。左军以左，右军以右，中军以中，并攻而前。已战者还归屯所，更战更息，必胜乃已。"

武王曰："善哉！"

①车城，用战车相连，构筑象城堡一样的营寨。
②大橹，即武翼大橹矛戟大扶胥，大战车。

# 犬　韬

## 分　兵

武王问太公曰："王者帅师，三军分为数处。将欲期会合战①，约誓赏罚②。为之奈何？"

太公曰："凡用兵之法，三军之众，必有分合之变。其大将先定战地、战日，然后移檄书与诸将吏期③：攻城围邑，各会其所，明告战日，漏刻有时④。大将设营布阵，立表辕门⑤，清道以待。诸将吏至者，校其先后⑥，先期至者赏，后期至者斩。如此，则远近奔集，三军俱至，并力合战。"

①期会，约期会合。合战，会合作战。
②约誓，军中告诫将士的言辞。
③移，下达。檄书，此指军事文书。
④漏刻有时，指规定具体的到达时刻。
⑤立表：表，标竿。立木为表，用以观察日影测知时间。
⑥校（jiào，音叫），考核。

## 武　锋

武王问太公曰："凡用兵之要，必有武车骁骑，驰阵选锋①，见可则击之。如何则可击？"

太公曰："夫欲击者，当审察敌人十四变②，变见则击之③，敌人必败。"

武王曰："十四变可得闻乎？"

太公曰："敌人新集可击，人马未食可击，天时不顺可击，地形未得可击，奔走可击，不戒可击，疲劳可击，将离士卒可击，涉长路可击，济水可击，不暇可击，阻难狭路可击，乱行可击，心怖可击。"

①驰阵，带头向敌阵驰骋冲锋的勇士。选锋，被选拔出来冲锋陷阵的精锐之士。
②变，变故。
③见，现。

## 练　士

武王问太公曰："练士之道奈何①？"

太公曰："军中有大勇敢死乐伤者，聚为一卒，名为冒刃之士；有锐气壮勇强暴者，聚为一卒，名曰陷阵之士；有奇表长剑②，接武齐列者③，聚为一卒，名曰勇锐之士；有拔距伸钩④，强梁多力，溃破金鼓⑤，绝灭旌旗者，聚为一卒，名曰勇力之士；有逾高绝远，轻足善走者，聚为一卒，名曰冠兵之士；有王臣失势，欲复见功者，聚为一卒，名曰死斗之士；有死将之人子弟，欲与其将报仇者，聚为一卒，名曰敢死之士；有赘婿人虏⑥，欲掩迹扬名者，聚为一卒，名曰励钝之士⑦；有贫穷愤怒，欲快其心者，聚为一卒，名曰必死之士；有胥靡免罪之人⑧，欲逃其耻者，聚为一卒，名曰幸用之士⑨；有材技兼人⑩，能负重致远者，聚为一卒，名曰待命之士。此军之练士，不可不察也。"

---

①练，通拣。练士，挑选士卒。

②奇表，外表奇特。

③武，足迹。接武，后者之足践前者之迹。齐列，队列整齐。

④拔距，古代一种运动习武方式，类似今日的拔河。伸钩，用力把钩子拉直。拔距伸钩，均表示臂力强大。

⑤溃破金鼓，攻破敌军金鼓所在的指挥中心。

⑥赘婿，就婚于女家的男子，古人认为这是一种耻辱。

⑦励钝，激励意志消沉的人。

⑧胥靡，用绳索联在一起服劳役的刑徒。

⑨幸用，侥幸得用。

⑩兼人，超过常人。

# 教　战

武王问太公曰："合三军之众，欲令士卒服习教战之道①，奈何？"

太公曰："凡领三军，必有金鼓之节，所以整齐士众者也。将必先明告吏士，申之以三令，以教操兵起居②、旌旗指麾之变法。故教吏士，使一人学战，教成，合之十人；十人学战，教成，合之百人；百人学战，教成，合之千人；千人学战，教成，合之万人；万人学战，教成，合之三军之众；大战之法，教成，合之百万之众。故能成其大兵，立威于天下。"

武王曰："善哉！"

---

①服习，反复练习。

②操兵，使用兵器。起居，指坐立进退，分合变化，队列布阵等基本队列动作。

# 均　兵

武王问太公曰："以车与步卒战，一车当几步卒？几步卒当一车？以骑与步卒战，一骑当几步卒？几步卒当一骑？以车与骑战，一车当几骑？几骑当一车？"

太公曰："车者，军之羽翼也，所以陷坚陈，要强敌，遮走北也。骑者，军之伺候也①，所以踵败军，绝粮道，击便寇也。故车骑不敌战②，则一骑不能当步卒一人。三军之众成陈而相当，则易战之法③，一车当步卒八十人，八十人当一车；一骑当步卒八人，八人当一骑；一车当十骑，十骑当一车。险战之法，一车当步卒四十人，四十人当一车；一骑当步卒四人，四人当一骑；一车当六骑，六骑当一车。夫车骑者，军之武兵也④，十乘败千人，百乘败万人；十骑败百人，百骑走千人。此其大数也。"

武王曰："车骑之吏数与阵法奈何?"

太公曰："置车之吏数：五车一长，十车一吏，五十车一率⑤，百车一将。易战之法：五车为列，相去四十步，左右十步，队间六十步。险战之法：车必循道，十车为聚⑥，二十车为屯⑦，前后相去二十步，左右六步，队间三十六步。五车一长，纵横相去二里，各返故道。置骑之吏数：五骑一长，十骑一吏，百骑一率，二百骑一将。易战之法：五骑为列，前后相去二十步，左右四步，队间五十步。险战者：前后相去十步，左右二步，队间二十五步，三十骑为一屯，六十骑为一辈⑧。十骑一吏，纵横相去百步，周环各复故处⑨。"

武王曰："善哉!"

①伺候，指骑兵乃军中的侦察、突出部队。
②不敌战，指不能在适宜的条件下充分发挥作用。
③易战，在平易之地作战。
④武兵，战斗力最强的兵种。
⑤率，车兵的一级首领。
⑥⑦⑧聚、屯、辈，均为骑兵的一种战斗编组。
⑨周环，周旋。

## 武车士

武王问太公曰："选车士奈何①?"

太公曰："选车士之法，取年四十已下，长七尺五寸已上，走能逐奔马，及驰而乘之②，前后左右，上下周旋，能缚束旌旗，力能彀八石弩③，射前后左右皆便习者④，名曰武车之士，不可不厚也。"

①车士，乘兵车作战的武士。
②及驰，能够追及奔驰的兵车。
③彀(gòu，音够)，把弓拉满。八石弩，拉力为八石的强弩。
④便习，熟练掌握。

## 武骑士

武王问太公曰："选骑士奈何①?"

太公曰："选骑士之法，取年四十已下，长七尺五寸已上，壮健捷疾，超绝伦等，能驰骑彀射，前后左右，周旋进退，越沟堑，登丘陵，冒险阻，绝大泽，驰强敌，乱大众者，名曰武骑之士，不可不厚也。"

①骑士，乘马作战的武士。

## 战车

武王问太公曰："战车奈何?"

太公曰：“步贵知变动，车贵知地形，骑贵知别径奇道，三军同名而异用也。凡车之死地有十①，其胜地有八②。”

武王曰：“十死之地奈何？”

太公曰：“往而无以还者，车之死地也。越绝险阻，乘敌远行者，车之竭地也。前易后险者，车之困地也。陷之险阻而难出者，车之绝地也。圮下渐泽③，黑土粘埴者④，车之劳地也。左险右易，上陵仰阪者⑤，车之逆地也。殷草横亩，犯历深泽者⑥，车之拂地也⑦。车少地易，与步不敌者，车之败地也。后有沟渎，左有深水，右有峻阪者，车之坏地也。日夜霖雨，旬日不止，道路溃陷，前不能进，后不能解者，车之陷地也。此十者，车之死地也。故拙将之所以见擒，明将之所以能避也。”

武王曰：“八胜之地奈何？”

太公曰：“敌之前后、行阵未定，即陷之。旌旗扰乱，人马数动，即陷之。士卒或前或后，或左或右，即陷之。陈不坚固，士卒前后相顾，即陷之。前往而疑，后恐而怯，即陷之。三军卒惊，皆薄而起⑧，即陷之。战于易地，暮不能解⑨，即陷之。远行而暮舍，三军恐惧，即陷之。此八者，车之胜地也。将明于十害八胜，敌虽围周，千乘万骑，前驱旁驰，万战必胜。”

武王曰：“善哉！”

---

①死地，主要指不利的地形条件。

②胜地，主要指有利的处境。

③圮（pǐ，音痞），毁坏。下，低下。渐（jiān），浸水。泽，洼地。

④埴（zhí，音直），粘土。

⑤陵，土山。阪，山坡。仰阪，迎着山坡。

⑥犯历，进入，越过。

⑦拂，逆，不顺利。

⑧薄，逼迫。

⑨解，脱离、分开。

# 战　骑

武王问太公曰：“战骑奈何？”

太公曰：“骑有十胜九败。”

武王曰：“十胜奈何？”

太公曰：“敌人始至，行陈未定，前后不属①，陷其前骑，击其左右，敌人必走。敌人行陈整齐坚固，士卒欲斗，吾骑翼而勿去②，或驰而往，或驰而来，其疾如风，其暴如雷，白昼而昏，数更旌旗，变易衣服，其军可克。敌人行陈不固，士卒不斗，薄其前后，猎其左右③，翼而击之，敌人必惧。敌人暮欲归舍，三军恐骇，翼其两旁，疾击其后，薄其垒口，无使得入，敌人必败。敌人无险阻保固④，深入长驱，绝其粮路，敌人必饥。地平而易，四面见敌，车骑陷之，敌人必乱。敌人奔走，士卒散乱，或翼其两旁，或插其前后，其将可擒。敌人暮返，其兵甚众，其行陈必乱，令我骑十而为队，百而为屯，车五而为聚，十而为群，多设旌旗，杂以强弩，或击其两旁，或绝其前后，敌将可虏。此骑之十胜也。”

武王曰：“九败奈何？”

太公曰："凡以骑陷敌，而不能破陈，敌人佯走，以车骑返击我后，此骑之败地也。追北逾险，长驱不止，敌人伏我两旁，又绝我后，此骑之围地也。往而无以返，入而无以出，是谓陷于天井⑤，顿于地穴⑥，此骑之死地也。所以入者隘，所以出者远，彼弱可以击我强，彼寡可以击我众，此骑之没地也⑦。大涧深谷，翳荟林木⑧，此骑之竭地也⑨。左右有水，前有大阜⑩，后有高山，三军战于两水之间，敌居表里，此骑之艰地也⑪。敌人绝我粮道，往而无以迫，此骑之困地也。汙下沮泽⑫，进退渐洳⑬，此骑之患地也⑭。左有深沟，右有坑阜，高下如平地，进退诱敌，此骑之陷地也。此九者，骑之死地也。明将之所以远避，闇将之所以陷败也⑮。"

① 属，连接。
② 翼，从两翼包抄。
③ 猎，象狩猎一样追逐捕杀。
④ 保固，凭险固守。
⑤ 天井，四面高峻，中间低下的地形。
⑥ 地穴，下陷的洼地。
⑦ 没，覆没。
⑧ 翳荟，草木茂盛。
⑨ 竭地，人马气力耗尽之地。
⑩ 阜，土山。
⑪ 艰地，处境艰险之地。
⑫ 汙，通洼。沮泽，沼泽地。
⑬ 渐洳，低湿之地。
⑭ 患地，灾难之地。
⑮ 闇，通暗。

# 战　步

武王问太公曰："步兵与车骑战奈何？"

太公曰："步兵与车骑战者，必依丘陵险阻，长兵强弩居前①，短兵弱弩居后②，更发更止③。敌之车骑虽众而至，坚阵疾战，材士强弩以备我后。"

武王曰："我无丘陵，又无险阻，敌人之至，既众且武，车骑翼我两旁，猎我前后，吾三军恐怖，乱败而走。为之奈何？"

太公曰："令我士卒，为行马、木蒺藜，置牛马队伍④，为四武冲阵。望敌车骑将来，均置蒺藜，掘地匝后，广深五尺，名曰命笼⑤。人操行马进步，阑车以为垒⑥，推而前后，立而为屯，材士强弩，备我左右。然后令我三军，皆疾战而不解⑦。"

①长兵，指戈、矛、戟等长兵器。
②短兵，指刀、剑等短兵器。
③更发更止，轮番发射，轮番休息。
④牛马队伍，把牛马集中起来，编成队伍。
⑤命笼，用沟堑和各种障碍物等构成的防御枢纽。
⑥阑，通拦。
⑦解，通懈。

# 吴　子

# 图 国 第 一

吴起儒服，以兵机见魏文侯①。文侯曰："寡人不好军旅之事。"起曰："臣以见占隐②，以往察来，主君何言与心违？今君四时，使斩离皮革③，掩以朱漆，画以丹青，烁以犀象④，冬日衣之则不温，夏日衣之则不凉；为长戟二丈四尺，短戟一丈二尺，革车掩户⑤，缦轮笼毂⑥，观之于目则不丽，乘之以田则不轻⑦。不识主君安用此也？若以备进战退守，而不求能用者，譬犹伏鸡之搏狸⑧，乳犬之犯虎，虽有斗心，随之死矣！昔承桑氏之君⑨，修德废武，以灭其国。有扈氏之君⑩，恃众好勇，以丧其社稷。明主鉴兹，必内修文德，外治武备。故当进而不进，无逮于义矣⑪，僵尸而哀之，无逮于仁矣。"

于是文侯身自布席，夫人捧觞，醮吴起于庙⑫，立为大将，守西河⑬。与诸侯大战七十六，全胜六十四，余则钧解。辟土四面，拓地千里，皆起之功也。

吴子曰："昔之图国家者，必先教百姓而亲万民。有四不和：不和于国，不可以出军；不和于军，不可以出陈⑭；不和于陈，不可以进战；不和于战，不可以决胜。是以有道之主，将用其民，先和而造大事。不敢信其私谋，必告于祖庙，启于元龟⑮，参之天时，吉乃后举。民知君之爱其命，惜其死，若此之至，而与之临难，则士以进死为荣，退生为辱矣。"

吴子曰："夫道者，所以反本复始⑯；义者，所以行事立功；谋者，所以违害就利；要者⑰，所以保业守成。若行不合道，举不合义，而处大居贵，患必及之。是以圣人绥之以道⑱，理之以义，动之以礼，抚之以仁。此四德者，修之则兴，废之则衰。故成汤讨桀而夏民喜悦，周武伐纣而殷人不非，举顺天人，故能然矣。"

吴子曰："凡制国治军，必教之以礼，励之以义，使有耻也。夫人有耻，在大足以战，在小足以守矣。然战胜易，守胜难。故曰：天下战国⑲，五胜者祸，四胜者弊，三胜者霸，二胜者王，一胜者帝。是以数胜得天下者稀⑳，以亡者众。"

吴子曰："凡兵之所起者有五：一曰争名，二曰争利，三曰积恶，四曰内乱，五曰因饥。其名又有五：一曰义兵，二曰强兵，三曰刚兵，四曰暴兵，五曰逆兵。禁暴救乱曰义，恃众以伐曰强，因怒兴师曰刚，弃乱贪利曰暴，国乱人疲，举事动众曰逆。五者之数，各有其道：义必以礼服，强必以谦服，刚必以辞服，暴必以诈服，逆必以权服。"

武侯问曰㉑"愿闻治兵、料人㉒、固国之道。"起对曰："古之明王，必谨君臣之礼，饰上下之仪，安集吏民㉓，顺俗而教，简募良材㉔，以备不虞。昔齐桓募士五万㉕，以霸诸侯。晋文召为前行四万㉖，以获其志。秦缪置陷陈三万㉗，以服邻敌。故强国之君，必料其民。民有胆勇气力者，聚为一卒；乐以进战效力以显其忠勇者，聚为一卒㉘；能逾高超远轻足善走者，聚为一卒；王臣失位而欲见功于上者，聚为一卒；弃城去守，欲除其丑者，聚为一卒。此五者军之练锐也。有此三千人，内出可以决围，外入可以屠城矣㉙。"

武侯问曰："愿闻陈必定、守必固、战必胜之道。"起对曰："立见且可，岂直闻乎㉚！君能使贤者居上，不肖者处下，则陈已定矣。民安其田宅，亲其有司，则守已固矣。百姓皆是吾君而非邻国，则战已胜矣。"

武侯尝谋事，群臣莫能及，罢朝而有喜色。起进曰："昔楚庄王尝谋事㉛，群臣莫能及，罢朝而有忧色。申公问曰<sup>㉜</sup>：'君有忧色，何也？'曰：'寡人闻之，世不绝圣，国不乏贤，能得其师者王，能得其友者霸。今寡人不才，而群臣莫及者，楚国其殆矣。'此楚庄王之所忧，而君说之<sup>㉝</sup>，臣窃惧矣。<sup>㉞</sup>"于是武侯有惭色。

---

①兵机，用兵的谋略。魏文侯，姓姬，名斯，战国初魏国的建立者。公元前446—前397年任魏国国君。任用李悝、吴起、乐羊、西门豹等人，锐意改革。

②见，现。

③斩离皮革，宰剥兽皮制革。

④烁以犀象，烙上犀牛大象的图案。

⑤革车，革制的战车。

⑥缦轮，不加纹饰的车轮。

⑦田，同畋。

⑧伏鸡，伏巢孵卵之鸡。狸，野猫。

⑨承桑氏，传说为神农氏时的部落名。

⑩有扈氏，传说为夏禹时的部落名。

⑪逮，达到。

⑫醮（jiào，音叫），主人向宾客敬酒，宾客不须回敬的一种敬酒仪式。

⑬西河，地名，黄河以西，今陕西东部。

⑭陈，同阵。

⑮元龟，大龟，用于占卜。

⑯反本复始，反求根本。复于初始。

⑰要，大要。

⑱绥，引导。

⑲天下战国，天下交战之国。

⑳数（shuò），屡次。

㉑武侯，魏文侯的儿子魏击，公元前396—前371年在位。

㉒料人，即料民，古代统计人口称"料人"或"料民"。

㉓安集，安抚、聚集。

㉔简募，选拔，招募。

㉕齐桓，齐桓公，姓秦，名小白。春秋五霸之一。

㉖晋文，晋文公，春秋五霸之一，姓姬，名重耳。公元前636——前628年位晋国国君。

㉗秦缪，缪通穆，即秦穆公。春秋时秦国国君，姓嬴，名任好。公元前659—前621年在位。春秋五霸之一。

㉘卒，古代军队编制单位。

㉙屠城，毁城杀民。

㉚直，通但。

㉛楚庄王，春秋时楚国国君。姓芈（mǐ，音米），名旅。公元前613—前591年在位，春秋五霸之一。

㉜申公，即申叔时，春秋时楚国的大夫。

㉝说，同悦。

㉞窃，与私通。

# 料 敌 第 二

武侯谓吴起曰："今秦胁吾西，楚带吾南，赵冲吾北，齐临吾东，燕绝吾后，韩据吾前。六国兵四守①，势甚不便，忧此奈何？"起对曰："夫安国家之道，先戒为宝。今君已戒，祸其远矣。臣请论六国之俗：夫齐陈重而不坚，秦陈散而自斗，楚陈整而不久，燕陈守而不走，三晋陈治而不用②。"

"夫齐性刚，其国富，君臣骄奢而简于细民③，其政宽而禄不均，一陈两心，前重后轻，故重而不坚。击此之道，必三分之，猎其左右，胁而从之④，其陈可坏。秦性强，其地险，其政严，其赏罚信，其人不让，皆有斗心，故散而自战。击此之道，必先示之以利而引去之，士贪于得而离其将，乘乖猎散，设伏投机，其将可取。楚性弱，其地广，其政骚，其民疲，故整而不久。击此之道，袭乱其屯，先夺其气，轻进速退，弊而劳之，勿与争战，其军可败。燕性悫⑤，其民慎，好勇义，寡诈谋，故守而不走。击此之道，触而迫之，陵而远之⑥，驰而后之，则上疑而下惧，谨我车骑必避之路⑦，其将可虏。三晋者，中国也，其性和，其政平，其民疲于战，习于兵，轻其将，薄其禄，士无死志，故治而不用。击此之道，阻陈而压之⑧，众来则拒之，去则追之，以倦其师。此其势也。"

"然则一军之中必有虎贲之士⑨，力轻扛鼎，足轻戎马，搴旗取将⑩，必有能者。若此之等，选而别之，爱而贵之，是谓军命。其有工用五兵⑪、材力健疾、志在吞敌者，必加其爵列，可以决胜。厚其父母妻子，劝赏畏罚。此坚陈之士，可与持久。能审料此，可以击倍。"武侯曰："善。"

吴子曰："凡料敌，有不卜而与之战者八：一曰疾风大寒，早兴寤迁⑫，剖冰济水，不惮艰难；二曰盛夏炎热，晏兴无间⑬，行驱饥渴，务于取远；三曰师既淹久⑭，粮食无有，百姓怨怒，妖祥数起，上不能止；四曰军资既竭，薪刍既寡，天多阴雨，欲掠无所；五曰徒众不多，水地不利，人马疾疫，四邻不至；六曰道远日暮，士众劳惧，倦而未食，解甲而息；七曰将薄吏轻，士卒不固，三军数惊，师徒无助；八曰陈而未定，舍而未毕，行阪涉险，半隐半出。诸如此者，击之勿疑。"

"有不占而避之者六：一曰土地广大，人民富众；二曰上爱其下，惠施流布；三曰赏信刑察，发必得时；四曰陈功居列⑮，任贤使能；五曰师徒之众，甲兵之精；六曰四邻之助，大国之援。凡此不如敌人，避之勿疑。所谓见可而进，知难而退也。"

武侯问曰："吾欲观敌之外以知其内⑯，察其进以知其止，以定胜负，可得闻乎？"起对曰："敌人之来，荡荡无虑，旌旗烦乱，人马数顾，一可击十，必使无措。诸侯未会，君臣未知，沟垒未成，禁令未施，三军匈匈⑰，欲前不能，欲去不敢，以半击倍，百战不殆。"

武侯问敌必可击之道。起对曰："用兵必须审敌虚实而趋其危。敌人远来新至，行列未定可击；既食未设备可击；奔走可击；勤劳可击；未得地利可击；失时不从可击；涉长道后行未息可击；涉水半渡可击；险道狭路可击；旌旗乱动可击⑱；陈数移动可击；将离士卒可击；心怖可击。凡若此者，选锐冲之，分兵继之，急击勿疑。"

①四守，指众目所视。

②三晋，指公元前 403 年由晋国分成韩、赵、魏三国。此处指韩国和赵国。

③简，简慢。

④从，逐。

⑤悫（què，音确），忠厚，诚笃。

⑥陵，同凌。

⑦避，退避。

⑧陈，阵。阻阵，阻止敌人的阵势。

⑨虎贲，如虎之奔。贲，同奔。

⑩搴，拔取。

⑪工，善于。五兵，五种兵器，泛指各种兵器。

⑫寤，睡醒。寤迁，夜间迁移。

⑬晏，通安。晏兴，休息与活动。

⑭淹，通滞。

⑮陈，宣扬。

⑯外，现象。内，实际内情。

⑰匃，同洶。

⑱旌旗乱动，部队混乱。

# 治兵第三

武侯问曰："用兵之道何先？"起对曰："先明四轻、二重、一信。"曰："何谓也？"对曰："使地轻马，马轻车，车轻人，人轻战。明知险易，则地轻马；刍秣以时①，则马轻车；膏铜有余②，则车轻人；锋锐甲坚，则人轻战。进有重赏，退有重刑。行之以信。审能达此③，胜之主也④。"

武侯问曰："兵何以为胜？"起对曰："以治为胜。"又问曰："不在众乎？"对曰："若法令不明，赏罚不信，金之不止，鼓之不进，虽有百万，何益于用？所谓治者，居则有礼，动则有威，进不可当，退不可追，前却有节，左右应麾⑤，虽绝成陈，虽散成行，与之安，与之危，其众可合而不可离，可用而不可疲，投之所往，天下莫当。名曰父子之兵。"

吴子曰："凡行军之道⑥，无犯进止之节，无失饮食之适，无绝人马之力。此三者，所以任其上令⑦。任其上令，则治之所由生也。若进止不度，饮食不适，马疲人倦而不解舍⑧，所以不任其上令。上令既废，以居则乱，以战则败。"

吴子曰："凡兵战之场，立尸之地。必死则生，幸生则死⑨。其善将者，如坐漏船之中，伏烧屋之下，使智者不及谋，勇者不及怒，受敌可也⑩。故曰：用兵之害，犹豫最大，三军之灾，生于狐疑。"

吴子曰："夫人常死其所不能，败其所不便⑪。故用兵之法，教戒为先⑫。一人学战，教成十人；十人学战，教成百人；百人学战，教成千人；千人学战，教成万人；万人学战，教成三军。以近待远，以佚待劳，以饱待饥。圆而方之，坐而起之，行而止之，左而右之，前而后之，分而合之，结而解之，每变皆习，乃授其兵⑬。是谓将事。"

吴子曰："教战之令，短者持矛戟，长者持弓弩，强者持旌旗，勇者持金鼓，弱者给厮养⑭，智者为谋主。乡里相比⑮，什伍相保，一鼓整兵，二鼓习陈，三鼓趋食，四鼓严辨⑯，五鼓就行。闻鼓声合，然后举旗。"

武侯问曰："三军进止，岂有道乎？"起对曰："无当天灶⑰，无当龙头。天灶者，大谷之口。龙头者，大山之端。必左青龙⑱，右白虎⑲，前朱雀⑳，后玄武㉑，招摇在上㉒，从事于下。将战之时，审候风所从来。风顺致呼而从之，风逆坚阵以待之。"

武侯问曰："凡畜车骑㉓，岂有方乎？"起对曰："夫马、必安其处所，适其水草，节其饥饱。冬则温厩，夏则凉庑。刻剔毛鬣㉔，谨落四下㉕。戢其耳目㉖，无令惊骇。习其驰逐，闲其进止㉗。人马相亲，然后可使。车骑之具，鞍、勒、衔、辔，必令完坚。凡马不伤于末，必伤于始，不伤于饥，必伤于饱。日暮道远，必数上下。宁劳于人，慎无劳马。常令有余，备敌覆我。能明此者，横行天下。"

---

①秣（mò，音末），饲料。
②膏，油脂。铜，包车轴的铁皮。
③审，果然。
④主，根本。
⑤麾，同挥。
⑥行军，用兵作战。
⑦任，听任。
⑧解舍，解甲舍止，休息宿营。
⑨幸，侥幸。
⑩受，应。受敌，应敌。
⑪不便，不练习。
⑫教戒，教育训练。
⑬兵，兵器。
⑭厮养，勤杂兵。
⑮比，邻近，指编在一起。
⑯严辨，严格检察。
⑰无，不可，不能。
⑱青龙，青色之龙，为左军之旗号。
⑲白虎，白色之虎。为右军之旗号。
⑳朱雀，红色之鸟，为前军之旗号。
㉑玄武，龟蛇合体形，黑色，为后军之旗号。
㉒招摇，指绘有北斗七星之黄色旗帜，为中军之旗号。
㉓畜，驯养。
㉔刻剔，削剪。鬣（liè，音列），马鬃。
㉕落，削。四下，四蹄。落四下，铲蹄钉掌。
㉖戢，遮蔽。
㉗闲，同娴，娴熟。

# 论 将 第 四

　　吴子曰："夫总文武者，军之将也。兼刚柔者，兵之事也。凡人论将，常观于勇。勇之于将，乃数分之一尔。夫勇者必轻合，轻合而不知利，未可也。故将之所慎者五：一曰理，二曰备，三曰果，四曰戒，五曰约。理者，治众如治寡。备者，出门如见敌。果者，临敌不怀生。戒者，虽克如始战。约者，法令省而不烦。受命而不辞，敌破而后言返，将之礼也。故师出之日，有死之荣，无生之辱。"

　　吴子曰："凡兵有四机①：一曰气机，二曰地机，三曰事机，四曰力机。三军之众，百万之师，张设轻重②，在于一人，是谓气机。路狭道险，名山大塞，十夫所守，千夫不过，是谓地机。善行间谍，轻兵往来③，分散其众，使其君臣相怨，上下相咎，是谓事机。车坚管辖④，舟利橹楫⑤，士习战陈，马闲驰逐⑥，是谓力机。知此四者，乃可为将，然其威、德、仁、勇，必足以率下安众，怖敌决疑，施令而下不犯，所在寇不敢敌。得之国强，去之国亡，是谓良将。"

　　吴子曰："夫鼙鼓金铎，所以威耳⑦。旌旗麾帜，所以威目。禁令刑罚，所以威心。耳威于声，不可不清。目威于色，不可不明。心威于刑，不可不严。三者不立，虽有其国⑧，必败于敌。故曰：将之所麾，莫不从移⑨，将之所指，莫不前死。"

　　吴子曰："凡战之要，必先占其将而察其才，因形用权⑩，则不劳而功举。其将愚而信人⑪，可诈而诱；贪而忽名⑫，可货而赂；轻变无谋，可劳而困；上富而骄，下贫而怨，可离而间；进退多疑，其众无依，可震而走；士轻其将而有归志，塞易开险，可邀而取⑬；进道易，退道难，可来而前⑭；进道险，退道易，可薄而击⑮；居军下湿，水无所通，霖雨数至，可灌而沈⑯；居军荒泽，草楚幽秽⑰，风飙数至⑱，可焚而灭；停久不移，将士懈怠，其军不备，可潜而袭。"

　　武侯问曰："两军相望，不知其将，我欲相之⑲，其术如何？"起对曰："令贱而勇者，将轻锐以尝之，务于北，无务于得，观敌之来，一坐一起⑳。其政以理，其追北佯为不及，其见利佯为不知，如此将者，名为智将，勿与战矣。若其众讙哗㉑，旌旗烦乱，其卒自行自止，其兵或纵或横，其追北恐不及，见利恐不得，此为愚将，虽众可获。"

---

　　①机，枢杻、机关。
　　②张设，张罗设置。
　　③轻兵，轻装的小股部队。
　　④管，车轴管。辖，车轴插销。
　　⑤橹戢，划船用具。
　　⑥闲，通娴，娴熟。
　　⑦威，通畏。
　　⑧有，通富。
　　⑨从移，服从调遣。
　　⑩形，情形。权，权谋。
　　⑪信人，轻信于人。
　　⑫忽，不顾。

⑬邀，拦截。

⑭前，同剪，消灭。

⑮薄，迫近。

⑯沈，通沉。

⑰楚，灌木丛。

⑱飙（biāo，音标），狂风。

⑲相，侦察。

⑳坐，停止。起，行动。

㉑讙哗，喧闹。

# 应变第五

武侯问曰："车坚马良，将勇兵强，卒遇敌人①，乱而失行，则如之何？"起对曰："凡战之法，昼以旌旗幡麾为节②，夜以金鼓笳笛为节。麾左而左，麾右而右。鼓之则进，金之则止。一吹而行，再吹而聚。不从令者诛。三军服威，士卒用命，则战无强敌，攻无坚陈矣。"

武侯问曰："若敌众我寡，为之奈何？"起对曰："避之于易，邀之于阨③。故曰以一击十，莫善于阨；以十击百，莫善于险；以千击万，莫善于阻。今有少卒卒起④，击金鸣鼓于阨路，虽有大众，莫不惊动。故曰：用众者务易，用少者务隘。"

武侯问曰："有师甚众，既武且勇，背大险阻，右山左水，深沟高垒，守以强弩，退如山移，进如风雨，粮食又多，难与长守，则如之何？"起对曰："大哉问乎！此非车骑之力，圣人之谋也。能备千乘万骑，兼之徒步，分为五军，各军一衢。夫五军五衢，敌人必惑，莫知所加⑤。敌若坚守，以固其兵，急行间谍⑥，以观其虑。彼听我说，解之而去。不听我说，斩使焚书，分为五战。战胜勿追，不胜疾归。如是佯北，安行疾斗，一结其前⑦，一绝其后，两军衔枚，或左或右，而袭其处。五军交至⑧，必有其利。此击强之道也。"

武侯问曰："敌近而薄我，欲去无路，我众甚惧，为之奈何？"起对曰："为此之术，若我众彼寡，分而乘之⑨；彼众我寡，以方从之⑩；从之无息⑪，虽众可服。"

武侯问曰："若遇敌于溪谷之间，旁多险阻，彼众我寡，为之奈何？"起对曰："遇诸丘陵、林谷、深山、大泽，疾行亟去，勿得从容。若高山深谷，卒然相遇，必先鼓噪而乘之。进弓与弩⑫，且射且虏⑬。审察其政⑭，乱则击之，勿疑。"

武侯问曰："左右高山，地甚狭迫，卒遇敌人，击之不敢，去之不得，为之奈何？"起对曰："此谓谷战，虽众不用。募吾材士，与敌相当，轻足利兵，以为前行，分车列骑，隐于四旁，相去数里，无见其兵⑮，敌必坚陈，进退不敢。于是出旌列旆⑯，行出山外营之⑰，敌人必惧。车骑挑之，勿令得休。此谷战之法也。"

武侯问曰："吾与敌相遇大水之泽，倾轮没辕，水薄车骑，舟楫不设，进退不得，为之奈何？"起对曰："此谓水战，无用车骑，且留其旁。登高四望，必得水情，知其广狭，尽其深浅⑱，乃可为奇以胜之。敌若绝水⑲，半渡而薄之。"

武侯问曰："天久连雨，马陷车止，四面受敌，三军惊骇，为之奈何？"起对曰："凡用车者，阴湿则停，阳燥则起，贵高贱下。驰其强车，若进若止，必从其道。敌人若起，必逐其迹。"

　　武侯问曰："暴寇卒来，掠吾田野，取吾牛羊，则如之何？"起对曰："暴寇之来，必虑其强，善守勿应。彼将暮去⑳，其装必重，其心必恐，还退务速，必有不属㉑，追而击之，其兵可覆。"

　　吴子曰："凡攻敌围城之道，城邑既破，各入其宫㉒。御其禄秩㉓，收其器物。军之所至，无刊其木㉔，发其屋、取其粟、杀其六畜、燔其积聚㉕，示民无残心。其有请降，许而安之。"

---

　　①卒，突然。

　　②节，节制，号令。

　　③陁，通隘。

　　④少卒卒起，第一个卒作士卒解，第二个卒作突然解。

　　⑤加，施加。

　　⑥间谍，古代指派出的使者，负有间谍的任务。

　　⑦结，牵制。

　　⑧交，齐。

　　⑨乘，击逐。

　　⑩方，并。从，击逐。

　　⑪无息，不停息。

　　⑫进，引发。

　　⑬虏，俘获。

　　⑭政，阵势。

　　⑮见，现。

　　⑯旆（pèi，音沛），杂色镶边军旗。

　　⑰营，迷惑。

　　⑱尽，悉。

　　⑲绝，横渡。

　　⑳暮，衰竭。

　　㉑属，连接。

　　㉒宫，宫室，官府。

　　㉓御，控制。禄秩，官吏。

　　㉔刊，砍。

　　㉕燔，烧。

# 励士第六

　　武侯问曰："严刑明赏，足以胜乎？"起对曰："严明之事，臣不能悉，虽然，非所恃也。夫发号布令而人乐闻，兴师动众而人乐战，交兵接刃而人乐死，此三者，人主之所恃也。"

　　武侯问："致之奈何？"对曰："君举有功而进飨之①，无功而励之。"于是武侯设坐庙廷，为三行飨士大夫。上功坐前行，肴席②，兼重器上牢③；次功坐中行，肴席，器差减；无功坐后行，肴席，无重器。飨毕而出，又颁赐有功者父母妻子于庙门外，亦以功为差。有死事之家，岁使使者劳赐其父母，著不忘于心。行之三年，秦人兴师，临于西河，魏士闻之，不待吏令，介胄而奋击之者以万数。

武侯召吴起而谓曰:"子前日之教行矣。"起对曰:"臣闻人有短长,气有盛衰。君试发无功者五万人,臣请率以当之④。脱其不胜⑤,取笑于诸侯,失权于天下矣。今使一死贼伏于旷野,千人追之,莫不枭视狼顾⑥。何者?恐其暴起而害己也。是以一人投命⑦,足惧千夫。今臣以五万之众,而为一死贼,率以讨之,固难敌矣。"

于是武侯从之,兼车五百乘,骑三千匹,而破秦五十万众,此励士之功也。先战一日,吴起令三军曰:"诸吏士当从受故。车、骑与徒⑧,若车不得车⑨,骑不得骑,徒不得徒,虽破军,皆无功。"故战之日,其令不烦而威震天下。

---

①飨(xiǎng,音响),盛宴。

②肴,熟肉。

③重器,宝器。上牢,太牢,祭祀用的牛、羊、猪三牲。

④当,挡。

⑤脱,通倘。

⑥枭,猫头鹰。

⑦投命,拼命。

⑧徒,步兵。

⑨得,俘获。

# 三　略

# 上　略

夫主将之法，务揽英雄之心①，赏禄有功，通志于众。故与众同好靡不成②，与众同恶靡不倾③。治国安家，得人也。亡国破家，失人也。含气之类咸愿得其志④。

《军谶》曰⑤：柔能制刚，弱能制强⑥。柔者德也，刚者贼也⑦，弱者人之所助，强者怨之所攻。柔有所设，刚有所施，弱有所用，强有所加。兼此四者而制其宜。

端末未见，人莫能知。天地神明，与物推移⑧，变动无常。因敌转化，不为事先⑨，动而辄随。故能图制无疆⑩，扶成天威，匡正八极⑪，密定九夷⑫。如此谋者，为帝王师。

故曰，莫不贪强，鲜能守微，若能守微，乃保其生。圣人存之，动应事机，舒之弥四海，卷之不盈怀，居之不以室宅，守之不以城郭，藏之胸臆，而敌国服。

《军谶》曰：能柔能刚，其国弥光。能弱能强，其国弥彰。纯柔纯弱，其国必削。纯刚纯强，其国必亡。

夫为国之道，恃贤与民。信贤如腹心，使民如四肢，则策无遗。所适如支体相随⑬，骨节相救，天道自然，其巧无间⑭。

军国之要，察众心，施百务。危者安之，惧者欢之，叛者还之，冤者原之⑮，诉者察之，卑者贵之，强者抑之，敌者残之，贪者丰之，欲者使之，畏者隐之⑯，谋者近之，谗者覆之⑰，毁者复之⑱，反者废之，横者挫之，满者损之，归者招之，服者居之⑲，降者脱之。获固守之，获厄塞之，获难屯之，获城割之，获地裂之，获财散之。敌动伺之，敌近备之，敌强下之，敌佚去之，敌陵待之，敌暴绥之⑳，敌悖义之㉑，敌睦携之㉒。顺举挫之，因势破之，放言过之，四纲罗之㉓。得而勿有㉔，居而勿守㉕，拔而勿久，立而勿取。为者则己，有者则士㉖，焉知利之所在。彼为诸侯，己为天子，使城自保，令士自取。

世能祖祖㉗，鲜能下下㉘。祖祖为亲，下下为君。下下者，务耕桑不夺其时，薄赋敛不匮其财，罕徭役不使其劳，则国富而家娭㉙，然后选士以司牧之。夫所谓士者，英雄也。故曰，罗其英雄，则敌国穷㉚。英雄者，国之干，庶民者，国之本，得其干，收其本，则政行而无怨。

夫用兵之要，在崇礼而重禄。礼崇则智士至，禄重则义士轻死。故禄贤不爱财，赏功不逾时，则下力并而敌国削㉛。夫用人之道，尊以爵，赡以财，则士自来。接以礼，励以义，则士死之。

夫将帅者，必与士卒同滋味而共安危，敌乃可加。故兵有全胜，敌有全因。昔者良将之用兵，有馈箪醪者，使投诸河与士卒同流而饮。夫一箪之醪不能味一河之水，而三军之士思为致死者，以滋味之及己也。《军谶》曰：军井未达，将不言渴。军幕未办，将不言倦。军灶未炊，将不言饥。冬不服裘，夏不操扇，雨不张盖，是谓将礼。与之安，与之危，故其众可合而不可离，可用而不可疲，以其恩素蓄，谋素和也。故曰，蓄恩不倦，以一取万㉜。

《军谶》曰：将之所以为威者，号令也。战之所以全胜者，军政也㉝。士之所以轻战者㉞，用命也。故将无还令，赏罚必信，如天如地㉟，乃可御人。士卒用命，乃可越境。

夫统军持势者，将也。制胜破敌者，众也。故乱将不可使保军㊱，乖众不可使伐人㊲。攻城则不拔，图邑则不废㊳，二者无功，则士力疲弊。士力疲弊，则将孤众悖㊴，以守则不固，以战则奔北，是谓老兵⑩。兵老则将威不行，将无威则士卒轻刑，士卒轻刑则军失伍⑪，军失伍则士卒逃亡，士卒逃亡则敌乘利，敌乘利则军必丧。

《军谶》曰：良将之统军也，恕己而治人。推惠施恩，士力日新，战如风发，攻如河决。故其众可望而不可当，可下而不可胜⑫。以身先人，故其兵为天下雄。

《军谶》曰：军以赏为表，以罚为里⑬。赏罚明，则将威行。官人得，则士卒服。所任贤⑭，则敌国震。

《军谶》曰：贤者所适，其前无敌。故士可下而不可骄⑮，将可乐而不可忧⑯，谋可深而不可疑⑰。士骄则下不顺，将忧则内外不相信⑱，谋疑则敌国奋。以此攻伐，则致乱。夫将者，国之命也。将能制胜，则国家安定。

《军谶》曰：将能清，能静，能平，能整，能受谏，能听讼，能纳人，能采言，能知国俗，能图山川，能表险难，能制军权。故曰，仁贤之智，圣明之虑，负薪之言⑲，廊庙之语⑳，兴衰之事，将所宜闻。

将者能思士如渴，则策从焉㉑。夫将拒谏，则英雄散。策不从，则谋士叛。善恶同，则功臣倦。专己，则下归咎。自伐，则下少功㉒。信谗，则众离心。贪财，则奸不禁。内顾，则士卒淫㉓。将有一，则众不服。有二，则军无式㉔。有三，则下奔北。有四，则祸及国。

《军谶》曰：将谋欲密，士众欲一，攻敌欲疾。将谋密，则奸心闭㉕。士众一，则军心结。攻敌疾，则备不及设。军有此三者，则计不夺。将谋泄，则军无势。外窥内，则祸不制。财入营，则众奸会。将有此三者，军必败。

将无虑，则谋士去。将无勇，则吏士恐。将妄动，则军不重㉖。将迁怒，则一军惧。《军谶》曰：虑也，勇也，将之所重。动也，怒也，将之所用㉗。此四者，将之明诫也。

《军谶》曰：军无财，士不来。军无赏，士不往。《军谶》曰：香饵之下，必有悬鱼㉘。重赏之下，必有死夫。故礼者，士之所归，赏者，士之所死。招其所归，示其所死，则所求者至。故礼而后悔者，士不止。赏而后悔者，士不使，礼赏不倦，则士争死。

《军谶》曰：兴师之国，务先隆恩。攻取之国，务先养民。以寡胜众者，恩者。以弱胜强者，民也。故良将之养士，不易于身㉙。故能使三军如一心，则其胜可全。

《军谶》曰：用兵之要，必先察敌情。视其仓库，度其粮食㉚，卜其强弱，察其天地，伺其空隙。故国无军旅之难而运粮者，虚也。民菜色者㉛，穷也。千里馈粮，民有饥色。樵苏后爨㉜，师不宿饱㉝。夫运粮千里，无一年之食㉞；二千里，无二年之食；三千里，无三年之食，是谓国虚。国虚则民贫。民贫则上下不亲。敌攻其外，民盗其内，是谓必溃。

《军谶》曰：上行虐则下急刻。赋敛重数，刑罚无极，民相残贼㉟，是谓亡国。

《军谶》曰：内贪外廉，诈誉取名，窃公为恩，令上下昏，饰躬正颜㊱，以获高官，是谓盗端㊲。

《军谶》曰：群吏朋党，各进所亲，招举奸枉，抑挫仁贤，背公立私，同位相讪㊳，是谓乱源。

《军谶》曰：强宗聚奸，无位而尊，威无不震。葛藟相连㊴，种德立恩㊵，夺在位权，侵侮下民，国内哗喧，臣蔽不言，是谓乱根。

《军谶》曰：世世作奸，侵盗县官㊶，进退求便，委曲弄文，以危其君，是谓国奸。

《军谶》曰：吏多民寡，尊卑相若㊷，强弱相虏㊸，莫适禁御㊹，延及君子，国受其咎。

《军谶》曰：善善不进㊺，恶恶不退㊻，贤者隐蔽，不肖在位，国受其害。

《军谶》曰：枝叶强大㊼，比周居势㊽，卑贱陵贵，久而益大，上不忍废，国受其败。

　　《军谶》曰：佞臣在上⑦⑨，一军皆讼⑧⑩。引威自与⑧⑪，动违于众。无进无退，苟然取容。专任自己，举措伐功。诽谤盛德，诬述庸庸。无善无恶，皆与己同。稽留行事，命令不通。造作奇政⑧⑫，变古易常。君用佞人，必受祸殃。

　　《军谶》曰：奸雄相称，障蔽主明。毁誉并兴⑧⑬，壅塞主聪。各阿所私⑧⑭，令主失忠。

　　故主察异言，乃睹其萌。主聘儒贤，奸雄乃遁。主任旧齿⑧⑮，万事乃理。主聘岩穴⑧⑯，士乃得实⑧⑰。谋及负薪，功乃可述。不失人心，德乃洋溢。

---

①擥（lǎn，音览），同揽。

②与众同好，民之所好，好之。靡，无。

③与众同恶，民之所恶，恶之。

④含气之类，此指人类。

⑤《军谶》，相传为古代兵书，已失传。

⑥柔能制刚，弱能制强：老子认为，柔弱制刚强。此指示之柔弱以制其刚强。

⑦贼，害。

⑧与物推移，随事物的推移而变化。

⑨不为事先，不为天下先，目的在于后发制人。

⑩图制，图谋制胜。

⑪八极，八方最远之地。匡正八极，拯济天下。

⑫密，通宓，安定。九夷，古代东方的九个部落。

⑬适，往。支，同肢。

⑭间（jiàn），缝隙。

⑮原，还原。

⑯畏者隐之，怕人揭短的人要予以隐讳。

⑰覆，弃置不用。

⑱复，核实，验证。

⑲居，安置。

⑳绥，安抚。

㉑悖，悖逆。

㉒携，离间分化。

㉓纲，拉网之绳。四纲，四面设网。

㉔得而勿有，不要归功于己。

㉕居而勿守，积聚了财物不据为己有。

㉖为者则己，有者则士：行动的是自己，功劳归于将士。

㉗祖祖，尊敬祖先。

㉘下下，爱护民众。

㉙娭（xī，音西），同嬉。

㉚穷，困窘。

㉛并，和谐。

㉜蓄恩不倦，以一取万，经常施恩，就能使万人为之归附。

㉝军政，军事行政。

㉞轻战，轻死敢战。

㉟如天如地，如天地之运行。

㊱保军，保护军队，统领军队。

㊲乖众，离心离德之众。

㊳图，谋取。邑，古代将国为邑。废，废灭。

㊴将孤众悖，将孤立于上，众违悖于下。
㊵老兵，师老兵疲。
㊶失伍，失去行伍建制。
㊷可下而不可胜，可俯首下气以求生，不可冒死以求胜。
㊸以赏为表，以罚为里：以赏罚为表里，二者缺一不可。
㊹任，委任，任用。
㊺士可下而不可骄，将士要甘于人下，不可骄傲。
㊻将可乐而不可忧，要使将领心情舒畅，不可使有遭到诬陷的顾虑。
㊼疑，怀疑。
㊽内外，内指君，外指将。
㊾负薪，下层劳动者。
㊿廊庙，朝廷官吏。
(51)将者能思士如渴，则策从焉：将领如果是思士如渴，就会采纳贤者的策略。
(52)自伐，则下少功：把功劳归于自己，下属就不会多立战功。
(53)内顾，则士卒淫：迷恋女色，士卒就会淫乱无度。
(54)式，法纪。
(55)将谋密，则奸心闭：将领计谋秘密，则奸细刺探情报的想法就会打消。
(56)重，稳重。
(57)动也，怒也，将之所用：动和怒，是将帅不得不用的用兵艺术。
(58)悬鱼，上钩的鱼。
(59)易，同异。
(60)度（duó），估计。
(61)菜色，脸色如菜。
(62)樵苏，打柴割草。
(63)宿饱，宿通夙，指按时吃饭。
(64)运粮千里，无一年之食：运粮千里，国家就会缺少一年的粮食。言远距离运粮耗费之大。
(65)贼，贼害。
(66)饰躬，伪饰自身。
(67)盗，盗国，篡国。
(68)讪（shàn，音扇），讥讽。
(69)藟（lěi，音垒），蔓生藤本植物。
(70)种，树立。
(71)县官，此指天子。
(72)相若，相同。
(73)相虏，掠夺。
(74)适，从。
(75)善善，以善者为善。
(76)恶恶，以恶者为恶。
(77)枝叶，指皇室的旁支。
(78)比周，结党营私。居势，占据权力要地。
(79)佞（nìng，音泞），用花言巧语谄媚取宠的人。
(80)讼，指控。
(81)自与，自夸。
(82)奇政，在政务上标新立异。
(83)毁，诋毁。誉，称赞，此指吹棒。
(84)阿（ē），偏袒。
(85)旧齿，资深老臣。

⑧岩穴，隐逸之士。

⑧士乃得实，得到有真才实学的人。

# 中　略

夫三皇无言而化流四海，故天下无所归功。帝者，体天则地①，有言有令，而天下太平，君臣让功，四海化行，百姓不知其所以然。故使臣不待礼赏有功，美而无害。王者②，制人以道，降心服志，设矩备衰③，四海会同④，王职不废。虽有甲兵之备，而无斗战之患。君无疑于臣，臣无疑于主，国定主安，臣以义退⑤，亦能美而无害。霸者⑥，制士以权，给士以信，使士以赏。信衰则士疏，赏亏则士不用命。

《军势》曰⑦：出军行师，将在自专⑧，进退内御⑨，则功难成。

《军势》曰：使智，使勇，使贪，使愚。智者乐立其功，勇者好行其志，贪者邀趋其利，愚者不顾其死。因其至情而用之⑩，此军之微权也⑪。

《军势》曰：无使辨士谈说敌美，为其惑众。无使仁者主财，为其多施而附于下。

《军势》曰：禁巫祝⑫，不得为吏士卜问军之吉凶。

《军势》曰：使义士不以财。故义者不为不仁者死，智者不为暗主谋。

主不可以无德，无德则臣叛；不可以无威，无威则失权。臣不可以无德，无德则无以事君；不可以无威，无威则国弱，威多则身蹶⑬。

故圣王御世，观盛衰，度得失，而为之制。故诸侯二师，方伯三师⑭，天子六师。世乱则叛逆生，王泽竭，则盟誓相诛伐。德同势敌，无以相倾，乃揽英雄之心，与众同好恶，然后加之以权变。故非计策无以决嫌定疑，非谲奇无以破奸息寇⑮，非阴谋无以成功⑯。

圣人体天，贤者法地⑰，智者师古。是故《三略》为衰世作。《上略》设礼赏，别奸雄，著成败。《中略》差德行⑱，审权变。《下略》陈道德，察安危，明贼贤之咎。故人主深晓《上略》，则能任贤擒敌。深晓《中略》，则能御将统众。深晓《下略》，则能明盛衰之源，审治国之纪⑲。人臣深晓《中略》，则能全功保身⑳。

夫高鸟死，良弓藏；敌国灭，谋臣亡。亡者，非丧其身也，谓夺其威，废其权也。封之于朝，极人臣之位，以显其功。中州善国㉑，以富其家。美色珍玩，以说其心。

夫人众一合而不可卒离㉒，威权一与而不可卒移。还师罢军，存亡之阶。故弱之以位㉓，夺之以国㉔，是谓霸者之略。故霸者之作，其论驳也㉕。存社稷罗英雄者，《中略》之势也，故世主秘焉。

①体天则地，效法天地。

②王，指夏禹、商汤、周文王。

③矩，规矩。

④会同，诸侯朝见天子。

⑤臣以义退，大臣按照"义"的规范退职。

⑥霸，指春秋五霸。一说指齐桓公、晋文公、楚庄王、吴王阖闾、越王勾践。一说指齐桓公、宋襄公、晋文公、秦穆公、

楚庄王。

⑦《军势》，古兵书，已失传。

⑧自专，指将帅在外领兵，有独立决断权。

⑨内，君主的宫禁。内御，受宫内的君主控制。

⑩因其至情而用之，根据各自的特点来使用他们。

⑪微权，微妙的权术。

⑫巫祝，占卜吉凶的人员。

⑬蹶，跌倒。

⑭方伯，商、周时一方诸侯之长。

⑮谲（jué，音决），诡诈。

⑯阴谋，秘密之谋。

⑰体天，法地：效法天地。

⑱差（cī），分别等级。

⑲纪，纲纪。

⑳全，完全。

㉑中州，指今河南一带。

㉒卒，突然。

㉓弱之以位，利用封官加爵来消弱将帅的权力。

㉔夺之以国，利用赐封的办法剥夺将帅的权力。

㉕驳，驳杂。

# 下　略

　　夫能扶天下之危者，则据天下之安。能除天下之忧者，则享天下之乐。能救天下之祸者，则获天下之福。故泽及于民，则贤人归之。泽及昆虫①，则圣人归之。贤人所归，则其国强。圣人所归，则六合同②。求贤以德，致圣以道。贤去，则国微。圣去，则国乖。微者危之阶，乖者亡之徵。

　　贤人之政，降人以体③。圣人之政，降人以心④。体降可以图始，心降可以保终。降体以礼，降心以乐。所谓乐者，非金石丝竹也，谓人乐其家，谓人乐其族，谓人乐其业，谓人乐其都邑，谓人乐其政令，谓人乐其道德。如此君人者，乃作乐以节之⑤，使不失其和。故有德之君，以乐乐人⑥。无德之君，以乐乐身。乐人者，久而长。乐身者，不久而亡。

　　释近谋远者⑦，劳而无功。释远谋近者，佚而有终。佚政多忠臣⑧，劳政多怨民。故曰务广地者荒，务广德者强。能有其有者安，贪人之有者残。残灭之政，累世受患。造作过制，虽成必败。

　　舍己而教人者逆，正己而教人者顺。逆者乱之招，顺者治之要。

　　道、德、仁、义、礼，五者一体也。道者人之所蹈，德者人之所得，仁者人之所亲，义者人之所宜，礼者人之所体，不可无一焉。故夙兴夜寐，礼之制也。讨贼报仇，义之决也。恻隐之心，仁之发也。得己得人，德之路也。使人均平，不失其所，道之化也。

　　出君下臣名曰命，施于竹帛名曰令，奉而行之名曰政。夫命失，则令不行。令不行，则政不正。政不正，则道不通。道不通，则邪臣胜。邪臣胜，则主威伤。

　　千里迎贤，其路远。致不肖，其路近。是以明王舍近而取远，故能全功尚人，而下尽力。

　　废一善，则众善衰。赏一恶，则众恶归。善者得其祐，恶者受其诛，则国安而众善至。

　　众疑无定国⑨，众惑无治民。疑定惑还，国乃可安。

　　一令逆则百令失，一恶施则百恶结。故善施于顺民，恶加于凶民，则令行而无怨。使怨治怨，是谓逆天。使仇治仇，其祸不救。治民使平⑩，致平以清，则民得其所而天下宁。

　　犯上者尊，贪鄙者富，虽有圣王，不能致其治。犯上者诛，贪鄙者拘⑪，则化行而众恶消。清白之士，不可以爵禄得。节义之士，不可以威刑胁。故明君求贤，必观其所以而致焉。致清白之士，修其礼，致节义之士，修其道，而后士可致而名可保。

　　夫圣人君子，明盛衰之源，通成败之端，审治乱之机，知去就之节，虽穷不处亡国之位，虽贫不食乱邦之禄。潜名抱道者⑫，时至而动，则极人臣之位。德合于己，则建殊绝之功。故其道高而名扬于后世。

　　圣王之用兵，非乐之也，将以诛暴讨乱也。夫以义诛不义，若决江河而溉爝火⑬，临不测而挤欲堕⑭，其克必矣。所以优游恬淡而不进者，重伤人物也⑮。夫兵者，不祥之器，天道恶之。不得已而用之，是天道也。夫人之在道，若鱼之在水，得水而生，失水而死。故君子者常畏惧而不敢失道。

　　豪杰秉职⑯，国威乃弱。杀生在豪杰，国势乃竭。豪杰低首，国乃可久。杀生在君，国乃可安。四民用虚⑰，国乃无储。四民用足，国乃安乐。

　　贤臣内，则邪臣外。邪臣内，则贤臣毙。内外失宜，祸乱传世。

　　大臣疑主⑱，众奸集聚。臣当君尊，上下乃昏。君当臣处，上下失序。

　　伤贤者，殃及三世。蔽贤者，身受其害。嫉贤者，其名不全。进贤者，福流子孙。故君子急于进贤而美名彰焉。

　　利一害百⑲，民去城郭。利一害万，国乃思散。去一利百，人乃慕泽⑳。去一利万，政乃不乱。

---

　　①泽及昆虫，指恩泽普遍。

　　②六合，上、下、东、西、南、北。六合同，指天下统一。

　　③降人以体，行动上使人顺从。

　　④降人以心，使人心悦诚服。

　　⑤乐，音乐。

　　⑥从乐乐人，用音乐使人快乐。

　　⑦近，指内部。远，指对外征伐。

　　⑧佚，通逸。

　　⑨众疑无定国，民众有疑虑，国家就不会安定。

　　⑩治民使平，平指平均。

　　⑪拘，拘禁。

　　⑫潜名，隐匿姓名。

　　⑬爝（jué，音决），小火。

　　⑭不测，深不可测。

　　⑮人物，人和物。

　　⑯豪杰，此指豪强。

　　⑰四民，指士、农、工、商四民。

　　⑱疑，同拟。

⑲利一害百，利一人而害及百人。

⑳慕泽，感慕恩泽。

# 唐李问对

# 卷　上

太宗曰："高丽数侵新罗①，朕遣使谕，不奉诏，将讨之，如何？"

靖曰："探知盖苏文自恃知兵②，谓中国无能讨③，故违命。臣请师三万擒之。"

太宗曰："兵少地遥，何术临之？"

靖曰："臣以正兵④。"

太宗曰："平突厥时用奇兵⑤，今言正兵，何也？"

靖曰："诸葛亮七擒孟获，无他道也，正兵而已矣。"

太宗曰："晋马隆讨凉州⑥，亦是依八阵图，作偏箱车⑦。地广则用鹿角车营⑧，路狭则为木屋施于车上，且战且前。信乎，正兵古人所重也！"

靖曰："臣讨突厥，西行数千里，若非正兵，安能致远？偏箱、鹿角，兵之大要，一则治力，一则前拒⑨，一则束部伍⑩，三者迭相为用，斯马隆所得古法深矣！"

太宗曰："朕破宋老生⑪，初交锋，义师少却，朕亲以铁骑自南原驰下，横突之。老生兵断后，大溃，逐擒之。此正兵乎？奇兵乎？"

靖曰："陛下天纵圣武，非学而能。臣按兵法，自黄帝以来，先正而后奇，先仁义而后权谲。且霍邑之战⑫，师以义举者，正也；建成坠马⑬，右军少却者，奇也。"

太宗曰："彼时少却，几败大事，曷谓奇邪⑭？"

靖曰："凡兵以前向为正，后却为奇。且右军不却，是老生安致之来哉？《法》曰'利而诱之，乱而取之，'老生不知兵，恃勇急进，不意断后，见擒于陛下⑮。此所谓以奇为正也。"

太宗曰："霍去病暗与孙、吴合⑯，诚有是夫！当右军之却也，高祖失色，及朕奋击，反为我利，孙、吴暗合，卿实知言。"

太宗曰："凡兵却，皆谓之奇乎？"

靖曰："不然。夫兵却，旗参差而不齐，鼓大小而不应，令喧嚣而不一，此真败却也，非奇也。若旗齐鼓应，号令如一，纷纷纭纭，虽退走，非败也，必有奇也。《法》曰'佯北勿追'，又曰'能而示之不能'，皆奇之谓也。"

太宗曰："霍邑之战，右军少却，其天乎？老生被擒，其人乎？"

靖曰："若非正兵变为奇，奇兵变为正，则安能胜哉？故善用兵者，奇正在人而已。变而神之⑰，所以推乎天也。"

太宗俯首⑱。

太宗曰："奇正素分之欤⑲？临时制之欤？"

靖曰："按曹公《新书》云⑳：'己二而敌一㉑，则一术为正，一术为奇；己五而敌一，则三术为正，二术为奇。'此言大略耳。唯孙武云'战势不过奇正，奇正之变，不可胜穷。奇正相生，如循还之无端，孰能穷之？'斯得之矣，安有素分之邪？若士卒未习吾法，偏裨未熟吾令㉒，则必为之二术。教战时，各认旗鼓，迭相分合，故曰分合为变，此教战之术耳。教阅既成，众知吾法，然后如驱群羊，由将所指，孰分奇正之别哉？孙武所谓'形人而我无形'，此乃奇正之极致。是以素分者教阅也㉓，临时制变者不可胜穷也。"

太宗曰："深乎！深乎！曹公必知之矣。但《新书》所以授诸将而已，非奇正本法。"

太宗曰："曹公云'奇兵旁击'㉔，卿谓若何？"

靖曰："臣按曹公注《孙子》曰'先出合战为正，后出为奇'，此与旁击之说异焉。臣愚谓大众所合为正，将所自出为奇，乌有先后旁击之拘哉？"

太宗曰："吾之正，使敌视以为奇；吾之奇，使敌视以为正。斯所谓'形人者'欤？以奇为正，以正为奇，变化莫测，斯所谓'无形者'欤？"

靖再拜曰："陛下神圣，迥出古人，非臣所及。"

太宗曰："分合为变者，奇正安在？"

靖曰："善用兵者，无不正，无不奇，使敌莫测，故正亦胜，奇亦胜。三军之士，止知其胜，莫知其所以胜。非变而能通，安能至是哉？分合所出，唯孙武能之，吴起而下，莫可及焉。"

太宗曰："吴术若何？"

靖曰："臣请略言之。魏武侯问吴起，两军相向㉕，起曰：'使贱而勇者前击，锋始交而北，北而勿罚。观敌进取，一坐一起㉖，奔北不追，则敌有谋矣。若悉众追北，行止纵横㉗，此敌人不才，击之勿疑。'臣谓吴术大率多此类，非孙武所谓以正合也。"

太宗曰："卿舅韩擒武尝言㉘，卿可与论孙、吴，亦奇正之谓乎？"

靖曰："擒武安知奇正之极，但以奇为奇，以正为正耳。曾未知奇正相变，循环无穷者也。"

太宗曰："古人临阵出奇，攻人不意㉙，斯亦相变之法乎？"

靖曰："前代战斗，多是以小术而胜无术，以片善而胜无善㉚，斯安足以论兵法也？若谢玄之破苻坚㉛，非谢玄之善也，盖苻坚之不善也。"

太宗顾侍臣捡《谢玄传》阅之，曰："苻坚甚处是不善？㉜"

靖曰："臣观《苻坚载记》曰：'秦诸军皆溃败，唯慕容垂一军独全㉝。坚以千余骑赴之，垂子宝劝垂杀坚㉞，不果㉟。'此有以见秦师之乱。慕容垂独全，盖坚为垂所陷明矣。夫为人所陷而欲胜敌，不亦难乎？臣故曰无术焉，苻坚之类是也。"

太宗曰："《孙子》谓'多算胜少算'，有以知少算胜无算，凡事皆然。"

太宗曰："黄帝兵法，世传《握奇文》㊱，或谓为《握机文》，何谓也？"

靖曰："'奇'音'机'，故或传为'机'，其义则一。考其词云：'四为正，四为奇，余奇为握机。'奇，余零也，因此音机，臣愚谓兵无不是机，安在乎握而言也？当为余奇则是。夫正兵受之于君，奇兵将所自出。《法》曰'令素行以教其民者则民服'，此受之于君者也。又曰'兵不豫言㊲，君命有所不受'，此将所自出者也。凡将，正而无奇则守将也，奇而无正则斗将也，奇正皆得，国之辅也。是故握机、握奇，本无二法，在学者兼通而已。"

太宗曰："阵数有九㊳，中心零者，大将握之，四面八向，皆取准焉㊴。阵间容阵，队间容队。以前为后，以后为前。进无速奔，退无遽走。四头八尾㊵，触处为首，敌冲其中，两头皆救。数起于五而终于八㊶，此何谓也？"

靖曰："诸葛亮以石纵横，布为八行㊷，方阵之法即此图也。臣尝教阅，必先此阵。世所传《握机文》，盖得其粗也。"

太宗曰："天、地、风、云、龙、虎、鸟、蛇，斯八阵何义也？"

靖曰："传之者误也。古人秘藏此法，故诡设八名耳㊸。八阵本一也，分为八焉。若天、地者本乎旗号，风、云者本乎幡名，龙、虎、鸟、蛇者本乎队伍之别。后世误传，诡设物象，何止八而已乎？"

太宗曰："数起于五而终于八，则非设象，实古制也，卿试陈之。

靖曰："臣按黄帝始立丘井之法④，因以制兵，故井分四道，八家处之，其形井字，开方九焉。五为阵法，四为间地，此所谓数起于五也。虚其中，大将居之，环其四面，诸部连绕，此所谓终于八也。及乎变化制敌，则纷纷纭纭，斗乱而法不乱；混混沌沌，形圆而势不散，此所谓散而成八，复而为一者也。"

太宗曰："深乎，黄帝之制兵也！后世虽有天智神略，莫能出其阃阈⑤。降此孰有继之者乎？"

靖曰："周之始兴，则太公实缮其法④，始于岐都，以建井亩；戎车三百辆，虎贲三千人，以立军制；六步七步，六伐七伐④，以教战法。陈师牧野④，太公以百夫制师⑤，以成武功，以四万五千人胜纣七十万众。周《司马法》，本太公者也。太公既没，齐人得其遗法。至桓公霸天下，任管仲，复修太公法，谓之节制之师⑤，诸侯毕服。"

太宗曰："儒者多言管仲霸臣而已，殊不知兵法乃本于王制也。诸葛亮王佐之才，自比管、乐，以此知管仲亦王佐也。但周衰时，王不能用，故假齐兴师尔。"

靖再拜曰："陛下神圣，知人如此，老臣虽死，无愧昔贤也。臣请言管仲制齐之法：三分齐国，以为三军；五家为轨⑤，故五人为伍；十轨为里，故五十人为小戎⑤；四里为连，故二百人为卒；十连为乡，故二千人为旅；五乡一师，故万人为军。亦犹《司马法》'一师五旅，一旅五卒'之义焉，其实皆得太公之遗法。"

太宗曰："《司马法》，人言穰苴所述，是欤否也？"

靖曰："按《史记・穰苴传》，齐景公时⑤，穰苴善用兵，败燕、晋之师，景公尊为司马之官⑤，由是称司马穰苴，子孙号司马氏。至齐威王⑤，追论古司马法，又述穰苴所学，遂有《司马穰苴书》数十篇。今世所传兵家者流⑤，又分权谋、形势、阴阳、技巧四种，皆出《司马法》也。"

太宗曰："汉张良、韩信序次兵法，凡百八十二家，删取要用，定著三十五家。今失其传，何也？"

靖曰："张良所学，太公《六韬》、《三略》是也。韩信所学，穰苴、孙武是也。然大体不出三门四种而已。"

太宗曰："何谓三门？"

靖曰："臣按：《太公谋》八十一篇⑤，所谓阴谋，不可以言穷；《太公言》七十一篇，不可以兵穷；《太公兵》八十五篇，不可以财穷。此三门也。"

太宗曰："何谓四种？"

靖曰："汉任宏所论是也⑤。凡兵家者流，权谋为一种，形势为一种，及阴阳、技巧二种，此四种也。"

太宗曰："《司马法》首序蒐狩⑥，何也？"

靖曰："顺其时而要之以神，重其事也。《周礼》最为大政，成有岐阳之蒐⑥，康有酆宫之朝⑥，穆有涂山之会⑥，此天子之事也。及周衰，齐桓有召陵之师⑥，晋文有践土之盟⑥，此诸侯奉行天子之事也。其实用九伐之法以威不恪⑥，假之以朝会⑥，因之以巡狩，训之以甲兵。言无事兵不妄举，必于农隙⑥，不忘武备也。故首序蒐狩，不其深乎？"

太宗曰："春秋楚子二广之法云⑥：'百官象物而动⑦，军政不戒而备⑦。'此亦得周制欤？"

靖曰："按左氏说⑦，楚子乘广三十乘⑦，广有一卒，卒偏之两⑦。军行，右辕，以辕为法，故挟辕而战，皆周制也。臣谓百人曰卒，五十人曰两，此是每车一乘，用士百五十人，比周制差多耳。周一乘，步卒七十二人，甲士三人。以二十五人为一甲，凡三甲，共七十五人。楚山泽之国，车少而人多，分为三队，则与周制同矣。”

太宗曰：“春秋荀吴伐狄⑦，毁车为行⑦，亦正兵欤？奇兵欤？”

靖曰：“荀吴用车法耳，虽舍车而法在其中焉。一为左角，一为右角，一为前拒，分为三队，此一乘法也。千万乘皆然。臣按曹公《新书》云：攻车七十五人，前拒一队，左右角二队；守车一队，炊子十人，守装五人，厩养五人，樵汲五人，共二十五人。攻守二乘，凡百人。兴兵十万，用车千乘，轻重二千，此大率荀吴之旧法也。又观汉魏之间军制：五车为队，仆射一人；十车为师，率长一人；凡车千乘，将吏二人。多多仿此。臣以今法参用之，则跳荡⑦，骑兵也；战锋队，步骑相半也；驻队⑦，兼车乘而出也。臣西讨突厥，越险数千里，此制未尝敢易。盖古法节制，信可重也。”

太宗幸灵州回⑦，召靖赐坐，曰：“朕命道宗及阿史那社尔等讨薛延陀⑧，而铁勒诸部乞置汉官⑧，朕皆从其请。延陀西走，恐为后患，故遣李勣讨之⑧。今北荒悉平，然诸部蕃汉杂处，以何道经久，使得两全安之？”

靖曰：“陛下敕自突厥至回纥部落⑧，凡置驿六十六处，以通斥候，斯已得策矣。然臣愚以谓，汉戍宜自为一法，蕃落宜自为一法，教习各异，勿使混同。或遇寇至，则密敕主将临时变号易服，出奇击之。”

太宗曰：“何道也？”

靖曰：“此所谓‘多方以误之’之术也⑧。蕃而示之汉，汉而示之蕃，彼不知蕃汉之别，则莫能测我攻守之计矣。善用兵者，先为不可测，则敌乖其所之也⑧。”

太宗曰：“正合朕意，卿可密教边将。只以此蕃汉，便见奇正之法矣。”

靖再拜曰：“圣虑天纵⑧，闻一知十，臣安能极其说哉？”

太宗曰：“诸葛亮言：‘有制之兵，无能之将，不可败也；无制之兵，有能之将，不可胜也。’朕疑此谈，非极致之论。”

靖曰：“武侯有所激云耳。臣按《孙子》有曰：‘教道不明，吏卒无常，陈兵纵横，曰乱。’自古乱军引胜，不可胜纪。夫教道不明者，言教阅无古法也；吏卒无常者，言将臣权任无久职也；乱军引胜者，言己自溃败，非敌胜之也。是以武侯言，兵卒有制，虽庸将未败⑧；若兵卒自乱，虽贤将危之，又何疑焉？”

太宗曰：“教阅之法，信不可忽。”

靖曰：“教得其道则士乐为用，教不得法，虽朝督暮责，无益于事矣。臣所以区区古制皆纂以图者⑧，庶乎成有制之兵也⑧。”

太宗曰：“卿为我择古阵法，悉图以上。”

太宗曰：“蕃兵唯劲马奔冲，此奇兵欤？汉兵唯强弩犄角⑨，此正兵欤？”

靖曰：“按《孙子》云：‘善用兵者，求之于势，不责于人，故能择人而任势。夫所谓择人者，各随蕃汉所长而战也。蕃长于马，马利乎速斗；汉长于弩，弩利乎缓战。此自然各任其势也，然非奇正所分。臣前曾述蕃汉必变号易服者，奇正相生之法也。马亦有正，弩亦有奇，何常之有哉？”

太宗曰：“卿更细言其术。”

靖曰：“先形之，使敌从之，是其术也。”

太宗曰：“朕悟之矣！《孙子》曰：‘形兵之极，至于无形。’又曰：‘因形而措胜于众，众不能知。’其此之谓乎？”

靖再拜曰：“深乎！陛下圣虑，已思过半矣⑨。”

太宗曰:"近契丹㉜、奚皆内属㉝,置松漠、饶乐二都督㉞,统于安北都护㉟。朕用薛万彻㊱,如何?"

靖曰:"万彻不如阿史那社尔及执失思力、契苾何力㊲,此皆蕃臣之知兵者也。因常与之言松漠、饶乐山川道路,蕃情逆顺,远至于西域部落十数种,历历可信。臣教之以阵法,无不点头服义。望陛下任之勿疑。若万彻,则勇而无谋,难以独任。"

太宗笑曰:"蕃人皆为卿役使!古人云,以蛮夷攻蛮夷,中国之势也。卿得之矣。"

---

①高丽、新罗,皆古国名。高丽约位于朝鲜北部,新罗约位于朝鲜半岛东南部。

②盖苏文,高丽的大臣,唐贞观十六年(公元642年),他杀死了当时的高丽国王建武,立建武弟弟的儿子为高丽王,自封为"莫友离"(相当于唐朝的兵部尚书),与唐王朝抗衡。

③中国,泛指今中原地区。

④正兵,此指正面进攻。

⑤奇兵,此指采用迂回袭击变化的方法。

⑥马隆讨凉州:马隆,西晋武帝时将领。公元279年,晋武帝将伐东吴,凉州羌戎族反晋,河西断绝。马隆自荐平羌戎,马隆仿照诸葛亮的八阵图,结成偏箱车阵,最后平定了凉州。

⑦偏箱车,古战车,不仅可用作作战,还可运送粮草武器。

⑧鹿角车营,以偏箱车组成的一种车战队形。因车上有鹿角,故名。

⑨前拒,阻止敌人的前锋部队。

⑩束部伍,约束部队。

⑪宋老生,隋朝霍邑守将。李渊曾于公元617年在霍邑与宋交战,结果宋被唐将刘弘基所擒斩。

⑫霍邑,古邑名,今山西霍县。

⑬建成,李建成,李渊之子。

⑭曷,为什么。

⑮见,被。

⑯孙,孙武。吴,吴起。

⑰变而神之,变化达到出神入化的境地。

⑱俯首,低下头,表示赞许。

⑲素,平素。

⑳曹公,曹操。《新书》,曹操著兵书,已失传。

㉑己二而敌一,敌我兵力为一比二。

㉒偏裨,偏将和裨将,古时将佐的通称。

㉓教阅,传授、考核。

㉔奇兵旁击,曹操对《孙子·兵势篇》的注释。

㉕魏武侯,即魏击,战国时魏国国君,魏文侯之子。

㉖一坐一起,一举一动。

㉗行止纵横,指队列混乱。

㉘韩擒武,一作韩擒虎,李靖的舅父,隋代大将,有文武才。

㉙不意,意料之外。

㉚片善,小善。

㉛谢玄之破苻坚,指谢玄率兵在淝水击败苻坚的淝水之战。

㉜甚,什么。

㉝慕容垂,鲜卑族,十六国时后燕的建立者。

㉞宝,即慕容宝,慕容垂四子。

㉟不果,没有成为事实。

㊱《握奇文》,古兵书名。

㊲豫，通预。

㊳阵数有九，握机阵法，共有九阵，外有四奇四正。内有中军。

㊴准，准则。

㊵四头八尾：四头，指四奇四正中，任何一阵被攻击时即为头部；八尾，指九阵中有一阵被攻击时，其余八阵皆为尾部。

㊶五，指东西南北和中央五阵。八，指东西南北和东北、东南、西北、西南八阵。

㊷八行，指诸葛亮的八阵图。

㊸诡设，假设。

㊹丘井之法，古时分田的一种制度。

㊺阃（kǔn，音捆）阈，门槛，此指范围。

㊻太公，即姜太公，吕尚。

㊼井亩，井亩制度。

㊽六步七步，六伐七伐：原话为武王在伐纣誓师时讲，此指教授作战时部队前进的步数和刺杀的次数。

㊾牧野，古地名，位于今河南淇县西南。

㊿制师，挑战。

(51)节制，节度法制。

(52)轨，古代户口的一种编制单位。

(53)小戎，原指一种兵车，因一乘用五十人，故用以代表一种编制单位。

(54)齐景公，名杵臼，春秋时齐国国君。

(55)司马，官名。西周始设，为六卿之一，掌管军政，军赋。

(56)齐威王，战国时齐国国君。

(57)流，流派。

(58)《太公谋》，疑为吕尚所著兵书。下文《太公言》，《太公兵》，也为吕尚所著。均已亡佚。

(59)任宏，汉成帝时人，任步兵校尉，曾整理过兵书。

(60)蒐（sōu，音搜）狩，此指检阅练兵。

(61)成，周成王。

(62)康，康王。

(63)穆，周穆王。涂山，在今安徽境内。

(64)齐桓，齐桓公。召陵，古地名，在今河南偃师县东北。齐桓公曾会合鲁、宋、陈、卫、郑、许、曹各国军队伐楚，楚派大夫屈完与诸侯结盟于召陵。

(65)晋文，晋文公。践土之盟，践土，古地名，位今河南原阳县西南。晋文公曾率诸侯与楚军战于城濮，楚军大败。周襄王亲自前往犒军，晋文公在践土为襄王修行宫，并与诸侯结盟。

(66)九伐之法，九种征伐的方法。不恪，不恭敬。

(67)朝会，诸侯或臣下朝见君主。春曰朝，时见曰会。

(68)农隙，农闲。

(69)楚子，楚庄王。广，春秋时楚军车制。二广之法，分兵为左右两列。

(70)物，指旌旗。

(71)戒，敕令。

(72)左氏，指《左传》。

(73)乘广，战车。

(74)卒偏之两，指每卒分为左右两偏。偏为编制单位。

(75)荀吴，荀偃子，晋臣。公元前541年，荀吴率兵与狄战于太原，大败狄军。

(76)毁，舍弃。行，行列。

(77)跳荡，用以突袭的精锐部队。

(78)驻队，暂时停留的援军。

(79)灵州，今宁夏灵武县西南。

(80)道宗，李承范，唐宗室。薛延陀，古族名和国名。

(81)铁勒，古代北方民族名。

㉒李勣，徐懋功，唐初大将。

㉓回纥，古代民族名。

㉔多方以误之，用多种方法迷惑敌人。

㉕乖，相背。

㉖圣虑天纵，圣上的英明是上天赋予的。

㉗庸将，平庸的将领。

㉘区区，拳拳。

㉙庶手，差不多。

㉚犄角，为牵制或夹击而分出的部分兵力。

㉛思过半，领会过半。

㉜契丹，古族名和古国名。

㉝奚，古族名。

㉞松漠、饶乐，唐都督府名。

㉟安北都护，唐都护府名，治所在今蒙古国杭爱山东部。

㊱薛万彻，唐时敦煌人，后归唐。

㊲执失思力，突厥酋长，后因战功封安国公。契苾何力，铁勒部人，后因战功封郧国公。

# 卷 中

太宗曰："朕观诸兵书，无出孙武。孙武十三篇，无出虚实。夫用兵，识虚实之势则无不胜焉。今诸将中，但能言避实击虚，及其临敌，则鲜识虚实者，盖不能致人而反为敌所致故也①。如何？卿悉为诸将言其要。"

靖曰："先教之以奇正相变之术，然后语之以虚实之形可也。诸将多不知以奇为正，以正为奇，且安识虚是实，实是虚哉？"

太宗曰："'策之而知得失之计，作之而知动静之理，形之而知死生之地，角之而知有余不足之处。'此则奇正在我，虚实在敌欤？"

靖曰："奇正者，所以致敌之虚实也。敌实则我必以正，敌虚则我必为奇。苟将不知奇正②，则虽知敌虚实，安能致之哉？臣奉诏但教诸将以奇正，然后虚实自知焉。"

太宗曰："以奇为正者，敌意其奇，则吾正击之；以正为奇者，敌意其正，则吾奇击之。使敌势常虚，我势常实。当以此法授诸将，使易晓耳。"

靖曰："千章万句，不出乎'致人而不致于人'而已。臣当以此教诸将。"

太宗曰："朕置瑶池都督③，以隶安西都护④。蕃汉之兵，如何处置？"

靖曰："天之生人，本无蕃汉之别。然地远荒漠，必以射猎而生，由此常习战斗。若我恩信抚之⑤，衣食周之⑥，则皆汉人矣。陛下置此都护，臣请收汉戍卒处之内地，减省粮馈，兵家所谓有治力之法也。但择汉吏有熟蕃情者，散守堡障⑦，此足以经久。或遇有警，则汉卒出焉。"

太宗曰："《孙子》所言治力何如？"

靖曰："'以近待远，以佚待劳，以饱待饥'此略言其概耳。善用兵者，推此三义而有六焉：以诱待来，以静待躁，以重待轻，以严待懈，以治待乱，以守待攻。反是则力有弗逮。非治力之求，安能临兵战？"

太宗曰："今人习《孙子》者，但诵空文，鲜克推广其义⑧。治力之法，宜遍告诸将。"

太宗曰："旧将老卒，凋零殆尽，诸军新置，不经阵敌。今教以何道为要？"

靖曰："臣尝教士，分为三等：必先结伍法⑨，伍法既成，授之军校⑩，此一等也；军校之法，以一为十，以十为百，此一等也；授之裨将，裨将乃总诸校之队，聚为阵图，此一等也。大将察此三等之教，于是大阅⑪，稽考制度，分别奇正，誓众行罚⑫。陛下临高观之，无施不可。"

太宗曰："伍法有数家，孰者为要？"

靖曰："臣按《春秋左氏传》云'先偏后伍'，又《司马法》曰'五人为伍'⑬，《尉缭子》有《束伍令》，汉制有尺籍伍符⑭。后世符籍，以纸为之，于是失其制矣。臣酌其法，自五人而变为二十五人，自二十五人而变为七十五人，此则步卒七十二人，甲士三人之制也。舍车为骑，则二十五人当八马，此则五兵五当之制也⑮。是则诸家兵法，唯伍法为要。小列之五人，大列之二十五人，参列之七十五人，又五参其数⑯，得三百七十五人。三百人为正，六十人为奇，此则百五十人分为二正，而三十人分为二奇，盖左右等也。穰苴所谓五人为伍，十伍为队，至今因之，此其要也。"

太宗曰："朕与李勣论兵，多同卿说，但勣不究出处尔。卿所制六花阵法⑰，出何术乎？"

靖曰："臣所本诸葛亮八阵法也。大阵包小阵，大营包小营，隅落钩连⑱，曲折相对，古制如此，臣为图因之。故外画之方，内环之圆，是成六花，俗所号尔。"

太宗曰："内圆外方，何谓也？"

靖曰："方生于步，圆生于奇。方所以矩其步，圆所以缀其旋。是以步数定地，行缀应于天，步定缀齐则变化不乱。八阵为六，武侯之旧法焉。"

太宗曰："画方以见步，点圆以见兵，步教足法，兵教手法，手足便利，思过半乎？"

靖曰："吴起云'绝而不离，却而不散'，此步法也。教士犹布棋于盘，若无画路，棋安用之？孙武曰'地生度，度生量，量生数，数生称，称生胜。胜兵若以镒称铢，败兵若以铢称镒。'皆起于度量方圆也。"

太宗曰："深乎孙武之言！不度地之远近，形之广狭，则何以制其节乎⑲？"

靖曰："庸将罕能知其节者也。'善战者，其势险，其节短，势如弸弩，⑳节如发机㉑。'臣修其术。凡立队㉒，相去各十步，驻队去师队二十步，每隔一队，立一战队。前进以五十步为节。角一声，诸队皆散立，不过十步之内。至第四角声，笼枪跪坐㉓。于是鼓之，三呼三击，三十步至五十步以制敌之变。马军从背出，亦以五十步临时节止。前正后奇，观敌如何。再鼓之，则前奇后正，复邀敌来㉔，伺隙捣虚。此六花大率皆然也。"

太宗曰："曹公《新书》云：'作阵对敌，必先立表㉕，引兵就表而阵。一部受敌，余部不进救者斩。'此何术乎？"

靖曰："临敌立表，非也，此但教战时法耳。古人善用兵者，教正不教奇，驱众若驱群羊，与之进，与之退，不知所之也。曹公骄而好胜，当时诸将奉《新书》者，莫敢攻其短。且临敌立表，无乃晚乎？臣窃观陛下所制破阵乐舞㉖，前出四表，后缀八幡，左右折旋，趋步金鼓，各有其节，此即八阵图四头八尾之制也。人间但见乐舞之盛，岂有知军容如斯焉。"

太宗曰："昔汉高帝定天下，歌云'安得猛士兮守四方'，盖兵法可以意授，不可以语传。朕为破阵乐舞，唯卿以晓其表矣，后世其知我不苟作也。"

太宗曰："方色五旗为正乎㉗？幡麾折冲为奇乎㉘？分合为变，其队数曷为得宜？"

靖曰："臣参用古法，凡三队合则旗相倚而不交，五队合则两旗交，十队合则五旗交。吹角，开五交之旗，则一复散而为十，开二交之旗，则一复散而为五，开相倚不交之旗则一复散而为三。兵散则以合为奇，合则以散为奇。三令五申，三散三合，复归于正，四头八尾乃可教焉。队法所宜也。"

太宗称善。

太宗曰："曹公有战骑、陷骑、游骑㉔，今马军何等比乎？"

靖曰："臣按《新书》云：战骑居前，陷骑居中，游骑居后，如此则是各立名号，分为三类耳。大抵骑队八马当车徒二十四人㉚，二十四骑当车徒七十二人，此古制也。车徒常教以正，骑队常教以奇。据曹公，前后及中分为三覆㉛，不言两厢㉜，举一端言也。后人不晓三覆之义，则战骑必前于陷骑、游骑，如何使用？臣熟用此法，回军转阵则游骑当前，战骑当后，陷奇临变而分，皆曹公之术也。"

太宗笑曰："多少人为曹公所惑！"

太宗曰："车、步、骑三者，一法也，其用在人乎？"

靖曰："臣按春秋鱼丽阵㉝，先偏后伍，此则车步无骑，谓之左右拒㉞，言拒御而已㉟，非取出奇胜也。晋荀吴伐狄，舍车为行，此则骑多为便，唯务奇胜，非拒御而已。臣均其术，凡一马当三人，车徒称之，混为一法，用之在人。敌安知吾车果何出？骑果何来？徒果何从哉？或潜九地，或动九天，其知如神，唯陛下有焉，臣何足以知之？"

太宗曰："太公书云：'地方六百步，或六十步，表十二辰㊱。'其术如何？"

靖曰："画地方一千二百步，开方之形也㊲。每部占地二十步之方㊳，横以五步立一人，纵以四步立一人，凡二千五百人，分五方，空地四处，所谓阵间容阵者是也。武王伐纣，虎贲各掌三千人㊴，每阵六千人，共三万之众，此太公画地之法也。"

太宗曰："卿六花阵画地几何？"

靖曰："大阅，地方千二百步者，其义六阵，各占地四百步，分为东西两厢，空地一千二百步为教战之所。臣常教士三万㊵，每阵五千人，以其一为营法㊶，五为方、圆、曲、直、锐之形㊷，每阵五变，凡二十五变而止。"

太宗曰："五行阵如何㊸？"

靖曰："本因五方色立此名㊹。方、圆、曲、直、锐，实因地形使然。凡军不素习此五者，安可以临敌乎？兵，诡道也，故强名五行焉，文之以术数相生相克之义㊺。其实兵形象水，因地制流，此其旨也。"

太宗曰："李勣言牝牡㊻、方圆伏兵法，古有是否？"

靖曰："牝牡之法，出于俗传，其实阴阳二义而已。臣按范蠡云'后则用阴，先则用阳。尽敌阳节，盈吾阴节而夺之'此兵家阴阳之妙也。范蠡又云：'设右为牝，益左为牡，早晏以顺天道㊼。'此则左右早晏临时不同，在乎奇正之变者也。左右者人之阴阳，早晏者天之阴阳，奇正者天人相变之阴阳。若执而不变，则阴阳俱废，如何？守牝牡之形而已。故形之者，以奇示奇，非吾正也；胜之者，以正击敌，非吾奇也，此谓奇正相变。兵伏者，不止山谷草木伏藏所以为伏也，其正如山，其奇如雷，敌虽对面，莫测吾奇正所在。至此，夫何形之有焉？"

太宗曰："四兽之阵㊽，又以商、羽、徵、角象之㊾，何道也？"

靖曰："诡道也。"

太宗曰："可废乎？"

靖曰："存之所以能废之也。若废而不用，诡愈甚焉。"

太宗曰："何谓也？"

靖曰："假之以四兽之阵及天、地、风、云之号，又加商金、羽水、徵火、角木之配，此皆兵家自古诡道。存之则余诡不复增矣，废之则使贪使愚之术从何而施哉？"

太宗良久曰："卿宜秘之，无泄于外。"

太宗曰："严刑峻法，使人畏我而不畏敌，朕甚惑之。昔光武以孤军当王莽百万之众⑩，非有刑法临之⑪，此何由乎？"

靖曰："兵家胜败，情状万殊，不可以一事推之。如陈胜、吴广败秦师，岂胜、广刑法能加于秦乎？光武之起，盖顺人心之怨莽也，况又王寻、王邑不晓兵法⑫，徒夸兵众，所以自败。臣按《孙子》曰：'卒未亲附而罚之则不服，已亲附而罚不行则不可用。'此言凡将先有爱结于士，然后可以严刑也，若爱未加而独用峻法，鲜克济焉。"

太宗曰："《尚书》云：'威克厥爱，允济；爱克厥威，允罔功⑬。'何谓也？"

靖曰："爱设于先，威设于后，不可反是也。若威加于前，爱救于后，无益于事矣。《尚书》所以慎戒其终，非所以作谋于始也，故《孙子》之法，万世不刊⑭。"

太宗曰："卿平萧铣⑮，诸将皆欲籍伪臣家以赏士卒⑯，卿独不从，以谓蒯通不戮于汉⑰，既而江汉归顺。朕由是思古人有言曰'文能附众⑱，武能威敌'，其卿之谓乎？"

靖曰："汉光武平赤眉⑲，入贼营中按行⑳。贼曰'萧王推赤心于人腹中㉑'，此盖先料人情本非为恶，岂不豫虑哉？臣顷讨突厥，总蕃汉之众，出塞千里，未尝戮一扬干㉒，斩一庄贾㉓，亦推赤诚存至公而已矣。陛下过听，擢臣以不次之位㉔，若于文武则何敢当？"

太宗曰："昔唐俭使突厥㉕，卿因击而败之。人言卿以俭为死间㉖，朕至今疑焉。如何？"

靖再拜曰："臣与俭比肩事主，料俭说必不能柔服，故臣因纵兵击之，所以去大患不顾小义也，人谓以俭为死间，非臣之心。按《孙子》，用间最为下策，臣尝著论其末云：水能载舟，亦能覆舟。或用间以成功，或凭间以倾败。若束发事君㉗，当朝正色㉘，忠以尽节，信以竭诚，虽有善间，安可用乎？唐俭小义，陛下何疑？"

太宗曰："诚哉！非仁义不能使间，此岂纤人所为乎㉙？周公大义灭亲，况一使人乎？灼无疑矣！"

太宗曰："兵贵为主，不贵为客㉚。客速，不贵久。何也？"

靖曰："兵，不得已而用之，安在为客且久哉？《孙子》曰'远输则百姓贫'，此为客之弊也。又曰'役不再籍，粮不三载'，此不可久之验也。臣较量主客之势，则有变客为主、变主为客之术。"

太宗曰："何谓也？"

靖曰："'因粮于敌'，是变客为主也；'饱能饥之，佚能劳之'，是变主为客也。故兵不拘主客迟速㉛，唯发必中节㉜，所以为宜。"

太宗曰："古人有诸㉝？"

靖曰："昔越伐吴㉞，以左右二军鸣鼓而进，吴分兵御之。越以中军潜涉不鼓，袭败吴师，此变客为主之验也。石勒与姬澹战㉟，澹兵远来，勒遣孔苌为前锋，逆击澹军，孔苌退而澹来追，勒以伏兵夹击之，澹军大败，此变劳为佚之验也。古人如此者多。"

太宗曰："铁蒺藜、行马，太公所制，是乎？"

靖曰："有之，然拒敌而已。兵贵致人，非欲拒之也。太公《六韬》言守御之具尔，非攻战所施也。"

①致，调动。

②苟，如果，假如。

③瑶池都督，治所在今新疆阜康县。

④安西都护，唐六都护府之一，治所在今新疆吐鲁蕃西。

⑤恩信，恩德、信义。

⑥周，救济。

⑦堡障，土筑的小城堡。

⑧克，能。

⑨伍法，训练编制队伍的基本方法。

⑩军校，任辅职的军官。

⑪大阅，检阅。

⑫誓众行罚，告诫大众以刑罚惩戒违令者。

⑬五人为伍，五个人为一伍。

⑭尺籍，汉代用以记载军功的竹（木）牍，长一尺。伍符，伍内互相连保的凭证。

⑮五兵，即弓矢、殳、矛、戈、戟五种兵器。

⑯五参，五倍。

⑰六花阵，根据诸葛亮八阵法而演变的一种阵法。

⑱隅落，角落。

⑲节，节奏。

⑳弓弩，拉满的弓弩。

㉑发机，触发弩机。

㉒立队，布置军队。

㉓笼，举。

㉔邀，阻截。

㉕表，标记。

㉖破阵乐舞，即破阵乐和破阵舞。唐贞观七年制《秦王破阵乐》和《秦王破阵乐舞图》。

㉗方色五旗，指五种方位的五种颜色的旗帜。东方青，南方赤，西方白，北方黑，中央黄。

㉘折冲，击退敌军。冲，战车。

㉙战骑、陷骑、游骑，曹操在《新书》中讲的三种骑兵。

㉚车徒，跟从兵车的步卒。

㉛覆，伏兵。三覆，三批伏兵。

㉜两厢，左右两旁。

㉝鱼丽阵，春秋时的一种阵法。

㉞拒，方阵。

㉟拒御，防御。

㊱十二辰，十二时辰。即子、丑、寅、卯、辰、巳、午、未、申、酉、戌、亥。

㊲开方，见方。

㊳每部占地二十步之方，此句数字疑有误。

㊴虎贲，此指掌管三千人的军官。

㊵常，通尝。

㊶营法，驻营之法。

㊷方、圆、曲、直、锐，指五阵排列的形状。

㊸五行阵，用金、木、水、火、土五行表示五个方位的阵形。即东方木、西方金，南方火，北方水，中央土。

㊹本因五方色立此名，五个方位有五种颜色相配。

㊺术数相生相克，用阴阳五行相生相克的学说推断吉凶。

㊻牝牡，本指雌雄，此指阴阳。

㊼早晏，早晚。天道，自然规律。

㊽四兽之阵，指龙、虎、鸟、蛇。四兽又代表四方，龙为东，虎为西，鸟为南，蛇为北。

㊾象，象征。即商为西方之音，羽为北方之音，徵是南方之音，角是东方之音。

㊿光武，汉光武帝，刘秀。

(51)临，统治。

(52)王寻，王莽时任大司马。王邑，王莽时任大司空。

(53)克，能够。厥，通蹶。允，诚信。济，成功。

(54)刊，删改。

(55)萧铣，后梁宣帝曾孙。隋末任罗川县令。公元617年，率巴陵校尉董景珍、雷世猛等起兵，被推为主，自称梁王，次年称帝。621年被李靖率兵讨平。

(56)籍，籍没，没收财产充公。

(57)蒯通，即蒯彻，汉初苑阳人。秦汉时策士。汉惠帝时，为丞相曹参的宾客。

(58)附，通抚。

(59)赤眉，西汉末农民起义军。

(60)按行，巡视。

(61)萧王，汉光武帝称帝前，曾被更始皇帝封为萧王。

(62)扬干，晋悼公之弟。公元前569年，扬干在曲梁乱了军阵，按军法当斩，中军司马魏绛念他是悼公之弟，只斩其御手。

(63)庄贾，齐景公的宠臣。庄贾平素骄傲，当齐与燕国和晋国作战时，因迟到而被司马穰苴斩杀。

(64)不次，不按正常的次序。

(65)唐俭，唐时晋阳（今太原市西南）人。贞观四年（公元630年）出使突厥。

(66)死间，在敌方任间谍，因出卖假情报而被敌方处死。

(67)束发，成童，此指长大成人。

(68)正色，表情端庄严肃。

(69)纤人，小人。

(70)主、客，有多种含义：在本国作战为主，出国为客；内线作战为主，外线为客；处于主动时为主，被动时为客；先到者为主，迟到者为客。

(71)拘，拘泥。

(72)中节，合乎法度。

(73)诸，“之乎”的合音。

(74)越伐吴，指公元前494年越王勾践出兵伐吴，大败吴军。

(75)石勒，十六国时后赵建立者。姬澹，晋将。石勒曾于公元316年派孔苌为前锋，与姬澹在乐平（今山西昔阳西南）作战，石勒大败姬澹。

# 卷　下

太宗曰：“太公云：‘以步兵与车骑战者，必依丘墓险阻’。又孙子云：‘天隙之地①，丘墓故城，兵不可处。’如何?”

靖曰：“用众在乎心一，心一在乎禁祥去疑②。倘主将有所疑忌则群情摇，群情摇则敌乘衅而至矣。安营据地，便乎人事而已。若涧、井、陷、隙之地，及如牢如罗之处，人事不便者也，故兵家引而避之，防敌乘我。丘墓故城，非绝险处，我得之为利，岂宜反去之乎？太公所说，兵之至要也。”

太宗曰：“朕思凶器无甚于兵者，行兵苟便于人事，岂以避忌为疑？今后诸将有以阴阳拘忌失于事宜者③，卿当丁宁诫之④。”

　　靖再拜谢曰："臣按《尉缭子》云，黄帝以德守之，以刑伐之，是谓刑德，非天官时日之谓也⑤。然诡道可使由之，不可使知之。后世庸将泥于术数，是以多败，不可不诫也。陛下圣训，臣宜宣告诸将。"

　　太宗曰："兵有分聚，各贵适宜。前代事迹，孰为善此者？"

　　靖曰："苻坚总百万之众而败于淝水，此兵能合不能分之所致也。吴汉讨公孙述⑥，与副将刘尚分屯⑦，相去二十里，述来攻汉，尚出合击，大破之，此兵分而能合之所致也。太公云：'分不分，为縻军；聚不聚，为孤旅。'⑧"

　　太宗曰："然。苻坚初得王猛⑨，实知兵，遂取中原。及猛卒，坚果败，此縻军之谓乎？吴汉为光武所任，兵不遥制，故汉果平蜀，此不陷孤旅之谓乎？得失事迹，足为万代鉴。"

　　太宗曰："朕观千章万句，不出乎'多方以误之'一句而已。"

　　靖良久曰："诚如圣语。大凡用兵，若敌人不误，则我师安能克哉？譬如弈棋，两敌均焉，一着或失，竟莫能救。是古今胜败，率由一误而已，况多失者乎？"

　　太宗曰："攻守二事，其实一法欤？《孙子》言：'善攻者，敌不知其所守；善守者，敌不知其所攻。'即不言敌来攻我，我亦攻之；我若自守，敌亦守之。攻守两齐，其术奈何？"

　　靖曰："前代似此相攻相守者多矣，皆曰'守则不足，攻则有余'。便谓不足为弱，有余为强，盖不悟攻守之法也。臣按《孙子》云：'不可胜者，守也；可胜者，攻也。'谓敌未可胜则我且自守，待敌可胜则攻之尔，非以强弱为辞也。后人不晓其义，则当攻而守，当守而攻。二役既殊，故不能一其法。"

　　太宗曰："信乎！有余不足，使后人惑其强弱，殊不知守之法要在示敌以不足，攻之法要在示敌以有余也。示敌以不足则敌必来攻，此是敌不知其所攻者也；示敌以有余则敌必自守，此是敌不知其所守者也。攻守一法，敌与我分为二事。若我事得则敌事败，敌事得则我事败，得失成败，彼我之事分焉。攻守者，一而已矣，得一者百战百胜，故曰'知彼知己，百战不殆'。其知一之谓乎？"

　　靖再拜曰："深乎！圣人之法也。攻是守之机⑩，守是攻之策，同归乎胜而已矣。若攻不知守，守不知攻，不惟二其事⑪，抑又二其官⑫，虽口诵孙、吴，而心不思妙攻守二齐之说，其孰能知其然哉？"

　　太宗曰："《司马法》言：'国虽大，好战必亡。天下虽平，忘战必危。'此亦攻守一道乎？"

　　靖曰："有国有家者⑬，曷尝不讲乎攻守也？夫攻者，不止攻其城击其阵而已，必有攻其心之术焉；守者，不止完其壁坚其阵而已，必也守吾气而有待焉。大而言之，为君之道；小而言之，为将之法。夫攻其心者，所谓知彼者也；守吾气者⑭，所谓知己者也。"

　　太宗曰："诚哉！朕常临阵，先料敌之心与己之心孰审⑮，然后彼可得而知焉；察敌之气与己之气孰治⑯，然后我可得而知焉。是以知彼知己，兵家大要。今之将臣，虽未知彼，苟能知己，则安有失利者哉？"

　　靖曰："孙武所谓'先为不可胜'者，知己者也；'以待敌之可胜'者，知彼者也。又曰：'不可胜在己，可胜在敌'。臣斯须不敢失此诫⑰。"

　　太宗曰："《孙子》言三军可夺气之法：'朝气锐，昼气惰，暮气归。善用兵者，避其锐气，击其惰归。'如何？"

　　靖曰："夫含生禀血⑱，鼓作斗争，虽死不省者，气使然也。故用兵之法，必先察吾士众，激吾胜气，乃可以击敌焉。吴起'四机⑲'，以气机为上，无他道也。能使人人自斗，则其锐莫当。所谓朝气锐者，非限时刻而言也，举一日始末为喻也。凡三鼓而敌不衰不竭，则安能必使之惰归哉；盖学者徒诵空文，而为敌所诱。苟悟夺之之理，则兵可任也。"

太宗曰："卿尝言李勣能兵法，久可用否？然非朕控御则不可用也，他日太子治若何御之⑳？"

靖曰："为陛下计，莫若黜勣㉑，令太子复用之，则必感恩图报，于理何损乎？"

太宗曰："善！朕无疑矣。"

太宗曰："李勣若与长孙无忌共掌国政㉒，他日如何？"

靖曰："勣，忠义臣，可保任也㉓。无忌佐命大功，陛下以肺腑之亲，委之辅相，然外貌下士，内实嫉贤，故尉迟敬德面折其短㉔，遂引退焉。侯君集恨其忘旧㉕，因以犯逆，皆无忌致其然也。陛下询及臣，臣不敢避其说。"

太宗曰："勿泄也，朕徐思其处置。"

太宗曰："汉高祖能将将，其后韩、彭见诛㉖，萧何下狱㉗，何故如此？"

靖曰："臣观刘、项皆非将将之君。当秦之亡也，张良本为韩报仇，陈平、韩信皆怨楚不用㉘，故假汉之势，自为奋尔。至于萧、曹、樊、灌㉙，悉由亡命，高祖因之以得天下。设使六国之后复立，人人各怀其旧，则虽有能将将之才，岂为汉用哉？臣谓汉得天下，由张良借箸之谋㉚、萧何漕挽之功也㉛。以此言之，韩、彭见诛，范增不用㉜，其事同也。臣故谓刘、项皆非将将之君。"

太宗曰："光武中光，能保全功臣，不任以吏事，此则善于将将乎？"

靖曰："光武虽藉前构㉝，易于成功，然莽势不下于项籍，寇、邓未越于萧、曹㉞，独能推赤心、用柔治，保全功臣，贤于高祖远矣！以此论将将之道，臣谓光武得之。"

太宗曰："古者出师，命将斋三日，授之以钺，曰：'从此至天，将军制之。'又授之以斧，曰：'从此至地，将军制之。'又推其毂，曰：'进退唯时㉟。'即行，军中但闻将军之令，不闻君命。朕谓此礼久废，今欲与卿参定遣将之仪，如何？"

靖曰："臣窃谓圣人制作㊱，致斋于庙者，所以假威于神也。授斧钺又推其毂者，所以委寄以权也。今陛下每有出师，必与公卿议论，告庙而后遣，此则邀以神至矣。每有任将，必使之便宜从事，此则假以权重矣，何异于致斋推毂邪？尽合古礼，其义同焉，不须参定。"

上曰："善。"

乃命近臣书此二事，为后世法。

太宗曰："阴阳术数，废之可乎？"

靖曰："不可。兵者，诡道也，托之以阴阳术数则使贪使愚，兹不可废也。"

太宗曰："卿尝言天官时日，明将不法，闇者拘之。废亦宜然？"

靖曰："纣以甲子日亡，武王以甲子日兴。天官时日，甲子一也。殷乱周治，兴亡异焉。又宋武帝以往亡日起兵㊲，军吏以为不可，帝曰'我往彼亡'，果克之。以此言之，可废明矣。然而田单为燕所围㊳，单命一人为神，拜而祠之。神言'燕可破'，单于是以火牛出击燕，大破之。此是兵家诡道，天官时日亦犹此也。"

太宗曰："田单托神怪而破燕，太公焚蓍龟而灭纣㊴，二事相反，何也？"

靖曰："其机一也，或逆而取之，或顺而行之是也。昔太公佐武王，至牧野遇雷雨，旗鼓毁折，散宜生欲卜吉而后行㊵，此则因军中疑惧，必假卜以问神焉。太公以谓腐草枯骨无足问，且以臣伐君，岂可再乎？然观散宜生发机于前，太公成机于后，逆顺虽异，其理致则同。臣前所谓术数不可废者，盖存其机于未萌也，及其成功，在人事而已。"

太宗曰："当今将帅，唯李勣、道宗、薛万彻，除道宗以亲属外，孰堪大用？"

靖曰："陛下尝言勣、道宗用兵，不大胜也不大败，万彻若不大胜即须大败。臣愚思圣言，不求大胜亦不大败者，节制之兵也；或大胜或大败者，幸而成功者也。故孙武云：'善战者立于不败之地，而不失敌之败也。'节制在我云尔。"

太宗曰："两阵相临，欲言不战，安可得乎？"

靖曰："昔晋师伐秦，交绥而退[41]。《司马法》曰：'逐奔不远，纵绥不及。'臣谓绥者，御辔之索也。我兵既有节制，彼敌亦正行伍[42]，岂敢轻战哉？故有出而交绥，退而不逐，各防其失败者也。孙武云：'勿击堂堂之阵，无邀正正之旗。'若两军体均势等，苟一轻肆[43]，为其所乘，则或大败，理使然也。是故兵有不战，有必战，夫不战者在我，必战者在敌。"

太宗曰："不战在我，何谓也？"

靖曰："孙武云：'我不欲战者，画地而守之，敌不得与我战者，乖其所之也。'敌有人焉，则交绥之间未可图也，故曰不战在我。夫必战在敌者，孙武云：'善动敌者，形之，敌必从之；予之，敌必取之。以利动之，以本待之。'敌无人焉，则必来战，吾得以乘而破之，故曰必战者在敌。"

太宗曰："深乎节制之兵！得其法则昌，失其法则亡。卿为纂述历代善于节制者，具图来上，朕当择其精微，垂于后世。"

靖曰："臣前所进黄帝、太公二阵图，并《司马法》、诸葛亮奇正之法，此已精悉。历代名将，用其一二，成功者亦众矣。但史官鲜克知兵，不能纪其实迹焉。臣敢不奉诏，当纂述以闻。"

太宗曰："兵法孰为最深者？"

靖曰："臣常分为三等，使学者当渐而至焉。一曰道[44]，二曰天地，三曰将法。夫道之说，至精至微，《易》所谓'聪明睿智神武而不杀'者是也[45]。夫天之说阴阳，地之说险易，善用兵者，能以阴夺阳，以险攻易，《孟子》所谓'天时地利'者是也。夫将法之说，在乎任人利器[46]，《三略》所谓'得士者昌，'管仲所谓'器必坚利'者是也。"

太宗曰："然。吾谓不战而屈人之兵者上也，百战百胜者中也，深沟高垒以自守者下也。以是较量，孙武著书，三等皆具焉。"

靖曰："观其文，迹其事[47]，亦可差别矣。若张良、范蠡、孙武，脱然高引[48]，不知所往，此非知道，安能尔乎？若乐毅、管仲、诸葛亮，战必胜，守必固，此非察天时地利，安能尔乎？其次，王猛之保秦，谢安之守晋[49]，非任将择才，缮完自固，安能尔乎？故习兵之学，必先由下以及中，由中以及上，则渐而深矣。不然则垂空言，徒记诵，无足取也。"

太宗曰："道家忌三世为将者，不可妄传也，亦不可不传也，卿其慎之。"

靖再拜出，尽传其书与李勣。

---

① 天隙，山间峡谷之地。

② 禁祥，禁止妖祥占卜等活动。

③ 拘忌，拘泥畏忌。

④ 丁宁，通叮咛。

⑤ 天官，天文星象。天官时日，即将天文星象与人事附会，认为天象的变化与人事有必然联系。

⑥ 吴汉，字子颜，刘秀即位后任大司马。曾率军伐蜀，大败公孙述。公孙述，字子阳，初为王莽时的蜀郡太守，后起兵据益州（今四川），自立为帝，号成家。

⑦ 刘尚，吴汉的副将，曾任威武将军。

⑧ 縻，束缚。分不分，当分不分。聚不聚，当聚不聚。

⑨王猛，字景略。十六国时任前秦大臣，曾任丞相。病危时曾建议苻坚不宜攻晋，但未被采纳。结果苻坚战败于淝水。

⑩机，时机，关键。

⑪二其事，把二事分开。

⑫官，指职责。

⑬有国有家，秦汉前，诸侯封地称国，大夫封邑称家，秦汉后国家合为一词。

⑭守，保持。

⑮审，周密。

⑯治，安定。

⑰斯须，片刻。

⑱含生禀血，指有生命者。

⑲四机，《吴子·论将》说："凡兵有四机：一曰气机，二曰地机，三曰事机，四曰力机。"

⑳太子治，即唐高宗李治。

㉑黜，罢免。

㉒长孙无忌，字辅机，太宗长孙皇后之兄。后因反对高宗立武则天为皇后，被诬谋反，放逐黔州，自缢而死。

㉓保任，担任。

㉔尉迟敬德，名恭，唐初大将。

㉕侯君集，唐初大将，后与太子承乾谋反，被杀。

㉖韩，韩信，汉初大将。彭，彭越，字仲，汉初大将。后被告谋反，被刘邦所杀。

㉗萧何下狱，公元前195年，萧何因奏请刘邦开放上林苑给百姓耕种，而被下狱。

㉘陈平，汉初政治家。

㉙曹，曹参，汉初政治家，继萧何为相国。樊，樊哙，沛人，少以屠狗为业，随刘邦起兵反秦，后任左丞相。灌，灌婴，汉初政治家，初随刘邦定天下，后立汉文帝，任丞相。

㉚张良借箸之谋：楚汉相争时，郦食其劝刘邦立六国后代，共同伐楚。正当刘邦吃饭时，张良入见。张良认为此计不可取，随后借用刘邦的筷子指画当时的形势。刘邦采纳了张良的计策，平定了天下。

㉛萧何漕挽之功：漕，水运；挽，陆运。楚汉战争中，由于萧何不断从关中利用水、陆运送补养，为刘邦扭转战局，战胜项羽提供了雄厚的物质保证。

㉜范增，项羽的谋士，曾被项羽尊为亚父。后项羽中了刘邦的反间计，削其权力，范愤而离去，中途病死。

㉝前构，前人缔造。

㉞寇，寇恂。世为地方豪强，从刘秀平定河内（今河南武陟），被任为太守，后历任颍川、汝南太守，封雍奴侯。邓，邓禹。初从刘秀经营河北，刘秀即位后，任大司徒，封酂侯。刘秀统一全国后，改封高密侯。明帝时，拜为太傅。

㉟唯时，按时。

㊱制作，制度。

㊲宋武帝，即刘裕，南朝时宋的建立者。往亡日，凶日名，也叫天门日。

㊳田单，战国时齐将。曾用火牛阵击败燕军，被齐襄王任为相国，封安平君。

㊴蓍（shì，音示），草名，占卜用具。

㊵散宜生，西周初时大臣。为周文王的四友之一，后助周武王灭商。

㊶交绥而退，双方军队刚一接触就各自撤退。

㊷正行伍，阵容严整。

㊸轻肆，轻佻。

㊹道，人事兴亡成败之规律。

㊺聪明睿智神武而不杀，最高明的办法是不用刑杀而服万方。

㊻任人利器，任用贤人，便利战守之器。

㊼迹，推究。

㊽脱，超脱。高，超俗。

㊾谢安，东晋政治家，字安石。曾率军与前秦军大战淝水，大败秦军。

# 医学经典

## （一）

# 医学经典目录

## 黄帝内经·素问

# 黄帝内经・灵枢

中华经典藏书

# 伤 寒 论

# 本 草 纲 目（选录）

# 黄帝内经·素问

# 序

夫释缚脱艰，全真导气，拯黎元于仁寿①，济羸劣以获安者，非三圣道②，则不能致之矣。孔安国序《尚书》曰：伏羲、神农、黄帝之书，谓之三坟，言大道也。班固《汉书·艺文志》曰：《黄帝内经》十八卷。《素问》即其经之九卷也，兼《灵枢》九卷，乃其数焉。

虽复年移代革，而授学犹存，惧非其人，而时有所隐，故第七一卷，师氏藏之，今之奉行，惟八卷尔。然而其文简，其意博，其理奥，其趣深，天地之象分，阴阳之候列，变化之由表，死生之兆彰，不谋而遐迩自同③，勿约而幽明斯契，稽其言有征，验之事不忒。诚可谓至道之宗，奉生之始矣。

假若天机迅发，妙识玄通，蒇谋虽属乎生知④，标格亦资于诂训，未尝有行不由迳，出不由户者也。然刻意研精，探微索隐，或识契真要，则目牛无全，故动则有成，犹鬼神幽赞，而命世奇杰，时时间出焉。则周有秦公，汉有淳于公，魏有张公、华公，皆得斯妙道者也。咸日新其用，大济蒸人⑤，华叶递荣，声实相副，盖教之著矣，亦天之假也。

冰弱龄慕道⑥，夙好养生，幸遇真经，式为龟镜⑦；而世本纰缪⑧，篇目重叠，前后不伦，文义悬隔，施行不易，披会亦难⑨。岁月既淹，袭以成弊，或一篇重出，而别立二名；或两论并吞，而都为一目；或问答未已，别树篇题；或脱简不书，而云世阙；重《经合》而冠《针服》，并《方宜》而为《咳篇》，隔《虚实》而为《逆从》，合《经络》而为《论要》，节《皮部》为《经络》，退《至教》以先《针》。诸如此流，不可胜数。且将升岱岳，非迳奚为！欲诣扶桑⑩，无舟莫适！乃精勤博访，而并有其人，历十二年，方臻理要，询谋得失，深遂夙心。

时于先生郭子斋堂，受得先师张公秘本⑪，文字昭晰，义理环周，一以参详，群疑冰释。恐散于末学，绝彼师资，因而撰注，用传不朽，兼旧藏之卷，合八十一篇，二十四卷，勒成一部。冀乎究尾明首，寻注会经，开发童蒙，宣扬至理而已。其中简脱文断，义不相接者，搜求经论所有，迁移以补其处；篇目坠缺，指事不明者，量其意趣，加字以昭其义；篇论吞并，义不相涉，阙漏名目者，区分事类，别目以冠篇首；君臣请问，礼仪乖失者，考校尊卑，增益以光其意；错简碎文，前后重叠者，详其指趣，削去繁杂，以存其要；辞理秘密，难粗论述者，别撰《玄珠》，以陈其道。凡所加字，皆朱书其文，使今古必分，字不杂糅⑫。庶厥昭彰圣旨，敷畅玄言，有如列宿高悬，奎张不乱⑬，深泉净滢，鳞介咸分。君臣无夭枉之期，夷夏有延龄之望，俾工徒勿误，学者惟明。至道流行，徽音累属⑭，千载之后，方知大圣之慈惠无穷。

时大唐宝应元年岁次壬寅序⑮

①黎元：与黎民义同。
②三圣：此处指伏羲、神农、黄帝。
③遐迩：遐是远，迩是近。
④蒇谋：蒇（chǎn，音产），对事物的完整认识。
⑤蒸人：蒸，众多的意思。蒸人，人民群众的意思。
⑥冰：王冰自称。

⑦龟镜：指对解决疑难问题有帮助的古代重要书籍，称为龟镜。

⑧纰缪：错误。

⑨披会：领会。

⑩扶桑：我国古代对日本的旧称。

⑪张公：唐代御医张文仲。

⑫杂糅：混杂的意思。

⑬列宿、奎张：星宿的名称。

⑭徽音累属：本书中的学问带给世人的好处连续不断的意思。

⑮大唐宝应元年：公元762年。

# 上古天真论篇第一①

昔在黄帝，生而神灵，弱而能言，幼而徇齐②，长而敦敏，成而登天。乃问于天师曰：余闻上古之人，春秋皆度百岁，而动作不衰；今时之人，年半百而动作皆衰者，时世异耶？人将失之耶？岐伯对曰：上古之人，其知道者，法于阴阳，和于术数，食饮有节，起居有常，不妄作劳，故能形与神俱，而尽终其天年，度百岁乃去。今时之人不然也，以酒为浆，以妄为常，醉以入房，以欲竭其精，以耗散其真，不知持满，不时御神，务快其心，逆于生乐，起居无节，故半百而衰也。

夫上古圣人之教下也，皆谓之虚邪贼风③，避之有时，恬惔虚无④，真气从之，精神内守，病安从来。是以志闲而少欲，心安而不惧，形劳而不倦，气从以顺，各从其欲，皆得所愿。故美其食，任其服，乐其俗，高下不相慕，其民故曰朴。是以嗜欲不能劳其目，淫邪不能惑其心，愚智贤不肖不惧于物，故合于道。所以能年皆度百岁，而动作不衰者，以其德全不危也。

帝曰：人年老而无子者，材力尽耶？将天数然也？岐伯曰：女子七岁肾气盛，齿更发长；二七而天癸至⑤，任脉通⑥，太冲脉盛⑦，月事以时下，故有子；三七肾气平均，故真牙生而长极⑧；四七筋骨坚，发长极，身体盛壮；五七阳明脉衰，面始焦，发始堕；六七三阳脉衰于上⑨，面皆焦，发始白；七七任脉虚，太冲脉衰少，天癸竭，地道不通⑩，故形坏而无子也。丈夫八岁肾气实，发长齿更；二八肾气盛，天癸至，精气溢泄，阴阳和⑪，故能有子；三八肾气平均；筋骨劲强，故真牙生而长极，四八筋骨隆盛，肌肉满壮；五八肾气衰，发堕齿槁；六八阳气衰竭于上，面焦，发鬓颁白；七八肝气衰，筋不能动，天癸竭，精少，肾藏衰，形体皆极；八八则齿发去。肾者主水，受五藏六府之精而藏之，故五藏盛，乃能泻；今五藏皆衰，筋骨解堕，天癸尽矣。故发鬓白，身体重，行步不正，而无子耳。

帝曰：有其年已老而有子者，何也？岐伯曰：此其天寿过度，气脉常通，而肾气有余也。此虽有子，男不过尽八八，女不过尽七七，而天地之精气皆竭矣。帝曰：夫道者，年皆百数，能有子乎？岐伯曰：夫道者，能却老而全形，身年虽寿，能生子也。

黄帝曰：余闻上古有真人者，提挈天地⑫，把握阴阳，呼吸精气，独立守神，肌肉若一，故能寿敝天地，无有终时。此其道生。

中古之时，有至人者，淳德全道，和于阴阳，调于四时，去世离俗，积精全神，游行天地之间，视听八达之外。此盖益其寿命而强者也，亦归于真人。

其次有圣人者，处天地之和，从八风之理，适嗜欲于世俗之间，无恚嗔之心⑬，行不欲离于世，被服章，举不欲观于俗，外不劳形于事，内无思想之患，以恬愉为务，以自得为功，形体不敝，精神不散，亦可以百数。

其次有贤人者，法则天地，象似日月，辩列星辰，逆从阴阳，分别四时，将从上古合同于道，亦可使益寿而有极时。

---

①天真：即经文中提到的肾气、精气。
②徇齐：敏捷之意。
③虚邪贼风：指外界不良因素。
④恬憺虚无：安闲清静，不贪求妄想。
⑤天癸：人成熟的征象，女子有月经排出，男子有精泄出。
⑥任脉：与女子胞（子宫）有密切关系。
⑦太冲脉：与女子月经有重要关系的经脉。
⑧真牙：又称智齿。
⑨三阳脉：即手足太阳、手足阳明、手足少阳。
⑩地道不通：月经停止来潮。
⑪阴阳和：指男女和合。
⑫提挈：把握的意思。
⑬恚：恚（huì，音会），恼恨、发怒之意。

# 四气调神大论篇第二①

春三月，此谓发陈②。天地俱生，万物以荣。夜卧早起，广步于庭，被发缓形，以使志生，生而勿杀，予而勿夺，赏而勿罚，此春气之应，养生之道也。逆之则伤肝，夏为寒变，奉长者少。

夏三月，此谓蕃秀③。天地气交，万物华实。夜卧早起，无厌于日，使志无怒，使华英成秀，使气得泄，若所爱在外，此夏气之应，养长之道也。逆之则伤心，秋为痎疟，奉收者少，冬至重病。

秋三月，此谓容平。天气以急，地气以明。早卧早起，与鸡俱兴，使志安宁，以缓秋刑，收敛神气，使秋气平，无外其志，使肺气清，此秋气之应，养收之道也。逆之则伤肺，冬为飧泄④，奉藏者少。

冬三月，此谓闭藏。水冰地坼⑤，无扰乎阳。早卧晚起，必待日光，使志若伏若匿，若有私意，若已有得，去寒就温，无泄皮肤，使气亟夺，此冬气之应，养藏之道也。逆之则伤肾，春为痿厥，奉生者少。

天气，清净光明者也，藏德不止，故不下也。天明则日月不明，邪害空窍，阳气者闭塞，地气者冒明，云雾不精，则上应白露不下。交通不表，万物命故不施，不施则名木多死。恶气不发，风雨不节，白露不下，则菀槁不荣⑥。贼风数至，暴雨数起，天地四时不相保，与道相失，则未央绝灭⑦。唯圣人从之，故身无奇病，万物不失，生气不竭。

逆春气则少阳不生，肝气内变；逆夏气则太阳不长，心气内洞；逆秋气则太阴不收，肺气焦满；逆冬气则少阴不藏，肾气独沉。

夫四时阴阳者，万物之根本也。所以圣人春夏养阳，秋冬养阴，以从其根，故与万物沉浮于生长之门。逆其根，则伐其本，坏其真矣。故阴阳四时者，万物之终始也，死生之本也。逆之则灾害生，从之则苛疾不起，是谓得道。道者，圣人行之，愚者佩之⑧。

从阴阳则生，逆之则死；从之则治，逆之则乱。反顺为逆，是谓内格⑨。是故圣人不治已病治未病，不治已乱治未乱，此之谓也。夫病已成而后药之，乱已成而后治之，譬犹渴而穿井，斗而铸锥⑩，不亦晚乎！

---

①四气：指春温、夏热、秋凉、冬寒的四时气候。
②发陈：推陈出新的意思。
③蕃秀：繁荣秀丽的意思。
④飧泄：飧（sūn，音孙），指完谷不化的泄泻病。
⑤坼：坼（chè，音彻），地面裂缝。
⑥菀：菀（yù，音郁），茂盛。
⑦未央：没到一半的意思。
⑧佩：古与背通。
⑨内格：指体内的功能和外界环境不相适应。
⑩锥：兵器。

# 生气通天论篇第三

黄帝曰：夫自古通天者生之本，本于阴阳。天地之间，六合之内，其气九州、九窍、五藏、十二节，皆通乎天气。其生五，其气三。数犯此者，则邪气伤人，此寿命之本也。

苍天之气清净，则志意治，顺之则阳气固。虽有贼邪，弗能害也，此因时之序。故圣人传精神，服天气，而通神明。失之则内闭九窍，外壅肌肉，卫气散解。此谓自伤，气之削也。

阳气者，若天与日，失其所，则折寿而不彰。故天运当以日光明，是故阳因而上，卫外者也。

因于寒，欲如运枢，起居如惊，神气乃浮。因于暑，汗，烦则喘喝，静则多言，体若燔炭，汗出而散。因于湿，首如裹，湿热不攘①，大筋緛短②，小筋弛长，緛短为拘，弛长为痿。因于气，为肿，四维相代③，阳气乃竭。

阳气者，烦劳则张，精绝，辟积于夏，使人煎厥。目盲不可以视，耳闭不可以听，溃溃乎若坏都④，汩汩乎不可止。阳气者，大怒则形气绝，而血菀于上，使人薄厥。

有伤于筋，纵，其若不容。汗出偏沮，使人偏枯⑤。汗出见湿，乃生痤痱⑥。高梁之变，足生大丁，受如持虚。劳汗当风，寒薄为皶⑦，郁乃痤。

阳气者，精则养神，柔则养筋。开阖不得⑧，寒气从之，乃生大偻；陷脉为瘘；留连肉腠，俞气化薄，传为善畏，及为惊骇；营气不从，逆于肉理，乃生痈肿；魄汗未尽，形弱而气烁，穴俞以闭，发为风疟。

故风者，百病之始也。清静则肉腠闭拒，虽有大风苛毒，弗之能害。此因时之序也。

故病久则传化，上下不并，良医弗为。故阳畜积病死，而阳气当隔，隔者当写，不亟正治，粗乃败之⑨。故阳气者，一日而主外，平旦人气生，日中而阳气隆，日西而阳气已虚，气门乃闭。是故暮而收拒，无扰筋骨，无见雾露。反此三时，形乃困薄。

岐伯曰：阴者，藏精而起亟也；阳者，卫外而为固也。阴不胜其阳，则脉流薄疾⑩，并乃狂。阳不胜其阴，则五藏气争，九窍不通。是以圣人陈阴阳，筋脉和同，骨髓坚固，气血皆从。如是则内外调和，邪不能害，耳目聪明，气立如故。

风客淫气⑪，精乃亡，邪伤肝也。因而饱食，筋脉横解，肠澼为痔⑫；因而大饮，则气逆；因而强力⑬，肾气乃伤，高骨乃坏。

凡阴阳之要，阳密乃固。两者不和，若春无秋，若冬无夏，因而和之，是谓圣度。故阳强不能密，阴气乃绝；阴平阳秘，精神乃治；阴阳离决，精气乃绝。

因于露风，乃生寒热。是以春伤于风，邪气留连，乃为洞泄⑭；夏伤于暑，秋为痎疟；秋伤于湿，上逆而咳，发为痿厥；冬伤于寒，春必温病。四时之气，更伤五藏。

阴之所生，本在五味；阴之五宫，伤在五味。是故味过于酸，肝气以津，脾气乃绝；味过于咸，大骨气劳，短肌，心气抑；味过于甘，心气喘满，色黑，肾气不衡；味过于苦，脾气不濡，胃气乃厚；味过于辛，筋脉沮弛⑮，精神乃央⑯。是故谨和五味，骨正筋柔，气血以流，腠理以密⑰，如是则骨气以精。谨道如法，长有天命。

---

①攘：消除的意思。

②缓：缓（ruǎn，音软），收缩。

③四维：指四肢。

④坏都：堤防决口。

⑤偏枯：亦称偏瘫。

⑥痤痱：痤痱（cuó，feì，音嵯废），俗称痱子。

⑦皶：皶（zhā，音渣），发于面部的小疹子。

⑧开阖：指皮肤汗孔的开闭。

⑨粗：指技术不高明的医生。

⑩薄疾：急迫而快速的样子。

⑪淫：渐渐地侵害。

⑫肠澼：即痢疾。

⑬强力：强力入房。

⑭洞泄：水谷不化。

⑮沮：这里作败坏讲。

⑯央：央同殃，即受伤的意思。

⑰腠理：腠，汗孔。理，肉纹。

# 金匮真言论篇第四

黄帝问曰：天有八风，经有五风，何谓？岐伯对曰：八风发邪，以为经风，触五藏，邪气发病。所谓得四时之胜者，春胜长夏，长夏胜冬，冬胜夏，夏胜秋，秋胜春，所谓四时之胜也。

东风生于春，病在肝，俞在颈项；南风于生夏，病在心，俞在胸胁；西风生于秋，病在肺，俞在肩背；北风生于冬，病在肾，俞在腰股；中央为土，病在脾，俞在脊。

故春气者病在头，夏气者病在藏，秋气者病在肩背，冬气者病在四支。

故春善病鼽衄①，仲夏善病胸胁，长夏善病洞泄寒中，秋善病风疟，冬善病痹厥。

冬不按蹻②，春不鼽衄，春不病颈项，仲夏不病胸胁，长夏不病洞泄寒中，秋不病风疟，冬不病痹厥、飧泄，而汗出也。

夫精者，身之本也。故藏于精者，春不病温；夏暑汗不出者，秋成风疟。此平人脉法也。

故曰：阴中有阴，阳中有阳。平旦至日中，天之阳，阳中之阳也；日中至黄昏，天之阳，阳中之阴也；合夜至鸡鸣，天之阴，阴中之阴也；鸡鸣至平旦，天之阴，阴中之阳也。故人亦应之。

夫言人之阴阳，则外为阳，内为阴。言人身之阴阳，则背为阳，腹为阴；言人身之藏府中阴阳，则藏者为阴，府者为阳。肝、心、脾、肺、肾五藏皆为阴，胆、胃、大肠、小肠、膀胱、三焦六府皆为阳。所以欲知阴中之阴、阳中之阳者，何也？为冬病在阴，夏病在阳，春病在阴，秋病在阳，皆视其所在，为施针石也③。故背为阳④，阳中之阳，心也；背为阳，阳中之阴，肺也；腹为阴，阴中之阴，肾也；腹为阴，阴中之阳，肝也；腹为阴，阴中之至阴，脾也。此皆阴阳、表里、内外、雌雄相输应也，故以应天之阴阳也。

帝曰：五藏应四时，各有收受乎？岐伯曰：有。东方青色，入通于肝，开窍于目，藏精于肝，其病发惊骇；其味酸⑤，其类草木⑥，其畜鸡⑦，其谷麦⑧，其应四时，上为岁星⑨，是以春气在头也，其音角⑩，其数八，是以知病之在筋也，其臭臊。

南方赤色，入通于心，开窍于耳，藏精于心，故病在五藏；其味苦，其类火，其畜羊，其谷黍，其应四时，上为荧惑星，是以知病之在脉也，其音徵，其数七，其臭焦。

中央黄色，入通于脾，开窍于口，藏精于脾，故病在舌本；其味甘，其类土，其畜牛，其谷稷，其应四时，上为镇星，是以知病之在肉也，其音宫，其数五，其臭香。

西方白色，入通于肺，开窍于鼻，藏精于肺，故病在背；其味辛，其类金，其畜马，其谷稻，其应四时，上为太白星，是以知病之在皮毛也，其音商，其数九，其臭腥。

北方黑色，入通于肾，开窍于二阴，藏精于肾，故病在谿⑪；其味咸，其类水，其畜彘⑫，其谷豆，其应四时，上为辰星，是以知病之在骨也，其音羽，其数六，其臭腐。

故善为脉者，谨察五藏六府，一逆一从，阴阳、表里、雌雄之纪，藏之心意，合心于精。非其人勿教，非其真勿授，是谓得道。

---

①鼽衄：鼽衄（qiú，音求，nù），鼽，鼻塞流涕。衄，鼻出血。

②按蹻：作剧烈运动，扰动筋骨。

③石：砭石。

④背：此处背字可理解为胸腔。

⑤味：五味，酸、苦、甘、辛、咸。

⑥类：品类，草木、火、土、金、水。

⑦畜：五畜，鸡、羊、牛、马、彘。

⑧谷：五谷，麦、黍、稷、谷、豆。

⑨星：星座、岁星、荧惑星、镇星、太白星。辰星分别为木星、火星、土星、金星、水星。

⑩音：五音，角、徵、宫、商、羽。

⑪豀：豀（xī，音西），谓肉之小会也。

⑫彘：彘（zhì，音滞），同猪。

# 阴阳应象大论篇第五

黄帝曰：阴阳者，天地之道也，万物之纲纪，变化之父母，生杀之本始，神明之府也。治病必求于本。故积阳为天，积阴为地。阴静阳躁，阳生阴长，阳杀阴藏。阳化气，阴成形。寒极生热，热极生寒；寒气生浊，热气生清；清气在下，则生飧泄，浊气在上，则生䐜胀①。此阴阳反作，病之逆从也。

故清阳为天，浊阴为地；地气上为云，天气下为雨；雨出地气，云出天气。故清阳出上窍，浊阴出下窍；清阳发腠理，浊阴走五藏；清阳实四支，浊阴归六府。

水为阴，火为阳。阳为气②，阴为味③。味归形④，形归气，气归精，精归化，精食气⑤，形食味，化生精，气生形。味伤形，气伤精，精化为气，气伤于味。

阴味出下窍，阳气出上窍。味厚者为阴，薄为阴之阳；气厚者为阳，薄为阳之阴。味厚则泄，薄则通；气薄则发泄，厚则发热。壮火之气衰，少火之气壮，壮火食气⑥，气食少火，壮火散气，少火生气。气味，辛甘发散为阳，酸苦涌泄为阴。

阴胜则阳病，阳胜则阴病。阳胜则热，阴胜则寒。重寒则热，重热则寒。寒伤形，热伤气，气伤痛，形伤肿。故先痛而后肿者，气伤形也；先肿而后痛者，形伤气也。风胜则动⑦，热胜则肿，燥胜则干，寒胜则浮，湿胜则濡泻。

天有四时五行，以生长收藏，以生寒暑燥湿风。人有五藏化五气，以生喜怒悲忧恐。故喜怒伤气，寒暑伤形；暴怒伤阴，暴喜伤阳。厥气上行⑧，满脉去形。喜怒不节，寒暑过度，生乃不固。故重阴必阳，重阳必阴。故曰：冬伤于寒，春必温病；春伤于风，夏生飧泄；夏伤于暑，秋必痎疟；秋伤于湿，冬生咳嗽。

帝曰：余闻上古圣人，论理人形，列别藏府，端络经脉，会通六合，各从其经，气穴所发，各有处名，豀谷属骨，皆有所起；分部逆从，各有条理，四时阴阳，尽有经纪，外内之应，皆有表里。其信然乎？

岐伯对曰：东方生风，风生木，木生酸，酸生肝，肝生筋，筋生心，肝主目；其在天为玄⑨，在人为道，在地为化。化生五味，道生智，玄生神；神在天为风，在地为木，在体为筋，在藏为肝，在色为苍，在音为角，在声为呼，在变动为握，在窍为目，在味为酸，在志为怒。怒伤肝，悲胜恐；风伤筋，燥胜风；酸伤筋，辛胜酸。

南方生热，热生火，火生苦，苦生心，心生血，血生脾，心主舌。其在天为热，在地为火，在体为脉，在藏为心，在色为赤，在音为徵，在声为笑，在变动为忧，在窍为舌，在味为苦，在志为喜。喜伤心，恐胜喜；热伤气，寒胜热；苦伤气，咸胜苦。

中央生湿，湿生土，土生甘，甘生脾，脾生肉，肉生肺，脾主口。其在天为湿，在地为土，在体为肉，在藏为脾，在色为黄，在音为宫，在声为歌，在变动为哕⑩，在窍为口，在味为甘，在志为思。思伤脾，怒胜思；湿伤肉，风胜湿；甘伤肉，酸胜甘。

西方生燥，燥生金，金生辛，辛生肺，肺生皮毛，皮毛生肾，肺主鼻。其在天为燥，在地为金，在体为皮毛，在藏为肺，在色为白，在音为商，在声为哭，在变动为咳，在窍为鼻，在味为辛，在志为忧。忧伤肺，喜胜忧；热伤皮毛，寒胜热；辛伤皮毛，苦胜辛。

北方生寒，寒生水，水生咸，咸生肾，肾生骨髓，髓生肝，肾主耳。其在天为寒，在地为水，在体为骨，在藏为肾，在色为黑，在音为羽，在声为呻，在变动为栗，在窍为耳，在味为咸，在志为恐。恐伤肾，思胜恐；寒伤血，燥胜寒⑪；咸伤血，甘胜咸。

故曰：天地者，万物之上下也；阴阳者，血气之男女也；左右者，阴阳之道路也；水火者，阴阳之征兆也；阴阳者，万物之能始也。故曰：阴在内，阳之守也；阳在外，阴之使也。

帝曰：法阴阳奈何？岐伯曰：阳胜则身热，腠理闭，喘粗为之俛仰⑫，汗不出而热，齿干以烦冤⑬，腹满死，能冬不能夏。阴胜则身寒、汗出，身常清，数栗而寒，寒则厥，厥则腹满死，能夏不能冬。此阴阳更胜之变，病之形能也。

帝曰：调此二者奈何？岐伯曰：能知七损八益⑭，则二者可调，不知用此，则早衰之节也。年四十而阴气自半也，起居衰矣；年五十，体重，耳目不聪明矣；年六十，阴萎，气大衰，九窍不利，下虚上实，涕泣俱出矣。故曰：知之则强，不知则老，故同出而名异耳。智者察同，愚者察异。愚者不足，智者有余；有余则耳目聪明，身体轻强，老者复壮，壮者益治。是以圣人为无为之事，乐恬憺之能，从欲快志于虚无之守，故寿命无穷，与天地终。此圣人之治身也。

天不足西北，故西北方阴也，而人右耳目不如左明也；地不满东南，故东南方阳也，而人左手足不如右强也。帝曰：何以然？岐伯曰：东方阳也，阳者其精并于上，并于上则上明而下虚，故使耳目聪明而手足不便也；西方阴也，阴者其精并于下，并于下则下盛而上虚，故其耳目不聪明而手足便也。故俱感于邪，其在上则右甚，在下则左甚。此天地阴阳所不能全也，故邪居之。

故天有精，地有形；天有八纪，地有五里，故能为万物之父母。清阳上天，浊阴归地，是故天地之动静，神明为之纲纪；故能以生长收藏，终而复始。惟贤人上配天以养头，下象地以养足，中傍人事以养五藏。天气通于肺，地气通于嗌⑮，风气通于肝，雷气通于心，谷气通于脾⑯，雨气通于肾。六经为川，肠胃为海，九窍为水注之气。以天地为之阴阳，阳之汗，以天地之雨名之；阳之气，以天地之疾风名之。暴气象雷，逆气象阳。故治不法天之纪，不用地之理，则灾害至矣！

故邪风之至⑰，疾如风雨。故善治者治皮毛，其次治肌肤，其次治筋脉，其次治六府，其次治五藏。治五藏者，半死半生也。

故天之邪气，感则害人五藏；水谷之寒热，感则害于六府；地之湿气，感则害皮肉筋脉。

故善用针者，从阴引阳，从阳引阴；以右治左，以左治右；以我知彼，以表知里；以观过与不及之理，见微得过⑱，用之不殆。

善诊者，察色按脉，先别阴阳；审清浊，而知部分；视喘息、听音声，而知所苦；观权衡规矩，而知病所主；按尺寸⑲，观浮沉滑涩⑳，而知病所生。以治无过，以诊则不失矣！

故曰：病之始起也，可刺而已；其盛，可待衰而已。故因其轻而扬之，因其重而减之，因其衰而彰之。形不足者，温之以气；精不足者，补之以味。其高者，因而越之<sup>㉑</sup>；其下者，引而竭之<sup>㉒</sup>；中满者，写之于内；其有邪者，渍形以为汗；其在皮者，汗而发之；其慓悍者，按而收之；其实者，散而写之。审其阴阳，以别柔刚，阳病治阴，阴病治阳；定其血气，各守其乡，血实宜决之<sup>㉓</sup>，气虚宜掣引之。

---

①膜：膜（chēn，音嗔），胸膈胀满。
②气：指功能或活动能力。
③味：指食物。
④形：指形体、身体。
⑤食：作仰求给养解。
⑥食：此处指侵蚀消耗。
⑦动：作痉挛解。
⑧厥气：即逆行之气。
⑨玄：玄，深微也。
⑩哕：哕（yuě），干呕，呃逆。
⑪燥：此作湿解。
⑫俛仰：形容呼吸困难。
⑬烦冤：即烦闷。
⑭七损八益：《上古天真论》中关于男女生长发育的规律。
⑮嗌：喉下之食管处。
⑯谷：人体肌肉与肌肉之间称为谷。
⑰邪风：指外感致病因素。
⑱微：作疾病之微萌解。
⑲尺寸：指寸口脉。
⑳浮沉滑涩：指四种脉象。
㉑越：作吐涌之意。
㉒竭：指疏导之法。
㉓决：放血治法。

# 阴阳离合论篇第六

　　黄帝问曰：余闻天为阳，地为阴，日为阳，月为阴，大小月三百六十日成一岁，人亦应之。今三阴三阳，不应阴阳，其故何也？岐伯对曰：阴阳者，数之可十，推之可百<sup>①</sup>，数之可千，推之可万。万之大，不可胜数，然其要一也。天覆地载，万物方生，未出地者，命曰阴处，名曰阴中之阴；则出地者，命曰阴中之阳。阳予之正，阴为之主。故生因春，长因夏，收因秋，藏因冬。失常则天地四塞。阴阳之变，其在人者，亦数之可数。

　　帝曰：愿闻三阴三阳之离合也。岐伯曰：圣人南面而立，前曰广明，后曰太冲，太冲之地，名曰少阴，少阴之上，名曰太阳；太阳根起于至阴，结于命门，名曰阴中之阳。中身而上，名曰广明，广明之下，名曰太阴，太阴之前，名曰阳明；阳明根起于厉兑，名曰阴中之阳。厥阴之表，名曰少阳，少阳根起于窍阴，名曰阴中之少阳。是故三阳之离合也，太阳为开，阳明为阖，少阳为枢。三经者，不得相失也，抟而勿浮②，命曰一阳。

帝曰：愿闻三阴。岐伯曰：外者为阳，内者为阴，然则中为阴，其冲在下，名曰太阴，太阴根起于隐白，名曰阴中之阴。太阴之后，名曰少阴；少阴根起于涌泉，名曰阴中之少阴。少阴之前，名曰厥阴；厥阴根起于大敦，阴桩绝阳，名曰阴之绝阴。是故三阴之离合也，太阴为开，厥阴为阖，少阴为枢。三经者，不得相失也，抟而勿沉，名曰一阴。

阴阳霾霾③，积传为一周，气里形表而为相成也。

---

①推：是推广演绎的意思。

②抟而勿浮：抟（tuán，音团），抟而不浮就是结合而不散的意思。

③霾霾：霾（chōng，音冲），形容阴阳之气运行不息。

# 阴阳别论篇第七

黄帝问曰：人有四经十二从，何谓？岐伯对曰：四经应四时；十二从应十二月；十二月应十二脉。

脉有阴阳，知阳者知阴，知阴者知阳。凡阳有五，五五二十五阳。所谓阴者，真藏也①，见则为败，败必死也。所谓阳者，胃脘之阳也。别于阳者②，知病处也；别于阴者，知死生之期。三阳在头，三阴在手，所谓一也。别于阳者，知病忌时；别于阴者，知死生之期。谨熟阴阳，无与众谋。

所谓阴阳者，去者为阴，至者为阳③；静者为阴，动者为阳；迟者为阴，数者为阳④。

凡持真脉之藏脉者，肝至悬绝急，十八日死；心至悬绝，九日死；肺至悬绝，十二日死；肾至悬绝，七日死；脾至悬绝，四日死。

曰：二阳之病发心脾，有不得隐曲⑤，女子不月。其传为风消⑥，其传为息贲者⑦，死不治。

曰：三阳为病，发寒热，下为痈肿，及为痿厥腨痟⑧；其传为索泽⑨，其传为颓疝⑩。

曰：一阳发病，少气，善咳，善泄；其传为心掣⑪，其传为隔。

二阳一阴发病，主惊骇，背痛，善噫，善欠，名曰风厥。二阴一阳发病，善胀，心满，善气。三阳三阴发病，为偏枯痿易⑫，四支不举。

鼓一阳曰钩，鼓一阴曰毛，鼓阳胜急曰弦，鼓阳至而绝曰石，阴阳相过曰溜。

阴争于内，阳扰于外，魄汗未藏，四逆而起，起则熏肺，使人喘鸣。

阴之所生，和本曰和。是故刚与刚，阳气破散，阴气乃消亡；淖则刚柔不和⑬，经气乃绝。

死阴之属，不过三日而死；生阳之属，不过四日而已⑭。所谓生阳、死阴者，肝之心谓之生阳，心之肺谓之死阴，肺之肾谓之重阴，肾之脾谓之辟阴，死不治。

结阳者，肿四支；结阴者，便血一升，再结二升，三结三升；阴阳结斜⑮，多阴少阳曰石水⑯，少腹肿；二阳结谓之消；三阳结谓之隔；三阴结谓之水；一阴一阳结谓之喉痹。

阴搏阳别，谓之有子；阴阳虚，肠澼死；阳加于阴谓之汗；阴虚阳搏谓之崩⑰。

三阴俱搏，二十日夜半死；二阴俱搏，十三日夕时死；一阴俱搏，十日死；三阳俱搏且鼓，三日死；三阴三阳俱搏，心腹满，发尽，不得隐曲⑱，五日死；二阳俱搏，其病温，死不治，不过十日死。

①真藏：指真藏脉，即五脏无胃气之脉。
②别：辨别。
③去、至：指脉起、落的动态。
④迟、数：指脉跳快慢。呼吸一次脉跳不足四至为迟；五至以上为数。
⑤隐曲：曲折难言的隐情。
⑥风消：因热生风而津液枯竭、肌肉消瘦。
⑦息贲：息贲（bēn，音奔），喘息气逆。
⑧痿厥腨痟：腨（shuàn，音涮），痟（yuān，音渊），痿厥腨痟是足膝无力小腿酸痛的意思。
⑨索泽：皮肤干燥不润泽。
⑩颓疝：即癫疝。
⑪心掣：心虚掣动。
⑫痿易：痿弱无力。
⑬淖：淖（nào，音闹），此处指阴盛。
⑭已：作痊愈解。
⑮斜：同邪。
⑯石水：病名，水肿病一种。
⑰崩：下血多而速。
⑱隐曲：此处指大小便。

# 灵兰秘典论篇第八

　　黄帝问曰：愿闻十二藏之相使，贵贱何如？岐伯对曰：悉乎哉问也！请遂言之。心者，君主之官也，神明出焉；肺者，相傅之官，治节出焉；肝者，将军之官，谋虑出焉；胆者，中正之官，决断出焉；膻中者①，臣使之官，喜乐出焉；脾胃者，仓廪之官②，五味出焉；大肠者，传道之官，变化出焉；小肠者，受盛之官，化物出焉；肾者，作强之官，伎巧出焉；三焦者，决渎之官③，水道出焉；膀胱者，州都之官，津液藏焉④，气化则能出矣。凡此十二官者，不得相失也。故主明则下安，以此养生则寿，殁世不殆⑤，以为天下则大昌；主不明则十二官危，使道闭塞而不通，形乃大伤，以此养生则殃，以为天下者，其宗大危。戒之戒之！

　　至道在微，变化无穷，孰知其原？窘乎哉⑥！消者瞿瞿⑦，孰知其要？闵闵之当⑧，孰者为良？恍惚之数，生于毫氂⑨，毫氂之数，起于度量，千之万之，可以益大，推之大之，其形乃制。

　　黄帝曰：善哉！余闻精光之道⑩，大圣之业；而宣明大道，非斋戒择吉日，不敢受也。黄帝乃择吉日良兆，而藏灵兰之室，以传保焉。

①膻中：指心脏外围组织。

②廪：廪（lǐn，音凛），贮藏粮食的仓库。

③渎：渎（dú，音独），水道。

④津液：此处指尿液。

⑤殁：殁通没，即终的意思。

⑥窘：困难。

⑦瞿瞿：惊疑的样子。

⑧闵闵：忧愁。

⑨氂：氂（máo，音矛），形容极微小。

⑩精光：精纯而明彻。

# 六节藏象论篇第九

黄帝问曰：余闻天以六六之节，以成一岁，人以九九制会，计人亦有三百六十五节，以为天地久矣。不知其所谓也？岐伯对曰：昭乎哉问也①！请遂言之。夫六六之节、九九制会者，所以正天之度、气之数也。天度者，所以制日月之行也；气数者，所以纪化生之用也。天为阳，地为阴，日为阳，月为阴，行有分纪②，周有道理，日行一度，月行十三度而有奇焉③；故大小月三百六十五日而成岁，积气余而盈闰矣。立端于始④，表正于中，推余于终，而天度毕矣。

帝曰：余已闻天度矣，愿闻气数何以合之？岐伯曰：天以六六为节，地以九九制会；天有十日，日六竟而周甲，甲六复而终岁，三百六十日法也。夫自古通天者，生之本，本于阴阳。其气九州、九窍，皆通乎天气；故其生五，其气三。三而成天，三而成地，三而成人，三而三之，合则为九，九分为九野，九野为九藏；故形藏四，神藏五，合为九藏以应之也。

帝曰：余已闻六六九九之会也，夫子言积气盈闰，愿闻何谓气？请夫子发蒙解惑焉！岐伯曰：此上帝所秘，先师传之也。帝曰：请遂闻之。岐伯曰：五日谓之候，三候谓之气，六气谓之时，四时谓之岁，而各从其主治焉⑤。五运相袭，而皆治之，终期之日，周而复始，时立气布，如环无端，候亦同法。故曰：不知年之所加，气之盛衰，虚实之所起，不可以为工矣。

帝曰：五运之始，如环无端，其太过不及何如？岐伯曰：五气更立，各有所胜，盛虚之变，此其常也。帝曰：平气何如？岐伯曰：无过者也。帝曰：太过不及奈何？岐伯曰：在经有也。

帝曰：何谓所胜？岐伯曰：春胜长夏，长夏胜冬，冬胜夏，夏胜秋，秋胜春；所谓得五行时之胜，各以气命其藏。帝曰：何以知其胜？岐伯曰：求其至也，皆归始春。未至而至，此谓太过，则薄所不胜⑥，而乘所胜也⑦，命曰气淫⑧。不分邪僻内生工不能禁。至而不至，此谓不及，则所胜妄行，而所生受病，所不胜薄之也，命曰气迫。所谓求其至者，气至之时也。谨候其时，气可与期；失时反候，五治不分，邪僻内生，工不能禁也。

帝曰：有不袭乎？岐伯曰：苍天之气，不得无常也。气之不袭，是谓非常，非常则变矣。帝曰：非常而变奈何？岐伯曰：变至则病，所胜则微，所不胜则甚，因而重感于邪，则死矣。故非其时则微，当其时则甚也。

帝曰：善。余闻气合而有形，因变以正名。天地之运，阴阳之化，其于万物，孰少孰多，可得闻乎？岐伯曰：悉哉问也！天之广不可度，地之大不可量，大神灵问，请陈其方。草生五色，五色之变，不可胜视；草生五味，五味之美，不可胜极。嗜欲不同，各有所通。天食人以五气⑨，地食人以五味。五气入鼻，藏于心肺，上使五色修明，音声能彰；五味入口，藏于肠胃，味有所藏，以养五气，气和而生，津液相成，神乃自生。

帝曰：藏象何如？岐伯曰：心者，生之本，神之变也；其华在面，其充在血脉，为阳中之太阳，通于夏气。肺者，气之本，魄之处也；其华在毛，其充在皮，为阳中之太阴，通于秋气。肾者，主蛰⑩，封藏之本，精之处也；其华在发，其充在骨，为阴中之少阴，通于冬气。肝者，罢极之本⑪，魂之居也；其华在爪，其充在筋，以生血气，其味酸，其色苍，此为阳中之少阳，通于春气。脾、胃、大肠、小肠、三焦、膀胱者，仓廪之本，营之居也，名曰器，能化糟粕，转味而入出者也；其华在唇四白，其充在肌，其味甘，其色黄，此至阴之类，通于土气。凡十一藏，取决于胆也。

故人迎一盛病在少阳，二盛病在太阳，三盛病在阳明，四盛已上为格阳。寸口一盛病在厥阴，二盛病在少阴，三盛病在太阴，四盛已上为关阴。人迎与寸口俱盛四倍已上为关格；关格之脉赢⑫，不能极于天地之精气，则死矣。

①昭：明白、详细的意思。
②纪：纪通记，有标志的意思。
③奇：与余或零字同义。
④立端：即确定岁首。
⑤主治：主管、当令。
⑥薄：有侵犯的意思。
⑦乘：欺凌。
⑧气淫：指气太过为害。
⑨食：食同饲。
⑩蛰：藏也。
⑪罢极：罢（pí，音皮），疲累劳困之意。
⑫赢：赢通盈，作有余或太过讲。

# 五脏生成篇第十

心之合脉也，其荣色也，其主肾也。肺之合皮也，其荣毛也，其主心也。肝之合筋也，其荣爪也，其主肺也。脾之合肉也，其荣唇也，其主肝也。肾之合骨也，其荣发也，其主脾也。

是故多食咸，则脉凝泣而变色①；多食苦，则皮槁而毛拔；多食辛，则筋急而爪枯；多食酸，则肉胝䐢而唇揭②；多食甘，则骨痛而发落。此五味之所伤也。故心欲苦，肺欲辛，肝欲酸，脾欲甘，肾欲咸。此五味之所合也。

五藏之气，故色见青如草兹者死③，黄如枳实者死④，黑如炲者死⑤，赤如衃血者死⑥，白如枯骨者死，此五色之见死也。青如翠羽者生，赤如鸡冠者生，黄如蟹腹者生，白如豕膏者生，黑如乌羽者生，此五色之见生也。生于心，如以缟裹朱⑦；生于肺，如以缟裹红；生于肝，如以缟裹绀⑧；生于脾，如以缟裹栝楼实⑨；生于肾，如以缟裹紫。此五藏所生之外荣也。

色味当五藏：白当肺、辛；赤当心、苦；青当肝、酸；黄当脾、甘；黑当肾、咸。故白当皮，赤当脉，青当筋，黄当肉，黑当骨。

　　诸脉者，皆属于目；诸髓者，皆属于脑；诸筋者，皆属于节；诸血者，皆属于心；诸气者，皆属于肺。此四支八豀之朝夕也[10]。故人卧血归于肝，肝受血而能视，足受血而能步，掌受血而能握，指受血而能摄。卧出而风吹之，血凝于肤者为痹，凝于脉者为泣，凝于足者为厥，此三者，血行而不得反其空，故为痹厥也。人有大谷十二分，小豀三百五十四名，少十二俞，此皆卫气之所留止，邪气之所客也，针石缘而去之。

　　诊病之始，五决为纪，欲知其始，先建其母。所谓五决者，五脉也。

　　是以头痛巅疾，下虚上实，过在足少阴、巨阳，甚则入肾。徇蒙招尤[11]，目冥耳聋，下实上虚，过在足少阳、厥阴，甚则入肝。腹满䐜胀，支鬲胠胁[12]，下厥上冒，过在足太阴、阳明。咳嗽上气，厥在胸中，过在手阳明、太阴。心烦头痛，病在鬲中，过在手巨阳、少阴。

　　夫脉之小、大、滑、涩、浮、沉，可以指别；五藏之象，可以类推；五藏相音，可以意识；五色微诊，可以目察。能合脉色，可以万全。

　　赤，脉之至也，喘而坚，诊曰有积气在中，时害于食，名曰心痹；得之外疾，思虑而心虚，故邪从之。白，脉之至也，喘而浮，上虚下实，惊，有积气在胸中，喘而虚，名曰肺痹，寒热，得之醉而使内也。青，脉之至也，长而左右弹，有积气在心下，支肤，名曰肝痹；得之寒湿，与疝同法，腰痛足清头痛。黄，脉之至也，大而虚，有积气在腹中，有厥气，名曰厥疝[13]，女子同法；得之疾使四支；汗出当风。黑，脉之至也，上坚而大，有积气在小腹与阴，名曰肾痹；得之沐浴清水而卧。

　　凡相五色之奇脉，面黄目青，面黄目赤，面黄目白，面黄目黑者，皆不死也。面青目赤，面赤目白，面青目黑，面黑目白，面赤目青，皆死也。

---

①泣：泣同涩。

②胝胐：胝（zhī，音知），胐（zhòu，音咒），即皮厚而皱缩。

③草兹：指死草色。

④枳实：药名，黑黄色。

⑤炲：炲（tái，音台）煤烟的尘灰色。

⑥衃血：衃（pī，音丕），凝血。

⑦缟：白色的生绢。

⑧绀：指深青泛赤色的丝织品。

⑨栝楼实：药名，黄色。

⑩八豀：指两臂的肘、腕和两腿的踝、膝关节。

⑪徇蒙招尤：头晕眼花的意思。

⑫胠胁：腋下为胠，胠下为胁。

⑬疝：肝病也。

# 五藏别论篇第十一

　　黄帝问曰：余闻方士，或以脑髓为藏；或以肠胃为藏，或以为府。敢问更相反，皆自谓是。

不知其道，愿闻其说。

岐伯对曰：脑、髓、骨、脉、胆、女子胞，此六者，地气之所生也，皆藏于阴而象于地，故藏而不写，名曰奇恒之府①。夫胃、大肠、小肠、三焦、膀胱，此五者，天气之所生也，其气象天，故写而不藏，此受五藏浊气，名曰传化之府；此不能久留，输写者也。魄门亦为五藏使②，水谷不得久藏。

所谓五藏者，藏精气而不写也，故满而不能实；六府者，传化物而不藏，故实而不能满也。所以然者，水谷入口，则胃实而肠虚；食下，则肠实而胃虚。故曰实而不满，满而不实也。

帝曰：气口何以独为五藏主③？岐伯曰：胃者，水谷之海，六府之大源也。五味入口，藏于胃，以养五藏气，气口亦太阴也。是以五藏六府之气味，皆出于胃，变见于气口。故五气入鼻，藏于心肺，心肺有病，而鼻为之不利也。凡治病必察其下④，适其脉，观其志意，与其病也。拘于鬼神者，不可与言至德；恶于针石者，不可与言至巧；病不许治者，病必不治，治之无功矣。

———————————

①奇恒之府：异于一般的腑。
②魄门：肛门。
③气口：又称寸口、脉口。
④下：二便也。

# 异法方宜论篇第十二

黄帝问曰：医之治病也，一病而治各不同，皆愈，何也？岐伯对曰：地势使然也。

故东方之域，天地之所始生也，鱼盐之地，海滨傍水。其民食鱼而嗜咸，皆安其处，美其食。鱼者使人热中，盐者胜血，故其民皆黑色疏理①，其病皆为痈疡，其治宜砭石。故砭石者，亦从东方来。

西方者，金玉之域，沙石之处，天地之所收引也。其民陵居而多风，水土刚强，其民不衣而褐荐②，其民华食而脂肥，故邪不能伤其体，其病生于内，其治宜毒药。故毒药者，亦从西方来。

北方者，天地所闭藏之域也，其地高陵居，风寒冰冽。其民乐野处而乳食，藏寒生满病，其治宜灸焫③。故灸焫者，亦从北方来。

南方者，天地所长养，阳之所盛处也；其地下，水土弱，雾露之所聚也。其民嗜酸而食胕④，故其民皆致理而赤色，其病挛痹⑤，其治宜微针。故九针者，亦从南方来。

中央者，其地平以湿，天地所以生万物也众。其民食杂而不劳，故其病多痿厥寒热，其治宜导引按蹻⑥。故导引按蹻者，亦从中央出也。

故圣人杂合以治，各得其所宜。故治所以异而病皆愈者，得病之情，知治之大体也。

———————————

①疏理：皮肤肌理疏松。
②褐荐：褐，毛布。荐，草席。

③焫：即烧。

④胕：胕通腐。

⑤挛痹：此为湿热浸淫所致的病证。

⑥导引按蹻：古代用来保健和治病的方法，类似于现在的气功、按摩。

# 移精变气论篇第十三

黄帝问曰：余闻上古之治病，惟其移精变气，可祝由而已①。今世治病，毒药治其内，针石治其外，或愈或不愈，何也？岐伯对曰：往古人居禽兽之间，动作以避寒，阴居以避暑；内无眷慕之累，外无伸官之形；此恬憺之世，邪不能深入也。故毒药不能治其内，针石不能治其外，故可移精祝由而已。当今之世不然，忧患缘其内，苦形伤其外，又失四时之从，逆寒暑之宜，贼风数至，虚邪朝夕，内至五藏骨髓，外伤空窍肌肤，所以小病必甚，大病必死，故祝由不能已也。

帝曰：善！余欲临病人，观死生，决嫌疑，欲知其要，如日月光，可得闻乎？岐伯曰：色脉者，上帝之所贵也，先师之所传也。上古使僦贷季②，理色脉而通神明，合之金木水火土、四时、八风、六合，不离其常，变化相移，以观其妙，以知其要。欲知其要，则色脉是矣。色以应日，脉以应月，常求其要，则其要也。夫色之变化，以应四时之脉，此上帝之所贵，以合于神明也，所以远死而近生。生道以长，命曰圣王。

中古之治病，至而治之，汤液十日，以去八风五痹之病；十日不已，治以草苏草荄之枝，本末为助，标本已得③，邪气乃服。暮世之治病也则不然，治不本四时，不知日月，不审逆从，病形已成，乃欲微针治其外，汤液治其内，粗工凶凶④，以为可攻，故病未已，新病复起。

帝曰：愿闻要道。岐伯曰：治之要极，无失色脉，用之不惑，治之大则。逆从倒行，标本不得，亡神失国！去故就新，乃得真人。帝曰：余闻其要于夫子矣，夫子言不离色脉，此余之所知也。岐伯曰：治之极于一。帝曰：何谓一？岐伯曰：一者因得之。帝曰：奈何？岐伯曰：闭户塞牖，系之病者，数问其情，以从其意，得神者昌，失神者亡。帝曰：善。

---

①祝由：古代治病的一种方法，相似于今日的精神疗法。

②僦贷季：古代名医。

③标本已得：指医生的诊断与处理和病人的病情变化相符合。

④粗工凶凶：形容医术不高明的医生工作粗枝大叶。

# 汤液醪醴论篇第十四①

黄帝问曰：为五谷汤液及醪醴，奈何？岐伯对曰：必以稻米，炊之稻薪，稻米者完，稻薪者坚。帝曰：何以然？岐伯曰：此得天地之和，高下之宜，故能至完；伐取得时，故能至坚也。

　　帝曰：上古圣人作汤液醪醴，为而不用，何也？岐伯曰：自古圣人之作汤液醪醴者，以为备耳，夫上古作汤液，故为而弗服也。中古之世，道德稍衰，邪气时至，服之万全。帝曰：今之世不必已，何也？岐伯曰：当今之世，必齐毒药攻其中，镵石②、针艾治其外也。

　　帝曰：形弊血尽而功不立者何？岐伯曰：神不使也。帝曰：何谓神不使？岐伯曰：针石，道也。精神不进，志意不治，故病不可愈。今精坏神去，荣卫不可复收。何者？嗜欲无穷，而忧患不止，精气弛坏，荣泣卫除，故神去之而病不愈也。

　　帝曰：夫病之始生也，极微极精，必先入结于皮肤，今良工皆称曰病成，名曰逆，则针石不能治，良药不能及也。今良工皆得其法，守其数，亲戚兄弟远近，音声日闻于耳；五色日见于目，而病不愈者，亦何暇不早乎？岐伯曰：病为本，工为标，标本不得，邪气不服，此之谓也。

　　帝曰：其有不从毫毛而生，五藏阳以竭也，津液充郭，其魄独居，孤精于内，气耗于外，形不可与衣相保，此四极急而动中，是气拒于内，而形施于外，治之奈何？岐伯曰：平治于权衡，去宛陈莝③，微动四极，温衣，缪刺其处④，以复其形。开鬼门，洁净府⑤，精以时服，五阳已布，疏涤五藏。故精自生，形自盛，骨肉相保，巨气乃平。帝曰：善。

---

①醪醴：醪（láo，音劳），醴（lǐ，音李），古人用五谷制成的酒类。
②镵石：镵（chán，音馋），指石针。
③去宛陈莝：去掉堆积的陈草。
④缪刺：病在左刺右，反之亦样。
⑤净府：指膀胱。

# 玉版论要篇第十五

　　黄帝问曰：余闻《揆度》、《奇恒》，所指不同，用之奈何？岐伯对曰：《揆度》者，度病之浅深也。《奇恒》者，言奇病也。请言道之至数，《五色》、《脉变》、《揆度》、《奇恒》，道在于一。神转不回，回则不转，乃失其机！至数之要，迫近以微，著之玉版，命曰合玉机。

　　容色见上下左右，各在其要。其色见浅者，汤液主治，十日已；其见深者，必齐主治①，二十一日已；其见大深者，醪酒主治，百日已；色夭面脱，不治，百日尽已。脉短气绝，死；病温虚甚，死。

　　色见上下左右，各在其要。上为逆，下为从；女子右为逆，左为从；男子左为逆，右为从。易②，重阳死，重阴死。阴阳反他，治在权衡相夺，《奇恒》事也，《揆度》事也。

　　搏脉痹躄③，寒热之交。脉孤为消气，虚泄为夺血。孤为逆，虚为从。行《奇恒》之法，以太阴始。行所不胜曰逆，逆则死；行所胜曰从，从则活。八风四时之胜，终而复始，逆行一过，不复可数。论要毕矣。

---

①齐：同剂，指药剂。
②易：指变更了常道。

③躄：躄（bì，音闭），足不能行也。

# 诊要经终论篇第十六

黄帝问曰：诊要何如？岐伯对曰：正月、二月，天气始方，地气始发，人气在肝；三月、四月，天气正方，地气定发，人气在脾；五月、六月，天气盛，地气高，人气在头；七月、八月，阴气始杀，人气在肺；九月、十月，阴气始冰，地气始闭，人气在心；十一月、十二月，冰复，地气合，人气在肾。故春刺散俞及与分理，血出而止，甚者传气，间者环也；夏刺络俞，见血而止，尽气闭环，痛病必下；秋刺皮肤，循理，上下同法，神变而止；冬刺俞窍于分理；甚者直下，间者散下。

春夏秋冬，各有所刺，法其所在。春刺夏分，脉乱气微，入淫骨髓，病不能愈，令人不嗜食，又且少气；春刺秋分，筋挛，逆气环为咳嗽，病不愈，令人时惊，又且哭；春刺冬分，邪气著藏，令人胀，病不愈，又且欲言语。

夏刺春分，病不愈，令人解㑊①；夏刺秋分，病不愈，令人心中欲无言，惕惕如人将捕之②；夏刺冬分，病不愈，令人少气，时欲怒。

秋刺春分，病不已，令人惕然欲有所为，起而忘之；秋刺夏分，病不已，令人益嗜卧，又且善梦；秋刺冬分，病不已，令不洒洒时寒。

冬刺春分，病不已，令人欲卧不能眠，眠而有见；冬刺夏分，病不愈，气上，发为诸痹；冬刺秋分，病不已，令人善渴。

凡刺胸腹者，必避五藏。中心者，环死；中脾者，五日死；中肾者，七日死；中肺者，五日死；中鬲者，皆为伤中，其病虽愈，不过一岁必死。刺避五藏者，知逆从也。所谓从者，鬲与脾肾之处，不知者反之。刺胸腹者，必以布憿③著之，乃从单布上刺，刺之不愈，复刺。刺针必肃，刺肿摇针，经刺勿摇。此刺之道也。

帝曰：愿闻十二经脉之终奈何？岐伯曰：太阳之脉，其终也，戴眼，反折，瘛疭④，其色白，绝汗乃出，出则死矣。少阳终者，耳聋，百节皆纵，目𥆧绝系⑤，绝系一日半死；其死也，色先青，白乃死矣。阳明终者，口目动作，善惊，妄言，色黄，其上下经盛，不仁，则终矣。少阴终者，面黑，齿长而垢，腹胀闭，上下不通而终矣。太阴终者，腹胀闭不得息，善噫，善呕，呕则逆，逆则面赤，不逆则上下不通，不通则面黑，皮毛焦而终矣。厥阴终者，中热嗌干，善溺，心烦，甚则舌卷，卵上缩而终矣⑥。此十二经之所败也。

①解㑊：解同懈，㑊同惰。

②惕惕：惊恐状。

③憿：憿（jiǎo，音皎），巾也。

④瘛疭：瘛（chì，音翅），疭（zòng，音纵），瘛疭是手足抽搐之意。

⑤𥆧：𥆧（qióng，音琼），目惊视。

⑥卵：睾丸。

# 脉要精微论篇第十七

黄帝问曰：诊法何如？岐伯对曰：诊法常以平旦，阴气未动，阳气未散，饮食未进，经脉未盛，络脉调匀，气血未乱，故乃可诊有过之脉。

切脉动静，而视精明，察五色，观五藏有余不足，六府强弱，形之盛衰。以此参伍①，决死生之分。

夫脉者，血之府也。长则气治，短则气病，数则烦心，大则病进②，上盛则气高，下盛则气胀，代则气衰，细则气少，涩则心痛，浑浑革至如涌泉，病进而色弊，绵绵其去如弦绝，死。

夫精明五色者，气之华也。赤欲如白裹朱，不欲如赭；白欲如鹅羽，不欲如盐；青欲如苍璧之泽，不欲如蓝；黄欲如罗裹雄黄，不欲如黄土；黑欲如重漆色，不欲如地苍。五色精微象见矣，其寿不久也。夫精明者，所以视万物、别白黑、审短长；以长为短、以白为黑，如是则精衰矣。

五藏者，中之守也。中盛藏满，气胜伤恐者，声如从室中言，是中气之湿也；言而微，终日乃复言者，此夺气也；衣被不敛，言语善恶不避亲疏者，此神明之乱也；仓廪不藏者，是门户不要也；水泉不止者，是膀胱不藏也。得守者生，失守者死。

夫五藏者，身之强也。头者，精明之府，头倾视深，精神将夺矣；背者，胸中之府，背曲肩随，府将坏矣；腰者，肾之府，转摇不能，肾将惫矣；膝者，筋之府，屈伸不能，行则偻附③，筋将惫矣；骨者，髓之府，不能久立，行则振掉，骨将惫矣。得强则生，失强则死。

岐伯曰：反四时者，有余为精，不足为消。应太过，不足为精；应不足，有余为消。阴阳不相应，病名曰关格。

帝曰：脉其四时动奈何？知病之所在奈何？知病之所变奈何？知病乍在内奈何？知病乍在外奈何？请问此五者，可得闻乎？岐伯曰：请言其与天运转大也。万物之外，六合之内，天地之变，阴阳之应，彼春之暖，为夏之暑，彼秋之忿，为冬之怒。四变之动，脉与之上下，以春应中规，夏应中矩，秋应中衡，冬应中权。是故冬至四十五日，阳气微上，阴气微下；夏至四十五日，阴气微上，阳气微下。阴阳有时，与脉为期，期而相失，知脉所分，分之有期，故知死时。微妙在脉，不可不察；察之有纪，从阴阳始，始之有经，从五行生；生之有度，四时为宜，补写勿失，与天地如一，得一之情，以知死生。是故声合五音④，色合五行⑤，脉合阴阳。

是知阴盛则梦涉大水恐惧，阳盛则梦大火燔灼，阴阳俱盛则梦相杀毁伤；上盛则梦飞，下盛则梦堕；甚饱则梦予，甚饥则梦取；肝气盛则梦怒，肺气盛则梦哭；短虫多则梦聚众，长虫多则梦相击毁伤。

是故持脉有道，虚静为保。春日浮，如鱼之游在波；夏日在肤，泛泛乎万物有馀；秋日下肤，蛰虫将去；冬日在骨，蛰虫周密，君子居室。故曰：知内者按而纪之，知外者终而始之。此六者，持脉之大法。

心脉搏坚而长，当病舌卷不能言；其软而散者⑥，当消环自己。肺脉搏坚而长，当病唾血；其软而散者，当病灌汗⑦，至令不复散发也。肝脉搏坚而长，色不青，当病坠若搏，因血在胁下，令人喘逆；其软而散，色泽者，当病溢饮⑧。溢饮者，渴暴多饮，而易入肌皮肠胃之外也。

胃脉搏坚而长，其色赤，当病折髀⑨；其耎而散者，当病食痹。脾脉搏坚而长，其色黄，当病少气；其耎而散，色不泽者，当病足胻肿⑩，若水状也。肾脉搏坚而长，其色黄而赤者，当病折腰；其耎而散者，当病少血，至令不复也。

帝曰：诊得心脉而急，此为何病？病形何如？岐伯曰：病名心疝，少腹当有形也。帝曰：何以言之？岐伯曰：心为牡藏，小肠为之使，故曰少腹当有形也。帝曰：诊得胃脉，病形何如？岐伯曰：胃脉实则胀，虚则泄。

帝曰：病成而变何谓？岐伯曰：风成为寒热；瘅成为消中⑪；厥成为巅疾；久风为飧泄；脉风成为疠。病之变化，不可胜数。

帝曰：诸痈肿筋挛骨痛，此皆安生？岐伯曰：此寒气之肿，八风之变也。帝曰：治之奈何？岐伯曰：此四时之病，以其胜治之愈也。

帝曰：有故病五藏发动，因伤脉色，各何以知其久暴至之病乎？岐伯曰：悉乎哉问也！征其脉小色不夺者⑫，新病也；征其脉不夺，其色夺者，此久病也；征其脉与五色俱夺者，此久病也；征其脉与五色俱不夺者，新病也。肝与肾脉并至，其色苍赤，当病毁伤，不见血；已见血，湿若中水也。

尺内两傍，则季胁也⑬，尺外以候肾，尺里以候腹。中附上，左外以候肝，内以候鬲；右外以候胃，内以候脾。上附上，右外以候肺，内以候胸中；左外以候心，内以候膻中。前以候前，后以候后。上竟上者，胸喉中事也；下竟下者，少腹腰股膝胫足中事也。

麤大者⑭，阴不足，阳有余，为热中也。来疾去徐，上实下虚，为厥巅疾；来徐去疾，上虚下实，为恶风也，故中恶风者，阳气受也。有脉俱沉细数者，少阴厥也。沉细数散者，寒热也。浮而散者，为眴仆⑮。诸浮不躁者，皆在阳，则为热；其有躁者在手。诸细而沉者，皆在阴，则为骨痛，其有静者在足。数动一代者，病在阳之脉也，泄及便脓血。诸过者切之，涩者，阳气有余也；滑者，阴气有余也。阳气有余，为身热无汗；阴气有余，为多汗身寒，阴阳有余，则无汗而寒。推而外之，内而不外，有心腹积也；推而内之，外而不内，身有热也；推而上之，上而不下，腰足清也；推而下之，下而不上，头项痛也；按之至骨，脉气少者，腰脊痛而身有痹也。

---

①参伍：交互错杂，错综比类。

②大：指脉象满指而大。

③偻附：曲其身也。

④声合五音：即呼、笑、歌、哭、呻五声合角、徵、宫、商、羽五音的意思。

⑤色合五行：即青、黄、赤、白、黑五色合木、土、火、金、水五行的意思。

⑥耎：软的意思。

⑦灌汗：自汗或盗汗的意思。

⑧溢饮：病名，水气外溢于皮肤四肢。

⑨折髀：髀（bì，音毕），股部疼痛如折。

⑩胻：胻（héng，音衡），与胫同。

⑪瘅：热邪也。

⑫夺：失常状态。

⑬季胁：胸肋下部。

⑭麤：同粗。

⑮眴仆：头眩而仆倒也。

# 平人气象论篇第十八

黄帝问曰：平人何如？岐伯对曰：人一呼脉再动，一吸脉亦再动，呼吸定息脉五动，闰以太息，命曰平人。平人者，不病也。常以不病调病人，医不病，故为病人平息以调之为法。人一呼脉一动，一吸脉一动，曰少气。人一呼脉三动，一吸脉三动而躁，尺热曰病温①；尺不热脉滑曰病风；脉涩曰痹。人一呼脉四动以上曰死；脉绝不至曰死；乍疏乍数曰死。

平人之常气禀于胃，胃者平人之常气也。人无胃气曰逆，逆者死。春胃微弦曰平，弦多胃少曰肝病，但弦无胃曰死；胃而有毛曰秋病，毛甚曰今病。藏真散于肝，肝藏筋膜之气也。夏胃微钩曰平②，钩多胃少曰心病，但钩无胃曰死；胃而有石曰冬病，石甚曰今病。藏真通于心，心藏血脉之气也。长夏胃微耎弱曰平，弱多胃少曰脾病，但代无胃曰死；耎弱有石曰冬病，弱甚曰今病。藏真濡于脾，脾藏肌肉之气也。秋胃微毛曰平③，毛多胃少曰肺病，但毛无胃曰死；毛而有弦曰春病，弦甚曰今病。藏真高于肺，以行荣卫阴阳也。冬胃微石曰平，石多胃少曰肾病，但石无胃曰死；石而有钩曰夏病，钩甚曰今病。藏真下于肾，肾藏骨髓之气也。

胃之大络，名曰虚里④，贯鬲络肺，出于左乳下，其动应衣，脉宗气也。盛喘数绝者，则病在中；结而横，有积矣；绝不至曰死。乳之下，其动应衣，宗气泄也。

欲知寸口太过与不及。寸口之脉中手短者，曰头痛。寸口脉中手长者，曰足胫痛。寸口脉中手促上击者，曰肩背痛。寸口脉沉而坚者，曰病在中。寸口脉浮而盛者，曰病在外。寸口脉沉而弱，曰寒热及疝瘕、少腹痛。寸口脉沉而横，曰胁下有积，腹中有横积痛。寸口脉沉而喘，曰寒热。脉盛滑坚者，曰病在外。脉小实而坚者，病在内。脉小弱以涩，谓之久病。脉滑浮而疾者，谓之新病。脉急者，曰疝瘕少腹痛。脉滑曰风。脉涩曰痹。缓而滑曰热中。盛而紧曰胀。脉从阴阳，病易已；脉逆阴阳，病难已。脉得四时之顺，曰病无他；脉反四时及不间藏，曰难已。臂多青脉，曰脱血。尺脉缓涩，谓之解㑊安卧⑤。脉盛，谓之脱血。尺涩脉滑，谓之多汗。尺寒脉细，谓之后泄。脉尺粗常热者，谓之热中。肝见庚辛死，心见壬癸死，脾见甲乙死，肺见丙丁死，肾见戊己死，是谓真藏见皆死。

颈脉动喘疾咳，曰水。目裹微肿如卧蚕起之状，曰水。溺黄赤，安卧者，黄疸。已食如饥者，胃疸。面肿曰风。足胫肿曰水。目黄者曰黄疸。

妇人手少阴脉动甚者，妊子也。脉有逆从四时，未有藏形，春夏而脉瘦，秋冬而脉浮大，命曰逆四时也。风热而脉静，泄而脱血脉实，病在中脉虚，病在外脉涩坚者，皆难治，命曰反四时也。

人以水谷为本，故人绝水谷则死；脉无胃气亦死。所谓无胃气者，但得真藏脉，不得胃气也。所谓脉不得胃气者，肝不弦，肾不石也。太阳脉至，洪大以长；少阳脉至，乍数乍疏，乍短乍长；阳明脉至，浮大而短。

夫平心脉来，累累如连珠，如循琅玕⑥，曰心平，夏以胃气为本。病心脉来，喘喘连属，其中微曲，曰心病；死心脉来，前曲后居，如操带钩，曰心死。

平肺脉来，厌厌聂聂，如落榆荚⑦，曰肺平，秋以胃气为本。病肺脉来，不上不下，如循鸡羽⑧，曰肺病；死肺脉来，如物之浮，如风吹毛，曰肺死。

平肝脉来，耎弱招招，如揭长竿末梢，曰肝平，春以胃气为本；病肝脉来，盈实而滑，如循长竿，曰肝病；死肝脉来，急益劲，如新张弓弦，曰肝死。

平脾脉来，和柔相离，如鸡践地，曰脾平，长夏以胃气为本。病脾脉来，实而盈数，如鸡举足，曰脾病；死脾脉来，锐坚如乌之喙，如鸟之距，如屋之漏，如水之流，曰脾死。

平肾脉来，喘喘累累如钩，按之而坚，曰肾平，冬以胃气为本。病肾脉来，如引葛，按之益坚，曰肾病；死肾脉来，发如夺索，辟辟如弹石，曰肾死。

---

①尺热：即腕关节至肘关节之间皮肤发热。

②钩：指脉洪大有来盛去衰的现象。

③毛：指脉来轻虚以浮。

④虚里：在左乳下心尖搏动处。

⑤解㑊：即懈怠懒动。

⑥琅玕：有滑柔如玉之意。

⑦如落榆荚：以此形容脉象轻浮和缓。

⑧如循鸡羽：以此形容脉象涩。

# 玉机真藏论篇第十九

黄帝问曰：春脉如弦，何如而弦？岐伯对曰：春脉者肝也，东方木也，万物之所以始生也，故其气来，耎弱轻虚而滑，端直以长，故曰弦；反此者病。帝曰：何如而反？岐伯曰：其气来实而强，此谓太过，病在外；其气来不实而微，此谓不及，病在中。帝曰：春脉太过与不及，其病皆何如？岐伯曰：太过则令人善忘，忽忽眩冒而巅疾①；其不及，则令人胸痛引背，下则两胁胠满②。帝曰：善！

夏脉如钩，何如而钩？岐伯曰：夏脉者心也，南方火也，万物之所以盛长也，故其气来盛去衰，故曰钩；反此者病。帝曰：何如而反？岐伯曰：其气来盛去亦盛，此谓太过，病在外；其气来不盛，去反盛，此谓不及，病在中。帝曰：夏脉太过与不及，其病皆何如？岐伯曰：太过则令人身热而肤痛，为浸淫③；其不及，则令人烦心，上见咳唾，下为气泄。帝曰：善！

秋脉如浮，何如而浮？岐伯曰：秋脉者肺也，西方金也，万物之所以收成也，故其气来，轻虚以浮，来急去散，故曰浮；反此者病。帝曰：何如而反？岐伯曰：其气来毛而中央坚，两傍虚，此谓太过，病在外；其气来毛而微，此谓不及，病在中。帝曰：秋脉太过与不及，其病皆何如？岐伯曰：太过则令人逆气，而背痛愠愠热；其不及，则令人喘，呼吸少气而咳，上气见血，下闻病音。帝曰：善！

冬脉如营，何如而营？岐伯曰：冬脉者肾也，北方水也，万物之所以合藏也，故其气来，沉以搏，故曰营；反此者病。帝曰：何如而反？岐伯曰：其气来如弹石者，此谓太过，病在外；其去如数者，此谓不及，病在中。帝曰：冬脉太过与不及，其病皆何如？岐伯曰：太过则令人解㑊，脊脉痛而少气，不欲言；其不及则令人心悬如病饥，䏚中清，脊中痛，少腹满，小便变。帝曰：善！

帝曰：四时之序，逆从之变异也，然脾脉独何主？岐伯曰：脾脉者，土也，孤藏以灌四傍者也。帝曰：然则脾善恶，可得见之乎？岐伯曰：善者不可得见④，恶者可见⑤。帝曰：恶者何如可见？岐伯曰：其来如水之流者，此谓太过，病在外；如鸟之喙者，此谓不及，病在中。帝曰：夫子言脾为孤藏，中央土以灌四傍，其太过与不及，其病皆何如？岐伯曰：太过则令人四支不举；其不及则令人九窍不通，名曰重强⑥。帝瞿然而起⑦，再拜而稽首曰：善！吾得脉之大要，天下至数。《五色》、《脉变》、《揆度》、《奇恒》，道在于一。神转不回，回则不转，乃失其机。至数之要，迫近以微，著之玉版，藏之藏府，每旦读之，名曰《玉机》。

五藏受气于其所生，传之于其所胜⑧，气舍于其所生，死于其所不胜。病之且死，必先传行至其所不胜，病乃死。此言气之逆行也，故死。肝受气于心，传之于脾，气舍于肾，至肺而死。心受气于脾，传之于肺，气舍于肝，至肾而死。脾受气于肺，传之于肾，气舍于心，至肝而死。肺受气于肾，传之于肝，气舍于脾，至心而死。肾受气于肝，传之于心，气舍于肺，至脾而死。此皆逆死也。一日一夜五分之，此所以占死生之早暮也。

黄帝曰：五藏相通，移皆有次。五藏有病，则各传其所胜；不治，法三月若六月，若三日若六日，传五藏而当死，是顺传所胜之次。故曰：别于阳者，知病从来；别于阴者，知死生之期。言知至其所困而死。

是故风者，百病之长也。今风寒客于人，使人毫毛毕直，皮肤闭而为热，当是之时，可汗而发也；或痹不仁肿痛，当是之时，可汤熨及火灸刺而去之。弗治，病入舍于肺，名曰肺痹，发咳上气；弗治，肺即传而行之肝，病名曰肝痹，一名曰厥，胁痛出食，当是之时，可按若刺耳；弗治，肝传之脾，病名曰脾风发瘅，腹中热，烦心出黄，当此之时，可按、可药、可浴；弗治，脾传之肾，病名曰疝瘕，少腹冤热而痛，出白⑨，一名曰蛊，当此之时，可按、可药；弗治，肾传之心，病筋脉相引而急，病名曰瘛，当此之时，可灸、可药；弗治，满十日法当死。肾因传之心，心即复反传而行之肺，发寒热，法当三岁死，此病之次也。然其卒发者，不必治于传；或其传化有不以次，不以次入者，忧恐悲喜怒，令不得以其次，故令人有大病矣。因而喜大虚，则肾气乘矣，怒则肝气乘矣，悲则肺气乘矣，恐则脾气乘矣，忧则心气乘矣，此其道也。故病有五，五五二十五变，及其传化。传，乘之名也。

大骨枯槁，大肉陷下，胸中气满，喘息不便，其气动形，期六月死，真藏脉见，乃予之期日。大骨枯槁，大肉陷下，胸中气满，喘息不便，内痛引肩项，期一月死，真藏见，乃予之期日。大骨枯槁，大肉陷下，胸中气满，喘息不便，内痛引肩项，身热，脱肉破䐃⑩，真藏见，十月之内死。大骨枯槁，大肉陷下，肩髓内消，动作益衰，真藏来见，期一岁死，见其真藏，乃予之期日。大骨枯槁，大肉陷下，胸中气满，腹内痛，心中不便，肩项身热，破䐃脱肉，目眶陷，真藏见，目不见人，立死；其见人者，至其所不胜之时则死。急虚身中卒至，五藏绝闭，脉道不通，气不往来，譬于堕溺⑪，不可为期。其脉绝不来，若人一息五六至，其形肉不脱，真藏虽不见，犹死也。

真肝脉至，中外急，如循刀刃责责然，如按琴瑟弦，色青白不泽，毛折乃死。真心脉至，坚而搏，如循薏苡子累累然⑫，色赤黑不泽，毛折乃死；真肺脉至，大而虚，如以毛羽中人肤，色白赤不泽，毛折乃死；真肾脉至，搏而绝，如指弹石辟辟然，色黑黄不泽，毛折乃死。真脾脉至，弱而乍数乍疏，色黄青不泽，毛折乃死。诸真藏脉见者，皆死不治也。

黄帝曰：见真脏曰死，何也？岐伯曰：五藏者，皆禀气于胃，胃者五藏之本也；藏气者，不能自致于手太阴，必因于胃气，乃至于手太阴也。故五藏各以其时，自为而至于手太阴也。故邪气胜者，精气衰也；故病甚者，胃气不能与之俱至于手太阴，故真藏之气独见，独见者，病胜藏也，故曰死。帝曰：善！

黄帝曰：凡治病察其形气色泽，脉之盛衰，病之新故，乃治之，无后其时。形气相得，谓之可治；色泽以浮，谓之易已；脉从四时，谓之可治；脉弱以滑，是有胃气，命曰易治，取之以时。形气相失，谓之难治；色夭不泽，谓之难已；脉实以坚，谓之益甚；脉逆四时，为不可治。必察四难，而明告之。

所谓逆四时者，春得肺脉，夏得肾脉，秋得心脉，冬得脾脉，其至皆悬绝沉涩者，命曰逆四时。未有藏形[13]，于春夏而脉沉涩，秋冬而脉浮大，名曰逆四时也。

病热脉静；泄而脉大；脱血而脉实；病在中，脉实坚；病在外，脉不实坚者，皆难治。

黄帝曰：余闻虚实以决死生，愿闻其情？岐伯曰：五实死，五虚死。帝曰：愿闻五实、五虚？岐伯曰：脉盛，皮热，腹胀，前后不通，闷瞀[14]，此谓五实。脉细，皮寒，气少，泄利前后，饮食不入，此谓五虚。帝曰：其时有生者何也？岐伯曰：浆粥入胃，泄注止，则虚者活；身汗得后利，则实者活。此其候也。

---

①巅疾：头项疾病。

②胠：胠（qū，音区），指胁下空软处。

③浸淫：病情渐渐蔓延扩大。

④善：指正常人。

⑤恶：指病人。

⑥重强：指胃气不通。

⑦瞿然：指惊悟貌。

⑧传之于其所胜：指以相克之次序而传。

⑨出白：小便出白色浊液。

⑩腘：肘、膝、髀、厌高起处肌肉为腘。

⑪堕溺：跌落为堕，水淹为溺。

⑫如循薏苡子：形容脉象短实而坚。

⑬未有藏形：言五脏脉气未能随四时变化而现形于外。

⑭闷瞀：瞀（mào，音冒），即昏闷而目不明。

# 三部九候论篇第二十

黄帝问曰：余闻九针于夫子，众多博大，不可胜数。余愿闻要道，以属子孙，传之后世，著之骨髓，藏之肝肺，歃血而受[1]，不敢妄泄，令合天道，必有终始，上应天光，星辰历纪，下副四时五行，贵贱更互，冬阴夏阳，以人应之奈何？愿闻其方。岐伯对曰：妙乎哉问也！此天地之至数。

帝曰：愿闻天地之至数，合于人形血气，通决死生，为之奈何？岐伯曰：天地之至数，始于一，终于九焉。一者天，二者地，三者人；因而三之，三三者九，以应九野。故人有三部，部有三候，以决死生，以处百病，以调虚实，而除邪疾。

帝曰：何谓三部？岐伯曰：有下部，有中部，有上部；部各有三候，三候者，有天，有地，有人也。必指而导之，乃以为真。上部天，两额之动脉；上部地，两颊之动脉；上部人，耳前之动脉；中部天，手太阴也；中部地，手阳明也；中部人，手少阴也；下部天，足厥阴也；下部地，足少阴也；下部人，足太阴也。故下部之天以候肝，地以候肾，人以候脾胃之气。

帝曰：中部之候奈何？岐伯曰：亦有天，亦有地，亦有人。天以候肺，地以候胸中之气，人以候心。帝曰：上部以何候之？岐伯曰：亦有天，亦有地，亦有人。天以候头角之气，地以候口齿之气，人以候耳目之气。三部者，各有天，各有地，各有人；三而成天，三而成地，三而成人，三而三之，合则为九。九分为九野，九野为九藏；故神藏五，形藏四，合为九藏。五藏已败，其色必夭，夭必死矣。

帝曰：以候奈何？岐伯曰：必先度其形之肥瘦，以调其气之虚实；实则写之，虚则补之。必先去其血脉，而后调之，无问其病，以平为期。

帝曰：决死生奈何？岐伯曰：形盛脉细，少气不足以息者危；形瘦脉大，胸中多气者死；形气相得者生；参伍不调者病；三部九候皆相失者死；上下左右之脉相应如参舂者病甚；上下左右相失不可数者死；中部之候虽独调，与众藏相失者死；中部之候相减者死；目内陷者死。

帝曰：何以知病之所在？岐伯曰：察九候独小者病，独大者病，独疾者病，独迟者病，独热者病，独寒者病，独陷下者病。

以左手足上，上去踝五寸按之，庶右手足当踝而弹之，其应过五寸以上，蠕蠕然者②不病；其应疾，中手浑浑然者病；中手徐徐然者病③；其应上不能至五寸，弹之不应者死。

是以脱肉身不去者死。中部乍疏乍数者死。其脉代而钩者，病在络脉。九候之相应也，上下若一，不得相失。一候后则病，二候后则病甚，三候后则病危。所谓后者，应不俱也。察其府藏，以知死生之期。必先知经脉，然后知病脉，真藏脉见者胜死。足太阳气绝者，其足不可屈伸，死必戴眼。

帝曰：冬阴夏阳奈何？岐伯曰：九候之脉，皆沉细悬绝者为阴，主冬，故以夜半死；盛躁喘数者为阳，主夏，故以日中死。是故寒热病者，以平旦死；热中及热病者，以日中死；病风者，以日夕死；病水者，以夜半死；其脉乍疏乍数、乍迟乍疾者，日乘四季死；形肉已脱，九候虽调，犹死；七诊虽见，九候皆从者，不死。所言不死者，风气之病及经月之病，似七诊之病而非也，故言不死。若有七诊之病，其脉候亦败者死矣，必发哕噫。

必审问其所始病，与今之所方病，而后各切循其脉，视其经络浮沉，以上下逆从循之。其脉疾者，不病；其脉迟者病；脉不往来者死；皮肤著者死。

帝曰：其可治者奈何？岐伯曰：经病者，治其经；孙络病者，治其孙络血；血病身有痛者，治其经络。其病者在奇邪④，奇邪之脉，则缪刺之⑤。留瘦不移，节而刺之。上实下虚，切而从之，索其结络脉，刺出其血，以见通之。瞳子高者，太阳不足。戴眼者，太阳已绝。此决死生之要，不可不察也。手指及手外踝上五指留针。

---

①歃血：古时盟誓，以血涂口旁，叫做歃血。

②蠕蠕然：谓其软滑而匀和也。

③徐徐然：缓慢的意思。

④奇邪：客于大络之邪为奇邪。

⑤缪刺：左病刺右，右病刺左。

# 经脉别论篇第二十一

黄帝问曰：人之居处、动静、勇怯①，脉亦为之变乎？岐伯对曰：凡人之惊恐恚劳动静，皆为变也。是以夜行则喘出于肾，淫气病肺②；有所堕恐，喘出于肝，淫气害脾；有所惊恐，喘出于肺，淫气伤心；度水跌仆，喘出于肾与骨。当是之时，勇者气行则已；怯者则着而为病也。故曰：诊病之道，观人勇怯、骨肉、皮肤，能知其情，以为诊法也。

故饮食饱甚，汗出于胃；惊而夺精，汗出于心；持重远行，汗出于肾；疾走恐惧，汗出于肝；摇体劳苦，汗出于脾。故春秋冬夏，四时阴阳，生病起于过用，此为常也。

食气入胃，散精于肝，淫气于筋。食气入胃，浊气归心，淫精于脉；脉气流经，经气归于肺，肺朝百脉，输精于皮毛；毛脉合精，行气于府；府精神明，留于四藏，气归于权衡；权衡以平，气口成寸，以决死生。饮入于胃，游溢精气，上输于脾；脾气散精，上归于肺，通调水道，下输膀胱；水精四布，五精并行，合于四时五藏阴阳，揆度以为常也。

太阴藏独至③，厥喘虚气逆，是阴不足、阳有余也；表里当俱写，取之下俞。阳明藏独至，是阳气重并也；当泻阳补阴，取之下俞。少阳藏独至，是厥气也，蹻前卒大，取之下俞。少阳独至者，一阳之过也。太阳藏搏者，用心省真，五脉气少，胃气不平，三阴也，宜治其下俞，补阳泻阴。一阳独啸，少阳厥也，阳并于上，四脉争张，气归于肾，宜治其经络，泻阳补阴。一阴至，厥阴之治也，真虚㾓心④，厥气留薄，发为白汗⑤，调食和药，治在下俞。

帝曰：太阳藏何象？岐伯曰：象三阳而浮也。帝曰：少阳藏何象？岐伯曰：象一阳也。一阳藏者，滑而不实也。帝曰：阳明藏何象？岐伯曰：象大浮也。太阴藏搏，言伏鼓也⑥；二阴搏至，肾沉不浮也。

---

①勇怯：指身体强弱。
②淫气：气之有余而为害，称淫气。
③独至：偏盛的意思。
④㾓：㾓（yuān，音渊），真气大虚，心中酸痛不适。
⑤白汗：即大汗出。
⑥伏鼓：指脉象虽伏而仍鼓击于指下。

# 藏气法时论篇第二十二

黄帝问曰：合人形以法四时五行而治，何如而从？何如而逆？得失之意，愿闻其事。岐伯对曰：五行者，金、木、水、火、土也，更贵更贱，以知死生，以决成败，而定五藏之气，间甚之时①，死生之期也。

帝曰：愿卒闻之。岐伯曰：肝主春，足厥阴、少阳主治，其日甲乙；肝苦急，急食甘以缓之。心主夏，手少阴、太阳主治，其日丙丁；心苦缓，急食酸以收之。脾主长夏，足太阴、阳明主治，其日戊己；脾苦湿，急食苦以燥之。肺主秋，手太阴、阳明主治，其日庚辛；肺苦气上逆，急食苦以泄之。肾主冬，足少阴、太阳主治，其日壬癸；肾苦燥，急食辛以润之。开腠理，致津液，通气也。

病在肝，愈于夏；夏不愈，甚于秋；秋不死，持于冬，起于春，禁当风。肝病者，愈在丙丁；丙丁不愈，加于庚辛；庚辛不死，持于壬癸，起于甲乙。肝病者，平旦慧，下晡甚②，夜半静。肝欲散，急食辛以散之，用辛补之，酸写之。

病在心，愈在长夏；长夏不愈，甚于冬；冬不死，持于春，起于夏，禁温食热衣。心病者，愈在戊己；戊己不愈，加于壬癸；壬癸不死，持于甲乙，起于丙丁。心病者，日中慧，夜半甚，平旦静。心欲耎，急食咸以耎之，用咸补之，甘写之。

病在脾，愈在秋；秋不愈，甚于春；春不死，持于夏，起于长夏，禁温食饱食、湿地濡衣。脾病者，愈在庚辛；庚辛不愈，加于甲乙；甲乙不死，持于丙丁，起于戊己。脾病者，日昳慧③，日出甚，下晡静。脾欲缓，急食甘以缓之，用苦写之，甘补之。

病在肺，愈在冬；冬不愈，甚于夏；夏不死，持于长夏，起于秋，禁寒饮食寒衣。肺病者，愈在壬癸；壬癸不愈，加于丙丁；丙丁不死，持于戊己，起于庚辛。肺病者，下晡慧，日中甚，夜半静。肺欲收，急食酸以收之，用酸补之，辛写之。

病在肾，愈在春；春不愈，甚于长夏；长夏不死，持于秋，起于冬，禁犯焠烧热食温炙衣④。肾病者，愈在甲乙；甲乙不愈，甚于戊己；戊己不死，持于庚辛，起于壬癸。肾病者，夜半慧，四季甚，下晡静。肾欲坚，急食苦以坚之，用苦补之，咸写之。

夫邪气之客于身也，以胜相加，至其所生而愈，至其所不胜而甚，至于所生而持，自得其位而起。必先定五藏之脉，乃可言间甚之时，死生之期也。

肝病者，两胁下痛引少腹，令人善怒；虚则目䀮䀮无所见⑤，耳无所闻，善恐，如人将捕之。取其经，厥阴与少阳。气逆则头痛，耳聋不聪，颊肿，取血者。

心病者，胸中痛，胁支满，胁下痛，膺背肩甲间痛，两臂内痛；虚则胸腹大，胁下与腰相引而痛。取其经，少阴、太阳、舌下血者。其变病，刺郄中血者⑥。

脾病者，身重，善肌肉痿，足不收行，善瘛⑦，脚下痛；虚则腹满肠鸣，飧泄食不化。取其经，太阴、阳明、少阴血者。

肺病者，喘咳逆气，肩背痛，汗出，尻阴股膝髀腨胻足皆痛⑧；虚则少气不能报息，耳聋嗌干，取其经，太阴、足太阳之外厥阴内血者。

肾病者，腹大胫肿，喘咳身重，寝汗出，憎风⑨；虚则胸中痛，大腹、小腹痛，清厥，意不乐。取其经，少阴、太阳血者。

肝色青，宜食甘，粳米、牛肉、枣、葵皆甘。心色赤，宜食酸，小豆、犬肉、李、韭皆酸。肺色白，宜食苦，麦、羊肉、杏、薤皆苦。脾色黄，宜食咸，大豆、豕肉、栗、藿皆咸。肾色黑，宜食辛，黄黍、鸡肉、桃、葱皆辛。辛散、酸收、甘缓、苦坚、咸耎。毒药攻邪⑩，五谷为养，五果为助，五畜为益，五菜为充，气味合而服之，以补精益气。此五者，有辛、酸、甘、苦、咸，各有所利，或散、或收、或缓、或急、或坚、或耎，四时五藏，病随五味所宜也。

---

①间甚：病减轻为间，病加重为甚。

②下哺：午后申、酉两个时辰末为下哺。

③日昳：昳（dié，音蝶），未时，在中午之后，为脾旺之时。

④焠焫：焠（cù，音促），烧也，焫（āi，音哀），热也。

⑤肮：肮（huāng，音荒），眼睛昏花。

⑥郄：郄（xì，音隙），指阴郄穴。

⑦瘛：手足抽搐也。

⑧尻：尻（kāo）脊骨的尽处。

　腨：腨（shuàn，音涮），指腓肠肌。

　胻：胻（héng，音恒），指脚胫。

⑨憎风：恶风也。

⑩毒药：药物之统称。


# 宣明五气篇第二十三


五味所入：酸入肝，辛入肺，苦入心，咸入肾，甘入脾。是谓五入。

五气所病：心为噫；肺为咳；肝为语①；脾为吞；肾为欠、为嚏；胃为气逆、为哕、为恐；大肠、小肠为泄；下焦溢为水②；膀胱不利为癃③、不约为遗溺；胆为怒。是谓五病。

五精所并：精气并于心则喜，并于肺则悲，并于肝则忧，并于脾则畏，并于肾则恐。是谓五并，虚而相并者也。

五藏所恶：心恶热，肺恶寒，肝恶风，脾恶湿，肾恶燥。是谓五恶。

五藏化液：心为汗，肺为涕，肝为泪，脾为涎，肾为唾。是为五液。

五味所禁：辛走气，气病无多食辛；咸走血，血病无多食咸；苦走骨，骨病无多食苦；甘走肉，肉病无多食甘；酸走筋，筋病无多食酸。是谓五禁，无令多食。

五病所发：阴病发于骨，阳病发于血，阴病发于肉，阳病发于冬，阴病发于夏。是谓五发。

五邪所乱：邪入于阳则狂，邪入于阴则痹；搏阳则为巅疾，搏阴则为瘖④；阳入之阴则静，阴出之阳则怒。是谓五乱。

五邪所见：春得秋脉，夏得冬脉，长夏得春脉，秋得夏脉，冬得长夏脉，名曰阴出之阳，病善怒，不治。是谓五邪。皆同命，死不治。

五藏所藏：心藏神，肺藏魄，肝藏魂，脾藏意，肾藏志。是谓五藏所藏。

五藏所主：心主脉，肺主皮，肝主筋，脾主肉，肾主骨。是谓五主。

五劳所伤：久视伤血，久卧伤气，久坐伤肉，久立伤骨，久行伤筋。是谓五劳所伤。

五脉应象：肝脉弦，心脉钩，脾脉代，肺脉毛，肾脉石。是谓五藏之脉。

---

①语：多言的意思。

②水：此处指水肿病。

③癃：小便不通。

④瘖：发音沙哑。

# 血气形志篇第二十四

夫人之常数，太阳常多血少气，少阳常少血多气，阳明常多气多血，少阴常少血多气，厥阴常多血少气，太阴常多气少血。此天之常数。

足太阳与少阴为表里，少阳与厥阴为表里，阳明与太阴为表里，是为足阴阳也。手太阳与少阴为表里，少阳与心主为表里，阳明与太阴为表里，是为手之阴阳也。今知手足阴阳所苦，凡治病必先去其血，乃去其所苦，伺之所欲①，然后写有馀，补不足。

欲知背俞，先度其两乳间，中折之，更以他草度去半已，即以两隅相柱也②，乃举以度其背，令其一隅居上，齐脊大椎，两隅在下，当其下隅者，肺之俞也。复下一度，心之俞也。复下一度，左角肝之俞也，右角脾之俞也。复下一度，肾之俞也。是谓五藏之俞，灸刺之度也。

形乐志苦，病生于脉，治之以灸刺；形乐志乐，病生于肉，治之以针石；形苦志乐，病生于筋，治之以熨引③；形苦志苦，病生于咽嗌，治之以百药；形数惊恐，经络不通，病生于不仁，治之以按摩醪药。是谓五形志也。

刺阳明出血气，刺太阳出血恶气，刺少阳出气恶血，刺太阴出气恶血，刺少阴出气恶血，刺厥阴出血恶气也。

---

① 伺：诊察的意思。
② 隅：角的意思。
③ 熨引：熨指古时常用的温毫法。引，指导引法。

# 宝命全形论篇第二十五

黄帝问曰：天覆地载，万物悉备，莫贵于人。人以天地之气生，四时之法成；君王众庶，尽欲全形，形之疾病，莫知其情，留淫日深，著于骨髓，心私虑之。余欲针除其疾病，为之奈何？岐伯对曰：夫盐之味咸者，其气令器津泄；弦绝者，其音嘶败；木敷者①，其叶发；病深者，其声哕。人有此三者是为坏府②，毒药无治，短针无取，此皆绝皮伤肉，血气争黑。

帝曰：余念其痛，心为之乱惑，反甚其病，不可更代，百姓闻之，以为残贼，为之奈何？岐伯曰：夫人生于地，悬命于天，天地合气，命之曰人；人能应四时者，天地为之父母；知万物者，谓之天子。天有阴阳，人有十二节；天有寒暑，人有虚实。能经天地阴阳之化者，不失四时，知十二节之理者，圣智不能欺也；能存八动之变，五胜更立，能达虚实之数者，独出独入，呿吟至微③，秋毫在目。

帝曰：人生有形，不离阴阳，天地合气，别为九野，分为四时，月有小大，日有短长。万物并至，不可胜量，虚实呿吟，敢问其方？岐伯曰：木得金而伐，火得水而灭，土得木而达，金得火而缺，水得土而绝；万物尽然，不可胜竭。故针有悬布天下者五，黔首共余食，莫知之也。一曰治神，二曰知养身，三曰知毒药为真，四曰制砭石小大，五曰知府藏血气之诊；五法俱立，各有所先。今末世之刺也，虚者实之，满者泄之，此皆众工所共知也。若夫法天则地，随应而动，和之者若响，随之者若影，道无鬼神，独来独往。

帝曰：愿闻其道。岐伯曰：凡刺之真，必先治神，五藏已定，九候已备，后乃存针；众脉不见，众凶弗闻④，外内相得，无以形先，可玩往来，乃施于人。人有虚实，五虚勿近，五实勿远，至其当发，间不容瞚⑤。手动若务，针耀而匀，静意视义，观适之变。是谓冥冥，莫知其形，见其乌乌，见其稷稷，从见其飞，不知其谁，伏如横弩，起如发机。

帝曰：何如而虚？何如而实？岐伯曰：刺虚者须其实，刺实者须其虚；经气已至，慎守勿失。深浅在志，远近若一；如临深渊，手如握虎，神无营于众物⑥。

---

①敷：内溃也。
②坏府：内脏严重的损伤。
③呿吟：呿（qū，音区），呵欠。吟，呻吟。
④众凶：五脏败绝的现象。
⑤瞚：瞚（shùn，音舜），一眨眼的意思。
⑥神无营：专一的意思。

# 八正神明论篇第二十六

黄帝问曰：用针之服①，必有法则焉；今何法何则？岐伯对曰：法天则地，合以天光。帝曰：愿卒闻之。岐伯曰：凡刺之法，必候日月星辰，四时八正之气，气定乃刺之。是故天温日明，则人血淖液②，而卫气浮，故血易写，气易行；天寒日阴，则人血凝泣，而卫气沉；月始生，则血气始精，卫气始行；月郭满，则血气实，肌肉坚；月郭空，则肌肉减，经络虚，卫气去，形独居。是以因天时而调血气也。是以天寒无刺，天温无疑；月生无写，月满无补，月郭空无治；是谓得时而调之。因天之序，盛虚之时，移光定位，正立而待之。故曰：月生而写，是谓藏虚；月满而补，血气扬溢，络有留血，命曰重实；月郭空而治，是谓乱经。阴阳相错，真邪不别，沉以留止，外虚内乱，淫邪乃起。

帝曰：星辰八正何候？岐伯曰：星辰者，所以制日月之行也。八正者，所以候八风之虚邪，以时至者也；四时者，所以分春秋冬夏之气所在，以时调之也，八正之虚邪而避之勿犯也。以身之虚而逢天之虚，两虚相感，其气至骨，入则伤五藏。工候救之③，弗能伤也。故曰：天忌不可不知也。帝曰：善！

其法星辰者，余闻之矣，愿闻法往古者。岐伯曰：法往古者，先知《针经》也。验于来今者，先知日之寒温，月之虚盛，以候气之浮沉，而调之于身，观其立有验也。观其冥冥者，言形气荣卫之不形于外，而工独知之，以日之寒温，月之虚盛，四时气之浮沉，参伍相合而调之，工常先见之，然而不形于外，故曰观于冥冥焉。通于无穷者，可以传于后世也，是故工之所以异也。然而不形见于外，故俱不能见也；视之无形，尝之无味，故谓冥冥，若神髣髴④。

虚邪者，八正之虚邪气也。正邪者，身形若用力，汗出腠理开，逢虚风。其中人也微，故莫知其情，莫见其形。上工救其萌牙，必先见三部九候之气，尽调不败而救之；故曰上工。下工救其已成，救其已败。救其已成者，言不知三部九候之相失，因病而败之也。知其所在者，知诊三部九候之病脉处而治之；故曰守其门户焉⑤，莫知其情，而见邪形也。

帝曰：余闻补写，未得其意。岐伯曰：写必用方。方者，以气方盛也，以月方满也，以日方温也，以身方定也，以息方吸而内针⑥；乃复候其方吸而转针⑦；乃复候其方呼而徐引针⑧；故曰写必用方，其气而行焉。补必用员。员者，行也。行者，移也。刺必中其荣⑨，复以吸排针也。故员与方，非针也。故养神者，必知形之肥瘦，荣卫血气之盛衰。血气者，人之神，不可不谨养。

帝曰：妙乎哉论也！合人形于阴阳四时，虚实之应，冥冥之期，其非夫子，孰能通之！然夫子数言形与神，何谓形？何谓神？愿卒闻之。岐伯曰：请言形。形乎形，目冥冥，问其所病，索之于经，慧然在前，按之不得，不知其情，故曰形。帝曰：何谓神？岐伯曰：请言神。神乎神，耳不闻，目明心开而志先，慧然独悟，口弗能言，俱视独见，适若昏，昭然独明，若风吹云，故曰神。三部九候为之原，九针之论，不必存也。

---

①服：指用针的技术。
②淖：滑润。
③工：指医生。
④髣髴：仿佛之意。
⑤门户：指三部九候。
⑥内针：进针。
⑦转针：捻针。
⑧引针：拔出针。
⑨荣：重要的经穴。

# 离合真邪论篇第二十七

黄帝问曰：余闻九针九篇，夫子乃因而九之，九九八十一篇，余尽通其意矣。经言气之盛衰，左右倾移，以上调下，以左调右，有余不足，补写于荣输，余知之矣。此皆荣卫之倾移，虚实之所生，非邪气从外入于经也，余愿闻邪气之在经也；其病人何如？取之奈何？岐伯对曰：夫圣人之起度数，必应于天地。故天有宿度，地有经水，人有经脉。天地温和，则经水安静；天寒地冻，则经水凝泣；天暑地热，则经水沸溢，卒风暴起，则经水波涌而陇起。夫邪之入于脉也，寒则血凝泣，暑则气淖泽；虚邪因而入客，亦如经水之得风也；经之动脉，其至也亦时陇起。其行于脉中，循循然，其至寸口中手也；时大时小，大则邪至，小则平，其行无常处，在阴与阳，不可为度，从而察之，三部九候，卒然逢之，早遏其路。吸则内针，无令气忤①；静以久留，无令邪布；吸则转针，以得气为故②；候呼引针，呼尽乃去。大气皆出，故命曰写。

帝曰：不足者补之奈何？岐伯曰：必先扪而循之，切而散之，推而按之，弹而怒之，抓而下之，通而取之，外引其门，以闭其神。呼尽内针，静以久留，以气至为故。如待所贵，不知日暮，其气以至，适而自护，候吸引针，气不得出；各在其处，推阖其门，令神气存，大气留止，故命曰补。

帝曰：候气奈何？岐伯曰：夫邪去络入于经也，舍于血脉之中，其寒温未相得，如涌波之起也，时来时去，故不常在。故曰方其来也，必按而止之，止而取之，无逢其冲而写之。真气者，经气也。经气太虚，故曰其来不可逢，此之谓也。故曰候邪不审，大气已过，写之则真气脱，脱则不复，邪气复至，而病益蓄。故曰其往不可追，此之谓也。不可挂以髪者，待邪之至时，而发针写矣，若先若后者，血气已尽，其病不可下。故曰知其可取如发机，不知其取如扣椎。故曰知机道者，不可挂以发，不知机者，扣之不发，此之谓也。

帝曰：补写奈何？岐伯曰：此攻邪也。疾出以去盛血，而复其真气，此邪新客，溶溶未有定处也；推之则前，引之则止，逆而刺之，温血也③，刺出其血，其病立已。帝曰：善！然真邪以合，波陇不起，候之奈何？岐伯曰：审扪循三部九候之盛虚而调之。察其左右上下相失及相减者，审其病藏以期之。不知三部者，阴阳不别，天地不分，地以候地，天以候天，人以候人，调之中府，以定三部。故曰：刺不知三部九候病脉之处，虽有大过且至，工不能禁也。诛罚无过，命曰大惑；反乱大经，真不可复，用实为虚，以邪为真，用针无义，反为气贼，夺人正气；以从为逆，荣卫散乱，真气已失，邪独内著④，绝人长命，予人夭殃。不知三部九候，故不能久长；因不知合之四时五行，因加相胜，释邪攻正，绝人长命。邪之新客来也，未有定处，推之则前，引之则止，逢而写之，其病立已。

---

①忤：忤（wǔ，音午），逆的意思。
②得气：即针感。
③温血：即毒血。
④著：同着，留着不去之意。

# 通评虚实论篇第二十八

黄帝问曰：何谓虚实？岐伯对曰：邪气盛则实，精气夺则虚。帝曰：虚实何如？岐伯曰：气虚者，肺虚也；气逆者，足寒也。非其时则生，当其时则死。余藏皆如此。

帝曰：何谓重实？岐伯曰：所谓重实者，言大热病，气热、脉满，是谓重实。

帝曰：经络俱实何如？何以治之？岐伯曰：经络皆实，是寸脉急而尺缓也，皆当治之。故曰：滑则从，涩则逆也。夫虚实者，皆从其物类始；故五藏骨肉滑利，可以长久也。

帝曰：络气不足，经气有余，何如？岐伯曰：络气不足，经气有余者，脉口热而尺寒也①。秋冬为逆，春夏为从，治主病者。帝曰：经虚络满何如？岐伯曰：经虚络满者，尺热满，脉口寒涩也。此春夏死，秋冬生也。帝曰：治此者奈何？岐伯曰：络满经虚，灸阴刺阳；经满络虚，刺阴灸阳。

帝曰：何谓重虚？岐伯曰：脉气上虚尺虚，是谓重虚。帝曰：何以治之？岐伯曰：所谓气虚者，言无常也；尺虚者，行步恇然②；脉虚者，不象阴也。如此者，滑则生，涩则死也。

帝曰：寒气暴上，脉满而实，何如？岐伯曰：实而滑则生，实而逆则死。帝曰：脉实满，手足寒，头热何如？岐伯曰：春秋则生，冬夏则死。脉浮而涩，涩而身有热者死。帝曰：其形尽满何如③？岐伯曰：其形尽满者，脉急大坚，尺涩而不应也；如是者，故从则生，逆则死。帝曰：何谓从则生，逆则死？岐伯曰：所谓从者，手足温也；所谓逆者，手足寒也。

帝曰：乳子而病热，脉悬小者何如？岐伯曰：手足温则生，寒则死。帝曰：乳子中风热，喘鸣肩息者，脉何如？岐伯曰：喘鸣肩息者，脉实大也。缓则生，急则死。

帝曰：肠澼便血④，何如？岐伯曰：身热则死，寒则生。帝曰：肠澼下白沫，何如？岐伯曰：脉沉则生，脉浮则死。帝曰：肠澼下脓血，何如？岐伯曰：脉悬绝则死，滑大则生。帝曰：肠澼之属，身不热，脉不悬绝，何如？岐伯曰：滑大者曰生，悬涩者曰死，以藏期之。

帝曰：癫疾何如？岐伯曰：脉搏大滑，久自已；脉小坚急，死不治。帝曰：癫疾之脉，虚实何如？岐伯曰：虚则可治，实则死。

帝曰：消瘅虚实何如？岐伯曰：脉实大，病久可治；脉悬小坚，病久不可治。

帝曰：形度，骨度，脉度，筋度，何以知其度也⑤？

帝曰：春亟治经络；夏亟治经俞；秋亟治六府；冬则闭塞，闭塞者，用药而少针石也。所谓少针石者，非痈疽之谓也，痈疽不得顷时回。

痈不知所，按之不应手，乍来乍已，刺手太阴傍三痏与缨脉各二。掖痈大热，刺足少阳五；刺而热不止，刺手心主三，刺手太阴经络者、大骨之会各三。暴痈筋緛，随分而痛，魄汗不尽，胞气不足，治在经俞。

腹暴满，按之不下，取手太阳经络者，胃之募也，少阴俞去脊椎三寸傍五，用员利针。霍乱，刺俞傍五，足阳明及上傍三。刺痫惊脉五，针手太阴各五，刺经，太阳五，刺手少阴经络傍者一，足阳明一，上踝五寸，刺三针。

凡治消瘅、仆击、偏枯、痿厥、气满发逆，肥贵人则高梁之疾也。隔塞、闭绝，上下不通，则暴忧之病也。暴厥而聋，偏塞闭不通，内气暴薄也。不从内，外中风之病，故瘦留著也。蹠跛，寒风湿之病也。

黄帝曰：黄疸、暴痛、癫疾、厥狂，久逆之所生也。五藏不平，六府闭塞之所生也。头痛耳鸣，九窍不利，肠胃之所生也。

---

①脉口热：谓脉滑也。

②恇然：恇（kuāng，音匡），怯弱也。

③形尽满：身体肿满。

④肠澼便血：即痢疾。

⑤此言上下不相连属，当是错简。

# 太阴阳明论篇第二十九

黄帝问曰：太阴、阳明为表里，脾胃脉也；生病而异者何也？岐伯对曰：阴阳异位，更虚更实，更逆更从；或从内，或从外，所从不同，故病异名也。帝曰：愿闻其异状也。岐伯曰：阳者，天气也，主外；阴者，地气也，主内；故阳道实，阴道虚。故犯贼风虚邪者，阳受之；饮食不节，起居不时者，阴受之。阳受之则入六府，阴受之则入五藏。入六府则身热，不时卧[1]，上为喘呼；入五藏则䐜满闭塞，下为飧泄，久为肠澼。故喉主天气，咽主地气。故阳受风气，阴受湿气。故阴气从足上行至头，而下行循臂至指端；阳气从手上行至头，而下行至足。故曰：阳病者，上行极而下；阴病者，下行极而上。故伤于风者，上先受之；伤于湿者，下先受之。

帝曰：脾病而四支不用，何也，岐伯曰：四支皆禀气于胃，而不得至经，必因于脾，乃得禀也。今脾病不能为胃行其津液，四支不得禀水谷气，气日以衰，脉道不利，筋骨肌肉皆无气以生，故不用焉。

帝曰：脾不主时，何也？岐伯曰：脾者土也，治中央[2]，常以四时长四藏，各十八日寄治，不得独主于时也。脾藏者，常著胃土之精也[3]。土者，生万物而法天地。故上下至头足，不得主时也。

帝曰：脾与胃，与膜相连耳，而能为之行其津液，何也？岐伯曰：足太阴者三阴也，其脉贯胃、属脾、络嗌，故太阴为之行气于三阴；阳明者表也，五藏六府之海也，亦为之行气于三阳。藏府各因其经而受气于阳明，故为胃行其津液。四支不得禀水谷气，日以益衰，阴道不利[4]，筋骨肌肉无气以生，故不用焉。

---

①不时卧：不得安卧。
②治：主管。
③著：明显。
④阴道不利：即尿道不利。

# 阳明脉解篇第三十

黄帝问曰：足阳明之脉病，恶人与火，闻木音则惕然而惊，钟鼓不为动。闻木音而惊，何也？愿闻其故。岐伯对曰：阳明者，胃脉也。胃者，土也。故闻木音而惊者，土恶木也。帝曰：善！其恶火何也？岐伯曰：阳明主肉，其脉血气盛，邪客之则热，热甚则恶火。帝曰：其恶人何也？岐伯曰：阳明厥则喘而惋[1]，惋而恶人。帝曰：或喘而死者，或喘而生者，何也？岐伯曰：厥逆连藏则死，连经则生。帝曰：善！病甚则弃衣而走，登高而歌；或至不食数日，逾垣上屋②，所上之处，皆非其素所能也，病反能者何也？岐伯曰：四支者，诸阳之本也。阳盛则四支实，实则能登高也。帝曰：其弃衣而走者何也？岐伯曰：热盛于身，故弃衣欲走也。帝曰：其妄言骂詈③，不避亲疏而歌者，何也？岐伯曰：阳盛则使人妄言骂詈，不避亲疏，而不欲食，不欲食，故妄走也。

---

①悗：悗（yù，音郁），指心胸郁闷不舒。
②逾垣：越墙而过。
③骂詈：詈（lì，音利），皆指骂人。

# 热论篇第三十一

黄帝问曰：今夫热病者，皆伤寒之类也。或愈或死，其死皆以六、七日之间；其愈皆以十日以上者何也？不知其解，愿闻其故。岐伯对曰：巨阳者①，诸阳之属也。其脉连于风府，故为诸阳主气也。人之伤于寒也，则为病热，热虽甚不死；其两感于寒而病者②，必不免于死。

帝曰：愿闻其状。岐伯曰：伤寒一日，巨阳受之，故头项痛，腰脊强；二日阳明受之，阳明主肉，其脉挟鼻，络于目，故身热目疼而鼻干，不得卧也；三日少阳受之，少阳主胆，其脉循胁络于耳，故胸胁痛而耳聋；三阳经络皆受其病，而未入于藏者，故可汗而已。四日太阴受之，太阴脉布胃中，络于嗌，故腹满而嗌干；五日少阴受之，少阴脉贯肾，络于肺，系舌本，故口燥舌干而渴；六日厥阴受之，厥阴脉循阴器而络于肝，故烦满而囊缩③。三阴三阳、五藏六府皆受病，荣卫不行，五藏不通，则死矣。

其不两感于寒者，七日巨阳病衰，头痛少愈；八日阳明病衰，身热少愈；九日少阳病衰，耳聋微闻；十日太阴病衰，腹减如故，则思饮食；十一日少阴病衰，渴止不满，舌干已而嚏；十二日厥阴病衰，囊纵少腹微下，大气皆去，病日已矣。帝曰：治之奈何？岐伯曰：治之各通其藏脉，病日衰已矣。其未满三日者，可汗而已；其满三日者，可泄而已。

帝曰：热病已愈，时有所遗者，何也？岐伯曰：诸遗者，热甚而强食之，故有所遗也。若此者，皆病已衰而热有所藏，因其谷气相薄④，两热相合⑤，故有所遗也。帝曰：善！治遗奈何？岐伯曰：视其虚实，调其逆从，可使必已矣。帝曰：病热当何禁之？岐伯曰：病热少愈，食肉则复；多食则遗，此其禁也。

帝曰：其病两感于寒者，其脉应与其病形何如？岐伯曰：两感于寒者，病一日，则巨阳与少阴俱病，则头痛，口干而烦满；二日则阳明与太阴俱病，则腹满，身热，不欲食，谵言⑥；三日则少阳与厥阴俱病，则耳聋，囊缩而厥。水浆不入，不知人，六日死。帝曰：五藏已伤，六府不通，荣卫不行，如是之后，三日乃死，何也？岐伯曰：阳明者，十二经脉之长也。其血气盛，故不知人。三日，其气乃尽，故死矣。

凡病伤寒而成温者，先夏至日者为病温；后夏至日者为病暑。暑当与汗皆出，勿止。

①巨阳：即太阳。

②两感：阴阳表里两经同时受病。

③囊：指阴囊。

④薄：同搏。

⑤两热相合：指病之余热与新食谷气之热相结合。

⑥谵言：妄言乱语。

# 刺热篇第三十二

肝热病者，小便先黄，腹痛多卧身热。热争则狂言及惊，胁满痛，手足躁，不得安卧。庚辛甚，甲乙大汗，气逆则庚辛死。刺足厥阴、少阳。其逆则头痛员员，脉引冲头也。

心热病者，先不乐，数日乃热。热争则卒心痛，烦闷善呕，头痛面赤，无汗。壬癸甚，丙丁大汗，气逆则壬癸死。刺手少阴、太阳。

脾热病者，先头重，颊痛，烦心，颜青，欲呕，身热。热争则腰痛，不可用俯仰，腹满泄，两颔痛。甲乙甚，戊己大汗，气逆则甲乙死。刺足太阴、阳明。

肺热病者，先淅然厥①，起毫毛，恶风寒，舌上黄，身热。热争则喘咳，痛走胸膺背，不得大息，头痛不堪，汗出而寒。丙丁甚，庚辛大汗，气逆则丙丁死。刺手太阴、阳明，出血如大豆，立已。

肾热病者，先腰痛胻痠，苦渴数饮，身热。热争则项痛而强，胻寒且痠，足下热，不欲言，其逆则项痛员员澹澹然②。戊己甚，壬癸大汗，气逆则戊己死。刺足少阴、太阳。诸汗者，至其所胜日汗出也。

肝热病者，左颊先赤；心热病者，颜先赤；脾热病者，鼻先赤；肺热病者，右颊先赤；肾热病者，颐先赤。病虽未发，见赤色者刺之；名曰治未病。热病从部所起者，至期而已；其刺之反者，三周而已；重逆则死③。诸当汗者，至其所胜日汗大出也。

诸治热病，以饮之寒水④，乃刺之；必寒衣之，居止寒处，身寒而止也。

热病先胸胁痛，手足躁，刺足少阳，补足太阴，病甚者为五十九刺。热病始手臂痛者，刺手阳明、太阴，而汗出止。热病始于头首者，刺项太阳而汗出止。热病始于足胫者，刺足阳明而汗出止。热病先身重，骨痛，耳聋，好瞑，刺足少阴，病甚为五十九刺。热病先眩冒而热，胸胁满，刺足少阴、少阳。

太阳之脉，色荣颧骨，热病也；荣未交，曰今且得汗，待时而已；与厥阴脉争见者，死期不过三日，其热病内连肾。少阳之脉色也。少阳之脉，色荣颊前，热病也；荣未交，曰今且得汗，待时而已；与少阴脉争见者，死期不过三日。

热病气穴：三椎下间主胸中热，四椎下间主鬲中热⑤，五椎下间主肝热，六椎下间主脾热，七椎下间主肾热。荣在骶也。项上三椎陷者中也。颊下逆颧为大瘕⑥；下牙车为腹满；颧后为胁痛；颊上者，鬲上也。

───────────

①淅然：突然感到凛寒的样子。

②澹澹然：水波摇动起伏状。

③重逆：指治疗上的一误再误。

④以：先的意思。

⑤𩩲：胃。

⑥大瘕：此指大瘕泄，症状为腹泻里急后重而茎中痛。

# 评热病论篇第三十三

黄帝问曰：有病温者，汗出辄复热，而脉躁疾，不为汗衰，狂言不能食，病名为何？岐伯对曰：病名阴阳交，交者死也。帝曰：愿闻其说？岐伯曰：人所以汗出者，皆生于谷，谷生于精。今邪气交争于骨肉而得汗者，是邪却而精胜也。精胜，则当能食而不复热。复热者，邪气也。汗者，精气也。今汗出而辄复热者，是邪胜也；不能食者，精无俾也。病而留者，其寿可立而倾也。且夫《热论》曰：汗出而脉尚躁盛者死。今脉不与汗相应，此不胜其病也；其死明矣。狂言者，是失志，失志者死。今见三死①，不见一生，虽愈必死也。

帝曰：有病身热，汗出烦满，烦满不为汗解，此为何病？岐伯曰：汗出而身热者，风也；汗出而烦满不解者，厥也；病名曰风厥。帝曰：愿卒闻之②？岐伯曰：巨阳主气，故先受邪；少阴与其为表里也，得热则上从之，从之则厥也。帝曰：治之奈何？岐伯曰：表里刺之，饮之服汤。

帝曰：劳风为病何如？岐伯曰：劳风法在肺下。其为病也，使人强上冥视，唾出若涕，恶风而振寒，此为劳风之病。帝曰：治之奈何？岐伯曰：以救俯仰。巨阳引精者三日，中年者五日，不精者七日。咳出青黄涕，其状如脓，大如弹丸，从口中若鼻中出；不出则伤肺，伤肺则死也。

帝曰：有病肾风者，面胕痝然壅③，害于言。可刺不？岐伯曰：虚不当刺。不当刺而刺，后五日其气必至。帝曰：其至何如？岐伯曰：至必少气时热，时热从胸背上至头，汗出手热，口干苦渴，小便黄，目下肿，腹中鸣，身重难以行，月事不来，烦而不能食，不能正偃④，正偃则咳，病名曰风水，论在刺法中。

帝曰：愿闻其说。岐伯曰：邪之所凑，其气必虚。阴虚者阳必凑之，故少气时热而汗出也。小便黄者，少腹中有热也。不能正偃者，胃中不和也。正偃则咳甚，上迫肺也。诸有水气者，微肿先见于目下也。帝曰：何以言？岐伯曰：水者阴也，目下亦阴也；腹者至阴之所居，故水在腹者，必使目下肿也。真气上逆，故口苦舌干，卧不得正偃，正偃则咳出清水也。诸水病者，故不得卧，卧则惊，惊则咳甚也。腹中鸣者，病本于胃也。薄脾则烦不能食；食不下者，胃脘隔也。身重难以行者，胃脉在足也。月事不来者，胞脉闭也。胞脉者，属心而络于胞中；今气上迫肺，心气不得下通，故月事不来也。帝曰：善！

①三死：不食者死，脉躁盛者死，狂言者死。

②卒：详尽。

③面胕痝然壅：胕（fú，音扶），浮肿。　痝（máng，音茫），肿。　壅，形容眼下浮肿。

④正偃：偃（yǎn，音演），仰卧。

# 逆调论篇第三十四

黄帝问曰：人身非常温也，非常热也，为之热而烦满者，何也？岐伯对曰：阴气少而阳气胜，故热而烦满也。帝曰：人身非衣寒也，中非有寒气也，寒从中生者何也？岐伯曰：是人多痹气也①，阳气少，阴气多，故身寒如从水中出。

帝曰：人有四支热，逢风寒如灸如火者，何也？岐伯曰：是人者，阴气虚，阳气盛。四支者，阳也；两阳相得，而阴气虚少，少水不能灭盛火，而阳独治；独治者，不能生长也，独胜而止耳。逢风而如灸如火者，是人当肉烁也②。

帝曰：人有身寒，汤火不能热，厚衣不能温，然不冻栗，是为何病？岐伯曰：是人者，素肾气胜，以水为事，太阳气衰，肾脂枯不长，一水不能胜两火。肾者水也，而生于骨，肾不生，则髓不能满，故寒甚至骨也。所以不能冻栗者，肝一阳也，心二阳也，肾孤藏也，一水不能胜二火，故不能冻栗，病名曰骨痹，是人当挛节也③。

帝曰：人之肉苛者④，虽近衣絮，犹尚苛也，是谓何疾？岐伯曰：荣气虚，卫气实也。荣气虚则不仁，卫气虚则不用，荣卫俱虚，则不仁且不用，肉如故也；人身与志不相有，曰死。

帝曰：人有逆气，不得卧而息有音者；有不得卧而息无音者；有起居如故而息有音者；有得卧，行而喘者；有不得卧，不能行而喘者；有不得卧，卧而喘者；皆何藏使然？愿闻其故。岐伯曰：不得卧而息有音者，是阳明之逆也。足三阳者下行，今逆而上行，故息有音也。阳明者，胃脉也，胃者，六府之海，其气亦下行；阳明逆，不得从其道，故不得卧也。《下经》曰：胃不和则卧不安。此之谓也。夫起居如故而息有音者，此肺之络脉逆也；络脉不得随经上下，故留经而不行。络脉之病人也微，故起居如故而息有音也。夫不得卧，卧则喘者，是水气之客也。夫水者，循津液而流也。肾者，水藏，主津液，主卧与喘也。帝曰：善！

---

①痹气：指因阳虚气少，气机闭滞，以致血液凝涩不能运行。
②肉烁：烁（shuò，音朔），指肌肉干枯瘦削。
③挛节：挛，拘挛。节，指骨节。
④肉苛：指肌肉麻木不仁之证。

# 疟论篇第三十五

黄帝问曰：夫痎疟皆生于风，其蓄作有时者何也①？岐伯对曰：疟之始发也，先起于毫毛，伸欠乃作，寒栗鼓颔，腰脊俱痛；寒去则内外皆热，头痛如破，渴欲冷饮。

帝曰：何气使然？愿闻其道。岐伯曰：阴阳上下交争，虚实更作，阴阳相移也。阳并于阴，则阴实而阳虚，阳明虚则寒栗鼓颌也②；巨阳虚则腰背头项痛；三阳俱虚，则阴气胜，阴气胜则骨寒而痛，寒生于内，故中外皆寒。阳盛则外热，阴虚则内热，外内皆热，则喘而渴，故欲冷饮也。此皆得之夏伤于暑；热气盛，藏于皮肤之内，肠胃之外，此荣气之所舍也。此令人汗空疏，腠理开，因得秋气，汗出遇风；及得之以浴，水气舍于皮肤之内，与卫气并居；卫气者，昼日行于阳，夜行于阴，此气得阳而外出，得阴而内薄，内外相薄，是以日作。

帝曰：其间日而作者何也？岐伯曰：其气之舍深，内薄于阴，阳气独发，阴邪内著，阴与阳争不得出；是以间日而作也。帝曰：善！

其作日晏与其日早者，何气使然？岐伯曰：邪气客于风府，循膂而下③，卫气一日一夜大会于风府，其明日日下一节；故其作也晏，此先客于脊背也。每至于风府，则腠理开，腠理开则邪气入，邪气入则病作，以此日作稍益晏也。其出于风府，日下一节，二十五日下至骶骨④；二十六日入于脊内，注于伏膂之脉；其气上行，九日出于缺盆之中；其气日高，故作日益早也。其间日发者，由邪气内薄于五藏，横连募原也⑤，其道远，其气深，其行迟，不能与卫气俱行，不得皆出，故间日乃作也。

帝曰：夫子言卫气每至于风府，腠理乃发，发则邪气入，入则病作。今卫气日下一节，其气之发也，不当风府，其日作者奈何？岐伯曰：此邪气客于头项，循膂而下者也；故虚实不同，邪中异所，则不得当其风府也。故邪中于头项者，气至头项而病；中于背者，气至背而病；中于腰脊者，气至腰脊而病；中于手足者，气至手足而病；卫气之所在，与邪气相合，则病作。故风无常府，卫气之所发，必开其腠理，邪气之所合，则其府也。帝曰：善！

夫风之与疟也，相似同类，而风独常在，疟得有时而休者，何也？岐伯曰：风气留其处，故常在；疟气随经络沉以内薄，故卫气应乃作。

帝曰：疟先寒而后热者，何也？岐伯曰：夏伤于大暑，其汗大出，腠理开发，因遇夏气凄沧之水寒⑥，藏于腠理皮肤之中，秋伤于风，则病成矣。夫寒者，阴气也；风者，阳气也。先伤于寒而后伤于风，故先寒而后热也，病以时作，名曰寒疟。

帝曰：先热而后寒者，何也？岐伯曰：此先伤于风，而后伤于寒，故先热而后寒也；亦以时作，名曰温疟。

其但热而不寒者，阴气先绝，阳气独发，则少气烦冤⑦，手足热而欲呕，名曰瘅疟。

帝曰：夫经言有余者写之，不足者补之。今热为有余，寒为不足。夫疟者之寒，汤火不能温也，及其热，冰水不能寒也。此皆有余不足之类。当此之时，良工不能止，必须其自衰乃刺之，其故何也？愿闻其说。岐伯曰：经言无刺熇熇之热，无刺浑浑之脉，无刺漉漉之汗；故为其病逆，未可治也。夫疟之始发也，阳气并于阴，当是之时，阳虚而阴盛，外无气，故先寒栗也；阴气逆极，则复出之阳，阳与阴复并于外，则阴虚而阳实；故先热而渴。夫疟气者，并于阳则阳胜，并于阴则阴胜；阴胜则寒，阳胜则热。疟者，风寒之气不常也，病极则复。至病之发也，如火之热，如风雨不可当也。故经言曰：方其盛时必毁，因其衰也，事必大昌。此之谓也。夫疟之未发也，阴未并阳，阳未并阴，因而调之，真气得安，邪气乃亡；故工不能治其已发，为其气逆也。帝曰：善！

攻之奈何？早晏何如？岐伯曰：疟之且发也，阴阳之且移也，必从四末始也。阳已伤，阴从之，故先其时坚束其处，令邪气不得入，阴气不得出；审候见之，在孙络盛坚而血者，皆取之，此真往而未得并者也。

帝曰：疟不发，其应何如？岐伯曰：疟气者，必更盛更虚，当气之所在也，病在阳，则热而脉躁；在阴，则寒而脉静；极则阴阳俱衰，卫气相离，故病得休；卫气集，则复病也。

帝曰：时有间二日或至数日发，或渴或不渴，其故何也？岐伯曰：其间日者，邪气与卫气客于六府，而有时相失，不能相得；故休数日乃作也。疟者，阴阳更胜也，或甚或不甚；故或渴或不渴。

帝曰：论言夏伤于暑，秋必病疟，今疟不必应者，何也？岐伯曰：此应四时者也。其病异形者，反四时也。其以秋病者寒甚，以冬病者寒不甚，以春病者恶风，以夏病者多汗。

帝曰：夫病温疟与寒疟，而皆安舍？舍于何藏？岐伯曰：温疟者，得之冬中于风寒，气藏于骨髓之中，至春则阳气大发，邪气不能自出；因遇大暑，脑髓烁⑧，肌肉消，腠理发泄，或有所用力，邪气与汗皆出。此病藏于肾，其气先从内出之于外也。如是者，阴虚而阳盛，阳盛则热矣，衰则气复反入，入则阳虚，阳虚则寒矣；故先热而后寒，名曰温疟。帝曰：瘅疟何如？岐伯曰：瘅疟者，肺素有热，气盛于身，厥逆上冲，中气实而不外泄；因有所用力，腠理开，风寒舍于皮肤之内、分肉之间而发，发则阳气盛，阳气盛而不衰，则病矣。其气不及于阴，故但热而不寒，气内藏于心，而外舍于分肉之间，令人消烁脱肉、故命曰瘅疟。帝曰：善！

---

①蓄作：不发作为"蓄"，发作为"作"。

②寒栗鼓颔：因寒冷全身发抖，下颌骨也随之鼓动。

③膂：脊椎骨。

④骶骨：指尾骶骨。

⑤募原：又名膜原。

⑥凄沧：寒凉之意。

⑦冤：郁闷。

⑧脑髓烁：指暑热上熏，使人头脑昏沉。


# 刺疟篇第三十六

　　足太阳之疟，令人腰痛头重，寒从背起，先寒后热，熇熇暍暍然①；热止汗出，难已，刺郄中出血。足少阳之疟，令人身体解㑊，寒不甚，热不甚，恶见人，见人心惕惕然，热多，汗出甚；刺足少阳。足阳明之疟，令人先寒，洒淅洒淅②，寒甚久乃热，热去汗出，喜见日月光火气，乃快然；刺足阳明跗上。足太阴之疟，令人不乐，好大息，不嗜食，多寒热汗出，病至则善呕，呕已乃衰，即取之。足少阴之疟，令人呕吐甚，多寒热，热多寒少，欲闭户牖而处，其病难已。足厥阴之疟，令人腰痛，少腹满，小便不利，如癃状，非癃也，数便，意恐惧，气不足，腹中悒悒③；刺足厥阴。

　　肺疟者，令人心寒，寒甚热，热间善惊，如有所见者，刺手太阴、阳明。心疟者，令人烦心甚，欲得清水，反寒多，不甚热；刺手少阴。肝疟者，令人色苍苍然，太息，其状若死者；刺足厥阴见血。脾疟者，令人寒，腹中痛，热则肠中鸣，鸣已汗出；刺足太阴。肾疟者，令人洒洒然，腰脊痛宛转，大便难，目眴眴然④，手足寒，刺足太阳、少阴。胃疟者，令人且病也，善饥而不能食，食而支满腹大；刺足阳明、太阴横脉出血。

　　疟发身方热，刺跗上动脉，开其空，出其血，立寒；疟方欲寒，刺手阳明太阴、足阳明太阴。疟脉满大急，刺背俞，用中针傍伍胠俞各一，适肥瘦，出其血也。疟脉小实急，灸胫少阴、刺指井。疟脉满大急，刺背俞，用五胠俞、背俞各一，适行至于血也。疟脉缓大虚，便宜用药，不宜用针。凡治疟，先发如食顷，乃可以治，过之则失时也。诸疟而脉不见，刺十指间出血，血去必已；先视身之赤如小豆者，尽取之⑤。十二疟者，其发各不同时，察其病形，以知其何脉之病也。先其发时如食顷而刺之，一刺则衰，二刺则知，三刺则已；不已，刺舌下两脉出血；不已，刺郄中盛经出血，又刺项已下侠脊者，必已。舌下两脉者，廉泉也。

　　刺疟者，必先问其病之所先发者，先刺之。先头痛及重者，先刺头上及两额、两眉间出血；先项背痛者，先刺之。先腰脊痛者，先刺郄中出血；先手臂痛者，先刺手少阴、阳明十指间；先足胫痠痛者，先刺足阳明十指间出血。风疟，疟发则汗出恶风，刺三阳经背俞之血者，髃痠痛甚，按之不可，名曰胕髓病，以镵针针绝骨出血⑥，立已。身体小痛，刺至阴。诸阴之井，无出血，间日一刺。疟不渴，间日而作，刺足太阳；渴而间日作，刺足少阳；温疟汗不出，为五十九刺。

①熇熇暍暍：熇（hè，音贺），暍（yē，音噎），皆热势炽盛貌。
②洒淅：恶寒的感觉。
③悒悒：不舒畅貌。
④眴眴然：眴（xuǎn，音悬），目眩状。
⑤取：刺的意思。
⑥镵针：镵（chán，音馋），古时九针之一，其状头大而锐。

# 气厥论篇第三十七

　　黄帝问曰：五藏六府，寒热相移者何？岐伯曰：肾移寒于脾，痈肿，少气。脾移寒于肝，痈肿，筋挛。肝移寒于心，狂隔中。心移寒于肺，肺消；肺消者饮一溲二，死不治。肺移寒于肾，为涌水；涌水者，按腹不坚，水气客于大肠，疾行则鸣濯濯①，如囊裹浆，水之病也。脾移热于肝，则为惊衄。肝移热于心，则死。心移热于肺，传为鬲消。肺移热于肾，传为柔痓。肾移热于脾，传为虚，肠澼死，不可治。胞移热于膀胱，则癃，溺血。膀胱移热于小肠，鬲肠不便，上为口糜。小肠移热于大肠，为虙瘕②，为沉。大肠移热于胃，善食而瘦入，谓之食亦。胃移热于胆，亦曰食亦。胆移热于脑，则辛頞鼻渊③；鼻渊者，浊涕下不止也，传为衄蔑瞑目。故得之气厥也。

①濯濯：此指肠鸣。
②瘕：腹中积块。
③頞：頞（è，音遏），指鼻梁。

# 咳论篇第三十八

　　黄帝问曰：肺之令人咳，何也？岐伯对曰：五藏六府皆令人咳，非独肺也。帝曰：愿闻其状。岐伯曰：皮毛者，肺之合也；皮毛先受邪气，邪气以从其合也。其寒饮食入胃，从肺脉上至于肺则肺寒，肺寒则外内合邪，因而客之，则为肺咳。五藏各以其时受病，非其时，各传以与之。

　　人与天地相参，故五藏各以治时感于寒则受病，微则为咳，甚则为泄、为痛。乘秋则肺先受邪，乘春则肝先受之，乘夏则心先受之，乘至阴则脾先受之，乘冬则肾先受之。

　　帝曰：何以异之？岐伯曰：肺咳之状，咳而喘息有音，甚则唾血。心咳之状，咳则心痛，喉中介介如梗状①，甚则咽肿喉痹。肝咳之状，咳则两胁下痛，甚则不可以转，转则两胠下满。脾咳之状，咳则右胁下痛，阴阴引肩背，甚则不可以动，动则咳剧。肾咳之状，咳则腰背相引而痛，甚则咳涎②。

　　帝曰：六府之咳奈何？安所受病？岐伯曰：五藏之久咳，乃移于六府。脾咳不已，则胃受之；胃咳之状，咳而呕，呕甚则长虫出③。肝咳不已，则胆受之；胆咳之状，咳呕胆汁。肺咳不已，则大肠受之；大肠咳状，咳而遗矢。心咳不已，则小肠受之；小肠咳状，咳而矢气④，气与咳俱矢。肾咳不已，则膀胱受之；膀胱咳状，咳而遗溺。久咳不已，则三焦受之；三焦咳状，咳而腹满，不欲食饮。此皆聚于胃，关于肺，使人多涕唾而面浮肿气逆也。

　　帝曰：治之奈何？岐伯曰：治藏者治其俞；治府者治其合；浮肿者治其经。帝曰：善！

---

　　①介介：形容喉中如有物梗塞状。

　　②咳涎：泛指咳吐痰液。

　　③长虫：即蛔虫。

　　④矢气：俗称放屁。

# 举痛论篇第三十九

　　黄帝问曰：余闻善言天者，必有验于人；善言古者，必有合于今；善言人者，必有厌于己。如此则道不惑而要数极，所谓明也。今余问于夫子，令言而可知，视而可见，扪而可得，令验于己而发蒙解惑，可得而闻乎？岐伯再拜稽首对曰①：何道之问也？帝曰：愿闻人之五藏卒痛，何气使然？岐伯对曰：经脉流行不止，环周不休。寒气入经而稽迟，泣而不行，客于脉外则血少②，客于脉中则气不通；故卒然而痛。

　　帝曰：其痛或卒然而止者，或痛甚不休者，或痛甚不可按者，或按之而痛止者，或按之无益者，或喘动应手者，或心与背相引而痛者，或胁肋与少腹相引而痛者，或腹痛引阴股者；或痛宿昔而成积者，或卒然痛死不知人，有少间复生者，或痛而呕者，或腹痛而后泄者，或痛而闭不通者。凡此诸痛，各不同形，别之奈何？

岐伯曰：寒气客于脉外则脉寒，脉寒则缩蜷，缩蜷则脉绌急③，绌急则外引小络，故卒然而痛，得炅则痛立止①；因重中于寒，则痛久矣。寒气客于经脉之中，与炅气相薄则脉满，满则痛而不可按也。寒气稽留，炅气从上，则脉充大而血气乱，故痛甚不可按也。寒气客于肠胃之间，膜原之下，血不得散，小络急引，故痛；按之则血气散，故按之痛止。寒气客于侠脊之脉则深，按之不能及，故按之无益也。寒气客于冲脉，冲脉起于关元，随腹直上，寒气客则脉不通，脉不通则气因之；故喘动应手矣。寒气客于背俞之脉则脉泣，脉泣则血虚，血虚则痛，其俞注于心，故相引而痛。按之则热气至，热气至则痛止矣。寒气客于厥阴之脉，厥阴之脉者，络阴器，系于肝，寒气客于脉中，则血泣脉急，故胁肋与少腹相引痛矣。厥气客于阴股，寒气上及少腹，血泣在下相引，故腹痛引阴股。寒气客于小肠膜原之间，络血之中，血泣不得注于大经，血气稽留不得行，故宿昔而成积矣。寒气客于五藏，厥逆上泄，阴气竭，阳气未入，故卒然痛死不知人，气复反则生矣。寒气客于肠胃，厥逆上出，故痛而呕也。寒气客于小肠，小肠不得成聚，故后泄腹痛矣。热气留于小肠，肠中痛，瘅热焦渴，则坚干不得出，故痛而闭不通矣。

帝曰：所谓言而可知者也。视而可见奈何？岐伯曰：五藏六府，固尽有部，视其五色，黄赤为热，白为寒，青黑为痛，此所谓视而可见者也。帝曰：扪而可得奈何？岐伯曰：视其主病之脉，坚而血及陷下者，皆可扪而得也。帝曰：善！

余知百病生于气也。怒则气上，喜则气缓，悲则气消，恐则气下，寒则气收，炅则气泄，惊则气乱，劳则气耗，思则气结，九气不同，何病之生？岐伯曰：怒则气逆，甚则呕血及飧泄，故气上矣。喜则气和志达，荣卫通利，故气缓矣。悲则心系急，肺布叶举，而上焦不通，荣卫不散，热气在中，故气消矣。恐则精却⑤，却则上焦闭，闭则气还，还则下焦胀，故气不行矣⑥。寒则腠理闭，气不行，故气收矣。炅则腠理开，荣卫通，汗大泄，故气泄。惊则心无所倚，神无所归，虑无所定，故气乱矣。劳则喘息汗出，外内皆越，故气耗矣。思则心有所存，神有所归，正气留而不行，故气结矣。

---

①稽首：稽（qǐ，音启），古时一种跪拜礼。

②客：侵犯的意思。

③绌：绌（chù，音触），屈曲之意。

④炅：炅（jiǒng，音炯），热。

⑤精却：指精气衰退不能上行。

⑥气不行：此处指气下行也。

# 腹中论篇第四十

黄帝问曰：有病心腹满，旦食则不能暮食，此为何病？岐伯对曰：名为鼓胀。帝曰：治之奈何？岐伯曰：治之以鸡矢醴①，一剂知②，二剂已。帝曰：其时有复发者，何也？岐伯曰：此饮食不节，故时有病也；虽然其病且已，时故当病，气聚于腹也。

帝曰：有病胸胁支满者，妨于食，病至则先闻腥臊臭，出清液，先唾血，四支清，目眩，时时前后血，病名为何？何以得之？岐伯曰：病名血枯。此得之年少时有所大脱血，若醉入房中，气竭肝伤，故月事衰少不来也。帝曰：治之奈何？复以何术？岐伯曰：以四乌鲗骨③、一藘茹④，二物并合之，丸以雀卵，大如小豆，以五丸为后饭，饮以鲍鱼汁，利肠中及伤肝也。

帝曰：病有少腹盛，上下左右皆有根，此为何病？可治不？岐伯曰：病名曰伏梁。帝曰：伏梁何因而得之？岐伯曰：裹大脓血，居肠胃之外，不可治，治之每切按之致死。帝曰：何以然？岐伯曰：此下则因阴，必下脓血；上则迫胃脘，生鬲，侠胃脘内痈。此久病也，难治。居齐上为逆，居齐下为从，勿动亟夺。论在刺法中。

帝曰，人有身体髀股胻皆肿，环齐而痛，是为何病？岐伯曰：病名伏梁，此风根也⑤。其气溢于大肠，而著于肓，肓之原在齐下；故环齐而痛也。不可动之，动之为水溺涩之病⑥。

帝曰：夫子数言热中、消中，不可服高梁、芳草、石药，石药发瘨⑦，芳草发狂。夫热中、消中者，皆富贵人也，今禁高梁，是不合其心；禁芳草、石药，是病不愈；愿闻其说。岐伯曰：夫芳草之气美，石药之气悍，二者其气急疾坚劲，故非缓心和人，不可以服此二者。帝曰：不可以服此二者，何以然？岐伯曰：夫热气慓悍，药气亦然，二者相遇，恐内伤脾。脾者土也而恶木，服此药者，至甲乙日更论⑧。帝曰：善！

有病膺肿颈痛，胸满腹胀，此为何病？何以得之？岐伯曰：名厥逆。帝曰：治之奈何？岐伯曰：灸之则瘖⑨，石之则狂⑩；须其气并，乃可治也。帝曰：何以然？岐伯曰：阳气重上，有余于上，灸之则阳气入阴，入则瘖；石之则阳气虚，虚则狂。须其气并而治之，可使全也。帝曰：善！

何以知怀子之且生也？岐伯曰：身有病而无邪脉也。

帝曰：病热而有所痛者，何也？岐伯曰：病热者，阳脉也，以三阳之动也。人迎一盛少阳，二盛太阳，三盛阳明。入阴也，夫阳入于阴，故病在头与腹，乃膜胀而头痛也。帝曰：善！

---

①鸡矢醴：矢，通屎；醴，酒的一种。
②知：见效的意思。
③乌鲗骨：鲗（zé，音责），即乌贼骨。
④藘茹：茜草。
⑤风根：指宿受风寒之邪。
⑥水溺：即小便。
⑦瘨：癫。
⑧更论：当愈其。
⑨瘖：瘖（yīn，音阴），失音。
⑩石：指针刺。

# 刺腰痛篇第四十一

足太阳脉令人腰痛，引项脊尻背如重状①；刺其郄中太阳正经出血，春无见血。少阳令人腰痛，如以针刺其皮中，循循然不可以俯仰，不可以顾；刺少阳成骨之端出血，成骨在膝外廉之骨独起者，夏无见血。阳明令人腰痛，不可以顾，顾如有见者，善悲；刺阳明于胻前三痏②，上下和之出血，秋无见血。足少阴令人腰痛，痛引脊内廉；刺少阴于内踝上二痏③，春无见血，出血太多，不可复也。厥阴之脉令人腰痛，腰中如张弓弩弦，刺厥阴之脉，在腨踵鱼腹之外，循之累累然，乃刺之；其病令人善言默默然不慧，刺之三痏。

解脉令人腰痛，痛引肩，目䀮䀮然，时遗溲；刺解脉，在膝筋肉分间郄外廉之横脉出血，血变而止。解脉令人腰痛如引带，常如折腰状，善恐，刺解脉，在郄中结络如黍米，刺之血射以黑，见赤血而已。

同阴之脉令人腰痛，痛如小锤居其中④，怫然肿⑤；刺同阴之脉，在外踝上绝骨之端，为三痏。

阳维之脉令人腰痛，痛上怫然肿；刺阳维之脉，脉与太阳合腨下间，去地一尺所⑥。

衡络之脉令人腰痛，不可以俯仰，仰则恐仆，得之举重伤腰，衡络绝，恶血归之；刺之在郄阳、筋之间⑦，上郄数寸，衡居，为二痏出血。

会阴之脉令人腰痛，痛上漯漯然汗出，汗干令人欲饮，饮已欲走；刺直阳之脉上三痏，在蹻上郄下五寸横居⑧，视其盛者出血。

飞阳之脉令人腰痛，痛上拂拂然，甚则悲以恐；刺飞阳之脉，在内踝上五寸，少阴之前，与阴维之会。

昌阳之脉令人腰痛，痛引膺，目䀮䀮然，甚则反折，舌卷不能言；刺内筋为二痏⑨，在内踝上大筋前，太阴后上二寸所。

散脉令人腰痛而热⑩，热甚生烦，腰下如有横木居其中，甚则遗溲；刺散脉，在膝前骨肉分间，络外廉束脉，为三痏。

肉里之脉令人腰痛，不可以咳，咳则筋缩急；刺肉里之脉为二痏，在太阳之外，少阳绝骨之后。

腰痛侠脊而痛至头几几然⑪，目䀮䀮欲僵仆；刺足太阳郄中出血。腰痛上寒，刺足太阳、阳明；上热，刺足厥阴；不可以俯仰，刺足少阳；中热而喘，刺足少阴，刺郄中出血。

腰痛上寒不可顾，刺足阳明；上热，刺足太阴；中热而喘，刺足少阴；大便难，刺足少阴；少腹满，刺足厥阴；如折不可以俯仰，不可举，刺足太阳；引脊内廉，刺足少阴；腰痛引少腹控䏚⑫，不可以仰，刺腰尻交者，两髁肿上。以月生死为痏数，发针立已，左取右，右取左。

①尻：脊骨的末端。

②胻：小腿。

③痏：痏（wěi，音委），作针灸次数解。

④锤：作针解。

⑤怫然：怒张貌。

⑥去地一尺所：指承山穴。

⑦筋之间：殷门穴也。

⑧蹻上郄下五寸横居：指承筋穴。

⑨内筋：指复溜穴。

⑩散脉：指足太阴经之别络。

⑪几几然：形容项背拘急不舒之状。

⑫控䏚：䏚（miǎo，音秒），季胁下空软处。

# 风论篇第四十二

黄帝问曰：风之伤人也，或为寒热、或为热中、或为寒中、或为疠风①、或为偏枯、或为风也。其病各异，其名不同，或内至五藏六府，不知其解，愿闻其说。岐伯对曰：风气藏于皮肤之间，内不得通，外不得泄；风者善行而数变，腠理开则洒然寒，闭则热而闷；其寒也则衰食饮，其热也则消肌肉；故使人怢栗而不能食②，名曰寒热。风气与阳明入胃，循脉而上至目内眦，其人肥，则风气不得外泄，则为热中而目黄；人瘦，则外泄而寒，则为寒中而泣出。风气与太阳俱入，行诸脉俞，散于分肉之间，与卫气相干，其道不利，故使肌肉愤䐜而有疡③；卫气有所凝而不行，故其肉有不仁也。疠者，有荣气热胕④，其气不清，故使其鼻柱坏而色败，皮肤疡溃。风寒客于脉而不去，名曰疠风，或名曰寒热。

以春甲乙伤于风者为肝风，以夏丙丁伤于风者为心风，以季夏戊己伤于邪者为脾风，以秋庚辛中于邪者为肺风，以冬壬癸中于邪者为肾风。

风中五藏六府之俞，亦为藏府之风，各入其门户，所中则为偏风⑤。

风气循风府而上，则为脑风；风入系头⑥，则为目风眼寒；饮酒中风，则为漏风；入房汗出中风，则为内风；新沐中风，则为首风；久风入中，则为肠内、飧泄；外在腠理，则为泄风。故风者，百病之长也。至其变化，乃为他病也，无常方，然致有风气也。

帝曰：五藏风之形状不同者何？愿闻其诊及其病能。岐伯曰：肺风之状，多汗恶风，色皏然白⑦，时咳短气，昼日则差，暮则甚，诊在眉上，其色白。心风之状，多汗恶风，焦绝⑧，善怒吓，赤色，病甚则言不可快，诊在口，其色赤。肝风之状，多汗恶风，善悲，色微苍，嗌干善怒，时憎女子，诊在目下，其色青。脾风之状，多汗恶风，身体怠惰，四支不欲动，色薄微黄，不嗜食，诊在鼻上，其色黄。肾风之状，多汗恶风，面疱然浮肿⑨，脊痛不能正立，其色炲，隐曲不利⑩，诊在肌上，其色黑。胃风之状，颈多汗，恶风，食饮不下，鬲塞不通，腹善满，失衣则䐜胀，食寒则泄，诊形瘦而腹大。首风之状，头面多汗，恶风，当先风一日则病甚，头痛不可以出内，至其风日，则病少愈。漏风之状，或多汗，常不可单衣，食则汗出，甚则身汗，喘息恶风，衣常濡，口干善渴，不能劳事。泄风之状，多汗，汗出泄衣上，口中干，上渍⑪，其风不能劳事，身体尽痛则寒。帝曰：善！

---

①疠风：即今之麻风病。

②怢栗：怢（tū，音突），振寒貌。

③愤䐜：肿胀。

④胕：腐。

⑤偏风：义同"偏枯"。风邪偏中于人体一侧所致。

⑥系头：乃头中之目系。

⑦皏：皏（pěng，音捧），浅白色。

⑧焦绝：因津血枯焦而唇舌焦燥。

⑨疱然：臃肿貌。

⑩隐曲不利：指小便不利。

⑪上渍：腰以上多汗如水渍一样。

# 痹论篇第四十三

黄帝问曰：痹之安生？岐伯对曰：风寒湿三气杂至，合而为痹也。其风气胜者为行痹；寒气胜者为痛痹；湿气胜者为著痹也。

帝曰：其有五者何也？岐伯曰：以冬遇此者为骨痹；以春遇此者为筋痹；以夏遇此者为脉痹；以至阴遇此者为肌痹①；以秋遇此者为皮痹。

帝曰：内舍五藏六府，何气使然？岐伯曰：五藏皆有合，病久而不去者，内舍于其合也。故骨痹不已，复感于邪，内舍于肾；筋痹不已，复感于邪，内舍于肝；脉痹不已，复感于邪，内舍于心；肌痹不已，复感于邪，内舍于脾；皮痹不已，复感于邪，内舍于肺。所谓痹者，各以其时重感于风寒湿之气也。

凡痹之客五藏者：肺痹者，烦满喘而呕；心痹者，脉不通，烦则心下鼓②，暴上气而喘，嗌干善噫，厥气上则恐；肝痹者，夜卧则惊，多饮数小便，上为引如怀；肾痹者，善胀，尻以代踵，脊以代头；脾痹者，四支解堕，发咳呕汁，上为大塞；肠痹者，数饮而出不得，中气喘争，时发飧泄；胞痹者，少腹膀胱按之内痛，若沃以汤，涩于小便，上为清涕。

阴气者，静则神藏，躁则消亡。饮食自倍，肠胃乃伤。淫气喘息，痹聚在肺；淫气忧思，痹聚在心；淫气遗溺，痹聚在肾；淫气乏竭，痹聚在肝；淫气肌绝，痹聚在脾。诸痹不已，亦益内也。其风气胜者，其人易已也。

帝曰：痹，其时有死者，或疼久者，或易已者，其故何也？岐伯曰：其入藏者死；其留连筋骨间者疼久；其留皮肤间者易已。

帝曰：其客于六府者，何也？岐伯曰：此亦其食饮居处，为其病本也。六府亦各有俞，风寒湿气中其俞，而食饮应之，循俞而入，各舍其府也。

帝曰：以针治之奈何？岐伯曰：五藏有俞③，六府有合④，循脉之分，各有所发，各随其过，则病瘳也⑤。

帝曰：荣卫之气，亦令人痹乎？岐伯曰：荣者，水谷之精气也，和调于五藏，洒陈于六府⑥，乃能入于脉也；故循脉上下，贯五藏，络六府也。卫者，水谷之悍气也，其气慓疾滑利⑦，不能入于脉也，故循皮肤之中，分肉之间，熏于肓膜，散于胸腹。逆其气则病，从其气则愈。不与风寒湿气合，故不为痹。帝曰：善！

痹，或痛、或不痛、或不仁、或寒、或热、或燥、或湿、其故何也？岐伯曰：痛者，寒气多也，有寒，故痛也。其不痛、不仁者，病久入深，荣卫之行涩，经络时疏，故不通；皮肤不营，故为不仁。其寒者，阳气少，阴气多，与病相益，故寒也。其热者，阳气多，阴气少，病气胜，阳遭阴，故为痹热。其多汗而濡者，此其逢湿甚也；阳气少，阴气盛，两气相感，故汗出而濡也。

帝曰：夫痹之为病，不痛何也？岐伯曰：痹在于骨则重；在于脉则血凝而不流；在于筋则屈不伸；在于肉则不仁；在于皮则寒。故具此五者，则不痛也。凡痹之类，逢寒则虫⑧，逢热则纵。帝曰：善！

---

①至阴：长夏。

②心下鼓：即心悸。

③俞：指井、荥、输、经、合五类穴位中的输穴。

④合：指井、荥、输、经、合五类穴位中的合穴。

⑤瘳：瘳（chōu，音抽），病愈。

⑥洒陈：散布的意思。

⑦慓疾滑利：形容卫气运行急疾而滑利。

⑧虫：急的意思。

# 痿论篇第四十四

黄帝问曰：五藏使人痿，何也？岐伯对曰：肺主身之皮毛；心主身之血脉；肝主身之筋膜；脾主身之肌肉；肾主身之骨髓。。故肺热叶焦，则皮毛虚弱急薄①，著则生痿躄也②；心气热，则下脉厥而上，上则下脉虚，虚则生脉痿，枢折挈③，胫纵而不任地也；肝气热，则胆泄口苦，筋膜干，筋膜干则筋急而挛，发为筋痿；脾气热，则胃干而渴，肌肉不仁，发为肉痿；肾气热，则腰脊不举，骨枯而髓减，发为骨痿。

帝曰：何以得之？岐伯曰：肺者，藏之长也，为心之盖也。有所失亡④，所求不得，则发肺鸣，鸣则肺热叶焦，故曰：五藏因肺热叶焦，发为痿躄，此之谓也。悲哀太甚，则胞络绝；胞络绝，则阳气内动，发则心下崩，数溲血也。故《本病》曰：大经空虚，发为肌痹，传为脉痿。思想无穷，所愿不得，意淫于外，入房太甚，宗筋弛纵，发为筋痿，及为白淫。故《下经》曰：筋痿者，生于肝，使内也⑤。有渐于湿，以水为事，若有所留，居处相湿，肌肉濡渍，痹而不仁，发为肉痿。故《下经》曰：肉痿者，得之湿地也。有所远行劳倦，逢大热而渴，渴则阳气内伐，内伐则热舍于肾，肾者水藏也，今水不胜火，则骨枯而髓虚，故足不任身，发为骨痿。故《下经》曰：骨痿者，生于大热也。

帝曰：何以别之？岐伯曰：肺热者，色白而毛败；心热者，色赤而络脉溢；肝热者，色苍而爪枯；脾热者，色黄而肉蠕动；肾热者，色黑而齿槁。

帝曰：如夫子言可矣，论言治痿者独取阳明，何也？岐伯曰：阳明者，五藏六府之海，主闰宗筋，宗筋主束骨而利机关也⑥。冲脉者，经脉之海也；主渗灌溪谷，与阳明合于宗筋，阴阳惣宗筋之会⑦，会于气街；而阳明为之长，皆属于带脉，而络于督脉。故阳明虚，则宗筋纵，带脉不引，故足痿不用也。

帝曰：治之奈何？岐伯曰：各补其荥，而通其俞，调其虚实，和其逆顺；筋脉骨肉，各以其时受月，则病已矣。帝曰：善！

---

①急薄：形容皮肤干枯不润的状态。

②痿躄：躄（bì，音壁），四肢痿废不用的统称。

③枢折挈：指关节。

④失亡：指事不顺心。

⑤使内：指房事。

⑥机关：指大关节。

⑦揔：同总。

# 厥论篇第四十五

黄帝问曰：厥之寒热者，何也？岐伯对曰：阳气衰于下，则为寒厥；阴气衰于下，则为热厥。帝曰：热厥之为热也，必起于足下者，何也？岐伯曰：阳气起于足五指之表，阴脉者，集于足下而聚于足心；故阳气胜，则足下热也。帝曰：寒厥之为寒也，必从五指而上于膝者，何也？岐伯曰：阴气起于五指之里，集于膝下而聚于膝上；故阴气胜，则从五指至膝上寒，其寒也，不从外，皆从内也。

帝曰：寒厥何失而然也？岐伯曰：前阴者，宗筋之所聚，太阴、阳明之所合也。春夏则阳气多而阴气少，秋冬则阴气盛而阳气衰。此人者质壮，以秋冬夺于所用，下气上争不能复，精气溢下，邪气因从之而上也。气因于中，阳气衰，不能渗营其经络，阳气日损，阴气独在，故手足为之寒也。

帝曰：热厥何如而然也？岐伯曰：酒入于胃，则络脉满而经脉虚。脾主为胃行其津液者也，阴气虚则阳气入，阳气入则胃不和，胃不和则精气竭，精气竭则不营其四支也。此人必数醉若饱以入房，气聚于脾中不得散，酒气与谷气相薄，热盛于中；故热遍于身，内热而溺赤也。夫酒气盛而慓悍，肾气有衰，阳气独胜，故手足为之热也。

帝曰：厥或令人腹满，或令人暴不知人，或至半日，远至一日乃知人者，何也？岐伯曰：阴气盛于上则下虚，下虚则腹胀满；阳气盛于上则下气重上，而邪气逆，逆则阳气乱，阳气乱则不知人也。帝曰：善！

愿闻六经脉之厥状病能也。岐伯曰：巨阳之厥，则肿首头重，足不能行，发为眴仆；阳明之厥，则癫疾欲走呼，腹满不得卧，面赤而热，妄见而妄言；少阳之厥，则暴聋，颊肿而热，胁痛，𬷕不可以运；太阴之厥，则腹满䐜胀，后不利，不欲食，食则呕，不得卧；少阴之厥，则口干溺赤，腹满心痛；厥阴之厥，则少腹肿痛，腹胀，泾溲不利①，好卧屈膝，阴缩肿，𬷕内热。盛则写之，虚则补之，不盛不虚，以经取之。

太阴厥逆，𬷕急挛，心痛引腹，治主病者。少阴厥逆，虚满呕变，下泄清，治主病者。厥阴厥逆，挛腰痛，虚满前闭②，谵言，治主病者。三阴俱逆，不得前后，使人手足寒，三日死。太阳厥逆，僵仆，呕血善衄，治主病者。少阳厥逆，机关不利，机关不利者，腰不可以行，项不可以顾，发肠痈，不可治，惊者死。阳明厥逆，喘咳身热，善惊衄呕血。

手太阴厥逆，虚满而咳，善呕沫，治主病者。手心主、少阴厥逆，心痛引喉，身热，死不可治。手太阳厥逆，耳聋泣出，项不可以顾，腰不可以俯仰，治主病者。手阳明、少阳厥逆，发喉痹，嗌肿，痓，治主病者。

①泾溲：泾，大便。溲，小便。
②前闭：小便不通。


# 病能论篇第四十六

黄帝问曰：人病胃脘痈者，诊当何如？岐伯对曰：诊此者，当候胃脉；其脉当沉细，沉细者气逆，逆者人迎甚盛，甚盛则热。人迎者，胃脉也，逆而盛，则热聚于胃口而不行，故胃脘为痈也。帝曰：善！

人有卧而有所不安者，何也？岐伯曰：藏有所伤，及精有所之寄则安，故人不能悬其病也。

帝曰：人之不得偃卧者①，何也？岐伯曰：肺者，藏之盖也，肺气盛则脉大，脉大则不得偃卧。论在《奇恒阴阳》中。

帝曰：有病厥者，诊右脉沉而紧，左脉浮而迟，不然病主安在？岐伯曰：冬诊之，右脉固当沉紧，此应四时，左脉浮而迟，此逆四时。在左当主病在肾，颇关在肺，当腰痛也。帝曰：何以言之？岐伯曰：少阴脉贯肾络肺，今得肺脉②，肾为之病，故肾为腰痛之病也。帝曰：善！

有病颈痈者，或石治之，或针灸治之，而皆已；其真安在？岐伯曰：此同名异等者也。夫痈气之息者③，宜以针开除去之；夫气盛血聚者，宜石而写之。此所谓同病异治也。

帝曰：有病怒狂者，此病安生？岐伯曰：生于阳也。帝曰：阳何以使人狂？岐伯曰：阳气者，因暴折而难决，故善怒也，病名曰阳厥。帝曰：何以知之？岐伯曰：阳明者常动，巨阳、少阳不动，不动而动大疾，此其候也。帝曰：治之奈何？岐伯曰：夺其食即已。夫食入于阴，长气于阳，故夺其食即已。使之服以生铁洛为饮④，夫生铁洛者，下气疾也。帝曰：善！

有病身热解堕，汗出如浴，恶风少气，此为何病？岐伯曰：病名曰酒风。帝曰：治之奈何？岐伯曰：以泽泻⑤、术各十分⑥，麋衔五分⑦，合以三指撮为后饭。

所谓深之细者，其中手如针也，摩之切之，聚者坚也；博者大也。《上经》者，言气之通天也；《下经》者，言病之变化也；《金匮》者，决死生也；《揆度》者，切度之也；《奇恒》者，言奇病也。所谓奇者，使奇病不得以四时死也；恒者，得以四时死也。所谓揆者，方切求之也，言切求其脉理也；度者，得其病处，以四时度之也。

---

①偃卧：仰卧。
②肺脉：指浮迟脉。
③息：留止、积滞。
④生铁洛：药名，即生铁落。
⑤泽泻：药名。
⑥术：药名，指白术。
⑦麋衔：药名，即今之鹿衔草。

# 奇病论篇第四十七

黄帝问曰：人有重身①，九月而瘖，此为何也？岐伯对曰：胞之络脉绝也。帝曰：何以言之？岐伯曰：胞络者，系于肾，少阴之脉，贯肾系舌本，故不能言。帝曰：治之奈何？岐伯曰：无治也，当十月复。刺法曰：无损不足、益有余，以成其疹，然后调之。所谓无损不足者，身羸瘦，无用镵石也。无益其有余者，腹中有形而泄之，泄之则精出而病独擅中，故曰疹成也。

帝曰：病胁下满，气逆，二、三岁不已，是为何病？岐伯曰：病名曰息积②，此不妨于食。不可灸刺，积为导引服药，药不能独治也。

帝曰：人有身体髀股胻皆肿，环齐而痛，是为何病？岐伯曰：病名曰伏梁，此风根也。其气溢于大肠，而著于肓；肓之原在齐下，故环齐而痛也。不可动之，动之为水溺涩之病也。

帝曰：人有尺脉数甚，筋急而见，此为何病？岐伯曰：此所谓疹筋，是人腹必急，白色黑色见，则病甚。

帝曰：人有病头痛以数岁不已，此安得之，名为何病？岐伯曰：当有所犯大寒，内至骨髓，髓者以脑为主，脑逆③；故令头痛，齿亦痛，病名曰厥逆，帝曰：善！

帝曰：有病口甘者，病名为何？何以得之？岐伯曰：此五气之溢也，名曰脾瘅。夫五味入口，藏于胃，脾为之行其精气。津液在脾，故令人口甘也。此肥美之所发也。此人必数食甘美而多肥也，肥者令人内热，甘者令人中满，故其气上溢，转为消渴。治之以兰④，除陈气也。

帝曰：有病口苦，取阳陵泉，口苦者，病名为何？何以得之？岐伯曰：病名曰胆瘅。夫肝者，中之将也，取决于胆，咽为之使。此人者，数谋虑不决，故胆虚，气上溢而口为之苦。治之以胆募、俞⑤，治在《阴阳十二官相使》中。

帝曰：有癃者⑥，一日数十溲，此不足也。身热如炭，颈膺如格，人迎躁盛，喘息，气逆，此有余也。太阴脉微细如发者，此不足也。其病安在？名为何病？岐伯曰：病在太阴，其盛在胃，颇在肺，病名曰厥，死不治。此所谓得五有余、二不足也。帝曰：何谓五有余、二不足？岐伯曰：所谓五有余者，五病之气有余也；二不足者，亦病气之不足也。今外得五有余，内得二不足，此其身不表不里，亦正死明矣。

帝曰：人生而有病巅疾者，病名曰何？安所得之？岐伯曰：病名为胎病⑦，此得之在母腹中时，其母有所大惊，气上而不下，精气并居，故令子发为巅疾也。

帝曰：有病痝然如有水状，切其脉大紧，身无痛者，形不瘦，不能食，食少，名为何病？岐伯曰：病生在肾，名为肾风。肾风而不能食，善惊，惊已，心气痿者死。帝曰：善！

---

①重身：怀孕。

②息积：古病名。

③脑逆：指寒邪上逆于脑。

④兰：兰草。

⑤胆募、俞：针灸穴位分类名。

⑥癃：小便不利。

⑦胎病：先天性疾病。

# 大奇论篇第四十八

　　肝满、肾满、肺满皆实，即为肿。肺之雍，喘而两胠满。肝雍，两胠满，卧则惊，不得小便。肾雍，脚下至少腹满，胫有大小，髀胻大跛，易偏枯。心脉满大，痫瘛筋挛①。肝脉小急，痫瘛筋挛。肝脉鹜暴，有所惊骇，脉不至若瘖，不治自已。肾脉小急，肝脉小急，心脉小急，不鼓皆为瘕②。

　　肾、肝并沉为石水，并浮为风水，并虚为死，并小弦欲惊。肾脉大急沉，肝脉大急沉，皆为疝。心脉搏滑急为心疝；肺脉沉搏为肺疝。三阳急为瘕，三阴急为疝，二阴急为痫厥③，二阳急为惊。脾脉外鼓沉，为肠澼，久自已。肝脉小缓，为肠澼，易治。肾脉小搏沉，为肠澼，下血，血温身热者死。心肝澼亦下血，二藏同病者，可治。其脉小沉涩为肠澼，其身热者死，热见七日死。

　　胃脉沉鼓涩，胃外鼓大，心脉小坚急，皆鬲偏枯。男子发左，女子发右，不瘖舌转，可治，三十日起；其从者瘖，三岁起；年不满二十者，三岁死。脉至而搏，血衄身热者死。脉来悬钩浮为常脉。脉至如喘，名曰暴厥；暴厥者，不知与人言。脉至如数，使人暴惊，三四日自已。

　　脉至浮合，浮合如数，一息十至以上，是经气予不足也，微见九十日死。脉至如火薪然，是心精之予夺也，草干而死。脉至如散叶，是肝气予虚也，木叶落而死。脉至如省客，省客者，脉塞而鼓，是肾气予不足也，悬去枣华而死。脉至如丸泥，是胃精予不足也，榆荚落而死。脉至如横格④，是胆气予不足也，禾熟而死；脉至如弦缕⑤，是胞精予不足也，病善言，下霜而死，不言，可治。脉至如交漆，交漆者，左右傍至也，微见三十日死。脉至如涌泉，浮鼓肌中，太阳气予不足也，少气，味韭英而死。

　　脉至如颓土之状⑥，按之不得，是肌气予不足也，五色先见黑，白垒发死⑦。脉至如悬雍⑧，悬雍者，浮揣切之益大，是十二俞之予不足也，水凝而死。脉至如偃刀，偃刀者，浮之小急，按之坚大急，五藏菀熟，寒热独并于肾也，如此其人不得坐，立春而死。脉至如丸滑不直手，不直手者，按之不可得也，是大肠气予不足也，枣叶生而死。脉至如华者，令人善恐，不欲坐卧，行立常听，是小肠气予不足也，季秋而死。

①痫瘛筋挛：即抽搐。
②瘕：病名。
③痫厥：昏迷不知人事。
④横格：形容脉象长而坚硬。
⑤弦缕：形容脉象紧张而细。
⑥颓土：塌后的松土。
⑦白垒：即白藤。
⑧悬雍：形容脉象轻取尚大、重按即小。

# 脉解篇第四十九

太阳所谓肿腰脽痛者，正月太阳寅，寅，太阳也，正月阳气出在上而阴气盛，阳未得自次也，故肿腰脽痛也。病偏虚为跛者①，正月阳气冻解地气而出也。所谓偏虚者，冬寒颇有不足者，故偏虚为跛也；所谓强上引背者，阳气大上而争，故强上也；所谓耳鸣者，阳气万物盛上而跃，故耳鸣也；所谓甚则狂巅疾者，阳尽在上而阴气从下，下虚上实，故狂巅疾也；所谓浮为聋者，皆在气也；所谓入中为喑者，阳盛已衰，故为喑也；内夺而厥，则为喑俳②，此肾虚也，少阴不至者，厥也。

少阳所谓心胁痛者，言少阳戌也，戌者，心之所表也，九月阳气尽而阴气盛，故心胁痛也。所谓不可反侧者，阴气藏物也，物藏则不动，故不可反侧；所谓甚则跃者，九月万物尽衰，草木毕落而堕，则气去阳而之阴，气盛而阳之下长，故谓跃。

阳明所谓洒洒振寒者③，阳明者午也，五月盛阳之阴也，阳盛而阴气加之，故洒洒振寒也。所谓胫肿而股不收者，是五月盛阳之阴也，阳者，衰于五月，而一阴气上，与阳始争，故胫肿而股不收也。所谓上喘而为水者，阴气下而复上，上则邪客于藏府间，故为水也。所谓胸痛少气者，水气在藏府也，水者，阴气也，阴气在中，故胸痛少气也。所谓甚则厥，恶人与火，闻木音则惕然而惊者，阳气与阴气相薄，水火相恶，故惕然而惊也。所谓欲独闭户牖而处者④，阴阳相薄也，阳尽而阴盛，故欲独闭户牖而居。所谓病至则欲乘高而歌，弃衣而走者，阴阳复争，而外并于阳，故使之弃衣而走也。所谓客孙脉则头痛鼻鼽腹肿者⑤，阳明并于上，上者则其孙络太阴也，故头痛鼻鼽腹肿也。

太阴所谓病胀者，太阴子也，十一月万物气皆藏于中，故曰病胀。所谓上走心为噫者，阴盛而上走于阳明，阳明络属心，故曰上走心为噫也。所谓食则呕者，物盛满而上溢，故呕也。所谓得后与气⑥，则快然如衰者，十一月阴气下衰，而阳气且出，故曰得后与气则快然如衰也。

少阴所谓腰痛者，少阴者申也，七月万物阳气皆伤，故腰痛也。所谓呕咳上气喘者，阴气在下，阳气在上，诸阳气浮，无所依从，故呕咳上气喘也。所谓邑邑不能久立⑦，久坐起则目䀮䀮无所见者⑧，万物阴阳不定未有主也。秋气始至，微霜始下，而方杀万物，阴阳内夺，故曰䀮䀮无所见也，所谓少气善怒者，阳气不治，阳气不治则阳气不得出，肝气当治而未得，故善怒，善怒者，名曰煎厥。所谓恐如人将捕之者，秋气万物未有毕去，阴气少，阳气入，阴阳相薄，故恐也。所谓恶闻食臭者，胃无气，故恶闻食臭也。所谓面黑如地色者，秋气内夺，故变于色也。所谓咳则有血者，阳脉伤也，阳气未盛于上而脉满，满则咳，故血见于鼻也。

厥阴所谓癞疝⑨、妇人少腹肿者，厥阴也辰也，三月阳中之阴，邪在中，故曰癞疝少腹肿也。所谓腰脊痛不可以俛仰者，三月一振，荣华万物，一俛而不仰也。所谓癞癃疝肤胀者⑩，曰阴亦盛而脉胀不通，故曰癞癃疝也。所谓甚则嗌干热中者⑪，阴阳相薄而热，故嗌干也。

---

①偏虚：指阳气不足，偏虚于一侧。

②喑俳：指音哑不能说话。

③洒洒：洒（xiǎn，音显），寒栗貌。

④户牖：牖（yǒu，音有），门窗。

⑤鼽：鼽（qiú，音求），鼻塞。

⑥后与气：后指大便，气指屁气。

⑦邑邑：邑（yì，音忆），不舒适。

⑧肮肮：肮（huāng，音荒），目不明。

⑨㿉疝：疝气的一种。

⑩癃㿗疝肤胀：指前阴肿痛，不得小便而致肌肤肿胀。

⑪嗌：咽喉。

# 刺要论篇第五十

黄帝问曰：愿闻刺要。岐伯对曰：病有浮沉，刺有浅深，各至其理，无过其道。过之则内伤，不及则生外壅，壅则邪从之；浅深不得，反为大贼①，内动五藏，后生大病。

故曰：病有在毫毛腠理者，有在皮肤者，有在肌肉者，有在脉者，有在筋者，有在骨者，有在髓者。是故刺毫毛腠理无伤皮，皮伤则内动肺，肺动则秋病温疟，泝泝然寒栗。刺皮无伤肉，肉伤则内动脾，脾动则七十二日四季之月病腹胀烦，不嗜食。刺肉无伤脉，脉伤则内动心，心动则夏病心痛。刺脉无伤筋，筋伤则内动肝，肝动则春病热而筋弛。刺筋无伤骨，骨伤则内动肾，肾动则冬病胀腰痛。刺骨无伤髓，髓伤则销铄胻酸②，体解㑊然不去矣。

①大贼：大害之意。

②销铄：铄（shuò，音朔），指久病枯瘦。

# 刺齐论篇第五十一

黄帝问曰：原闻刺浅深之分。岐伯对曰：刺骨者无伤筋，刺筋者无伤肉，刺肉者无伤脉，刺脉者无伤皮，刺皮者无伤肉，刺肉者无伤筋，刺筋者无伤骨。

帝曰：余未知其所谓，愿闻其解。岐伯曰：刺骨无伤筋者，针至筋而去，不及骨也；刺筋无伤肉者，至肉而去，不及筋也；刺肉无伤脉者，至脉而去，不及肉也；刺脉无伤皮者，至皮而去，不及脉也。所谓刺皮无伤肉者，病在皮中，针入皮中，无伤肉也；刺肉无伤筋者，过肉中筋也；刺筋无伤骨者，过筋中骨也。此之谓反也。

# 刺禁论篇第五十二

黄帝问曰：愿闻禁数。岐伯对曰：藏有要害，不可不察！肝生于左，肺藏于右，心部于表，肾治于里，脾为之使，胃为之市；鬲肓之上，中有父母，七节之傍，中有小心。从之有福，逆之有咎①。

刺中心，一日死，其动为噫；刺中肝，五日死，其动为语；刺中肾，六日死，其动为嚏；刺中肺，三日死，其动为咳；刺中脾，十日死，其动为吞；刺中胆，一日半死，其动为呕。刺跗上，中大脉，血出不止，死。刺面，中溜脉，不幸为盲。刺头，中脑户，入脑立死。刺舌下，中脉太过，血出不止为瘖。刺足下布络，中脉，血不出为肿，刺郄中大脉，令人仆脱色②。刺气街，中脉，血不出为肿鼠仆③。刺脊间，中髓，为伛④。刺乳上，中乳房，为肿根蚀。刺缺盆中内陷，气泄，令人喘咳逆。刺手鱼腹内陷，为肿。

无刺大醉，令人气乱。无刺大怒，令人气逆。无刺大劳人，无刺新饱人，无刺大饥人，无刺大渴人，无刺大惊人。刺阴股，中大脉，血出不止，死。刺客主人内陷⑤，中脉，为内漏为聋。刺膝膑，出液为跛。刺臂太阴脉，出血多，立死。刺足少阴脉，重虚出血，为舌难以言。

刺膺中陷，中肺，为喘逆仰息。刺肘中内陷，气归之，为不屈伸。刺阴股下三寸内陷，令人遗溺。刺掖下胁间内陷，令人咳。刺少腹，中膀胱，溺出，令人少腹满。刺腨肠内陷，为肿。刺匡上陷骨中脉⑥，为漏为盲⑦。刺关节中液出，不得屈伸。

---

①咎：咎（jiù，音旧），灾祸。
②仆脱色：面色苍白。
③鼠仆：腹股沟。
④伛：伛（yǔ，音羽），曲背。
⑤客主人：穴名，即上关穴。
⑥匡：眼眶。
⑦为漏为盲：漏，指流泪不止。盲，指失明。

# 刺志论篇第五十三

黄帝问曰：愿闻虚实之要。岐伯对曰：气实形实，气虚形虚，此其常也，反此者病。谷盛气盛，谷虚气虚，此其常也，反此者病。脉实血实，脉虚血虚，此其常也，反此者病。帝曰：如何而反？岐伯曰：气盛身寒，气虚身热，此谓反也；谷入多而气少，此谓反也；谷不入而气多，此谓反也；脉盛血少，此谓反也；脉小血多，此谓反也。

气盛身寒，得之伤寒；气虚身热，得之伤暑；谷入多而气少者，得之有所脱血，湿居下也。

谷入少而气多者，邪在胃及与肺也。脉小血多者，饮中热也。脉大血少者，脉有风气，水浆不入，此之谓也。

夫实者，气入也；虚者，气出也。气实者，热也；气虚者，寒也。入实者，左手开针空也；入虚者，左手闭针空也。

# 针解篇第五十四

黄帝问曰：愿闻九针之解，虚实之道。岐伯对曰：刺虚则实之者，针下热也，气实乃热也；满而泄之者，针下寒也，气虚乃寒也。菀陈则除之者[1]，出恶血也。邪胜则虚之者，出针勿按。徐而疾则实者，徐出针而疾按之；疾而徐则虚者，疾出针而徐按之。言实与虚者，寒温气多少也；若无若有者，疾不可知也；察后与先者，知病先后也；为虚与实者，工勿失其法。若得若失者，离其法也；虚实之要，九针最妙者，为其各有所宜也。补写之时者，与气开阖相合也。九针之名，各不同形者，针穷其所当补写也。

刺实须其虚者，留针阴气隆至，乃去针也；刺虚须其实者，阳气隆至，针下热，乃去针也。经气已至，慎守勿失者，勿变更也。深浅在志者，知病之内外也；近远如一者，深浅其候等也。如临深渊者，不敢堕也；手如握虎者，欲其壮也。神无营于众物者[2]，静志观病人，无左右视也。义无邪下者，欲端以正也。必正其神者，欲瞻病人目，制其神，令气易行也。所谓三里者，下膝三寸也。所谓跗之者，举膝分易见也。巨虚者，蹻足䯒独陷者。下廉者[3]，陷下者也。

帝曰：余闻九针上应天地四时阴阳，愿闻其方，令可传于后世，以为常也。岐伯曰：夫一天、二地、三人、四时、五音、六律、七星、八风、九野，身形亦应之，针各有所宜，故曰九针。人皮应天；人肉应地；人脉应人；人筋应时；人声应音；人阴阳合气应律；人齿面目应星；人出入气应风；人九窍三百六十五络应野。故一针皮，二针肉，三针脉，四针筋，五针骨，六针调阴阳，七针益精，八针除风，九针通九窍，除三百六十五节气，此之谓各有所主也。人心意应八风，人气应天，人发齿耳目五声应五音六律，人阴阳脉血气应地，人肝目应之九。

九窍三百六十五人一以观动静天二以候五色七星应之以候发母泽五音一以候宫商角徵羽六律有余不足应之二地一以候高下有余九野一节俞应之以候闭节三人变一分人候齿泄多血少十分角之变五分以候缓急六分不足三分寒关节第九分四时人寒温燥湿四时一应之以候相反一四方各作解。[4]

---

①菀陈：指血液郁结日久。

②营：围绕。

③下廉：此指下巨虚穴。

④本节文字残缺，其中必有所误。现将原文录出，以待今后研究。

# 长刺节论篇第五十五

　　刺家不诊，听病者言。在头，头疾痛，为藏针之，刺至骨病已，上无伤骨肉及皮，皮者道也。

　　阳刺，入一傍四处，治寒热。深专者刺大藏；迫藏刺背，背俞也；刺之迫藏，藏会。腹中寒热去而止。与刺之要，发针而浅出血。

　　治痈肿者，刺痈上，视痈小大深浅刺；刺大者多血，小者深之，必端内针为故止。

　　病在少腹有积，刺皮𦠄以下①，至少腹而止；刺侠脊两傍四椎间，刺两髂髎季胁肋间②，导腹中气热下已。

　　病在少腹，腹痛不得大小便，病名曰疝，得之寒；刺少腹两股间，刺腰髁骨间，刺而多之，尽炅病已。

　　病在筋，筋挛节痛，不可以行，名曰筋痹；刺筋上为故，刺分肉间，不可中骨也。病起筋炅，病已止。

　　病在肌肤，肌肤尽痛，名曰肌痹，伤于寒湿；刺大分、小分，多发针而深之，以热为故。无伤筋骨，伤筋骨，痈发若变。诸分尽热，病已止。

　　病在骨，骨重不可举，骨髓酸痛，寒气至，名曰骨痹；深者，刺无伤脉肉为故。其道大分、小分，骨热病已止。

　　病在诸阳脉，且寒且热，诸分且寒且热，名曰狂；刺之虚脉，视分尽热，病已止。病初发，岁一发；不治，月一发；不治，月四五发，名曰癫病。刺诸分诸脉，其无寒者，以针调之，病止。

　　病风，且寒且热，炅汗出，一日数过，先刺诸分理络脉，汗出且寒且热，三日一刺，百日而已。

　　病大风，骨节重，须眉堕，名曰大风③；刺肌肉为故，汗出百日，刺骨髓，汗出百日。凡二百日，须眉生而止针。

---

①皮𦠄：指皮肉肥厚之处。
②两髂髎：髂（qià，音恰），髎（liáo，音辽），髂为腰骨，两髂髎者，居髎穴也。
③大风：指麻风病。

# 皮部论篇第五十六

　　黄帝问曰：余闻皮有分部，脉有经纪，筋有结络，骨有度量，其所生病各异，别其分部，左右上下，阴阳所在，病之始终，愿闻其道。岐伯对曰：欲知皮部，以经脉为纪者，诸经皆然。

　　阳明之阳，名曰害蜚①，上下同法。视其部中有浮络者，皆阳明之络也。其色多青则痛；多黑则痹；黄赤则热；多白则寒。五色皆见，则寒热也。络盛则入客于经，阳主外，阴主内。

　　少阳之阳，名曰枢持②，上下同法。视其部中有浮络者，皆少阳之络也。络盛则入客于经，故在阳者主内，在阴者主出，以渗于内，诸经皆然。

　　太阳之阳，名曰关枢③，上下同法。视其部中有浮络者，皆太阳之络也。络盛则入客于经。

　　少阴之阴，名曰枢儒④，上下同法。视其部中有浮络者，皆少阴之络也。络盛则入客于经，其入经也，从阳部注于经；其出者，从阴内注于骨。

　　心主之阴，名曰害肩⑤，上下同法。视其部中有浮络者，皆心主之络也。络盛则入客于经。

　　太阴之阴，名曰关蛰⑥，上下同法。视其部中有浮络者，皆太阴之络也。络盛则入客于经。

　　凡十二经络脉者，皮之部也。

　　是故百病之始生也，必先于皮毛。邪中之则腠理开，开则入客于络脉；留而不去，传入于经；留而不去，传入于府，廪于肠胃⑦。邪之始入于皮也，泝然起毫毛⑧，开腠理；其入于络也，则络脉盛色变；其入客于经也，则感虚乃陷下；其留于筋骨之间，寒多则筋挛骨痛，热多则筋弛骨消，肉烁䐃破⑨，毛直而败。

　　帝曰：夫子言皮之十二部，其生病皆何如？岐伯曰：皮者，脉之部也。邪客于皮，则腠理开，开则邪入客于络脉，络脉满则注于经脉，经脉满则入舍于府藏也。故皮者有分部，不与⑩，而生大病也。帝曰：善！

---

①害蜚：阳过盛损害万物生长的意思。

②枢持：指少阳掌握转枢出入之机。

③关枢：指能约束少阳转枢出入之机。

④枢儒：少阴为三阴开阖之枢，而阴气柔顺，故名曰枢儒。

⑤害肩：阴过盛对万物的损害。

⑥关蛰：太阴闭藏阴气不使外泄。

⑦廪：积聚。

⑧泝然：形容怕冷的样子。

⑨肉烁䐃破：肌肉消瘦败坏。

⑩不与：不治疗。

# 经络论篇第五十七

　　黄帝问曰：夫络脉之见也，其五色各异，青、黄、赤、白、黑不同，其故何也？岐伯对曰：经有常色，而络无常变也。帝曰：经之常色何如？岐伯曰：心赤、肺白、肝青、脾黄、肾黑，皆亦应其经脉之色也。帝曰：络之阴阳，亦应其经乎？岐伯曰：阴络之色应其经，阳络之色变无常，随四时而行也。寒多则凝泣，凝泣则青黑；热多则淖泽①，淖泽则黄赤。此皆常色，谓之无病。五色具见者，谓之寒热。帝曰：善！

------

①淖泽：此为滑利的意思。

# 气穴论篇第五十八

　　黄帝问曰：余闻气穴三百六十五，以应一岁，未知其所，愿卒闻之。岐伯稽首再拜对曰：窘乎哉问也！其非圣帝，孰能穷其道焉！因请溢意尽言其处。帝捧手逡巡而却曰：夫子之开余道也，目未见其处，耳未闻其数；而目以明，耳以聪矣。岐伯曰：此所谓"圣人易语，良马易御"也。帝曰：余非圣人之易语也。世言真数开人意①，今余所访问者真数，发蒙解惑，未足以论也。然余愿闻夫子溢志尽言其处，令解其意。请藏之金匮，不敢复出。

　　岐伯再拜而起曰：臣请言之。背与心相控而痛，所治天突与十椎及上纪，上纪者，胃脘也，下纪者，关元也。背胸邪系阴阳左右，如此其病前后痛涩，胸胁痛，而不得息，不得卧，上气短气偏痛，脉满起，斜出尻脉，络胸胁，支心贯鬲，上肩加天突，斜下肩交十椎下②。

　　藏俞五十穴，府俞七十二穴，热俞五十九穴，水俞五十七穴。头上五行，行五，五五二十五穴。中膂两傍各五，凡十穴。大椎上两傍各一，凡二穴。目瞳子浮白二穴，两髀厌分中二穴，犊鼻二穴，耳中多所闻二穴，眉本二穴，完骨二穴，项中央一穴，枕骨二穴，上关二穴，大迎二穴，下关二穴，天柱二穴，巨虚上下廉四穴，曲牙二穴，天突一穴，天府二穴，天牖二穴，扶突二穴，天窗二穴，肩解二穴，关元一穴，委阳二穴，肩贞二穴，瘖门一穴，齐一穴，胸俞十二穴，背俞二穴，膺俞十二穴，分肉二穴，踝上横二穴，阴阳蹻四穴。水俞在诸分，热俞在气穴，寒热俞在两骸厌中二穴，大禁二十五，在天府下五寸。凡三百六十五穴，针之所由行也③。

　　帝曰：余已知气穴之处，游针之居；愿闻孙络溪谷④，亦有所应乎？岐伯曰：孙络三百六十五穴会，亦以应一岁。以溢奇邪，以通荣卫。荣卫稽留，卫散荣溢，气竭血著，外为发热，内为少气。疾写无怠，以通荣卫，见而写之，无问所会。帝曰：善！愿闻溪谷之会也。岐伯曰：肉之大会为谷；肉之小会为溪。肉分之间，溪谷之会，以行荣卫，以会大气⑤。邪溢气壅，脉热肉败；荣卫不行，必将为脓，内销骨髓，外破大䐃，留于节凑⑥，必将为败。积寒留舍，荣卫不居，卷肉缩筋，肋肘不得伸；内为骨痹，外为不仁，命曰不足，大寒留于溪谷也。溪谷三百六十五穴会，亦应一岁。其小痹淫溢，循脉往来，微针所及，与法相同。

帝乃辟左右而起，再拜曰：今日发蒙解惑，藏之金匮，不敢复出。乃藏之金兰之室，署曰："气穴所在"。

岐伯曰：孙络之脉别经者，其血盛而当写者，亦三百六十五脉，并注于络，传注十二络脉，非独十四络脉也，内解写于中者十脉。

---

①真数：指三百六十五个穴位。
②此节文义与全篇不类，仅供参阅。
③本节应是三百六十五个穴位，但只有三百五十七穴，可能是因历代辗转传抄而致讹误。
④孙络：最细小的络脉。
⑤大气：此指宗气。
⑥节凑：关节。

# 气府论篇第五十九

足太阳脉气所发者，七十八穴：两眉头各一；入发至顶三寸半，傍五，相去三寸；其浮气在皮中者，凡五行，行五，五五二十五；项中大筋两傍各一；风府两傍各一；侠背以下至尻尾二十一节，十五间各一；五藏之俞各五；六府之俞各六；委中以下至足小指傍各六俞。

足少阳脉气所发者六十二穴：两角上各二；直目上发际内各五；耳前角上各一；耳前角下各一；锐发下各一；客主人各一；耳后陷中各一；下关各一；耳下牙车之后各一；缺盆各一；掖下三寸，胁下至胠 八间各一；髀枢中傍各一；膝以下至足小指次指各六俞。

足阳明脉气所发者六十八穴：额颅发际傍各三；面鼽骨空各一；大迎之骨空各一；人迎各一；缺盆外骨空各一；膺中骨间各一；侠鸠尾之外，当乳下三寸，侠胃脘各五；侠齐广三寸各三；下齐二寸侠之各三；气街动脉各一；伏菟上各一；三里以下至足中指各八俞，分之所在穴空。

手太阳脉气所发者三十六穴：目内眦各一；目外各一；鼽骨下各一；耳郭上各一；耳中各一；巨骨穴各一；曲掖上骨穴各一；柱骨上陷者各一；上天窗四寸各一；肩解各一；肩解下三寸各一；肘以下至手小指本各六俞。

手阳明脉气所发者二十二穴：鼻空外廉、项上各二；大迎骨空各一；柱骨之会各一；髃骨之会各一；肘以下至手大指、次指本各六俞。

手少阳脉气所发者三十二穴：鼽骨下各一；眉后各一；角上各一；下完骨后各一；项中足太阳之前各一；侠扶突各一；肩贞各一；肩贞下三寸分间各一；肘以下至手小指、次指本各六俞。

督脉气所发者二十八穴：项中央二；发际后中八；面中三；大椎以下至尻尾及傍十五穴。至骶下凡二十一节；脊椎法也。

任脉之气所发者二十八穴：喉中央二；膺中央骨陷中各一；鸠尾下三寸，胃脘五寸，胃脘以下至横骨六寸半一，腹脉法也。下阴别一；目下各一；下唇一；龂交一。

冲脉气所发者二十二穴：侠鸠尾外各半寸至齐寸一；侠齐下傍各五分至横骨寸一，腹脉法也。

足少阴舌下；厥阴毛中急脉各一；手少阴各一；阴阳蹻各一。手足诸鱼际脉气所发者。凡三百六十五穴也。

注：本篇所讲三百六十五穴，前后计算，不相符合，其原因不外有二，一为历来抄传遗漏；另一为后人的发现补入。因此，穴数之所以不同，也就可以理解了。

# 骨空论篇第六十

黄帝问曰：余闻风者百病之始也，以针治之奈何？岐伯对曰：风从外入，令人振寒①、汗出、头痛、身重、恶寒。治在风府，调其阴阳；不足则补，有余则写。

大风颈项痛，刺风府；风府在上椎。大风汗出，灸譩譆，譩譆在背下侠背傍三寸所，厌之令病者呼譩譆②，譩譆应手。

从风憎风，刺眉头。失枕，在肩上横骨间，折使揄臂③，齐肘，正灸脊中。眇络季胁引少腹而痛胀，刺谚譆。腰痛不可以转摇，急引阴卵，刺八髎与痛上；八髎在腰尻分间。鼠瘘寒热还④，刺寒府；寒府在附膝外解营⑤。取膝上外者，使之拜；取足心者，使之跪。

任脉者，起于中极之下，以上毛际，循腹里，上关元，至咽喉，上颐，循面入目。冲脉者，起于气街，并少阴之经，侠齐上行，至胸中而散。任脉为病，男子内结七疝⑥，女子带下瘕聚⑦。冲脉为病，逆气里急。

督脉为病，脊强反折。督脉者，起于少腹以下骨中央，女子入系廷孔⑧；其孔，溺孔之端也。其络循阴器，合篡间⑨，绕篡后，别绕臀，至少阴与巨阳中络者；合少阴上股内后廉，贯脊，属肾；与太阳起于目内眦，上额，交巅上，入络脑，还出别下项，循肩髆内，侠脊抵腰中，入循膂，络肾；其男子循茎，下至篡与女子等；其少腹直上者，贯齐中央，上贯心，入喉，上颐环唇，上系两目之下中央。此生病，从少腹上冲心而痛，不得前后，为冲疝，其女子不孕，癃，痔，遗溺，嗌干。督脉生病治督脉，治在骨上，甚者在齐下营⑩。

其上气有音者，治其喉中央，在缺盆中者。其病上冲喉者，治其渐，渐者上侠颐也。蹇膝伸不屈⑪，治其楗⑫。坐而膝痛，治其机。立而暑解，治其骸关。膝痛，痛及拇指，治其腘。坐而膝痛，如物隐者，治其关。膝痛不可屈伸，治其背内。连骺若折，治阳明中俞髎，若别，治巨阳少阴荥。淫泺胫痠⑬，不能久立，治少阳之维，在外踝上五寸。

辅骨上横骨下为楗；侠髋为机；膝解为骸关；侠膝之骨为连骸；骸下为辅；辅上为腘；腘上为关；头横骨为枕。

水俞五十七穴者：尻上五行，行五；伏菟上两行，行五；左右各一行，行五；踝上各一行，行六穴。髓空在脑后三分，在颅际锐骨之下，一在龂基下⑭，一在项后中复骨下⑮，一在脊骨上空在风府上，脊骨下空在尻骨下空。数髓空在面侠鼻，或骨空在口下当两肩。两髆骨空在髆中之阳。臂骨空在臂阳，去踝四寸⑯，两骨空之间。股骨上空在股阳，出上膝四寸。骺骨空在辅骨之上端。股际骨空在毛中动脉下。尻骨空在髀骨之后相去四寸。扁骨有渗理凑，无髓孔，易髓无空。

灸寒热之法，先灸项大椎，以年为壮数；次灸橛骨，以年为壮数。视背俞陷者灸之，举臂肩上陷者灸之，两季胁之间灸之，外踝上绝骨之端灸之，足小指次指间灸之，腨下陷脉灸之⑰，外踝后灸之，缺盆骨上切之坚痛如筋者灸之，膺中陷骨间灸之，掌束骨下灸之⑱，齐下关元三寸灸之，毛际动脉灸之，膝下三寸分间灸之，足阳明跗上动脉灸之，巅上一灸之。犬所啮之处灸之三壮，即以犬伤病法灸之。凡当灸二十九处。伤食灸之，不已者，必视其经之过于阳者，数刺其俞而药之。

①振寒：寒战。
②厌：厌（yè，音夜），用手指按捺。
③揄：揄（yú，音于），牵引。
④鼠瘘：即瘰疬。
⑤解营：骨缝中的穴位。
⑥七疝：五脏疝及狐疝、癫疝。
⑦瘕聚：癥瘕积聚之类的疾病。
⑧廷孔：指尿道口。
⑨篡间：即会阴部。
⑩齐下营：谓齐下一寸阴交穴也。
⑪蹇：蹇（jiǎn，音简），跛足。
⑫楗：即股骨。
⑬淫泺胫酸：此处指水湿之邪。
⑭断基下：即下颔骨下方。
⑮复骨下：正当哑门穴。
⑯踝：此指手腕。
⑰腨下陷脉：足太阳承山穴也。
⑱掌束骨：即平腕部的横骨。

# 水热穴论篇第六十一

黄帝问曰：少阴何以主肾？肾何以主水？岐伯对曰：肾者，至阴也；至阴者，盛水也。肺者，太阴也。少阴者，冬脉也。故其本在肾，其末在肺，皆积水也。帝曰：肾何以能聚水而生病？岐伯曰：肾者，胃之关也，关门不利，故聚水而从其类也。上下溢于皮肤，故为胕肿。胕肿者，聚水而生病也。帝曰：诸水皆生于肾乎？岐伯曰：肾者，牝藏也①。地气上者，属于肾而生水液也，故曰至阴。勇而劳甚，则肾汗出；肾汗出逢于风，内不得入于藏府，外不得越于皮肤，客于玄府，行于皮里，传为胕肿。本之于肾，名曰风水。所谓玄府者，汗空也。

帝曰：水俞五十七处者，是何主也？岐伯曰：肾俞五十七穴，积阴之所聚也，水所从出入也。尻上五行、行五者，此肾俞。故水病下为胕肿大腹，上为喘呼、不得卧者，标本俱病。故肺为喘呼，肾为水肿；肺为逆不得卧，分为相输。俱受者，水气之所留也。伏菟上各二行、行五者，此肾之街也。三阴之所交结于脚也。踝上各一行、行六者，此肾脉之下行也，名曰太冲。凡五十七穴者，皆藏之阴络②，水之所客也。

帝曰：春取络脉分肉，何也？岐伯曰：春者木始治，肝气始生；肝气急，其风疾，经脉常深，其气少，不能深入；故取络脉分肉间。

帝曰：夏取盛经分腠，何也？岐伯曰：夏者火始治，心气始长；脉瘦气弱，阳气留溢，热熏分腠，内至于经；故取盛经分腠。绝肤而病去者③，邪居浅也。所谓盛经者，阳脉也。

帝曰：秋取经俞，何也？岐伯曰：秋者金始治，肺将收杀，金将胜火，阳气在合，阴气初胜；湿气及体，阴气未盛，未能深入；故取俞以写阴邪，取合以虚阳邪。阳气始衰，故取于合。

帝曰：冬取井荥，何也？岐伯曰：冬者水始治，肾方闭，阳气衰少，阴气坚盛，巨阳伏沉，阳脉乃去；故取井以下阴逆，取荥以实阳气。故曰："冬取井荥，春不鼽衄"，此之谓也。

帝曰：夫子言治热病五十九俞，余论其意，未能领别其处，愿闻其处，因闻其意。岐伯曰：头上五行、行五者，以越诸阳之热逆也。大杼、膺俞、缺盆、背俞，此八者④，以写胸中之热也。气街、三里、巨虚上下廉，此八者，以写胃中之热也。云门、髃骨、委中、髓空，此八者，以写四支之热也。五藏俞傍五，此十者，以写五藏之热也。凡此五十九穴者，皆热之左右也。帝曰：人伤于寒而传为热，何也？岐伯曰：夫寒盛，则生热也。

---

①牝：牝（pìn，音聘），鸟兽的雌性，此处指阴性。
②藏之阴络：隐藏于下部或较深的络脉之中。
③绝肤：透过皮肤。
④穴名有四，右左各一，故有八穴。

# 调经论篇第六十二

黄帝问曰：余闻刺法言，有余写之，不足补之。何谓有余？何谓不足？岐伯对曰：有余有五，不足亦有五；帝欲何问？帝曰：愿尽闻之。岐伯曰：神有余有不足，气有余有不足，血有余有不足，形有余有不足，志有余有不足，凡此十者，其气不等也。

帝曰：人有精、气、津、液、四支、九窍、五藏、十六部、三百六十五节，乃生百病；百病之生，皆有虚实。今夫子乃言有余有五，不足亦有五，何以生之乎？岐伯曰：皆生于五藏也。夫心藏神，肺藏气，肝藏血，脾藏肉，肾藏志。而此成形，志意通，内连骨髓，而成身形五藏。五藏之道，皆出于经隧①，以行血气；血气不和，百病乃变化而生，是故守经隧焉。

帝曰：神有余不足何如？岐伯曰：神有余则笑不休，神不足则悲。血气未并，五藏安定，邪客于形，洒淅起于毫毛，未入于经络也；故命曰神之微。

帝曰：补写奈何？岐伯曰：神有余则写其小络之血，出血，勿之深斥②，无中其大经，神气乃平；神不足者，视其虚络，按而致之，刺而利之，无出其血，无泄其气，以通其经，神气乃平。

帝曰：刺微奈何？岐伯曰：按摩勿释，着针勿斥，移气于不足，神气乃得复。帝曰：善！

气有余不足奈何？岐伯曰：气有余则喘咳上气，不足则息利少气。血气未并，五藏安定，皮肤微病，命曰白气微泄。

帝曰：补写奈何？岐伯曰：气有余则写其经隧，无伤其经，无出其血，无泄其气；不足则补其经隧，无出其气。

帝曰：刺微奈何？岐伯曰：按摩勿释，出针视之曰，我将深之，适人必革，精气自伏，邪气散乱，无所休息，气泄腠理，真气乃相得。帝曰：善！

血有余不足奈何？岐伯曰：血有余则怒，不足则恐。血气未并，五藏安定，孙络外溢，则络有留血。

帝曰：补写奈何？岐伯曰：血有余，则写其盛经出其血；不足，则视其虚经，内针其脉中，久留而视，脉大③，疾出其针，无令血泄。

帝曰：刺留血奈何？岐伯曰：视其血络，刺出其血，无令恶血得入于经，以成其疾。帝曰：善！

形有余不足奈何？岐伯曰：形有余则腹胀，泾溲不利，不足则四支不用。血气未并，五藏安定，肌肉蠕动，命曰微风。

帝曰：补写奈何？岐伯曰：形有余则写其阳经，不足则补其阳络。

帝曰：刺微奈何？岐伯曰：取分肉间，无中其经，无伤其络；卫气得复，邪气乃索④。帝曰：善！

志有余不足奈何？岐伯曰：志有余则腹胀飧泄，不足则厥。血气未并，五藏安定，骨节有动。

帝曰：补写奈何？岐伯曰：志有余则写然筋血者；不足则补其复溜⑤。

帝曰：刺未并奈何？岐伯曰：即取之，无中其经，邪所乃能立虚。帝曰：善！

余已闻虚实之形，不知其何以生。岐伯曰：气血以并，阴阳相倾，气乱于卫，血逆于经，血气离居，一实一虚。血并于阴，气并于阳，故为惊狂；血并于阳，气并于阴，乃为炅中⑥；血并于上，气并于下，心烦惋善怒；血并于下，气并于上，乱而喜忘。

帝曰：血并于阴，气并于阳，如是血气离居，何者为实，何者为虚？岐伯曰：血气者，喜温而恶寒；寒则泣不能流⑦，温则消而去之。是故气之所并为血虚，血之所并为气虚。

帝曰：人之所有者，血与气耳。今夫子乃言血并为虚，气并为虚，是无实乎？岐伯曰：有者为实，无者为虚；故气并则无血，血并则无气；今血与气相失，故为虚焉。络之与孙脉，俱输于经；血与气并，则为实焉。血之与气，并走于上，则为大厥，厥则暴死；气复反则生，不反则死。

帝曰：实者何道从来，虚者何道从去？虚实之要，愿闻其故。岐伯曰：夫阴与阳，皆有俞会。阳注于阴，阴满之外，阴阳匀平，以充其形，九候若一，命曰平人。夫邪之生也，或生于阴，或生于阳。其生于阳者，得之风雨寒暑；其生于阴者，得之饮食居处，阴阳喜怒。

帝曰：风雨之伤人奈何？岐伯曰：风雨之伤人也，先客于皮肤，传入于孙脉，孙脉满则传入于络脉，络脉满则输于大经脉。血气与邪并客于分腠之间，其脉坚大，故曰实。实者外坚充满，不可按之，按之则痛。

帝曰：寒湿之伤人奈何？岐伯曰：寒湿之中人也，皮肤不收，肌肉坚紧，荣血泣，卫气去，故曰虚。虚者，聂辟气不足⑧，按之则气足以温之，故快然而不痛。帝曰：善！

阴之生实奈何？岐伯曰：喜怒不节，则阴气上逆，上逆则下虚，下虚则阳气走之，故曰实矣。帝曰：阴之生虚奈何？岐伯曰：喜则气下，悲则气消，消则脉虚空；因寒饮食，寒气熏满，则血泣气去，故曰虚矣。

帝曰：经言阳虚则外寒，阴虚则内热；阳盛则外热，阴盛则内寒；余已闻之矣，不知其所由然也。岐伯曰：阳受气于上焦，以温皮肤分肉之间。令寒气在外，则上焦不通；上焦不通，则寒气独留于外，故寒栗。帝曰：阴虚生内热奈何？岐伯曰：有所劳倦，形气衰少，谷气不盛，上焦不行，下脘不通，胃气热，热气熏胸中，故内热。

帝曰：阳盛生外热奈何？岐伯曰：上焦不通利，则皮肤致密，腠理闭塞，玄府不通⑨，卫气不得泄越，故外热。帝曰：阴盛生内寒奈何？岐伯曰：厥气上逆⑩，寒气积于胸中而不写；不写则温气去，寒独留，则血凝泣，凝则脉不通，其脉盛大以涩，故中寒。

帝曰：阴与阳并，血气以并，病形以成，刺之奈何？岐伯曰：刺此者，取之经隧。取血于营，取气于卫；用形哉，因四时多少高下。

帝曰：血气以并，病形以成，阴阳相倾，补写奈何？岐伯曰：写实者气盛乃内针，针与气俱内，以开其门，如利其户；针与气俱出，精气不伤，邪气乃下，外门不闭，以出其疾；摇大其道，如利其路⑪，是谓大写，必切而出，大气乃屈。帝曰：补虚奈何？岐伯曰：持针勿置，以定其意，候呼内针，气出针入，针空四塞，精无从去，方实而疾出针；气入针出，热不得还，闭塞其门，邪气布散，精气乃得存。动气候时，近气不失，远气乃来，是谓追之⑫。

帝曰：夫子言虚实者有十，生于五藏；五藏五脉耳，夫十二经脉皆生其病，今夫子独言五藏；夫十二经脉者，皆络三百六十五节，节有病，必被经脉⑬，经脉之病皆有虚实，何以合之？岐伯曰：五藏者，故得六府与为表里，经络支节，各生虚实，其病所居，随而调之。病在脉，调之血；病在血，调之络；病在气，调之卫；病在肉，调之分肉；病在筋，调之筋；病在骨，调之骨。燔针劫刺其下及与急者⑭；病在骨，焠针药熨⑮；病不知所痛，两蹻为上；身形有痛，九候莫病，则缪刺之；痛在于左而右脉病者，巨刺之。必谨察其九候，针道备矣。

---

①经隧：经脉伏行，深而不见，故曰经隧。

②斥：此处作推进解。

③脉大：指针下气感增加的现象。

④索：离散。

⑤复溜：穴名。在足内踝上二寸处。

⑥炅：热。

⑦泣：凝涩之意。

⑧聂辟：此处指皮肤上的皱纹。

⑨玄府：即汗孔。

⑩厥气：指由下而上的阴寒之气。

⑪摇大其道，如利其路：摇大针孔，就象开拓不通畅的道路。

⑫追之：针刺中的补法。

⑬被：及。

⑭燔针劫刺：针刺入后用火烧针，为痹证的治法。

⑮焠针：即火针法。

# 缪刺论篇第六十三

黄帝问曰：余闻缪刺①，未得其意，何谓缪刺？岐伯对曰：夫邪之客于形也，必先舍于皮毛；留而不去，入舍于孙脉；留而不去，入舍于络脉；留而不去，入舍于经脉，内连五藏，散于肠胃；阴阳俱感，五藏乃伤。此邪之从皮毛而入，极于五藏之次也。如此，则治其经焉。今邪客于皮毛，入舍于孙络；留而不去，闭塞不通，不得入于经，流溢于大络而生奇病也②。夫邪客大络者，左注右，右注左，上下左右，与经相干，而布于四末，其气无常处，不入于经俞，命曰缪刺。

帝曰：愿闻缪刺，以左取右，以右取左，奈何？其与巨刺，何以别之？岐伯曰：邪客于经，左盛则右病，右盛则左病；亦有移易者，左痛未已而右脉先病；如此者，必巨刺之；必中其经，非络脉也。故络病者，其痛与经脉缪处，故命曰缪刺。

帝曰：愿闻缪刺奈何？取之何如？岐伯曰：邪客于足少阴之络，令人卒心痛，暴胀，胸胁支满无积者，刺然骨之前出血③，如食顷已④；不已，左取右，右取左；病新发者取五日已。

邪客于手少阳之络，令人喉痹舌卷，口干心烦，臂外廉痛，手不及头；刺手中指次指爪甲上，去端如韭叶，各一痏⑤。壮者立已，老者有顷已。左取右，右取左。此新病，数日已。

邪客于足厥阴之络，令人卒疝暴痛；刺足大指爪甲上与肉交者，各一痏。男子立已，女子有顷已。左取右，右取左。

邪客于足太阳之络，令人头项肩痛；刺足小指爪甲上与肉交者，各一痏，立已。不已，刺外踝下三痏。左取右，右取左。如食顷已。

邪客于手阳明之络，令人气满胸中，喘息而支胠，胸中热；刺手大指次指爪甲上，去端如韭叶，各一痏。左取右，右取左。如食顷已。

邪客于臂掌之间，不可得屈；刺其踝后，先以指按之痛，乃刺之。以月死生为数⑥，月生一日一痏，二日二痏，十五日十五痏，十六日十四痏。

邪客于足阳蹻之脉，令人目痛，从内眦始⑦；刺外踝之下半寸所，各二痏。左刺右，右刺左。如行十里顷而已。

人有所堕坠，恶血留内，腹中满胀，不得前后，先饮利药。此上伤厥阴之脉，下伤少阴之络。刺足内踝之下、然骨之前血脉出血，刺足跗上动脉；不已，刺三毛上各一痏，见血立已。左刺右，右刺左。善悲惊不乐，刺如右方。

邪客于手阳明之络，令人耳聋，时不闻音⑧，刺手大指次指爪甲上，去端如韭叶，各一痏，立闻；不已，刺中指爪甲上与肉交者，立闻。其不时闻者⑨，不可刺也。耳中生风者，亦刺之如此数。左刺右，右刺左。

凡痹往来行无常处者，在分肉间痛而刺之，以月死生为数。用针者随气盛衰⑩，以为痏数，针过其日数则脱气，不及日数则气不写。左刺右，右刺左。病已，止；不已，复刺之如法。月生一日一痏，二日二痏，渐多之，十五日十五痏，十六日十四痏，渐少之。

邪客于足阳明之络，令人鼽衄，上齿寒；刺足中指次指爪甲上与肉交者，各一痏。左刺右，右刺左。

邪客于足少阳之络，令人胁痛不得息，咳而汗出；刺足小指次指爪甲上与肉交者，各一痏，不得息立已，汗出立止；咳者温衣饮食，一日已。左刺右，右刺左，病立已。不已，复刺如法。

邪客于足少阴之络，令人嗌痛，不可内食，无故善怒，气上走贲上<sup>⑪</sup>；刺足下中央之脉，各三痏，凡六刺，立已。左刺右，右刺左。嗌中肿，不能内，唾时不能出唾者，刺然骨之前出血，立已。左刺右，右刺左。

邪客于足太阴之络，令人腰痛，引少腹、控䏚<sup>⑫</sup>，不可以仰息；刺腰尻之解、两胂之上是腰俞，以月死生为痏数，发针立已。左刺右，右刺左。

邪客于足太阳之络，令人拘挛背急，引胁而痛；刺之从项始数脊椎侠脊，疾按之应手如痛，刺之傍三痏，立已。

邪客于足少阳之络，令人留于枢中痛，髀不可举；刺枢中以毫针，寒则久留针，以月死生为数，立已。

治诸经刺之，所过者不病，则缪刺之。耳聋，刺手阳明；不已，刺其通脉出耳前者<sup>⑬</sup>。齿龋<sup>⑭</sup>，刺手阳明；不已，刺其脉入齿中，立已。

邪客于五藏之间，其病也，脉引而痛，时来时止；视其病，缪刺之于手足爪甲上，视其脉，出其血，间日一刺，一刺不已，五刺已。缪传引上齿<sup>⑮</sup>，齿唇寒痛，视其手背脉血者去之；足阳明中指爪甲上一痏，手大指次指爪甲上各一痏，立已。左取右，右取左。

邪客于手足少阴太阴足阳明之络，此五络皆会于耳中，上络左角，五络俱竭，令人身脉皆动，而形无知也，其状若尸，或曰尸厥。刺其足大指内侧爪甲上去端如韭叶，后刺足心，后刺足中指爪甲上，各一痏，后刺手大指内侧去端如韭叶，后刺手少阴锐骨之端，各一痏，立已。不已以竹管吹其两耳，鬄其左角之发<sup>⑯</sup>，方一寸，燔治，饮以美酒一杯，不能饮者灌之，立已。

凡刺之数，先视其经脉，切而从之，审其虚实而调之；不调者，经刺之；有痛而经不病者，缪刺之，因视其皮部有血络者尽取之。此缪刺之数也。

---

①缪刺：针刺部位与病变部位相交错。

②大络：较大的络脉。

③然骨之前：指然谷穴。

④食顷：一顿饭的时间。

⑤痏：此为针刺的次数。

⑥月死生：即月缺圆。

⑦内眦：眼内角。

⑧时不闻音：有时闻有时不闻也。

⑨其不时闻者：指完全失去听力。

⑩随气盛衰：谓随着人体在月周期中气血的盛衰。

⑪贲上：贲门以上的部位。

⑫控䏚：牵引到胁下。

⑬通脉出耳前者：指听宫穴。

⑭齿龋：蛀牙。

⑮缪传：交错传感。

⑯鬄：鬄（tì，音剃），剃发。

# 四时刺逆从论篇第六十四

　　厥阴有余，病阴痹；不足，病生热痹；滑则病狐疝风①；涩则病少腹积气。少阴有余，病皮痹隐轸②；不足，病肺痹；滑则病肺风疝；涩则病积，溲血。太阴有余，病肉痹寒中；不足，病脾痹；滑则病脾风疝；涩则病积，心腹时满。阳明有余，病脉痹，身时热；不足，病心痹；滑则病心风疝；涩则病积，时善惊。太阳有余，病骨痹身重；不足，病肾痹；滑则病肾风疝；涩则病积，善时巅疾。少阳有余，病筋痹胁满；不足，病肝痹；滑则病肝风疝；涩则病积，时筋急目痛。

　　是故春气在经脉；夏气在孙络；长夏气在肌肉；秋气在皮肤；冬气在骨髓中。

　　帝曰：余愿闻其故。岐伯曰：春者，天气始开，地气始泄，冻解冰释，水行经通，故人气在脉。夏者，经满气溢，入孙络受血，皮肤充实。长夏者，经络皆盛，内溢肌中。秋者，天气始收，腠理闭塞，皮肤引急。冬者盖藏，血气在中，内著骨髓，通于五藏。是故邪气者，常随四时之气血而入客也，至其变化，不可为度，然必从其经气，辟除其邪③，除其邪则乱气不生。

　　帝曰：逆四时而生乱气奈何？岐伯曰：春刺络脉，血气外溢，令人少气；春刺肌肉，血气环逆④，令人上气；春刺筋骨，血气内著，令人腹胀。夏刺经脉，血气乃竭，令人解㑊；夏刺肌肉，血气内却，令人善恐；夏刺筋骨，血气上逆，令人善怒。秋刺经脉，血气上逆，令人善忘；秋刺络脉，气不外行，令人卧不欲动；秋刺筋骨，血气内散，令人寒栗。冬刺经脉，血气皆脱，令人目不明；冬刺络脉，内气外泄，留为大痹⑤；冬刺肌肉，阳气竭绝，令人善忘。凡此四时刺者，大逆之病，不可不从也；反之则生乱气，相淫病焉。故刺不知四时之经、病之所生，以从为逆，正气内乱，与精相薄；必审九候，正气不乱，精气不转。帝曰：善！

　　刺五藏，中心一日死，其动为噫；中肝五日死，其动为语；中肺三日死，其动为咳；中肾六日死，其动为嚏、欠；中脾十日死，其动为吞。刺伤人五藏必死，其动则依其藏之所变，候知其死也。

---

　　①狐疝风：似应作"狐风疝"。

　　②隐轸：瘾疹。

　　③辟除：驱除。

　　④环逆：循环逆乱。

　　⑤大痹：藏气虚而邪痹于五藏。

# 标本病传论篇第六十五

　　黄帝问曰：病有标本①，刺有逆从，奈何？岐伯对曰：凡刺之方，必别阴阳，前后相应，逆从得施，标本相移。故曰：有其在标而求之于标，有其在本而求之于本，有其在本而求之于标，有其在标而求之于本。故治有取标而得者；有取本而得者；有逆取而得者；有从取而得者。故知逆与从，正行无问；知标本者，万举万当；不知标本，是谓妄行。

　　夫阴阳、逆从、标本之为道也，小而大，言一而知百病之害；少而多，浅而博，可以言一而知百也。以浅而知深，察近而知远。言标与本，易而勿及②。治反为逆，治得为从。

　　先病而后逆者治其本；先逆而后病者治其本。先寒而后生病者治其本；先病而后生寒者治其本。先热而后生病者治其本；先热而后生中满者治其标。先病而后泄者治其本；先泄而后生他病者治其本。必且调之，乃治其他病。先病而后生中满者治其标；先中满而后烦心者治其本。人有客气有同气，小大不利治其标③；小大利治其本。病发而有余，本而标之，先治其本，后治其标；病发而不足，标而本之，先治其标，后治其本。谨察间甚④，以意调之，间者并行，甚者独行。先小大不利而后生病者治其本。

　　夫病传者，心病先心痛，一日而咳；三日胁支痛；五日闭塞不通，身痛体重。三日不已，死；冬夜半，夏日中。

　　肺病喘咳，三日而胁支满痛；一日身重体痛；五日而胀。十日不已，死；冬日人，夏日出。

　　肝病头目眩，胁支满，三日体重身痛；五日而胀；三日腰脊少腹痛、胫痠。三日不已，死；冬日人，夏早食。

　　脾病身痛体重，一日而胀；二日少腹腰脊痛，胫痠；三日背䐴筋痛，小便闭。十日不已，死；冬人定，夏晏食。

　　肾病少腹腰脊痛，骺痠，三日背䐴筋痛⑤，小便闭；三日腹胀；三日两胁支痛。三日不已，死；冬大晨，夏晏晡⑥。

　　胃病胀满，五日少腹腰脊痛，骺痠；三日背䐴筋痛，小便闭；五日身体重。六日不已，死；冬夜半后；夏日昳⑦。

　　膀胱病小便闭，五日少腹胀，腰脊痛，骺痠；一日腹胀；一日身体痛。二日不已，死；冬鸡鸣，夏下晡⑧。

　　诸病以次是相传，如是者，皆有死期，不可刺；间一藏止，及至三四藏者，乃可刺也。

---

①标本：先病为本，后逆为标。
②易而勿及：说得容易，做得难。
③小大：即大小便。
④间甚：病轻为间，病重为甚。
⑤䐴：䐴（ㄌㄩˇ，音吕），䐴通膂。
⑥晏晡：指黄昏时。
⑦日昳：午后。

⑧下晡：下午。

# 天元纪大论篇第六十六

黄帝问曰：天有五行御五位，以生寒暑燥湿风；人有五藏化五气，以生喜怒思忧恐。论言五运相袭而皆治之，终朞之日①，周而复始，余已知之矣。愿闻其与三阴三阳之候奈何合之？

鬼臾区稽首再拜对曰：昭乎哉问也？夫五运阴阳者，天地之道也，万物之纲纪，变化之父母，生杀之本始，神明之府也，可不通乎？故物生谓之化，物极谓之变，阴阳不测谓之神，神用无方谓之圣。

夫变化之为用也；在天为玄，在人为道，在地为化；化生五味，道生智，玄生神。神在天为风，在地为木；在天为热，在地为火；在天为湿，在地为土；在天为燥，在地为金；在天为寒，在地为水。故在天为气，在地成形，形气相感而化生万物矣。

然天地者，万物之上下也；左右者，阴阳之道路也；水火者，阴阳之征兆也；金木者，生成之终始也。气有多少，形有盛衰，上下相召，而损益彰矣。

帝曰：愿闻五运之主时也何如？鬼臾区曰：五气运行，各终朞日②，非独主时也。

帝曰：请闻其所谓也。鬼臾区曰：臣积考《太始天元册》文曰：太虚廖廓③，肇基化元，万物资始。五运终天，布气真灵，揔统坤元④。九星悬朗，七曜周旋；曰阴曰阳，曰柔曰刚；幽显既位，寒暑弛张，生生化化，品物咸章。臣斯十世，此之谓也。帝曰：善！

何谓气有多少、形有盛衰？鬼臾区曰：阴阳之气，各有多少，故曰三阴三阳也。形有盛衰，谓五行之治，各有太过不及也。故其始也，有余而往，不足随之；不足而往，有余从之。知迎知随，气可与期；应天为天符，承岁为岁直，三合为治。

帝曰：上下相召奈何？鬼臾区曰：寒暑燥湿风火，天之阴阳也，三阴三阳上奉之；木火土金水火，地之阴阳也，生长化收藏下应之。天以阳生阴长，地以阳杀阴藏。天有阴阳，地亦有阴阳。木火土金水火，地之阴阳也，生长化收藏。故阳中有阴，阴中有阳。所以欲知天地之阴阳者，应天之气，动而不息，故五岁而右迁；应地之气，静而守位，故六朞而环会。动静相召，上下相临，阴阳相错，而变由生也。

帝曰：上下周纪，其有数乎？鬼臾区曰：天以六为节，地以五为制。周天气者，六朞为一备；终地纪者，五岁为一周。君火以明，相火以位。五六相合，而七百二十气为一纪；凡三十岁，千四百四十气；凡六十岁而为一周。不及太过，斯皆见矣。

帝曰：夫子之言，上终天气，下毕地纪，可谓悉矣？余愿闻而藏之，上以治民，下以治身，使百姓昭著，上下和亲，德泽下流，子孙无忧，传之后世，无有终时，可得闻乎？鬼臾区曰：至数之机⑤，迫迮以微⑥，其来可见，其往可追。敬之者昌，慢之者亡，无道行私，必得夭殃，谨奉天道。请言真要。

帝曰：善言始者，必会于终；善言近者，必知其远。是则至数极而道不惑，所谓明矣！愿夫子推而次之，令有条理，简而不匮，久而不绝，易用难忘，为之纲纪，至数之要，愿尽闻之。鬼臾区曰：昭乎哉问！明乎哉道！如鼓之应桴，响之应声也。臣闻之，甲己之岁，土运统之；乙庚之岁，金运统之；丙辛之岁，水运统之；丁壬之岁，木运统之；戊癸之岁，火运统之。

帝曰：其于三阴三阳，合之奈何？鬼臾区曰：子午之岁，上见少阴；丑未之岁，上见太阴；寅申之岁，上见少阳；卯酉之岁，上见阳明；辰戌之岁，上见太阳；巳亥之岁，上见厥阴。少阴所谓标也，厥阴所谓终也。厥阴之上，风气主之；少阴之上，热气主之；太阴之上，湿气主之；少阳之上，相火主之；阳明之上，燥气主之；太阳之上，寒气主之。所谓本也，是谓六元。

帝曰：光乎哉道！明乎哉论！请著之玉版，藏之金匮，署曰"天元纪"。

---

①芁：芁（jī，音基），芁，期的异体字。

②芁日：就是一年三百六十五日。

③太虚廖廓：太空无有边际。

④坤元：指万物生长的根源。

⑤至数：指五运六气相合的定数。

⑥迫迮：迮（zé，音责），切近而深细的意思。

# 五运行大论篇第六十七

黄帝坐明堂，始正天纲，临观八极，考建五常，请天师而问之曰：论言天地之动静，神明为之纪；阴阳之升降，寒暑彰其兆。余闻五运之数于夫子，夫子之所言，正五气之各主岁尔，首甲定运，余因论之。鬼臾区曰：土主甲己，金主乙庚，水主丙辛，木主丁壬，火主戊癸。子午之上，少阴主之；丑未之上，太阴主之；寅申之上，少阳主之；卯酉之上，阳明主之；辰戌之上，太阳主之；巳亥之上，厥阴主之。不合阴阳，其故何也？岐伯曰：是明道也，此天地之阴阳也。夫数之可数者，人中之阴阳也，然所合，数之可得者也。夫阴阳者，数之可十，推之可百，数之可千，推之可万。天地阴阳者，不以数推，以象之谓也。

帝曰：愿闻其所始也。岐伯曰：昭乎哉问也！臣览《太始天元册》文，丹天之气①，经于牛、女戊分②；黅天之气，经于心、尾己分；苍天之气，经于危、室、柳、鬼；素天之气，经于亢、氐、昴、毕；玄天之气，经于张、翼、娄、胃。所谓戊己分者，奎、壁、角、轸，则天地之门户也。夫候之所始，道之所生，不可不通也。帝曰：善。

论言天地者，万物之上下；左右者，阴阳之道路。未知其所谓也。岐伯曰：所谓上下者，岁上下见阴阳之所在也。左右者，诸上见厥阴，左少阴，右太阳；见少阴，左太阴，右厥阴；见太阴，左少阳，右少阴；见少阳，左阳明，右太阴；见阳明，左太阳，右少阳；见太阳，左厥阴，右阳明。所谓面北而命其位，言其见也。

帝曰：何谓下？岐伯曰：厥阴在上，则少阳在下，左阳明，右太阴；少阴在上，则阳明在下，左太阳，右少阳；太阴在上，则太阳在下，左厥阴，右阳明；少阳在上，则厥阴在下，左少阴，右太阳；阳明在上，则少阴在下，左太阴，右厥阴；太阳在上，则太阴在下，左少阳，右少阴。所谓面南而命其位，言其见也。上下相遘③，寒暑相临，气相得则和④；不相得则病⑤。

帝曰：气相得而病者何也？岐伯曰：以下临上，不当位也。

帝曰：动静何如？岐伯曰：上者右行，下者左行，左右周天，余而复会也。

帝曰：余闻鬼臾区曰，应地者静。今夫子乃言下者左行，不知其所谓也，愿闻何以生之乎？

岐伯曰：天地动静，五行迁复，虽鬼臾区其上候而已，犹不能遍明。夫变化之用，天垂象，地成形，七曜纬虚⑥，五行丽地⑦。地者，所以载生成之形类也；虚者，所以列应天之精气也。形精之动，犹根本与枝叶也，仰观其象，虽远可知也。

帝曰：地之为下否乎？岐伯曰：地为人之下，太虚之中者也。

帝曰：冯乎⑧？岐伯曰：大气举之也。燥以干之，暑以蒸之，风以动之，湿为润之，寒以坚之，火以温之。故风寒在下，燥热在上，湿气在中，火游行其间，寒暑六入，故令虚而生化也。故燥胜则地干；暑胜则地热；风胜则地动；湿胜则地泥；寒胜则地裂，火胜则地固矣。

帝曰：天地之气，何以候之？岐伯曰：天地之气，胜复之作⑨，不形于诊也。《脉法》曰，天地之变，无以脉诊。此之谓也。

帝曰：间气何如？岐伯曰：随气所在，期于左右⑩。

帝曰：期之奈何？岐伯曰：从其气则和，违其气则病，不当其位者病，迭移其位者病；失守其位者危，尺寸反者死，阴阳交者死。先立其年，以知其气，左右应见，然后乃可以言死生之逆顺。

帝曰：寒暑燥湿风火，在人合之奈何？其于万物，何以生化？岐伯曰：东方生风，风生木，木生酸，酸生肝，肝生筋，筋生心。其在天为玄，在人为道，在地为化。化生五味，道生智，玄生神，化生气。神在天为风，在地为木，在体为筋，在气为柔，在藏为肝。其性为喧⑪，其德为和，其用为动，其色为苍，其化为荣，其虫毛，其政为散，其令宣发，其变摧拉，其眚为陨⑫，其味为酸，其志为怒。怒伤肝，悲胜怒；风伤肝，燥胜风；酸伤筋，辛胜酸。

南方生热，热生火，火生苦，苦生心，心生血，血生脾。其在天为热，在地为火，在体为脉，在气为息，在藏为心。其性为暑，其德为显，其用为躁，其色为赤，其化为茂，其虫羽，其政为明，其令郁蒸，其变炎烁，其眚燔焫，其味为苦，其志为喜；喜伤心，恐胜喜；热伤气，寒胜热；苦伤气，咸胜苦。

中央生湿，湿生土，土生甘，甘生脾，脾生肉，肉生肺。其在天为湿，在地为土，在体为肉，在气为充，在藏为脾。其性静兼⑬，其德为濡，其用为化，其色为黄，其化为盈，其虫倮，其政为谧⑭，其令云雨，其变动注，其眚淫溃，其味为甘，其志为思。思伤脾，怒胜思；湿伤肉，风胜湿；甘伤脾，酸胜甘。

西方生燥，燥生金，金生辛，辛生肺，肺生皮毛，皮毛生肾。其在天为燥，在地为金，在体为皮毛，在气为成，在藏为肺。其性为凉，其德为清，其用为固，其色为白，其化为敛，其虫介⑮，其政为劲，其令雾露，其变肃杀，其眚苍落，其味为辛，其志为忧。忧伤肺，喜胜忧；热伤皮毛，寒胜热；辛伤皮毛，苦胜辛。

北方生寒，寒生水，水生咸，咸生肾，肾生骨髓，髓生肝。其在天为寒，在地为水，在体为骨，在气为坚，在藏为肾。其性为凛，其德为寒，其用为藏，其色为黑，其化为肃，其虫鳞，其政为静，其令霰雪，其变凝冽，其眚冰雹，其味为咸，其志为恐。恐伤肾，思胜恐；寒伤血，燥胜寒；咸伤血，甘胜咸。

五气更立，各有所先，非其位则邪，当其位则正。帝曰：病生之变何如？岐伯曰：气相得则微，不相得则甚。

帝曰：主岁何如？岐伯曰：气有余，则制己所胜⑯，而侮所不胜；其不及，则己所不胜侮而乘之⑰，己所胜轻而侮之。侮反受邪，侮而受邪，寡于畏也。帝曰：善！

①丹天：古时天象有丹、黅、苍、素、玄五天之气的说法。

②经于牛、女戊分：经，就是横亘。牛、女，以及下文的心、尾、危、室、柳、鬼亢、氐、昴、毕、张、翼、娄、胃、奎、壁、角、轸等是二十八宿的名称。

③上下相遘：上指客气，下指主气。上下相遘就是司天在泉之客气与主时六步之气相交。

④相得：客主之气相生。

⑤不相得：客主之气相克。

⑥虚：宇宙。

⑦丽：附着。

⑧冯：通凭。

⑨胜复：克贼侵犯称为胜，复，报复。

⑩左右：指左右手的脉搏。

⑪暄：温暖。

⑫眚：眚（shěng，音省），灾害之意。

⑬静兼：静，土之性。兼，土旺四季。

⑭谧：平静。

⑮虫介：有壳的动物。

⑯己所胜：被我克制的。

⑰所不胜：克制我的。

# 六微旨大论篇第六十八

黄帝问曰：呜呼远哉！天之道也，如迎浮云，若视深渊；视深渊尚可测，迎浮云莫知其极。夫子数言，谨奉天道，余闻而藏之，心私异之，不知其所谓也。愿夫子溢志尽言其事，令终不灭，久而不绝。天之道可得闻乎？岐伯稽首再拜对曰：明乎哉问！天之道也，此因天之序，盛衰之时也。

帝曰：愿闻天道六六之节盛衰何也？岐伯曰：上下有位，左右有纪。故少阳之右，阳明治之；阳明之右，太阳治之；太阳之右，厥阴治之；厥阴之右，少阴治之；少阴之右，太阴治之；太阴之右，少阳治之。此所谓气之标①，盖南面而待也。故曰，因天之序，盛衰之时，移光定位，正立而待之②。此之谓也。少阳之上，火气治之，中见厥阴；阳明之上，燥气治之，中见太阴；太阳之上，寒气治之，中见少阴；厥阴之上，风气治之，中见少阳；少阴之上，热气治之，中见太阳；太阴之上，湿气治之，中见阳明。所谓本也，本之下，中之见也，见之下，气之标也。本标不同，气应异象。

帝曰：其有至而至，有至而不至，有至而太过，何也？岐伯曰：至而至者和；至而不至，来气不及也；未至而至，来气有余也。

帝曰：至而不至，未至而至，如何？岐伯曰：应则顺，否则逆；逆则变生，变生则病。帝曰：善！请言其应。岐伯曰：物，生其应也；气，脉其应也。帝曰：善！

愿闻地理之应六节气位何如？岐伯曰：显明之右，君火之位也；君火之右，退行一步，相火治之；复行一步，土气治之；复行一步，金气治之；复行一步，水气治之；复行一步，木气治之；复行一步，君火治之。相火之下，水气承之；水位之下，土气承之；土位之下，风气承之；风位之下，金气承之；金位之下，火气承之；君火之下，阴精承之。帝曰：何也？岐伯曰：亢则害，承乃制，制则生化，外列盛衰，害则败乱，生化大病。

帝曰：盛衰何如？岐伯曰：非其位则邪，当其位则正；邪则变甚，正则微。

帝曰：何谓当位？岐伯曰：木运临卯，火运临午，土运临四季③，金运临酉，水运临子，所谓岁会④，气之平也。

帝曰：非位何如？岐伯曰：岁不与会也。

帝曰：土运之岁，上见太阴；火运之岁，上见少阳、少阴；金运之岁，上见阳明；木运之岁，上见厥阴；水运之岁，上见太阳。奈何？岐伯曰：天之与会也，故《天元册》曰天符。帝曰：天符岁会何如？岐伯曰：太一天符之会也。帝曰：其贵贱何如？岐伯曰：天符为执法，岁会为行令，太一天符为贵人。帝曰：邪之中也奈何？岐伯曰：中执法者，其病速而危；中行令者，其病徐而持；中贵人者，其病暴而死。帝曰：位之易也何如？岐伯曰：君位臣则顺，臣位君则逆；逆则其病近，其害速，顺则其病远，其害微。所谓二火也。帝曰：善！

愿闻其步何如？岐伯曰：所谓步者，六十度而有奇，故二十四步积盈百刻而成日也。

帝曰：六气应五行之变何如？岐伯曰：位有终始，气有初中⑤，上下不同，求之亦异也。

帝曰：求之奈何？岐伯曰：天气始于甲，地气始于子，子甲相合，命曰岁立。谨候其时，气可与期。

帝曰：愿闻其岁，六气始终，早晏何如？岐伯曰：明乎哉问也！甲子之岁，初之气，天数始于水下一刻，终于八十七刻半；二之气始于八十七刻六分，终于七十五刻；三之气始于七十六刻，终于六十二刻半；四之气始于六十二刻六分，终于五十刻；五之气始于五十一刻，终于三十七刻半；六之气始于三十七刻六分，终于二十五刻。所谓初六，天之数也。乙丑岁，初之气，天数始于二十六刻，终于一十二刻半；二之气始于一十二刻六分，终于水下百刻；三之气始于一刻，终于八十七刻半；四之气始于八十七刻六分，终于七十五刻；五之气始于七十六刻，终于六十二刻半；六之气始于六十二刻六分，终于五十刻。所谓六二，天之数也。丙寅岁，初之气，天数始于五十一刻，终于三十七刻半；二之气始于三十七刻六分，终于二十五刻；三之气始于二十六刻，终于一十二刻半；四之气始于一十二刻六分，终于水下百刻；五之气始于一刻，终于八十七刻半；六之气始于八十七刻六分，终于七十五刻。所谓六三，天之数也。丁卯岁，初之气，天数始于七十六刻，终于六十二刻半；二之气始于六十二刻六分，终于五十刻；三之气始于五十一刻，终于三十七刻半；四之气始于三十七刻六分，终于二十五刻；五之气始于二十六刻，终于一十二刻半；六之气始于一十二刻六分，终于水下百刻。所谓六四，天之数也。次戊辰岁，初之气复始于一刻。常如是无已，周而复始。

帝曰：愿闻其岁候何如？岐伯曰：悉乎哉问也！日行一周，天气始于一刻；日行再周，天气始于二十六刻；日行三周，天气始于五十一刻；日行四周，天气始于七十六刻；日行五周，天气复始于一刻。所谓一纪也。是故寅、午、戌岁气会同，卯、未、亥岁气会同，辰、申、子岁气会同，巳、酉、丑岁气会同。终而复始。

帝曰：愿闻其用也。岐伯曰：言天者求之本，言地者求之位，言人者求之气交。

帝曰：何谓气交？岐伯曰：上下之位，气交之中，人之居也。故曰：天枢之上⑥，天气主之；天枢之下，地气主之；气交之分，人气从之，万物由之。此之谓也。

帝曰：何谓初中？岐伯曰：初凡三十度有奇。中气同法。

帝曰：初中何也？岐伯曰：所以分天地也。

帝曰：愿卒闻之。岐伯曰：初者地气也，中者天气也。

帝曰：其升降何如？岐伯曰：气之升降，天地之更用也。

帝曰：愿闻其用何如？岐伯曰：升已而降，降者谓天；降已而升，升者谓地。天气下降，气流于地；地气上升，气腾于天。故高下相召，升降相因，而变作矣。帝曰：善。

寒湿相遘，燥热相临，风火相值⑦，其有闻乎？岐伯曰：气有胜复，胜复之作，有德有化，有用有变，变则邪气居之。帝曰：何谓邪乎？岐伯曰：夫物之生从于化，物之极由乎变⑧，变化之相薄，成败之所由也。故气有往复，用有迟速，四者之有，而化而变，风之来也。

帝曰：迟速往复，风所由生，而化而变，故因盛衰之变耳。成败倚伏游乎中⑨，何也？岐伯曰：成败倚伏生乎动，动而不已，则变作矣。

帝曰：有期乎？岐伯曰：不生不化，静之期也。

帝曰：不生化乎？岐伯曰：出入废，则神机化灭；升降息，则气立孤危。故非出入，则无以生长壮老已；非升降，则无以生长化收藏。是以升降出入，无器不有。故器者生化之宇，器散则分之，生化息矣。故无不出入，无不升降。化有小大，期有近远。四者之有，而贵常守，反常则灾害至矣。故曰：无形无患，此之谓也。帝曰：善。

有不生不化乎？岐伯曰：悉乎哉问也！与道合同，惟真人也。帝曰：善。

①气之标：指三阴三阳为六气之标。

②移光定位，正立而待之：是古代测天以定节气的方法。

③四季：指辰、戌、丑、未四个方位。

④岁会：岁会必须具备两个条件，一是地支与天干的五行属性相同，二是当五方之正位。

⑤初中：指一步之气，又有初气与中气之分。

⑥天枢：就是天地相交之中点。

⑦遘、临、值：皆指遇合的意思。

⑧极：指事物发展到极端的阶段。

⑨倚伏：隐藏着相互的因果。

# 气交变大论篇第六十九

黄帝问曰：五运更治，上应天朞；阴阳往复，寒暑迎随，真邪相薄，内外分离；六经波荡，五气倾移；太过不及，专胜兼并；愿言其始，而有常名，可得闻乎？岐伯稽首再拜对曰：昭乎哉问也！是明道也。此上帝所贵，先师传之，臣虽不敏，往闻其旨。

帝曰：余闻得其人不教，是谓失道；传非其人，慢泄天宝。余诚菲德，未足以受至道；然而众子哀其不终。愿夫子保于无穷，流于无极，余司其事，则而行之奈何？岐伯曰：请遂言之也。《上经》曰：夫道者，上知天文，下知地理，中知人事，可以长久。此之谓也。

帝曰：何谓也？岐伯曰：本气位也。位天者，天文也；位地者，地理也；通于人气之变化者，人事也。故太过者先天，不及者后天，所谓治化①，而人应之也。

帝曰：五运之化，太过何如？岐伯曰：岁木太过，风气流行，脾土受邪。民病飧泄，食减，体重，烦冤，肠鸣，腹支满。上应岁星②。甚则忽忽善怒，眩冒巅疾。化气不政，生气独治，云物飞动，草木不宁，甚而摇落。反胁痛而吐甚；冲阳绝者③，死不治。上应太白星。

岁火太过，炎暑流行，金肺受邪。民病疟，少气，咳喘，血溢，血泄，注下，嗌燥，耳聋，中热，肩背热。上应荧惑星④。甚则胸中痛，胁支满胁痛，膺背肩胛间痛，两臂内痛，身热肤痛而为浸淫。收气不行，长气独明，雨冰霜寒。上应辰星。上临少阴少阳，火燔焫，水泉涸，物焦槁。病反谵妄狂越，咳喘息鸣，下甚，血溢泄不已；太渊绝者⑤，死不治。上应荧惑星。

岁土太过，雨湿流行，肾水受邪。民病腹痛，清厥，意不乐，体重，烦冤。上应镇星⑥。甚则肌肉萎，足痿不收，行善瘛，脚下痛，饮发中满，食减，四支不举。变生得位，藏气伏，化气独治之，泉涌河衍，涸泽生鱼，风雨大至，土崩溃，鳞见于陆。病腹满，溏泄，肠鸣，反下甚；而太溪绝者⑦，死不治。上应岁星。

岁金太过，燥气流行，肝木受邪。民病两胁下少腹痛，目赤痛，眦疡，耳无所闻。肃杀而甚，则体重，烦冤，胸痛引背，两胁满且痛引少腹。上应太白星。甚则喘咳逆气，肩背痛，尻、阴、股、膝、髀、腨、胻、足皆病。上应荧惑星。收气峻，生气下，草木敛，苍干凋陨。病反暴痛，胠胁不可反侧，咳逆甚而血溢；太冲绝者⑧，死不治。上应太白星。

岁水太过，寒气流行，邪害心火。民病身热烦心，躁悸，阴厥，上下中寒，谵妄，心痛。寒气早至，上应辰星。甚则腹大胫肿，喘咳，寝汗出，憎风。大雨至，埃雾朦郁，上应镇星。上临太阳，则雨冰雪霜不时降，湿气变物。病反腹满，肠鸣溏泄，食不化，渴而妄冒；神门绝者⑨，死不治。上应荧惑、辰星。帝曰：善。

其不及何如？岐伯曰：悉乎哉问也！岁木不及，燥乃大行，生气失应，草木晚荣；肃杀而甚，则刚木辟著，柔萎苍干，上应太白星。民病中清，胠胁痛，少腹痛，肠鸣溏泄。凉雨时至，上应太白星，其谷苍。上临阳明，生气失政，草木再荣，化气乃急，上应太白、镇星，其主苍早⑩。复则炎暑流火，湿性燥，柔脆草木焦槁，下体再生，华实齐化。病寒热，疮疡，痱胗，痈痤。上应荧惑、太白，其谷白坚。白露早降，收杀气行，寒雨害物，虫食甘黄。脾土受邪，赤气后化，心气晚治，上胜肺金，白气乃屈，其谷不成，咳而鼽。上应荧惑、太白星。

岁火不及，寒乃大行，长政不用，物荣而下。凝惨而甚⑪，则阳气不化，乃折荣美，上应辰星。民病胸中痛，胁支满，两胁痛，膺背肩胛间及两臂内痛，郁冒朦昧，心痛暴瘖，胸腹大，胁下与腰背相引而痛；甚则屈不能伸，髋髀如别。上应荧惑、辰星，其谷丹。复则埃郁，大雨且至，黑气乃辱，病鹜溏，腹满，食饮不下，寒中，肠鸣泄注，腹痛，暴挛痿痹，足不任身。上应镇星、辰星。玄谷不成。

岁土不及，风乃大行，化气不令，草木茂荣。飘扬而甚，秀而不实，上应岁星。民病飧泄，霍乱，体重，腹痛，筋骨繇复⑫，肌肉𥆧酸，善怒。藏气举事，蛰虫早附，咸病寒，中。上应岁星、镇星，其谷黅。复则收政严峻，名木苍凋，胸胁暴痛，下引少腹，善太息。虫食甘黄，气客于脾，黅谷乃减，民食少、失味。苍谷乃损，上应太白、岁星。上临厥阴，流水不冰，蛰虫来见；藏气不用，白乃不复，上应岁星，民乃康。

岁金不及，炎火乃行，生气乃用，长气专胜，庶物以茂，燥烁以行，上应荧惑星。民病肩背瞀重，鼽嚏，血便注下。收气乃后，上应太白、荧惑星，其谷坚芒。复则寒雨暴至，乃零冰雹霜雪杀物，阴厥且格，阳反上行，头脑户痛⑬，延及囟顶⑭，发热。上应辰星、荧惑，丹谷不成；民病口疮，甚则心痛。

岁水不及，湿乃大行，长气反用，其化乃速，暑雨数至，上应镇星。民病腹满，身重，濡泄，寒疡流水，腰股痛发，腘腨股膝不便，烦冤，足痿清厥，脚下痛；甚则跗肿。藏气不政，肾气不衡，上应镇星、辰星，其谷秬。上临太阴，则大寒数举，蛰虫早藏，地积坚冰，阳光不治，民病寒疾于下，甚则腹满浮肿，上应镇星、荧惑，其主黅谷。复则大风暴发，草偃木零，生长不鲜，面色时变，筋骨并辟，肉𥆨瘛，目视𥆨𥆨，物疏璺⑮，肌肉胗发，气并鬲中，痛于心腹。黄气乃损，其谷不登，上应岁星、镇星。帝曰：善。

愿闻其时也。岐伯曰：悉乎哉问也！木不及，春有鸣条律畅之化，则秋有雾露清凉之政；春有惨凄残贼之胜，则夏有炎暑燔烁之复。其眚东，其藏肝，其病内舍胠胁，外在关节。

火不及，夏有炳明光显之化，则冬有严肃霜寒之政；夏有惨凄凝冽之胜，则不时有埃昏大雨之复。其眚南，其藏心，其病内舍膺胁，外在经络。

土不及，四维有埃云润泽之化，则春有鸣条鼓拆之政；四维发振拉飘腾之变⑯，则秋有肃杀霖霆之复⑰。其眚四维，其藏脾，其病内舍心腹，外在肌肉四肢。

金不及，夏有光显郁蒸之令，则冬有严凝整肃之应；夏有炎烁燔燎之变，则秋有冰雹霜雪之复。其眚西，其藏肺，其病内舍膺胁肩背，外在皮毛。

水不及，四维有湍润埃云之化，则不时有和风生发之应；四维发埃昏骤注之变，则不时有飘荡振拉之复。其眚北，其藏肾，其病内舍腰脊骨髓，外在溪谷踹膝。

夫五运之政，犹权衡也；高者抑之，下者举之，化者应之，变者复之。此生长化成收藏之理，气之常也；失常则天地四塞矣。故曰：天地之动静，神明为之纪；阴阳之往复，寒暑彰其兆。此之谓也。

帝曰：夫子之言五气之变，四时之应，可谓悉矣。夫气之动乱，触遇而作，发无常会，卒然灾合，何以期之？岐伯曰：夫气之动变，固不常在；而德、化、政、令、灾、变，不同其候也。

帝曰：何谓也？岐伯曰：东方生风，风生木，其德敷和，其化生荣，其政舒启⑱，其令风，其变振发，其灾散落。南方生热，热生火；其德彰显，其化蕃茂，其政明曜，其令热，其变销烁，其灾燔炳⑲。中央生湿，湿生土；其德溽蒸，其化丰备，其政安静，其令湿，其变骤注，其灾霖溃。西方生燥，燥生金；其德清洁，其化紧敛，其政劲切，其令燥，其变肃杀，其灾苍陨。北方生寒，寒生水；其德凄沧，其化清谧，其政凝肃，其令寒，其变溧冽，其灾冰雪霜雹。是以察其动也，有德有化，有政有令，有变有灾，而物由之，而人应之也。

帝曰：夫子之言岁候，其不及太过，而上应五星。今夫德、化、政、令、灾眚、变易，非常而有也，卒然而动，其亦为之变乎？岐伯曰：承天而行之，故无妄动，无不应也。卒然而动者，气之交变也，其不应焉。故曰：应常不应卒⑳。此之谓也。

帝曰：其应奈何？岐伯曰：各从其气化也。

帝曰：其行之徐疾、逆顺何如？岐伯曰：以道留久，逆守而小，是谓省下；以道而去，去而速来，曲而过之，是谓省遗过也；久留而环，或离或附，是谓议灾与其德也。应近则小，应远则大。芒而大倍常之一，其化甚；大常之二，其眚即发也。小常之一，其化减；小常之二，是谓临视。省下之过与其德也，德者福之，过者伐之。是以象之见也，高而远则小，下而近则大；故大则喜怒迩，小则祸福远。岁运太过，则运星北越；运气相得，则各行以道。故岁运太过，畏星失色而兼其母㉑；不及，则色兼其所不胜。肖者瞿瞿，莫如其妙；闵闵之当，孰者为良；妄行无征，示畏候王。

帝曰：其灾应何如？岐伯曰：亦各从其化也。故时至有盛衰，凌犯有逆顺，留守有多少，形见有善恶，宿属有胜负，征应有吉凶矣。

帝曰：其善恶何谓也？岐伯曰：有喜，有怒，有忧，有丧，有泽，有燥。此象之常也，必谨察之。

帝曰：六者高下异乎？岐伯曰：象见高下，其应一也，故人亦应之。

帝曰：善。

其德、化、政、令之动静损益皆何如？岐伯曰：夫德化政令灾变不能相加也；胜复盛衰不能相多也；往来大小不能相过也；用之升降不能相无也；各从其动而复之耳。

帝曰：其病生何如？岐伯曰：德化者气之祥，政令者气之章，变易者复之纪，灾眚者伤之始。气相胜者和，不相胜者病，重感于邪则甚也。

帝曰：善。

所谓精光之论，大圣之业，宣明大道，通于无穷，究于无极也。余闻之，善言天者，必应于人；善言古者，必验于今；善言气者，必彰于物；善言应者，同天地之化；善言化言变者，通神明之理。非夫子孰能言至道欤！乃择良兆而藏之灵室，每旦读之，命曰《气交变》。非斋戒不敢发，慎传也。

---

①治化：指六气之变化。

②岁星：即木星。

③冲阳：即胃脉，在足跗上第二第三蹠骨间。

④荧惑星：即火星。

⑤太渊：即肺脉，在腕后内侧横纹头当寸口处。

⑥镇星：即土星。

⑦太溪：即肾脉，在足内踝后侧跟骨之上。

⑧太冲：即肝脉，在足背部第一第二蹠骨连接部之前方。

⑨神门：即心脉，在掌后腕尺侧锐骨之端。

⑩苍早：草木很早就凋谢了。

⑪凝惨：形容严寒时的凝滞萧条景象。

⑫瘛复：动摇不定，反复发作。

⑬脑户：指头后部。

⑭囟顶：即头顶。

⑮疏瞫：瞫（wèn，音问），分裂。

⑯振拉飘腾：形容风暴。

⑰霖霪：久雨不止。

⑱舒启：展开。

⑲燔炳：燔（fán，音凡），炳（ruò，音弱），焚烧。

⑳应常不应卒：常规发生是相应的，突然发生是不相应的。

㉑畏星：指被克的星。

# 五常政大论篇第七十

黄帝问曰：太虚寥廓，五运迴薄①；衰盛不同，损益相从，愿闻平气，何如而名？何如而纪也？岐伯对曰：昭乎哉问也！木曰敷和，火曰升明，土曰备化，金曰审平，水曰静顺。

帝曰：其不及奈何？岐伯曰：木曰委和，火曰伏明，土曰卑监，金曰从革，水曰涸流。

帝曰：太过何谓？岐伯曰：木曰发生，火曰赫曦，土曰敦阜，金曰坚成，水曰流衍。

帝曰：三气之纪②，愿闻其候。岐伯曰：悉乎哉问也！敷和之纪，木德周行，阳舒阴布，五化宣平。其气端，其性随，其用曲直，其化生荣，其类草木，其政发散，其候温和，其令风，其藏肝；肝其畏清，其主目，其谷麻，其果李，其实核，其应春，其虫毛，其畜犬，其色苍，其养筋，其病里急支满，其味酸，其音角，其物中坚，其数八。

升明之纪，正阳而治，德施周普，五化均衡。其气高，其性速，其用燔灼，其化蕃茂，其类火，其政明曜③，其候炎暑，其令热，其藏心；心其畏寒，其主舌，其谷麦，其果杏，其实络，其应夏，其虫羽，其畜马，其色赤，其养血，其病𥆧瘛④，其味苦，其音徵，其物脉，其数七。

备化之纪，气协天休，德流四政，五化齐修⑤。其气平，其性顺，其用高下，其化丰满，其类土，其政安静，其候溽蒸⑥，其令湿，其藏脾；脾其畏风，其主口，其谷稷，其果枣，其实肉，其应长夏，其虫倮，其畜牛，其色黄，其养肉，其病否，其味甘，其音宫，其物肤，其数五。

审平之纪，收而不争，杀而无犯⑦，五化宣明。其气洁，其性刚，其用散落，其化坚敛，其类金，其政劲肃，其候清切，其令燥，其藏肺；肺其畏热，其主鼻，其谷稻，其果桃，其实壳，其应秋，其虫介，其畜鸡，其色白，其养皮毛，其病咳，其味辛，其音商，其物外坚，其数九。

静顺之纪，藏而勿害，治而善下，五化咸整。其气明，其性下，其用沃衍⑧，其化凝坚，其类水，其政流演，其候凝肃，其令寒，其藏肾；肾其畏湿，其主二阴，其谷豆，其果栗，其实濡，其应冬，其虫鳞，其畜彘，其色黑，其养骨髓，其病厥，其味咸，其音羽，其物濡，其数六。

故生而勿杀，长而勿罚，化而勿制，收而勿害，藏而勿抑，是谓平气。

委和之纪，是谓胜生。生气不政，化气乃扬，长气自平，收令乃早，凉雨时降，风云并兴，草木晚荣，苍干凋落，物秀而实，肤肉内充。其气敛，其用聚，其动緛戾拘缓，其发惊骇，其藏肝，其果枣李，其实核壳，其谷稷稻，其味酸辛，其色白苍，其畜犬鸡，其虫毛介，其主雾露凄沧，其声角商，其病摇动注恐，从金化也。少⑨角与判商同⑩；上角与正角同；上商与正商同。其病支废，痈肿疮疡，其甘虫，邪伤肝也。上宫与正宫同。萧飋肃杀，则炎赫沸腾，眚于三⑪，所谓复也⑫。其主飞蠹蛆雉，乃为雷霆。

伏明之纪，是谓胜长。长气不宣，藏气反布，收气自政，化令乃衡，寒清数举，暑令乃薄，承化物生，生而不长，成实而稚，遇化已老，阳气屈伏，蛰虫早藏。其气郁，其用暴，其动彰伏变易⑬，其发痛，其藏心，其果栗桃，其实络濡，其谷豆稻，其味苦咸，其色玄丹，其畜马彘，其虫羽鳞，其主冰雪霜寒。其声徵羽，其病昏惑悲忘，从水化也。少徵与少羽同；上商与正商同。邪伤心也。凝惨溧冽，则暴雨霖霍，眚于九。其主骤注，雷霆震惊，沉霒淫雨。

卑监之纪，是谓减化。化气不令，生政独彰，长气整，雨乃愆⑭，收气平，风寒并兴，草木荣美，秀而不实，成而秕也。其气散，其用静定，其动疡涌⑮，分溃，痈肿，其发濡滞，其藏脾，其果李栗，其实濡核，其谷豆麻，其味酸甘，其色苍黄，其畜牛犬，其虫倮毛，其主飘怒振发，其声宫角，其病留满否塞，从木化也。少宫与少角同；上宫与正宫同；上角与正角同。其病飧泄，邪伤脾也。振拉飘扬，则苍干散落，其眚四维。其主败折虎狼，清气乃用，生政乃辱。

从革之纪，是谓折收。收气乃后，生气乃扬，长化合德，火政乃宣，庶类以蕃⑯。其气扬，其用躁切，其动铿禁瞀厥⑰，其发咳喘，其藏肺，其果李杏，其实壳络，其谷麻麦，其味苦辛，其色白丹，其畜鸡羊，其虫介羽。其主明曜炎烁，其声商徵，其病嚏咳鼽衄，从火化也。少商与少徵同；上商与正商同；上角与正角同。邪伤肺也。炎光赫烈，则冰雪霜雹，眚于七。其主鳞伏彘鼠，岁气早至，乃生大寒。

涸流之纪，是谓反阳。藏令不举，化气乃昌，长气宣布，蛰虫不藏，土润，水泉减，草木条茂，荣秀满盛。其气滞，其用渗泄，其动坚止，其发燥槁，其藏肾，其果枣杏，其实濡肉，其谷黍稷，其味甘咸，其色黅玄，其畜彘牛，其虫鳞倮，其主埃郁昏翳，其声羽宫，其病痿厥坚下⑱，从土化也。少羽与少宫同；上宫与正宫同。其病癃閟⑲，邪伤肾也。埃昏骤雨，则振拉摧拔，眚于一。其主毛显狐貉，变化不藏。

故乘危而行，不速而至，暴虐无德，灾反及之。微者复微，甚者复甚，气之常也。

发生之纪，是谓启陈。土疏泄，苍气达，阳和布化，阴气乃随，生气淳化⑳，万物以荣。其化生，其气美，其政散，其令条舒，其动掉眩巅疾，其德鸣靡启坼，其变振拉摧拔，其谷麻稻，其畜鸡犬，其果李桃，其色青黄白，其味酸甘辛，其象春，其经足厥阴、少阳，其藏肝、脾，其虫毛介，其物中坚外坚，其病怒。太角与上商同。上徵则其气逆，其病吐利。不务其德，则收气复，秋气劲切，甚则肃杀，清气大至，草木凋零，邪乃伤肝。

赫曦之纪，是谓蕃茂。阴气内化，阳气外荣，炎暑施化，物得以昌。其化长，其气高，其政动，其令鸣显，其动炎灼妄扰，其德暄㉑，暑郁蒸，其变炎烈沸腾，其谷麦豆，其畜羊彘，其果杏栗，其色赤白玄，其味苦辛咸，其象夏，其经手少阴、太阳，手厥阴、少阳，其藏心、肺，其虫羽鳞，其物脉濡，其病笑、疟、疮疡、血流、狂妄、目赤。上羽与正徵同。其收齐，其病痉，上徵而收气后也。暴烈其政，藏气乃复，时见凝惨，甚则雨水霜雹切寒，邪伤心也。

敦阜之纪，是谓广化。厚德清静，顺长以盈，至阴内实，物化充成，烟埃朦郁，见于厚土；大雨时行，湿气乃用，燥政乃辟。其化圆，其气丰，其政静，其令周备，其动濡积并稸㉒，其德柔润重淖，其变震惊飘骤、崩溃，其谷稷麻，其畜牛犬，其果枣李，其色黅玄苍，其味甘咸酸，其象长夏，其经足太阴、阳明，其藏脾、肾，其虫倮毛，其物肌核，其病腹满，四支不举，大风迅至，邪伤脾也。

坚成之纪，是谓收引。天气洁，地气明，阳气随，阴治化，燥行其政，物以司成，收气繁布，化洽不终。其化成，其气削，其政肃，其令锐切，其动暴折疡疰㉓，其德雾露萧飚其变肃杀凋零，其谷稻黍，其畜鸡马，其果桃杏，其色白青丹，其味辛酸苦，其象秋，其经手太阴、阳明，其藏肺、肝，其虫介羽，其物壳络，其病喘喝，胸凭仰息。上徵与正商同。其生齐，其病咳。政暴变，则名木不荣，柔脆焦首，长气斯救，大火流，炎烁且至，蔓将槁，邪伤肺也。

流衍之纪，是谓封藏。寒司物化，天地严凝，藏政以布，长令不扬。其化凛，其气坚。其政谧，其令流注，其动漂泄沃涌，其德凝惨寒雾㉔，其变冰雪霜雹，其谷豆稷，其畜彘牛，其果栗枣，其色黑丹黅，其味咸苦甘，其象冬，其经足少阴、太阳，其藏肾、心，其虫鳞倮，其物濡满，其病胀。上羽而长气不化也。政过则化气大举，而埃昏气交，大雨时降，邪伤肾也。

故曰：不恒其德，则所胜来复；政恒其理，则所胜同化。此之谓也。

帝曰：天不足西北，左寒而右凉；地不满东南，右热而左温。其故何也？岐伯曰：阴阳之气，高下之理，太少之异也。东南方，阳也；阳者，其精降于下，故右热而左温。西北方，阴也；阴者，其精奉于上，故左寒而右凉。是以地有高下，气有温凉，高者气寒，下者气热。故适寒凉者胀；之温热者疮㉕。下之则胀已，汗之则疮已。此腠理开闭之常，太少之异耳。

帝曰：其于寿夭何如？岐伯曰：阴精所奉，其人寿；阳精所降，其人夭。帝曰：善。

其病也，治之奈何？岐伯曰：西北之气，散而寒之；东南之气，收而温之。所谓同病异治也。故曰：气寒气凉，治以寒凉，行水渍之；气温气热，治以温热，强其内守㉖。必同其气，可使平也，假者反之。帝曰：善。

一州之气，生化寿夭不同，其故何也。岐伯曰：高下之理，地势使然也。崇高则阴气治之；污下则阳气治之。阳胜者先天，阴胜者后天；此地理之常，生化之道也。帝曰：其有寿夭乎？岐伯曰：高者，其气寿；下者，其气夭。地之小大异也，小者小异，大者大异。故治病者，必明天道地理，阴阳更胜，气之先后，人之寿夭，生化之期，乃可以知人之形气矣。帝曰：善！

其岁有不病，而藏气不应不用者何也？岐伯曰：天气制之，气有所从也。

帝曰：愿卒闻之。岐伯曰：少阳司天，火气下临，肺气上从，白起金用，草木眚，火见燔焫，革金且耗，大暑以行，咳嚏鼽衄，鼻窒口疡，寒热胕肿；风行于地，尘沙飞扬，心痛，胃脘痛，厥逆，鬲不通，其主暴速。

阳明司天，燥气下临，肝气上从，苍起木用而立，土乃眚，凄沧数至，木伐草萎，胁痛，目赤，掉振鼓栗，筋痿不能久立；暴热至，土乃暑，阳气郁发，小便变，寒热如疟；甚则心痛。火行于槁，流水不冰，蛰虫乃见。

太阳司天，寒气下临，心气上从，而火且明，丹起②，金乃眚，寒清时举，胜则水冰，火气高明，心热烦，嗌干，善渴，鼽嚏，喜悲，数欠，热气妄行，寒乃复，霜不时降，善忘，甚则心痛；土乃润，水丰衍，寒客至，沉阴化，湿气变物，水饮内稸，中满不食，皮㿉肉苛㉘，筋脉不利；甚则胕肿，身后痈。

厥阴司天，风气下临，脾气上从，而土且隆，黄起，水乃眚，土用革，体重，肌肉萎，食减口爽，风行太虚，云物摇动，目转耳鸣；火纵其暴，地乃暑，大热消烁，赤沃下㉙，蛰虫数见，流水不冰，其发机速。

少阴司天，热气下临，肺气上从，白起金用，草木眚，喘，呕，寒热，嚏，鼽衄，鼻窒，大暑流行，甚则疮疡燔灼，金烁石流；地乃燥清，凄沧数至，胁痛，善太息，肃杀行，草木变。

太阴司天，湿气下临，肾气上从，黑起水变，火乃眚，埃冒云雨，胸中不利，阴痿，气大衰，而不起不用，当其时，反腰脽痛，动转不便也，厥逆；地乃藏阴，大寒且至，蛰虫早附，心下否痛，地裂冰坚，少腹痛，时害于食，乘金则止，水增，味乃咸，行水减也。

帝曰：岁有胎孕不育，治之不全，何气使然？岐伯曰：六气五类，有相胜制也。同者盛之㉚，异者衰之㉛。此天地之道，生化之常也。故厥阴司天，毛虫静㉜，羽虫育，介虫不成；在泉，毛虫育，倮虫耗，羽虫不育。

少阴司天，羽虫静，介虫育，毛虫不成；在泉，羽虫育，介虫耗不育。

太阴司天，倮虫静，鳞虫育，羽虫不成；在泉，倮虫育，鳞虫不成。

少阳司天，羽虫静，毛虫育，倮虫不成；在泉，羽虫育，介虫耗，毛虫不育。

阳明司天，介虫静，羽虫育，介虫不成；在泉，介虫育，毛虫耗，羽虫不成。

太阳司天，鳞虫静，倮虫育；在泉，鳞虫耗，倮虫不育。

诸乘所不成之运，则甚也。故气主有所制㉝，岁立有所生；地气制己胜，天气制胜己；天制色，地制形，五类衰盛，各随其气之所宜也。故有胎孕不育，治之不全，此气之常也，所谓中根也。根于外者亦五，故生化之别，有五气、五味、五色、五类、五宜也㉞。

帝曰：何谓也？岐伯曰：根于中者，命曰神机，神去则机息；根于外者，命曰气立，气止则化绝。故各有制，各有胜，各有生，各有成。故曰：不知年之所加，气之同异，不足以言生化。此之谓也。

帝曰：气始而生化，气散而有形，气布而蕃育，气终而象变，其致一也。然而五味所资，生化有薄厚，成熟有少多，终始不同，其故何也？岐伯曰：地气制之也，非天不生、地不长也。

帝曰：愿闻其道。岐伯曰：寒热燥湿，不同其化也；故少阳在泉，寒毒不生㉟，其味辛，其治苦酸，其谷苍丹。阳明在泉，湿毒不生，其味酸，其气湿，其治辛苦甘，其谷丹素。太阳在泉，热毒不生，其味苦，其治淡咸，其谷黅秬㊱。厥阴在泉，清毒不生，其味甘，其治酸苦，其谷苍赤；其气专，其味正。少阴在泉，寒毒不生，其味辛，其治辛苦甘，其谷白丹。太阴在泉，燥毒不生，其味咸，其气热，其治甘咸，其谷黅秬；化淳则咸守，气专则辛化而俱治。

故曰：补上下者从之，治上下者逆之㊲；以所在寒热盛衰而调之。故曰：上取、下取、内取、外取，以求其过。能毒者以厚药；不胜毒者以薄药。此之谓也。气反者，病在上，取之下；病在下，取之上；病在中，旁取之。治热以寒，温而行之；治寒以热，凉而行之；治温以清，冷而行之；治清以温，热而行之。故消之，削之，吐之，下之，补之，写之，久新同法。

帝曰：病在中而不实不坚，且聚且散，奈何？岐伯曰：悉乎哉问也！无积者求其藏，虚则补之，药以祛之，食以随之，行水渍之，和其中外，可使毕已。

帝曰：有毒无毒，服有约乎？岐伯曰：病有久新，方有大小，有毒无毒，固宜常制矣。大毒治病，十去其六；常毒治病，十去其七；小毒治病，十去其八；无毒治病，十去其九。谷肉果菜，食养尽之，无使过之，伤其正也。不尽，行复如法。必先岁气，无伐天和。无盛盛㊳，无虚虚㊳，而遗人夭殃。无致邪，无失正，绝人长命！

帝曰：其久病者，有气从不康，病去而瘠，奈何？岐伯曰：昭乎哉圣人之问也！化不可代，时不可违。夫经络以通，血气以从，复其不足，与众齐同，养之和之，静以待时，谨守其气，无使倾移，其形乃彰，生气以长，命曰圣王。故《大要》曰：无代化，无违时，必养必和，待其来复。此之谓也。帝曰：善。

---

①回薄：循环不息的意思。

②三气：指平气、不及和太过之气。

③明曜：发光明亮的现象。

④胴瘛：胴，肌肉掣动。瘛，筋急引缩。

⑤齐修：平均完善的意思。

⑥溽蒸：湿热蒸发。

⑦犯：谓残害于物也。

⑧沃衍：沃，灌溉。衍，溢满。

⑨少：古人根据正常、不及、太过定出的正、少、太三种代号之一。

⑩判：作一半解。

⑪三：指三宫，即东方震位。

⑫复：报复。

⑬彰伏：彰，表现于外。伏，隐伏于内。

⑭愆：愆（qiān，音牵），过期。

⑮疡涌：疮疡脓汁很多。

⑯庶类：指万物。

⑰铿禁：铿然有声，咳也。禁，声不出也。

⑱坚下：指下部坚硬的癥结一类病变。

⑲癃閟：癃，小便不畅。閟，闭塞不通。

⑳淳化：指生发之气雄厚，能化生万物。

㉑暄：温热。

㉒稸：同蓄，积聚。

㉓疡疿：皮肤之疾。

㉔雾：氛的异体字，雾气。

㉕之：适的意思。

㉖内守：指阳气固守于中。

㉗丹起：丹是火之色。

㉘皮痛：皮肤麻痹。

㉙赤沃下：二便带血。

㉚同者：指六气与五类动物的五行属性相同。

㉛异者：指六气与五类动物的五行属性不相同。

㉜静：即不生育，也不消耗的意思。

㉝气主：六气所主之司天在泉。

㉞五宜：即各与天地五运六气相适应的意思。

㉟毒：指有毒之物，包括药物在内。

㊱秬：秬乃黑黍，水之谷也。

㊲逆之：六气太过引起的病用逆治的方法。

㊳盛盛：实证用补，使其重实，叫做盛盛。

㊴虚虚：虚证用泻，使其重虚，叫做虚虚。

# 六元正纪大论篇第七十一

黄帝问曰：六化六变①，胜复淫治，甘苦辛咸酸淡先后，余知之矣。夫五运之化，或从天气，或逆天气；或从天气而逆地气，或从地气而逆天气；或相得，或不相得，余未能明其事。欲通天之纪，从地之理，和其运，调其化，使上下合德，无相夺伦，天地升降，不失其宜，五运宣行，勿乘其政，调之正味从逆，奈何？岐伯稽首再拜对曰：昭乎哉问也！此天地之纲纪，变化之渊源，非圣帝孰能穷其至理欤！臣虽不敏，请陈其道，令终不灭，久而不易。帝曰：愿夫子推而次之，从其类序②，分其部主，别其宗司，昭其气数，明其正化，可得闻乎？岐伯曰：先立其年，以明其气；金木水火土运行之数，寒暑燥湿风火临御之化③，则天道可见，民气可调，阴阳卷舒，近而无惑。数之可数者，请遂言之。

帝曰：太阳之政奈何？岐伯曰：辰戌之纪也④。

太阳　太角　太阴　壬辰　壬戌　其运风，其化鸣紊启拆，其变振拉摧拔，其病眩掉目瞑。

太角初正　少徵　太宫　少商　太羽终

太阳　太徵　太阴　戊辰　戊戌同正徵其运热，其化暄暑郁燠⑤，其变炎烈沸腾，其病热郁。

太徵　少宫　太商　少羽终　少角初

太阳　太宫　太阴　甲辰岁会同天符甲戌岁会同天符其运阴埃，其化柔润重泽，其变震惊飘骤，其病湿下重⑥。

太宫　少商　太羽终　太角初　少徵

太阳　太商　太阴　庚辰　庚戌　其运凉，其化雾露萧飋⑦，其变肃杀凋零，其病燥，背瞀胸满。

太商　少羽终　少角初　太徵　少宫

太阳　太羽　太阴　丙辰天符　丙戌天符　其运寒，其化凝惨溧冽⑧，其变冰雪霜雹，其病大寒留于溪谷。

太羽终　太角初　少徵　太宫　少商

凡此太阳司天之政，气化运行先天，天气肃，地气静，寒临太虚，阳气不令，水土合德⑨，上应辰星、镇星。其谷玄黅⑩，其政肃，其令徐。寒政大举，泽无阳焰，则火发待时。少阳中治，时雨乃涯，上极雨散，还于太阴，云朝北极，湿化乃布，泽流万物，寒敷于上，雷动于下，寒湿之气持于气交；民病寒湿，发肌肉萎，足痿不收，濡写血溢。

初之气，地气迁，气乃大温，草乃早荣；民乃厉，温病乃作，身热，头痛，呕吐，肌腠疮疡。

二之气，大凉反至，民乃惨，草乃遇寒，火气遂抑；民病气郁中满。寒乃始。

三之气，天政布，寒气行，雨乃降；民病寒，反热中，痈疽注下，心热瞀闷。不治者死。

四之气，风湿交争，风化为雨，乃长、乃化、乃成；民病大热少气，肌肉萎足痿，注下赤白。

五之气，阳复化，草乃长、乃化、乃成；民乃舒。

终之气，地气正，湿令行，阴凝太虚，埃昏郊野，民乃惨凄，寒风以至，反者孕乃死。

故岁宜苦以燥之温之，必折其郁气，先资其化源，抑其运气，扶其不胜，无使暴过而生其疾，食岁谷以全其真，避虚邪以安其正，适气同异，多少制之。同寒湿者燥热化，异寒湿者燥湿化，故同者多之，异者少之。用寒远寒，用凉远凉，用温远温，用热远热，食宜同法。有假者反常⑪，反是者病，所谓时也。帝曰：善。

阳明之政奈何？岐伯曰：卯酉之纪也。

阳明　少角　少阴　清热胜复同，同正商。丁卯岁会　丁酉　其运风清热。

少角<sub>初正</sub>　太徵　少宫　太商　少羽<sub>终</sub>

阳明　少徵　少阴　寒雨胜复同，同正商。癸卯<sub>同岁会</sub>　癸酉<sub>同岁会</sub>　其运热寒雨。

少徵　太宫　少商　大羽<sub>终</sub>　太角<sub>初</sub>

阳明　少宫　少阴　风凉胜复同。己卯　己酉　其运雨风凉。

少宫　太商　少羽<sub>终</sub>　少角<sub>初</sub>　太徵

阳明　少商　少阴　热寒胜复同，同正商。乙卯天符　乙酉岁会　大乙天符　其运凉热寒。

少商　太羽<sub>终</sub>　太角<sub>初</sub>　少徵　太宫

阳明　少羽　少阴　雨风胜复同，同少宫。辛卯　辛酉　其运寒雨风

少羽<sub>终</sub>　少角<sub>初</sub>　太徵　太宫　太商

凡此阳明司天之政，气化运行后天，天气急，地气明，阳专其令，炎暑大行，物燥以坚，淳风乃治⑫。风燥横运，流于气交，多阳少阴，云趋雨府，湿化乃敷，燥极而泽，其谷白丹，间谷命太者，其耗白甲品羽⑬，金火合德，上应太白、荧惑。其政切，其令暴，蛰虫乃见，流水不冰。民病咳，嗌塞，寒热发暴，振溧癃闷。清先而劲，毛虫乃死，热后而暴，介虫乃殃。其发躁，胜复之作，扰而大乱，清热之气，持于气交。

初之气，地气迁，阴始凝，气始肃，水乃冰，寒雨化。其病中热胀，面目浮肿，善眠，鼽衄，嚏欠呕，小便黄赤，甚则淋。

二之气，阳乃布，民乃舒，物乃生荣。厉大至，民善暴死。

三之气，天政布，凉乃行，燥热交合，燥极而泽；民病寒热。

四之气，寒雨降，病暴仆，振栗，谵妄，少气，嗌干引饮，及为心痛，痈肿疮疡，疟寒之疾，骨痿。血便。

五之气，春令反行，草乃生荣；民气和。

终之气，阳气布，候反温，蛰虫来见，流水不冰，民乃康平；其病温。

　　故食岁谷以安其气，食间谷以去其邪。岁宜以咸、以苦、以辛，汗之、清之、散之，安其运气，无使受邪，折其郁气，资其化源。以寒热轻重少多其制，同热者多天化，同清者多地化。用凉远凉，用热远热，用寒远寒，用温远温，食宜同法。有假者反之。此其道也。反是者，乱天地之经，扰阴阳之纪也。帝曰：善。

　　少阳之政奈何？岐伯曰：寅申之纪也。

　　少阳　太角　厥阴　壬寅<sup>同天</sup>　壬申<sup>同天</sup>　其运风鼓，其化鸣紊启坼，其变振拉摧拔，其病掉眩，支胁，惊骇。

　　太角<sub>初正</sub>　少徵　太宫　少商　太羽<sub>终</sub>

　　少阳　太徵　厥阴　戊寅天符　戊申天符　其运暑，其化暄嚣郁燠，其变炎烈沸腾，其病上热郁，血溢，血泄，心痛。

　　太徵　少宫　太商　少羽<sub>终</sub>　少角<sub>初</sub>

　　少阳　太宫　厥阴　甲寅　甲申　其运阴雨，其化柔润重泽，其变震惊飘骤，其病体重，胕肿，痞饮。

　　太宫　少商　太羽<sub>终</sub>　太角<sub>初</sub>　少徵

　　少阳　太商　厥阴　庚寅　庚申　同正商　其运凉，其化雾露清切，其变肃杀凋零，其病肩背胸中。

　　太商　少羽<sub>终</sub>　少角<sub>初</sub>　太徵　少宫

　　少阳　太羽　厥阴　丙寅　丙申　其运寒肃，其化凝惨溧冽，其变冰雪霜雹，其病寒，浮肿。

　　太羽<sub>终</sub>　太角<sub>初</sub>　少徵　太宫　少商

　　凡此少阳司天之政，气化运行先天，天气正，地气扰，风乃暴举，木偃沙飞，炎火乃流，阴行阳化，雨乃时应，火木同德，上应荧惑、岁星。其谷丹苍，其政严，其令扰，故风热参布，云物沸腾，太阴横流，寒乃时至，凉雨并起。民病寒中，外发疮疡，内为泄满。故圣人遇之，和而不争。往复之作，民病寒热，疟，泄，聋，瞑，呕吐，上怫肿色变。

　　初之气，地气迁，风胜乃摇，寒乃去，候乃大温，草木早荣，寒来不杀，温病乃起；其病气怫于上，血溢，目赤，咳逆，头痛，血崩，胁满，肤腠中疮。

　　二之气，火反郁，白埃四起<sup>⑭</sup>，云趋雨府，风不胜湿，雨乃零，民乃康；其病热郁于上，咳逆呕吐，疮发于中，胸嗌不利，头痛身热，昏愦脓疮。

　　三之气，天政布，炎暑至，少阳临上，雨乃涯；民病热中，聋瞑，血溢，脓疮，咳，呕，鼽衄，渴，嚏欠，喉痹，目赤，善暴死。

　　四之气，凉乃至，炎暑间化，白露降，民气和平；其病满，身重。

　　五之气，阳乃去，寒乃来，雨乃降，气门乃闭，刚木早凋，民避寒邪，君子周密。

　　终之气，地气正，风乃至，万物反生，霜雾以行。其病关闭不禁，心痛，阳气不藏而咳；抑其运气，赞所不胜，必折其郁气，先取化源，暴过不生<sup>⑮</sup>，苛疾不起。

　　故岁宜咸、宜辛、宜酸，渗之、泄之、渍之、发之，观气寒温以调其过。同风热者多寒化，异风热者少寒化。用热远热，用温远温，用寒远寒，用凉远凉，食宜同法。此其道也。有假者反之，反是者病之阶也。帝曰：善。

　　太阴之政奈何？岐伯曰：丑未之纪也。

　　太阴　少角　太阳　清热胜复同，同正宫。丁丑　丁未　其运风清热。

　　少角<sub>初正</sub>　太徵　少宫　太商　少羽<sub>终</sub>

太阴　少徵　太阳　寒雨胜复同。癸丑　癸未　其运热寒雨。

少徵　太宫　少商　太羽终　太角初

太阴　少宫　太阳　风清胜复同，同正宫。己丑太　乙天符　己未太乙天符　其运雨风清。

少宫　太商　少羽终　少角初　太徵

太阴　少商　太阳　热寒胜复同。乙丑　乙未　其运凉热寒。

少商　太羽终　太角初　少徵　太宫

太阴　少羽　太阳　雨风胜复同，同正宫。辛丑同岁会　辛未同岁会　其运寒雨风。

少羽终　少角初　太徵　少宫　太商

凡此太阴司天之政，气化运行后天，阴专其政，阳气退避，大风时起，天气下降，地气上腾，原野昏霿，白埃四起，云奔南极，寒雨数至，物成于差夏[16]。民病寒湿腹满，身膜愤，胕肿痞逆，寒厥拘急。湿寒合德，黄黑埃昏，流行气交，上应镇星、辰星。其政肃，其令寂，其谷黅玄。故阴凝于上，寒积于下，寒水胜火，则为冰雹，阳光不治，杀气乃行。故有余宜高，不及宜下，有余宜晚，不及宜早。土之利，气之化也，民气亦从之，间谷命其太也。

初之气，地气迁，寒乃去，春气正，风乃来，生布，万物以荣，民气条舒，风湿相薄，雨乃后；民病血溢，筋络拘强，关节不利，身重筋痿。

二之气，大火正，物承化[17]，民乃和。其病温厉大行，远近咸若；湿蒸相薄，雨乃时降。

三之气，天政布，湿气降，地气腾，雨乃时降，寒乃随之；感于寒湿，则民病身重，胕肿，胸腹满。

四之气，畏火临，溽蒸化[18]，地气腾，天气否隔，寒风晓暮，蒸热相薄，草木凝烟，湿化不流，则白露阴布，以成秋令；民病腠理热，血暴溢，疟，心腹满热，胪胀[19]，甚则胕肿。

五之气，惨令已行，寒露下，霜乃早降，草木黄落，寒气及体，君子周密；民病皮腠。

终之气，寒大举，湿大化，霜乃积，阴乃凝，水坚冰，阳光不治。感于寒，则病人关节禁固，腰脽痛[20]，寒湿推于气交而为疾也；必折其郁气，而取化源，益其岁气，无使邪胜，食岁谷以全其真，食间谷以保其精。

故岁宜以苦燥之、温之，甚者发之、泄之，不发不泄则湿气外溢，肉溃皮拆，而水血交流。必赞其阳火，令御甚寒，从气异同，少多其判也。同寒者以热化，同湿者以燥化，异者少之，同者多之。用凉远凉，用寒远寒，用温远温，用热远热，食宜同法。假者反之，此其道也。反是者病也。帝曰：善。

少阴之政奈何？岐伯曰：子午之纪也。

少阴　太角　阳明　壬子　壬午　其运风鼓，其化鸣紊启坼，其变振拉摧拔，其病支满。

太角初正　少徵　太宫　少商　太羽终

少阴　太徵　阳明　戊子天符　戊午太乙天符　其运炎暑，其化暄曜郁燠，其变炎烈沸腾，其病上热血溢。

太徵　少宫　太商　少羽终　少角初

少阴　太宫　阳明　甲子　甲午　其运阴雨，其化柔润时雨，其变震惊飘骤，其病中满身重。

太宫　少商　大羽终　太角初　少徵

少阴　太商　阳明　庚子同天符　庚午同天符　同正商　其运凉劲，其化雾露萧飋，其变肃杀凋零，其病下清。

太商　少羽终　少角初　太徵　少宫

少阴　太羽　阳明　丙子岁会　丙午　其运寒，其化凝惨溧冽，其变冰雪霜雹，其病寒下。

太羽<sub>终</sub>　太角<sub>初</sub>　少徵　太宫　少商

凡此少阴司天之政，气化运行先天，地气肃，天气明，寒交暑，热加燥，云驰雨府，湿化乃行，时雨乃降，金火合德，上应荧惑、太白。其政明，其令切，其谷丹白。水火寒热持于气交而为病始也，热病生于上，清病生于下，寒热凌犯而争于中，民病咳喘，血溢血泄，鼽嚏，目赤眦疡，寒厥入胃，心痛，腰痛，腹大，嗌干肿上。

初之气，地气迁，暑将去，寒乃始，蛰复藏，水乃冰，霜复降，风乃至，阳气郁，民反周密；关节禁固，腰脽痛，炎暑将起，中外疮疡。

二之气，阳气布，风乃行，春气以正，万物应荣，寒气时至，民乃和；其病淋，目瞑，目赤，气郁于上而热。

三之气，天政布，大火行，庶类蕃鲜<sup>㉑</sup>，寒气时至，民病气厥心痛，寒热更作，咳喘，目赤。

四之气，溽暑至，大雨时行，寒热互至；民病寒热，嗌干，黄瘅，鼽衄，饮发。

五之气，畏火临，暑反至，阳乃化，万物乃生，乃长荣，民乃康；其病温。

终之气，燥令行。余火内格<sup>㉒</sup>，肿于上，咳喘，甚则血溢；寒气数举，则霿雾翳，病生皮腠，内舍于胁，下连少腹而作寒中，地将易也。

必抑其运气，资其岁胜，折其郁发，先取化源，无使暴过而生其病也。食岁谷以全真气，食间谷以辟虚邪。岁宜咸以耎之，而调其上；甚则以苦发之，以酸收之，而安其下；甚则以苦泄之。适气同异而多少之，同天气者以寒清化，同地气者以温热化。用热远热，用凉远凉，用温远温，用寒远寒，食宜同法。有假则反，此其道也。反是者病作矣。帝曰：善。

厥阴之政奈何？岐伯曰：巳亥之纪也。

厥阴　少角　少阳　清热胜复同，同正角。丁巳天符　丁亥天符　其运风清热。

少角<sub>初正</sub>　太徵　少宫　太商　少羽<sub>终</sub>

厥阳　少徵　少阳　寒雨胜复同　癸巳<sub>同岁会</sub>　癸亥<sub>同岁会</sub>　其运热寒雨。

少徵　太宫　少商　太羽<sub>终</sub>　太角<sub>初</sub>

厥阴　少宫　少阳　风清胜复同，同正角。己巳　己亥　其运雨风清。

少宫　太商　少羽<sub>终</sub>　少角<sub>初</sub>　太徵

厥阴　少商　少阳　热寒胜复同，同正角。乙巳　乙亥　其运凉热寒。

少商　太羽<sub>终</sub>　太角<sub>初</sub>　少徵　太宫

厥阴　少羽　少阳　雨风胜复同。辛巳　辛亥　其运寒雨风。

少羽<sub>终</sub>　少角<sub>初</sub>　太徵　少宫　太商

凡此厥阴司天之政，气化运行后天。诸同正岁，气化运行同天。天气扰，地气正，风生高远，炎热从之，云趋雨府，湿化乃行，风火同德，上应岁星、荧惑。其政挠，其令速，其谷苍丹，间谷言太者，其耗文角品羽。风燥火热，胜复更作，蛰虫来见，流水不冰。热病行于下，风病行于上，风燥胜复形于中。

初之气，寒始肃，杀气方至；民病寒于右之下。

二之气，寒不去，华雪水冰，杀气施化，霜乃降，名草上焦，寒雨数至，阳复化；民病热于中。

三之气，天政布，风乃时举；民病泣出，耳鸣，掉眩。

四之气，溽暑湿热相薄，争于左之上；民病黄瘅，而为胕肿。

五之气，燥湿更胜，沉阴乃布，寒气及体。风雨乃行。

终之气，畏火司令，阳乃大化，蛰虫出见，流水不冰，地气大发，草乃生，人乃舒。其病温厉；必折其郁气，资其化源，赞其运气，无使邪胜。

岁宜以辛调上，以咸调下，畏火之气，无妄犯之。用温远温，用热远热，用凉远凉，用寒远寒，食宜同法。有假反常，此之道也。反是者病。帝曰：善。

夫子之言，可谓悉矣，然何以明其应乎？岐伯曰：昭乎哉问也！夫六气者，行有次，止有位，故常以正月朔日平旦视之，睹其位而知其所在矣。运有余，其至先；运不及，其至后。此天之道，气之常也。运非有余，非不足，是谓正岁，其至当其时也。帝曰：胜复之气，其常在也，灾眚时至，候也奈何？岐伯曰：非气化者，是谓灾也。

帝曰：天地之数㉒，终始奈何？岐伯曰：悉乎哉问也！是明道也。数之始，起于上而终于下。岁半之前，天气主之，岁半之后；地气主之，上下交互；气交主之，岁纪毕矣。故曰：位明气月可知乎，所谓气也。

帝曰：余司其事，则而行之，不合其数何也？岐伯曰：气用有多少㉔；化洽有盛衰；衰盛多少，同其化也㉕。

帝曰：愿闻同化何如？岐伯曰：风温春化同，热曛昏火夏化同，胜与复同，燥清烟露秋化同，云雨昏瞑埃长夏化同，寒气霜雪冰冬化同。此天地五运六气之化，更用盛衰之常也。

帝曰：五运行同天化者，命曰天符，余知之矣。愿闻同地化者何谓也？岐伯曰：太过而同天化者三，不及而同天化者亦三；太过而同地化者三，不及而同地化者亦三。此凡二十四岁也。

帝曰：愿闻其所谓也。岐伯曰：甲辰、甲戌太宫下加太阴，壬寅、壬申太角下加厥阴，庚子、庚午太商下加阳明，如是者三；癸巳、癸亥少徵下加少阳，辛丑、辛未少羽下加太阳，癸卯、癸酉少徵下加少阴，如是者三；戊子、戊午太徵上临少阴，戊寅、戊申太徵上临少阳，丙辰、丙戌太羽上临太阳，如是者三；丁巳、丁亥少角上临厥阴，乙卯、乙酉少商上临阳明，己丑、己未少宫上临太阴，如是者三。除此二十四岁，则不加不临也。

帝曰：加者何谓？岐伯曰：太过而加同天符，不及而加同岁会也。

帝曰：临者何谓？岐伯曰：太过不及，皆曰天符，而变行有多少，病形有微甚，生死有早晏耳！

帝曰：夫子言用寒远寒，用热远热，余未知其然也，愿闻何谓远？岐伯曰：热无犯热，寒无犯寒；从者和，逆者病；不可不敬畏而远之，所谓时兴六位也。

帝曰：温凉何如？岐伯曰：司气以热，用热无犯；司气以寒，用寒无犯；司气以凉，用凉无犯；司气以温，用温无犯。间气同其主无犯，异其主则小犯之。是谓四畏㉖，必谨察之。帝曰：善！

其犯者何如？岐伯曰：天气反时，则可依时，及胜其主则可犯，以平为期，而不可过，是谓邪气反胜者。故曰：无失天信，无逆气宜，无翼其胜㉗，无赞其复，是谓至治。帝曰：善。

五运气行主岁之纪，其有常数乎？岐伯曰：臣请次之。

甲子、甲午岁：

上少阴火，中太宫土运，下阳明金。热化二，雨化五，燥化四，所谓正化日也；其化上咸寒，中苦热，下酸热，所谓药食宜也。

乙丑、乙未岁：

上太阴土，中少商金运，下太阳水。热化寒化胜复同，所谓邪气化日也。灾七宫。湿化五，清化四，寒化六，所谓正化日也；其化上苦热，中酸和，下甘热，所谓药食宜也。

丙寅、丙申岁：

上少阳相火，中太羽水运，下厥阴木。火化二，寒化六，风化三，所谓正化日也；其化上咸寒，中咸温，下辛温，所谓药食宜也。

丁卯<sup>岁会</sup>、丁酉岁。

上阳明金，中少角木运，下少阴火。清化热化胜复同，所谓邪气化日也。灾三宫。燥化九，风化三，热化七，所谓正化日也；其化上苦小温，中辛和，下咸寒，所谓药食宜也。

戊辰、戊戌岁：

上太阳水，中太徵火运，下太阴土。寒化六，热化七，湿化五，所谓正化日也；其化上苦温，中甘和，下甘温，所谓药食宜也。

己巳、己亥岁：

上厥阴木，中少宫土运，下少阳相火。风化清化胜复同，所谓邪气化日也。灾五宫。风化三，湿化五，火化七，所谓正化日也；其化上辛凉，中甘和，下咸寒，所谓药食宜也。

庚午<sup>同天符</sup>、庚子岁<sup>同天符</sup>：

上少阴火，中太商金运，下阳明金。热化七，清化九，燥化九，所谓正化日也；其化上咸寒，中辛温，下酸温，所谓药食宜也。

辛未<sup>同岁会</sup>、辛丑岁<sup>同岁会</sup>：

上太阴土，中少羽水运，下太阳水。雨化风化胜复同，所谓邪气化日也。灾一宫。雨化五，寒化一，所谓正化日也；其化上苦热，中苦和，下苦热，所谓药食宜也。

壬申<sup>同天符</sup>、壬寅岁<sup>同天符</sup>：

上少阳相火，中太角木运，下厥阴木。火化二，风化八，所谓正化日也；其化上咸寒，中酸和，下辛凉，所谓药食宜也。

癸酉<sup>同岁会</sup>、癸卯岁<sup>同岁会</sup>：

上阳明金，中少徵火运，下少阴火。寒化雨化胜复同，所谓邪气化日也。灾九宫。燥化九，热化二，所谓正化日也；其化上苦小温，中咸温，下咸寒，所谓药食宜也。

甲戌<sup>岁会同天符</sup>、甲辰岁<sup>岁会同天符</sup>：

上太阳水，中太宫土运，下太阴土。寒化六，湿化五，正化日也；其化上苦热，中苦温，下苦温，药食宜也。

乙亥、乙巳岁：

上厥阴木，中少商金运，下少阳相火。热化寒化胜复同，邪气化日也。灾七宫。风化八，清化四，火化二，正化度也；其化上辛凉，中酸和，下咸寒，药食宜也。

丙子<sup>岁会</sup>、丙午岁：

上少阴火，中太羽水运，下阳明金。热化二，寒化六，清化四，正化度也；其化上咸寒，中咸热，下酸温，药食宜也。

丁丑、丁未岁：

上太阴土，中少角木运，下太阳水。清化热化胜复同，邪气化度也。灾三宫。雨化五，风化三，寒化一，正化度也；其化上苦温，中辛温，下甘热，药食宜也。

戊寅、戊申岁<sup>天符</sup>：

上少阳相火，中太徵火运，下厥阴木。火化七，风化三，正化度也；其化上咸寒，中甘和，下辛凉，药食宜也。

己卯、己酉岁：

上阳明金，中少宫土运，下少阴火。风化清化胜复同，邪气化度也。灾五宫。清化九，雨化五，热化七，正化度也；其化上苦小温，中甘和，下咸寒，药食宜也。

庚辰、庚戌岁：

上太阳水，中太商金运，下太阴土。寒化一，清化九，雨化五，正化度也；其化上苦热，中辛温，下甘热，药食宜也。

辛巳、辛亥岁：

上厥阴木，中少羽水运，下少阳相火。雨化风化胜复同，邪气化度也。灾一宫。风化三，寒化一，火化七，正化度也；其化上辛凉，中苦和，下咸寒，药食宜也。

壬午、壬子岁：

上少阴火，中太角木运，下阳明金。热化二，风化八，清化四，正化度也；其化上咸寒，中酸凉，下酸温，药食宜也。

癸未、癸丑岁：

上太阴土，中少徵火运，下太阳水。寒化雨化胜复同，邪气化度也。灾九宫。雨化五，火化二，寒化一，正化度也；其化上苦温，中咸温，下甘热，药食宜也。

甲申、甲寅岁：

上少阳相火，中太宫土运，下厥阴木。火化二，雨化五，风化八，正化度也；其化上咸寒，中咸和，下辛凉，药食宜也。

乙酉太刋、乙卯岁刋：

上阳明金，中少商金运，下少阴火。热化寒化胜复同，邪气化度也。灾七宫。燥化四，清化四，热化二，正化度也；其化上苦小温，中苦和，下咸寒，药食宜也。

丙戌刋、丙辰岁刋：

上太阳水，中太羽水运，下太阴土。寒化六，雨化五，正化度也；其化上苦热，中咸温，下甘热，药食宜也。

丁亥刋、丁巳岁刋：

上厥阴木，中少角木运，下少阳相火。清化热化胜复同，邪气化度也。灾三宫。风化三，火化七，正化度也；其化上辛凉，中辛和，下咸寒，药食宜也。

戊子刋、戊午岁刋刋：

上少阴火，中太徵火运，下阳明金。热化七，清化九，正化度也；其化上咸寒，中甘寒，下酸温，药食宜也。

己丑刋刋、己未岁刋刋：

上太阴土，中少宫土运，下太阳水。风化清化胜复同，邪气化度也。灾五宫。雨化五，寒化一，正化度也；其化上苦热，中甘和，下甘热，药食宜也。

庚寅、庚申岁：

上少阳相火，中太商金运，下厥阴木。火化七，清化九，风化三，正化度也；其化上咸寒，中辛温，下辛凉，药食宜也。

辛卯、辛酉岁：

上阳明金，中少羽水运，下少阴火。雨化风化胜复同、邪气化度也。灾一宫。清化九，寒化一，热化七，正化度也；其化上苦小温，中苦和，下咸寒，药食宜也。

壬辰、壬戌岁：

上太阳水，中太角木运，下太阴土。寒化六，风化八，雨化五、正化度也；其化上苦温，中酸和，下甘温，药食宜也。

　　癸巳同岁、癸亥岁同岁：

　　上厥阴木，中少徵火运，下少阳相火。寒化雨化胜复同，邪气化度也。灾九宫。风化八，火化二，正化度也；其化上辛凉，中咸和，下咸寒，药食宜也。

　　凡此定期之纪，胜复正化，皆有常数，不可不察。故知其要者，一言而终，不知其要，流散无穷。此之谓也。帝曰：善。

　　五运之气，亦复岁乎？岐伯曰：郁极乃发，待时而作也。帝曰：请问其所谓也？岐伯曰：五常之气，太过不及，其发异也。帝曰：愿卒闻之。岐伯曰：太过者暴，不及者徐；暴者为病甚，徐者为病持。帝曰：太过不及，其数何如？岐伯曰：太过者其数成，不及者其数生，土常以生也。

　　帝曰：其发也何如？岐伯曰：土郁之发，岩谷震惊，雷殷气交，埃昏黄黑，化为白气，飘骤高深，击石飞空，洪水乃从，川流漫衍，田牧土驹⊗。化气乃敷，善为时雨，始生始长，始化始成。故民病心腹胀，肠鸣而为数后，甚则心痛胁䐜，呕吐霍乱，饮发注下，胕肿身重。云奔雨府，霞拥朝阳，山泽埃昏，其乃发也。以其四气，云横天山，浮游生灭，怫之先兆。

　　金郁之发，天洁地明，风清气切，大凉乃举，草树浮烟，燥气以行，霜雾数起，杀气来至，草木苍干，金乃有声。故民病咳逆，心胁满引少腹，善暴病，不可反侧，嗌干，面尘色恶。山泽焦枯，土凝霜卤，怫乃发也。其气五，夜零白露⊗，林莽声凄，悽之兆也。

　　水郁之发，阳气乃辟⊗，阴气暴举，大寒乃至，川泽严凝，寒雾结为霜雪①；甚则黄黑昏翳，流行气交，乃为霜杀，水乃见祥。故民病寒客心痛，腰脽痛，大关节不利，屈伸不便，善厥逆，痞坚，腹满。阳光不治，空积沉阴，白埃昏瞑，而乃发也。其气二火前后，太虚深玄，气犹麻散，微见而隐，色黑微黄，怫之先兆也。

　　木郁之发，太虚埃昏，云物以扰，大风乃至，屋发折木，木有变。故民病胃脘当心而痛，上支两胁，鬲咽不通，食饮不下；甚则耳鸣眩转，目不识人，善暴僵仆。太虚苍埃，天山一色，或气浊色，黄黑郁若，横云不起雨，而乃发也。其色无常，长川草偃，柔叶呈阴，松吟高山，虎啸岩岫，怫之先兆也。

　　火郁之发，太虚肿翳，大明不彰，炎火行，大暑至，山泽燔燎，材木流津，广厦腾烟，土浮霜卤，止水乃减，蔓草焦黄，风行惑言，湿化乃后。故民病少气，疮疡痈肿，胁腹、胸、背、面、首、四支膜愤，胪胀，疡痱，呕逆，瘛疭，骨痛、节乃有动，注下，温疟，腹中暴痛，血溢流注，精液乃少，目赤，心热；甚则瞀闷懊憹，善暴死。刻终大温，汗濡玄府，其乃发也。其气四，动复则静，阳极反阴，温令乃化乃成，华发水凝，山川冰雪，焰阳午泽⊗，怫之先兆也。

　　有怫之应，而后报也，皆观其极而乃发也。木发无时，水随火也，谨候其时，病可与期，失时反岁，五气不行，生化收藏，政无恒也。

　　帝曰：水发而雹雪，土发而飘骤，木发而毁折，金发而清明，火发而曛昧，何气使然？岐伯曰：气有多少，发有微甚。微者当其气，甚者兼其下，征其下气而见可知也。帝曰：善。五气之发，不当位者何也？岐伯曰：命其差。帝曰：差有数乎？岐伯曰：后皆三十度而有奇也。

　　帝曰：气至而先后者何？岐伯曰：运太过则其至先，运不及则其至后，此候之常也。

　　帝曰：当时而至者何也？岐伯曰：非太过，非不及，则至当时，非是者眚也。帝曰：善。

　　气有非时而化者何也？岐伯曰：太过者，当其时；不及者，归其己胜也。

　　帝曰：四时之气，至有早晏、高下、左右，其候何如？岐伯曰：行有逆顺，至有迟速，故太过者化先天，不及者化后天。

帝曰：愿闻其行何谓也？岐伯曰：春气西行，夏气北行，秋气东行，冬气南行；故春气始于下，秋气始于上，夏气始于中，冬气始于标；春气始于左，秋气始于右，冬气始于后，夏气始于前。此四时正化之常。故至高之地，冬气常在；至下之地，春气常在。必谨察之。帝曰：善。

黄帝问曰：五运六气之应见，六化之正，六变之纪，何如？岐伯对曰：夫六气正纪，有化有变，有胜有复，有用有病。不同其候，帝欲何乎？帝曰：愿尽闻之。岐伯曰：请遂言之！

夫气之所至也，厥阴所至为和平；少阴所至为暄，太阴所至为埃溽；少阳所至为炎暑；阳明所至为清劲；太阳所至为寒雾。时化之常也。

厥阴所至为风府，为璺启③；少阴所至为火府，为舒荣；太阴所至为雨府，为员盈；少阳所至为热府，为行出；阳明所至为司杀府，为庚苍㉞；太阳所至为寒府，为归藏。司化之常也。

厥阴所至为生，为风摇；少阴所至为荣，为形见；太阴所至为化，为云雨；少阳所至为长，为蕃鲜；阳明所至为收，为雾露；太阳所至为藏，为周密。气化之常也。

厥阴所至为风生，终为肃；少阴所至为热生，中为寒；太阴所至为湿生，终为注雨；少阳所至为火生，终为蒸溽；阳明所至为燥生，终为凉；太阳所至为寒生，中为温。德化之常也。

厥阴所至为毛化；少阴所至为羽化；太阴所至为倮化；少阳所至为羽化；阳明所至为介化；太阳所至为鳞化。德化之常也。

厥阴所至为生化；少阴所至为荣化；太阴所至为濡化；少阳所至为茂化；阳明所至为坚化；太阳所至为藏化。布政之常也㉟。

厥阴所至为飘怒，大凉；少阴所至为大暄，寒；太阴所至为雷霆骤注，烈风；少阳所至为飘风燔燎，霜凝；阳明所至为散落，温；太阳所至为寒雪冰雹，白埃。气变之常也。

厥阴所至为挠动，为迎随；少阴所至为高明焰，为曛；太阴所至为沉阴，为白埃，为晦暝；少阳所至为光显，为彤云，为曛；阳明所至为烟埃，为霜，为劲切，为凄鸣；太阳所至为刚固，为坚芒，为立㊱。令行之常也。

厥阴所至为里急㊲；少阴所至为疡胗身热；太阴所至为积饮否隔㊳；少阳所至为嚏呕，为疮疡；阳明所至为浮虚；太阳所至为屈伸不利。病之常也。

厥阴所至为支痛；少阴所至为惊惑，恶寒战栗，谵妄；太阴所至为稸满㊴；少阳所至为惊躁，瞀昧，暴病；阳明所至为鼽，尻阴股膝髀腨胻足病；太阳所至为腰痛。病之常也。

厥阴所至为緛戾㊵；少阴所至为悲妄，衄衊㊶；太阴所至为中满，霍乱吐下；少阳所至为喉痹，耳鸣，呕涌；阳明所至为皴揭㊷；太阳所至为寝汗，痉。病之常也。

厥阴所至为胁痛，呕泄；少阴所至为语笑；太阴所至为重胕肿；少阳所至为暴注，瞤瘛，暴死；阳明所至为鼽嚏；太阳所至为流泄，禁止。病之常也。

凡此十二变者，报德以德，报化以化，报政以政，报令以令，气高则高，气下则下，气后则后，气前则前，气中则中，气外则外，位之常也。故风胜则动；热胜则肿；燥胜则干；寒胜则浮；湿胜则濡泄；甚则水闭胕肿。随气所在，以言其变耳。

帝曰：愿闻其用也。岐伯曰：夫六气之用，各归不胜而为化㊸。故太阴雨化，施于太阳；太阳寒化，施于少阴；少阴热化，施于阳明；阳明燥化，施于厥阴；厥阴风化，施于太阴。各命其所在以征之也。

帝曰：自得其位何如？岐伯曰：自得其位，常化也。

帝曰：愿闻所在也。岐伯曰：命其位而方月可知也㊹。

帝曰：六位之气，盈虚何如？岐伯曰：太少异也。太者之至徐而常，少者暴而亡。

帝曰：天地之气，盈虚何如？岐伯曰：天气不足，地气随之；地气不足，天气从之；运居其中，而常先也。恶所不胜，归所同和⑮，随运归从，而生其病也。故上胜则天气降而下；下胜则地气迁而上，胜多少而差其分，微者小差，甚者大差，甚则位易气交，易则大变生而病作矣。《大要》曰：甚纪五分，微纪七分，其差可见。此之谓也。帝曰：善。

论言热无犯热，寒无犯寒。余欲不远寒，不远热，奈何？岐伯曰：悉乎哉问也！发表不远热，攻里不远寒。

帝曰：不发不攻，而犯寒犯热何如？岐伯曰：寒热内贼，其病益甚。

帝曰：愿闻无病者何如？岐伯曰：无者生之，有者甚之。

帝曰：生者何如？岐伯曰：不远热则热至；不远寒则寒至。寒至则坚否腹满，痛急下利之病生矣；热至则身热，吐下霍乱，痈疽疮疡，瞀郁，注下，䐜瘛，肿胀，呕，鼽衄，头痛，骨节变，肉痛，血溢，血泄，淋閟之病生矣。

帝曰：治之奈何？岐伯曰：时必顺之，犯者治以胜也。

黄帝问曰：妇人重身，毒之何如？岐伯曰：有故无殒，亦无殒也。

帝曰：愿闻其故何谓也？岐伯曰：大积大聚，其可犯也，衰其大半而止，过者死。帝曰：善。

郁之甚者⑯，治之奈何？岐伯曰：木郁达之⑰，火郁发之⑱，土郁夺之⑲，金郁泄之⑳，水郁折之㉑。然调其气，过者折之，以其畏也，所谓写之。

帝曰：假者何如？岐伯曰：有假其气，则无禁也。所谓主气不足，客气胜也。

帝曰：至哉！圣人之道，天地大化，运行之节，临御之纪，阴阳之政，寒暑之令，非夫子孰能通之！请藏之灵兰之室，署曰"六元正纪"。非斋戒不敢示，慎传也。

---

①六化六变：六气的正常生化和异常变化。

②类序：类属和次序。

③临御之化：即六气司天在泉的气化。

④辰戌之纪：以地支中辰和戌来标志的年份。

⑤暄暑郁燠：气候温暖，渐渐暑热熏蒸。

⑥湿下重：湿气甚于下部而肢体重坠。

⑦飔：秋风。

⑧凝惨凓冽：形容寒水之气化，严寒凛冽。

⑨合德：互相配合，发挥作用。

⑩玄黅：玄，黑色。黅，黄色。

⑪有假者反常：若天气反常，邪气反胜，就不必依照寒避寒等常规。

⑫淳风乃治：金气不足，木亦无畏，因此和淳的风行使权力。

⑬其耗白甲品羽：耗，伤也。白、甲、金所化也。品羽，火虫品类也。

⑭白埃：靠近地面的白色云埃。

⑮暴过不生：猝暴太过之气不会发生。

⑯差夏：指长夏和秋令相交的时候。

⑰物承化：指万物因此得到生长发育。

⑱溽蒸化：湿润薰蒸的意思。

⑲胪胀：即腹部发胀。

⑳腰脽痛：腰和臀部疼痛。

㉑庶类蕃鲜：万物蕃盛美丽。

㉒余火内格：火热之余邪未尽，郁沸在内，不得发泄。

㉓天地之数：即六气司天在泉之数。

㉔气用有多少：六气的作用有太过、不及。

㉕其：指春、夏、长夏、秋、冬。

㉖四畏：指寒、热、温、凉四气，应当敬畏而避忌。

㉗翼：赞助的意思。

㉘田牧土驹：形容洪水退去之后，田野之间土石嵬然，有如群驹牧于田野。

㉙零：下降。

㉚辟：通避。

㉛寒雾：指寒冷的湿空气。

㉜焰阳午泽：午泽指面南之泽，焰阳指阳气上腾。

㉝壐启：指植物萌芽状态。

㉞庚苍：庚，更也。苍，木化也。

㉟布政：气布则物从其化，故谓之政。

㊱立：此处形容万物已成。

㊲里急：逆气上升。

㊳积饮否隔：水饮停积，胸脘胀满，膈塞不通。

㊴稸满：饮食积滞，腹中胀满。

㊵緛戾：筋缩体曲。

㊶蔑：血污。

㊷皴揭：皮肤糙裂而揭起。

㊸归不胜而为化：指加于不胜之气而发生变化。

㊹方月：方，指方隅。月，指月份。

㊺归所同和：指岁运与司天在泉之气相同。

㊻郁：指五气之抑郁。

㊼达：畅达。

㊽发：敬发。

㊾夺：夺去壅滞之邪。

㊿泄：指宣泄肺气。

○51折：指驱逐水邪。

# 刺法论篇第七十二

　　黄帝问曰：升降不前，气交有变，即成暴郁，余已知之。何如预救生灵，可得却乎？岐伯稽首再拜对曰：昭乎哉问！臣闻夫子言，既明天元，须穷刺法，可以折郁扶运，补弱全真，写盛蠲余，令除斯苦。

　　帝曰：愿卒闻之。岐伯曰：升之不前，即有甚凶也。木欲升而天柱窒抑之①，木欲发郁，亦须待时，当刺足厥阴之井；火欲升而天蓬窒抑之，火欲发郁，亦须待时，君火相火同刺包络之荥；土欲升而天冲窒抑之，土欲发郁，亦须待时，当刺足太阴之俞；金欲升而天英窒抑之，金欲发郁，亦须待时，当刺手太阴之经；水欲升而天芮窒抑之，水欲发郁，亦须待时，当刺足少阴之合。

　　帝曰：升之不前，可以预备，愿闻其降，可以先防。岐伯曰：既明其升，必达其降也。升降之道，皆可先治也。木欲降而地晶窒抑之②，降而不入，抑之郁发，散而可得位，降而郁发，暴如天间之待时也。降而不下，郁可速矣，降可折其所胜也。当刺手太阴之所出③，刺手阳明之所入④。火欲降而地玄窒抑之，降而不入，抑之郁发，散而可矣。当折其所胜，可散其郁，当刺足少阴之所出，刺足太阳之所入。土欲降而地苍窒抑之，降而不下，抑之郁发，散而可入，当折其胜，可散其郁，当刺足厥阴之所出，刺足少阳之所入。金欲降而地彤窒抑之，降而不下，抑之郁发，散而可入，当折其胜，可散其郁，当刺心包络所出，刺手少阳所入也。水欲降而地阜窒抑之，降而不下，抑之郁发，散而可入，当折其土，可散其郁，当刺足太阴之所出，刺足阳明之所入。

帝曰：五运之至有前后，与升降往来，有所承抑之，可得闻乎刺法？岐伯曰：当取其化源也；是故太过取之，不及资之。太过取之，次抑其郁，取其运之化源，令折郁气；不及扶资，以扶运气，以避虚邪也。资取之法，令出《密语》。

黄帝问曰：升降之刺，以知其要。愿闻司天未得迁正，使司化之失其常政，即万化之或其皆妄；然与民为病，可得先除，欲济群生，愿闻其说。岐伯稽首再拜曰：悉乎哉问！言其至理，圣念慈悯，欲济群生，臣乃尽陈斯道，可申洞微。太阳复布，即厥阴不迁正；不迁正，气塞于上，当写足厥阴之所流。厥阴复布，少阴不迁正；不迁正，即气塞于上，当刺心包络脉之所流。少阴复布，太阴不迁正；不迁正，即气留于上，当刺足太阴之所流。太阴复布，少阳不迁正；不迁正，则气塞未通，当刺手少阳之所流。少阳复布，则阳明不迁正；不迁正，则气未通上，当刺太阴之所流。阳明复布，太阳不迁正；不迁正，则复塞其气，当刺足少阴之所流。

帝曰：迁正不前，以通其要。愿闻不退，欲折其余，无令过失，可得明乎？岐伯曰：气过有余，复作布正，是名不退位也。使地气不得后化，新司天未可迁正，故复布化令如故也。已亥之岁，天数有余，故厥阴不退位也，风行于上，木化布天，当刺足厥阴之所入；子午之岁，天数有余，故少阴不退位也，热行于上，火余化布天，当刺手厥阴之所入；丑未之岁，天数有余，故太阴不退位也，湿行于上，雨化布天，当刺足太阴之所入；寅申之岁，天数有余，故少阳不退位也，热行于上，火化布天，当刺手少阳之所入；卯酉之岁，天数有余，故阳明不退位也，金行于上，燥化布天，当刺手太阴之所入；辰戌之岁，天数有余，故太阳不退位也，寒行于上，凛水化布天，当刺足少阴之所入。故天地气逆，化成民病，以法刺之，预可平疴。

黄帝问曰：刚柔二干，失守其位，使天运之气皆虚乎？与民为病，可得平乎？岐伯曰：深乎哉问！明其奥旨，天地迭移，三年化疫，是谓根之可见，必有逃门⑤。

假令甲子，刚柔失守，刚未正，柔孤而有亏，时序不令，即音律非从，如此三年，变大疫也。详其微甚，察其浅深，欲至而可刺，刺之当先补肾俞，次三日，可刺足太阴之所注。又有下位已卯不至，而甲子孤立者，次三年作土疬⑥，其法补写，一如甲子同法也。其刺以毕，又不须夜行及远行，令七日洁，清静斋戒，所有自来。肾有久病者，可以寅时面向南，净神不乱思，闭气不息七遍，以引颈咽气顺之，如咽甚硬物，如此七遍后，饵舌下津令无数。

假令丙寅刚柔失守，上刚干失守，下柔不可独主之，中水运非太过，不可执法而定之。布天有余，而失守上正，天地不合，即律吕音异，如此即天运失序，后三年变疫。详其微甚，差有大小，徐至即后三年，至甚即首三年，当先补心俞，次五日，可刺肾之所入。又有下位地甲子辛巳柔不附刚，亦名失守，即地运皆虚，后三年变水疬，即刺法皆如此矣。其刺如毕，慎其大喜欲情于中，如不忌，即其气复散也，令静七日，心欲实，令少思。

假令庚辰刚柔失守，上位失守，下位无合，乙庚金运，故非相招，布天未退，中运胜来，上下相错，谓之失守，姑洗林钟，商音不应也。如此则天运化易，三年变大疫。详其天数，差有微甚，微即微，三年至，甚即甚，三年至，当先补肝俞，次三日，可刺肺之所行。刺毕，可静神七日，慎勿大怒，怒必真气却散之。又或在下地甲子乙未失守者，即乙柔干，即上庚独治之，亦名失守者，即天运孤主之，三年变疠，名曰金疠，其至待时也。详其地数之等差，亦推其微甚，可知迟速耳。诸位乙庚失守，刺法同。肝欲平，即勿怒。

假令壬午刚柔失守，上壬未迁正，下丁独然，即虽阳年，亏及不同，上下失守，相招其有期，差之微甚，各有其数也，律吕二角，失而不和，同音有日，微甚如见，三年大疫，当刺脾之俞，次三日，可刺肝之所出也。刺毕，静神七日，勿大醉歌乐，其气复散，又勿饱食，勿食生物，欲令脾实，气无滞饱，无久坐，食无太酸，无食一切生物，宜甘宜淡。又或地下甲子丁酉失守其位，未得中司，即气不当位，下不与壬奉合者，亦名失守，非名合德，故柔不附刚，即地运不合，三年变疠。其刺法亦如木疫之法。

假令戊申刚柔失守，戊癸虽火运，阳年不太过也，上失其刚，柔地独主，其气不正，故有邪干，迭移其位，差有浅深，欲至将合，音律先同，如此天运失时，三年之中，火疫至矣，当刺肺之俞。刺毕，静神七日，勿大悲伤也，悲伤即肺动，而其气复散也。人欲实肺者，要在息气也。又或地下甲子癸亥失守者，即柔失守位也，即上失其刚。即亦名戊癸不相合德者也，即运与地虚，后三年变疠，即名火疠。

是故立地五年，以明失守，以穷法刺，于是疫之与疠，即是上下刚柔之名也，穷归一体也。即刺疫法，只有五法，即总其诸位失守，故只归五行而统之也。

黄帝曰：余闻五疫之至，皆相染易，无问大小，病状相似，不施救疗，如何可得不相移易者？岐伯曰：不相染者，正气存内，邪不可干，避其毒气，天牝从来[7]，复得其往，气出于脑，即不邪干。气出于脑，即室先想心如日。欲将入于疫室，先想青气自肝而出，左行于东，化作林木；次想白气自肺而出，右行于西，化作戈甲；次想赤气自心而出，南行于上，化作焰明；次想黑气自肾而出，北行于下，化作水；次想黄气自脾而出，存于中央，化作土。五气护身之毕，以想头上如北斗之煌煌，然后可入于疫室。又一法，于春分之日，日未出而吐之。又一法，于雨水日后，三浴以药泄汗。又一法，小金丹方：辰砂二两，水磨雄黄一两，叶子雌黄一两，紫金半两，同入合中，外固，了地一尺筑地实；不用炉，不须药制，用火二十斤煅之也，七日终，候冷七日取，次日出合子，埋药地中，七日取出，顺日研之三日，炼白沙蜜为丸，如梧桐子大；每日望东吸日华气一口，冰水下一丸，和气咽之，服十粒，无疫干也。

黄帝问曰：人虚即神游失守位，使鬼神外干，是致夭亡，何以全真？愿闻刺法。岐伯稽首再拜曰：昭乎哉问！谓神移失守，虽在其体，然不致死，或有邪干，故令夭寿。只如厥阴失守，天以虚，人气肝虚，感天重虚；即魂游于上，邪干，厥大气，身温犹可刺之，刺其足少阳之所过，次刺肝之俞。人病心虚，又遇君相二火司天失守，感而三虚，遇火不及，黑尸鬼犯之，令人暴亡；可刺手少阳之所过，复刺心俞。人脾病，又遇太阴司天失守，感而三虚，又遇土不及，青尸鬼邪犯之于人，令人暴亡；可刺足阳明之所过，复刺脾之俞。人肺病，遇阳明司天失守，感而三虚，又遇金不及，有赤尸鬼犯人，令人暴亡；可刺手阳明之所过，复刺肺俞。人肾病，又遇太阳司天失守，感而三虚，又遇水运不及之年，有黄尸鬼干犯人正气，吸人神魂，致暴亡；可刺足太阳之所过，复刺肾俞。

黄帝问曰：十二藏之相使，神失位，使神彩之不圆，恐邪干犯，治之可刺？愿闻其要。岐伯稽首再拜曰：悉乎哉问！至理道真宗，此非圣帝，焉究斯源！是谓气神合道，契符上天。心者，君主之官，神明出焉，可刺手少阴之源。肺者，相傅之官，治节出焉，可刺手太阴之源。肝者，将军之官，谋虑出焉，可刺足厥阴之源。胆者，中正之官，决断出焉，可刺足少阳之源。膻中者，臣使之官，喜乐出焉，可刺心包络所流。脾为谏议之官[8]，知周出焉，可刺脾之源。胃为仓廪之官，五味出焉，可刺胃之源。大肠者，传道之官，变化出焉，可刺大肠之源。小肠者，受盛之官，化物出焉，可刺小肠之源。肾者，作强之官，伎巧出焉，刺其肾之源。三焦者，决渎之官，水道出焉，刺三焦之源。膀胱者，州都之官，精液藏焉，气化则能出矣，刺膀胱之源。凡此十二官者，不得相失也。是故刺法有全神养真之旨，亦法有修真之道，非治疾也；故要修养和神也，道贵常存，补神固根，精气不散，神守不分，然即神守而虽不去⑨，亦能全真，人神不守，非达至真；至真之要，在乎天玄，神守天息，复入本元，命曰归宗⑩。

---

①天柱：是金星别名。以下天蓬、天冲、天英、天芮分别为水、木、火、土星。

②地晶：是金星别名。以下地玄、地苍、地彤、地阜分别为水、木、火、土星。

③所出：指井穴。

④所入：指合穴。

⑤逃门：指避免时疫的法门。

⑥土疬：土运之军，在泉不能迁正所酿成的疫疬。以下水疬、金疬、木疬、火疬；水运、金运、木运、火运同上句。

⑦天牝：鼻。

⑧谏议之官：脾主思虑，相当谏议之官。

⑨虽：通惟。

⑩归宗：谓返其本来之元气。

# 本病论篇第七十三

黄帝问曰：天元九窒，余已知之，愿闻气交，何名失守？岐伯曰：谓其上下升降，迁正退位，各有经论，上下各有不前，故名失守也。是故气交失易位，气交乃变，变易非常，即四时失序，万化不安，变民病也。

帝曰：升降不前，愿闻其故，气交有变，何以明知？岐伯曰：昭乎哉问，明乎道矣！气交有变，是为天地机；但欲降而不得降者，地窒刑之。又有五运太过，而先天而至者，即交不前，但欲升而不得其升，中运抑之，但欲降而不得其降，中运抑之。于是有升之不前，降之不下者；有降之不下，升而至天者；有升降俱不前，作如此之分别，即气交之变。变之有异，常各各不同，灾有微甚者也。

帝曰：愿闻气交遇会胜抑之由，变成民病，轻重何如？岐伯曰：胜相会，抑伏使然。是故辰戌之岁，木气升之，主逢天柱，胜而不前；又遇庚戌，金运先天，中运胜之，忽然不前。木运升天，金乃抑之，升而不前，即清生风少，肃杀于春，露霜复降，草木乃萎。民病温疫早发，咽嗌乃干，四肢满，肢节皆痛；久而化郁，即大风摧拉，折陨鸣紊；民病卒中偏痹，手足不仁。

是故巳亥之岁，君火升天，主窒天蓬，胜之不前；又厥阴未迁正，则少阴未得升天，水运以至其中者，君火欲升，而中水运抑之，升之不前，即清寒复作，冷生旦暮；民病伏阳，而内生烦热，心神惊悸，寒热间作；日久成郁，即暴热乃至，赤风肿翳，化疫。温疬暖作，赤气彰而化火疫。皆烦而躁渴，渴甚，治之以泄之可止。

是故子午之岁，太阴升天，主窒天冲，胜之不前；又或遇壬子，木运先天而至者，中木运抑之也，升天不前，即风埃四起，时举埃昏，雨湿不化；民病风厥涎潮①，偏痹不随，胀满；久而伏郁，即黄埃化疫也。民病夭亡，脸肢府黄疸满闭。湿令弗布，雨化乃微。

是故丑未之年，少阳升天，主窒天蓬，胜之不前；又或遇太阴未迁正者，即少阴未升天也，水运以至者，升天不前，即寒雾反布②，凛冽如冬，水复涸，冰再结，暄暖乍作，冷复布之，寒暄不时；民病伏阳在内，烦热生中，心神惊骇，寒热间争；以久成郁，即暴热乃生，赤风肿翳，化成疫疠，乃化作伏热内烦，痹而生厥，甚则血溢。

是故寅申之年，阳明升天，主窒天英，胜之不前；又或遇戊申戊寅，火运先天而至；金欲升天，火运抑之，升之不前，即时雨不降，西风数举，咸卤燥生；民病上热，喘嗽，血溢；久而化郁，即白埃翳雾，清生杀气。民病胁满，悲伤，寒鼽嚏，嗌干，手坼皮肤燥。

是故卯酉之年，太阳升天，主窒天芮，胜之不前；又遇阳明未迁正者，即太阳未升天也，土运以至，水欲升天，土运抑之，升之不前，即湿而热蒸，寒生两间；民病注下，食不及化；久而成郁，冷来客热，冰雹卒至。民病厥逆而哕，热生于内，气痹于外，足胫酸疼，反生心悸，懊热，暴烦而复厥。

黄帝曰：升之不前，余已尽知其旨，愿闻降之不下，可得明乎？岐伯曰：悉乎哉问也！是之谓天地微旨，可以尽陈斯道。所谓升已必降也，至天三年；次岁必降，降而入地，始为左间也。如此升降往来，命之六纪也。

是故丑未之岁，厥阴降地，主窒地晶，胜而不前；又或遇少阴未退位，即厥阴未降下，金运以至中，金运承之，降之未下，抑之变郁，木欲降下，金承之，降而不下，苍埃远见，白气承之，风举埃昏，清燥行杀，霜露复下，肃杀布令。久而不降，抑之化郁，即作风燥相伏，暄而反清，草木萌动，杀霜乃下，蛰虫未见，惧清伤藏。

是故寅申之岁，少阴降地，主窒地玄，胜之不入；又或遇丙申丙寅，水运太过，先天而至，君火欲降，水运承之，降而不下，即彤云才见，黑气反生③，暄暖如舒，寒常布雪，凛冽复作，天云惨凄。久而不降，伏之化郁，寒胜复热，赤风化疫。民病面赤、心烦、头痛、目眩也；赤气彰而温病欲作也。

是故卯酉之岁，太阴降地，主窒地苍，胜之不入；又或少阳未退位者，即太阴未得降也；或木运以至，木运承之，降而不下，即黄云见而青霞彰，郁蒸作而大风，雾翳埃胜，折损乃作；久而不降也，伏之化郁，天埃黄气，地布湿蒸。民病四肢不举，昏眩，肢节痛，腹满填臆。

是故辰戌之岁，少阳降地，主窒地玄，胜之不入；又或遇水运太过，先天而至也，水运承之，降而不下④，即彤云才见，黑气反生，暄暖欲生，冷气卒至，甚即冰雹也。久而不降，伏之化郁，冷气复热，赤风化疫。民病面赤、心烦、头痛、目眩也；赤气彰而热病欲作也。

是故巳亥之岁，阳明降地，主窒地彤，胜而不入；又或遇太阳未退位，即阳明未得降；即火运以至之，火运承之不下，即天清而肃，赤气乃彰，暄热反作。民皆昏倦，夜卧不安，咽干引饮，懊热内烦。大清朝暮⑤，暄还复作；久而不降，伏之化郁，天清薄寒，远生白气。民病掉眩，手足直而不仁，两胁作痛，满目睇睇。

是故子午之年，太阳降地，主窒地阜胜之，降而不入；又或遇土运太过，先天而至，土运承之，降而不入，即天彰黑气，瞑暗凄惨，才施黄埃而布湿，寒化令气，蒸湿复令；久而不降，伏之化郁，民病大厥，四肢重怠，阴痿少力。天布沉阴，蒸湿间作。

帝曰：升降不前，晰知其宗，愿闻迁正，可得明乎？岐伯曰：正司中位，是谓迁正位，司天不得其迁正者，即前司天，以过交司之日，即遇司天太过有余日也，即仍旧治天数，新司天未得迁正也。

厥阴不迁正，即风暄不时，花卉萎瘁；民病淋溲，目系转，转筋，喜怒，小便赤。风欲令而寒由不去，温暄不正，春正失时。

少阴不迁正，即冷气不退，春冷后寒，暄暖不时；民病寒热，四肢烦痛，腰脊强直。木气虽有余，位不过于君火也。

太阴不迁正，即云雨失令，万物枯焦，当生不发；民病手足肢节肿满，大腹水肿，填臆不食，飧泄胁满，四肢不举。雨化欲令，热犹治之，温煦于气，亢而不泽。

少阳不迁正，即炎灼弗令，苗莠不荣，酷暑于秋，肃杀晚至，霜露不时；民病痎疟，骨热，心悸，惊骇，甚时血溢。

阳明不迁正，则暑化于前，肃杀于后，草木反荣；民病寒热，鼽嚏，皮毛折，爪甲枯焦，甚则喘嗽息高，悲伤不乐。热化乃布，燥化未令，即清劲未行，肺金复病。

太阳不迁正，即冬清反寒，易令于春，杀霜在前，寒冰于后，阳光复治，凛冽不作，雾云待时⑥；民病温疬至，喉闭嗌干，烦躁而渴，喘息而有音也。寒化待燥，犹治天气，过失序，与民作灾。

帝曰：迁正早晚，以命其旨，愿闻退位，可得明哉？岐伯曰：所谓不退者，即天数未终，即天数有余，名曰复布政，故名曰再治天也，即天令如故，而不退位也。

厥阴不退位，即大风早举，时雨不降，湿令不化；民病温疫，疵废⑦，风生，皆肢节痛，头目痛，伏热内烦，咽喉干引饮。

少阴不退位，即温生春冬，蛰虫早至，草木发生；民病膈热，咽干，血溢，惊骇，小便赤涩，丹瘤瘆疮疡留毒。

太阴不退位，而取寒暑不时⑧，埃昏布作，湿令不去；民病四肢少力，食饮不下，泄注，淋满，足胫寒，阴痿，闭塞，失溺，小便数。

少阳不退位，即热生于春，暑乃后化，冬温不冻，流水不冰，蛰虫出见；民病少气，寒热更作，便血，上热，小腹坚满，小便赤沃，甚则血溢。

阳明不退位，即春生清冷，草木晚荣，寒热间作；民病呕吐，暴注，食饮不下，大便干燥，四肢不举，目瞑掉眩。

太阳不退位，即春寒复作，冷雹乃降，沉阴昏翳，二之气寒犹不去；民病痹厥，阴痿，失溺，腰膝皆痛，温疬晚发。

帝曰：天岁早晚，余以知之，愿闻地数，可得闻乎？岐伯曰：地下迁正、升天及退位不前之法，即地土产化，万物失时之化也。

帝曰：余闻天地二甲子，十干十二支，上下经纬天地，数有迭移，失守其位，可得昭乎？岐伯曰：失之迭位者，谓虽得岁正，未得正位之司，即四时不节，即生大疫。注《玄珠密语》云：阳年三十年，除六年天刑，计有太过二十四年，除此六年，皆作太过之用。令不然之旨，今言迭支迭位，皆可作其不及也。

假令甲子阳年，土运太窒，如癸亥天数有余者，年虽交得甲子，厥阴犹尚治天，地已迁正，阳明在泉，去岁少阳以作右间，即厥阴之地阳明，故不相和奉者也。癸巳相会，土运太过，虚反受木胜，故非太过也，何以言土运太过？况黄钟不应太窒，木既胜而金还复，金既复而少阴如至，即木胜如火而金复微，如此则甲己失守，后三年化成土疫，晚至丁卯，早至丙寅，土疫至也。大小善恶，推其天地，详乎太乙。又只如甲子年，如甲至子而合，应交司而治天，即下己卯未迁正，而戊寅少阳未退位者，亦甲己下有合也，即土运非太过，而木乃乘虚而胜土也，金次又行复胜之，即反邪化也；阴阳天地殊异尔，故其大小善恶，一如天地之法旨也。

假令丙寅阳年太过，如乙丑天数有余者，虽交得丙寅，太阴尚治天也。地已迁正，厥阴司地，去岁太阳以作右间，即天太阴而地厥阴，故地不奉天化也。乙辛相会，水运太虚，反受土胜，故非太过，即太簇之管，太羽不应，土胜而雨化，木复即风，此者丙辛失守其会，后三年化成水疫，晚至己巳，早至戊辰，甚即速，微即徐，水疫至也。大小善恶，推其天地数及太乙游宫。又只如丙寅年，丙至寅且合，应交司而治天，即辛巳未得迁正，而庚辰太阳未退位者，亦丙辛不合德也，即水运亦小虚而小胜，或有复，后三年化疠，名曰水疠，其状如水疫，治法如前。

假令庚辰阳年太过，如己卯天数有余者，虽交得庚辰年也，阳明犹尚治天，地已迁正，太阴司地，去岁少阴以作右间，即天阳明地太阴也，故地不奉天也[9]。乙巳相会，金运太虚，反受火胜，故非太过也，即姑洗之管，太商不应，火胜热化，水复寒刑，此乙庚失守，其后三年化成金疫也，速至壬午，徐至癸未，金疫至也。大小善恶，推本年天数及太乙也。又只如庚辰，如庚至辰，且应交司而治天，即下乙未未得迁正者，即地甲午少阴未退位者，且乙庚不合德也，即下乙未柔干失刚[10]，亦金运小虚也，有小胜或无复，后三年化疠，名曰金疠，其状如金疫也；治法如前。

假令壬午阳年太过，如辛巳天数有余者，虽交得壬午年也[11]，厥阴犹尚治天，地已迁正，阳明在泉，去岁丙申少阳以作右间，即天厥阴而地阳明，故地不奉天者也。丁辛相合会，木运太虚，反受金胜，故非太过也，即蕤宾之管，太角不应，金行燥胜，火化热复，甚即速，微即徐。疫至大小善恶，推疫至之年天数及太乙。又只如壬至午，且应交司而治之，即下丁酉未得迁正者，即地下丙申少阳未得退位者，见丁壬不合德也，即丁柔干失刚，亦木运小虚也，有小胜小复，后三年化疠，名曰木疠，其状如风疫也[12]；治法如前。

假令戊申阳年太过，如丁未天数太过者，虽交得戊申年也。太阴犹尚司天，地已迁正，厥阴在泉，去岁壬戌太阳以退位作右间，即天丁未，地癸亥，故地不奉天化也。丁癸相会，火运太虚，反受水胜，故非太过也，即夷则之管，上太徵不应，此戊癸失守其会，后三年化疫也，速至庚戌。大小善恶，推疫至之年天数及太乙。又只如戊申，如戊至申，且应交司而治天，即下癸亥未得迁正者，即地下壬戌太阳未退位者，见戊癸未合德也，即下癸柔干失刚，见火运小虚，有小胜或无复也，后三年化疠，名曰火疠也；治法如前，治之法可寒之泄之。

黄帝曰：人气不足，天气如虚，人神失守，神光不聚，邪鬼干人，致有夭亡，可得闻乎？岐伯曰：人之五藏，一藏不足，又会天虚，感邪之至也。人忧愁思虑即伤心，又或遇少阴司天，天数不及，太阴作接间至，即谓天虚也，此即人气天气同虚也。又遇惊而夺精，汗出于心，因而三虚，神明失守。心为君主之官，神明出焉，神失守位，即神游上丹田，在帝太一帝君泥丸宫下。神既失守，神光不聚，却遇火不及之岁，有黑尸鬼见之，令人暴亡。

人饮食、劳倦即伤脾，又或遇太阴司天，天数不及，即少阳作接间至，即谓之虚也，此即人气虚而天气虚也。又遇饮食饱甚，汗出于胃，醉饱行房，汗出于脾，因而三虚，脾神失守。脾为谏议之官，智周出焉。神既失守，神光失位而不聚也，却遇土不及之年，或己年或甲年失守，或太阴天虚，青尸鬼见之，令人卒亡。

人久坐湿地，强力入水即伤肾。肾为作强之官，伎巧出焉。因而三虚，肾神失守，神志失位，神光不聚，却遇水不及之年，或辛不会符，或丙年失守，或太阳司天虚，有黄尸鬼至，见之令人暴亡。

人或恚怒，气逆上而不下，即伤肝也。又遇厥阴司天，天数不及，即少阴作接间至，是谓天虚也，此谓天虚人虚也。又遇疾走恐惧，汗出于肝。肝为将军之官，谋虑出焉。神位失守，神光不聚，又遇木不及年，或丁年不符，或壬年失守，或厥阴司天虚也，有白尸鬼见之，令人暴亡也。

已上五失守者，天虚而人虚也，神游失守其位，即有五尸鬼干人，令人暴亡也，谓之曰尸厥。人犯五神易位，即神光不圆也。非但尸鬼，即一切邪犯者，皆是神失守位故也。此谓得守者生，失守者死；得神者昌，失神者亡。

---

①涎潮：口涎上涌如潮。

②寒雾：寒冷的雾露。

③黑气：水气。

④降而不下：原作水降不下。

⑤大：原作天。

⑥雾云：白色如雾的云。

⑦疵废：疵，黑斑。废，体偏废。

⑧取：作且。

⑨不：原作下。

⑩柔：原无。

⑪得：原作后。

⑫风疫：即后世风温之类。

# 至真要大论篇第七十四

黄帝问曰：五气交合，盈虚更作①，余知之矣；六气分治，司天地者，其至何如？岐伯再拜对曰：明乎哉问也！天地之大纪②，人神之通应也。

帝曰：愿闻上合昭昭，下合冥冥，奈何？岐伯曰：此道之所主，工之所疑也。

帝曰：愿闻其道也。岐伯曰：厥阴司天，其化以风；少阴司天，其化以热；太阴司天，其化以湿；少阳司天，其化以火；阳明司天，其化以燥；太阳司天，其化以寒。以所临藏位，命其病者也。

帝曰：地化奈何？岐伯曰：司天同候，间气皆然。

帝曰：间气何谓？岐伯曰：司左右者，是谓间气也。

帝曰：何以异之？岐伯曰：主岁者纪岁，间气者纪步也。帝曰：善！

岁主奈何？岐伯曰：厥阴司天为风化，在泉为酸化，司气为苍化③，间气为动化；少阴司天为热化，在泉为苦化，不司气化，居气为灼化④；太阴司天为湿化，在泉为甘化，司气为黄黅化，间气为柔化；少阳司天为火化，在泉为苦化，司气为丹化，间气为明化；阳明司天为燥化，在泉为辛化，司气为素化，间气为清化；太阳司天为寒化，在泉为咸化，司气为玄化，间气为藏化。故治病者，必明六化分治，五味五色所生，五藏所宜，乃可以言盈虚病生之绪也。

帝曰：厥阴在泉而酸化，先余知之矣。风化之行也何如？岐伯曰：风行于地，所谓本也，余气同法。本乎天者，天之气也，本乎地者，地之气也，天地合气，六节分而万物化生矣⑤。故曰：谨候气宜⑥，无失病机。此之谓也。

帝曰：其主病何如⑦？岐伯曰：司岁备物，则无遗主矣。

帝曰：司岁物何也<sup>⑧</sup>？岐伯曰：天地之专精也。

帝曰：司气者何如？岐伯曰：司气者主岁同，然有余不足也。

帝曰：非司岁物何谓也？岐伯曰：散也。故质同而异等也；气味有薄厚，性用有躁静，治保有多少，力化有浅深<sup>⑨</sup>。此之谓也。

帝曰：岁主藏害何谓？岐伯曰：以所不胜命之，则其要也。

帝曰：治之奈何？岐伯曰：上淫于下，所胜平之<sup>⑩</sup>；外淫于内，所胜治之。帝曰：善！

平气何如？岐伯曰：谨察阴阳所在而调之，以平为期。正者正治，反者反治。

帝曰：夫子言察阴阳所在而调之，论言人迎与寸口相应，若引绳小大齐等，命曰平。阴之所在寸口何如？岐伯曰：视岁南北，可知之矣。

帝曰：愿卒闻之。岐伯曰：北政之岁，少阴在泉，则寸口不应；厥阴在泉，则右不应；太阴在泉，则左不应。南政之岁，少阴司天，则寸口不应；厥阴司天，则右不应；太阴司天，则左不应。诸不应者，反其诊则见矣。

帝曰：尺候何如？岐伯曰：北政之岁，三阴在下，则寸不应；三阴在上，则尺不应。南政之岁，三阴在天，则寸不应；三阴在泉，则尺不应。左右同。故曰：知其要者，一言而终；不知其要，流散无穷。此之谓也。帝曰：善。

天地之气，内淫而病何如？岐伯曰：岁厥阴在泉，风淫所胜，则地气不明，平野昧，草乃早秀；民病洒洒振寒，善伸数欠，心痛支满，两胁里急，饮食不下，膈咽不通，食则呕，腹胀善噫，得后与气则快然如衰，身体皆重。

岁少阴在泉，热淫所胜，则焰浮川泽，阴处反明；民病腹中常鸣，气上冲胸，喘不能久立，寒热皮肤痛，目瞑齿痛，颛肿，恶寒发热如疟，少腹中痛，腹大。蛰虫不藏。

岁太阴在泉，草乃早荣，湿淫所胜，则埃昏岩谷，黄反见黑，至阴之交<sup>⑪</sup>；民病饮积，心痛，耳聋浑浑焞焞，嗌肿喉痹，阴病血见，少腹痛肿，不得小便，病冲头痛，目似脱，项似拔，腰似折，髀不可以回，腘如结，腨如别。

岁少阳在泉，火淫所胜，则焰明郊野，寒热更至；民病注泄赤白，少腹痛，溺赤，甚则血便。少阴同候。

岁阳明在泉，燥淫所胜，则霜雾清瞑；民病喜呕，呕有苦，善太息，心胁痛不能反侧，甚则嗌干面尘，身无膏泽，足外反热。

岁太阳在泉，寒淫所胜，则凝肃惨栗；民病少腹控睾，引腰脊，上冲心痛，血见，嗌痛颔肿。帝曰：善。

治之奈何？岐伯曰：诸气在泉，风淫于内，治以辛凉，佐以苦，以甘缓之，以辛散之；热淫于内，治以咸寒，佐以甘苦，以酸收之，以苦发之；湿淫于内，治以苦热，佐以酸淡，以苦燥之，以淡泄之；火淫于内，治以咸冷，佐以苦辛，以酸收之，以苦发之；燥淫于内，治以苦温，佐以甘辛，以苦下之；寒淫于内，治以甘热，佐以苦辛，以咸写之，以辛润之，以苦坚之。帝曰：善。

天气之变何如？岐伯曰：厥阴司天，风淫所胜，则太虚埃昏，云物以扰，寒生春气，流水不冰，蛰虫不去；民病胃脘当心而痛，上支两胁，膈咽不通，饮食不下，舌本强，食则呕，冷泄腹胀，溏泄瘕水闭，病本于脾。冲阳绝，死不治。

少阴司天，热淫所胜，怫热至，火行其政，大雨且至；民病胸中烦热，嗌干，右胠满，皮肤痛，寒热咳喘，唾血血泄，鼽衄嚏呕，溺色变，甚则疮疡胕肿，肩背臂臑及缺盆中痛，心痛肺䐜，腹大满，膨膨而喘咳，病本于肺。尺泽绝，死不治。

太阴司天，湿淫所胜，则沉阴且布，雨变枯槁；胕肿骨痛阴痹，阴痹者按之不得，腰脊头项痛时眩，大便难，阴气不用，饥不欲食，咳唾则有血，心如悬，病本于肾。太溪绝，死不治。

少阳司天，火淫所胜，则温气流行，金政不平；民病头痛发热恶寒而疟，热上皮肤痛，色变黄赤，传而为水，身面胕肿，腹满仰息，泄注赤白，疮疡，咳唾血，烦心，胸中热，甚则鼽衄，病本于肺。天府绝，死不治。

阳明司天，燥淫所胜，则木乃晚荣，草乃晚生，筋骨内变，大凉革候，名木敛生，菀于下，草焦上首，蛰虫来见；民病左胠胁痛，寒清于中感而疟，咳，腹中鸣，注泄鹜溏，心胁暴痛，不可反侧，嗌干面尘，腰痛，丈夫㿉疝，妇人少腹痛，目昧眦疡，疮痤痈，病本于肝。太冲绝，死不治。

太阳司天，寒淫所胜，则寒气反至，水且冰，运火炎烈，雨暴乃雹；血变于中，发为痈疡，民病厥心痛，呕血，血泄，鼽衄，善悲，时眩仆。胸腹满，手热肘挛，腋肿，心澹澹大动，胸胁胃脘不安，面赤目黄，善噫，嗌干，甚则色炲，渴而欲饮，病本于心。神门绝，死不治。所谓动气，知其藏也。帝曰：善。

治之奈何？岐伯曰：司天之气，风淫所胜，平以辛凉⑫，佐以苦甘，以甘缓之，以酸写之；热淫所胜，平以咸寒，佐以苦甘，以酸收之；湿淫所胜，平以苦热，佐以酸辛，以苦燥之，以淡泄之，湿上甚而热，治以苦温，佐以甘辛，以汗为故而止；火淫所胜，平以咸冷⑬，佐以苦甘，以酸收之，以苦发之，以酸复之；热淫同；燥淫所胜，平以苦温⑭，佐以酸辛，以苦下之；寒淫所胜，平以辛热，佐以甘苦，以咸写之。帝曰：善！

邪气反胜⑮，治之奈何？岐伯曰：风司于地，清反胜之，治以酸温，佐以苦甘，以辛平之；热司于地，寒反胜之，治以甘热，佐以苦辛，以咸平之；湿司于地，热反胜之；治以苦冷，佐以咸甘，以苦平之；火司于地，寒反胜之，治以甘热，佐以苦辛，以咸平之；燥司于地，热反胜之，治以平寒，佐以苦甘，以酸平之，以和为利；寒司于地，热反胜之，治以咸冷，佐以甘辛，以苦平之。

帝曰：其司天邪胜何如？岐伯曰：风化于天，清反胜之，治以酸温，佐以甘苦；热化于天，寒反胜之，治以甘温，佐以苦酸辛；湿化于天，热反胜之，治以苦寒，佐以苦酸；火化于天，寒反胜之，治以甘热，佐以苦辛；燥化于天，热反胜之，治以辛寒，佐以苦甘；寒化于天，热反胜之，治以咸冷，佐以苦辛。

帝曰：六气相胜奈何？岐伯曰：厥阴之胜，耳鸣头眩，愦愦欲吐，胃鬲如寒；大风数举，倮虫不滋，胠胁气并，化而为热；小便黄赤，胃脘当心而痛，上支两胁，肠鸣飧泄，少腹痛，注下赤白，甚则呕吐，鬲咽不通。

少阴之胜，心下热善饥，齐下反动，气游三焦；炎暑至，木乃津，草乃萎；呕逆，躁烦，腹满痛，溏泄，传为赤沃⑯。

太阴之胜，火气内郁，疮疡于中，流散于外，病在胠胁；甚则心痛热格⑰，头痛，喉痹，项强；独胜则湿气内郁，寒迫下焦，痛留顶，互引眉间，胃满；雨数至，燥化乃见，少腹满，腰脽重强，内不便，善注泄，足下温，头重，足胫胕肿，饮发于中，胕肿于上。

少阳之胜，热客于胃，烦心心痛，目赤，欲呕，呕酸善饥，耳痛，溺赤，善惊谵妄；暴热消烁，草萎水涸，介虫乃屈，少腹痛，下沃赤白。

阳明之胜，清发于中，左胠胁痛，溏泄，内为嗌塞，外发㿉疝；大凉肃杀，华英改容，毛虫乃殃，胸中不便，嗌塞而咳。

太阳之胜，凝溧且至，非时水冰，羽乃后化。痔疟发，寒厥入胃，则内生心痛，阴中乃疡⑱，隐曲不利，互引阴股，筋肉拘苛，血脉凝泣，络满色变，或为血泄，皮肤否肿，腹满食减，热反上行，头顶囟顶脑户中痛，目如脱，寒入下焦，传为濡写。

帝曰：治之奈何？岐伯曰：厥阴之胜，治以甘清，佐以苦辛，以酸写之；少阴之胜，治以辛寒，佐以苦咸，以甘写之；太阴之胜，治以咸热，佐以辛甘，以苦写之；少阳之胜，治以辛寒，佐以甘咸，以甘写之，阳明之胜，治以酸温，佐以辛甘，以苦泄之；太阳之胜，治以甘热，佐以辛酸，以咸写之。

帝曰：六气之复何如？岐伯曰：悉乎哉问也！厥阴之复，少腹坚满，里急暴痛⑲；偃木飞沙，倮虫不荣；厥心痛，汗发呕吐，饮食不入，入而复出，筋骨掉眩清厥，甚则入脾，食痹而吐。冲阳绝，死不治。

少阴之复，燠热内作，烦躁，鼽嚏，少腹绞痛；火见燔焫，嗌燥，分注时止，气动于左，上行于右，咳，皮肤痛，暴喑，心痛，郁冒不知人，乃洒淅恶寒，振栗，谵妄，寒已而热，渴而欲饮，少气，骨痿，隔肠不便，外为浮肿，哕噫；赤气后化⑳，流水不冰，热气大行，介虫不复；病痱胗疮疡，痈疽痤痔，甚则入肺，咳而鼻渊。天府绝，死不治。

太阴之复，湿变乃举，体重中满，食饮不化，阴气上厥，胸中不便，饮发于中，咳喘有声；大雨时行，鳞见于陆㉑；头顶痛重，而掉瘛尤甚，呕而密默，唾吐清液，甚则入肾，窍写无度。太溪绝，死不治。

少阳之复，大热将至，枯燥燔热，介虫乃耗；惊瘛咳衄，心热烦躁，便数，憎风，厥气上行，面如浮埃，目乃瞤瘛，火气内发，上为口糜，呕逆，血溢血泄，发而为疟；恶寒鼓栗，寒极反热，嗌络焦槁，渴引水浆，色变黄赤，少气脉萎，化而为水，传为胕肿，甚则入肺，咳而血泄。尺泽绝，死不治。

阳明之复，清气大举，森木苍干，毛虫乃厉；病生胠胁，气归于左，善太息，甚则心痛否满，腹胀而泄，呕苦，咳，哕，烦心，病在鬲中，头痛，甚则入肝，惊骇，筋挛。太冲绝，死不治。

太阳之复，厥气上行，水凝雨冰，羽虫乃死；心胃生寒，胸膈不利，心痛否满，头痛，善悲，时眩仆，食减，腰脽反痛，屈伸不便；地裂冰坚，阳光不治，少腹控睾，引腰脊，上冲心，唾出清水，及为哕噫，甚则入心，善忘善悲。神门绝，死不治。帝曰：善。

治之奈何？岐伯曰：厥阴之复，治以酸寒：佐以甘辛，以酸写之，以甘缓之；少阴之复，治以咸寒，佐以苦辛，以甘写之，以酸收之，辛苦发之，以咸耎之；太阴之复，治以苦热，佐以酸辛，以苦写之，燥之、泄之；少阳之复，治以咸冷，佐以苦辛，以咸耎之，以酸收之，辛苦发之，发不远热，无犯温凉，少阴同法；阳明之复，治以辛温，佐以苦甘，以苦泄之，以苦下之，以酸补之；太阳之复，治以咸热，佐以甘辛，以苦坚之。

治诸胜复，寒者热之，热者寒之；温者清之，清者温之；散者收之，抑者散之；燥者润之，急者缓之；坚者耎之，脆者坚之；衰者补之，强者写之。各安其气，必清必静，则病气衰去，归其所宗㉒。此治之大体也。帝曰：善。

气之上下，何谓也？岐伯曰：身半以上，其气三矣，天之分也，天气主之；身半以下，其气三矣，地之分也，地气主之。以名命气，以气命处，而言其病。半㉓，所谓天枢也。故上胜而下俱病者，以地名之；下胜而上俱病者，以天名之。所谓胜至，报气屈伏而未发也；复至，则不以天地异名，皆如复气为法也。

帝曰：胜复之动，时有常乎？气有必乎？岐伯曰：时有常位，而气无必也。

帝曰：愿闻其道也。岐伯曰：初气终三气，天气主之，胜之常也；四气尽终气，地气主之，复之常也。有胜则复，无胜则否。帝曰：善。

复已而胜何如？岐伯曰：胜至则复，无常数也，衰乃止耳；复已而胜，不复则害，此伤生也。

帝曰：复而反病何也？岐伯曰：居非其位，不相得也；大复其胜，则主胜之，故反病也。所谓火燥热也。

帝曰：治之何如？岐伯曰：夫气之胜也，微者随之，甚者制之；气之复也，和者平之，暴者夺之。皆随胜气，安其屈伏，无问其数，以平为期。此其道也。帝曰：善。

客主之胜复奈何？岐伯曰：客主之气，胜而无复也。帝曰：其逆从何如？岐伯曰：主胜逆，客胜从，天之道也。

帝曰：其生病何如？岐伯曰：厥阴司天，客胜则耳鸣掉眩，甚则咳；主胜则胸胁痛，舌难以言。

少阴司天，客胜则鼽嚏，颈项强，肩背瞀热，头痛少气，发热，耳聋目瞑，甚则胕肿，血溢，疮疡，咳喘；主胜则心热烦躁，甚则胁痛支满。

太阴司天，客胜则首面胕肿，呼吸气喘；主胜则胸腹满，食已而瞀。

少阳司天，客胜则丹胗外发，及为丹熛疮疡㉔，呕逆，喉痹，头痛，嗌肿，耳聋，血溢，内为瘛疭；主胜则胸满，咳仰息，甚而有血，手热。

阳明司天，清复内余㉕，则咳衄，嗌塞，心鬲中热，咳不止，而白血出者死㉖。

太阳司天，客胜则胸中不利，出清涕，感寒则咳；主胜则喉嗌中鸣。

厥阴在泉，客胜则大关节不利，内为痉强拘瘛，外为不便；主胜则筋骨繇并㉗，腰腹时痛。

少阴在泉，客胜则腰痛，尻股膝髀腨胻足病，瞀热以酸，胕肿不能久立，溲便变；主胜则厥气上行，心痛发热，鬲中众痹皆作，发于胠胁，魄汗不藏，四逆而起。

太阴在泉，客胜则足痿下重，便溲不时，湿客下焦，发而濡写，及为肿、隐曲之疾；主胜则寒气逆满，食饮不下，甚则为疝。

少阳在泉，客胜则腰腹痛而反恶寒，甚则下白、溺白；主胜则热反上行而客于心，心痛，发热，格中而呕。少阴同候。

阳明在泉，客胜则清气动下，少腹坚满而数便写；主胜则腰重，腹痛，少腹生寒，下为鹜溏，则寒厥于肠，上冲胸中，甚则喘，不能久立。

太阳在泉，寒复内余㉘，则腰尻痛，屈伸不利，股胫足膝中痛。帝曰：善。

治之奈何？岐伯曰：高者抑之，下者举之；有余折之，不足补之；佐以所利，和以所宜；必安其主客，适其寒温，同者逆之，异者从之。

帝曰：治寒以热，治热以寒；气相得者逆之，不相得者从之；余以知之矣。其于正味何如？岐伯曰：木位之主，其写以酸，其补以辛；火位之主，其写以甘，其补以咸；土位之主，其写以苦，其补以甘；金位之主，其写以辛，其补以酸；水位之主，其写以咸，其补以苦。厥阴之客，以辛补之，以酸写之，以甘缓之；少阴之客，以咸补之，以甘写之，以酸收之；太阴之客，以甘补之，以苦写之，以甘缓之；少阳之客，以咸补之，以甘写之，以咸耎之；阳明之客，以酸补之，以辛写之，以苦泄之；太阳之客，以苦补之，以咸写之，以苦坚之，以辛润之。开发腠理，致津液通气也。帝曰：善。

愿闻阴阳之三也，何谓？岐伯曰：气有多少，异用也。

帝曰：阳明何谓也？岐伯曰：两阳合明也㉙。帝曰：厥阴何也？岐伯曰：两阴交尽也㉚。

帝曰：气有多少，病有盛衰；治有缓急，方有大小；愿闻其约奈何？岐伯曰：气有高下，病有远近；证有中外，治有轻重；适其至所为故也。

《大要》曰：君一臣二，奇之制也；君二臣四，偶之制也；君二臣三，奇之制也；君二臣六，偶之制也。故曰：近者奇之，远者偶之；汗者不以奇，下者不以偶；补上治上制以缓，补下治下制以急。急则气味厚，缓则气味薄。适其至所，此之谓也。病所远而中道气味之者，食而过之，无越其制度也。是故平气之道，近而奇偶，制小其服也；远而奇偶，制大其服也。大则数少，小则数多。多则九之；少则二之。奇之不去则偶之，是谓重方。偶之不去，则反佐以取之。所谓寒热温凉，反从其病也。帝曰：善。

病生于本㉛，余知之矣。生于标者㉜，治之奈何？岐伯曰：病反其本，得标之病；治反其本，得标之方。帝曰：善。

六气之胜，何以候之？岐伯曰：乘其至也。清气大来，燥之胜也，风木受邪，肝病生焉；热气大来，火之胜也，金燥受邪，肺病生焉；寒气大来，水之胜也，火热受邪，心病生焉；湿气大来，土之胜也，寒水受邪，肾病生焉；风气大来，木之胜也，土湿受邪，脾病生焉。所谓感邪而生病也。乘年之虚㉝，则邪甚也，失时之和，亦邪甚也；遇月之空，亦邪甚也。重感于邪，则病危矣。有胜之气，其必来复也。

帝曰：其脉至何如？岐伯曰：厥阴之至，其脉弦；少阴之至，其脉钩；太阴之至，其脉沉；少阳之至，大而浮；阳明之至，短而涩；太阳之至，大而长。至而和则平，至而甚则病；至而反者病；至而不至者病；未至而至者病；阴阳易者危。

帝曰：六气标本，所从不同，奈何？岐伯曰：气有从本者，有从标本者，有不从标本者也。

帝曰：愿卒闻之。岐伯曰：少阳、太阴从本，少阴、太阳从本从标，阳明、厥阴不从标本，从乎中也。故从本者，化生于本；从标本者，有标本之化；从中者，以中气为化也。

帝曰：脉从而病反者，其诊何如？岐伯曰：脉至而从，按之不鼓，诸阳皆然。帝曰：诸阴之反，其脉何如？岐伯曰：脉至而从，按之鼓甚而盛也。

是故百病之起，有生于本者，有生于标者，有生于中气者；有取本而得者，有取标而得者，有取中气而得者，有取标本而得者，有逆取而得者，有从取而得者。逆，正顺也；若顺，逆也。

故曰：知标与本，用之不殆；明知逆顺，正行无问。此之谓也。不知是者，不足以言诊，足以乱经。故《大要》曰：粗工嘻嘻，以为可知，言热未已，寒病复始。同气异形，迷诊乱经。此之谓也。

夫标本之道，要而博，小而大；可以言一而知百病之害。言标与本，易而勿损，察本与标，气可令调，明知胜复，为万民式。天之道毕矣。

帝曰：胜复之变，早晏何如？岐伯曰：夫所胜者，胜至已病，病已愠愠㉞，而复已萌也。夫所复者，胜尽而起，得位而甚。胜有微甚，复有少多，胜和而和，胜虚而虚，天之常也。

帝曰：胜复之作，动不当位㉟，或后时而至，其故何也？岐伯曰：夫气之生，与其化，衰盛异也。寒暑温凉盛衰之用，其在四维㊱。故阳之动，始于温，盛于暑；阴之动，始于清，盛于寒。春夏秋冬，各差其分。故《大要》曰：彼春之暖，为夏之暑；彼秋之忿，为冬之怒。谨按四维，斥候皆归㊲，其终可见，其始可知。此之谓也。

帝曰：差有数乎？岐伯曰：又凡三十度也。帝曰：其脉应皆何如？岐伯曰：差同正法，待时而去也。《脉要》曰：春不沉，夏不弦，冬不涩，秋不数，是谓四塞。沉甚曰病；弦甚曰病；涩甚曰病；数甚曰病；参见曰病；复见曰病；未去而去曰病；去而不去曰病；反者死。故曰：气之相守司也，如权衡之不得相失也。夫阴阳之气，清静则生化治，动则苛疾起。此之谓也。

帝曰：幽明何如？岐伯曰：两阴交尽，故曰幽；两阳合明，故曰明。幽明之配，寒暑之异也。

帝曰：分至何如？岐伯曰：气至之谓至，气分之谓分；至则气同，分则气异。所谓天地之正纪也。

帝曰：夫子言春秋气始于前，冬夏气始于后，余已知之矣。然六气往复，主岁不常也，其补写奈何？岐伯曰：上下所主，随其攸利，正其味，则其要也。左右同法。《大要》曰：少阳之主，先甘后咸；阳明之主，先辛后酸；太阳之主，先咸后苦；厥阴之主，先酸后辛；少阴之主，先甘后咸；太阴之主，先苦后甘。佐以所利，资以所生，是谓得气。帝曰：善。

夫百病之生也，皆生于风寒暑湿燥火；以之化之变也。经言盛者写之，虚者补之；余锡以方士，而方士用之，尚未能十全。余欲令要道必行，桴鼓相应㊳，犹拔刺雪汙㊴；工巧神圣，可得闻乎？岐伯曰：审察病机，无失气宜。此之谓也。

帝曰：愿闻病机何如？岐伯曰：诸风掉眩，皆属于肝。诸寒收引，皆属于肾。诸气膹郁㊵，皆属于肺。诸湿肿满，皆属于脾。诸热瞀瘛㊶，皆属于火。诸痛痒疮，皆属于心。诸厥固泄，皆属于下。诸痿喘呕，皆属于上。诸禁鼓栗，如丧神守，皆属于火。诸痉项强，皆属于湿。诸逆冲上，皆属于火。诸胀腹大，皆属于热。诸躁狂越，皆属于火。诸暴强直，皆属于风。诸病有声，鼓之如鼓，皆属于热。诸病胕肿，疼酸惊骇，皆属于火。诸转反戾，水液浑浊，皆属于热。诸病水液，澄澈清冷，皆属于寒。诸呕吐酸，暴注下迫，皆属于热。故《大要》曰：谨守病机，各司其属，有者求之，无者求之，盛者责之，虚者责之。必先五胜，疏其血气，令其调达，而致和平。此之谓也。帝曰：善。

五味阴阳之用何如？岐伯曰：辛甘发散为阳，酸苦涌泄为阴㊷，咸味涌泄为阴，淡味渗泄为阳㊸。六者或收，或散，或缓，或急，或燥，或润，或耎，或坚，以所利而行之，调其气，使其平也。

帝曰：非调气而得者，治之奈何？有毒无毒，何先何后？愿闻其道。岐伯曰：有毒无毒，所治为主，适大小为制也。

帝曰：请言其制。岐伯曰：君一臣二，制之小也；君一臣三佐五，制之中也；君一臣三佐九，制之大也。寒者热之，热者寒之，微者逆之，甚者从之，坚者削之，客者除之，劳者温之，结者散之，留者攻之，燥者濡之，急者缓之，散者收之，损者温之，逸者行之，惊者平之，上之下之，摩之浴之，薄之劫之，开之发之，适事为故。

帝曰：何谓逆从？岐伯曰：逆者正治，从者反治；从少从多，观其事也。

帝曰：反治何谓？岐伯曰：热因寒用，寒因热用，塞因塞用，通因通用。必伏其所主，而先其所因㊴。其始则同，其终则异。可使破积，可使溃坚，可使气和，可使必已。帝曰：善。

气调而得者，何如？岐伯曰：逆之，从之，逆而从之，从而逆之；疏气令调，则其道也。帝曰：善。

病之中外何如？岐伯曰：从内之外者，调其内；从外之内者，治其外；从内之外而盛于外者，先调其内而后治其外；从外之内而盛于内者，先治其外而后调其内；中外不相及，则治主病。帝曰：善。

火热，复恶寒发热，有如疟状，或一日发，或间数日发，其故何也？岐伯曰：胜复之气会遇之时，有多少也。阴气多而阳气少，则其发日远；阳气多而阴气少，则其发日近。此胜复相薄，盛衰之节。疟亦同法。

帝曰：论言治寒以热，治热以寒；而方士不能废绳墨而更其道也。有病热者，寒之而热；有病寒者，热之而寒。二者皆在，新病复起，奈何治？岐伯曰：诸寒之而热者取之阴，热之而寒者取之阳，所谓求其属也。帝曰：善。

服寒而反热，服热而反寒；其故何也？岐伯曰：治其王气⑮，是以反也。

帝曰：不治王而然者，何也？岐伯曰：悉乎哉问也！不治五味属也。夫五味入胃，各归所喜；故酸先入肝，苦先入心，甘先入脾，辛先入肺，咸先入肾。久而增气，物化之常也；气增而久，夭之由也。帝曰：善。

方制君臣，何谓也？岐伯曰：主病之谓君，佐君之谓臣，应臣之谓使，非上下三品之谓也。

帝曰：三品何谓？岐伯曰：所以明善恶之殊贯也㊻。帝曰：善。

病之中外何如？岐伯曰：调气之方，必别阴阳，定其中外，各守其乡。内者内治，外者外治。微者调之，其次平之，盛者夺之，汗者下之，寒热温凉，衰之以属，随其攸利。谨道如法，万举万全，气血正平，长有天命。帝曰：善。

---

①盈虚更作：指五运之太过不及，相互交替为用。

②天地之大纪：即自然变化的基本规律。

③司气：指五运之气。

④居气：即间气。

⑤六节：即六步。

⑥气宜：六气所宜出现的时令。

⑦主病：主治疾病的药物。

⑧司：原作先。

⑨力化：犹言药力所及。

⑩平之：即治之的意思。

⑪至阴之交：即指土色见于水位，为与至阴之气色交合。

⑫平：治的意思。

⑬咸：原作酸。

⑭温：原作湿。

⑮邪气反胜：本气反为己所不胜之邪气乘之。

⑯赤沃：即赤痢之类。

⑰热格：热气阻格于上。

⑱阴中乃疡：即阴部患疮疡。

⑲里：腹胁之内也。

⑳赤气后化：即火气之行令退迟。

㉑鳞见于陆：因雨水暴发，鱼类出现于陆地。

㉒归其所宗：调不失理，则余之气自归其所属，少之气自安其所居。

㉓半：中正当脐也。

㉔丹熛：病名，即丹毒之类。

㉕清复内余：清肃之客气入于内，而复有余于内也。

㉖白血：谓咳出浅红色血。

㉗繇并：形容筋骨振摇强直。

㉘寒复内余：因为水居水位，无主客之胜的分别，故以寒复内余慨之。

㉙两阳合明：有少阳之阳，太阳之阳，两阳相合而明，则中有阳明也。

㉚两阴交尽：由太而少，则终有厥阴。有太阴之阴，少阴之阴，两阴交尽，故曰厥阴。

㉛本：生于风热湿火燥寒六气。

㉜标：生于三阴三阳之气也。

㉝年之虚：主岁之气不及也。

㉞愠愠：积聚，藏蓄。

㉟位：指时位。

㊱四维：辰、戌、丑、未之月也。

㊲斥候：侦察、伺望的意思。

㊳桴：桴（fú，音扶），鼓槌。

㊴雪汙：雪污。

㊵膹郁：膹，喘急也；郁，痞闷也。

㊶瞀瘛：瞀，昏闷也；瘛，抽掣也。

㊷涌泄：涌，吐也；泄，泻也。

㊸渗泄：利小便及通窍也。

㊹必伏其所主，而先其所因：即要制伏疾病之根本，必先探求发病的原因。

㊺王气：王通旺。王气就是亢盛之气。

㊻善恶之殊贯：此明药善恶不同性用也。

# 著至教论篇第七十五

　　黄帝坐明堂，召雷公而问之曰：子知医之道乎？雷公对曰：诵而颇能解，解而未能别，别而未能明，明而未能彰；足以治群僚，不足治侯王。愿得受树天之度，四时阴阳合之，别星辰与日月光；以彰经术，后世益明；上通神农，著至教，疑于二皇①。帝曰：善！无失之，此皆阴阳、表里、上下、雌雄相输应也。而道上知天文，下知地理，中知人事，可以长久，以教众庶，亦不疑殆。医道论篇，可传后世，可以为宝。

　　雷公曰：请受道，讽诵用解。帝曰：子不闻《阴阳传》乎？曰：不知。曰：夫三阳天为业，上下无常②，合而病至，偏害阴阳。雷公曰：三阳莫当③，请闻其解。帝曰：三阳独至者，是三阳并至，并至如风雨，上为巅疾，下为漏病；外无期，内无正，不中经纪，诊无上下，以书别。雷公曰：臣治疏愈，说意而已。帝曰：三阳者，至阳也。积并则为惊，病起疾风，至如礔砺④，九窍皆塞，阳气滂溢，干嗌喉塞。并于阴，则上下无常，薄为肠澼。此谓三阳直心⑤，坐不得起，卧者便身全，三阳之病。且以知天下，何以别阴阳，应四时，合之五行。

　　雷公曰：阳言不别，阴言不理；请起受解，以为至道。帝曰：子若受传，不知合至道，以惑师教，语子至道之要，病伤五脏，筋骨以消。子言不明不别，是世主学尽矣⑥。肾且绝，惋惋日暮，从容不出，人事不殷。

---

①二皇：指伏羲、神农。

②上下无常：指手足经脉之气的循环失常。

③莫当：言气并至而不可当。

④礔砺：霹雳，形容迅速猛烈。

⑤直心：谓邪气直冲心膈也。

⑥世主：医道司人之命，为天下之所赖，故曰世主。

# 示从容论篇第七十六

　　黄帝燕坐，召雷公而问之曰：汝受术诵书者，若能览观杂学，及于比类，通合道理；为余言子所长，五藏六府，胆胃大小肠，脾胞膀胱，脑髓涕唾，哭泣悲哀，水所从行，此皆人之所生，治之过失，子务明之，可以十全，即不能知，为世所怨。雷公曰：臣请诵《脉经》上下篇甚众多矣，别异比类，犹未能以十全，又安足以明之？

　　帝曰：子别试通五藏之过，六府之所不和，针石之败，毒药所宜，汤液滋味，具言其状，悉言以对，请问不知。雷公曰：肝虚、肾虚、脾虚，皆令人体重烦冤；当投毒药、刺灸、砭石、汤液，或已或不已，愿闻其解。帝曰：公何年之长而问之少，余真问以自谬也①。吾问子窈冥②，子言上下篇以对，何也？夫脾虚浮似肺，肾小浮似脾，肝急沉散似肾，此皆工之所时乱也，然从容得之。若夫三藏，土木水参居，此童子之所知，问之何也？雷公曰：于此有人，头痛筋挛骨重，怯然少气，哕噫腹满，时惊，不嗜卧，此何藏之发也？脉浮而弦，切之石坚，不知其解，复问所以三藏者，以知其比类也。帝曰：夫从容之谓也。夫年长则求之于府；年少则求之于经；年壮则求之于藏。今子所言，皆失。八风菀热，五藏消烁，传邪相受。夫浮而弦者，是肾不足也；沉而石者，是肾气内著也；怯然少气者，是水道不行，形气消索也；咳嗽烦冤者，是肾气之逆也。一人之气，病在一藏也。若言三藏俱行，不在法也③。

　　雷公曰：于此有人，四支解堕，喘咳，血泄，而愚诊之，以为伤肺，切脉浮大而紧；愚不敢治，粗工下砭石，病愈多出血，血止身轻；此何物也？帝曰：子所能治，知亦众多，与此病失矣。譬以鸿飞，亦冲于天。夫圣人之治病，循法守度，援物比类，化之冥冥，循上及下，何必守经。今夫脉浮大虚者，是脾气之外绝，去胃外归阳明也，夫二火不胜三水④，是以脉乱而无常也。四支解堕，此脾精之不行也。喘咳者，是水气并阳明也。血泄者，脉急血无所行也。若夫以为伤肺者，由失以狂也⑤。不引比类，是知不明也。夫伤肺者，脾气不守，胃气不清，经气不为使，真藏坏决，经脉傍绝，五藏漏泄，不衄则呕，此二者不相类也。譬如天之无形，地之无理，白与黑相去远矣。是失吾过矣，以子知之，故不告子，明引比类从容，是以名曰诊轻，是谓至道也。

---

①自谬：自己的错误。

②窈冥：深远也。

③不在法：指不符合医理法度。

④二火不胜三水：二火即二阳（胃），三水即三阴（脾）。

⑤由失以狂：此指错误的诊断，犹如狂言妄语。

# 疏五过论篇第七十七

黄帝曰：呜呼！远哉！闵闵乎若视深渊，若迎浮云。视深渊尚可测，迎浮云莫知其际。圣人之术为万民式，论裁志意，必有法则，循经守数①，按循医事，为万民副②，故事有五过四德，汝知之乎？雷公避席再拜曰：臣年幼小，蒙愚以惑，不闻五过与四德，比类形名，虚引其经，心无所对。

帝曰：凡未诊病者，必问尝贵后贱，虽不中邪，病从内生，名曰脱营③；尝富后贫，名曰失精。五气留连，病有所并。医工诊之，不在藏府，不变躯形，诊之而疑，不知病名；身体日减，气虚无精，病深无气，洒洒然时惊；病深者，以其外耗于卫，内夺于荣。良工所失，不知病情。此亦治之一过也。

凡欲诊病者，必问饮食居处，暴乐暴苦，始乐后苦，皆伤精气；精气竭绝，形体毁沮④。暴怒伤阴，暴喜伤阳，厥气上行，满脉去形。愚医治之，不知补写，不知病情，精华日脱，邪气乃并。此治之二过也。

善为脉者，必以比类奇恒，从容知之。为工而不知道，此诊之不足贵。此治之三过也。

诊有三常⑤，必问贵贱，封君败伤，及欲侯王。故贵脱势，虽不中邪，精神内伤，身必败亡，始富后贫，虽不伤邪，皮焦筋屈，痿躄为挛。医不能严，不能动神，外为柔弱，乱至失常，病不能移⑥，则医事不行。此治之四过也。

凡诊者，必知终始，有知余绪。切脉问名，当合男女，离绝菀结⑦，忧恐喜怒，五藏空虚，血气离守，工不能知，何术之语！尝富大伤，斩筋绝脉，身体复行，令泽不息⑧，故伤败结，留薄归阳，脓积寒炅。粗工治之，亟刺阴阳，身体解散，四支转筋，死日有期，医不能明，不问所发，唯言死日，亦为粗工。此治之五过也。

凡此五者，皆受术不通，人事不明也。故曰：圣人之治病也，必知天地阴阳，四时经纪；五藏六府，雌雄表里；刺灸砭石，毒药所主；从容人事，以明经道⑨，贵贱贫富，各异品理，问年少长，勇怯之理；审于分部，知病本始，八正九候，诊必副矣。治病之道，气内为宝，循求其理，求之不得，过在表里，守数据治，无失俞理⑩。能行此术，终身不殆。不知俞理，五藏菀熟，痈发六府；诊病不审，是谓失常。谨守此治，与经相明。《上经》、《下经》，揆度阴阳，奇恒五中，决以明堂⑪，审于终始，可以横行。

---

①循经守数：即遵守法度。

②副：辅助。

③脱营：病名，为情志抑郁忧思而致血少脉虚的病证。

④沮：败坏。

⑤三常：指贵贱、贫富、苦乐。

⑥移：此作去解。

⑦离绝菀结：情怀郁结不舒。

⑧令泽不息：即使津液不能滋生。

⑨经道：指诊治疾病的常规。
⑩俞理：穴俞所治元旨也。
⑪明堂：面鼻部位称为明堂。

# 徵四失论篇第七十八

　　黄帝在明堂，雷公侍坐。黄帝曰：夫子所通书受事众多矣，试言得失之意，所以得之？所以失之？雷公对曰：循经受业，皆言十全，其时有过失者，请闻其事解也。帝曰：子年少智未及邪？将言以杂合耶？夫经脉十二，络脉三百六十五，此皆人之所明知，工之所循用也。所以不十全者，精神不专，志意不理，外内相失，故时疑殆。

　　诊不知阴阳逆从之理，此治之一失也；受师不卒，妄作杂术，谬言为道，更名自功，妄用砭石，后遗身咎①，此治之二失也；不适贫富贵贱之居，坐之薄厚②，形之寒温，不适饮食之宜，不别人之勇怯，不知比类，足以自乱，不足以自明，此治之三失也。诊病不问其始，忧患饮食之失节，起居之过度，或伤于毒，不先言此，卒持寸口，何病能中，妄言作名，为粗所穷，此治之四失也。

　　是以世人之语者，驰千里之外，不明尺寸之论，诊无人事。治数之道，从容之葆③，坐持寸口，诊不中五脉，百病所起，始以自怨，遗师其咎。是故治不能循理，弃术于市，妄治时愈，愚心自得。呜呼！窈窈冥冥，孰知其道?！道之大者，拟于天地，配于四海，汝不知道之谕，受以明为晦。

---

①咎：过错。
②坐之薄厚：指居住环境的好坏。
③葆：此作宝。

# 阴阳类论篇第七十九

　　孟春始至，黄帝燕坐，临观八极，正八风之气，而问雷公曰：阴阳之类，经脉之道，五中所主，何藏最贵？雷公对曰：春，甲乙，青，中主肝，治七十二日，是脉之主时，臣以其藏最贵。帝曰：却念《上、下经》，阴阳从容①，子所言贵，最其下也。

　　雷公致斋七日，旦复侍坐。帝曰：三阳为经②，二阳为维③，一阳为游部④，此知五藏终始。三阴为表，二阴为里，一阴至绝作朔晦，却具合以正其理。雷公曰：受业未能明。帝曰：所谓三阳者，太阳为经，三阳脉至手太阴，弦浮而不沉，决以度，察以心，合之阴阳之论；所谓二阳者，阳明也，至手太阴，弦而沉急不鼓，炅至以病，皆死；一阳者，少阳也，至手太阴，上连人迎，弦急悬不绝，此少阳之病也，专阴则死。三阴者，六经之所主也，交于太阴，伏鼓不浮，上空志心。二阴至肺，其气归膀胱，外连脾胃。一阴独至，经绝，气浮不鼓，钩而滑。此六脉者，乍阴乍阳，交属相并，缪通五藏，合于阴阳，先至为主，后至为客。

雷公曰：臣悉尽意，受传经脉，颂得从容之道，以合从容，不知阴阳，不知雌雄。帝曰：三阳为父[5]，二阳为卫[6]，一阳为纪[7]；三阴为母[8]，二阴为雌[9]，一阴为独使[10]。

二阳一阴，阳明主病，不胜一阴，耎而动，九窍皆沉。三阳一阴，太阳脉胜，一阴不能止，内乱五藏，外为惊骇。二阴二阳，病在肺，少阴脉沉，胜肺伤脾，外伤四支。二阴二阳皆交至，病在肾，骂詈妄行，巅疾为狂。二阴一阳，病出于肾，阴气客游于心，脘下空窍，堤闭塞不通，四支别离。一阴一阳代绝，此阴气至心，上下无常，出入不知，喉咽干燥，病在土脾。二阳三阴，至阴皆在，阴不过阳，阳气不能止阴，阴阳并绝，浮为血瘕，沉为脓胕；阴阳皆壮，下至阴阳。上合昭昭，下合冥冥，诊决死生之期，遂合岁首。

雷公曰：请问短期[11]？黄帝不应。雷公复问。黄帝曰：在经论中。雷公曰：请闻短期？黄帝曰：冬三月之病，病合于阳者，至春正月脉有死征，皆归出春。冬三月之病，在理已尽，草与柳叶皆杀，春阴阳皆绝，期在孟春。春三月之病，曰阳杀；阴阳皆绝，期在草干。夏三月之病，至阴不过十日，阴阳交，期在溓水[12]。秋三月之病，三阳俱起，不治自已。阴阳交合者，立不能坐，坐不能起。三阳独至，期在石水。二阴独至，期在盛水[13]。

---

①从容：此作详细分析解。

②经：人身后背部。

③维：人身胸腹部。

④游：人身之侧部。

⑤父：有高尊的意思。

⑥卫：指卫外的作用。

⑦纪：有少阳为枢之义。

⑧母：太阴能滋养诸经。

⑨雌：与卫字相对，为内守的意思。

⑩使：有交通阴阳之义。

⑪短期：死期。

⑫溓水：溓（lián，音帘），薄冰也。

⑬盛水：雨水节。

# 方盛衰论篇第八十

雷公请问：气之多少，何者为逆？何者为从？黄帝答曰：阳从左，阴从右。老从上，少从下。是以春夏归阳为生，归秋冬为死。反之，则归秋冬为生。是以气多少，逆皆为厥。问曰；有余者厥耶？答曰：一上不下，寒厥到膝，少者秋冬死，老者秋冬生。气上不下，头痛巅疾，求阳不得，求阴不审，五部隔无征；若居旷野，若伏空室，绵绵乎属不满日。

是以少气之厥，令人妄梦，其极至迷。三阳绝，三阴微，是为少气。是以肺气虚则使人梦见白物，见人斩血藉藉①，得其时②，则梦见兵战，肾气虚则使人梦见舟船溺人，得其时则梦伏水中，若有畏恐；肝气虚则梦见菌香生草③，得其时则梦伏树下不敢起；心气虚则梦救火阳物，得其时则梦燔灼；脾气虚则梦饮食不足，得其时则梦筑垣盖屋。此皆五藏气虚，阳气有余，阴气不足。合之五诊④，调之阴阳，以在《经脉》⑤。

诊有十度⑥，度人脉度、藏度、肉度、筋度、俞度。阴阳气尽，人病自具。脉动无常，散阴颇阳，脉脱不具，诊无常行。诊必上下，度民君卿。受师不卒，使术不明；不察逆从，是为妄行；持雌失雄，弃阴附阳，不知并合；诊故不明，传之后世，反论自章。

至阴虚，天气绝；至阳盛，地气不足。阴阳并交，至人之所行。阴阳并交者，阳气先至，阴气后至。是以圣人持诊之道，先后阴阳而持之，奇恒之势乃六十首，诊合微之事⑦，追阴阳之变，章五中之情，其中之论，取虚实之要，定五度之事⑧，知此，乃足以诊。是以切阴不得阳，诊消亡；得阳不得阴，守学不湛；知左不知右，知右不知左，知上不知下，知先不知后，故治不久；知丑知善，知病知不病，知高知下，知坐知起，知行知止。用之有纪，诊道乃具，万世不殆。

起所有余，知所不足；度事上下，脉事因格⑨。是以形弱气虚，死；形气有余，脉气不足，死；脉气有余，形气不足，生。是以诊有大方，坐起有常，出入有行；以转神明，必清必净，上观下观，司八正邪，别五中部；按脉动静，循尺滑涩寒温之意；视其大小⑩，合之病能，逆从以得，复知病名，诊可十全，不失人情。故诊之，或视息视意，故不失条理，道甚明察，故能长久；不知此道，失经绝理，亡言妄期⑪，此谓失道。

---

①藉藉：杂乱众多。
②得其时：指得其所旺之时。
③菌香：菌薰也，其叶谓之蕙。
④五诊：指五脏见证。
⑤以：通已。
⑥十度：是指脉度、脏度、肉度、筋度、俞度、各有二。
⑦合微之事：把各种诊察所得到的细微临床资料综合起来。
⑧五度：即前文所言十度。
⑨格：穷其理也。
⑩大小：指大小便。
⑪亡：作妄。

# 解精微论篇第八十一

黄帝在明常，雷公请曰：臣授业传之，行教以经论，从容形法，阴阳刺灸，汤药所滋。行治有贤不肖，未必能十全。若先言悲哀喜怒，燥湿寒暑，阴阳妇女，请问其所以然者，卑贱富贵，人之形体所从，群下通使，临事以适道术，谨闻命矣。请问有鬼愚仆漏之问①，不在经者，欲闻其状。帝曰：大矣！

公请问：哭泣而泪不出者，若出而少涕，其故何也？帝曰：在经有也。复问：不知水所从生，涕所从出也？帝曰：若问此者，无益于治也；工之所知，道之所生也。夫心者，五藏之专精也，目者其窍也，华色者其荣也。是以人有德也，则气和于目，有亡，忧知于色；是以悲哀则泣下，泣下水所由生。水宗者②，积水也；积水者，至阴也；至阴者，肾之精也。宗精之水③，所以不出者，是精持之也，辅之，裹之，故水不行也。夫水之精为志，火之精为神，水火相感，神志俱悲，是以目之水生也。故谚言曰：心悲名曰志悲，志与心精共凑于目也，是以俱悲则神气传于心精，上不传于志而志独悲，故泣出也。泣涕者脑也，脑者阴也，髓者骨之充也，故脑渗为涕。志者骨之主也，是以水流而涕从之者，其行类也。夫涕之与泣者，譬如人之兄弟，急则俱死，生则俱生，其志以早悲，是以涕泣俱出而横行也。夫人涕泣俱出而相从者，所属之类也。雷公曰：大矣！

请问：人哭泣而泪不出者，若出而少，涕不从之，何也？帝曰：夫泣不出者，哭不悲也。不泣者，神不慈也④；神不慈则志不悲，阴阳相持，泣安能独来？夫志悲者惋⑤，惋则冲阴⑥，冲阴则志去目，志去则神不守精，精神去目，涕泣出也。且子独不诵不念夫经言乎？厥则目无所见。夫人厥则阳气并于上，阴气并于下，阳并于上则火独光也；阴并于下则足寒，足寒则胀也。夫一水不胜五火⑦；故目眦盲。是以冲风泣下而不止，夫风之中目也，阳气内守于精，是火气燔目，故见风则泣下也。有以比之，夫火疾风生乃能雨，此之类也。

---

①龥愚仆漏之问：自谦为一些愚昧简陋的问题。

②水宗：即水之源。

③宗精：指肾精。

④慈：此作感动解。

⑤惋：此作悽惨解。

⑥冲阴：冲动于脑。

⑦一水不胜五火：一水指目之精，五火指五脏之亢阳。

# 黄帝内经·灵枢

# 叙

　　昔黄帝作《内经》十八卷，《灵枢》九卷，《素问》九卷，乃其数焉，世所奉行唯《素问》耳。越人得其一二而述《难经》，皇甫谧次而为《甲乙》，诸家之说悉自此始。其间或有得失，未可为后世法①。则谓如《南阳活人书》称：咳逆者，哕也。谨按《灵枢经》曰：新谷气入于胃，与故寒气相争，故曰哕也。举而并之②，则理可断矣，又如《难经》第六十五篇，是越人标指《灵枢·本输》之大略③，世或以为流注。谨按《灵枢经》曰：所言节者，神气之所游行出入也，非皮肉筋骨也。又曰：神气者，正气也。神气之所游行出入者，流注也，井荥输经合者，本输也，举而并之，则知相去不啻天壤之异④。但恨《灵枢》不传久矣，世莫能究。夫为医者，在读医书耳，读而不能为医者有矣，未有不读而能为医者也。不读医书，又非世业，杀人尤毒于梃刃⑤。是故古人有言曰：为人子而不读医书，犹为不孝也。仆本庸昧，自髫迄壮⑥，潜心斯道，颇涉其理。辄不自揣，参对诸书，再行校正家藏旧本《灵枢》九卷，共八十一篇，增修音释，附于卷末，勒为二十四卷⑦。庶使好生之人⑧，开卷易明，了无差别。除已具状经所属申明外，准使府指挥依条申转运司选官详定，具书送秘书省国子监。今崧专访请名医，更乞参详，免误将来。利益无穷，功实有自。

　　时宋绍兴乙亥仲夏望日。锦官史崧题。

----

①法，效法。

②举，提出。

③标，揭示。

④啻（chì，音赤），不啻，何止。

⑤梃，棍棒。

⑥髫（tiáo，音条），指童年。

⑦勒，刻。

⑧好生，爱护生灵。

# 卷 之 一

## 九针十二原第一

　　黄帝问于岐伯曰：余子万民①，养百姓，而收其租税。余哀其不给，而属有疾病②。余欲勿使被毒药③，无用砭石④，欲以微针通其经脉，调其血气，营其逆顺出入之会。令可传于后世，必明为之法。令终而不灭，久而不绝，易用难忘，为之经纪⑤。异其章，别其表里，为之终始。令各有形，先立针经。愿闻其情。岐伯答曰：臣请推而次之，令有纲纪，始于一，终于九焉。请言其道。小针之要，易陈而难入。粗守形⑥，上守神⑦。神乎？神客在门，未睹其疾，恶知其原。刺之微，在速迟。粗守关⑧，上守机⑨。机之动，不离其空⑩。空中之机，清静而微。其来不可逢⑪，其往不可追⑫。知机上道者，不可挂以发，不知机道，叩之不发，知其往来，要与之期，粗之暗乎，妙哉！工独有之。往者为逆⑬，来者为顺⑭，明知逆顺，正行无问。逆而夺之，恶得无虚，追而济之，恶得无实，迎之随之，以意和之，针道毕矣。凡用针者，虚则实之，满则泄之，宛陈则除之，邪胜则虚之。《大要》曰⑮：徐而疾则实⑯，疾而徐则虚⑰。言实与虚，若有若无。察后与先⑱，若存若亡。为虚与实，若得若失。虚实之要，九针最妙，补泻之时，以针为之。泻曰：必持内之，放而出之，排阳得针，邪气得泄。按而引针，是谓内温⑲，血不得散，气不得出也。补曰随之。随之意若妄之，若行若按，如蚊虻止，如留如还。去如弦绝，令左属右，其气故止。外门已闭，中气乃实。必无留血，急取诛之。持针之道，坚者为宝，正指直刺，无针左右，神在秋毫。属意病者，审视血脉者，刺之无殆。方刺之时，必在悬阳，及与两卫，神属勿去，知病存亡。血脉者，在腧横居，视之独澄，切之独坚。

九针之名，各不同形：一曰镵针，长一寸六分；二曰员针，长一寸六分；三曰鍉针，长三寸半；四曰锋针，长一寸六分；五曰铍针，长四寸，广二分半；六曰员利针，长一寸六分；七曰毫针，长三寸六分；八曰长针，长七寸；九曰大针，长四寸。镵针者，头大末锐，去泻阳气。员针者，针如卵形，揩摩分间，不得伤肌肉，以泻分气。鍉针者，锋如黍粟之锐，主按脉勿陷，以致其气。锋针者，刃三隅，以发痼疾。铍针者，末如剑锋，以取大脓。员利针者，大如牦⑳，且员且锐，中身微大，以取暴气。毫针者，尖如蚊虻喙，静以徐往，微以久留之而养，以取痛痹。长针者，锋利身薄，可以取远痹。大针者，尖如梃，其锋微员，以泻机关之水也。九针毕矣。

夫气之在脉也，邪气在上㉑，浊气在中㉒，清气在下㉓。故针陷脉则邪气出㉔，针中脉则浊气出㉕，针太深则邪气反沉，病益。故曰：皮肉筋脉各有所处，病各有所宜，各不同形，各以任其所宜。无实无虚，损不足而益有余，是谓甚病。病益甚，取五脉者死㉖，取三脉者恇㉗。夺阴者死，夺阳者狂。针害毕矣。刺之而气不至，无问其数；刺之而气至，乃去之，勿复针。针各有所宜，各不同形，各任其所为。刺之要，气至而有效。效之信，若风之吹云，明乎若见苍天，刺之道毕矣。

黄帝曰：愿闻五藏六府所出之处。岐伯曰：五藏五腧，五五二十五腧；六府六腧，六六三十六腧。经脉十二，络脉十五㉘，凡二十七气，以上下。所出为井㉙，所溜为荥㉚，所注为输㉛，所行为经㉜，所入为合㉝，二十七气所行，皆在五腧也。节之交㉞，三百六十五会㉟。知其要者，一言而终，不知其要，流散无穷。所言节者，神气之所游行出入也，非皮肉筋骨也。观其色，察其目，知其散复；一其形，听其动静，知其邪正。右主推之，左持而御之，气至而去之。凡将用针，必先诊脉，视气之剧易，乃可以治也。五藏之气已绝于内，而用针者反实其外，是谓重竭。重竭必死，其死也静。治之者，辄反其气，取腋与膺。五藏之气已绝于外，而用针者反实其内，是谓逆厥。逆厥则必死，其死也躁。治之者，反取四末。刺之害，中而不去则精泄；害中而去则致气。精泄则病益甚而恇，致气则生为痈疡。五藏有六府，六府有十二原，十二原出于四关㊱，四关主治五藏。五藏有疾，当取之十二原，十二原者，五藏之所以禀三百六十五节气味也。五藏有疾也，应出十二原，十二原各有所出，明知其原，观其应，而知五藏之害矣。阳中之少阴，肺也，其原出于太渊，太渊二。阳中之太阳，心也，其原出于大陵，大陵二。阴中之少阳，肝也，其原出于太冲，太冲二。阴中之至阴，脾也，其原出于太白，太白二。阴中之太阴，肾也，其原出于太溪，太溪二。膏之原，出于鸠尾，鸠尾一。肓之原，出于脖胦㊲，脖胦一。凡此十二原者，主治五藏六府之有疾者也。胀取三阳，飧泄取三阴。今夫五藏之有疾也，譬犹刺也，犹污也，犹结也，犹闭也。刺虽久，犹可拔也；污虽久，犹可雪也㊳；结虽久，犹可解也；闭虽久，犹可决也。或言久疾之不可取者，非其说也。夫善用针者，取其疾也，犹拔刺也，犹雪污也，犹解结也，犹决闭也。疾虽久，犹可毕也。言不可治者，未得其术也。刺诸热者，如以手探汤㊴；刺寒清者，如人不欲行㊵。阴有阳疾者，取之下陵三里㊶，正往无殆，气下乃止，不下复始也。疾高而内者㊷，取之阴之陵泉；疾高而外者㊸，取之阳之陵泉也。

①子，爱。

②属（zhǔ，音主），连接。

③毒药，药物通称。

④砭石，治病用的石针。

⑤经纪，条理。

⑥粗，医术低劣。

⑦上，医术高明。

⑧关，关节附近的穴位。

⑨机，气的动静。

⑩空，通孔，指腧穴。

⑪其来不可逢，指邪气盛时，不可迎而补。

⑫其往不可追，指邪气衰时，不可滥用泻。

⑬往，指气去。

⑭来，指气至。

⑮《大要》，古经篇名。

⑯徐而疾，慢进针快出针。

⑰疾而徐，快进慢出（针）。

⑱后与先，治疗次序的先后。

⑲温，同蕴。

⑳牦，指牦牛尾。

㉑邪气，指风热阳之邪。

㉒浊气，指饮食积滞之气。

㉓清气，指清冷寒湿之邪。

㉔陷脉，身体上部各经腧穴。

㉕中脉，阳明之合穴，即足三里。

㉖五脉，指五脏腧穴。

㉗三脉，指手足三阳脉。恇（kuāng，音匡），衰弱。

㉘络脉十五、十二经各有一络脉，再加任、督及脾大络，共十五络。

㉙井，人之血气，出于四肢，似水之出于井。

㉚荥，小水流。

㉛输，输运。

㉜经，通。

㉝合，汇聚。

㉞节之交，关节等的交接之处。

㉟会，会合点。

㊱四关，两肘、两膝的四个关节。

㊲脖胦（bó yāng，音勃央），指气海穴。

㊳雪，洗涤。

㊴以手探汤，象用手探开水一样轻而浅。

㊵不欲行，不想离开。

㊶下陵三里，足三里。

㊷疾高而内，病症在上部而病根在内脏。

㊸疾高而外，病根在腑。

# 本 输 第 二

黄帝问于岐伯曰：凡刺之道，必通十二经络之所终始，络脉之所别处，五输之所留①，六府之所与合，四时之所出入，五藏之所溜处，阔数之度②，浅深之状，高下所至③。愿闻其解。岐伯曰：请言其次也。肺出于少商，少商者，手大指端内侧也，为井木④；溜于鱼际⑤，鱼际者，手鱼也，为荥，注于太渊，太渊，鱼后一寸陷者中也，为腧；行于经渠，经渠，寸口中也，动而不居⑥，为经；入于尺泽，尺泽，肘中之动脉也，为合，手太阴经也。心出于中冲，中冲，手中指之端也，为井木；溜于劳宫，劳宫，掌中中指本节之内间也⑦，为荥；注于大陵，大陵，掌后两骨之间方下者也，为腧；行于间使，间使之道，两筋之间，三寸之中也，有过则至，无过则止，为经；入于曲泽，曲泽，肘内廉下陷者之中也⑧，屈而得之，为合。手少阴也。肝出于大敦，大敦者，足大指之端及三毛之中也⑨，为井木；溜于行间，行间，足大指间也，为荥；注于太冲，太冲，行间上二寸陷者之中也，为腧；行于中封，中封，内踝之前一寸半⑩，陷者之中，使逆则宛，使和则通，摇足而得之，为经；入于曲泉，曲泉，辅骨之下，大筋之上也，屈膝而得之，为合。足厥阴也。脾出于隐白，隐白者，足大指之端内侧也，为井木；溜于大都，大都，本节之后，下陷者之中也，为荥；注于太白，太白，腕骨之下也⑪，为腧；行于商丘，商丘，内踝之下，陷者之中也，为经；入于阴之陵泉⑫，阴之陵泉，辅骨之下，陷者之中也，伸而得之，为合。足太阴也。肾出于涌泉，涌泉者，足心也，为井木；溜于然谷，然谷，然骨之下者也⑬，为荥；注于太溪，太溪，内踝之后，跟骨之上，陷中者也，为腧；行于复留，复留，上内踝二寸，动而不休，为经；入于阴谷，阴谷，辅骨之后，大筋之下，小筋之上也，按之应手，屈膝而得之，为合。足少阴经也。膀胱出于至阴，至阴者，足小指之端也，为井金⑭；溜于通谷，通谷，本节之前外侧也，为荥；注于束骨，束骨，本节之后，陷者中也，为腧；过于京骨，京骨，足外侧大骨之下，为原；行于昆仑，昆仑，在外踝之后，跟骨之上，为经；入于委中，委中，腘中央⑮，为合，委而取之⑯。足太阳也。胆出于窍阴⑰，窍阴者，足小指次指之端也，为井金；溜于侠溪，侠溪，足小指次指之间也，为荥；注于临泣⑱，临泣，上行一寸半陷者中也，为腧；过于丘墟，丘墟，外踝之前下，陷者中也，为原；行于阳辅，阳辅，外踝之上，辅骨之前，及绝骨之端也⑲，为经；入于阳之陵泉⑳，阳之陵泉，在膝外陷者中也，为合，伸而得之。足少阳也。胃出于厉兑，厉兑者，足大指内次指之端也㉑，为井金；溜于内庭，内庭，次指外间也，为荥；注于陷谷，陷谷者，上中指内间上行二寸陷者中也㉒，为腧；过于冲阳，冲阳，足跗上五寸陷者中也㉒，为原，摇足而得之；行于解溪，解溪，上冲阳一寸半陷者中也，为经；入于下陵㉓，下陵，膝下三寸，胻骨外三里也㉔，为合；复下三里三寸为巨虚上廉，复下上廉三寸为巨虚下廉也，大肠属上，小肠属下，足阳明胃脉也。大肠小肠，皆属于胃，是足阳明也。三焦者，上合手少阳，出于关冲，关冲者，手小指次指之端也，为井金；溜于液门，液门，小指次指之间也，为荥；注于中渚，中渚，本节之后陷者中也，为腧；过于阳池，阳池，在腕上陷者之中也，为原；行于支沟，支沟，上腕三寸，两骨之间陷者中也，为经；入于天井，天井，在肘外大骨之上陷者中也，为合，屈肘乃得之；三焦下腧㉕，在于足大指之前，少阳之后，出于腘中外廉，名曰委阳，是太阳络也，手少阳经也。三焦者，足少阳太阴（一本作阳）之所将，太阳之别也，上踝五寸，别入贯腨肠㉖，出于委阳，并太阳之正，入络膀胱，约下焦，实则闭癃㉗，虚则遗溺，遗溺则补之，闭癃则泻之。手太阳小肠者，上合手太阳，出于少泽，少泽，小指之端也，为井金；溜于前谷，前谷，在手外廉本节前陷者中也，为荥；注于后溪，后溪者，在手外侧本节之后也，为腧；过于腕骨，腕骨，在手外侧腕骨之前，为原；行于阳谷，阳谷，在锐骨之下陷者中也㉘，为经；入于小海，小海，在肘内大骨之外，去端半寸陷者中也，伸臂而得之，为合。手太阳经也。大肠，上合手阳明，出于商阳，商阳，大指次指之端也㉙，为井金；溜于本节之前二间，为荥；注于本节之后三间，为腧；过于合谷，合谷，在大指歧骨之间，为原；行于阳溪，阳溪在两筋间陷者中也，为经；入于曲池，在肘外辅骨陷者中，屈臂而得之，为合。手阳明也。是谓五藏六府之腧，五五二十五腧，六六三十六腧也。六府皆出足之三阳，上合于手者也。

缺盆之中，任脉也，名曰天突，一。次任脉侧之动脉㉚，足阳明也，名曰人迎，二。次脉手阳明也，名曰扶突，三。次脉手太阳也，名曰天窗，四。次脉足少阳也，名曰天容，五。次脉手少阳也，名曰天牖，六。次脉足太阳也，名曰天柱，七。次脉颈中央之脉，督脉也，名曰风府。腋内动脉，手太阴也，名曰天府。腋下三寸，手心主也，名曰天池。刺上关者，呿不能欠㉛；刺下关者，欠不能呿。刺犊鼻者，屈不能伸；刺两关者㉜，伸不能屈。足阳明，挟喉之动脉也，其腧在膺中㉝。手阳明次在其腧外，不至曲颊一寸㉞。手太阳当曲颊。足少阳在耳下曲颊之后。手少阳出耳后，上加完骨之上㉟。足太阳挟项大筋之中发际。阴尺动脉在五里，五腧之禁也㊱。肺合大肠，大肠者，传道之府㊲。心合小肠，小肠者，受盛之府。肝合胆，胆者，中精之府。脾合胃，胃者，五谷之府。肾合膀胱，膀胱者，津液之府也㊳。少阳属肾，肾上连肺，故将两藏。三焦者，中渎之府也㊴，水道出焉，属膀胱，是孤之府也㊵。是六府之所与合者。春取络脉，诸荥大经分肉之间，甚者深取之㊶，间者浅取之㊷。夏取诸腧孙络肌肉皮肤之上。秋取诸合，余如春法。冬取诸井诸腧之分，欲深而留之。此四时之序，气之所处，病之所舍，藏之所宜。转筋者，立而取之，可令遂已。痿厥者，张而刺之，可令立快也。

---

①五输，指井、荥、输、经、合五输穴。

②阔数，宽窄。

③高下所至，遍及上下。

④井木，五输配五行，井属木（阴经）。

⑤鱼际，指鱼际穴。

⑥居，停止。

⑦本节，指骨接掌骨或趾骨接蹠骨的第一节。

⑧廉，边缘。

⑨指，通趾。

⑩踝（huái，音怀），脚腕两旁凸起的部份。

⑪腕骨，此指第一蹠趾关节骨突。

⑫阴之陵泉，阴陵泉。

⑬然骨，内踝前然谷穴上的大骨。

⑭井金，阳经的井属金。

⑮腘，膝部后面。

⑯委，曲。

⑰窍阴，足窍阴穴。

⑱临泣，足临泣穴。

⑲绝骨，外踝上三寸凹陷处。

⑳阳之陵泉，阳陵泉穴。

㉑足大指内次指，足大趾侧的次趾，即次趾。

㉒足跗，脚背。

㉓下陵，足三里穴。

㉔骱骨，即骱（héng，音横）骨，小腿胫、腓骨的统称。

㉕下腧，手三阳经下合于足经的输穴。

㉖腨（shuàn，音涮）肠，腿肚。

㉗闭癃，小便不通。

㉘锐骨，腕部尺骨突出部。

㉙大指次指，食指。

㉚次，依次。

㉛呿（qū，音区），张口。欠，打呵欠口复合。

㉜两关，内关、外关穴。

㉝膺，胸的两旁。

㉞不至，相距。

㉟完骨，颞骨的乳突。

㊱禁，指禁忌屡刺。

㊲传道，道通导。

㊳津液，此指小便。

㊴渎，小渠。

㊵孤，孤独。

㊶甚，病重。

㊷间，病较轻。

# 小针解第三

　　所谓易陈者，易言也。难入者，难著于人也。粗守形者，守刺法也。上守神者，守人之血气有余不足，可补泻也。神客者，正邪共会也①。神者，正气也。客者，邪气也。在门者，邪循正气之所出入也。未睹其疾者，先知邪正何经之疾也。恶知其原者，先知何经之病所取之处也。刺之微在数迟者，徐疾之意也。粗守关者，守四肢而不知血气正邪之往来也。上守机者，知守气也。机之动不离其空中者，知气之虚实，用针之徐疾也。空中之机清净以微者，针以得气，密意守气勿失也②。其来不可逢者，气盛不可补也。其往不可追者，气虚不可泻也。不可挂以发者，言气易失也。扣之不发者，言不知补泻之意也，血气已尽而气不下也。知其往来者，知气之逆顺盛虚也。要与之期者，知气之可取之时也。粗之暗者，冥冥不知气之微密也③。妙哉！工独有之者，尽知针意也。往者为逆者，言气之虚而小，小者逆也。来者为顺者，言形气之平，平者顺也。明知逆顺，正行无问者，言知所取之处也。迎而夺之者，泻也。追而济之者，补也。所谓虚则实之者，气口虚而当补之也。满则泄之者，气口盛而当泻之也。宛陈则除之者，去血脉也。邪胜则虚之者，言诸经有盛者，皆泻其邪也。徐而疾则实者，言徐内而疾出也。疾而徐则虚者，言疾内而徐出也。言实与虚若有若无者，言实者有气，虚者无气也。察后与先若亡若存者，言气之虚实，补泻之先后也，察其气之已下与常存也。为虚与实若得若失者，言补者佖然若有得也④，泻则恍然若有失也。夫气之在脉也，邪气在上者，言邪气之中人也高，故邪气在上也。浊气在中者，言水谷皆入于胃，其精气上注于肺，浊溜于肠胃，言寒温不适，饮食不节，而病生于肠胃，故命曰浊气在中也。清气在下者，言清湿地气之中人也，必从足始，故曰清气在下也。针陷脉则邪气出者，取之上。针中脉则浊气出者，取之阳明合也。针太深则邪气反沉者，言浅浮之病，不欲深刺也，深则邪气从之入，故曰反沉也。皮肉筋脉各有所处者，言经络各有所主也。取五脉者死，言病在中，气不足，但用针尽大泻其诸阴之脉也。取三阳之脉者，唯言尽泻三阳之气，令病人惟然不复也。夺阴者死，言取尺之五里五往者也。夺阳者狂，正言也。睹其色，察其目，知其散复，一其形，听其动静者，言上工知相五色于目，有知调尺寸，小大缓急滑涩，以言所病也。知其邪正者，知论虚邪与正邪之风也⑤。右主推之、左持而御之者，言持针而出入也。气至而去之者，言补泻气调而去之也。调气在于终始一者，持心也。节之交三百六十五会者，络脉之渗灌诸节者也。所谓五藏之气已绝于内者，脉口气内绝不至，反取其外之病处与阳经之合，有留针以致阳气，阳气至则内重竭，重竭则死矣。其死也，无气以动，故静。所谓五藏之气已绝于外者，脉口气外绝不至，反取其四末之输，有留针以致其阴气，阴气至则阳气反入，入则逆，逆则死矣。其死也，阴气有余，故躁。所以察其目者，五藏使五色循明⑥，循明则声章⑦，声章者，则言声与平生异也。

---

①正邪共会，正气和邪气互相干扰。

②密意，仔细注意。

③冥冥，昏暗。冥冥不知，昏然无知。

④𫠜（bí，意鼻），满。

⑤虚邪，气候反常，称为虚邪。正邪，气候正常但又过分，称为正邪。

⑥循明，明润。

⑦章，通彰。

## 邪气藏府病形第四

黄帝问于岐伯曰：邪气之中人也奈何？岐伯答曰：邪气之中人高也。黄帝曰：高下有度乎？岐伯曰：身半已上者，邪中之也；身半已下者，湿中之也。故曰：邪之中人也，无有常，中于阴则溜于府，中于阳则溜于经。黄帝曰：阴之与阳也，异名同类，上下相会，经络之相贯，如环无端。邪之中人，或中于阴，或中于阳，上下左右，无有恒常，其故何也？岐伯曰：诸阳之会，皆在于面。中人也，方乘虚时，及新用力，若饮食汗出，腠理开①，而中于邪。中于面则下阳明，中于项则下太阳，中于颊则不少阳，其中于膺背两胁亦中其经。黄帝曰：其中于阴奈何？岐伯答曰：中于阴者，常从臂𬇙始。夫臂与𬇙，其阴皮薄，其肉淖泽②，故俱受于风，独伤其阴。黄帝曰：此故伤其藏乎？岐伯答曰：身之中于风也，不必动藏。故邪入于阴经，则其藏气实，邪气入而不能客，故还之于府。故中阳则溜于经，中阴则溜于府。黄帝曰：邪之中人藏奈何？岐伯曰：愁忧恐惧则伤心。形寒寒饮则伤肺，以其两寒相感，中外皆伤，故气逆而上行。有所堕坠，恶血留内，若有所大怒，气上而不下，积于胁下，则伤肝。有所击仆，若醉入房，汗出当风，则伤脾。有所用力举重，若入房过度，汗出浴水，则伤肾。黄帝曰：五藏之中风奈何？岐伯曰：阴阳俱感，邪乃得往。黄帝曰：善哉。

黄帝问于岐伯曰：首面与身形也，属骨连筋，同血合于气耳。天寒则裂地凌冰，其卒寒或手足懈惰，然而其面不衣何也？岐伯答曰：十二经脉，三百六十五络，其血气皆上于面而走空窍，其精阳气上走于目而为睛，其别气走于耳而为听，其宗气上出于鼻而为臭，其浊气出于胃，走唇舌而为味。其气之津液皆上熏于面，而皮又厚，其肉坚，故天气甚寒不能胜之也。黄帝曰：邪之中人，其病形何如？岐伯曰：虚邪之中身也，洒淅动形③。正邪之中人也微，先见于色，不知于身，若有若无，若亡若存，有形无形，莫知其情。黄帝曰：善哉。

黄帝问于岐伯曰：余闻之，见其色，知其病，命曰明；按其脉，知其病，命曰神；问其病，知其处，命曰工。余愿闻见而知之，按而得之，问而极之，为之奈何？岐伯答曰：夫色脉与尺之相应也，如桴鼓影响之相应也④，不得相失也，此亦本末根叶之出候也，故根死则叶枯矣。色脉形肉不得相失也，故知一则为工，知二则为神，知三则神且明矣。黄帝曰：愿卒闻之，岐伯答曰：色青者，其脉弦也⑤；赤者，其脉钩也⑥；黄者，其脉代也⑦；白者，其脉毛⑧；黑者，其脉石⑨。见其色而不得其脉，反得其相胜之脉⑩，则死矣；得其相生之脉⑪，则病已矣。黄帝问于岐伯曰：五藏之所生，变化之病形何如？岐伯答曰：先定其五色五脉之应，其病乃可别也。黄帝曰：色脉已定，别之奈何？岐伯曰：调其脉之缓、急、小、大、滑、涩，而病变定矣。黄帝曰：调之奈何⑫？岐伯答曰：脉急者，尺之皮肤亦急；脉缓者，尺之皮肤亦缓；脉小者，尺之皮肤亦减而少气；脉大者，尺之皮肤亦贲而起⑬；脉滑者，尺之皮肤亦滑；脉涩者，尺之皮肤亦涩。凡此变者，有微有甚。故善调尺者，不待于寸，善调脉者，不待于色。能参合而行之者⑭，可以为上工，上工十全九⑮；行二者，为中工，中工十全七；行一者，为下工，下工十全六。

黄帝曰：请问脉之缓、急、小、大、滑、涩之病形何如？岐伯曰：臣请言五藏之病变也。心脉急甚者为瘛疭⑯；微急为心痛引背，食不下。缓甚为狂笑，微缓为伏梁⑰，在心下，上下行，时唾血。大甚为喉吤⑱；微大为心痹引背，善泪出。小甚为善哕⑲，微小为消瘅⑳。滑甚为善渴；微滑为心疝引脐，小腹鸣。涩甚为喑；微涩为血溢，维厥㉑，耳鸣，颠疾。

肺脉急甚为癫疾；微急为肺寒热，怠惰，咳唾血，引腰背胸，若鼻息肉不通。缓甚为多汗；微缓为痿瘘㉒，偏风，头以下汗出不可止。大甚为胫肿；微大为肺痹引胸背，起恶日光。小甚为泄；微小为消瘅。滑甚为息贲上气㉓，微滑为上下出血。涩甚为呕血；微涩为鼠瘘，在颈支腋之间，下不胜其上，其应善酸矣。

肝脉急甚者为恶言；微急为肥气，在胁下若复杯。缓甚为善呕，微缓为水瘕痹也。大甚为内痈，善呕衄；微大为肝痹阴缩，咳引小腹。小甚为多饮，微小为消瘅。滑甚为㿉疝㉔，微滑为遗溺。涩甚为溢饮，微涩为瘛挛筋痹。

脾脉急甚为瘛疭；微急为膈中㉕，食饮入而还出，后沃沫㉖。缓甚为痿厥；微缓为风痿，四肢不用，心慧然若无病。大甚为击仆；微大为疝气，腹里大脓血，在肠胃之外。小甚为寒热，微小为消瘅。滑甚为㿉癃，微滑为虫毒蛕蝎腹热㉗。涩甚为肠㿉；微涩为内㿉，多下脓血。

肾脉急甚为骨癫疾；微急为沉厥奔豚，足不收，不得前后。缓甚为折脊；微缓为洞，洞者，食不化，下嗌还出。大甚为阴痿；微大为石水㉘，起脐已下至小腹䐜䐜然㉙，上至胃脘，死不治。小甚为洞泄，微小为消瘅。滑甚为癃㿉；微滑为骨痿，坐不能起，起则目无所见。涩甚为大痈，微涩为不月沉痔㉚。

黄帝曰：病之六变者，刺之奈何？岐伯答曰：诸急者多寒；缓者多热；大者多气少血；小者血气皆少；滑者阳气盛，微有热；涩者多血少气，微有寒。是故刺急者，深内而久留之。刺缓者，浅内而疾发针，以去其热。刺大者，微泻其气，无出其血。刺滑者，疾发针而浅内之，以泻其阳气而去其热。刺涩者，必中其脉，随其逆顺而久留之，必先按而循之，已发针，疾按其痏㉛，无令其血出，以和其脉。诸小者，阴阳形气俱不足，勿取以针，而调以甘药也。

黄帝曰：余闻五藏六府之气，荥、输所入为合，令何道从入？入安连过？愿闻其故。岐伯答曰：此阳脉之别入于内，属于府者也。黄帝曰：荥、输与合，各有名乎？岐伯答曰：荥、输治外经，合治内府。黄帝曰：治内府奈何？岐伯曰：取之于合。黄帝曰：合各有名乎？岐伯答曰：胃合于三里，大肠合入于巨虚上廉，小肠合入于巨虚下廉，三焦合入于委阳，膀胱合入于委中央，胆合入于阳陵泉。黄帝曰：取之奈何？岐伯答曰：取之三里者，低跗；取之巨虚者，举足；取之委阳者，屈伸而索之；委中者，屈而取之；阳陵泉者，正竖膝㉜，予之齐，下至委阳之阳取之。取诸外经者，揄申而从之㉝。

黄帝曰：愿闻六府之病。岐伯答曰：面热者足阳明病，鱼络血者手阳明病，两跗之上脉竖陷者足阳明病，此胃脉也。大肠病者，肠中切痛而鸣濯濯㉞，冬日重感于寒即泄，当脐而痛，不能久立，与胃同候，取巨虚上廉。胃病者，腹䐜胀㉟，胃脘当心而痛，上支两胁，膈咽不通，食饮不下。取之三里也。小肠病者，小腹痛，腰脊控睾而痛，时窘之后，当耳前热，若寒甚，若独肩上热甚，及手小指次指之间热，若脉陷者，此其候也。手太阳病也，取之巨虚下廉。三焦病者，腹气满，小腹尤坚，不得小便，窘急，溢则水，留即为胀，候在足太阳之外大络，大络在太阳少阳之间，亦见于脉，取委阳。膀胱病者，小腹偏肿而痛，以手按之，即欲小便而不得，肩上热若脉陷，及足小指外廉及胫踝后皆热若脉陷，取委中央。胆病者，善太息，口苦，呕宿汁，心下淡淡㊱，恐人将捕之，嗌中吤吤然，数唾。在足少阳之本末，亦视其脉之陷下者灸之，其寒热者取阳陵泉。黄帝曰：刺之有道乎？岐伯答曰：刺此者，必中气穴㊲，无中肉节㊳。中气穴则针染（一作游）于巷，中肉节即皮肤痛。补泻反则病益笃。中筋则筋缓，邪气不出，与其真相抟，乱而不去，反还内著，用针不审，以顺为逆也。

①腠，肌肤上的纹理。

②淖（nào，音闹），烂泥。淖泽，此指柔软。

③洒淅，寒慄不安。

④桴，鼓槌。

⑤弦，指脉如张弓之弦。

⑥钩，指脉来盛去衰。

⑦代，替代，指脉象。

⑧毛，指脉象轻浮。

⑨石，指脉象沉滑。

⑩胜，克。

⑪生，五行相生。

⑫调，诊断检查。

⑬贲，大。

⑭参合，综合。

⑮十全九，治愈十分之九。

⑯瘈（chì，音赤），疭（zòng，音纵），抽搐。

⑰伏梁，病名，为心之积。

⑱喉吤，喉中有物梗阻。

⑲哕（yuě），呃逆。

⑳消瘅，病名。消，内消，瘅，伏热。

㉑维。指四肢。厥，厥逆。

㉒瘘，肺瘘。瘘，鼠瘘，即淋巴结核。

㉓息贲，病名，肺之积。

㉔癃疝，疝气。

㉕膈中，吃了就吐。

㉖后沃沫，大便多沫。

㉗虫毒蛲蝎，肠寄生虫病。

㉘石水，水肿病。

㉙腄（chuí，音垂），重而下坠。

㉚沉痔，久治不愈的痔病。

㉛疻（wěi，音伟），针刺创痕。常指针孔。

㉜正竖膝，正身蹲坐，膝部竖立。

㉝揄，牵引。申，同伸。

㉞濯濯，肠鸣音。

㉟膜（chēn，音琛），胀肿。

㊱淡淡，水波动。形容心跳。

㊲气穴，腧穴。

㊳肉节，肌肉之间节界。

# 卷 之 二

## 根 结 第 五

　　岐伯曰：天地相感，寒暖相移，阴阳之道，孰少孰多？阴道偶，阳道奇，发于春夏，阴气少，阳气多，阴阳不调，何补何泻？发于秋冬，阳气少，阴气多，阴气盛而阳气衰，故茎叶枯槁，湿雨下归，阴阳相移，何泻何补？奇邪离经，不可胜数，不知根结，五藏六府，折关败枢，开合而走，阴阳大失，不可复取。九针之玄，要在终始，故能知终始，一言而毕，不知终始，针道咸绝。太阳根于至阴，结于命门①，命门者目也。阳明根于厉兑，结于颡大②。颡大者，钳耳也。少阳根于窍阴，结于窗笼③。窗笼者，耳中也。太阳为开④，阳明为合⑤，少阳为枢⑥。故开折则肉节渎而暴病起矣，故暴病者取之太阳，视有余不足，渎者皮肉宛膲而弱也⑦。合折则气无所止息而痿疾起矣，故痿疾者取之阳明，视有余不足，无所止息者，真气稽留，邪气居之也。枢折即骨繇而不安于地⑧，故骨繇者取之少阳，视有余不足，骨繇者节缓而不收也，所谓骨繇者摇故也，当穷其本也。太阴根于隐白，结于太仓。少阴根于涌泉，结于廉泉。厥阴根于大敦，结于玉英，络于膻中⑨。太阴为开，厥阴为合，少阴为枢。故开折则仓廪无所输膈洞⑩，膈洞者取之太阴，视有余不足，故开折者气不足而生病也。合折即气绝而喜悲⑪，悲者取之厥阴，视有余不足。枢折则脉有所结而不通⑫，不通者取之少阴，视有余不足，有结者皆取之不足。足太阳根于至阴，溜于京骨，注于昆仑，入于天柱、飞扬也。足少阳根于窍阴，溜于丘墟，注于阳辅，入于天容⑬、光明也。足阳明根于厉兑，溜于冲阳，注于下陵⑭，入于人迎、丰隆也。手太阳根于少泽，溜于阳谷，注于少海，入于天窗、支正也。手少阳根于关冲，溜于阳池，注于支沟，入于天牖、外关也。手阳明根于商阳，溜于合谷，注于阳溪，入于扶突、偏历也。此所谓十二经者，盛络皆当取之。一日一夜五十营⑮，以营五藏之精，不应数者⑯，名曰狂生⑰。所谓五十营者，五藏皆受气。持其脉口，数其至也，五十动而不一代者⑱，五藏皆受气；四十动一代者，一藏无气；三十动一代者。二藏无气；二十动一代者，三藏无气；十动一代者，四藏无气；不满十动一代者，五藏无气。予之短期⑲，要在终始。所谓五十动而不一代者，以为常也，以知五藏之期。予之短期者，乍数乍疏也⑳。

黄帝曰：逆顺五体者，言人骨节之小大，肉之坚脆，皮之厚薄，血之清浊，气之滑涩，脉之长短，血之多少，经络之数，余已知之矣，此皆布衣匹夫之士也㉑。夫王公大人㉒，血食之君，身体柔脆，肌肉软弱，血气慓悍滑利，其刺之徐疾浅深多少，可得同之乎？岐伯答曰：膏粱菽藿之味，何可同也。气滑即出疾，其气涩则出迟，气悍则针小而入浅，气涩则针大而入深，深则欲留，浅则欲疾。以此观之，刺布衣者深以留之，刺大人者微以徐之，此皆因气慓悍滑利也。黄帝曰：形气之逆顺奈何？岐伯曰：形气不足，病气有余，是邪胜也，急泻之。形气有余，病气不足，急补之。形气不足，病气不足，此阴阳气俱不足也，不可刺之，刺之则重不足，重不足则阴阳俱竭，血气皆尽，五藏空虚，筋骨髓枯，老者绝灭，壮者不复矣。形气有余，病气有余，此谓阴阳俱有余也，急泻其邪，调其虚实。故曰有余者泻之，不足者补之，此之谓也。故曰刺不知逆顺，真邪相搏。满而补之，则阴阳四溢，肠谓充郭，肝肺内膜，阴阳相错。虚而泻之，则经脉空虚，血气竭枯，肠胃偮辟㉓，皮肤薄著㉔，毛腠夭膲㉕，予之死期。故曰用针之要，在于知调阴与阳，调阴与阳，精气乃光，合形与气，使神内藏。故曰上工平气，中工乱脉，下工绝气危生。故曰：下工不可不慎也。必审五藏变化之病，五脉之应，经络之实虚，皮之柔粗，而后取之也。

---

①命门，此指眼睛。

②颡（sǎng，音嗓），同额。颡大，额角。

③窗宠，指听宫穴。

④开，门敞。

⑤合，门闭。

⑥枢，门上下的轴。开、合、枢，用以比喻三阴或三阳之间的关系及在人体中的作用。

⑦膲（jiāo，音交），肉不满。

⑧繇（yáo，音摇），通摇。

⑨膻中，两乳之间。

⑩膈洞，病名。

⑪喜，容易。

⑫结，凝结。

⑬天容，指天冲穴。

⑭下陵，解溪穴。

⑮营，循环运行。

⑯不应，不符。

⑰狂生，侥幸而生。

⑱代，休止。

⑲短期，死期近矣。

⑳数（shuò），快。

㉑布衣匹夫，指平民百姓。

㉒王公大人，古代上层统治者。

㉓偮辟，皱叠。

㉔薄著，萎缩而松弛。

㉕夭，枯折。膲，通焦。

# 寿天刚柔第六

黄帝问于少师曰①：余闻人之生也，有刚有柔，有弱有强，有短有长，有阴有阳，愿闻其方。少师答曰：阴中有阴，阳中有阳，审知阴阳，刺之有方，得病所始，刺之有理，谨度病端②，与时相应，内合于五藏六府，外合于筋骨皮肤。是故内有阴阳，外亦有阴阳。在内者，五藏为阴，六府为阳；在外者，筋骨为阴，皮肤为阳。故曰：病在阴之阴者，刺阴之荣输；病在阳之阳者，刺阳之合；病在阳之阴者，刺阴之经；病在阴之阳者，刺络脉。故曰：病在阳者命曰风③，病在阴者命曰痹；阴阳俱病，命曰风痹。病有形而不痛者，阳之类也；无形而痛者，阴之类也。无形而痛者，其阳完而阴伤之也，急治其阴，无攻其阳；有形而不痛者，其阴完而阳伤之也，急治其阳，无攻其阴，阴阳俱动，乍有形，乍无形，加以烦心，命曰阴胜其阳，此谓不表不里，其形不久④。

黄帝问于伯高曰⑤：余闻形气病之先后，外内之应奈何？伯高答曰：风寒伤形，忧恐忿怒伤气。气伤藏，乃病藏；寒伤形，乃应形；风伤筋脉，筋脉乃应。此形气外内之相应也。黄帝曰：刺之奈何？伯高答曰：病九日者，三刺而已。病一月者，十刺而已。多少远近，以此衰之⑥。久痹不去身者，视其血络，尽出其血。黄帝曰：外内之病，难易之治奈何？伯高答曰：形先病而未入藏者，刺之半其日；藏先病而形乃应者，刺之倍其日。此外内难易之应也。

黄帝问于伯高曰：余闻形有缓急，气有盛衰，骨有大小，肉有坚脆，皮有厚薄，其以立寿天奈何⑦？伯高答曰：形与气相任则寿⑧，不相任则天。皮与肉相果则寿⑨，不相果则天。血气经络胜形则寿⑩，不胜形则天。黄帝曰：何谓形之缓急？伯高答曰：形充而皮肤缓者则寿，形充而皮肤急者则天。形充而脉坚大者顺也，形充而脉小以弱者气衰，衰则危矣。若形充而颧不起者骨小，骨小则天矣。形充而大肉䐃坚而有分者肉坚⑪，肉坚则寿矣；形充而大肉无分理不坚者肉脆，肉脆则天矣。此天之生命；所以立形定气而视寿天者。必明乎此立形定气，而后以临病人⑫，决死生。黄帝曰：余闻寿天，无以度之。伯高答曰：墙基卑，高不及其地者，不满三十而死；其有因加疾者，不及二十而死也。黄帝曰：形气之相胜，以立寿天奈何？伯高答曰：平人而气胜形者寿；病而形肉脱⑬，气胜形者死，形胜气者危矣。

黄帝曰：余闻刺有三变，何谓三变？伯高答曰：有刺营者，有刺卫者，有刺寒痹之留经者。黄帝曰：刺三变者奈何？伯高答曰：刺营者出血，刺卫者出气，刺寒痹者内热。黄帝曰：营卫寒痹之为病奈何？伯高答曰：营之生病也，寒热少气，血上下行。卫之生病也，气痛时来时去，怫忾贲响⑭，风寒客于肠胃之中。寒痹之为病也，留而不去，时痛而皮不仁⑮。黄帝曰：刺寒痹内热奈何？伯高答曰：刺布衣者，以火焠之⑯。刺大人者，以药熨之⑰。黄帝曰：药熨奈何？伯高答曰：用淳酒二十升，蜀椒一升，干姜一斤，桂心一斤，凡四种，皆㕮咀⑱，渍酒中。用绵絮一斤⑲，细白布四丈，并内酒中。置酒马矢熅中⑳，盖封涂，勿使泄。五日五夜，出布绵絮，曝干之，干复渍，以尽其汁。每渍必晬其日㉑，乃出干。干，并用滓与绵絮，复布为复巾㉒，长六七尺，为六七巾。则用之生桑炭炙巾，以熨寒痹所刺之处，令热入至于病所。寒，复炙巾以熨之，三十遍而止。汗出以巾拭身，亦三十遍而止。起步内中㉓，无见风。每刺必熨，如此病已矣。此所谓内热也。

---

①少师，相传为黄帝的大臣。

②度（duó，音铎），推测。

③风，指外感疾病。

④其形不久，预后不良。

⑤伯高，相传为黄帝大臣。

⑥衰，减少。

⑦寿，生命长久。夭，生命短暂。

⑧相任，相称。

⑨相果，相当。

⑩胜形，比外形还要强盛。

⑪䐃（jiǒng，音窘），隆起的肌肉。

⑫临，视察。

⑬形肉脱，极度消瘦。

⑭怫（fú，音弗），忿怒的样子。忾，气满。

⑮不仁，麻木。

⑯淬（cuì，音翠），烧。

⑰熨（wèi，音畏），用药热敷。

⑱㕮（fǔ，音府）咀，咬嚼。

⑲绵絮，此指丝绵。

⑳煴（yūn，音晕），没有火苗的火堆。

㉑晬（zuì，音醉），晬其日，一整天。

㉒复巾，双层布做的夹袋。

㉓内，房屋之内。

# 官 针 第 七

凡刺之要，官针最妙。九针之宜，各有所为，长短大小，各有所施也，不得其用，病弗能移。疾浅针深，内伤良肉，皮肤为痈①；病深针浅，病气不泻，支为大脓。病小针大，气泻太甚，疾必为害；病大针小，气不泄泻，亦复为败。失针之宜，大者泻，小者不移，已言其过，请言其所施。

病在皮肤无常处者，取以镵针于病所，肤白勿取。病在分肉间，取以员针于病所。病在经络痼痹者，取以锋针。病在脉，气少当补之者，取以锶针于井荥分输。病为大脓者，取以铍针。病痹气暴发者，取以员利针。病痹气痛而不去者，取以毫针。病在中者，取以长针。病水肿不能通关节者，取以大针。病在五藏固居者，取以锋针，泻于井荥分输，取以四时。凡刺有九，以应九变。一曰输刺，输刺者，刺诸经荥输藏腧也。二曰远道刺，远道刺者，病在上，取之下，刺府腧也。三曰经刺，经刺者，刺大经之结络经分也。四曰络刺，络刺者，刺小络之血脉也。五曰分刺者，刺分肉之间也。六曰大泻刺，大泻刺者，刺大脓以铍针也。七曰毛刺，毛刺者，刺浮痹皮肤也②。八曰巨刺，巨刺者，左取右，右取左。九曰焠刺。焠刺者，刺燔针则取痹也③。

凡刺有十二节，以应十二经。一曰偶刺④。偶刺者，以手直心若背，直痛所，一刺前，一刺后，以治心痹，刺此者傍针之也。二曰报刺⑤。报刺者，刺痛无常处也，上下行者，直内无拔针，以左手随病所按之，乃出针复，刺之也。三曰恢刺⑥。恢刺者，直刺傍之，举之前后，恢筋急，以治筋痹也。四曰齐刺。齐刺者，直入一，傍入二，以治寒气小深者。或曰三刺。三刺者，治痹气小深者也。五曰扬刺。扬刺者，正内一，傍内四，而浮之，以治寒气之博大者也。六曰直针刺。直针刺者，引皮乃刺之，以治寒气之浅者也。七曰输刺。输刺者，直入直出，稀发针而深之，以治气盛而热者也。八曰短刺⑦。短刺者，刺骨痹，稍摇而深之，致针骨所，以上下摩骨也。九曰浮刺。浮刺者，傍入而浮之，以治肌急而寒者也。十曰阴刺。阴刺者，左右率刺之，以治寒厥，中寒厥，足踝后少阴也。十一曰傍针刺⑧。傍针刺者，直刺傍刺各一，以治留痹久居者也。十二曰赞刺。赞刺者，直入直出，数发针而浅之出血，是谓治痈肿也。

脉之所居深不见者刺之，微内针而久留之，以致其空脉气也。脉浅者勿刺，按绝其脉乃刺之，无令精出，独出其邪气耳。所谓三刺则谷气出者，先浅刺绝皮⑨，以出阳邪；再刺则阴邪出者，少益深，绝皮致肌肉，未入分肉间也；已入分肉之间，则谷气出。故刺法曰：始刺浅之，以逐邪气而来血气；后刺深之，以致阴气之邪；最后刺极深之，以下谷气。此之谓也。故用针者，不知年之所加，气之盛衰，虚实之所起，不可以为工也。

凡刺有五，以应五藏。一曰半刺⑩。半刺者，浅内而疾发针，无针伤肉，如拔毛状，以取皮气，此肺之应也。二曰豹文刺。豹文刺者⑪，左右前后针之，中脉为故，以取经络之血者，此心之应也。三曰关刺⑫。关刺者，直刺左右，尽筋上，以取筋痹，慎无出血，此肝之应也，或曰渊刺，一曰岂刺。四曰合谷刺。合谷刺者，左右鸡足⑬，针于分肉之间，以取肌痹，此脾之应也。五曰输刺。输刺者，直入直出，深内之至骨，以取骨痹，此肾之应也。

①痈，泛指外科疾病。
②浮痹，浅表的痹症。
③燔针，火针。
④偶刺，偶为双，指胸背相对取穴。
⑤报刺，重刺。
⑥恢刺，恢，扩大。
⑦短刺，逐渐进针。
⑧傍针刺，除了正刺外，再傍刺一针。
⑨绝，透过。
⑩半刺，指刺的轻浅，不伤肌肉。
⑪文，通纹。
⑫关，关节。
⑬左右鸡足，指针刺入后，再提至皮下左右斜刺，似鸡足分叉。

## 本神第八

黄帝问于岐伯曰：凡刺之法，先必本于神。血、脉、营、气、精神，此五藏之所藏也。至其淫泆①，离藏则精失、魂魄飞扬、志意恍乱、智虑去身者，何因而然乎？天之罪与？人之过乎？何谓德、气、生、精、神、魂、魄、心、意、志、思、智、虑？请问其故。岐伯答曰：天之在我者德也，地之在我者气也，德流气薄而生者也②。故生之来谓之精，两精相搏谓之神③，随神往来者谓之魂，并精而出入者谓之魄，所以任物者谓之心，心有所忆谓之意，意之所存谓之志，因志而存变谓之思，因思而远慕谓之虑，因虑而处物谓之智。故智者之养生也，必顺四时而适寒暑，和喜怒而安居处，节阴阳而调刚柔，如是则僻邪不至④，长生久视⑤。是故怵惕思虑者则伤神⑥，神伤则恐惧，流淫而不止。因悲哀动中者，竭绝而失生。喜乐者，神惮散而不藏。愁忧者，气闭塞而不行。盛怒者，迷惑而不治⑦。恐惧者，神荡惮而不收。

心怵惕思虑则伤神，神伤则恐惧自失，破䐃脱肉，毛悴色夭，死于冬，脾愁忧而不解则伤意，意伤则悗乱，四肢不举，毛悴色夭，死于春。肝悲哀动中则伤魂，魂伤则狂忘不精，不精则不正当人，阴缩而挛筋，两胁骨不举，毛悴色夭，死于秋。肺喜乐无极则伤魄，魄伤则狂，狂者意不存人，皮革焦，毛悴色夭，死于夏。肾盛怒而不止则伤志，志伤则喜忘其前言，腰脊不可以俯仰屈伸，毛悴色夭，死于季夏⑧。恐惧而不解则伤精，精伤则骨酸痿厥，精时自下。是故五藏主藏精者也，不可伤，伤则失守而阴虚，阴虚则无气，无气则死矣。是故用针者，察观病人之态，以知精神魂魄之存亡得失之意，五者以伤，针不可以治之也。

　　肝藏血，血舍魂⑨，肝气虚则恐，实则怒。脾藏营，营舍意。脾气虚则四肢不用，五藏不安；实则腹胀，经溲不利⑩。心藏脉，脉舍神。心气虚则悲；实则笑不休。肺藏气，气舍魄。肺气虚则鼻塞不利，少气；实则喘喝，胸盈仰息。肾藏精，精舍志。肾气虚则厥，实则胀。五藏不安，必审五藏之病形，以知其气之虚实，谨而调之也。

---

①泆（yì，音义），放纵。

②薄，迫近。

③搏，结合，两精相搏，两精结合，男女交媾。

④僻邪，四时不正之气。

⑤视，活。

⑥怵惕，恐惧的样子。

⑦不治，乱。

⑧季夏，夏末。

⑨舍，居住。

⑩经，大便。溲，小便。

# 始 终 第 九

　　凡刺之道，毕于终始，明知终始，五藏为纪①，阴阳定矣。阴者主藏，阳者主府，阳受气于四末②，阴受气于五藏。故泻者迎之，补者随之，知迎知随，气可令和。和气之方，必通阴阳，五藏为阴，六府为阳。传之后世，以血为盟，敬之者昌。慢之者亡，无道行私，必得夭殃。③。谨奉天道，请言终始。终始者，经脉为纪，持其脉口人迎，以知阴阳有余不足，平与不平，天道毕矣。所谓平人者不病，不病者脉口人迎应四时也，上下相应而俱往来也，六经之脉不结动也，本末之寒温之相守司也，形肉血气必相称也，是谓平人。少气者，脉口人迎俱少而不称尺寸也。如是者，则阴阳俱不足，补阳则阴竭，泻阴则阳脱。如是者，可将以甘药，不可饮以至剂。如此者弗灸。不已者因而泻之，则五藏气坏矣。人迎一盛④，病在足少阳；一盛而躁，病在手少阳。人迎二盛⑤，病在足太阳；二盛而躁，病在手太阳。人迎三盛，病在足阳明；三盛而躁，病在手阳明。人迎四盛，且大且数，名曰溢阳⑥，溢阳为外格。脉口一盛，病在足厥阴；厥阴一盛而躁，在手心主。脉口二盛，病在足少阴；二盛而躁，在手少阴。脉口三盛，病在足太阴；三盛而躁，在手太阴。脉口四盛，且大且数者，名曰溢阴，溢阴为内关。内关不通，死不治。人迎与太阴脉口俱盛四倍以上，命曰关格。关格者，与之短期。

　　人迎一盛，泻足少阳而补足厥阴，二泻一补，日一取之，必切而验之，疏取之上，气和乃止。人迎二盛，泻足太阳，补足少阴，二泻一补，二日一取之，必切而验之，疏取之上，气和乃止。人迎三盛，泻足阳明而补足太阴，二泻一补，日二取之，必切而验之，疏取之上，气和乃止。脉口一盛，泻足厥阴而补足少阳，二补一泻，日一取之，必切而验之，疎而取上，气和乃止。脉口二盛，泻足少阴而补足太阳，二补一泻，二日一取之，必切而验之，疎取之上，气和乃止。脉口三盛，泻足太阴而补足阳明，二补一泻，日二取之，必切而验之，疎而取之上，气和乃止。所以日二取之者，太阳主胃，大富于谷气，故可日二取之也。人迎与脉口俱盛三倍以上，命曰阴阳俱溢，如是者不开，则血脉闭塞，气无所行，流淫于中，五藏内伤。如此者，因而灸之，则变易而为他病矣。

凡刺之道，气调而止，补阴泻阳，音气益彰，耳目聪明，反此者血气不行。所谓气至而有效者，泻则益虚，虚真坚也，夫如其故而不坚者，适虽言快，病未去也。故补则实，泻则虚，实者脉大如其故而益坚也，夫如其故而不坚者，适虽言快，病未去也。故补则实，泻则虚，痛虽不随针，病必衰去。必先通十二经脉之所生病，而后可得传于终始矣。故阴阳不相移，虚实不相倾，取之其经。

凡刺之属，三刺至谷气⑦，邪僻妄合，阴阳易居，逆顺相反，沉浮异处⑧，四时不得⑨，稽留淫泆，须针而去。故一刺则阳邪出，再刺则阴邪出，三刺则谷气至，谷气至而止。所谓谷气至者，已补而实，已泻而虚，故以知谷气至也。邪气独去者，阴与阳未能调，而病知愈也。故曰补则实，泻则虚，痛虽不随针，病必衰去矣。阴盛而阳虚，先补其阳，后泻其阴而和之。阴虚而阳盛，先补其阴，后泻其阳而和之。三脉动于足大指之间⑩，必审其实虚。虚而泻之，是谓重虚，重虚病益甚。凡刺此者，以指按之，脉动而实且疾者疾泻之，虚而徐者则补之，反此者病益甚。其动也，阳明在上，厥阴在中，少阴在下。膺腧中膺，背腧中背。肩膊虚者，取之上。重舌⑪，刺舌柱以铍针也⑫。手屈而不伸者，其病在筋，伸而不屈者，其病在骨，在骨守骨，在筋守筋。补须一方实，深取之，稀按其痏，以极出其邪气⑬；一方虚，浅刺之，以养其脉，疾按其痏，无使邪气得入。邪气来也紧而疾，谷气来也徐而和。脉实者，深刺之，以泄其气；脉虚者，浅刺之，使精气无得出，以养其脉，独出其邪气。刺诸痛者，其脉皆实。故曰：从腰以上者，手太阴阳明皆主之；从腰以下者，足太阴阳明皆主之。病在上者下取之，病在下者高取之，病在头者取之足，病在足者取之腘。病生于头者，头重；生于手者，臂重；生于足者，足重。治病者，先刺其病所从生者也。春气在毛，夏气在皮肤，秋气在分肉，冬气在筋骨，刺此病者，各以其时为齐⑭。故刺肥人者，以秋冬之齐；刺瘦人者，以春夏之齐。病痛者阴也，痛而以手按之不得者阴也，深刺之。病在上者阳也，病在下者阴也。痒者阳也，浅刺之。病先起阴者，先治其阴而后治其阳；病先起阳者，先治其阳而后治其阴。刺热厥者，留针反为寒；刺寒厥者，留针反为热。刺热厥者，二阴一阳；刺寒厥者，二阳一阴。所谓二阴者，二刺阴也；一阳者，一刺阳也。久病者邪气入深，刺此病者，深内而久留之，间日而复刺之，必先调其左右，去其血脉，刺道毕矣。

凡刺之法，必察其形气。形肉未脱，少气而脉又躁躁厥者，必为缪刺之⑮，散气可收，聚气可布。深居静处，占神往来，闭户塞牖，魂魄不散。专意一神，精气之分，毋闻人声，以收其精，必一其神，令志在针。浅而留之，微而浮之，以移其神，气至乃休。男内女外⑯，坚拒勿出，谨守勿内，是谓得气。

凡刺之禁：新内勿刺，新刺勿内。已醉勿刺，已刺勿醉。新怒勿刺，已刺勿怒。新劳勿刺，已刺勿劳。已饱勿刺，已刺勿饱。已饥勿刺，已刺勿饥。已渴勿刺，已刺勿渴。大惊大恐，必定其气，乃刺之。乘车来者，卧而休之，如食顷乃刺之。出行来者，坐而休之，如行十里顷乃刺之。凡此十二禁者，其脉乱气散，逆其营卫，经气不次，因而刺之，则阳病入于阴，阴病出为阳，则邪气复生，粗工勿察，是谓伐身，形体淫泆，乃消脑髓，津液不化，脱其五味，是谓失气也。

太阳之脉，其终也⑰，戴眼⑱，反折⑲，瘛疭，其色白，绝皮乃绝汗⑳，绝汗则终矣。少阳终者，耳聋，百节尽纵，目系绝㉑，目系绝一日半则死矣。其死也，色青白乃死。阳明终者，口目动作㉒，喜惊妄言，色黄，其上下之经盛而不行则终矣。少阴终者，面黑齿长而垢，腹胀闭塞，上下不通而终矣。厥阴终者，中热嗌干，喜溺心烦，甚则舌卷卵上缩而终矣㉓。太阴终者，腹胀，闭不得息，气噫善呕㉔，呕则逆，逆则面赤，不逆则上下不通，上下不通则面黑皮毛燋而终矣。

---

①纪，纲纪。

②四末，四肢。

③夭殃，夭折之祸。

④一，一倍。盛，盛大。人迎一盛，人迎脉象大于寸口一倍。

⑤二，二倍。以下三盛、四盛，义同。

⑥溢，盈溢。

⑦三刺，指三种深浅不同的刺法。

⑧异处，异位。

⑨得，对应。

⑩三脉，足阳明、足厥阴、足少阴三脉。

⑪重（chóng，音虫）舌，因舌下隆起，形如小舌，似两舌相重。

⑫舌柱，舌下的筋似柱，故称舌柱。

⑬极，尽。

⑭齐，标准。

⑮缪刺，病在左刺右，病在右刺左。

⑯男内女外：男为阳，女为阴。阳在外，要使阳气内人。阴在内，要使阴气外出。

⑰终，终止。

⑱戴眼，两眼上视，不转动。

⑲反折，角弓反张，头和脚反折，胸腹前挺。

⑳绝汗，临死前出的汗。

㉑目系，连接眼球和脑的脉络。

㉒口目动作，口眼抽动。

㉓卵上缩，睾丸上缩。

㉔气噫，嗳气。

# 卷 之 三

## 经 脉 第 十

雷公问于黄帝曰：禁脉之言，凡刺之理，经脉为始，营其所行，制其度量，内次五藏，外别六府，愿尽闻其道。黄帝曰：人始生，先成精，精成而脑髓生，骨为干，脉为营，筋为刚，肉为墙，皮肤坚而毛发长。谷入于胃，脉道以通，血气乃行。雷公曰：愿卒闻经脉之始生。黄帝曰：经脉者，所以能决死生，处百病，调虚实，不可不通。

肺手太阴之脉，起于中焦①，下络大肠②，还循胃口③，上膈属肺④，从肺系横出腋下，下循臑内⑤，行少阴心主之前，下肘中，循臂内，上骨下廉，入寸口，上鱼，循鱼际，出大指之端；其支者，从腕后直出次指内廉，出其端。是动则病肺胀满，膨膨而喘咳，缺盆中痛，甚则交两手而瞀⑥，此为臂厥。是主肺所生病者，咳，上气喘渴，烦心胸满，臑臂内前廉痛厥，掌中热。气盛有余，则肩背痛，风寒汗出中风，小便数而欠⑦。气虚则肩背痛寒，少气不足以息，溺色变。为此诸病，盛则泻之，虚则补之，热则疾之，寒则留之，陷下则灸之，不盛不虚，以经取之。盛者寸口大三倍于人迎，虚者则寸口反小于人迎也。

大肠手阳明之脉，起于大指次指之端，循指上廉，出合谷两骨之间，上入两筋之中⑧，循臂上廉，入肘外廉，上臑外前廉，上肩，出髃骨之前廉⑨，上出于柱骨之会上，下入缺盆，络肺下膈，属大肠；其支者，从缺盆上颈贯颊⑩，入下齿中，还出挟口，交人中，左之右，右之左，上挟鼻孔。是动则病齿痛颈肿。是主津液所生病者，目黄口干，鼽衄⑪，喉痹，肩前臑痛，大指次指痛不用。气有余则当脉所过者热肿，虚则寒栗不复⑫。为此诸病，盛则泻之，虚则补之，热则疾之，寒则留之，陷下则灸之，不盛不虚，以经取之。盛者人迎大三倍于寸口，虚者人迎反小于寸口也。

胃足阳明之脉，起于鼻之交頞中⑬，旁纳太阳之脉，下循鼻外，入上齿中，还出挟口环唇，下交承浆，却循颐后下廉，出大迎，循颊车，上耳前，过客主人，循发际，至额颅；其支者，从大迎前下人迎，循喉咙，入缺盆，下膈，属胃络脾；其直者，从缺盆下乳内廉，下挟脐，入气街中；其支者，起于胃口，下循腹里，下至气街中而合，以下髀关，抵伏兔，下膝膑中，下循胫外廉，下足跗，入中指内间；其支者，下廉三寸而别，下入中指外间；其支者，别跗上，入大指间，出其端。是动则病洒洒振寒⑭，善呻数欠，颜黑，病至则恶人与火，闻木声则惕然而惊，心欲动，独闭户寒牖而处⑮，甚则欲上高而歌，弃衣而走，贲响腹胀，是为骭厥⑯。是主血所生病者，狂疟温淫汗出，鼽衄，口喎唇胗⑰，颈肿喉痹，大腹水肿，膝膑肿痛，循膺、乳、气街、股、伏兔、骭外廉、足跗上皆痛，中指不用。气盛则身以前皆热，其有余于胃，则消谷善饥，溺色黄。气不足则身以前皆寒栗，胃中寒则胀满。为此诸病，盛则泻之，虚则补之，热则疾之，寒则留之，陷下则灸之，不盛不虚，以经取之。盛者人迎大三倍于寸口，虚者人迎反小于寸口也。

脾足太阴之脉，起于大指之端，循指内侧白肉际⑱，过核骨后，上内踝前廉，上腨内，循胫骨后，交出厥阴之前，上膝股内前廉，入腹属脾络胃，上膈，挟咽，连舌本⑲，散舌下；其支者，复从胃别上膈，注心中。是动则病舌本强，食则呕，胃脘痛，腹胀善噫，得后与气则快然如衰⑳，身体皆重。是主脾所生病者，舌本痛，体不能动摇，食不下，烦心，心下急痛，溏㉑，瘕泄㉒，水闭，黄疸，不能卧，强立股膝内肿厥，足大指不用。为此诸病，盛则泻之，虚则补之，热则疾之，寒则留之，陷下则灸之，不盛不虚，以经取之。盛者寸口大三倍于人迎，虚者寸口反小于人迎也。

心手少阴之脉，起于心中，出属心系㉓，下膈络小肠；其支者，从心系上挟咽，系目系；其直者，复从心系却上肺，下出腋下，下循臑内后廉，行太阴心主之后，下肘内，循臂内后廉，抵掌后锐骨之端，入掌内后廉，循小指之内出其端。是动则病嗌干心痛，渴而欲饮，是为臂厥。是主心所生病者，目黄胁痛，臑臂内后廉痛厥，掌中热痛。为此诸病，盛则泻之，虚则补之，热则疾之，寒则留之，陷下则灸之，不盛不虚，以经取之。盛者寸口大再倍于人迎，虚者寸口反小于人迎也。

　　小肠手太阳之脉，起于小指之端，循手外侧上腕，出踝中，直上循臂骨下廉，出肘内侧两筋之间，上循臑外后廉，出肩解㉔，绕肩胛，交肩上，入缺盆络心，循咽下膈，抵胃属小肠；其支者，从缺盆循颈上颊，至目锐眦㉕，却入耳中；其支者，别颊上䪼抵鼻㉖，至目内眦㉗，斜络于颧。是动则病嗌痛颔肿，不可以顾，肩似拔，臑似折。是主液所生病者，耳聋目黄颊肿，颈、颔、肩、臑、肘、臂外后廉痛。为此诸病，盛则泻之，虚则补之，热则疾之，寒则留之，陷下则灸之，不盛不虚，以经取之。盛者人迎大再倍于寸口，虚者人迎反小于寸口也。

　　膀胱足太阳之脉，起于目内眦，上额交巅；其支者，从巅至耳上角；其直者，从巅入络脑，还出别下项，循肩髆内㉘，挟脊抵腰中，入循膂，络肾属膀胱；其支者，从腰中下挟脊贯臀，入腘中；其支者，从髆内左右，别下贯胛，挟脊内，过髀枢，循髀外从后廉下合腘中，以下贯腨内，出外踝之后，循京骨，至小指外侧。是动则病冲头痛，目似脱，项如拔，脊痛，腰似折，髀不可以曲，腘如结，腨如裂，是为踝厥。是主筋所生病者，痔、疟、狂、癫疾，头囟项痛，目黄泪出，鼽衄，项、背、腰、尻㉙、腘、腨、脚皆痛，小指不用。为此诸病，盛则泻之，虚则补之，热则疾之，寒则留之，陷下则灸之，不盛不虚，以经取之。盛者人迎大再倍于寸口，虚者人迎反小于寸口也。

　　肾足少阴之脉，起于小指之下，邪走足心㉚，出于然谷之下，循内踝之后，别入跟中，以上腨内，出腘内廉，上股内后廉，贯脊属肾络膀胱；其直者，从肾上贯肝膈，入肺中，循喉咙，挟舌本；其支者，从肺出络心，注胸中。是动则病饥不欲食，面如漆柴，咳唾则有血，喝喝而喘，坐而欲起，目𥄄𥄄如无所见㉛，心如悬若饥状，气不足则善恐，心惕惕如人将捕之，是为骨厥。是主肾所生病者，口热舌干，咽肿上气，嗌干及痛，烦心，心痛，黄疸肠澼，脊股内后廉痛，痿厥嗜卧，足下热而痛。为此诸病，盛则泻之，虚则补之，热则疾之，寒则留之，陷下则灸之，不盛不虚，以经取之。灸则强食生肉，缓带披发，大杖重履而步。盛者寸口大再倍于人迎，虚者寸口反小于人迎也。

　　心主手厥阴心包络之脉，起于胸中，出属心包络，下膈，历络三焦㉜；其支者，循胸出胁，下腋三寸，上抵腋，下循臑内，行太阴少阴之间，入肘中，下臂行两筋之间，入掌中，循中指出其端；其支者，别掌中，循小指次指出其端㉝。是动则病手心热，臂肘挛急，腋肿，甚则胸胁支满，心中憺憺大动㉞，面赤目黄，喜笑不休。是主脉所生病者，烦心心痛，掌中热。为此诸病，盛则泻之，虚则补之，热则疾之，寒则留之，陷下则灸之，不盛不虚，以经取之。盛者寸口大一倍于人迎，虚者寸口反小于人迎也。

　　三焦手少阳之脉，起于小指次指之端，上出两指之间，循手表腕㉟，出臂外两骨之间，上贯肘，循臑外上肩，而交出足少阳之后，入缺盆，布膻中，散落心包，下膈，循属三焦；其支者，从膻中上出缺盆，上项，系耳后直上，出耳上角，以屈下颊至䪼；其支者，从耳后入耳中，出走耳前，过客主人前，交颊，至目锐眦。是动则病耳聋，浑浑焞焞㊱，嗌肿喉痹。是主气所生病者，汗出，目锐眦痛，颊痛，耳后、肩、臑、肘、臂外皆痛，小指次指不用。为此诸病，盛则泻之，虚则补之，热则疾之，寒则留之，陷下则灸之，不盛不虚，以经取之。盛者人迎大一倍于寸口，虚者人迎反小于寸口也。

　　胆足少阳之脉，起于目锐眦，上抵头角，下耳后，循颈行手少阳之前，至肩上，却交出手少阳之后，入缺盆；其支者，从耳后入耳中，出走耳前，至目锐眦后；其支者，别锐眦，下大迎，合于手少阳，抵于䪼，下加颊车，下颈，合缺盆，以下胸中，贯膈络肝属胆，循胁里，出气街，绕毛际㊲，横入髀厌中㊳；其直者，从缺盆下腋，循胸过季胁，下合髀厌中，以下循髀阳㊴，出膝外廉，下外辅骨之前，直下抵绝骨之端，下出外踝之前，循足跗上，入小指次指之间；其支者，别跗上，入大指之间，循大指岐骨内出其端，还贯爪甲，出三毛[40]。是动则病口苦，善太息，心胁痛，不能转侧，甚则面微有尘[41]，体无膏泽，足外反热，是为阳厥。是主骨所生病者，头痛颔痛，目锐眦痛，缺盆中肿痛，腋下肿，马刀侠瘿[42]，汗出振寒，疟，胸、胁、肋、髀、膝外至胫绝骨外髁前及诸节皆痛，小指次指不用。为此诸病，盛则泻之，虚则补之，热则疾之，寒则留之，陷下则灸之，不盛不虚，以经取之。盛者人迎大一倍于寸口，虚者人迎反小于寸口也。

肝足厥阴之脉，起于大指丛毛之际[43]，上循足跗上廉，去内踝一寸，上踝八寸，交出太阴之后，上腘内廉，循股阴[44]，入毛中，过阴器，抵小腹，挟胃属肝络胆，上贯膈，布胁肋，循喉咙之后，上入颃颡，连目系，上出额，与督脉会于巅；其支者，从目系下颊里，环唇内；其支者，复从肝别贯膈，上注肺。是动则病腰痛不可以俯仰，丈夫㿗疝，妇人少腹肿，甚则嗌干，面尘脱色。是肝所生病者，胸满，呕逆，飧泄[45]，狐疝[46]，遗溺，闭癃。为此诸病，盛则泻之，虚则补之，热则疾之，寒则留之，陷下则灸之，不盛不虚，以经取之。盛者寸口大一倍于人迎，虚者寸口反小于人迎也。

手太阴气绝，则皮毛焦。太阴者，行气温于皮毛者也。故气不荣，则皮毛焦；皮毛焦，则津液去皮节；津液去皮节者，则爪枯毛折；毛折者，则毛先死。丙笃丁死，火胜金也。手少阴气绝，则脉不通。脉不通则血不流，血不流则髦色不泽，故其面黑如漆柴者，血先死。壬笃癸死，水胜火也。足太阴气绝者，则脉不荣肌肉。唇舌者，肌肉之本也。脉不荣，则肌肉软；肌肉软，则舌萎人中满；人中满，则唇反；唇反者，肉先死。甲笃乙死，木胜土也。足少阴气绝，则骨枯。少阴者冬脉也，伏行而濡骨髓者也。故骨不濡，则肉不能著也；骨肉不相亲，则肉软却[47]；肉软却，故齿长而垢，发无泽；发无泽者，骨先死。戊笃已死，土胜水也。足厥阴气绝则筋绝。厥阴者肝脉也，肝者筋之合也，筋者聚于阴气，而脉络于舌本也，故脉弗荣则筋急，筋急则引舌与卵，故唇青舌卷卵缩则筋先死，庚笃辛死，金胜木也。五阴气俱绝则目系转，转则目运，目运者为志先死，志先死则远一日半死矣。六阳气绝，则阴与阳相离，离则腠理发泄，绝汗乃出。故旦占夕死[48]，夕占旦死。

经脉十二者，伏行分肉之间[49]，深而不见。其常见者，足太阴过于外踝之上，无所隐故也。诸脉之浮而常见者，皆络脉也。六经络手阳明少阳之大络，起于五指间，上合肘中。饮酒者，卫气先行皮肤，先充络脉，络脉先盛。故卫气已平，营气乃满，而经脉大盛。脉之卒然动者，皆邪气居之，留于本末；不动则热，不坚则陷且空，不与众同，是以知其何脉之动也。雷公曰：何以知经脉之与络脉异也？黄帝曰：经脉者常不可见也，其虚实也以气口知之，脉之见者皆络脉也。雷公曰：细子无以明其然也[50]。黄帝曰：诸络脉皆不能经大节之间[51]，必行绝道而出入，复合于皮中，其会皆见于外。故诸刺络脉者，必刺其结上[52]，甚血者虽无结，急取之以泻其邪而出其血，留之发为痹也。凡诊络脉，脉色青则寒且痛，赤则有热。胃中寒，手鱼之络多青矣；胃中有热，鱼际络赤；其暴黑者[53]，留久痹也；其有赤有黑有青者，寒热气也；其青短者，少气也。凡刺寒热者，皆多血络，必间日而一取之，血尽而止，乃调其虚实；其小而短者少气，甚者泻之则闷，闷甚则仆，不得言，闷则急坐之也。

手太阴之别[54]，名曰列缺。起于腕上分间，并太阴之经直入掌中，散入于鱼际。其病实则手锐掌热，虚则欠㰦，小便遗数。取之去腕半寸。别走阳明也。手少阴之别，名曰通里。去腕一寸半，别而上行，循经入于心中，系舌本，属目系。其实则支膈[55]，虚则不能言。取之掌后一寸。别走太阳也。手心主之别，名曰内关。去腕二寸，出于两筋之间，循经以上系于心，包络心系。实则心痛，虚则为头强，取之两筋间也。手太阳之别，名曰支正。上腕五寸，内注少阴；其别者，上走肘，络肩髃。实则节弛肘废，虚则生疣，小者如指痂疥。取之所别也。手阳明之别，名曰偏历。去腕三寸，别入太阴；其别者，上循臂，乘肩髃，上曲颊偏齿；其别者，入耳合于宗脉㊺。实则龋聋，虚则齿寒痹隔㊽。取之所别也。手少阳之别，名曰外关。去腕二寸，外遶臂，注胸中，合心主。病实则肘挛，虚则不收。取之所别也。足太阳之别，名曰飞阳。去踝七寸，别走少阴。实则鼽窒㊾，头背痛，虚则鼽衄，取之所别也。足少阳之别，名曰光明。去踝五寸，别走厥阴，下络足跗。实则厥，虚则痿躄㊿，坐不能起。取之所别也。足阳明之别，名曰丰隆。去踝八寸，别走太阴；其别者，循胫骨外廉，上络头项，合诸经之气，下络喉嗌。其病气逆则喉痹瘁暗，实则狂巅，虚则足不收，胫枯。取之所别也。足太阴之别，名曰公孙。去本节之后一寸，别走阳明；其别者，入络肠胃。厥气上逆则霍乱，实则肠中切痛，虚则鼓胀。取之所别也。足少阴之别，名曰大钟。当踝后绕跟，别走太阳；其别者，并经上走于心包下，外贯腰脊。其病气逆则烦闷，实则闭癃，虚则腰痛。取之所别者也。足厥阴之别，名曰蠡沟。去内踝五寸，别走少阳；其别者，径胫上睾，结于茎。其病气逆则睾肿卒疝，实则挺长，虚则暴痒。取之所别也。任脉之别，名曰尾翳。下鸠尾，散于腹。实则腹皮痛，虚则痒搔。取之所别也。督脉之别，名曰长强。挟膂上项，散头上，下当肩胛左右，别走太阳，入贯膂。实则脊强，虚则头重，高摇之，挟脊之有过者。取之所别也。脾之大络，名曰大包。出渊腋下三寸，布胸胁。实则身尽痛，虚则百节尽皆纵，此脉若罗络之血者㊿，皆取之脾之大络脉也。凡此十五络者，实则必见，虚则必下，视之不见，求之上下，入经不同，络脉异所别也。

①中焦，中脘部位。

②络，联络。

③循，沿着。

④属，隶属。

⑤臑（nào，音闹），上臂。

⑥瞀（mào，音茂），看东西模糊不清。

⑦欠，量少。

⑧两筋之中，手腕背侧，拇长伸肌腱与拇短伸肌腱间陷处。

⑨髃骨，肩胛骨与锁骨相连接处。

⑩缺盆，锁骨窝。

⑪鼽（qiú，音求），流清鼻涕。

⑫不复，难以回复温暖。

⑬頞（è，音遏），鼻梁。

⑭洒洒（xiǎn，音显），同洒淅，寒栗的样子。

⑮牖（yǒu，音有），窗户。

⑯骭（gàn，音赣），胫骨。骭厥，古人认为腹胀是由胫部之气上逆所致，故称骭厥。

⑰胗（zhěn，音诊），唇疮。

⑱白肉际，手足掌背两侧阴阳面的分界处。

⑲本，根。

⑳后，大便。气，此指放屁。

㉑溏，大便稀薄。

㉒瘕泄，指痢疾。

㉓心系，联系心脏与其他脏器的脉络。

㉔肩解，肩后骨缝。

㉕目锐眦，外眼角。

㉖顑（zhuó，音拙），眼眶的下部。

㉗目内眦，内眼角。

㉘肩髆，肩胛骨。

㉙尻，骶尾骨部。

㉚邪，同斜。

㉛䀮䀮（huāng，音荒），看东西模糊不清。

㉜历络三焦，依次联络上中下三部分。

㉝小指次指，无名指。

㉞憺憺（dàn，音淡），忧虑。

㉟手表腕，手和腕的背面。

㊱浑浑焞焞（tūn，音吞），轰轰作响。

㊲毛际，指耻骨生阴毛处。

㊳髀厌，环跳部。

㊴髀阳，大腿外侧。

㊵三毛，大拇趾生毛处。

㊶面微有尘，面色象有尘土一样。

㊷马刀侠瘿，瘰疬生于腋下称马刀，生于颈部称侠瘿。

㊸丛毛，同三毛。

㊹股阴，大腿内侧。

㊺飧（sūn，音孙）泄，腹泻。

㊻狐疝，疝气病，症状为阴囊胀痛，时大时小，时上时下。

㊼却，萎缩。

㊽占，占卜。

㊾分肉，肉中的纹理。

㊿细子，小子。

(51)大节，大骨节。

(52)结，瘀结。

(53)暴，显露。

(54)别，同络。

(55)支膈，胸膈间有支撑不适的感觉。

(56)宗脉，主脉。

(57)痺隔，膈间闭塞。

(58)鼽窒，鼻塞。

(59)痿躄，下肢痿软，无力行走。

(60)罗络，包罗诸络。

## 经别第十一

黄帝问于岐伯曰：余闻人之合于天道也，内有五藏，以应五音[①]、五色[②]、五时[③]、五味[④]、五位也[⑤]；外有六府，以应六律[⑥]，六律建阴阳诸经而合之十二月、十二辰、十二节[⑦]、十二经水、十二时[⑧]、十二经脉者，此五藏六府之所以应天道。夫十二经脉者，人之所以生，病之所以成，人之所以治，病之所以起，学之所始，工之所止也，粗之所易，上之所难也。请问其离合出入奈何？岐伯稽首再拜曰：明乎哉问也！此粗之所过，上之所息也，请卒言之。

足太阳之正[⑨]，别入于腘中[⑩]，其一道下尻五寸，别入于肛，属于膀胱，散之肾，循膂当心入散；直者，从膂上出于项，复属于太阳，此为一经也。足少阴之正，至腘中，别走太阳而合，上至肾，当十四椎[⑪]，出属带脉；直者，系舌本，复出于项，合于太阳。此为一合。成以诸阴之别，皆为正也。

足少阳之正，绕髀，入毛际，合于厥阴；别者，入季胁之间，循胸里，属胆，散之，上肝贯心，以上挟咽，出颐颔中，散于面，系目系，合少阳于外眦也。足厥阴之正，别跗上，上至毛际，合于少阳，与别俱行。此为二合也。

足阳明之正，上至髀，入于腹里，属胃，散之脾，上通于心，上循咽出于口，上颏颡，还系目系，合于阳明也。足太阴之正，上至髀，合于阳明，与别俱行，上结于咽，贯舌中。此为三合也。

手太阳之正，指地⑫，别于肩解，入腋走心，系小肠也。手少阴之正，别入于渊腋两筋之间，属于心，上走喉咙，出于面，合目内眦。此为四合也。

手少阳之正，指天⑬，别于巅，入缺盆，下走三焦，散于胸中也。手心主之正，别下渊腋三寸，入胸中，别属三焦，出循喉咙，出耳后，合少阳完骨之下。此为五合也。

手阳明之正，从手循膺乳，别于肩髃，入柱骨，下走大肠，属于肺；上循喉咙，出缺盆，合于阳明也。手太阴之正，别入渊腋少阴之前，入走肺，散之太阳，上出缺盆，循喉咙，复合阳明。此六合也。

---

①五音，角、徵、宫、商、羽。

②五色，青、赤、黄、白、黑。

③五时，春、夏、长夏、秋、冬。

④五味，酸、苦、甘、辛、咸。

⑤五位，东、南、中央、西、北。

⑥六律，指黄钟、太簇、姑洗、蕤宾、夷则、无射六阳律。

⑦十二节，指立春、惊蛰、清明、立夏、芒种、小暑、立秋、白露、寒露、立冬、大雪、小雪。

⑧十二时，指夜半、鸡鸣、平旦、日出、食时、隅中、日中、日昳、晡时、日入、黄昏、人定。

⑨正，正经。

⑩别，分道而行。

⑪𩩲（chuí，音垂），脊椎骨。

⑫指地，指自下而上行。

⑬指天，自上而下行。

# 经水第十二

黄帝问于岐伯曰：经脉十二者，外合于十二经水①，而内属于五藏六府。夫十二经水者，其有大小、深浅、广狭、远近各不同，五藏六府之高下、小大、受谷之多少亦不等，相应奈何？夫经水者，受水而行之；五藏者，合神气魂魄而藏之；六府者，受谷而行之，受气而扬之；经脉者，受血而营之。合而以治奈何？刺之深浅，灸之壮数，可得闻乎？岐伯答曰：善哉问也！天至高，不可度，地至广，不可量，此之谓也。且夫人生于天地之间，六合之内②，此天之高、地之广也，非人力之所能度量而至也。若夫八尺之士，皮肉在此，外可度量切循而得之，其死可解剖而视之，其藏之坚脆，府之大小，谷之多少，脉之长短，血之清浊，气之多少，十二经之多血少气，与其少血多气，与其皆多血气，与其皆少血气，皆有大数。其治以针艾，各调其经气，固其常有合乎。

黄帝曰：余闻之，快于耳，不解于心，愿卒闻之。岐伯答曰：此人之所以参天地而应阴阳也，不可不察。足太阳外合清水，内属膀胱，而通水道焉。足少阳外合于渭水，内属于胆。足阳明外合于海水，内属于胃。足太阴外合于湖水，内属于脾。足少阴外合于汝水，内属于肾。足厥阴外合于渑水，内属于肝。手太阳外合于淮水，内属于小肠，而水道出焉。手少阳外合于漯水，内属于三焦。手阳明外合于江水，内属于大肠。手太阴外合于河水，内属于肺。手少阴外合于济水，内属于心。手心主外合于漳水，内属于心包。凡此五藏六府十二经水者，外有源泉而内有所禀，此皆内外相贯，如环无端，人经亦然。故天为阳，地为阴，腰以上为天，腰以下为地。故海以北者为阴，湖以北者为阴中之阴；漳以南者为阳，河以北至漳者为阳中之阴；漯以南至江者为阳中之太阳。此一隅之阴阳也，所以人与天地相参也。

黄帝曰：夫经水之应经脉也，其远近浅深，水血之多少各不同，合而以刺之奈何？岐伯答曰：足阳明，五藏六府之海也，其脉大血多，气盛热壮，刺此者不深弗散，不留不泻也。足阳明刺深六分，留十呼③。足太阳深五分，留七呼。足少阳深四分，留五呼。足太阴深三分，留四呼。足少阴深二分，留三呼。足厥阴深一分，留二呼。手之阴阳，其受气之道近，其气之来疾，其刺深者皆无过二分，其留皆无过一呼。其少长大小肥瘦，以心撩之，命曰法天之常。灸之亦然。灸而过此者得恶火，则骨枯脉涩；刺而过此者，则脱气。

黄帝曰：夫经脉之小大，血之多少，肤之厚薄，肉之坚脆，及䐃之大小，可为量度乎？岐伯答曰：其可为度量者，取其中度也，不甚脱肉而血气不衰也。若夫度之人，痟瘦而形肉脱者④，恶可以度量刺乎？审切循扪按，视其寒温盛衰而调之，是谓因适而为之真也。

---

①十二经水，指十二条河流。包括清、渭、海、湖、汝、渑、淮、漯、江、河、济、漳十二水。

②六合，指上、下、左、右、前、后六方。

③留十呼，留针的时间为呼吸十次所需之时。

④痟（xiāo，音肖），通消。

# 卷 之 四

## 经筋第十三

足太阳之筋，起于足小指，上结于踝，邪上结于膝，其下循足外踝，结于踵，上循跟，结于腘；其别者，结于踹外，上腘中内廉，与腘中并上结于臀，上挟脊上项；其支者，别入结于舌本；其直者，结于枕骨，上头，下颜，结于鼻；其支者，为目上纲，下结于頄①；其支者，从腋后外廉，结于肩髃；其支者，入腋下，上出缺盆，上结于完骨；其支者，出缺盆，邪上出于頄。其病小指支跟肿痛，腘挛，脊反折，项筋急，肩不举，腋支缺盆中纽痛②，不可左右摇。治在燔针劫刺③，以知为数④，以痛为输⑤。名曰仲春痹也⑥。

足少阳之筋，起于小指次指，上结外踝，上循胫外廉，结于膝外廉；其支者，别起外辅骨，上走髀，前者结于伏兔之上，后者结于尻；其直者，上乘眇季胁⑦，上走腋前廉，系于膺乳，结于缺盆；直者，上出腋，贯缺盆。出太阳之前，循耳后，上额角，交巅上，下走颔，上结于頄；支者，结于目眦为外维。其病小指次指支转筋，引膝外转筋，膝不可屈伸，腘筋急，前引髀，后引尻，即上乘眇季胁痛，上引缺盆膺乳颈，维筋急，从左之右，右目不开，上过右角，并跷脉而行，左络于右，故伤左角，右足不用，命曰维筋相交。治在燔针劫刺，以知为数，以痛为输。名曰孟春痹也。

足阳明之筋，起于中三指，⑧，结于跗上，邪外上加于辅骨，上结于膝外廉，直上结于髀枢，上循胁，属脊；其直者，上循骭，结于膝；其支者，结于外辅骨，合少阳；其直者，上循伏兔，上结于髀，聚于阴器，上腹而布，至缺盆而结，上颈，上挟口，合于頄，下结于鼻，上合于太阳，太阳为目上纲，阳明为目下纲；其支者，从颊结于耳前。其病足中指支，胫转筋，脚跳坚⑨，伏兔转筋，髀前肿，癀疝，腹筋急，引缺盆及颊，卒口僻⑩，急者目不合，热则筋纵，目不开。颊筋有寒，则急引颊移口；有热则筋弛纵缓，不胜收故僻。治之以马膏⑪，膏其急者，以白酒和桂⑫，以涂其缓者，以桑钩钩之，即以生桑灰置之坎中⑬，高下以坐等，以膏熨急颊，且饮美酒，噉美炙肉，不饮酒者，自强也，为之三拊而已⑭。治在燔针劫刺，以知为数，以痛为输。名曰季春痹也。

足太阴之筋，起于大指之端内侧，上结于内踝；其直者，络于膝内辅骨，上循阴股，结于髀，聚于阴器，上腹，结于脐，循腹里，结于肋，散于胸中；其内者，著于脊。其病足大指支、内踝痛，转筋痛，膝内辅骨痛，阴股引髀而痛，阴器纽痛，下引脐两胁痛，引膺中脊内痛。治在燔针劫刺，以知为数，以痛为输。命曰孟秋痹也。

足少阴之筋，起于小指之下，并足太阴之筋邪走内踝之下，结于踵，与太阳之筋合而上结于内辅之下，并太阴之筋而上循阴股，结于阴器，循脊内挟膂，上至项，结于枕骨，与足太阳之筋合。其病足下转筋，及所过而结者皆痛及转筋。病在此者主痫瘛及痉，在外者不能俯，在内者不能仰。故阳病者腰反折不能俯，阴病者不能仰。治在燔针劫刺，以知为数，以痛为输，在内者熨引饮药。此筋折纽⑮，纽发数甚者，死不治。名曰仲秋痹也。

足厥阴之筋，起于大指之上，上结于内踝之前，上循胫，上结内辅之下，上循阴股，结于阴器，络诸筋。其病足大指支、内踝之前痛，内辅痛，阴股痛转筋，阴器不用，伤于内则不起⑯，伤于寒则阴缩入，伤于热则纵挺不收。治在行水清阴气。其病转筋者，治在燔针劫刺，以知为数，以痛为输。命曰季秋痹也。

手太阳之筋，起于小指之上，结于腕，上循臂内廉，结于肘内锐骨之后，弹之应小指之上，入结于腋下；其支者，后走腋后廉，上绕肩胛，循颈出走太阳之前，结于耳后完骨；其支者，入耳中；直者，出耳上，下结于颔，上属目外眦。其病小指支、肘内锐骨后廉痛，循臂阴入腋下，腋下痛，腋后廉痛，绕肩胛引颈而痛，应耳中鸣痛，引颔目瞑⑰，良久乃得视，颈筋急则为筋瘘颈肿。寒热在颈者，治在燔针劫刺之，以知为数，以痛为输，其为肿者，复而锐之⑱。本支者，上曲牙，循耳前，属目外眦，上额，结于角。其痛当所过者支转筋。治在燔针劫刺，以知为数，以痛为输。名曰仲夏痹也。

手少阳之筋，起于小指次指之端，结于腕，中循臂结于肘，上绕臑外廉，上肩走颈，合手太阳；其支者，当曲颊入系舌本；其支者，上曲牙⑲，循耳前，属目外眦，上乘颔，结于角。其病当所过者即支转筋，舌卷。治在燔针劫刺，以知为数，以痛为输。名曰季夏痹也。

手阳明之筋，起于大指次指之端，结于腕，上循臂，上结于肘外，上臑，结于髃；其支者，绕肩胛，挟脊；直者，从肩髃上颈；其支者，上颊，结于頄；直者，上出手太阳之前，上左角，络头，下右颔。其病当所过者支痛及转筋，肩不举颈，不可左右视。治在燔针劫刺，以知为数，以痛为输。名曰孟夏痹也。

手太阴之筋，起于大指之上，循指上行，结于鱼后，行寸口外侧，上循臂，结肘中，上臑内廉，入腋下，出缺盆，结肩前髃，上结缺盆，下结胸里，散贯贲⑳，合贲下，抵季胁。其病当所过者支转筋痛，甚成息贲，胁急吐血。治在燔针劫刺，以知为数，以痛为输。名曰仲冬痹也。

手心主之筋，起于中指，与太阴之筋并行，结于肘内廉，上臂阴，结腋下，下散前后挟胁；其支者，入腋，散胸中，结于臂。其病当所过者支转筋，前及胸痛息贲。治在燔针劫刺，以知为数，以痛为输。名曰孟冬痹也。

手少阴之筋，起于小指之内侧，结于锐骨，上结肘内廉，上入腋，交太阴，挟乳里，结于胸中，循臂，下系于脐。其病内急，心承伏梁，下为肘网。其病当所过者支转筋，筋痛。治在燔针劫刺，以知为数，以痛为输。其成伏梁唾血脓者，死不治。经筋之病，寒则反折筋急，热则筋弛纵不收，阴痿不用。阳急则反折㉑，阴急则俯不伸㉒。焠刺者，刺寒急也，热则筋纵不收，无用燔针。名曰季冬痹也。

足之阳明，手之太阳，筋急则口目为僻㉓，眦急不能卒视，治皆如上方也。

---

①頄（qiú，音求），颧骨。

②纽痛，牵引性疼痛。

③劫刺，快速针刺。

④知，病愈。

⑤以痛为输，以痛点为腧穴。

⑥仲春痹，农历二月发生的痹症。

⑦胁（miǎo，音秒），胁肋下的空软处。

⑧中三指，次趾、中趾。

⑨跳，跳动。坚，坚强。

⑩卒，突然。僻，歪斜。

⑪马膏，马脂。

⑫桂，肉桂。

⑬坎，酒具。

⑭三，再三。

⑮折，反折。

⑯内，房事。

⑰目瞑，闭目。

⑱复而锐之，再用锐针针刺。

⑲曲牙，颊车穴。

⑳贲，贲门。

㉑阳，背部。

㉒阴，腹部。

㉓僻，通僻，歪斜。

# 骨度第十四

黄帝问于伯高曰：脉度言经脉之长短，何以立之？伯高曰：先度其骨节之大小广狭长短，而脉度定矣。黄帝曰：愿闻众人之度①，人长七尺五寸者，其骨节之大小长短各几何？伯高曰：头之大骨围二尺六寸②，胸围四尺五寸，腰围四尺二寸。发所复者，颅至项尺二寸，发以下至颐长一尺，君子终折③。结喉以下至缺盆中长四寸，缺盆以下至䯏骭长九寸，过则肺大，不满则肺下小。䯏骭以下至天枢长八寸④，过则胃大，不及则胃小。天枢以下至横骨长六寸半⑤，过则回肠广长，不满则狭短。横骨长六寸半，横骨上廉以下至内辅之上廉长一尺八寸，内辅之上廉以下至下廉长三寸半，内辅下廉下至内踝长一尺三寸，内踝以下至地长三寸，膝腘以下至跗属长一尺六寸，跗属以下至地长三寸，故骨围大则太过，小则不及。角以下至柱骨长一尺，行腋中不见者长四寸，腋以下至季胁长一尺二寸，季胁以下至髀枢长六寸，髀枢以下至膝中长一尺九寸，膝以下至外踝长一尺六寸，外踝以下至京骨长三寸，京骨以下至地长一寸。耳后当完骨者广九寸，耳前当耳门者广一尺三寸，两颧之间相去七寸，两乳之间广九寸半，两髀之间广六寸半。足长一尺二寸，广四寸半。肩至肘长一尺七寸，肘至腕长一尺二寸半，腕至中指本节长四寸，本节至其末长四寸半。项发以下至背骨长二寸半，膂骨以下至尾骶二十一节长三尺⑥，上节长一寸四分分之一，奇分在下⑦，故上七节至于膂骨，九寸八分分之七，此众人骨之度也，所以立经脉之长短也。是故视其经脉之在于身也，其见浮而坚，其见明而大者，多血；细而沉者，多气也。

①众人，一般成年人。
②头之大骨，整个颅骨。
③终折，对折。
④䯏骭（hé yú，音合于），剑突。
⑤横骨，耻骨。
⑥膂骨，脊椎骨。
⑦奇分，余数。

## 五十营第十五

黄帝曰：余愿闻五十营奈何？岐伯答曰：天周二十八宿①，宿三十六分，人气行一周，千八分。日行二十八宿，人经脉上下、左右、前后二十八脉，周身十六丈二尺②，以应二十八宿，漏水下百刻③，以分昼夜。故人一呼，脉再动，气行三寸，一吸，脉亦再动，气行三寸，呼吸定息④，气行六寸。十息气行六尺，日行二分。二百七十息，气行十六丈二尺，气行交通于中，一周于身，下水二刻，日行二十五分。五百四十息，气行再周于身，下水四刻，日行四十分。二千七百息，气行十周于身，下水二十刻，日行五宿二十分。一万三千五百息，气行五十营于身，水下百刻，日行二十八宿，漏水皆尽，脉终矣⑤。所谓交通者，并行一数也，故五十营备⑥，得尽天地之寿矣，凡行八百一十丈也。

①天周，周天。二十八宿，指古代天文学的二十八组恒星。
②十六丈二尺，指二十八脉总长度。
③漏水下百刻，用铜壶滴漏计时，一日用百刻计算。
④息，一呼一吸为息。
⑤脉终，二十八脉行遍。
⑥备，完备。

## 营气第十六

黄帝曰：营气之道，内谷为宝①。谷入于胃，乃传之肺，流溢于中，布散于外，精专者行于经隧，常营无已，终而复始，是谓天地之纪。故气从太阴出，注手阳明，上行注足阳明，下行至跗上，注大指间，与太阴合，上行抵髀。从髀注心中，循手少阴出腋下臂，注小指，合手太阳，上行乘腋出𩪡内，注目内眦，上巅下项，合足太阳，循脊于尻，下行注小指之端，循足心注足少阴，上行注肾，从肾注心，外散于胸中。循心主脉出腋下臂，出两筋之间，入掌中，出中指之端，还注小指次指之端，合手少阳，上行注膻中，散于三焦，从三焦注胆，出胁注足少阳，下行至跗上，复从跗注大指间，合足厥阴，上行至肝，从肝上注肺，上循喉咙，入颃颡之窍，究于畜门②。其支别者，上额循巅下项中，循脊入骶，是督脉也。络阴器，上过毛中，入脐中，上循腹里，入缺盆，下注肺中，复出太阴。此营气之所行也，逆顺之常也。

①内，同纳。
②畜门，鼻孔中通脑之门。

## 脉度第十七

黄帝曰：愿闻脉度。岐伯答曰：手之六阳①，从手至头，长五尺，五六三丈。手之六阴，从手至胸中，三尺五寸，三六一丈八尺，五六三尺，合二丈一尺。足之六阳，从足上至头，八尺，六八四丈八尺。足之六阴，从足至胸中，六尺五寸，六六三丈六尺，五六三尺，合三丈九尺。跷脉从足至目，七尺五寸，二七一丈四尺，二五一尺，合一丈五尺。督脉、任脉各四尺五寸，二四八尺，二五一尺，合九尺。凡都合一十六丈二尺，此气之大经隧也。经脉为里，支而横者为络，络之别者为孙。盛而血者疾诛之②，盛者泻之，虚者饮药以补之。

五藏常内阅于上七窍也③，故肺气通于鼻，肺和则鼻能知臭香矣；心气通于舌，心和则舌能知五味矣；肝气通于目，肝和则目能辨五色矣；脾气通于口，脾和则口能知五谷矣；肾气通于耳，肾和则耳能闻五音矣。五藏不和则七窍不通，六府不和则留为痈。故邪在府则阳脉不和，阳脉不和则气留之，气留之则阳气盛矣。阳气太盛则阴不利，阴脉不利则血留之，血留之则阴气盛矣。阴气太盛，则阳气不能荣也④，故曰关。阳气太盛，则阴气弗能荣也，故曰格。阴阳俱盛，不得相荣，故曰关格。关格者，不得尽期而死也。

黄帝曰：跷脉安起安止？何气荣水？岐伯答曰：跷脉者，少阴之别⑤，起于然骨之后，上内踝之上，直上循阴股入阴，上循胸里入缺盆，上出人迎之前，入頄属目内眦，合于太阳、阳跷而上行，气并相还则为濡目⑥，气不荣则目不合。黄帝曰：气独行五藏，不荣六府，何也？岐伯答曰：气之不得无行也，如水之流，如日月之行不休，故阴脉荣其藏，阳脉荣其府，如环之无端，莫知其纪，终而复始。其流溢之气，内溉藏府，外濡腠理。黄帝曰：跷脉有阴阳，何脉当其数⑦？岐伯答曰：男子数其阳，女子数其阴，当数者为经，其不当数者为络也。

①手之六阳，手有三阳经脉，两手就为六阳。

②血，瘀血。
③阅，经历。
④荣，通营。
⑤别，别出。
⑥濡，濡养。
⑦数，计算。

# 营卫生会第十八

黄帝问于岐伯曰：人焉受气？阴阳焉会①？何气为营？何气为卫？营安从生？卫于焉会？老壮不同气②，阴阳异位，愿闻其会。岐伯答曰：人受气于谷，谷入于胃，以传与肺，五藏六府，皆以受气，其清者为营，浊者为卫，营在脉中，卫在脉外，营周不休，五十而复大会。阴阳相贯，如环无端。卫气行于阴二十五度，行于阳二十五度，分为昼夜，故气至阳而起，至阴而止。故曰：日中而阳陇为重阳③，夜半而阴陇为重阴。故太阴主内，太阳主外，各行二十五度，分为昼夜。夜半为阴陇，夜半后而为阴衰，平旦阴尽而阳受气矣④。日中为阳陇，日西而阳衰，日入阳尽而阴受气矣。夜半而大会，万民皆卧，命曰合阴，平旦阴尽而阳受气。如是无已，与天地同纪。

黄帝曰：老人之不夜瞑者，何气使然？少壮之人不昼瞑者，何气使然？岐伯答曰：壮者之气血盛，其肌肉滑，气道通，荣卫之行，不失其常，故昼精而夜瞑⑤。老者之气血衰，其肌肉枯，气道涩，五藏之气相搏⑥，其营气衰少，而卫气内伐，故昼不精，夜不瞑。

黄帝曰：愿闻营卫之所行，皆何道从来？岐伯答曰：营出于中焦，卫出于下焦。黄帝曰：愿闻三焦之所出。岐伯答曰：上焦出于胃上口，并咽以上，贯膈而布胸中，走腋，循太阴之分而行，还至阳明，上至舌，下足阳明，常与营俱行于阳二十五度，行于阴亦二十五度，一周也，故五十度而复大会于手太阴矣。黄帝曰：人有热，饮食下胃，其气未定，汗则出，或出于面，或出于背，或出于身半，其不循卫气之道而出何也？岐伯答曰：此外伤于风，内开腠理，毛蒸理泄，卫气走之，固不得循其道，此气慓悍滑疾，见开而出，故不得从其道⑦，故命曰漏泄。

黄帝曰：愿闻中焦之所出。岐伯答曰：中焦亦并胃中，出上焦之后，此所受气者，泌糟粕，蒸津液，化其精微，上注于肺脉，乃化而为血，以奉生身，莫贵于此，故独得行于经隧，命曰营气。黄帝曰：夫血之与气，异名同类，何谓也？岐伯答曰：营卫者精气也，血者神气也，故血之与气，异名同类焉。故夺血者无汗，夺汗者无血。故人生有两死⑧，而无两生。⑨

黄帝曰：愿闻下焦之所出。岐伯答曰：下焦者，别回肠，注于膀胱而渗入焉。故水谷者，常并居于胃中，成糟粕，而俱下于大肠，而成下焦。渗而俱下，济泌别汁，循下焦而渗入膀胱焉。黄帝曰：人饮酒，酒亦入胃，谷未熟而小便独先下何也？岐伯答曰：酒者，熟谷之液也，其气悍以清，故后谷而入，先谷而液出焉。黄帝曰：善。余闻上焦如雾，中焦如沤，下焦如渎，此之谓也。

---

①会，交会。
②老，五十以上为老。壮，二十以上为壮。
③陇，同隆。
④平旦，十二时之一，早晨。
⑤精，清爽。

⑥搏，耗损。

⑦道，脉道。

⑧两死，人体夺血会致死，夺汗亦会致死，故有两死。

⑨无两生，血和汗缺一不可，故无两生。

# 四时气第十九

黄帝问于岐伯曰：夫四时之气，各不同形，百病之起，皆有所生，灸刺之道，何者为定？岐伯答曰：四时之气，各有所在，灸刺之道，得气穴为定。故春取经、血脉、分肉之间，甚者深刺之，间者浅刺之。夏取盛经、孙络，取分间，绝皮肤。秋取经腧，邪在府，取之合。冬取井荥，必深以留之。

温疟，汗不出，为五十九痏①。风㾫肤胀②，为五十七痏③，取皮肤之血者，尽取之。飧泄，补三阴之上④，补阴陵泉，皆久留之，热行乃止。转筋于阳治其阳，转筋于阴治其阴，皆卒刺之⑤。徒㾫⑥，先取环谷下三寸，以铍针针之，已刺而筒之，而内之人，而复之以尽，其㾫必坚，来缓则烦悗，来急则安静，间日一刺之，㾫尽乃止。饮闭药⑦，方刺之时徒饮之，方饮无食，方食无饮，无食他食，百三十五日。著痹不去，久寒不已，卒取其三里，骨为干。肠中不便，取三里，盛泻之，虚补之。疠风者⑧，素刺其肿上，已刺，以锐针针其处，按出其恶气，肿尽乃止，常食方食，无食他食。

腹中常鸣，气上冲胸，喘不能久立，邪在大肠，刺肓之原⑨、巨虚上廉、三里。小腹控睾引腰脊，上冲心。邪在小肠者，连睾系。属于脊，贯肝肺，络心系。气盛则厥逆，上冲肠胃，熏肝，散于肓，结于脐。故取之肓原以散之，刺太阴以予之，取厥阴以下之，取巨虚下廉以去之，按其所过之经以调之。善呕，呕有苦，长太息，心中憺憺，恐人将捕之，邪在胆，逆在胃，胆液泄则口苦，胃气逆则呕苦，故曰呕胆。取三里以下胃气逆，则刺少阳血络以闭胆逆，却调其虚实，以去其邪。饮食不下，膈塞不通，邪在胃脘，在上脘则刺抑而下之⑩，在下脘则散而去之⑪。小腹痛肿，不得小便，邪在三焦约⑫，取之太阳大络，视其络脉与厥阴小络结而血者，肿上及胃脘，取三里。观其色，察其以，知其散复者，视其目色，以知病之存亡也。一其形，听其动静者，持气口人迎，以视其脉，坚且盛且滑者，病日进；脉软者病将下；诸经实者，病三日已。气口候阴，人迎候阳也。

---

①痏，针瘢，此指穴位。五十九痏，是治热病的五十九个腧穴。

②㾫（shuì，音税），水肿病。

③五十七痏，指治水肿病的五十七个腧穴。

④三阴之上，三阴交穴。

⑤卒，通焠。

⑥徒㾫，单纯的水肿病。

⑦饮闭药，吃通闭的药。

⑧疠风，麻风病。

⑨肓之原，气海穴。

⑩上脘，胃贲门部。

⑪下脘，胃幽门部。

⑫约，约束。

# 卷 之 五

## 五邪第二十

邪在肺，则病皮肤痛，寒热，上气喘，汗出，咳动肩背。取之膺中外腧①，背三节五藏之傍，以手疾按之，快然②，乃刺之。取之缺盆中以越之③。

邪在肝，则两胁中痛，寒中，恶血在内，行善掣节④，时脚肿。取之行间，以引胁下，补三里以温胃中，取血脉以散恶血，取耳间青脉⑤，以去其掣。

邪在脾胃，则病肌肉痛。阳气有余，阴气不足，则热中善饥；阳气不足，阴气有余，则寒中肠鸣腹痛。阴阳俱有余，若俱不足，则有寒有热。皆调于三里。

邪在肾，则病骨痛阴痹。阴痹者，按之而不得，腹胀腰痛，大便难，肩背颈项痛，时眩。取之涌泉、昆仑，视有血者尽取之。

邪在心，则病心痛喜悲，时眩仆，视有余不足而调之其输也。

---

①膺中，侧胸。
②快然，指病人感觉爽快。这是取穴方法。
③越，超越。
④节，关节。
⑤耳间青脉，指耳轮后的瘈脉穴。

## 寒热病第二十一

皮寒热者，不可附席①，毛发焦，鼻槁腊②，不得汗。取三阳之络，以补手太阴。肌寒热者，肌痛，毛发焦而唇槁腊，不得汗。取三阳于下，以去其血者，补足太阴以出其汗。骨寒热者，病无所安，汗注不休。齿未槁，取其少阴于阴股之络；齿已槁，死不治。骨厥亦然。骨痹，举节不用而痛③，汗注烦心。取三阴之经，补之。身有所伤，血出多，及中风寒，若有所堕坠，四支懈惰不收④，名曰体惰。取其小腹脐下三结交⑤，三结交者，阳明、太阴也，脐下三寸关元也。厥痹者，厥气上及腹。取阴阳之络，视主病也，泻阳补阴经也。

颈侧之动脉人迎。人迎，足阳明也，在婴筋之前⑥。婴筋之后，手阳明也，名曰扶突。次脉，足少阳脉也，名曰天牖。次脉，足太阳也，名曰天柱。腋下动脉，臂太阴也，名曰天府。阳迎头痛⑦，胸满不得息，取之人迎。暴喑气鞕⑧，取扶突与舌本出血。暴聋气蒙，耳目不明，取天牖。暴挛痫眩，足不任身，取天柱。暴瘅内逆，肝肺相搏，血溢鼻口，取天府。此为天牖五部。

臂阳明有入頄遍齿者，名曰大迎，下齿龋取之。臂恶寒补之，不恶寒泻之。足太阳有入頄遍齿者，名曰角孙⑨，上齿龋取之，在鼻与頄前。方病之时其脉盛，盛则泻之，虚则补之。一曰取之出鼻外。足阳明有挟鼻入于面者，名曰悬颅⑩，属口，对入系目本，视有过者取之，损有余，益不足，反者益其。足太阳有通项入于脑者，正属目本，名曰眼系，头目苦痛取之，在项中两筋间。入脑乃别。阴跷阳跷，阴阳相交，阳入阴，阴出阳，交于目锐眦，阳气盛则瞋目，阴气盛则瞑目。热厥取足太阴、少阳，皆留之；寒厥取足阳明、少阴于足，皆留之。舌纵涎下，烦悗，取足少阴。振寒洒洒，鼓颔⑪，不得汗出，腹胀烦悗，取手太阴。刺虚者，刺其去也；刺实者，刺其来也。春取络脉，夏取分腠，秋取气口，冬取经输。凡此四时，各以时为齐。络脉治皮肤，分腠治肌肉，气口治筋脉，经输治骨髓、五藏。身有五部：伏兔一⑫；腓二，腓者，腨也；背三；五藏之腧四；项五。此五部有痈疽者死。病始手臂者，先取手阳明、太阴而汗出；病始头首者，先取项太阳而汗出；病始足胫者，先取足阳明而汗出。臂太阴可汗出，足阳明可汗出。故取阴而汗出甚者，止之于阳；取阳而汗出甚者，止之于阴。凡刺之害，中而不去则精泄⑬，不中而去则致气；精泄则病甚而恇，致气则生为痈疽也。

①附席，卧席。

②槁腊，干枯。

③举节，所有的关节。

④支，通肢。

⑤三结交，即足阳明、足太阴和任脉三经交结之处。

⑥婴筋，颈侧的筋。

⑦迎，逆。

⑧鞕（yìng，音硬），强硬。

⑨角孙，穴名。

⑩悬颅，穴名。

⑪鼓颔，牙齿打颤。

⑫伏兔，大腿前方肌肉隆起部。

⑬中而不去，刺中病而不去针。

# 癫狂第二十二

目眦外决于面者①，为锐眦；在内近鼻者为内眦。上为外眦，下为内眦。癫疾始生，先不乐，头重痛视，举目赤，甚作极，已而烦心。候之于颜，取手太阳、阳明、太阴，血变而止②。癫疾始作，而引口啼呼喘悸者，候之手阳明、太阳，左强者攻其右，右强者攻其左，血变而止。癫疾始作，先反僵，因而脊痛，候之足太阳、阳明、太阴、手太阳，血变而止。治癫疾者，常与之居，察其所当取之处。病至，视之有过者泻之，置其血于瓠壶之中，至其发时，血独动矣，不动，灸穷骨二十壮。穷骨者，骶骨也。骨癫疾者，顑齿诸腧分肉皆满③，而骨居，汗出烦悗。呕多沃沫，气下泄，不治。筋癫疾者，身倦挛急大，刺项大经之大杼脉④。呕多沃沫，气下泄，不治。脉癫疾者，暴仆，四肢之脉皆胀而纵。脉满，尽刺之出血；不满，灸之挟项太阳，灸带脉于腰相去三寸，诸分肉本输。呕多沃沫，气下泄，不治，癫疾者，疾发如狂者，死不治。

狂始生，先自悲也，喜忘苦怒善恐者，得之忧饥，治之取手太阴、阳明，血变而止，及取足太阴、阳明。狂始发，少卧，不饥，自高贤也，自辩智也，自尊贵也，善骂詈，日夜不休，治之取手阳明、太阳、太阴、舌下少阴。视之盛者，皆取之，不盛，释之也。狂言、惊、善笑、好歌乐、妄行不休者，得之大恐⑤。治之取手阳明、太阳、太阴。狂，目妄见、耳妄闻、善呼者，少气之所生也。治之取手太阳、太阴、阳明、足太阴、头、两颃。狂者多食，善见鬼神，善笑而不发于外者，得之有所大喜。治之取足太阴、太阳、阳明，后取手太阴、太阳、阳明。狂而新发，未应如此者，先取曲泉左右动脉，及盛者见血，有顷已；不已，以法取之，灸骨骶二十壮。

　　风逆，暴四肢肿，身漯漯⑥，唏然时寒⑦，饥则烦，饱则善变，取手太阴表里，足少阴、阳明之经，肉清取荥⑧，骨清取井、经也。厥逆为病也，足暴清，胸若将裂，肠若将以刀切之，烦而不能食，脉大小皆涩，暖取足少阴，清取足阳明，清则补之，温则泻之。厥逆腹胀满，肠鸣，胸满不得息，取之下胸二胁咳而动手者，与背腧以手按之立快者是也。内闭不得溲，刺足少阴、太阳与骶上以长针，气逆则取其太阴、阳明、厥阴，甚取少阴、阳明动者之经也。少气，身漯漯也，言吸吸也⑨，骨凌体重，懈惰不能动，补足少阴。短气，息短不属，动作气索⑩，补足少阴，去血络也。

――――――――

①决，通缺。

②血变，面部血色转为正常。

③颊（kǎn，音坎），此指颊部。

④大杼脉，指大杼穴。

⑤得之大恐，因大恐所致。

⑥漯漯（tà，音榻），被水淋湿。

⑦唏然时寒，寒栗而发生的唏嘘声。

⑧清，寒冷。

⑨吸吸，上气不接下气。

⑩气索，气虚。

## 热病第二十三

　　偏枯，身偏不用而痛，言不变，志不乱，病在分腠之间。巨针取之①，益其不足，损其有余，乃可复也。痱之为病也②，身无痛者，四肢不收，智乱不甚。其言微知，可治。甚则不能言，不可治也。病先起于阳，后入于阴者，先取其阳，后取其阴，浮而取之。

　　热病三日，而气口静、人迎躁者，取之诸阳，五十九刺③，以泻其热而出其汗，实其阴以补其不足者。身热甚，阴阳皆静者，勿刺也；其可刺者，急取之，不汗出则泄。所谓勿刺者，有死征也④。热病七日八日，脉口动，喘而短者⑤，急刺之，汗且自出，浅刺手大指间⑥。热病七日八日，脉微小，病者溲血，口中干，一日半而死；脉代者，一日死。热病已得汗出，而脉尚躁，喘且复热，勿刺肤，喘甚者死。热病七日八日，脉不躁，躁不散数，后三日中有汗；三日不汗，四日死。未曾汗者，勿腠刺之。

　　热病先肤痛，窒鼻充面，取之皮，以第一针，五十九。苛轸鼻⑦，索皮于肺，不得索之火，火者心也。热病先身涩⑧，倚而热⑨，烦悗，干唇口嗌，取之皮，以第一针，五十九。肤胀口干，寒汗出，索脉于心，不得索之水，水者肾也。热病嗌干多饮，善惊，卧不能起，取之肤肉，以第六针，五十九。目眦青，索肉于脾，不得索之木，木者肝也。热病面青脑痛，手足躁，取之筋间，以第四针，于四逆⑩，筋躄目浸，索筋于肝，不得索之金，金者肺也。热病数惊，瘛疭而狂，取之脉，以第四针，急泻有余者。癫疾毛发去，索血于心，不得索之水，水者肾也。热病身重骨痛，耳聋而好瞑，取之骨，以第四针，五十九刺，骨病不食，啮齿耳青，索骨于肾，不得索之土，土者脾也。热病不知所痛，耳聋不能自收，口干，阳热甚，阴颇有寒者，热在髓，死不可治。热病头痛颞颥目瘈脉痛，善衄，厥热病也，取之以第三针，视有余不足，寒热痔。热病体重，肠中热，取之以第四针，于其腧及下诸指间，索气于胃胳①，得气也。热病挟脐急痛，胸胁满，取之涌泉与阴陵泉，取以第四针，针嗌里②。热病而汗且出，及脉顺可汗者，取之鱼际、太渊、大都、太白，泻之则热去，补之则汗出，汗出太甚，取内踝上横脉以止之。热病已得汗而脉尚躁盛，此阴脉之极也，死；其得汗而脉静者，生。热病者脉尚盛躁而不得汗者，此阳脉之极也，死；脉盛躁得汗静者，生。

热病不可刺者有九：一曰，汗不出，大颧发赤，哕者死；二曰，泄而腹满甚者死；三曰，目不明，热不已者死；四曰，老人婴儿，热而腹满者死；五曰，汗不出，呕，下血者死；六曰，舌本烂，热不已者死；七曰，咳而衄，汗不出，出不至足者死；八曰，髓热者死；九曰，热而痉者腰折，瘛疭，齿噤齘也③。凡此九者，不可刺也。

所谓五十九刺者，两手外内侧各三，凡十二痏；五指间各一，凡八痏，足亦如是；头入发一寸傍三分各三，凡六痏；更入发三寸边五，凡十痏；耳前后口下者各一，项中一，凡六痏；巅上一，囟会一，发际一，廉泉一，风池二，天柱二。

气满胸中喘息，取足太阴大指之端，去爪甲如薤叶④，寒则留之，热则疾之，气下乃止。心疝暴痛，取足太阴、厥阴，尽刺去其血络。喉痹舌卷，口中干，烦心心痛，臂内廉痛，不可及头，取手小指次指爪甲下，去端如韭叶⑤。目中赤痛，从内眦始，取之阴蹻。风痉身反折，先取足太阳及腘中及血络出血；中有寒，取三里。癃，取之阴蹻及三毛上及血络出血。男子如蛊，女子如怚⑯，身体腰脊如解⑰，不欲饮食，先取涌泉见血，视跗上盛者，尽见血也。

---

①巨针，大针。
②痹，风病的一种。
③五十九刺，治热病的五十九个腧穴。
④征，征象。
⑤喘而短，气喘，呼吸短促。
⑥手大指间，指少商穴。
⑦苛，细小。轸，通疹。
⑧涩，不爽。
⑨倚，无力。
⑩四逆，四肢厥逆。
⑪胳，络。
⑫嗌里，指廉泉穴。
⑬齘（xiè，音谢），齿相摩切。
⑭薤（xiè，音谢）叶，俗名小蒜。此指穴位的距离。
⑮韭叶，指穴位距离如韭叶。
⑯怚（jǔ，又念cū），此作阻。
⑰解，通懈。

## 厥病第二十四

厥头痛，面若肿起而烦心，取之足阳明、太阴。厥头痛，头脉痛①，心悲善泣，视头动脉反盛者，刺尽去血，后调足厥阴。厥头痛，贞贞头重而痛②，泻头上五行，行五；先取手少阴，后取足少阴。厥头痛，意善忘，按之不得，取头面左右动脉，后取足太阴。厥头痛，项先痛，腰脊为应，先取天柱，后取足太阳。厥头痛，头痛甚，耳前后脉涌有热，泻出其血，后取足少阳。真头痛③，头痛甚，脑尽痛，手足寒至节，死不治。头痛不可取于腧者，有所击坠，恶血在于内，若肉伤，痛未已，可则刺，不可远取也。头痛不可刺者，大痹为恶，日作者，可令少愈，不可已。头半寒痛，先取手少阳、阳明，后取足少阳、阳明。

厥心痛，与背相控，善瘛，如从后触其心，伛偻者，肾心痛也，先取京骨、昆仑，发狂不已，取然谷。厥心痛，腹胀胸满，心尤痛甚，胃心痛也，取之大都、太白。厥心痛，痛如以锥针刺其心，心痛甚者，脾心痛也，取之然谷、太溪。厥心痛，色苍苍如死状，终日不得太息，肝心痛也，取之行间、太冲。厥心痛，卧若徒居④，心痛间，动作痛益甚，色不变，肺心痛也，取之鱼际、太渊。真心痛⑤，手足清至节，心痛甚，旦发夕死，夕发旦死。心痛不可刺者，中有盛聚，不可取于腧。肠中有虫瘕及蛟蛕⑥，皆不可取以小针。心肠痛，憹作痛，肿聚，往来上下行，痛有休止，腹热喜渴，涎出者，是蛟蛕也，以手聚按而坚持之，无令得移，以大针刺之，久持之，虫不动，乃出针也。悲腹憹痛⑦，形中上者。

耳聋无闻，取耳中⑧。耳鸣，取耳前动脉。耳痛不可刺者，耳中有脓，若有干耵聍，耳无闻也。耳聋，取手小指次指爪甲上与肉交者，先取手，后取足。耳鸣，取手中指爪甲上，左取右，右取左，先取手，后取足⑨。足髀不可举，侧而取之，在枢合中，以员利针，大针不可刺。病注下血⑩，取曲泉。风痹淫泺，病不可已者，足如履冰，时如入汤中，股胫淫泺，烦心头痛，时呕时悗，眩已汗出，久则目眩，悲以喜恐，短气不乐，不出三年死也。

①头脉痛，头部的经脉处疼痛。
②贞贞，固定不动。
③真头痛，邪气所致的头痛。
④若，和。徒居，休息。
⑤真心痛，邪气入心的心痛。
⑥虫瘕，寄生虫集聚肠道内所致瘕病。蛟蛕：蛕，蛔的异体字；蛟蛕，泛指肠道寄生虫。
⑦悲（pēng，音烹），心中满。
⑧耳中，听宫穴。
⑨后取足，指取大敦穴。
⑩病注下血，血下如注的病症。

# 病本第二十五

先病而后逆者，治其本。先逆而后病者，治其本。先寒而后生病者，治其本。先病而后生寒者，治其本。先热而后生病者，治其本。先泄而后生他病者，治其本，必且调之，乃治其他病。先病而后中满者，治其标。先病后泄者，治其本。先中满而后烦心者，治其本。有客气①，有同气②。大小便不利，治其标；大小便利，治其本。病发而有余，本而标之，先治其本，后治其标；病发而不足，标而本之，先治其标，后治其本。谨详察间甚，以意调之，间者并行③，甚为独行④。先小大便不利而后生他病者，治其本也。

①客气，新受的邪气。

②同，应作固。固气，原本在体内的邪气。

③并行，标本同治。

④独行，单独治标或单独治本。

## 杂病第二十六

厥，挟脊而痛者至顶，头沉沉然，目瞑瞑然，腰脊强，取足太阳腘中血络。厥胸满，面肿，唇漯漯然①，暴言难，甚则不能言，取足阳明。厥气走喉而不能言，手足清，大便不利，取足少阴。厥而腹响响然②，多寒气，腹中毂毂③，便溲难，取足太阴，嗌干，口中热如胶，取足少阴。膝中痛，取犊鼻④，以员利针，发而间之。针大如牦，刺膝无疑。喉痹不能言，取足阳明；能言，取手阳明。疟不渴，间日而作，取足阳明；渴而日作，取手阳明。齿痛，不恶清饮，取足阳明；恶清饮，取手阳明，聋而不痛者，取足少阳；聋而痛者，取手阳明。衄而不止，衃血流⑤，取足太阳；衃血，取手太阳，不已，刺宛骨下⑥，不已，刺腘中出血。腰痛，痛上寒，取足太阳阳明；痛上热，取足厥阴；不可以俯仰，取足少阳；中热而喘，取足少阴、腘中血络。喜怒而不欲食，言益小，刺足太阴；怒而多言，刺足少阳。颛痛，刺手阳明与颛之盛脉出血。项痛不可俯仰，刺足太阳；不可以顾，刺手太阳也。小腹满大，上走胃，至心，淅淅身时寒热⑦，小便不利，取足厥阴，腹满，大便不利，腹大，亦上走胸嗌，喘息喝喝然⑧，取足少阴。腹满食不化，腹响响然，不能大便，取足太阴。心痛引腰脊，欲呕，取足少阴。心痛，腹胀啬啬然⑨，大便不利，取足太阴。心痛引背，不得息，刺足少阴；不已，取手少阴。心痛引小腹满。上下无常处，便溲难，刺足厥阴。心痛，但短气不足以息，刺手太阴。心痛，当九节刺之⑩，按，已刺按之，立已；不已，上下求之，得之立已。颛痛，刺足阳明曲周动脉见血⑪，立已；不已，按人迎于经，立已。气逆上，刺膺中陷者与下胸动脉。腹痛，刺脐左右动脉，已刺按之，立已；不已，刺气街，已刺按之。立已。痿厥，为四末束悗⑫，乃疾解之，日二，不仁者，十日而知，无休，病已止。哕，以草刺鼻，嚏，嚏而已；无息而疾迎引之，立已；大惊之，亦可已。

①唇漯漯然，唇肿而流涎。

②响响然，腹胀弹之有声。

③毂毂（hú，音胡），象声词。

④犊鼻，穴位名。

⑤衃（pēi，音胚）衃血，凝积的死血。

⑥宛，同腕。

⑦淅淅，通洒淅。

⑧喝喝（hè，音贺），大声呼喊。

⑨啬啬（sè，音色），阻塞。

⑩九节，指第九胸椎棘突下的筋缩穴。

⑪曲周，环绕一周。

⑫四末束悗，束缚四肢。

## 周痹第二十七

黄帝问于岐伯曰：周痹之在身也，上下移徙随脉，其上下左右相应，间不容空，愿闻此痛，在血脉之中邪？将在分肉之间乎？何以致是？其痛之移也，间不及下针，其慉痛之时[①]，不及定治，而痛已止矣，何道使然？愿闻其故。岐伯答曰：此众痹也，非周痹也。黄帝曰：愿闻众痹。岐伯对曰：此各在其处，更发更止，更居更起，以右应左，以左应右，非能周也，更发更休也。黄帝曰：善。刺之奈何？岐伯对曰：刺此者，痛虽已止，必刺其处，勿令复起。

帝曰：善。愿闻周痹何如？岐伯对曰：周痹者，在于血脉之中，随脉以上，随脉以下，不能左右，各当其所。黄帝曰：刺之奈何？岐伯对曰：痛从上下者，先刺其下以过之，后刺其上以脱之[②]；痛从下上者，先刺其上以过之，后刺其下以脱之。黄帝曰：善。此痛安生？何因而有名？岐伯对曰：风寒湿气，客于外分肉之间，迫切而为沫[③]，沫得寒则聚，聚则排分肉而分裂也，分裂则痛，痛则神归之，神归之则热，热则痛解，痛解则厥，厥则他痹发，发则如是。帝曰：善。余已得其意矣。

此内不在藏，而外未发于皮，独居分肉之间，真气不能周，故命曰周痹。故刺痹者，必先切循其下之六经，视其虚实，及大络之血结而不通，及虚而脉陷空者而调之，熨而通之，其瘛坚，转引而行之。黄帝曰：善。余已得其意矣，亦得其事也。九者，经巽之理[④]，十二经脉阴阳之病也。

---

① 慉，通蓄。

② 脱，去除。

③ 沫，汁沫。

④ 经巽之理，医经中已经陈明其理。

# 口问第二十八

黄帝闲居，辟左右而问于岐伯曰[①]：余已闻九针之经，论阴阳逆顺，六经已毕，愿得口问。岐伯避席再拜曰：善乎哉问也，此先师之所口传也。黄帝曰：愿闻口传。岐伯答曰：夫百病之始生也，皆生于风雨寒暑，阴阳喜怒，饮食居处。大惊卒恐。则血气分离，阴阳破败，经络厥绝，脉道不通，阴阳相逆，卫气稽留，经脉虚空，血气不次，乃失其常。论不在经者，请道其方。

黄帝曰：人之欠者[②]，何气使然？岐伯答曰：卫气昼日行于阳，夜半则行于阴。阴者主夜，夜者卧。阳者主上，阴者主下。故阴气积于下，阳气未尽，阳引而上，阴引而下，阴阳相引，故数欠。阳气尽，阴气盛，则目暝；阴气尽而阳气盛，则寤矣。泻足少阴，补足太阳。黄帝曰：人之哕者，何气使然？岐伯曰：谷入于胃，胃气上注于肺。今有故寒气与新谷气，俱还入于胃，新故相乱，真邪相攻，气并相逆，复出于胃，故为哕。补手太阴，泻足少阴。黄帝曰：人之唏者[③]，何气使然？岐伯曰：此阴气盛而阳气虚，阴气疾而阳气徐，阴气盛而阳气绝，故为唏。补足太阳，泻足少阴。黄帝曰：人之振寒者，何气使然？岐伯曰：寒气客于皮肤，阴气盛，阳气虚，故为振寒寒栗。补诸阳。黄帝曰：人之噫者[④]，何气使然？岐伯曰：寒气客于胃，厥逆从下上散，复出于胃，故为噫。补足太阴、阳明。一曰补眉本也。黄帝曰：人之嚏者，何气使然？岐伯曰：阳气和利，满于心，出于鼻，故为嚏。补足太阳荣[⑤]、眉本[⑥]。一曰眉上也。黄帝曰：人之亸者[⑦]，何气使然？岐伯曰：胃不实则诸脉虚，诸脉虚则筋脉懈惰，筋脉懈惰则行阴用力，气不能复，故为亸。因其所在，补分肉间。黄帝曰：人之哀而泣涕出者，何气使然？岐伯曰：心者，五藏六府之主也；目者，宗脉之所聚也，上液之道也；口鼻者，气之门户也。故悲哀愁忧则心动，心动则五藏六俯皆摇，摇则宗脉感，宗脉感则液道开，液道开故泣涕出焉。液者，所以灌精濡空窍者也，故上液之道开则泣，注不止则液竭，液竭则精不灌，精不灌则目无所见矣，故命曰夺精。补天柱经侠颈。黄帝曰：人之太息者⑧，何气使然？岐伯曰：忧思则心系急，心系急则气道约，约则不利，故太息以伸出之。补手少阴、心主、足少阳，留之也。黄帝曰：人之涎下者，何气使然？岐伯曰：饮食者皆入于胃，胃中有热则虫动，虫动则胃缓，胃缓则廉泉开，故涎下。补足少阴。黄帝曰；人之耳中鸣者，何气使然？岐伯曰：耳者宗脉之所聚也，故胃中空则宗脉虚，虚则下，溜脉有所竭者，故耳鸣。补客主人，手大指爪甲上与肉交者也。黄帝曰：人之自啮舌者，何气使然？岐伯曰：此厥逆走上，脉气辈至也。少阴气至则啮舌，少阳气至则啮颊，阳明气至则啮唇矣。视主病者则补之。凡此十二邪者，皆奇邪之走空窍者也。故邪之所在，皆为不足。故上气不足，脑为之不满，耳为之苦鸣，头为之苦倾，目为之眩；中气不足，溲便为之变，肠为之苦鸣；下气不足，则乃为痿厥心悗。补足外踝下，留之。

　　黄帝曰：治之奈何？岐伯曰：肾主为欠，取足少阴。肺主为哕，取手太阴、足少阴。唏者，阴与阳绝，故补足太阳，泻足少阴。振寒者，补诸阳。噫者，补足太阴、阳明。嚏者，补足太阳、眉本。嚲，因其所在，补分肉间。泣出，补天柱经侠颈，侠颈者，头中分也。太息，补手少阴、心主、足少阳留之。涎下，补足少阴。耳鸣，补客主人、手大指爪甲上与肉交者。自啮舌，视主病者则补之。目眩头倾，补足外踝下，留之。痿厥心悗，刺足大指间上二寸，留之；一曰足外踝下，留之。

---

①辟，同避。

②欠，打呵欠。

③唏，哀叹。

④噫（ài，音爱），嗳气。

⑤荣，通荥。

⑥眉本，指攒竹穴。

⑦嚲，下垂的样子。

⑧太息，叹气。

# 卷 之 六

## 师传第二十九

　　黄帝曰：余闻先师，有所心藏，弗著于方①。余愿闻而藏之，则而行之②，上以治民，下以治身，使百姓无病，上下和亲，德泽下流，子孙无忧，传于后世，无有终时，可得闻乎？岐伯曰；远乎哉问也。夫治民与自治，治彼与治此，治小与治大，治国与治家，未有逆而能治之也，夫惟顺而已矣。顺者，非独阴阳脉论气之逆顺也，百姓人民皆欲顺其志也。黄帝曰；顺之奈何？岐伯曰：入国问俗，入家问讳，上堂问礼，临病人问所便③。黄帝曰：便病人奈何？岐伯曰：夫中热消瘅则便寒，寒中之属则便热。胃中热，则消谷，令人悬心善饥，脐以上皮热；肠中热，则出黄如糜④，脐以下皮寒。胃中寒，则腹胀；肠中寒，则肠鸣飧泄。胃中寒，肠中热，则胀而且泄；胃中热，肠中寒，则疾饥，小腹痛胀。黄帝曰：胃欲寒饮，肠欲热饮，两者相逆，便之奈何？且夫王公大人血食之君，骄恣从欲⑤轻人，而无能禁之，禁之则逆其志，顺之则加其病，便之奈何？治之何先？岐伯曰：人之情，莫不恶死而乐生，告之以其败，语之以其善，导之以其所便，开之以其所苦，虽有无道之人⑥，恶有不听者乎？黄帝曰：治之奈何？岐伯曰：春夏先治其标，后治其本；秋冬先治其本，后治其标。黄帝曰：便其相逆者奈何？岐伯曰：便此者，食饮衣服，亦欲适寒温，寒无凄怆，暑无出汗。食饮者，热无灼灼⑦，寒无沧沧⑧。寒温中适，故气将持。乃不致邪僻也。

黄帝曰：本藏以身形支节䐃肉，候五藏六府之小大焉。今夫王公大人、临朝即位之君而问焉，谁可扪循之而后答乎？岐伯曰：身形支节者，藏府之盖也⑨，非面部之阅也⑩。黄帝曰：五藏之气，阅于面者，余已知之矣，以肢节知而阅之奈何？岐伯曰：五藏六府者，肺为之盖，巨肩陷咽，候见其外。黄帝曰：善。岐伯曰：五藏六府，心为之主，缺盆为之道，骱骨有余⑪，以候髑骬。黄帝曰：善。岐伯曰：肝者主为将，使之候外，欲知坚固，视目小大。黄帝曰：善。岐伯曰：脾者主为卫，使之迎粮，视唇舌好恶，以知吉凶。黄帝曰：善。岐伯曰：肾者主为外，使之远听，视耳好恶，以知其性。黄帝曰：善。愿闻六府之候。岐伯曰：六府者，胃为之海，广骸⑫、大颈、张胸，五谷乃容；鼻隧以长，以候大肠；唇厚、人中长，以候小肠；目下果大⑬，其胆乃横；鼻孔在外，膀胱漏泄；鼻柱中央起，三焦乃约。此所以候六府者也。上下三等⑭，藏安且良矣。

---

①方，古代书写用的方版。
②则，规则。
③便，相宜。
④出，大便。
⑤从，通纵。
⑥无道，不通情理。
⑦灼，烧，指过烫。
⑧沧，寒，指过冷。
⑨盖，覆盖。
⑩阅，省视。
⑪骱（kuò，音括）骨，胸骨下湍。
⑫广骸，骨胳宽大。
⑬果，通裹。
⑭等，相称。

# 决气第三十

黄帝曰：余闻人有精、气、津液、血、脉，余意以为一气耳，今乃辨为六名，余不知其所以然。岐伯曰：两神相搏①，合而成形，常先身生，是谓精。何谓气？岐伯曰：上焦开发，宣五谷味，熏肤，充身，泽毛，若雾露之溉，是谓气。何谓津？岐伯曰：腠理发泄，汗出溱溱，是谓津，何谓液？岐伯曰：谷入气满，淖泽②，注于骨，骨属屈伸，泄泽③，补益脑髓，皮肤润泽，是谓液。何谓血？岐伯曰：中焦受气取汁，变化而赤，是谓血。何谓脉？岐伯曰：壅遏营气，令无所避，是谓脉。

黄帝曰：六气者，有余不足，气之多少，脑髓之虚实，血脉之清浊，何以知之？岐伯曰：精脱者④，耳聋。气脱者，目不明。津脱者，腠理开，汗大泄。液脱者，骨属屈伸不利，色夭，脑髓消，胫瘦⑤，耳数鸣。血脱者，色白，夭然不泽，其脉空虚。此其候也。黄帝曰：六气者，贵贱何如？岐伯曰：六气者，各有部主也⑥，其贵贱善恶，可为常主，然五谷与胃为大海也。

①两神，阴阳。搏，交，此指男女交媾。
②淖，外溢。
③泄，渗出。
④脱，损耗。
⑤瘦（suān，音酸），身体酸疼，通酸。
⑥各有部主，指由各部所主。

## 肠胃第三十一

黄帝问于伯高曰：余愿闻六府传谷者，肠胃之小大长短，受谷之多少奈何？伯高曰：请尽言之，谷所从出入浅深远近长短之度：唇至齿长九分，口广二寸半。齿以后至会厌①，深三寸半，大容五合。舌重十两，长七寸，广二寸半。咽门重十两，广一寸半，至胃长一尺六寸。胃纡曲屈，伸之，长二尺六寸，大一尺五寸，径五寸，大容三斗五升。小肠后附脊，左环回周迭积。其注于回肠者，外附于脐上，回运环十六曲，大二寸半，径八分分之少半②，长三丈二尺。回肠当脐，左环回周叶积而下③，回运环反十六曲，大四寸，径一寸寸之少半，长二丈一尺。广肠傅脊④，以受回肠，左环叶脊⑤，上下辟，大八寸，径二寸寸之大半，长二尺八寸。肠胃所入至所出，长六丈四寸四分，回曲环反，三十二曲也。

①会厌，气管和食管交会处。
②少半，小半。
③叶积，迭积。
④傅，附着。
⑤叶脊，同叶积。

## 平人绝谷第三十二

黄帝曰：愿闻人之不食，七日而死何也？伯高曰：臣请言其故。胃大一尺五寸，径五寸，长二尺六寸，横屈受水谷三斗五升。其中之谷常留二斗，水一斗五升而满。上焦泄气，出其精微，慓悍滑疾。下焦下溉诸肠。小肠大二寸半，径八分分之少半，长三丈二尺，受谷二斗四升，水六升三合合之大半。回肠大四寸，径一寸寸之少半，长二丈一尺。受谷一斗，水七升半。广肠大八寸，径二寸寸之大半，长二尺八寸，受谷九升三合八分合之一。肠胃之长，凡五丈八尺四寸，受水谷九斗二升一合合之大半，此肠胃所受水谷之数也。平人则不然，胃满则肠虚，肠满则胃虚，更虚更满，故气得上下，五藏安定，血脉和利，精神乃居。故神者，水谷之精气也。故肠胃之中，当留谷二斗，水一斗五升，故平人日再后①，后二升半，一日中五升，七日五七三斗五升，而留水谷尽矣。故平人不食饮七日而死者，水谷精气津液皆尽故也。

①后，大便。日再后，一日两次大便。

# 海论第三十三

黄帝问于岐伯曰：余闻刺法于夫子，夫子之所言，不离于营卫血气。夫十二经脉者内属于府藏，外络于肢节，夫子乃合之于四海乎？岐伯答曰：人亦有四海、十二经水。经水者，皆注于海，海有东西南北，命曰四海。黄帝曰：以人应之奈何？岐伯曰：人有髓海，有血海，有气海，有水谷之海，凡此四者，以应四海也。黄帝曰：远乎哉，夫子之合人天地四海也，愿闻应之奈何？岐伯答曰：必先明知阴阳、表里、荥输所在①，四海定矣。黄帝曰：定之奈何？岐伯曰：胃者，水谷之海，其输上在气街，下至三里。冲脉者，为十二经之海，其输上在于大杼，下出于巨虚之上下廉。膻中者②，为气之海，其输上在于柱骨之上下，前在于人迎。脑为髓之海，其输上在于其盖③，下在风府。黄帝曰：凡此四海者，何利何害？何生何败？岐伯曰：得顺者生，得逆者败；知调者利，不知调者害。黄帝曰："四海之逆顺奈何？岐伯曰：气海有余者，气满胸中，悗息面赤；气海不足，则气少不足以言。血海有余，则常想其身大，怫然不知其所病④；血海不足，亦常想其身小，狭然不知其所病⑤。水谷之海有余，则腹满；水谷之海不足，则饥不受谷食。髓海有余，则轻劲多力，自过其度；髓海不足，则脑转耳鸣，胫痠眩冒，目无所见，懈怠安卧。黄帝曰：余已闻逆顺，调之奈何？岐伯曰：审守其输，而调其虚实，无犯其害⑥，顺者得复，逆者必败。黄帝曰：善。

①荥输，此指流转输送。
②膻中，胸中。
③盖，脑盖。
④不知其所病，不觉其有病。
⑤狭然，狭小。
⑥害，指虚虚实实的禁忌。

# 五乱第三十四

黄帝曰：经脉十二者，别为五行，分为四时，何失而乱？何得而治①？岐伯曰：五行有序，四时有分②，相顺则治，相逆则乱。黄帝曰：何谓相顺？岐伯曰：经脉十二者，以应十二月。十二月者，分为四时。四时者，春、秋、冬、夏，其气各异，营卫相随，阴阳已和，清浊不相干，如是则顺之而治。黄帝曰：何谓逆而乱？岐伯曰：清气在阴，浊气在阳，营气顺脉，卫气逆行，清浊相干，乱于胸中，是谓大悗。故气乱于心，则烦心密嘿③，俯首静伏；乱于肺，则俯仰喘喝，接手以呼④；乱于肠胃，则为霍乱；乱于臂胫，出为四厥；乱于头，则为厥逆，头重眩仆。

黄帝曰：五乱者，刺之有道乎？岐伯曰：有道以来，有道以去，审知其道，是谓身宝。黄帝曰：善。愿闻其道。岐伯曰：气在于心者，取之手少阴、心主之输。气在于肺者，取之手太阴荥、足少阴输。气在于肠胃者，取之足太阴、阳明；不下者，取之三里。气在于头者，取之天柱、大杼；不知，取足太阳荥、输。气在于臂足，取之先去血脉，后取其阳明、少阳之荥、输。黄帝曰：补泻奈休？岐伯曰；徐入徐出，谓之导气，补泻无形，谓之同精。是非有余不足也，乱气之相逆也。黄帝曰：允乎哉道，明乎哉论。请著之玉版⑤，命曰治乱也。

①治，安定。
②有分，有界限。
③嘿，同默。
④接手以呼，双手按于胸前而呼吸。
⑤玉版，珍贵的书简。

# 胀论第三十五

黄帝曰：脉之应于寸口，如何而胀？岐伯曰：其脉大坚以涩者，胀也。黄帝曰；何以知藏府之胀也？岐伯曰：阴为藏，阳为府。黄帝曰：夫气之令人胀也，在于血脉之中耶，藏府之内乎？岐伯曰：三者皆存焉，然非胀之舍也。黄帝曰：愿闻胀之舍。岐伯曰：夫胀者，皆在于藏府之外，排藏府而郭胸胁①，胀皮肤，故命曰胀。黄帝曰：藏府之在胸胁腹里之内也，若匣匮之藏禁器也，各有次舍，异名而同处，一域之中，其气各异，愿闻其故。黄帝曰：未解其意，再问。岐伯曰：夫胸腹，藏府之郭也②。膻中者，心主之宫城也。胃者，太会也。咽喉小肠者，传送也。胃之五窍者③，闾里门户也④。廉泉玉英者，津液道也。故五藏六府者，各有畔界，其病各有形状。营气循脉，卫气逆为脉胀，卫气并脉循分为肤胀。三里而泻，近者一下⑤，远者三下，无问虚实，工在疾泻。

黄帝曰：愿闻胀形。岐伯曰：夫心胀者，烦心短气，卧不安。肺胀者，虚满而喘咳。肝胀者，胁下满而痛引小腹。脾胀者，善哕，四肢烦悗，体重不能胜衣，卧不安。肾胀者，腹满引背央央然⑥，腰髀痛。六府胀：胃胀者，腹满，胃脘痛，鼻闻焦臭，妨于食，大便难。大肠胀者，肠鸣而痛濯濯，冬日重感于寒，则飧泄不化。小肠胀者，少腹䐜胀，引腰而痛。膀胱胀者，少腹满而气癃。三焦胀者，气满于皮肤中，轻轻然而不坚。胆胀者，胁下痛胀，口中苦，善太息。凡此诸胀者，其道在一。明知逆顺，针数不失。泻虚补实，神去其室，致邪失正，真不可定，粗之所败，谓之夭命。补虚泻实，神归其室，久塞其空⑦，谓之良工。黄帝曰：胀者焉生？何因而有？岐伯曰：卫气之在身也，常然并脉循分肉，行有逆顺，阴阳相随，乃得天和，五藏更始，四时循序，五谷乃化。然后厥气在下，营卫留止，寒气逆上，真邪相攻，两气相搏，乃合为胀也。黄帝曰：善。何以解惑？岐伯曰：合之于真，三合而得⑧。帝曰：善。

黄帝问于岐伯曰：胀论言无问虚实，工在疾泻，近者一下，远者三下。今有其三而不下者⑨，其过焉在？岐伯对曰：此言陷于肉肓而中气穴者也。不中气穴，则气内闭；针不陷肓，则气不行；上越中肉，则卫气相乱，阴阳相逐。其于胀也，当泻不泻，气故不下，三而不下，必更其道，气下乃止，不下复始，可以万全，乌有殆者乎。其于胀也，必审其胗⑩，当泻则泻，当补则补。如鼓应桴，恶有不下者乎。

①郭，同廓，扩大。

②郭，胸廓。

③五窍，指咽门、贲门、幽门、阑门、魄门。

④闾里门户，指胃的五窍，就象闾里的门户一样。

⑤远近，指病邪的远近。下，指治疗的次数。

⑥央，同快。

⑦久，逐渐。

⑧三合而得，将血脉、脏、腑三者的症状，互相对照。

⑨下，此次消除。

⑩胗，当为诊。

# 五癃津液别第三十六

黄帝问于岐伯曰：水谷入于口，输于肠胃，其液别为五，天寒衣薄则为溺与气，天热衣厚则为汗，悲哀气并则为泣，中热胃缓则为唾。邪气内逆，则气为之闭塞而不行，不行则为水胀，余知其然也，不知其何由生，愿闻其道。岐伯曰：水谷皆入于口，其味有五，各注其海，津液各走其道。故三焦出气，以温肌肉，充皮肤，为其津；其流而不行者，为液。天暑衣厚则腠理开，故汗出；寒留于分肉之间，聚沫则为痛。天寒则腠理闭，气湿不行，水下留于膀胱，则为溺与气。五藏六府，心为之主，耳为之听，目为之候①，肺为之相②，肝为之将③，脾为之卫④，肾为之主外⑤。故五藏六府之津液，尽上渗于目。心悲气并则心系急，心系急则肺举，肺举则液上溢。夫心系与肺，不能常举，乍上乍下，故咳而泣出矣。中热则胃中消谷，消谷则虫上下作，肠胃充郭，故胃缓，胃缓则气逆，故唾出。五谷之津液和合而为膏者，内渗入于骨空⑥，补益脑髓，而下流于阴股⑦。阴阳不和，则使液溢而下流于阴，髓液皆减而下，下过度则虚，虚故腰背痛而胫痠。阴阳气道不通，四海闭塞，三焦不泻，津液不化，水谷并行肠胃之中，别于回肠，留于下焦，不得渗膀胱，则下焦胀，水溢则为水胀，此津液五别之逆顺也。

①候，占候。

②相，宰相。

③将，将军。

④卫，护卫。

⑤主外，因肾主骨而成形体，所以说肾主外。

⑥骨空，骨腔。

⑦阴股，股间生殖器。

# 五阅五使第三十七

黄帝问于岐伯曰：余闻刺有五官五阅①，以观五气②。五气者，五藏之使也③，五时之副也④。愿闻其五使当安出？岐伯曰：五官者，五藏之阅也。黄帝曰：愿闻其所出，令可为常。岐伯曰：脉出于气口，色见于明堂⑤，五色更出，以应五时，各如其常，经气入藏，必当治里。帝曰：善。五色独决于明堂乎？岐伯曰：五官已辨，阙庭必张⑥，乃立明堂。明堂广大，蕃蔽见外⑦，方壁高基，引垂居外，五色乃治，平博广大，寿中百岁。见此者，刺之必已，如是之人者，血气有余，肌肉坚致，故可苦已针。黄帝曰：愿闻五官。岐伯曰：鼻者，肺之官也；目者，肝之官也；口唇者，脾之官也；舌者，心之官也；耳者，肾之官也。黄帝曰：以官何候？岐伯曰：以候五藏。故肺病者，喘息鼻胀；肝病者，眦青；脾病者，唇黄；心病者，舌卷短，颧赤；肾病者，颧与颜黑。黄帝曰：五脉安出，五色安见，其常色殆者如何？岐伯曰：五官不辨，阙庭不张，小其明堂，蕃蔽不见，又埤其墙⑧，墙下无基，垂角去外，如是者，虽平常殆，况加疾哉。黄帝曰：五色之见于明堂，以观五藏之气，左右高下，各有形乎？岐伯曰：府藏之在中也，各以次舍，左右上下，各如其度也。

---

① 五官，指口、眼、鼻、舌、耳。因它们均有一定的功能职守，故称官。

② 五气，指内脏变化反映于外表的五种气色。

③ 使，差遣。

④ 副，相称。

⑤ 明堂，指鼻。

⑥ 阙，眉间。

⑦ 蕃，面颊。蔽，耳门。

⑧ 埤，同卑。

# 逆顺肥瘦第三十八

黄帝问于岐伯曰：余闻针道于夫子，众多毕悉矣。夫子之道应若失，而据未有坚然者也。夫子之问学熟乎？将审察于物而心生之乎？岐伯曰：圣人之为道者，上合于天，下合于地，中合于人事，必有明法，以起度数，法式检押①，乃后可传焉。故匠人不能释尺寸而意短长②，废绳墨而起平水也③，工人不能置规而为圆，去矩而为方。知用此者，固自然之物，易用之教，逆顺之常也。黄帝曰：愿闻自然奈何？岐伯曰：临深决水，不用功力，而水可竭也。循掘决冲④，而经可通也。此言气之滑涩，血之清浊，行之逆顺也。黄帝曰：愿闻人之白黑肥瘦小长，各有数乎？岐伯曰：年质壮大，血气充盈，肤革坚固，因加以邪，刺此者，深而留之，此肥人也。广肩腋，项肉薄，厚皮而黑色，唇临临然⑤；其血黑以浊，其气涩以迟，其为人也，贪于取与，刺此者，深而留之，多益其数也。黄帝曰：刺瘦人奈何？岐伯曰：瘦人者，皮薄色少，肉廉廉然⑥，薄唇轻言，其血清气滑，易脱于气，易损于血，刺此者，浅而疾之。黄帝曰：刺常人奈何？岐伯曰：视其白黑，各为调之，其端正敦厚者，其血气和调，刺此者，无失常数也。黄帝曰：刺壮士真骨者奈何？岐伯曰：刺壮士真骨，坚肉缓节监监然⑦，此人重则气涩血浊，刺此者，深而留之，多益其数，劲则气滑血清，刺此者，浅而疾之。黄帝曰：刺婴儿奈何？岐伯曰：婴儿者，其肉脆血少气弱，刺此者，以豪针⑧，浅刺而疾发针，日再可也。黄帝曰：临深决水奈何？岐伯曰：血清气浊，疾泻之，则气竭焉。黄帝曰：循掘决冲奈何？岐伯曰：血浊气涩，疾泻之，则经可通也。

黄帝曰：脉行之逆顺奈何？岐伯曰：手之三阴，从藏走手；手之三阳，从手走头。足之三阳，从头走足；足之三阴，从足走腹。黄帝曰：少阴之脉独下行何也？岐伯曰：不然。夫冲脉者，五藏六府之海也，五藏六府皆禀焉⑨。其上者，出于颃颡，渗诸阳，灌诸精；其下者，注少阴之大络，出于气街，循阴股内廉，入腘中，伏行骭骨内⑩，下至内踝之后属而别；其下者，并于少阴之经，渗三阴；其前者，伏行出跗属，下循跗入大指间，渗诸络而温肌肉。故别络结则跗上不动，不动则厥，厥则寒矣。黄帝曰：何以明之？岐伯曰：以言导之，切而验之，其非必动，然后乃可明逆顺之行也。黄帝曰：窘乎哉！圣人之为道也。明于日月，微于毫厘，其非夫子，孰能道之也。

---

①检押，规则。

②意，通臆。

③平水，水平。

④掘（kū，音窟），通窟。冲，要塞。

⑤临临然，厚重下坠。

⑥廉廉然，消瘦。

⑦监监然，强劲。

⑧豪刺，毫针。

⑨禀，同禀，承受。

⑩骭，胫骨。

## 血络论第三十九

黄帝曰：愿闻其奇邪而不在经者。岐伯曰：血络是也。黄帝曰：刺血络而仆者何也？血出而射者何也？血少黑而浊者何也？①，血出清而半为汁者何也？发针而肿者何也？血出若多若少而面色苍苍者何也？发针而面色不变而烦悗者何也？多出血而不动摇者何也？愿闻其故。岐伯曰：脉气盛而血虚者，刺之则脱气，脱气则仆。血气俱盛而阴气多者，其血滑，刺之则射；阳气畜积，久留而不泻者，其血黑以浊，故不能射。新饮而液渗于络，而未合和于血也，故血出而汁别焉；其不新饮者，身中有水，久则为肿。阴气积于阳，其气因于络，故刺之血未出而气先行，故肿。阴阳之气，其新相得而未和合，因而泻之，则阴阳俱脱，表里相离，故脱色而苍苍然。刺之血出多，色不变而烦悗者，刺络而虚经。虚经之属于阴者，阴脱，故烦悗。阴阳相得而合为痹者，此为内溢于经，外注于络，如是者，阴阳俱有余，虽多出血而弗能虚也。黄帝曰：相之奈何②？岐伯曰：血脉者，盛坚横以赤，上下无常处，小者如针，大者如筋，则而泻之，万全也，故无失数矣，失数而反，各如其度，黄帝曰：针入而肉著者，何也？岐伯曰：热气因于针则针热，热则肉著于针，故坚焉。

---

①血少黑而浊，出血少而色黑质浊。

②相，观察。

## 阴阳清浊第四十

黄帝曰：余闻十二经脉，以应十二经水者，其五色各异，清浊不同，人之血气若一，应之奈何？岐伯曰：人之血气，苟能若一，则天下为一矣，恶有乱者乎。黄帝曰：余问一人，非问天下之众。岐伯曰：夫一人者，亦有乱气，天下之众，亦有乱人，其合为一耳。黄帝曰：愿闻人气之清浊。岐伯曰：受谷者浊，受气者清。清者注阴，浊者注阳。浊而清者，上出于咽；清而浊者，则下行。清浊相干，命曰乱气。黄帝曰：夫阴清而阳浊，浊者有清，清者有浊，清浊别之奈何？岐伯曰：气之大别，清者上注于肺，浊者下走于胃。胃之清气，上出于口。肺之浊气，下注于经，内积于海①。黄帝曰：诸阳皆浊，何阳浊甚乎？岐伯曰：手太阳独受阳之浊，手太阴独受阴之清。其清者上走空窍，其浊者下行诸经。诸阴皆清，足太阴独受其浊。黄帝曰：治之奈何？岐伯曰：清者其气滑，浊者其气涩，此气之常也。故刺阴者，深而留之；刺阳者，浅而疾之；清浊相干者，以数调之也。

---

①海，胸中气海。

# 卷 之 七

## 阴阳系日月第四十一

黄帝曰：余闻天为阳，地为阴，日为阳，月为阴，其合之于人奈何？岐伯曰：腰以上为天，腰以下为地，故天为阳，地为阴。故足之十二经脉，以应十二月，月生于水，故在下者为阴；手之十指，以应十日，日主火，故在上者为阳。黄帝曰：合之于脉奈何？岐伯曰：寅者，正月之生阳也，主左足之少阳；未者六月，主右足之少阳。卯者二月，主左足之太阳；午者五月，主右足之太阳。辰者三月，主左足之阳明；巳者四月，主右足之阳明。此两阳合于前，故曰阳明。申者，七月之生阴也，主右足之少阴；丑者十二月，主左足之少阴。酉者八月，主右足之太阴；子者十一月，主左足之太阴。戌者九月，主右足之厥阴；亥者十月，主左足之厥阴。此两阴交尽，故曰厥阴。甲主左手之少阳，己主右手之少阳。乙主左手之太阳，戊主右手之太阳。丙主左手之阳明，丁主右手之阳明。此两火并合，故为阳明。庚主右手之少阴，癸主左手之少阴。辛主右手之太阴，壬主左手之太阴。故足之阳者，阴中之少阳也；足之阴者，阴中之太阴也。手之阳者，阳中之太阳也；手之阴者，阳中之少阴也。腰以上者为阳，腰以下者为阴。其于五藏也，心为阳中之太阳，肺为阳中之少阴，肝为阴中之少阳，脾为阴中之至阴，肾为阴中之太阴。

黄帝曰：以治之奈何？岐伯曰：正月、二月、三月，人气在左①，无刺左足之阳；四月、五月、六月，人气在右，无刺右足之阳。七月、八月、九月，人气在右，无刺右足之阴；十月、十一月、十二月，人气在左，无刺左足之阴。黄帝曰：五行以东方为甲乙木，王春，春者苍色，主肝。肝者，足厥阴也。今乃以甲为左手之少阳，不合于数何也？岐伯曰：此天地之阴阳也，非四时五行之以次行也。且夫阴阳者，有名而无形，故数之可十，离之可百，散之可千，推之可万，此之谓也。

---

①人气，人体的正气。

## 病传第四十二

黄帝曰：余受九针于夫子，而私览于诸方，或有导引行气，乔摩①、灸、熨、刺、焫②、饮药之一者，可独守耶？将尽行之乎？岐伯曰：诸方者，众人之方也，非一人之所尽行也。黄帝曰：此乃所谓守一勿失万物毕者也。今余已闻阴阳之要，虚实之理，倾移之过，可治之属③，愿闻病之变化，淫传绝败而不可治者，可得闻乎？岐伯曰：要乎哉问。道，昭乎其如日醒，窘乎其如夜瞑，能被而服之④，神与俱成，毕将服之，神自得之，生神之理，可著于竹帛，不可传于子孙。黄帝曰：何谓日醒？岐伯曰：明于阴阳，如惑之解，如醉之醒。黄帝曰：何谓夜瞑？岐伯曰：暗乎其无声，漠乎其无形，折毛发理，正气横倾，淫邪泮衍⑤，血脉传溜⑥，大气入藏⑦，腹痛下淫，可以致死，不可以致生。

黄帝曰：大气入藏奈何？岐伯曰：病先发于心，一日而之肺，三日而之肝，五日而之脾，三日不已，死，冬夜半，夏日中。病先发于肺，三日而之肝，一日而之脾，五日而之胃，十日不已，死，冬日入，夏日出。病先发于肝，三日而之脾，五日而之胃，三日而之肾，三日不已，死，冬日入，夏早食。病先发于脾，一日而之胃，二日而之肾，三日而之膂膀胱，十日不已，死，冬人定⑧，夏晏食⑨。病先发于胃，五日而之肾，三日而之膂膀胱，五日而上之心，二日不已，死，冬夜半，夏日昳⑩病先发于肾，三日而之膂膀胱，三日而上之心，三日而之小肠，三日不已，死，冬大晨⑪，夏晏晡⑫。病先发于膀胱，五日而之肾，一日而之小肠，一日而之心，二日不已，死，冬鸡鸣，夏下晡⑬。诸病以次相传，如是者，皆有死期，不可刺也；间一藏及二三四藏者⑭，乃可刺也。

---

①乔摩，按摩。

②焫（ruò，又读 rè），用火烧针，以刺激穴位。

③可治之属，治愈疾病的各种方法。

④被，接受。服，信服。

⑤泮衍，蔓延。

⑥溜。同留。

⑦大气，大邪之气。藏，内脏。

⑧人定，人入睡之时。

⑨晏，晚。

⑩昳（dié，音迭），午后。

⑪大晨，天光大亮。

⑫晏晡，黄昏。

⑬下晡，午后。

⑭藏，同脏。

# 淫邪发梦第四十三

黄帝曰：愿闻淫邪泮衍奈何？岐伯曰：正邪从外袭内①，而未有定舍，反淫于藏，不得定处，与营卫俱行，而与魂魄飞扬，使人卧不得安而喜梦。气淫于府，则有余于外，不足于内；气淫于藏，则有余于内，不足于外。黄帝曰：有余不足有形乎？岐伯曰：阴气盛则梦涉大水而恐惧，阳气盛则梦大火而燔焫，阴阳俱盛则梦相杀。上盛则梦飞，下盛则梦坠。甚饥则梦取，甚饱则梦予②。肝气盛则梦怒，肺气盛则梦恐惧、哭泣、飞扬，心气盛则梦善笑恐畏，脾气盛则梦歌乐、身体重不举，肾气盛则梦腰脊两解不属③。凡此十二盛者，至而泻之，立已。

厥气客于心④，则梦见丘山烟火。客于肺，则梦飞扬，见金铁之奇物。客于肝，则梦山林树木。客于脾则梦见丘陵大泽，坏屋风雨。客于肾，则梦临渊，没居水中。客于膀胱，则梦游行。客于胃，则梦饮食。客于大肠，则梦田野。客于小肠，则梦聚邑冲衢⑤。客于胆，则梦斗讼自刳⑥。客于阴器，则梦接内。客于项，则梦斩首。客于胫，则梦行走而不能前，及居深地窌苑中⑦。客于股肱，则梦礼节拜起。客于胞䐈⑧，则梦溲便。凡此十五不足者，至而补之，立已也。

---

① 正邪，可以刺激人体正常活动的各种因素。

② 予，给予。

③ 属，连接。

④ 客，侵犯。

⑤ 冲衢，交通要道。

⑥ 刳（kù，音枯），剖割。自刳，剖腹自杀。

⑦ 窌（jiào，音叫），地窖。

⑧ 䐈（chēn，音琛）：直肠。

# 顺气一日分为四时第四十四

黄帝曰：夫百病之所始生者，必起于燥湿、寒暑、风雨、阴阳、喜怒、饮食、居处。气合而有形①，得藏而有名②，余知其然也。夫百病者，多以旦慧③，昼安，夕加④，夜甚，何也？岐伯曰：四时之气使然。黄帝曰：愿闻四时之气。岐伯曰：春生夏长，秋收冬藏，是气之常也，人亦应之，以一日分为四时，朝则为春，日中为夏，日入为秋，夜半为冬。朝则人气始生，病气衰，故旦慧；日中人气长，长则胜邪，故安；夕则人气始衰，邪气始生，故加；夜半人气入藏，邪气独居于身，故甚也。黄帝曰：其时有反者何也？岐伯曰：是不应四时之气，藏独主其病者，是必以藏气之所不胜时者甚，以其所胜时者起也。黄帝曰：治之奈何？岐伯曰：顺天之时，而病可与期。顺者为工，逆者为粗。

黄帝曰：善。余闻刺有五变，以主五输，愿闻其数。岐伯曰：人有五藏，五藏有五变，五变有五输，故五五二十五输，以应五时。黄帝曰：愿闻五变。岐伯曰：肝为牡藏⑤，其色青，其时春，其音角，其味酸，其日甲乙。心为牡藏，其色赤，其时夏，其日丙丁，其音徵，其味苦。脾为牝藏⑥，其色黄，其时长夏，其日戊己，其音宫，其味甘。肺为牝藏，其色白，其音商，其时秋，其日庚辛，其味辛。肾为牝藏，其色黑，其时冬，其日壬癸，其音羽，其味咸。是为五变。黄帝曰：以主五输奈何？岐伯曰：藏主冬，冬刺井；色主春，春刺荥；时主夏，夏刺输；音主长夏，长夏刺经；味主秋，秋刺合。是谓五变，以主五输。黄帝曰：诸原安合以致六输？岐伯曰：原独不应五时，以经合之，以应其数，故六六三十六输。黄帝曰：何谓藏主冬，时主夏，音主长夏，味主秋，色主春？愿闻其故。岐伯曰：病在藏者，取之井；病变于色者，取之荥；病时间时甚者，取之输；病变于音者，取之经；经满而血者，病在胃及以饮食不节得病者，取之于合。故命曰味主合，是谓五变也。

---

① 气合，正邪之气相搏。有形，病症。

② 得藏，侵入内脏。

③ 慧，清醒。

④ 加，病情加重。

⑤牡藏，牡指雄性，肝为阴中之阳，心为阳中之阳，故称牡藏。
⑥牝藏，牝为雌性，脾为阴中至阴，肺为阳中之阴，肾为阴中之阴，故称牝藏。

## 外揣第四十五

　　黄帝曰：余闻九针九篇，余亲受其调①，颇得其意。夫九针者，始于一而终于九，然未得其要道也。夫九针者，小之则无内，大之则无外，深不可为下，高不可为盖，恍惚无穷，流溢无极，余知其合于天道人事四时之变也，然余愿杂之毫毛，浑束为一，可乎？岐伯曰：明乎哉问也，非独针道焉，夫治国亦然。黄帝曰：余愿闻针道，非国事也。岐伯曰：夫治国者，夫惟道焉，非道，何可小大深浅，杂合而为一乎？黄帝曰：愿卒闻之。岐伯曰：日与月焉，水与镜焉，鼓与响焉。夫日月之明，不失其影，水镜之察，不失其形，鼓响之应，不后其声，动摇则应和，尽得其情。黄帝曰：窘乎哉！昭昭之明不可蔽。其不可蔽，不失阴阳也。合而察之，切而验之，见而得之，若清水明镜之不失其形也。五音不彰，五色不明，五藏波荡，若是则内外相袭，若鼓之应桴，响之应声，影之似形。故远者司外揣内②，近者司内揣外，是谓阴阳之极，天地之盖，请藏之灵兰之室③，弗敢使泄也。

---

①调，智慧。
②揣，推测。
③灵兰之室，传说为黄帝藏书的地方。

## 五变第四十六

　　黄帝问于少俞曰：余闻百疾之始期也，必生于风雨寒暑，循毫毛而入腠理，或复还，或留止，或为风肿汗出，或为消瘅，或为寒热，或留痹，或为积聚，奇邪淫溢，不可胜数，愿闻其故。夫同时得病，或病此，或病彼，意者天之为人生风乎，何其异也？少俞曰：夫天之生风者，非以私百姓也，其行公平正直，犯者得之，避者得无殆，非求人而人自犯。黄帝曰：一时遇风，同时得病，其病各异，愿闻其故。少俞曰：善乎哉问！请论以比匠人。匠人磨斧斤砺刀①，削斫材木，木之阴阳，尚有坚脆，坚者不入，脆者皮弛，至其交节，而缺斤斧焉。夫一木之中，坚脆不同，坚者则刚，脆者易伤，况其材木之不同，皮之厚薄，汁之多少，而各异耶。夫木之早花先生叶者，遇春霜烈风，则花落而叶萎。久曝大旱，则脆木薄皮者，枝条汁少而叶萎。久阴淫雨，则薄皮多汁者，皮溃而漉。卒风暴起，则刚脆之木，枝折杌伤②，秋霜疾风，则刚脆之木，根摇而叶落。凡此五者，各有所伤，况于人乎。黄帝曰：以人应木奈何？少俞答曰：木之所伤也，皆伤其枝，枝之刚脆而坚，未成伤也。人之有常病也，亦因其骨节、皮肤、腠理之不坚固者，邪之所舍也，故常为病也。

　　黄帝曰：人之善病风厥漉汗者，何以候之？少俞答曰：肉不坚，腠理疏，则善病风。黄帝曰：何以候肉之不坚也？少俞答曰：腘肉不坚而无分理，理者粗理，粗理而皮不致者，腠理疎。此言其浑然者。黄帝曰：人之善病消瘅者，何以候之？少俞答曰：五藏皆柔弱者，善病消瘅。黄帝曰：何以知五藏之柔弱也？少俞答曰：夫柔弱者，必有刚强，刚强多怒，柔者易伤也。黄帝曰：何以候柔弱之与刚强？少俞答曰：此人薄皮肤而目坚固以深者，长冲直扬③，其心刚，刚则多怒，怒则气上逆，胸中畜积，血气逆留，腴皮充肌④，血脉不行，转而为热，热则消肌肤，故为消瘅，此言其人暴刚而肌肉弱者也。黄帝曰：人之善病寒热者，何以候之？少俞答曰：小骨弱肉者，善病寒热。黄帝曰：何以候骨之小大，肉之坚脆，色之不一也。少俞答曰：颧骨者，骨之本也。颧大则骨大，颧小则骨小。皮肤薄而其肉无䐃，其臂懦懦然⑤，其地色殆然⑥，不与其天同色⑦，污然独异，此其候也。然后臂薄者，其髓不满，故善病寒热也。黄帝曰：何以候人之善病痹者？少俞答曰：粗理而肉不坚者，善病痹。黄帝曰：痹之高下有处乎？少俞答曰：欲知其高下者，各视其部。黄帝曰：人之善病肠中积聚者，何以候之？少俞答曰：皮肤薄而不泽，肉不坚而淖泽，如此则肠胃恶，恶则邪气留止，积聚乃伤。脾胃之间，寒浊不次，邪气稍至；稸积留止⑧，大聚乃起。黄帝曰：余闻病形，已知之矣，愿闻其时。少俞答曰：先立其年，以知其时，时高则起，时下则殆，虽不陷下，当年有冲通，其病必起，是谓因形而生病，五变之纪也。

---

①斤，锯。

②杌（wù，音务），树干。

③长冲，眉毛。

④臑，同宽。

⑤懦懦然，软弱。

⑥地色，下巴的气色。

⑦天，天庭。

⑧稸，同畜。

## 本藏第四十七

黄帝问于岐伯曰：人之血气精神者，所以奉生而周于性命者也。经脉者，所以行血气而营阴阳，濡筋骨，利关节者也。卫气者，所以温分肉，充皮肤，肥腠理①，司关合者也②。志意者，所以御精神，收魂魄，适寒温，和喜怒者也。是故血和则经脉流行，营复阴阳，筋骨劲强，关节清利矣。卫气和则分肉解利，皮肤调柔，腠理致密矣。志意和则精神专直③，魂魄不散，悔怒不起，五藏不受邪矣。寒温和则六府化谷，风痹不作，经脉通利，肢节得安矣。此人之常平也。五藏者，所以藏精神血气魂魄者也。六府者，所以化水谷而行津液者也。此人之所以具受于天也，无愚智贤不肖，无以相倚也。然有其独尽天寿，而无邪僻之病，百年不衰，虽犯风雨卒寒大暑，犹有弗能害也；有其不离屏蔽室内，无怵惕之恐，然犹不免于病，何也？愿闻其故。岐伯对曰：窘乎哉问也！五藏者，所以参天地，副阴阳，而连四时，化五节者也④。五藏者，固有小大、高下、坚脆、端正、偏倾者，六府亦有小大、长短、厚薄、结直、缓急。凡此二十五者⑤，各不同，或善或恶，或吉或凶，请言其方。心小则安，邪弗能伤，易伤以忧；心大则忧不能伤，易伤于邪。心高则满于肺中，悗而善忘，难开以言；心下则藏外⑥，易伤于寒，易恐以言。心坚则藏安守固；心脆则善病消瘅热中。心端正则和利难伤；心偏倾则操持不一，无守司也。肺小则少饮，不病喘喝；肺大则多饮，善病胸痹喉痹逆气。肺高则上气肩息咳；肺下则居贲迫肺，善胁下痛。肺坚则不病咳上气；肺脆则苦病消瘅易伤。肺端正则和利难伤；肺偏倾则胸偏痛也。肝小则藏安，无胁下之病；肝大则逼胃迫咽，迫咽则苦膈中，且胁下痛。肝高则上支贲切胁悗⑦，为息贲；肝下则逼胃，胁下空，胁下空则易受邪。肝坚则藏安难伤；肝脆则善病消瘅易伤。肝端正则和利难伤；肝偏倾则胁下痛也。脾小则藏安，难伤于邪也；脾大则苦凑眇而痛⑧，不能疾行。脾高则眇引季胁而痛；脾下则下加于大肠，下加于大肠则藏苦受邪。脾坚则藏安难伤；脾脆则善病消瘅易伤。脾端正则和利难伤；脾偏倾则善满善胀也。肾小则藏安难伤；肾大则善病腰痛，不可以俯仰，易伤以邪。肾高则苦背膂痛，不可以俯仰；肾下则腰尻痛，不可以俯仰，为狐疝。肾坚则不病腰背痛；肾脆则善病消瘅易伤。肾端正则和利难伤；肾偏倾则苦腰尻痛也。凡此二十五变者，人之所苦常病。

黄帝曰：何以知其然也？岐伯曰：赤色小理者⑨，心小；粗理者，心大。无髑骬者，心高；髑骬小短举者，心下。髑骬长者心下坚，髑骬弱小以薄者心脆。髑骬直下不举者心端正。髑骬倚一方者心偏倾也。白色小理者，肺小；粗理者，肺大。巨肩反膺陷喉者⑩，肺高；合腋张胁者，肺下。好肩背厚者，肺坚；肩背薄者，肺脆。背膺厚者，肺端正；胁偏疏者，肺偏倾也。青色小理者，肝小；粗理者，肝大。广胸反骹者⑪，肝高；合胁兔骹者⑫，肝下。胸胁好者，肝坚；胁骨弱者，肝脆。膺腹好相得者，肝端正；胁骨偏举者，肝偏倾也。黄色小理者，脾小；粗理者，脾大。揭唇者，脾高；唇下纵者，脾下。唇坚者，脾坚；唇大而不坚者，脾脆。唇上下好者，脾端正；唇偏举者，脾偏倾也。黑色小理者，肾小；粗理者，肾大。高耳者，肾高；耳后陷者，肾下。耳坚者，肾坚，耳薄不坚者，肾脆。耳好前居牙车者⑬，肾端正；耳偏高者，肾偏倾也。凡此诸变者，持则安，减则病也。帝曰：善。然非余之所问也。愿闻人之有不可病者，至尽天寿，虽有深忧大恐，怵惕之志，犹不能感也⑭，甚寒大热，不能伤也。其有不离屏蔽室内，又无怵惕之恐，然不免于病者，何也？愿闻其故。岐伯曰：五藏六府，邪之舍也，请言其故。五藏皆小者，少病，苦燋心，大愁忧；五藏皆大者，缓于事，难使以忧。五藏皆高者，好高举措；五藏皆下者，好出人下。五藏皆坚者，无病；五藏皆脆者，不离于病。五藏皆端正者，和利得人心；五藏皆偏倾者，邪心而善盗，不可以为人平⑮，反复言语也。

黄帝曰：愿闻六府之应。岐伯答曰：肺合大肠，大肠者，皮其应，心合小肠，小肠者，脉其应。肝合胆，胆者，筋其应。脾合胃，胃者，肉其应。肾合三焦膀胱，三焦膀胱者，腠理毫毛其应。黄帝曰：应之奈何？岐伯曰：肺应皮。皮厚者，大肠厚；皮薄者，大肠薄。皮缓，腹里大者，大肠大而长；皮急者，大肠急而短。皮滑者，大肠直⑯；皮肉不相离者⑰，大肠结。心应脉。皮厚者脉厚，脉厚者小肠厚；皮薄者脉薄，脉薄者小肠薄。皮缓者脉缓，脉缓者小肠大而长；皮薄而脉冲小者，小肠小而短。诸阳经脉皆多纡屈者，小肠结。脾应肉。肉䐃坚大者胃厚，肉䐃么者胃薄⑱。肉䐃小而么者胃不坚；肉䐃不称身者胃下。胃下者下管约不利。肉䐃不坚者胃缓，肉䐃无小里累者胃急⑲。肉䐃多小里累者胃结，胃结者上管约不利也。肝应爪。爪厚色黄者，胆厚；爪薄色红者，胆薄。爪坚色青者，胆急；爪濡色赤者，胆缓。爪直色白无纹者，胆直；爪恶色黑多纹者，胆结也。肾应骨。密理厚皮者，三焦膀胱厚；粗理薄皮者，三焦膀胱薄。疏腠理者，三焦膀胱缓；皮急而无毫毛者，三焦膀胱急。毫毛美而粗者，三焦膀胱直；稀毫毛者，三焦膀胱结也。黄帝曰：厚薄美恶皆有形，愿闻其所病。岐伯答曰：视其外应，以知其内藏，则知所病矣。

---

①肥，濡润。
②关合，开合。
③专直，集中。
④化五节，五脏应五季的变化而变化。
⑤二十五，指五脏各有大小、高下、坚脆、端正、偏倾等情况，计有二十五种。
⑥下，位置低下。外，疏散。
⑦上支贲切，向上支掌贲门。

⑧湊，同凑，充塞。䏚，胁下空软部。

⑨小理，纹理致密。

⑩反膺陷喉，胸膺部突出，咽喉部下陷。

⑪骹（qiāo，音敲），靠下的肋骨。反骹，肋骨突起。

⑫兔骹，肋骨外形似兔低合内收。

⑬牙车，牙床。

⑭感，伤害。

⑮平，同评。

⑯直，畅通。

⑰离，附丽。

⑱么，细小。

⑲小里累，小颗粒累累。

# 卷 之 八

## 禁服第四十八

雷公问于黄帝曰：细子得受业，通于九针六十篇，且暮勤服之①，近者编绝，久者简垢②，然尚讽诵弗置，未尽解于意矣。《外揣》言浑束为一，未知所谓也。夫大则无外，小则无内，大小无极，高下无度，束之奈何？士之才力，或有厚薄，智虑褊浅③，不能博大深奥，自强于学若细子，细子恐其散于后世，绝于子孙，敢问约之奈何？黄帝曰：善乎哉问也！此先师之所禁，坐私传之也④，割臂歃血之盟也。子若欲得之，何不斋乎。雷公再拜而起曰：请闻命于是也。乃斋宿三日而请曰：敢问今日正阳⑤，细子愿以受盟。黄帝乃与俱入斋室，割臂歃血。黄帝亲祝曰：今日正阳，歃血传方，有敢背此言者，反受其殃。雷公再拜曰：细子受之。黄帝乃左握其手，右授之书，曰：慎之慎之，吾为子言之。凡刺之理，经脉为始，营其所行，知其度量，内刺五藏，外刺六府，审察卫气，为百病母，调其虚实，虚实乃止，泻其血络，血尽不殆矣。雷公曰：此皆细子之所以通⑥，未知其所约也⑦。黄帝曰：夫约方者⑧，犹约囊也⑨，囊满而弗约，则输泄，方成弗约，则神与弗俱。雷公曰：愿为下材者，勿满而约之。黄帝曰：未满而知约之以为工，不可以为天下师。

雷公曰：愿闻为工。黄帝曰：寸口主中，人迎主外，两者相应，俱往俱来，若引绳大小齐等⑩。春夏人迎微大，秋冬寸口微大，如是者名曰平人⑪。人迎大一倍于寸口，病在足少阳，一倍而躁，在手少阳。人迎二倍，病在足太阳，二倍而躁，病在手太阳。人迎三倍，病在足阳明，三倍而躁，病在手阳明。盛则为热，虚则为寒，紧则为痛痹，代则乍甚乍间。盛则泻之，虚则补之，紧痛则取之分肉，代则取血络且饮药，陷下则灸之，不盛不虚，以经取之，名曰经刺。人迎四倍者，且大且数，名曰溢阳，溢阳为外格，死不治。必审按其本末，察其寒热，以验其藏府之病。

寸口大于人迎一倍，病在足厥阴，一倍而躁，在手心主。寸口二倍，病在足少阴，二倍而躁，在手少阴。寸口三倍，病在足太阴，三倍而躁，病在手太阴。盛则胀满、寒中、食不化；虚则热中、出糜⑫、少气、溺色变，紧则痛痹，代则乍痛乍止。盛则泻之，虚则补之，紧则先刺而后灸之，代则取血络而后调之，陷下则徒灸之，陷下者，脉血结于中，中有著血⑬，血寒，故宜灸之，不盛不虚，以经取之。寸口四倍者，名曰内关，内关者，且大且数，死不治。必审察其本末之寒温，以验其藏府之病，通其营输，乃可传于大数。大数曰：盛则徒泻之⑭，虚则徒补之，紧则灸刺且饮药，陷下则徒灸之，不盛不虚，以经取之。所谓经治者，饮药，亦曰灸刺。脉急则引⑮，脉大以弱，则欲安静，用力无劳也。

---

①勤服，勤奋学习。

②简垢，竹简有尘污。

③褊浅，狭猛肤浅。

④坐私传之，传给专谋私利之人。

⑤正阳，正午。

⑥通，了解。

⑦约，掌握要领。

⑧约方，将治疗方法归纳，提纲挈领。

⑨约囊，将口袋扎起来。

⑩若引绳大小齐等，象两人共同牵引一根绳一样，大小相等。

⑪平人，无病的平常人。

⑫出糜，大便中有糜烂未化的食物。

⑬著血，瘀血附着。

⑭徒，副词，仅。

⑮引，导引。

# 五色第四十九

雷公问于黄帝曰：五色独决于明堂乎？小子未知其所谓也。黄帝曰：明堂者，鼻也。阙者，眉间也。庭者颜也。蕃者，颊侧也。蔽者，耳门也。其间欲方大①，去之十步，皆见于外，如是者寿必中百岁②。雷公曰：五官之辨奈何？黄帝曰：明堂骨高以起，平以直，五藏次于中央③，六府挟其两侧④，首面上于阙庭，王宫在于下极，五藏安于胸中，真色以致，病色不见，明堂润泽以情，五官恶得无辨乎。雷公曰：其不辨者，可得闻乎？黄帝曰：五色之见也，各出其色部。部骨陷者，必不免于病矣。其色部乘袭者⑤，虽病甚，不死矣。雷公曰：官五色奈何？黄帝曰：青黑为痛，黄赤为热，白为寒，是谓五官。

雷公曰：病之益甚⑥，与其方衰如何⑦？黄帝曰：外内皆在焉。切其脉口滑小紧以沉者，病益甚，在中；人迎气大紧以浮者，其病益甚，在外。其脉口浮滑者，病日进；人迎沉而滑者，病日损。其脉口滑以沉者，病日进，在内；其人迎脉滑盛以浮者，其病日进在外。脉之浮沉及人迎与寸口气小大等者，病难已。病之在藏，沉而大者，易已，小为逆；病在府，浮而大者，其病易已。人迎盛坚者，伤于寒；气口盛坚者，伤于食。雷公曰：以色言病之间甚奈何？黄帝曰：其色粗以明，沉夭者为甚⑧，其色上行者病益甚，其色下行如云彻散者，病方已。五色各有藏部⑨，有外部，有内部也。色从外部走内部者，其病从外走内；其色从内走外者，其病从内走外。病生于内者，先治其阴，后治其阳，反者益甚；其病生于阳者，先治其外，后治其内，反者益甚。其脉滑大以代而长者，病从外来，目有所见，志有所恶，此阳气之并也，可变而已。雷公曰：小子闻风者，百病之始也；厥逆者，寒湿之起也，别之奈何？黄帝曰：常候阙中，薄泽为风[10]，冲浊为痹[11]，在地为厥[12]，此其常也，各以其色言其病。

雷公曰：人不病卒死[13]，何以知之？黄帝曰：大气入于藏府者[14]，不病而卒死矣。雷公曰：病小愈而卒死者，何以知之？黄帝曰：赤色出两颧，大如母指者，病虽小愈，必卒死。黑色出于庭，大如母指，必不病而卒死。雷公再拜曰：善哉！其死有期乎？黄帝曰：察色以言其时。雷公曰：善乎！愿卒闻之。黄帝曰：庭者，首面也。阙上者，咽喉也。阙中者，肺也。下极者，心也。直下者，肝也。肝左者，胆也。下者，脾也。方上者，胃也。中央者，大肠也。挟大肠者，肾也。当肾者，脐也。面王以上者[15]，小肠也。面王以下者，膀胱子处也。颧者，肩也。颧后者，臂也。臂下者，手也。目内眦上者，膺乳也。挟绳而上者[16]，背也。循牙车以下者，股也。中央者，膝也。膝以下者，胫也。当胫以下者，足也。巨分者[17]，股里也。巨屈者[18]，膝膑也。此五藏六府肢节之部也，各有部分。有部分，用阴和阳，用阳和阴，当明部分，万举万当。能别左右，是谓大道；男女异位，故曰阴阳；审察泽夭，谓之良工。沉浊为内，浮泽为外，黄赤为风，青黑为痛，白为寒，黄而膏润为脓，赤甚者为血，痛甚为挛，寒甚为皮不仁。五色各见其部，察其沉浮，以知浅深；察其泽夭，以观成败；察其散抟[19]，以知远近，视色上下，以知病处，积神于心，以知往今。故相气不微，不知是非，属意勿去，乃知新故。色明不粗，沉夭为甚，不明不泽，其病不甚。其色散，驹驹然未有聚[20]，其病散而气痛，聚未成也。肾乘心，心先病，肾为应，色皆如是。男子色在于面王，为小腹痛，下为卵痛，其圆直为茎痛[21]，高为本，下为首，狐疝㿉阴之属也。女子在于面王，为膀胱子处之病，散为痛，抟为聚，方员左右，各如其色形。其随而下至胝为淫，有润如膏状，为暴食不洁。左为左，右为右，其色有邪，聚散而不端，面色所指者也。色者，青黑赤白黄，皆端满有别乡[22]。别乡赤者，其色亦大如榆荚，在面王为不日。其色上锐，首空上向，下锐下向，在左右如法。以五色命藏，青为肝，赤为心，白为肺，黄为脾，黑为肾。肝合筋，心合脉，肺合皮，脾合肉，肾合骨也。

①方大，宽大。

②中（zhòng），满。

③次，居。五藏次于中央，反映五脏状况的部位在面部的中央。

④挟，附。

⑤乘袭，乘虚侵袭。

⑥益甚，病情逐渐加重。

⑦方衰，病情逐渐好转。

⑧沉夭，晦滞。

⑨五色各有藏部，面部五色，各有脏腑所属的部位。

⑩薄泽，浅浮而光泽。

⑪冲浊，深沉而浑浊。

⑫地，下巴颏。

⑬卒，猝。

⑭大气，大邪之气。

⑮面王，鼻尖。

⑯绳，耳边。

⑰巨分，口角大纹。

⑱巨屈，颊下曲骨部。

⑲抟，同团。

⑳驹驹然，如马驹奔驰不定，散而不聚。
㉑圆直，人中沟。
㉒端满，端正盈满。别乡，别的部位。

# 论勇第五十

黄帝问于少俞曰：有人于此，并行并立，其年之长少等也，衣之厚薄均也，卒然遇烈风暴雨，或病或不病，或皆病，或皆不病，其故何也？少俞曰：帝问何急①？黄帝曰：愿尽闻之。少俞曰：春青风，夏阳风，秋凉风，冬寒风。凡此四时之风者，其所病各不同形。黄帝曰：四时之风，病人如何？少俞曰：黄色薄皮弱肉者，不胜春之虚风②；白色薄皮弱肉者，不胜夏之虚风；青色薄皮弱肉，不胜秋之虚风；赤色薄皮弱肉，不胜冬之虚风也。黄帝曰：黑色不病乎？少俞曰：黑色而皮厚肉坚，固不伤于四时之风。其皮薄而肉不坚，色不一者，长夏至而有虚风者，病矣。其皮厚而肌肉坚者，长夏至而有虚风，不病矣。其皮厚而肌肉坚者，必重感于寒，外内皆然，乃病。黄帝曰：善。

黄帝曰：夫人之忍痛与不忍痛者，非勇怯之分也。夫勇士之不忍痛者，见难则前，见痛则止；夫怯士之忍痛者，闻难则恐，遇痛不动。夫勇士之忍痛者，见难不恐，遇痛不动；夫怯士之不忍痛者，见难与痛，目转面盼③，恐不能言，失气惊，颜色变化，乍死乍生④。余见其然也，不知其何由，愿闻其故。少俞曰：夫忍痛与不忍痛者，皮肤之薄厚，肌肉之坚脆缓急之分也，非勇怯之谓也。黄帝曰：愿闻勇怯之所由然。少俞曰：勇士者，目深以固⑤，长衡直扬，三焦理横，其心端直，其肝大以坚，其胆满以傍，怒则气盛而胸张，肝举而胆横，眦裂而目扬，毛起而面苍，此勇士之由然者也。黄帝曰：愿闻怯士之所由然。少俞曰：怯士者，目大而不减，阴阳相失，其焦理纵，䯏骬短而小，肝系缓，其胆不满而纵，肠胃挺，胁下空，虽方大怒，气不能满其胸，肝肺虽举，气衰复下，故不能久怒，此怯士之所由然者也。黄帝曰：怯士之得酒，怒不避勇士者，何藏使然？少俞曰：酒者，水谷之精，熟谷之液也，其气慓悍，其入于胃中，则胃胀，气上逆，满于胸中，肝浮胆横。当是之时，固比于勇士，气衰则悔。与勇士同类，不知避之，名曰酒悖也。

①急，先。
②虚风，虚邪之风。
③盼（xì，音系），怒视。
④乍死乍生，疑死疑生。
⑤目深以固，目光深邃，凝视不动。

# 背腧第五十一

黄帝问于岐伯曰：愿闻五藏之腧，出于背者。岐伯曰：胸中大腧在杼骨之端①，肺腧在三焦之间，心腧在五焦之间，膈腧在七焦之间，肝腧在九焦之间，脾腧在十一焦之间，肾腧在十四焦之间，皆挟脊相去三寸所，则欲得而验之，按其处，应在中而痛解，乃其腧也。灸之则可，刺之则不可。气盛则泻之，虚则补之。以火补者，毋吹其火，须自灭也。以火泻者，疾吹其火，傅其艾，须其火灭也。

①大腧，大杼穴。

# 卫气第五十二

黄帝曰：五藏者，所以藏精神魂魄者也。六府者，所以受水谷而行化物者也。其气内于五藏，而外络肢节。其浮气之不循经者，为卫气；其精气之行于经者，为营气。阴阳相随，外内相贯，如环之无端，亭亭淳淳乎①，孰能穷之。然其分别阴阳，皆有标本虚实所离之处。能别阴阳十二经者，知病之所生。候虚实之所在者，能得病之高下。知六府之气街者②，能知解结契绍于门户③。能知虚石之坚软者④，知补泻之所在。能知六经标本者，可以无惑于天下。岐伯曰：博哉圣帝之论！臣请尽意悉言之。足太阳之本，在跟以上五寸中，标在两络命门。命门者，目也。足少阳之本，在窍阴之间，标在窗笼之前。窗笼者，耳也。足少阴之本，在内踝下上三寸中，标在背腧与舌下两脉也。足厥阴之本，在行间上五寸所，标在背腧也。足阳明之本，在厉兑，标在人迎颊挟颃颡也。足太阴之本，在中封前上四寸之中，标在背腧与舌本也。手太阳之本，在外踝之后，标在命门之上一寸也。手少阳之本，在小指次指之间上二寸，标在耳后上角下外眦也，手阳明之本，在肘骨中，上至别阳，标在颜下合钳上也⑤。手太阴之本，在寸口之中，标在腋内动也。手少阴之本，在锐骨之端，标在背腧也。手心主之本，在掌后两筋之间二寸中，标在腋下下三寸也。凡候此者，下虚则厥，下盛则热；上虚则眩，上盛则热痛。故石者绝而止之，虚者引而起之。

请言气街：胸气有街，腹气有街，头气有街，胫气有街。故气在头者，止之于脑。气在胸者，止之膺与背腧。气在腹者，止之背腧，与冲脉于脐左右之动脉者。气在胫者，止之于气街，与承山踝上以下。取此者用毫针，必先按而在久应于手，乃刺而予之⑥。所治者，头痛眩仆，腹痛中满暴胀，及有新积。痛可移者，易已也；积不痛，难已也。

①亭亭淳淳，源远流长。
②街，路径。
③契，开。绍，达。
④石，通实。
⑤钳上，颊耳两旁之处。
⑥予，同与。

# 论痛第五十三

黄帝问于少俞曰：筋骨之强弱，肌肉之坚脆，皮肤之厚薄，腠理之疏密，各不同，其于针石火焫之痛何如？肠胃之厚薄坚脆亦不等，其于毒药何如？愿尽闻之。少俞曰：人之骨强筋弱肉缓皮肤厚者耐痛，其于针石之痛、火焫亦然。黄帝曰：其耐火焫者，何以知之？少俞答曰：加以黑色而美骨者，耐火焫。黄帝曰：其不耐针石之痛者，何以知之？少俞曰：坚肉薄皮者，不耐针石之痛，于火焫亦然。黄帝曰：人之病，或同时而伤，或易已，或难已，其故何如？少俞曰：同时而伤，其身多热者易已，多寒者难已。黄帝曰：人之胜毒①，何以知之？少俞曰：胃厚色黑大骨及肥者，皆胜毒；故其瘦而薄胃者，皆不胜毒也。

①胜毒，对毒药的耐受能力。

# 天年第五十四

黄帝问于岐伯曰：愿闻人之始生，何气筑为基①，何立而为楯②，何失而死，何得而生？岐伯曰：以母为基，以父为楯，失神者死，得神者生也。黄帝曰：何者为神？岐伯曰：血气已和，荣卫已通，五藏已成，神气舍心③，魂魄毕具，乃成为人。黄帝曰：人之寿夭各不同，或夭寿，或卒死，或病久，愿闻其道。岐伯曰：五藏坚固，血脉和调，肌肉解利④，皮肤致密，营卫之行，不失其常，呼吸微徐，气以度行⑤，六府化谷，津液布扬，各如其常，故能长久。黄帝曰：人之寿百岁而死，何以致之？岐伯曰：使道隧以长⑥，基墙高以方⑦，通调营卫，三部三里起⑧，骨高肉满，百岁乃得终。

黄帝曰：其气之盛衰，以至其死，可得闻乎？岐伯曰：人生十岁，五藏始定，血气已通，其气在下，故好走⑨。二十岁，血气始盛，肌肉方长，故好趋⑩。三十岁，五藏大定，肌肉坚固，血脉盛满，故好步⑪。四十岁，五藏六府十二经脉，皆大盛以平定，腠理始疏，荣化颓落，发颇斑白，平盛不摇，故好坐。五十岁，肝气始衰，肝叶始薄，胆汁始灭，目始不明。六十岁，心气始衰，苦忧悲，血气懈惰，故好卧。七十岁，脾气虚，皮肤枯。八十岁，肺气衰，魄离，故言善误。九十岁，肾气焦，四藏经脉空虚。百岁，五藏皆虚，神气皆去，形骸独居而终矣。黄帝曰：其不能终寿而死者，何如？岐伯曰：其五藏皆不坚，使道不长，空外以张，喘息暴疾，又卑其墙，薄脉少血，其肉不石，数中风寒，血气虚，脉不通，真邪相攻，乱而相引，故中寿而尽也⑫。

①基，基础。
②楯，栏槛。
③神气舍心，神气居住于心。
④解利，开放通利。
⑤度行，有规律地运行。
⑥使道，人中沟。
⑦基墙，面部骨骼。
⑧三部三里，面部的上中下三部份。起，高起。
⑨走，跑。
⑩趋，快走。
⑪步，步行。
⑫中寿，中年。

# 逆顺第五十五

黄帝问于伯高曰：余闻气有逆顺，脉有盛衰，刺有大约①，可得闻乎？伯高曰：气之逆顺者，所以应天地、阴阳、四时、五行也。脉之盛衰者，所以候血气之虚实有余不足。刺之大约者，必明知病之可刺，与其未可刺，与其已不可刺也。黄帝曰：候之奈何？伯高曰：兵法曰：无迎逢逢之气②，无击堂堂之阵③。《刺法》曰：无刺熇熇之热④，无刺漉漉之汗，无刺浑浑之脉⑤，无刺病与脉相逆者。黄帝曰：候其可刺奈何？伯高曰：上工，刺其未生者也。其次，刺其未盛者也。其次，刺其已衰者也。下工，刺其方袭者也，与其形之盛者也，与其病之与脉相逆者也。故曰：方其盛也，勿敢毁伤，刺其已衰，事必大昌。故曰：上工治未病，不治已病。此之谓也。

---

①约，法。

②逢逢（péng，音彭），鼓声，形容气势盛。

③堂堂，盛大貌。

④熇熇（hè，音鹤），盛热。

⑤浑浑，浊乱。

# 五味第五十六

黄帝曰：愿闻谷气有五味，其入五藏，分别奈何？伯高曰：胃者，五藏六府之海也，水谷皆入于胃，五藏六府皆禀气于胃。五味各走其所喜，谷味酸，先走肝，谷味苦，先走心，谷味甘，先走脾，谷味辛，先走肺，谷味咸，先走肾。谷气津液已行，营卫大通，乃化糟粕，以次传下。黄帝曰：营卫之行奈何？伯高曰：谷始入胃，其精微者，先出于胃之两焦，以溉五藏，别出两行，营卫之道。其大气之抟而不行者①，积于胸中。命曰气海，出于肺，循喉咽，故呼则出，吸则入。天地之精气②，其大数常出三入一，故谷不入，半日则气衰，一日则气少矣。

黄帝曰：谷之五味，可得闻乎？伯高曰：请尽言之。五谷：粳米甘，麻酸③，大豆咸，麦苦，黄黍辛。五果：枣甘，李酸，栗咸，杏苦，桃辛。五畜：牛甘，犬酸，猪咸，羊苦，鸡辛。五菜：葵甘④，韭酸，藿咸⑤，薤苦⑥，葱辛。五色：黄色宜甘，青色宜酸，黑色宜咸，赤色宜苦，白色宜辛。凡此五者，各有所宜。五宜：所言五色者，脾病者，宜食粳米饭、牛肉、棘葵；心病者，宜食麦、羊肉、杏薤；肾病者，宜食大豆黄卷，猪肉、栗、藿；肝病者，宜食麻、犬肉、李、韭。肺病者，宜食黄黍，鸡肉、桃、葱。五禁：肝病禁辛，心病禁咸，脾病禁酸，肾病禁甘，肺病禁苦。肝色青，宜食甘，粳米饭、牛肉、棘葵皆甘。心色赤，宜食酸，大肉、麻、李、韭皆酸。脾色黄，宜食咸，大豆、豕肉、栗、藿皆咸。肺色白，宜食苦，麦、羊肉、杏薤皆苦。肾色黑，宜食辛，黄黍、鸡肉、桃、葱皆辛。

---

①大气，宗气。

②天地之精气，天之精气，天之阳气，地之精气，水谷精微之气。

③麻，芝麻。

④葵，冬葵。

⑤藿，豆叶。

⑥薤，野蒜。

# 卷 之 九

## 水胀第五十七

黄帝问于岐伯曰：水与肤胀、鼓胀、肠覃①、石瘕、石水②，何以别之。岐伯答曰：水始起也，目窠上微肿③，如新卧起之状，其颈脉动，时咳，阴股间寒，足胫肿，腹乃大，其水已成矣。以手按其腹，随手而起，如裹水之状，此其候也。黄帝曰：肤胀何以候之？岐伯曰：肤胀者，寒气客于皮肤之间，鼟鼟然不坚④，腹大，身尽肿，皮厚，按其腹窅而不起⑤，腹色不变，此其候也。鼓胀何如？岐伯曰：腹胀身皆大，大与肤胀等也，色苍黄，腹筋起，此其候也。肠覃何如？岐伯曰：寒气客于肠外，与卫气相搏，气不得荣，因有所系，癖而内著，恶气乃起，瘜肉乃生⑥。其始生也，大如鸡卵，稍以益大，至其成如怀子之状，久者离岁⑦，按之则坚，推之则移，月事以时下，此其候也。石瘕何如？岐伯曰：石瘕生于胞中⑧，寒气客于子门⑨，子门闭塞，气不得通，恶血当泻不泻，衃以留止，日以益大，状如怀子，月事不以时下⑩。皆生于女子，可导而下。黄帝曰：肤胀、鼓胀可刺邪？岐伯曰：先泻其胀之血络，后调其经，刺去其血络也。

---

①肠覃（xùn，音训），病名。

②石水，病名。

③目窠，下眼睑。

④鼟鼟（kōng，音空），鼓声。

⑤窅（yǎo，音咬），凹陷。

⑥瘜（sì，音息），瘜肉，同息肉。

⑦离，同历。离岁，一年以上。

⑧胞，子宫。

⑨子门，子宫口。

⑩月事，月经。

## 贼风第五十八

黄帝曰：夫子言贼风邪气之伤人也，令人病焉，今有其不离屏蔽，不出空穴之中，卒然病者，非不离贼风邪气，其故何也？岐伯曰：此皆尝有所伤于湿气，藏于血脉之中，分肉之间，久留而不去；若有所堕坠，恶血在内而不去。卒然喜怒不节，饮食不适，寒温不时，腠理闭而不通。其开而遇风寒，则血气凝结，与故邪相袭，则为寒痹。其有热则汗出，汗出则受风，虽不遇贼风邪气，必有因加而发焉。黄帝曰：今夫子之所言者，皆病人之所自知也。其毋所遇邪气，又毋怵惕之所志，卒然而病者，其故何也？唯有因鬼神之事乎？岐伯曰：此亦有故邪留而未发，因而志有所恶，及有所慕，血气内乱，两气相搏。其所从来者微，视之不见，听而不闻，故似鬼神。黄帝曰：其祝而已者①，其故何也？岐伯曰：先巫者，因知百病之胜，先知其病之所从生者，可祝而已也。

、

---

①祝，祝由，古代一种精神疗法。

## 卫气失常第五十九

黄帝曰：卫气之留于腹中，搐积不行①，苑蕴不得常所②，使人支胁胃中满，喘呼逆息者，何以去之？伯高曰：其气积于胸中者，上取之；积于腹中者，下取之；上下皆满者，傍取之。黄帝曰：取之奈何？伯高对曰：积于上，泻人迎、天突、喉中；积于下者，泻三里与气街；上下皆满者，上下取之，与季胁之下一寸；重者，鸡足取之。诊视其脉大而弦急，及绝不至者，及腹皮急甚者，不可刺也。黄帝曰：善。

黄帝问于伯高曰：何以知皮肉、气血，筋骨之病也？伯高曰：色起两眉薄不泽者，病在皮。唇色青黄赤白黑者，病在肌肉。营气濡然者，病在血气。目色青黄赤白黑者，病在筋。耳焦枯受尘垢，病在骨。黄帝曰：病形何如，取之奈何？伯高曰：夫百病变化，不可胜数，然皮有部③，肉有柱④，血气有输，骨有属⑤。黄帝曰：愿闻其故。伯高曰：皮之部，输于四末。肉之柱，在臂胫诸阳分肉之间，与足少阴分间。血气之输，输于诸络，气血留居，则盛而起。筋部无阴无阳，无左无右，候病所在。骨之属者，骨空之所以受益而益脑髓者也。黄帝曰：取之奈何？伯高曰：夫病变化，浮沉深浅，不可胜穷，各在其处，病间者浅之，甚者深之，间者小之，甚者众之，随变而调气，故曰上工。

黄帝问于伯高曰：人之肥瘦大小寒温，有老壮少小，别之奈何？伯高对曰：人年五十已上为老，二十已上为壮，十八已上为少，六岁已上为小。黄帝曰：何以度知其肥瘦？⑥，伯高曰：人有肥、有膏、有肉。黄帝曰：别此奈何？伯高曰：腘肉坚，皮满者，肥。腘肉不坚，皮缓者，膏。皮肉不相离者，肉。黄帝曰：身之寒温何如？伯高曰：膏者，其肉淖，而粗理者身寒。细理者身热。脂者，其肉坚，细理者热，粗理者寒。黄帝曰：其肥瘦大小奈何？伯高曰：膏者，多气而皮纵缓，故能纵腹垂腴⑦。肉者，身体容大。脂者，其身收小。黄帝曰：三者之气血多少何如？伯高曰：膏者多气，多气者热，热者耐寒。肉者多血则充形，充形则平。脂者，其血清，气滑少，故不能大。此别于众人者也。黄帝曰：众人奈何？伯高曰：众人皮肉脂膏不能相加也，血与气不能相多，故其形不小不大，各自称其身，命曰众人。黄帝曰：善。治之奈何？伯高曰：必先别其三形，血之多少，气之清浊，而后调之，治无失常经。是故膏人，纵腹垂腴；肉人者，上下容大；脂人者，虽脂不能大者。

---

①搐，通蓄。

②苑蕴，郁积。

③皮有部，皮有其相应的部属。

④肉有柱，肌肉有隆起的部位，有支柱的作用，故曰肉有柱。

⑤属，连接，此指关节部位。

⑥度，揣测。

⑦纵腹垂腴，腹部宽纵，肉肥下垂。

## 玉版第六十

黄帝曰：余以小针为细物也，夫子乃言上合之于天，下合之于地，中合之于人，余以为过针之意矣，愿闻其故。岐伯曰：何物大于天乎？夫大于针者，惟五兵者焉①。五兵者，死之备也，非生之具。且夫人者，天地之镇也②，其不可不参乎？夫治民者，亦唯针焉。夫针之与五兵，其孰小乎？黄帝曰：病人生时，有喜怒不测，饮食不节，阴气不足，阳气多余，营气不行，乃发为痈疽。阴阳不通，两热相搏，乃愿化脓，小针能取之乎？岐伯曰：圣人不能使化者，为之，邪不可留也。故两军相当③，旗帜相望，白刃陈于中野者，此非一日之谋也。能使其民，令行禁止，士卒无白刃之难者，非一日之教也，须臾之得也。夫至使身被痈疽之病，脓血之聚者，不亦离道远乎。夫痈疽之生，脓血之成也，不从天下，不从地出，积微之所生也。故圣人自治于未有形也，愚者遭其已成也。黄帝曰：其已形，不予遭，脓已成，不予见，为之奈何？岐伯曰：脓已成，十死一生，故圣人弗使已成，而明为良方，著之竹帛，使能者踵而传之后世④，无有终时者，为其不予遭也。黄帝曰：其已有脓血而后遭乎，不导之以小针治乎？岐伯曰：以小治小者其功小，以大治大者多害，故其已成脓血者，其唯砭石铍锋之所取也。黄帝曰：多害者其不可全乎？岐伯曰：其在逆顺焉。黄帝曰：愿闻逆顺。岐伯曰：以为伤者，其白眼青黑，眼小，是一逆也；内药而呕者⑤，是二逆也。腹痛渴甚，是三逆也；肩项中不便⑥，是四逆也；音嘶色脱⑦，是五逆也。除此五者为顺矣。

黄帝曰：诸病皆有逆顺，可得闻乎？岐伯曰：腹胀，身热，脉大，是一逆也；腹鸣而满，四肢清，泄，其脉大，是二逆也；衄而不止，脉大，是三逆也；咳且溲血，脱形，其脉小劲，是四逆也；咳，脱形身热，脉小以疾，是谓五逆也。如是者，不过十五日而死矣。其腹大胀，四末清，脱形，泄甚，是一逆也；腹胀便血，其脉大时绝，是二逆也；咳溲血，形肉脱，脉搏，是三逆也；呕血，胸满引背，脉小而疾，是四逆也；咳呕腹胀，且飧泄，其脉绝，是五逆也。如是者，不及一时而死矣。工不察此者而刺之，是谓逆治。

黄帝曰：夫子之言针甚骏⑧，以配天地，上数天文，下度地纪⑨，内别五藏，外次六府，经脉二十八会，尽有周纪，能杀生人，不能起死者，子能反之乎？岐伯曰：能杀生人，不能起死者也。黄帝曰：余闻之则为不仁，然愿闻其道，弗行于人。岐伯曰：是明道也，其必然也，其如刀剑之可以杀人，如饮酒使人醉也，虽勿诊，犹可知矣。黄帝曰：愿卒闻之。岐伯曰：人之所受气者，谷也。谷之所注者，胃也。胃者，水谷气血之海也。海之所行云气者，天下也。胃之所出气血者，经隧也。经隧者，五藏六府之大络也，迎而夺之而已矣。黄帝曰：上下有数乎？岐伯曰：迎之五里⑩，中道而止，五至而已，五往而藏之气尽矣，故五五二十五而竭其输矣，此所谓夺其天气者也，非能绝其命而倾其寿者也。黄帝曰：愿卒闻之。岐伯曰：窥门而刺之者⑪，死于家中；入门而刺之者⑫，死于堂上。黄帝曰：善乎方，明哉道，请著之玉版，以为重宝，传之后世，以为刺禁，令民勿敢犯也。

---

①五兵，五种兵器。

②镇，重要，宝贵。

③两军相当，两军相敌。

④踵，继承。

⑤内，纳。

⑥肩项中不便，肩项转动不便。

⑦色脱，面无血色。

⑧骏，大。

⑨地纪，地理。

⑩五里，穴位名，是针灸学中公认的禁针穴位。

⑪窥门而刺，指浅刺。

⑫入门而刺，指深刺。

# 五禁第六十一

黄帝问于岐伯曰：余闻刺有五禁，何谓五禁？岐伯曰：禁其不可刺也。黄帝曰：余闻刺有五夺。岐伯曰：无泻其不可夺者也。黄帝曰：余闻刺有五过①。岐伯曰：补泻无过其度。黄帝曰：余闻刺有五逆。岐伯曰：病与脉相逆，命曰五逆。黄帝曰：余闻刺有九宜。岐伯曰：明知九针之论，是谓九宜。

黄帝曰：何谓五禁？愿闻其不可刺之时。岐伯曰：甲乙日自乘②，无刺头，无发蒙于耳内③。丙丁日自乘，无振埃于肩、喉、廉泉④。戊己日自乘四季，无刺腹去爪泻水⑤。庚辛日自乘。无刺关节于股膝。壬癸日自乘，无刺足胫。是谓五禁。黄帝曰：何谓五夺？岐伯曰：形肉已夺，是一夺也；大夺血之后，是二夺也；大汗出之后，是三夺也；大泄之后，是四夺也；新产及大血之后，是五夺也。此皆不可泻。黄帝曰：何谓五逆？岐伯曰：热病脉静，汗已出，脉盛躁，是一逆也，病泄，脉洪大，是二逆也；著痹不移，䐃肉破，身热，脉偏绝，是三逆也；淫而夺形⑥，身热，色夭然白，及后下血衃，血衃笃重，是谓四逆也；寒热夺形，脉坚搏，是谓五逆也。

①过，超过一定限度。

②自乘，天干与人身不同部位相对应，人身每一天都能逢到一个相应的天干。

③发蒙，治疗耳目疾病的一种针灸方法。

④振埃，针灸方法名。

⑤去爪，针灸方法名。

⑥淫，指病症。

# 动输第六十二

黄帝曰：经脉十二，而手太阴、足少阴、阳明独动不休，何也？岐伯曰：是明胃脉也。胃为五藏六府之海，其清气上注于肺，肺气从太阴而行之，其行也，以息往来①，故人一呼脉再动，一吸脉亦再动，呼吸不已，故动而不止。黄帝曰：气之过于寸口也，上十焉息？下八焉状？何道从还？不知其极。岐伯曰：气之离藏也，卒然如弓弩之发，如水之下岸，上于鱼以反衰②，其余气衰散以逆上，故其行微。

黄帝曰：足之阳明何因而动？岐伯曰：胃气上注于肺，其悍气上冲头者，循咽，上走空窍，循眼系，入络脑，出颃③，下客主人，循牙车④，合阳明，并下人迎，此胃气别走于阳明者也。故阴阳上下，其动也若一。故阳病而阳脉小者为逆，阴病而阴脉大者为逆。故阴阳俱静俱动，若引绳相倾者病。

黄帝曰：足少阴何因而动？岐伯曰：冲脉者，十二轻之海也，与少阴之大络，起于肾下，出于气街，循阴股内廉，邪入腘中⑤，循胫骨内廉，并少阴之经，下入内踝之后，入足下；其别者，邪入踝，出属跗上，入大指之间，注诸络，以温足胫，此脉之常动者也。

黄帝曰：营卫之行也，上下相贯，如环之无端，今其卒然遇邪气，及逢大寒，手足懈惰，其脉阴阳之道，相输之会，行相失也，气何由还？岐伯曰：夫四末阴阳之会者，此气之大络也。四街者⑥，气之径路也。故络绝则径通，四末解则气从合，相输如环。黄帝曰：善。此所谓如环无端，莫知其纪，终而复始，此之谓也。

---

①息，呼吸。
②鱼，鱼际。
③颅，腮。
④牙车，颊车穴。
⑤邪，同斜。
⑥四街，指头、胸、腹、胫四部的气街。

## 五味论第六十三

黄帝问于少俞曰：五味入于口也，各有所走，各有所病。酸走筋，多食之，令人癃；咸走血，多食之，令人渴；辛走气，多食之，令人洞心；苦走骨，多食之，令人变呕；甘走肉，多食之，令人悗心。余知其然也，不知其何由，愿闻其故。少俞答曰：酸入于胃，其气涩以收，上之两焦①，弗能出入也，不出即留于胃中，胃中和温，则下注膀胱，膀胱之胞薄以懦②，得酸则缩绻，约而不通③，水道不行，故癃。阴者，积筋之所终也，故酸入而走筋矣。黄帝曰：咸走血，多食之，令人渴，何也？少俞曰：咸入于胃，其气上走中焦，注于脉，则血气走之，血与咸相得则凝，凝则胃中汁注之，注之则胃中竭，竭则咽路焦④，故舌本干而善渴。血脉者，中焦之道也，故咸入而走血矣。黄帝曰：辛走气，多食之，令人洞心，何也？少俞曰：辛入于胃，其气走于上焦，上焦者，受气而营诸阳者也，姜韭之气熏之，营卫之气不时受之，久留心下，故洞心。辛与气俱行，故辛入而与汗俱出。黄帝曰：苦走骨，多食之，令人变呕，何也？少俞曰：苦入于胃，五谷之气，皆不能胜苦，苦入下脘，三焦之道皆闭而不通，故变呕。齿者，骨之所终也，故苦入而走骨，故入而复出，知其走骨也。黄帝曰：甘走肉，多食之，令人悗心，何也？少俞曰：甘入于胃，其气弱小，不能上至于上焦，而与谷留于胃中者，令人柔润者也，胃柔则缓，缓则虫动，虫动则令人悗心。其气外通于肉，故甘走肉。

---

①之，行车。
②脆，皮。
③约，收口。
④路，道。

## 阴阳二十五人第六十四

黄帝曰：余闻阴阳之人何如？伯高曰：天地之间，六合之内，不离于五，人亦应之。故五五

　　二十五人之政，而阴阳之人不与焉。其态又不合于众者五，余已知之矣。愿闻二十五人之形，血气之所生，别而以候，从外知内何如？岐伯曰：悉乎哉问也，此先师之秘也，虽伯高犹不能明之也。黄帝避席遵循而却曰①：余闻之，得其人弗教，是谓重失②，得而泄之，天将厌之。余愿得而明之，金柜藏之，不敢扬之。岐伯曰：先立五形金木水火土，别其五色，异其五形之人，而二十五人具矣。黄帝曰：愿卒闻之，岐伯曰：慎之慎之，臣请言之。

　　木形之人，比于上角③，似于苍帝④。其为人苍色，小头，长面，大肩背，直身，小手足，好有才，劳心，少力，多忧劳于事。能春夏不能秋冬。感而病生，足厥阴佗佗然⑤。大角之人，比于左足少阳，少阳之上遗遗然⑥。左角（一曰少角）之人，比于右足少阳，少阳之下随随然⑦。钛角（一曰右角）之人，比于右足少阳，少阳之上推推然⑧。判角之人，比于左足少阳，少阳之下栝栝然⑨。

　　火形之人，比于上徵⑩，似于赤帝。其为人赤色，广𦞤⑪，锐面小头，好肩背髀腹，小手足，行安地，疾心，行摇，肩背肉满，有气轻财，少信，多虑，见事明，好颜，急心，不寿暴死。能春夏不能秋冬。秋冬感而病生，手少阴核核然⑫。质徵之人（一曰质之人，一曰太徵），比于左手太阳，太阳之上肌肌然⑬。少徵之人，比于右手太阳，太阳之下慆慆然⑭。右徵之人，比于右手太阳，太阳之上鲛鲛然⑮（一曰熊熊然）。质判（一曰质徵）之人，比于左手太阳，太阳之下支支颐颐然⑯。

　　土形之人，比于上宫⑰，似于上古黄帝。其为人黄色，圆面，大头，美肩背，大腹，美股胫，小手足，多肉，上下相称，行安地，举足浮，安心，好利人，不喜权势，善附人也。能秋冬不能春夏。春夏感而病生，足太阴敦敦然⑱。太宫之人，比于左足阳明，阳明之上婉婉然⑲。加宫之人（一曰众之人），比于左足阳明，阳明之下坎坎然⑳。少宫之人，比于右足阳明，阳明之上枢枢然㉑。左宫之人（一曰众之人，一曰阳明之上），比于右足阳明，阳明之下兀兀然㉒。

　　金形之人，比于上商㉓，似于白帝。其为人方面，白色，小头，小肩背，小腹，小手足，如骨发踵外，骨轻，身清廉，急心，静悍，善为吏。能秋冬不能春夏。春夏感而病生。手太阴敦敦然。钛商之人，比于左手阳明，阳明之上廉廉然㉔。右商之人，比于左手阳明，阳明之下脱脱然㉕。左商之人，比于右手阳明，阳明之上监监然㉖。少商之人，比于右手阳明，阳明之下严严然㉗。

　　水形之人，比于上羽，似于黑帝。其为人黑色，面不平，大头，廉颐㉘，小肩，大腹，动手足，发行摇身，下尻长，背延延然㉙，不敬畏，善欺绐人，戮死。能秋冬不能春夏。春夏感而病生，足少阴汗汗然㉚。大羽之人，比于右足太阳，太阳之上颊颊然㉛。少羽之人，比于左足太阳，太阳之下纡纡然㉜。众之为人，比于右足太阳，太阳之下洁洁然㉝。桎之为人，比于左足太阳，太阳之上安安然㉞。是故五形之人二十五变者，众之所以相欺者是也。

　　黄帝曰：得其形㉟，不得其色何如？岐伯曰：形胜色，色胜形者，至其胜时年加，感则病行，失则忧矣。形色相得者，富贵大乐。黄帝曰：其形色相胜之时，年加可知乎？岐伯曰：凡年忌下上之人，大忌常加七岁，十六岁，二十五岁，三十四岁，四十三岁，五十二岁，六十一岁，皆人之大忌，不可不自安也，感则病行，失则忧矣。当此之时，无为奸事，是谓年忌。

　　黄帝曰：夫子之言，脉之上下，血气之候，以知形气奈何？岐伯曰：足阳明之上，血气盛则髯美长；血少气多则髯短；故气少血多则髯少；血气皆少则无髯，两吻多画㊱。足阳明之下，血气盛则下毛美，长至胸；血多气少则下毛美，短至脐，行则善高举足，足指少肉，足善寒；血少气多则肉而善瘃㊲，血气皆少则无毛，有则稀枯悴，善痿厥足痹。足少阳之上，气血盛则通髯美长；血多气少则通髯美短；血少气多则少髯；血气皆少则无须，感于寒温则善痹，骨痛爪枯。

足少阳之下，血气盛则胫毛美长，外踝肥；血多气少则胫毛美短，外踝皮坚而厚；血少气多则胻毛少[38]，外踝皮薄而软；血气皆少则无毛，外踝瘦无肉。足太阳之上，血气盛则美眉，眉有毫毛[39]；血多气少则恶眉[40]，面多少理[41]；血少气多则面多肉；血气和则美色。足太阴之下，血气盛则跟肉满，踵坚；气少血多则瘦，跟空；血气皆少则喜转筋，踵下痛。手阳明之上，血气盛则髭美；血少气多则髭恶；血气皆少则无髭。手阳明之下，血气盛则腋下毛美，手鱼肉以温；气血皆少则手瘦以寒。手少阳之上，血气盛则眉美以长，耳色美；血气皆少则耳焦恶色。手少阳之下，血气盛则手卷多肉以温；血气皆少则寒以瘦；气少血多则瘦以多脉[42]。手太阳之上，血气盛则口多须。面多肉以平；血气皆少则面瘦恶色。手太阳之下，血气盛则掌肉充满；血气皆少则掌瘦以寒。

黄帝曰：二十五人者，刺之有约乎[43]？岐伯曰：美眉者，足太阳之脉，气血多；恶眉者，血气少；其肥而泽者，血气有余；肥而不泽者，气有余，血不足；瘦而无泽者，气血俱不足。审察其形气有余不足而调之，可以知逆顺矣。黄帝曰：刺其诸阴阳奈何？岐伯曰：按其寸口人迎，以调阴阳，切循其经络之凝涩，结而不通者，此于身皆为痛痹，甚则不行，故凝涩。凝涩者，致气以温之，血和乃止。其结络者，脉结血不和，决之乃行。故曰：气有余于上者，导而下之；气不足于上者，推而休之；其稽留不至者，因而迎之。必明于经隧，乃能持之。寒与热争者，导而行之。其宛陈血不结者，则而予之。必先明知二十五人，则血气之所在，左右上下，刺约毕也。

---

①遁循，同逡巡，退却的样子。

②重失，失而再失。

③比，类比。角，五音之一。上角，角音的分类之一，此用以代表所有角音的分类。角音的其它分类为：大角、左角、钛角，判角。

④苍帝，五帝之一。五帝，东方苍（青）帝，南方赤帝，中央黄帝，西方白帝，北方黑帝。

⑤佗佗然，稳重。

⑥遗遗然，谦和。

⑦随随然，顺从。

⑧推推然，上进。

⑨栝栝然，正直。

⑩徵（zhǐ，音止）五音之一。上徵，用以代表上徵、质徵、少徵、右徵、质判等徵音的分类。

⑪朋，脊部肌肉。

⑫核核然，真实。

⑬肌肌然，肤淡。

⑭愠愠然，多疑。

⑮鲛鲛然，踊跃。

⑯颐颐然，怡然自得。

⑰宫，五音之一。上宫，宫音分类之一。

⑱敦敦然，忠厚。

⑲婉婉然，和顺。

⑳坎坎然，喜悦。

㉑枢枢然，圆转。

㉒兀兀然，专心致志。

㉓商，五音之一。上商，商音分类之一。

㉔廉廉然，廉洁。

㉕脱脱然，潇洒。

㉖监监然，明察。

㉗严严然，庄重。

㉘廉，棱形。颐，腮。

㉙延延然，长。

㉚汗汗然，水面广大。

㉛颒颒然，洋洋自得。

㉜纤纤然，屈曲。

㉝洁洁然，清静。

㉞安安然，安定。

㉟得其形，具备五行的形体。

㊱吻，口角。画，纹理。

㊲瘃（zhú，音竹），冻疮。

㊳胻（héng，音横）毛，小腿部的汗毛。

㊴毫毛，指眉毛中的长毛。

㊵恶眉，眉毛稀少枯焦。

㊶少理，细小纹理。

㊷多脉，脉络显露。

㊸约，准则。

# 卷 之 十

## 五音五味第六十五

右徵与少徵，调右手太阳上。右商与左徵，调左手阳明上。少徵与大宫，调左手阳明上。右角与大角，调右足少阳下。大徵与少徵，调左手太阳上。众羽与少羽，调右足太阳下。少商与右商，调右手太阳下。桎羽与众羽，调右足太阳下。少宫与大宫，调右足阳明下。判角与少角，调右足少阳下，钛商与上商，调右足阳明下。钛商与上角，调左足太阳下。

上徵与右徵同，谷麦，畜羊，果杏，手少阴，藏心，色赤，味苦，时夏。上羽与大羽同，谷大豆，畜彘，果栗，足少阴，藏肾，色黑，味咸，时冬。上宫与大宫同，谷稷，畜牛，果枣，足太阳，藏脾，色黄，味甘，时季夏。上商与右商同，谷黍，畜鸡，果桃，手太阴，藏肺，色白，味辛，时秋。上角与大角同，谷麻，畜犬，果李，足厥阴，藏肝，色青，味酸，时春。

大宫与上角，同右足阳明上。左角与大角，同左足阳明上。少羽与大羽，同右足太阳下。左商与右商，同左手阳明上。加宫与大宫，同左足少阳上。质判与大宫，同左手太阳下。判角与大角，同左足少阳下。大羽与大角，同右足太阳上。大角与大宫，同右足少阳上。

右徵、少徵、质徵、上徵、判徵。右角、钛角、上角、大角、判角。右商、少商、钛商、上商、左商。少宫、上宫、大宫、加宫、左角宫。众羽、桎羽、上羽、大羽、少羽。

黄帝曰：妇人无须者，无血气乎？岐伯曰：冲脉、任脉，皆起于胞中，上循背里，为经络之海。其浮而外者，循腹右上行，会于咽喉，别而络唇口。血气盛则充肤热肉，血独盛则澹渗皮肤，生毫毛。今妇人之生，有余于气，不足于血，以其数脱血也①，冲任之脉，不荣口唇②，故须不生焉。黄帝曰：士人有伤于阴，阴气绝而不起，阴不用，然其须不去，其故何也？宦者独去何也③？愿闻其故。岐伯曰：宦者去其宗筋④，伤其冲脉，血泻不复，皮肤内结，唇口不荣，故须不生。黄帝曰：其有天宦者⑤，未尝被伤，不脱于血，然其须不生。其故何也？岐伯曰：此天之所不足也，其任冲不盛，宗筋不成，有气无血，唇口不荣，故须不生。黄帝曰：善乎哉！圣人之通万物也，若日月之光影，音声鼓响，闻其声而知其形，其非夫子，孰能明万物之精。是故圣人视其颜色，黄赤者多热气，青白者少热气，黑色者多血少气。美眉者太阳多血，通髯极须者少阳多血，美须者阳明多血。此其时然也⑥。夫人之常数，太阳常多血少气，少阳常多气少血，阳明常多血多气，厥阴常多气少血，少阴常多血少气，太阴常多血少气，此天之常数也。

---

①数脱血，指妇女月经。

②荣，营养。

③宦者，太监。

④宗筋，男子阴茎。

⑤天宦，先天生殖器官残疾。

⑥此其时然也，常常如此。

## 百病始生第六十六

黄帝问于岐伯曰：夫百病之始生也，皆生于风雨寒暑，清湿喜怒。喜怒不节则伤藏，风雨则伤上，清湿则伤下。三部之气，所伤异类，愿闻其会①。岐伯曰：三部之气各不同，或起于阴，或起于阳，请言其方。喜怒不节，则伤藏，藏伤则病起于阴也，清湿袭虚，则病起于下；风雨袭虚，则病起于上，是谓三部。至于其淫泆，不可胜数。

黄帝曰：余固不能数，故问先师，愿卒闻其道。岐伯曰：风雨寒热，不得虚，邪不能独伤人。卒然逢疾风暴雨而不病者，盖无虚，故邪不能独伤人。此必因虚，邪之风，与其身形，两虚相得②，乃客其形，两实相逢③，众人肉坚。其中于虚邪也，因于天时，与其身形，参以虚实，大病乃成，气有定舍，因处为名，上下中外，分为三员④。是故虚邪之中人也，始于皮肤，皮肤缓则腠理开，开则邪从毛发入，入则抵深，深则毛发立，毛发立则淅然，故皮肤痛。留而不去，则传舍于络脉，在络之时，痛于肌肉，其痛之时息，大经乃代。留而不去，传舍于经，在经之时，洒淅喜惊。留而不去，传舍于输，在输之时，六经不通，四肢则肢节痛，腰脊乃强。留而不去，传舍于伏冲之脉，在伏冲之时，体重身痛。留而不去，传舍于肠胃，在肠胃之时，贲响腹胀，多寒则肠鸣飧泄，食不化，多热则溏出糜⑤。留而不去，传舍于肠胃之外，募原之间，留著于脉，稽留而不去，息而成积⑥。或著孙脉，或著络脉，或著经脉，或著输脉，或著于伏冲之脉，或著于膂筋，或著于肠胃之募原，上连于缓筋，邪气淫泆，不可胜论。

黄帝曰：愿尽闻其所由然。岐伯曰：其著孙络之脉而成积者，其积往来上下，臂手孙络之居也⑦，浮而缓，不能句积而止之，故往来移行肠胃之间，水凑渗注灌，濯濯有音，有寒则膜膜满雷引⑧，故时切痛。其著于阳明之经，则挟脐而居，饱食则益大，饥则益小。其著于缓筋也，似阳明之积，饱食则痛，饥则安。其著于肠胃之募原也，痛而外连于缓筋，饱食则安，饥则痛。其著于伏冲之脉者，揣之应手而动，发手则热气下于两股⑨，如汤沃之状。其著于膂筋在肠后者，饥则积见，饱则积不见，按之不得。其著于输之脉者，闭塞不通，津液不下，孔窍干壅。此邪气之从外入内，从上下也。

黄帝曰：积之始生，至其已成奈何？岐伯曰：积之始生，得寒乃生，厥乃成积也。黄帝曰：其成积奈何？岐伯曰：厥气生足悗，悗生胫寒，胫寒则血脉凝涩，血脉凝涩则寒气上入于肠胃，入于肠胃则䐜胀，䐜胀则肠外之汁沫迫聚不得散，日以成积。卒然多食饮则肠满，起居不节，用力过度，则络脉伤。阳络伤则血外溢，血外溢则衄血；阴络伤则血内溢，血内溢则后血。肠胃之络伤，则血溢于肠外，肠外有寒，汁沫与血相抟，则并合凝聚不得散，而积成矣。卒然外中于寒，若内伤于忧怒，则气上逆，气上逆则六输不通，温气不行，凝血蕴里而不散，津液涩渗，著而不去，而积皆成矣。

黄帝曰：其生于阴者奈何？岐伯曰：忧思伤心；重寒伤肺，忿怒伤肝；醉以入房，汗出当风，伤脾；用力过度，若入房汗出浴，则伤肾。此内外三部之所生病者也。黄帝曰：善。治之奈何？岐伯答曰：察其所痛，以知其应，有余不足，当补则补，当泻则泻，毋逆天时，是谓至治。

---

①会，会通。
②两虚，指人体之虚和邪风之虚。
③两实，四时正气之实与人体健壮之实。
④三员，三部。
⑤溏出糜，泄痢。
⑥积，积块。
⑦臂，同辟，积聚。
⑧䐜胀满，腹部胀满。雷，雷鸣。引，牵引。
⑨发，举，抬。

## 行针第六十七

黄帝问于岐伯曰：余闻九针于夫子，而行之于百姓，百姓之血气各不同形，或神动而气先针行；或气与针相逢；或针已出气独行；或数刺乃知；或发针而气逆；或数刺病益剧。凡此六者，各不同形，愿闻其方。岐伯曰：重阳之人，其神易动，其气易往也。黄帝曰：何谓重阳之人？岐伯曰：重阳之人，熇熇高高①，言语善疾，举足善高，心肺之藏气有余，阳气滑盛而扬，故神动而气先行。黄帝曰：重阳之人而神不先行者，何也？岐伯曰：此人颇有阴者也。黄帝曰：何以知其颇有阴也？岐伯曰：多阳者多喜，多阴者多怒，数怒者易解，故曰颇有阴，其阴阳之离合难，故其神不能先行也。黄帝曰：其气与针相逢奈何？岐伯曰：阴阳和调而血气淖泽滑利，故针入而气出，疾而相逢也。黄帝曰：针已出而气独行者，何气使然？岐伯曰：其阴气多而阳气少，阴气沉而阳气浮者内藏，故针已出，气乃随其后，故独行也。黄帝曰：数刺乃知，何气使然？岐伯曰：此人之多阴而少阳，其气沉而气往难，故数刺乃知也。黄帝曰：针入而气逆者，何气使然？岐伯曰：其气逆与其数刺病益甚者，非阴阳之气，浮沉之势也，此皆粗之所败，上之所失，其形气无过焉。

---

①熇熇，火盛炽热。高高，不屈人下。

## 上膈第六十八

黄帝曰：气为上膈者①，食饮入而还出，余已知之矣。虫为下膈②，下膈者，食晬时乃出③，余未得其意，愿卒闻之。岐伯曰：喜怒不适，食饮不节，寒温不时，则寒汁流于肠中，流于肠中则虫寒，虫寒则积聚，守于下管④，则肠胃充郭，卫气不营，邪气居之。人食则虫上食，虫上食则下管虚，下管虚则邪气胜之，积聚以留，留则痈成，痈成则下管约。其痈在管内者，即而痛深；其痈在外者，则痈外而痛浮，痈上皮热。

黄帝曰：刺之奈何？岐伯曰：微按其痈，视气所行，先浅刺其傍，稍内益深⑤，还而刺之，毋过三行，察其沉浮，以为深浅。已刺必熨，令热入中，日使热内，邪气益衰，大痈乃溃。伍以参禁⑥，以除其内，恬憺无为⑦，乃能行气，后以咸苦，化谷乃下矣。

---

①上膈，食后即吐。
②下膈，食后经过一段时间后呕吐。
③食晬时，食后一昼夜。
④管，同脘。
⑤内，同纳。
⑥伍，配伍。参，参合。禁，禁忌。
⑦恬憺无为，清心寡欲。

## 忧恚无言第六十九

黄帝问于少师曰：人之卒然忧恚而言无音者①，何道之塞，何气出行，使音不彰？愿闻其方。少师答曰：咽喉者，水谷之道也。喉咙者，气之所以上下者也。会厌者，音声之户也。口唇者，音声之扇也。舌者，音声之机也。悬雍垂者，音声之关也。颃颡者，分气之所泄也。横骨者，神气所使，主发舌者也。故人之鼻洞涕出不收者②，颃颡不开，分气失也。是故厌小而疾薄，则发气疾，其开阖利，其出气易；其厌大而厚，则开阖难，其气出迟，故重言也③。人卒然无音者，寒气客于厌，则厌不能发，发不能下至，其开阖不致，故无音。黄帝曰：刺之奈何？岐伯曰：足之少阴，上系于舌，络于横骨，终于会厌。两泻其血脉④，浊气乃辟。会厌之脉，上络任脉，取之天突⑤，其厌乃发也。

---

①恚（huì，音会），怨恨。
②鼻洞，鼻外孔。
③重言，口吃。
④两，两次。
⑤天突，穴位名，位于胸骨上窝正中。

## 寒热第七十

黄帝问于岐伯曰：寒热瘰疬在于颈腋者，皆何气使生？岐伯曰：此皆鼠瘘寒热之毒气也①，留于脉而不去者也。黄帝曰：去之奈何？岐伯曰：鼠瘘之本，皆在于藏，其末上出于颈腋之间，其浮于脉中，而未内著于肌肉而外为脓血者，易去也。黄帝曰：去之奈何？岐伯曰：请从其本引其末，可使衰去而绝其寒热。审按其道以予之，徐往徐来以去之，其小如麦者，一刺知，三刺而已。黄帝曰：决其生死奈何？岐伯曰：反其目视之，其中有赤脉，上下贯瞳子。见一脉②，一岁而死；见一脉半，一岁半死；见二脉，二岁死；见二脉半，二岁半死；见三脉，三岁死。见赤脉不下贯瞳子，可治也。

---

# 邪客第七十一

黄帝问于伯高曰：夫邪气之客人也，或令人目不瞑不卧出者，何气使然？伯高曰：五谷入于胃也。其糟粕、津液、宗气分为三隧。故宗气积于胸中，出于喉咙，以贯心脉，而行呼吸焉。营气者，泌其津液，注之于脉，化以为血，以荣四末，内注五藏六府，以应刻数焉①。卫气者，出其悍气之慓疾，而先行于四末分肉皮肤之间而不休者也。昼日行于阳，夜行于阴，常从足少阴之分间，行于五藏六府。今厥气客于五藏六府，则卫气独卫其外，行于阳，不得入于阴。行于阳则阳气盛，阳气盛则阳跷陷；不得入于阴，阴虚，故目不瞑。黄帝曰：善。治之奈何？伯高曰：补其不足，泻其有余，调其虚实，以通其道而去其邪，饮以半夏汤一剂，阴阳已通，其卧立至。黄帝曰：善。此所谓决渎壅塞，经络大通，阴阳和得者也。愿闻其方。伯高曰：其汤方以流水千里以外者八升，扬之万遍②，取其清五升煮之，炊以苇薪火，沸置秫米一升③，治半夏五合④，徐炊，令竭为一升半，去其滓，饮汁一小杯，日三稍益，以知为度。故其病新发者，复杯则卧，汗出则已矣。久者，三饮而已也。

黄帝问于伯高曰：愿闻人之肢节，以应天地奈何？伯高答曰：天圆地方，人头圆足方以应之。天有日月，人有两目。地有九州，人有九窍。天有风雨，人有喜怒。天有雷电，人有音声。天有四时，人有四肢。天有五音，人有五藏。天有六律⑤，人有六府。天有冬夏，人有寒热。天有十日⑥，人有手十指。辰有十二，人有足十指、茎、垂以应之⑦；女子不足二节，以抱人形⑧。天有阴阳，人有夫妻。岁有三百六十五日，人有三百六十节。地有高山，人有肩膝。地有深谷，人有腋腘。地有十二经水，人有十二经脉。地有泉脉，人有卫气。地有草蓂⑨，人有毫毛。天有昼夜，人有卧起。天有列星，人有牙齿。地有小山，人有小节。地有山石，人有高骨。地有林木，人有募筋。地有聚邑，人有䐃肉。岁有十二月，人有十二节⑩。地有四时不生草，人有无子。此人与天地相应者也。

黄帝问于岐伯曰：余愿闻持针之数，内针之理，纵舍之意⑪，扞皮开腠理⑫，奈何？脉之屈折，出入之处，焉至而出，焉至而上，焉至而徐，焉至而疾，焉至而入？六府之输于身者，余愿尽闻。少序别离之处，离而入阴，别而入阳，此何道而从行？愿尽闻其方。岐伯曰：帝之所问，针道毕矣。黄帝曰：愿卒闻之。岐伯曰：手太阴之脉，出于大指之端，内屈循白肉际，至本节之后太渊，留以澹，外屈上于本节，下内屈，与阴诸络会于鱼际，数脉并注，其气滑利，伏行壅骨之下，外屈出于寸口而行，上至于肘内廉，入于大筋之下，内屈上行臑阴⑬，入腋下，内屈走肺，双顺行逆数之屈折也。心主之脉，出于中指之端，内屈循中指内廉以上留于掌中，伏行两骨之间，外屈出两筋之间，骨肉之际，其气滑利，上二寸，外屈出行两筋之间，上至肘内廉，入于小筋之下，留两骨之会，上入于胸中，内络于心脉。黄帝曰：手少阴之脉独无腧，何也？岐伯曰：少阴，心脉也。心者，五藏六府之大主也。精神之所舍也，其藏坚固，邪弗能容也。容之则心伤，心伤则神去，神去则死矣。故诸邪之在于心者，皆在于心之包络，包络者，心主之脉也。

故独无腧焉。黄帝曰：少阴独无腧者，不病乎？岐伯曰：其外经病而藏不病[14]，故独取其经于掌后锐骨之端。其余脉出入屈折，其行之徐疾，皆如手少阴心主之脉行也。故本腧者，皆因其气之虚实疾徐以取之，是谓因冲而泻[15]，因衰而补。如是者，邪气得去，真气坚固，是谓因天之序。

黄帝曰：持针纵舍奈何？岐伯曰：必先明知十二经脉之本末，皮肤之寒热，脉之盛衰滑涩。其脉滑而盛者，病日进；虚而细者，久以持；大以涩者，为痛痹；阴阳如一者，病难治。其本末尚热者，病尚在；其热已衰者，其病亦去矣。持其尺，察其肉之坚脆、大小、滑涩、寒温、燥湿。因视目之五色，以知五藏而决死生。视其血脉，察其色，以知其寒热痛痹。黄帝曰：持针纵舍，余未得其意也。岐伯曰：持针之道，欲端以正，安以静，先知虚实，而行疾徐，左手执骨，右手循之，无与肉果[16]。泻欲端以正，补必闭肤，辅针导气，邪得淫泆[17]，真气得居。黄帝曰：扞皮开腠理奈何？岐伯曰：因其分肉，左别其肤[18]，微内而徐端之[19]，适神不散，邪气得去。

黄帝问于岐伯曰：人有八虚[20]，各何以候？岐伯答曰：以候五藏。黄帝曰：候之奈何？岐伯曰：肺心有邪，其气留于两肘；肝有邪，其气流于两腋；脾有邪，其气留于两髀；肾有邪，其气留于两腘。凡此八虚者，皆机关之室，真气之所过，血络之所游，邪气恶血，固不得住留，住留则伤筋络骨节机关，不得屈伸，故痀挛也[21]。

①刻数，古人将一昼夜划分为一百刻，用以计算时间。
②扬之万遍，用杓将水扬千万遍，使水珠翻滚。
③秫米，粘小米。
④治半夏，经过炮制的半夏。
⑤六律，六种阳声的音阶：、黄钟、太簇、姑洗、蕤宾、夷则、无射。
⑥十日，指十个天干。
⑦茎，阴茎。垂，罩丸。
⑧抱，怀胎。
⑨蓂（mì，音密），草蓂，野草遍地丛生。
⑩十二节，左右腕、肘、肩、踝、膝、股关节。
⑪纵舍，一种针灸的补泻方法。
⑫扞皮，一种刺皮不伤肉的的针法。
⑬臑（nào，音闹），大臂。
⑭藏，心脏。
⑮冲，盛。
⑯果，同裹。
⑰淫泆，邪气溃散。
⑱左别其肤，在穴位的皮肤上面下针。
⑲内，同纳。
⑳八虚，两肘、两腋、两髀、两腘。
㉑痀，同拘。

# 通天第七十二

黄帝问于少师曰：余尝闻人有阴阳，何谓阴人，何谓阳人？少师曰：天地之间，六合之内，不离于五，人亦应之，非徒一阴一阳而已也。而略言耳，口弗能遍明也。黄帝曰：愿略闻其意，有贤人圣人，心能备而行之乎？少师曰：盖有太阴之人，少阴之人，太阳之人，少阳之人，阴阳和平之人。凡五人者，其态不同，其筋骨气血各不等。黄帝曰：其不等者，可得闻乎？少师曰：太阴之人，贪而不仁，下齐湛湛①，好内而恶出②，心和而不发③，不务于时④，动而后之⑤。此太阴之人也。少阴之人，小贪而贼心，见人有亡⑥，常若有得，好伤好害，见人有荣，乃反愠怒，心疾而无恩⑦。此少阴之人也。太阳之人，居处于于⑧，好言大事，无能而虚说，志发于四野⑨，举措不顾是非，为事如常自用⑩，事虽败而常无悔。此太阳之人也。少阳之人，谛谛好自贵⑪，有小小官，则高自宜，好为外交而不内附。此少阳之人也。阴阳和平之人，居处安静，无为惧惧，无为欣欣，婉然从物⑫，或与不争，与时变化，尊则谦谦，谭而不治⑬，是谓至治⑭。古人善用针艾者，视人五态乃治之，盛者泻之，虚者补之。

　　黄帝曰：治人之五态奈何？少师曰：太阴之人，多阴而无阳，其阴血浊，其卫气涩，阴阳不和，缓筋而厚皮，不之疾泻，不能移之。少阳之人，多阴少阳，小胃而大肠，六府不调，其阳明脉小而太阳脉大，必审调之，其血易脱，其气易败也。太阳之人，多阳而少阴，必谨调之，无脱其阴，而泻其阳，阳重脱者易狂，阴阳皆脱者，暴死不知人也。少阳之人，多阳少阴，经小而络大，血在中而气外，实阴而虚阳，独泻其络脉则强，气脱而疾，中气不足，病不起也。阴阳和平之人，其阴阳之气和，血脉调，谨诊其阴阳，视其邪正，安容仪，审有余不足，盛则泻之，虚则补之，不盛不虚，以经取之。此所以调阴阳，别五态之人者也。

　　黄帝曰：夫五态之人者，相与毋故，卒然新会，未知其行也，何以别之？少师答曰：众人之属，不如五态之人者，故五五二十五人，而五态之人不与焉。五态之人，尤不合于众者也。黄帝曰：别五态之人奈何？少师曰：太阴之人，其状黮黮然黑色⑮，念然不意，⑯，临临然长大⑰，腘然未偻⑱，此太阴之人也。少阴之人，其状清然窃然⑲，因以阴贼，立而躁嶮⑳，行而似伏，此少阴之人也。太阳之人，其状轩轩储储，反身折腘，此太阳之人也。少阳之人，其状立则好仰，行则好摇，其两臂两肘则常出于背，此少阳之人也。阴阳和平之人，其状委委然㉑，随随然㉒，颙颙然㉓，愉愉然㉔，暶暶然㉕，豆豆然㉖，众人皆曰君子。此阴阳和平之人也。

---

①下，谦下。齐，完备。湛湛，深。下齐湛湛，内藏阴险，外假谦虚。

②好内而恶出，喜进不喜出。

③心和而不发，喜怒不形于色。

④不务于时，不识时务。

⑤动而后之，后发制人。

⑥亡，损失，不幸之事。

⑦疾，通嫉。

⑧于于，自得。

⑨志发于四野，好高骛远。

⑩为事如常自用，自以为是。

⑪谛谛，审而又审。

⑫从物，顺从事物的发展规律。

⑬谭，同谈。

⑭至治，最好的治理方法。

⑮黮黮（dàn，音旦）然，面色阴沉黑暗。

⑯念然不意，假作谦虚。

⑰临临然，长大之貌。

⑱腘然未偻，卑躬屈膝，并非有佝偻病。

⑲清然，清高的样子。窃然，偷偷摸摸的样子。

⑳嶮，同险。

㉑委委然，雍容自得。

㉒随随然，顺从。

㉓颙颙然，庄重而温和。

㉔愉愉然，和颜悦色。

㉕㬉㬉（xuán，音旋），慈祥。

㉖豆豆然，举止有度。

# 卷之十一

## 官能第七十三

黄帝问于岐伯曰：余闻九针于夫子众多矣，不可胜数，余推而论之，以为一纪①。余司诵之，子听其理，非则语余，请其正道，今可久传，后世无患，得其人乃传，非其人勿言。岐伯稽首再拜曰：请听圣王之道。黄帝曰：用针之理，必知形气之所在，左右上下，阴阳表里，血气多少，行之逆顺，出入之合，谋伐有过。知解结，知补虚泻实，上下气门，明通于四海，审其所在，寒热淋露，以输异处，审于调气，明于经遂，左右肢络，尽知其会。寒与热争，能合而调之，虚与实邻，知决而通之，左右不调，把而行之，明于逆顺，乃知可治，阴阳不奇，故知起时。审于本末，察其寒热，得邪所在，万刺不殆，知官九针，刺道毕矣。明于五输，徐疾所在，屈伸出入，皆有条理。言阴与阳，合于五行，五藏六府，亦有所藏。四时八风，尽有阴阳，各得其位，合于明堂。各处色部，五藏六府，察其所痛，左右上下，知其寒温，何经所在。审皮肤之寒温滑涩，知其所苦；膈有上下，知其气所在。先得其道，稀而疏之，稍深以留，故能徐入之。大热在上，推而下之，从下上者，引而去之，视前痛者，常先取之。大寒在外，留而补之，入于中者，从合泻之。针所不为，灸之所宜。上气不足，推而扬之。下气不足，积而从之。阴阳皆虚，火自当之。厥而寒甚，骨廉陷下，寒过于膝，下陵三里，阴络所过，得之留止，寒入于中，推而行之。经陷下者，火则当之。结络坚紧，火所治之。不知所苦，两蹻之下，男阴女阳，良工所禁，针论毕矣。用针之服②，必有法则，上视天光，下司八正③，以辟奇邪④，而观百姓，审于虚实，无犯其邪。是得天之露，遇岁之虚⑤，救而不胜，反受其殃。故曰：必知天忌，乃言针意。法于往古，验于来今，观于窈冥，通于无穷，粗之所不见，良工之所贵，莫知其形，若神仿佛。邪气之中人也，洒淅动形。正邪之中人也微，先见于色，不知于其身，若有若无，若亡若存，有形无形，莫知其性。是故上工之取气，乃救其萌芽；下工守其已成，因败其形。是故工之用针也，知气之所在，而守其门户，明于调气，补泻所在，徐疾之意，所取之处。泻必用员⑥，切而转之，其气乃行，疾而徐出，邪气乃出，伸而迎之。遥大其穴⑦，气出乃疾。补必用方⑧，外引其皮，令当其门，左引其枢，右推其肤，微旋而徐推之，必端以正，安以静，坚心无解，欲微以留，气下而疾出之，推其皮，盖其外门，真气乃存。用针之要，无亡其神。

雷公问于黄帝曰：《针论》曰：得其人乃传，非其人勿言。何以知其可传？黄帝曰：各得其人，任之其能，故能明其事。雷公曰：愿闻官能奈何？黄帝曰：明目者，可使视色。聪耳者，可使听音。捷疾辞语者，可使传论语。徐而安静，手巧而心审谛者，可使行针艾，理血气而调诸逆顺，察阴阳而兼诸方。缓节柔筋而心和调者，可使导引行气。疾毒言语轻人者，可使唾痈咒病。爪苦手毒⑨，为事善伤者，可使按积抑痹。各得其能，方乃可行，其名乃彰。不得其人，其功不成，其师无名。故曰：得其人乃言，非其人勿传，此之谓也。手毒者，可使试按龟，置龟于器下而按其上，五十日而死矣；手甘者，复生如故也。

①纪，丝缕的头绪。

②服，事。

③司，通伺。

④辟，除。

⑤岁之虚，岁气不及而致的气候反常。

⑥员，圆活流利的针法。

⑦遥，通摇。

⑧方，方正。

⑨爪苦，手指形态丑。手毒，手狠。

## 论疾诊尺第七十四

黄帝问于岐伯曰：余欲无视色持脉，独调其尺①，以言其病，从外知内，为之奈何？岐伯曰：审其尺之缓急、小大、滑涩，肉之坚脆，而病形定矣。视人之目窠上微痈②，如新卧起伏，其颈脉动，时咳。按其手足上，窅而不起者，风水肤胀也。尺肤滑，其淖泽者，风也。尺肉弱者，解㑊③，安卧脱肉者，寒热，不治。尺肤滑而泽脂者，风也。尺肤涩者，风痹也。尺肤粗如枯鱼之鳞者，水泆饮也④。尺肤热甚，脉盛躁者，病温也，其脉盛而滑者，病且出也。尺肤寒，其脉小者，泄、少气。尺肤炬然先热后寒者⑤，寒热也。尺肤先寒，久大之而热者，亦寒热也。肘所独热者，腰以上热；手所独热者，腰以下热。肘前独热者，膺前热；肘后独热者，肩背热。臂中独热者，腰腹热；肘后粗以下三四寸热者，肠中有虫。掌中热者，腹中热；掌中寒者，腹中寒。鱼上白肉有青血脉者，胃中有寒。尺炬然热，人迎大者，当夺血。尺坚大，脉小甚，少气，悗有加，立死。目赤色者病在心，白在肺，青在肝，黄在脾，黑在肾。黄色不可名者，病在胸中。诊目痛，赤脉从上下者，太阳病；从下上者，阳明病；从外走内者，少阳病。诊寒热，赤脉上下至瞳子，见一脉一岁死，见一脉半，一岁半死；见二脉，二岁死；见二脉半，二岁半死；见三脉，三岁死。诊龋齿痛，按其阳之来，有过者独热，在左左热，在右右热，在上上热，在下下热。诊血脉者，多赤多热，多青多痛，多黑为久痹。多赤、多黑、多青皆见者，寒热身痛。面色微黄，齿垢黄，爪甲上黄，黄疸也。安卧，小便黄赤，脉小而涩者，不嗜食。人病，其寸口之脉，与人迎之脉小大等，及其浮沉等者，病难已也。女子手少阴脉动甚者，妊子，婴儿病，其头毛皆逆上者，必死。耳间青脉起者，掣痛。大便赤瓣飧泄，脉小者，手足寒，难已；飧泄，脉小，手足温，泄易已。四时之变，寒暑之胜，重阴必阳，重阳必阴，故阴主寒，阳主热，故寒甚则热，热甚则寒，故曰：寒生热，热生寒，此阴阳之变也。故曰：冬伤于寒，春生瘅热；春伤于风，夏生后泄肠澼；夏伤于暑，秋生痎疟；秋伤于湿，冬生咳嗽。是谓四时之序也。

①调：诊查。
②痈：肿。
③解㑊（yì，音义），懈怠无力。
④泆：同溢。
⑤炬然：高热灼手。

## 刺节真邪第七十五

　　黄帝问于岐伯曰：余闻刺有五节奈何？岐伯曰：固有五节：一曰振埃①，二曰发蒙②，三曰去爪③，四曰彻衣④，五曰解惑⑤。黄帝曰：夫子言五节，余未知其意。岐伯曰：振埃者，刺外经，去阳病也。发蒙者，刺府输，去府病也。去爪者，刺关节肢络也。彻衣者，尽刺诸阳之奇输也。解惑者，尽知调阴阳，补泻有余不足，相倾移也⑥。

　　黄帝曰：《刺节》言"振埃"，夫子乃言"刺外经，去阳病"，余不知其所谓也，愿卒闻之。岐伯曰：振埃者，阳气大逆，上满于胸中，愤膜肩息⑦，大气逆上，喘喝坐伏，病恶埃烟，饲不得息⑧，请言振埃，尚疾于振埃。黄帝曰：善。取之何如？岐伯曰：取之天容。黄帝曰：其咳上气穷诎胸痛者⑨，取之奈何？岐伯曰：取之廉泉。黄帝曰：取之有数乎？岐伯曰：取天容者，无过一里⑩，取廉泉者，血变而止⑪。帝曰：善哉。

　　黄帝曰：《刺节》言"发蒙"，余不得其意。夫发蒙者，耳无所闻，目无所见。夫子乃言"刺府输，去府病"，何输使然？愿闻其故。岐伯曰：妙乎哉问也！此刺之大约，针之极也，神明之类也，口说书卷，犹不能及也，请言发蒙耳，尚疾于发蒙也。黄帝曰：善。愿卒闻之。岐伯曰：刺此者，必于日中，刺其听宫，中其眸子，声闻于耳，此其输也。黄帝曰：善。何谓声闻于耳？岐伯曰：刺邪以手坚按其两鼻窍而疾偃，其声必应于针也。黄帝曰：善。此所谓弗见为之，而无目视，见而取之，神明相得者也。

　　黄帝曰：《刺节》言"去爪"，夫子乃言"刺关节肢络"，愿卒闻之。岐伯曰：腰脊者，身之大关节也。肢胫者，人之管以趋翔也。茎垂者，身中之机，阴精之候，津液之道也。故饮食不节，喜怒不时，津液内溢，乃下留于睾，血道不通，日大不休，俯仰不便，趋翔不能，此病荣然有水⑫，不上不下⑬，铍石所取，形不可匿，常不得蔽，故命曰"去爪"。帝曰：善。

　　黄帝曰：《刺节》言"彻衣"，夫子乃言"尽刺诸阳之奇输"，未有常处也，愿卒闻之。岐伯曰：是阳气有余而阴气不足，阴气不足则内热，阳气有余则外热，内热相搏，热于怀炭，外畏绵帛近，不可近身，又不可近席，腠理闭塞，则汗不出，舌焦唇槁，腊干嗌燥⑭，饮食不让美恶。黄帝曰：善。取之奈何？岐伯曰：取之于其天府、大杼三痏，又刺中膂以去其热，补足手太阴以去其汗，热去汗稀，疾于彻衣。黄帝曰：善。

　　黄帝曰：《刺节》言"解惑"，夫子乃言"尽知调阴阳，补泻有余不足，相倾移也"，惑何以解之？岐伯曰：大风在身⑮，血脉偏虚，虚者不足，实者有余，轻重不得，倾侧宛伏，不知东西，不知南北，乍上乍下，乍反乍复，颠倒无常⑯，甚于迷惑。黄帝曰：善。取之奈何？岐伯曰：泻其有余，补其不足，阴阳平复，用针若此，疾于解惑。黄帝曰：善。请藏之灵兰之室，不敢妄出也。

　　黄帝曰：余闻刺有五邪，何谓五邪？岐伯曰：病有持痈者，有容大者⑰，有狭小者⑱，有热者，有寒者，是谓五邪。黄帝曰：刺五邪奈何？岐伯曰：凡刺五邪之方，不过五章⑲，瘅热消灭，肿聚散亡，寒痹益温，小者益阳，大者必去。请道其方。凡刺痈邪，无迎陇，易俗移性⑳，不得脓，脆道更行，去其乡，不安处所，乃散亡。诸阴阳过痈者，取之其输泻之。凡刺大邪日以小，泄夺其有余，乃益虚，剽其通，针其邪，肌肉亲，视之毋有反其真。刺诸阳分肉间。凡刺小邪，日以大，补其不足，乃无害。视其所在迎之界，远近尽至。其不得外侵而行之，乃自费②，刺分肉间。凡刺热邪越而苍②，出游不归乃无病②，为开通辟门户，使邪得出病乃已。凡刺寒邪日以温，徐往徐来致其神，门户已闭，气不分，虚实得调，其气存也。黄帝曰：官针奈何？岐伯曰：刺痈者用铍针，刺大者用锋针，刺小者用员利针，刺热者用镵针，刺寒者用毫针也。

请言解论，与天地相应，与四时相副，人参天地，故可为解。下有渐洳②，上生苇蒲，此所以知形气之多少也。阴阳者，寒暑也，热则滋雨而在上，根荄少汁⑤。人气在外，皮肤缓，腠理开，血气减，汗大泄，皮淖泽。寒则地冻水冰，人气在中，皮肤致，腠理闭，汗不出，血气强，肉坚涩。当是之时，善行水者，为能往冰；善穿地者，不能凿冻；善用针者，亦不能取四厥；血脉凝结，坚抟不往来者，亦未可即柔。故行水者，必待天温冰释冻解，而水可行，地可穿也。人脉犹是也。治厥者，必先熨，调和其经，掌与腋、肘与脚、项与脊以调之，火气已通，血脉乃行。然后视其病，脉淖泽者，刺而平之，坚紧者，破而散之，气下乃止，此所谓以解结者也。用针之类，在于调气，气积于胃，以通营卫，各行其道。守气留于海，其下者注于气街，其上者走于息道。故厥在于足，宗气不下，脉中之血，凝而留止，弗之火调，弗能取之。用针者，必先察其经络之实虚，切而循之，按而弹之，视其应动者，乃后取之而下之。六经调者，谓之不病，虽病，谓之自已也。一经上实下虚而不通者，此必有横络盛加于大经，令之不通，视而泻之，此所谓解结也。上寒下热，先刺其项太阳，久留之，已刺则熨项与肩胛，令热下合乃止，此所谓推而上之者也。上热下寒，视其虚脉而陷之于经络者取之，气下乃止，此所谓引而下之者也。大热遍身，狂而妄见、妄闻、妄言，视足阳明及大络取之，虚者补之，血而实者泻之，因其偃卧，居其头前，以两手四指挟按颈动脉，久持之，卷而切推，下至缺盆中，而复止如前，热去乃止，此所谓推而散之者也。

黄帝曰：有一脉生数十病者，或痛，或痈，或热，或寒，或痒，或痹，或不仁，变化无穷，其故何也？岐伯曰：此皆邪气之所生也。黄帝曰：余闻气者，有真气，有正气，有邪气，何谓真气？岐伯曰：真气者，所受于天，与谷气并而充身也。正气者，正风也，从一方来，非实风，又非虚风也。邪气者，虚风之贼伤人也，其中人也深，不能自去。正风者，其中人也浅，合而自去，其气来柔弱，不能胜真气，故自去。虚邪之中人也，洒淅动形，起毫毛而发腠理。其入深，内搏于骨，则为骨痹。搏于筋，则为筋挛。搏于脉中，则为血闭不通，则为痈。搏于肉，与卫气相搏，阳胜者则为热，阴胜者则为寒，寒则真气去，去则虚，虚则寒。搏于皮肤之间，其气外发，腠理开，毫毛摇，气往来行，则为痒。留而不去，则痹。卫气不行，则为不仁。虚邪偏容于身半，其入深，内居荣卫，荣卫稍衰，则真气去，邪气独留，发为偏枯。其邪气浅者，脉偏痛。虚邪之入于身也深，寒与热相搏，久留而内著，寒胜其热，则骨疼肉枯，热胜其寒，则烂肉腐肌为脓，内伤骨，内伤骨为骨蚀②。有所疾前筋，筋屈不得伸，邪气居其间而不反，发于筋瘤。有所结，气归之，卫气留之，不得反，津液久留，合而为肠瘤，久者数岁乃成，以手按之柔。已有所结，气归之，津液留之，邪气中之，凝结日以易甚，连以聚居，为昔瘤②，以手按之坚。有所结，深中骨，气因于骨。骨与气并，日以益大，则为骨疽。有所结，中于肉，宗气归之，邪留而不去，有热则化而为脓，无热则为肉疽。凡此数气者，其发无常处，而有常名也。

---

① 振埃：振落尘埃。

② 发蒙：开发蒙瞆。

③去爪：除去余爪。

④彻衣：脱去衣服。

⑤解惑：解除迷惑。

⑥相倾移：相互反复变化。

⑦愤瞋肩息，气愤而胀，抬肩而呼吸。

⑧饐（yē，音噎），古噎字。

⑨诎（qū，音屈），同屈。

⑩一里，指一寸。

⑪血变：血络通。

⑫荥然，水蓄积。

⑬不上不下，上下水道不通。

⑭腊干，形容肌肉干枯。

⑮大风，中风类疾病。

⑯颠倒无常，坐卧不宁。

⑰容大，盛大。

⑱狭小，弱小。

⑲章，条。

⑳易俗移性，如易俗般改变方法，似移性情般缓慢对待。

㉑费，耗费。

㉒越，发散。苍，同沧，寒。

㉓出游，排出。归，还。

㉔渐洳，低湿地。

㉕根荄，草根。

㉖蚀，侵蚀。

㉗昔瘤，宿瘤。


# 卫气行第七十六

黄帝问于岐伯曰：愿闻卫气之行，出入之合，何如？岐伯曰：岁有十二月，日有十二辰，子午为经，卯酉为纬。天周二十八宿，而一面七星，四七二十八星。房、昴为纬，虚、张为经。是故房至毕为阳，昴至心为阴，阳主昼，阴主夜。故卫气之行，一日一夜五十周于身，昼日行于阳二十五周，夜行于阴二十五周，周于五藏。是故平旦阴尽，阳气出于目，目张则气上行于头，循项下足太阳，循背下至小指之端。其散者，别于目锐眦，下手太阳，下至手小指之间外侧。其散者，别于目锐眦，下足少阳，注小指次指之间。以上循手少阳之分，侧下至小指之间。别者以上至耳前，合于颔脉，注足阳明，以下行至跗上，入五指之间。其散者，从耳下下手阳明，入大指之间，入掌中。其至于足也，入足心，出内踝下，行阴分，复合于目，故为一周。是故日行一舍①，人气行一周与十分身之八；日行二舍，人气行二周于身与十分身之六；日行三舍，人气行于身五周与十分身之四；日行四舍，人气行于身七周与十分身之二；日行五舍，人气行于身九周；日行六舍，人气行于身十周与十分身之八；日行七舍，人气行于身十二周在身与十分身之六；日行十四舍，人气二十五周于身有奇分，与十分身之四，阳尽于阴，阴受气矣。其始入于阴，常从足少阴注于肾，肾注于心，心注于肺，肺注于肝，肝注于脾，脾复注于肾为周。是故夜行一舍，人气行于阴藏一周与十分藏之八，亦如阳行之二十五周，而复合于目。阴阳一日一夜，合有奇分十分身之四，与十分藏之二，是故人之所以卧起之时有早晏者，奇分不尽故也。

黄帝曰：卫气之在于身也，上下往来不以期，候气而刺之奈何？伯高曰：分有多少②，日有长短，春秋冬夏，各有分理③，然后常以平旦为纪，以夜尽为始。是故一日一夜，水下百刻，二十五刻者，半日之度也，常如是毋已，日入而止，随日之长短，各以为纪而刺之。谨候其时，病可与期，失时反候者，百病不治。故曰：刺实者，刺其来也；刺虚者，刺其去也。此言气存亡之时，以候虚实而刺之。是故谨候气之所在而刺之，是谓逢时。在于三阳，必候其气在于阳而刺之；病在于三阴，必候其气在阴分而刺之。水下一刻，人气在太阳；水下二刻，人气在少阳；水下三刻，人气在阳明；水下四刻，人气在阴分。水下五刻，人气在太阳；水下六刻，人气在少阳；水下七刻，人气在阳明；水下八刻，人气在阴分。水下九刻，人气在太阳；水下十刻，人气在少阳；水下十一刻，人气在阳明；水下十二刻，人气在阴分。水下十三刻，人气在太阳，水下十四刻，人气在少阳；水下十五刻，人气在阳明；水下十六刻，人气在阴分。水下十七刻，人气在太阳；水下十八刻，人气在少阳。水下十九刻，人气在阳明，水下二十刻，人气在阴分。水下二十一刻，人气在太阳；水下二十二刻，人气在少阳；水下二十三刻，人气在阳明；水下二十四刻，人气在阴分。水下二十五刻，人气在太阳，此半日之度也。从房至毕一十四舍，水下五十刻，日行半度，回行一舍，水下三刻与七分刻之四。《大要》曰：常以日之加于宿上也，人气在太阳。是故日行一舍，人气行三阳行与阴分，常如是无已，天与地同纪，纷纷盼盼④，终而复始，一日一夜，水下百刻而尽矣。

---

①一舍，一昼夜。

②分，昼夜之分。

③理，规律。

④盼（pā，音趴），多。

# 九宫八风第七十七

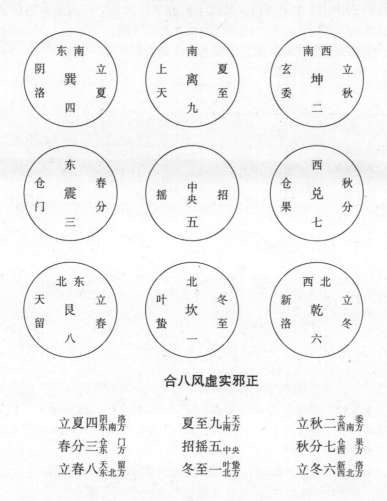

合八风虚实邪正

立夏四 阴洛<br>东南方　　　夏至九 上天<br>南方　　　立秋二 玄委<br>西南方

春分三 仓门<br>东方　　　招摇五 中央　　　秋分七 仓果<br>西方

立春八 天留<br>东北方　　　冬至一 叶蛰<br>北方　　　立冬六 新洛<br>西北方

太一常以冬至之日①,居叶蛰之宫四十六日,明日居天留四十六日,明日居仓门四十六日,明日居阴洛四十五日,明日居天宫四十六日,明日居玄委四十六日,明日居仓果四十六日,明日居新洛四十五日,明日复居叶蛰之宫,曰冬至矣。太一日游,以冬至之日,居叶蛰之宫,数所在日,从一处至九日,复反于一,常如是无已,终而复始。太一移日②,天必应之以风雨,以其日风雨则吉,岁美民安少病矣。先之则多雨,后之则多旱③。太一在冬至之日有变,占在君;太一在春分之日有变,占在相;太一在中宫之日有变,占有吏;太一在秋分之日有变,占在将;太一在夏至之日有变,占在百姓。所谓有变者,太一居五宫之日,病风折树木,扬沙石。各以其所主占贵贱。因视风所从来而占之。风从其所居之乡来为实风,主生,长养万物。从其冲后来为虚风,伤人者也,主杀主害者。谨候虚风而避之,故圣人日避虚邪之道,如避矢石然,邪弗能害,此之谓也。

是故太一入徙立于中宫,乃朝八风,以占吉凶也。风从南方来,名曰大弱风,其伤人也,内舍于心,外在于脉,气主热。风从西南方来,名曰谋风,其伤人也,内舍于脾,外在于肌,其气主为弱。风从西方来,名曰刚风,其伤人也,内舍于肺,外在于皮肤,其气主为燥。风从西北方来,名曰折风,其伤人也,内舍于小肠,外在于手太阳脉,脉绝则溢,脉闭则结不通,善暴死。

风从北方来，名曰大刚风，其伤人也，内舍于肾，外来于骨与肩背之膂筋，其气主为寒也。风从东北方来，名曰凶风，其伤人也，内舍于大肠，外在于两胁腋骨下及肢节。风从东方来，名曰婴儿风，其伤人也，内舍于肝，外在于筋纽，其气主为身湿。风从东南方来，名曰弱风，其伤人也，内舍于胃，外在肌肉，其气主体重。此八风皆从其虚之乡来，乃能病人。三虚相搏，则为暴病卒死。两实一虚，病则为淋露寒热。犯其雨湿之地，则为痿。故圣人避风，如避矢石焉。其有三虚而偏中于邪风④，则为击仆偏枯矣⑤。

---

①太一，北极星。
②太一移日，节气交换的日期。
③先，先期而至。后，后期而至。
④其，若。
⑤击仆，突然昏倒。

# 卷之十二

## 九针论第七十八

黄帝曰：余闻九针于夫子，众多博大矣，余犹不能寤①，敢问九针焉生？何因而有名？岐伯曰：九针者，天地之大数也，始于一而终于九。故曰：一以法天，二以法地，三以法人，四以法时，五以法音，六以法律，七以法星，八以法风，九以法野②。黄帝曰：以针应九之数奈何？岐伯曰：夫圣人之起天地之数也，一而九之，故以立九野，九而九之，九九八十一，以起黄钟数焉③，以针应数也。一者，天也。天者阳也，五藏之应天者肺，肺者五藏六府之盖也④。皮者，肺之合也，人之阳也。故为之治针，必以大其头而锐其末，令无得深入而阳气出。二者，地也。人之所以应土者肉也。故为之治针，必筒其身而员其末，令无得伤肉分，伤则气得竭。三者，人也。人之所以成生者血脉也。故为之治针，必其身而员其末，令可以按脉勿陷，以致其气，令邪气独出。四者，时也。时者四时八风之客于经络之中，为瘤病者也。故为之治针，必筒其身而锋其末，令可以泻热出血，而瘤病竭。五者，音也。音者冬夏之分，分于子午，阴与阳别，寒与热争，两气相搏，合为痈脓者也。故为之治针，必令其末如剑锋，可以取大脓。六者，律也。律者调阴阳四时而合十二经脉，虚邪客于经络而为暴痹者也。故为之治针，必令尖如牦⑤，且员且锐，中身微大，以取暴气。七者，星也。星者人之七窍，邪之所客于经，而为痛痹，舍于经络者也。故为之治针，令尖如蚊虻喙，静以徐往，微以久留，正气因之，真邪俱往，出针而养者也。八者，风也。风者人之股肱八节也，八正之虚风⑥，八风伤人，内舍于骨解腰脊节腠理之间，为深痹也。故为之治针，必长其身，锋其末，可以取深邪远痹。九者，野也。野者，人之节解皮肤之间也，淫邪流溢于身，如风水之状，而溜不能过于机关大节者也。故为之治针，令尖如挺，其锋微员，以取大气之不能过于关节者也。

黄帝曰：针之长短有数乎？岐伯曰：一曰镵针者，取法于巾针，去末寸半，卒锐之，长一寸六分，主热在头身也。二曰员针，取法于絮针，筩其身而卵其锋，长一寸六分，主治分间气。三曰锃针，取法于黍粟之锐，长三寸半，主按脉取气，令邪出。四曰锋针，取法于絮针⑦，筒其身，锋其末，长一寸六分，主痈热出血。五曰铍针，取法于剑锋，广二分半，长四寸，主大痈脓，两热争者也。六曰员利针，取法于牦，针微大其末，反小其身，令可深内也，长一寸六分，主取痈痹者也。七曰毫针，取法于毫毛，长一寸六分，主寒热痛痹在络者也。八曰长针，取法于綦针⑧，长七寸，主取深邪远痹者也。九曰大针，取法于锋针，其锋微员，长四寸，主取大气不出关节者也。针形毕矣，此九针大小长短法也。

黄帝曰：愿闻身形应九野奈何？岐伯曰：请言身形之应九野也，左足应立春，其日戊寅己丑。左胁应春分，其日乙卯。左手应立夏，其日戊辰己巳。膺喉首头应夏至，其日丙午。右手应立秋，其日戊申己未。右胁应秋分，其日辛酉。右足应立冬，其日戊戌己亥。腰尻下窍应冬至，其日壬子。六府隔下三藏应中州，其大禁，大禁太一所在之日及诸戊己。凡此九者，善候八正所在之处，所主左右上下身体有痈肿者，欲治之，无以其所直之日溃治之，是谓天忌日也。

形乐志苦，病生于脉，治之以灸刺。形苦志乐，病生于筋，治之以熨引。形乐志乐，病生于肉，治之以针石⑨。形苦志苦，病生于咽喝，治之以甘药。形数惊恐，筋脉不通，病生于不仁，治之以按摩醪药⑩。是谓形。五藏气：心主噫，肺主咳，肝主语，脾主吞，肾主欠。六府气：胆为怒，胃为气逆哕，大肠小肠为泄，膀胱不约为遗溺，下焦溢为水。五味：酸入肝，辛入肺，苦入心，甘入脾，咸入肾，淡入胃，是谓五味。五并：精气并肝则忧，并心则喜，并肺则悲，并肾则恐，并脾则畏，是谓五精之气并于藏也。五恶⑪：肝恶风，心恶热，肺恶寒，肾恶燥，脾恶湿，此五藏气所恶也。五液：心主汗，肝主泣，肺主涕，肾主唾，脾主涎，此五液所出也。五劳⑫：久视伤血，久卧伤气，久坐伤肉，久立伤骨，久行伤筋，此五久劳所病也。五走：酸走筋，辛走气，苦走血，咸走骨，甘走肉，是谓五走也。五裁⑬：病在筋，无食酸；病在气，无食辛；病在骨，无食咸；病在血，无食苦；病在肉，无食甘。口嗜而欲食之，不可多也，必自裁也，命曰五裁。五发：阴病发于骨，阳病发于血，以味发于气，阳病发于冬，阴病发于夏。五邪：邪入于阳，则为狂；邪入于阴，则为血痹；邪入于阳，转则为癫疾⑭；邪入于阴，转则为喑；阳入之于阴，病静；阴出之于阳，病喜怒。五藏：心藏神，肺藏魄，肝藏魂，脾藏意，肾藏精志也。五主：心主脉，肺主皮，肝主筋，脾主肌，肾主骨。阳明多血多气，太阳多血少气，少阳多气少血，太阴多血少气，厥阴多血少气，少阴多气少血。故曰刺阳明出血气，刺太阳出血恶气，刺少阳出气恶血，刺太阴出血恶气，刺厥阴出血恶气，刺少阴出气恶血也。足阳明太阴为表里，少阳厥阴为表里，太阳少阴为表里，是谓足之阴阳也。手阳明太阴为表里，少阳心主为表里，太阳少阴为表里，是谓手之阴阳也。

---

①瘖：同悟。

②野，分野。

③黄钟，六律之一。是古代矫正音律的乐器，长九寸。因古代用黑黍粒定分寸，一粒黍为一分，用黍九粒，直径相加，正好一寸。黄钟长九寸，正好用黍粒八十一粒。

④盖，华盖，因肺覆盖五脏六腑，状如华盖。

⑤牦，马尾。

⑥八正，指立春、立夏、立秋、立冬、春分、秋分、夏至、冬至。

⑦絮针，缝絮之针。

⑧綦（qí，音奇），缝纫用长针。

⑨石，石针。

⑩醪（láo，音劳）：醪药，药酒。

⑪恶，憎恶。

⑫劳，劳伤。

⑬裁，节制。

⑭癫，同巅，指头部。

## 岁露论第七十九

黄帝问于岐伯曰：经言夏日伤暑，秋病疟，疟之发以时，其故何也？岐伯对曰：邪客于风府①，病循膂而下，卫气一日一夜，常大会于风府，其明日日下一节②，故其日作晏，此其先客于脊背也。故每至于风府则腠理开，腠理开则邪气入，邪气入则病作，此所以日作尚晏也③。卫气之行风府，日下一节，二十一日下至尾底，二十二日入脊内，注于伏冲之脉，其行九日，出于缺盆之中，其气上行，故其病稍益至。其内搏于五藏，横连募原④，其道远，其气深，其行迟，不能日作，故次日乃稸积而作焉⑤。黄帝曰：卫气每至于风府，腠理乃发，发则邪入焉。其卫气日下一节，则不当风府奈何？岐伯曰：风府无常，卫气之所应，必开其腠理，气之所舍节，则其府也，黄帝曰：善。夫风之与疟也，相与同类，而风常在，而疟特以时休何也？岐伯曰：风气留其处，疟气随经络沉以内搏，故卫气应乃作也。帝曰：善。

黄帝问于少师曰：余闻四时八风之中人也，故有寒暑。寒则皮肤急而腠理闭，暑则皮肤缓而腠理开。贼风邪气，因得以入乎？将必须八正虚邪，乃能伤人乎？少师答曰：不然。贼风邪气之中人也，不得以时。然必因其开也，其入深，其内极病，其病人也卒暴；因其闭也，其入浅以留，其病也徐以迟。黄帝曰：有寒温和适，腠理不开，然有卒病者，其故何也？少师答曰：帝弗知邪入乎？虽不居，其腠理开闭缓急，其故常有时也。黄帝曰：可得闻乎？少师曰：人与天地相参也，与日月相应也。故月满则海水西盛。人血气积，肌肉充，皮肤致，毛发坚，腠理郄，烟垢著。当是之时，虽遇贼风，其入浅不深。至其月郭空，则海水东盛，人气血虚，其卫气去，形独居，肌肉减，皮肤纵，腠理开，毛发残，瞧理薄，烟垢落。当是之时，遇贼风则其入深，其病人也卒暴。黄帝曰：其有卒然暴死暴病者何也？少师答曰：三虚者，其死暴疾也；得三实者，邪不能伤人也。黄帝曰：愿闻三虚。少师曰：乘年之衰，逢月之空，失时之和，因为贼风所伤，是谓三虚。故论不知三虚，工反为粗。帝曰：愿闻三实。少师曰：逢年之盛，遇月之满，得时之和，虽有贼风邪气，不能危之也。黄帝曰：善乎哉论！明乎哉道！请藏之金匮，命曰三实。然此一夫之论也。

黄帝曰：愿闻岁之所以皆同病者，何因而然？少师曰：此八正之候也。黄帝曰：候之奈何？少师曰：候此者，常以冬至之日，太一立于叶蛰之宫，其至也，天必应之以风雨者矣。风雨从南方来者，为虚风，贼伤人者也。其以夜半至也，万民皆卧而弗犯也，故其岁民少病。其以昼至者，万民懈惰而皆中于虚风，万民多病。虚邪入客于骨而不发于外，至其立春，阳气大发，腠理开，因立春之日，风从西方来，万民又皆中于虚风，此两邪相搏，经气结代者矣。故诸逢其风而遇其雨者，命曰遇岁露焉。因岁之和，而少贼风者，民少病而少死；岁多贼风邪气，寒温不和，则民多病而死矣。黄帝曰：虚邪之风，其所伤贵贱何如？候之奈何？少师答曰：正月朔日，太一居天留之宫，其日西北风，不雨，人多死矣。正月朔日，平旦北风，春，民多死。正月朔日，平旦北风行，民病多者，十有三也。正月朔日，日中北风，夏，民多死。正月朔日，夕时北风，秋，民多死。终日北风，大病死者十有六。正月朔日，风从南方来，命曰旱乡⑥，从西方来，命曰白骨，将国有殃，人多死亡。正月朔日，风从东方来，发屋，扬沙石，国有大灾也。正月朔日，风从东南方行，春有死亡。正月朔日，天和温不风，糴贱，民不病；天寒而风，糴贵，民多病。此所谓候岁之风，戕伤人者也。二月丑不风，民多心腹病。三月戌不温，民多寒热。四月巳不暑，民多瘅病。十月申不寒，民多暴死。诸所谓风者，皆发屋，折树木，扬沙石，起毫毛，发腠理者也。

---

①风府，穴位名。
②节，指脊椎。
③日作尚晏，发作常向后推迟。
④募，同膜。
⑤稸，通蓄。
⑥旱乡，南方。

## 大惑论第八十

黄帝问于岐伯曰：余尝上于清冷之台，中阶而顾，匍匐而前则惑。余私异之，窃内怪之，独瞑独视，安心定气，久而不解。独搏独眩，披发长跪，俯而视之，后久之不已也。卒然自上①，何气使然？岐伯对曰：五藏六府之精气，皆上注于目而为之精。精之窠为眼，骨之精为瞳子，筋之精为黑眼，血之精为络，其窠气之精为白眼，肌肉之精为约束，裹撷筋骨血气之精②，而与脉并为系，上属于脑，后出于项中。故邪中于项，因逢其身之虚，其入深，则随眼系以入于脑，入于脑则脑转，脑转则引目系急，目系急则目眩以转矣。邪其精，其精所中不相比也则精散，精散则视歧，视歧见两物。目者，五藏六府之精也，营卫魂魄之所常营也，神气之所生也。故神劳则魂魄散，志意乱。是故瞳子黑眼法于阴，白眼赤脉法于阳也，故阴阳合传而精明也。目者，心使也③。心者，神之舍也，故神精乱而不转，卒然见非常处，精神魂魄，散不相得，故曰惑也。黄帝曰：余疑其然。余每之东苑，未曾不惑，去之则复，余唯独为东苑劳神乎？何其异也？岐伯曰：不然也。心有所喜，神有所恶，卒然相惑，则精气乱，视误故惑，神移乃复。是故间者为迷，甚者为惑。

黄帝曰：人之善忘者，何气使然？岐伯曰：上气不足，下气有余，肠胃实而心肺虚，虚则营卫留于下，久之不以时上，故善忘也。黄帝曰：人之善饥而不嗜食者，何气使然？岐伯曰：精气并于脾，热气留于胃，胃热则消谷，谷消故善饥。胃气逆上，则胃脘寒，故不嗜食也。黄帝曰：病而不得卧者，何气使然？岐伯曰：卫气不得入于阴，常留于阳。留于阳则阳气满，阳气满则阳跷盛，不得入于阴则阴气虚，故目不瞑矣。黄帝曰："病目而不得视者，何气使然？岐伯曰：卫气留于阴，不得行于阳。留于阴则阴气盛，阴气盛则阴跷满，不得入于阳则阳气虚，故目闭也。黄帝曰：人之多卧者，何气使然？岐伯曰：此人肠胃大而皮肤湿，而分肉不解焉。肠胃大则卫气留久，皮肤湿则分肉不解，其行迟。夫卫气者，昼日常行于阳，夜行于阴，故阳气尽则卧，阴气尽则寤。故肠胃大，则卫气行留久；皮肤湿，分肉不解，则行迟。留于阴也久，其气不清，则欲瞑，故多卧矣。其肠胃小，皮肤滑以缓，分肉解利，卫气之留于阳也久，故少瞑焉。黄帝曰：其非常经也④，卒然多卧者，何气使然？岐伯曰：邪气留于上膲，上膲闭而不通，已食若饮汤，卫气留久于阴而不行，故卒然多卧焉。黄帝曰：善。治此诸邪奈何？岐伯曰：先其藏府，诛其小过⑤，后调其气，盛者泻之，虚者补之。必先明知其形志之苦乐，定乃取之。

①卒然自上，突然自动停止。

②裹撷，包罗。

③使，指使。

④常经，经常。

⑤小过，小病。

## 痈疽第八十一

黄帝曰：余闻肠胃受谷，上焦出气，以温分肉，而养骨节，通腠理。中焦出气如露，上注溪谷，而渗孙脉，津液和调，变化而赤为血。血和则孙脉先满溢，乃注于络脉，皆盈，乃注于经脉。阴阳已张①，因息乃行②，行有经纪，周有道理，与天合同，不得休止。切而调之，从虚去实，泻则不足，疾则气减，留则先后。从实去虚，补则有余。血气已调，形气乃持③。余已知血气之平与不平，未知痈疽之所从生，成败之时，死生之期，有远近，何以度之，可行闻乎？岐伯曰：经脉留行不止，与天同度，与地合纪。故天宿失度，日月薄蚀，地经失纪，水道流溢，草萱不成，五谷不殖，径路不通，民不往来，巷聚邑居，则别离异处，血气犹然，请言其故。夫血脉营卫，周流不休，上应星宿，不应经数。寒邪客于经络之中则血泣，血泣则不通，不通则卫气归之④，不得复反，故痈肿。寒气化为热，热胜同腐肉，肉腐则为脓，脓不泻则烂筋，筋烂则伤骨，骨伤则髓消，不当骨空，不得泄泻，血枯空虚，则筋骨肌肉不相荣，经脉败漏，熏于五藏，藏伤故死矣。

黄帝曰；愿尽闻痈疽之形⑤，与忌、日、名⑥。岐伯曰：痈发于嗌中，名曰猛疽。猛疽不治，化为脓，脓不泻，塞咽，半日死。其化为脓者，泻则合豕膏，冷食，三日而已。发于颈，名曰夭疽。其痈大以赤黑，不急治，则热气下入渊腋⑦，前伤任脉，内熏肝肺。熏肝肺十余日而死矣。阳留大发，消脑留项，名曰脑烁。其色不乐，项痛而如刺以针，烦心者死不可治。发于肩及臑，名曰疵痈⑧，其状赤黑，急治之，此令人汗出至足，不害五藏，痈发四五日逞焫之。发于腋下赤坚者，名曰米疽，治之以砭石，欲细而长，疏砭之，涂以豕膏，六日已，勿裹之。其疽坚而不溃者，为马刀挟瘿，急治之。发于胸，名曰井疽，其状如大豆，三四日起，不早治，下入腹，不治，七日死矣。发于膺，名曰甘疽，色青，其状如谷实蒌䒷，常苦寒热，急治之，去其寒热，十岁死，死后出脓。发于胁，名曰败疵。败疵者女子之病也，灸之，其病大痈脓，治之，其中乃有生肉，大如赤小豆，㓠棱翘草根各一升⑨，以水一斗六升煮之，竭为取三升，则强饮厚衣，坐于斧上，令汁出至足已。发于股胫，名曰股胫疽，其状不甚变，而疽脓搏骨，不急治，三十日死矣。发于尻，名曰锐疽。其状赤坚大，急治之，不治，三十日死矣。发于股阴，名曰赤施。不急治，六十日死，在两股之内，不治，十日而当死。发于膝，名曰疵痈。其状大痈，色不变，寒热，如坚石，勿石，石之者死，须其柔，乃石之者生。诸痈疽之发于节而相应者，不可治也。发于阳者，百日死；发于阴者，三十日死。发于胫，名曰兔啮。其状赤至骨，急治之，不治害人也。发于内踝，名曰走缓。其状痈也，色不变，数石其输，而止其寒热，不死。发于足上下，名曰四淫，其状大痈，急治之，百日死，发于足傍，名曰厉痈。其状不大，初如小指发，急治之，去其黑者，不消辄益，不治，百日死。发于足指，名脱痈。其状赤黑，死不治；不赤黑，不死。不衰，急斩之，不则死矣。

黄帝曰：夫子言痈疽，何以别之？岐伯曰：营卫稽留于经脉之中，则血泣而不行，不行则卫气从之而不通，壅遏而不得行，故热。大热不止，热胜则肉腐，肉腐则为脓。然不能陷，骨髓不为燋枯，五藏不为伤，故命曰痈。黄帝曰：何谓疽？岐伯曰：热气淳盛，下陷肌肤，筋髓枯，内连五藏，血气竭，当其痈下，筋骨良肉皆无余，故命曰疽。疽者，上之皮夭以坚，上如牛领之皮。痈者，其皮上薄以泽。此其候也。

---

①张，补给。

②息，呼吸。

③持，定。

④归，还。

⑤形，病症。

⑥忌，禁忌。日，愈期或死期。名，病名。

⑦渊腋，腋窝深处。

⑧疵（cí，音磁），疵痈，肩中痛。

⑨棱，棱角。翘，连翘。

# 伤寒论

〔汉〕张仲景 撰

# 论

论曰：余每览越人入虢之诊①，望齐侯之色，未尝不慨然叹其才秀也。怪当今居世之士，曾不留神医药，精究方术，上以疗君亲之疾，下以救贫贱之厄，中以保身长全，以养其生。但竞逐荣势，企踵权豪，孜孜汲汲，惟名利是务，崇饰其末，忽弃其本，华其外而悴其内，皮之不存，毛将安附焉。卒然遭邪风之气，婴非常之疾，患及祸至，而方震栗，降志屈节，钦望巫祝，告穷归天，束手受败，赍百年之寿命②，持至贵之重器，委付凡医，恣其所措。咄嗟呜呼！厥身已毙，神明消灭，变为异物，幽潜重泉，徒为啼泣。痛夫！举世昏迷，莫能觉悟，不惜其命，若是轻生，彼何荣势之云哉！而进不能爱人知人，退不能爱身知已，遇灾值祸，身居厄地，蒙蒙昧昧，蠢若游魂。哀乎！趋世之士，驰竞浮华，不固根本，忘躯徇物，危若冰谷，至于是也。余宗族素多，向余二百，建安纪年以来，犹未十稔③，其死亡者，三分有二，伤寒十居其七。感往昔之沦丧，伤横夭之莫救，乃勤求古训，博采众方，撰用《素问》、《九卷》、《八十一难》、《阴阳大论》、《胎胪药录》，并《平脉辨证》，为《伤寒杂病论》合十六卷。虽未能尽愈诸病，庶可以见病知源，若能寻余所集，思过半矣。夫天布五行，以运万类，人禀五常，以有五藏，经络府俞，阴阳会通，玄冥幽微，变化难极，自非才高识妙，岂能探其理致哉！上古有神农、黄帝、岐伯、伯高、雷公、少俞、少师、仲文，中世有长桑、扁鹊，汉有公乘阳庆及仓公，下此以往，未之闻也。观今之医，不念思求经旨，以演其所知，各承家技，终始顺旧。省疾问病，务在口给，相对斯须，便处汤药，按寸不及尺，握手不及足，人迎趺阳，三部不参，动数发息，不满五十，短期未知决诊，九候曾无仿佛，明堂阙庭，尽不见察，所谓窥管而已。夫欲视死别生，实为难矣。孔子云，生而知之者上，学则亚之，多闻博识，知之次也。余宿尚方术，请事斯语。

---

①虢，同虢，古国名。
②赍（jī，音机），怀着，抱着。
③稔（rěn。音忍），年。

# 卷　　一

## 辨脉法第一

问曰：脉有阴阳者，何谓也。答曰：凡脉大、浮、数、动、滑，此名阳也；脉沉、涩、弱、弦、微，此名阴也。凡阴病见阳脉者生，阳病见阴脉者死。

问曰：脉有阳结阴结者，何以别之。答曰：其脉浮而数，能食，不大便者，此为实，名曰阳结也。期十七日当剧。其脉沉而迟，不能食，身体重，大便反硬，名曰阴结也。期十四日当剧。

问曰：病有沥沥恶寒而复发热者，何？答曰：阴脉不足，阳往从之；阳脉不足，阴往乘之。曰：何谓阳不足？答曰：假令寸口脉微，名曰阳不足。阴气上入阳中，则沥沥恶寒也。曰：何谓阴不足。答曰：假令尺脉弱，名曰阴不足，阳气下陷入阴中，则发热也。

阳脉浮阴脉弱者，则血虚。血虚则筋急也①。

其脉沉者，荣气微也。

其脉浮，而汗出如流珠者，卫气衰也。

荣气微者，加烧针，则血流不行，更发热而躁烦也。

脉蔼蔼，如车盖者，名曰阳结也。

脉累累，如循长竿者，名曰阴结也。

脉瞥瞥，如羹上肥者，阳气微也。

脉萦萦，如蜘蛛丝者，阳气衰也。

脉绵绵，如泻漆之绝者，亡其血也。

脉来缓，时一止复来者，名曰结。脉来数，时一止复来者，名曰促。脉阳盛则促，阴盛则结，此皆病脉。

阴阳相搏，名曰动。阳动则汗出，阴动则发热。形冷、恶寒者，此三焦伤也。

若数脉见于关上，上下无头尾，如豆大，厥厥动摇者，名曰动也。

阳脉浮大而濡，阴脉浮大而濡，阴脉与阳脉同等者，名曰缓也。

脉浮而紧者，名曰弦也。弦者状如弓弦，按之不移也。脉紧者，如转索无常也。

脉弦而大，弦则为减，大则为芤①。减则为寒，芤则为虚。寒虚相搏，此名为革。妇人则半产、漏下，男子则亡血、失精。

问曰：病有战而汗出。因得解者，何也？答曰：脉浮而紧，按之反芤，此为本虚，故当战而汗出也。其人本虚，是以发。以脉浮，故当汗出而解也。

若脉浮而数，按之不芤，此人本不虚。若欲自解，但汗出耳，不发战也。

问曰：病有不战而汗出解者，何也？答曰：脉大而浮数，故知不战汗出而解也。

问曰：病有不战，不汗出而解者，何也？答曰：其脉自微，此以曾经发汗、若吐、若下、若亡血，以内无津液，此阴阳自和，必自愈，故不战，不汗出而解也。

问曰：伤寒三日，脉浮数而微，病人身凉和者，何也？答曰：此为欲解也。解以夜半。脉浮而解者，濈然汗出也；脉数而解者，必能食也；脉微而解者，必大汗出也。

问曰：脉病，欲知愈未愈者，何以别之？答曰：寸口、关上、尺中三处，大小、浮沉、迟数同等，虽有寒热不解者，此脉阴阳为和平，虽剧当愈。

问曰：凡病欲知何时得？何时愈？答曰：假令夜半得病，明日日中愈；日中得病，夜半愈。何以言之？日中得病，夜半愈者，以阳得阴则解也。夜半得病，明日日中愈者，以阴得阳则解也。

寸口脉浮为在表，沉为在里，数为在府，迟为在藏。假令脉迟，此为在藏也。

趺阳脉浮而涩，少阴脉如经也，其病在脾，法当下利。何以知之？若脉浮大者，气实血虚也。今趺阳脉浮而涩，故知脾气不足，胃气虚也。以少阴脉弦而浮，才见此为调脉，故称如经也。若反滑而数者，故知当屎脓也。

寸口脉浮而紧，浮则为风，紧则为寒。风则伤卫，寒则伤荣。荣卫俱病，骨节烦疼，当发其汗也。

趺阳脉迟而缓，胃气如经也③。趺阳脉浮而数，浮则伤胃，数则动脾，此非本病，医特下之所为也。荣卫内陷，其数先微，脉反但浮，其人必大便硬，气噫而除。何以言之？本以数脉动脾，其数先微，故知脾气不治，大便硬，气噫而除。令脉反浮，其数必微，邪气独留，心中则饥，邪热不杀谷，潮热发渴，数脉当迟缓，脉因前后度数如法，病者则饥。数脉不时，则生恶疮也。

师曰：病人脉微而涩者，此为医所病也。大发其汗，又数大下之，其人亡血，病当恶寒，后乃发热，无休止时。夏月盛热，欲著复衣，冬月盛寒，欲裸其身，所以然者，阳微则恶寒，阴弱则发热。此医发其汗，令阳气微，又大下之，令阴气弱，五月之时，阳气在表，胃中虚冷，以阳气内微，不能胜冷，故欲著复衣；十一月之时，阳气在里，胃中烦热，以阴气内弱，不能胜热，故欲裸其身。又阴脉迟涩，故知血亡也。

脉浮而大，心下反硬，有热属藏者，攻之，不令发汗。

属府者，不令溲数。溲数则大便硬，汗多则热愈，汗少则便难，脉迟尚未可攻。

脉浮而洪，身汗如油，喘而不休，水浆不下，体形不仁④，乍静乍乱，此为命绝也。

又未知何藏先受其灾，若汗出发润，喘不休者，此为肺先绝也。

阳反独留，形体如烟熏，直视摇头，此心绝也。

唇吻反青，四肢絷习者⑤，此为肝绝也。

环口黧黑，柔汗发黄者⑥，此为脾绝也。

溲便遗失、狂言、目反直视者，此为肾绝也。

又未知何藏阴阳前绝，若阳气前绝，阴气后竭者，其人死，身色必青；阴气前绝，阳气后竭者，其人死，身色必赤，腋下温，心下热。

寸口脉浮大，而医反下之，此为大逆。浮则无血，大则为寒，寒气相搏，则为肠鸣，医乃不知，而反饮冷水，令汗大出，水得寒气，冷必相搏，其人即噎。

趺阳脉浮，浮则为虚，浮虚相搏，故令气噎，言胃气虚竭也。脉滑，则为哕。此为医咎，责虚取实，守空迫血。脉浮、鼻中燥者，必衄也。

诸脉浮数，当发热，而洒淅恶寒，若有痛处，饮食如常者，畜积有脓也。

脉浮而迟，而热赤而战惕者，六七日当汗出而解；反发热者，差迟。迟为无阳，不能作汗，其身必痒也。

寸口脉阴阳俱紧者，法当清邪中于上焦，浊邪中于下焦。清邪中上，名曰洁也；浊邪中下，名曰浑也。阴中于邪，必内栗也，表气微虚，里气不守，故使邪中于阴也。阳中于邪，必发热、头痛、项强、颈挛、腰痛、胫酸，所为阳中雾露之气，故曰清邪中上。浊邪中下，阴气为栗，足膝逆冷，便溺妄出，表气微虚，里气微急，三焦相混，内外不通，上焦怫郁，藏气相熏，口烂食断也。中焦不治，胃气上冲，脾气不搏，胃中为浊，荣卫不通，血凝不流。若卫气前通者，小便赤黄，与热相搏，因热作使，游于经络，出入藏府，热气所过，则为痈脓。若阴气前通者，阳气厥微，阴无所使，客气内入，嚏而出之，声嗢咽塞，寒厥相逐，为热所拥，血凝自下，状如豚肝，阴阳俱厥，脾气孤弱，五液注下，下焦不阖，清便下重，令便数、难，脐筑湫痛，命将难全。

脉阴阳俱紧者，口中气出，唇口干燥，蜷卧足冷，鼻中涕出，舌上胎滑，勿妄治也。到七日已来，其人微发热，手足温者，此为欲解；或到八日已上，反大发热者，此为难治。设使恶寒者，必欲呕也；腹内痛者，必欲利也。

脉阴阳俱紧，至于吐利，其脉独不解，紧去人安，此为欲解。若脉迟至六七日，不欲食，此为晚发，水停故也，为未解；食自可者，为欲解。

病六七日，手足三部脉皆至，大烦而口噤不能言⑦，其人躁扰者，必欲解也。

若脉和，其人大烦，目重，睑内际黄者，此为欲解也。

脉浮而数，浮为风，数为虚，风为热，虚为寒，风虚相搏，则洒淅恶寒也。

脉浮而滑，浮为阳，滑为实，阳实相搏，其脉数疾，卫气失度，浮滑之脉数疾，发热汗出者，此为不治。

伤寒咳逆上气，其脉散者死。谓其形损故也。

---

①急，拘急。

②芤（kōu，音抠），葱，脉象名，指脉象似葱管。

③如经，如常。

④体形，形体。不仁，身体失去知觉。

⑤瘈习，抽筋。

⑥柔汗，冷汗。

⑦烦，热。

# 平脉法第二

问曰：脉有三部，阴阳相乘。荣卫血气，在人体躬。呼吸出入，上下于中，因息游布，津液流通。随时动作，效象形容，春弦秋浮，冬沉夏洪。察色观脉，大小不同，一时之间，变无经常，尺寸参差，或短或长。上下乖错，或存或亡。病辄改易，进退低昂。心迷意惑，动失纪纲。愿为具陈，令得分明。师曰：子之所问，道之根源。脉有三部，尺寸及关。

荣卫流行，不失衡铨①。

肾沉、心洪、肺浮、肝弦，此自经常，不失铢分。

出入升降，漏刻周旋，水下二刻，一周循环。

当复寸口，虚实见焉。

变化相乘，阴阳相干。风则浮虚，寒则牢坚；沉潜水畜，支饮急弦；动则为痛，数则热烦。

设有不应，知变所缘，三部不同，病各异端。

太过可怪，不及亦然，邪不空见，中必有奸，审察表里，三焦别焉，知其所舍，消息诊看，料度府藏，独见若神。为子条记，传与贤人。

师曰：呼吸者，脉之头也。

初持脉，来疾去迟，此出疾入迟，名曰内虚外实也。初持脉，来迟去疾，此出迟入疾，名曰内实外虚也。

问曰：上工望而知之，中工问而知之，下工脉而知之，愿闻其说。师曰：病家人请云，病人若发热，身体疼，病人自卧。师到，诊其脉，沉而迟者，知其差也。何以知之？表有病者，脉当浮大，今脉反沉迟，故知愈也。

假令病人云，腹内卒痛，病人自坐。师到，脉之，浮而大者，知其差也。何以知之？若里有病者，脉当沉而细，今脉浮大，故知愈也。

师曰：病家人来请云，病人发热，烦极。明日师到，病人向壁卧，此热已去也。设令脉不和，处言已愈。

设令向壁卧，闻师到，不惊起而盼视②，若三言三止，脉之，咽唾者，此诈病也。设令脉自和，处言汝病大重，当须服吐下药，针灸数十百处，乃愈。

师持脉，病人欠者，无病也。

脉之，呻者，病也。

言迟者，风也。

摇头言者，里痛也。

行迟者，表强也。

坐而伏者，短气也。

坐而下一脚者，腰痛也。

里实护腹，如怀卵物者，心痛也。

师曰：伏气之病，以意候之，今月之内，欲有伏气。假令旧有伏气，当须脉之。若脉微弱者，当喉中痛似伤，非喉痹也。病人云：实咽中痛，虽尔，今复欲下利。

问曰：人病恐怖者，其脉何状？师曰：脉形如循丝，累累然，其面白脱色也。

问曰：人不饮，其脉何类？师曰：其脉自涩，唇口干燥也。

问曰：人愧者，其脉何类？师曰：脉浮，而面色乍白乍赤。

问曰：经说，脉有三菽、六菽重者，何谓也？师曰：脉者，人以指按之，如三菽之重者，肺气也；如六菽之重者，心气也；如九菽之重者，脾气也；如十二菽之重者，肝气也；按之至骨者，肾气也。

假令下利，寸口、关上、尺中，悉不见脉，然尺中时一小见，脉再举头者，肾气也。若见损脉来至，为难治。

问曰：脉有相乘、有纵、有横、有逆、有顺，何也？师曰：水行乘火，金行乘木，名曰纵；火行乘水，木行乘金，名曰横；水行乘金，火行乘木，名曰逆；金行乘水，木行乘火，名曰顺也。

问曰：脉有残贼，何谓也？师曰：脉有弦、紧、浮、滑、沉、涩，此六者，名曰残贼，能为诸脉作病也。

问曰：脉有灾怪，何谓也？师曰：假令人病，脉得太阳，与形证相应，因为作汤。比还送汤如食顷，病人乃大吐，若下利，腹中痛。师曰：我前来不见此证，今乃变异，是名灾怪。又问曰：何缘作此吐利？答曰：或有旧时服药，今乃发作，故名灾怪耳。

问曰：东方肝脉，其形何似？师曰：肝者，木也，名厥阴，其脉微弦濡弱而长，是肝脉也。肝病自得濡弱者，愈也。

假令得纯弦脉者，死。何以知之？以其脉如弦直，是肝藏伤，故知死也。

南方心脉，其形何似？师曰：心者火也，名少阴，其脉洪大而长，是心脉也。心病自得洪大者，愈也。

假令脉来微去大，故名反，病在里也。脉来头小本大者，故名复，病在表也。上微头小者，则汗出；下微本大者，则为关格不通，不得尿。头无汗者可治，有汗者死。

西方肺脉，其形何似？师曰：肺者金也，名太阴，其脉毛浮也，肺病自得此脉。若得缓迟者，皆愈；若得数者，则剧。何以知之？数者南方火，火克西方金，法当痈肿，为难治也。

问曰：二月得毛浮脉，何以处言至秋当死。师曰：二月之时，脉当濡弱，反得毛浮者，故知至秋死。二月肝用事，肝脉属木，应濡弱，反得毛浮者，是肺脉也。肺属金，金来克木，故知至秋死。他皆仿此。

师曰：脉，肥人责浮，瘦人责沉。肥人当沉，今反浮；瘦人当浮，今反沉，故责之。

师曰：寸脉下不至关，为阳绝；尺脉上不至关，为阴绝。此皆不治，决死也。若计其余命死生之期，期以月节克之也。

师曰：脉病人不病③，名曰行尸，以无王气，卒眩仆不识人者，短命则死。人病脉不病，名曰内虚，以无谷神，虽困无苦。

问曰：翕奄沉，名曰滑，何谓也？沉为纯阴。翕为正阳，阴阳和合，故令脉滑。关尺自平，阳明脉微沉，食饮自可。少阴脉微滑，滑者紧之浮名也，此为阴实，其人必股内汗出，阴下湿也。

问曰：曾为人所难，紧脉从何而来。师曰：假令亡汗、若吐，以肺里寒，故令脉紧也。假令咳者，坐饮冷水，故令脉紧也。假令下利，以胃中虚冷，故令脉紧也。

寸口卫气盛，名曰高。

荣气盛，名曰章。

高章相搏，名曰纲。

卫气弱，名曰惵④。

荣气弱，名曰卑。

惵卑相搏，名曰损。

卫气和，名曰缓。

荣气和，名曰迟。

迟缓相搏，名曰沉。

寸口脉缓而迟，缓则阳气长，其色鲜，其颜光，其声商，毛发长。迟则阴气盛，骨髓生，血满，肌肉紧薄鲜硬。阴阳相抱，荣卫俱行，刚柔相搏，名曰强也。

趺阳脉滑而紧，滑者胃气实，紧者脾气强。持实击强，痛还自伤，以手把刃，坐作疮也。

寸口脉浮而大，浮为虚，大为实。在尺为关，在寸为格。关则不得小便，格则吐逆。

趺阳脉伏而涩，伏则吐逆，水谷不化，涩则食不得入，名曰关格。

脉浮而大，浮为风虚，大为气强，风气相搏，必成瘾疹⑤，身体为痒。痒者名泄风，久久为痂癞。

寸口脉弱而迟，弱者卫气微，迟者荣中寒。荣为血，血寒则发热；卫为气，气微者，心内饥，饥而虚满不能食也。

趺阳脉大而紧者，当即下利，为难治。

寸口脉弱而缓，弱者阳气不足，缓者胃气有余。噫而吞酸，食卒不下，气填于膈上也。

趺阳脉紧而浮，浮为气，紧为寒。浮为腹满，紧为绞痛。浮紧相搏，肠鸣而转，转即气动，膈气乃下。少阴脉不出，其阴肿大而虚也。

寸口脉微而涩，·微者卫气不行，涩者荣气不逮。荣卫不能相将，三焦无所仰，身体痹不仁。荣气不足，则烦疼，口难言；卫气虚，则恶寒数欠。三焦不归其部，上焦不归者，噫而酢吞；中焦不归者，不能消谷引食；下焦不归者，则遗溲。

趺阳脉沉而数，沉为实，数消谷。紧者，病难治。

寸口脉微而涩，微者卫气衰，涩者荣气不足。卫气衰，面色黄；荣气不足，面色青。荣为根，卫为叶。荣卫俱微，则根叶枯槁，而寒栗咳逆，唾腥吐涎沫也。

趺阳脉浮而芤，浮者卫气衰，芤者荣气伤，其身体瘦，肌肉甲错，浮芤相搏，宗气衰微，四属断绝。

寸口脉微而缓，微者卫气疏，疏则其肤空；缓者胃气实，实则谷消而水化也。谷入于胃，脉道乃行，而入于经，其血乃成。荣盛，则其肤必疏，三焦绝经，名曰血崩。

趺阳脉微而紧，紧则为寒，微则为虚，微紧相搏，则为短气。

少阴脉弱而涩，弱者微烦，涩者厥逆⑥。

趺阳脉不出，脾不上下，身冷肤硬。

少阴脉不至，肾气微，少精血，奔气促迫，上入胸膈，宗气反聚，血结心下，阳气退下，热归阴股，与阴相动，令身不仁，此为尸厥。当刺期门、巨阙。

寸口脉微，尺脉紧，其人虚损多汗，知阴常在，绝不见阳也。

寸口诸微亡阳，诸濡亡血，诸弱发热，诸紧为寒。诸乘寒者，则为厥，郁冒不仁，以胃无谷气，脾涩不通，口急不能言，战而栗。

问曰：濡弱何以反适十一头。师曰：五脏六腑相乘故令十一。

问曰：何以知乘腑，何以知乘脏。师曰：诸阳浮数为乘腑，诸阴迟涩为乘脏也。

---

①衡铨，称，衡器。
②眄（miǎn，音面）视，斜着眼睛看。
③脉病人不病，人的脉象很不正常，但人并未显现出恶病的症状。
④惵（dié，音迭），恐惧。
⑤瘾（yǐn，音隐）疹，即荨麻疹。
⑥厥逆，四肢寒冷。

# 卷　二

## 伤寒例第三

阴阳大论云：春气温和，夏气暑热，秋气清凉，冬气冷冽，此则四时正气之序也。

冬时严寒，万类深藏，君子固密，则不伤于寒。触冒之者，乃名伤寒耳。

其伤于四时之气，皆能为病。

以伤寒为毒者，以其最成杀厉之气也。

中而即病者，名曰伤寒；不即病者，寒毒藏于肌肤，至春变为温病，至夏变为暑病。暑病者，热极重于温也。

是以辛苦之人，春夏多温热病，皆由冬时触寒所致，非时行之气也。凡时行者，春时应暖，而复大寒；夏时应大热，而反大凉；秋时应凉，而反大热；冬时应寒，而反大温。此非其时而有其气，是以一岁之中，长幼之病多相似者，此则进行之气也。

夫欲候知四时正气为病，及时行疫气之法，皆当按斗历占之。

九月霜降节后，宜渐寒，向冬大寒，至正月雨水节后，宜解也。所以谓之雨水者，以冰雪解而为雨水故也。至惊蛰二月节后，气渐和暖，向夏大热，至秋便凉。

从霜降以后，至春分以前，凡有触冒霜露，体中寒即病者，谓之伤寒也。九月十月，寒气尚微，为病则轻；十一月十二月，寒冽已严，为病则重；正月二月，寒渐将解，为病亦轻。此以冬时不调，适有伤寒之人，即为病也。

其冬有非节之暖者，名曰冬温。冬温之毒，与伤寒大异，冬温复有先后，更相重沓，亦有轻重，为治不同，证如后章。

从立春节后，其中无暴大寒，又不冰雪，而有人壮热为病者，此属春时阳气，发于冬时伏寒，变为温病。

从春分以后，至秋分节前，天有暴寒者，皆为时行寒疫也。三月四月，或有暴寒，其时阳气尚弱，为寒所折，病热犹轻；五月六月，阳气已盛，为寒所折，病热则重；七月八月，阳气已衰，为寒所折，病热亦微。其病与温及暑病相似，但治有殊耳。

十五日得一气①，于四时之中，一时有六气，四六名为二十四气也。

然气候亦有应至而不至，或有未应至而至者，或有至而太过者，皆成病气也。

但天地动静，阴阳鼓击者，各正一气耳。

是以彼春之暖，为夏之暑；彼秋之忿，为冬之怒。

是故冬至之后，一阳爻升，一阴爻降也。夏至之后，一阳气下，一阴气上也。

斯则冬夏二至，阴阳合也；春秋二分，阴阳离也。

阴阳交易，人变病焉。

此君子春夏养阳，秋冬养阴，顺天地之刚柔也。

小人触冒，必婴暴疹②。须知毒烈之气，留在何轻，而发何病，详而取之。

是以春伤于风，夏必飧泄；夏伤于暑，秋必病疟；秋伤于湿，冬必咳嗽；冬伤于寒，春必病温。此必然之道，可不审明之。

伤寒之病，逐日浅深，以斯方治。

今世人伤寒，或始不早治，或治不对病，或日数久淹，困乃告医。医人又不依次第而治之，则不中病。皆宜临时消息制方，无不效也。今搜采仲景旧论，录其证候诊脉声色，对病真方，有神验者，拟防世急也。

又土地温凉，高下不同；物性刚柔，食居亦异。是黄帝兴四方之问，岐伯举四治之能，以训后贤，开其未悟者。临病之工，宜须两审也。

凡伤于寒，则为病热，热虽甚，不死。

若两感于寒而病者③，必死。

尺寸俱浮者，太阳受病也，当一二日发。以其脉上连风府，故头项痛，腰脊强④。

尺寸俱长者，阳明受病也，当二三日发。以其脉侠鼻、络于目，故身热、目疼、鼻干、不得卧。

尺寸俱弦者，少阳受病也，当三四日发。以其脉循胁络于耳，故胸胁痛而耳聋。

此三经皆受病，未入于府者，可汗而已。

尺寸俱沉细者，太阴受病也，当五六日发。以其脉贯肾，络于肺，系舌本，故口燥舌干而渴。

尺寸俱沉者，少阴受病也，当四五日发。以其脉布胃中，络于嗌，故腹满而嗌干⑤。

尺寸俱微缓者，厥阴受病也，当六七日发。以其脉循阴器、络于肝，故烦满而囊缩。

此三经皆受病，已入于府，可下而已。

若两感于寒者，一日太阳受之，即与少阴俱病，则头痛、口干、烦满而渴；二日阳明受之，即与太阴俱病，则腹满身热、不欲食、谵语；三日少阳受之，即与厥阴俱病，则耳聋，囊缩而厥，水浆不入，不知人者，六日死。若三阴三阳、五藏六府皆受病，则荣卫不生；府藏不通，则死矣。

其不两感于寒，更不传经，不加异气者，至七日太阳病衰，头痛少愈也；八日阳明病衰，身热少歇也；九日少阳病衰，耳聋闻也；十日太阴病衰，腹减如故，则思饮食；十一日少阴病衰，渴止舌干，已而嚏也；十二日厥阴病衰，囊纵，少腹微下⑥，大气皆去，病人精神爽慧也。

若过十三日以上不间⑦，尺寸陷者，大危。

若更感异气，变为他病者，当依旧坏证病而治之。若脉阴阳俱盛，重感于寒者，变为温疟。

阳脉浮滑，阴脉濡弱者，更遇于风，变为风温。

阳脉洪数，阴脉实大者，遇温热，变为温毒。温毒为病最重也。

阳脉濡弱，阴脉弦紧者，更遇温气，变为温疫。以此冬伤于寒，发为温病，脉之变证，方治如说。

凡人有疾，不时即治，隐忍冀差⑧，以成痼疾。

小儿女子，益以滋甚。

时气不和，便当早言，寻其邪由，及在腠理，以时治之⑨，罕有不愈者。

患人忍之，数日乃说，邪气入藏，则难可制，此为家有患，备虑之要。

凡作汤药，不可避晨夜，觉病须臾，即宜便治，不等早晚，则易愈矣。

若或差迟，病即传变，虽欲除治，必难为力。

服药不如方法⑩，纵意违师，不须治之。

凡伤寒之病，多从风寒得之。

始表中风寒，入里则不消矣。

未有温复而当，不消散者。

不在证治，拟欲攻之，犹当先解表，乃可下之。

若表已解而内不消，非大满，犹生寒热，则病不除。

若表已解，而内不消，大满大实，坚有燥屎，自可除下之。虽四五日，不能为祸也。

若不宜下，而便攻之，内虚热入，协热遂利，烦躁诸变，不可胜数，轻者困笃，重者必死矣。

夫阳盛阴虚，汗之则死，下之则愈；阳虚阴盛，汗之则愈，下之则死。

夫如是，则神丹安可以误发，甘遂何可以妄攻。虚盛之治，相背千里，吉凶之机，应若影响，岂容易哉！

况桂枝下咽，阳盛则毙；承气入胃，阴盛以亡。

死生之要，在乎须臾，视身之尽，不暇计日。

此阴阳虚实之交错，其候至微；发汗吐下之相反，其祸至速，而医术浅狭，懵然不知病源，为治乃误，使病者殒殁，自谓其分，至今冤魂塞于冥路，死尸盈于旷野，仁者鉴此，岂不痛欤！凡两感病俱作，治有先后，发表攻里，本自不同，而执迷妄意者，乃云神丹、甘遂，合而饮之，且解其表，又除其里，言巧似是，其理实违。夫智者之举错也，常审以慎；愚者之动作也，必果而速。安危之变，岂可诡哉！世上之士，但务彼翕习之荣⑪，而莫见此倾危之败，惟明者，居然能护其本，近取诸身，夫何远之有焉。

凡发汗温服汤药，其方虽言日三服，若病剧不解，当促其间，可半日中尽三服。若与病相阻，即便有所觉。重病者，一日一夜，当晬时观之，如服一剂，病证犹在，故当复作本汤服之。至有不肯汗出，服三剂乃解；若汗不出者，死病也。

凡得时气病，至五六日，而渴欲饮水，饮不能多，不当与也，何者？以腹中热尚少，不能消之，便更与人作病也。至七八日，大渴，欲饮水者，犹当依证与之。与之常令不足，勿极意也。言能饮一斗，与五升。若饮而腹满，小便不利，若喘若哕，不可与之。忽然大汗出，是为自愈也。

凡得病，反能饮水，此为欲愈之病。其不晓病者，但闻病饮水自愈，小渴者，乃强与饮之，因成其祸，不可复数。

凡得病厥，脉动数。服汤药更迟；脉浮大减小；初躁后静，此皆愈证也。

凡治温病，可刺五十九穴。

又身之穴，三百六十有五，其三十九穴，灸之有害；七十九穴，刺之为灾。并中髓也。

凡脉四损，三日死。平人四息，病人脉一至，名曰四损。脉五损，一日死。平人五息，病人脉一至，名曰五损。脉六损，一时死。平人六息，病人脉一至，名曰六损。

脉盛身寒，得之伤寒；脉虚身热，得之伤暑。

脉阴阳俱盛，大汗出，不解者，死。

脉阴阳俱虚，热不止者，死。

脉至乍疏乍数者，死。

脉至如转索者，其日死。

谵言妄语，身微热，脉浮大，手足温者，生。逆冷，脉沉细者，不过一日死矣。

此以前是伤寒热病证候也。

---

①气，指节气。
②婴，患。
③两感，指人体表里俱病。
④强，强直。
⑤嗌（yì，音义），咽喉。
⑥少腹，小腹。
⑦不间，不愈。
⑧隐忍冀差，指有病后不积极诊治，隐忍期望疾病会不治自愈。
⑨以时治之，及时诊治。
⑩不如方法，不遵从医嘱。
⑪翕（xì，音戏）习，威盛貌，急速貌。此指急速貌。

## 辨痓湿暍脉证第四

伤寒所致太阳痓、湿、暍三种①，宜应别论，以为与伤寒相似，故此见之。

太阳病，发热无汗，反恶寒者，名曰刚痓。

太阳病，发热汗出，不恶寒者，名曰柔痓。

太阳病，发热，脉沉而细者，名曰痓。

太阳病，发汗太多，因致痓。

病身热足寒，颈项强急，恶寒，时头热面赤，目脉赤，独头面摇，卒口噤，背反张者，痉病也。

太阳病，关节疼痛而烦，脉沉而细者，此名湿痹。湿痹之候，其人小便不利，大便反快，但当利其小便。

湿家之为病，一身尽疼，发热，身色如似熏黄。

湿家，其人但头汗出②，背强，欲得被复向火。若下之早则哕，胸满，小便不利，舌上如胎者，以丹田有热，胸中有寒，渴欲得水而不能饮，则口燥烦也。

湿家下之，额上汗出，微喘，小便利者，死。若下利不止者，亦死。

问曰：风湿相搏，一身尽疼痛，法当汗出而解，值天阴雨不止。医云：此可发汗，汗之病不愈者，何也？答曰：发其汗，汗大出者，但风气去，湿气在，是故不愈也。若治风湿者，发其汗，但微微似欲汗出者，风湿俱去也。

湿家病，身上疼痛，发热面黄而喘，头痛，鼻塞而烦，其脉大，自能饮食，腹中和，无病，病在头中塞湿，故鼻塞，内药鼻中，则愈。

病者一身尽疼，发热，日晡所剧者，此名风湿。此病伤于汗出当风，或久伤取冷所致也。

太阳中热者，暍是也。其人汗出恶寒，身热而渴也。

太阳中暍者，身热疼重，而脉微弱，此亦夏月伤冷水，水行皮中所致也。

太阳中暍者，发热恶寒，身重而疼痛，其脉弦细芤迟③，小便已，洒洒然毛耸，手足逆冷，小有劳，身即热，口开，前板齿燥。若发汗，则恶寒甚；加温针，则发热甚；数下之，则淋甚。

---

①暍（yē，音椰），中暑，受暴热。　痓（chì，音赤），风病。

②但，只，仅。

③芤（kōu，抠），脉象名。

## 辨太阳病脉证并治法上第五

太阳之为病，脉浮，头项强痛而恶寒①。

太阳病，发热，汗出，恶风，脉缓者，名为中风。

太阳病，或已发热，或未发热，必恶寒，体痛，呕逆，脉阴阳俱紧者，名曰伤寒②。

伤寒一日，太阳受之，脉若静者为不传③；颇欲吐，若燥烦，脉数急者，为传也。

伤寒二三日，阳明少阳证不见者，为不传也。

太阳病，发热而渴，不恶寒者，为温病④。

若发汗已，身灼热者，名曰风温。风温为病，脉阴阳俱浮，自汗出，身重，多眠睡，鼻息必鼾，语言难出。若被下者，小便不利，直视，失溲⑤；若被火者，微发黄色，剧则如惊痫，时瘛疭⑥；若火熏之⑦，一逆尚引日⑧，再逆促命期。

病有发热恶寒者，发于阳也；无热恶寒者，发于阴也。发于阳者七日愈，发于阴者六日愈。以阳数七，阴数六故也。

太阳病，头痛至七日已上自愈者，以行其经尽故也⑨。若欲作再经者⑩，针足阳明，使经不传则愈。

太阳病，欲解时⑪，从巳至未上⑫。

风家，表解而不了了者，十二日愈。

病人身大热，反欲得近衣者，热在皮肤，寒在骨髓也；身大寒，反不欲近衣者，寒在皮肤，热在骨髓也。

太阳中风，阳浮而阴弱。阳浮者，热自发；阴弱者，汗自出。啬啬恶寒⑬，淅淅恶风⑭，翕翕发热⑮，鼻鸣干呕者，桂枝汤主之。

桂枝汤方：

桂枝三两去皮　味辛热　芍药三两味苦酸微寒　甘草三两炙　味甘平　生姜三两切味辛温　大枣十二枚擘⑯味甘温

右五味，㕮咀⑰。以水七升，微火煮取三升，去滓，适寒温，服一升。服已须臾，啜热稀粥一升余，以助药力。温覆令一时许⑱，遍身漐漐⑲，微似有汗者益佳，不可令如水流漓，病必不除。若一服汗出病差，停后服，不必尽剂；若不汗，更服，依前法；又不汗，后服小促其间⑳，半日许，令三服尽。若病重者，一日一夜服，周时观之㉑。服一剂尽，病证犹在者，更作服；若汗不出者，乃服至二三剂。禁生冷、粘滑、肉面、五辛㉒、酒酪、臭恶等物。

太阳病，头痛发热，汗出恶风者，桂枝汤主之。

太阳病，项背强几几㉓，反汗出恶风者㉔，桂枝加葛根汤主之。

太阳病，下之后，其气上冲者，可与桂枝汤。方用前法。若不上冲者，不可与之。

太阳病三日，已发汗，若吐，若下，若温针，仍不解者，此为坏病，桂枝不中与也㉕。观其脉证，知犯何逆，随证治之。

桂枝本为解肌㉖，若其人脉浮紧，发热汗不出者，不可与也。常须识此㉗，勿令误也。

若酒客病㉘，不可与桂枝汤，得汤则呕，以酒客不喜甘故也。

喘家作桂枝汤㉙，加厚朴杏子佳。

凡服桂枝汤吐者，其后必吐脓血也。

太阳病，发汗，遂漏不止㉚，其人恶风，小便难，四支微急㉛，难以屈伸者，桂枝加附子汤主之。

太阳病，下之后，脉促胸满者，桂枝去芍药汤主之。若微恶寒者，去芍药方中，加附子汤主之。

太阳病，得之八九日，如疟状，发热恶寒，热多寒少，其人不呕，清便欲自可㉜，一日二三度发。脉微缓者，为欲愈也。脉微而恶寒者，此阴阳俱虚，不可更发汗、更下、更吐也。面色反有热色者㉝，未欲解也，以其不能得小汗出，身必痒，宜桂枝麻黄各半汤。

太阳病，初服桂枝汤，反烦不解者㉞，先刺风池、风府㉟，却与桂枝汤则愈。

服桂枝汤，大汗出，脉洪大者，与桂枝汤如前法；若形如疟，日再发者㊱，汗出必解，宜桂枝二麻黄一汤。

服桂枝汤，大汗出后，大烦，渴不解，脉洪大者，白虎加人参汤主之。

太阳病，发热恶寒，热多寒少，脉微弱者，此无阳也，不可更汗，宜桂枝二越婢一汤方。

桂枝二越婢一汤方：

桂枝去皮　芍药　甘草各十八铢　生姜一两三钱切　大枣四枚擘　麻黄十八铢去节　石膏二十四铢碎绵裹

右七味，㕮咀。以五升水，煮麻黄一二沸，去上沫，内诸药，煮取二升，去滓，温服一升。本方当裁为越婢汤、桂枝汤，合饮一升，今合为一方，桂枝二越婢一。

服桂枝汤，或下之，仍头项强痛，翕翕发热，无汗，心下满，微痛，小便不利者，桂枝汤去桂，加茯苓白术汤主之。

伤寒脉浮，自汗出，小便数，心烦，微恶寒，脚挛急，反与桂枝汤，欲攻其表，此误也。得之便厥，咽中干，烦燥，吐逆者，作甘草干姜汤与之，以复其阳。若厥愈、足温者，更作芍药甘草汤与之，其脚即伸。若胃气不和，谵语者，少与调胃承气汤。若重发汗，复加烧针者，四逆汤主之。

甘草干姜汤方：

甘草四两炙 味甘平　干姜二两炮 味辛热

右呋咀，以水三升，煮取一升五合，去滓，分温再服。

芍药甘草汤方：

芍药四两味酸微寒　甘草四两炙甘平

右二味，呋咀，以水三升，煮取一升半，去滓，分温再服之。

调胃承气汤方：

大黄四两去皮清酒浸　甘草二两炙　味甘平　芒硝半斤味咸苦大寒

右三味，呋咀，以水三升，煮取一升，去滓，内芒硝更上火微煮，令沸，少少温服。

四逆汤方：

甘草二两炙味甘平　干姜一两半　味辛热　附子一枚生用去皮破八片 辛大热

右三味，呋咀，以水三升，煮取一升二合，去滓，分温再服，强人可大附子一枚，干姜三两。

问曰：证象阳旦，按法治之而增剧，厥逆，咽中干，两胫拘急而谵语。师曰：言夜半手足当温，两脚当伸，后如师言。何以知此？答曰：寸口脉浮而大，浮则为风，大则为虚，风则生微热，虚则两胫挛。病证象桂枝，因加附子参其间，增桂令汗出，附子温经，亡阳故也。厥逆咽中干，烦燥，阳明内结，谵语，烦乱，更饮甘草干姜汤。夜半阳气还，两足当热，胫尚微拘急，重与芍药甘草汤，尔乃胫伸，以承气汤微溏，则止其谵语，故知病可愈。

---

①头项强痛，头痛项僵。强，通僵。

②伤寒，伤于寒邪的表证。

③传，传导。

④温病，外感的一种病证。

⑤失溲，大小便失禁。溲，大小便。

⑥瘛疭（chì zòng，音赤纵），指四肢抽搐。时瘛疭，阵发性四肢抽搐。

⑦若火熏之，指皮肤颜色象火熏一样，颜色暗晦。

⑧逆，误。引日，延引时日。

⑨行其经尽，指病在太阳经行经之期已经完结。

⑩欲作再经，指将传于阳明经。

⑪欲解时，指邪气可能得解的时间。

⑫巳至未，指巳、午、未三个时辰，即9时至15时。

⑬啬啬，畏缩怕冷。

⑭淅淅，形容风的声音。

⑮翕（xì，音戏），和顺，温顺。

⑯擘（bāi，音掰），同瓣。

⑰㕮（fǔ）咀，碎成小块。

⑱温覆，加盖衣被，用以发汗。

⑲漐漐（zhí，音直），汗浸出不止。

⑳小促其间，适当减少服药间隔时间。

㉑周时，一昼夜。

㉒五辛，小蒜、大蒜、韭、芸苔、胡荽为五辛。

㉓几几（shū，音书），卷曲不伸的样子。

㉔反，反而。

㉕桂枝，指桂枝汤。

㉖解肌，解散肌表之邪。

㉗识，志，记住。

㉘酒客，嗜酒之人。

㉙喘家，素患喘息病之人。

㉚漏，汗漏。

㉛支，同肢。急，拘急。

㉜清便欲自可，大小便尚能如常。

㉝热色，红色。

㉞烦，热。

㉟风池、风府，穴位名。

㊱日再发，一天发作两次。

# 卷　三

## 辨太阳病脉证并治法中第六

太阳病，项背强几几，无汗，恶风，葛根汤主之。

葛根汤方：

葛根四两　麻黄三两去节　桂二两去皮　芍药二两切　甘草二两炙　生姜三两切　大枣十二枚擘

右七味，㕮咀，以水一斗，先煮麻黄葛根，减二升，去沫，内诸药①，煮取三升，去滓，温服一升，复取微似汗，不须啜粥，余如桂枝法，将息及禁忌。

太阳与阳明合病者，必自下利，葛根汤主之。

太阳与阳明合病，不下利，但呕者②，葛根加半夏汤主之。

葛根加半夏汤方：

葛根四两　麻黄三两去节汤泡去黄汁焙干称　生姜三两切　甘草二两炙　芍药二两　桂枝二两去皮　大枣十二枚擘　半夏半斤洗

右八味，以水一斗，先煮葛根、麻黄、减二升，去白沫，内诸药，者取三升，去滓，温服一升，复取微似汗。

太阳病，桂枝证，医反下之，利遂不止，脉促者，表未解也；喘而汗出者，葛根黄连黄芩汤主之。

葛根黄芩黄连方：

葛根半斤　甘草二两炙　味甘平　黄芩二两味苦寒　黄连三两味苦寒

右四味，以水八升，先煮葛根，减二升，内诸药，煮取二升，去滓，分温再服。

太阳病，头痛发热，身疼，腰痛，骨节疼痛，恶风，无汗而喘者，麻黄汤主之。

麻黄汤方：

麻黄三两去节味甘温　桂枝二两去皮味辛热　甘草一两炙味甘平　杏仁七十个去皮尖　味辛温

右四味，以水九升，先煮麻黄，减二升，去上沫，内诸药，煮取二升半，去滓，温服八合，复取微似汗，不须啜粥，余如桂枝法将息。

太阳与阳明合病，喘而胸满者，不可下，宜麻黄汤主之。

太阳病，十日以去，脉浮细而嗜卧者，外已解也。设胸满胁痛者，与小柴胡汤。脉但浮者，与麻黄汤。

太阳中风，脉浮紧，发热恶寒，身疼痛，不汗出而烦躁者，大青龙汤主之。若脉微弱，汗出恶风者，不可服。服之则厥逆③，筋惕肉瞤④，此为逆也。

大青龙汤方：

麻黄六两去节　味甘温　桂枝二两去皮味辛热　甘草二两炙　味甘平　杏人四十个去皮尖味苦甘温　生姜三两切味辛温　大枣十二枚擘味甘温　石膏如鸡子大碎味甘微寒

右七味，以水九升，先煮麻黄，减二升，去上沫，内诸药，煮取三升，去滓，温服一升，取微似汗，汗出多者，温粉扑之。一服汗者，停后服。汗多亡阳，遂虚，恶风烦躁，不得眠也。

伤寒脉浮缓，身不疼，但重⑤，乍有轻时⑥，无少阴证者，大青龙汤发之⑦。

伤寒表不解，心下有水气⑧，干呕发热而咳，或渴，或利，或噎，或小便不利，少腹满⑨，或喘者，小青龙汤主之。

小青龙汤方：

麻黄三两去节　味甘温　芍药三两　味酸微寒　五味子半升　味酸温　干姜三两　味辛热　甘草三两炙　味甘平　桂枝三两去皮　味辛热　半夏半升汤洗味辛微温　细辛三两味辛温

右八味，以水一斗，先煮麻黄，减二升，去上沫，内诸药，煮取三升，去滓，温服一升。

伤寒，心下有水气，咳而微喘，发热不渴。服汤已渴者，此寒去欲解也。小青龙汤主之。

太阳病，外证未解，脉浮弱者，当以汗解，宜桂枝汤。

太阳病，下之微喘者，表未解故也。桂枝加厚朴杏人汤主之⑩。

太阳病，外证未解者，不可下也，下之为逆。欲解外者，宜桂枝汤主之。

太阳病，先发汗不解，而复下之，脉浮者不愈。浮为在外，而反下之，故今不愈。今脉浮，故知在外，当须解外则愈，宜桂枝汤主之。

太阳病，脉浮紧，无汗，发热，身疼痛，八九日不解，表证仍在，此当发其汗。服药已，微除⑪，其人发烦目瞑。剧者必衄⑫，衄乃解，所以然者，阳气重故也⑬。麻黄汤主之。

太阳病，脉浮紧，发热身无汗，自衄者愈。

二阳并病⑭，太阳初得病时，发其汗，汗先出不彻，因转属阳明，续自微汗出，不恶寒。若太阳病证不罢者，不可下，下之为逆，如此可小发汗。设面色缘缘正赤者⑮，阳气怫郁在表⑯，当解之、熏之⑰。若发汗不彻，不足言阳气怫郁不得越，当汗不汗，其人躁烦，不知痛处，乍在腹中，乍在四肢，按之不可得，其人短气，但坐，以汗出不彻故也，更发汗则愈。何以知汗出不彻，以脉涩故知也。

脉浮数者，法当汗出而愈。若下之，身重心悸者，不可发汗，当自汗出乃解。所以然者，尺中脉微，此里虚。须表里实⑱，津液自和，便自汗出愈。

脉浮紧者，法当身疼痛，宜以汗解之。假令尺中迟者⑲，不可发汗。何以知之然？以荣气不足，血少故也。

脉浮者，病在表，可发汗，宜麻黄汤。

脉浮而数者，可发汗，宜麻黄汤。

病常自汗出者，此为荣气和㉑。荣气和者，外不谐㉒，以卫气不共荣气和谐故尔。以荣行脉中，卫行脉外，复发其汗，荣卫和则愈，宜桂枝汤。

病人藏无他病㉒，时发热、自汗出㉓，而不愈者，此卫气不和也。先其时发汗则愈㉔，宜桂枝汤主之。

伤寒脉浮紧，不发汗，因致衄者，麻黄汤主之。

伤寒不大便六七日，头痛有热者，与承气汤。其小便清者，知不在里，仍在表也。当须发汗。若头痛者必衄，宜桂枝汤。

伤寒，发汗解，半日许复烦㉕，脉浮数者，可更发汗，宜桂枝汤主之。

凡病，若发汗，若吐，若下，若亡津液，阴阳自和者，必自愈。

大下之后，复发汗，小便不利者，亡津液故也。勿治之，得小便利，必自愈。

下之后，复发汗，必振寒，脉微细。所以然者，以内外俱虚故也。

下之后，复发汗，昼日烦躁，不得眠，夜而安静，不呕不渴，无表证，脉沉微，身无大热者，干姜附子汤主之。

干姜附子汤方：

干姜一两味辛热　附子一枚生用去皮破八片　味辛热

右二味，以水三升，煮取一升，去滓，顿服。

发汗后，身疼痛，脉沉迟者，桂枝加芍药生姜各一两人参三两新加汤主之。

发汗后，不可更行桂枝汤。汗出而喘，无大热者，可与麻黄杏仁甘草石膏汤主之。

麻黄杏人甘草石膏汤方：

麻黄四两去节　味甘温　杏人五十个去皮尖　味甘温　甘草二两炙　味甘平　石膏半斤碎绵裹味甘寒

右四味，以水七升，先煮麻黄，减二升，去上沫，内诸药，煮取二升，去滓，温服一升。本云：黄耳杯。

发汗过多，其人叉手自冒心㉖，心下悸，欲得按者，桂枝甘草汤主之。

桂枝甘草汤方：

桂枝四两去皮　味辛热　甘草二两炙　味甘平

右二味，以水三升，煮取一升，去滓，顿服。

发汗后，其人脐下悸者，欲作奔豚，茯苓桂枝甘草大枣汤主之。

茯苓桂枝甘草大枣汤方：

茯苓半斤　味甘平　甘草二两炙　味甘平　大枣十五枚擘　味甘平　桂枝四两去皮

右四味，以甘烂水一斗，先煮茯苓，减二升，内诸药，煮取三升，去滓，温服一升，日三服。作甘烂水法，取水二斗，置大盆内，以勺扬之，水上有珠子五六千颗相逐，取用之。

发汗后，腹胀满者，厚朴生姜甘草半夏人参汤主之。

厚朴生姜甘草半夏人参汤方：

厚朴半斤去皮炙　味苦温　生姜半斤切　味辛温　半夏半斤洗　味辛平　人参一两　味温　甘草二两炙　味甘平

右五味，以水一斗，煮取三升，去滓，温服一升，日三服。

伤寒，若吐若下后，心下逆满，气上冲胸，起则头眩，脉沉紧，发汗则动经㉗，身为振振摇者，茯苓桂枝白术甘草汤主之。

茯苓桂枝白术甘草汤方：

茯苓四两 味甘平　桂枝三两去皮 味辛热　白术二两 味苦甘温　甘草二两炙 味甘平

右四味，以水六升，煮取三升，去滓，分温三服。

发汗，病不解，反恶寒者，虚故也。芍药甘草附子汤主之。

芍药甘草附子汤方：

芍药三两 味酸微寒　甘草三两炙 味甘平　附子一枚炮去皮破八片 味辛热

已上三味，以水五升，煮取一升五合，去滓，分温服。

发汗若下之，病仍不解，烦躁者，茯苓四逆汤主之。

茯苓四逆汤方：

茯苓六两 味甘平　人参一两 味甘温　甘草二两炙 味甘平　干姜一两半 味辛热　附子一枚生用去皮破八片 味辛热

右五味，以水五升，煮取三升，去滓，温服七合，日三服。

发汗后，恶寒者，虚故也；不恶寒，但热者，实也。当和胃气，与调胃承气汤。

太阳病，发汗后，大汗出，胃中干㉒，烦躁不得眠，欲得饮水者，少少与饮之㉓，令胃气和则愈。若脉浮，小便不利，微热消渴者㉚，与五苓散主之。

五苓散方：

猪苓十八铢去皮 味甘平　泽泻一两六铢半 味酸咸　茯苓十八铢 味甘平　桂半两去皮 味辛热　白术十八铢 味甘平

右五味为末，以白饮和，服方寸匕，日三服，多饮暖水，汗出愈。

发汗已，脉浮数，烦渴者，五苓散主之。

伤寒汗出而渴者，五苓散主之。不渴者，茯苓甘草汤主之。

茯苓甘草汤方：

茯苓二两 味甘平　桂枝二两去皮 味辛热　生姜三两切 味辛温　甘草一两炙 味甘平

右四味，以水四升，煮取二升，去滓，分温三服。

中风发热，六七日不解而烦，有表里证㉛，渴欲饮水，水入则吐者，名曰水逆。五苓散主之。

未持脉时，病人手叉自冒心，师因教试令咳，而不咳者，此必两耳聋无闻也。所以然者，以重发汗，虚故如此。

发汗后，饮水多，必喘，以水灌之，亦喘。

发汗后，水药不得入口为逆，若更发汗，必吐下不止。

发汗吐下后，虚烦不得眠㉜；若剧者，必反复颠倒，心中懊憹㉝，栀子豉汤主之。

栀子豉汤方：

栀子十四枚擘 味苦寒　香豉四合绵裹 味苦寒

右二味，以水四升，先煮栀子，得二升半，内豉，煮取一升半，去滓，分为二服，温进一服。得吐者，止后服。

若少气者㉞，栀子甘草豉汤主之。若呕者，栀子生姜豉汤主之。

发汗，若下之而烦热，胸中窒者㉟，栀子豉汤主之。

伤寒五六日，大下之后，身热不去，心中结痛者㊱，未欲解也，栀子厚朴汤主之。

伤寒下后，心烦、腹满、卧起不安者，栀子厚朴汤主之。

栀子厚朴汤方：

栀子十四枚擘　味苦寒　厚朴四两姜炙　苦温　枳实四枚水浸去穰炒　味苦寒

已上三味，以水三升半，煮取一升半，去滓，分二服。温进一服，得吐者，止后服。

伤寒，医以丸药大下之㊲，身热不去，微烦者，栀子干姜汤主之。

栀子干姜汤方：

栀子十四枚擘　味苦寒　干姜二两　味辛热

右二味，以水三升半，煮取一升半，去滓，分二服。温进一服，得吐者，止后服。

凡用栀子汤，病人旧微溏者㊳，不可与服之。

太阳病发汗，汗出不解，其人仍发热，心下悸，头眩，身瞤动㊴，振振欲擗地者㊵，真武汤主之。

咽喉干燥者，不可发汗。

淋家㊶，不可发汗，发汗必便血㊷。

疮家㊸，虽身疼痛，不可发汗，发汗则痓㊹。

衄家，不可发汗，汗出必额上陷，脉急紧，直视不能眴㊺，不得眠。

亡血家㊻，不可发汗，发汗则寒栗而振㊼。

汗家重发汗，必恍惚心乱，小便已，阴疼㊽，与禹余粮丸㊾。

病人有寒，复发汗，胃中冷，必吐蛔。

本发汗而复下之，此为逆也；若先发汗，治不为逆。本先下之，而反汗之为逆；若先下之，治不为逆。

伤寒医下之，续得下利清谷不止㊿，身疼痛者，急当救里；后身疼痛，清便自调者(51)，急当救表。救里宜四逆汤；救表宜桂枝汤。

病发热，头痛，脉反沉，若不差，身体疼痛，当救其里，宜四逆汤。

太阳病，先下之而不愈，因复发汗，以此表里俱虚，其人因致冒。冒家汗出自愈(52)。所以然者，汗出表和故也。里未和，然后复下之。

太阳病未解，脉阴阳俱停(53)，必先振栗，汗出而解。但阳脉微者，先汗出而解；但阴脉微者，下之而解。若欲下之，宜调胃承气汤主之。

太阳病，发热汗出者，此为荣弱卫强，故使汗出，欲救邪风者，宜桂枝汤。

伤寒五六日，中风，往来寒热(54)，胸胁苦满(55)，默默不欲饮食，心烦喜呕，或胸中烦而不呕，或渴，或腹中痛，或胁下痞硬，或心下悸，小便不利，或不渴，身有微热，或咳者，与小柴胡汤主之。

小柴胡汤方：

柴胡半斤　味苦微寒　黄芩三两　味苦寒　人参三两　味甘温　甘草三两　味甘平　半夏半升洗　味辛温　生姜三两切　味辛温　大枣十三枚擘　味甘温

右七味，以水一斗二升，煮取六升，去滓，再煎，取三升，温服一升，日三服。

后加减法：

若胸中烦而不呕，去半夏、人参，加括蒌实一枚。

若渴者，去半夏，加人参，合前成四两半，括蒌根四两。

若腹中痛者，去黄芩，加芍药三两。

若胁下痞硬，去大枣，加牡蛎四两。

若心下悸，小便不利者，去黄芩，加茯苓四两。

若不渴，外有微热者，去人参，加桂三两，温覆取微汗愈。

若咳者，去人参、大枣、生姜，加五味子半升，干姜二两。

血弱气尽，腠理开，邪气因入，与正气相搏，结于胁下，正邪分争，往来寒热，休作有时，默默不欲饮食。藏府相连，其痛必下，邪高痛下，故使呕也。小柴胡汤主之。

服柴胡汤已，渴者，属阳明也。以法治之。

得病六七日，脉迟浮弱，恶风寒，手足温，医二三下之，不能食，胁下满痛，面目及身黄，颈项强，小便难者，与柴胡汤。后必下重，本渴，而饮水呕者，柴胡汤不中与也。食谷者哕。

伤寒四五日，身热恶风，颈项强，胁下满，手足温而渴者，小柴胡汤主之。

伤寒，阳脉涩，阴脉弦，法当腹中急痛者先与小建中汤；不差者⑯，与小柴胡汤主之。

小建中汤方：

桂枝三两去皮 味辛热　甘草三两炙 味甘平　大枣十二枚擘 味甘温　芍药六两 味酸微寒　生姜三两切味辛温　胶饴一升 味甘温

右六味，以水七升，煮取三升，去滓，内胶饴，更上微火，消解，温服一升，日三服。呕家不可用建中汤，以甜故也。

伤寒中风，有柴胡证，但见一证便是，不必悉具。

凡柴胡汤病证而下之，若柴胡证不罢者，复与柴胡汤，必蒸蒸而振，却发热汗出而解。

伤寒二三日，心中悸而烦者，小建中汤主之。

太阳病，过经十余日，反二三下之，后四五日，柴胡证仍在者，先与小柴胡汤。呕不止，心下急⑰，郁郁微烦者，为未解也，与大柴胡汤下之，则愈。

大柴胡汤方：

柴胡半斤 味甘平　黄芩三两 味苦寒　芍药三两 味酸微寒　半夏半升洗味辛温　生姜五两切 味辛温枳实四枚炙 味苦寒　大枣十二枚擘甘温　大黄二两。味苦寒

右八味，以水一斗二升，煮取六升，去滓，再煎，温服一升，日三服。一方用大黄二两。若不加大黄，恐不为大柴胡汤也。

伤寒十三日不解，胸胁满而呕，日晡所发潮热⑱，已而微利。此本柴胡证，下之而不得利，今反利者，知医以丸药下之，非其治也。潮热者实也，先宜小柴胡汤以解外，后以柴胡加芒硝汤主之。

伤寒十三日不解，过经，谵语者，以有热也，当以汤下之，若小便利者，大便当硬，而反下利，脉调和者，知医以丸药下之，非其治也。若自下利者，脉当微厥，今反和者，此为内实也，调胃承气汤主之。

太阳病不解，热结膀胱，其人如狂⑲，血自下，下者愈。其外不解者，尚未可攻，当先解外。外解已，但少腹急结者⑳，乃可攻之㉑，宜桃核承气汤方。

桃核承气汤方：

桃人五十个去皮尖味甘平　桂皮二两去皮味辛热　大黄四两　芒硝二两　甘草二两炙

右五味，以水七升，煮取二升半，去滓，内芒硝，更上火微沸。下火，先食温服五合，日三服，当微利。

伤寒八九日，下之，胸满烦惊，小便不利，谵语，一身尽重，不可转侧者，柴胡加龙骨牡蛎汤主之。

柴胡加龙骨牡蛎汤方：

半夏二合洗　大枣六枚　柴胡四两　生姜一两半　人参一两半　龙骨一两半　铅丹一两半　桂枝一两半去皮　茯苓一两半　大黄二两　牡蛎一两半煅

右十一味，以水八升，煮取四升，内大黄切如棋子，更煮一二沸，去滓，温服一升。

伤寒腹满谵语，寸口脉浮而紧，此肝乘脾也，名曰纵，刺期门。

伤寒发热，啬啬恶寒，大渴欲饮水，其腹必满，自汗出，小便利，其病欲解，此肝乘肺也，名曰横，刺期门。

太阳病二日，反躁，反熨其背[62]，而大汗出，大热入胃。胃中水竭，躁烦，必发谵语，十余日，振栗、自下利者，此为欲解也。故其汗，从腰已下不得汗，欲小便不得，反呕，欲失溲，足下恶风，大便硬，小便当数而反不数及不多[63]，大便已，头卓然而痛[64]，其人足心必热，谷气下流故也[65]。

太阳病中风，以火劫发汗，邪风被火热，血气流溢，失其常度。两阳相熏灼[66]，其身发黄。阳盛则欲衄，阴虚则小便难，阴阳俱虚竭，身体则枯燥。但头汗出，剂颈而还，腹满微喘，口干咽烂，或不大便，久则谵语，甚者至哕[67]，手足躁扰，捻衣摸床[68]，小便利者，其人可治。

伤寒脉浮，医以火迫劫之[69]，亡阳，必惊狂，起卧不安者，桂枝去芍药加蜀漆牡蛎龙骨救逆汤主之。

桂枝去芍药加蜀漆龙骨牡蛎救逆汤方：

桂枝三两去皮　甘草二两炙　生姜三两切　牡蛎五两熬味酸咸　龙骨四两味甘平　大枣二十枚擘　蜀漆三两洗去脚味辛平

右为末，以水一斗二升，先煮蜀漆，减二升，内诸药，煮取三升，去滓，温服一升。

形作伤寒[70]，其脉不弦紧而弱。弱者必渴，被火者必谵语。弱者发热、脉浮，解之当汗出。愈。

太阳病，以火熏之，不得汗，其人必躁，到经不解[71]，必清血[72]，名为火邪。

脉浮热甚，反灸之，此为实。实以虚治，因火而动，必咽燥唾血。

微数之脉，慎不可灸，因火为邪，则为烦逆，追虚逐实[73]，血散脉中，火气虽微，内攻有力，焦骨伤筋，血难复也。

脉浮，宜以汗解，用火灸之，邪无从出，因火而盛，病从腰以下必重而痹，名火逆也。

欲自解者，必当先烦[74]，乃有汗而解。何以知之？脉浮，故汗出解也。

烧针令其汗，针处被寒，核起而赤者，必发奔豚。气从少腹上冲心者，灸其核上各一壮[75]，与桂枝加桂汤，更加桂二两。

火逆[76]，下之，因烧针烦躁者[77]，桂枝甘草龙骨牡蛎汤主之。

桂枝甘草龙骨牡蛎汤方：

桂枝一两　甘草二两　牡蛎二两熬　龙骨二两

右为末，以水五升，煮取二升半，去滓，温服八合，日三服。

太阳伤寒者，加温针，必惊也。

太阳病，当恶寒发热，今自汗出，不恶寒发热，关上脉细数者，以医吐之过也[78]。一二日吐之者，腹中饥，口不能食；三四日吐之者，不喜糜粥，欲食冷食，朝食暮吐，以医吐之所致也，此为小逆[79]。

太阳病吐之，但太阳病当恶寒，今反不恶寒，不欲近衣，此为吐之内烦也。

病人脉数，数为热，当消谷引食[80]，而反吐者，此以发汗，令阳气微，膈气虚，脉乃数也。数为客热[81]，不能消谷，以胃中虚冷，故吐也。

太阳病，过经十余日，心下温温欲吐，而胸中痛，大便反溏，腹微满，郁郁微烦。先此时，自极吐下者，与调胃承气汤。若不尔者，不可与。但欲呕，胸中痛，微溏者，此非柴胡证，以呕故知极吐下也。

太阳病六七日，表证仍在，脉微而沉，反不结胸⑧，其人发狂者，以热在下焦，少腹当硬满，小便自利者，下血乃愈。所以然者，以太阳随经，瘀热在里故也。抵当汤主之。

抵当汤方：

水蛭三十个熬味咸苦寒　虻虫三十个熬去翅足味苦微寒　桃人二十个去皮尖味苦甘平　大黄三两酒浸味苦寒

右四味，为末，以水五升，煮取三升，去滓，温服一升，不下再服。

太阳病，身黄脉沉结⑧，少腹硬⑧，小便不利者，为无血也⑧；小便自利，其人如狂者，血证谛也⑧，抵当汤主之。

伤寒有热，少腹满，应小便不利；今反利者，为有血也，当下之，不可余药⑰，宜抵当丸。

抵当丸方：

水蛭二十个　味苦寒　虻虫二十五个味苦微寒　桃人二十个去皮尖⑧　大黄三两

右四味，杵分为四丸，以水一升，煮取一丸，取七合服之，晬时⑧，当下血，若不下者，更服。

太阳病，小便利者，以饮水多，必心下悸⑨。小便少者，必苦里急也⑪。

---

①内，同纳。

②但，只。

③厥逆，手脚冰凉。

④瞤（shùn 音顺），肌肉掣动。筋惕肉瞤，筋肉跳动。

⑤但重，仅是身体沉重。

⑥乍有轻时，偶尔有所减轻。

⑦发，发汗。

⑧心下，上腹部。

⑨少，同小。

⑩人，通仁。

⑪微除，略有减轻。

⑫剧者必衄，病情加剧鼻子必然出血。

⑬阳气，阳中之邪气。

⑭二阳并病，指太阳病与阳明病相继出现。

⑮缘缘，持续不断。正赤，大红色。

⑯阳气，外邪。怫郁，抑郁。

⑰解，解表。

⑱须，待。

⑲尺中迟，腕部尺侧脉搏跳动迟缓。

⑳荣气，营气。和，平和。

㉑谐，协调。

㉒藏，脏腑。

㉓时发热、自汗出，阵发性的发热自汗。

㉔先其时，在发热自汗发作之前。

㉕烦，热。

㉖冒，覆盖。叉手自冒心，两手交叉覆盖在心胸部位。

㉗动经，伤动经脉。

㉘胃中干，指胃中因津液损耗而阴液不足。

㉙少少与饮之，每次少饮，多次饮用。

㉚消渴，指因口渴而大量饮水的症状。

㉛有表里证，指表里的病症同时存在，表与里同病。

㉜虚烦，因热邪而致心烦。

㉝懊恼（ào náo，音奥挠），烦恼。

㉞少气，呼吸急促。

㉟窒，塞。

㊱心中结痛，心中因火邪郁结而疼痛。

㊲丸药，指有较强泻下作用的成药。

㊳旧微溏，旧有大便稀溏。

㊴身瞤动，身体筋肉跳动。

㊵擗（pì，音匹），振振欲擗地，身体振颤，站立不稳欲跌地。

㊶淋家：淋，淋病，中医指小便淋沥不尽，尿频而量少，尿道疼痛。淋家，指久患淋病的患者。

㊷便血，尿血。

㊸疮家，久患疮疡的病人。

㊹痓（jìng，音竟），风强病。

㊺眴（shùn，音顺），眼睛转动。

㊻亡血家，经常出血的人。

㊼寒栗，寒战。振，振颤。

㊽阴疼，尿道疼痛。

㊾禹余粮丸，一种古代中成药。

㊿下利清谷，腹泻未消化的食物。

51清便自调，大小便已恢复正常。

52冒家，头目眩晕的病人。

53脉阴阳俱停，指尺脉 寸脉俱隐伏不出。

54往来寒热，寒与热交替出现。

55胸胁苦满，苦于胸胁满闷。

56差，通瘥。不差，不愈。

57心下，胃上脘部。急，拘急不适。

58日晡（bū），午后四时左右。

59如狂，神志失常。

60少，小。急结，拘急疼痛。

61攻之，指祛邪的治疗方法。

62熨，一种治疗方法。将药物炙热，或将砖瓦烧热，用棉布包裹，置放人体表，用以驱散寒凝。

63数，频繁。

64卓然而痛，突然明显疼痛。

65谷气，水谷之气。

66两阳，风为阳邪，火也属阳，风火相煽，故称两阳熏灼。

67哕，呃逆。

68捻衣摸床，指人在神智模糊的情况下，两手不自觉地摸着衣襟和床边。

69火迫劫之，用火疗强迫发汗。

70形作伤寒，病形类似伤寒。

71到经，六日为太阳一经行尽之期，至七日再到太阳经，即称到经。

72清血，便血。

73追、逐，均指增加病势。

74烦，热。

75一壮，用艾作成的艾柱，灸完一根艾柱称一壮。

⑯火逆，因误用火疗而致逆。

⑰烧针，温针。

⑱过，过错。

⑲小逆，因误治而引起的不太严重的变证。

⑳消谷，消化食物。引食，要求进食。

㉑客热，假热。

㉒结胸，指实邪结于胸中的病证。

㉓身黄，身上发黄。

㉔少，小。

㉕无血，指无瘀血。

㉖谛，证据确实。

㉗不可余药，不可用其他的药。

㉘人，通仁。

㉙晬时，周时。

㉚心下悸，上腹部悸动不宁。

㉛苦里急，里急之苦。

# 卷　四

## 辨太阳病脉证并治法下第七

问曰：病有结胸，有藏结①，其状何如？答曰：按之痛，寸脉浮，关脉沉，名曰结胸也。何谓藏结？答曰：如结胸状，饮食如故，时时下利，寸脉浮，关脉小细沉紧，名曰藏结。舌上白胎滑者，难治。

藏结无阳证，不往来寒热，其人反静，舌上胎滑者，不可攻也。

病发于阳而反下之，热入因作结胸；病发于阴而反下之，因作痞。所以作结胸者，以下之太早故也。

结胸者，项亦强，如柔痉状②。下之则和，宜大陷胸丸方。

大陷胸丸方：

大黄半斤味苦寒　葶苈半升熬味苦寒　芒硝半升味咸寒　杏人半升去皮尖熬黑味苦甘温

右四味，捣筛二味，内杏人、芒硝，合研如脂，和散，取如弹丸一枚；别捣甘遂末一钱匕，白蜜二合，水二升，煮取一升，温顿服之，一宿乃下，如不下更服，取下为效，禁如药法。

结胸证，其脉浮大者，不可下，下之则死。

结胸证悉具③，烦躁者，亦死。

太阳病，脉浮而动数④，浮则为风，数则为热，动则为痛，数则为虚，头痛发热，微盗汗出而反恶寒者，表未解也。医反下之，动数变迟，膈内拒痛，胃中空虚，客气动膈⑤，短气躁烦，心中懊憹，阳气内陷⑥，心下因硬，则为结胸，大陷胸汤主之。若不结胸，但头汗出，余处无汗，剂颈而还，小便不利，身必发黄也。

大陷胸汤方：

大黄六两去皮苦寒　芒硝一升咸寒　甘遂一钱苦寒

右三味，以水六升，先煮大黄，取二升，去滓，内芒硝，煮一两沸，内甘遂末，温服一升，得快利，止后服。

伤寒六七日，结胸热实，脉沉而紧，心下痛，按之石硬者，大陷胸汤主之。

伤寒十余日，热结在里，复来往寒热者，与大柴胡汤。但结胸无大热者，此为水结在胸胁也。但头微汗出者，大陷胸汤主之。

太阳病，重发汗，而复下之，不大便五六日，舌上燥而渴，日晡所小有潮热⑦，从心下至少腹，硬满而痛，不可近者⑧，大陷胸汤主之。

小结胸病，正在心下，按之则痛，脉浮滑者，小陷胸汤主之。

小陷胸汤方：

黄连一两苦寒　半夏半升洗辛温　括蒌实大者一枚　味苦寒

右三味，以水六升，先煮括蒌取三升，去滓，内诸药，煮取二升，去滓，分温三服。

太阳病二三日，不能卧，但欲起，心下必结，脉微弱者，此本有寒分也。反下之，若利止，必作结胸；未止者，四日复下之，此作协热利也。

太阳病下之，其脉促，不结胸者，此为欲解也。脉浮者，必结胸也；脉紧者，必咽痛；脉弦者，必两胁拘急；脉细数者，头痛未止；脉沉紧者，必欲呕；脉沉滑者，协热利；脉浮滑者，必下血。

病在阳，应以汗解之，反以冷水噀之，若灌之，其热被却不得去，弥更益烦，肉上粟起⑨，意欲饮水，反不渴者，服文蛤散。若不差者，与五苓散。寒实结胸，无热证者，与三物小陷胸汤，白散亦可服。

文蛤散方：

文蛤五两味咸寒

右一味，为散，以沸汤和一钱匕服，汤用五合。

白散方：

桔梗三分味辛苦微温　芭豆一分去皮心熬黑研如脂平温　贝母三分味辛苦平

右三味，为末，内芭豆，更于臼中杵之，以白饮和服。强人半钱，羸者减之。病在膈上必吐，在膈下必利，不利进热粥一杯，利过不止，进冷粥一杯。身热，皮粟不解，欲引衣自覆者，若水以噀之⑩、洗之，益令热却不得出，当汗而不汗，则烦。假令汗出已，腹中痛，与芍药三两如上法。

太阳与少阳并病，头项强痛，或眩冒，时如结胸，心下痞硬者，当刺大椎第一间，肺俞、肝俞，慎不可发汗，发汗则谵语。脉弦，五六日，谵语不止，当刺期门。

妇人中风，发热恶寒，经水适来⑪，得之七八日，热除而脉迟身凉，胸胁下满，如结胸状，谵语者，此为热入血室也⑫，当刺期门，随其实而泻之。

妇人中风，七八日，续得寒热，发作有时，经水适断者，此为热入血室，其血必结，故使如疟状，发作有时，小柴胡汤主之。

妇人伤寒发热，经水适来，昼日明了，暮则谵语，如见鬼状者，此为热入血室。无犯胃气及上二焦，必自愈。

伤寒六七日，发热微恶寒，支节烦疼，微呕，心下支结⑬，外证未去者，柴胡加桂枝汤主之。

伤寒五六日，已发汗而复下之，胸胁满，微结，小便不利，渴而不呕，但头汗出，往来寒热，心烦者，此为未解也，柴胡桂枝干姜汤主之。

柴胡桂枝干姜汤方：

柴胡半斤 苦平　桂枝三两去皮 味辛热　干姜三两味辛热　括蒌根四两 味苦寒　黄芩三两 味苦寒　牡蛎三两熬味咸寒　甘草二两炙 味甘平

右七味，以水一斗二升，煮取六升，去滓，再煎，取三升，温服一升，日三服。初服微烦，复服汗出，便愈。

伤寒五六日，头汗出，微恶寒，手足冷，心下满，口不欲食，大便硬，脉细者，此为阳微结，必有表复有里也。脉沉，亦在里也。汗出为阳微，假令纯阴结，不得复有外证，悉入在里，此为半在里半在外也。脉虽沉紧，不得为少阴病，所以然者，阴不得有汗，今头汗出，故知非少阴也，可与小柴胡汤。设不了了者，得屎而解。

伤寒五六日，呕而发热者，柴胡汤证具，而以他药下之，柴胡证仍在者，复与柴胡汤。此虽已下之，不为逆，必蒸蒸而振⑭，却发热汗出而解。若心下满，而硬痛者，此为结胸也，大陷胸汤主之；但满而不痛者，此为痞，柴胡不中与之⑮，宜半夏泻心汤。

半夏泻心汤方：

半夏半升洗 味辛平　黄芩味苦寒　干姜味辛热　人参已上各三两 味甘温　黄连一两味苦寒　大枣十二枚擘 味甘温　甘草三两炙 味甘平

右七味，以水一斗，煮取六升，去滓，再煮，取三升，温服一升，日三服。

太阳少阳并病，而反下之，成结胸，心下硬，下利不止，水浆不下，其人心烦。

脉浮而紧，而复下之，紧反入里，则作痞。按之自濡⑯，但气痞耳⑰。

太阳中风，下利，呕逆，表解者，乃可攻之。其人漐漐汗出，发作有时，头痛，心下痞，硬满，引胁下痛，干呕，短气⑱，汗出，不恶寒者，此表解里未和也，十枣汤主之。

十枣汤方：

芫花熬 味辛苦　甘遂味苦寒　大戟味苦寒　大枣十枚擘 味甘温

右上三味等分，各别捣为散。以水一升半，先煮大枣肥者十枚，取八合，去滓，内药末。强人服一钱匕，羸人服半钱，温服之，平旦服。若下少，病不除者，明日更服，加半钱，得快下利后，糜粥自养。

太阳病，医发汗，遂发热恶寒，因复下之，心下痞，表里俱虚，阴阳气并竭，无阳则阴独，复加烧针，因胸烦，面色青黄，肤𥆧者，难治；今色微黄，手足温者，易愈。

心下痞，按之濡，其脉关上浮者，大黄黄连泻心汤主之。

大黄黄连泻心汤方：

大黄二两 味苦寒　黄连一两 味苦寒

右二味，以麻沸汤二升渍之，须臾绞去滓，分温再服。

心下痞而复恶寒，汗出者，附子泻心汤主之。

本以下之，故心下痞，与泻心汤；痞不解，其人渴而口燥烦，小便不利者，五苓散主之。

伤寒汗出，解之后。胃中不和，心下痞硬，干噫⑲，食臭⑳，胁下有水气，腹中雷鸣下利者㉑，生姜泻心汤主之。

伤寒中风，医反下之，其人下利，日数十行，谷不化㉒，腹中雷鸣，心下痞硬而满，干呕，心烦不得安。医见心下痞，谓病不尽，复下之，其痞益甚，此非结热㉓，但以胃中虚，客气上逆，故使硬也，甘草泻心汤主之。

伤寒服汤药，下利不止，心下痞硬，服泻心汤已。复以他药下之，利不止，医以理中与之，利益甚。理中者，理中焦，此利在下焦，赤石脂禹余粮汤主之。复利不止者，当利其小便。

赤石脂禹余粮汤方：

赤石脂一斤碎　味甘温　　禹余粮一斤碎　味甘平

已上二味，以水六升，煮取二升，去滓，日三服。

伤寒吐下后发汗，虚烦，脉甚微。八九日，心下痞硬，胁下痛，气上冲咽喉，眩冒。经脉动惕者，久而成痿。

伤寒发汗，若吐若下，解后，心下痞硬，噫气不除者，旋复代赭石汤主之。

旋复代赭石汤方：

旋复花三两　味咸温　　人参二两　味甘温　　生姜五两切　味辛温　　半夏半升洗　味辛温　　代赭石一两　味苦寒　　大枣十二枚擘甘温　　甘草三两炙　味甘平

右七味，以水一斗，煮取六升，去滓，再煎，取三升，温服一升，日三服。

下后，不可更行桂枝汤。若汗出而喘，无大热者，可与麻黄杏子甘草石膏汤。

太阳病，外证未除而数下之㉔，遂协热而利㉕。利下不止，心下痞硬㉖，表里不解者，桂枝人参汤主之。

桂枝人参汤方：

桂枝四两　去皮　味辛热　　甘草四两炙　味甘平　　白术三两　味甘平　　人参三两　味甘温　　干姜三两　味辛热

右五味，以水九升，先煮四味，取五升，内桂更煮，取三升，温服一升，日再、夜一服。

伤寒大下后，复发汗，心下痞，恶寒者，表未解也，不可攻痞，当先解表，表解乃可攻痞。解表宜桂枝汤，攻痞宜大黄黄连泻心汤。

伤寒，发热，汗出不解，心下痞硬，呕吐而下利者，大柴胡汤主之。

病如桂枝证，头不痛，项不强，寸脉微浮㉗，胸中痞硬，气上冲咽喉，不得息者，此为胸有寒也㉘，当吐之，宜瓜蒂散。

瓜蒂散方：

瓜蒂一分熬黄　味苦寒　　赤小豆一分　味酸温

右二味，各别捣筛，为散已，合治之，取一钱匕。以香豉一合，用热汤七合，煮作稀糜，去滓，取汁和散，温顿服之。不吐者，少少加，得快吐乃止。诸亡血虚家，不可与瓜蒂散。

病胁下素有痞，连在脐傍，痛引少腹㉙，入阴筋者㉚，此名藏结。死。

伤寒病，若吐、若下后，七八日不解，热结在里，表里俱热，时时恶风，大渴，舌上干燥而烦，欲饮水数升者，白虎加人参汤主之。

伤寒无大热，口燥渴，心烦，背微恶寒者，白虎加人参汤主之。

伤寒脉浮，发热无汗，其表不解者，不可与白虎汤。渴欲饮水，无表证者，白虎加人参汤主之。

太阳少阳并病，心下硬，颈项强而眩者，当刺大椎、肺俞、肝俞、慎勿下之。

太阳与少阳合病，自下利者，与黄芩汤。若呕者，黄芩加半夏生姜汤主之。

黄芩汤方：

黄芩三两　味苦寒　　甘草二两炙　味甘平　　芍药二两　味酸平　　大枣十二枚擘　味甘温

右四味，以水一斗，煮取三升，去滓，温服一升，日再夜一服。若呕者，加半夏半升，生姜三两。

伤寒胸中有热，胃中有邪气，腹中痛，欲呕吐者，黄连汤主之。

黄连汤方：

黄连味苦寒　甘草炙　味甘平　干姜味辛热　桂枝去皮各三两　味辛热　人参二两　味甘温　半夏半升洗味辛温　大枣十二枚擘　味甘温

右七味，以水一斗，煮取六升，去滓，温服一升，日三服，夜二服。

伤寒八九日，风湿相搏，身体疼烦，不能自转侧，不呕不渴，脉浮虚而涩者，桂枝附子汤主之。

若其人大便硬，小便自利者，去桂枝加白术汤主之。

桂枝附子汤方：

桂枝四两去皮　味辛热　附子三枚炮去皮破八片辛热　生姜三两切　味辛温　甘草二两炙　味甘温　大枣十二枚擘　味甘温

右五味，以水六升，煮取二升，去滓，分温三服。

风湿相搏，骨节烦疼，掣痛，不得屈伸，近之则痛剧，汗出短气，小便不利，恶风不欲去衣，或身微肿者，甘草附子汤主之。

甘草附子汤方：

甘草二两炙　味甘平　附子二枚炮去皮破　味辛热　白术二两　味甘温　桂枝四两去皮　味辛热

右四味，以水六升，煮取三升，去滓，温服一升，日三服。初服得微汗则解。能食，汗出复烦者，服五合，恐一升多者，宜服六七合为妙。

伤寒脉浮滑，此表有热、里有寒，白虎汤主之。

白虎汤方：

知母六两　味苦寒　石膏一斤碎　味甘寒　甘草二两　味甘平　粳米六合　味甘平

右四味，以水一斗，煮米熟，汤成，去滓，温服一升，日三服。

伤寒脉结代，心动悸，炙甘草汤主之。

炙甘草汤方：

甘草四两炙　味甘平　生姜三两切　味辛温　桂枝三两去皮　味辛热　人参二两　味甘温　生地黄一斤　味甘寒　阿胶二两　味甘温　麦门冬半升去心　味甘平　麻子人半升　味甘平　大枣十二

右九味，以清酒七升，水八升先煮八味，取三升，去滓，内胶烊消尽[31]，温服一升，日三服，一名复脉汤。

脉按之来缓，而时一止复来者，名曰结。又脉来动而中止，更来小数，中有还者反动，名曰结，阴也；脉来动而中止，不能自还，因而复动，名曰代，阴也。得此脉者，必难治。

---

①藏结，邪结于脏。

②柔痉。痉是一种以颈背强直为主要病症的疾病，如果同时汗出，即为柔痉。

③悉具，全都具备。

④动，搏动。

⑤客气，邪气。

⑥阳气，表热之邪。

⑦潮热，发热如涨潮，按时而发。

⑧不可近，疼痛之极不容人近前接触。

⑨肉上粟起，皮肤上起鸡皮疙瘩。

⑩噀（xùn，音讯），喷水。

⑪经水适来，适值月经来潮。

⑫血室，子宫。

⑬心下支结，心下有物支撑结聚。

⑭蒸蒸。指正气由内而外之势。振，振动。

⑮不中，不宜再用。

⑯濡，柔软。

⑰气痞，气机痞塞。

⑱短气，呼吸短促。

⑲噫，同嗳。

⑳食臭，嗳气有食物气味。

㉑腹中雷鸣，腹中有漉漉作响的声音。

㉒谷不化，食物不消化。

㉓结热，实热阻结。

㉔外证未除，表证不去。数，屡。

㉕协，合。热，表热。

㉖心下痞硬，胃脘气隔不通而痞塞。

㉗微，轻微。

㉘寒，指痰饮之邪。

㉙少腹，小腹。

㉚阴筋，外生殖器。

㉛烊（yáng，音羊），溶化。

# 卷　　五

## 辨阳明病脉证并治法第八

问曰：病有太阳阳明，有正阳阳明，有少阳阳明，何谓也？答曰：太阳阳明者，脾约是也①。

正阳阳明者，胃家实是也②。

少阳阳明者，发汗，利小便已，胃中燥烦实，大便难是也。

阳明之为病，胃家实也。

问曰：何缘得阳明病？答曰：太阳病发汗、若下、若利小便，此亡津液，胃中干燥，因转属阳明，不更衣③，内实，大便难者，此名阳明也。

问曰：阳明病，外证云何？答曰：身热，汗自出，不恶寒，反恶热也。

问曰：病有得之一日，不发热而恶寒者，何也？答曰：虽得之一日，恶寒将自罢，即自汗出而恶热也。

问曰：恶寒何故自罢？答曰：阳明居中，土也④，万物所归，无所复传。始虽恶寒，二日自止，此为阳明病也。

本太阳初得病时，发其汗，汗先出不彻，因转属阳明也。

伤寒发热无汗，呕不能食，而反汗出濈濈然者⑤，是转属阳明也。

伤寒三日，阳明脉大。

伤寒脉浮而缓，手足自温者，是为系在太阴。太阴者，身当发黄；若小便自利者，不能发黄。至七八日大便硬者，为阳明病也。

伤寒转系阳明者，其人濈然微汗出也。

阳明中风，口苦咽干，腹满微喘，发热恶寒，脉浮而紧；若下之，则腹满、小便难也。

阳明病，若能食，名中风；不能食，名中寒。

阳明病，若中寒，不能食，小便不利，手足濈然汗出，此欲作固瘕⑥，必大便初硬后溏。所以然者，以胃中冷，水谷不别故也⑦。

阳明病欲食，小便反不利，大便自调，其人骨节疼，翕翕如有热状，奄然发狂⑧，濈然汗出而解者，此水不胜谷气，与汗共并，脉紧则愈。

阳明病欲解时，从申至戌上。

阳明病，不能食，攻其热必哕。所以然者，胃中虚冷故也。以其人本虚，故攻其热必哕。

阳明病脉迟，食难用饱，饱则微烦，头眩，必小便难，此欲作谷疸⑨，虽下之，腹满如故。所以然者，脉迟故也。

阳明病，法多汗，反无汗，其身如虫行皮中状者，此以久虚故也。

阳明病，反无汗，而小便利，二三日，呕而咳，手足厥者，必苦头痛；若不咳不呕，手足不厥者，头不痛。

阳明病，但头眩，不恶寒，故能食而咳，其人必咽痛；若不咳者，咽不痛。

阳明病无汗，小便不利，心中懊憹者，身必发黄。

阳明病，被火，额上微汗出，小便不利者，必发黄。

阳明病，脉浮而紧者，必潮热，发作有时，但浮者，必盗汗出。

阳明病，口燥，但欲嗽水不欲咽者，此必衄。

阳明病，本自汗出，医更重发汗，病已差⑩，尚微烦不了了者，此大便必硬故也。以亡津液，胃中干燥，故令大便硬。当问其小便，日几行。若本小便日三四行，今日再行，故知大便不久出；今为小便数少，以津液当还入胃中，故知不久必大便也。

伤寒呕多，虽有阳明证不可攻之⑪。

阳明病，心下硬满者，不可攻之。攻之，利遂不止者死，利止者愈。

阳明病，面合赤色⑫，不可攻之，必发热色黄，小便不利也。

阳明病，不吐不下，心烦者，可与调胃承气汤。

阳明病脉迟，虽汗出，不恶寒者，其身必重，短气腹满而喘，有潮热者，此外欲解，可攻里也。手足濈然而汗出者，此大便已硬也，大承气汤主之；若汗多微发热恶寒者，外未解也，其热不潮，未可与承气汤；若腹大满不通者，可与小承气汤，微和胃气，勿令大泄下。

大承气汤方：

大黄四两酒洗 苦寒　厚朴半斤炙去皮 苦温　枳实五枚炙 苦寒　芒硝三合 咸寒

右四味，以水一斗，先煮二物，取五升，去滓，内大黄，煮取二升，去滓，内芒硝，更上微火一两沸，分温再服。得下，余勿服。

小承气汤方：

大黄四两　厚朴二两炙去皮　枳实三枚大者炙

已上三味，以水四升，煮取一升二合，去滓，分温二服。初服汤，当更衣，不尔者，尽饮之；若更衣者，勿服之。

阳明病，潮热，大便微硬者，可与大承气汤；不硬者，不与之。若不大便六七日，恐有燥屎，欲知之法，少与小承气汤，汤入腹中，转矢气者<sup>⑬</sup>，此有燥屎，乃可攻之；若不转矢气者，此但初头硬，后必溏，不可攻之，攻之，必胀满不能食也。欲饮水者，与水则哕。其后发热者，必大便复硬而少也，以小承气汤和之。不转矢气者，慎不可攻也。

夫实则谵语，虚则郑声<sup>⑭</sup>。郑声，重语也。

直视谵语，喘满者死。下利者亦死。

发汗多，若重发汗者，亡其阳，谵语脉短者死；脉自和者不死。

伤寒若吐、若下后，不解，不大便五六日，上至十余日，日晡所发潮热，不恶寒，独语如见鬼状。若剧者，发则不识人，循衣摸床<sup>⑮</sup>，惕而不安，微喘直视，脉弦者生，涩者死，微者但发热谵语者，大承气汤主之。若一服利，止后服。

阳明病，其人多汗，以津液外出，胃中燥，大便必硬，硬则谵语，小承气汤主之。若一服谵语止，更莫复服。

阳明病，谵语发潮热，脉滑而疾者<sup>⑯</sup>，小承气汤主之。因与承气汤一升，腹中转矢气者，更服一升；若不转矢气，勿更与之。明日不大便，脉反微涩者，里虚也，为难治，不可更与承气汤也。

阳明病，谵语有潮热，反不能食者，胃中必有燥屎五六枚也。若能食者，但硬耳，宜大承气汤下之。

阳明病，下血谵语者，此为热入血室；但头汗出者，刺期门，随其实而泻之，濈然汗出则愈。

汗出谵语者，以有燥屎在胃中，此为风也，须下之，过经乃可下之。下之若早，语言必乱，以表虚里实故也。下之则宜大承气汤。

伤寒四五日，脉沉而喘满。沉为在里，而反发其汗，津液越出，大便为难，表虚里实，久则谵语。

三阳合病<sup>⑰</sup>，腹满身重，难以转侧，口不仁而面垢<sup>⑱</sup>，谵语遗尿。发汗则谵语，下之则额上生汗，手足逆冷。若自汗出者，白虎汤主之。

二阳并病，太阳证罢，但发潮热，手足漐漐汗出，大便难而谵语者，下之则愈，宜大承气汤。

阳明病，脉浮而紧，咽燥口苦，腹满而喘，发热汗出，不恶寒，反恶热，身重。若发汗则躁，心愦愦<sup>⑲</sup>，反谵语。若加烧针，必怵惕烦躁<sup>⑳</sup>，不得眠；若下之，则胃中空虚，客气动膈，心中懊憹，舌上胎者，栀子豉汤主之。

若渴欲饮水，口干舌燥者，白虎加人参汤主之。

若脉浮发热，渴欲饮水，小便不利者，猪苓汤主之。

猪苓汤方：

猪苓<sub>去皮　甘平</sub>　茯苓<sub>甘平</sub>　阿胶<sub>甘平</sub>　滑石<sub>碎　甘寒</sub>　泽泻<sub>各一两　甘咸寒</sub>

右五味，以水四升，先煮四味，取二升，去滓，内下阿胶烊消，温服七合，日三服。

阳明病，汗出多而渴者，不可与猪苓汤，以汗多胃中燥，猪苓汤复利其小便故也。

脉浮而迟，表热里寒，下利清谷者，四逆汤主之。

若胃中虚冷，不能食者，饮水则哕。

脉浮发热，口干鼻燥，能食者则衄。

阳明病下之，其外有热，手足温，不结胸，心中懊憹。饥不能食<sup>㉑</sup>，但头汗出者，栀子豉汤主之。

阳明病，发潮热，大便溏，小便自可，胸胁满不去者，小柴胡汤主之。

阳明病，胁下硬满，不大便而呕，舌上白胎者，可与小柴胡汤。上焦得通，津液得下，胃气因和，身濈然而汗出解也。

阳明中风，脉弦浮大而短气，腹都满，胁下及心痛，久按之气不通，鼻干不得汗，嗜卧，一身及面目悉黄，小便难，有潮热，时时哕，耳前后肿，刺之小差。外不解，病过十日，脉续浮者，与小柴胡汤。

脉但浮，无余证者，与麻黄汤；若不尿，腹满加哕者，不治。

阳明病，自汗出，若发汗，小便自利者，此为津液内竭，虽硬不可攻之，当须自欲大便，宜蜜煎导而通之。若土瓜根及与大猪胆汁，皆可为导㉒。

蜜煎导方：

蜜七合一味，内铜器中微火煎之，稍凝似饴状，搅之勿令焦著，欲可丸，并手捻作挺，分头锐，大如指，长二寸许，当热时急作，冷则硬。以内谷道中，以手急抱，欲大便时乃去之。

猪胆汗方：

大猪胆一枚，泻汁，和醋少许，以灌谷道中㉓，如一食顷，当大便出。

阳明病脉迟，汗出多，微恶寒者，表未解也，可发汗，宜桂枝汤。

阳明病脉浮，无汗而喘者，发汗则愈，宜麻黄汤。

阳明病，发热汗出，此为热越㉔，不能发黄也。但头汗出，身无汗，剂颈而还，小便不利，渴引水浆者，此为瘀热在里㉕，身必发黄，茵陈汤主之。

茵陈蒿汤方：

茵陈蒿六两　苦微寒　　栀子十四枚擘　苦寒　　大黄二两去皮　苦寒

右三味，以水一斗，先煮茵陈，减六升，内二味，煮取三升，去滓，分温三服，小便当利，尿如皂角汁状，色正赤，一宿腹减，黄从小便去也。

阳明证，其人喜忘者㉖，必有畜血㉗。所以然者，本有久瘀血，故令喜忘，屎虽硬，大便反易，其色必黑，宜抵当汤下之。

阳明病，下之，心中懊恼而烦，胃中有燥屎者可攻㉘。腹微满，初头硬，后必溏，不可攻之。若有燥屎者，宜大承气汤。

病人不大便五六日，绕脐痛，烦躁，发作有时者，此有燥屎，故使不大便也。

病人烦热，汗出则解，又如疟状，日晡所发热者，属阳明也。脉实者宜下之；脉浮虚者，宜发汗。下之与大承气汤，发汗宜桂枝汤。

大下后，六七日不大便，烦不解，腹满痛者，此有燥屎也。所以然者，本有宿食故也，宜大承气汤。

病人小便不利，大便乍难乍易，时有微热，喘冒不能卧者㉙，有燥屎也，宜大承气汤。

食谷欲呕者，属阳明也，吴茱萸汤主之。得汤反剧者，属上焦也。

吴茱萸汤方：

吴茱萸一升洗　辛热　　人参三两　甘温　　生姜六两切　辛温　　大枣十二枚擘　甘温

右四味，以水七升，煮取二升，去滓，温服七合，日三服。

太阳病，寸缓、关浮、尺弱，其人发热汗出，复恶寒，不呕，但心下痞者，此以医下之也。如其不下者，病人不恶寒而渴者，此转属阳明也。小便数者，大便必硬，不更衣十日，无所苦也。渴欲饮水，少少与之，但以法救之。渴者，宜五苓散。

脉阳微而汗出少者，为自和也；汗出多者，为太过。

阳脉实，因发其汗出多者，亦为太过。太过为阳绝于里，亡津液，大便因硬也。

脉浮而芤[30]，浮为阳，芤为阴，浮芤相搏，胃气生热，其阳则绝。

趺阳脉浮而涩[31]，浮则胃气强，涩则小便数，浮涩相搏，大便则难，其脾为约，麻仁丸主之。

麻仁丸方：

麻子仁二升　甘平　芍药半斤　酸平　枳实半斤炙　苦寒　大黄一斤去皮　苦寒　厚朴一斤炙去皮　苦寒　杏仁一斤去皮尖熬别作脂　甘温

右六味，为末，炼蜜为丸，桐子大，饮服十丸，日三服，渐加，以知为度。

太阳病三日，发汗不解，蒸蒸发热者[32]，属胃也[33]，调胃承气汤主之。

伤寒吐后，腹胀满者，与调胃承气汤。

太阳病，若吐、若下、若发汗，微烦，小便数，大便因硬者，与小承气汤和之愈。

得病二三日，脉弱，无太阳柴胡证，烦躁，心下硬，至四五日，虽能食，以小承气汤少少与，微和之，令小安，至六日，与承气汤一升。若不大便六七日，小便少者，虽不能食，但初头硬，后必溏，未定成硬，攻之必溏，须小便利，屎定硬，乃可攻之，宜大承气汤。

伤寒六七日，目中不了了[34]，睛不和[35]，无表里证，大便难，身微热者，此为实也。急下之，宜大承气汤。

阳明发热汗多者，急下之，宜大承气汤。

发汗不解，腹满痛者，急下之，宜大承气汤。

腹满不减，减不足言，当下之，宜大承气汤。

阳明少阳合病，必下利，其脉不负者，顺也；负者，失也。互相克贼，名为负也。脉滑而数者，有宿食也，当下之，宜大承气汤。

病人无表里证，发热七八日，虽脉浮数者，可下之。假令已下，脉数不解，合热则消谷善饥，至六七日，不大便者，有瘀血，宜抵当汤。

若脉数不解，而下不止，必协热而便脓血也。

伤寒，发汗已，身目为黄，所以然者，以寒湿在里，不解故也。以为不可下也，于寒湿中求之。

伤寒七八日，身黄如橘子色，小便不利，腹微满者，茵陈蒿汤主之。

伤寒身黄发热者，栀子檗皮汤主之。

栀子檗皮汤方：

栀子一十五个　苦寒　甘草一两　甘平　黄檗二两

右三味，以水四升，煮取一升半，去滓，分温再服。

伤寒瘀热在里，身必发黄，麻黄连轺赤小豆汤主之[36]。

麻黄连轺赤小豆汤方：

麻黄二两去节　甘温　赤小豆一升　甘平　连轺二两连翘根也　苦寒　杏仁四十个去皮尖　甘温　大枣十二枚　甘温　生梓白皮一升　苦寒　生姜二两切　辛温　甘草二两炙　甘平

已上八味，以潦水一斗[37]，先煮麻黄再沸，去上沫，内诸药，煮取三升，分温三服，半日服尽。

①约，约束。脾约，指胃热肠燥，约束脾的功能而使大便秘结。

②胃家，指胃与大肠。

③不更衣，古人登厕必更衣，不更衣，即不大便。

④土也，根据五行学说，土的方位在中央，脾胃同属于土，故有阳明居中主土之说。

⑤濈（jí，音戟），汗出濈濈然，汗出连绵不断。

⑥固瘕，病名，因食物不消化而积结，病症为大便初硬后稀溏。

⑦水谷不别，大便中食物不化与水混在一起。

⑧奄，忽然。

⑨谷疸，因水谷湿郁而发为黄疸。

⑩差，小愈。

⑪攻之，指泻下。

⑫面合赤色，满面通红。合，通。

⑬郑声，语言重复，声音低微。

⑭转矢气，放屁。

⑮循衣摸床，病人昏迷后，手不自觉地反复摸弄衣被床帐。

⑯脉滑而疾，脉象圆滑流利。

⑰三阳合病，太阳、少阳、阳明三经的证候同时出现。

⑱口不仁，言语不利，食不知味。

⑲愦愦（kuì，音溃），心乱不安。

⑳怵惕，恐惧的样子。

㉑饥不能食，指似饥非饥且又不能进食。

㉒导，因势利导。

㉓谷道，指大肠。

㉔热越，热邪向外发泄。

㉕瘀热，邪热郁滞。

㉖喜忘，健忘。

㉗畜血，畜同蓄。

㉘胃中，当指肠中。

㉙喘冒，气喘而头昏目眩。

㉚扎（kōu，音抠），葱的别名，此指脉象名，轻按浮大，重按中空，形似葱管。

㉛趺阳脉，足背动脉。

㉜蒸蒸发热，发热如热气蒸腾。

㉝属胃，病邪转属阳明。

㉞目中不了了，视物不清。

㉟睛不和，眼睛转动不灵活。

㊱连轺，轺同翘，连轺即连翘。

㊲潦水，地面流动的雨水。

# 辨少阳病脉证并治法第九

少阳之病，口苦、咽干、目眩也。

少阳中风，两耳无所闻，目赤，胸中满而烦者，不可吐下，吐下则悸而惊。

伤寒，脉弦细，头痛，发热者，属少阳。少阳不可发汗，发汗则谵语。此属胃，胃和则愈，胃不和，则烦而悸。

本太阳病不解，转入少阳者，胁下硬满，干呕不能食，往来寒热，尚未吐下，脉沉紧者，与小柴胡汤。

若已吐、下、发汗、温针，谵语，柴胡汤证罢，此为坏病，知犯何逆，以法治之。

三阳合病，脉浮大，上关上，但欲眠睡，目合则汗。

伤寒六七日，无大热，其人躁烦者，此为阳去入阴故也①。

伤寒三日，三阳为尽，三阴当受邪。其人反能食而不呕，此为三阴不受邪也。

伤寒三日，少阳脉小者，欲已也。

少阳病，欲解时，从寅至辰上。

---

①阳去入阴，去表入里。

# 卷　　六

## 辨太阴病脉证并治法第十

太阴之为病，腹满而吐，食不下，自利益甚，时腹自病。若下之，必胸下结硬①。

太阴中风，四肢烦疼，阳微阴涩而长者②，为欲愈。

太阴病欲解时，从亥至丑上。

脉浮者，可发汗，宜桂枝汤。

自利不渴者，属太阴，以其藏有寒故也③。当温之，宜服四逆辈④。

伤寒脉浮而缓，手足自温者，系在太阴⑤。太阴当发身黄；若小便自利者，不能发黄。至七八日，虽暴烦，下利日十余行，必自止，以脾家实⑥，腐秽当去故也⑦。

本太阳病，医反下之，因而腹满时痛者，属太阴也，桂枝加芍药汤主之。

大实痛者，桂枝加大黄汤主之。

太阴为病脉弱，其人续自便利，设当行大黄芍药者⑧，宜减之，以其人胃气弱，易动故也。

---

①胸下结硬，胃脘部痞结胀硬。
②阳，指浮。阴，指沉。
③藏有寒，脏有寒，指脾脏虚寒。
④四逆辈，指四逆汤一类的方剂。
⑤系在太阴，病属太阴。
⑥实，恢复。
⑦腐秽，肠中腐败秽浊之物。
⑧行，使用。

## 辨少阴病脉证并治法第十一

少阴之为病，脉微细，但欲寐也。

少阴病，欲吐不吐<sup>①</sup>，心烦，但欲寐，五六日，自利而渴者，属少阴也，虚故引水自救。若小便色白者<sup>②</sup>，少阴病形悉具。小便白者，以下焦虚有寒<sup>③</sup>，不能制水，故令色白也。

病人脉阴阳俱紧，反汗出者，亡阳也，此属少阴，法当咽痛，而复吐利。

少阴病。咳而下利谵语者，被火气劫故也<sup>④</sup>，小便必难，以强责少阴汗也<sup>⑤</sup>。

少阴病，脉细沉数，病为在里，不可发汗。

少阴病，脉微，不可发汗，亡阳故也。阳已虚，尺脉弱涩者，复不可下之。

少阴病脉紧，至七八日，自下利，脉暴微<sup>⑥</sup>，手足反温，脉紧反去者，为欲解也，虽烦下利，必自愈。

少阴病，下利，若利自止，恶寒而蜷卧，手足温者，可治。

少阴病，恶寒而蜷，时自烦，欲去衣被者可治。

少阴中风，脉阳微阴浮者，为欲愈。

少阴病欲解时，从子至寅上。

少阴病，吐利，手足不逆冷，反发热者，不死。脉不至者，灸少阴七壮<sup>⑦</sup>。

少阴病，八九日，一身手足尽热者，以热在膀胱，必便血也。

少阴病，但厥无汗，而强发之，必动其血，未知从何道出，或从口鼻，或从目出，是名下厥上竭<sup>⑧</sup>，为难治。

少阴病，恶寒身蜷而利，手足逆冷者，不治。

少阴病，吐利，躁烦，四逆者死。

少阴病，下利止而头眩，时时自冒者死。

少阴病，四逆恶寒而身蜷，脉不至，不烦而躁者，死。

少阴病，六七日，息高者<sup>⑨</sup>，死。

少阴病，脉微细沉，但欲卧，汗出不烦，自欲吐，至五六日，自利，复烦躁，不得卧寐者，死。

少阴病，始得之，反发热，脉沉者，麻黄附子细辛汤主之。

麻黄附子细辛汤方：

麻黄二两去节　甘热　细辛二两　辛热　附子一枚炮去皮破八片　辛热

右三味，以水一斗，先煮麻黄，减二升，去上沫，内药，煮取三升，去滓，温服一升，日三服。

少阴病，得之二三日，麻黄附子甘草汤微发汗。以二三日无里证，故发微汗也。

麻黄附子甘草汤方：

麻黄二两去节　甘草二两炙　附子一枚炮去皮

右三味，以水七升，先煮麻黄一两沸，去上沫，内诸药，煮取三升，去滓，温服一升，日三服。

少阴病，得之二三日以上，心中烦，不得卧，黄连阿胶汤主之。

黄连阿胶汤方：

黄连四两　苦寒　黄芩一两　苦寒　芍药二两　酸平　鸡子黄二枚　甘温　阿胶三两　甘温

右五味，以水五升，先煮三物，取二升，去滓，内胶烊尽，小冷，内鸡子黄，搅令相得，温服七合，日三服。

少阴病，得之一二日，口中和<sup>⑩</sup>，其背恶寒者，当灸之，附子汤主之。

附子汤方：

附子二枚　破八片去皮　辛热　　茯苓三两　甘平　　人参二两　甘温　　白术四两　甘温　　芍药三两酸平

右五味，以水八升，煮取三升，去滓，温服一升，日三服。

少阴病，身体痛，手足寒，骨节痛，脉沉者，附子汤主之。

少阴病，下利便脓血者，桃花汤主之。

桃花汤方：

赤石脂一斤一半全用一半筛末　甘温　　干姜一两　辛热　　粳米一斤　甘平

右三味，以水七升，煮米令熟，去滓，温服七合，内赤石脂末，方寸匕，日三服。若一服愈，余勿服。

少阴病，二三日至四五日，腹痛，小便不利，下利不止便脓血者，桃花汤主之。

少阴病，下痢便脓血者，可刺。

少阴病，吐利，手足厥冷，烦躁欲死者，吴茱萸汤主之。

少阴病，下痢，咽痛[11]，胸满心烦者，猪肤汤主之[12]。

猪肤汤方：

猪肤一斤　味甘寒

右一味，以水一斗，煮取一升，法滓加白蜜一升，白粉五合[13]，熬香，和相得，温分六服。

少阴病，二三日咽痛者，可与甘草汤；不差者，与桔梗汤。

甘草汤方：

甘草二两

右一味，以水三升，煮取一升半，去滓，温服七合，日二服。

桔梗汤方：

桔梗一两　辛甘微温　　甘草二两　甘平

右二味，以水三升，煮取一升，去滓，分温再服。

少阴病，咽中伤生疮[14]，不能语言，声不出者，苦酒汤主之[15]。

苦酒汤方：

半夏洗破如枣核大十四枚　辛温　　鸡子一枚去黄内上苦酒著鸡子壳中　甘微寒

右二味，内半夏，著苦酒中，以鸡子壳，置刀环中[16]，安火上，令三沸，去滓，少少含咽之。不差，更作三剂。

少阴病咽中痛，半夏散及汤主之。

半夏散及汤方：

半夏洗　辛温　　桂枝去皮　辛热　　甘草炙　甘平以上各等分

已上三味，各别捣筛已，合治之，白饮和，服方寸匕，日三服。若不能散服者，以水一升，煎七沸，内散两方寸匕，更煎三沸，下火令小冷，少少咽之。

少阴病，下利，白通汤主之。

白通汤方：

葱白四茎　辛温　　干姜一两　辛热　　附子一枚生用去皮破八片　辛热

右三味，以水三升，煮取一升，去滓，分温再服。

少阴病，下利脉微者，与白通汤；利不止，厥逆无脉，干呕烦者，白通加猪胆汁汤主之。服汤脉暴出者死，微续者生。

白通加猪胆汁方：

葱白四茎　　干姜一两　　附子一枚生去皮破八片　　人尿五合　咸寒　　猪胆汁一合　苦寒

已上三味，以水三升，煮取一升，去滓，内胆汁、人尿，和令相得，分温再服，若无胆亦可用。

少阴病，二三日不已，至四五日，腹痛，小便不利，四肢沉重疼痛，自下利者，此为有水气，其人或咳，或小便利，或下利，或呕者，真武汤主之。

真武汤方：

茯苓三两 甘平　芍药三两 酸平　生姜三两切 辛温　白术二两 甘温　附子一枚炮去皮破八片 辛热

右五味，以水八升，煮取三升，去滓，温服七合，日三服。

后加减法：

若咳者，加五味子半升，细辛、干姜各一两。

若小便利者，去茯苓。

若下利者，去芍药，加干姜二两。

若呕者，去附子，加生姜，足前成半斤。

少阴病，下利清谷，里寒外热，手足厥逆，脉微欲绝，身反不恶寒，其人面赤色，或腹痛，或干呕，或咽痛，或利止，脉不出者，通脉四逆汤主之。

通脉四逆汤方：

甘草二两炙　附子大者一枚生用去皮破八片　干姜三两强人可四两

右三味，以水三升，煮取一升二合，去滓，分温再服。其脉即出者愈。

面色赤者，加葱九茎。

腹中痛者，去葱，加芍药二两。

呕者，加生姜二两。

咽痛者，去芍药，加桔梗一两。

利止脉不出者，去桔梗，加人参二两。

少阴病，四逆，其人或咳，或悸，或小便不利，或腹中痛，或泄利下重者[17]，四逆散主之。

四逆散方：

甘草炙 甘平　枳实破水渍炙干 苦寒　柴胡苦寒　芍药酸微寒

右四味，各十分，捣筛，白饮和，服方寸匕，日三服。

咳者，加五味子、干姜各五分，并主下痢。

悸者，加桂枝五分。

小便不利者，加茯苓五分。

腹中痛者，加附子一枚，炮令坼[18]。

泄利下重者，先以水五升，煮薤白三升，煮取三升，去滓，以散三方寸匕，内汤中，煮取一升半，分温再服。

少阴病，下利六七日，咳而呕渴，心烦，不得眠者，猪苓汤主之。

少阴病，得之二三日，口燥咽干者，急下之，宜大承气汤。

少阴病，自利清水，色纯青，心下必痛，口干燥者，急下之，宜大承气汤。

少阴病，六七日，腹胀不大便者，急下之，宜大承气汤。

少阴病，脉沉者，急温之，宜四逆汤。

少阴病，饮食入口则吐，心中温温欲吐[19]，复不能吐，始得之，手足寒，脉弦迟者，此胸中实，不可下也，当吐之。若膈上有寒饮，干呕者，不可吐也，急温之，宜四逆汤。

少阴病，下利，脉微涩，呕而汗出，必数更衣[20]；反少者，当温其上灸之[21]。

①欲吐不吐，想吐又无物可吐。

②小便色白，小便色清。

③下焦，此指肾脏。

④火气劫，火邪所伤。

⑤强责，过分强求。

⑥脉暴微，脉突然变为微弱。

⑦灸少阴，灸少阴经脉所循行的穴位。七壮，灸七个艾炷。

⑧下厥上竭，阳衰于下，阴竭于上。

⑨息高，呼吸浅表。

⑩口中和，口中不苦，不燥，不渴。

⑪咽痛，泛指咽喉痛。

⑫猪肤，去掉猪脂肪的猪肉皮。

⑬白粉，米粉。

⑭生疮，指发生溃疡。

⑮苦酒，醋。

⑯刀环，刀柄端的圆环。

⑰泄利下重，泄泻或痢疾并有里急后重。

⑱坼，碎裂。

⑲温温，同愠愠，心中蕴结不适。

⑳更衣，大便。

㉑上，指上部，头部。

# 辨厥阴病脉证并治法第十二

厥阴之为病，消渴，气上撞心①，心中疼热②，饥而不欲食，食则吐蛔，下之利不止。

厥阴中风，脉微浮，为欲愈；不浮，为未愈。

厥阴病，欲解时，从寅至卯上。

厥阴病，渴欲饮水者，少少与之，愈。

诸四逆厥者，不可下之，虚家亦然。

伤寒先厥，后发热而利者，必自止。见厥复利。

伤寒始发热，六日，厥反九日而利。凡厥利者，当不能食，今反能食者，恐为除中③，食以索饼④，不发热者，知胃气尚在，必愈，恐暴热来出而复去也。后三日脉之⑤，其热续在者，期之旦日夜半愈⑥。所以然者，本发热六日，厥反九日，复发热三日，并前六日，亦为九日，与厥相应，故期之旦日夜半。后三日脉之而脉数，其热不罢者，此为热气有余，必发痈脓也。

伤寒脉迟，六七日，而反与黄芩汤彻其热⑦。脉迟为寒，今与黄芩汤，复除其热，腹中应冷，当不能食；今反能食，此名除中，必死。

伤寒先厥后发热，下利必自止，而反汗出，咽中痛者，其喉为痹⑧。发热无汗而利必自止，若不止，必便脓血。便脓血者，其喉不痹。

伤寒一二日，至四五日而厥者，必发热，前热者，后必厥，厥深者，热亦深，厥微者，热亦微，厥应下之，而反发汗者，必口伤烂赤⑨。

伤寒病，厥五日，热亦五日，设六日当复厥，不厥者，自愈。厥终不过五日，以热五日，故知自愈。

凡厥者，阴阳气不相顺接，便为厥。厥者，手足逆冷是也。

伤寒，脉微而厥，至七八日，肤冷，其人躁，无暂安时者，此为藏厥⑩，非为蛔厥也⑪。蛔厥者，其人当吐蛔。令病者静，而复时烦，此为藏寒⑫。蛔上入膈，故烦，须臾复止，得食而呕，又烦者，蛔闻食臭出，其人当自吐蛔。蛔厥者，乌梅丸主之。又主久利方。

乌梅丸方：

乌梅三百个 味酸温 细辛六两 辛热 干姜十两 辛热 黄连一斤 苦寒 当归四两 辛温 附子六两炮 辛热 蜀椒四两去子 辛热 桂枝六两 辛热 人参六两 甘温 黄柏六两 苦寒

右十味，异捣筛，合治之，以苦酒渍乌梅一宿，去核，蒸之五升米下，饭熟，捣成泥，和药令相得，内臼中，与蜜，杵二千下，丸如梧桐子大，先食饮，服十丸，日三服，稍加至二十丸。禁生冷、滑物、臭食等。

伤寒，热少厥微⑬，指头寒，默默不欲食，烦躁数日，小便利，色白者，此热除也，欲得食，其病为愈；若厥而呕，胸胁烦满者，其后必便血。

病者手足厥冷，言我不结胸，小腹满，按之痛者，此冷结在膀胱关元也⑭。

伤寒发热四日，厥反三日，复热四日，厥少热多，其病当愈。四日至七日，热不除者，其后必便脓血。

伤寒厥四日，热反三日，复厥五日，其病为进，寒多热少，阳气退，故为进也。

伤寒六七日，脉微，手足厥冷，烦躁，灸厥阴，厥不还者，死。

伤寒发热，下利，厥逆，躁不得卧者，死。

伤寒发热，下利至甚，厥不止者，死。

伤寒六七日，不利，便发热而利，其人汗出不止者，死。有阴无阳故也。

伤寒五六日，不结胸，腹濡⑮，脉虚，复厥者，不可下，此为亡血⑯，下之死。

发热而厥，七日，下利者，为难治。

伤寒脉促，手足厥逆者，可灸之。

伤寒脉滑而厥者，里有热也，白虎汤主之。

手足厥寒，脉细欲绝者，当归四逆汤主之。

当归四逆汤方：

当归三两 辛温 桂枝三两 辛热 芍药三两 酸寒 细辛三两 辛热 大枣二十五个 甘温 甘草二两炙 甘平 通草二两 甘平

右七味，以水八升，煮取三升，去滓，温服一升，日三服。

若其人内有久寒者，宜当归四逆加吴茱萸生姜汤主之。

大汗出，热不去，内拘急⑰，四肢疼，又不利，厥逆而恶寒者，四逆汤主之。

大汗，若大下利而厥冷者，四逆汤主之。

病人手足厥冷，脉乍紧者，邪结在胸中⑱。心中满而烦，饥不能食者，病在胸中，当须吐之，宜瓜蒂散。

伤寒厥而心下悸者，宜先治水，当服茯苓甘草汤，却治其厥；不尔⑲，水渍入胃，必作利也。

伤寒六七日，大下后，寸脉沉而迟，手足厥逆，下部脉不至⑳，咽喉不利，唾脓血，泄利不止者，为难治。麻黄升麻汤主之。

麻黄升麻汤方：

麻黄二两半去节 甘温 升麻一两一分 甘平 当归一两一分 辛温 知母苦寒 黄芩苦寒 萎蕤各十八铢 甘平 石膏碎绵裹 甘寒 白术甘温 干姜辛热 芍药酸平 天门冬去心 甘平 桂枝辛热 茯苓甘平

甘草炙 各六铢 甘平

右十四味，以水一斗，先煮麻黄一两沸，去上沫，内诸药，煮取三升，去滓，分温三服，相去如炊三斗米顷，令尽，汗出愈。

伤寒四五日，腹中痛，若转气下趋少腹者，此欲自利也。

伤寒本自寒下，医复吐下之，寒格，更逆吐下；若食入口即吐，干姜黄连黄芩人参汤主之。

干姜黄连黄芩人参汤方：

干姜辛热　黄连苦寒　黄芩苦寒　人参各三两　甘温

右四味，以水六升，煮取二升，去滓，分温再服。

下利，有微热而渴，脉弱者，今自愈。

下利，脉数，有微热汗出，今自愈；设复紧，为未解。

下利，手足厥冷无脉者，灸之不温，若脉不还，反微喘者，死。

少阴负趺阳者，为顺也。

下利，寸脉反浮数，尺中自涩者，必清脓血[21]。

下利清谷，不可攻表，汗出，必胀满。

下利，脉沉弦者，下重也；脉大者，为未止；脉微弱数者，为欲自止，虽发热不死。

下利，脉沉而迟，其人面少赤，身有微热，下利清谷者，必郁冒[22]，汗出而解，病人必微厥。所以然者，其面戴阳[23]，下虚故也[24]。

下利，脉数而渴者，今自愈；设不差，必清脓血，以有热故也。

下利后脉绝，手足厥冷，晬时脉还，手足温者生，脉不还者死。

伤寒下利，日十余行，脉反实者死。

下利清谷，里寒外热，汗出而厥者，通脉四逆汤主之。

热利下重者，白头翁汤主之。

白头翁汤方：

白头翁二两 苦寒　黄柏苦寒　黄连苦寒　秦皮各三两 苦寒

右四味，以水七升，煮取二升，去滓，温服一升；不愈，更服一升。

下利，腹胀满，身体疼痛者，先温其里，乃攻其表。温里四逆汤；攻表宜桂枝汤。

下利，欲饮水者，以有热故也，白头翁汤主之。

下利，谵语者，有燥屎也，宜小承气汤。

下利后更烦，按之心下濡者，为虚烦也，宜栀子豉汤。

呕家有痈脓者，不可治，呕脓尽自愈。

呕而脉弱，小便复利，身有微热见厥者难治。四逆汤主之。

干呕，吐涎沫，头痛者，吴茱萸汤主之。

呕而发热者，小柴胡汤主之。

伤寒大吐大下之，极虚，复极汗出者，其人外气怫郁[25]，复与之水，以发其汗，因得哕。所以然者，胃中寒冷故也。

伤寒，哕而腹满，视其前后，知何部不利，利之则愈。

---

①心，心胸部位。

②心中疼热，胃脘部疼痛灼热。

③除中：除，去；中，胃气。胃气垂绝，反能食的一种反常现象。

④食（sì），喂食。索饼，条索状面食。

⑤脉之，诊脉。

⑥旦日，明日。

⑦彻，除。

⑧其喉为痹，咽喉肿塞。

⑨口伤烂赤，口舌生疮，红肿糜烂。

⑩藏厥，因肾脏极虚而致四肢厥冷。

⑪蛔厥，因蛔虫窜扰而致四肢厥冷。

⑫藏寒，脾脏虚寒。

⑬厥微，轻微的厥冷。

⑭关元，穴名，在脐下三寸。

⑮腹濡，腹部柔软。

⑯亡血，血虚。

⑰内拘急，腹中拘急。

⑱邪，痰食之邪。

⑲不尔，不如此。

⑳下部脉，有两种解释：就腕部寸关尺三部而言，尺脉为下部脉；就全身而言，足部的趺阳与太溪脉为下部脉。

㉑清脓血，大便脓血。

㉒郁冒，头昏目眩，视物不清。

㉓戴阳，面微红。

㉔下虚，下焦虚寒。

㉕外气，体表之气。怫郁，指体表无汗而郁热。


# 卷　　七


## 辨霍乱病脉证并治法第十三


问曰：病有霍乱者何？答曰：呕吐而利，名曰霍乱。

问曰：病发热，头痛，身疼，恶寒，吐利者，此属何病？答曰：此名霍乱。自吐下，又利止，复更发热也。

伤寒，其脉微涩者，本是霍乱，今是伤寒，却四五日，至阴经上，转入阴必利，本呕下利者，不可治也。欲似大便而反矢气，仍不利者，属阳明也，便必硬，十三日愈，所以然者，经尽故也。

下利后，当便硬，硬则能食者愈；今反不能食，到后经中，颇能食①，复过一经能食，过之一日，当愈。不愈者，不属阳明也。

恶寒脉微，而复利，利止，亡血也②，四逆加人参汤主之。

霍乱，头痛，发热，身疼痛，热多欲饮水者，五苓散主之；寒多不用水者，理中丸主之。

理中丸方：

人参甘温　甘草炙　甘平　白术甘温　干姜已上各三两　辛热

右四味，捣筛为末，蜜和丸，如鸡黄大，以沸汤数合，和一丸，研碎，温服之。日三四，夜二服，腹中未热，益至三四丸，然不及汤。汤法：以四物依两数切，用水八升，煮取三升，去滓，温服一升，日三服。

加减法：

若脐上筑者③，肾气动也，去术加桂四两。

吐多者，去术，加生姜三两。

下多者，还用术；悸者，加茯苓二两。

渴欲得水者，加术，足前成四两半。

腹中痛者，加人参，足前成四两半。

寒者，加干姜，足前成四两半。

腹满者，去术，加附子一枚。服汤后，如食顷④，饮热粥一升许，微自温，勿发揭衣被。

吐利止而身痛不休者，当消息和解其外⑤，宜桂枝汤小和之。

吐利汗出，发热恶寒，四肢拘急⑥，手足厥冷者，四逆汤主之。

既吐且利，小便复利而大汗出，下利清谷，内寒外热，脉微欲绝者，四逆汤主之。

吐已下断⑦，汗出而厥，四肢拘急不解，脉微欲绝者，通脉四逆加猪胆汁汤主之。

吐利发汗，脉平⑧，小烦者，以新虚不胜谷气故也。

---

① 颇，稍微。
② 血，指津液。
③ 筑，捶捣。
④ 食顷，吃一顿饭的时间。
⑤ 消息，斟酌。
⑥ 拘急，抽筋。
⑦ 吐已下断，呕吐因无物而止。
⑧ 平，平和。

## 辨阴阳易差后劳复病脉证并治法第十四

伤寒，阴阳易之为病，其人身体重，少气，少腹里急，或引阴中拘挛，热上冲胸，头重不欲举，眼中生花，膝胫拘急者，烧裤散主之。

烧裤散方：

右取妇人中裤近隐处，剪烧灰，以水和服方寸匕，日三服。小便即利，阴头微肿，则愈。妇人病，取男子裤当烧灰。

大病差后，劳复者①，枳实栀子豉汤主之。若有宿食者，加大黄如博棋子大五六枚。

枳实栀子豉汤方：

枳实三枚炙　苦寒　栀子十四枚擘　苦寒　豉一升绵裹　苦寒

右三味，以清浆水七升，空煮取四升，内枳实、栀子，煮取二升，下豉，更煮五六沸，去滓，温分再服，复令微似汗。

伤寒差已，后更发热者，小柴胡汤主之。脉浮者，以汗解之；脉沉实者，以下解之。

大病差后，从腰已下有水气者，牡蛎泽泻散主之。

牡蛎泽泻散方：

牡蛎熬 咸平 泽泻咸寒 括蒌根苦寒 蜀漆洗去脚 辛平 葶苈熬 苦寒 商陆根熬 辛酸咸平 海藻洗去咸已上各等分 咸寒

右七味，异捣下筛为散，更入臼中治之，白饮和，服方寸匕。小便利，止后服，日三服。

大病差后，喜唾②，久不了了者，胃上有寒，当以丸药温之，宜理中丸。

伤寒解后，虚赢少气③，气逆欲吐者，竹叶石膏汤主之。

竹叶石膏汤方：

竹叶二把 辛平 石膏一斤 甘寒 半夏半升洗 辛温 人参三两 甘温 甘草二两炙 甘平 粳米半升 甘微寒 麦门冬一升去心 甘平

右七味，以水一斗，煮取六升，去滓，内粳米，煮米熟，汤成，去米，温服一升，日三服。

病人脉已解④，而日暮微烦，以病新差，人强与谷，脾胃气尚弱，不能消谷，故令微烦，损谷则愈⑤。

---

①劳复，病初愈，因疲劳过度而复发。
②喜唾，不时吐唾液或痰。
③虚赢，虚弱消瘦。
④脉已解，病脉已解。
⑤损谷，减少饮食。

## 辨不可发汗病脉证并治法第十五

夫以为疾病至急，仓卒寻按，要者难得，故重集诸可与不可方治，比之三阴三阳篇中，此易见也。有时又不止是三阴三阳，出在诸可与不可中也。

脉濡而弱，弱反在关，濡反在巅，微反在上，涩反在下。微则阳气不足，涩则无血。阳气反微，中风，汗出而反躁烦。涩则无血，厥而且寒。阳微发汗，躁不得眠。

动气在右①，不可发汗，发汗则衄而渴，心苦烦，饮即吐水。

动气在左，不可发汗，发汗则头眩，汗不止，筋惕肉𥆧。

动气在上，不可发汗，发汗则气上冲，正在心端。

动气在下，不可发汗，发汗则无汗，心中大烦，骨节苦疼，目运②，恶寒，食则反吐，谷不得前。

咽中闭塞，不可发汗，发汗则吐血，气欲绝，手足厥冷，欲得蜷卧，不能自温。

诸脉得数动微弱者，不可发汗，发汗则大便难，腹中干，胃燥而烦，其形相象，根本异源。

脉微而弱，弱反在关，濡反在巅；弦反在上，微反在下。弦为阳运，微为阴寒。上实下虚，意欲得温。微弦为虚，不可发汗，发汗则寒栗，不能自还。

咳者则剧，数吐涎沫，咽中必干，小便不利，心中饥烦，晬时而发，其形似疟，有寒无热，虚而寒栗，咳而发汗，蹙而苦满，腹中复坚。

厥，脉紧，不可发汗，发汗则声乱、咽嘶、舌萎、声不得前。

诸逆发汗，病微者难差；剧者言乱、目眩者死，命将难全。

咳而小便利，若矢小便者，不可发汗，汗出则四肢厥逆冷。

伤寒头痛，翕翕发热，形象中风，常微汗出自呕者，下之益烦，心中懊侬如饥；发汗则致痉，身强，难以屈伸；熏之则发黄，不得小便；灸则发咳唾。

---

① 动气，气动。
② 目运，目不明如无所见。

## 辨可发汗病脉证并治法第十六

大法，春夏宜发汗。

凡发汗，欲令手足俱周，时出以漐漐然，一时间许，亦佳。不可令如水流漓。若病不解，当重发汗。汗多必亡阳，阳虚，不得重发汗也。

凡服汤发汗，中病便止，不必尽剂。

凡云可发汗，无汤者，丸散亦可用；要以汗出为解，然不如汤，随证良验。

夫病脉浮大，问病者言，但便硬尔。设利者，为大逆。硬为实，汗出而解。何以故？脉浮当以汗解。

下利后，身疼痛，清便自调者，急当救表，宜桂枝汤发汗。

# 卷　八

## 辨发汗后病脉证并治法第十七

发汗多，亡阳谵语者，不可下，与柴胡桂枝汤和其荣卫，以通津液，后自愈。

此一卷，第十七篇，凡三十一证，前有详说。

## 辨不可吐第十八

合四证，已具太阳篇中。

## 辨可吐第十九

大法，春宜吐。

凡用吐汤，中病即止，不必尽剂也。

病胸上诸实，胸中郁郁而痛，不能食，欲使人按之，而反有涎唾，下利日十余行，其脉反迟，寸口脉微滑，此可吐之，吐之，利则止。

宿食，在上脘者，当吐之。

病人手足厥冷，脉乍结，以客气在胸中；心下满而烦，欲食不能食者，病在胸中，当吐之。

# 卷　九

## 辨不可下病脉证并治法第二十

脉濡而弱，弱反在关，濡反在巅；微反在上，涩反在下。微则阳气不足，涩则无血。阳气反微，中风、汗出而反躁烦；涩则无血，厥而且寒。阳微不可下，下之则心下痞硬。

动气在右，不可下。下之则津液内竭，咽燥、鼻干、头眩、心悸也。

动气在左，不可下。下之则腹内拘急，食不下，动气更剧。虽有身热，卧则欲踡。

动气在上，不可下。下之则掌握热烦，身上浮冷，热汗自泄，欲得水自灌。

动气在下，不可下。下之则腹胀满，卒起头眩，食则下清谷，心下痞也。

咽中闭塞，不可下。下之则上轻下重，水浆不下，卧则欲踡，身急痛，下利日数十行。

诸外实者，不可下。下之则发微热，亡脉厥者，当脐握热。

诸虚者，不可下。下之则大渴，求水者易愈；恶水者剧。

脉濡而弱，弱反在关，濡反在巅；弦反在上，微反在下。弦为阳运，微为阴寒。上实下虚，意欲得温。微弦为虚，虚者不可下也。

微则为咳，咳则吐涎，下之则咳止，而利因不休，利不休，则胸中如虫啮，粥入则出，小便不利，两胁拘急，喘息为难，颈背相引，臂则不仁，极寒反汗出，身冷若冰，眼睛不慧，语言不休，而谷气多入，此为除中，口虽欲言，舌不得前。

脉濡而弱，弱反在关，濡反在巅；浮反在上，数反在下。浮为阳虚，数为血，浮为虚，数为热。浮为虚，自汗出而恶寒；数为痛，振寒而栗。微弱在关，胸下为急，喘汗而不得呼吸，呼吸之中，痛在于胁，振寒相搏，形如疟状，医反下之，故令脉数、发热、狂走见鬼，心下为痞，小便淋沥，小腹甚硬，小便则尿血也。

脉濡而紧，濡则胃气微，紧则荣中寒。阳微卫中风，发热而恶寒；荣紧胃气冷，微呕心内烦。医为有大热，解肌而发汗。亡阳虚烦躁，心下苦痞坚。表里俱虚竭，卒起而头眩。客热在皮肤①，怅怏不得眠②。不知胃气冷，紧寒在关元。技巧无所施，汲水灌其身。客热应时罢，栗栗而振寒。重被而覆之，汗出而冒巅③。体惕而又振，小便为微难。寒气因水发，清谷不容间。呕变反肠出，颠倒不得安。手足为微逆，身冷而内烦。迟欲从后救，安可复追还。

脉浮而大，浮为气实，大为血虚。血虚为无阴，孤阳独下阴部者，小便当赤而难，胞中当虚，今反小便利，而大汗出，法应卫家当微，今反更实，津液四射，荣竭血尽，干烦而不得眠，血薄肉消，而成暴液。医复以毒药攻其胃，此为重虚，客阳去有期，必下如污泥而死。

脉数者，久数不止，止则邪结，正气不能复，正气却结于藏，故邪气浮之，与皮毛相得。脉数者，不可下，下之则必烦利不止。

脉浮大，应发汗，医反下之，此为大逆。

呕多，虽有阳明证，不可攻之。

太阳病，外证未解，不可下，下之为逆。

夫病阳多者热，下之则硬。

无阳阴强，大便硬者，下之则必清谷腹满。

伤寒发热，头痛，微汗出。发汗，则不识人；熏之则喘，不得小便，心腹满；下之则短气，小便难，头痛，背强；加温针则衄。

伤寒，脉阴阳俱紧，恶寒发热，则脉欲厥。厥者，脉初来大，渐渐小，更来渐渐大，是其候也。如此者恶寒，甚者，翕翕汗出，喉中痛。热多者，目赤脉多，睛不慧，医复发之，咽中则伤。若复下之，则两目闭，寒多者便清谷，热多者便脓血。若熏之，则身发黄；若熨之，则咽燥。若小便利者，可救之。小便难者，为危殆。

伤寒发热，口中勃勃气出，头痛，目黄，衄不可制，贪水者必呕，恶水者厥。若下之，咽中生疮，假令手足温者，必下重便脓血。头痛目黄者，若下之，则两目闭。贪水者，脉必厥，其声嘤，咽喉塞；若发汗，则战栗，阴阳俱虚。恶水者，若下之，则里冷不嗜食，大便完谷出。若发汗，则口中伤，舌上白胎，烦躁，脉数实，不大便，六七日后，必便血。若发汗，则小便自利也。

下利，脉大者，虚也，以其强下之故也。设脉浮革，固尔肠鸣者，属当归四逆汤主之。

---

①客热，邪热。
②怅怏，懊恼。
③巅，头顶。

## 辨可下病脉证并治法第二十一

大法，秋宜下。

凡服下药，用汤胜丸，中病即止，不必尽剂也。

下利，三部脉皆平，按之心下硬者，急下之，宜大承气汤。

下利，脉迟而滑者，内实也。利未欲止，当下之，宜大承气汤。

问曰：人病有宿食，何以别之？师曰：寸口脉浮而大，按之反涩，尺中亦微而涩，故知有宿食，当下之，宜大承气汤。

下利，不欲食者，以有宿食故也，当宜下之，与大承气汤。

下利差后，至其年月日复发者；以病不尽故也；当下之，宜大承气汤。

下利，脉反滑，当有所去，下之乃愈，宜大承气汤。

病腹中满痛者，此为实也，当下之，宜大承气汤。

伤寒后，脉沉沉者，内实也，下解之，宜大柴胡汤。

脉双弦而迟者，必心下硬；脉大而紧者，阳中有阴也，可以下之，宜大承气汤。

# 卷　十

## 辨发汗吐下后病脉证并治法第二十二

此第十卷，第二十二篇，凡四十八证，前三阴三阳篇中，悉具载之。

卷内音释，上卷已有。

## 方

此已下诸方，于随卷本证下虽已有，缘止以加减言之，未甚明白，似于览者检阅未便，今复校勘，备列于后：

**桂枝加葛根汤主之方：**

葛根四两　芍药二两　甘草二两　生姜三两切　大枣十二枚擘　桂枝二两去皮　麻黄三两去节

右七味，以水一斗，先煮麻黄、葛根减二升，去上沫，内诸药，煮取三升，去滓，温服一升，复取微似汗，不须啜粥，余如桂枝法。

**桂枝加厚朴杏子汤方：**

于桂枝汤方内，加厚朴二两，杏仁五十个，去皮尖，余依前法。

**桂枝加附子汤方：**

于桂枝汤方内，加附子一枚，炮，去皮，破八片，余依前法。术附汤方，附于此方内，去桂枝，加白术四两，依前法。

**桂枝去芍药汤方：**

于桂枝汤方内，去芍药，余依前法。

**桂枝去芍药加附子汤方：**

于桂枝汤方内，去芍药，加附子一枚，炮，去皮，破八片，余依前法。

**桂枝麻黄各半汤方：**

桂枝一两十六铢去皮　芍药　生姜切　甘草炙　麻黄各一两去节　大枣四枚擘　杏仁二十四个汤浸去皮尖及两仁

右七味，以水五升，先煮麻黄一二沸，去上沫，内诸药，煮取一升八合，去滓，温服六合。

**桂枝二麻黄一汤方：**

桂枝一两十七铢去皮　芍药一两六铢　麻黄十六铢去节　生姜一两六铢切　杏仁十六个去皮尖　甘草一两二铢炙　大枣五枚擘

右七味，以水五升，先煮麻黄一二沸，去上沫，内诸药，煮取二升，去滓，温服一升，日再。

**白虎加人参汤方：**

于白虎汤方内，加人参三两，余依白虎汤法。

**桂枝去桂加茯苓白术汤方：**

于桂枝汤方内，去桂枝，加茯苓、白术各三两，余依前法，煎服。小便利，则愈。

已上九方，病证并在第二卷内。

**葛根加半夏汤方：**

于葛根汤方内，加入半夏半升，余依葛根汤法。

**桂枝加芍药生姜人参新加汤方：**

于第二卷桂枝汤方内，更加芍药、生姜各一两，人参三两，余依桂枝汤法服。

**栀子甘草豉汤方：**

于栀子豉汤方内，加入甘草二两，余依前法。得吐，止后服。

**栀子生姜豉汤方：**

于栀子豉汤方内，加生姜五两，余依前法。得吐，止后服。

**柴胡加芒硝汤方：**

于小柴胡汤方内，加芒硝六两，余依前法。服不解，更服。

**桂枝加桂汤方：**

于第二卷桂枝汤方内，更加桂二两，共五两，余依前法。

已上六方，病证并在第三卷内。

**柴胡桂枝汤方：**

桂枝去皮　　黄芩　　人参各一两半　　甘草一两炙　　半夏二合半　　芍药一两半　　大枣六枚擘　　生姜一两半切　柴胡四两

右九味，以水七升，煮取三升，去滓，温服。

**附子泻心汤方：**

大黄二两　　黄连　　黄芩各一两　　附子一炮枚去皮破别煮取汁

右四味，切三味，以麻沸汤二升渍之，须臾，绞去滓，内附子汁，分温再服。

**生姜泻心汤方：**

生姜四两切　　甘草三两炙　　人参三两　　干姜一两　　黄芩三两　　半夏半升洗　　黄连一两　　大枣十二枚

右八味，以水一斗，煮取六升，去滓，再煎取三升，温服一升，日三服。

**甘草泻心汤方：**

甘草四两　　黄芩三两　　干姜三两　　半夏半升洗　　黄连一两　　大枣十二枚擘

右六味，以水一斗，煮取六升，去滓，再煎取三升，温服一升，日三服。

**黄芩加半夏生姜汤方：**

于黄芩汤方内，加半夏半升，生姜一两半，余依黄芩汤法服。

已上五方，病证并在第四卷内。

**桂枝加大黄汤方：**

桂枝三两去皮　　大黄一两　　芍药六两　　生姜三两切　　甘草二两炙　　大枣十二枚擘

右六味，以水七升，煮取三升，去滓，温服一升，日三服。

**桂枝加芍药汤方：**

于第二卷桂枝汤方内，更加芍药三两，随前共六两，余依桂枝汤法。

**四逆加吴茱萸生姜汤方：**

当归二两　　芍药三两　　甘草二两炙　　通草二两　　桂枝三两去皮　　细辛三两　　生姜半斤切　　大枣二十五枚擘　吴茱萸二升

右九味，以水六升，清酒六升，和煮取五升，去滓，温分五服。一方水酒各四升。

已上三方，病证并在第六卷内。

**四逆加人参汤方：**

于四逆汤方内，加人参一两，余依四逆汤法服。

**四逆加猪胆汁汤方：**

于四逆汤方内，加入猪胆汁半合，余依前法服；如无猪胆，以羊胆代之。

已上二方，病证并在第七卷内。